武侠文化通论

WUXIA WENHUA TONGLUN

王立／著

【第一卷】

人民出版社

责任编辑:孙兴民　李琳娜
装帧设计:徐　晖
责任校对:张　彦

图书在版编目(CIP)数据

武侠文化通论/王立 著. -北京:人民出版社,2016.5
ISBN 978-7-01-004559-7

Ⅰ.①武…　Ⅱ.①王…　Ⅲ.①侠义小说-文学研究-中国
Ⅳ.①I207.4

中国版本图书馆 CIP 数据核字(2004)第 102835 号

武侠文化通论
WUXIA WENHUA TONGLUN

王　立　著

人民出版社 出版发行
(100706　北京市东城区隆福寺街 99 号)

保定市北方胶印有限公司印刷　新华书店经销

2016 年 5 月第 2 版　2016 年 5 月北京第 1 次印刷
开本:880 毫米×1230 毫米 1/32　印张:39.5
字数:1232 千字

ISBN 978-7-01-004559-7　定价:99.00 元(全三卷)

邮购地址 100706　北京市东城区隆福寺街 99 号
人民东方图书销售中心　电话 (010)65250042　65289539

序

王立教授是一位博闻强记、学识淹贯、笃实勤谨型的学者。前些年，他的中国文学主题学研究创获颇丰，在海内外学人中影响至深，受到高度的重视和广泛的赞誉，这是大家共知的事实。近年来，王立教授又将自己的学术视野从主题学向通俗文学、通俗文化研究方面扩展，取得了令人瞩目的成果。即将由人民出版社出版的《武侠文化通论》（以下简称《通论》），毫无疑问是他在这一新的领域中的宏观与微观探讨的新创获！

《通论》是一部具有较高学术价值和专业品味的雅俗共赏的专题性著作。全书由前言、二十个章节和附录三部分组成。“前言”是引导读者走进该书武侠文化世界的指路标，作者从侠文化与民俗、文学主题结合的角度，论及侠文学及其慕侠习俗研究的理论意义和现实社会中的应用价值。继之，作者在各章节中具体探讨了中国古代侠义精神在民俗传统中的流变、道教仙话、女性观念、饮食文化、武术文化、江湖侠盗伦理等等武侠崇拜民俗的双向、多向互动关系，其中还包括神物崇拜、动物崇拜等等对于武侠崇拜的介入。内容的丰赡翔实，阐发的情趣盎然，将会给读者带来无限的喜悦和惊奇！

同相类的其他著述比较，我认为本书最大的特点是：作者努力从浩如烟海的原始材料出发，把握作为中国文化中的一个亚文化分支的侠文学，其形象表现和民俗观念的载体，在历史时空中的具体发展过程，及其美学、文化、民间习俗等诸多意趣。显然。由于作者多年来从事中国文学主题学研究，积累了丰厚的经验知识和相关理论，所以在本书中力求以描写鲜活的野史笔记材料，深刻揭示出其文化内蕴和民间武侠崇拜诸多具体表现为主。因此，我们从全书整体脉络上看，本书是作者主题学研究的一个重要分支，是旧有课题的延伸。作者有跨学科方法论的理论特长和研究实践的长期积累，所以本书经常跨学科地运用材料——尤其是佛经文献材料，并从大众文化心理角度来审视武侠崇拜民俗现象。作者娴熟地运用社会心理学、剧场接受学等理论，注意到作品会流传其后，作品之后会有作品。从众多的材料中提升出认识和规律，使本书从知识型演进到智慧型，这是一个难能可贵的超越，也是本书一个鲜明的特点。

《通论》给我留下另一个深刻印象是，作者十分重视学术规范。例如，本书中应用了同类专书未能注意到的大量佛经文献材料，都是采用国际上通行的权威性的版本，并且一一详细注明，这在学理上具有较为持久的价值。又如，本书每章后面都附有简要的注释，以期持论有据，也免去读者的翻检之劳。书末附录的三篇书评，既表明作者是站在这一领域的前沿，又不掩前人的开创之功。同时还考虑到有助于读者对于这一课题的进一步把握和理解的延伸，进而提高了本书的学术品位和趣味性。

由于本书是辽宁省教委等立项项目，又是作者在为中文系学生开设“通俗文学审美文化研究”的研究型课程及数次江湖文化、侠文学研究选修课基础上成书的，加之考虑到研究对象的性质、市场需求以及可读性、知识性的需要，所以作者在表述上力求文学活泼有趣，且简洁扼要。从而使那些想要在深度层次上了解中国文化、民间武侠崇拜和慕侠心理的读者——文科大专院校师生、外国留学生和社会上的“白领阶层”，乃至学理工科技专业的大学生和研究生，能够从本书中得到一些影视文学和小说名著之外的“专题”性问题的诠释——从总体上的了解达到进一步的知其所以然。正因如此，本书又是一次将繁难、晦涩的学术研究成果融解成可读、耐读的学术之书的有益奉献！

《通论》是一部富有学术新意的著作。作者能够以文化人类学、民俗学、社会心理学结合的跨学科研究方法解读武侠崇拜和武侠文学内蕴，具有学科整合的理论和方法的特征。同时，作者又能够以古今贯通的方法来讨论武侠义学和侠崇拜，对于当今读者解读武侠小说，了解武侠崇拜在现今文化和实际生活中的作用，不仅具有较大的现实意义和参考价值，同时也符合如今城市生活审美趣味的时代发展趋向。因而，我深信本书的出版必将受到海内外广大读者的热烈欢迎和好评！

是为序。

胡文彬

于北京饮水堂东窗下

目　录

前言　慕侠民俗与武侠文化史的精神意义

近年，越来越多的武侠爱好者从民俗文化的角度，以多数读者难于尽览的野史笔记为主要材料，描述分析了历史与民间传说中的武侠义士。不难领会，中国古人有着浓厚的武侠崇拜意识，这不仅仅是一种单纯的文学现象，值得我们从民俗文化信仰方面，予以进一步发掘。

从众多系列母题的民俗传闻中，可以看出，所谓武侠崇拜，不是哪个统治者官方评定的，而纯属一种渊深积厚的复杂民俗信仰。武侠义士们的威望及历代人们对其理想化期待，是在不断传播的过程中，逐渐积累，富有变化而臻于理想化完美化的，因此，这是一种复杂多元的文化现象。

一、武侠崇拜的民间性及慕侠信仰传播的三种方式

说武侠崇拜属于古代民俗文化的范围，更多的是着眼于下层民间，即城市平民与乡村居民的生活视野与情感空间。从传统中国的文化布局上看，如海外学者指出的自先秦以来一直存在着雅、俗两种文化传统（大传统、小传统）。尽管汉代后渐趋分隔的这两种传统，到了明代中期后才有较多融汇的趋势，

然而，“在朝”与“在野”，“庙堂”与“山林”、“草莽”，作为正统与非正统、官方与民间的一些泾渭分野，终其传统社会的结束，一直是明显存在的。由于受到儒家文化为主流文化的长期影响，在“经、史、子、集”四部之中，最受重视的自然是“经”和“史”，即圣贤的经典和官修的正史，因而人们探讨古代社会风俗，也大多数是从正史子书为代表的“典籍文化”中去搜求，去展开阐释论证。诚然，这之中也不乏民间习俗的吉光片羽，然而，除了《诗经》之外，典籍所载大多是属于雅文化层的活动与情感，而实际上占人口百分之九十以上的平民、村民的习俗信仰，却往往并不是依赖于这些“官本位”心理支配下所撰述的文献。

早年，著名社会学家潘光旦先生在译注西方性学理论著作时，就曾经引述过大量的相关野史传闻，来印证一些相关的理论对应的生活习俗和性心理现象①。史学大师陈寅恪先生曾在《元白诗笺证稿》一书中，尝试过“以诗证史”的方法，他主张：“小说亦可参考，因其虽无个性的真实，但有通性的真实。”② 而清代浦起龙《读杜提纲》也早就揭示了杜甫诗歌创作的特殊情感价值：

……史不言河北多事，子美日日忧之；史不言朝廷轻儒，诗中每每可见。史家只载得一时事迹，诗家直显出一

① ［英］蔼理士：《性心理学》，潘光旦译注，生活·读书·新知三联书店1986年版。

② 石泉、李涵：《听寅恪师唐史笔记一则》，《追忆陈寅恪》，社会科学文献出版社1999年版，第267页。

时气运。诗之妙，正在史笔不到处。①

我们从民俗文化角度总结侠崇拜现象的表现与成因，似乎也更应注重民间故事和野史传闻，同时兼取诗文小说。

事实上，从侠文化史的宏观角度及其流传书写看，每一个有关武侠的故事传说文本，都不是单摆浮搁地孤立存在的，其一定程度上均受到武侠崇拜和侠文学母题先在的互文性制约。从笔者简略归纳的武侠叙事的一个个历时性故事母题，不难看出，武侠崇拜是一种稳定持久、由社会中下层接受者进行大规模时空传递的民俗现象；口头传说是其主要载体之一，而大量文人的笔记撰述以及说书艺人、话本作者乃至诗人讴歌、史家撷取，则是其主要的传播媒介，也是今天审视研究的文本依据。由于武侠义士故事内容与形式上的稳定性和延续性，带来了相关民俗事象的传承性，这种传承性有赖于社会各阶层的伦理趋同好尚，却偏重于民间跨区域普遍性信仰的偏爱。可以说，在这个慕侠尚义的习俗圈内，中国古人只要不是自幼禁锢于宫廷深院，那么，他作为社会个体从童蒙之时起，就无不或多或少、直接间接地沉浸在武侠文化习俗的相关事象与熏染之中，每个人心中都记忆、存留着相当数量的侠义故事，而慕侠尚义作为一种潜在的心理趋向，又极为符合个体人的攻击本能和英雄企慕，几乎不可能抗拒。故事作为口头传说为人津津乐道，怀有慕侠心理的文人们又不断载录、生发、传扬。

通常说来，民间武侠故事和慕侠信仰的传播，大致可有这

① 浦起龙：《读杜心解》卷首，中华书局1961年版，第63页。

样三种方式：

一是以前代特定的母题传闻为凝聚点，不断地前后传承、增饰或复制。有时因为这些富有传奇性的故事，在不同时代、不同地区的传播，尤其是书面文学之外的口耳相传，总不免在一些细节上“走样儿”，产生了一些不同的版本，亦即民俗故事研究理论所常说带有“同源性”及其特征的“异文”。

二是在共同的慕侠习俗、情趣的支配下，由于人们的心理素质、生活课题、价值观念的接近，类似的武侠故事，也不排除这种可能，就是有些是在不同地区、族群和种族中各不相谋地生成、传播扩散，但是，这只是局部性一时性的，仍旧免不了不断地在大范围传播扩散，不排除某些原型、范本的“同源性”影响，在这一过程中有多种多样的交汇整合，而且越是趋于后世，就越是具有在满汉蒙回藏等共同构成的文化圈——以及有华人（广义上的）处，交互影响和融合的倾向愈加明显。

三是经过野史笔记或民间艺人讲唱文学的加工润色，刺激了民间相关的侠义传闻不断孳乳，跨越族群社会、生存空间和时代而流传扩散。

武侠，在中国文化语境中是一个多么引人憧憬、令人振奋的字眼！福柯指出，一个语词只有进入特定话语的范畴才能获得意义，也才有被人说出的权利。否则，其便要被贬入沉寂，特定的话语背后，总体现着某一时期的群体共识，一定的“认知的意愿”①。应当说，是深厚持久的慕侠习俗和文史传统，使得武侠精神成为中国人恒久的心灵幻梦之一。

---

① ［法］米歇尔·福柯：《性史》第一、二卷，张廷琛等据1985年英译本译，上海科学技术文献出版社1989年版，第4－5页。

然而，传统侠文化又是复杂而有着许多潜流的，最好避免望文生义，一厢情愿地将问题简单化浮泛化，如果同一类型的故事来龙去脉了解不够，如果忽视了纵向关联看多个发展的阶段性、动态性，可能就会理解出现偏差，阐释表面化和单一化。例如有的时代，如先秦、唐代，侠的概念就较为宽泛，有的不会武、不以武见长的侠之事迹和平常人的侠义行为，也被当时人们传扬，但这不妨碍“路见不平，拔刀相助”较劲的当口，武侠才是人们最为尊尚的，此其一。

古代汉语尚单音节，所谓“侠”在许多语境中其实常常就是后世“武侠”一词的简称，何况古代汉语修辞还每多讲究“避复”，像气侠、勇侠、游侠、节侠、豪侠等，像刺客、剑客、豪客、剑仙等叙事，其内核深蕴都往往离不开“武侠”要素，此其二。

而许多故事，事实上并非一个“版本”，在广远的流播过程中还免不了异变走样儿，因出现一些“异文”，其间可能矛盾歧出，时或也有增减及有意无意的加工，此其三。

诸如此类，真是不一而足。因此，有时我们不能从微妙的语词差异上否定武侠的地位，是“超人”神理和色彩使侠的形象在中国文化史上得以确立，武侠故事在民间持续流传，相关民俗崇拜和期许得以真正构成。

二、武侠故事结构、内蕴的稳定性和传承性

古代慕侠民俗的稳定性，带来了中国武侠故事结构、内蕴的惊人稳定性和传承性。尽管其母题生成固化的时间不完全一致，但它们为众多的载录者不断重温复制、添枝加叶，内核又

是那么恒久地保留，却说明了人们是以何等的热情来模仿认同，又怎样细心卖力地搜寻、谈论，甚至仿拟或添枝加叶，于是那些人所熟知的传闻故事逐渐汇成了一个个庞大的家族。在一个个具体的母题传闻下，这种叙事之族群的谱系是次序分明的，常常形成一种以武侠题材为核心的“作品流”，这种作品流与其他按照小说文体分类总结的作品流，有相同处又有所不同[①]，其广泛分布在野史笔记、史传、小说和诗歌中，而其互文性的功能呈显多元互渗、雅俗相通的状态。而这又充分表明慕侠这一民俗事象，已为几乎全体社会成员所共同肯定，成为大家公认的一个理想化人格标准和行为模式，从而凝聚为文史贯通的叙事模式和传播话语。

当然，在西汉中叶以后，作为历代统治者倡导的，是主流文化——儒家的礼义纲常。人们常说，“礼失而求诸野”，事实上由于慕侠习俗的存在，主流文化中进入下层民众的“礼”也在一定程度上世俗化、普泛化了，不复为先前庙堂中那个“礼”了。这里所讲的意思，是说相对于正统的、官方的经典文化，在中国古代的庶民百姓那里，有一个较为稳定恒常的亚文化。有关武侠的崇拜信仰，正是这种亚文化伦理支配下的一种重要民俗事象。

崇拜，广义讲是尊崇、钦敬之义，具体说却有多维多重含义。崇，原指山的高峻之貌，其令人仰之弥高，顿生折服景慕之情。《尚书·武成》有“崇德报功”；《晏子春秋·谏上》讲“崇尚勇力”。拜，则是无条件地表示仰慕恭敬。从对神、文化

① 参见王立《“作品流”集粹的方法论意义——评薛洪勣研究员新著〈传奇小说史〉》，《社会科学战线》2000年第6期。

英雄到对人世间圣贤豪杰的崇拜，各民族往往都有自己的心中偶像及其发展过程。在古代中国平民的心目中，固然也有对于帝王名臣的敬畏尊崇，然而，更多的却是对百姓们自己的英雄——武侠义士的仰慕钦佩。甚至连许多帝王将相如刘邦、曹操、李世民、赵匡胤、朱元璋，以及名臣良将如张良、秦琼、刘伯温等等在未发迹前的经历，也都被口头传闻所充分增饰生发，带有武侠粗豪尚义的浓郁色彩和近乎武侠的行为方式。而民间的那些有着非同寻常本领或体能的人，也往往被乡里所推重，从而激发其更加严格地自律，并且具有较高的成就动机和被人赏识的机缘。

自《韩非子·五蠹》"侠以武犯禁"之说最早概括侠的武技能量和非正统取向之后，武侠和侠之武技并不仅作为与当道正统对立的个体。如《列子·说符》记载，宋国的兰子集武术杂技于一身：

> 宋有兰子者，以技干宋元。宋元召而使见。其技以双枝，长倍其身，属其踁，并趋并驰。弄七剑迭而跃之，五剑常在空中。元君大惊，立赐金帛。①

可是，如果以为凭借武技就必定会得到当道者的欢心，宠爱，也是过于幼稚单纯的。这一层似较少被人提及，如上述《列子》一书就接着叙述道："又有兰子又能燕戏者"，他听到了先前的那位凭武技蒙赏的事，又来以此技求见宋元君，可是

① 杨伯峻：《列子集注》卷八，中华书局1979年版，第253－255页。

事情却恰恰相反："元君大怒曰：'昔有异技干寡人者，技无庸，适值寡人有欢心，故赐金帛。彼必闻此而进复望吾赏。'拘而拟戮之，经月乃放。"君主的心理往往是变幻莫定、多疑易怒的，武技高超者未必都得其所欢，生逢其时的，有时还会因此引起猜忌，招来斧钺之灾尚未可知。所以，武侠虽然往往在民间野里得到下层社会甚至草莽英雄的敬慕，也每每会以自己的威望和特长为维护正统秩序、百姓利益效力，得到朝廷的赏识笼络；但也不时受到当道者的猜忌、奸臣挤陷，以致蒙受冤枉遭到镇压。

然而民间的勇士在乱世争雄之时，则会较少受到猜疑限制而获得擢拔，得建功业。这就是所谓"时势造英雄"，这里的英雄多被史家书写成有勇侠之气。像《陈书》写周文育年少时本名叫猛奴，体能卓异："年十一，能反复游水中数里，跳高五六尺，与群儿聚戏，众莫能及。"从军后也他常常勇冠军中[①]。《陈书》还写熊昙朗容貌甚伟，跅弛不羁，侯景之乱时，他聚集乡里少年守城拒敌，"桀黠劫盗多附之"[②]；而周迪年少有膂力，能挽强弓，逢侯景作乱时他招募乡人从之，"每战必勇冠众军"、"群聚为盗，唯迪所部，独不侵扰"[③]。该书还写黄法𣰋："少劲捷有胆力，步行日三百里，距跃三丈。颇便书疏，

① 姚思廉：《陈书》卷八《周文育传》，中华书局1972年版，第137页。

② 姚思廉：《陈书》卷三十五《熊昙朗传》，中华书局1972年版，第477页。

③ 姚思廉：《陈书》卷三十五《周迪传》，中华书局1972年版，第478－483页。

闲明簿领，出入郡中，为乡闾所惮。”后来他后逢时立功[①]。刘昫等所撰《旧唐书·高季辅传》也写其少年时喜好习练武艺，任侠自喜，闻说兄长被害，率族党将凶手捕获，斩首祭墓，深得时人称道，“由是群盗多归附之”。何以这些年少有勇力者有着较高的人生起点、建功立业的机缘？除具体历史情境外，这当然也正因为广阔深厚的慕侠民俗心理拥戴使然。

民俗，是全民族人人遵从的不成文的习惯法。在农耕民族长期相对封闭性、同一性的文化环境里，中国的下层民众大多从事的是农业、手工业等小生产者的生产方式。这种孤立分散的小农经济，决定了它所塑造的虔诚的慕侠者们，较为关心个体的局部、当下苦痛的减轻改善、以及如何地兴利除弊、济善诛恶，而不是普遍持久的自由平等权利。以单打独斗为手段，急危救难的“利他”为宗旨的武侠义士，恰恰投合了广大群众小农民俗心理此类现实和情感需要。因为在武侠传闻的整合建构下，慕侠尚义已成为平民百姓的行为准则，众所认同，潜移默化，构成了古代下层民众的一个时时想起便于应用的价值尺度。尤其是那些走街串乡的民间艺人，背井离乡的雇工游民，有谁不把患难相帮、济善救困作为第一美德，有谁不把仗义疏财、有诺必践者引为知己兄弟，有谁不对身怀绝技、诛恶锄暴的英雄钦敬由衷！其浓郁的民俗积习乃是传统血缘、地缘等亲和感的一个有力的补充。

无疑，武侠及其慕侠者队伍的主体，是社会上具有“次文化”特征的青少年阶层。台湾著名人类学家李亦园先生指出，

---

① 姚思廉：《陈书》卷十一《黄法𣰰传》，中华书局1972年版，第177页。

“次文化”（subcultur）是研究社会文化的人所常用的一个名词，这是指一个社会中不同人群所特有的生活格调与行为方式而言，每一个社会都有许许多多的“次文化”。不同省份的人有他们特有的风俗习惯与生活传统，因此就形成很多不同的“地方次文化”。而“青年次文化”，具体说是代表一群由十六七岁至三十岁青年人所表现的心态与行为特征，这种心态最主要地表现就是对成人世界的形式化、规矩太多以及繁文缛节的反抗。青年人因为社会地位与角色的不同，带有较多非主流成分，最不习惯于成年人的种种形式化生活方式，最惧怕成年生活中种种拘束行为的规矩，这种心态可归纳而称之为“对形式主义的反抗”，即对权威的解构：

> 由于这种对形式主义的反抗，青年人在行为上表现出三种明显的特点，那就是：（1）不论在行动或服饰上处处流露不拘形式，不墨守成规的习性；（2）偏好简洁、省略、不繁文缛节的语言、应对与人际关系；（3）崇尚自然、本性，不客套、不虚伪的生活。①

可以说，“少好游侠”，是古今中外青少年阶层的一个共同特征，中国古代武侠的主要组成成分就是青少年，我们也就不能忽视这一阶层的整体心态特征。少年血性未定，“戒之在斗”，也是自孔子以来人们对于血性少年年龄特点的共同认识。

---

① 李亦园：《人类的视野》，上海文艺出版社 1996 年版，第 126－128 页。

三、慕侠尚义信仰的文化整合功能

美国民俗学家威廉·凡·巴斯科姆认为，所谓民俗，包含有四种功能——娱乐性、表现文化的合理性、教育性、保持已为人们接受的行为模式的一致性。这段话有助于我们加深理解中国古代民间年深日久的慕侠尚义之风及其来由与传播：

> 民俗作用于社会以保证人们已接受的文化标准的一致性。并通过民俗在教育以及反映文化方面的作用，使这种标准一代代地延续下去。在这个意义上，民俗与人们已接受的通过娱乐或幽默、产生想象或幻想的方式以保护制度免遭直接的攻击。因此，民俗是保持文化稳定性的一部机器，它对青年人反复灌输风俗和伦理标准，对遵循社会习俗的成年人进行赞扬以示奖赏，反之，则批评以示惩罚。当这种习俗受到挑战或质疑时，它使之合理化。它建议人们应当满足现状，给他们提供一种逃避日常生活中的“困苦、不平等、不公平”的补偿。①

古代武侠是平民百姓心目中的超人，而这超人又为士大夫文人、诗人小说家所不约而同地青睐，而且广泛地在当代社会中延续，说明慕侠习俗的驳杂性和持久性。唯其如此，武侠崇拜才显示出它不为个体职业、社会阶层宥限的穿透力，这恐怕

① ［美］阿兰·邓蒂斯编：《世界民俗学》，陈建宪等译，上海文艺出版社1990年版，第418页。

与武侠崇拜、慕侠习俗多方面的功能分不开。

首先，慕侠尚义习俗极为适应小农经济支配下的平民心理需要，有巨大的实用性和凝聚力，适合于分散经营、安全感较差的古代社会大多数成员解决生存现实问题的迫切愿望。不应否认，武侠义士们也的确乐行善事，削除不平，为社会风俗的淳良，带来了一股股正气。在大多数时代吏治黑暗，人们不能有效地得到官府、血缘地缘保护时，侠，总是给人以温暖、勇气和希望。

其次，慕侠尚义习俗可以用种种独特方式来表达、宣泄人们对正统法治、现实境况的否定和不满。侠的倡扬个性、非正统本性，其主持公理正义的果决独断，有助于社会生态的某些平衡状态的有效调整，也表达了民间大众对统治者及社会恶势力的蔑视、挑战和抗争。因而，慕侠尚义书写带有跨时代、跨地区性，各阶层民众发自内心地乐于谈论那些令统治者、恶势力难堪的武侠故事，模仿或在想象中品味善战胜恶、个体战胜官府、弱小战胜强权的佳话。

其三，慕侠尚义习俗生动地延伸了民族固有的应然心理，显然，武侠当分为现实的与理想的两种。历史上确有其人的侠被民俗心理逐渐悬浮起来，类型化为人们的心中之侠。一部分武侠的超凡武功（如剑仙等）极大地满足了人们的尚力、尚武、猎奇诸般心理本能；而义士们各种扶危济困的行为，有效地践行着人们期盼的伦理信条；武侠义士，完全可以因某一卓越的行为表现，而被当成在其他方面也都优秀的完美超人。“光环效应”使得人们可以随心所欲地编织偶像头上的光环。慕侠习俗，就仿佛是一种替代仪式，变相地实现了平民百姓对现实的境况、理想人格的基本要求，成为人们平衡情绪心理的一个精神幻像。

其四，慕侠尚义习俗可以让人不断重温民族的传统美德，以善的、利他的、正义的追求确立现实之弊的参照，从而焕发人们美好的精神情趣，诸如强身健体、昂扬进取、积极参与、不畏强暴等可贵的品格，也会因此得到感召强化。侠义品格有利于增进人们的正直刚强情操，改善彼此间的关系，改造和优化社会风气。武侠义士成为现实中乐于助人、见义勇为、身手好人品好的一类人的美誉。慕侠习尚虽不能全面地遏制以利相倾、以势凌压的世俗诸恶相，毕竟能在局部有限的范围内消除或减轻势利的侵凌，有利于民众逐渐树立一种公民意识，自由平等观念，自觉地维护人格尊严、正义公理和社会秩序。

其五，慕侠尚义习俗还可以为武侠文学，乃至整个通俗文学作品，提供一个接受理解的、符合民族大众要求的接受视界。如果加以正确引导，有助于人们从中获得健康向上的生活情趣，从而逐渐形成一种良性循环的阅读方法和接受习惯。

然而，古代慕侠尚义的民间习俗毕竟也是处于伦理文化的大格局中，它虽然带有与传统主流文化相对立的某些异质因素，并不能说明它都是值得肯定的。如武侠们对于爱情及女性的态度，就明显地刻有男性为中心文化打下的烙印。儒家伦理中的"以礼节情"，在"义不容情"的冯燕们那里，甚至被残忍化为以诛杀灭情。当秘密会党以慕侠尚义缔结相当于血缘、地缘的情感纽带时，慕侠尚义习俗对异性朋友之间友情的完全肯定，也每每令人被哥儿们义气所左右，不去明辨是非善恶。慕侠习俗终究是传统社会伦理文化、小农经济的一个衍生物，它不能超越产生培育它的文化土壤。因而过高地估价、赞美它，也是不切实际的。

武侠与慕侠习俗是一个历史的存在。如果细加区分，各个时代的侠，又如同相关习俗一样，带有各自具体的时代特点。尽管我们在侧重描述侠义故事母题的演述过程，揭示武侠义士们在中国古人心理上所投下的不同侧面、行为方式的总体印象，仍不能抹煞其个性特点。武侠，作为一个社会阶层已成为过去。如论者写到的，战国以前侠士布满天下，但后来总是不为当道统治者所容忍，于是："一挫于秦始皇，二挫于汉文帝，三挫于汉武帝，四挫于十常侍，五挫于魏文帝，六挫于南北朝唐诸君臣，七挫于宋元祐，八挫于宋庆元，九挫于元，十挫于明太祖，十一挫于明东厂，十二挫于乾嘉士大夫之议论。其为道也非一术，其为罪也非一人，死人之心，故侠者代少一代，至今而其种遂绝于天下。"① 这里，对武侠的理解，似仅指"游侠"，范围较狭窄了一些。然而所论及的封建统治者不容武侠这一异己力量，却基本属实。于是，后世所绵延的大多是那些非严格意义上的武侠传闻，乃是这些侠士们在张扬着早期游侠的侠肝义胆、古道热肠的精神。特定慕侠民间风俗，将武侠、侠义的概念随着时间推移而充分泛化、拓展了，如明人编写的一些《义侠传》、《剑侠传》、《女侠传》即然。

其实，后世侠士也不像汉代游侠那样遭受厄运，他们大多得不到正统的礼遇，却受到广大民众和中下层文人的欢迎。尤其是妇女和青少年，更喜爱他们心目中的英雄。旧时富贵人家

---

① 麦孟华：《侠义长在人间》，《传记文学》4卷6期。

的小姐和姨太太，每每倾心爱慕戏台上侠气纵横的武生，除了其他原因外，也多半带有景仰武侠英雄的民俗积习。

由于古代中国的武侠义士们是成分芜杂的队伍，而慕侠民俗风习是一个多层次多侧面的组合体，所以它是一个必须冶炼加工的富矿，尤其需要结合民族文化传统与当代文化建设来加以统观。清末民初的有识之士，即有不少人主张从中提取振国兴邦的精神养料。梁启超先生撰写《中国的武士道》，康有为先生疾呼“士无侠气，则民心弱”便是代表。嗣后章太炎先生在1933年写的《儒行大意》一文中，也称任侠精神“与民族存亡非常有关”，“今日急需提倡”。刘永济先生1942年写了《论古代任侠之风》一文，承认“游侠非无流弊”，但强调“用之得宜，有拨乱扶倾，成功立业之效”。他还进一步申明：“夫游侠既具有美德，为人类精神卓异之表见，又可补救末世学术人心之弊，苟能培养此种精神，扩而充之，引之于大道，杜绝其流弊，使之郁成风气，于今日实有裨益。试略数之，其用有五：一曰，难莫大于今日之国难，充游侠振厄急难之心，则人人争赴国难矣。二曰，害莫甚于人皆自私而国用不足，充游侠轻财崇俭之心，则人人输财以济国用矣。三曰，义莫上于出死力以捍外患，充游侠好义轻死之心，则人人舍生以卫国矣。四曰，信莫重于人皆开诚相与，充游侠重信用之心，则人人精诚团结以救国矣。五曰，气节莫要首不为汉奸，不作奴隶，充游侠尚气节之心，则人人知耻有勇以报国矣。……然则游侠之风，为今世对症之药，有益于时用明矣。”

然而他们面对特定的时代课题，更多的是注重慕侠风俗对国民勇力，刚猛强悍精神气概的焕发作用。我们则不光要注意武侠义士们这些“勇”的方面，还更要弘扬其“善”的一面。以道自任，不枉道以从势的美德，更有社会责任心和使命感。

先前，文学史研究较为关注的是作家诗人们个人的个性、独创性，而从武侠文学的文化史研究来看，则更需要补充和关注传播、增殖过程中的大众文化思潮及其价值取向的变化。如吕微兄即由此强调了中国叙事文学的基础及其母题研究的重要性：“……只要我们在某个叙事作品中发现了被反复使用的特定单元成分和固定组合方式，我们就可以据此经验事实证明：这绝不是一个纯粹的个人创作，而是有着深厚的民间传承、传播基础甚至就是民间叙事本身。这样，我们就能站在一个新的方法论的基点上重新估价整个叙事文学，即把中国叙事文学建立在民间传统的基础之上，从民间文学而不仅仅是从作家文学的角度给予价值重估。”①在这一点上，可能需要时时打破文学史固有的所谓“一二流”名著独擅的格局：“往往有这样一种情形，一部写得并不很好的小说，在小说史上却有着相当特殊的地位，在小说、戏曲史的研究中也有颇大的价值。”② 尤其是零散琐屑的野史笔记材料，这也是本书注重的。

当前，中国大陆正处于文化转型期，面临商品经济冲击和腐败分子破坏，社会上出现了很多不健康的现象，某些恶俗又开始复苏蔓延。移风易俗，进行全民族全社会的精神文明建设，仍是长期艰巨的任务。民俗，是很难割断的。而理解民俗就是理解社会、理解传统、理解我们存在的自身。以慕侠尚义习俗

① 吕微：《阿喀琉斯的愤怒与孤独》，《民俗研究》2007 年第 5 期。

② 萧相恺：《中国古代小说考论编》，凤凰出版社 2010 年版，第 302 页。

这样利多弊少、瑕不掩瑜的重要民俗事象、文学主题，无疑就更值得我们去发掘、总结和理解它，以去芜存精，将其中的宝贵养料吸收消化，发扬光大。让优良的民俗文化传统服务于当今，为提高国民素质，树立社会正气，建构新时代的新民俗新风尚，而作出应有的贡献。

第一章　秦汉复仇习俗心态与游侠精神实质

违法报怨是战国至秦汉时期最有代表性的思潮之一，秦汉游侠精神实质是反正统、倡私自复仇的，其内化为中国古代文人和民间一种持久的心态，有着特定的历史过程和多种原因。

一、汉代游侠精神在复仇习俗濡染下的变化

在战国时代奴隶制全面瓦解、封建制走向完善的历史过程中，一大批丧失了基本生产资料的游民产生了。在新的时代挑战面前，他们或依附豪门，或混迹市井，社会变革所带来的种种不适应与基本谋生手段的缺乏，使之不得不较多地去为人所用、铤而走险。而这之中最有代表性的就是违法代人报怨。况且，他们之中原本就有相当一部分是杀人避仇出走，离开乡里自谋生路的。班固《汉书·游侠传》指出过这一基本的史实：

> 周室既微，礼乐征伐自诸侯出。桓、文之后，大夫世权，陪臣执命。陵夷至于战国，合纵连横，力政争强。繇是列国公子，魏有信陵、赵有平原、齐有孟尝、楚有春申，皆藉王公之势竞为游侠，鸡鸣狗盗，无不宾礼。

由于这些人原本就有着较为强悍的个性，多有不满于现状的心理及杀人报怨的经历，他们集结成群，互相激励，形成了一股各为其主而与正统和社会相对立的主体意识。

这样的一股前所未有的亚文化思潮和社会潮流，本来就是有着深远传统基础的。像当年战国时代，冯谖为孟尝君谋薛、侯嬴为信陵君荐朱亥击杀晋鄙等，皆是。而《史记·刺客列传》所描写的聂政为严仲子刺杀韩相侠累，荆轲为燕太子丹行刺秦王政等，更体现了一种不畏强势、讲求私恩的侠义精神。尤其如荆轲这样的侠烈之士，更是将复仇与侠义结合的典范，其与传中所载其他诸人相比，虽有复仇目的、性质、意义的些微差别，却均展示了先秦武侠阶层渴求知遇，不满现实处境，热望展露个体价值并不惜以一死报效恩遇的价值取向。

《韩非子·五蠹》称“侠以武犯禁”；他主张“明主之国，……无私剑之捍，以斩首为勇”；指斥国之俗“其带剑者，聚徒属，立节操，以显其名而犯五官之禁。……”认为“废敬上畏法之民，而养游侠私剑之属。举行如此，治强不可得也”。显然，韩非已察觉了侠之危害正统尊严、社会法制的巨大力量。至于《庄子·说剑》，后人多疑为纵横家之谈，其叙说赵文王喜剑，“剑士夹门而客三千馀人，日夜相击于前，死伤者岁百馀人，好之不厌。如是三年，国衰，诸侯谋之”；进而将剑分三种：天子之剑、诸侯之剑、庶人之剑，用前两者来贬损后者，最后说剑士们全都羞愤自杀，也带有一种对剑士游侠的轻视倾向，透露出某种时代的特定心理。这说明，对于侠之敢死轻生代人复仇的行为，在先秦时代也不是一面倒式的容受肯定，而是大有争议的。因个体追求与社会稳定的冲突，其并没有因为同正义复仇结合而相得益彰。

但是，真正本质意义上的游侠，则活跃在秦汉之际，他们已不同于战国时列国纷争时代，还可以周旋于列国贵族豪门之间，有各自基本的安身之所；秦统一天下后他们的生存状态和发展情势则大为不同，这就是苏轼《东坡志林》卷五所深沉思考并着意指出的“凡民之秀杰者多以客养之”：

> 六国之君虐用其民，不减始皇、二世，然当是时，百姓无一人叛者，以凡民之秀杰者多以客养之，不失职也。其力耕以奉上，皆椎鲁无能为者，虽欲怨叛，而莫为之先，此其所以少安而不即亡也。始皇初欲逐客，因李斯之言而止。既并天下，则以客为无用。于是任法而不任人，谓民可以恃法而治，谓吏不必才取，能守吾法而已。故堕名城，杀豪杰，民之秀异者散而归田亩。向之食四公子、吕不韦之徒者，皆安归哉？不知其能槁项黄馘以老死于布褐乎？抑将辍耕太息以俟时也？……

这些侠士中的骨干与幸运者，有不少曾在秦末起义的大动乱中显露头角，成为反秦起义的核心力量和倡导者，其中也不乏被时代激流推上高位，跻身统治阶层的；但大部分却没有正当的荣进之路，在西汉社会中不免成为朝廷的在野对立势力。由于这一阶层本能的强烈参与意识、表现欲，以及历史变故造成的失落感，他们对西汉王朝现政权持一种敌对、仇视的态度，时时通过复仇报怨，扰乱既有吏治的方式发泄与表露。因为他们之中有不少当年就是追随反秦义军的，像著名的游侠英布等人，本来期待着声名功业的，而汉得天下后贯彻的许多政策措施，却使其深感失望。史称，以吴楚之乱为代表的西汉诸王谋反，就多有游侠参与其间。如《史记·淮南衡山王列传》记载，刘安就“积金钱赂遗郡国诸侯游士奇材”。《史记·季布栾布列传》亦称，季布的弟弟季心也“气盖关中，遇人恭谨，为任侠，方数千里，士皆争为之死”。这说明，散布在各地的游侠势力还很大，一旦遇到风云变幻，他们便不可阻挡地显示出其反叛朝廷、不轨法制的本性，因而其构成西汉王朝的一种潜在威胁，是不言自明的。而他们的群体凝聚功能，杰出才干的显露主要便是敢于向官法、向社会挑战的一起起具有新闻效应、广泛震撼力的私自复仇。

汉代，是我国源远流长的血亲复仇习俗最为鼎盛的时代。从中国古代复仇活动史的角度上看，这一时代复仇主体和对象的范围相当之大。像报仇杀怨的对象，上至王公贵族，下至庶民百姓，含有众多社会阶层，且出现了一些专门为他人复仇的集团。如《汉书·萬章传》即谓其与张回、赵君都、贾子光等“皆长安名豪，报仇怨养刺客者也”。《王尊传》亦载这些“宿豪大猾”，“皆通邪结党，挟养奸轨，上干王法，下乱吏治”，他们有倚强恃豪，侵凌弱小的一面，但又有着行侠仗义、重然诺重友情、敢于藐视王权、摇撼朝廷统治基础的一面，因而又时常得到下层民众的同情拥戴，而为朝廷显宦所切齿。

特别是这些豪强侠魁，往往有着极高的社会声望，众多的倾慕者对其竟有着近乎崇拜的景仰迷恋。如大侠郭解“状貌不及中人，言语不足采者，然天下无贤与不肖，知与不知，皆慕其声，言侠者皆引以为名”；可谁想到这威望树立与敬慕形式，都与私自复仇及其由此树立的民间舆论，有着不可或离的关系呢?《史记》卷一百二十四《游侠列传》写道，大侠郭解“少时阴贼感慨，不快意，所杀甚众，以躯借交报仇，……及解年长，更折节为俭，以德报怨，厚施而薄望。然其自喜为侠益甚。既已振人之命，不矜已功，其阴贼著于心，卒发于睚眦如故云，而少年慕其行，亦辄为报仇，不使知也”。

郭解特殊的深沉性格与卓异才能的形成，同他“父以任侠，孝文时诛死”的特定家世，有着不可分割的关系，他内心里对西汉朝廷正统，无疑是怀有深仇大恨的，但年长成熟之后，他却不轻易表露出来。像郭解这样的“侠魁”，其周围往往凝聚团结了一大批违法横行的“少年”，他们凭借着集团的力量，以任侠活动获取生活资料：“任侠并兼，借交报仇，篡逐幽隐，不避法禁，走死地如骛者，其实皆为财用耳。”① 给执法官吏带来许多麻烦与不安，也引起了西汉统治者的高度警觉。酷吏这一政治打手帮凶角色的产生，就与镇压游侠的迫切需要有较为直接的关系。如汉景帝时的郅都，就是因济南瞯氏宗人三百多家，豪猾，“二千石莫能制”，而被拜为济南守，他一到任，果不负帝望，“诛瞯氏首恶，馀皆股栗”。另一酷吏宁成也效法他，使“宗室豪杰人皆惴恐”。到武帝时更是大规模戮灭游侠，像郭解就被以“大逆无道”之罪诛杀全族。大侠朱安世也被明

① 司马迁:《史记》卷一百二十九《货殖列传》，中华书局 1982 年版，第 3271 页。

令诏捕，“上求之急”①；武帝天汉二年还下诏关都尉称：“今豪杰多远交，依东方群盗。其谨察出入者。”② 想尽办法限制游侠势力的发展。

在前所未有的挑战和严峻局势面前，已经和即将被镇压的游侠们，则以种种形式进行反抗，他们向官吏复仇的方式也是极为残酷、扩大化与不择手段的。虽宥于正统观念史载不多，但从仅有几例中也可见一斑。像京师大侠朱安世在逃已久，丞相公孙贺为赎儿子敬声之罪设法逐捕到他，被捕之后朱安世笑曰：“丞相祸及宗矣！南山之竹不足受我辞，斜谷之木不足为我械。”③ 于是在狱中上书，告发敬声与阳石公主私通，还使人巫蛊祭祠诅咒皇帝，到甘泉宫当驰道埋下木刻的人像，以致历史上著名的“巫蛊之祸”从此兴起。结局是如此惨烈：公孙贺父子死于狱中，全家被族灭。朱安世能以如此震惊朝野的方式与巨大能量复仇，说明他先前早已掌握了朝中官吏们的大量秘密，因此谁也不敢奈何他。丞相不得已为之，不仅全家罹祸，还牵连进了公主太子等许多皇亲国戚跟着遭殃。

又据《汉书》卷九十《尹赏传》载，汉成帝永始、元延年间：

> 北地大豪浩商等报怨，杀义渠长妻子六人，往来长安

---

① 班固：《汉书》卷六十六《公孙贺传》，中华书局 1962 年版，第 2878 页。

② 班固：《汉书》卷六《武帝纪》，中华书局 1962 年版，第 204 页。

③ 班固：《汉书》卷六十六《公孙贺传》，中华书局 1962 年版，第 2878 页。

中。丞相御史遣掾求逐党与，诏书召捕，久之乃得。长安中奸猾浸多，闾里少年群辈杀吏，受赇报仇，相与探丸为弹，得赤丸者斫武吏，得黑丸者斫文吏，白者主治丧；城中薄暮尘起，剽劫行者，死伤横道，枹鼓不绝。

豪强报怨多借助游侠的力量，少年们杀吏报仇也离不开游侠的蛊惑煽动。所谓“群辈”说明这种集团的性质，很难与游侠这一社会阶层分开。他们主要复仇对象是官府中上层官吏，在向官吏复仇时又往往累及不少无辜，于是演变成了是在向整个社会复仇。尽管这些人后来有不少被抛进“虎穴”，也有的变节作为追捕同类的爪牙，但仍有许多漏网者“郡国亡命散走，各归其处”，将私自复仇的不安定的种子带往各地。

二、复仇：血性少年行侠仗义的标榜与文化标签

西汉末乃至东汉之后，游侠多与社会上豪强大族结合起来，尽管他们作为一个独立的社会阶层是不复存在了，但其精神实质、凝聚功能及其给青少年心理上的影响，却通过种种遗传的媒介流播广远。其为久已有之的复仇习俗心理所整合，浓化了复仇正义性中的英雄之气与豪迈之情，于是竟成为侠烈壮气的一个众所认同的时代风标，血性少年标榜自己武侠仗义的一个突出的行为方式。

国外文化人类学家经过充分的田野调查，曾注意到，美洲平原印第安人喜爱标榜自己的武功，而他们奉行和标榜的价值评判标准更为奇特：

> 一般地说来，无意识地武艺都比有实效的攻打更得人的重视。在克洛人，杀死一个敌人毫无所得，可是倘若他冲上前去，首先触到一个敌人的尸体，尽管是他的同伴杀死的，光荣却归于他。同样，你可以偷来一大群马匹，可是得不到一点声望，但是倘若你冒杀身之险到敌营去放掉一匹拴好的马，那就可以在众人之前一出风头。①

这一类现象，在讲究复仇的文化圈中，并不罕见。古代中国个体复仇的侠烈声名，也有类似性质。毫无疑问，群体作战中英雄在战场上杀掉百人，似也不如正义复仇手刃仇人一人所带来的名气大。因为沙场上集团作战大家都是奉命而行，功归于将帅，敌对双方的个体之间并无私怨；相比之下，某人为亲友复仇，却是个人在群体伦理义务面前责无旁贷的必然抉择，具体而又直接。如此将心比心，易获公众认可和肯定赞扬。可以说，这也是传统国民性中“有私无公”、“有家无国”的一种别致体现（当然像外族入侵，国将不国时情形有所变化）。在国民农耕民族弱者心态、主静尚和心理中，大家总是强调在外来侵犯面前如何忍耐，而忍无可忍之时若是真的要出手，则往往期待以静制动、后发制人，最好还要一举致敌于死命，同时，尤其渴盼届时有人行侠相助。这样，复仇主体因先行遭受到侵害，成了需要伸冤不可不雪恨的苦主，自身为亲、为己雪恨就带有弱者复仇性质；而那些助友报仇、乃至路见不平拔刀相助的，也由于事出有因，箭在弦上不得不发，带有除强梁、济弱

① ［美］罗伯特·路威：《文明与野蛮》，吕叔湘译，生活·读书·新知三联书店1984年版，第160－161页。

小的侠义气概，很自然地也容易一概被视为行侠仗义。

从军事史家的眼光看，新西兰原住民毛利人的战争模式就是“复仇欲”通过袭击行为而满足：“男孩从幼年就被教导侮辱不可忘怀，更不用说抢劫或谋杀；毛利人对怨情念念不忘，刻骨铭心，有时一代接一代始终如初，直到敌人被杀死，他的身躯被吃掉、他的头颅被高挂在工事设防的村落的栅栏上遭遇象征性侮辱时，怨愤才告平息。这复仇性战争并非依据以一报一方式进行；只消吃掉敌人，取下一个或几个头颅，便足以抹去就死亡而被长久保持的怨愤，即使这死亡的人数多于被报复而杀死的人数。”① 而汉魏六朝时期的中国，血亲复仇的报复程度，除了较为尊崇“同态复仇”之外，则往往在复仇的积愤宣泄中，迁怒仇人所在之城的无辜军民：

> 初，曹操父嵩避难琅邪，时谦别将守阴平，士卒利嵩财宝，遂袭杀之。初平四年，曹操击谦，破彭城傅阳。谦退保郯，操攻之不能克，乃还。过拔取虑、雎陵、夏丘，皆屠之。凡杀男女数十万人，鸡犬无馀，泗水为之不流，自是五县城保，无复行迹。初三辅遭李傕乱，百姓流移依谦者皆歼。兴平元年，曹操复击谦，略定琅邪、东海诸县，谦惧不免，欲走归丹阳。……是岁，谦病死。②

① ［英］约翰·基根：《战争史》，时殷弘译，商务印书馆 2010 年版，第 140－141 页。

② 范晔：《后汉书》卷七十三《陶谦列传》，中华书局 1965 年版，第 2367 页。《三国志》卷八《魏书·陶谦传》：“初平四年，太祖征谦，攻拔十馀城，至彭城大战。谦兵败走，死者万数，泗水为之不流。”裴注引《吴书》曰：“曹公父于泰山被杀，归咎于谦。”

桓温的父亲桓彝（宣城太守）被害时，泾令江播也参与了。当时桓温才十五岁，他“枕戈泣血，志在复仇”，到了十八岁，正赶上江播去世，儿子江彪兄弟三人居丧，为了防备桓温来乘机报仇，他们放置了刃、杖在身边，却没料到桓温：“诡称吊宾，得进，刃彪于庐中，并追二弟杀之。”可是，这一斩草除根式的扩大化复仇事件，被连同复仇者一起得到了“功业化”归因，成为该复仇主体豪侠气质的外在表现，得到时人和后世史书的赞赏：

> ……时人称焉。温豪爽有风概，姿貌甚伟，面有七星。少与沛国刘惔善，惔尝称之曰：“温眼如紫石棱，须作猬毛磔，孙仲谋、晋宣王之流亚也。”选尚南康长公主，拜驸马都尉，袭爵万宁男，除琅邪太守，累迁徐州刺史。①

况且，从法制史角度上看，春秋时代决狱即有“原心（考察作案动机）定罪”的传统，在东汉又有特别重视乡里清议的舆论控制特点，这也很容易在民俗价值取向上引起私自复仇与侠义、慕侠崇拜之间的共生互动，彼此烘染，其结果是使两者互补升值。《后汉书·桓谭列传》载其上疏称：

> 今人相杀伤，虽已伏法，而私结怨仇，子孙相报，后忿深前，至于灭户殄（灭绝）业，而俗称豪健。故虽有怯

---

① 房玄龄等：《晋书》卷九十八《桓温传》，中华书局1974年版，第2568页。

弱，犹勉而行之，此为听人自理而无复法禁者也。……

可见这种复仇风气的最终形成，与侠风的熏染不能不说有着某种必然的联系。

除了上述文化和时代根源之外，复仇对侠风形成的历史作用还在于，首先，是武侠个体的人格魅力、刚勇之风所包孕的代主、助友复仇雪怨的正义感，这同他们削除不义、确证公理、自我价值急切地期待见诸社会的表现欲有关，客观上也促进了某些地区社会生态的平衡，一定程度上构成了“秩序重建”，在复仇冲动这一主导性心理支配下，这些都被完满地熔铸在一个特定社会心理结构中。

其次，社会现实生活中随机性的复仇行为，常常因人们自私自保而得不到宗族力量的协助，复仇主体需要并借重侠义复仇的方式为自己雪怨。结友行侠，成为血亲复仇时常起决定性作用的一种补充，令人神往又的确有效。如《三国志·魏书》本传载，汉末韩暨为报父兄被陷害之仇，“庸赁积资，阴结死士”，终于追擒仇人，以其首祭父墓；《三国志·魏书》本传亦称典韦少时“有志节任侠。襄邑刘氏与睢阳李永为仇，韦为报之”。韩暨由是显名，典韦也“由是为豪杰所识”。他们的复仇行为，前者颇得力于“死士”侠义协助，后者则发自内心主动地行侠仗义，而成功后又都以此扩展了自身影响，提高了价值与威望。《礼记·曲礼》规定“交游之仇不同国”，强调这才是朋友患难时应取的态度；《白虎通义·谏诤》亦称朋友之道要“乐则思之，患则死之”。这些，既是对于侠义伦理的提倡，又是一种普遍民俗心态及其行为的总结。

其三，复仇是个体干预社会、凌驾于朝廷官法之上自了仇怨的极端化形式，此与武侠的非正统倾向、与朝廷官法对立的特质颇有相通处。

所以个体人的报复天性与血缘伦理情感一旦同侠气血勇结合起来，其对社会法制的破坏及复仇带来的滥杀无辜等副作用，非但不会让复仇主体有所顾忌，反而更增强其复仇的坚定性，并以此构成为个体和舆论的快事乐事。像《三国志·魏书·阎温传》注引《魏略》说，杨阿若就“少游侠，常以报仇解怨为事。故时人为之号曰：东市相斫杨阿若，西市相斫杨阿若。……”《后汉书》卷六十八《郭符许列传》也记载，宋果“性轻悍，喜与人报仇，为郡县所疾”。《三国志·蜀书·诸葛亮传》注引《魏略》称，徐庶也是“少好任侠击剑。中平末，尝为人报仇”。报仇行侠，成为怀有某种特定武侠豪勇价值观的“少年”的一种嗜好，不是个别的和偶然的。

如此英雄业绩——往往后来成了气候的乱世英雄们可贵的年少经历，成为正史野闻载录汉魏六朝帝王将相们人生不凡经历的值得骄傲的、浓墨重彩的一笔，可以说也构成一个为人经久认同不断效法的叙事模式。

三、社会人格品评尺度对侠文化的精神建构

西方社会心理学中格式塔学派的海德认为，人的态度与因果单元的形成之间，存在着某些相互影响的机制：“一种对事件的态度能够改变对导致该事件产生的人的态度，而且，如果这种对人的态度和对事件的态度相似的话，则很容易认为该事件是由这个人引起的。如果对因果单元的各部分的态度相同的

话，则平衡的认知结构形成。”①

这一理论启发我们，从中国古代复仇意识同侠文化传统关系上看，二者的相互影响也是相当深巨的。代友复仇、助人为乐、不计个人安危削除世上的不平，原本是早期游侠的人格价值最集中最有代表性的体现，这中间正义性的内核是侠义伦理的精神支柱，无疑也是复仇的动机之一。对正义复仇——仗义复仇的肯定认同，影响到人们——尤其是游侠这一有着自己角色期待和社会使命感的人物，在面临如此社会需要时来体现自身的价值。

至于社会心理，对行使复仇的历史主体与文学人物的人格品评，主潮是持久而稳定地褒扬倾慕的；而对复仇者侠义精神的景仰爱重，又每每印证并强化了人们对复仇事件一面倒的肯定性评判传统。复仇与侠义间某种内在有机联系就这样建立起来，从而形成了一种趋于平衡的认知结构。如汉代的一个著名的孝女复仇事件：

> 申屠蟠同郡缑氏女玉为父报仇，杀夫氏之党，吏执玉以告外黄令梁配，欲论杀玉。蟠时年十五，为诸生，进谏曰：“玉之节义，足以感无耻之孙，激忍辱之子。不遭明时，当表旌庐墓，况在清听，而不加哀矜！”配善其言，乃为谳得减死论。乡人称美之。②

---

① ［美］威廉·S·萨哈金：《社会心理学的历史体系》，周晓虹等译，贵州人民出版社1991年版，第540页。

② 李昉等编：《太平御览》卷四八一引《东观汉记》。

这位地方官梁配，他的主张实际上是“以礼压法”，但缑玉报父仇符合礼教提倡的“孝”，保护孝女又成了众所认同、钦敬的侠义行为，因此得到乡里舆论的支持。相关的类似事件还说明，这不是偶然孤立的现象，又如为鲁迅先生所注意到的：

> 朱朗，字恭明，父为道士，淫祀不法，游在诸县，为乌伤长陈硕所杀。朗阴图报怨，而未有便。会硕以病亡，朗乃刺杀硕子。事发，奔魏。魏闻其孝勇，擢以为将。①

其实朱朗之父本属于有罪该诛杀的，如果依照《春秋》之礼，作为案犯家属的朱朗不该报仇，但在私自复仇之风弥漫的乱世，这种行为仍然受到鼓励。而《三国志》裴松之注，也并不讳言支持孝子复仇的官员，有正义感的地方官员虞翻就有这样的应对：“王府君笑曰：‘地势然矣，士女之名可悉闻乎？’（虞）翻对曰：‘不敢及远，略言其近者耳。往者孝子句章董黯，尽心色养，丧致其哀，单身林野，鸟兽归怀，怨亲之辱，白日报仇，海内闻名，昭然光著。……’”②

似乎不光是为恩主师友复仇，为与己不相干的人复仇也是侠义精神体现，而且越是为素昧平生的弱者雪怨，便越是大侠光彩的闪耀，像干宝《搜神记》所载为赤比复仇的山中客和那

---

① 鲁迅编录：《会稽郡故书襍集·会稽典录》卷下，鲁迅案语：“案：《春秋》之义，当罪而诛不言于报，匹夫之怨止于其身，今朗父不法，诛当其辜。而朗之复仇，乃及胤嗣。汉季大乱，教法废坏，离经获誉，有惭德已。岂其犹有美行，足以堪记？”

② 《三国志》卷五十七《吴书·虞翻传》裴松之注引虞预《会稽典录》，中华书局1982年版，第1324－1325页。

些青史留名的喜好替人报仇者那样。也由于侠义精神在此认知结构中的主导作用，复仇文化的伦理特征就这样合乎情理地增强了。不论是为父兄报仇的行孝尽伦，还是为恩主师友复仇的酬恩尽义，或是为事不关己的不平纠葛主持公道，都凝聚为正义复仇与侠义交织的一种诱人的价值取向。

不仅如此，秦汉复仇心态与侠义价值取向的联系，还体现在，被复仇对象失去反抗能力时，则不进行复仇。这颇有些因“胜之不武”而讲究复仇时机的考虑。如南阳宛人赵憙：

> 少有节操。从兄为人所杀，无子，憙年十五，常思报之。乃挟兵结客，后遂往复仇。而仇家皆疾病，无相距者。憙以因疾报杀，非仁者心，且释之而去。顾谓仇曰：“尔曹若健，远相避也。”仇皆卧，自搏（叩头）。后病愈，悉自缚诣憙，憙不与相见，后竟杀之。①

为亲复仇讲究“以直报怨”，目标包含着正义性，手段也须讲究公平、正义性，仇家患病，且属于为从兄复仇，不必过急，所以复仇者不愿让复仇的正义性打折扣，“非仁者心”，所以宽缓了一次；而后鉴于仇家的服软态度，又宽纵了一次，然

① 范晔：《后汉书》卷二十六《赵憙传》，中华书局1965年版，第912页。与此类似的是为友复仇的“行勇以仁”，似乎因交友以义，为友雪怨也须讲究义，常璩《华阳国志》卷十下载寇祺与同邑人侯蔓俱学凉州：“蔓后为渤海王象所杀。祺杖剑至象家，值象病，象谢曰：‘君子不掩人无备，安有为友报仇，杀病人也？‘祺乃还。久之，复往杀象。由是察孝廉，为霸陵令、济阴相。”刘琳《华阳国志校注》，巴蜀书社1984年版，第831页。

而最终还是没有饶恕仇家。这一事例说明，作为复仇主体的当事人，在不违反复仇使命、伦理义务的大前提下，还是努力去争取血亲复仇正义性的发挥达到最大限度的，这其中也包括了侠义的因素。

可见，尽管从历史实存上看，东汉以后作为独立社会阶层的游侠虽然不复存在，但侠文化从观念层面上却愈加深入地浸染在民俗心理中，与复仇意识、恩义价值等进行了多方面的整合汇通，从而建构了整个社会的某种价值观。仿佛地火在暗暗地运行，一遇恰当时机必然要以其合理的形式喷发出来。武侠的思潮已经从深在结构上汇入整个社会民俗心理的隐微处，东汉中叶后政局逐渐紊乱，愈演愈烈而不可收拾，终于酿成汉末社会的大动乱，大分化，大改组。乱世人生中，民间自行其是了结仇怨的风气，持续不断，且有增无减。于是，在时代多种因素交汇碰撞下，作为对于分裂时代的一种主观顺应，一种特定的微妙心态——年少慕侠，代人复仇为侠，也在魏晋六朝一代代人的心灵深处应运而生，并没有为官法的屡禁而消歇。直到唐代统一后，朝廷大力加强法制，这种情形才算有所变化。

第二章　古代侠义复仇故事的流变及其三种倾向

人们谈论起武侠文学，一般总要溯及《史记·游侠列传》，其实，若从侠义复仇角度来看，侠的精神意脉及行为风范很大一部分应在该书《刺客列传》中追寻。因为侠的本质特征常常从仗义行动的“利他”精神中体现，虽然刺客们的行事动机与原则尚需具体细致的分析。叙事者司马迁是以充满赞美与同情的口吻来书写曹沫、专诸、豫让、聂政和荆轲故事：曹沫之劫持齐桓公，使之尽数归还侵得的鲁地；专诸刺吴王僚，使公子光合法继位得以实现；豫让的行刺赵襄子，是为恩主智伯报仇；聂政杀死韩相侠累，乃是为严仲子理怨；荆轲行刺秦王政，也为了酬报太子丹恩遇。今天看来，尽管这五位传主行刺动机有不同程度差异，正义性也有强弱之别——如聂政行事就明显地缺少正义性：严仲子不过同韩相侠累有怨隙，于是重金购求刺客，选中了聂政，而作为仇主的侠累又缺少令人痛恨的劣迹，但这些人物的行为均具有：一是以“集团利益”为最高原则，富有经验地实施“斩首”行动，以个体牺牲换取多方利益，而不伤及无辜。二是以暴抗暴，侧重以不畏牺牲的勇敢精神撞击强权力。三是以“自我生命”价值报答知遇之恩，追求“为知己者死”的精神皈依。在此，侠义故事裹挟着观念性正义精神完成着社会伦理精神的建构与完善。

一、先秦侠客“利他”精神及其出史人文

以暴抗暴，报答知遇之恩，为知己者死的英雄气概，是先秦侠客精神的灵魂。此在荆轲身上表现尤为突出，作者刻画最为用心着力。传主这五人聚汇成一个互为补充参照的侠义复仇系统，而荆轲更由一系列侠士众星捧月般烘染。环绕着荆轲，有口称愧为太子怀疑以至“非节侠也”，实为“自杀以激荆卿”的田光；有主动捐出头颅以支持行刺大业的樊於期；有继承亡友遗志、双目失明仍置铅筑中扑击秦王的高渐离……他们为复仇这一中心任务而自我牺牲，名垂后世，都有着较为可信的理由与正义性。后世反抗者们复仇的勇气力量，有不少是从这种不畏强暴、不惜代价的壮举中汲取的。

主要由于荆何刺秦王故事本身对人们复仇心理的振奋激发作用，加上秦汉游侠活动与民间传说交互整合，终于导致汉代小说《燕丹子》的出现。对于小说的不同于史传，多传奇色彩等文学叙事特征，古人已多有发现。这些从史传基础上增饰的情节细节几乎都是为了强化正义复仇主题的表现力、感染力的。小说人物处理是以燕丹为主线，铺叙燕丹逃归经过，写其受辱及险遭暗害、天佑不死，突出了他作为复仇谋略之主导者的正义性；小说增扩其对杀手荆轲礼遇方式和程度，更显出后者代替恩主行刺的可信度；小说对荆轲具体行刺过程场面的描写也不一样，《史记》中是刺而未中，逐而未得终至失败；而《燕丹子》中则写他稳操胜券之后的大意疏忽，不解“音乐语言”：

> 秦王发图，图穷而匕首出。轲左手把秦王袖，右手揕（刺）其胸，数之曰："足下负燕日久，贪暴海内，不知厌足，於期无罪而夷其族。轲将（为）海内报仇。今燕王母病，与轲促期，从吾计则生，不从则死。"秦王曰："今日之事，从子计耳，乞听琴声而死。"召姬人鼓琴，琴声曰："罗縠单衣，可掣而绝。八尺屏风，可超而越。鹿卢之剑，可负而拔。"轲不解音。秦王从琴声负剑拔之，于是奋袖超屏风而走，轲拔匕首擿（掷）之，决秦王，刃入铜柱，火出。秦王还断轲两手，轲因倚柱而笑，箕踞而骂，曰："吾坐轻易，为竖子所欺。燕国之不报，我事之不立哉！"①

这里，较之《史记》本传，上述叙事增设了复仇者对于仇主的当面控诉，又突出了复仇为"海内"、为"燕国"的重大社会意义；复仇的本已接近成功又遭失败，更在悲怆憾恨中给故事蒙上了浓重的命运悲剧意味。这种充满怅憾的悲剧意味本来在太史公笔下就已存在，在这里借助于情绪化戏剧化的叙事，被充分文学化了。明人叶权《贤博编》中指出：

> 陶靖节《咏荆轲》诗云："惜哉剑术疏，奇功遂不成。"李太白亦云："舞阳死灰人，安可与立功？"盖深惜之也。当轲濒行有所待，为丹所促，卒往不顾。使非舞阳震恐尸立，而少得佐之，无秦政矣。至于高渐离之意，尤

① 《燕丹子　西京杂记》，中华书局1985年版，第15－16页。

可悲。此皆天下奇男子，可以激发愚懦之人。

一方面，荆轲的勇凌豪主，激发了后世人们以弱抗强的攻击本能，使其思此谈此，神采飞扬，跃跃欲试；另方面，侠士复仇的终归失败，又令后世接受者对复仇行刺产生了一种更深沉的反思与强烈的期待情绪：侠的行刺出手应有一种带绝对性的必胜把握，复仇，具有了更多的抗暴除恶性质，一定要如人所愿地获得成功。而清代赵翼《廿二史札记》卷五则将荆轲这一类复仇行刺行为的楷模作用，特为标举作“东汉尚名节”风气的来源之一：

自战国豫让、聂政、荆轲、侯嬴之徒，以义气相尚，一意孤行，能为人所不敢为，世竞慕之。其后贯高、田叔、朱家、郭解辈，徇人刻己，然诺不欺，以立名节；驯至东汉，其风益盛。盖当时荐举征辟，必采名誉，故凡可以得名者，必全力赴之，好为苟难，遂成风俗。①

东汉末期蔡邕创作的《琴操·聂政刺韩王》，就写出了侠客行刺的成功，尤其突出了复仇艰难曲折的准备过程及主体相应付出的代价：

又曰：《聂政刺韩王》者，聂政之所作也。聂政父为韩王治剑，过时不成，韩王杀之，时政未生。及壮，问其

① 王树民：《廿二史札记校证》，中华书局 1984 年版，第 102 页。

母曰："父何在？"母告之。政欲杀韩王，乃学涂入王宫，拔剑刺韩王，不得，走。政逾城而出，去，入太山，遇仙人学鼓琴，漆身为厉，吞炭变其音。七年而琴成，欲入韩国，道逢其妻，妻对之泣下，对曰："夫人何故泣？"妻曰："聂出游七年不归，吾常梦相思。见君对妾笑，齿似政齿，故我心悲而泣也。"政曰："天下人齿尽相似耳，胡为泣乎？"即别去，复入山中，仰天而叹曰："嗟乎，变容易身，欲为父报仇而为妻所识，父仇当何时复报？"援石击落其齿，留山中三年，习琴持入韩国，人莫知政。政鼓琴阙下，观者成行，马牛止听，以闻韩王。王召政而见之，使之弹琴。政即援琴而鼓之，内刀在琴中，政于是左手持衣，右手出刀，以刺韩王，杀之，曰："乌有使生者不见其父，可得死乎？"政杀国君，罪当及母，即自犁剥面皮，断其形体，人莫能识知。

乃枭磔政形体市，悬金其侧，有知此人者赐金千斤。遂有一妇人往而哭之，曰："嗟乎，为父报仇耶！"顾谓市人曰："此所谓聂政也。为父报仇，知当及母，乃自屠剥面。何爱一女之身而不扬吾子之名哉？"乃抱政尸而哭，冤结陷塞，遂绝行脉而死。故曰《聂政刺韩王》也。①

为此，作者广采主题系统中既有的相关情节母题，将聂政刺韩相侠累的史实充分地文学化了。行刺对象改为韩王，受秦

① 李昉等编：《太平御览》卷五百七十八《乐部十六 · 琴中》。

王被刺书写的启发，以其对象为王而行事壮烈、色调更浓、新闻性传奇性更强烈。

故事说的是聂政父为韩王冶剑，过期不成被杀，时聂政尚未出生，此借助于由《吴越春秋》、《列异传》直到《搜神记》① 的"干将莫邪"故事框架；聂政长大为报父仇的漆身、吞炭、凿齿、隐姓埋名，颇借助于豫让化装报仇的方式；复仇主体遇仙学琴、以琴音悦王、纳刀琴中行刺，又显系来自当年高渐离以击筑接近秦王，置铅筑中击仇；复仇成功后的自犁剥面断形体，则是故事最初文本——《史记·刺客列传》中早有的叙述；最后哭认其尸的角色则改换为聂政之母，强调了母亲在"儿子长大后复仇"母题中的决定性作用。侠义复仇，因其主导性动机十分契合复仇普遍意义上的正义性质，易于扩散又便于被借用移植置换，这里的侠义行刺融进了血亲复仇之中。由今山东嘉祥县武梁祠汉代石刻的人物行动画面看，"聂政刺韩王"故事至迟在东汉末年之前就已在民间传扬②。民间传说对诸多母题的采撷、移置及相互整合进行了不自觉的加工。侠义复仇与血亲复仇都有着历史与现实的渊源，而二者合流，加上相关"异文"的集拢熔铸，就有可能最大限度地超越早期史传文学的宥限。

---

① 晋人干宝在《搜神记》中记叙该文本时，此故事似已在民间流传许久。

② 逯钦立：《琴操故事"聂政刺韩王"》，见其著《汉魏六朝文学论集》，陕西人民出版社 1984 年版。此说当本胡应麟《少室山房笔丛》卷三十五所论："《琴曲》曰《聂政刺韩王》者，聂政之所作也。……右见《太平御览·琴类》，似合聂政、豫让、高渐离为一者。附会审矣！而其说亦僻，可喜。录之。"见该书，中华书局 1958 年版，第 466－467 页。

为什么将复仇文学主题较早从史传中剥离、且较自觉文学化的是侠义复仇之作？为什么较早将侠义复仇之作文学化时偏偏选中了聂政行刺故事？这实在是复仇和侠义文学史上一个值得注意、引人思考的问题。

在主题史、题材史的研究探讨中，对许多具体问题谜案的寻究启示，颇得力于其史的全程描述观照的整体性思索，尤其是晚期相关文学现象剖析。因为从接受史的角度来看，先前那些模糊朦胧、处于萌芽状态中的现象，会在后来清晰明确化了的文本叙事主题中，昭示出潜在藏蕴已久的意义和价值来。我们从刘斧《青琐高议》前集中的孙立、洪迈《夷坚支甲》中的哮张二、《聊斋志异》中的田七郎等人物身上，都不难深会我心地发现聂政的身影。不过，还是《聊斋志异·聂政》让这一极富武侠文化深蕴的人物英灵文学重显。当一伙歹徒受某王驱遣抢夺民妇，其夫隐身聂政之墓欲与妻遥决，被发现后行将遭掠，情势危急，于是聂政居然从墓中持刃而出，厉声严斥："……寄语无道主，若不改行，不日将决其首！"不仅众徒鼠窜，无道之王从此也淫威大减。由此作者更予以发挥道：

> 异史氏曰："余读《刺客传》，而独服膺于轵深井里也；其锐身而报知己，有豫（让）之义；白昼而屠卿相，有专（诸）之勇；面皮自刑，不累骨肉，有曹（沫）之智。至于荆轲，力不足以谋无道秦，遂使绝裾而去，自取灭亡。轻借樊将军之头，何日可能还耶？此千古之所恨，而聂政之所嗤者矣。闻之野史：其墓见掘于羊左之鬼。果尔，则生不成名，死犹丧义，其为人之贤不肖何如哉！噫！

聂之贤，于此益信。”①

由复仇主题价值系统看，司马迁笔下的聂政虽有着某种先天不足（如前所提及的缺少正义性动机），但其毕竟行刺成功了，何况其以抉面自杀的方式去避免复仇所可能带来的牵累恩主、亲属等副作用，将侠义复仇使命与自觉性的光辉发扬得淋漓尽致，从而成为《刺客列传》中最具侠风的人物。显然，从文学审美接受史意义上评价荆轲与聂政，有时是难分轩轾的。荆轲是失败了的复仇英雄，但其行动客观上带有拯救燕国、为天下受强暴侵凌者抗争泄愤的悲壮色彩；聂政为恩主平一己私怨，但其复仇行事却是那样的干净利索，那样的彻底而毫不留下后遗症。蒲松龄充分表达了传统接受心理中对复仇成功、复仇彻底性的推重，也许这正是蔡邕《琴操》“聂政刺韩王”故事将旧有题材取长补短、避短扬长的深在原因。可以理解蒲松龄对荆轲的“恨铁不成钢”；也可以理解为什么《琴操》要将聂政的行刺对象改为无道的“韩王”。且纵观复仇主题沿革的状貌又可以看出，受侠义精神（现实性）与鬼灵文化（超现实性）的濡染，复仇主题的接受心理还有一种将复仇效果理想化——要求复仇必定成功彻底的趋向。

二、三类模式：侠文化与复仇意识的撞击及整合

接受心理与创作心态是密切联系、交互作用的。侠文化与

① 任笃行辑校：《全校汇注集评聊斋志异》卷五，齐鲁书社2000年版，第1264－1265页。

复仇意识撞击整合，给复仇主题带来了深巨的影响，这里仅粗略概括为侠义复仇的神化、御用化与江湖化。

侠义复仇的神化。复仇行刺失败引起的无穷憾恨，不能不引起人们对复仇手段技艺的关注。《史记·刺客列传》叙荆轲事败，“鲁勾践已闻荆轲刺秦王，私曰：‘嗟乎！惜哉其不讲于刺剑之术也！……’”[①] 陶渊明《咏荆轲》更扩散了这一惜叹的影响：“惜哉剑术疏，奇功遂不成。”因而在侠风甚炽的唐代，复仇手段的高超——身手不凡的技艺乃至幻术，常为行侠者所必备的。复仇侠士侠女们不是鬼神，而是现实中活生生的人，但他们却被侠文化与复仇逻辑罩上了一层神秘的光圈。侠的庄严与复仇的神圣不容忍再出现“剑术疏”的悲剧。如同女性复仇因其性别的特殊性所决定的若不采取曲折的策略，就必须具有超人胆魄与早异武功一样；侠，作为一个以伸张正义为宗旨的局外人（多数情况下如此）要干预人世间的是非恩怨，也必须有足以抗暴除恶、令人折服的技艺武功。

唐传奇写侠复仇时的手段大致有隐身术、剑术、飞行术、幻化术、灭尸术等等。像聂隐娘，就“白日刺其人于都市，人莫能见，以首入囊，返主人舍，以药化之为水”，还能幻化为小虫入人肠中避灾。崔慎思妾与贾人妻这两位隐姓埋名多年的女侠，也具有出奇制胜的绝技，她们的复仇过程虽属虚写，但其行事的干净利落、来去如风简直令人瞠目结舌：她们一个是“以白练缠身，……古之侠莫能过焉”，一个是“累囊湖坛而去，身如飞鸟”。荆十三娘偶闻某妓及其父母攀高结贵，弃友

---

① 韩兆琦先生《史记选注集说》认为此处的鲁勾践，似为太史公行文之误，应为盖聂，见该书，江西人民出版社1982年版，第289页。

人之弟，就奇迹般地杀死了此不义之辈，而在冷血女侠眼里这不过是举手之劳，小事一桩。正如京西店老人所言："客勿恃弓矢，须知剑术"。这种剑术在后世小说中被充分夸张渲染并神化，"使丸弄剑"几成习语。至于飞行术则比较适合侠的远距离奔袭，像义侠觉悟后杀死恩将仇报者，往返五六十里不过用了"至夜"到"二更"这段时间。杀伤力与攻击力超常，是武侠复仇行刺最精彩诱人的所在，这身怀绝技的武侠极为符合民众英雄崇拜心理，因而构成了后世对侠之武功的全面增色拔高——可说是复仇主题及复仇意识对侠文学的一个贡献。一方面，由于侠之成为社会正统势力的对立体，他以个体力量来打破社会秩序轨范，剑挑法网，以暴抗暴，剪恶除强，不能不具有相当高的胆略与过人的技能；另方面，因复仇必胜的期待而对侠这一现实中特定身分人们的能力，人们乐于大力渲染夸张，情愿去描绘出理想化传奇化的图景。

因此，金庸先生体会到了刺客——武人由个体向群体的转化，其实也可以说是因个体境遇变化而进行的带有阶层共性的角色变化，1998年4月他曾指出：

> 最初的侠只不过是独往独来、凶暴的武人，后来大都成为有钱有势之辈所豢养的刺客或打手，再后来连群结党，横行乡里而成为土豪，世乱之际或沦为盗匪，或聚合投军而作军官；时世清平往往为朝廷、官府所诛灭；在转朝换代时通常为起义者的领导者或同盟军。①

---

① 金庸：《〈说侠〉节略》，刘绍铭、陈永明编《武侠小说论卷》，香港明河出版社有限公司1998年5月初版，第708页。

侠义复仇的江湖化，是对于“匪盗化”的心理补偿与正义宣扬。侠与匪盗，就其与正统势力对立抗争角度看本有着天然的联系，具体到个人行为有时简直匪侠难分，而问题在于匪盗的“侠义书写”是一种个体与社会的共同心理需要。匪盗在传统社会里，多体现为个别性犯禁盗贼的武装集群化与职业化，虽常有一定的“替天行道”纲领，仍有不少个人恩仇左右其中。饥寒无着，官逼民反，兵败难归，作案在逃，造反起事者的本身就每每有复仇情绪为主导核心——不是个体避仇便是为了报仇等待时机，山林草泽成了这些违禁者的避难所和休养地。匪有“侠”的某些粗豪特征，侠有“匪”的一些残暴恶习。文学作品中写“匪化”的侠义复仇，主要指的是伴随着主题对行侠仗义基调的肯定，以及对侠义复仇技艺的夸张，复仇手段也显得极为较为凶狠残酷，范围时或扩大，且为小团体中同伴报仇可以不顾正义与否和扩大化。这一点最突出的例子当推小说《水浒传》。

啸聚梁山的众英雄，基本上是用一种游民——土匪式的手段来进行复仇的。早年胡适先生《水浒考证》和鲁迅先生《中国小说史略》也不讳言梁山好汉是强盗。夏志清先生曾对武松、李逵、杨志和石秀等复仇英雄的此类行为进行过精当的分析，认为其代表了中国古典小说的一种倾向：“在对待正义的态度上含糊不清，对地道的暴力像孩子似的津津乐道”；“对野蛮虐杀事实上的赞同”；“……体现了一种非理性的报复”。复仇在英雄集体中所起到的心理与行动上的巨大的凝聚作用是难于替代的：“好汉个人与好汉群体在这一基本点上并没有多大区别，那就是都渴望复仇。个人的复仇行为虽比集体复仇更多地出于对名誉的考虑，但好汉们若不是热衷于复仇，是不会服从群体的意志，参加惩罚那些与山寨为敌的城市、乡镇的战斗的。"[①] 其实，这种所谓的"行帮道德"，归根到底还是起自侠义伦理与复仇逻辑的结合。其个体功利目的，也是穆勒说的"多数人的暴政"之江湖展演。

与侠义复仇结合的匪性，其道德评价和审美效应其实是有较大错位的。他们的行为风度以其粗豪强暴，洋溢着一种阳刚之美，让文人和下层民众神情激荡，唤起人们内心的某种本能——"攻击行为，……就像其他的行为一样也是一种本能，在自然情况下，它也和其他本能一样对个性和种族的生存有很大的帮助"[②]。这种攻击本能在复仇正义性催奋下会十分亢奋，鼓动着好汉们乘着复仇的情绪惯性，觉得越凶暴滥杀就越逞出复仇豪勇、张扬正义的声势。本来，复仇以其特有的号召力强化了好汉集团藐视朝廷、反抗邪恶的意趣；而集团内部矛盾纷争的多样化、人员动机愿望的复杂化，更需要某种具体奋斗目标的吸引，外在敌仇的激励，以至成员之间精神气质上的相互感染接近。柳宗元《敌戒》一文就承孟子语意，警醒而深刻地论述道：

皆知敌之仇，而不知为益之尤；皆知敌之害，而不知

---

① ［美］夏志清：《中国古典小说导论》，胡益民等译，安徽文艺出版社 1988 年版，第 102－110 页。

② ［奥］康罗·洛伦兹：《攻击与人性》，王守珍等译，作家出版社 1987 年版，第 2 页。

为利之大。……敌存灭祸，敌去召过。有能知此，道大名播。惩病克寿，矜壮死暴。

只是因仇敌——对立面的存在（或隐性存在），特定个体就随之拥有了许多人们所不愿承认的益处，他可以令自己时时醒奋图强，兢兢业业地努力而丝毫不敢懈怠。

复仇虽有利于匪盗的小团体凝聚力，但以匪气式的凶暴砍杀又浓化了复仇者的匪气。由于复仇的血腥气已将其正义性扩散了，为了复仇的庄严神圣似乎可以不顾一切逞勇示强。事实上这是在除恶的同时又在客观上造恶，如梁山好汉们劫法场让一些无辜看客受戮和武松杀张都监满门良贱一样。这种侠与复仇的匪化为铲除不平的正义性所遮盖，人们较少注意到其与传统文化劣根性的内在关系。早自唐传奇《无双传》中，侠士古押衙为酬报恩主去夺回无双姑娘，竟使十余人无端被杀。这就好比一个打家劫舍的土匪，为了给恩主敛财不惜杀戮善良的百姓。只因为这些人与自己没有恩义关系，否则，即便有丝微的恩义关系也会止住其开杀戒的。侠匪恩仇必报的伦理价值观，使这些人实现伦理目标时，不计后果，毫无公德心可言。恩报与复仇在这一点上是相通的。虽则如此，人们仍然对侠与匪在诛奸除恶时的小团体特征并无更多的反感，因为行侠仗义时强大的精神力量、无坚不摧的意志、豪爽不羁的气质风范有效地征服（或曰“绑架”）了人心。

由明代《三国志通俗演义》到清代毛宗岗父子的《三国演义》，三国故事的伦理书写，均因刘备为了“桃园三结义”的小圈子小团体而兴兵伐吴，为二弟报仇，这也带有某种侠匪亚文化伦理支配下的性格特征。毛本小说第八十一回写赵云劝谏，说国贼是曹操而非孙权："云曰：'汉贼之仇，公也；兄弟之仇，私也。愿以天下为重。'先主答曰：'朕不为弟报仇，虽有万里江山，何足为贵?'遂不听赵云之谏。"在复仇主体眼里，什么社稷倾覆、万民涂炭都无所谓，因为结义兄弟小团体的恩恩仇仇是高于一切的。帝王刘备的讨吴复仇，仍不脱侠匪实现小团体伦理价值的窠臼。

侠义复仇的御用化。即武侠的独立性非正统性的丧失，与朝廷官府结合并为后者所同化。侠义复仇为的是特定的伦理价值，适逢某种恩遇后这新一重"关系存在"遂消释了先前的既定目标，甚至使其刀锋转向。只因有了恩遇——对某清官感激涕零，使侠只看重清官恩主的人格魅力，个体自我随机性的利害得失，而淡化消解了自身与官府正统对立的亚文化传统。事实上，一经官方或恩主管辖控制，侠也就难免不失落其个体自由不拘的本质属性。对此，清人从侠文化接受阐释角度注意到贾岛咏侠诗：

> 明海虞冯钝吟有评本，长洲何义门得之称善。其字句远出俗水之上，如云："十年磨一剑，霜刃未曾试。今日把示君，谁为不平事"。今本作"谁有不平事"。钝吟云："谁为不平，便须杀却，此方见侠烈之慨，若作谁有不平，与人报仇，直卖身奴耳!"一字之异，高下悬殊。旧本之可贵类若是。余得此本，因临写之，令后生知读书之法。[①]

① 卢文昭：《题贾长江诗集后》，《抱经堂文集》卷十三。

侠文化正宗崇尚的是“替天行道”，其平不平纯系为正义之道而不论这“不平”由谁发出，像元代高文秀杂剧《李逵负荆》写李逵闻宋江、鲁智深掳走酒店主的女儿满堂娇，就即到砍倒杏黄旗大闹忠义堂，其嫉恶如仇而不受恩义关系羁绊。

明清时代，由于正统的皇权专制主义在宋明理学强调下建构了文人观念，加上统治阶级的官僚机构系统愈加完善而有效率，侠的个体反抗复仇受到很大的限制。人文思潮兴起及对生命价值的关注，使侠这一社会阶层自身的追求也有意识地突破昔日传统的价值观。像汉魏六朝与唐代那种不惜牺牲个体生命去复仇——实现某种终极关怀，在明代中叶后中国文化深层结构激烈变革过程中已逐渐被扬弃，代之以在有限的生命过程中更珍视个体的自由意志，以至于为报恩知遇实现自我价值不惜抛弃传统的清正人格风范。小说名著《水浒传》中的宋江，在向邪恶小人与贪官污吏复仇时丝毫不手软的，但对朝廷却一往情深，终究选择了招安一途为游侠集团的归宿；《西游记》中孙悟空也曾大闹龙宫冥府乃至天宫，最终还要千辛万苦保护唐僧去西天取经，求得个功名正果。在此，宋江没有始终对邪恶奸佞持仇视态度，孙悟空也并不记玉帝、如来等弹压训诫之仇。正统性、权威性消解了他们原本有报复理由的复仇动机，而他们身上透露出的对正统的归依认同倾向，在清代小说《绿牡丹》、《儿女英雄传》、《三侠五义》等作品中得到了进一步的发展和新形式的表现。侠义的英雄不光有自己的复仇大任，当这大任实现后还有了自己的儿女情长，这是前所罕见的。文康《儿女英雄传》缘起首回的引词有：“侠烈英雄本色，温柔儿女家风。……儿女无非天性，英雄不外人情。最怜儿女最英雄，才是人中龙凤。”作者力图将侠义英雄同儿女情长结合，认为两者不是对立矛盾的，而是互补相生，成正比的：“殊不知有了英雄本色，才成就得儿女心肠；有了儿女真情，才作得出英雄事业。”这里“儿女真情”涵义当较宽泛，涵盖父子兄弟夫妻朋友这一系列的人伦情分，后面的再用类似的表述强化了这一层意思，具体化到有情有义的复仇侠女——十三妹何玉凤身上：

> 原来这人天生的英雄气壮，儿女情深，是个脂粉队里的豪杰，侠烈场中的领袖。他（她）自己心中又有一腔的弥天恨事，透骨酸心，因此上，虽然是个女孩儿，激成了个抑强扶弱的性情，好作些杀人挥金的事业。路见不平，便要拔刀相助；一言相契，便肯沥胆订交。……①

但是这侠女的复仇却并非义无反顾，小说第八回写何玉凤她回答安公子问话，就谈出了些许顾虑：一则担心仇人“是朝廷重臣，国家正在用他建功立业的时候，不可因我一人私仇，坏国家的大事”；二则担心亡父之灵背上个冤冤相报之名；三则怕老母无人赡养。这顾虑中最根本的还是顾及朝廷，真是莫名其妙！若联系前此侠义复仇诸多例证更让人难索其解。也正因有了这种心理基础，后来她听说皇帝代报大仇，今生大事已了，竟丝毫不觉未能手刃仇人之憾。这根本就不是先前的那些

---

① 文康：《儿女英雄传》第五回《小侠女重义更原情，怯书生避难翻遭祸》，上海古籍出版社 1991 年版，第 51 页。

复仇孝子孝女们的行为与心态了！复仇侠女后来成为一个忠孝贤惠的安太太，是有着深固思想基础的。其中关键之点，是这一时代武侠群体所体现的平民意识，已经定型而且趋向正统化，从而使复仇伦理——必得亲手诛杀仇凶以为快意，从先前的逻辑轨道中偏离出来，安之若素地听任朝廷圣意作主。早期中期的武侠倘若遇此情况，岂不把仇人掘墓鞭尸再诛戮满门，才会罢休么！

三、故事模式取向的社会伦理结构功能

侠义复仇的江湖伦理化，某种意义上讲可以说是对其御用化、神化等的补充，三者往往互为交叉与纠偏。

首先，是侠义复仇更加注重惩治为官之仇主的方式及儆世戒恶社会效应，像著名的清末侠义公案小说《彭公案》写宋起风打算袭击副将刘芳，受到戴魁章责备，宋称与刘有杀父冤仇，不能不报，戴却认为他应该遵循江湖上的规矩："他是本地的副将，既与你有仇，你本该夜晚背刀，到他衙门内去杀他，你在我这里不能如此。从今以后，再不许你二人记仇。"[①] 江湖亚文化伦理的增强与扩散整合，使侠在与官府对立时常因小团伙、草莽兄弟群体利益而有所顾忌；侠欲向有仇的官吏复仇，应好汉做事一人当，施展身手夜入官宅了断，显出高手一人所为，

① 《彭公案》第一百四十五回《诉前情求放钦差，暗设计刺杀大人》，宝文堂书店1986年版，第757页。范烟桥《茶烟歇》指出："《彭公案》为清代卷帙最多，影响于社会最深切之小说。……京剧之取材于是书甚夥，故其人几于家喻户晓，惜是书文笔庸劣，其后更多杂凑，若加删节整理，亦一可传之作也。"

避免牵连同伴。

其次，侠义复仇的神化，往往借助于侠的特殊类型“剑仙”和其他神秘力量介入来实现。这一神化，往往既是“暗室亏心，神目如电”公平正义底线违犯的后果惩罚，也是对于武侠个体有时不能做到真正“御用化”而要讲些江湖兄弟情谊的心灵制衡。从而，在凝聚江湖团伙的群体结构中，侠义复仇的神化设置，使得违义背信者的命运结局，有了神秘崇拜盛行的文化圈中更为合理且得到众所认同的归因。

其三，江湖伦理之侠义的“盗亦有道”等约束力，又要求侠尽量不向弱小者复仇，小说《水浒传》中李逵就声称“凭着我胸中本事，平生只打天下硬汉、不明道德的人”，因而他最初并未杀盗用他大名的无赖李鬼，因后者谎称家有九十岁老母；《续小五义》写大侠徐良也放了一个装鬼的无赖；《彭公案》写侠盗窦二墩对假冒其名的窦二羔，不仅留下性命，还赠银相助。假使冒犯武侠的是朝廷那些高官或骄兵悍将，情形可就大不一样了。侠每每不免要使性弄气，恃勇滥杀；但他毕竟是平民百姓的偶像与救星，在扶弱诛强时仍广泛地施加他那伟大的同情心，民众们指望着侠将复仇利剑更多的指向为害社会的强梁，徐珂《清稗类抄·义侠类》即慧眼卓识地指出：“侠行天下，多手贼达官与有权力之人，若无势而非所名者，不屑也。”侠义精神不光使寿州隐侠有此惯习，也是侠文学描写复仇时常常牵涉到的一种侠义价值趋向，尽管事实上未必都能这么如人所愿。

侠义复仇在历史发展过程中种种衍化倾向，当然还不止于上述，这里只不过列出荦荦大者。其内在的多维互动和有机整合，丰富了侠文化历史纵深度和侠的多重性格层面；虽作为复仇主体的侠，其队伍庞杂、复仇对象也扩大了，但他们复仇的正义性动机，却仍是主导性的，并未有大的改变，这说明古代侠义崇拜深层价值的稳定性和与时俱进的开放性。

第三章　剑仙聂隐娘与通俗小说题材母题

文学往往是通过文学之外的话语（extra-literary discourse）来进行思考的。这样的主张，大大拓宽了文学研究的范围，也给我们解读中国古代武侠故事文本佳构以很大的启发。这里，让我们以主题史、互文性的视界，重读剑仙聂隐娘的故事，当是不无创意的。

一、剑仙求贤徒母题

聂隐娘的故事滋生于道教信仰的文化土壤。一般认为，道教是中国土生土长的宗教："道教是以神仙不死之道为最高信仰的中国本土固有的宗教，它用神仙不死之道吸引信仰者，劝人通过道德品质的修养和养生修炼而长生成仙，最终解脱死亡，获得生命永恒。"[①] 而剑仙故事主人公的"仙格"虽然取仙道深山修炼的路径，价值取向却不仅在于修炼自身生命延长的资质，而重在能够飞升与拥有神奇的剑术。这种剑术是进攻性的而非防身所用，并且在宋代之后强化了诛奸除恶的道德化倾向[②]。

---

① 王卡：《道教经史论丛》，巴蜀书社2007年版，第2页。

② 参见王立《侠与中国古代剑崇拜》，《中国人民警官大学学报》1995年第4期。

在古代仙道文学中，真正的从仙学剑传闻，开始于唐传奇的描述。这方面的代表作便是裴铏《聂隐娘》[①]。一位方外神尼看中了贞元年间大将聂锋的女儿——十岁的聂隐娘。神尼说要收隐娘为徒，聂锋不许，神尼又说你铁柜中也藏不住，当晚隐娘果然失踪，五年后才被送归。据隐娘自述，她在一处不知有多远的深山石穴中，穴中已有两个能飞走的少女，“尼与我药一粒，兼令长执宝剑一口，长二尺许，锋利吹毛，令抟（截割）逐二女攀援，渐觉身轻如风，一年后，刺猿狖（长尾猿）百无一失；后刺虎豹，皆决其首而归。三年后能飞，使刺鹰隼，无不中，剑之刃渐减五寸，飞禽遇之，不知其来也”。

但真正严格的训练是杀人，四年后神尼领着隐娘在都市中，指着一个人历数其罪恶，让她割取其头，于是隐娘用一种羊角匕首在光天化日下行刺其人，割首入囊，归，以药化为水。又一次隐娘奉命行刺某大官，因见其正在逗一个可爱的小儿玩，未忍下手，以故迟归，为此遭神尼严厉责备。后来隐娘似乎不经意地嫁给一个磨镜少年。元和年间她受魏帅之请去刺杀节度使刘昌裔，但刘会测算，成为隐娘的知遇，隐娘也以剑术成为刘的护卫，先后与魏帅派遣前来行刺的精精儿、妙手空空儿斗法，杀死前者并化尸为水，又成功地化蠛入肠，躲避了具有神术的后者（这方面吸收了印度史诗与佛经故事的“入腹术母题”）。后来刘帅入京，隐娘不愿跟随，自愿从此寻名山访仙，又重新过起了游居世外的仙隐生活。

唐人笔下多女侠剑仙，这也离不开唐人尊尚女性艺高矫捷

① 汪辟疆校录：《唐人小说》，上海古籍出版社1978年版，第270－272页。本于李昉等编《太平广记》卷一百九十四引裴铏《传奇》。

的风习。唐诗多有赞美女杂技演员绝技的，如顾况《险竿歌》咏：

> 翻身桂影恣腾蹋，反绾头髻盘旋风。盘旋风，撇飞鸟，惊猿逸，树枝裹（袅）。……若不随仙作仙女，即应嫁贼生贼儿。中丞方略通变化，外户不扃从女嫁。

刘言史《观绳伎》也咏：

> 重肩接立三四层，著屐背行仍应节。两边丸剑渐相迎，侧身交步何轻盈。闪然欲落却收得，万人肉上寒毛生。危机险势无不有，倒挂纤腰学垂柳。……

显然这是西域传来杂技相关的幻术崇拜的整体文化背景下产生的，与当下聂隐娘身手描绘不无相通、且同源共生的。而童年即深山学艺的聂隐娘可为世外炼剑者代表。

聂隐娘故事中蕴涵了许多重要的道教故事类型元素。

访求贤徒，度脱修炼。这是剑仙何以能够脱凡超俗，厕身仙班之列的必要过程。葛洪《抱朴子·塞难》称学仙须“命属生星”，这样才会学有所成；《抱朴子·辩问》也说人生有定命，有的人很平常、驽钝不通却能通达仙理，而有的人虽多所鉴识，偏偏缺少内在的“仙骨”总也成不了仙，因为其是“富贵中人”。可见剑仙求贤徒，与道教的度脱凡人成仙有密切的渊源关系。这里，神尼看中了隐娘的学剑素质，符合仙道严择弟子的传统。因为剑仙授徒，这徒弟获得的是一般凡人无法抵御的超凡武功，打破了人类社会自然的生态平衡，因此授徒的剑仙不光要为弟子负责；也要为自己声名、为天下百姓的祸福安危负责。剑术一旦传人，就不为师父所有，而具有一种相对独立性。不像宋人洪迈《八段锦》描写嵩山王真人的门徒，见李似矩“风仪栖落，似有道骨”，就屈身托为仆役来考察，发现其不大合格，便粗略指点指点，而后回山不返。

相比之下，还是这样的描写居多：即剑术一旦为坏人获取，可不会那么简单地消除麻烦的。因而仙师求贤徒是辩证的，既要思贤若渴又不能择之不精。近代小说孙玉声《仙侠五花剑》第十五回《访义士有心传道，试侠肠无意怜香》就写剑仙红线，见文云龙为人义侠，想收为徒，“惟恐错过了人材”，连夜下山寻访；至于空空儿则因误收飞贼“燕子飞”为徒，使得众剑仙费尽心机，不得不付出重大代价才算诛灭。可见剑仙一旦收了恶徒，不光败坏师名，贻害苍生；因恶徒熟知本门路径，若想惩治收服清理门户，往往还较之于一般性的行侠惩奸更为艰难。

近现代武侠小说还写，胜来镖店的窦家小姑娘突然失踪，就如同当初童年的聂隐娘那样被一位世外女剑仙看中，是公孙韦娘（似为捏合唐代那善于舞剑的公孙大娘与明代的韦十一娘两人的衍生体）带走学艺。比武中失败的鲍洪涛，衔恨袭击了胜来镖店，被店主窦胜来宽仁放还。不久又摆下镖旗大会，正赶上艺满出师，助父在擂台上夺旗，后陆续除掉江湖上几大恶霸[①]。江湖险恶，似乎没有官府强势依托，就只能在神秘的异

① 望素楼主：《胜字旗》，上海励力出版社 1948 年印行。

空间中，得到世外仙师传授绝技，才能应付江湖恶势力的凌迫。

学剑考验，类似于求仙考验。为此，许多得道高深的老辈，择徒时都要进行考验，像当年的黄石公就故意将履（鞋子）堕落桥下，让张良下桥取回三次进上。《续小五义》第九十六回《亲姊妹逃奔商水县，师兄弟相逢白沙滩》写义侠太保刘士杰，曾自述小时家里开店，幼爱习武，但请了几个教师都很平常，可巧铺中新来个打杂伙计，年过六旬，显得极无能，谁也看不起他，可是刘士杰却幸运地在被考验中与这位深藏不露的武林前辈互相发现："这日我在铺中吃饭，叫他盛饭，他把碗拿起来给我摔成粉碎，还说：'伺候老掌柜的可以，你怎么配叫我盛饭！'我也没动气。那日我刚倒好了茶，他拿起来就喝，我也没动气。他连试了我几次，那日晚间才说了实话，他是一身的功夫，所以我的本领全是此人教的。"① 而《七剑十三侠》中海鸥子授剑术的选徒要求则强化了道德质性："存心仁义，为人忠信"。

隐形行刺，出没无常。聂隐娘具有明显的受雇佣的"职业杀手"诸特征，她在学艺四年头上，随神尼入都市，经其指认后，以羊角匕首"白日刺其人于都市，人莫能见"，还及时以药消解尸首；第五年头上，就能夜入某大僚屋内"决其首"而归。她带有的"独行侠"特点，成为日后江湖上一流侠客的普遍类型。而其类似行径仍然持久地给人以震慑力。如清代周亮工《书影》卷四所指出的：

---

① 参见石玉昆《小五义（正·续）》，岳麓书社 1993 年版，第 732－733 页。该书异文较多，这里取较为详赡的文本。

> 剑侠见于古传记中甚夥，近不但无其人，且未闻其事。……予姻陈州宋镜予光禄尊人圃田公，讳一韩，神庙时在兵垣，劾李宁远（李成梁），疏至一二十上，宁远百计解之，卒不从。一夕，公独卧书室中，晨起，见室内几案、盘盂、巾冩、衣带，下至虎子之属，无不中分为二，痕无偏缺，有若生成，而户扃如故，夜中亦无少声息。公知宁远所为，即移疾归。光禄时侍养京师，盖亲见之。乃知世不乏异术，特未之逢耳。①

剑仙、剑侠的修道戒律。张乐林教授将明清剑侠修道戒律概括为："（1）戒淫；（2）戒嗜杀；（3）戒不忠不孝；（4）戒助恶为非；（5）戒偷盗银钱；（6）戒报私仇；（7）为善不可出名。认为这来自《初刻拍案惊奇》中韦十一娘的"新剑侠观"，只是其对王法更尊重了，对朝廷也讲究"忠义"了，相关道德性强调的是形象转化上新增的内涵②。

长江后浪推前浪，世上新人赶旧人，谁不愿自己的一身绝技延续在得意高徒身上呢？所以武林中像金丰、钱采《说岳全传》第四回中那位曾当过林冲、卢俊义师傅的周桐那样，发现少年岳飞是个好苗子，就急不可奈地认为义子（或召为贤婿）的，亦非少见，所以名师求贤徒，也是武侠叙事之中的常有话

---

① 余英时先生考《明史》认为此事属实，此入室恐吓事件即李成梁的刺客（剑侠）所为无疑。见余英时《侠与中国文化》，刘绍铭、陈永明编《武侠小说论卷》，香港明河出版社有限公司1998年5月初版，第54页。

② 张乐林：《略论〈七剑十三侠〉、〈仙侠五花剑〉中的仙侠形象》，《明清小说研究》2008年第4期。

题，其中周折艰辛的描述不少，可为晚辈后生的成长借鉴。

奇女子聂隐娘，也属于有着世外经历的女剑仙代表。这一维护社会正义的类型化人物，代有不绝，如《夷坚志》中冷血的解洵之妇，明代话本《初刻拍案惊奇》卷四《程元玉店肆代偿钱，十一娘云岗纵谈侠》的韦十一娘，故事本于胡汝嘉《韦十一娘传》[①]；又如王世贞《池北偶谈》中的高髻神尼，等等。

而聂隐娘的原型或隐或显，经常与这类女侠形象部分地重合叠化。民国武侠小说家也写到，颜公子偶然进入一处幽雅的房室，墙上挂着一幅《庄子说剑图》，案上则是"缺篇少幅的《聂隐娘传》……公子拈起《聂隐娘传》略为翻阅，暗笑道：'文人狡狯弄笔，便幻出这等女儿。世界上哪里有如此奇女?'……"[②] 于是小说引出了剑术秘笈，顺便演述起剑术的话题。原来此处便是女侠倩霞的房间。

二、离世入山修道母题与服食飞升及变形母题

修炼成仙的空间环境非常接近隐士对栖居之地的要求，因此"仙隐"组构成一词，具有文化所指。葛洪《抱朴子·明本》称，求仙者莫不飘然绝迹于幽隐处，"山林之中非有道也，而为道者必入山林，诚欲远彼腥膻，而即此清净也。……尤忌

---

① 参见王汝梅、薛洪勣《初论在韩国新发现的剑侠小说〈韦十一娘传〉》，《吉林大学社会科学学报》1994 年第 3 期；相关延伸与补充见赵钦泉《关于〈韦十一娘传〉的不同意见》，《十堰大学学报》1994 年第 3 期。关于胡汝嘉此传的"今典"情况，可参见裴喆《〈韦十一娘传〉的作者胡汝嘉考略》，《明清小说研究》2010 年第 3 期，等等。

② 赵焕亭：《奇侠精忠全传》第一九九回《识奇字公子结良缘，据襄阳红英称女帝》，新星出版社 2009 年版，第 1418－1419 页。

利口之愚人，凡俗之闻见”。剑仙必于世外偏僻深山修炼，受到汉魏六朝时期隐逸文化为背景的“洞穴仙乡”故事浸染，作为剑仙超人武技、成长过程的令人信服的背景。台湾学者李丰楙教授较早论及，六朝道教上清系列的《汉武帝内传》，有意撰述了多种道经，还有《五岳真形图》、《六甲灵飞》等传述：“其导出的过程技巧地借用汉武与西王母的对话，并引出另一重要人物上元夫人，成为一部以女仙真为主要角色的道教小说。”一直影响到晚唐杜光庭的《墉城集仙录》也颇为重视西王母与上元夫人的传说群①。这提示我们应该重视西王母故事代表的“女仙”传说及其性别文化因素、仙道文化对于帝王正统思想的冲击，而被视为“世外”的深山作为学剑修道者的空间活动场所，使故事展开较为方便。

聂隐娘初入深山，服用了神尼送来的一粒仙丹，于是身体轻盈，能尾随两个已得道的仙童如同猿猴般地在峭壁上飞走。服食得仙，早在魏晋时已成为普遍的信仰，嵇康《游仙诗》即咏叹其想象着与仙人同游，“授我自然道，旷若发童蒙。采药钟山隅，服食改姿容”；他在《与山巨源绝交书》中也说“又闻道士遗言，饵术、黄精，令人久寿，意甚信之”。后世写学道炼剑者，往往也是先服食一仙丹灵药（或有意无意地服饰其他异物），身体遂骤然获得某些先天未具备的神异素质，而后才在此基础上苦练，如孙玉声《仙侠五花剑》第三回写白素云学剑初始，仙姑红线即给她吃换骨金丹，将她“凡骨换去”，她服下后身上浑如火炭，骨节格格作响，睡卧

① 李丰楙：《六朝隋唐仙道类小说研究》，台湾学生书局1986年4月初版，第52－55页。大陆学者的相关研究多借用此书而不标出。

七昼夜，又休息八天才履行拜师仪式。该书第十六回更写出了由于服用者体质不同，“仙家妙药”之药效有别。名妓薛飞霞体弱有伤，却只用三日即能饮食：“第五日已能床上略坐，第六日已可下床，七日以后即能步履，十日后竟行走如飞。”天资敏捷的她先学拳脚，又持聂隐娘所授榴花剑学剑法，进步很快。金庸则注意无意之中的“服食异物获功力”，《神雕侠侣》中被砍掉一只臂膀的杨过，也是吃了大神雕衔来的怪蛇之胆而功力大增；郭靖也是误喝了梁子翁豢养多年的宝蛇之血，大增内力。

《抱朴子·遐览》曾介绍宣扬过一种与剑术相联系的变化之术，记载在一本托名为《墨子五行记》的书中，说此书本有五卷，昔日《神仙传》中的那个刘根（字君安）未仙去时，抄取其要为一卷：

> 其法用药用符，乃能令人飞行上下，隐沦无方，含笑即为妇人，蹙面即为老翁，踞地即为小儿，执杖即成林木，种物即生瓜果可食，画地成河，振壤成山，坐致行厨，兴云起火，无所不为也。……

据说这类书还有《玉女隐徽》《白虎七变法》等，习之不仅可以因风高飞，坐见八极，还可吐气七色，移形易貌。但聂隐娘炼剑故事突出了她服食后的习练渐进过程：“令长执宝剑一口，长二尺许。锋利吹毛，令抟逐二女攀援，渐觉身轻如风。一年后，刺猿狖百无一失。后刺虎豹，皆决其首而归。三年后能飞，使刺鹰隼，无不中，剑之刃渐减五寸，飞禽遇之，不知其来也。至四年，留二女守穴，挈我于都市，不能何处也，指其人者，一一数其过，曰：‘为我刺其首来，无使知觉，定（放开）其胆，若飞鸟之容易也。’受以羊角匕首，刀广三寸，遂白日刺其人于都市，人莫能见。……”服食仙丹，固然是一种神性介入的先决条件，但人力的苦练打熬，在剑术修炼中似乎仍占据主要地位。剑术炼成后，隐娘似乎自然而然地就通达了变形术，在预知妙手空空儿前来偷袭时，她了解空空儿神术“能从空虚而入冥，善无形而灭形”，就化为蠛蠓（小飞虫）进入到人的肠道中躲避。剑术造诣似与其飞行术、变形术直接相关。

仙隐者多有飞升之道，长期以来，人们一直对“黑（黄）毛女”这样的传说确信不疑。刘向《列仙传》卷下最早记载，但未说其毛色：

> 毛女者，字王姜，在华阴山中，猎师世世见之。形体生毛，自言秦始皇宫人也。秦坏，流亡入山避难，遇道士谷春，教食松叶，遂不饥寒，身轻如飞，百七十馀年，所止岩中，有鼓琴声云。

似乎这位毛女已带有超常的体能与隐士情趣。又说是汉成帝时有猎者在终南山打猎，发现一人不穿衣服，身生黑毛，奔走如飞。围住一问才得知其是秦代的宫女，秦亡入山，有老翁教她吃松叶松果，冬不寒夏不热，到成帝时已活了二百多岁了。这一故事远接《楚辞·山鬼》的“被薜荔兮带女罗……乘赤豹兮从文狸”、《庄子》藐姑射之山神人“肌肤若冰雪，绰约若处子……”近连《列子·黄帝》：“列姑射山在海河洲中，山上有神人焉，吸风饮露，不食五谷；心如渊泉，形如处女；不偎不爱，……”[①] 山居神人的性别，屡有暗示。而故事又经《抱朴子·仙药》的传扬更加流传广远。

葛洪《抱朴子·仙药》中的道教仙话还传布说，南阳文氏的先祖在汉末大乱时逃往山中，饥困欲死时，有几个对坐博戏的仙人教他食朮（一名山精），数十年以后回到故乡，他面容反倒显得更年轻了，力气也大于从前，自己说在山中时，“身轻欲跳，登高履险，历日不极，行冰雪中，了不知寒”；此外还有传闻说，“移门子服五味子十六年，色如玉女，入水不沾，入火不灼也”，“林子明服朮十一年，耳长五寸，身轻如飞，能超逾渊谷二丈许”，等等[②]。一系列的“绰约若处子”、“形如处女”、“色如玉女”……虽然从逻辑上，属于面貌、体貌上类似女性的男性；然而在古人模糊性思维中，这类书写明显地引发接受者对这类世外高人为女性的神秘性联想想像。而她们对生活资源态度上的清心寡欲，也极有助于她们冷若冰霜表情、冷血性情塑造的定格化。

服食，只给予人半仙之体，还要经过苦练打熬的漫长历程。这种世外奇闻后人每多提起，如裴铏《传奇》写陶、尹两老曾遇古大夫和毛女，南宋王明清《投辖录》也载录了蔡京华山遇毛女之事。清人陈尚生《簪雪楼杂说》载，河南嵩县任士弘妻平氏，坠崖后三年，家人都以为必死无疑。她忽

---

① 杨伯峻：《列子集释》卷二，中华书局1979年版，第44-45页。

② 王明：《抱朴子内篇校注》（增订本）卷十一，中华书局1985年版，第208页。

在山中呼喊邻家樵夫张义，自称是任家大嫂，张义见她通体黄毛约长五寸，听她自述："初坠时，缘藤得无损，已而饥甚，见交柯女贞子垂垂然，始食之，殊涩，三日后甘香袭人，三月乃生颖（毛），半载则腾而上下矣，然山中之水唯此泉寒咧，渴即翔留，不意得与汝相见。……"张义告知她任生是如何哀慕，还未再娶，任氏却说："我已趯然（飘然远引貌）轻举，与鸾凤为互，其乐如何，肯复向樊笼哉！为我谢任生，早叶凤占，以丰似续，毋徒自苦也。"但不久在任生感化下，她终于回归到了俗世："平氏陡忆欢情，帖然心允，乃舆归入深闾"，四十年后，平氏临死前，还在后悔当时不该呼唤张义。载录者于先在文本基础上，写出了世俗生活吸引力同长生仙隐追求之间的矛盾。

清人王用臣《斯陶说林》卷十一还在讲述着这个老故事："湖广郧阳房县，有房山，高险幽远，四面石洞如房，多毛人，长丈馀，遍体生毛，往往出山食人鸡犬。拒之者，必遭攫搏，以枪炮击之，铅子皆落地不能伤，相传制之之法，只须以手合拍叫曰：'筑长城！筑长城！'则毛人仓皇逃去。土人曰：'秦时筑长城，入避山中，岁久不死，遂成此怪，见人必问城修完否，以故知其怯，而吓之。'数千年后，犹畏秦法，可想见始皇之威。"

至于晚清薛福成也言之凿凿，说同治初江西某生在终南山遇一毛人："头面皆有绿毫长七八寸，然疏而不密，见其本质嫣然，盖一妍淑之女仙也。"与生谈话中她自言本是汉宫旧婢，讲起宫中往事历历如画，还说是人山后逢女仙服丹才成为地仙的。她还持有一面可以说具备"时间隧道"功能的古铜镜，嘘气后可穿越时空，看到当年宫中后妃等活动，可是女仙却没有借给他①。

三、脱凡得道为剑仙的考验母题

聂隐娘在行刺演习时已学剑五年，眼看快师满学成了，但一次她见到行刺对象——某大僚正戏弄一可爱的小儿，未忍当即下手，归后受到神尼的严厉责备，令其日后若遇此情况，“先断其所爱，然后决之”。这里的“断”，不光是杀死外在行刺对象的“所爱”，更是要斩却内心的欲念、爱欲，变得心冷如铁、情如止水。《抱朴子·论仙》要求：“学仙之法，欲得恬愉澹泊，涤除嗜欲，内视反听，尸无居心，……”后世炼丹者尤重戒除欲念。《太平广记》卷十六引《续玄怪录》载，相传周隋之间的游侠浪子杜子春，决计学仙，追随仙翁登上了华山云台峰，服食白石三丸后为仙翁看守丹炉。杜子春先后经历了伟将军、狮虎毒龙、雷电暴雨、牛头奇鬼、妻子面刑、刀山剑丛、托生为女等七次重大考验，但在托生为女后生一爱子，爱子头被撞碎在石头上时：“子春爱生于心，忽忘其约，不觉失声云：‘噫！’”以致炉崩屋焚，前功尽弃，失去丹药炼成后自己也成仙的好机会。在喜、怒、哀、惧、爱、恶、欲等情绪欲念中，“爱”是最难破除的。

又据说，终无为在道主萧洞玄指导下共同炼丹，通过了伪道士、群仙、美女、虎狼猛兽、已故父母及其他眷属、夜叉、

---

① 薛福成：《庸庵笔记》卷五《汉宫老婢》，江苏人民出版社1983年版，第164－169页。

冥游等七次考验，最后托生贵家，长大后娶妻生子，当幼儿头被摔在石上脑浆迸出，他却是“痛惜抚膺，不觉失声惊骇”，为此功亏一篑。“终无为”因此终无为，只好与萧洞玄两人抱头痛哭①。

其实，这一“学仙得道”的考验母题，很可能是外域佛经故事与本土仙道文化融会的结晶体。唐初玄奘《大唐西域记》卷七就记载了这样一个故事，说是一位隐者结庵“烈士池”旁，以求烈士（如求贤徒一般），久不获。后来了一位，隐者赠其金银数次，烈士要求报答，隐士说只愿你一个晚上不说话就行。烈士说：“死尚不辞，岂徒屏息！”于是命烈士执长刀，立坛侧，隐者按刀念咒。天将亮时烈士忽然惊叫，火从空中下，隐者急拉烈士入池避难。问他为何发声，烈士称夜里出现许多可怖的景象，均未动心，最后因不忍见儿子被杀，遂失声惊叫，以致失败②。

葛洪《神仙传》卷五也写过对这种断绝亲情之爱的考验，说是蓟子训得道后不慎，将怀抱的邻人婴儿失手坠地摔死，由于邻家未表现出怨恨之情，二十多天后蓟又将婴儿送还了，原来那死的是个死人。考验母题中这类故事，有助于侠文学主题对女剑仙冷血无情的强调。而仙道文化与侠文化整合共进，对剑仙素质的期待与修炼过程描述，激发了这一外来母题的生命活力和殖生功能。

① 李昉等编：《太平广记》卷四十四引《河东记》，中华书局1961年版，第276－278页。

② 刘开荣先生较早指出杜子春故事即据此改编，见其著《唐代小说研究》，商务印书馆1956年版，第42页。

《广弘明集》卷十三载西晋道教徒所编《化胡经》，称尹喜想追随老聃，老聃说："若有至心随我去者，当斩汝父母妻子七人头者，乃可去耳。"于是尹喜就真的照办了，后来发现其实是七个猪头。因此，仅仅将学道考验母题看成是道教禁脔，有所偏颇，实际上互相采借，其具有佛道融合的倾向。

冯梦龙《古今小说》卷十三《张道陵七试赵升》本葛洪《神仙传》，写赵升拜张良八世孙张道陵为师，也不多不少经历七次考验。明人凌濛初《初刻拍案惊奇》卷四写剑仙韦十一娘本是长安人，出嫁后遇人不淑，夫妻反目，丈夫远行不归，她只好投赵道姑庵中，道姑传她剑术时也告知要"切勿饮酒及淫色"，她暗想深山中哪有这事，不意真的免不了要有这验试题目：

> 至更馀，有一男子逾墙而入，貌绝美。我遽惊起，问他不答，叱他不退。其人直前将拥抱我，我不肯从，其人求益坚。我抽剑欲击他，他也出剑相刺。他剑甚精利，我方初学，自知不及，只得丢了剑，哀求他道："妾命薄，久已灰心，何忍乱我？且师有明威，誓不敢犯。"其人不听，以剑加我颈，逼要从他。我引颈受之，曰："要死使死，吾志不可夺！"其人收剑，笑道："可知子心不变矣！"仔细一看，不是男子，原来就是赵道姑，作此试我的。因此道我心坚，尽把术来传了。……

这是一个对女弟子修炼考验的故事，很有特色。考验对象是个已婚少妇，故而用美男子来引诱；软的不成又来硬的，这软硬兼施虽是老调重弹，排列的次序，却与对男性修道炼剑者不一样。似乎大凡考验，总是将最难的一关放在最后；而这“难”，因被试者男女之性别不同，具体内容也不一样。大体说男怕软，女怕硬；男的难过爱欲关，女的难过强力关。男为阳刚，最难一项，便用柔情爱欲试；女性阴柔，最难一关，就以威胁强暴试，这样安排似乎更严格，更符合考验程序，古人并非无意中为此。

“学剑（学仙）考验”母题中，关键在于被考研者所经历的精神、意志磨练过程的书写，而有的文本也写出师徒关系所经历的考验，师父的权威性有时也受到些许质疑。有意云游四方求道的，很可能感受到，历尽艰辛竟遇不到神仙，如《绿野仙踪》写冷于冰师徒的奔波劳顿之苦，他的弟子连城璧对于如此折腾看不出来什么效果，而烦恼不满：

城壁拂然道：“我们拼命跟随大哥，虽不敢想望个神仙，就多活百五十年，也不枉吃一番辛苦。是这样今日游泰山，明日游衡山，游来游去，游到老时，一点道行也没有，直至死而后已。今日大哥说，连城墙还没看见，真令人心上冰冷。”于冰大笑道：“人为名为利，还有下生死血汗功夫，况‘神仙’是何等样的两字，就着你随手拑来？就是我也还差大半功夫。我如今领你们游山玩水，并非为娱目适情，也不过操演你二人的皮肤筋骨，经历些极寒极暑，多受几年饥饿劳碌，然后寻一深山穷谷之地修炼，慢慢的减去火食，方能渐次入道。至于法术两字，不过藉他防身，或救人患难，气候到了，我自然以次相传。是你这样性急，教我该如何指授？”

城壁道：“弟性急则有之，怎么敢说不受指教？今与大哥相商，我两人立定主意，下一番死命功夫。湖广的山水，也不过和泰安的山水一样，与其远行，不如近守。今日仍回泰山，于山后极深处走几天，或寻个石堂，或结个茅庵，若能运去些柴米更妙。即不然，草根树皮，也可以当饭。饿不死，就是福分。只求大哥将修炼的秘诀，着实往透彻里传示传示，我二人诚心尽力的习学。设或大哥去远方行走，我们被虫蛇虎豹所伤，这也是前生命定，止求积一个来世仙缘。”不换也不等城壁说完，一蹶劣跳起，大叫道：“二哥今日句句说的都是正紧修行人话，我的志念也决了，大家舍出这身命去做一做，有成无成，都不必论，从今后我与二哥心上，总以死人待自己，不必以活人待自己。现放着大哥，就是活神仙，就是我们该入道机会，只静听大哥吩咐罢了。”……①

耐心才能够体现出学仙求道的坚定性。又《七剑十三侠》写剑仙玄贞子带着已脱凡胎的徒弟草上飞焦大鹏学习剑术，虽可吐剑成丸，但：“只有一事最难；凡炼成剑术的人，先把富贵功名、贪嗔痴爱，俱看得绝淡方好，若有一念未消，剑术仍不能成功。”于是开始以魔道试心。先是见徐鸣皋来，说众弟兄都封了官爵，让他同去朝天子，享领功名富贵，焦说功名之心已无。拒绝了；再是仇敌邺天庆挺前相刺，激其报仇之心，

① 李百川：《绿野仙踪》第三十七回《连城壁盟心修古洞，温如玉破产出州牢》，岳麓书社1993年版，第220页。

焦也不同他计较；最后是两个爱妻孙大娘和王凤姑来了，左倚右偎，兰麝熏心，焦有些心动，但又定下心来，将两人喝走。终于通过考验，功行圆满①。这里的考验程序的叙述，简化为三个阶段：功名富贵、恩怨情感、色爱欲念依次排列，这种考验，往往最后进行的恰恰是最难的。只有通过这一重比一重困难、一重比一重难于通过的考验，剑侠才能超越凡俗而成仙侠正果。可见炼剑成仙与炼丹长生得道，是一脉相通的。

剑仙以其拥有剑术而除恶行侠能力大为提高，与此对应的对于其内质也有了更高要求。《仙侠五花剑》也写红线在弟子白素云拜师时的告诫：

> 凡学剑术之人，第一要心术端正，不许无事生非。第二要诣（毅）力坚固，不得有初鲜终。第三要涵养深沉，不可逞能嗜杀。有此三者，方许大道能成。但是剑学一法，全在以胆识为君，勇力为佐，拳脚为阶。若无胆识，遇事必慌；若无勇力，临场心怯；若无拳脚，焉能舞动风生……②

《抱朴子·对俗》还指出古人对仙术的确信，是很自然的："夫陶冶造化，莫灵于人。故达其浅者，则能役用万物，得其

---

① 唐芸洲：《七剑十三侠》第六十四回《飞云子名言劝世，玄贞子妙术传徒》，齐鲁书社 1993 年版，第 175 – 176 页。

② 海上剑痴（孙玉声）：《仙侠五花剑》第三回《服丹素素云换骨，衍宗派红线传拳》，中国古代珍稀本小说 5，春风文艺出版社 1996 年版，第 445 页。此书一说当为孙家振著，清末面世，参见段怀清《海上剑痴为海上漱石生考》，《江苏师范大学学报》2013 年第 6 期。

深者，则能长生久视。知上药之延年，故服其药以求仙；知龟鹤之遐寿，故效其道引以增年。……若谓世无仙人乎？然前哲所记，近将千人。皆有姓字，及有施为本末，非虚言也。若谓彼皆特禀异气，然其相传皆有师奉服食，非生知也。若道术不可学得，则变易形貌，吞刀吐火，坐在立亡，兴云起雾，召致虫蛇，合聚鱼鳖，三十六石，立化为水，消玉为饴，溃金为浆，入渊不沾，蹴刃不伤，幻化之事，九百有馀。按而行之，无不皆效。何为独不肯信仙之可得乎！”这段话有几层意思：一是人类因其已成功地征服了一部分自然物，决定了自身理想信念，期待着生命的永恒也会通过执著的努力来得以实现；二是凭着对植物、动物、无机自然物的观察实验，古人认为某些物质人为加工后可以帮助自身延年益寿，达到龟鹤这类生物所达到的长寿，甚至更长久乃至永生不死；三是贵古尚典的价值观念，支持了道教的理论倡扬，凭着前代传闻大量名姓可考的仙真为证，不由人不信，仿佛的确存在着像海市蜃楼那样超现实的仙境，存在着一大批得道功成的幸运者；四是认为长生不得还可以退而求其次，借助“变形”功能，延缓生存的苦痛，减少自身的局限性，做出一些凡人想做而做不到的事情。

在这种深层文化心理作用下，侠文化与道教神仙学说有了共同引人入胜之处，两者携起手来共同生成新剑仙故事。剑仙，是侠的想象到了极端化的必然产物，其借助道教炼丹求仙一整套学说与传闻材料，根扎在六朝，却开花结果在唐传奇中。经过考验武技过关的聂隐娘，竟自可以变形，化成小飞虫钻进人的肠中；她还会化尸术，及时将被刺者消尸灭迹；她能用纸剪成驴当坐骑，还有仙丹让人服用免遭病患一年。由此可见，侠的修炼过程、方式到修炼的成果，都充分借助了道教求仙修炼的既有经验，只不过将其用到了剑仙一超人身上。而这种超人一经产生，还可以如仙人一般长生不老，永久地活跃在历史时空里，活跃在民间慕侠的心灵世界之中，聂隐娘在后世就成为民俗传说中一个极有生命力的女剑仙。其影响远不止于清人尤侗的杂剧《黑白卫》。

四、聂隐娘与剑仙故事的余波及当代价值

清初吕熊《女仙外史》写景清行刺燕王，被“瓜蔓抄”，株连青州刘固，其子刘超年十五，有神力，被处斩时挣断绳索，夺刀突围：“忽人丛中突出一道姑，袖内飞出一剑，将监斩官砍作两截。……那道姑的飞剑飕飕风响，腾空而下，如鹰击兔，血肉狼籍，顿杀百人，馀皆四散逃去。道姑收了神剑，同刘超竟奔江口，……”刘廷玑回评指出，这一劫法场情节来自《水浒传》，而本书则是：“以一女子而劫刘超，以刘超先自劫于法场，拔刀相助，出于邂逅之顷。此无意于奇险而自然奇险之至者，百尺竿头，御风而去矣。……见此一段淋漓痛绝文字，能使天下后世挥涕之馀，鼓掌而舞。”① 下一回才交代出，法场救刘超者偏偏就是聂隐娘：

> 乃是一位剑仙，叫做聂隐娘也。到卸石寨去辅佐月君

① 吕熊：《女仙外史》第二十二回《铁兵部焦魄能诛卫士，景文曲朽皮犹搏燕王》，百花文艺出版社1985年版，第248－253页。

> 的，路过皇都，适见刘超怨气冲天，满腔忠义，所以拔刀相助。……

何以在这一“被杀前获救”的当口，由女剑仙聂隐娘出面？明末清初剑仙崇拜强化与女剑仙形象的丰富，呼唤“女剑仙”的早期代表——“道术通天”的聂隐娘，如小说第三十三回描写的，其坐骑“黑花点白叫驴儿，其大如马，其瘦如狼，好生异样”，就当来自王士禛笔下高髻神尼的“相关配备”。只是聂隐娘的嗜杀，除恶诛奸时的扩大化伤及无辜，仍带有女杀手的冷血积习。

聂隐娘作为剑仙类型的聚焦、代表，经由明代胡汝嘉《韦十一娘传》中的强化，社会责任感、使命感得以增强，据此改编的凌濛初《初刻拍案惊奇》卷四中这位女侠的剑锋所指，具有鲜明的忠奸善恶意识与秩序重建担当：

> 仇有几等，皆非私仇。世间有做守令官，虐使小民，贪其贿，又害其命的；世间有做上司官，张大威权，专好谄奉，反害正直的；世间有做将帅，只剥军饷，不勤武事，败坏封疆的；世间有做宰相，树置心腹，专害异己，使贤奸倒置的；世间有做试官，私通关节，贿赂徇私，黑白混淆，使不才侥幸，才士屈抑的：此皆吾术所必诛者也！

此承苏轼《渔樵闲话录》对女剑侠的礼赞：“以柔弱之质，而能持刃以决凶人之首，非以有神术所资”，“学之既精，又善用其术。……嗟乎！据高位厚禄，造恶不悛，以结人怨者，不可不畏隐娘之事也。……”从而构成了剑术价值系统与正义形式之“神术”的关系：“指向了人世间如此众多而重大的不平。”以至于到了清代小说中“剑术还神化到不光复仇除奸，简直可拯救万物，普度众生”，杀死自然界猖獗为害庄稼的害虫①。体现出清代愈加强化的灾害挑战面前，武侠文化价值观中那强烈的济善惩恶宗教追求。

在后世文本中成为剑仙的聂隐娘，她往往不是直接地干预世事，像隐居深山寺观的仙道和佛门长老一样，而靠的是授徒武功剑术，来间接性地、含蓄地表达他们对人世不平的鲜明态度。因为他（她）们已超脱了尘世俗务的纷扰，不便再抛头露面于江湖社会，而只好由弟子高徒代其替天行道。这些凡间尘世的弟子前来学剑练功，不仅自身获取了行侠惩恶的本领，更使他（她）们那业已脱俗的仙师，有了侠心善念延续不尽的抚慰与寄托。

据考察，聂隐娘故事与清初小说《女仙外史》的关系，表明该小说文本只是保留了女剑侠聂隐娘的形象：“而具体的故

---

① 详见王立《中国古代复仇文学主题》，东北师范大学出版社 1998 年版，第 361 – 364 页。罗立群兄《中国剑侠小说史论》也指出这牵涉到中国伦理型文化的积极一面，敢于向不合理的现实进行公开挑战的精神：“明清以后，剑侠小说写女剑侠复仇往往将个体行为与社会效果相结合，突出忠奸斗争、善恶伦理以及扶危济困的‘利他’复仇，伦理道德色彩更浓。……倡扬‘剑术为公’，其形象从令人敬畏变得令人向往”；西方的超人（及蜘蛛侠、蝙蝠侠、终结者等）也扮演着中国剑侠的角色，自觉履行匡扶正义的职责并具有超自然的能力，“帮助人类抵御各种自然灾害和人为事故”。见该书，暨南大学出版社 2012 年版，第 60 – 61 页，第 296 – 298 页。

事情节则是唐传奇及其改编的杂剧中所没有的，如小说是以聂隐娘法场救取刘超（第22回）来出场的，又由于在多次战役中有突出的表现，后来也成为唐赛儿勤王之师六大女将之首。……”认为这“神化”与故事的广泛流传不无关系①。这当然不错，不过还离不开具体的诸多相关母题的凝聚与延伸活力。而《儿女英雄传》中的何玉凤，则被海外学者指出这性格来源之一即是读者熟悉的女侠传统：“唐传奇中的红线女和聂隐娘，就其超人的剑术、神秘的身世、美艳的姿容而言，堪称何玉凤之原型。”②

聂隐娘故事的仿拟传播热，伴随着清末的剑仙小说盛兴。像《七剑十三侠》第一回剑仙海欧子便曾告诉徐鸣皋：“那剑术一道，非是容易，先把‘名利’二字置之度外，抛弃妻子家财，隐居深山岩谷，养性炼气，采取五金之精，炼成龙虎灵丹，铸合成创，此刻方才有用。已非一二年不可。”与尘世的喧嚣隔绝，潜心学剑的过程中，修道炼剑者也养成了冷若冰霜的沉静性格，坚定了不求浮名利禄的信念。不过，也许强调与神奇武技提高相匹配的生存条件，也许鼓励脱离世俗者使其免于畏惧艰苦的山中生活，后世的山中学道者见到的却多为华丽的仙銮宫舍，美仑美奂；闻到的香气也来自这拥有美食和仙女奇葩

① 程国赋、杨剑兵：《吕熊及其〈女仙外史〉新论》，《陕西师范大学学报》2011年第1期。

② ［美］王德威：《被压抑的现代性—晚清小说新论》，宋伟杰译，北京大学出版社2005年版，第175页。

的“洞天福地”[①]。

清代铁笛道人的《定天山》传奇，写薛仁贵的儿子丁山，幼年即被黄禅老祖遣黑虎驮入深山，教以兵法。薛宗显途中遇虎，仁贵正逐虎，搏杀之。宗显遂拜仁贵为兄，令投其妻父张仕贵。仁贵的方天画戟、银盔银甲，皆逐虎时所得神赐也。故事被诠释为“皆系生撰”[②]、甚至被称作“近乎胡编乱造”，其实作品本有着聂隐娘故事以来的“深山学艺”的文本根据，或曰一种通俗文学少年英雄成长书写的“模板”。

多种文本书写也较为讲究，表现学剑者如何避开外在的引诱与干扰，不仅是为求得修仙磨练时内心的宁静，这与侠的更高意义上的入世追求并不相矛盾，因为侠一旦功业成就，是不受回报且仍要隐退，往往在江湖上“不知所终”的。这种远离尘世喧嚣的“隐退”，虽说是一种个体人生由壮及老、盛极而衰的必然人生轨迹，也当被视为多数学剑得道者对早年修炼之地的身心回归。

张培仁《妙香室丛话》卷十三载，相传即墨褚生与母亲、妻子居十豫中时，有邻家卫媪，丈夫在灵宝县作县尉，被某观

---

① 其实不光世俗化过程中，仙道修炼的场所被铺张豪华，佛家子弟亦然，如龚炜《巢林笔谈》卷一《俗僧》就感慨：“寓清江浦，偶至一古寺，旁隐小门，迤逦入，有精舍焉。盆树充庭，诗画满壁，鼎樽盈案，如入虎邱山塘肆中。顷之，一老僧盛服出，款曲之际，夸示交游，侈陈朝贵，盖一俗僧也。已，转一回廊，又得三楹，中置一龛，被（衣多）以锦绮，又有小楼，扃户不得上。噫，僧亦奢矣！浮屠贵净行，乃复美衣服饰馆宇，且秘之荒凉破寺中，其人庸可测乎?”

② 董康：《曲海总目提要》卷三十六，人民文学出版社 1959 年版，第 1699 页。铁笛道人《定天山》抄本，国家图书馆藏。

察挟仇寻隙褫职毙于牢狱，不久卫媪死，家中只剩下孤女，貌美，褚母接来抚养，女通书史，知大义，沉默寡言。当褚生要去云南赴任，举家迁徙时，女说不想远行，后不辞而别，留下一个信函说感谢抚育深情，但父冤未雪，不忍舍近趋远。后来褚生母子在遥远的云南赶赴贵州途中，忽遇女，称大仇已报，前来酬恩。同行到洞庭，只见荒岸边盗船数十，大批盗贼拦路杀人，女穿着短袖窄衣，站立船头，一阵白光盘旋，盗首纷纷堕下，余者都吓跑了；女一招手，人们才看清白光是一只三寸多长的匕首。感谢声中褚家母子惊讶地询问何人授此绝技，女说自从父亲冤死，切念雪仇，每夜向空泣祷，泪尽继之以血。忽然有个头发蓬乱的妇人，用青布裹头，愿为女作佣役，女遂留下，妇乘机以剑术传授，三年女学成后拜问姓名，回答说是聂隐娘。这个经剑仙传授得了剑术绝技的女侠，将褚生母子护送回即墨，道声珍重，霍然即逝①。

《三侠五义》续书《续侠义传》第二回写，后来救白玉堂出险并奉旨与其成婚的侠女翠绡，十岁时正与父在钟山药王庙前闲游，一道士装束的中年妇人，指着她说这孩子日后多有磨难，不如让我教她些防身远害之法，未等其父答话就携之而走，再也追不及，原来这道姑即聂隐娘。聂隐娘再次成为一个超越时空的女剑仙符号。她留翠绡在高山洞中三年，授其剑术绝技，临别还赠予五寸长的柳叶匕首，告知收放秘诀，后来翠绡凭此剑术，辅正祛邪，立下大功，功成后也如同其师那样入山归隐。然而事实上，女剑仙“聂隐娘”已成为世外冷血女侠的一个符

① 《笔记小说大观》第十八册，江苏广陵古籍刻印社1984年（影印），第122页。

号，只是与唐人笔下的那位女剑侠聂隐娘大为不同的是，晚清这位翠绡姑娘的忠奸善恶观念却已变得十分鲜明，且剑术并不滥施，小说第十一回写她的行侠底线较高："天性既不好杀，除是众人不能取胜的贼将，她才放出手段，否则不愿分人之功。……"[①] 显然更具后世民间理想中大侠的风度，这当是对于聂隐娘原型的一个较佳的升级改进版吧。

民国早期顾明道的《荒江女侠》也写，公孙龙在小青山追随清心道人学剑三年，道人解释何以总没有教他第三步剑术的原由，讲述了进入这第三步剑术境界的聂隐娘故事。而后在其强烈请求下，给了他一次"练气"的机会："须得闭目凝神，一志绝虑，不可生妄念。那时如有各种外魔引诱你，你须要志向坚定，不受引诱；否则学道未成，邪魔已如，岂不是非但无益而又害之么？照这样静坐三月，方能起始学习。"公孙龙先后抵御住了大头鬼、白花巨蛇、自称山东巡抚厚礼招为将军的威胁利诱，以及明眸流盼的仙女所称上元夫人要传授剑术之秘的诱惑，神随仙往，在迷人欲醉的香气中，可惜他忘记了自己的本来，情不自禁上前拥抱上元夫人，顿时幻境尽消，功亏一篑，只得如前约定的，告别师傅灰头土脸地下了山。路上清心道人补赠了他雌雄剑[②]。

叙事学家杰拉尔德·普林斯（Gerald Prince）《叙事学词典》对互文性理论下的定义为："一个确定的文本与它所引用、

① 佚名：《续侠义传》第十一回《通天狐漫天施诡计，彻地鼠掘地运奇谋》，人民文学出版社 1991 年版，第 135 页。

② 顾明道：《荒江女侠》第四十二回《意马心猿绮障难除，顾前失后刺客成擒》，农村读物出版社 1988 年版，第 653－654 页。

改写、吸收、扩展、或在总体上加以改造的其它文本之间的关系，并且依据这种关系才可能理解这个文本。”此由上面的女剑仙母题由早期道教经唐传奇向武侠文学——通俗小说流播的过程，可以清楚地看出。

聂隐娘故事，以其隐含着诸多道教信仰，便于世俗化，其有效地上承道教母题，将其充分文学化，且作为一种文本中介，向清末民国通俗小说扩散。柳亚子（1887—1958）在《女子世界》1904年第4期上发表《中国女剑侠红线聂隐娘传》（署名松陵女子潘小璜），金庸先生2002年也兴致勃勃地谈到：“武侠小说继承中国古典小说的长期传统。中国最早的武侠小说，应该是唐人传奇的《虬髯客传》、《红线》、《聂隐娘》、《昆仑奴》等精彩的文学作品》……聂隐娘缩小身体潜入别人的肚肠，然后从他口中跃出，谁也不会相信是真事，然而聂隐娘的故事，千馀年来一直为人所喜爱。”① 从前引西方超人等形象与女剑仙共同点看，这也体现了较多现代读者的理解。

① 黄子平编：《寻他千百度》，中华书局2007年版，第253页。

第四章　古代动物悼亡殉死传说的侠文化内蕴

丧悼观念习俗对叙事者的精神建构，不单体现在对异域习俗的选择和描述上，还促使他们以一种十分亲切的同情之感来观照、理解和阐释一些动物传说。金庸小说《射雕英雄传》第五回即描写一对白雕，双双受到十多头黑雕的围攻，其一因为伤重而丧生在悬崖之上，那只幸存者遥遥望见爱侣丧生，不住地盘旋悲鸣，竟然“突然如一枝箭般从云中猛冲下来，噗的一声，一头撞在岩石之上，登时毙命”。《神雕侠侣》第三十八回写雄雕受伤坠崖死后，雌雕竟然一反常态，就连黄蓉召唤它的口哨也直似不闻，撞石折翼而死。众人无不慨叹这雌雕“如此深情重义”。

应当说，以相对于人类说来是异类——动物的哀悼行为，加以人世间的伦理归因和强调，是中国古人一种惯常性的审美和伦理联想。许多这类传闻虽未必实存，但由于故事中的丧悼主体是多种动物，由动物的有意识行为来标举丧悼情怀的普遍与高尚，却更有利于武侠文化中借助丧悼话语对伦理价值的强调，烘染氛围，构设意境，塑造人物，其于相关民俗心理的影响，值得加以归纳。

一、异类悼母故事的侠义话语

首先值得注意的是异类悼母故事，须知它们所悼的生母是人，因而这种带有人类一半血统的异类，似乎也有理由具有某些人情人性成分。西晋干宝《搜神记》载有窦武之母的故事：

> 汉定襄太守窦奉妻，生子武，并产一蛇，奉送蛇于林中。及武长大，有海内俊名。后母卒，及葬未窆（落葬），宾客聚集，有大蛇自榛子草而出，径至丧所，委地俯仰，以头击柩，涕血皆流，俯仰诘屈，若哀泣之容。有顷而去。时人知为窦氏之祥。①

这一传说流传很广，异文不少，体现出广为传播的痕迹，范晔《后汉书》卷六十九《窦武传》亦着意采入其中。类似的故事还见于托名陶潜的《搜神后记》，结构上有些类似。说是某女子在江边洗衣时，忽觉身中有异样感，怀孕后生三物像是鱼，她养了三个月，才看出是蛟子，分别起名为“当洪”、“破阻”、“扑岸”，可是后来不久：

> 天暴雨水，三蛟一时俱去，遂失所在，后天欲雨，此物辄来。女亦知其当来，便出望之。蛟子亦举头望母，良久方去。经年后，女亡。三蛟子一时俱至墓所哭之，经日

---

① 李剑国：《新辑搜神记·新辑搜神后记》，中华书局2007年版，第88页。

乃去。闻其哭声，状如狗嗥。

感孕而生的实为蛟龙，这一传说不像后世流传的人神、人兽通婚故事，异类所生之子形状率不是人，而是彻头彻尾的异类。但它们形体虽为异类，表现在丧悼上的情感与行为却与人类无异，虽然是现实社会里人的特定情感观念的某种外射。又《太平御览》卷九百五十四引《幽明录》也载录了类似的传闻："会稽谢祖之妇，初育一男，又生一蛇，便径出门去。后数十年，妇以老终。祖忽闻西北有风雨之声，顷之，见一蛇，长数十丈，腹可十馀围，入户造灵座，因至柩所，绕数匝，以头打柩，目血泪俱出。良久而去。"

关于人与异类同为一母所生的故事，还见于刘敬叔《异苑》卷八，说是郭氏生了一儿一鼠，鼠走入枯莽中，后来郭死，方殓时，鼠忽来，跳入棺内。异类尚且如此悼母知孝，血泪俱下甚或为母殉死，相比之下，虽说不见得那些同为一母所生的儿子都不孝，却显得往往没有异类伤悼它们的人类母亲那么伤心动情，何况更会令世间那些为人子而不孝者汗颜羞愧。这类故事，客观上寓含着生态审美感染力，但实质却是颇带人伦情味的志怪传闻，而又特别符合人与动物同为"生态主体"、"敬畏生命"的现代生态观念。

宋初徐铉《稽神录》卷三也载录了神鱼祭母的传闻，值得注意的是与世俗社会的祭祀时令同步："溧水五坛村人史氏女，莳田困倦，偃息树下。见一物，鳞角爪距可畏，来据其上，已而有娠。生一鲤鱼，养于盆中，数日益长，乃投金濑中。顷之，有人刈草，误断其尾，鱼即奋跃而去，风雨随之，入太湖而止。

家亦渐富。其后女卒，每寒食，其鱼辄从群鱼至一墓前。至今每闰年一至尔。”

直到清人这里还在津津有味地讲述类似的动人故事：“益都刑部尚书任公濬，字文水，居颜神镇，即今博山。崇祯辛未进士。生时与一蛇同产，送蛇入山。太夫人殁，大蛇忽至，吊客惊避，至柩前俯仰其首，若甚哀者，公抚之使去。与蛇同产，自昔有之，不为异也。……”① 从作者所说的“与蛇同产，自昔有之，不为异也”来看，显然仍是当作客观事实接受的。这一顽强的信仰，颇得力于丧悼文化文学话语的伦理激发力。可以说，后世动物故事中，惯常出现的动物的“天伦”行为规范，作为人类品格评定的一个参照——“人不如异类讲究伦理”模式，以及许多武侠小说中的动物伙伴、“侠侣”形象构成，即从这里得出了重要的启迪。

二、异类悼子故事的侠义话语

由于丧悼文学主题的审美外射功能，异类悼子故事也当为缘此而派生敷衍。祖冲之《述异记》载，刘宋时吴县石玄度家，有黄狗生了个白狗，十分怜爱，后来主人因急须配药疗病，杀了白狗，“既而犬母向子死处跳踊号呼，倒地复起，累日不息。其家煮狗子肉，与客共食之，投骨于地，犬母辄衔置屋中，食毕，乃移入后园大桑树下，掘土埋之，日向树嗥叫，月馀乃止。”主人服药后病未好，临终前悔恨杀了此狗，后来主人的弟弟法度为此竟终身不食狗肉。犬母悼子，引发了人由衷的同

① 王培荀：《乡园忆旧录》卷八，齐鲁书社 1993 年版，第 409 页。

情悯惜之心，它以其动物的天性本能，在无意之中用与人所共通的丧悼情感，唤醒了当事人尊重他人生命权利的潜在良知，自省自责。类似故事还见于《搜神后记》卷四：

> 临川东兴有人入山，得猿子，便将归。猿母自后逐至家，此人缚猿子于庭中树上，以示之。其母便搏颊向人，若乞哀，直是口不能言耳。此人既不能放，竟击杀之。猿母悲唤，自掷而死。此人破腹视之，肠皆断裂矣。未半年，其人家疫，一时死尽，灭门。①

故事中的这个残忍之徒，是个蔑视动物的虐待狂。这一角色在刘义庆《世说新语·黜免》中则被具体化为桓温的一个部下，还说是桓温闻知此事，怒而命令贬斥其人。记载猿母悼子而断肠，不仅是人丧悼观念的投射，更呈显出生活中孝子悼父母而死的角色关系颠倒，凸显了动物中母爱的深挚，肠断见其真淳，这是丧悼哀毁极为内在化、文学化了的一个表现形式。犬悼子、猿悼子两个故事及后者的异文，虽悼丧程度方式、肇事者所受谴责的方式（自责、他责、报应）、程度（悔咎、灭亡、被黜）等有所不同，但所受到的伦理谴责则一。兽类的通于人情，偏偏展示在与人无异的丧悼情感行为中，其既是人的丧悼意识的对象化、外化，也是“幼吾幼以及人之幼”的儒家伦理与丧悼情感融汇，投注到了引人怜爱的智慧动物身上。

---

① 李剑国：《新辑搜神记·新辑搜神后记》，中华书局2007年版，第519页。此故事汪绍楹辑入《搜神记》卷二十，参加该书，中华书局1979年版。

明代王圻《稗史汇编》卷一百五十七还写道：瀛州团练使李廷渥在边郡时，有人捕获猢狲母子献来，猴子甚小，系在马棚中，它蹦蹦跳跳出来玩，为一只猫头鹰所抓住，猴母的表现非常契合古代的武侠复仇猴兼悼祭模式：

> 号呼奋掷，昼夜不绝，一旦，啮韦绳而逸去，捕之莫见。忽于庖中窃肉置瓦沟上，身潜屋隙间，候鸱下攫，跳而擒之，遽抉双目，次除两翅，乃挟至厩舍，缓剖其腹，磔（分尸）裂肠胃，陈之于前，哀号数声，以祭其子，然后寸寸断之，肉皆析为缕焉，厩吏惊报廷渥，渥睹之叹息，遂令人送入山中。

作者感叹："噫！天性之慈，尤甚于人。其乐府之言黄台之诗见闻而终弗悟者，其心不如禽兽，悲夫！"

而下列文本，显然是这一故事传播过程中生发出的异文，据清人陆寿《续太平广记·兽部》载："万历间，人有获子母猢狲系之柱。子跳跃庭下，为鸱所搏。母号呼奋掷，昼夜不绝声。一旦裂绳而走，旋于庖中，窃少肉置瓦沟内，隐身屋角边。伺鸱攫取，便腾出擒住，抉其双目，除两翅，乃携下庭剖腹屠胃，哀号祭其子，后寸寸断之，肉拆为缕。其人惊，纵之入山。"从中可见，人们对于这类猴母奋不顾身悼祭亡子，勇敢地报仇雪恨的行为，是非常理解赞赏的，自然，也是把人类社会的伤悼和复仇观念，投射到了对于这类传闻的理解解读上。

三、异类殉恩主故事的侠义话语

异类悼丧故事的第三种类型，可以说是义殉恩主型。这是有关义兽故事的重要类型。

早在范晔《后汉书》卷五十四《杨震列传》中就描写，杨震去世："……先葬十馀日，有大鸟高丈馀，集震丧前，俯仰悲鸣，泪下沾地，葬毕，乃飞去。郡以状上。"这里，来悼的大鸟与死者杨震间的关系还不明朗。

到了唐代，相关传闻中的动物悼丧主体明确化了。相传唐禁军军官齐琼家蓄良犬四只，其中有一只老是衔着食物到丛林中奉一老母犬，齐琼就命人将老犬抬回家中饲养，"犬则摇见俯首，若怀知感，尔后擒奸逐狡，指顾如飞"，老犬死后，此犬事主更加卖力；当齐琼死，它"嗥吠终夕，呱呱不辍"；主人落葬时，犬以足爬土成坑，以头扣棺见血，掩埋未毕，犬已身死①。

这种为人期盼的理想化君臣相契关系，还可以义马殉主母题中透露出来，大有钟子期死而俞伯牙绝弦之意。李诩就列举许多类似传闻。如毕将军曾骑着一匹骏马，号"黑大虫"，南渡时屡立战功，将军死后，马闻金鼓声，仍旧屡屡有奋迅赴敌之意，家人告之将军已死，马汪然出涕后，哀鸣数声而毙②。

同书"马烈死相同"条还记姚兴的青狮马、毕再遇的黑

---

① 李昉等编：《太平广记》卷四百三十七引《述异记》，中华书局1961年版，第3559－3560页。

② 李诩：《戒庵老人漫笔》卷五，中华书局1982年版，第202－203页。此故事似本元人陈世隆《北轩笔记》，丛书集成初编本。

马、秦叔宝马为主殉死事，又转引《罗念庵集·战马记》故事，夔州通判王祯因同知王某等人怯避不出兵，而陷入敌围战死，其马负伤，王祯之子为归葬父卖马，王某却从其手中白白夺取了，于是马哀鸣不食，引来王某查看，乘机突然咬住了仇人的脖子不松口，使其伤重而死。作者评曰："其曰自昔相传义马事不一端，皆言临难能相济也。若夫辩仇怨微隐，切齿搏膺，期在必报，即在人，犹且难之，旨哉马乎！"

《闻见略》载，相传明代万历年间，某乞丐以耍猴献艺糊口，被另一乞丐乘醉害死，占有了猴。猴仍旧心念旧主，以自己特有的叫号方式入县衙大堂鸣冤，县令张某派吏随行，果获凶犯。当遇害者遗骸被移出火化时，"烟焰方炽，猴向隶叩头，跳入火中焚死。隶复命，张惊异，因作《义猴记》，刻石以垂不朽"①。

更早些的故事则说，"正德辛巳，有夫妇以弄猴为衣食者十年矣，寓于嘉州之白塔山，主者死，葬于塔之左，猴日夜哀号。其妇更招一乞者为夫，猴举手揶揄之，妇弄猴使作伎，猴伏地不为，鞭之辄奋叫，入夜走主者之墓，刨土悲号，七日而死。"② 故事的褒贬劝讽意味是极为鲜明的，将改嫁妇人与殉主的义猴相映衬，突出了"人不如义兽"的传统主题意旨。

许多类似的动物报主酬恩故事，都试图强调主人的仁德善良，他对于宠物的殊恩知遇，染有传统华夏之邦"士不遇"文

---

① 褚人获：《坚觚馀集》卷一，《笔记小说大观》第十五册，江苏广陵古籍刻印社 1983 年（影印），第 541 页。

② 陈祥裔：《蜀都碎事》卷二，《笔记小说大观》第十七册，江苏广陵古籍刻印社 1986 年（影印），第 314 页。

化心态的种种鲜明印记。以身殉主的那些宠物传闻就更不例外，真是绝类似自先秦以来思想史上“士为知己者死”的历史实存和精神意脉。而且，这一行为还体现了对于主人报恩的侠义之“信”的伦理取向。

据袁枚《子不语》卷二十三说，江宁王御史的父亲有一位老妾，畜养了十三只猫，她爱得如同儿子一般，各有乳名，呼之即至：“乾隆己酉，老奶奶亡，十三猫绕棺哀鸣，喂以鱼飧，流泪不食，饿三日，竟同死。”还有的传闻说，汪某夫人养了一群猫，各有名号，呼之辄至，经常亲手调香饵饲养，猫不吃，她自己也不吃。后来夫人死，群猫“号恸不食，（女主人）方敛，跃入棺，伏尸旁不动。出之，则傍棺哀鸣，泪如雨下，不数日，或投池中，或入灶突，十九猫悉并命矣”。

而某富人养了只金睛碧爪、顶朱尾黑的猫，同寝同食，有若父子，有贵公子欲以千金、骏马、爱妾来换，他不答应；又陷害其为盗破家，仍不答应；无奈，他只得携猫远遁，依附一个富商，但此猫实在太可爱、太诱人了，富商又欲谋命夺猫，是猫多次倾覆毒酒救了他；不幸，某遇故人附舟北行，渡黄河时失足堕水淹死，这爱猫是那样的侠烈，“猫见主人堕，叫号不已，亦踊入水”①。

类似的行为，还发生在早已仙化、神秘化了的鹤身上，鹤的身殉恩主，则是因为恩主在其欲殉偶时救了它，如此殊恩，使它对主人超出了一般的驯养之情：

① 徐珂：《清稗类钞》第六册《义侠类》，中华书局1986年版，第2722－2723页，第2793页。

卢守常倅（任副职）陈州日，蓄二鹤甚驯。一创死，一哀鸣不食；卢勉饲之，乃就食。一旦，鸣绕卢侧，卢曰："尔欲去也，有天可飞，有林可栖，不尔羁也。"鹤振翮云际，数四徊翔，乃去。卢老病无子，后三年，卧黄蒲溪上，晚秋萧索，曳杖林间。忽有一鹤盘空，声鸣凄断，卢仰祝曰："若非我陈州侣耶？果尔，即当下。"鹤竟投入怀中，以喙牵衣，旋舞不释。卢抚之，泣曰："我老无嗣，形影相吊，尔幸留此，如孤山道老，共此残年。"遂引之归。卢殁，鹤亦不食死。家人瘗之，墓在丁堰。①

仿佛像"梅妻鹤子"的宋人林逋那样，卢守常与鹤也建立了生死不渝的情谊，鹤不殉偶而竟然殉了自己的恩主。传统文学中鹤多为神仙使者，而故事中的鹤则与雁之类的义禽义鸟无异，为后者所同化了。因此，清人曾回忆起唐代的老故事，将动物这一特定行为体现的伦理品位，与某些人进行对比：

唐明皇每大朝会，有舞象，禄山在长安见而羡之。及篡位，欲以夸诸胡，宴凝碧池，令牵象出，象见非帝，不肯拜舞，鞭之，号叫彻殿座，遂以不食死。唐昭宗蓄一猴，善诸戏。帝爱之，名孙供奉。后全忠篡位，此猴见座上非帝，跳跃号哭，触阶而死。宋帝昺，蓄一白鹇，后见帝蹈海，遂连笼自投于海中。余谓毛羽之属，尽义者多，尽忠

① 《扬州府志》，转引自贾祖璋《鸟与文学》，上海开明书店 1931 年版。

者少，此可以立一庙合而祭之，以愧夫天下之人面兽心者。①

不能排除，如果从当代生态学理论看来，这里潜在大前提依旧是对于动物的种属歧视，还是脱离不开以人为中心的生态构设强势话语。

罗伯特·路威《文明与野蛮》中提到，非洲黑人有因心爱的牛死了便自杀的。古代中国人却很少因蓄养动物的死而过于哀伤，但却对动物殉恩主的“义举”津津乐道，由于主人偏爱或其他意外的机缘，某些动物与人之间，结下了古人看来是相依相契的知遇关系，于是动物变成了主人的宠物，其殉死行为，也被丧悼话语几乎无有例外地社会伦理化了，这种行为被解释为殉主尽义，以毁灭自己生命的方式表达对恩主的情谊。如同人世间的义结金兰，“但求同年同月同日死”。恩义，这种特定人文环境中不断重申、强调的伦理光环，赋予了人世间种种非血缘的“关系存在”，以胜于血缘亲属关系的深刻意蕴。

四、动物悼偶殉死故事的侠义话语

异类悼丧故事的第四种类型，是动物悼偶殉死型，这方面的载录无疑以禽鸟类为多。英国学者蔼理士曾经从性心理学的角度，引用过人类学家勃林顿的观察结论：

---

① 梁绍壬：《两般秋雨盦随笔》卷八，上海古籍出版社1982年版，第440页。

> 即在动物中间，性欲也很有几分“理想化”的程度，特别是在鸟类中间；鸟类可以为了失偶的缘故，伤感到一个自我毁灭的境界，可知这其间所牵涉到的决不止是一个单纯的性的本能，而是此种本能与其他生命的要素的一个综合，一个密切联系的综合，其密切的程度，即在文明最盛的人类中间，也是可遇而不可求的。①

潘光旦先生在此译注：“雁就是最好的一个例子。富有人本思想与浸淫于拟人论的中国文家也早就观察到此。”其实，雁只是其中一个有代表性的例子。元代孔齐《至正直记》就记载有大雁殉情的传闻。况且不光是雁，早自宋人洪迈《夷坚志》支庚卷一写道，有双燕巢于梁间，雄燕被无赖子射死，“雌者见雄死，啁啾悲鸣，径投水中而没”。于是有客作歌伤之：“……一飞径溺澄澜底。伤哉痛恨应未休，安得化作吕氏女，手刃其头报夫仇。”雌燕殉偶，是自然界中弱者无奈的严厉控诉，引起咏叹者将其比作《后汉书·列女传》里必亲手杀仇以雪夫怨的烈妇吕荣，仿佛其殉死，是为了转世托生为诛杀仇凶的烈妇。

甚至被主人因待客而唤童杀死的雄鸡，也有痴情的雌鸡以死相殉，宋代洪迈《夷坚志》中的描写，也分明搀杂了传播与载录者自己的理解和伤悼伦理观念，其充满了对死去的异类伦理楷模那深刻的同情。说王揖家里养着牡牝双鸡，母鸡正在孵卵，雄鸡却因家中招待来客而被宰杀。母鸡闻叫呼之声也走出

① ［英］蔼理士：《性心理学》，潘光旦译注，生活·读书·新知三联书店 1987 年版，第 432 页。

来："孜孜注视，哽咽悲鸣，若欲诉揖而免牡之死。揖弗悟，竟杀之。牝踯躅哀鸣，不复顾群（鸡）雏，终夕唧唧，晨起不复食，凝立砌下，沉沉如醉然。少焉气溢其吭，遂喘而死。"载录者感于至情，对如此无视动物感情与生命的现象抱有不平，不免又联系起人世间的不义者，愤愤地评曰："夫鸡，一物耳，至哀其偶而与之同死，有贞妇之节。彼有视其夫死，肉未冷而即背去者，此鸡羞之矣。"① 何以殉情的不是雄性的动物，而偏偏总是由雌性的去殉雄性？这不是现实社会伦理关系中"夫为妇之天"一个绝妙的文学表现吗？

人们将特定的伤悼情感投射到动物上，将动物偶或的"殉情"行为伦理化、人格化，又用这特定的伦理话语引伸开去，谈论世间未能殉夫而死的妇人，宋代理学对妇节的强调也渗入到这类传闻中。不过，在此后不久的元遗山那里，借大雁殉情故事，将人间伉俪之情的美好，生死不渝，强调到了无以复加的程度，给后人留下了千古佳话。说是词人曾赴试并州，道逢一个捕猎的，"旦获一雁，杀之。其一脱网，然悲鸣不能去，竟自投于地而死"，元遗山就买下了这只雁，葬在汾水旁边，还累石为识，作词吊之，这就是有名的《摸鱼儿》一词的本事来历，这个地方也因此得名为雁丘。词的上片云：

问人间情是何物？直教生死相许。天南地北双飞客，老翅几回寒暑。欢乐趣，离别苦，是中更有痴儿女。君应有语。渺万里层云，千山暮雪，只影为谁去。

---

① 洪迈：《夷坚志》支甲卷八《王揖双鸡》，中华书局 1981 年版，第 772 页。

是人间痴情儿女不愿独生的悲剧故事，提供给词人观雁的如此视界；而雁的特异举动，又引发了人们联想起那些值得同情悯惜的无辜殉情者——他们就好比雁，是生活中于人无害的弱者，却无可挽回地在矢志不渝的幸福追求中被摧折。打破人与雁的物种距离，沟通人雁情感的其实还是信奉特定丧悼习俗与伦理期待的人本身。后世如张潮《虞初新志》等收集的众多雁殉情传说，都不免染有这种因伤悼不幸者而灌注的同情之感。明人顾起元《客座赘语》卷九还有如是记载，显系实录，竟也是雌者身殉雄者：

> 友人沈之问，……家畜二鸭，盖雌雄也。一日家将烹其雄，豫以笼罩之，雌即旋绕其笼，逐之不去，饲之食，弗食也。已杀其雄，以沸汤燖之，其雌忽哀鸣，举身投沸汤盆中，宛颈而死。

现实中尤其在明清时代，女性殉节、殉情事件骤然增多，也为动物殉情传说的叙述重点，提供了价值关注的核心之点，在偶然中贯彻了必然，似乎为此增加了认同力和感染力，也扩展了其接受传播市场。

在悼祭文学的整体系统中，由于主题各母题分支蕴积差不多都较为丰厚，每每出现母题的置换与融和现象。因为如叙事理论所说："母题是活动的序列，在同一叙述功能里可以互相替换，也能担负不同的功能，并可成为独立的异文或叙事作品。分清符号学组织的两个层次——叙述层次和形象层次——可能解释叙事作品结构的稳定性和母题在各种本文间的转移，从理论上帮助解决母题这个难题。”[1] 像所谓悼亡伤逝故事，不仅牵涉到恩报，更胶着着行孝，如前面所讲的异类为主殉死故事，其中的人与动物关系其实就不仅是单纯的主仆式的，其“恩义”之外更还有“孝义”，是父子式或母子式的，带有“慈——孝”的伦理义务性质。如孝诚可感发灵异，这一人所具有的诸般痴情自然也可推及到动物；于是感发的可能是鸟——是雁，是鹤……，也可能是兽——是猴，是猫……[2]；至于动物们其所作所为体现的深层动机，则又因其与人类关系的角色对象而异——可以是殉情，可以是行孝，可以是怜子，也可以是报答恩主，凡此等等，总之是符合丧悼文化之于主体角色规定的，都包括在一个大的伦理劝讽模式之中。无论其展示的动物形象怎样翻空出奇想要说的竟然总是那样的熟悉、动听和符合社会大众话语逻辑，这是叙述层次。而如何展示与组合这些要素，则是随机性的，属于形象表现层次，于是往往就有可能带有某种新异传奇的要素出现。但不论具体文学形象如何，所要说明的，又往往要印证普遍性接受心理中那种“人不如异类”的惯常道德训诫话语。

因此，不能仅仅将异类悼亡殉死故事，仅仅作为纯粹的动物故事来理解来阐释，它们表现的主要方面，其实恰恰不是那些动物的所谓过人智慧，而是其与人互动、与人类社会印证的伦理观念。

---

① ［法］A·J·格雷马斯：《行动元、角色和形象》，王国卿译，《叙述学研究》，中国社会科学出版社1989年版，第129页。

② 参见王立《永恒的眷恋——悼祭文学的主题史研究》，学林出版社1999年版。

在上述母题模式中，人与动物之间固有的物种界限被如此地淡化、甚至抹煞了，似乎因为它们都属于“生态主体”而具有了共通性。尽管，这一类饱浸“伟大的同情”的侠义书写，根本上说，还是人类中心主义的情怀，是人类视野中的“他者”在侠义之光照耀下应有的行为，然而事情又不是这样单纯，恰恰又与“人类中心”伦理期盼不尽相同，由于丧悼行为的发出者是动物，却成了映衬人世无情无义者的良好参照，可以寄托叙事者乃至社会舆论对于种种无良之人、现象的强烈伦理谴责。

上述四种有关动物悼亡殉死的故事，虽然只是其中的荦荦大者，但却都可以理解为人世间习俗心理的变形投射。在悼亡伤逝习俗年深日久、稳定浓郁的人文环境下，许多文学题材和表现模式，都一再顽强地重复着相关的叙事话语。给人以强烈的伦理感召和道德感奋，刺激着主题统属下的母题复制与演化的不断发生，而悼祭主题也因侠文化的深层注入，而为之不断持续丰富和发展。

第五章　唐代武术文化与武侠精神

从纵向的历史来看，不论是与靡靡之音盛行的南朝，还是与软弱得老是被动挨打的宋代相比，我们都有理由说唐人尚武。的确，唐代的武术文化发展到了一个高峰，这是学术界的共识。然而，在武术文化中所体现的武侠精神，虽说是人们都感觉到了，却较少有人专门探讨。

一、角觝比力中的武侠文化意蕴

从现存文献上说，角觝游戏，最早可以追溯到汉代，《汉书·刑法志》载："春秋之后，灭弱吞小，并为战国，稍增讲武之礼，以为戏乐，用相夸视……齐愍以技击强，魏惠以武卒奋，秦昭以锐士胜。"《史记·李斯列传》裴骃《集解》引应劭语曰："战国之时，稍增讲武之礼，以为戏乐，用相夸示，而秦更名曰'角觝'。角者，角材也；抵者，相抵触也"；下引文颖语曰："案：秦名此乐为角觝者，两两相当，角力，角伎艺射御，故约角觝也。"这里书写了从事角觝活动的动机——"用相夸示"，个人荣誉感成为比武较技的一个直接的内在驱动力。

一般认为，角觝活动在汉代已具有二人相斗的表演性。葛洪《西京杂记》卷三载："余所知有鞠道龙善为幻术，向余说古时事：有东海人黄公，少时为术，能制龙御虎，佩赤金刀，以绛缯束发，立兴云雾，坐成山河。及衰老，气力羸惫，饮酒过度，不能复行其术。秦末，有白虎见于东海，黄公乃以金刀往厌之，术既不行，遂为虎所杀。三辅人俗用以为戏，汉帝亦取以为角觝之戏焉。"

《隋书》卷六十二《柳彧传》称这类活动的规模盛况："近代以来，都邑百姓，每至正月十五日，作角抵之戏，递相夸竞，至于糜费财力，……人戴兽面，男为女服，倡优杂技，诡状异形。以秽嫚为欢娱，用鄙亵为笑乐，内外共观，曾不相避。高棚跨路，广幕陵云，袨服靓妆，车马填噎。"

而至南宋吴自牧《梦粱录》卷二十亦载，当时在临安，这一活动汇为一时风气："角觝者，相扑之异名也，又谓之'争交'。且朝廷大朝会、圣节、御宴第九盏，例用左右军相扑，非市井之徒，名曰'内等子'，……瓦市相扑者，乃路岐人聚集一等伴侣，以图摽手之资。先以女颭数对打套子，令人观睹，然后以膂力者争交。若论护国寺南高峰露台争交，须择诸道州膂力高强、天下无对者，方可夺其赏。如头赏者，旗帐、银杯、彩缎、锦袄、官会、马匹而已。顷于景定年间，贾秋壑秉政时，曾有温州子韩福者，胜得头赏，曾补军佐之职。"可见这类体育活动是全民性参与的。

而在唐代，角觝游戏所体现的武侠精神是更为乐观昂扬，也是更为看重的。不少载录都不约而同地呈现了这种文化精神。《旧五代史》卷五十三《李存贤传》即描写："存贤少有才力，善角觝。初，庄公在藩邸，每宴私与王郁角觝斗胜，郁频不胜。

庄公自矜其能，谓存贤曰：‘与尔一搏，如胜，赏尔一郡。’即时角觝，存贤胜，得慰州刺史。”此段故事在《新五代史》卷三十六《义儿传》则如是记载：“存贤，许州人，本姓王名贤，少为军卒，善角觝。……庄公即位，拜右武卫上将军。庄公亦好角觝，尝与王（郁）较而屡胜，颇以自矜。因顾存贤曰：‘尔能胜我，与尔一镇。’存贤搏而胜之。”后来果任卢龙郡节度使。一郡，赏格算够高的。上行下效，个别体现了一般。比武较技中“赌胜”的明确目标与意蕴，似较早就发端于此。说明史家偏好和对此细节之于人物性格完整性关系的理解，其对于相关文学创作所流露的价值取向，不会没有影响和启发。

明代胡应麟对分类搜集相近类型故事很有兴趣，阅读时他把诸多早期文献载录列出，如大力士某人获取大力的唐代故事：

> 《广记》（《太平广记》）又载，令文尝以五指撮碓觜壁上书，得四十字诗。为太学生，以一手挟讲堂柱起，以同房生衣于柱下压之，许重设酒，乃为之出。
>
> 又，唐彭先觉叔祖博通，膂力绝伦，尝于长安与壮士魏弘哲、宋令文、冯师本角力。博通坚卧，命三人夺其枕。三人力极，床脚尽折而枕不动，观者逾主人垣墙，屋宇尽坏，名动京师。
>
> 又，汪节者，其母避疟于村西福田寺金刚下，因假寐，感而生节。节有神力，入长安，行到东渭桥，桥边有石狮子，其重千斤，节指而告人曰：“吾能提此而掷之。”众无信者，节遂提狮子投之丈馀，众人大骇，后数十人不能动之，遂以赂请节，节又提而致之故地。

寻荐入禁军，补神策军将，尝对御俯身负一石碾，置二丈方木于碾上，木上又置一床，床上坐龟兹乐人一部，奏曲终而下，无压重之色，德宗甚宠惜，累有赏赐。虽拔山拽牛之力不能过也。

右三人皆唐世以勇闻者，节之神力尤为惊绝。而世罕知其名姓。因读《卮言》（《艺苑卮言》）载前代力人事，附识此。①

这里，总共复述了三个力士赌力比试的事迹，似乎，大力，总是在一种赌胜竞豪的情境中显示的。而且，三个故事的叙述也是井然有序，似乎带有递进式的一个胜于一个，一个比一个更为神奇，从而构成了系列模式，呈现出某种共性的武术——武侠文化精神。可以说，这是受先前佛教故事母题影响之后，在观念及其表达上又自成一体。何以明代人还不厌其烦地谈论？至少说明这类武侠故事所具有的恒久感人魅力，在新的时代需要面前被重新发现了。

唐人尚武，在唐代武术文化中，往往还推重比武过程中的灵感智慧，以一种乐观豪迈的精神，描绘比武过程及其所引起观众的热烈反响。与明人胡应麟的兴趣类似，冯梦龙《古今谭概》也搜集、缩写一些前代的机智故事：

王卞于军中置宴，一角抵夫甚魁岸，负大力，诸健卒与较，皆不敌。坐间一秀才，自言能胜之，乃以左指

---

① 胡应麟：《少室山房笔丛》卷三十五《二酉缀遗上》，上海书店出版社2001年版，第359页。

略展，魁岸者辄倒。卞以为神，扣其故。秀才云："此人怕酱，预得之同伴。先入厨，求得少许酱，彼见辄倒耳。"①

按，此来自更早些的比武斗智母题，唐人已谈论。唐僖宗光启（885—888）年："左神策军四军军使王卞出镇振武。置宴，乐戏既毕，乃命角抵。有一夫甚魁岸，自邻州来此较力，军中十数辈，躯貌膂力悉不能敌。主帅亦壮之，遂选三人，相次而敌之，魁岸者俱胜。帅及座客，称善久之。时有一秀才坐于席上，忽起告主帅曰：'某扑得此人。'主帅颇骇其言。所请既坚，遂许之。秀才降阶，先入厨，少顷而出，遂掩绾衣服，握左拳而前。魁梧者微笑曰：'此一指必倒矣。'及渐相逼，急展左手示之，魁岸者懵然而倒。合座大笑。秀才徐步而出，盥手而登席焉。主帅诘之：'何术也。'对曰：'顷年客游，曾于道店逢此人。才近食桉，踉跄而倒。有同伴曰：怕酱，见之辄倒。某闻而志之。适诣设厨，求得少酱，握在手中。此人见之，果自倒。聊助宴设之欢笑耳。'有边岫判官，目睹其事。"②

这一被众人当场目睹的相扑比试，以智慧相斗者在下场之前，就了解出对手有一个害怕大酱，"见之辄倒"的怪异性格

① 冯梦龙：《古今谭概》卷二十一《谲知部》，江苏古籍出版社 1993 年版，第 411 页。

② 李昉等编：《太平广记》卷五〇〇引《玉堂闲话》，此以谈恺刻本为底本校录。参见李时人编校《全唐五代小说》外编卷一，陕西人民出版社 1998 年版，第 3530 页。

弱点，于是故意逐步退让，关键之时露出了这一杀手锏，果然使得对方不战自败。这招数说起来不免有些下作，然而，不是与《孙子兵法》所讲的“不战而屈人之兵，上之上者也”，颇有些暗合之处么？

二、射箭技艺中的武侠文化内蕴

唐代与游牧民族文化交汇，战事多来自于西北边疆的冷兵器作战中，弓箭的威力与射箭技艺，是尤其值得推重的，实际上也是如此。以此，相关的赌箭描写也构成了武侠之气表现的较多契机。

杜甫《哀江头》一诗咏叹道：“翻身向天仰射云，一箭正坠双飞翼。”也如同电影中的“定格”，把一个矫健的身影刻画出来。张祜《观徐州李司空猎》也有：“背手抽金镞，翻身控角弓。”其实李司空射猎的过程绝不仅仅就是这个动作，但是，诗人却选取了这一美学上说的“最富于包孕性的那一顷刻”(德国美学家莱辛语)，将一幅矫健身姿、敏捷身手的图画跃然纸上，这正所谓“诗中有画”。李益《观骑射》一诗，竟也是选取了这一最有意味的表现形式：“边头射雕将，走马出中军。远见平原上，翻身向暮云。”

在正史的庄严殿堂中，也有诸史书等对唐代藩镇著名军阀年少时才具卓异的记载。如《新唐书》写高骈：“家世禁卫，幼颇修饬，折节为文学，与诸儒交，硁硁谭治道，两军中人更称誉之。事朱叔明为司马。有二雕并飞，骈曰：‘我且贵，当中之。’一发贯二雕焉，众大惊，号‘落雕侍御’。后历右神策军都虞候。党项叛，率禁兵万人戍长武。是时诸将无功，唯骈数用奇，杀获甚多。懿宗嘉之，徙屯秦州，即拜刺史兼防御使。……”① 如果我们对照一下本于《唐诗纪事》的元代辛文房《唐才子传》卷九中的异文，则是相当有趣的选择承袭：

> 少闲鞍马弓刀，善射，有膂力，更剉锐为文学，与诸儒交，硁硁（浅见固执貌）谈治道。初事朱叔明为府司马，迁侍御史。一日校猎围合，有双雕并飞，骈曰：“我后大富贵，当贯之。”遂一发连翩而坠，众大惊，号“落雕御史”。②

冷兵器时代，如此远距离命中目标的神技，该是多么具有传奇性而令人向往！按，后世历史演义中每多见到的赌射一箭双雕描写，当受此书写影响很大。

射箭赌技，还带有民族之间技艺较量和民族自尊的性质。李冗《集异记》颇有兴致地描述：“天宝末，有骑将李钦瑶者，弓矢绝伦，以劳累官至郡守，兼御史大夫。至德中，隶临淮，与史思明相持于陕西。晨朝合战，临淮布阵徐进，去敌尚十许里，忽有一狐起于军前，踉跄而趋，若导引者。临淮不怿曰：‘越王轼怒蛙，盖激励官军士耳，狐乃持疑妖邪之物，岂有前阵哉！’即付钦瑶以三矢，令取狐焉。钦瑶受命而驰，适有浅芜三二十亩，狐奔入其中，钦瑶逐之。欻有野雉惊起马足，径

① 欧阳修、宋祁：《新唐书》二百二十四《叛臣下》，中华书局1975年版，第6391页。

② 傅璇琮主编：《唐才子传校笺》第四册，中华书局1990年版，第68－69页。

入云霄，钦瑶翻身仰射，一发而坠。然后鸣鞭逐狐，十步之内，拾矢又中。于是携二物以复命焉。举军欢呼，声振山谷。时回鹘列骑置阵于北原，其首领仅一二百辈，弃军飞马而来，争捧钦瑶，似为神异。仍谓曰：‘尔非回鹘之甥？不然，何能弧矢之妙，乃得如此哉！’”①

在始料未及的仓促之际，最能够检验箭术技艺的神妙了，而从故事末尾对于射箭者的称赞来看，回鹘——游牧民族的骑射功夫一般说是超过汉族的，这在当时已是共识，因此，箭术（连带射箭者的马上功夫）的显示，客观上也就成了不同民族之间的武勇高下之争，这一举动的意义从“举军欢呼，声振山谷”的群情反应来看，就不言而喻了。

韦应物《始建射侯》一诗咏：

> 男子本悬弧，有志在四方。虎竹忝明命，熊侯始张皇。宾登时事毕，诸将备戎装。星飞的屡被，鼓噪武更扬。曾习邹鲁学，亦陪鸳鹭翔。一朝愿投笔，世难激中肠。

我们常说“好男儿志在四方”，其实就多半来自唐人的功业观念。而男儿在这个“马上得天下”的时代里，当年《礼记·内则》说的：“男子生，桑弧蓬矢六，以射天地四方。天地四方者，男子之所有之事也，故必先有志于其所有事。”说生男孩就悬弓在门左首，这一风俗有着更加特殊的意义：生男，

---

① 李昉等编：《太平广记》卷二二七引《集异记·李钦瑶》，参见李时人编校《全唐五代小说》外编卷一，陕西人民出版社 1998 年版，第 3068－3069 页。

即悬弧，弓箭意象就直接与男儿建功四方的角色期待联系起来。“虎竹”是汉代到边关的官员所持之物，也是建功边塞的意思。于是，借助弓箭意象所都有的文学传统表达的意义，如同东汉班固那样毅然投笔从戎的豪迈情怀，就言约意丰地抒发出来。

弓箭是人类久远的朋友，它与人类相伴的时间实际上要比我们想象到的悠长。人类的集体无意识中，对弓箭普遍都有一种亲和感和潜在的崇拜心理。据说，印度南部的托达人（Todas）部落里，女人在怀孕后的七个月时要举行“授弓”仪式。而且如论者说：“在西藏的兄弟共妻制，一个人结了婚，他的兄弟也同时有了妻。他们很和睦地住在一处，生小孩时诸兄弟都是父亲，但最大的哥哥行了一种仪式叫做‘弓箭的给予’（giving the bow and arrow），于是他便成为法律上的父亲。”①

对此，我们在唐代民间习俗载录中，也可以找到类似的书写，这就是弓弦作为男子性别力量的神物观念。敦煌经卷伯2666背面写：“凡人纯生女，隐始六十日，取弓弦，烧作灰，取清酒服之，回女为男。”在重男轻女的文化传统中，就连男子经常使用的弓箭，也被赋予了接触巫术的感染功能，居然有将女胎变为男胎的奇效。可以说，这也不能不算作唐代弓箭崇拜的一个民俗背景。由此，我们对唐人之于男性刚勇豪迈性别特点的理解，就会更加完整。

当然，前代文学对于射箭技艺描写的艺术积累和文化积蕴，也是不应忽视的。《史记·李将军列传》中对于西汉名将李广的描写中，就可以约略看出其价值。射箭，在中国第一部纪传

① ［美］S·南达：《文化人类学》，刘燕鸣、韩养民编译，陕西人民教育出版社1987年版，第226－227页。

体通史里，就已经如此与人物特定性格刻画建立了密切的联系。后来曹植《白马篇》以“控弦破左的，右发摧月支”形容幽并侠少年的勇武身姿。而曹植的诗句，很可能来自应旸《驰射赋》中对于射箭动作与人视觉感受描写的“左揽繁弱，右接湛卫；控满流睇，应弦飞碎”，“终节三驱，矢不虚发。进截飞鸟，顾摧月支”。“繁弱”，是古代良弓名，《荀子·性恶》有“繁弱、巨黍，古之良弓也。”在这郊野驰射演习的描述，“顾摧月支”不过是一种形容夸饰的套语，却终究被曹植用来刻画侠少年实战中的身手。凡此种种，不一而足。

在唐代并不算是十分发达的赋这种文体里，就出现了一个较少为人注意到的普通现象，就是铺排射箭技艺的赋作很多。仅在清代陈元龙辑《历代赋汇》卷六十四至卷六十五《武功》一类，就收有继建安七子之一应旸《驰射赋》以降，唐人王起《辕门射戟枝赋》、元稹《观兵部马射赋》、何据《射杨叶百中赋》、贾餗《百步穿杨叶赋》、杨弘真《贯七札赋》、张友正《射己之鹄赋》、白居易《射中正鹄赋》，等等。这些赋在该类别中，占有较大比重，而且对于宋人赋作也有较大影响。这至少说明，传扬薛仁贵武功的《三箭定天山赋》这样的极度夸饰，在唐代的确不是一个偶然孤立的现象。

三、赌胜为国争光母题的武侠内核

其实，赌技服人委实还有着更大的用场。敦煌变文《韩擒虎话本》写其以箭术——一箭双雕地射落争食的双雕，慑服单于，使其心悦诚服地求和。此事又早见之于《隋书》卷五十二《韩擒虎传》：“突厥来朝，上谓之曰：‘汝闻江南有陈国天子乎?’对曰:‘闻之。’上命左右引突厥诣擒前，曰:‘此是执得陈国天子者。’擒厉然顾之，突厥惶恐，不敢仰视，其有威容如此。”看来，母题在由史到文渲染英雄人物的叙事演进中，发挥了至关重要的功能。

与此紧密相关的还有比武为国争光母题。佛僧传记写法通和尚蒙观音帮助后，身力雄勇，隋高祖时:

> 有西蕃贡一人，云:“大壮在北门，试相扑，无得者。”帝颇恧(惭愧)之，云:“大隋国无有健者!”召通来，令相扑。通曰:“何处出家人为此事。必知气力，把手即知。”使唤被来，通任其把捉。其人努力把捉，通都不以为怀，至通后捉，总揽两手急搦，一时血出外涓，彼即蟠卧在地乞命。通放之曰:“我不敢杀捉，恐你手碎。去。”于是大伏，举朝称庆。①

这些载录在唐代，其叙事者崇尚武侠的观念是不容忽视的。在平常人看来，幸亏法通和尚在较量中使番人大败，赢得了面子。其实，他正是以自己宽容忍让的高尚武德，在拥有强大勇力为后盾的前提下，点到为止，主要从精神上威慑折服了对手，故事情节表层之下的深层意脉，仍流动着赌技服人、技高为能的共识。这种观念，在近代武馆同洋人比武的故事中，连带着国人的爱国情怀，掀起了武侠精神史上空前的狂涛巨澜。

---

① 释道宣:《续高僧传》卷二十七《咸通中》,《唐京师法海寺释法通传》,此以碛砂本《大藏经》为底本校录。见李时人编校《全唐五代小说》外编卷一，陕西人民出版社 1998 年版，第 2867－2868 页。

宣佛的有关载录还描写妒忌多瞋、不信佛法的萧铿之女死后，其手下信乐佛法的婢女闰玉，在进入阴曹地府冥游时作为一个见证人，饱览了萧氏受酷刑的惨烈情状，还被教会了用梵音诵经，故事似乎用意在警醒世人。她还阳之后，麟德元年西域的四个婆罗门来中原晋献佛骨，在将军薛仁轨家设斋，诸亲聚集。众人假说闰玉的诵经术是别的婆罗门教的，想密试闰玉的虚实。可是，当闰玉以梵音诵《金刚般若》完毕：

> 此四婆罗门一时俱起，合掌怪叹："希奇！未曾有也。何因汉人能得如此?"

可见当时中原汉族人掌握诵经术的很少，他们在天竺来的婆罗门僧人心目中形成了"刻板印象"，而这个汉族女孩的卓异表现让他们如何吃惊。闰玉接着又诵《药师法华经》，这四位使者在旁更加欢喜，恭敬闰玉如师，叹为非凡。他们被告知实情后，四僧竟然感动得不禁流着泪说："非是圣力冥加，岂能如是言词典正!"居然让佛教祖庭的多位专家们不约而同地当场折服，事情有了"国际"影响，将军还将此事郑重地上奏了皇帝①。

宣佛故事叙述中的"见证人"视角，是不能轻视的，其旨在昭示冥狱惩恶终极审判的真实性，而借助赌颂经之技的来源冥界中得，演示这一技能的中外赌胜竞争性质，更有利于扩散传扬，可以说这也是中外文化交流历程中一个精彩的宗教插曲。

---

① 道世撰集:《法苑珠林》(百二十本) 卷一百二，李时人编校《全唐五代小说》卷五，陕西人民出版社 1998 年版，第 119－122 页。

应当说，许多有损国格的失败性故事，很可能被有意识地漏记、湮没了。这里，交织在华夏之邦“夷夏之辨”强势话语之中的，是一股难于掩饰的武侠之气。而且，正是以此为精神支柱，不少此类话题的谈论，才显得那么居高临下，理直气壮，意定神闲。

四、比武竞技活动及武侠精神的泛化

综上所述，在唐人武侠文化精神中，这种主要以武术比试较量所形成的观念，还流播泛化，竟然影响到武术之外的其他文化分支。

一是赌乐器技艺以折服番国。张鷟《朝野佥载》称：“太宗时，西域进一胡，善弹琵琶，作一曲。琵琶弦拨倍粗。上每不欲番人胜中国，乃设酒高会，使罗黑黑隔帷听之，一遍而得。谓胡人曰：‘吾宫人能之。’取大琵琶，遂于帷下令黑黑弹之，不遗一字。胡人谓是宫女也，惊叹辞去。西国闻之，降者数十国。”罗黑黑是当时中原的琵琶名手，本为男性，其先，他不仅是未暴露身份，简直就是隐藏幕后。其后，他又男扮女装，以一个普通的宫女身份出现，艺高服人。有理由认为，小说《三国演义》中写张松“过目不忘”，似受此启发。

二是赌杂技令外邦蛮夷人服膺。据载：“中宗时，殿中奏蹀马之戏，宛转中律。遇作饮酒乐者，以口衔杯，卧而复起，吐蕃大惊。”① 本来，杂技表演是天竺和西域诸国艺人颇为擅长

① 周勋初主编：《唐人轶事汇编》（四册），上海古籍出版社1995年版，第57页。

的看家本领，经由西域诸国逐渐传入中原，可是此却成了大唐朝廷向国外来宾表演的拿手好戏，吐蕃（藏人）怎能不大为吃惊，为之折服有加呢？这里不妨说点题外话，说明武侠文学在细部肌理上的承续。金庸小说《天龙八部》第十回写吐蕃护国法王鸠摩智，也是心怀好胜之心来到大理国访求剑法，他软硬兼施想要得到天龙寺珍藏的《六脉神剑经》，与枯荣大师等人斗法，虽然他技高一筹，但枯荣大师以一阳指的内力把图谱焚烧干净，鸠摩智还是没有占上风。

三是赌诗艺让番邦惊赞。相传在晚唐时期，唐诗的盛名传播海外，一次，“高丽使过海，有诗云：‘水鸟浮还没，山云断复连。’时贾岛诈为梢人，联下句云：‘棹穿波底月，舡压水中天。’丽史嘉叹久之，自此不复言诗”①。其实，这最后的结果，究竟是怎样验证的呢？难道有人跟踪高丽使者的行踪而考察其是否继续作诗吗？

可以说，这只不过是载录者对于贾岛假扮梢公赌诗获胜效果的诗意渲染，是一种是想象出来具有喜剧意味的结局。甚至开启了某些“金盆洗手”的后世江湖中语。其实还是有着难于离析的赌胜竞豪性质。这位高丽使者，无疑是个“中国通”，他其实不过是过海之时，兴之所至而形诸吟咏，但颇有戏剧性的是，似乎贾岛这位高手好像早就料定了这位高丽使者要侵犯咱们“诗国”的禁脔，他很有准备地假扮作梢公——划船人，要的就是这种刺激对方“弱势文化”自卑感觉的效果。

---

① 胡仔：《苕溪渔隐丛话》前集卷十九引《今是堂手录》，人民文学出版社1962年版，第126页。

按，“扮演下等人意外取胜”故事中体现的智慧，事实上也并非是唐人的新创，而当来自于东晋裴启《语林》所载曹操扮作捉刀人的故事：

魏武将见匈奴使，自以形陋，不足雄远国，使崔季珪代当坐，乃自捉刀立床头。坐既毕，令问曰：“魏王何如?”使答曰：“魏王信自雅望非常，然床头捉刀人，此乃英雄也。”魏武闻之，驰遣杀此使。

此又为南朝刘义庆《世说新语·容止》所复述，广为传播。又据陈寿《三国志》本传称：

崔琰字季珪，清河东武城人也。少朴讷，好击剑，尚武事。……琰声姿高畅，眉目疏朗，须长四尺，甚有威重，朝士瞻望，而太祖亦敬惮焉。琰尝荐巨鹿杨训，虽才好不足，而清贞守道，太祖即礼辟之。后太祖为魏王，训发表称赞功伐，褒述盛德。时人或笑训希世浮伪，谓琰为失所举。琰从训取表草视之，与训书曰：“省表，事佳耳！时乎时乎，会当有变时。”琰本意讥论者好谴呵而不寻情理也。有白琰此书傲世怨谤者，太祖怒曰：“谚言‘生女耳’，‘耳’非佳语。‘会当有变时’，意指不逊。”于是罚琰为徒隶，使人视之，辞色不挠。太祖令曰：“琰虽见刑，而通宾客，门若市人，对宾客虬须直视，若有所瞋。”遂赐琰死。……初，太祖性忌，有所不堪者，鲁国孔融、南阳许攸、娄圭，皆以恃旧不虔见诛。而琰最为世所痛惜，至今冤之。[1]

《世说新语》故事中的崔季珪，容貌“眉目疏朗，须长四尺，甚有威重”，本来足以威慑匈奴使者，因此曹操才将他找来替代自己。这说明在外族使者面前显示本族领导者的外貌，在曹魏时代已经具有两国外交上的特殊意义，曹操已经注意以此满足自己的虚荣心，而且这效果甚至还涉及到了国格的问题。但是毕竟匈奴使者也不是没有眼力的，他更重视的是“遗貌取神”，从神态气质上看出了扮作卫士的曹操，豪气四溢，认为这才是真正的英雄，这反映了当时对于英雄豪气的深在理解。

据《世说新语》刘孝标注引《魏氏春秋》称：“（魏）武王姿貌短小，而神明英发。”也许，崔季珪最终见忌被杀，与这次扮作曹操的成功，及其在曹操内心引起的微妙感觉和不快记忆，或许不为无关。

然而，唐人的假扮赌胜竞豪，却带有较多幽默的意趣。无独有偶，在崔令钦《教坊记》里，载录了当时的妓女也有此趣事：

> 庞三娘善歌舞，其舞颇脚重。然特工装束。又有年，面多皱，帖以轻纱，杂用云母和粉蜜涂之，遂若少容。尝大酺汴州，以名字求雇。使者造门，既见，呼为“恶婆”。问庞三娘子所在。庞绐之曰：“庞三是我外甥，今暂不在，明日来书奉留之。”使者如言而至。庞乃盛饰，顾客不之

① 陈寿：《三国志》卷十二《魏书·崔琰传》，中华书局1982年版，第366－367页。

识也。因曰："昨日已参见娘子阿姨。"其变状如此，故坊中呼为"卖假金贼"。

这是依靠精工的化妆术使自己变成了另一个人，从而捉弄那些来访者，似乎也是在考验中一睹对方的眼力，从而体味其中的快慰。不仅如此，诚如前辈学者所注意到的："……诸舞虽皆由内人为之，若《柘枝》《剑器》等，却作雄装，后世之舞用男子女装以取悦，唐人健舞则用女子男装以取悦。"① 应当说，这不也是唐人尚武侠的一个明证吗？

如果说起唐人赌技竞豪的原因，至少有这几点。

首先，是人类争强好胜的内在生命本能，与唐代外在宽松文化环境的充分适合。在当时，由于政治环境的相对宽松，比武竞豪可以不是那么受到限制。像唐人康骈《剧谈录》载左军壮士管万敌扛鼎挟辀，为众人推服，他与伙伴们在东市酒肆里聚饮，却被一个麻衣张盖者闯入饮宴上旁若无人饮酒，"万敌振腕瞋目，略无所惮，同席恃勇之辈，共为推挽，竟不微动"，角力之时，管万敌尽力挥动重拳，连屋楼都为之震动，那人仍不微动。最后那人"奋臂而起，掌大如箕，高及丈馀，屹屹而下"，众人这才恐惧得赔罪。若是在后世，官府得知，恐怕又是聚众滋事，或者宣扬神怪妖异之事了，可是，在唐代这却是一件很平常的民间比武角力活动，并没有官府的介入，也没有因此节外生枝。

其次，是诸多外来文化和中外往来活动的影响。在唐睿宗

---

① 任半塘：《教坊记笺订·制度与人事》，中华书局1962年版，第37－43页。

(710—712) 时期，婆罗门国进献杂技艺人，其“倒行以足舞，仰植銛刀，俯身就锋，历脸下，复植于背，觱篥者立腹下，终曲而不伤。又伏伸其手，二人蹑之，周旋百转”①。所谓婆罗门国，指的就是印度。而更早些时，据《法苑珠林》卷七十六“十恶·绮语部”载，唐高宗显庆（656—661）年间，唐朝使者王玄策等人就多次到过五天竺国，在那里不止一次地目睹了域外“他者”精彩的杂技表演，而事实上，他们是当作具有竞技性的幻术来理解的：

> 西国天王为汉使设乐，或有腾空走索，履屐绳行，男女相避，歌戏如常；或有女人手弄三伎，刀矟枪等，掷空手接，绳走不落；或有截舌自缚，解伏依旧，不劳人功。如是幻戏，种种难述。②

这些技艺，在李唐王朝的皇家子弟看来，就是一种豪气贯注的表演，是人的生命力与精神状态的一种体现方式，以此，他们是不甘落在他族人之后的。

我们常常看到小说中对于战斗场面的描写，其中渗透着对于胜负的期待和预见，这往往就正是书写与阅读的激情投注之所在。而观众观赏杂技表演又何尝不是如此。史载，在唐代初年，唐太宗的长子李承乾就有此爱好。他“常命户奴数十百

① 欧阳修、宋祁：《新唐书》卷二十二《礼乐志》，参见《旧唐书》卷二十九《音乐志》。

② 周叔迦、苏晋仁：《法苑珠林校注》卷七十六，中华书局 2003 年版，第 2254 页。

人，专习伎乐，学胡人椎髻，翦彩为舞衣，寻橦（竿）跳剑，昼夜不绝，鼓角之声，日闻于外”[①]。李承乾的举动当然有因为喜爱的乐人被处死的放浪不羁成分，但如果我们忽视了其中所蕴涵的武术竞技因素，那就会降低对于其表演所激起的热烈场面的合理估价。据宋人郭茂倩对张祜《热戏乐》解题所引：

> 玄宗在藩邸，有散乐一部。及即位，且羁縻之。尝于九曲阅太常乐，卿姜晦押乐以进。凡戏，辄分两朋以判优劣，人心竞勇，谓之“热戏”。乃诏宁王主藩邸乐以敌之。一伎戴百尺橦（竿），鼓舞而进，太常所戴则百馀尺。比彼伎一出，则往复矣。长欲半之，疾乃兼倍。太常群乐方鼓噪。上不说（悦），命内养五六十人各执一物，皆铁马鞭、骨檛之属也，潜匿袖中，杂立于声儿后。后复鼓噪，当乱摇之。左右初怪内养麐至，窃见袖中有物，皆夺气丧魄，而戴竿者方振摇其橦，南北不已。上顾谓内人曰：“其竿即当自折。”斯须中断，上抚掌大笑。内伎咸称庆，于是罢遣。[②]

唐人张祜该诗，显然属于即席咏叹的性质，其中的诗句“热戏争心剧火烧，铜槌暗执不相饶。上皇失喜宁王笑，百尺橦竿果动摇”，描绘得有声有貌，点面结合，可见当时群情激

---

① 刘昫等：《旧唐书》卷七十六《太宗诸子传·恒山王承乾传》，中华书局 1975 年版，第 2648 页。

② 郭茂倩编：《乐府诗集》卷八十引崔令钦《教坊记》，中华书局 1979 年版，第 1136－1137 页。

动的热烈场面，其基于时代的尚气崇豪氛围，也是群体心理互相激励感染的必然。而就连一国之君，也将一场游戏的胜负看得如此重要，这是唐代普遍性争强好胜民俗心理使然。

因此，从印度传来的幻术等来看，其所经由的西域诸国也将西北游牧民族好动尚勇，喜爱争斗的风习，杂糅其中，显然在中外交流的唐代这些“胡气”盛于一时。作为外来民俗心理的重要方面，与中原武侠尚义精神交叉互渗，共生互动。

唐代盛行的武术文化，是古代侠文化史上诸多突破性进展的时代动因。海外学者在追溯唐代剑侠起源时，指出剑侠乃是裹在幻术禁咒里的人物，其剑术与行军击刺或裴旻舞剑之类不同，是原始神秘信仰和法术思想结合的巫术，主要用匕首或短剑：“现存文献中，凡是展现剑术的场面，从来没有真正伤人的，更不用说杀人了。聂隐娘的剑术神奇无匹，但那纯粹是她自已说的，真正行事时，剑术便完全遁形不见。其它则都是表演性质……剑术而不能真正击刺，岂不证明了它们只是戏法和幻术吗?”① 洞察到最负盛名而为人乐道的唐代剑术的某些实质，应该说，诸如此类，也当是唐代武术文化精神的别致体现，也是在其背景下产生之初“武术化”的一个时代特色，影响到后世武侠文学叙事也往往偏好身手的表演性，金庸小说即其典型例证之一。

---

① 龚鹏程：《侠的精神文化史论》，山东画报出版社2008年版，第105－108页。参见龚鹏程《大侠》，台北锦冠出版社1987年版。

第六章　唐人射虎斗虎描写的武侠文化内蕴

人与野兽尤其是猛兽的关系，在中国古代是一个惯常的重要话题。而起源于中国，古代广泛分布与亚洲的虎[①]，在古代中国作为“山中之王”诚然是猛兽的代表，以至于形成了覆盖面深广的虎文化丛。但是，在唐人笔下，射虎斗虎，却往往被贯注了较多的勇武豪迈的气概，相关的描述和咏叹中，集中表现了一种武侠文化精神。仅在《太平广记》卷四百二十六到四百三十三所收录的86个有关虎与人化虎的传奇故事中，不少就是在唐代发生的，馀者基本上也就是唐人所谈论的，何况还有一些诗歌就直接咏叹射虎，所以，追寻以射虎斗虎为核心的人与猛兽关系，可以从一个别致的角度透视出唐人的武侠气概。

---

① 捷克动物学家1968年根据虎的身体结构、产地、习性、毛色深浅将虎分为8个亚种，参见Jae-heup Kim，Warren E. Johnson等《中国及其他分布区域野生虎的系统地理学和遗传起源研究进展》，《动物学研究》2006年第4期。其中我国曾分布6个亚种。20世纪初全世界野生虎约有10万只，1995年约5000—7500只，参见马建章、金崑等《虎研究》，上海科技教育出版社2003年版，第18页，第126页；关于历史上虎的分布，参见何业恒《中国虎与中国熊的历史变迁》，湖南师范大学出版社1996年版。

一、咏虎与射虎诗歌中的豪迈气概

当然，与唐人生活有关的猛兽，不仅仅是虎，早在唐初，就有借射豕（野猪）活动所展示的武勇，而发出如下议论的：

> 太宗射猛兽于苑内，有群豕突出林中，太宗引弓射之，四发殪四豕。有一雄豕直来冲马，吏部尚书唐俭下马搏之。太宗拔剑断豕，顾而笑曰："天策长史，不见上将击贼耶？何惧之甚？"俭对曰："汉祖以马上得之，不以马上理之。陛下以神武定四方，岂复逞雄心于一兽！"太宗善之。因命罢猎。①

然而，这正说明虽然天下平定了，唐太宗借狩猎排遣尚武侠气的兴致，不仅仍未消减，还在时时进行。所谓"逞雄心"，是主动出击猎取猛兽的行为前提和心理动机。唐代别的皇帝，亦时或如此："中宗景龙中，召学士赐猎，作吐陪行，前方后圆也。有二大雕，上仰望之，有放挫曰：'臣能取之。'乃悬死鼠于鸢足，联其目，放而钓焉，二雕果击于鸢盘。狡兔起前，上举挝击毙之，帝称'那庚'，从臣皆呼万岁。"② 不过，突出体现唐人与猛兽对阵豪迈气概的，还当首推他们射虎斗虎、猎杀猛虎的诸多描写和吟咏。

人们对唐代文学的审美概括中，常常以"盛唐之音"的美

---

① 刘肃：《大唐新语》卷一《规谏》，《笔记小说大观》第一册，江苏广陵古籍刻印社 1983 年（影印），第 18 页。

② 段成式：《酉阳杂俎》前集卷一，中华书局 1981 年版，第 2 页。

学范畴来描述，这其中具有代表性的文体——诗歌里，就洋溢着人所共知的豪气盎然的意趣。“射虎”，居然也成为这种强大的时代审美风潮中的有机组成成分。

据宋人郭茂倩《乐府诗集》卷三十一所收，仅以《猛虎行》作为诗题来创作诗歌的，就有储光羲、李白、李咸用、李贺、韩愈、张籍等诗人。为了突出猛虎的威势，储光羲咏的是猛虎傲视一切：“百兽为我膳，五龙为我宾……彩章耀明日，爪牙雄武臣。”韩愈咏的是其性情来自于威势：“群行深谷间，百兽望风低。……择肉于熊豹，肯视兔与狸。正昼当谷眠，眼有百步威。自矜无当对，气性纵以乖。”张籍歌咏的是猛虎威势的震慑力：“南山北山树冥冥，猛虎白日绕林行。向晚一身当道食，山中麋鹿尽无声。……五陵年少不敢射，空来林下看形迹。”

甚至连僧人齐己，也以此《猛虎行》的题目咏叹其猛虎形象与威风：“磨尔牙，错尔爪，狐莫威，兔莫狡，饥来吞噬取肠饱。横行不怕日月明，皇天产尔为生狞，前村半夜闻吼声，何人按剑灯荧荧！”

我们今天看唐人谈论猛虎的凶恶强悍，不但很难找到谈虎色变的禁忌，而且还咀嚼体味出了一种众所认同的豪情快意。《乐府诗集》卷十五“燕射歌辞”收载北周庾信《商调曲》一诗即有“猛虎在山，百兽莫敢侵；忠臣处国，天下无异心”之语，将猛虎在山，比国之忠臣之于国势振奋的关系，这一思路，也每多为唐人的咏叹所借助。

此外，王建《射虎行》则歌咏了勇士猎虎的方式，以及猛虎与射虎者彼此互为依赖的关系存在：

自去射虎得虎归，官差射虎得虎迟。独行以死当虎命，两人因疑终不定。朝朝暮暮空手回，山下绿苗成道径。远立不敢污箭镞，闻死还来分虎肉。惜留猛虎著深山，射杀恐畏终身闲。

该诗还突出了“射虎”并非易事，往往并不是那么容易手到擒来的，因此，当时主要以“窝弓”，即事先在虎出没之处埋设好箭镞，等待虎经过；因为虎的嗅觉极为灵敏，人虎之间必定要保持一定距离，避免在狩猎器具上留下人的气味引起虎的警觉。而虎的存在，也构成了当地一些射虎专业户谋得“官差”，赖以生活的条件。

清人贺裳《载酒园诗话》又编将歌咏射虎作为勇悍之气的外在表现之一：“唐人最喜写勇悍之致。有竭力形容而妙者，王龙标之‘邯郸饮来酒未消，城北原平掣皂雕。射杀空营两腾虎，回身却月佩弓弰’是也。……”这说的是王昌龄《城傍曲》一诗，可以说，在“秋风鸣桑条，草白狐兔骄”之时，诗人偏偏选择“掣雕”与“射虎”这两个镜头，来抒发豪情，这且不提，后世评论者又以此作为“最喜写勇悍之致”的唐人诗句代表，除了别的原因，至少说明“射虎”是集中而突出地展示了唐人豪迈勇悍的风采。

王维《老将行》一诗的“少年十五二十时，步行夺得胡马骑。射杀山中白额虎，肯数鄴下黄须儿”，早就将少年战场上勇武表现同射虎武勇并提，可见唐人认为：因为有了射虎的能力，才敢与如同当年勇猛的“黄须儿”曹彰一般的英雄较量，同时，这就将这位射虎英雄的健康茁壮成长、与其日后的战功卓著构成某种必然的精神气质联系，进而强调他：“一身转战三千里，一剑曾当百万师。汉兵奋迅如霹雳，虏骑崩腾畏蒺藜。……愿得燕弓射大将，耻令越甲鸣吴军。莫嫌旧日云中守，犹堪一战取功勋。”射虎，仿佛就成了少年英雄豪勇的一个标签、一个想要释放豪情壮慨的因由和抒发壮慨的话头。因此，不少勇士射虎斗虎的相关咏叹，实际上就是唐代文人在曲折地抒发内心的壮志豪情，以及事功追求中的不遇之愤，慷慨豪迈情怀。

郭茂倩《乐府诗集》卷六十七引刘禹锡《壮士行》咏：

阴风振寒郊，猛虎正咆哮。徐行出烧地，连吼入黄茆。壮士走马去，镫前弯玉弰。叱之使人立，一发如铍交。悍睛忽星坠，飞血溅林梢。彪炳为我席，膻腥充我庖。里中欣害除，贺酒纷号呶。明日长桥上，倾城看斩蛟。

诗中写的是壮士骑马射虎之雄姿，箭在射中猛虎时就仿佛长矛的威力一样，这是诗人把记实与贴切的艺术想象结合起来。随后，诗中还暗用了晋代周处的典故，似乎这位英雄壮士在除掉虎害之后，接下来还要为当地百姓前去除掉蛟害。按，刘义庆《世说新语·自新第十五》称：

周处年少时，凶强侠气，为乡里所患。又义兴水中有蛟，山中有邅迹（白额）虎，并皆暴犯百姓，义兴人谓为“三横”，而处尤剧。或说处杀虎斩蛟，实冀“三横”唯馀其一。处即刺杀虎，又入水击蛟，蛟或浮或没，行数十里，处与之俱，经三日三夜，乡里皆谓已死，更相庆。竟杀蛟而出。闻里人相庆，始知为人情所患，有自改意。乃自吴寻“二陆”，平原（陆机）不在，正见清河（陆云），具以情告，并云：“欲自修改，而年已蹉跎，终无所成。”清河曰：“古人贵朝闻夕死，况君前途尚可。且人患志之不立，亦何忧令名不彰邪？”处遂改励，终为忠臣孝子。[①]

尽管据余嘉锡先生考证，上述作品有的细节于史不合，然而却成为古代侠文化心灵史中，为人熟知而难于忘却的佳话。值得注意的是，《壮士行》曲辞，本来是用作歌咏侠客荆轲的，《乐府诗集》卷六十七称：“燕荆轲歌曰：‘风萧萧兮易水寒，壮士一去兮不复还。’《壮士篇》盖出于此。”西晋张华以此歌咏“乘我大宛马，抚我繁弱弓”，驰骋大漠建功边塞的游侠少年，贾岛以此歌咏因无归期而垂泪悲壮告别的刺客，鲍溶则感叹“重在遇知己”的深层报恩心理，而刘禹锡则真切地以诗笔描摹英雄打虎的过程，展示了人虎相斗的惊险，人与虎都不示弱，而人终究战胜了虎，还连及百姓为虎害消除的欣喜。

二、猛士斗虎叙事中的豪侠之气

其实，唐代诗歌所咏叹的射虎，大多不过是文人情性的主观吐露，乐观豪迈作为意识核心，不是太难理解的。在叙事文本中可就未必总是那么简单了。一般来说，关于斗虎的叙事，其总体的描述是趋向实录，进而写出勇士战胜猛虎的艰巨性惊

① 余嘉锡：《世说新语笺疏》，中华书局1983年版，第627页。

险性。既然唐人斗虎之事经常发生，那么若是真的遇到与猛虎搏击的“短兵相接”，人就未必总是那么容易占上风，而时不时地也有失利的时候。不过，在载录者笔下，还是以化险为夷的奇迹最为引起兴趣，于是就有了这样的险奇经历载录：

> 定襄公李宏，虢王之子，身长八尺。曾猎，遇虎搏之，踣而卧，虎坐其上。奴走马傍过，虎跳攫奴后鞍，宏起，引弓射之而毙。宏及奴一无所伤。①

但不少始料未及的与虎遭遇经历，却是人先受到了伤害，而后寻虎报仇的。像张俊杀虎为妻报仇，也是以箭射虎。说是宣州溧水县尉元澹归乡途中，庄客张俊的妻子乘驴在后，被虎叼走，他尾随追寻三十馀里，只见妻子已死：“虎又于窟中引四子，皆大如狸，掉尾欢跃。虎以舌舐死人，虎子竞来争食。俊在树上见之，遂发一箭，正中虎额，其虎腾跃。又发一箭，中其胁。箭皆傅毒，虎遂惊跃，狂乱吼怒，顷刻而死。俊复下树，以斧截虎头，并杀四子，亦取其首，葛蔓贯之。亦负妻尸，走步而归。日晓追及，澹感激之至。”② 庄客张俊不仅杀虎为妻子雪恨，还救了主人，否则，下一个牺牲者可能就是元澹。在人虎野外邂逅遭遇时，不是人杀掉虎，就是虎食人，人虎相斗必有一伤，自然竞争法则下的生存哲理，真是没什么客气可

---

① 张鷟：《朝野佥载》，李昉等编《太平广记》卷一百九十一引，中华书局 1961 年版，第 1435 页。

② 李昉等编：《太平广记》卷四百三十三引皇甫氏《原化记》，中华书局 1961 年版，第 3510 页。

讲的。

然而，如果武侠畏惧猛虎，则会因浪得虚名，而受到社会舆论的嘲讽，也与武侠的内心角色期待相违。除了前面所引张籍《猛虎行》以“五陵年少不敢射，空来林下看形迹”的神态突出猛虎震慑力之外，竟然还有射虎者终究因为虎的勇猛而为之镇服，以至于终身不敢再去打虎的。据李肇《国史补》卷上称：

> 裴旻为龙华军使，守北平。北平多虎，旻善射，尝一日毙虎三十有一，因憩山下，四顾自若。有一老父至曰：“此皆彪也，似虎而非，将军若遇真虎，无能为也。”旻曰：“真虎安在乎?”老父曰：“自此而北三十里，往往有之。”旻跃马而往，次丛薄中，果有真虎腾出，壮小而势猛，据地一吼，山石震裂。旻马辟易，弓矢皆坠，殆不得免。自此惭愧，不复射虎。

因此，在唐代人虎关系的期待视野中，英雄武侠，是理应具有战胜猛虎的英武气概和过硬功夫的。真虎难得、难遇，而真的猛虎，实际上也不是那么容易对付的。似乎只有这样硬对硬，才显得出打虎英雄的武侠之气。故事以别致的结局宣示出：真正的武侠其实也是不可多得的，并不像不少人那种良好的自我感觉那样。

由于虎的出没频繁而无常，人与虎遭遇的事件每每发生，甚或出现了更为细致而维妙维肖的打虎故事描写，其场面随着人虎相持的情形变化而变化：

> 安陆郡有处士，姓马忘其名，自云江夏人。少游湖湘，又客于钟陵十数年，尝说江西钟傅，本豫章人，少倜傥，以勇毅闻于乡里。不事农业，恒好射猎，熊鹿野兽，遇之者无不获焉。
>
> 一日，有亲属酒食相会，傅素能饮，是日大醉，唯一小仆侍行，比暮方归。去家二三里，溪谷深邃，有虎黑文青质，额毛圆白，眈眈然自林中而出，百步之外，顾望前来。仆夫见而股栗，谓傅曰："速登大树，以逃生命。"傅时酒力方盛，胆气弥粗，即以仆人所持白梃，山立而拒之。虎即直搏傅，傅亦左右跳跃，挥杖击之。虎又俯伏，傅亦蹲踞。须臾，复相拏攫。如此者数四。虎之前足搭傅之肩，传即以两手抱虎之项。良久，虎之势无以用其爪牙，傅之勇无以展其心计，两相擎据，而仆夫但号呼于其侧。其家人怪日晏未归，仗剑而迎之，及见相捍，即挥刃前斫，虎腰既折，傅乃免焉。
>
> 数岁后，江南扰乱，群盗四集，传以斗虎之名，为众所服，推为酋长。竟登戎帅之任，节制钟陵，镇抚一方，澄清六郡。唐僖、昭之代，名振江西，官至中书令。①

这真是一场惊心动魄的人虎搏斗场面。具有传奇性意趣的，是豫章打虎英雄钟傅，是在酒后"大醉"的情形下，出乎意料地在路途中遇到猛虎的，而这只猛虎的长相、神情和动作是"黑文青质，额毛圆白，眈眈然自林中出，百步之外，顾望前

① 李昉等编：《太平广记》卷一百九十二引《耳目记》，中华书局1961年版，第1441－1442页。

来”，这种动态性的写真，简直就如同现代影视中的慢镜头一样，由远至近慢慢地逼近了故事中的主人公。但这只是人虎搏斗的序幕，真正的打斗还在后面。“小仆”的惊恐和劝逃，惊慌中只知道“号呼其侧”，乃是普通人在猛虎面前的态度，这更加烘衬出钟傅的酒后胆壮；而英雄抱持虎项的特写，将打虎的气概渲染到了极致，扣人心弦。尽管最后还是家人赶来，众手齐下击毙了猛虎，但这才较为接近生活的真实，达到了艺术真实与生活真实的统一。无疑，如果说，小说《水浒传》中武松在景阳冈上打那只“吊睛白额大虫”，是受到了这一打虎场面的启发；那么，武松的打虎神力与豪气，则更是得此描写的审美神髓。至于打虎表现的勇武豪气同后来的威信建立乃至建功为官，也与早在汉魏六朝形成的叙事模式结合，构成了人物性格与形象塑造的某种内在统一和完整性。

小说史家在追溯《水浒传》中武松打虎描写渊源时，往往只注意到元杂剧《雁门关存孝打虎》和《残唐五代史演义》的英雄打虎，以及元杂剧《折担儿武松打虎》，却没有注意到先前早已有之的精彩描绘[①]，所以本文所列举的这一组故事，或许可以作为小说打虎母题更远的文本渊源，或曰模仿样板，其提供了后人接受与再造的“先有”、“先在”、“先结构”。而事实上，从小说母题发展史来看，唐人上述几段对于勇士打虎的戏剧性场面刻画，不就是武松打虎描写的真正源头么？

这一源头对于武侠小说相关描写是那么深巨紧密，以致连接到清末近代的著名武侠小说之艺术构思。像早在1939年刘雁

① 如侯会《水浒源流新证》，华文出版社2002年版，第228－232页。

生在《朔风》第12期发表的《受〈水浒传〉影响之清人侠义小说》即注意到："《景阳冈武松打虎》，《小五义》中徐良在青石梁打虎一幕，的确是受了《水浒》的影响；……"① 足见唐人的开创性功绩，被小说名著所产生的"光环效应"导致张冠李戴，因此，如果我们不加以认真总结，就很难给武侠小说史的一些具体而实在的问题客观定位。

当时，猛虎出没，对于和平居民的生命财产安全，造成了极大的危害，因此，作为地方百姓的"父母官"，主要的政绩之一就是消除当地的"虎患"，这也主要是有赖于打虎勇士的郑重出场：

> 许州西三四十里有雌虎暴，损人不一。统军李琢闻之惊怪，其视事日，厉声曰："忠武军十万，岂无勇士？"有壮夫跳跃曰："某能除。"琢壮其言，给利器。壮夫请不用弓刀，只要一大白棒。壮夫径诣榛坞寻之，果得其穴也。其虎已出，唯三子，眼欲开。壮夫初不见其母，欲回，度琢必不信，遂抱持三子，至其家藏之，入白于琢。琢见其空手来，讶之，曰："以取得伊三儿。"琢闻惊异，果取到，大赏赉之，给廪帛，加军职，曰："尝闻不探虎穴，焉得虎子，此夫是也。"壮夫竟除其巨者，不复更有虎暴。②

---

① 王俊年编：《中国近代文学论文集》（1919—1949）《小说卷》，中国社会科学出版社1988年版，第95页。

② 李昉等编：《太平广记》卷四百三十引《芝田录》，中华书局1961年版，第3496页。

如果不向如老虎这样的猛兽主动出击，往往会受到猛兽袭扰，从而随时有身家性命之尤。当时的人与野兽关系远非今天所能想象的。

值得注意的是，唐代的赋体文学也没有放过斗虎这一极具传奇性的题材。如符载《贺樊公畋获虎颂并序》在铺叙五千骑兵步兵畋猎的壮阔场面后，又诉说了斗虎因其“刚猛为暴”的理由：“先是里人之讼乳虎为暴，肆毒贪婪，白昼族行，圈阜无豕牛，林麓绝樵苏，老幼愁恐，极于兵寇，……”随后豪侠之气的渲染，进入描绘人虎搏斗的高潮：

士拗馀怒，思与斗死，莫有异虑。……观其怒气之所狡愤，迅躯之所腾寺，踞牙之所噉龂，钩爪之所挐攫，杰作人立，呀若箕张；声轩暴雷，目烁灿炬。

爰有一人，乌获之伦，威郁乔杰，僄狡犷决，凭髯奋怒，毛竖背裂，鏄长戟以撑拒，乃匐身而掩刃，势倾力绝，四偃在地，穿喉贯背，爪有馀搏，于是腾气射虹蜺，酣噪破山林，耋老庆，童幼抃。淋漓赑负，献于公所。

……迺作颂曰：元阴凝兮杀气厉，扬三军兮顺时杀。鋋戟罗兮山谷隘，飞走殚兮林莽坏。有虎勃起兮万夫骇，阚呀天矫兮雷霆唱。纡沉虑兮振明戒，于一奋兮倾五害，旋胜军兮翻大旆，空皋薮兮乐幼艾。勇毅之师无与对，可诛不王截海外。①

① 董诰等编：《全唐文》卷六百八十八，中华书局1983年版，第7043－7044页。

竟然由此猎虎的武功，推及到对整个“勇毅之师”的讴歌，甚至断言能够以此气概征服海外。

三、唐代射虎斗虎描写的成因

唐人射虎斗虎描写众彩纷呈的原因是多方面的。

一曰前代打虎载录歌咏的影响。早在《穆天子传》中就有对周代勇士赤手生擒猛虎的载录：“……有虎在葭中。天子将至，七萃之士高奔戎请生搏虎，必全之。乃生搏虎而献之天子。天子命为柙，而畜之东虢，是曰‘虎牢’。天子赐奔戎畋马十驷，归之太牢。”[①]《汉书·扬雄传》载汉成帝为了向胡人展示中土占有的猛兽众多，把虎豹等猛兽养在长杨射熊馆中，“令胡人手搏之，自取其获，是亲临观焉”。《西京杂记》卷三载广陵王刘胥有勇力，“常于别囿学格熊。后遂能空手搏之，莫不绝脰（颈项）。后遂为兽所伤，陷脑而死”。说明空手搏击猛兽的确是一件冒着生命危险的事情。张华《博物志》卷三也写：“后魏武帝伐冒顿，经白狼山，逢师（狮）子。时人格杀之，杀伤甚众。王乃自率常从军数百击之，师子哮吼奋起，左右咸惊。”可见即使是全副武装的军人集体行动时，也不免为猛兽的凶焰所震慑。

因此，曹植《孟冬诗》写孟冬狩猎：“庆忌孟贲，蹈谷趋峦。张目决眦，发怒穿冠。顿熊扼虎，蹴豹搏貙。气有馀势，

---

① 郑杰文：《穆天子传通释》上编卷五，山东文艺出版社1992年版，第94页。

负象而趋。”这些描写所带有的原始野性给人以审美的震撼力量[①]，很容易激起尚武慕侠唐人的共鸣。

但是，毕竟在唐前时代也有不是以自己动手以暴抗暴斗虎，而是以祈求神灵保佑来逃脱的。例如，萧齐时陆杲《系观世音应验记》称，京兆杜陵人王桃年少时喜好杀生，以捕猎为业。一次老虎吃掉了王桃捕获的猎物，王桃当即拉开弩弓向这只老虎射了一箭，老虎受伤逃跑了，但另一只老虎却追上来咬啮，咬得王桃两腿伤痕累累，鲜血淋漓，仍然不肯松口。王桃忽然想起，以前曾听僧人说到过观世音，就拼命归心称诵观世音名。于是老虎就放掉他，他这时才勉强能从地上爬起来。不过老虎还是愤怒地瞪大眼睛，边咆哮边围着他转。王桃就更加坚定地竭诚祈请，老虎这才离他而去。回到家里，王桃发誓：“我这回如果不是因伤而死，就一定信奉佛法、出家受戒!”不久，他的伤势渐渐痊愈，终于成了一个精诚修道的人[②]。然而，这类不是以斗虎形式摆脱猛虎威胁的传闻，唐人就罕有谈论的，这说明，唐人是有意识地将射虎斗虎的勇武之气一概加以广泛传扬，他们更多地认同于人虎相争中人的主体力量，可见这其中还是表现了唐人价值取向的选择性的。

二曰现实生活焦虑的触发。在唐代出现如此之多的射虎、斗虎故事，不是偶然的，与其现实生活中虎等猛兽经常出现有关。因为有关虎出没于人居住地区附近的记载，在唐代也的确

---

① 参见李炳海:《散发着原始野气的自然生命力的喷射——中国早期文学的赤手搏虎场景》,《沈阳师范大学学报》2003 年第 1 期。

② 董志翘:《〈观世音应验记三种〉译注》，江苏古籍出版社 2002 年版，第 205 页。

不是罕见的。据唐人记载："贞元十四年中，多虎暴，白昼噬人。时淮上阻兵，因以武将王徵牡申州焉。徵至，则大修擒虎具，兵仗坑阱，靡不备设。又重悬购，得一虎而酬十缣焉。有老卒丁岩者，善为陷阱，遂列于太守，请山间至路隅，张设以图之。徵既许，不数日而获一虎焉。"[①] 但不小心丁岩却掉入陷阱中，他幸运地未遭虎噬，还顺便劝告虎：说自己要向太守建议释放它，条件是请它率领虎群离开本地，诺言兑现后，十多天之内，真的"群虎屏迹，而山野宴然矣"。于是载录者禁不住赞叹虎的智慧和神明。

又据说，就在大历四年，"九月己卯，虎入京城长寿坊元载私庙，将军周皓格杀之"；而"元和二年，开红崖冶役夫将化为虎，众以水沃之，化而不果。"[②] 在唐代，人化虎的故事很多，这也由于虎的活动频繁普遍造成的。而在通往有些偏僻地区的路上，猛虎的活动就更为猖獗：

> 唐大顺、景福已后，蜀路剑利之间，白卫岭石筒溪，虎暴尤甚，号税人场。商旅结伴而行，军人带甲列队而过，亦遭攫搏。时递铺卒有周雄者，膂力心胆有异于常，日夜行役，不肯规避，乃持托权利剑，前后于税人场连毙数虎，行旅赖之。西川书记韦庄作长语以赏之，蜀帅补军职以壮之。[③]

① 薛用弱：《集异记》，《太平广记》卷四百二十九引，中华书局1975年版，第3488页。

② 刘昫等：《旧唐书》卷十七《五行志》，中华书局1975年版，第1375页。

③ 孙光宪：《北梦琐言》，李昉等编《太平广记》卷四百三十二引，中华书局1975年版，第3509页。

又据说在晚唐时期，猛兽出没经常为旅途的危害："黄巢污践宫阙，与安、朱之乱不侔。其间犹异，各为好事传记。轩裳农贾，挈妻孥潜迹而出者，不可胜记，至有积月陷寇，终日逃避，竟不睹贼锋者。独前泾阳令伊璠为戎所得，屡脱命于刃下。其后血属相失，村服晦行，及蓝关，为猛兽搏而食之。祸患之来，其可苟免?"[1] 而当时的人们对于虎的惧怕，在猛兽中居首，另一则传闻称人们最怕的就是虎："元和中，郎吏数人省中纵酒，语平生各有爱尚及憎怕者，或言爱图画及博弈，或怕妄与佞。工部员外郎汝南周愿独云：'爱宣州观察使，怕大虫。'"[2]《旧五代史》卷二十五《唐书·武皇记》写，"献祖之讨庞勋也，武皇（李克用）年十五，从征，摧锋陷阵，出诸将之右，军中目为'飞虎子'"。可见当时已有了把猛将形容为"虎将"的称呼。

作为原因，往往也是一种结果。唐人接触猛虎的经验多了，不免总结出斗虎射虎等野兽的经验来。如段成式《酉阳杂俎》就把这当作一种广博的知识来传扬：

> 荆州陟屺寺僧那照善射，每言射之法。凡光长而摇者鹿，帖地而明灭者兔，低而不动者虎。又言夜格虎时，必见三虎并来，夹者虎威，当刺其中者。虎死威乃入地，得

---

① 李昉等编：《太平广记》卷一百五十八引《阙史》，中华书局 1975 年版，第 1134－1135 页。

② 李昉等编：《太平广记》卷四百九十七引《大唐传载》，中华书局 1975 年版，第 4077 页。

之可却百邪。虎初死，记其头所藉处，候月黑夜掘之。欲掘时，而有虎来吼掷前后，不足畏，此虎之鬼也。深二尺当得物如琥珀，盖虎目光沦入地所为也。[①]

他注意到夜间发现老虎的窍门；多虎同时出现时怎样抓住主要矛盾，先射其中最厉害的；甚至还提醒，在打死虎之后如何不要浪费虎身上所带来的宝贝。

三曰对于前代和当代斗虎题材的关注和传扬，也生动地从另一维度体现了唐人武侠之气。《太平广记》卷一百九十一“骁勇类”就引唐人李亢《独异志》的载录：“晋桓石虔有才干，矫捷绝伦，随父豁在荆州。于猎围中，见猛兽被数箭而伏。诸督将素知其勇，戏令拔箭。石虔因急往，拔一箭，猛虎踞跃，石虔亦跳，高于猛兽。复拔一箭而归。时人有患疾者，谓曰：‘桓石虔来’以怖之，病者多愈。”

而抒发少年壮志豪情时，射虎几乎就是豪侠形象和气概的一个惯常聚焦。如张藉《少年行》曾有如是歌咏：“少年从猎出长杨，禁中新拜羽林郎。独到辇前射双虎，君王手赐黄金珰。……”

由于唐人打虎奇闻的传奇性和英雄武侠之气，在豪气传播的审美效果上不可低估。甚至其往往不限于文学描写和传闻记载，还免不了进入到邻近艺术领域中，绘画题材尤其加以关注，例如名画家阎立德之弟阎立本：

① 段成式：《酉阳杂俎》前集卷十一《广知》，中华书局1981年版，第108页。

> 立德创《职贡》，图异方人物诡怪之状，立本画国王粉本在人间。昔南北两朝名手，不足过也。时南山有猛兽害人，太宗使骁勇者捕之，不得。虢王元凤忠义奋发，自往取之，一箭而毙。太宗壮之，使立本图状，鞍马仆从，皆写其真。无不惊服其能。……①

虽说画的是射虎，看来重点还是在深山猛虎的背景上，旨在突显射虎者的英武神态。而音乐的旋律竟也围绕着这一题材，甚至有的乐曲曲调竟然就是得自于此。据段安节《乐府杂录·鼓架部》所载："钵头：昔有人父为虎所伤，遂上山寻其父尸。山有八折，故曲八叠。戏者被发素衣，面作啼，盖遭丧之状也。"而有的异文则将虎笼统地说成是猛兽，说明虎乃是猛兽的代表："《拨头》：出西域。胡人为猛兽所伤，其子求兽杀之，为此舞以象也。"② 看来，相关的歌舞，的确原出自西域拔豆国，后传入龟兹，由龟兹又传入中原③，同时在传播与回授过程中，其也将人斗杀猛虎猛兽的英雄气概有力地加以渲染和强化。而这一例证还可以有说服力地说明，在唐宋时代的确就是

① 李昉等编：《太平广记》卷二百一十一引《唐画断》，第 1617 页。《唐朝名画录》异文作："阎立德《职贡》，图异方人物诡怪之质，自梁、魏以来名手，不可过也。时南山有猛兽害人，太宗使骁勇者往捕之，不获。虢王元凤忠义奋发，往射之，一箭而毙。太宗壮之，使其弟立本图其状，鞍马仆从，皆若真。观者莫不惊叹其神妙。"参见周勋初主编：《唐人佚事汇编》，上海古籍出版社 1995 年版，第 287－288 页。

② 杜佑《通典》卷一百四十六，《旧唐书》卷二十九《音乐志二》同此，"伤"作"噬"。"为此舞以象也"，作"为此舞以像之也"。

③ 参见仲高：《西域艺术通论》，新疆人民出版社 2004 年版，第 206－207 页。

将猛虎视为猛兽的代表，析言之曰“猛虎”，而浑言之则为“猛兽”是也。

四、斗牛——斗虎武侠精神的一个象征意象

虎，在中国古代只是自然力对于人类社会威胁的一个代表。人与猛兽的对阵，还影响到唐人对于人勇武之力的推重，从而出现了一些对于人与其他家养动物角力的描绘。当然，这可以说是呈现出一种人和动物双向互动的关系。其中主要就是牛。说是辛讜有神力，他曾经有这样值得回忆和对人夸耀的经历，据《阙史》卷下记载：

> 尝言微时力田自粒，三伏甚暑，与邻庄老农纳凉于山之阴，山上有巨牛怒斗者，哮吼争力，声达数里。邻人虑其奔北退走，则有蹂践冲触之患，相谋备钩索为制拒之计。辛曰：“众力非及，某能当之。”俄顷，有牛果北而下，狞蹄踣土，凶角以奔。辛则正立中逵，俟其欲至，两执其角，牛不能前。旁观移时，如不置力。牛怒滋甚，退身数尺，养力而冲。如是三四，划然有声，流血滂沱，角折牛仆。其主乃屠肉聚食，以酬壮观，则命持斫斧断角，坚不可刈。辛复拉之，应手而碎。时讜侏儒脊痒，如不胜衣。至官崇体腯（肥壮），力亦随减。①

① 周勋初主编：《唐人佚事汇编》卷二十六，上海古籍出版社1995年版，第1438页。

射虎、斗虎，毕竟是可遇而不可求的。那么，现实中习见习感的牛，就成了人们武侠和尚武民众展示力与勇的异类对象。辛讜微时在斗牛过程中所显现的勇武性格，后来果然体现在征战立功之中，据同书记载：“杜公将有包胥乞师之请于邻封，以劘垒方严，募犊门勇士，无敢应者。独讜请行。岸列霜锋，河浮战舰。裸身宵度，胜舟而济。获告邻部，果解重围，贼锋遂衄（挫败）。朝廷录功，累授刺史于曹州，团练于泗州，节度于邕州。”

又据张鷟《朝野佥载》那不无夸张的宣扬，某人所具备的超人神勇武力，也似乎在年轻时斗牛一类冒险经历中小试锋芒，从而得到锤炼、洗礼：

> 宋令文者，有神力。禅定寺有牛触人，莫之敢近，筑围以阑之。令文怪其故，遂袒裼而入。牛竦角向前，令文接两角拔之，应手而倒，颈骨皆折而死。
>
> 又以五指撮碓觜壁上书，得四十字诗。为太学生，以一手挟讲堂柱起，以同房生衣于柱下压之。许重设酒，乃为之出。
>
> 令文有三子，长之问，有文誉；次之逊，善书；次之悌，有勇力。之悌后左降朱鸢，会贼破驩州，以之悌为总管击之。募壮士，得八人。之悌身长八尺，被重甲，直前大叫曰：“獠贼！动即死。”贼七百人一时俱剉，大破之。①

① 张鷟：《隋唐嘉话　朝野佥载》卷六，中华书局1979年版，第139页。

青少年之时的斗牛，就仿佛是一个“成年礼”，而该人的直系后代，也有直接继承其勇武基因的。另一位力士彭博通，也有诸如此类为人们津津乐道的事迹，《朝野佥载》卷六又称：“……牛驾车正走，博通倒曳车尾，却行数十步，横拔车辙深二尺馀，皆纵横破裂。”人与牛斗力这一套路描述，也透露了对人与猛虎对阵描绘的类似豪情。

切不可仅仅以为这里的勇士斗牛是随意为之的，其载录的意蕴也不是那么简单。应当说，在唐人看来，其当时的牛，比起我们今天所了解的要不够进化，具有更多凶悍的兽性，有时发作起来也是不得了的。而动物中与虎相类似并且与人经常接触的，就是牛，而往往牛也被视为具有猛虎一般的性情，野牛更是在人们的捕猎范围之内，早期人类的狩猎生活中，对于野牛的记忆也是惊心动魄的。

如印度古代神话传说中，大神黑天（大神毗湿奴的化身）虽然被封为“众牛之主”，仍穿着牧童的服装，在牧童的行列中。一天他正在与其他牧童戏耍，一个长得酷似凶恶公牛的恶魔突然来到面前，这家伙：“全身黑得像烧过的黑锅底，它的两只角极其犀利，两眼放射着耀眼的寒光，四蹄锋利如刀，双肩高耸，尾巴傲然地高高翘起。……”原来这怪物就是刚沙特意派来杀害黑天的。黑天抓住怪物头部，用脚把公牛两角踏到地上，拔掉其左角，以这角划破了公牛的肚皮，使其惨叫抽搐着断了气[①]。在场的人们欢呼雀跃，一个毛孩子的调皮又让刚沙无可奈何。

---

① 薛克翘主编：《东方神话传说》第四卷《印度古代神话》，北京大学出版社 1999 年版，第 126－127 页。

在我国，至迟汉代就有武士斗牛的表演图画，如武士裸身持匕首，后弓步作搏斗状，牛则作回首猛转身状，圆睁二目尾巴高翘；还有力士只手将牛后肢提起，另一人右手握剑、左手前伸作刺杀表演的，当然还有一些人虎相斗的画图①。又如《乐府诗集》卷二十五引北朝乐府民歌《地驱歌乐辞》就有："青青黄黄，雀石颓唐。槌杀野牛，押杀野羊。"以至于唐代《广异记》中的故事，还有牛具虎性，食怪牛肉化虎的描述：

> 晋复阳县里民家儿常牧牛，牛忽舐此儿。舐处肉悉白。儿俄而死。其家葬此儿。杀牛以供宾客。凡食此牛肉，男女二十馀人，悉变作虎。②

从这一则带有强烈神秘色彩的传说来看，人们潜意识中，实际上也是自觉不自觉地将有关虎崇拜的观念泛化，以至于对于那些桀傲不逊的凶牛，也投射了类似于对猛虎的恐惧心理。于是斗败猛牛，不也就成为豪勇气力足以夸耀的一个象征体现么？

斗牛如斗虎，这一象征性还延续到后世。如民国北派武侠小说大家笔下写石柳邓的斗牛：

> 那牛四蹄便如水碗大小，浑身狞毛虬筋，双角撑起，

---

① 曹新洲等：《汉画像石中的驯兽斗兽表演及其思想内涵》，《南阳理工学院学报》2014 年第 1 期。

② 李昉等编：《太平广记》卷四百二十六引《广异记》，中华书局 1961 年版，第 3468 页。

亮晶晶赛如大钢攮。这当儿络头蒙目，还不怎地，去柳邓数十步，昂然站定。……

只见那牛双眼一努，“哞”的声便奔柳邓，角儿一低，恨不得铲入地里。间不容发当儿，柳邓已狂吼跃起，“嗖”的声跳在牛后，“崩崩”的双拳早落。那牛一头扑空，一根尾巴直竖起来。柳邓飞步赶去，便捉牛尾，只一拉，那牛负痛，掉转头便触。柳邓一闪，早到牛肋旁，便用了踢倒泰山式，尽力子一足蹬去。只听“轰”的一声，牛儿跌翻。原来四脚物儿，都是竖劲最猛。你要迎头拦他，都是一百个不成功，必须要旁敲侧击，他横劲是没有多少的。当时那牛怒极，一起身，狞蹄踣土，狂吼乱触。……

少时牛性奋起，忽退却数十步，猛力飞触。只听“咯噔”一声，却被柳邓执住双角，用力一按，牛头便低。那牛浑身一个震颤，欲进不得，欲退不能，猛的四蹄一奋，向偏下里一拧，只听“扑喳”声双角解脱，血淋淋连额骨皮一总儿揪下来。……

诸峒主见此光景，谁肯当那第二头牛？于是都服服帖帖允行约法。①

当然，除此之外，唐人还有歌咏捕猎其他猛兽的作品，如《全唐诗》卷二百七十七卢纶《腊日观咸宁王部曲娑勒擒豹歌》，状写勇士徒手勇擒凶豹：“舍鞍解甲疾如风，人忽虎蹲兽人立。欻然扼颡批其颐，爪牙委地涎淋漓。既苏复吼拗仍怒，

① 赵焕亭：《奇侠精忠全传》第六八回《老峒主临终托约法，猛柳邓慑众斗凶牛》，新星出版社2009年版，第453页。

果协英谋生致之。拖至深丛目如电，万夫失容千马战。”如果我们将此诗与那些咏叹射虎打虎的作品相比照，会体察到类似的勇武豪迈气概。

一般认为，野生的虎伤害人类，主要原因是：受伤、年老，被猎人所伤，或与人拼命，或当时逃脱，而后进行蓄意报复；或被人逼迫得过紧，自觉无生路，横下心坚决反扑；进食或休息时突然被人闯见，由于惊慌失措而扑人；追逐配偶或抚育幼仔时的脾气不正常等①。在中国大陆的南方地区，特定季节的干旱、寒冷，也往往造成虎攻击人类。而在唐人这里，他们更多地体会到虎对于人类生命安全的威胁，而尚未认识到虎在生态平衡中的作用。研究者指出，这些作用包括：1. 吃掉野猪等危害植被的动物，控制野猪等数量，一定程度上有保护植被的功能；2. 老虎经常出没，使人类畏惧而较少进入山林，或因虎患而放弃开发，推迟了山林开发的进程②。从更为长远的时段看，这“虎患”的存在对于急功近利、以邻为壑的森林开发者，未必就不是一件好事；可能在唐人这里射虎斗虎的豪侠之咏，放到人与动物均为“生态主体”的现代社会，就需要更为精确地审视其复杂性表现的方方面面。

总之，唐人射虎斗虎的咏叹和描绘，虽然从今天生态学、动物伦理“敬畏生命”的角度看，带有明显的时代局限性，然而其体现出武侠精神、武侠文化的构成因子中不能排除人对猛兽等自然界威胁的恐惧与抗争，从人与猛兽关系的别致角度，

---

① 谭邦杰：《虎》，科学普及出版社1979年版，第32－35页。

② 曹志红：《老虎与人：中国虎地理分布和历史变迁的人文影响因素研究》，陕西师范大学博士论文，2010年。

表现了唐人武侠尚气的勇毅精神，具有文化史上的认识价值。同时，其为后世叙事文学中打虎勇士等待刻画，提供书写蓝本，小说戏曲中对勇士武侠的精神外现与形象刻画，为此有了强大而饱满的种子。

在民间故事及小说研究中，虎故事是一个特殊的专题，多为研究者所关注[①]。人虎相亲相安，也是从中古佛经故事到本土叙事文学中，一个经常为热衷谈论特别是明清小说野史传播的佳话[②]。唐人射虎斗虎的文学书写，无疑有着一定的多重现实根据[③]，的确体现出唐代豪迈的时代精神，是人类中心的英雄赞歌，然而毕竟仅体现出人虎关系对立、对抗的一面，而主要受到佛教影响，人虎关系中也有相安相亲的一面，后者可能更符合如今生态主体平等的愿景。孔庆东教授注意到打虎难写，但金庸《天龙八部》写萧峰打虎却写出了虎毕竟是虎，神勇的武功高手也要费番周折，且引出了解救结交完颜阿骨打事。而注意到虎的品质产地："东北虎遍地都是的时候……那个虎很凶猛。"[④] 其实就是一种可贵的生态眼光。

---

① 如汪玢玲《中国虎文化研究》，东北师范大学出版社 1998 年版。

② 刘卫英等《欧美生态伦理思想与中国传统生态叙事》第二章，北京师范大学出版社 2014 年版。

③ 翁俊雄：《唐代虎、象的行踪——兼论唐代虎、象记载增多的原因》，《唐研究》第三卷，北京大学出版社 1997 年版。

④ 孔庆东：《笑书神侠——北大醉侠遭遇金庸》，中国海关出版社 2006 年版，第 69－71 页。

第七章 唐代饮食文化与豪侠气概

在我国幅员辽阔的土地上，各个地区人们的饮食不仅在种类上有偏重，而且饮食方式上也有着千差万别。陕西关中地区饮食器具之大，在华夏文化圈中是人所共知的。以关中地区为核心的唐代饮食习俗，也透露出粗犷的豪气。其不光表现在一般性的饮食文化中，同时也流注在酒文化、茶文化等相关的交往习俗中。这里，谨一并论之，并且力求较为全面地揭示其异中之同，同中之异的文化演进历程。

一、饮食文化多重表现中的武侠精神

古语说“民以食为天”。但同样是饮食，不同地区、不同时代却会有许多差异，体现了不同的文化习俗和精神取向。宋人郑文宝《江南馀载》卷下记载：“唐末有御厨庖人，随中使至江表，闻崔胤诛北司，遂飘浮不归。留事吴。至烈祖受禅，御膳宴饮皆赖之。有中朝之遗风。其食味有鹭鸶饼、天喜饼、驼蹄餤、云雾饼。”《正字通·食部》也称：“唐赐进士有红绫餤，南唐有玲珑餤，皆饼也。”这说明，以唐代关中的饮食烹调技艺，到了江南占有很大的优势，至少在唐末乃至宋初，还是很先进的。因此，唐代豪侠精神不能不与与饮食文化相关，而且渗透到当时许多地区的饮食习惯和行为之中。

早在隋代，就有了借食量展示弄豪骇众的故事。释道宣《续高僧传》卷二十七《咸通中》写释明恭住郑州惠善寺，当俗人时他和同伴的超人力气就引起了当道者的猜忌，就制作两个饼赐给他们，一个饼馅是生鹿角，一个是五升盐，吃盐饼的那个当朝腹裂而死，明恭却没事。厌俗出家后，赶上隋末社会秩序被打乱：

> 贼起，周行抄掠，先告寺曰："明当兵至，可办食具，并大猪一头。"寺无力制，随言为办。至时，列坐铺莫食具。恭不忍斯负，拄杖会所，与贼言议。贼先让食，恭乃铺饼数十，安猪里之，从头咬拉，须臾并尽，贼众惊伏。恭召为护寺檀越（施主），群贼然之。故会善一寺，隋唐交军，绝贼往来，恭之力也。①

显然，此处的"贼"是顺水推舟，由食量及其暴食的方式推知到了眼前这和尚的武勇，于是很明智地为之知难而退。似乎这较之饮酒比量的载述还早些。

在唐人这里，首先，是以饮食量大竞豪。而饮食能力与其武勇是呈现正比的，仿佛能吃必定力大，这是农耕民族久远的饮食文化蕴涵的题中自有之义。而饮食能力也就与其武勇程度呈现正比。这一观念在唐代也是颇为盛行的。据《九国志》卷一《楚臣传·李琼》（丛书集成初编）载，五代时马殷以李

① 《高僧传合集》，上海古籍出版社1991年版，第336页。

琼为桂州刺史，李琼："魁岸多力，每食肉十馀斤，据案大嚼，眈眈然。军中号曰'李大虫'。"无疑，李琼的食肉量是天生的，但人们观看他食肉的情态时，所感受到的却是不拘细节的豪气和凶悍。

其次，是以所食之物巨大竞豪。孙光宪《北梦琐言》称：

> 王蜀时，有赵雄武者，众号"赵大饼"。累典名郡，为一时之富豪。严洁奉身，精于饮馔，居常不使膳夫。六局之中，各有二婢执役，当厨者十五馀辈，皆着窄袖鲜洁衣装，事一餐，邀一客，必水陆具备。虽王侯之家，不得相仿焉。有（又）能造大饼，每三斗面擀一枚，大于数间屋，或大内宴聚，或豪家有广宴，多于中宾内献一枚，裁剖用之，皆有馀矣。虽亲密懿分，莫知擀造之法，以此得"大饼"之号。①

食物刻意求大，并非无意为之，便于保存和"众人分享"制等饮食习惯与此相关，而试图以大逞豪，以大突出其特色来，更为题中自有之意。这就好比后世小说《水浒传》中的豪杰们喜欢"大碗酒，大块肉"一类的食物，在吃喝这种"量大"的食物时得到一种莫名其妙的精神满足。如今，烧饼似锅盖，仍为关中地区的人食之津津有味，引为美叹。关中地区人们身材魁梧，体力消耗大，所需食物以大体现出质朴务实精神。况且，这一地区的食物又多为面食，便于制作成大型食品，大概也是

① 李昉等编：《太平广记》卷二百三十四引，中华书局 1961 年版，第 1799 页。

唐人食物以大为豪的一个物质基础吧。

其三，就是以饮食方式的粗鲁竞豪。《太平御览》卷八五九《饮食部·热洛河》称：出身于突厥族的哥舒翰，仍带有游牧民族的旧习，喜食鹿血肠，当他与出身杂种胡的安禄山、出身粟特族的安思顺一同入朝时，玄宗命高力士率朝廷供奉官，在崔驸马私宅中设宴："使射生官射鲜鹿取血煮其肠，谓之'热洛河'以赐之。"又王谠《唐语林》卷五载录这一故事："玄宗命射生官射鲜鹿取血，煎鹿肠食之，赐安禄山、哥舒翰、虢国夫人。就屋梁悬鹿肠，其中结之。有宴，则解开，于梁上注酒，号'洞天圣酒'。"可以试想，这在当时该是怎样的一种热烈的杀生取食场面，一种粗豪之气不免洋溢宴中。不仅在于饮食的品种，关键是饮食方式所体现的特定游牧文化内容。

王谠《唐语林》卷三又记载，"太宗使宇文士及割肉，乃以饼拭手，帝屡目之，士及佯为不悟，更徐拭而后啗之"。本来，宇文士及割肉之后以饼拭手，是一种屠夫般豪气的体现，但是引起了太宗的不满，屡屡目之，显然有责备之意，但具有戏剧性的是宇文士及却十分机智，他故作不明白太宗目光责备的含义，似乎他本来就有这种粗俗的嗜好，这用来拭手的饼，其实没有浪费，而是被他有滋有味地吃掉了。宇文士及及时地改过补错，是因为宇文士及在唐太宗目光示意的暗示中，已领会了众所认同的暴殄天物不应该。而太宗先前的屡屡以目光表示不满，竟成了对他的"误解"。如果说，以饼拭手的动作体现了宇文士及的粗鲁；那么，将拭手之饼"更徐拭而后啗之"，则更加体现了宇文士及的豪气，而且是彻头彻尾地在饮食方式上将自己的粗豪之气表演推向了高潮。令人想起了《庄子·养生主》庖丁解牛之后擦拭了刀作踌躇满志状。

王讜《唐语林》卷五还称："玄宗紫宸殿樱桃熟，命百官口摘之。"这一不拘礼节、不讲身份的举动，近乎魏晋风度，也当视为玄宗豪气的别致体现。也许有人认为这是玄宗的一个怪僻，但如此行事，观赏着臣下口摘樱桃的场面，玄宗肯定豪气四溢地得到了一种统御他人共同违反常规的精神享受了。

其四，在饮食环境上竞豪，也是唐人每多刻意追求的。康軿《剧谈录》卷下"刘相国宅"称，李进贤豪奢至极，表现就如此奇特。他在长安通义坊有私宅，宅内种有牡丹，赏花之时借机大宴。客至，他先在大厅里备陈饮馔，举杯数巡后，再引宾客步入内室正式入宴，"室宇华丽，楹柱皆设锦绣，列筵甚广，器用悉是黄金"，厅外阶前种牡丹数丛，覆以锦幄。妓妾都身穿纨绮，执丝簧、善歌舞者至多。宴席之间，"客之左右，皆有女仆双鬟者二人，所须无不毕至，承接之意，常日指使者不如。芳酒绮肴，穷极水陆。至于仆乘供给，靡不丰盈，自午讫于明晨，不睹杯盘狼藉"。

类似这样的豪食盛筵，在唐代达官贵人家并非仅见。《唐摭言》卷三"慈恩寺题名游赏赋咏杂记"描写，李峣及第后在家大宴宾客，适逢连雨，便从住所连亘通衢，用油幕搭了一里长的遮雨长廊："余参驭辈不啻千馀人，鞯马车舆，阗咽门巷，来往无有沾濡者，而金碧照耀，颇有嘉致。"为了一次家宴而如此大动干戈，真正是争竞豪奢时代精神的绝妙体现。

可见，不仅仅在饮食材料、制作精工上宣示，而且在制作盛筵的场面铺叙上大下功夫，这绝不是停留在物质层面上的追求，而分明一种精神需求的表现，当然也称得上是豪侠之气的外在流溢。

此外，《酉阳杂俎》作者段成式家族历代为宦，家世豪贵，其父段文昌丞相尤精馔事，家中庖厨题榜“炼珍堂”，在途则号“行珍馆”。他家有老婢名膳祖，专掌造厨，教授女仆，数十年间阅百婢，只有九人可以传授技艺。北宋陶谷《清异录》卷四载，段文昌曾自编《食经》五十章，时人称《邹平公食宪章》。与此类似的还有裴冕。据《太平御览》卷八四八《饮食部·食》载，裴冕这个人性情侈靡，车服豪华，膳食珍异。每当他宴会宾客时，就餐者甚至都不知所吃食物的名称，就像我们今天说的有些阶层的人“山珍海味认不全”。

二、唐代酒文化张扬的武侠气概

李白《将进酒》咏：“人生得意须尽欢，莫使金樽空对月。天生我材必有用，千金散尽还复来。烹羊宰牛且为乐，会须一饮三百杯。”杜甫《壮游》一诗咏叹“性豪业嗜酒，嫉疾怀刚肠。”白居易《对酒二首》其一称“何如会亲友，饮此杯中物。能沃烦虑消，能陶真性出”。可见“酒”与“性豪”性情的必然联系，但如果把此句与杜甫《饮中八仙歌》一诗相参照，更加可以发现其中奥秘；不过是借酒抒发豪气，豪气凝结在酒气之中：

知章骑马似乘船，眼花落井水底眠。汝阳三斗始朝天，道逢麴车口流涎，恨不移封向酒泉。左相日兴费万钱，饮如长鲸吸百川，衔杯乐圣称避贤。宗之潇洒美少年，举觞白眼望青天，皎如玉树临风前。苏晋长斋绣佛前，醉中往往爱逃禅。李白一斗诗百篇，长安市上酒家眠，天子呼来不上船，自称臣是酒中仙。张旭三杯草圣传，脱帽露顶王公前，挥毫落纸如云烟。焦遂五斗方卓然，高谈雄辩惊四筵。

“知章”即贺知章，曾任礼部、工部诗郎，性放旷纵诞，刘昫等《旧唐书》卷一九〇中《文苑传》称他“醉后属词，动成卷轴，文不加点，咸有可观。”他是会稽人，骑马似乘舟，眼花落井都是摹状他的醉态。

“汝阳”指唐睿宗之孙，即汝阳王李琎。据后唐冯贽《云仙散录》转述，说他曾以云梦石砌渠来蓄酒，名为“泛春渠”，以金银作成龟、鱼等各种形状酒具，放在渠中或浮或沉，以备随时酌酒所需器具，自称为“酿王兼麯部尚书”[①]。此外他家还有独特的酿酒方法，《清异录》卷四载其号称《甘露经》，“四方风俗，诸家材料，莫不备具”。

“左相”，指玄宗朝宰相李适之。李适之也是唐朝宗室后裔，日兴万钱是说他饮食豪奢。据史书对他的记载：“喜宾客，饮酒至斗馀不乱。夜宴娱，昼决事，案无留辞。”[②] 饮酒成了生活中的必备节目。天宝五载（公元746年），他因受李林甫陷害罢相，“遽命亲故欢会，赋诗曰：避贤初罢相，乐圣须衔杯。为问门前客，今朝几个来?”杜甫诗中“衔杯乐圣称避贤”指

① 冯贽：《云仙散录》引《海墨微言》，中华书局1998年版，第21页。

② 欧阳修、宋祁：《新唐书》卷一三一《李适之传》，中华书局1975年版，第4504页。

此事言。罢相而不废欢宴，嗜酒之深可知。《云仙散录》称，苏晋曾专筑曲室为聚饮之所，名为“酒窟”。室内地上每一砖铺一匣酒，大约有砖五万馀块。他在这里每日呼朋唤友，“次第饮之，取尽而已”。

据《太平广记》卷二〇一称李白初自蜀地来到长安，贺知章慕名来访，李白出《蜀道难》一诗示之，知章读未竟而连连称叹，称赞李白为谪仙人，解下随身佩饰的金龟换酒，倾杯共醉。在许多载录和传说中，往往将李白与酒联系在一起。据同时代的范传正《李翰林白墓志》（《文苑英华》卷九四五）载，唐玄宗游白莲池，兴致酣畅，急召李白作序纪游，这时李白正喝得酩酊大醉，唐玄宗于是命高力士扶以登舟，“优宠如是，布衣之遇，前所未闻”。《唐摭言》卷一三“敏捷”载录，中唐人封演也称李白曾应诏草《白莲花开序》及《宫词》十首，“时方大醉，中贵人以冷水沃之，稍醒，白于御前索笔一挥，文不加点”。一句“天子呼来不上船”，活脱脱地呈现出了李白酒后率真狂傲之态。

张旭以草书知名，人称“草圣”。刘昫等《旧唐书》卷一九〇中《文苑传·贺知章》载，张旭每当醉后就号呼狂走，索笔挥洒，变化无穷，若有神助，时人号为“张颠”，一次在大醉后他甚至“以头揾水墨中而书之”，“醒后自视，以为神异，不可复得”。以上诸人有的是王公贵族，有的是高官显宦，也有布衣文士，身份背景有很大的差异，但都对酒情有独钟。

由上可见，唐代酒文化具有一些突出特征，首先，就是饮酒的全民性，此与豪爽奢华的时代精神紧紧相关。这一时期饮酒之风并不限于官僚文士，下层民众饮酒的风俗也很盛行。五代王仁裕载，盛唐天宝年间（公元742—756年），自京兆府昭应县（今陕西临潼县）至长安城门："官道左右村店之民，当大路市酒，量钱数多少饮之。亦有施者与行人解之，故路人号为'歇马杯'。"[①] 地处南隅的岭南之地饮酒之风也不亚于长安，广州市场两面夹路罗列着沽酒女郎，招呼客人饮酒，喝一白瓷瓯，仅收三钱。客人在买酒前，可以先尝，有"不持一钱，来去尝酒致醉者"。由于酒价较低，酒家并不计较，只是"笑弄而已"。天晚市散后，总有二三十人醉倒路旁[②]。

其次，是饮酒量大为豪的酒文化传统价值观念，其在唐代的表现，最为突出的莫过于温庭筠所载录的当众斗酒赌豪故事：

唐裴均之镇襄州，裴弘泰为郑滑馆驿巡官，充聘于汉南。遇大宴，为宾司所漏。及设会，均令走屈郑滑裴巡官。弘泰奔至，均不悦，责曰："君何来之后？大涉不敬。酌后至酒，已投纠筹。"弘泰谢曰："都不见客司报宴，非敢慢也。叔父舍罪，请在座银器，尽斟酒满之，器随饮以赐弘泰，可乎？"合座壮之，均亦许焉。弘泰次第揭座上小爵，以至觥船，凡饮皆竭，随饮讫，却置于怀，须臾盈满。筵中有银海，受一斗以上，其内酒亦满。弘泰以手捧而饮，饮讫，目吏人，将海覆地，以足踏之，卷抱而出，即索马归驿。均以弘泰纳饮器稍多，色不怿。午后宴散，均又思

① 王仁裕：《开元天宝遗事》卷下，丁如明辑校《开元天宝遗事十种》，上海古籍出版社1985年版，第93页。

② 李昉等编：《太平御览》卷八四六《饮食部·酒》引《岭表录异》。

弘泰之饮，必为酒过度所伤，忧之。迨暮，令人视饮后所为。使者见弘泰戴纱帽，于汉阴驿厅箕踞而坐，召匠秤得器物，计二百馀两。均不觉大笑，明日再饮。回车日，赠遗甚厚。①

故事的异文还见于如是载录："裴均仆射之镇襄州也，郑滑馆驿巡官裴弘泰先骋至驿，值彼大宴，客司漏名，及设定，令人召屈，遽奔至，均大不悦。因责之曰：'君何后来？大涉不敬。'时酒已数筹，弘泰曰：'都不见客司报宴，非敢怠慢。然叔父检罪，请尽饮在座器物，仍欲乞饮尽赐弘泰上件器物可否？'合座皆壮之。均亦许弘泰饮，弘泰遂次第揭银器饮之，饮讫，即置怀中。须臾盈怀，盘中馀一银醯，受一斗已上，其酒亦满，弘泰捧之而饮。均亦令人吏去醯覆中，饮讫，踏其醯，抱之而出。请壮索马归驿。均以弘泰饮酒必过量所伤，忧之，使吏问饮后所宜，使者方见弘泰，戴纱帽于厅上秤器物，正重二百馀两，均不觉大笑，回车赠赏甚厚。"② 异文的出现，说明这一故事曾在当时得到传播，有了大同小异的文本书写。

看来酒量大，在关键场所真是顺情合理地给他露上一手——因为迟到主动提出要罚酒，在提出罚自己酒时趁便夹带一个条件，就是把盛酒的饮具奖励给自己，借机发了一笔小财。然而这一切又是在一种酒文化浓郁氛围、以量大为豪的场合游戏般地进行，大有替代酒令、取悦酒桌上众位喝酒人之意，取

① 李昉等编：《太平广记》卷二百三十三引《乾𦠆子》，中华书局1961年版，第1788页。

② 无名氏：《玉泉子》，中华书局1958年版。

得众人认同，反倒是一个难得的豪气纵横调节气氛的即兴表演，获得慰劳和奖励不是理所应当的么？

《太平广记》卷二百六十记载，唐京兆尹李佐在少年时与父亲失散，后来在一个“鬻凶器家”，就是出售丧葬用具的店铺中找到了父亲，将他迎回家中。父亲看到儿子作了官，要求准备“大猪五、白醪数斛、蒜齑数瓮、薄饼十拌”，与原来的伙伴们告别。届时，李佐之父召来了长安东、西两市善薤歌（唱挽歌）者多达百人，“初即列坐堂中，久乃杂讴，及暮皆醉。众扶佐父登榻，而鼓歌一声，凡百齐和。俄然相扶父出，不知所在”。这种饮酒场面虽然带有显著的行业特色，但在一定程度上，还是可以反映出唐代民间宴饮时歌舞相伴、以“酒食合欢”来宣泄粗放豪爽性情的时代特征。

又据《太平广记》卷二百三十三引《唐摭言》，说是王源中在唐文宗时为翰林承旨，一次他在蹴踘时被毬子击中前额，不免皮肉有些损伤，“俄有急召，比至，上讶之，源中具以上闻。上曰：‘卿大雍睦。’命赐酒二盏，每盘贮十金碗，每碗各容一斤许。宣令并碗赐之。源中饮之无馀，略无醉容”。受伤之后，他还能摆出一副洪量如海的架式，显得是那么乐观、豪迈而自信。

其三，是及时行乐的豪迈气象。李白《将进酒》一诗的主旋律就是及时行乐。主体意识到的忧愁仿佛借着酒气，才能更加充分地喷发出来。但是，写酒言情在唐人笔下，又往往不是就此止步。高适《同河南李少尹毕员外宅夜饮时洛阳告捷遂作春酒歌》言：“故人美酒胜浊醪，故人清词合风骚。……赖得饮君春酒数十杯，不然令我愁欲死。”刘希夷《故园置酒》言：

“酒熟人须饮，春还鬓已秋。愿逢千日醉，得缓百年忧。”

这一主题在中唐大诗人白居易笔下回荡着最强烈的音响，其写下了《劝酒》、《劝我酒》、《劝梦得酒》、《花下自劝酒》、《答劝酒》、《酬寄牛相公同宿话旧劝酒见赠》等多首饮酒诗。尤其是《劝酒》一诗咏出了不断劝酒至酒酣耳热、豪兴大发而又深沉反思内省的心理流程：

> 劝君一杯君莫辞，劝君两杯君莫疑，劝君三杯君始知。面上今日老昨日，心中醉时胜醒时。天地迢迢自长久，白兔赤乌相趁走。身后堆金柱北斗，不如生前一樽酒。君不见春明门外天欲明，喧喧歌哭半死生。游人驻马出不得，白舆素车争路行。归去来，头已白，与钱将用买酒吃。

在此，慷慨悲凉中透露出一种正视悲剧性人生的豪情壮慨。韩愈《赠张徐州莫辞酒》也对此产生了深沉的思考：“莫辞酒，此会固难同。请看女工机上帛，半作军人旗上红。莫辞酒，谁为君王之爪牙。春雷三月不作响，战士岂得来还家。”因此，借助于酒意象，唐代诗人们有说服力地展示了，何以要强调当下享有的酒中之乐？生时有限，此中乐趣不宜错过的，而无奈背后有着内在生命力涌动及生命悲剧意识。

其四，是酒食合欢的氛围营构。王谠《唐语林·方正》亦载：“武宗数幸教坊作乐，优倡杂进。酒酣，作技谐谑，如民间宴席，上甚悦。”这样一种热烈喜筵场面氛围的营构，也是应武侠弄气宣泄需要而进行的。不再是停留在孟子时代“与民同乐”的层次上，而不分清官府音乐机构——教坊司与“民间宴席”的区别，不再摆皇帝的官架子。其实这也是有传统的。刘昫等《旧唐书》载，贞观十六年（632）丁卯，太宗在庆善宫南门设宴招待武功士女，酒酣耳热之时，叙及往事，在场人们都为之感慨流涕，“老人等递起为舞，争上万岁寿，上各尽一杯”[①]。酒文化的“合欢”氛围，笼罩在众所认同的豪气之中。

酺，指聚饮，一般特指上级命令所特许的大聚饮。欧阳询《艺文类聚》卷四引《荆楚岁时记》称：“元日至月晦，并为酺聚饮食。”据正史“本纪”统计，隋唐五代举行大酺，以高宗（13次）、武则天（20次）和玄宗（15次）时较多，大酺时间多能持续三至五日，而在武则天时一般都长达七至九日。大酺期间，城乡各地都要举行各种活动，长安、洛阳等大城市的活动尤其热闹[②]。以玄宗时长安大酺为例，据带有实录性的记载，其当时的热闹场景就如同西方的狂欢节一般，可以推知当时大酺时万人喧腾的狂欢情形：

> 上御勤政楼观大酺，纵士庶观看。百戏竞作，人物填咽。金吾卫士白棒雨下，不能制止。上患之，谓（高）力士曰：“署以海内丰稔，四方无事，故盛为宴乐，与百姓同欢。不知下人喧乱如此，汝何方止之？”力士曰：“臣不能也。陛下试召严安之处分打场。以臣所见，必有可观。”

---

① 刘昫等：《旧唐书》卷三《太宗纪下》，中华书局1975年版，第54页。

② 参见吴玉贵《中国风俗通史·隋唐五代卷》，上海文艺出版社2001年版，第68页。

上从之。安之到，则周行广场，以手板画地，示众曰："犯此者死！"以是终五日酺宴，成指其地画曰："严公界境。"无一人敢犯者。①

这段记载，展现了一幅朝廷赐酺期间大众狂欢的图画。百戏竞作，人潮如涌，以至正常的演出活动也无法进行，不但宫廷卫士的棍棒无济于事，甚至皇帝也无可奈何，只有借助酷吏，才能维持秩序。其例子见于《旧唐书》所载，开元年间严安之曾任河南丞，与洛阳尉王钧这两个酷吏："皆性毒虐，笞罚人畏其不死，皆杖讫不放起，须其肿愤，徐乃重杖之，懊血流地，苦楚欲死，钧与安之始眉目喜畅，故人吏慑惧。……"②

按说，这种饮食竞豪的风气，早自隋末就已经悄然兴起。这显然与隋炀帝的奢靡爱好有关。据《说郛》卷二引《朝野佥载》称，隋末深州诸葛昂，性豪侠：

渤海高瓒闻而造之，为设鸡肫而已。瓒小其用，明日大设，屈（邀请）昂数十人，烹猪羊等长八尺，薄饼阔丈馀，裹馅粗如庭柱，盆作酒碗行巡，自为金刚舞以送之。昂至后日屈（邀请）瓒，屈客数百人，大设，车行酒，马行炙。挫碓（舂米石臼）斩脍，硙轹（用磨碾）蒜齑，唱夜叉歌，师（狮）子舞。瓒明日设，烹一奴子十馀岁，呈其头颅手足。座客皆攫喉而吐之。昂后日报设，先令爱妾

① 郑綮：《开天传信记》，丛书集成初编本。

② 刘昫等：《旧唐书》卷一八六下《酷吏传下·吉温传》，中华书局1975年版，第4857页。

> 行酒，妾无故笑，昂叱下。须臾蒸此妾坐银盘，仍饰以脂粉，衣以绫罗，遂擘（分开）髅（腿）肉以啖瓒诸人，皆掩目。昂于婗（奶，乳）房间撮肥肉食之，尽饱而止。瓒羞之，夜遁而去。……

这段描述的书写方式，显然受到佛经故事的影响，像金刚舞、夜叉歌、师（狮）子舞之类具有异国情调的事象，无疑也都是来自西域等地。

片面地追慕标举武侠气概，斗气赌胜的双方越来越讲排场，终于开始恶性发展，由铺张到杀人吃人，以残忍当壮烈。在高瓒眼里，家奴性命如同猪羊；而诸葛昂更有甚于此——刚才还在行酒的爱妾，顷刻间便被蒸食，他还当着众人的面撕开爱妾乳房间的肥肉大嚼，令人惨不忍睹。相比之下，饼阔丈余、盆作酒碗又算什么呢？人命如蚁，越是贴近这类“武侠”身边的人，性命越得不到保障。侠尤其重视的是不在自己同类的面前丢掉面子。为了博得他人的企慕敬畏，侠似乎有一种偏激而极强的虚荣心以及表现欲，将自我的声誉看得高于一切。这也难怪，在多数侠士个人修养有限的国度、现实与历史中，又怎么能通过谈论侠的应然性言说而将侠的性格弱点全部掩饰呢？就如同强调侠之武德时再三再四不厌其烦地标举、溢美那些比武退让甚或避开正面交手的一样，正折映出克服有功夫的武侠多发性的“技痒”毛病，该是何等的困难！因而这一角色要求当被视为武侠的本性宣示，以致在没有遇到铲恶锄强这样更为适当的表现宣泄机会时，他们往往就用这种斗狠竞奢的方式来实现自我，满足个体内在本我膨胀着的逞豪争胜情绪。

由于量大为豪、醉酒现象增多，此时还出现了“醒酒草”的传闻。《开元天宝遗事》还载录了这种“叶紫而心殷”的草，有人摘了此草嗅之，“立然醒悟，故目为‘醒酒草’”。

也许，正是由于酒气与英雄豪杰们的雄风壮采息息相通，人们每每连类以及，将一个人酒量的大小与其侠气多寡浓淡对应起来。似乎谁饮酒洪量如海，豪侠气概就会从中随之而来，饮酒量多成为豪气冲溢的一个重要体现。而在有些饮酒的特定情境中，因为古代中国人酒文化的观念是以量大为豪，所以聚饮往往也是在自觉不自觉地彼此较量酒量，借酒较量彼此的勇武胆气。

王定保《唐摭言》卷三载，唐代有个官员名叫胡证，身材魁伟，膂力超人，与晋公裴度同年，交情不错。一次裴度狎游时被两军力士十多人欺侮，情势很是危窘。他暗暗派一随从向胡证求救。胡证身穿皂衣，系着貂金带，推门直入，诸力士大惊失色。胡证并不说话，倒酒一次就是三大盏，至少有好几升，一饮而尽。酒过数巡，主人上灯，胡证取过铁灯台，摘去枝叶，盘腿坐下，将灯台横置膝上，对众人说：“我来改一下酒令：斟满三大盏，一次九盏要喝尽，不许剩一点一滴，犯令用铁灯台击之。”胡证首先举三大盏饮尽，按次序到了一个擅长摔跤的力士那里，这人不仅未喝光如数的酒，还把酒淋漓到邻座上。胡证举起灯台就要打他，众力士见状不妙，纷纷起立叩拜谢罪，请求饶命，呼胡证为神人，被胡证叱之而退。

胡证以自己酒量极大的优势，借酒力充分表现了粗豪勇力，震慑了恃众滋事的诸力士。与其说他是巧妙地用酒令规则使这伙人气焰中出现了缺口，被迫收敛狼狈而退；毋宁说他是用酒量所显出的个人勇力潜能，从精神意志上征服了这伙欺软怕硬的家伙。

三、唐代茶文化所透露的豪侠气概

林语堂（1895—1976）先生于1934年撰写的英文人类学著作，曾体会到传统中国的饮食文化中："至于饮茶一道，其本身亦为一种艺术。……饮茶的通行，比之其他人类生活形态为甚，致成为全国人民日常生活的特色之一。于是各处茶寮林立，相仿于欧洲的酒吧间以适应一般人民。吾们在家庭中喝茶，又上茶馆去喝茶，或独个儿，或则结伴而去，也有同业集会，也有喝茶以解决纷争的。未进早餐也喝茶，午夜三更也喝茶，如'捧了一把茶壶，中国人很快活地随处走动。'"① 可以说，将饮茶这种日常行为上升到精神层面上表现和体味，在唐人这里就已经达到相当程度了。

在唐代，饮茶，也是个体情性人格的别致流露。饮茶，往往不仅仅是为了解渴，而成了突出极为个人化的微妙主体情怀。饮茶所具有的驱忧、提神、净化人的心灵等等功效，成了饮茶行为及其相关活动描写的重心。秦韬玉《采茶歌》诗咏"洗我胸中幽思情，鬼神应愁歌欲成"；皎然《饮茶歌送郑容》有言"赏君茶此祛我疾，使人胸中荡忧栗"；温庭筠《西陵道士茶歌》亦称："疏香皓齿有馀味，更觉鹤心通杳冥。"甚至，种植茶树，也成了一种人格化的行为表现，韦应物《喜园中茶生》咏："洁性不可污，为饮涤尘烦。此物信灵味，本自出山原。

① 林语堂：《吾国与吾民》，华龄出版社1995年版，第347页。

聊因理郡馀，率尔植荒园。喜随众草长，得与幽人言。”晚唐皮日休作《茶中杂饮》十首，其《茶籝（竹笼）》咏：“满此是生涯，黄金何足数?”而陆龟蒙也写下了《奉和皮袭美茶具十咏》组诗，其中《茶鼎》一诗借品茶称道一种萧散的山林生活：“新泉气味良，古铁形状丑，那堪风雪夜，更值烟霞友。曾过赪（赤色）石下，又住清溪口。且共荐皋卢，何劳倾斗酒。”饮茶与交游之道联系起来。因此，可以说茶文化在唐代已发展到了相当阶段，以其与饮酒的某些内在情蕴联系，饮茶成为抒吐豪侠之气的另一表达渠道，也不是偶然个别、不足为奇的。

一般认为，在唐代，关于饮茶习俗已经传播很广。据中唐人封演《封氏闻见记》卷六“饮茶”条记载：“自邹、齐、沧、棣渐至京邑，城市多开店铺煎茶卖之，不问道俗，投钱取饮。”“古人亦饮茶尔，但不如今人溺之甚。穷日尽夜，殆成风俗。”从唐玄宗年间始盛，到了德宗建中年间，竟至于“闾阎村落皆吃之，累日不得食犹可，不得一日无茶也”①。陆羽《茶经》在描写唐代饮茶之俗时也盛称：“滂时浸俗，盛于国朝，两都并荆、渝间，以为比屋之饮。”

也许是受到饮酒以量大为豪习气的浸染，同样作为饮料，在有的情境下具有某种类似性质，饮茶，在此与饮酒也具有某些类似的相通之点。

说来有趣，唐人饮茶，竟然也是喜欢豪饮，这就是后世人们在饮茶习俗改变之后了所说的“牛饮”。相传文士郎士元诗

① 《膳夫录》，宛委山堂本《说郛》卷九五，参见黎虎主编《汉唐饮食文化史》，北京师范大学出版社1998年版，第128页。

句清绝，但好为剧（“嬉戏”）语，他每每声称“郭令公不入琴，马镇西不入茶，田承嗣不入朝”。郭令公即郭子仪，马镇西即马燧，“不入琴”，指不会欣赏琴艺，而“不入茶”，则指的是饮茶不入流品。马燧得知，便邀请郎士元来自己家中饮茶。饮前，马燧预先饱食了一顿“古楼子”（一种胡饼），等士元到来时，马隧已喉干舌燥，赶快命人烹茶，两人各啜二十馀瓯。士元年龄已老，虚冷腹胀，自感不是对手，又不好明言，只得屡屡辞别，而马燧却总是说：“‘马镇西不入茶’，何遽辞也!”这样又饮了七瓯之后，士元固辞而起，还未及上马，就已“气液俱下”，竟因此而大病了数十天①。

这其实是一场不公平的饮茶比赛：一是双方年龄段的不同；二是一个有备，一个无备。但由此，也可以了解到饮茶量的多少，在当时也是能否“入茶”的重要标准之一，马隧与郎士元实际就是在赌饮彼此茶量的大小，争竞各自以饮量所表现出的如虹豪气。不能不说，这种“豪气”还与个人的“面子”紧密相关，郎士元明明是在饮茶比量的不利地点，也未必就没有料到对手事前可能做了手脚，却执意不肯在自己先前贬低过的对手这里认输，一直硬撑着，直到实在撑不下去丢丑。

甚至独饮，也不是没有豪气自赏之意趣的。在当时有的诗作中，这样述及独自饮茶情形：

……碧云引风吹不断，白花浮光凝碗面。一碗喉吻润，两碗破孤闷。三碗搜枯肠，惟有文字五千卷。四碗发轻汗，

---

① 王讜：《唐语林》卷六《补遗》，上海古籍出版社 1978 年版，第 207－208 页。

> 平生不平事，尽向毛孔散。五碗肌骨清，六碗通仙灵。七碗吃不得也，惟觉两腋习习清风生。……安得知百万亿苍生命，堕在巅崖受辛苦。便为谏议问苍生，到头还得苏息否?①

循此思路体察，也能约略感觉到暗藏着的饮茶比量，量大为尚的深层价值观念。

于是，斗茶，作为一种冲煮茶的技艺，也不能不成为唐人竞豪的一个节目。据曹邺《梅妃传》载，玄宗之妃江采苹号梅妃，一次斗茶中胜了玄宗，玄宗笑谓："此梅精也。吹白玉笛，作惊鸿舞，一座光辉。斗茶今又胜我。"梅妃答："草木之戏，误胜陛下。设使调和四海，烹饪鼎鼐，万乘自有心法，贱妾何能较胜负也。"玄宗为之大喜。如果不是经常性地进行这种娱乐活动，而又在一种彼此平等无间的关系中较为自由地斗茶，笼罩着粗率真淳的豪气，恐怕梅妃就未必敢于敞开真性情，赢了万乘至尊玄宗。而她巧妙的应对，不也是恰恰投合了玄宗以自信、自负和不拘礼节为核心的豪侠之气么!

从本质意义上讲，酒文化与茶文化均属古代饮食文化的分支，而它们又有着各自亚文化、文化丛的特点，不应与饮食文化完全混为一谈。但是，在唐代这一特定的文化土壤中，酒文化精神与茶文化精神之中，却有着较多与整体上的饮食文化精神相契合倾向性，它们与武侠精神是那样的息息相通，以至于很难在具体的事例中将其截然分开。

---

① 卢仝：《走笔谢孟谏议寄新茶》，《全唐诗》卷三百八十八。

在总体上的武侠文化精神支配下的这些具体文本叙事中，所谓“量”体现了以武勇竞豪的一种身体性、生物性的替代呈现；以饮食方式的“粗率”，表现类乎动物性的原始饮食方式，看似表现出对于文雅进食方式的否定，其实表现的却是更加人性化、情感化、个体性情化了的时代内容，是对于刻意文饰自己的饮食方式不满，有意与先前的南朝社会崇尚柔弱的整体流俗，表现不同，甚至相反和否定，从而适应和张扬唐代尚粗豪的时代风习。斗酒斗茶的较量，以更原始本能的丛林法则表达出对自然力的尊重与崇尚。应当说，这也是唐代文化精神不可缺少的一个侧面，值得进一步深入探讨。

唐代饮食文化与豪侠精神的融合，强化了以酒气豪放情怀为核心的武侠英雄观。扬州评话在发挥水浒故事时有此理解：“英雄是侠肠傲骨，与众不同。过去的人大概离不开四个字：酒、色、财、气。唯有武松只好酒、气两个字：好贪几杯酒，好动不平之气，财、色二字与他是无份的。”① 而民国至港台武侠小说中多有出现的“贪吃（抢吃）老者武功高强”形象，自当来于“众人分享制”的饮食文化传统，其在下层民众“猎食”表现上构成了较为宽纵的价值导向，往往“豪气”与“流民习气”在下层侠客生存模式叙事中，混淆无别。这也当追溯到“大有胡气”的唐代。

---

① 王丽堂口述：《武松》，中华书局2005年版，第2页。

第八章　比武斗智母题的“反武侠”思维与佛经故事渊源

在中国古代通俗小说中，一个重要的惯常性母题就是比武斗智，可以说，几乎涉及侠士侠女们比武的描写，细心的人们就会发现该母题的踪迹，其中透露出的是不再囿于传统武术中的“力”与“技能”的对抗，而是扩大到了生存智慧即“谋略”的较量，其中贯穿了兵法谋略与武术技巧，也融合了佛教的“悟道”精神等，表现出武侠文化的正义追求：反武侠与尊重生命的结合互补。而梳理相关文献则又不难发现，这一母题真正的文学化，倒是来自中古汉译佛经故事的外来启发。

一、兵家策略与“比武斗智”母题的反武侠因素

固然，“兵不厌诈”的格言古已有之。先秦时期的诸家兵法都讲究运用智谋，《孙子兵法》甚至认为最好的战术及其对敌结局乃是“不战而屈人之兵”。春秋战国时期的纵横家们，更是以花样纷呈的谋略，给早期冒险动武行为的深层逻辑以极大的建构。直到《史记·刺客列传》写专诸、豫让、荆轲、高渐离等人的行刺，都不是不讲究智谋的。他们并不仅仅倚恃着决心和武勇，而在行事之前往往都着实动了一番脑筋。像专诸

是藏匕首在烧好了的鱼里面，进献时乘便行刺；豫让漆身吞炭以改形变声，又埋伏偷袭；荆轲则是拿着秦悬赏已久的人头和燕国督亢一带的地图，以期接近秦王；高渐离则是被熏瞎双眼后声色不露继续弹筑，置铅筑中以击之。干宝《搜神记》写山中侠客代赤比报父仇，持其头以献楚王，趁着楚王观看汤镬中的人头时，突然砍下了王头。

到了后世，相关传说丛集并生地增多。其实，在今天看来，有的所谓“智斗”，就是所谓的“脑筋急转弯”，不遵守通常比赛中“约定”的“游戏规则”，事实上这已不是“好汉行径”了。然而却往往受到了古人侠文化话语或明或暗的推重、宣扬。

北宋沈括《梦溪笔谈》卷十三载，定远县有个善击刺的贼盗与官兵某弓手技艺相伯仲，互不服气，一日较量时弓手忽提议在县尉前一决生死，乘着贼盗答话将其刺死。还有某人与盗寇矛刃相接，不相上下，不想盗寇事先口中含水，忽然喷向对方，乘其愕然，一下子手刃其胸。当然，这里的“官兵某弓手”等实际上是品行低劣的“小人”，如此书写带有实录性，其中的诈谋使用，如在较为讲究规则的明清比武叙事中就会受到谴责。

而小说《水浒传》第七十四回写浪子燕青在泰山庙会打擂，却算得上是堂堂正正、无可挑剔地智胜擎天柱任原。这实在是一场巧力与蛮力的对抗。赛前，燕青其实早已胸有成竹：“不怕他长大身材，只怕他不着圈套。常言道：‘相扑的有力使力，无力斗智。’非是燕青敢说口，临机应变，看景生情，……”临场时他果然利用任原的骄傲自负，求胜心切，在比赛中一再闪避，终于找到了对手的弱点将其抛到擂台下。

明人陈继儒《虎荟》卷五，把一个被人以“小虎”称道的瘦小勇士，也收录其中，故事颇有幽默感：

> 宋某者，身小而勇健，善手搏，以便捷取胜，口口目为小虎。自言遇灌口二郎授以法。文皇时外国进长人曰海衰，膂力绝伦。诏募能制之者，或以小虎荐，召之令以角技，上临观焉，海衰身长逾丈，声鸣如钟，仗下见者皆辟易。顾小虎，眇然一夫耳。海衰固弱视之，前提其髻去地数尺，曰：“尔欲何等死？”小虎佯作咿嘤状曰：“任公死生。”乘其不意，径捉其肾囊，力捽之。海衰不胜痛，偃于地，为小虎拳蹴至死。上喜，厚赏之。

读者阅读此到，恐怕会发出会心的微笑：这不简直就是金庸《鹿鼎记》中韦小宝这一人物武打智慧描写的一个来源么？其实这一类以巧诈取胜的招数，在真正的大侠那里，恰恰是不屑为之的，而类似比武故事带有的民间诙谐意趣，却对于那些原本有着“胜之不武”之嫌的当事人，取较为宽容的态度。

清代许仲元载，相传壮汉野二多力，能以憨猛抵挡住外来少林僧的痛击。然而作者的外祖父并不认可，谈起明末某僧请求与乔公子较技，大言称不论何人出手，退一退就非好汉。乔的朋友康飞腿乘着僧人正闲坐，隔墙飞腿击之，僧与墙齐倒，僧当场出丑。一年后三人邂逅在天台山，僧人缠住非要一决雌雄，彼此相约各殴三拳，僧先奋力击之，不料康在旁飞脚将乔踢开，僧的手臂猝然击石而折断，民俗记忆中的哲理是：“此不惟斗力，亦斗智也。野二遇此僧，必洞胸矣。"[1] 又据采衡子《虫鸣漫录》卷一说，清代大侠甘凤池也在自己将要中拳时，跃起躲避，使前来挑战的那个少林僧一击而误中石碑，臂断溜走[2]。因退避而反倒获胜，藏匿了血气之勇而以智谋占了上风。

较为直接地衍化增饰上述"武侠要素"书写的，当为平江不肖生《近代侠义英雄传》中的这段带有惩戒意味的描述。说彭庶白转述的杨万兴自言险历，那眼露凶光的和尚追踪着目标而来：

那和尚笑道："随便怎样，只要领教你几下。"我说："定要动手，你先伸出手膀来，给我打三下，我再给你打三下如何?"和尚说："好!"恰好路旁竖了一块石碑，和尚即伸手膀搁在石上，我三拳打过，七、八寸厚的石碑都被打得炸裂了，崩了一大角，和尚的手膀上连红也没红一点。我心里已明白和尚必有法术，他受得起我三拳，我决不能受他三拳，然既已有言在先，我已打了他，不能不给他打，只好也伸手搁在石碑上，让他打下。

他也似乎是用尽平生之力打下来，我哪里敢等他打着，乘他拳头在将下未下的时候，一抽手就换了个二龙抢珠的手法，直取他两眼。他不提防我有这一下，来不及招架避让，两眼珠已到了我手中。和尚一时忿怒极了，朝着我站

① 许仲元:《三异笔谈》卷四《斗力斗智》,《耳食录·三异笔谈》，重庆出版社2005年版，第287－288页。

② 《笔记小说大观》第二十二册，江苏广陵古籍刻印社1984年（影印)，第353－354页。

立的方向，猛然一腿踢来，因瞎了两眼，又在忿怒不堪的时候，竟忘记了我是立在石碑背后，这一腿正踢在石碑上。好大的力气，只踢得那石碑连根拔了出来，飞了四、五尺远才落地。我幸喜有石碑挡住了，只将身体闪开一些儿，便避过了凶锋。只见他紧握着两个拳头，向东西南北乱挥乱打。我这时虽知道他不能奈何我了，只是仍不敢有响动，仍不敢大声吐气，恐怕他听出了我所立的地方，拚命打过来，忍住笑看他挥打了一顿，大约也打疲了，立住脚喊道：“杨师傅，你好狠的心啊！弄瞎了我的眼睛，自问并不为过，你如今打算怎样？”和尚又道：“这地方太荒僻，我又不能走向热闹地方去，求你送我一程如何？”

我明知和尚的手段厉害，哪里敢近他的身呢？便对他说道：“我自己实在没闲工夫送你，你在这里等一会，我去雇一个乡下人来送你。我如今包袱里还有二十多两银子，留出往桃源的路费，可以送你二十两银子。”和尚没有说话，我就寻觅了一个本地人，花了些钱，送和尚去了。……

幸亏我先下手取他的眼睛，若认真与他动手较量起来，即算不死在他手里，也十九被打成残废。[①]

这段描写稍嫌血腥残忍，多半由于作为习武者的不肖生对前引康飞腿、甘凤池那些老故事的偏爱。这些武林掌故，不仅是比武斗智母题书写的蓝本，也是习武者、武侠成长过程中必

① 平江不肖生：《近代侠义英雄传》（下）第六十回《救师傅刘公败和尚，抢草堆铜人平纠纷》，岳麓书社 1984 年版，第 141－142 页。

要的辅助教材，鞭策其武学智慧的老故事，平江不肖生以此生发，强调了凶险江湖中必备生存经验的重要性。

二、生命本能与动物昆虫“比武斗智”母题

不仅如此，比武斗智套路真正的文学化描写，还表现在母题的内在逻辑，竟然推延到动物和昆虫争斗的理解和解释上。这类带有生态意趣的“实录”，表现在“人类中心”生命精神的故事性延展，推及动物和昆虫争斗的关注点。而对生命保护本能的超种属的相似性模式的肯定性书写，折射出传统“斗力”比武模式的不人性化，传统侠义精神的表现模式有了新途径与新准则。

《聊斋志异·大鼠》写明代万历年间，宫中出现了一只与猫大小差不多的大鼠，它已在搏斗中吃掉了许多猫，后来有人用外国进贡的狮猫一试，这猫在大鼠进攻时屡避屡逃，最后，终于采取疲劳战术一举而咬死了大鼠。颇有眼光的但明伦评曰：“大勇若怯，大智若愚。伺其懈也，一击而覆之，啾啾者勇，不足恃矣，呜呜者智，诚可用也。”

无独有偶，褚人获《坚觚集》秘集卷一引《湖海搜奇》的故事则说，有人家里巨鼠为暴，猫被吃掉多只了，这时又是某西商携一异猫至，还订下契约说，验证真能治鼠后才交付五十金。届时，“猫入廪，穴米自覆而露其喙，鼠行其旁嗅之，猫跃起，啮其喉，鼠哀鸣跳跃，上下于梁者数十度，猫持之愈力，遂断其喉”，尽管最后这猫也力尽而死，但它这种先埋伏起来再突然袭击的超常智谋，却不也是值得推重的么？

《聊斋志异·义鼠》还写到了鼠与蛇斗的精彩场面：“二鼠

出，其一为蛇吞；其一瞪目如椒，似甚恨怒，然遥望不敢前。蛇果腹，蜿蜒入穴，方将过半，鼠奔来，力嚼其尾。蛇怒，退身出。鼠故便捷，欻然遁去，蛇追不及而返。及入穴，鼠又来，嚼如前状。蛇入则来，蛇出则往，如是者久。蛇出，吐死鼠于地上。鼠来嗅之，啾啾如悼息，衔之而去。”由于实力实在相差悬殊，尽管这次弱者没有取胜，却逼迫蛇吐出了同伴的尸体，这义鼠以自己“游击战”的大智大勇所能做到的，也不能不令人叹服深思。

而如此对于周边其他“生物主体”进行的田野细致观察，不会晚到蒲松龄的年代才被书写下来。带有类似的意趣，先前南宋罗大经《鹤林玉露》已有，则试图在自然界诸多个别性的动物、昆虫活动事象中，寻究一种合理的归因，他解释为是物与物之间与生俱来的本性相克，殊不知其中的胜者就有一种“以小胜大”、“以智胜力”的普遍性：

> 颍滨释《庄子》曰：“鱼不畏网罟，而畏鹈鹕，畏其天也。”物之畏其天，诚有可怪者。余里中一村童，尝见大蛙十数，聚于汙池丛棘之下。欲前捕之，熟视，乃一巨蛇蟠棘下，以恣啖群蛙，群蛙凝立待啖，不敢动。又村叟见蜈蚣逐一蛇，行甚急，蜈蚣渐近，蛇不复动，张口以待，蜈蚣竟入其腹。逾时而出，蛇已毙矣。村叟弃蛇于深山中，逾旬往视之，小蜈蚣无数食其腐肉。盖蜈蚣产卵于蛇腹中也。
>
> 余又尝见一蜘蛛，逐蜈蚣甚急，蜈蚣逃入篱抢竹中。蜘蛛不复入，但以足跨竹上，摇腹数四而去。伺蜈蚣久不

出，剖竹视之，蜈蚣已节节烂断如蛍酱矣。盖蜘蛛摇腹之时，乃洒溺以杀之也。

物之畏其天有如此者。夫蛇之恣啖群蛙，自以为莫己敌矣，而不知蜈蚣之能涉其腹也。蜈蚣之毙蛇育子，自以为莫吾御矣，而不知蜘蛛之能醢其躯也。世之人昂昂然以凶毒自多者？可以观矣。且蛙之不能敌蛇，固也。蜈蚣小于蛇矣，而能制蛇。蜘蛛小于蜈蚣矣，而能制蜈蚣。物岂专以小大为强弱哉！”①

虽说是生活场景中奇异事象的实录，其实也是在诉说弱小的一方在面临强敌时，偏偏能够出奇地以智斗取胜。应当说，这里的“智”还蕴含着生命存在的自然法则。明人《五杂俎》则写，尽管人们信奉猴子能服马，相信犬聪明，但作为畜力的马显然也有着较高的智商，却也颇为讲究智斗猴和犬的策略：

京师人有置狙（猴子）于马厩者，狙乘间辄跳上马背，揪鬣搦项，嬲之不已，马无如之何。一日复然，马乃奋迅断辔，载狙而行，狙意洋洋自得也。行过屋桁下，马忽奋身跃起，狙触于桁，首碎而仆，观者甚异之。

余又见一马疾走，犬随而吠之不止，常隔十步许。马故缓行，伺其近也，一蹄而毙。灵虫之智固不下于人矣。置狙于马厩，令马不疫。《西游记》谓天帝封孙行者为弼

① 罗大经：《鹤林玉露》乙编卷二《物畏其天》，中华书局 1983 年版，第 144－145 页。

马温，盖戏词也。[①]

关于马能为猴所制，两者“相生相克”又彼此有亲缘，也当属华夏之邦的一个古老信奉，此由印度、西域传入。《五卷书》称马被烧伤时，用猴子油可以疗治。法显译《摩诃僧祇律》卷四云：“是猕猴转大，王爱意遂尽，即敕左右，令系马槽柱。”

而位处中亚的古代伊朗，也有把猴子养在马厩的习俗，北方斯基泰人遗存有猴子骑马的青铜饰物，因此猴马故事当来自西域及其经由西域传来的南亚奇闻[②]。贾思勰《齐民要术》卷六称：“常系猕猴于坊，令马不畏，辟恶、消百病也。”唐代韩鄂《四时纂要》也指出：“常系猕猴于马方内，辟恶消百病，令马不患疥。”除了马的价值高于猴，更因为在中土后期侠文化的视域观照下，显然由于在道德评价上猴子要低于马，因而对于猴马相争相斗，采取了定向化的、具有褒贬意味的书写及阐释。

同一物种作为同类相拼互斗，以其行为的武侠要素含量多寡，也会被书写、传扬出不同的结局和归因。清代小说写在鸡厂（场）比赛两鸡相斗，胜者竟然也是如同武林高手那样，先行低调地退让、隐忍，后来才逐渐占了上风。小说写唐云卿公子刚刚在船上因中意船主宝鸡，以三百两银购得。到了襄阳逢

---

① 谢肇淛：《五杂俎》卷九，上海书店出版社2001年版，第173页。

② 参见［日］广中智之《和田约特干出土猴子骑马俑与猴子骑驼俑源流考》，《西域研究》2003年第1期；《古代中国猴与马故事的源流——中外文化交流之一例》，《中国典籍与文化》2003年第3期。

众人涌向鸡厂，不禁也想以宝鸡一试，正赶上鸡主因依恃获胜，高叫愿赌三百两银子，唐公子见他欺人太甚，答曰愿赌，两家交付银子贮柜中，厂主之鸡号为“五指无敌将军”，与唐公子的宝鸡啄斗：

> 只见“将军鸡”即伸长铁嘴，用莺歌点木析势，抢公子宝鸡眼。谁知宝鸡总不迎敌，但退后，将头一摆，摆开避过。那“将军鸡”越加乘势逼近，如前法抢去。公子这鸡，索性将身一跳，跳过对面去了，如雌伏一般。如是者三。激得“将军鸡”跳上跳下，无计可施。厂主亦眼看六百两金，几为囊中物。在旁贵同（公子随从）等亦自料宝鸡必败。
>
> 谁知那“无敌将军”，一时力势用尽，垂头若丧，这宝鸡然后展开大鹏翼，似绝不费力一般，轻轻低头把铁嘴向“将军鸡”左眼一抢，鲜血淋漓。这“将军鸡”再发性，用双脚一踢，谁知左目连眼珠都出，一时痛楚不堪，已跌倒在地，如被人家缚束一般。这宝鸡自然向前，又连抢他数抢，可惜“无敌将军”呜呼哀哉，转轮去了。旁观诸人，无不合声喝彩。①

宝鸡的成功，得力于一种退避的战术，而非“武力”的直接较量。而所获得的在场观赏者的“喝彩”，其中又何不掺杂着一种受到现实中“武德”认同影响的潜在倾向性？因为两鸡

---

① 江南随园主人：《绣戈袍全传》第二回《唐老太梦后戒贤孙，刁将军闹中识恩主》，人民中国出版社1993年版，第11页。

角斗尤其是这种叙述方式，实在与武侠世界中的“比武退让”策略及其必然效果，简直殊无二致。

有趣的是，在清末薛福成《庸盦笔记》里还有蜘蛛斗蛇精彩的场面描写。说是蜘蛛先是再三挑逗，使蛇不由得为之意倦神怠，然后乘其不备据住其头，抵死不动，直至蛇跳掷而死。该书又写壁虎智斗蝎子，则舞尾以逗引，使蝎子不胜焦躁，怒不可遏地一螫再螫，终至力穷而死。还有蚯蚓斗蜈蚣，则是将自己隐身于穴中，时时突袭，偏去拔蜈蚣之足，随着那些足一根根被拔光，蜈蚣也就成了蚯蚓的口中美食了。作者最后如是总结：“噫！万物并生并育，一相食之机也。余偶见之而偶志之，……夫物之大小强弱有定，而相制之机则无定。得其机，则小可以制大，弱可以制强，盖斗智不斗力云。”①

如果我们把这一段描写同金庸《碧血剑》第十五回袁承志和温青青眼中的五毒教主何铁手驱使五圣——五种毒昆虫互斗相对比，不难看出，原来金庸小说这一叙事模式渊源有自。看金庸是如何仿拟的：

> ……蜘蛛乘机反攻，大吐柔丝，在蝎子身旁厚厚的结了几层网，悄悄走到蝎子身前，伸足撩拨。蝎子突然翻过毒尾，啪的一声击打。蜘蛛快如闪电，早已退开。
>
> 这般挑逗数次，蝎子怒火大炽，一击不中，向前猛追过去，不提防正堕入蜘蛛布置的陷阱之中，……
>
> 蜘蛛慢慢爬到蟾蜍左边，吐出一根粗丝，粘在盘上，

---

① 薛福成：《庸盦笔记》卷四《物性相制》，江苏人民出版社 1983 年版，第 135－136 页。

忽地跃起，牵着那根丝，从空中飞了过去，掠过蟾蜍时在它背上狠狠咬了一口。青青叹道："这小东西竟然也会用智。"蟾蜍急转身，蜘蛛早已飞过。片刻之间，蟾蜍身上蛛毒发作，仰面朝天，露出了一个大肚子，死在盘中。

足见武侠叙事之中，对于"武侠要素"内在脉络营构的关注。上述生动的描绘，固然是精细观察下的实录，有一定的现实依据，然而文学母题的关注视点和描写惯性，又何可以稍微忽视！"斗智不斗力"这一精辟哲理的概括和感慨，其实也正是以人类社会——尤其是武侠崇拜为中心，对于动物世界中的"他者"行为进行观照思考，从而进行比武斗智的阐释。

无疑，自然界中有生命的众生万物，总是弱肉强食，但却不乏弱者以智斗败强者的，其为人们有选择地记载下来，进入到人的意识和思考层次，显然是循着人类社会中比武斗智的模式而来的。因为现实中毕竟是以大胜小、弱肉强食的为主流占多数，可这些却往往被忽略不载。可见，对于弱者——广义上的弱者能以智胜强一类现象的观察和总结，显示了人因武侠崇拜而生发强化的钦羡和思考，于是再按这一规律反思人类社会现象本身。人类自身的相关行为，又使得对于自然界类似现象的观察总结更为自觉。

仿佛前引狮猫智斗大鼠的升级版，民国小说则采撷了民间故事母题，演述了虎熊相斗。故事借助一个缺大半右耳的骡夫亲历亲闻展开，说自己是被熊坐在肚皮上，无法取刀，只好轻轻给熊搔痒，才取刀刺伤熊而逃生。这本身就是个智斗叙事。而老虎通常避开熊，只是被追无奈才转身相斗。虎则以逸待劳：

老虎等它来到切近，耸身一跃，从熊头上跳到熊背后，随即掉过身又坐着不动。熊抓了个空，知道虎跳到了背后，也回转身来，又伸着两手去捉，老虎又跳了过去。是这么跳了无数次，老虎自觉跳得又饥饿又疲乏了，只管把熊撇下来，自去寻觅可吃的东西充饥。熊此时并不追赶了，也不去寻东西吃，就在这相斗的地下，弯着腰从容不迫地扯草拔树，……

若这虎能与熊支持到七八日，熊已饥疲不堪，就奈虎不得了。虎见熊饥疲得立脚不住了，才聚精会神地猛扑过来，一口就咬住熊的喉嗓，……①

应当说，“熊虎相斗”是一个古老的话题，汉代玉熊即有相关的图案，画像石也有人、虎、熊相斗的画面②。作者是以一个习武者的眼光来看待熊虎相斗，并加以言说、总结的，其强调了耐心、耐力等软件实际上也属于“智”的内容：“熊的性情最骄傲，最托大，它并不把老虎看在眼里，以为一下子就吃着了……”还说实际上熊吃老虎的居多，这实际上是笼统肯定具体否定，故事重点还在说明熊的“斗力”（包括清理战场）终究不敌虎的“斗智”。

当然古代武侠的比武技巧不光限于上述。在古代中国的农

---

① 平江不肖生：《熊与虎》，《红》第2卷第30期，1924年2月29日。范伯群编选《江湖异人传》，华夏出版社2009年版，第169－170页。

② 不过在汉代中原画像石中的“二人二兽图”中，熊表现镇定、机智，而虎仓皇而逃。参见王玉金《试析南阳汉画中熊的形象》，《南都学坛》1990年第4期。

耕社会中，人与自然的亲和是较为容易做到的，使得“仿生学”早已不自觉地施行了。从观察动物捕食活动中得到的启迪，往往还会补充人间武学前辈高手不能一一指点到的东西，而这一套路则每多作为小说表现侠少年成长中悟性提升的得意之笔。如《荒江女侠》第五十九回描写，侠客程远曾得到过大刀王五的指点，但也得益于无意中受到了动物捕食智慧的启发。一次，他从书房中走出瞧见家中的大狸猫：

> 正伏在一枝树下，窥伺在他们前面地上走着的一只喜鹊。那喜鹊正在地下觅食，哪里知道强敌觊觎，大祸临头，仍是一步一步的踱着，很安心似的一些儿也不觉得，可说毫无防备。所以那狸猫张大着一双虎视眈眈的眼睛，等到那喜鹊渐渐走近时，便突然将身子向前一跳；两只前爪向前一扑，其快无比。喜鹊要避也来不及了，早被野猫攫住，一口衔住了……程远瞧着这狸猫捕鹊的姿势，心中一动，顿时想起了一记拳法。①

他用这刚刚获得灵感悟出的招式，对付前来袭击他的少妇，后来他又将其不断完善，成为自己的一招“猫捕鹊”的绝手好戏。在打擂中赢了萧慕兰，后来慕兰便成为他的妻子。

该书第五十九回借程望鲁教训幼子，表明了传统的武术智慧：“大智若愚，大巧若拙，而大勇若怯。”而比武斗智的具体表现，则大多是先以愚拙怯懦来以守为攻，以静制动的。

---

① 顾明道：《荒江女侠》第五十九回《鸳鸯腿神童吐气，文字狱名士毁家》，中国农村读物出版社1988年版，第985页。

而金庸先生则把观察动物行为所受到的启发，延伸扩展到武侠所受到的众多生活现象启发，其这方面悟性的超出凡伦，乃至成为一代高手的必要条件，时时以此救急。《倚天屠龙记》第十六回写道张无忌受朱长龄暗算，摔下山谷双腿折断后，他边养伤边练习内功，“只见一头兀鹰向下俯冲，离他身子约莫三尺，便即转而上翔，身法转折之间极是美妙。他忽然心想：‘这一下转折，如能用在武功之中，袭击敌人时对方固是不易防备，即使一击不中，飘然远飏，敌人也极难还击。’……因之每见飞花落地，怪树撑天，以及鸟兽之动，风云之变，往往便想到武功的招数上去。”

《射雕英雄传》第二十二回写梁子翁在东北长白山采参时，见到猎犬与野狐雪中相搏，“那野狐狡诈多端，窜东蹦西，灵动异常，猎犬爪牙虽利，缠斗多时，仍是无法取胜。他见了野狐的纵跃，心中有悟”，苦思数月创出了“野狐拳法”，这拳法主旨是“灵、闪、扑、跌”四字诀，于对付较己为强的劲敌时，最为合用。

该书第三十一回则描写瑛姑与郭靖在水塘中搏斗，顺便补叙出“瑛姑在泥泞遍地的黑沼一居十馀年，见泥鳅穿泥游行而悟出了一身泥鳅功，在陆上与人动手过招已是滑溜异常，一入软泥浮沙，更是如虎添翼”，她的一番招数施展真的使郭靖很狼狈，连口鼻双眼都被污泥糊住了。虽然，这些来自观照动物行为所领悟的招数，“奇”有余而“正”不足，往往在大侠身上很难达到其占据主流地位的武功套路，而在二三流武侠身上，也不是每战奏捷，但在人人向往大侠风范的世俗社会里，也可博得一笑，以求狂欢之效。

三、中古汉译佛经故事对母题的直接诱发

比武斗智母题，较直接的来源其实很可能是中古汉译佛经故事。正是这些故事突出而生动的寓言性，使“比武斗智”所蕴含的生存哲理与生命追求充分地定位和放大了，减少人世纷争中些许无谓的牺牲。

印度古老的民间故事书中，写狮子在森林中称霸，每天吃一头动物，轮到兔子献身这天，它边走边想：“勇士即使遇到灾难，也不惊惶失措。尽管我面临死亡，我也要施展计谋。”于是故意迟到，超过了狮子的饭时，当狮子怒责它时，兔子就说路上有只狮子阻挡，发怒的狮子尾随兔子来到一口井边，狮子看到了井中的倒影，听到自己吼声的回音，跳进井里淹死了。所以，故事宣称：“最高的力量是智慧，而不是勇武。凭借智慧的威力，甚至兔子也能杀死狮子。”①

后秦竺佛念译《出曜经》卷十六写，小鸟以弱胜强，智斗鹰王，很可能是其文学化的基本契机。故事写鹰王攫获一小鸟欲食，小鸟自言：“今日被捉，只因离家，否则不尔。”鹰王问其家在何处，小鸟说在绝壁上，你根本无法抓到我。鹰王的恃强好胜心被激发起来，说：暂时放你回家，让你看看我的威力，看能不能再抓到你？小鸟回到高岩落在两片巨石之间，向鹰王挑战：敢来抓我否？鹰王大怒，鼓羽翼从高空冲下，小鸟急入

---

① ［印］月天：《故事海选》，黄宝生、郭良鋆、蒋忠新译，人民文学出版社 2001 年版，第 288 页。

石缝窝中，鹰王羽翼在巨石上折断，堕入深渊而死[1]。

显然，故事已具备了如此内在结构：弱者在明显地处于劣势时，成功地利用自己的某种对方所不具备的凭借、秘诀，并且利用对方的优越感、求胜心切动机，激发对方贸然先行进攻，使其意外地落入某种非主观性的圈套中，陷于败局。这一叙事模式在后世的比武斗智母题中，可谓屡说不厌。上面比武时躲避，使对方臂折受伤的传闻，与此如出一辙。

元魏西域僧人吉迦夜共昙曜译《杂宝藏经》卷十《乌枭报怨缘》，则写乌枭结怨，相斗多时无休止。有一智乌以苦肉计自任，声称被众乌拔掉羽毛啄伤其头，骗取了枭的怜悯，收养穴中，乌羽毛丰满后日日衔干草枯枝来穴中以报恩。一日大雪，群枭聚穴中避寒，乌却衔来牧牛人的火烧穴，使众枭全数殄灭。

国外学者将此故事归于第220B〔乌鸦和老鹰的战争〕类，即：“乌鸦假装投降但其实在做密探，而最后消灭了老鹰。”但仅仅列举一例，即《天山》1957年11—12月号上的一则故事[2]。其实故事的数量远不止此。

此故事的异文，又早见于印度流传久远的《五卷书》，该书第三卷第十五个故事描写，一只名叫斯提罗耆频的乌鸦，试图为自己的族类巧计报仇，以“苦肉计”进入猫头鹰的营堡中，它每天从树林子里叼一块木头到它的窝里来。

---

① 《出曜经》卷十六，竺佛念译，［日］高楠顺次郎等编：《大正新修大藏经》卷四，台北新文丰出版公司1990年（影印），695a。

② ［美］丁乃通：《中国民间故事类型索引》的220B型［乌鸦和老鹰的战争］称：“乌鸦假装投降但其实在做密探，而最后消灭了老鹰。”但仅列举一例，即《天山》1957年11—12月号的一则。见该书，郑建成等译，中国民间文艺出版社1986年版，第42页。

从表面上看，乌鸦是为了扩大鸟窝，一大堆木头就在堡垒门口堆起来，在这时候，太阳刚升起，猫头鹰什么都看不见了，斯提罗耆频赶快飞到弥伽婆哩那那里，说道："主子呀！我已经准备好，敌人的洞穴就可以烧掉了。你带了随从来吧，每一只乌鸦都要从树林子里拣一快燃烧着的木块带了来，丢到洞穴门口我的窝上；这样一来，所有的敌人就都会像在军昆钵迦地狱那样，统统会给折磨死。"……如此行事，果然消灭了猫头鹰家族①。故事果报的结构中，蕴含了深刻的教训：在胜利者，是成功运用打入仇敌内部的谋略，在失败者，则是过于心软轻信。在智乌，是一；可它却一以胜多，以智灭众。故事写胜利者的手段从伦理道德上讲是不可取的，但在某种意义上，也不能不说是以少胜多、"寸铁杀人"理论的先导，这类跨文化传播的故事母题，以其生动的形象性趣味性，无疑给予中国古代的武侠比武和以武行事的观念，带来重要的启发。而更为要紧的，是那种借助于动物演绎哲理的譬喻性思维。

五代王仁裕《玉堂闲话》还载有如此趣闻，也是比武过程中成功地运用智慧取胜：

> 光启年中，左神策军四军军使王卞出镇振武。置宴，乐戏既毕，乃命角抵。
>
> 有一夫甚魁岸，自邻州来此较力，军中十数辈，躯貌膂力悉不能敌。主帅亦壮之，遂选三人，相次而敌之，魁岸者俱胜。帅及座客称善久之。时有一秀才坐于席上，忽

---

① ［印］补哩那婆罗多：《五卷书》，季羡林译，人民文学出版社1981年版，第305页，第321页。

起告主帅曰：“某扑得此人。”主帅颇骇其言。所请既坚，遂许之。

秀才降阶，先入厨，少顷而出，遂掩绾衣服，握左拳而前。魁梧者微笑曰：“此一指必倒矣。”及渐相逼，急展左手示之，魁岸者懵然而倒，合座大笑。

秀才徐步而出，盥手而登席焉。主帅诘之：“何术也？”对曰：“顷年客游，曾于道店逢此人。才近食桉，踉跄而倒。有同伴曰：‘怕酱，见之辄倒。’某闻而志之。适诣设厨，求得少酱，握在手中。此人见之，果自倒。聊助宴设之欢笑耳。”有边岫判官，目睹其事。①

这一极为具有戏剧化场面的描写，让人了解到像如此力挫群雄的壮汉，居然被“酱”这一平常的食物作料吓成这样，能够利用这一弱点的人，不就是一个有心人么，古人把这种细心也看成是智慧的表现。而故事距佛经传译流播兴盛的年代不远，很可能也是受到其宗教故事思路的启发。

主题学认为，许多在文学主题史前期寓意多元、核心并不明朗的故事，可以从后世的流脉余波中，发现其当初预伏下的特定冲击力。因而，不妨这样认为，实际上，明清时代通俗小说及传闻中众多的“比武斗智”故事，其实并不应当只被看做

---

① 李昉等编：《太平广记》卷五百引，中华书局1961年版，第4101－4102页。民国范烟桥《茶烟歇·蟋蟀有洁癖》写某号称无敌将军的蟋蟀，忽败于一只厥貌不扬者：“咸以为异。取以与他虫敌，他虫甫交绥，即望望而去。客取而审视，忽恍然大悟，盖俗称‘臭嘴’，一启其吻，敌即不堪向迩，望风而奔。西子不洁，掩鼻而过，不意蟋蟀，亦有洁癖。”

是最早期阶段——史传中那些故事的馀波，更是流脉中间在某一段落受到影响所至，这影响之一，可以说便是佛经故事蕴含的比武斗智母题。

实则比武多斗智。欧洲神话中也曾描写，阿塔兰塔是吃母熊奶得生且由猎人养大的，善跑，凡向她求婚的均须与其赌赛跑，输者即被她刺死。弥拉尼翁得女神之助，边跑边扔女神所赐的金苹果，于是战胜了阿塔兰塔，娶其为妻。而皮萨国王要求向自己女儿希波达弥亚求婚的，都要与自己比赛驾车，败者即被杀；英雄珀罗普斯买通国王的驭手，暗地里拔掉国王车轴上的销钉，得胜，娶了希波达弥亚。

早年赵景深先生也注意到，晚清传说中的关公与周仓比武，就突出了关公智服周仓。而德国19世纪名著《格林童话集》中，也有某裁缝智斗巨人的故事，北欧诸国与波斯也不乏此类传说。据说，俄国白海半岛上还流行着一个巨人与其仆比武的故事：

> （两人）先试撞头于树，仆在一树上预挖孔，以树皮遮之，巨人仅撞破树皮，其仆则头陷于树内。再比掷斧于天，巨人掷斧，其小如蝇；仆方觅何天可入，巨人恐失其斧，乃求免。晚间巨人持斧杀其仆，仆预知之，早已避开。翌晨仆向巨人说，他昨晚觉得有几点碎屑落在他的脸上。巨人大骇，乃遣之去。①

---

① 赵景深：《中国小说丛考》，齐鲁书社1980年版，第120－121页。

看来这是一个中西方文学都普遍关注的世界性母题，其展示了人们在武力竞争中对于智慧的推重。母题的内在结构，又几乎无一例外地设定为如下的叙述程式：

1. 一对一的较量，弱者面对强者；

2. 强者凭恃力大，看似稳操胜券；

3. 弱者处于劣势，但以智谋突如其来地转败为胜。

起初的、表面上的态势，与最后的胜负结局、深在的必然逻辑，呈现出鲜明的悖左结构，从而使故事带有强烈的反讽意义。而故事中的特定角色虽不断变化，它的结构和意蕴却始终稳定地存在的。似乎，越是角色频频流动，便愈益普遍深刻地说明着“智斗”哲理应用时的无往而不胜，放之四海而皆准。于是，借助这一文学母题，中国古人反反复复在诉说着一个令人几乎耳熟能详的“反武侠”话语，将其观念形象化、稳态化为侠之武功素养调节机构的一个有机组成部分，且与侠的武德品格结合起来。

事实上，比武斗智，也与古人武功锤炼的既定宗旨分不开的。在上述观念支配下，练功的过程，也自然地被理解成是力、技与智同步长进的过程。

武术史的专家曾有此经验之谈，不可不引人重视，他指出，如少林拳的刚柔之功，便可分为上乘、中乘、下乘，中乘者是强用气力，没有刚柔相济的方法；下乘者更是只会滥用蛮力，他们只知道“日日从事以插沙、踢桩、拔钉、磨掌之功，统其所学，不过蛮力而已。一逢名家，未有不失败者也”。而上乘者则是：“运柔而成刚，及其至也，不刚不柔，亦刚亦柔。而猝然临敌，随机应变，变化无常。指似柔也，遇之则刚；身似呆也，动之则灵；敌之受伤也，不能自知其由；敌之倾跌也，不能自知其因，神龙夭矫，莫测端倪，此技之神者矣！”[①] 然而，对于刚柔相济，勇与巧并俱的推重，并不意味着好的武功只尚智不尚勇。深厚的内力与强劲的筋骨，仍然不失为基本的武学前提。

比武斗智，首先表现在强调弱者如何以智谋成功地战胜强者，诸例已如上述。其次，则是强调杀人手段在精不在多，周亮工《书影》（十卷本）卷七强调：“宗杲论禅云：‘譬如人载一车兵器，弄了一件，见取出一件来弄，便不是杀人手段，我则只有寸铁，便可杀人。’朱文公亦喜此说。余谓寸铁不如白战；白战胜人，不如不战屈人。”此语又见于褚人获《坚瓠集》卷二，且在此还被引申为：“盖自吾儒言之，若子贡之多闻，弄一车兵器者也。曾子之守约，寸铁杀人者也。”

可见，这是一个古人吸收外来哲思所总结固化的一个可以普遍推延的江湖生存哲理。抓住了上面这两个要点，就不难推知母题“非武侠思维”的实质性来源与警世意义。

台湾学者指出，唐末以来“反侠客”的观念分两种途径，一是“侠客的理性化”即李德裕“义非侠不立，侠非义不成”；一是“侠客的人间化”，淡化其神秘诡异性质[②]，而贴近人世的比武斗智母题则将此观念泛化且更加形象化。

---

① 吴图南：《国术概论》第三章“国术原理”，中国书店1984年据商务印书馆版影印。

② 林保淳：《古典小说中的类型人物》，台北里仁书局2003年版，第161－162页。

第九章　比武退让描写与传统武德崇拜

海外学者极为推重中国人心目中的贤君儒将："中国人对于纯粹军事上立战功，辟土地之英雄，恒不崇拜。……中国人所最崇敬之臣相，亦至少必须人民受其实惠，或进而真有一番仁厚恻怛之心，公忠体国之意，与天下人共治天下之气度者。"① 基于类似的伦理文化精神，古人对武侠人格价值的评定，也不仅仅是看其具有如何能超群盖世的武功身手，而更多地注意到他武功施加的对象，尤其是施展武技的具体方式，因而武林之中，弥散着无往不在的武德修养崇拜。侠，既是凭着个人的武功身手遨游江湖，拳剑在身，就一刻也离不开它。这里，让我们就侠文学描写交手对打时最为常见的一个母题套路，略加梳理分析。

一、传统武德观对比武退让的精神建构

传统武德观认为，包括拳术器械的武技，都与持此技艺的人的内在品德修养密切相关。外在的拳脚、刀枪的功夫越好，

---

① 唐君毅：《中国文化之精神价值》，台北正中书局1987年版，第399－400页。

内在的德行涵养也就越应该深厚。因而，习武者所具备的“侠气”，内中就包括一种忍让宽容的美德。而叙事者笔下那些纵横江湖的侠士，一般更应带有那种阅世的深沉。他虽然深明是非善恶，对别人的事情爱打抱不平，但若是牵涉到自己切身利益，只要不是大善大恶之事，一般还是不愿意轻易出手的。那种激于血勇、拍案而起的剑客，只是在秦汉以前侠的早期历史载录中常常见到，后世则不过是小说中描写的一个带有喜剧性讽刺色彩的人物类型，现实传闻中却是颇为罕见了，除非其作为一个真正武侠不得不锋芒小试时的教训对象。

因而褚人获《隋唐演义》第十七回写秦琼等众好汉来到京城长安，正赶上正月里的灯节闹市，秦琼担心弟兄们无端生是非，便这样叮嘱：“凡事不要与人争竞，以忍耐为先。必要忍到不能忍处，才为好汉。”

清代民间流行的武学读本也讲：“学拳，宜以德行为先，凡事恭敬谦逊，不与人争，方是正人君子。”① 在后世日渐完善了的侠义标准下，像《水浒传》中的李逵，《说唐》系列小说中的程咬金，《说岳全传》中的牛皋，《飞龙全传》中的郑恩等等人物，固然具有疾恶如仇的可贵品质，但其莽撞冒失，易惹事生非，毕竟非武侠之正宗。因为他们的所谓身手，多半来自天生的蛮野之力，缺少后天全面修养的锤炼，而这种缺少锤炼最突出的就表现在易于冲动——武德修养低下，往往打杀成性，不分良善殃及无辜。且毋须多言，具有广大的同情心的侠，理当尤为对同类惺惺相惜，不轻易以武伤人。

---

① 徐震编订：《苌氏武技书》，上海书店 1990 年影印本。

小说《水浒传》第九回写林冲刺配沧州途中，在小旋风柴进家遭到洪教头当面侮辱，说是常有流配军人来庄上倚草附木诱些酒食，林冲并不作声。洪教头又叫号挑衅，要求比试武艺，林冲却说："小人却是不敢。"当柴进也主张两人较量时，林冲还在踌躇，头几个回合林冲还主动跳出圈外称输。直到打开木枷，真的拉开架式，林冲还是先退后，终于忍无可忍，乘着洪教头步法一乱，一棍扫倒了他。

每一个重要而普遍的文学母题都有其自身的演变过程。事实上，这段精彩入神的描写早已渊源有自，在侠文学主题中由史入文、诸多母题渐趋完备的唐代就已经出现了。

相传在武宗会昌年间，有个左军壮士名叫管万敌，因力大为众所推服。一天他与同伴饮酒，忽有个穿麻衣的入座来饮，傍若无人。管万敌扼腕瞋目，那人不怕，众人推挽也不动。两人角力时麻衣者请管先打自己三拳，管怒其轻己，尽力挥拳连击，却如扣木石。这时麻衣者说该我搭一搭了，奋臂，掌大如箕，高及丈余，大家知道遇上了异人，都陪着管万敌谢罪才算了结。麻衣者尚未出手，管力士却吓得病了一个多月①。又说是左武卫大将军公孙武达很有膂力，曾遇贼，先听任其劫取衣物已尽，贼又逼其脱靴，武达伸脚与之，贼俯身拔取，武达这才乘机殴之毙命②。

看来，不论是仙幻描绘还是写实之笔，母题都在呈现着如此的意旨：胜利者总是忍让为先，以退为进，利用对手的轻视

---

① 康軿：《剧谈录》卷下，軿或作骈，此从程毅中先生说，见其著《唐代小说史话》，文化艺术出版社1990年版，第268页。

② 胡璩：《谭宾录》。

麻痹、急于求成的心理，伺其破绽而一发制胜。这种武功较量的智慧，往往被解释成某种侠义自信的内在精神，此类母题为历代武侠文学的营构者所偏爱。

二、后发制人策略的哲理内涵

如果以为侠的这种先人后己、后发制人的惯技只是体现在交手过招之时，则未免有失偏狭。以忍让退后为高，似作为一种哲学内核深植在侠的许多类似行为方式描绘之中。如赌技较胜时，后演示的那位每每能占上风。

宋人写临川王椿是个贵族子弟，善于射箭，轻视将官韩世旺，后者深通箭术却不自炫，王还常常对客侮慢韩。后来王要调任，别时韩提出可比技，王恃技应允，先引弓而发，四中的，八中垛，无一不中，欣然自得，韩却说“以十二箭争胜负则为不武，愿以两箭决之”。于是让人立金钱于垛前，一箭即正中孔心，一箭正中箭杆，满座为之震惊呼噪[①]。

明人笔下的刘东山，则自恃张弓放箭二十多年，瞧不起同路的少年，一当这位后来才显露本领的少年拿出自己的弓，刘东山却连个一半儿也拉不开[②]。故事在《初刻拍案惊奇》卷三《刘东山夸技顺城门，十八兄踪奇村酒肆》中，被渲染得更加精彩而有意味。似乎这类叙事总是这样不无意味地千篇一律，首先自炫自矜的那个人总是技不如人，终归于自惭懊丧。

---

① 洪迈：《夷坚志》支庚卷十，中华书局1981年版，第1215－1216页。

② 宋懋澄：《九籥集》别集卷二，中国社会科学出版社1984年版，第263－266页。

正是在这种潜在价值观念的濡染下，母题在民间许多地区广为传扬。《聊斋志异》写淄川人李超自以在少林为学艺已精，见一少年尼姑弄场卖艺，为之技痒。尼姑才一交手就点明他是少林派，问出师从何人，尼姑说愿拜下风。可是李还是坚持要过招，观众在旁怂恿，尼姑才勉强说无妨一戏，交手时尼姑又停手，李以为其胆怯，还请再斗，不一会儿李突起一脚踢去，只觉膝下如中刀斧，再也爬不起，原来尼姑忍无可忍，以五指削之。李超之师某僧闻知后惊曰："汝大卤莽！惹他何为？幸先以我名告之，不然，股已断矣！"

文末何守奇评："今所传仍有两派，但世俗多说少林，要亦耳食者众耳。"[①] 强调了少林寺功夫在比武等传闻中的"光环效应"，少林功夫尚且要低调、慎重使用，何况其他！而实际上这是一场少林门派的"内部矛盾"，少林之徒尚且会出现这类逞强好胜的"心理问题"，故事更具有"武德"儆世的教谕意义。

清代大侠甘凤池也有讲究退让谦恭的佳话，似乎越是名气大就越不可少了这一美德。据说泰州黄桥有个力大无比的"打人王"。一日甘凤池路过黄桥卖艺糊口，打人王闻讯怒骂挑衅。甘软语道歉，王却以头相撞，甘说要负荆请罪，王坚执不允，又尽力撞去，甘仍退让，后来实在不得已甘才以小腹阻挡，只见王踉踉跄跄，退到墙侧掉入粪坑中。打人王的哥哥还特意感

---

① 任笃行辑校：《全校汇注集评聊斋志异》卷一《武技》，齐鲁书社2000年版，第894－895页。

谢他给其弟以儆戒①。

金庸小说《碧血剑》第四回中也写道，浙南赫赫有名的龙游帮帮主荣彩，擅长大力鹰爪功没料到手中兵器被袁承志一枚小小暗器打落，羞愧中难以下台，便要与袁承志比试拳脚，可是袁承志却拱手说道："晚辈初涉江湖，不知天高地厚，一点微末小技，如何敢在老前辈面前献丑?"荣彩听了不禁微微一笑，心想："这少年倒很会做人。"趁此收蓬，说道："袁朋友太客气了。"

可见，忍让大度，的确是一种值得推重的武德风范。对此，王春瑜先生曾经评点为："此话颇得体，俨然是外交辞令。"其实，有了前代林林总总有关比武退让的叙事话语，这种礼让三分、退避三舍的气度也是武林中的一个众所认同的规则。

似乎，侠之比武退让，还有事情的另一面，即"山外青山楼上楼，英雄好汉居上头"，所谓强中自有强中手，一技更有一技破。江湖险恶，越是高手越招风，武功好比一把双刃剑，它可以杀伤敌手平世之不平，也可能在使用过程中暴露自身的弱点，或在客观上点燃其他武林强手的好胜心，引其争个高下，从而构成这样的局面：强手相争必有一伤，不是自己受伤害就是结仇构怨。因而那些身怀绝技的侠客，面对敌手时并不自矜，倒常有一种危机感，总是忍让谦恭，期望着以一退再退来避免冲突交锋。武侠对于上乘武功的追求——勤奋刻苦的习练，同获得了上乘武技后总是以逸待劳、后发制人——忍让克制甚至

---

① 徐珂：《清稗类钞》第六册《技勇类》，中华书局1986年版，第2891－2892页。

以不出手为高，其间构成了矛盾悖左的表象关系。似乎在外行看来，实战中的要求与文学描写价值取向，是很不一致的。

三、兵家策略、出手理由与文化根源

追溯起来，武侠文学中描写的的侠之谦恭退让，其武德崇拜，当部分地源自古远之世兵家的战术经验。《孙子兵法·军争篇》曾讲过要“后人发，先人至”；《庄子·说剑》也称斗剑时要“示之以虚，开之以利；后之以发，先之以至”；而《吴越春秋》描写越女宣称的“剑道”，也谓：“凡手战之道，内实精神，外示安仪。”这种具体的战术技巧，无非是要以静待动，先保存实力而不发，待看清对手的弱点，再予以决定性的一击。但经由唐传奇到《水浒传》一类的小说扩散，更多的将此与个体武德修养、尤其是比武者内在伦理品格联系起来。江湖中人不约而同地企慕谈论，渐固化成为约定俗成的一个通则。而现实中那些高手赢家屡屡如此行事，更加刺激了文学母题的复制增饰。连许多长篇小说在侠义人物性格塑造时，也每每借重该母题。

道光年间无名氏的武侠小说《绿牡丹》写，年逾六旬的老英雄鲍自安，气不过栾家设擂台将骆宏勋主仆打伤，也看不惯台上朱彪的狂妄，就跳上擂台要与朱彪比武。他先自言年老，拳棒多时不玩，手脚直来直去，请壮士让三分老，而朱彪恰恰欺他年老，一拳紧似一拳。这时鲍还是口中喊老称输，只招架不还手，嘴里唧唧哝哝说五百两银子看来是输了。大家担心时，鲍的女婿濮天雕暗暗说这是诱敌之法，结局果不出所料：

> 真个未有一个时辰，朱彪使了瞎气力，丝毫未伤鲍老爹，拳势渐渐松下来了。鲍自安见朱彪些须力尽光景，遂抖擞精神，使起拳势；朱彪力尽，那里还招架得住？鲍自安迎面一个冲手，朱彪用手招架，谁知鲍自安冲手是假，引朱彪来架时，他即将身一伏，用手插入朱彪裆中，两边一挤，朱彪“哎哟”一声，跌下台去。可怜朱彪在地下滚了两间房子大的地面。①

比武对打看似比技，实际上也是一场心理战，更是武德修养和整个心理素质的高下之争。自负自傲的对手最初的自我感觉，同他最终的失败沮丧往往构成了鲜明对比，显现了一种“反讽”的艺术效果。而深谙武林通则的内行，却又经常能从双方是否谦让的外在表现上预测出双方的胜负结局来。

民间俗谚说得好：“叫唤的雀儿没肉”。先咋咋唬唬的人，其实也就意味着注定是当不成赢家的。清末侠义公案小说《施公案》写曹德彪摆下擂台为女儿比武招亲，已打下去五六个对手，这时又有一人跳上台，看他“偏不矜才，不使气，连响也不响，就跳上擂台”，曹德彪就知道他是个劲敌。这人自称小生，还谦恭地请“尊拳之下，稍让三分，使小生得全颜面”！这番风流儒雅的动人话语，连在茶棚里的黄天霸听了，也暗暗估计是个有绝妙本领的。徐文豹果出手不凡，与曹打了一百多回合不分胜负。经过一番曲折，他终于以武艺，更是以武德服

① 无名氏：《四望亭全传》（《绿牡丹》）第三十九回《父女擂台双取胜》，宝文堂书店1985年版，第228－229页。

人，娶了曹月娥[1]。先前武功高手的预测都没有错。以武德修养推知武艺高低，正是老于江湖的一个具体生动的体现。

这类故事还往往有一个共同的深层逻辑结构，就是侠的武功并不轻易使用，一旦出手必要有某种正义的目标和充分的理由。尽管他们身怀绝技，施展后有相当的获胜把握，但若是不到万不得已之际，还是尽可能不出手的。每当遇到别人挑战，侠士往往一退再退，一让再让，而在忍让的过程中，也就暗暗地将某种不仗义的因素置于对手身上，而自己则具备了先前所没有的较为充分的出手理由。这样胜了也于理可容，于心也安。相反，那些小壶易热、卖弄武技的人，却常受到惩戒，他们留给观众读者的印象，武功平庸还在其次，重要的更是在于人品修养的欠火候。

总之，侠的谦恭退让而又终究获胜，正是以人格的某种外在表现征服、惩治了一些宵小之辈的不仗义、不自量，某种意义上也是在行侠除恶，只不过他是在铲除着人们使用武功不当的病态社会现象，疗治习武者的一些不健康的心理与行为，端正武林中人角色的整体社会形象。

侠之武德观的“武功愈高愈谦恭退让”，是有着深远的文化背景的。儒家讲求“内圣外王”，主张人格价值实现的顺序是“修齐治平”，即修身、齐家、治国、平天下。侠以个体的力量参与社会群体生活秩序，首先要有严格的自我约束，坚守培养武技同时涵养武德的原则。《论语·子路》写子路问君子尚勇，孔子回答：“君子义以为上。君子有勇而无义为乱，小

① 《施公案》第三百五十一回《粉金刚力敌曹德彪，冲天炮奋斗徐文豹》，宝文堂书店 1982 年版，第 1163－1164 页。

人有勇而无义为盗。”这里，子路带有某种优越感，问语中已有崇尚武勇倾向，孔子却指出义乃是武勇的根本和神髓。《礼记·中庸》又写子路问“强”，孔子认为“强”有多种，“衽（穿着）金革，死而不厌，北方之强也”，认为君子应当和而不流，固守中庸之道而不去为荣利争强。《论语·宪问》还强调“骥不称其力，称其德”，认为褒奖千里马，不是赞美它的气力，而是赞美其品格。对千里马评价的价值观，实际上就是传统的人才观。侠文化价值观也是武德胜于武技的取向。《孟子·公孙丑上》称：“以力服人者，非心服也，力不赡也；以德服人者，中心悦而诚服也。”

因而道家自《老子·三十一章》也早有：“夫唯兵者不祥之器，物或恶之，故有道者不处（接近）。兵者不祥之器，非君子之器，不得已而用之，恬淡为上。……”认为对于武力要淡然处之，不要自以为了不起，否则就是以杀人为快乐，这种人就不可以得志于天下了。无疑，此用兵的指导思想也适用于侠的武功发挥方式。李白《战城南》诗咏：“……乃知兵者是凶器，圣人不得已而用之。”此远承《老子》，亦本自托名姜太公吕望的先秦兵书《六韬》：

> 太公曰：“凡兵之道，莫过于一，一者能独往独来。黄帝曰：‘一者阶（因由）于道（规律），几（近）于神（奇异莫测）。’用之在于机，显之在于势，成之在于君。故圣王号兵为凶器，不得已而用之。”①

① 《六韬》卷一《文韬·兵道第十二》。

儒道主流文化价值取向当然不能不渗透到侠的亚文化伦理中，侠虽是社会结构中自由度较大的个体集团，但其行为也是有侠义伦理规范的。唯有秉承侠之立身行事原则，侠的武功威力才可能在有限中达到最优化的展示发挥，侠的人格品位才能达到理想化的高度。因而，中国古人将武功卓越的表现，也罕有例外地看成是内在侠义武德完善的表现。即使是遇到劲敌，在万般无奈之际真的交手，也不一定非要拚个你死我活，而往往要设法在适当时刻举重若轻地化解仇怨，讲究“点到为止”，以不伤人、不杀人便使对方折服为高。事实上，讲求的不光是作为武侠看家本领的技艺高，更是发乎中形于外的武德修养之高。

四、忍让退避的手段与正义目标的实现

从侠的行使武功目的与手段两者关系来看，忍让退避虽说看似一种行为手段，却与其正义目标紧密相连。人们都知道《左传》里郑庄公的一段话：“多行不义，必自毙，子姑待之。”却未必那么熟悉《韩非子·说林下》的类似思想。说是有个与悍者为邻的想卖宅避之，某人劝：“是其贯将满矣，子姑待之。”钱锺书先生揭示到：“‘待’之时义大矣哉。‘待’者，待恶贯满盈、时机之成熟也。”古籍中有不少这类生存经验的总结①。侠交手时先躲避退让，绝不仅仅是一种战术上的技巧，也是基于这种哲学思想和价值观念的。如前所及，交手时赢家一般总是推辞谦让，认输称卑，正是遵从武林乃至整个传统文

① 钱锺书：《管锥编》，中华书局1979年版，第168页。

化价值观的通则，逐步向理想的武德尺度靠拢；而对方越是鼓噪炫技，步步进逼，越是在违反上述通则的过程中将不义、不武、失败的因素加诸己身。当年郑庄公说的“多行不义必自毙”指的是较长的时段，而交手时的浮躁轻进，却是败起来就在眼前，立竿见影。这样，侠之赢家的外在退让表现便以其特有的手段，迅即间增益了其回击的出手理由和正义性质，验证了深在价值观支配下那正义必胜的伦理旨归。

在荟萃燕赵慷慨悲歌之士的河北武陟县内有个木栾店寨。寨中巨族宋氏某女名叫清霜，自幼随某道姑习武，得其“襟剑”的秘宗真传。没想到恰恰赶上她出嫁这天，忽来一个白发老翁挑战。清霜挺剑与其斗了数天还是高下难分。临了斗得正猛烈时，女侠忽收剑说：“老翁你回剑时漏了个破绽，有一失招，我要是怀怨忍心，恐怕您已经幸免不了；况且您是父辈，应怜爱晚辈，何苦相逼如此呢?”老翁掀髯自责道歉后离去，婚礼照旧举行①。

可见武侠不仅要在比武中分出技艺高下，还要看胜得是否风光，这才是正义目标的实现。本来，对方是选准机会有备而来。来者不善，少女清霜原本可以干净利落地让对方饮剑，但这样以壮胜老，毕竟也像自己讥诮对方那样，胜之不武。清霜在大婚之际遇到这一意外的挑战，却不慌不怒，冷静沉着地迎战，且巧妙地以称败，避开了没完没了的硬拚，又看准火候止住了无谓的争斗。尽管她最后并没有真的在比武上赢了老翁，但却在武德上彻底地折服了对方，显得比早期侠的使气任性成

---

① 黄轩祖:《游梁琐记》。

熟多了，其武德修养当属上乘。而老翁也并未因此丢面子，他佩服少女的与其说是剑术，毋宁说是武德所表现的侠义人品。

金庸则写出了以退让保存实力，以退为进，着眼最终获胜。《倚天屠龙记》第三十九回写，谢逊以一声咳嗽从众僧中认出了仇人成昆，终于有了交手的机会，张无忌本来料定他定要不顾性命地扑击，与成昆斗个两败俱伤，“哪知他一招一式全是沉稳异常，将门户守得极是严密。张无忌初时略觉诧异，又看了数十招，当即领悟，成昆武功之强几已不输于渡厄、渡难等三僧，谢逊若是一上来便逞血气之勇，只怕支持不到三百招以上。显然谢逊心中仇恨越深，手上越是谨慎，生怕自己先毁在成昆手下，报不了父母妻儿的血仇”。如果谢逊像不少武林同道所设想的那样，积多年的深怨大怒猛烈爆发，就未必能够实现复仇雪耻的正义目标。

当然，现实生活中不免会出现意外，并不是所有先退让者后来都获胜，也并非是先轻进者最终皆败。但有关侠之交手过招的叙事却一般都遵从上述模式，其母题套路明显地呈现出筛选提纯的伦理化倾向：赢者，总要“胜之以武”，这里的“武”，本身即意味着习武者应具备的武德，通过公平正当手段实现目的。可见，谦恭退让，往往会助长对手的威势，使得对手在“不武”的道路上愈走愈远的同时，其实正实践着农耕民族主静不主动、后发制人的深在哲理和某些正义原则。侠文学主题中的这一母题叙事，总是顽强地试图揭示这个别中的一般，偶然中的必然。清代东鲁古狂生小说《醉醒石》第六回开首称：

大凡人不可恃，有所恃，必败于所恃。善泅者溺，善骑者堕，理所必然。是以恃势者死于势，恃力者死于力，恃谋者死于谋，恃诈者死于诈，恃才者死于才，恃智者死于智。势力谋诈，自是罟获陷阱，驱而纳之，所不必言。至于才智者，人之宝也。上以治国家、平天下；下以致富厚、取功名。却为何说他“不可恃”？孟夫子说得好：“盆成括，小有才，未闻君子之大道也；则足以杀其躯而已矣。”①

中国古代侠之武德，与武林历时性传统息息相通。江湖人习武，除健体防身外，也是关键之时用来扶危济困，铲恶锄暴的必要手段，但决不能以此来招惹是非，炫技恃强。在中国古人武德观念中，德技是合二而一的整体，武德低下的家伙——那些张牙舞爪炫技恃勇者，虽有可能得志于一时，却终究会输在德技双修的武林大侠手下。

尽管海外有的武侠小说研究者，曾从实战演练的角度，对于武林——武侠的忍让风习提出过质疑甚至非议，认为一个习武者应当经常出手，温习招式，以期在实践中多多接触具有不同风格特长的敌手，在大量临场实战中提高自身精湛的技艺，以致指出恐怕这一风习限制了中国传统武技的提高，使之加剧

① 东鲁古狂生：《醉醒石》第六回《高才生傲世失原形，义气友念孤分半俸》，上海古籍出版社1985年版，第77页。

了封闭性保守性的缺点①，但是，倘若从武侠文学和侠文化的视点上看，其积极意义就不会为现实实战功能的消极性所遮掩。

屡退屡让是赢家。该母题对于侠文学主题的建构功能是多方面的。

首先，它借助于侠在比武或交战时那特定的场面情境，将侠的言论行为与其内在武德修养、人格品位逻辑对应，建立了某种必然的恒常性的联系，有效地使得侠之“武”升华为侠之“德”，使其武功身手带有了一定的文化品格。从而侠的品格变得带有传统伦理的光环，增强了主题的褒贬倾向和讽世、劝诫的思想意义。其代价则是牺牲了丰富复杂的个性刻画，武侠多半成了类型化的主题人物。

其次，随着该母题不断增饰演化，武侠文学中那些最引人入胜的描写，以其浑然天成的“反讽”意味，而带有了妙趣横

① 然而这一说法其实并不是新奇的发现，深通武术的民国早期武侠小说家就曾借霍元甲之口，谈到外国大力士和拳斗家的长处，在这点上为我们中国人所不及：“中国练拳、棒的人，多有做 生世的功夫， 次也不曾认真和人较量过的；尽有极巧妙的方法，只因不曾认真和人较量过，没有实在的经验，一旦认真动起手来，每容易将极好进攻的机会错过了。机会一错过，在本劲充足、功夫做得稳固的人，尚还可以支持，然望胜已是很难了。若是本劲不充足，没用过十二分苦功的，多不免手慌脚乱，败退下来。至于外国大力士和拳斗家，就绝对没有这种毛病。这人的声名越大，经过比赛的次数越多，功夫十九是由实验得来的，第一得受用之处，就是无论与何人较量，当未动手以前，他能行所无事，不慌不乱，心能坚定，眼神便不散乱。如果有中国拳术大多方法，给外国人那般苦练出来，我敢断定中国的拳术家，决不是他们的对手。”见平江不肖生《近代侠义英雄传》第五十五回，岳麓书社 1984 年版，第 43 页。忽视临场反复实践与主动进攻的技术，的确是中国古代传统的退避武德观带来的一个弊病，上述议论，应当说是武术行家的真知灼见，应予重视。

生的诙谐、讽谕的文化色彩。借助这一点，侠义主题的通俗文学特质得以充分的体现。众多戏剧化的场面，和颇带喜剧意趣的情节也往往由此构设而出，林林总总地大加繁衍。借助于带有实录性质的传闻载录，相关故事具有了“报告文学”的传播能量。

侠义文学主题所具有的新闻性、文学性和戏剧性等，遂有机会更多地拓展其艺术活力和审美想象空间。而这些，恰恰是其感人的艺术魅力所在。

其三，该母题与民间慕侠习俗相激互摄，具有一种增殖再生性，适应并强化了通俗文学的大众接受心理。民众惯于观察、追踪乃至重温该母题所暗示的人物命运结局，情节的接承陡转，蕴含的劝惩教义，在接受心理中继续编织着童话般的武林世界之梦。这不仅仅是特定文学主题所规定的阅读或闻见视界，而是将平民心理期待同传统礼仪规范结合起来，形成了粗武侠客的“儒雅话语”和儒雅行为的反复述说和渲染描绘，一定程度上，母题也算是具有了雅俗互动的文化整合功能。而武德的一再强调生发，反而成了提高民众心理礼教文化素质的一种艺术陶冶和审美享受。有德者胜，无德者败，这一叙事模式内在逻辑的趋同化，符合民间传扬的武侠崇拜原则，一定程度上又规范了武侠文学主题后来者的创制模式路数。它对于当代新派武侠小说的影响，当是不言自明的。

然而，民国武侠小说家却察照出“比武退让”更为深沉的意旨，操作中的艰难与复杂。

在特定的小圈子、人文环境中，习武者本身的争强好胜的本性，并不容易被无时无刻地按捺得住。杜阶平《拳术纪闻》

虽以民俗记忆口吻写成，实际上灌注了反武侠的意识。他写东莞陈恩虽因自鸣得意曾被卖胡桃老翁及少女教训，但他“睥睨之态”有所收敛之后，仍对一位新来的张姓同事所得到侪辈“武技无双”之敬重，感到不相信、心理不平衡：

> 且欲胜张以服众。他日，请角力于张。张不可，屡请，张曰：“某欲藏拙，而君终不许，是以某为可教也。坚却之则不情，聊交手以示意可矣。二人即于室中相搏。陈步步逼紧，张则着着退让。正相持间，陈陡腾一足，向张首踢去，张接以手，提而掷之榻上，急谢曰：“大好飞腿，力量逾七百斤矣。某敢不拜服！”陈经此一挫，始知名下无虚，而己力不足恃也。遂与张深相结纳，虚心请益焉。①

有过留日经历并撰写《留东外史》的平江不肖生，则从比较文化学角度写了“跨国性”比武。小说写主攻八卦拳的孙禄堂著书立说后名传东瀛，日本著名柔道家坂垣闻名来京拜访，其意并不在研究武艺，而是想来出出风头，露一手，在见孙不魁梧又文雅有些轻视，住了几天就委婉提出比试，孙推脱不开主客二人交手，孙“生性诚笃”，看出对方凶猛但非自己对手，想坂垣有些声名、功夫做到四段不易，就倒挫五六尺拱手称罢，但坂垣愈加轻视，更窜到跟前，“刚要施展柔道中极毒辣的手法”，孙只好将其捞过抛出一丈四五尺，坂垣这才明白对手

① 冷风编：《武侠丛谈》，上海书店 1989 年据商务印书馆 1916 年版（影印），第 68－70 页。

“不知要高强多少倍”，自己确属“不度德不量力”，心怀感激真的要学拳。孙坚持不收，只学这一招也不行①。在特定的时代背景下，小说写出了比武的宗旨和目的，如同外来植物入侵一般的武林新挑战，敏锐地留心并提出了中外有别。

在矛盾较深的武林门派这里，个人的比武忍让究竟能起到多大缓和作用，问题在实践中还往往被验证是更为复杂。

朱贞木《七杀碑》写杨展明知华山派江铁驼“武功已到火候，颇不易与”，只得动手，但先要施礼微笑说“以武会友，请江师傅手下留情”，而江铁驼却误以为杨展心虚露怯，抢先进攻，招招都是阴毒迅猛招术，打着打着，一声怪啸，江铁驼面如噀血，抱拳说了句“杨相公端的不凡”，跳下台去。原来杨展不愿仇上加仇，伤害江铁驼，但江却老羞成怒，向杨展要害下手：

> 江铁驼这才明白姓杨的功夫比自己高得多，无奈江铁驼是个莽夫，到此地步，还不死心，以为对方忠厚。还想占点便宜下场，已知对方无意伤害自己，竟在杨展掌风上身之际，不管不顾，一个毒蛇入洞，身形一挫，十指如钩，分向对方两胁抓去，杨展一声冷笑，乘势童子拜佛，双臂向外一展，江铁驼猛觉两臂一震，一阵剧痛，同时听得对方低喝道：“在下不愿仇上加仇，尊驾就此停手吧。”江铁驼惊心之馀，这才明白万难占得便宜，只好忍辱含恨地退

① 平江不肖生：《孙禄堂》，《红玫瑰》第1卷第16期，1924年11月15日。参见范伯群编选《江湖异人传》，华夏出版社2009年版，第102－103页。

下台去了。[1]

《七杀碑》对于传统母题的超越性价值在于，以往的“比武退让”书写基本上都写了退让者由于自信和武德高尚，或以德服人，或险中取胜。而这里却强调了未必如此，还可能因对手武德而导致复杂化。

虽然江铁驼知难而退，但并非退让者杨展一方就能取得预期的良好效果。台上擂主华山派的黄龙趁机说，本派几位成名的老师傅，欲出场求教，被他暗地阻止了：“邛崃派独霸岷江，还不知足，还想在我们沱江涪江各码头，抢夺华山派的衣食饭碗，理路上实在说不下去，……”不想这番话激出了邛崃派铁脚板等人，一番理论，竟然以“不愿恃强逞能，凡是到场的邛崃门下，立时退场”来搅局，擂主黄龙气破了肚皮，一番计划落空，华山派徒众全都迁怒到杨展、瑶霜身上，一齐恶狠狠地怒目而视。忍让者至此反倒事与愿违，陷入了窘境，江铁驼又上台纠缠，幸亏关键之时，前辈高人鹿杖翁出面，“豹子冈擂台，算是瓦解冰消。”然而事情仍旧不算完：“最难受是擂主黄龙，闹得八面不是人，他被鹿杖翁一顿训斥，虽然不敢说什么，心里越发把邛崃派恨之入骨，连鹿杖翁也恨上了，……”比武退让，的确让内行人暗自点头，但在本帮派的利益驱使下，“武德”的道德感奋力究竟有多少分量？退让取得的效果可能是多方面的，也包括了双方乃至多方今后日子里更长时段的角逐，对方的仇怨转深，继续积压，新的阴谋在继续酝酿中。

---

① 朱贞木：《七杀碑》第十章《鹿杖翁》，北方文艺出版社1988年版，第150－151页。

这里，在更为复杂的中外多重社会势力纠葛的时代背景下，小说家透视出比武活动深层的政治斗争蕴含。

然而贡献更在于“比武退让”负价值的揭示。白羽就写出“比武退让”高手惯习的“道义”，带给实战生死关头的“副作用”。《联镖记》第一章写总镖头林廷扬在踢倒来劫镖的少年后，举剑正要戳，猛然想：“得饶人处且饶人！”又想到，“夺路不如借道”，林武师：“遂将剑一停，道：‘承让！……’一言未了，蓦地觉背后一道寒风袭来。林廷扬霹雳一声怒喝：‘休施暗箭！’倏然第二只镖和数粒弹丸抄身而过。正是‘人无害虎心，虎有伤人意！’林廷扬闪开了暗器雨，才接得金镖在手，方待还发出去，那少年战败倒地，羞愤交迸，骤然一个虎跳，从船头蹿起，‘燕子惊空’袭来。伸右掌，迅如电光石火，照林廷扬的‘玉枕穴’猛然扑到。林廷扬急闪不迭，脑海一震，如耳畔轰了一个焦雷，蓦地一阵昏惘……”如李申甫事后说的“我们总镖头一时不忍，纵敌竟遭反噬”，魏豪也认为“慈心生祸害，一念不忍，伤了性命，想起来令人可痛可恼”。双向思维审视下揭示的教训，值得反思与记取。

第十章　明清“赌技服人”母题与武功崇拜

乔纳森·卡勒《结构主义诗学》认为，中国人心目中的侠就是“一种富有魅力的精神风度及行为方式”。金庸小说《天龙八部》第十五回写，“一阵风”风波恶，貌丑喜斗，却天性良善，这性情是乔峰从他与一个乡下人赌耐心上看出来的。乔峰当着丐帮众老说，一阵风风波恶与一个挑粪的乡下人在独木桥上争道，各叫对方退回去而互不相让，乡下人甚至把粪水掷到他脸上，但武功高强的这位武侠，击出的掌却停在半空，他还提议把扁担接到自己的左手中托着，当那人心慌要掉到河中时，他左手托担，右手抓住乡下人轻轻落到对岸，哈哈大笑高叫过瘾而去。何以武侠非要忍辱遵循赌胜的规则？何以在赌胜成功后有如此的愉悦？而丐帮陈长老——最为桀傲不驯的陈孤雁都被感动，因为他用毒蝎伤了一阵风风波恶，是乔峰要他给解药以不失声名。而且当下被乔峰教训得他心服口服又认错，因为他从这一事件中认同了“毫不恃技逞强”的武侠可贵品德，自愧作为丐帮的首要人物：“风波恶能在受辱之馀不伤无辜，咱们丐帮的高手，岂能给他比了下去？”

可见，即使提到赌胜服人故事也会给武侠一种暗示，促使其向相关的江湖伦理道义归依。显然，这都离不开武侠文化中的江湖赌胜传统，可以说，在古代通俗小说一系列体现侠的魅力风范行为表现中，赌技服人，是一个有特色、又罕为研究者注意的小说母题。其对于新派武侠小说的影响深巨，在明清通俗小说和野史中就潜藏散发能量的动力源。

一、母题的基本文学表现及核心目标

赌技服人，最主要的对象就是那些看似不可理喻的强盗。赌技服盗的种种文本具体表现，可粗略概括如下。

一是赌技当魁首。蓬蒿子编次的小说《新世鸿勋》第四回写，李自成初起兵时，一次在山东被劫掠，“李自成道：‘我乃关中草寇，名著三秦，自号闯王，神钦鬼服，你们这样狗才，买干鱼放生，不知死活的也罢，我若不放些手段出来，教你们到底不信！’便把手内这一根杆子枪，倒转来插入土内，带过马来一跑，约摸离了四五十步，勒转马头，拈弓搭箭，看正了这根枪柄，只听得‘聒’的一响，这一只箭，不东不西，恰好正中着枪杆上，把枪杆劈为两半，那些人见自成这般箭法，便一齐倒身下拜道：‘俺等有眼不识，望乞恕罪。……’”于是众人将李自成拥作头目。

因此，赌技服人在武侠聚拢团伙过程中，往往起到了一种心理凝聚力的作用。明末《樵史通俗演义》写李自成发迹前，在陕西延安府米脂县，本名李鸿基，与侄子李过约了附近的少年伙伴刘国龙耍拳，学着桃园三结义，拜过了关王李鸿基就提出要比比气力，就提起关帝庙中七十三斤的铁香炉在殿上走一转，引得道士连声喝采，而刘国龙和李过却只能抱起。于是李鸿基乘机说梦见一个长大将军叫咱李自成，从此改名李自成，三人在道士房里痛饮[1]，从此结成小集团的最初核心。

二是赌技得还财。《二刻拍案惊奇》卷二十七入话写邵文元曾被诬恃力为盗，便带着气儿要“玩弄”这伙强盗，于是以神奇的箭术为人夺回了金银。

《禅真逸史》写杜伏威路过黄河上的孟门山渡口，睡梦中被强盗缚住，作法挣脱，与山大王缪一鳞比武，大王称：“你若赢我手中宝刀，不要说你的财宝，连众人的一发送你去；若不通武艺，专会幻法害人，不算做奇男子。”两人相斗五十多个回合不分胜败，乘着这个号为“二郎神”的大王佩服不已之际，杜顺便说服其归还了众客商的大部分财物，还蒙其盛情以金银相赠[2]。

清代五色石主人（徐述夔）《快士传》也叙述，秀才董闻与二仆雇了牲口，驮着千余册书上路，来到山东地面惊动了一伙强盗，假装出猎在左右驰骤，情势危急。忽路旁奔出一兔，众人射而不中，董闻却一箭射中，“众人都吃了一惊，董闻索性再显个本事，拨回马，飞也似跑将转来，四只马蹄恰好在兔儿边飞过，说时迟，那时快，董闻扑翻身仰卧在马上，把右手探下地去，只一绰，将兔儿连箭拔在手中，仍纵马冲出圈子外，收缰立住，惊得众人齐声喝采，都下了马，高叫到：‘客官乞留姓名！’其中一个为头的麻脸大汉，头戴白毡笠，身穿黑衣，向前道：‘实不相瞒，我等都是绿林好汉，因见客官行李沉重，

---

① 江左樵子编辑：《樵史通俗演义》第二十一回《凶星出世多强力，恶曜临门得艳姿》，人民文学出版社 1989 年版，第 156－158 页。

② 清溪道人：《禅真逸史》第二十三回《清虚境天主延宾，孟门山杜郎结义》，黑龙江人民出版社 1986 年版，第 359－363 页。

欲来分取，不想你有恁般本事，我等都不及，愿闻尊姓大名。’”这个名叫寇尚义（盗寇也崇尚侠义）的盗首，本来就是“爱结识豪杰的”，听说董闻是秀才，更加钦佩，邀请到寨子作客，不允，还赠银，并取出一个三寸长的短箭插在董闻的行囊上，说这样前面就知道是与山寨有关系的人了，会格外关照的①。

相关的传闻又体现在捕役与盗匪关系的书写中，令人钦佩的武技可以慑服群盗，从而改变彼此的敌对关系。说周鼎为某县千总，某日忽有大盗十二人白昼入城，劫库银疾驰而去，莫敢谁何。周闻信，即跨马带刀挟弓矢追及。群盗驻马欲斗，周语之曰：“尔于百步外竖马鞭，吾射之不中，任汝携银去，否则留银，勿取死!”盗如其言。一发而中，鞭断为两。盗惊顾，掷银于地。周取回，丝毫无失②。

三是赌技得脱身。最出名的莫过于《二刻拍案惊奇》卷二十七中汪秀才以超人的胆量，深入虎穴，从容优雅地由盗窟中夺回爱妾了。胡士莹、谭正璧先生都曾注意到这一故事的承先启后的影响③。

四是赌胆略得盗助。相传唐人胡证和宋人张齐贤都干过此类事。《虞山尚书集》又记载：“时有郝杰者，字君万，霸州

---

① 五色石主人：《快士传》卷三《书生拾兔惊响马，侠客抽鬃接弹弓》，“中国古代珍稀本小说续”9，春风文艺出版社1997年版，第53－55页。

② 陈去病：《五石脂》，《丹午笔记·吴城日记·五石脂》，江苏古籍出版社1985年版，第358页。异文又见于王培荀《乡园忆旧录》卷六，齐鲁书社1993年版，第323页。

③ 参见胡士莹《话本小说概论》，中华书局1980年版；谭正璧《三言二拍资料》，上海古籍出版社1980年版。

人。崇祯丁丑进士，随父之官延长令。延长处流贼巢穴中，贼营蔓延数百里，杰独帕首袴褶，负弓矢前驱，以鞭梢扣贼垒门。大呼曰：‘我霸州举子郝杰也，从父之官，过而假道于若，若许我，幸甚；不，则我无以见父，请先死于此，以颈血溅虎落矣。’贼酋壮其言，许之。杰又旁顾曰：‘我马踣（病）矣，趣秣我马。’又曰：‘饥甚，趣饭我。’贼为进酒食，饮啖如流。食已酣睡，鼻息撼壁垒。一日其父至，贼为传送之他垒。见有介马而驰者，杰跃马及之。贼笑曰：‘能骑是乎？既以与公。’杰竟跃上，挟己马驰去。过他垒，他垒贼见所乘马，皆辟易，莫敢谁何。由是杰遂熟识其酋长部落，具知贼中营垒行阵虚实坚瑕，而为之备。未几，贼攻延长不胜，谍知设守者，即假道举子也，遂逡巡引去。”

类似的赌技服人通俗故事，简直不一而足。清代佚名小说《金台全传》写金台买肉时，不慎与屠户“段一刀”段龙发生了口角，后者类似于镇关西那样的凶悍霸道、欺行霸市，段一刀依仗自己本领高强，称若是金台三拳打倒自己就给肉，金台一拳就将其击翻，在其被打倒在地起不来时，“就在他的小腹上边轻轻揉上几揉，把他的身体翻转来，脚尖头向他的肛门边挑上一挑”，段立刻不再疼痛，立起身打拱谢罪，拿肉给他，此后段龙再也不敢称霸了①。

此外，诸如《清朝野史大观》写达某幸脱盗穴，《客窗闲话》初集卷二写掌舵人（某驾长）以大力慑服僧盗，《蝶阶外

---

① 佚名小说：《金台全传》卷七第三十回《段一刀遇强而弱，石头陀逢硬而锄》，“中国古代珍稀本小说续”15，春风文艺出版社1997年版，第275－277页。

史》写高二爸以技擒盗，等等，赌技服人母题在这类江湖奇闻中真是在在皆是。

人们所熟知的《二刻拍案惊奇》卷二《小道人一着饶天下，女棋童两局定终身》，则是以围棋胜负相赌，小道人因一招围棋胜了辽国第一国手妙观，为此在辽国诸王的鼓励下竟得佳偶，这何尝又不是男性自尊心和大汉族主义之心理满足的一种象征仪式！

赌技允亲，还有如莲居士《异说反唐全传》第一百二十六回写，飞镜公主在阵上看中了薛云，薛云也有意，只是正在犹豫，就指着七八株合抱不来的大松树，说你要有力量拔得起，就立刻应允。飞镜公主笑着从皮袋里拿出七八片飞镜，"抛入空中，喝声拔树，只听得一片响亮，变成七八片匾大的一般，落将下来，把八株合抱不来的大松树尽拔倒在地下"，薛云见了大惊道："我允你便了，只等卢陵王大兵一到，待我叔父主张，即便成亲。"此类例子还真不少。

其实，赌技服人委实还有着更大的用场。敦煌变文《韩擒虎话本》写其以箭术——一箭双雕地射落争食的双雕，慑服单于，使其心悦诚服地求和。此又见于《隋书》卷五十二《韩擒虎传》：

> 突厥来朝，上谓之曰："汝闻江南有陈国天子乎？"对曰："闻之。"上命左右引突厥诣擒前，曰："此是执得陈国天子者。"擒厉然顾之，突厥惶恐，不敢仰视，其有威容如此。

看来，母题在由史到文渲染英雄人物的叙事演进中，发挥了至关重要的功能。而直至清人鸳湖渔叟校订《说唐全传》第八回《叔宝神箭射双雕，伍魁妒贤成大隙》写秦叔宝与伍魁争夺先锋印，叔宝也是一箭射下两只鹰，还连同老鹰刚抓住的一只小鸡，技服三军取得了先锋印。

张鷟《朝野佥载》卷二“北齐稠禅师”条，也写这位禅师幼年时体弱，经常被众沙弥所欺，遂抱金刚祈力，吃了金刚所赠一钵筋后，即刻筋骨强劲。后来通俗小说《说唐后传》等则撷取了这一母题，以祈力的细节来描写名将薛仁贵，有说服力地解释了他神力的神秘由来。

清代的民俗记忆还称，明代靖南侯黄得功少年时放鸭为生，每天都少几只鸭，他怒而淘干塘水，在塘底捕获一条巨大的鳝鱼，粗如坛子一般。他“烹而食之，体貌顿改，为伟丈夫，勇力绝伦，遂习武”。一次他护送杨龙友途中遇到劫匪六人，他大呼着从驴背跃地，一手牵驴一手持行囊扑盗，盗贼见状大惊，急忙制止他，下马罗拜呼曰：“公真大英雄，我辈愿拜下风矣！勿失义气！”共邀黄入伙，坚决地拒绝了，又不接受赠金，盗贼只好拱手离开了①。

黄得功故事具有一定的个案意义，还被书写在清初《樵史通俗演义》中。说李自成兵马在庐州、凤阳一带受阻的原因之一，是马士英“善能布置”，且重用了一个人才黄得功，这个好汉当年流落草野，赶驴糊口：

> 有贵州举人杨文骢、周抑新上京会试，在浦口雇了他

① 李岳瑞：《春冰室野乘》卷下《黄靖南遗事》。

的头口，也不知他是条好汉。

行过了闵山一带，忽遇了马强盗，共五六人。贵州读书的也都晓弓马，正待迎敌。黄得功大叫道："爷们莫动手，让咱去了当他罢。"此时已有坐头口的管家跳下驴来了，黄得功也不卸行李，连驴和行李约有二百斤重，提在手里，就如提个囊一般，往响马身上乱打。那一班响马忙叫："休打！休打！我们下来和你讲话。"黄得功那里肯听他，只是打去。众响马一齐跳下马来，拜倒在地，道："老哥真正英雄！小弟们愿拜下风，休失了义气。"黄得功才放下了带行李的驴子，也回拜道："咱也不敢做大哥，只好好放咱爷们过去罢了。"众响马问他名姓，再不肯说，只道："咱姓黄，叫做黄大。"众响马反把些路费送他，他也不收。

杨、周两举人见他如此有勇力，又有志气，从此一路他如兄若弟，回南京向马士英说了。马士英寻将他来，替他寻了妻小，请人教他些兵机战法，往凤阳到任，先用他做了旗鼓庭，屡屡差他堵截流寇，叙功本上已钦依他做副总兵之职，流寇营里怕的是"黄大刀"，因此庐州、凤阳一带地，方李自成手下兵马，不敢恋战。……①

① 江左樵子编辑：《樵史通俗演义》第三十回《众阉开门迎闯贼，群忠靖节报君恩》，人民文学出版社1989年版，第223－224页。据考，江左樵子当为松江府青浦县人陆应旸，参见《光明日报》"史学"第二四一期（1981年11月9日）王春瑜文，支持者有栾星（《明清小说论丛》第四辑）、陈国军（《明清小说研究》1996年第2期）等；此后"否定说"有陈大康（《明清小说研究》1986年第4期）、刘致中（《文献》1990年第1期）、郭浩帆（《明清小说研究》1991年第2期）、杨剑兵（《明清小说研究》2009年第2期）等。

赌技服人中往往穿插的服食增力母题，体现了武侠文化与道教炼丹服食修炼术的结合，令人信服地解释了某位武侠何以能够在短时间内奇技大生、内功遽进的原由。

卧龙生《少侠华龙传》写项功泽重伤后，得到不会武功的华隆救护，项功泽就收下这位十一岁的小乞丐为徒，华隆在先后吃了毒蛇银虺子的蛇胆、天河玉凤蛋、地心蛟血之后，内功迅猛地增加，竟等于修炼了一甲子（六十年）。后来经过一番曲折，这位少侠终于扫平八魔。

金庸《天龙八部》第五回写段誉被锺灵的闪电貂咬伤后中了剧毒，四肢渐渐僵硬，没想到那长不到两寸浑身血红的蛤蟆——“莽牯朱蛤”恰巧来前，咬死了闪电貂，而草丛中一条七八寸长红黑斑斓的大蜈蚣，在急匆匆躲避朱蛤时，又钻进了段誉肚中，朱蛤一跳进口上了舌头，也钻进他肚中追逐蜈蚣，一时间他肚中翻滚如沸，痛楚难当，过了半晌浑身麻木感消失，肚中一股热气东冲西突，后来竟化为一条热线流入他的任脉，帮助他运熟了经脉。

小说第七回则写他中了木婉清毒箭，即使不服解药也无碍，因为“自食了万毒之王的‘莽牯朱蛤’之后，已然诸毒不侵”。第十回还写他身上的剧毒把水蛭都毒死了，太医惊怪，可是这太医：“哪知道段誉吞食了万毒之王的莽牯朱蛤后，任何蛇虫闻到他身上气息，便即远避，即令最厉害的毒蛇也都慑服，何况小小水蛭？”

《射雕英雄传》写郭靖为给王处一取药进了药材库，被参仙老怪梁子翁那条用丹砂药材养了二十年的蛇缠住，不得不咬住蛇颈，吸食那朱红色大腹蛇的宝血，也是百毒不侵。小说第十二回写他与黄蓉、洪七公遇到白驼山庄牧蛇者驱来的群蛇，那些蛇闻到郭靖身上气息，却避之惟恐不及。

赌技服人母题的文本结构功能是多方面的。小说《三国演义》第十六回写袁术派纪灵将兵数万，进攻只有五千人的刘备，刘备求救于吕布，吕布辕门射戟，以射中画戟上小枝的高超技艺，堂而皇之地为刘备解了围。这固然是以吕布的超人武勇和手下兵马实力为后盾的，仍取决于大家潜意识中早已认同的赌技服人习俗观念。

罗贯中《残唐五代史演义传》写镇南将军周德威与晋王李克用交战百余合不分胜败，克用在比箭之前，一箭射中天上飞的皂雕，使先前发下誓约的周德威即刻下马拜降[①]。看来，即使在同一位作家那里，应用同一特定的母题也是随机灵活而有稍许变化的。

在赌技服人母题和相关的武技崇拜作用下，后世还生发出以唱赌技服人的独脚戏，来动用诈骗术蒙蔽折服对手的戏剧性传闻。与《聊斋志异·王司马》中镇守北边的王霁宇桐木假刀的招数类似[②]。

道光年间许奉恩《里乘》也借唐人故事来抒写自己的现实感受。说寒士吴生幸运地被节度使李公看中了，招为贤婿，然而后来在手下的谗妒中他察觉吴生确属无能，想要除掉又无借

① 罗贯中：《残唐五代史演义传》第九回《克用箭服周德威》，宝文堂书店1983年版，第27页。

② 参见王立等《勇武服夷母题与隋唐豪侠文化——〈聊斋志异·王司马〉的主题史溯源》，《蒲松龄研究》2004年第1期。

口，在吐蕃入侵时就荐举他担任将帅。吴生心下明白将计就计，来到边疆就登场阅兵，还笑着对诸将说自己颇好武艺，敢献薄技，助军一笑：

> 少选，数健儿共舁（抬）一大刀至，重约千钧，生仍着戎服，跨骏马，持所舁大刀，下抑上扬，左荡右抉，轻如挥扇，易若折枝。舞毕下马，毫不竭力。合营罗拜，欢声雷动，贺曰：“公神威，真天人也！”生命以刀悬诸营门，择日挞伐。
>
> 初，生阅武时，吐蕃潜遣谍者侦之，见生舞刀，大惊。舌挢几不能下。深夜，悄就营门举之，直如蚍蜉撼树，牢不能动。谍报，吐蕃闻之相顾失色，君臣筹议，以为不早自量力，强以交绥，是螳臂当车，徒自取死。急上表谢罪，愿岁朝贡，永誓不反。①

吴生竟然以此退兵之功，得官封侯，岳父李公也因所荐得人而升官封代国公。后来李女问生才得知先前所舞大刀是木片饰锡箔为之，而预先造好了同样的铁刀悬在营门，故意使敌方“谍者侦报，以慑其心”。其实，这里的阅兵场上舞刀，成为一种赌技服人的替代仪式。吴生作为带兵将帅，以舞刀虚拟式地与吐蕃赌试了武艺，展示了不可抵御的“神力”，于是吐蕃（这里当然属于泛指的“他族”）自觉勇力不如，就甘拜下风，做出了退兵称臣的决定。这一展演过程，与前面众多故事中描

---

① 许奉恩：《里乘》卷一《吴生》，齐鲁书社 1988 年版，第 9－11 页。

写的赌技服人过程和结局，除了稍有一点对手缺席隔空喊话的不同之外，倒也没什么两样。作者认为："所谓兵不厌诈，此事即采用智囊，亦奚不可！"

二、母题的人类学内蕴及其价值趋向

文化人类学家注意到，美洲的平原印第安人喜爱标榜自己的武功，而标榜的方式很特别。他把战利品送给某个老人，让其哼着曲子四处宣传。至于评价武功，"一般地说来，无意识的武艺都比有实效的攻打更得人的重视"，"你可以偷来一大群马匹，可是得不到一点声望，但是倘若你冒杀身之险到敌营去放掉一匹拴好的马，那就可以在众人之前出一出风头。……"①

每一种观念习俗都有着自己的文化模式支配的，而每个民族都有自己特有的获得赞誉的方式。古代中国侠文化心理中，其实也相当重视以武功服人，但武功的显示方式也相当讲究。有意自炫，是浅薄而愚蠢的；而暂时不显山不露水，往往正是为了像楚庄王那样最终"三年不飞，一飞冲天；三年不鸣，一鸣惊人"。《老子》讲究以静制动；兵法还屡屡强调要不厌诈谋，虽有心似无心，外松内紧，心里跃跃欲试而表面上声色不露，巧妙地寻找自己出手的最佳契机，先纵后收，先退让再后发制人，从而在变被动为主动之后一举服众。因而，在有关侠之武功的叙事话语中，实际上隐藏着一个如何会出风头的"游戏规则"，看似不出风头却终竟将风头出足的母题内蕴。

① ［美］罗伯特·路威：《文明与野蛮》，吕叔湘译，生活·读书·新知三联书店1984年版，第160－161页。

又相传嘉兴万永元曾师从少林僧，以拳勇闻名江浙，自号“万人雄”，手下徒众百馀人。一天万授技于东塔寺，凡在场的无不为之击节叹赏。有个老翁带着个十多岁的孩子却在旁低语：“手段有些来历，就是破绽太多。”闻者不由得惊呆了，万得知怒斥老翁，翁推辞说没有，童子则愤然说：“你技艺不过如此，而敢于授徒，我与老父偶尔评评，你却发语如此骄慢，你想怎么样？”老翁屡使眼色，童不肯休止，万说：“你敢与我较技吗？”于是说定次日比武。次日先较力，万搬起四百馀斤的石墩走了十几步，童子人小石巨才提石离地，但手抓处指入石半寸多，观者惊骇。翁说这孩子这么不中用，提起石上扔，落下陷地尺馀。万又提议比拳，老翁说担心手重伤人，请万随意来打，万尽所能拳脚相加，老翁微摇其身，万竟退后两丈多。万又请试棍，老翁让童子上场，叮嘱不许伤人。两棍飞舞，很快万就两手空空，这才羞愧地表示折服。临别在河边船夫问胜负如何，老翁却说：“万君绝技，非我所及也。”后来万告其师，师大惊说：“这是我师叔呵！武功与内力连吾师都不如他，幸亏他早年发誓不伤人，否则你就危险了。”此后万人雄再也不弄拳棒了①。

童子力大，手指竟可入石，此描写似来自唐人姚思廉《梁书·羊侃传》，传中写他初为尚书郎时，“以勇闻，魏帝尝谓曰：‘郎官谓卿为虎，岂羊质虎皮乎？试作虎状！’侃因以手扶殿柱，没指。魏帝壮之，赐以珠剑”。但是，故事的感人魅力，却主要来自赌技服人的主导性母题。

---

① 清凉道人：《听雨轩笔记》卷四，《笔记小说大观》第二十五册，江苏广陵古籍刻印社 1984 年（影印），第 352 – 353 页。

不过，赌技服人，也有一条不成文的规矩，就是讲究一对一的打斗，武侠小说中经常看到二乃至多对一，被旁观者看做不公平的描绘，而比武者自己，往往也羞于以多取胜，这样即便胜了，也是“胜之不武”，让比武者自己觉得脸上无光，也经不起人们耻笑。而真正的大侠更是耻于依仗人多势众取胜的。小说《续侠义传》第十四回就描写，北侠欧阳春遇见杨烈冲来，那杨烈知道北侠厉害，便大喝道：“欧阳春！我与你往日无仇，今日无怨，前番诡计取我南漳，现在又苦苦的拦住去路。你仗着人多，不算好汉，有本领的我们独自定个输赢死活。如倚仗人多，便是小辈，不中用的囚囊。”高贵的大侠欧阳春虽然口中说：“你在围中，还摆无敌将军的架子呢！”实际上却命令别人不许上前，两人居然战了一个多时辰，不分胜负。因为这样一个江湖准则，是约定俗成的：“欧阳春被杨烈一激，也不论他是个强盗，是个贼将，竟和他讲起江湖上规矩来。”

无疑，这种“江湖规矩”使得战场交锋，也变成了武侠正与邪的一对一以命相赌。从而显示了雅俗文化交融过程中，文人早期雅文化“贵族精神”对于江湖文化的浸染，如《史记》本纪写项羽就曾经主张与刘邦单打独斗，一决雌雄。而武侠人在江湖，一般还是很珍视自己的尊严和名声的。

在各个地区、族群乃至国家发生矛盾纠纷之时，多数情况下各讲各理，人言言殊，往往很难以一个双方认同的尺度裁衡，有时，或许还真用得着比武赌技。

《盛朝鼎盛万年青》（《乾隆巡幸江南记》）也描写，山东举子与广东的武举们因前者争路发生纠纷，当时正赶上海波国王在被平伏后上表称臣，进贡该国土产山兽，名曰“金鳌熊”，其身如牛头如鼠，有八尺长四尺高，金毛遍体，力大无穷。这时陈宏谋就想出一计，命两省举子一齐前往教场，有能打胜金鳌熊者，就算争回马路。次日双方来到教场，山东人姚文升出手不利，当场被金鳌熊咬死，众人上前围攻，“反被金鳌熊抓伤举子无数，是时山东人皆逃走，无敢近前”；而广东香山人赵虎眼快手急，一拳打到金鳌熊的尾骨：“登时四肢麻软，喊叫如雷，赵虎乘势擒上金鳌熊背，一手揪住鬃毛，双足将他夹住，一手照头乱拳捶下，问他肯服否？他觉古怪，竟晓人言一般，四足伏下，把头乱叩，如服教一样。”赵虎也就没有伤害这山兽的性命，于是马路被断为广东人所用，别省人不能来争夺①。从这一母题的叙事中，也看出作者岭南文化中心的倾向性及其与时代风潮相关的地方心理。

上述赌技服异邦的文学演绎，事实上在现实生活中是经常发生的，这也许是人类许多民族的好胜心所致。明人朱国祯《涌幢小品》就载录了这样一件寓赌技服人以外交功能的趣事：

> 冯仰芹子履，大宗伯琦之父也。备兵云中，小酋那吉入市，操强弓，请与戏下士角射。公曰：“吾与汝躬射。”虏射利近，密移远其侯（箭靶）。公连射皆中，酋尽输其衣裘鞍马，大愧，乃前其侯，使自射而赏之，复尽予所夺，虏大喜，叩头去，曰：“好太师！天朝有人。”②

---

① 佚名：《盛朝鼎盛万年青》第四十三回《安福战败飞龙阁，赵虎收伏金鳌犼》，北京师范大学出版社 1993 年版，第 388 页。

② 朱国祯：《涌幢小品》卷三十《与虏角射》，中华书局 1959 年版，第 703－704 页。

明显的是华夏中心的书写视角，对外族首领那吉“与戏下士角射”的话语，来自《左传》城濮之战描写楚将子玉的骄横傲慢。毕竟有比赌技争胜更为重要的是两国关系、中原民族与周边民族的友情，冯公处理此事得体，不仅因其宽容大度，也是对于不同民族共有的赌技争胜体现的自尊心深为了解，予以尊重，并不以一时一事较短长，可以说，这真是把赌计服人的深邃人类学内涵领会到了家，也用到了实处。

早年，成之《小说丛话》曾论及《水浒传》、《七侠五义》等“武事小说”的社会功能及缺点：

> 可以振起国人强健尚武之风。中国今日之风气，柔靡已极。一部分人尚武之性质，尚未尽销亡者，未始非此等小说维持之也。然其缺点有二：一曰蛮横不讲理，而专恃武力。下流社会之人，任遇何事，皆有一前打后商量之气概，其明证也。一曰不适切于时势。如持枪刀弓箭，而欲以御枪炮；谈奇门遁甲，则群诧为兵谋；其明证也。
>
> 凡英雄的小说，虽不必尽符合公理，而其性质，必有几分与正义相连。盗亦有道，其明证也。此等处暗中维持人心风俗之功，亦不可没。①

这段论述，也是从武侠小说中“不打不相识”母题着眼

① 《中华小说界》第一年第三至八期，1914年，转引自陈平原、夏晓虹：《二十世纪中国小说理论资料》第一卷，北京大学出版社1997年版，第452页。

的，可见国人对此早有共识：赌技服人，也不应仅仅看作是江湖流氓意识、行径的仪式化表现，其中也有某种可以开掘的积极思想内蕴。

三、母题来源及演变的基本脉络

赌技服人母题，有着悠久的多重文化渊源。西周时就有“射礼”，据《礼记·射义》，当时贵族们通过礼射来考查射箭者的德行，以此招贤纳士。早自春秋战国时期，就有着比武争胜、以勇武称誉于世的士阶层的荣誉感。《庄子·说剑》一篇虽属晚出，透露了某些战国之时的世风气象。说是赵文王喜剑，让手下人为庄子试剑比武，请其一观：“乃校剑士七日，死伤者六十馀人，得五六人”。如果没有强烈的自炫性成就动机，这些人也是不会如此拼杀的。

《韩非子·内储说上》记载说李悝任魏文侯上地守时，曾下令：“人之有狐疑之讼者，令之射的，中之者胜，不中者负。”令下后人们皆习射，日夜不休，与秦人战时大败之。虽说是为了鼓励习射，却在其提倡过程中，建构了某种决定个体胜负的判断标准。但较为集中的却是来自于角抵这一游戏性的活动规则效应。据《世本》称，古巴族也有以武勇确立首领的风俗：“未有君长，俱事鬼神，乃共掷剑于石穴，约：能中者，奉以为君。”以人力彼此较量的结果，观察天意，似还带有某种原始思维和巫术仪式的遗痕。

曹丕《典论·论文·自序》自言幼学击剑，阅师很多，一次与刘熏、邓展两位将军论剑，“时酒酣耳热，方食甘蔗，便以为杖，下殿数交，三中其臂。左右大笑。展意不平，求更为之。余言：‘我法急属，难相中面，故齐臂耳。’展言：‘愿复一交。’余知其欲突以取中也，因伪深进，展果寻前。余却脚鄛（剿），更截其颡。坐中惊视。余还坐，笑曰：‘昔阳庆使淳于意去其故方，更授以秘术，今余亦愿邓将军稍弃故技，更授要道也。’一座尽欢。”比武较技，是一种很习见的游戏活动，甚至，胜了的一方还有权要求败者放弃旧技，向自己学新的。显然，作为丛林法则的社会性遗存，这在讲究门派的后世武林习气中，又得到了无以复加的发展。

唐人李冗《独异志》卷下还讲述：“唐沧景节度李同捷叛，王智兴帅徐泗兵讨于棣州。时同捷遣一能言者，披短褐坐于城上战棚骂智兴，军吏耻之，智兴蒙衣掩耳不忍闻，有一卒曰：‘此可用抛石击去其首。’智兴喜曰：‘若中，赏汝千万金。’乃具抛发一石，正中其首，随石迸落。军中欢叫，城上飞动。”后世小说如《三国演义》相关描写则来自此。

《旧五代史·李存贤传》描写：“存贤少有材力，善角抵。初，庄宗在藩邸，每宴，私与王郁角抵斗胜，郁频不胜。庄宗自矜其能，谓存贤曰：‘与尔一搏，如胜，赏尔一郡。’即时角抵，存贤胜，得蔚州刺史。”

故事异文还见于《颍川小语》下：“唐庄宗喜优戏，善角觝，尝诏王门开曰：‘朕与作对，供养太后。’又先约之曰：‘卿不可多让。’门开退谢者数四。又谓之曰：‘卿如一拳致朕倒者，与卿节度。’及出手，果一拳下而仆。寻除幽州节度。”如此许诺兑现，当然离不开侠情壮慨。一郡，赏格算够高的。比武较技中“赌胜”规定的明确酬赏目标与意蕴，似较早发端倪于此。

唐代已有较好的武举制度，宋代又加以恢复振兴，使之更加正规，规模更大，而且，重视经义阐述的风气也影响到武举考校和武学[①]。北宋熙宁年间仅考孙吴兵法，而南宋时《兵法七书》都要在考试之列，以致武举制度得以确立，进而全面地整合、建构了后世武学观念。

据杨亿口述：“太宗将讨太原，选军中骁勇趫捷者数百人，教以舞剑，皆能掷剑高丈馀，袒裼跳跃，以身左右承之，妙绝无比，见者莫不震惧。会北戎使至，宴便殿，因令剑舞者百数人，科头露股，挥剑而入，跳掷承接，霜锋雪刃，飞舞满空，戎使惧形于色，淮海国王钱俶等惊惧不敢仰视。俶言于上曰：‘此《尚书》所谓如熊如罴，如虎如貔者也。’上甚悦。及亲征，每巡城督战，必令前导逞技，贼乘城望之破胆。”[②] “呼延赞以武勇为卫士直长，……幼子才百晬（百日），服襁褓，持登城楼，掷于地不死。人问其故，曰：‘聊试其命耳。’为忠佐都军头，每至直舍中，内侍近臣多环绕之。赞取佩刀刺胸出血，招从吏濡墨为书，奏言乞捍边杀虏。……”

赌技服人的一大表现及其来源是饮酒比量。在饮酒的特定情境中，因为古代中国人酒文化的观念是以量大为豪，所以聚饮往往也是在较量酒量。王定保《唐摭言》卷三记载的胡证故事即然。酒量极大，在这里也成了一种特殊的技艺，这一优势表现了粗豪的勇力，居然震慑了恃众惹事的诸力士。似乎其酒

① 参见武九龙、王菡《宋代武举制度考论》，《文史》三十六辑，中华书局1992年版。

② 黄鉴笔录，宋庠整理：《杨文公谈苑》，上海古籍出版社1993年版，第53页，第130页。

力背后的深不可测的勇武还未发挥哩。《二刻拍案惊奇》卷二十七《伪汉裔夺妾山中，假将军还姝江上》，描写这场秀才入盗窟夺回爱妾的心理战，其入话之一，即来自《涑水记闻》记张齐贤以大吃大嚼震慑群盗的故事。

与此相联系的是以食量骇倒对手。释道宣《续高僧传》卷二十七《咸通中》写隋末贼起，“周行抄掠，先告寺曰：‘明当兵至，可办食具，并大猪一头。’寺无力制，随言为办。至时，列坐铺奠食具。恭不忍斯负，拄杖会所，与贼言议。贼先让食，恭乃铺饼数十，安猪里之，从头咬拉，须臾并尽，贼众惊伏。恭召为护寺檀越，群贼然之。故会善一寺，隋唐交军，绝贼往来，恭之力也。”显然，贼人是顺水推舟，由食量及其暴食的方式推知到和尚的武勇，于是知难而退。似乎这较之饮酒比量的载述还早些。

饮食能力与其武勇精神所得认可呈现正比，还见于范摅《云溪友议》上：“李相公绅督大梁日，闻镇海军进健卒四人：一曰富苍龙，二曰沈万石，三曰冯五千，四曰钱子涛，悉能拔橛角觝之戏。既至，果然趫径（矫健）也。翌日，于毬场内犒劳，以驾车老牛筋皮为炙瘤魁（酒樽）之脔。坐四辈于地茵，大令食之。万石等三人，视炙坚䶲，莫敢就食。独五千嗔目张口，两手捧炙，如虎啖肉。丞相曰：‘真壮士也！可以扑杀西域健胡。’又令试于觝戏，苍龙等亦不利，独五千胜之。十万之众，为之披靡。于是独进五千，苍龙等退还本道，语曰：‘壮儿过大梁，如上龙门也。’”

“赌技服人”另一来源当是角觝游戏。最早的可以追溯到战国时代，《汉书·刑法志》载：“春秋之后，灭弱吞小，并为战国，稍增讲武之礼，以为戏乐，用相夸视……齐愍以技击强，魏惠以武卒奋，秦昭以锐士胜。”《史记·李斯列传》裴骃集解引应劭语曰：“战国之时，稍增讲武之礼，以为戏乐，用相夸示，而秦更名曰‘角抵’。角者，角材也；抵者，相抵触也”；下引文颖欲曰：“案：秦名此乐为角觝者，两两相当，角力，角伎艺射御，故约角抵也。”这里交代了角抵的动机——“用相夸示”，荣誉感成为比武较技的直接动力。葛洪《西京杂记》卷三的传说称：“余所知有鞠道龙善为幻术，向余说古时事：有东海人黄公，少时为术，能制龙御虎，佩赤金刀，以绛缯束发，立兴云雾，坐成山河。及衰老，气力羸惫，饮酒过度，不能复行其术。秦末，有白虎见于东海，黄公乃以金刀往厌之，术既不行，遂为虎所杀。三辅人俗用以为戏，汉帝亦取以为角觝之戏焉。”

到了南宋，吴自牧《梦梁录》卷二十亦载，当时这一活动蔚为风气：“角觝者，相扑之异名也，又谓之‘争交’。且朝廷大朝会、圣节、御宴第九盏，例用左右军相扑，非市井之徒，名曰‘内等子’，……瓦市相扑者，乃路岐人聚集一等伴侣，以图摽手之资。先以女颭数对打套子，令人观睹，然后以膂力者争交。若论护国寺南高峰露台争交，须择诸道州膂力高强、天下无对者，方可夺其赏。如头赏者，旗帐、银杯、彩缎、锦袄、官会、马匹而已。顷于景定年间，贾秋壑秉政时，曾有温州子韩福者，胜得头赏，曾补军佐之职。”

可见，在角觝活动中，在场围观的观赏者往往和参与者一样，具有社会心理学上讲的群体心理特点，即暗示和感染机制的左右，他们内心的好斗本能，狂欢冲动即往往可以被充分激发起来。

"赌技服人"经由《三国演义》的吕布"辕门射戟"描写，更为后世一些小说仿效。托名徐渭的历史演义《英烈传》（一名《云合奇踪》）写张士诚逃跑时妆饰个草人假扮自己，缚在香车绵帐内，吕珍、张虬赶来救主，不解此事，死命保着龙车。真相昭明后：

> 常遇春因对吕、张二人说："二位何不揣度时势？我主公英明仁武，统一有机，二位何执迷如此？"吕珍接应说："元帅所言亦是，但降服者降服其心。昔日吕布辕门射戟，心服纪灵。如元帅也有射戟的手段，吾辈即当纳降。"遇春笑道："这有何难。"便令人三百步外，立一戟。连发三矢，三中其眼。吕珍、张虬大惊，下马拜说："真天神也！吾辈敢竭驽骀之用，情愿领兵六万投降。"遇春大喜。便令军政司计收器械、盔甲。①

陈文新教授指出这表明作者对于《三国演义》非常熟悉，情不自禁地仿效："有意识地套用吕布辕门射戟的情节。但吕布射戟解围合情合理，而常遇春身当鏖战之际，竟也去射戟服敌，不近乎儿戏笑谈吗？……"②

---

① 《英烈传》第五十四回《俞通海削平太仓》，宝文堂书店1981年版，第221－222页。

② 陈文新：《传统小说与小说传统》，武汉大学出版社2005年版，第241页。

四、赌技服人母题的文化内蕴

赌技服人母题具有丰富的武侠文化内蕴，在中国古代民间相沿至今，不可忽视其巨大的影响。首先，是基于众所认同的游戏规则，这规则就是“技高为胜”、“量大为豪”等等约定俗成的赌胜通则。其与古代的许多娱乐游戏活动的规则有着紧密多样的双向互动关系。

其次，上面规则的具体落实施行，还离不开民间奉行的侠义精神。其中，有关侠盗的叙事话语，起到了决定性的作用。“盗亦有道”的许多描写，就基于并且不断在印证着母题所蕴含的主题性意蕴。

当然这与盗贼的角色性质有关。霍斯顿《动机心理学》一书中，曾介绍过费什巴赫的分类，他说侵犯可分作“工具性侵犯”和“敌意性侵犯”两者：前者，旨在使侵犯者有所收获，例如猫捉老鼠，不是为了伤害，而是要吃掉它；又如一个儿童打了另一个，不过是想要抢到玩具。至于敌意性侵犯，则大为不同，其目的本身就是要伤害对方。赌技服盗，之所以可能构成具有特色的戏剧性系列故事，其实无非也是依赖盗贼“工具性侵犯”这一基本性质的。因此，不能将在盗贼虎口中幸免的那些赌胜者，仅仅认为是胆大艺高服盗，这也是有着古代社会中盗贼的某种角色规定性为成功前提的。

其三，在母题的启发下，不仅对于描绘古代侠的英风豪气、江湖规则有了时时展现的重要艺术机杼，侠义故事为此派生出来众多的精彩画面和场景，而且，还影响到人们选取和接受类似的情节，使之丰富有关侠与侠义的江湖趣闻，前举多例即是明证。在特定的视界下，即使对于域外的相关现象，中国人也是极为感兴趣和关注的。明代马欢《瀛涯胜览·爪哇国》称，该国："年例有一竹枪会，但以十月为春首，国王令妻坐一塔车于前，自坐一车于后，其塔车高丈馀，四面有窗，下有转轴，以马前拽而行，自会所两边排列队武，各执竹枪一根，其竹枪实心无铁刃，但削尖而甚尖利。对手男子各携妻孥在彼，各妻手执三尺短木棍立于其中，听鼓声紧慢为号，二男子执枪进步抵戳，交锋三合，二人之妻各持木棍格之曰：'那剌那剌'，则退散。设被戳死，其王令胜者与死者家人金钱一个，死者之妻随胜者男子而去，如此胜负为戏。"先入为主的心理期待，使得这位随同郑和出使巡游的马欢，注意到这一事件并特意载录下来。

其四，纠集着慕侠心理的"赌技服人"母题，极为适于在通俗题材小说中设置一些带有险奇审美特色的悬念，其符合人们情感逻辑期待的结局又很契合通俗小说的诸般生长、表现特质，因此，其在明清小说中有较为广阔的分布面和持久的生命活力，为读者所喜闻乐见。

不过，在深刻洞察到武侠习性、行为在现实中有种种不合时宜，并注意在作品中表现出"反武侠"特色的白羽（宫竹心）这里，却看出了"赌技服人"母题在现实中推行可能遇到的危机、问题。

他注意到特定人物类型如偏执并宠坏了的少女柳研青（一本作柳妍青、柳叶青），就把比武赌胜用错了地方，为自己的好胜任性付出了代价。她八岁起由伯父大侠铁莲子柳兆鸿养大，得其武功真传，比她年长十多岁的大师兄也总是让着她，虽年已及笄仍旧“被宠得一股小孩子脾气，目中有己无人”，而又有武技超凡的伯父和伴在身边时时庇护：“每与强人角斗，从来只有战胜，没有挫败。柳研青由此渐渐养成一种性格，是恃勇好胜，傲然自足。到后来，她武功精进，越发的把江湖上惊险风浪，看作游戏三昧：‘由我纵横，谁为敌手？’”① 择偶之事不顺利，使她又以拿眼前的人总去比较原来的，用一些过格的话刺激伯父精心选来的夫婿杨华。一次竟然在与未婚夫比武时拼命相博，兵刃严逼，气得老英雄柳兆鸿顿足：“那是你女婿，是你终身依靠的人！你却拿刀动杖地追他，天下有这样的女人吗？……”大师兄的妻子也婉言相劝：“你们会功夫的都好逞强，杨姑爷打不过你本来觉得丢人，妹妹就该让他一招，也好看些。不是我偏向杨姑爷说，他打你是误伤，你却是真打，又折了他的弓，又拿刀赶了他一个跑。年轻人谁不好胜，他自然脸上挂不住。……”② 虽然在调解下有所缓和，但“秉性难移”的柳侠女又一再话语伤人，导致杨华非常寒心，负气出走，因遇到周折此次分离就是两年多。

据孔庆东博士考察，“武林”一语，本是白羽最先使用的。的确，白羽洞察到了武侠成长过程中，可能会有一些个体心理不健康、有缺陷的情况。作为“社会武侠小说”的开拓者，他在比武赌技母题的书写中，借助柳研青这个被养父（伯父、恩师）称之为“半疯”、“半傻子”的任性少女形象，揭示了母题

---

① 宫白羽：《十二金钱镖》第九章《卖艺择东床招来地痞，把刀救官眷巧识玉郎》，岳麓书社 2014 年版，第 183－185 页。

② 宫白羽：《十二金钱镖》第十一章《折弓启隙闺谑走杨郎，仗剑寻夫窥窗见彼美》，岳麓书社 2014 年版，第 227－229 页。

更为复杂的、远未被明清人们注意到的问题：

一者，可能赌技的对象角色搞错了，不能因此而好勇斗狠，从肉体到精神伤害自己的亲人，尤其是所托终身之人，否则造成的伤害可能难于弥补；

二者，比武赌技要掌握好分寸，不能意气用事采取破坏性的连带行为；

三者，武技比试，应时刻牢记当下的比试只不过是手段与过程，决不能抱有自身有胜无败的小孩童心理，更不该把这一心理泛化为伤人的冷言恶语。于是，比武的一时意气之争，就酿成了小说人物的人世遭逢中新的坎坷磨难。

四者，也是更为重要的，应该打破赌技服人母题模式的恒定性、稳态化，正如白羽的初衷："一般小说把心爱的人物都写成圣人，把对手却陷入罪恶渊薮，于是加以批判，此为'正派'，彼为'反派'；我认为这不近人情，于是把柳姑娘写成一个娇豪的女子，目中有己无人。但尽管她性行有若干缺点，她为人仍很可爱，这才叫做'人'，而不是'超人'。所谓'归善'与'归恶'的写法，我认为不当。我愿意把小说（虽然是传奇的小说）中的人物，还他一个真面目，也跟我们平常人一样，好人做坏事，坏人也想做好事。等之，好人也许遭恶运，坏人也许获善终；你虽不平，却也没法，现实人生偏是'这样'。"①

因此，赌技服人母题有着较大的可以延伸的空间，其吸引着武侠文学创作的后来者继续拓展。新派武侠小说中也每多活

---

① 宫白羽：《话柄》，天津正华出版部1939年版，第115页。

跃着这一母题的身影，而又时有出兰之色。

如金庸《倚天屠龙记》第一回写出身绿林的无色禅师，满怀豪气中就带有赌技服人的积习。他见眼前的姑娘坚持不说出自己的身份师承，就提议：“小姑娘接我十招，瞧老和尚眼力如何，能不能说出你的门派?”郭襄则提出如果十招中瞧不出，就不要难为觉远大师。小说对于这一段精彩的比武铺叙得波澜壮阔，最后虽然郭襄比输了，无色大师也没有瞧出她的门派，实际上也没有当成赢家。母题的运用，出现了新的复杂丰富的审美效应。

总之，仅仅从“赌技服人”这样一个看似细小的文学母题，就可以看出明清通俗小说其广远的文学与文化渊源，而母题的结构力、表现力和感染力，根本上说还是离不开其文学及民俗心态史传统的。

第十一章 “赌技服人”母题的外域信息源

俄罗斯汉学家指出，梁章钜（1775—1849）《归田琐记》载有一个鲜为人知的故事，讲述关羽初遇张飞情景：“（关羽）东行至涿州，张翼德在州卖肉，其卖止于午。午后，即将所存肉，下悬井中，举五百斤大石掩其上，曰：‘能举此石者，与之肉。’公适至，举石轻如弹丸，携肉而行，张追及，与之角，力相敌，莫能解，而刘玄德卖草履亦至，从而御止。三人共谈，意气相投，遂结桃园之盟云云。”论者看到，这就是史诗常见的未来的结义兄弟势均力敌相斗的母题。故事主人公并没有前世因缘。在《桃园结义》杂剧中，这一母题是以淡化形式表现的。故事内容大致相同，只是未发生较量。相反，待张飞出外作客归来，知道这位勇力过人的猛士后就四处寻找，以表达自己的钦佩之情。15 至 16 世纪戏曲《古城记》写关羽和周仓比力。周仓败，成为关羽形影相随的战友。然而这比赛（并不是比武）带有明显的谐谑性质：关羽要周仓杀死一只蚂蚁或从马蹄中取出一根针。近代口头传说中这些行为都转移到张飞身上，他与关羽的首次相遇描写与此一模一样[①]。

在此，李福清先生提出了小说与民间文学关系的一个有延展空间的论题，可惜他尚未关注到，对于中国古代小说相关系列的文本生成说来，具体落实到赌技服人，不仅是汉民族文化模式中的心理沉积物，其实也是一个西来的佛教故事母题的扩展。

一、佛经文献外来母题因子的特殊贡献

母题似还受到外来的触媒催化，其中西域的幻术、武技及其带来的超常思维方式的冲击，是不可忽视的。梁代释慧皎《高僧传》卷十写天竺人佛图澄：“善诵神咒，能役使鬼神。腹旁有一孔，常以絮塞之，每夜读书，则拔絮，孔中出光，照于一室。又常斋时，平旦至流水侧，从腹旁孔中引出五脏六府（腑）洗之，讫，还内腹中。又能听铃音以言吉凶，莫不悬验。”唐代纂修的《晋书》卷九十五《艺术传》将此收入。

而这种异术，竟也应用到了赌技以达到某种目的上。如见于旧题陶潜《搜神后记》卷二的神尼“比丘尼”故事，其写一个远方来的比丘尼，受到了大司马桓温的款待，不过每当她洗浴时，都花费好长时间，一次，“温疑而窥之，见尼裸身挥刀，破腹出脏，断截身首，支分脔切。温怪骇而还。及至尼出浴室，

---

① ［俄］李福清：《三国演义与民间文学传统》，尹锡康、田大畏译，上海古籍出版社1997年版，第73－74页。这一问题在2001年4月第二次国际聊斋学研讨会上，笔者曾向李福清先生当面请教。关于小说与民间文学母题与形象的互动影响，参见李福清先生赠给笔者他发表的论文《中国小说与民间文学关系》，［韩国］《中国语文学论丛》15辑，1998年12月。

身形如常。温以实问，尼答曰：'若逐凌君上，形当如之。'时温方谋问鼎，闻之怅然。故以戒惧，终守臣节"。尼为报答款待之恩，以奇术有效地镇慑了自己的恩主桓温，使其不去轻举妄动，从而免祸得安。

在敦煌莫高窟第二九〇窟内之西坡上层，绘有佛传故事画面一幅，时在北周，图中表现了须达拿太子向善觉国王女儿裘夷求婚，应约比试技艺的情景：在相扑比武中，太子与大力魔王都赤裸着上身，一方正提起对方一腿，抓住对方左肩试图掀翻对手，而另一方则趁势一手支地，一手扳搂对方的腰，两下真是难解难分[1]。这一宗教壁画，引出了佛经故事的一个重要母题，其对于中土小说母题研究具有功德无量的贡献。

我们知道，赌技服人故事中常出现的一个重要关目，便是后世在武侠文学中大肆铺张构成模式的比武招亲。像金庸小说《射雕英雄传》第十八回《三道试题》写，欧阳锋带着侄子欧阳克远道而来桃花岛求亲，欧阳克与郭靖比武来争夺黄蓉，两人先是比摔跤；继之"文考"是黄药师提议以吹箫来考较二人的内力；三是比赛阅读一遍《九阴真经》下卷后背诵出来，"谁背得又多又不错，我就把女儿许配给他"。最后结果是欧阳克连败三场。

而该书第七回《比武招亲》也写了木易（杨铁心）在北京给养女穆念慈寻觅良缘，地下插着的锦旗是绣着这四个大字，其间穿插了一个和尚和一个胖子的捣乱，后来的一位公子与穆念慈交手，他便是杨康。杨康虽以武功高超取胜，还是显得轻

---

① 参见张纯本、崔乐泉《中国武术史》，台北文津出版社1993年版，第163页。

佻无礼：“他这擒拿功夫竟是得心应手，擒腕得腕，拿足得足。那少女更急，奋力抽足，脚上那只绣着红花的绣鞋竟是离足而去……”可是穆念慈却从内心里爱上了他。

比武招亲，表面上是标举女方武艺的高超和其家族自信，而其实质，也往往是为了自由选择远来的亲族——尤其摆脱旧有的地方势力、僵化的老关系旧体系的纠缠，在外乡、外来优秀人才中选择姻亲的一个合理化举动，这也是旨在解决旧有矛盾纷争的一种巧妙办法和合乎习俗规约的借口。其带有的外交性、政治性意义和跨地区跨族群的优越性是鲜能例外的。而今存汉语文本中所载的差不多最早一则“比武招亲”故事，竟是来自于中古传译的佛经，而且这有趣的故事不是偶或发生，是系列流传的。

说是白净王太子十七岁这年总想出家，一臣出计说为太子娶亲，即选中了一个小国国王善觉之女，名叫裘夷。裘夷之父不敢抗拒，颇为烦恼，裘夷却说容易，就声称访求国中武技最高者比试武艺。届时裘夷带领五百侍女来到国门，诸国术士云集于此。白净王告太子说试艺娶妻，太子就带领优陀、难陀、调达、阿难等五百人前往。角力时，调达在太子前拜服。比射时调达彻一中二；难陀彻二，箭贯三鼓；而太子挽弓皆折，没有应手的弓，对仆人说把放在天庙里先祖的弓拿来，“令与众人，无能举者，太子张弓，弓声如雷，……弯弓放箭，彻过七鼓，再发穿鼓入地，泉水涌出，三发贯鼓著铁围山，一切众会叹未曾有，诸来决艺，悉皆受折，惭辱而去”。后来又有个壮健非常的“力人王”，口称调达、难陀都不足击，只要和太子比试。这时，那些羞愧而走者都欢欣地回来观看，而太子的父王念太子年幼，也十分担心。力人王“奋臂举手，前撮太子，太子应时，接扑著地，地为大动，众会重辱，散去忽灭。太子殊胜，棰钟击鼓”。得胜后还有个仪式是掷璎，太子居然能遥掷珠璎，命中了城门上的裘夷公主，旁边五百侍女皆称妙哉。于是善觉王只好送女前来成亲①。

其中，比武赌技的重要仪式构成——比武程式、规则、在场旁观者的反应等，在这一故事中都得到了绘声绘色的表现，而且有主有从、先抑后扬，节外生枝、奇波突起，具备了向后世相关文本辐射的充足审美能量。

又说是金地王太子摩诃劫宾宁即位后很自负，他见到客商带来的货物，责问中国（古印度也有此自称）诸王为何不来贡献，客商说，各自的威名相齐，因此不来承奉。金地王又问知中国最大的王是舍卫国王，就遣使投书说，若是对本王不加礼遇就发兵攻境。舍卫国王波斯匿惊惶诣佛，佛变作转轮大王，作一辉煌的宝城接待使者，使者归去后告知金地王，金地王率兵来见，心想：大王貌虽胜我，力必不如。但金地王却挽不动大王的弓，大王拿回弓，以指张弓，又持给金地王，他又殊不能挽；而大王弹扣，三千世界皆为震动，发一箭离手后化为五发，每箭头都有莲花大如车轮放出光明。这时金地王等人才心悦诚服了，还禁不住求索出家②。

① 《修行本起经》试艺品第三，后汉竺大力共康孟详译，［日］高楠顺次郎等编：《大正新修大藏经》卷二十四，台北新文丰出版公司1990年（影印），《大正新修大藏经》卷三，465b－466b。

② 《贤愚经》卷七《大劫宾宁品第三十一》，元魏慧觉等译，《大正藏》卷四，398a－399a。

姚秦时译经写尊者迦留陀夷遥见童子们射箭，说不如我工巧，这时有一鵄鸟在天上飞，诸童子说仰射此鸟，于是就以四角叉箭射此鸟，叉箭叉住此鸟，令其在空中不得飞。童子说，不射杀此鸟，何以为工巧？迦留陀夷问欲射何处，童子说射右眼，即射右眼，鸟堕地死[①]。按，此当启后世睹射技的母题书写，偏重点在夸张性地显示了当事人的箭术。像小说中常写到的英雄神射技艺，一箭双雕（雁）之类的叙事，其原型未必都是写实，似来自此。

比武教训力士，也是相关的母题要素之一。说是古时波罗奈国有大力士八人，其中一人，就可当六十象力。其中有一人还懂得兵法，自恃无所畏难。佛观其必堕恶道，就前去度脱。但来到门前三次都不让进门，只好化作少年力士来角力。力士们轻视其年少，便欲扑杀之。到戏场上两个力士上前刚要动手，佛以神足举到空中，“去地十馀丈，下向视地但见火刃。都失贡高瞋恚之意，但恐畏死，遥于空中言归命”，地上的力士们也代为乞命。于是佛便将其放回，现出佛身，力士们都作礼赔罪：“我当知佛神足力如是，不敢骄慢，乃至于今也愿见原恕以灭重殃。”[②] 按，此似直接启发了唐人《剧谈录》中的管万敌故事。

诸童子与菩萨赌射箭，也早见于唐代译经：

以七重铁多罗树并七铁鼓，其间各安铁猪，而为箭垛。

---

① 《鼻奈耶》卷九，姚秦竺佛念译，《大正藏》卷二十四，889b－c。

② 《杂说譬喻经》卷上，失译人名今附汉录，《大正藏》卷四，505c。

诸童子射不过一多罗树；天授童子射过一多罗树一鼓一猪，其箭便住；难陀童子射过二多罗树二鼓二猪，其箭便住；菩萨尔时放其一箭，其箭直穿七树七鼓七猪，并过地轮复入水际。尔时龙王即拔其箭，其箭之穴水便涌出，清香轻美，人所饮者皆称希有。……①

北魏时期杨衒之《洛阳伽蓝记》还记载："禅虚寺……寺前有阅武场，岁终农隙，甲士习战，千乘万骑，常在于此。有羽林马僧相善觝角戏，掷戟与百尺树齐等；虎贲张车（渠）掷刀出楼一丈。帝亦观戏在楼，恒令二人对为角戏。"② 早年戏剧史家周贻白曾认为，这个羽林骑兵可能是西来僧人出身，他身怀的绝技是从外域带来的③。这个说法不是没有道理的。

唐人释道宣《续高僧传》卷二十七《咸通中》"隋郑州会善寺释明恭传"，也讲述了一个类似小说《水浒传》里鲁提辖以倒拔垂杨柳，震慑一群恶少无赖的故事：

释明恭，任郑州会善寺。……其力若神，不可当者。曾与超化寺争地，彼多召无赖者百馀人来夺会善秋苗，众咸忧恼，恭曰："勿愁。"独诣超化，脱其大钟，塞孔，以干饭六升投中，水和可啖，一手承底，一手取啖，须臾并

---

① 《根本说一切有部昆奈耶破僧事》卷三，唐义净译，《大正藏》卷二十四，111b－c。

② 范祥雍：《洛阳伽蓝记校注》卷五《城北》，上海古籍出版社1978年版，第247页。

③ 周贻白：《中国戏剧史长编》，人民文学出版社1960年版。

> 尽。仍取大石可三十人转者，恭独拈之，如小土块，远掷于地。超化既见，一时惊走。……又曾山行，虎猪交斗，猪渐不如，恭语虎曰："可放令去。"虎不肯，便一手捉头，一手撮尾，抛之深谷。斯气力也，说多难信，而实有之。恭戒洁贞严，常依众食，所啖如恒人一食。有值机候，便啖二百人料，众但深讶，莫知其所由。武德五年，终于本寺，春秋八十五。时会善有客游沙弥，口作吴语，厨下然火，干竹大如臂，两指折而烧之，恭时怪讶，亦以指折而不得。沙弥出后，恭抱厨柱起，以沙弥衣置礎上，柱压之。沙弥来求衣不得，见在柱下，欲取不得，恭笑为捧柱取衣。此亦难可思者。①

故事的内蕴相当丰富：一者，是习武者技艺各有专攻；二者，侠僧有时可以凭借食量服人，颇类似不少传奇性的幸运英雄（如唐代的胡证、宋代的张齐贤等）早年以过人的酒量服人；三者，高超的武功以如此大力的显性形式表现，能遏止对手气焰，也有效地避免了事态进一步发展所可能造成的伤亡和风波，这对于赌技服人体现的江湖亚文化伦理规则，可以说抓住了其神髓；四者，有效地穿插了谣言辩解的关目，其类似于社会心理学上说的免疫机制："斯气力也，说多难信，而实有之。"显示出叙述者力图凿实相关情节，力图澄清叙述之笔可能带给接受者的怀疑。毕竟，该母题所应用的叙事对象是尚实且靠近人们日常生活现象的。

---

① 《高僧传合集》，上海古籍出版社1991年（影印）版，第336页。

真是无独有偶。唐人牛肃《记闻·稠禅师》（《太平广记》卷九十一引）也津津乐道地讲述着类似的故事，其叙述的重点，偏重在某僧人得到大力的过程，也归结到当事人获得大力所带来的功用：

北齐稠禅师，邺人也。初落发为沙弥。时辈甚众，每休暇，常角力腾趠为戏，而禅师以劣弱见凌。绐（欺骗）侮殴击者相继，禅师羞之，乃入殿中闭户，抱金刚足而誓曰："我以羸弱为等类轻负，为辱已甚，不如死也。汝以力闻，当佑我。我拜汝足七日，不与我力，必死于此，无还志。"约既毕，因至心祈之。初一两夕恒尔，念益固。

至六日将曙，金刚形见。手执大钵，满中盛筋，谓稠曰："小子欲力乎?"曰："欲。""念至乎?"曰："至。""能食筋乎?"曰："不能。"神曰："何故?"稠曰："出家人断肉，故耳。"神因操钵举匕以筋视之，禅师未敢食。乃怖以金刚杵，稠惧遂食，斯须入口。神曰："汝已多力，然善持教，勉旃。"

神去且晓，乃还所居。诸同列问曰："竖子顷何至?"稠不答。须臾，于堂中会食。食毕，诸同列又戏殴。禅师曰："吾有力，恐不堪于汝。"同列试引其臂，筋骨强劲，殆非人也，方惊疑。禅师曰："吾为汝试。"因入殿中，横蹋壁行。自西至东，凡数百步。又跃首至于梁数四，乃引重千钧。其拳捷骁武，动骇物听。先轻侮者，俯伏流汗，莫敢仰视。

禅师后证果，居于林虑山。入山数千里，构精庐殿堂，穷极土木。诸僧从其禅者，常数千人。齐文宣帝怒其聚众，因领骁勇数万骑，躬自往讨，将加白刃焉。禅师是日领僧徒谷口迎候。文宣问曰：“师何遽此来?”稠曰：“陛下将杀贫道，恐山中血污伽蓝，故至谷口受戮。”文宣大惊，降驾礼谒，请许其悔过。禅师亦无言。又宣命设馔，施毕请曰：“闻师金刚处祈得力，今欲见师效少力，可乎?”稠曰：“昔力者，人力耳。今为陛下见神力，欲见之乎?”文宣曰：“请与同行寓目。”

先是禅师造寺，方施木数千根，卧在谷口。禅师咒之，请木起空中，自相搏击，声若雷霆，斗触摧折，缤纷如雨。文宣大惧，从官散走。文宣叩头请止之，因敕禅师度人造寺，无得禁止。……

这段载录，是据李时人教授《全唐五代小说》以谈恺刻本为底本校录的，应当较为准确。此处的意旨至少有三：

1. 说明某僧食筋增力，来自释教佛经，为佛门弟子所创。

2. 引重千钧，移柱压衣，展示神力以服众僧。而清代吴炽昌《客窗闲话》初集卷二“大力梢者”抱柱压衣威慑恶僧的民间传闻，其叙事很可能是从这一故事中受到的启发。

3. 高僧大德对于武德——不以力服人，而以德服人的强调。

百二十本《法苑珠林》卷一百二写妒忌多瞋、不信佛法的萧铿女死后，其信乐佛法的婢女闰玉，冥游时作为一个见证人，饱览了萧氏受酷刑的情状，还被教会了用梵音诵经，用意在警醒世人，还阳后在麟德元年，西域的四个婆罗门来献佛骨，在将军薛仁轨家设斋，诸亲聚集。众人假说闰玉的诵经术是别的婆罗门教的，想密试闰玉的虚实，当闰玉以梵音诵《金刚般若》完毕："此四婆罗门一时俱起，合掌怪叹：'希奇！未曾有也。何因汉人能得如此？'"又诵《药师法华》，四位更加欢喜，恭敬如师，叹为非凡。被告知实情后，四僧流着泪说："非是圣力冥加，岂能如是言词典正！"将军还将此事上奏了皇帝。可以说，这是当时中外交往中的一个精彩的宗教插曲，而这一宗教故事，以其核心母题的文化情蕴，最终成为小说中的一个惯常母题。

唐代释道宣《续高僧传》卷二六《感通上·魏洛京永宁寺天竺僧勒那漫提传》写天竺僧勒那漫提，工于道术，当时信州刺史綦毋怀文对其厚待，他却视之平平，怀文心下不满，赶上有个蠕蠕客与怀文交往甚密，怀文就更加不满，提出与其"角技赌马"，漫提问有何技，怀文说精于"筭术"，漫提就指着庭前大枣树问上面结子多少。怀文奇怪又为难，而漫提指着蠕蠕说这人知道，怀文气愤不信，于是"立契赌马"。约定要算出多少成核的、多少瘀死无核的。"蠕蠕腰间皮袋里出一物，似今秤锤，穿五色线，线别贯白珠，以此约树，或上或下，或旁或侧，抽线眨眼，周回良久，向（漫）提撼头而笑，述其数焉。乃遣人扑子实下尽，一一看阅，疑者（怀）文自剖看，校量子数成不，卒无欠剩，因获马而归"。这虽然不是以力相博，可是技巧上更为精致，对于广义上的比武赌胜叙事有着重要的开拓性意义。

古印度史诗《罗摩衍那》里，也有与荷马史诗《奥德修纪》"拉弓"颇相类似的情节。大自在天湿婆（Shiva）有一张神弓送给了国王遮罗竭的祖先，许多国王都向遮罗竭的养女悉多（Sitā，即“犁沟”）求婚，遮罗竭便以拉弓来考试他们，他们竟没有一个能当场拉得开。国王说道：

> 牟尼呀，如果罗摩
> 能够把那弓弦装上，
> 我将把无母的悉多，
> 送给十车王的儿郎。[①]

结果罗摩（Rāmo）不但拉开了弓弦，而且把弓都拉断了，于是理所当然地娶了悉多。故事说明，汉译佛经故事中的赌技服人母题，不是平空来的，似也不能理解为传译过程中的误读移植，而的确是印度古远民俗风习的一个扩散吸收。像在古印度《摩根耶往世书》下卷中，毗杜罗德国王的儿女被恶魔劫走，他宣称谁把他们救回来，就把公主嫁给他。波伦德那的儿子喜犊愿去，由于那位被抢走的公主牟达婆蒂知道恶魔的武器狼牙棒被女人摸了会丧失魔力，就多次触摸它，恶魔终于被喜犊杀死，被劫的国王儿女获救，喜犊和牟达婆蒂成婚[②]。

二、赌技服人母题所提供的外域观照视角

因此，这不能不染及古代文献对于外域相关现象的载录取

① ［古印度］蚁垤：《罗摩衍那·童年篇》，季羡林译，人民文学出版社1980年版，第360页。

② 薛克翘等主编：《东方神话传说》（第四卷），北京大学出版社1999年版，第299－301页。

向。而事实上，有关外域的此类载录在佛经进入中土不久时便出现了。

在佛经故事赌技服人母题的启发下，不仅对于描绘古代侠的英风豪气、江湖规则有了时时展现的重要艺术机杼，中土侠义故事为此派生出来众多的精彩画面和场景，而且，它还影响到中国古人选取和接受类似的既有传说情节，使之丰富有关侠与侠义的江湖趣闻。心理定势的功能是巨大和持久的，在特定的视界下，即使对于域外的相关现象，也会引起载录者相当的敏感和关注。因此，这对于小说与传闻中的母题复制，不是没有触发作用的。

在与印度次大陆毗邻的扶南国，就流传着比武成亲的传说，富有意味的是，这引起了华夏古人的极大兴趣。唐代成书的正史便郑重其事地描写，说是扶南国以女人为王，名号叫做柳叶，其体能实际上不比男子差：

> 年少壮健，有似男子。其南有徼国，有事鬼神者字混填，梦神，赐之弓，乘贾人舶入海，混填晨起即诣庙，于神树下得弓，便依梦乘船入海，遂入扶南外邑。柳叶人众见舶至，欲取之，混填即张弓射其舶，穿度一面，矢及侍者，柳叶大惧，举众降混填。
>
> 混填乃教柳叶穿布贯头，形不复露，遂治其国，纳柳叶为妻，生子分王七邑。……①

① 姚思廉：《梁书》卷五十四《诸夷传》，中华书局1973年版，第788页。

似乎，这一传说与当地有别于中土的“女性为王”风俗有关，混填的神勇虽得自于神赐兵器，故事带有了传奇性，但根本上说，还是免不了男性为中心文化模式的误读加工，述说了一个外来男性英雄梦神相助，战胜当地女王的古老故事。

比试箭术，遂带有浓重的史诗意味，在华夏中原的北方，也对于他族相关传说有了特定的意识形态先在观念的解读，这就是西北突厥族祖先——居于匈奴之北的部落的比技争王故事：“讷都六有十妻，所生子皆以母族为姓，阿史那是其小妻之子也。讷都六死，十母子内欲立一人，乃相率于大树下，共为约曰：‘向树跳跃，能最高者，即推立之。’阿史那子年幼而跳最高者，诸子遂奉以为主，号阿贤设。此说虽殊，然终狼种也。”① 似乎还带有物竞天择的动物界生存惯习的遗迹，实际上，也透露了人类早期社会中的生命力崇拜观念。

在母题的文学审美召唤下，前引作为随员跟随郑和下西洋的马欢，也在其实录性的《瀛涯胜览》里记述了爪哇国“竹枪会”的风习，参赛一方被当场戳死，“其王令胜者与死者家人金钱一个，死者之妻随胜者男子而去，如此胜负为戏”。这，不也是赌技服人规则，乃至比武招亲风习的一个奇特载录吗？他何以对于这一事件的风俗性意义这样敏感？对于这个带有普遍意义的跨文化母题，存在一个“误读”和选择性载录书写的问题，似不能理解为全是据实陈述。不同的价值观和审美情趣，决定了载录者笔下赌技结局记载。

清代葵愚道人《寄蜗残赘》卷十一里，则重点突出地讲述

---

① 令狐德棻等：《周书》卷五十《异域下·突厥传》，中华书局 1971 年版，第 908 页。

了比武招亲过程中男性追求者的巧计："沐镜涵以拳勇擅名，授徒数十人，其绝技尽传于女。其女年未二十，双钩纤窄，立高凳上，以彩缕穿针眼，两指握之，而掷其端于地，有能曳之使下，即嫁之，历十馀日，无能动者。有讼师居邻村间，笑曰：'是易与耳。'于武班中觅一戏旦，授以计而遣之，戏旦修容丽服，屡过其旁，四目相视，至第三日，讼师曰：'可矣。'往曳其端，而牵之，女即翩然自下。后戏旦尽得其传，亦以拳勇著名。曾山行，独力毙一虎。遂辞班去，与妻以保镖驰名南北。"

清代后期小说《宋太祖三下南唐》第十回至第十四回则突出了比武招亲中女性追求者的巧计。说北汉主刘崇族弟刘乃的女儿刘金锭，早年即曾蒙梨山圣母告知，日后姻缘在宋将贵胄之子。当她看中了宋将高君保，便暗自下了决心："任尔外邦仇敌，地北天南，终要成了同餐共枕。"于是派人晓谕君保，称比武招亲，无人敌过，激得君保技痒，"正要他惹起自己来，方能引他入彀，以为媒由也"；接着对高公子擒而又纵，只因其看上了这人，"大称奴怀，不免弄些法术，降服他豪杰之心，方肯允结和谐之愿，岂肯当面错过，一失名山美玉?"真可谓为了"爱情——婚姻"而无所不用其极。第十三回中听到高君宝盟誓后她的这一套想法，颇为符合女性作为弱势群体的心理：

春桃曰："小姐，是高公子言语不多，如此情形，又不十分感谢，不说些真心实言，，此不过因捆绑了求解救急，故发此虚誓之词耳。今得脱身，匆匆而去，他岂有心于小姐婚姻之约乎?"小姐听言，不觉冷笑曰："吾非不知他是虚誓之言，枯眢之井，哪能有水，无水又焉死得人之理？但这公子乃年少英锐之慨志，硬性刚急，降服不得他，必要擒纵一番，方能使彼终心归服。今既发此谎誓之词，又使他有所见应。”①

她真的就让手下以仙符设下圈套，让高君宝跌下了枯井，又曲径通幽进入仙境，当面得到圣母的一番教训。于是高君宝“志大心刚”的男性优越感和与敌国女将结亲的顾虑，被神秘性地解释为是彼此命运预设的“宿缘”，男性中心社会中生成的心理障碍得以消释，刘金锭终于如愿以偿。此后她助夫立功，情中又结义缘，且一擒一纵，复加生死之恩，冲破了国界民族的限制。可见，通俗小说在处理敌国子女之间的情爱婚姻时，也受益于赌技服人母题的异国风光。

的确，女性本身的意愿在比武招亲中是相当重要甚至是决定性的。晚清宣鼎的民俗故事则写筝娘十分美貌，加上其翁教其运气吐纳诸术，正是佳婿难求的十七岁妙龄，她的父亲开场为她比武招亲，讲好，若是谁将其抱起离地寸许，即以女妻之，但由于筝娘是处子，不轻易与人近，参赛者要先掷银五两，不成者银子归翁。几位将军有的能提百馀斤铁狮，有的能抱二百多斤的石龟，都以为稳操胜券，但都不能动摇分寸，羞愧而去。而贫寒的书生云郎却得蒙一位高僧指点运用了心理战术：

徐徐至女前，二目相视，秋波莹莹，乃屈一足跪地，

---

① 好古主人：《宋太祖三下南唐》第十三回《刘小姐痴心联缔，高世子硬性辞婚》，中国古代珍稀本小说 5，春风文艺出版社 1996 年版，第 588 页。

采芹摘藻之手，微拢其裾下双弯，不遽用力，惟以俊眸斜睇，故示以情。女初颇沉沉，既而颊微赭，已而樱遽绽，嫣然一笑。生即蓦然抱之起矣。市人喝彩，轰然曰："不意如此骏雕，竟落入穷措大之手。"翁色沮，以为儿女良缘终有天定，实不知长老之预设神机也。①

可见，在比武招亲仪式的书写中，母题或明或暗地透露出，实际上成功者未必都是以武技硬碰硬取胜的，而若是取得了求亲女性本人的青睐，讨得欢心，女性便自己主动称败，投到意中人怀里。但是，现实中这样的窍门，却因为擂台上的女性过于自信而不一定行得通。可见前揭金庸写穆念慈败于杨康，是有意在承袭之中调整、改造了这一母题。

具有广博闻见的马可波罗，在其游记之笔中就有此类描述：

海都王女儿的名字叫"艾吉阿姆"，(Aigiarm) 鞑靼语的意思就是明月。这个姑娘十分矫健，中国没有一个青年能够打败她。国王——她的父亲，希望她出嫁，但是她说，除非她遇到一个有本事力能胜她的男人，否则她永远也不嫁人。于是，她的父亲准许她向全世界宣布：凡是愿意和她角力的任何青年，只要能够打败她，她就愿以他为夫。

消息宣布后吸引了各地许多青年人，根据婚约规定，如果青年能够用力把她摔倒地上，就算赢了她。那时就可娶她为妻；反之，如果他被公主战胜的话，就要罚他一百

① 宣鼎：《夜雨秋灯录》续录卷三《筝娘》，黄山书社 1995 年版，第 150－152 页。

匹马。用这种方式，公主获得了一万匹以上的马。简直没有人能够击败她。因为她高大强壮，力大无穷。

大约一二八〇年，终于来了一位富裕、年青而漂亮的王子。他带来了一群侍从和一千匹美丽的马。因为知道他是帕马（Pamar）王的儿子，海都王非常愿意招他做婿。海都私下告诉女儿，这一次要手下留情。由于求婚者地位高贵，特别商定了假如王子失了手，该将他的一千匹马做为罚金。在场者包括国王和王后，都衷心希望王子能获胜成为驸马。

但多次搏斗之后，公主又得胜了。整个宫殿上没有一个人不为王子的失败感到惋惜。

此后，国王带着女儿参加过多次战斗，最后，这个姑娘终于冲入敌阵中，抓走了一个青年骑兵，带回到她自己的家里。①

按，这个中亚地区比武招亲的故事，却不是华夏古人通常希望看到的那种大团圆结局，女主人公也不是像中国故事里的人物那样，经常为了一时的胜败因小失大，聪明地假败来求得终身大事圆满得成。如此叙事，不排除这样一种可能，即，毕竟这位意大利的载录者在异质文化观念支配下，没有中国古人那种恒久母题建构的先在视界与价值观念。

---

①《马可波罗游记》第四卷第四章，陈开俊、戴树英等据美国作家曼纽尔·刻姆罗夫英译本转译，福建科学技术出版社1981年版，第255－256页。

三、中外交流视野中赌技服人母题的文化内蕴

文化人类学家充分注意到田野调查的结果：“在英属圭亚那（Guiana）阿剌瓦克人中，候选的女婿必得证明他的射术，要他从驶行的船上射中啄木鸟的窠，还得证明他的勇力，要能在指定时间之内清除一块田并且捕蟹满若干篮。这些事情底里的深意自然是试验这位候补者有无养家活口的能力。在北美的印第安人诗歌及故事中，本领最好的猎人才是理想的女婿。”①

英雄力量和技巧的比试，在人类各民族中都是有着说不尽的话题的。在如成亲这样的“好事”降临之前，有了比技角力的“考验”，从能够有说服力地解决别人可能存在的妒嫉和怨恨，从而当中宣称胜利者结局的合情合理，最大程度上消解矛盾。于是，母题的文化功能，其实呈显为一种展演式的民俗整合效应。

古希腊神话传说的母题原型也是有说服力的。希罗多德说，赫拉克里斯（大力神）与人发蛇身的女怪交媾，使她怀了三个孩子，女怪问怎么处理他们。赫拉克里斯回答说：“不管是谁，如果你发现他这样地拉弯了这张弓并且用这个腰带这样地系在自己身上，那就要他居留在这里，凡是做不到我所吩咐的事情的，就把他们从这个地方送去好了。”这称得上是很古老的以拉弓来试验人才的记载了。只有最年幼的司古铁斯达到了其父要求，实现了“少子继承权”，并且成为斯基泰人王族传说中

---

① ［美］罗伯特·路威：《初民社会》，吕叔湘译，商务印书馆1935年版，第27－28页。

的祖先。

荷马史诗里也有这样典型的婚姻考试内容。例如英雄奥德修之妻潘奈洛佩曾经用“拉弓”的办法来应付和“考试”那些求婚的子弟。“求婚的人们，既然现在你们都要为我竞争，你们就来吧，我把英雄奥德修的大弓放在这里；如果有人能够容容易易的用手把弓弦拉上，再射箭穿过这十二把铁斧的环，我就跟着他去……”结果，见所有的求婚者都拉不开，只有化装成乞丐的奥德修拉上了弓弦，试了试“乐音”，并且射死了那些无耻求婚者里最坏的安提诺，接着，还把所有的求婚者全杀掉了①。

有关赌技服人母题在中土的传播，很可能是依循印度——西域——中国、印度——阿拉伯——中亚——西域到中国这两条路线完成的。据约9世纪中叶到10世纪初的阿拉伯商人们的传闻载录，在印度与阿拉伯交界处的山沟里，有一个印度系的民族，他们同阿拉伯卡尼弗派（kanifiya）和贾里德派（jalidiya）一样，性情逞强好胜。海边的人每逢进山总要挑动对方：哪个敢来比试比试，看谁最能忍受自我摧残的痛苦？山里居民去海边，也照例这样挑衅一番。一天有个山里人来海边挑战。他要求应战一方必须仿照他做的去做，倘若不能照办就应该认输。他说罢就坐定在茂密的竹林旁边，叫人把竹林里的一杆竹子弯倒下来。这种粗大竹子的顶端，可以向下弯曲地拉到地面，但一松手就会立即恢复原状。当别人把一杆粗大的竹子弯倒下来拉到他跟前时，他把自己的发辫牢牢地绑在竹尖上，

① 《奥德修纪》，杨宪益译，上海译文出版社1979年版，第269页。

然后取出一把短刀对众人说："现在我要用这把刀砍下自己的头。在我的头刚一脱离身躯的时候，你们可要赶快把手中拉着的竹子放了。这样，竹子就会吊着我的头，弹了回去。到那个时候，我会得意地对你们笑起来，你们可以听到微弱的笑声。"海边的居民感到，这种事情可不能奉陪了。据商人们说："这件事是一个可以信赖的人告诉我们的，现在已经是尽人皆知的事了。这个地方位于与阿拉伯相邻的印度边境上，所以一有什么新闻，很快就传到阿拉伯来了。"①

研究者还注意到，类似《奥德修纪》的"拉弓"母题（加上化装为穷人或乞丐的关目），在中亚史诗里也常常出现。乌兹别克的两个内容稍有变化的史诗中，"穷小伙子"的母题再次得到体现。英雄阿尔波米斯离家多年后返回了故乡。一个老牧民告诉他，他的同父异母兄弟即将娶他的妻子，为了探明谁是他的朋友，谁是他的敌人，他乔装打扮，安上假胡子，穿着那老牧民的衣服，骑着老人的马去参加婚礼。婚礼上举行了一场竞赛，谁能拉开谣传已死去的阿尔波米斯的硬弓，谁便获得优胜，此见于史诗《阿尔波米斯》。在高加索民间神话《帕斯孔齐》中，有一个片断与这部史诗极其相似。国王的幼子被两个哥哥谋害，被放逐到了地狱。数年之后，他才返回家乡。途中他遇到一个牧猪人，此人哭着告诉他，国王的长子正在举行婚礼："他们害死了他们的小弟弟，而大哥现在却要娶小弟弟的未婚妻。"王子于是穿上牧猪人的衣服，向王宫走去。正当人们打赌看谁能拉开已死的小王子的硬弓时，他出现在宫廷里。

① 《中国印度见闻录》，穆根来、汶江、黄倬汉译，中华书局1983年版，第122－123页。

由于没人有拉开那张弓的气力，“牧猪人”便接过弓，一箭射死了两个哥哥。接着，盛大的婚礼开始了，小王子终于同他的未婚妻结婚，并继承了王位。……

这种情况在土族英雄神话《古南·查拉·巴蒂尔》中也有，英雄也是以“穷小伙子”的面貌出现。英雄古南·查拉化装成一个穷人闯入敌人的阵营，他的死敌正好在举行婚礼，要娶他的母亲为大老婆，他的妹妹为小老婆。以穷小伙子形象出现的英雄于是参加了为婚礼而举行的射箭比赛。他拉开好几张弓，但每张弓都折断了。人们把传说已死去的英雄的弓递给他，穷小伙子拉开弓，射死了他的敌人，这才恢复了本来面目。显然，这些片断同荷马史诗《奥德赛》中英雄还乡的场面非常相似①。

开弓之赌，在后世的中土小说中也不乏其例，《初刻拍案惊奇》卷三有名的刘东山夸技故事即然。

其还见于清代鸳湖废闲主人《北宋金枪全传》第二十二回写宋辽两国比武，高潮在番将土金秀与杨六郎比枪不利，提出要比试箭法，六郎取过硬弓连发三矢透过红心；而赞叹声中六郎却说，试看能开得此弓否，金秀接过后：“睁目咬牙，尽力扳扯，不动半毫，乃惊曰：‘能开若是硬弓，真神人也！’”于是宋军声威大震，而番兵却垂头丧气，惭愧归国。须知辽宋比

---

① ［美］伊尔塞·洛德—西尔托特斯：《以贫穷小伙子形象出现的英雄——蒙古、土耳其史诗和神话中的变形术题材及其表现形式》，田守玉译，《民族文学译丛·史诗专辑》第1集，中国社会科学院少数民族文学研究所，1983年版，第399页，第340页，第408页。参见萧兵《中国文化的精英——太阳英雄神话比较研究》，上海文艺出版社1991年版，第480－483页。

武一举，正是土金秀向萧太后建议的，而且他当初曾颇为自信而自负地郑重表示："……果是臣之对手，则迟数年征伐；如对臣等不过，必知中国无人。"因而故事结局就呈现出强烈的反讽意味。

有意思的是，赌技服人母题在中国土地上扎根后并没有止息，而是富有活力地在周边民族中扩散。如朝鲜著名作家许筠(1569—1618)《洪吉童传》。说是洪吉童落入了一伙绿林好汉手中，侠盗们命他当场举起一块巨石。洪吉童轻而易举地通过了这场考验，于是被推为头领，侠盗们一起杀白马盟誓。

在西方的主题学理论中，有人认为民间故事中没有母题只有代码，而文化代码是宗教行为的最小单元，是宗教经文前后具体结构的根本单元。从母题到代码的转变不仅仅涉及到术语替代物，而且也涉及到学术研究更全面的转变。这些出现在世界文化口头故事里的主题、暗喻、意象、形象、行为和事件，对于它们的使用者来说是有深远意义的，因此在故事叙述、宗教和娱乐活动里总是重复它们。代码可以通过它们起源的位置和意图来阐释①。

而本文则认为，母题在某一国别文学的传统中经过持久流传，有可能不断吸收强化其文化内蕴，从而具有文化代码的功能，母题是从其结构框架和流传性质来确定的，可以贯通于民间故事以及小说等不同文类里。赌技服人母题由西来的佛教逐渐世俗化过程，实际上也就是其代码功能趋向形成的过程。因

① [美] Dan Ben-Amos：Are There Any Motifs In Folklore? [荷兰] Frank Trommler：Thematics Reconsidered-Essays In Honor Of Horst S. Daemmrich，Amsterdam-Atlanta，Ga1995.

此，代码的文化内涵可以理解为动态性变化增殖的。还是不能轻率地取消母题的概念。

总之，赌技服人的叙事套路，在中国古代后期系列性小说文本中，简直是比比皆是的，如果仅仅局限于华夏中原的国别文学领域来就事论事，而不以跨文化的视野来梳理，似很难说清。

以“赌技服人”母题的跨文化传播而论，事实上，任何异质文化之间的交流，都存在着更为广义上的“赌技服人”现象，方方面面，外来文化都需要在本土文化面前，显示出自己也并不稍差，且要略胜一筹。如善医药、“懂鸟兽语”，中国本土早有了秦越人、公冶长等相关偶像传说，而西来佛教在打造自己的高僧大德时，这方面异能也为不愿舍弃、可资标榜之招牌，如安息国太子：“……睹色知病，投药必济。乃至鸟兽鸣呼，闻声知心。”① 因此，从根本上说，该母题的外域信息源，仍属于外来佛教的宗教传播过程中文学母题的借用，所以在关注文学母题跨文化传播时，赌技服人也可从赌技服他族的文化视角来解读。

---

① 释僧祐：《出三藏记集》卷十三《安世高传》，中华书局 1995 年版，第 508 页。详参见严耀中《江南佛教史》第十三章《寺庙及其社会功能》，上海人民出版社 2000 年版。

第十二章
采花禁忌与侠盗伦理的佛道渊源

《庄子·胠箧》记载了汪洋大盗、著名的盗贼柳下跖即王婆卖瓜地称："盗亦有道。"后世盗贼一方面为生存，另方面受侠义伦理崇拜的浸染，以及下层民众质朴良知的感发，也有许多可予肯定的自律法则。有些严格的自律意识在其团伙那里几乎就是不可触犯的禁忌，成为某些团伙内部的"他律"法则。应当说，最有代表性且集中表露其侠气义举的，当推"盗不可采花，采花必败"了。其有着深远的人类学和宗教成因。

一、侠盗禁采花的文本表现

纪昀《阅微草堂笔记》很认真地书写，作者的河北献县乡里人就转述过剧盗李志鸿的一席经验之谈：

> ……吾鸣骹（行动开始发出的响箭）跃马三十年，所劫夺多矣，见人劫夺亦多矣；盖败者十之二三，不败者十之七八。若一污人妇女，屈指计之，从无一人不败者。故

恒（常）以人自戒其徒。盖天道祸淫，理固不爽云。[1]

这位转述者名叫史真德，曾任刑房吏，他还讲过两个已伏法的剧盗，当初一入监就自知不免一死，因为其亡父早就在梦中现形警示，说他们对刑求豪夺、诈诱损人之财，尽管取之而无害；但劫一节妇，使鬼神怒视，大祸就不远了。

即使是在没什么征兆的情形下，侠盗也相信违反采花禁忌必定遭祸，他们的惨痛结局成了带有训诫意旨的临终遗言："剧盗龙三矫健绝伦，生平大案甚多，后盗钱姓巨铤在赌场内，遣一人出，必戒之曰：'汝辈掠人财物，切勿伤人性命。'至淫人妇女，尤当深戒，如若犯之，必不善终。我守其戒十馀年，后因暑月入一居室，见纱帐中少年夫妇裸而好合，一时欲火难遏，缚夫于柱而逼淫其妇，事毕而出，妇解夫缚，即痛抶（鞭打）其妇，我复越入以刃拟夫之颈，而强污之。未及半载，案破被擒，悔无及矣。言罢痛哭，未几伏法。"[2]

这类传闻中的文化内蕴是多重而具有稳定性的。

首先，是这些江湖上"法外之徒"漏网幸存者，总是被传闻、书写为是其中的不采花者。宋人笔记《鬼董》卷五，即曾描写淳熙年间盗违禁忌而受惩的故事。说是木工周宝在西湖畔代人疏解纠纷。他由于痛恨店主闵一郎为富不仁，侠气转为盗行，衔恨串通淮地三个健儿要行劫闵一郎。三人都说非有古三官人——古训不能成事。古训领着大家发誓：不杀人，不奸污

---

① 纪昀：《阅微草堂笔记》卷九《如是我闻三》，上海古籍出版社1980年版，第181页。

② 汪堃：《寄蜗残赘》卷四。

妇女。可是行事时同伙们有的要杀掉闵店主，有的欲淫辱其妻，好不容易古训才制止住。后来官府追究，周宝等人都被捕获弃市，只有古训恪守着“古训”，终究脱网而去。故事虽因术士预言应验而带有神秘色彩，却因“古训”的象征意味而昭示了普通盗贼与侠盗的根本区别。尽管周宝结盗惩恶初始动机有某种正义性，但行动时的恶劣表现破坏了自身形象，没占到便宜，却让人感到他们有理由罹法被刑，严守禁忌的古训遥逍法外，又令人觉得的确天佑侠盗。

其次，是不触犯禁忌的与触犯的，其结局形成了鲜明的对照。纪昀《滦阳消夏录》亦记载，献县剧盗齐大曾与众盗一起行劫。一盗见妇人貌美，想逼污之，已绑住手系在凳子上。听到呼号，齐大持刀入屋大叫：“谁敢干这事儿，我和他一起死！”妇人竟因此幸免被辱。后来官兵来捕，齐大藏伏在马槽下，兵役们看到的却是朽竹一束，而其他强盗都被诛杀了。他们违犯盗之禁忌，即使未得逞，仍逃脱不了可悲的命运。

《水浒传》对女色的态度，对于江湖习俗有着重要影响。被称之为“水浒研究史上一篇划时代的重要文献”的香港学者的论文从中西跨文化比较的视点上，看出了梁山好汉内心的不安，一个突出表现就是对女性的猜疑：“众英雄不好色，其实也就是怕女人，他们因此惩处‘淫妇’非常凶暴，每次都是杀头剐心，但我们不要忽略了，每次的故事都强调男人吃了女人的亏的。……”① 这段论述，可以说是嗣后众多讨论《水浒传》

① 孙述宇：《水浒传背后的亡命汉》，台湾静宜文理学院中国古典小说研究中心编《中国古典小说研究专集》1，台北联经出版事业公司 1979 年版，第 56 – 57 页。

妇女观如何轻视女性的文字的先声之一。好汉们之间兄弟情谊关系保持，集体的凝聚力，山寨的稳定等重要问题，都离不开对女色态度的严谨，忽视了这一点就成了如矮脚虎王英那样被嘲笑、批评的对象，顶多是有代价的宽容。

《清朝野史大观》卷十二记载，观城豪客李胡子与八个同伙抢掠临淄某尚书家，一盗欲杀公子，李说："我们是图财而来，何必非要杀人呢?"群盗见女公子貌美，欲逼辱之，李又说：我李胡子纵横江湖四十馀年，保住脑袋的决窍就是不采花。各位听我话马上离开，否则血我刃，莫怪我不讲情面！群盗这才一哄而散。县宰迫令两个退役老捕缉拿，李慨然自认，到官府后，幸免受害的公子和女公子，都恍惚忆及正是李胡子在危难之际保全了他们。于是另外八人被处死，李胡子之义蒙县宰嘉许，免刑释放，李胡子携公子厚赠而归。显然，这类传闻洋溢着惩恶扬善的教谕意旨。

其三，是有些无力阻止违禁采花的入伙者，见机不妙而及时设法避开禁忌后果。太湖大盗黄八子知机避忌而巧脱法网的故事，说明不少有意避开禁忌的行为体现了侠盗的智慧，以及传媒对于此类智慧的普遍推重。说是一次他随盗魁劫掠某富家，盗魁奸污了富人小女，八子说："你不记得吾党的规则条目吗?采花必败，天道昭彰。我想躲你还恐怕躲不及哩！效法你，简直够不上人字两撇了。"于是出门告诉大伙儿，自己则去自首，冒认一件丝店被窃案，案发时间与此同时。入狱期间八子结纳了一个因亏款入狱的刑书。他为狱友赎身，潜脱而出，盗取了某官不义之财，归后告知自己避重就轻的苦衷。次日刑书交金被释。正值先前那件盗案事发，少女羞愤自杀，苦主上控，上司牵旨严加缉拿，盗魁与那十六人落网后供出黄八子。但刑书说当时八子正在三百里外丝店作案，并不在此案现场，牵连进去不过是有仇人攀咬。八子就这样得以减刑①。总之，侠盗的此类行径及其体现的伦理观，是受到民俗心理的极力推重的。

这类盗贼团伙的“色戒”，事实上也往往是江湖世界、草莽英雄的普遍性戒律。像元杂剧康进之《李逵负荆》就写这莽汉有一次听说宋江抢走了少女满堂娇，就气得回梁山泊大肆挖苦宋江，大骂鲁智深，甚至砍倒杏黄旗，大闹聚义堂。原来，是两个流贼宋刚和鲁智恩假冒，抢走了老汉王林的女儿。而王度庐《鹤惊昆仑》第一回写鲍振飞对前来从自己学武的，不收费用，戒条却相当严厉：第一不准杀害无辜；第二不准好色奸淫；第三不准偷财盗物，第四不准欺凌孤寡；第五不准藐视师尊；第六不准违背道义。其中最要紧的是第二条。这不仅是某些人物个人经历上吃过这个亏、精神受过刺激所致，也是武林认同的一个传统。

二、社会教化与江湖伦理规则

阿兰·邓蒂斯《世界民俗学》一书，曾提出过一个印第安民俗故事中的母题结构：“禁止——违禁——后果——试图逃避后果”②。中国古代侠盗故事也具有这种类似结构。不论能否

---

① 吴炽昌：《续客窗闲话》卷三，又参见徐珂《清稗类抄·义侠类》等。

② ［美］阿兰·邓迪斯编：《世界民俗学》，陈建宪等译，上海文艺出版社1990年版。

成功地逃避后果，违禁者似乎都潇洒不起来。“天网恢恢，疏而不漏”，“暗室欺心，神目如电”。把“采花必败”看成一种最主要的禁忌是有理由的。因为单只劫财，易于逃避；若糟蹋良家妇女，则因多了一重曲折，以及古代妇女贞节观等，往往会构成受害苦主死亡。因此必受严惩。

在社会伦理规范日渐严格化的明清时代，对于妇女贞节的要求十分苛刻，许多男子年轻不检点，后来因种种原由负心于自己占有过的女性，他们都难免不在命运的关键之时，或高官厚禄乐极生悲，遭到含恨而死的女性冤鬼的蓄意报复，这是宋代以来复仇文学主题系统的一个重要分支，即女鬼向负心汉报仇[①]。而与此相对应的，就是男性文人像柳下惠那样的坐怀不乱。因此清人特意总结道：

> 士无他过恶，惟淫欲一染，则名必被黜，废弃终身。朱子云：“世上无如人欲险，几人到此误功名。”非虚语也。若能临色不乱，则神明鉴察，必登上第。
>
> 明陆文量容篝灯夜诵，有女穴窗诱之，陆不为动，吟诗云：“风清月白夜窗虚，有女来窥笑读书。欲把琴心通一语，十年前已薄相如。”后登第，跻显位，享盛名。[②]

正统礼教对于文人仕子性行为的约束，体现了儒家主流文

① 参见王立《中国古代复仇文学主题》第一章第五节，东北师范大学出版社1998年版。

② 金埴：《不下带编》卷二。

化经过宋元理学改造后，在男女情欲方面对于男性有了较之先前严格得多的他律，也体现并强化了社会舆论的价值趋向。这不能不濡染到江湖亚文化之中。

溪上菊人《风尘剑侠传》第二十二回就描写在江湖上采花作恶的大盗柳一飞，外号“小蜜蜂”，见到妇女“只要有几分姿色的，日里一见，夜里就去采花，差不多每夜一个，以至于二三个。这一年中，为他而失节的妇女，不知多少。又有真节烈的，不从而死的，亦不知多少。而他采花之后，还在墙上画着小蜜蜂，并且还写着小蜜蜂三个字。所以，凡遇害的人家，就告到官府，……”当退休镖师冯龙山发现他在客栈采花，持刀怒斥道：“你不知害了多少妇女，败坏多少风俗，老夫欲为民除害，与妇女报仇!”

可见采花致死妇女，因有伤风化，社会影响很大。这无疑会增加民俗心理中对有此行者易招天谴神诛的渲染和信奉，同时碍于吏治名声，官府也必特加注意，甚至穷究到底。故而有经验的盗匪一般不为此因小失大。

《续小五义》第一百二十三回也写，采花大盗白菊花虽屡屡逃脱诸位侠客的追杀，最终仍被众侠乱刀剁死，作者对于他的命运结局的解说，归结为：“也是他一世到处采花，不知伤了多少少妇闺女。报应循环，今该惨死。”又纪昀《阅微草堂笔记·滦阳消夏录》还记载，名捕居明，也自信只要盗采花就必可破案：“盗而奸，为无理，故必破。……偷劫皆出无奈，采花非无奈，鬼神恶之。故强盗拒捕，情急杀人，有漏网；采花独无漏网者，神人交乘之也。”这种说法在古人所经常总结的盗有智慧、“盗有人心”等“盗亦有道”的议论中，占有相当大的比重，看来是很有说服力的[1]。而且，就连盗贼“老师傅”授徒时，在历数种种巧妙的穿窬之道后，临了还忘不了强调上一句：“然总不可奸淫妇女，（否则）其案必破。”[2]

也不能忽视作案心虚带给盗贼精神上的恐慌。一般说来，古代妇女视贞操为生命，民俗心理中也很自然地将淫辱良家妇女当作最大的缺德之事，许多本应中第登科者就因此失了前程。徐珂《清稗类抄·技勇类》描写，乾隆初年，川督某眷属在宜都被劫辱，县令在限期破案时无奈，只得请出年已逾花甲的隐侠汪瑚，汪赶赴巫山擒盗，群盗久闻大名，列队跪求，而汪却义正辞严地宣称：“攫不义金，本不足问，淫恶者不可宥也。”“不义”是对被劫官员的谴责，“淫恶”是同一伦理尺度下对采花盗贼的痛斥，这里对盗贼行径是褒贬交加的。显然，人们对淫徒色狼的义愤，强化了采花禁忌，也使有效阻止丑行的盗贼为此而侠名远播。

解救蒙难女性，更牵涉到“非礼”的禁忌问题。而为何解救难女、能否善始善终，也是个检验。清末《仙侠五花剑》写采花贼燕子飞也解救了被冤陷狱的妓女薛飞霞，动机是图其美色，救出之后就忍不住动手动脚，被救者则好言婉拒。但在慕侠习俗普世化的社会环境中，飞霞竟仍然理解为：“恩公是个顶天立地的奇男，谅欲试奴之心是否杨花水性，故而假言相戏，

---

① 参见俞正燮《癸巳存稿》卷十四《贼书》，辽宁教育出版社 2003 年版，第 441－443 页。

② 慵讷居士：《咫闻录》卷二《贼授徒》，《笔记小说大观》第二十四册，江苏广陵古籍刻印社 1984 年（影印），第 286－287 页。

彼此且末介怀。……”[①] 得知真相就撞石寻死，燕子飞即放弃了努力，还是女剑仙聂隐娘出面将其解救入山。

然而，正是由于这样一个众所认同、又极为具有江湖正义含量且令江湖中人引以为道德底线的规则，却罕有人想到，恰恰可能会被坏人利用来设圈套行诡计。民国武侠小说家宫白羽（1899—1966 年）就深刻地揭示了这一点，曾几何时，一辈子行走江湖的大侠，正因误陷“假采花”的圈套之中而死于奸诈小人之手。

说青年侠士杨华住店留心到有异常，夜半追赶那位长髯紫面道长（云南狮林观一尘道人）出店，而一尘是因白天有人来旅店踩点才追踪夜行人而出，到了野外孤舍隐约听到女子惊惧呼救，杂以男子狎昵笑声和粗话，一尘闯进解救，却在与淫贼打斗中，发现那美妇穿着全身窄装紧裤，带着赤皮手套，突发来一物：

> 一尘道人恍然大悟，才知一片豪侠之心，仗义拔剑，除淫贼，救贞妇，反而误中了恶毒贼人的圈套：“假采花”计。那个女人乃是贼人的同党！那女人好生歹毒，刚发出两件暗器，早刀交右手，趁一尘道人应接不暇，恶狠狠迈进一步，刀尖直取一尘软肋，口中娇骂道：……此时一尘道人已觉得右肩胛由灼热忽然麻痒，心知不好，已中了那女子的毒药暗器。一尘道人咬牙痛恨，想不到一世英名，

---

① 海上剑痴：《仙侠五花剑》第十四回《燕子飞幕色劫狱，聂隐娘救女上山》，中国古代珍稀本小说 5，春风文艺出版社 1996 年版，第 528－532 页。

> 竟为宵小所乘。……此次无意阴沟里翻船，竟败在一个女人手里，真是生平从来未有的奇耻大辱！①

原来这伙贼人声称是为寻仇而来，实际上多半为了得到一尘的宝贝寒光剑，而一尘道人也终究被这毒蒺藜毒死，景象极为惨烈。

白羽《毒砂掌》与《十二金钱镖》有着互文性联系，也强调出南荒大侠一尘道人惨遭暗算的冤屈，可为互相补充、遥相呼应："就是在那老河口，被峨眉七雄暗算死的，由海棠花韩蓉假装拒奸贞妇，由她丈夫虎爪唐林假装采花贼，夫妇俩做出了强奸拒奸的假把戏，恶圈套，把仗义惩淫的一尘道人诱来。虎爪唐林假装采花遇阻，含忿行凶，踢后窗逃走；一尘挥剑急追，海棠花韩蓉假装良家妇，拒奸负伤，躺在床上打滚，乘着一尘不防，用毒蒺藜，猝施暗算，把一尘打伤。又以缠战的法子，峨眉七雄齐下手，围攻一尘，不容一尘道长逃回店房，救疗伤处。这一来，生生把一个威震南荒，不可一世的大侠暗算死了。……"②

关键在于，作者白羽是较为自觉地借此悲剧揭示更为深沉儆世意蕴的，他在自传《话柄》中自述，要把小说中人还原成现实中的平常人："……至于一尘道人之死，乃是我不愿写武侠小说，而被迫不得不写着武侠小说时的一点反抗；我取径于

---

① 宫白羽：《十二金钱镖》第十五章《伪扮采花女贼施毒计，空操利器羽士中阴谋》，岳麓书社 2014 年版，第 313 – 315 页。

② 宫白羽：《毒砂掌》第六章《寻仇人复被人寻仇》，北岳文艺出版社 1992 年版，第 114 – 115 页。

《魔侠传》(《唐·吉诃德》，对所谓侠客轻轻加上一点反嘲。大侠死于宵小之手，这一点愿望聪明的读者明白明白飞剑挥拳到底有多大用处。正如‘比武招亲’、‘赌期盗宝’的这些窠臼都被我打破一样。”

而在引述这些话时，武侠文学研究专家给予了高度的评价[①]。想救人，反被人所伤，江湖规则作为“规则”，究竟为谁而设？约束的是谁？群众的舆论和监控究竟有多少效率呢？这该是怎样的意味深长！

金庸《天龙八部》第三十回《挥洒缚豪英》写薛慕华转述丁春秋使用种种卑鄙手段，厉害的邪术，突然发难，将祖师爷（玄难大师）打成重伤：“祖师爷究竟身负绝学，虽在猝不及之时中暗算，但仍能苦苦撑持，直至我师父赶救援。我师父的武功不及这恶贼，一场恶斗之后，我师父复又受伤，……”来自师门内部营垒的偷袭暗算，非常可怕，即便师门规则在执行中也无法遏止恶人行径的，武侠小说难得的儆世意义就在这一母题中发挥。

三、匪盗团伙内部的惩戒规约

后世江湖中传扬的戒女色禁采花，却并非标举如宗教所标榜的那般圣洁，而具有某种实用性，似与稳定众心，维持团伙的凝聚力和安全有关。《二刻拍案惊奇》卷三十九写嘉靖年间苏州神偷懒龙，“虽是偷儿行径，却有几件好处：不肯淫人家

① 张赣生：《民国通俗小说论稿》，重庆出版社 1991 年版，第 271 页。

妇女；……”将这一条放在首位。坐花散人《风流悟》第四回写万历末年的神偷名“莫拿我”，他做贼也先立条约，谓之“三不偷五不取”，其中三不偷是不偷穷秀才，不偷寡妇，不偷五女之家。

然而，侠盗禁采花不仅表现在个体的自律上，更每每成为盗贼团伙的内部戒律。如同青莲室主人《后水浒传》第十五回描写女盗屠俏“不肯劫夺穷善人家，又不劫寅、卯过商，若过了两个时辰，不曾空放了一个”；当然，立寨称雄的后世盗贼并不全严禁采花，但也有的规定更较为死板和严格。

《清稗类抄》还传闻，苏州某戏班被一海岛盗巢请去演剧，这与世隔绝的盗窟就明令：“山中不得有一妇女，有则必败。”所以这才能够百年未衰。清代小说《绿牡丹全传》第三十一回也说：“凡强盗之家，规矩甚严，哪怕就是月宫仙子也不敢妄生邪念。”抑制情欲，不光有迷信的恐吓，许多亲历者的现身说法也是常为人们传颂的。

妇女不得入伙的规定，也许担心的是女少男多，易起纷争。像元杂剧《李逵负荆》写恶贼宋刚、鲁智恩冒名宋江鲁智深抢走民女，引起李逵误解并产生极大愤慨，未尝与此无关。有的盗匪团伙则明确规定：“只许劫官，不劫小民，更不许妄肆淫杀。”相传一次有个陕西商客在少华山遇盗，货被抢，人也迷了路，不意竟误入了盗巢。他以遇盗实告，还得到了款待。夜里他听见盗匪一批批回来了，拥资汇报，只有一人被严令站住，惶惶不安地听训：“我命令你外出，是驱除贪官污吏，而你却剥夺小民生计，为什么？’当即下令杖打。过一会儿又牵来一人，责问更加严厉，那人口称犯官死罪。完事后首领特赠客商一物，指引他去找某处某人，打开看是个印信，凭此客商领回了失物。原来那人是个赴省的官员，车马遭劫，仆人被杀，又被威令在这里为客商看管物资，依照那个被抢走的印信交付，失物一点儿未差。劫官不劫民的规定，与采花禁忌当是互为相通的。

清人陈朗小说《雪月梅传》写盗贼“就地滚”的妻子郎赛花有一身好本事，但她干坏事也有个底线：“专会帮着汉子做这没本钱的生意；又生得一张好嘴，骗人家妇女们的财物如探囊取物；却有一样好处，虽然作恶，却立誓不害妇女，不犯淫戒，管得汉子颇紧。”时人董孟汾评释称：“郎赛花是书中有名人物，不得不将她本领再叙一番，后来得全躯出海，应是不犯淫邪之报。”①

清末李岳瑞（1862—1927）《悔逸斋笔乘》写道，咸丰时某县令荐一老仆，仆赴职途中遇雨在一破庙中过夜。夜半来了两个骑马的人。其老者对少者说：“我三人约为兄弟，走江湖，发誓劫财不渔色。昨日二哥所为，得钗钏甚微，而杀其人。此良家之归宁者，非淫其色，何故杀之？背约甚矣！”说完指廊下棺说：“大哥若纵之，何以对此死者？”一会儿庙门外又进来个短衣仗剑的人，少年大声责备，那人良久才仰头说：“我尚有家小，恐以相累。”少年说：“此事大哥与我当力任之，请勿虑。”那人就将手中剑扔给少年说：“以烦吾弟。”少年按剑划破了他的喉咙，以席子裹尸要送回其家，中年者还要说什么，少年说此事不劳兄往，筹备几十金周济其家，明日省城某茶馆

① 陈朗：《雪月梅传》第六回《毒中毒强盗弄机关，诈里诈浪妇排圈套》，孙永都、刘中光校点，齐鲁书社1986年版，第35页。

会面即可。仆听到后想起自己的县令主人被撤职就因为此案未破，即刻报告，二盗被捕。因二盗有侠肠，而杀人元凶已身死抵罪，于是免死，留在军营中效力，后均立战功得任官职。

盗贼团伙为共守禁忌而设誓，犯禁者除了触禁外又加之违誓，蒙受的是双重谴责。倘若不一死谢众，更违背了起码的江湖伦理——信义，盗贼内部的人际关系就不和谐了，而违约者自身也再无法立足江湖。在绿林豪客们眼里，违誓后如约赴死，也不失为顾全大局、舍身取义的高尚之举，这是一种侠义精神的突出体现。

尽管，未必有那么多的违禁盗贼会引咎自裁，但更严厉的团体内惩罚，还可能在等待着那些违禁犯规者。许叔平《里乘》也曾记载当时传闻，说四川某差人送奏折入京，途中夜宿古庙，夜半他窥见老少两人入太庙后，老者端坐，少者侍立，老的训斥说："我从未成年就浪迹江湖，虽以劫掠为生，但必定要取之有道，丝毫不敢狂悖。妄肆淫杀，有干天谴。至今三十馀年，侥幸未罹法网。清夜扪心自问，未尝不是遵此宗旨的缘故。万没想到你刚入师门，就破坏我的禁则。前日之行，若不是我独自殿后，你们二十多条小命能有一个生还吗?"少年躬身称是。老者冷笑说："后来听说人家有少妇守节抚孤，可你污辱其母，又杀幼子。像这样恶毒残忍，令人发指。皇天有知，决不饶你！即使一时侥幸漏网，最终不免被处死，有朝一日被捕，实为吾党累赘。你想想，我能饶恕你吗?"少年仓皇伏地请罪，老者唾面痛责："圣人之道，不外一个'恕'字，你家也有妇孺，遭此惨辱，你会甘心罢休吗？少废话!"拔刃授之，令其伏刃以告慰寡妇孺子之魂。少年只得再拜自刭，老者观尸长叹，拾刀牵马而去。[①]

这番天理人情的训诫，恐怕谁听了都会暗自怦然心动：钦佩其“盗亦有道”的。老者为团伙“清理门户”，出发点不全是正义的，但严格划定了掠财与淫杀的界限，客观上又的确为受害苦主雪恨伸冤，应当说这之中是有较多的侠义成分，也是受百姓欢迎的。

文康《儿女英雄传》中有一定江湖经验的侠女十三妹曾有此断言，她嘱咐安公子等人：“你只管仗着胆子，不必害怕，天下的强盗只有打算劫财的，断没无故杀人的。”[②] 这话可能说得有些绝对，却道出了一种通常的事理。无数次严酷的事实强固了盗贼的戒律，而众所认同的侠义伦理，又为这些戒律添上了庄严神圣的色彩，时时提醒他们不要全然混灭了天良，或许能够靠禁忌去进行“自赎”。

因此，直到晚清近代，不少民间秘密组织还有这样的规定，如“不敢为非作恶，如敢为非作恶炮打穿胸。不敢采花折柳，如敢采花折柳，炮打穿胸”等规诫誓词[③]。而金庸《碧血剑》第八回中焦公礼的正直之论，称得上也是有代表性的：“我想咱们武林中人，虽然穷途落魄，陷身黑道，做这没本钱买卖但在‘色’字关头上总要光明磊落，才不失好汉子行径。……”

正因如此，如果在小团伙中，某人蒙受“采花贼”的恶

---

① 许奉恩：《里乘》卷五《搯差》，齐鲁书社 1988 年版，第 133－134 页。

② 文康：《儿女英雄传》第十回《玩新词匆忙失宝砚，防暴客谆切付雕弓》，上海古籍出版社 1991 年版，第 107 页。

③ 文灰辑：《红枪会》，《逸经》第 25 期，1837 年 3 月，转自濮文起《中国民间秘密宗教》，浙江人民出版社 1991 年版，第 135 页。

名，则不仅在群体中难于立足，甚至在江湖上都难于存身，面临“人人得而诛之”的窘境。

《十二金钱镖》以诬陷人为“采花贼”，凸显出采花禁忌是如何被坏人利用，而有着特殊经历及身体特征的个体，又如何难于自辩洗清，而为此遭受多大的磨难。说凌云燕不幸幼遭掠卖，其师父郎双石、师母大金凤跑马卖艺，亦拐卖坑蒙的江湖大盗。马戏班女的只剩白娘子，无法扮戏，就硬把男孩“雄娘子”凌云燕穿耳、缠足、蓄发、改妆，强逼他扮女子与“白娘子”凌霄燕走绳卖艺，姐弟俩因恶师“潜起不良之心”，为全贞拒虐，逃出虎口。但很难再改做良民。人们看见这逃亡的女妆二人，都认为是大户人家的逃妾逃婢。尤其凌云燕幼年被裹脚，足骨已损，走路艰难而难看，最痛恨采花贼，也扮女妆诛杀了不少。而部下包六竟然违反山规，冒名盗窃，留下带挑衅性的“凌云双燕”表记，失主作为著名大侠“子母神梭”旧识，影响极其恶劣。事发凌云燕责问，包六却以“不男不女”恶言相诋，打斗中被斩腕。送还赃物道歉之后，凌云燕却留下了“隐患”，包六极为恶毒地给凌云燕造谣，不依不饶地非要诬陷他是个“采花淫贼”：

“惯于乔扮女子，奸污良家闺秀”。他知根知底，他造的谣格外能惑众。一再煽动武林豪侠，怂恿他们捉拿采花淫贼，替屈死的贞魂雪冤，替绿林道剔除败类。言之凿凿，有他一句，胜人十句。雄娘子凌云燕穿耳缠足，男人女妆，形迹本来可疑；自听恶谣，他俯仰愧恨，后悔难追。他遂改穿男服，力学武夫步履，又极力地检点形骸，教手下人替自己辟谣。又想自己的巢穴，包六准知什九，忙与白娘子商计，克日迁场，重寻秘窟；索性连准窝也没有了，改采流浪做法。……他用尽心机，回护己短，终被包六专心跟寻，掀起了祸难。①

本来，在一个重视伦理道德的世俗社会环境中，江湖侠盗严禁采花，官府民众痛恨采花贼，是建构良性社会秩序的一件好事，然而在法制并不健全，社会秩序其他条件并不具备的情况下，这一原本具有“正能量”的禁忌却被歹毒的坏人挟私泄愤所利用，成为阴谋诡计的构成部分。

白羽小说的深刻性还在于，作为曾遭迫害、身体与内心都有创伤的受害者，在没有一个良好社会环境的前提下，不可能进行道德“秩序的重建”，还难免自身成为新的受害者，甚至就连正常的生活状态都难于保住。金庸小说中的坏人屡屡诬陷正派人物，很明显在此得到了直接启发。

四、母题的深层人类学与宗教成因

对妇女的性骚扰，很早就被视为构成集团整体利益目标受到损害的一个因素。杜甫名诗《新婚别》中新娘有祝语称：“勿为新婚念，努力事戎行。妇人在军中，兵气恐不扬。”据《汉书·李陵传》记载，李陵出征与匈奴作战，发现兵卒士气有些低落，鼓声不振，怀疑军中有女子，果然搜出了关东群盗

---

① 官白羽：《十二金钱镖》第六十八章《霹雳童辣手搏燕》，岳麓书社 2014 年版，第 1092－1095 页。

妻子徙边的随军为士卒妻妇，一把她们处斩就真的打了个胜仗。

佛道二教的成佛得道考验，女色也往往是重要的一关，其透露了女色的禁忌。

道教的戒色与养生术有关，其渗入到学仙考验母题中，几乎成了一个不可或缺的环节。

佛教在明清小说中也多流传着戒淫故事，像冯梦龙《古今小说》卷二十九《月明和尚度柳翠》，即有名的“红莲破高僧色戒”的母题，就引起前辈学者潘光旦先生注意，“疑心这三个和尚的故事其实是一个故事，因为使他们破戒的女子都叫做红莲，……”① 这显示了口头传播的动态过程，人们对这一故事所体现出的伦理观念具有广泛的认同。同时，因时空转移而选择并重组相关母题。故事在宋代张邦几《侍儿小名录拾遗》中写的是五代至聪禅师：在祝融峰修道十年：“自以为戒行具足，无所诱掖也。夫何一日下山，于道旁见一美人号红莲，一瞬而动，遂与合欢。至明，僧起沐浴，与妇人俱化。有颂曰：‘有道山僧号至聪，十年不下祝融峰。腰间所积菩提水，泻入红莲一叶中。’”而现存最早的柳翠故事文本是元代前期李寿卿杂剧《月明和尚度柳翠》，是一部佛教度脱剧，明初朱有燉《李妙清花里悟真如》引用之：

> 尝闻妓女柳翠者，柳参政之女也。因堕花衢，一日参问禅师云：“身居五漏，又处风尘，恐堕劫中，难为解释，望师指示真端的，免堕三涂恶趣中。”师答云：“洞房莫接

① ［英］蔼理士：《性心理学》，潘光旦译注，生活·读书·新知三联书店1987年版，第400页。

花间客，身上休披五色罗。红粉少妆甘淡泊，清朝早起念弥陀。”柳翠大悟，因而坐化。宋之康伯可制于词曲，元之李寿卿编作传奇，使人歌颂，以为美谈。倡优之门，可为铮铮者。

进一步的研究认为，南宋到明初，红莲、柳翠故事是独立发展的，内容颇神似，与佛教息息相关。而徐渭《四声猿·玉禅师翠乡一梦》杂剧，作为红莲、柳翠故事集大成之作，承继了田汝成《西湖游览志》的复仇主题并扩展之。而此后冯梦龙加工整理了民间流传的红莲、柳翠故事，清代吴世科《红莲案》传奇仍强调“女色祸水”，由单纯的柳翠故事到与红莲故事结合：“主题由神仙度脱剧演变为破戒复仇。”① 这一故事类型在明清戏曲小说中有了较大扩散传播，直到民国仍在华北上演。

然而最为直接的还当溯及佛道二教的戒律。道教的戒律，其强化是由于内部的混乱和派系间矛盾斗争而趋于完备严格的。道教上清派《上清众真教戒德行经》卷上称：“秽思不豁，鄙吝内固；淫念不断，灵池未澄，……”其中贞一子《女金丹》卷上的入门戒规更盛称：“妇女之情性易荡。一贪淫事，则欲火焚身，情难自禁，无夫以遂其欲，必有丧廉之行。即使不至失身，淫心一动，火迫一身，精气已不存于中矣。”而东晋后期，针对天师道组织内部两性关系的混乱，早期灵宝派的《太

① 李玉莲：《复仇中的轮回——红莲柳翠故事的原型和衍变》，《学人》第十五辑，江苏文艺出版社2000年版。张全恭《红莲故事的演变》，载《岭南学报》第五卷第二期（1936年初月）。

极真人敷灵宝斋戒威仪诸经要诀》，就宣扬太极真人徐来勒严厉的针砭：

> ……不学至道经教，而好学巫术杂书不真之事。其会同之日，唯酒肉为先。口是心非，诡黠相攻，淫欲纵横，放心所为，嗜物无厌。或复为师，初无教善之怀，强弱相凌，恒欲其虐意，意中唯贪妒谮害，淫盗作伪，凶悖逆乱。此人身常有十恶。何以知其人有如是之行，不遭罹罪网？

其实，早期的天师道就传下来一套戒律，国外研究者有的认为形成于刘宋初中期，有的说形成在梁陈间，还有的认为是发源于3世纪的中国南方[①]。后来的《女金丹》还吸收了剑仙韦一娘学道蒙考验达到境界的故事，见出道经十分注意女性修炼者道德自律上所体现的素质。至于道教成仙考验母题中，戒色，也是必不可少的核心内容之一。道教女性崇拜中总是渲染女性的尊严，不可亵渎。人神、人仙结合一般都是作为神仙的女性角色积极主动的。而炼丹术中更不能混杂丝毫女色，甚至许多江湖骗子也以此来无可辩驳地解释炼丹的失败。作为侠盗采花禁忌母题的一个有力的参照，道教结合了后世的民间秘密宗教，还尤其强调女性在性的问题上严守戒律，否则会无可避

---

① 分见于吉冈义丰《道教と佛教》第二，东京，国书刊行会1976年版，第70页；小林正美《六朝道教史研究》，东京创文社1990年版，第341页；Kristofer Schipper, "Purity And Strangers-Shifting Boundaries In Medieval Taoism," Tong Pao Vol. 80. 1994, P. 66. 参见王承文《早期灵宝经与汉魏天师道——以敦煌本〈灵宝经目〉著录的灵宝经为中心》，《敦煌研究》1999年第3期。

免地面临严重的不可收拾的后果[①]。这不能不影响对于男性戒律的严格化。

事实上，不仅道教对于女性修行有许多的戒律，佛教也针对女性的性别特点，制定出来种种戒律规则。佛教的教义体系包括戒、定、慧三方面，戒律，指的是僧徒应遵守的约束个人行为规则和规范，用以处理出家僧尼与僧尼之间、僧俗之间、个人与教团之间关系，制约教团成员一致，按照教义从事修行和传教。仅从东晋到南北朝时期就有四部完整的戒律被译出——《十诵律》、《四分律》、《摩诃僧祇律》、《五分律》此外还有《比丘戒本》、《比丘尼戒本》等多种译出。其中“波罗夷”（极恶、重罪、断头、根本罪）是最重的，其中就包括婬（不净行、非梵行、大婬）指与人、非人（畜牲）性交[②]。后汉译经有的还特加告知：“不得淫泆，何谓不得：一心清洁身不婬泆，口不说淫，心不念淫，执己鲜明，如虚空风无所倚著。身不行婬，目不淫视，耳不婬听，鼻不婬香，口不婬言，心不存欲。……”[③] 东晋译经中对于比丘尼“十戒”即有如此规定：“三尽形寿不得婬，不得教人婬。”在“威仪七十事”中，规定在施主家，“不得与婢共私语，不得独至舍后，不得与人共上厕，不得上男子厕上”[④]。甚至其强调男女有别的程度，要达到

---

① 王立：《宗教民俗文献与小说母题》第五章，吉林人民出版社2001年版，第201－260页。

② 参见杨曾文《佛教戒律和唐代的律宗》，《中国文化》第3期（1990年秋季号）。

③ 《沙弥尼戒经》，在后汉录，［日］高楠顺次郎等编：《大正新修大藏经》卷二十四，台北新文丰出版公司1990年（影印），937a。

④ 《沙弥尼离戒文》，东晋失译，《大正藏》卷二十四，938b－939c。

“行迹不与男子行迹相寻，不得与男子同舟车而载，不得与男子衣同色，不得与男子同席而坐，不得与男子同器而食，……不得别行，独止一室而宿也。有犯斯戒非沙弥尼也”①。

这些戒律，有不少简直是遵循了原始巫术思维的“接触律”原则，仿佛女性染及男子所用之物，就会犯下“不净”的大罪，而这些戒律，经过一些中介在后世渐与渐起的道教戒律等会通、整合，与小说野史关于盗禁采花纷纷扬扬的传闻描写，是共生互动的。

而早期佛教故事则大力宣扬男性的持戒成功，如梁代慧皎《高僧传》卷十一写，释慧嵬在一个雪天逢一女子求寄宿，“形貌端正，衣服鲜明，姿媚柔雅，自称天女”，说是上天派来慰问有德者的，但慧嵬却丝毫不为所动，说自己已经心若死灰，不要以革囊见试，女子见此不得不凌云叹逝。应当相信，佛教持戒观念对于侠盗禁忌的形成不是没有影响的。

历来，我们总是连篇累牍地谈论禅，谈论禅宗之于抒情文学影响所体现的宗教文化对文人文学的建构作用，而往往忽视了宗教思想体系对于民间价值观念的影响，以及这些影响的普遍性、开放性；事实上，从处于雅俗交互地带的古今侠文学主题——侠盗禁采花母题来看，这一影响，同样是不可低估的。

伍恩特认为，禁忌是人类最古老的无形法律，它的存在通常说远比神的观念和任何宗教信仰要早。弗洛伊德《图腾与禁忌》曾指出早期触犯禁忌者的受惩罚，是由一种精神上或自发的力量来控制，即由破坏的禁忌本身来执行报复。“当神或鬼

① 《大爱道比丘尼经》卷上，附北凉录，《大正藏》，卷二十四，948a。

的观念产生以后，禁忌才开始和它们结合起来，而惩罚本身也就自动的附随在这种神秘的力量上了。在其他的某些情况下，可能是这种观念的延伸，团体负起了惩罚破坏者的责任，因为，这些破坏者的行为已严重的危害到了同伴们的安全了。也因此，对于人类最早的刑罚体制我们可以远溯到禁忌时期。”①

当然人类学家所谓的禁忌，与这里说的侠盗禁忌有所不同，可诸如禁忌的传染性质、神秘性质和诱发并鼓励模仿的特点等等是类同的。东汉许慎《说文解子·示部》指出：“禁，吉凶之忌也。”虽则古代中国的侠盗禁忌充斥了神秘思维，但通过佛道二教“自律”约束的微妙作用，毕竟侠崇拜意识将许多道德因素汇入绿林豪客行为规范之中。

此外，采花禁忌之于侠盗局部地产生约束力量的原因，一者，与盗贼心态有关。由于盗贼谋生手段的性质，他们最担心的是案发被捕，为此时常解悟到命运的必然指向，可以通过自身的特定行为来实现。违法劫财掠舍，已令其有些心理不平衡；若再伤害他人，更易遭天谴。暴力谋财，还可以加上劫富济贫、替天行道的正义招牌，为谋财而害命或并非必要地行不义之举，则难辞其咎。尤其是个别同伙那种不负责任，逞一时之快的无事生非，更易受到整个团伙成员的唾骂，由这类缺失导致全伙落网的例子是屡见不鲜的。相关叙事模式似乎就是在着力渲染之。于是久之禁忌就不单有非义相报的敬畏，也带有严守行规之意。以禁忌为核心宗旨的自觉追求，同相当一部分江湖豪客侠义气质是相通的。

---

① ［奥］弗洛伊德：《图腾与禁忌》，杨庸一译，中国民间文艺出版社1986年据台北志文出版社版影印，第33页。

二者，根本上说，盗贼禁忌还是由其侵犯性行为的目的所决定的。霍斯顿《动机心理学》介绍费什巴赫的分类，认为侵犯可分为工具性侵犯和敌意性侵犯：前者，旨在使侵犯者有所收获，如猫抓老鼠，不是为了伤害，而是要吃掉它，又如一个儿童打另一个，也不过想要抢到玩具。盗贼抢掠的目的不是侵犯性的，但达到目的所用手段是侵犯性的；至于敌意性侵犯，则目的就是伤害别人。因此，对盗贼的自律要具体分析，他们抢掠的目的一般只是要获取生活资料，主要目的不是想伤害无辜，这与蓄意采花及有意识地复仇泄愤，还是有某种重要区别的。唯其如此，上述相关禁忌才有可能产生局部的、一时的规范力量。

也许有些情况下，是人们所受苦难太深重了，“一俊遮百丑”的光环效应，使大家一时间忽视了盗贼的种种凶残和劣迹，而应然性地将他们有时是自我保护的生存方式，也解释为内在侠义精神的外观。但无论如何，盗不采花，毕竟与侠义憧憬，尤其是民俗深层心理的佛光道影，实实在在地挂上了钩，取得了良性的转化，其进步意义有必要予以肯定。盗贼与中国古代侠义崇拜间的内在联系，当离不开这一重要之点。

第十三章　侠优与戏台上下的侠情

王梦生《梨园佳话》曾记述，清末名优黄润甫在演出时，台下观众的热烈气氛与演员本身的角色深入呈现互动：

> 黄三……扮戏善作老奸，最能险狠。如《捉放》中之曹操，《下河东》之欧阳方，皆使人见之切齿，恨不生食其肉。及一发声，一作势，又不能不同声叫绝。即问之座人，亦不知此时之为好为恶。俗谓："作戏者疯，看戏者傻。"固然矣。

从演戏的技艺看，扮演者对奸贼惟妙惟肖的饰演，是对其奸行丑态的一种"类化"的模仿揭露，因而从观众的忠奸善恶伦理价值系统上，拨动了他们敬忠恶奸的心弦。这是一种矛盾的统一，演得愈逼真愈引起观众对戏中人物的憎恶，又愈引起观众对表演技艺的惊赞叫绝。然而必须看到，这类现象是在戏台上下、剧场特殊空间中发生的，并未案头读物所能激发。《清稗类钞·优伶类》转述，由于黄润甫演奸雄之剧最肖，曾被招进内廷，与谭鑫培同演《骂曹》，黄演至修书一节，孝钦皇后突然传旨笞杖。杖毕，又厚赏之，还说："此优伶奸雄太肖，不得不杖；而演剧如此聪明，又不得不赏。”优扮成功展演了历史人物矛盾冲突、彼时空间场景，构成了心灵穿越，生发怡情冶性之审美享受。

一、忠奸意识与宋代优伶的侠义表现

早在忠奸意识较为突出的宋代，就传颂着不少侠优讽奸的趣闻。在传播媒不发达的古代，这些趣闻既表现了当时南宋民众憎恶奸佞的普遍心理，又有效地扩展了这种群体情绪，使之借助于戏剧这类开放性形式深入到社会的各个阶层。

讽刺某些庸官劣将用兵失策，大败亏输导致无可挽回的恶果，是侠优关注的一个重大社会问题。相传北宋宣和年间，童贯用兵北方，大败而逃。一天朝中举宴，教坊进伶伎。有三四个婢女打扮的，首饰各各不同。其一当额为髻，说是蔡太师家人；其二髻偏坠，说是郑太宰家人；又有个满头为髻，像个小儿的样子，说是童大王家人。人问何故，蔡氏曰：“太师觐清光，此名‘朝天髻’。”郑氏曰：“吾太宰奉祠就第，此‘懒梳髻’。”到了童氏这里则说：“大王方用兵，此‘三十六髻’也。”[①] 这里的三十六髻，与“三十六计”谐音，又是个歇后语，意思是“走为上计”，走者，逃跑也，嘲讽童贯带兵临阵怯弱无能，狼狈溃逃。虽似委婉含蓄，其实是很尖锐大胆的。在这种场合，敢于如此揭露时弊，讥诮误国奸臣，必然迎合了一种较为高涨的时事舆论呼声。

---

① 周密：《齐东野语》卷十三《优语》，中华书局 1983 年版，第 244－2454 页。

又如元代无名氏《湖海新闻夷坚续志》前集卷一称："韩侂胄用兵既败，须发俱白，困闷莫知所为。一日，上赐侂胄宴，有伶人为戏，一人曰樊迟，一人曰樊哙，旁又有一人曰樊恼，又设一人揖问迟曰：'谁与汝取名？'对以'夫子所取'，则拜之曰：'是圣门之高弟也。'又揖问哙曰：'尔谁取名汝？'对曰：'是高祖所命。'则拜曰：'真汉家之名将也。'又揖恼曰：'尔名谁取？'恼曰：'樊恼（烦恼）自取。'又因郭倪、郭杲致败，因赐宴，以生菱进与桌上，命二人移桌，忽生菱堕地尽碎，其一人云：'苦苦丧了许多生菱（生灵）。'"由于韩侂胄好大喜功，在把握不大的情况下就贸然开战，造成国计民生的灾祸，侠优觉得不吐不快，在戏台上公开揭露出来，谴责到位，大快人心。

又据周煇《清波杂志》卷三载，宋神宗元丰年间令人讽蔡卞的夫人参政："蔡卞之妻七夫人，颇知书，能诗词。蔡每有国事，先谋之于床第，然后宣之于庙堂。时执政相语曰：'吾辈每日所奉行者，皆其咳唾之馀也。'蔡拜右相，家宴，张乐。伶人扬言曰：'右丞今日大拜，都是夫人裙带。'讥其官职自妻而至，中外传以为笑。"

周密还记载，己亥年史某官居京尹，其弟以参政官职督兵于淮。一日内宴，伶人戴着金紫巾，幞头忽落，露出里面的红巾，有人惊问："贼裹红巾，何为官亦如此？"旁边一人回答："如今做官的，都是如此（像贼一样）。"于是剥下其衣冠，则万回佛的木像从怀中落地。旁边伶人又说："他虽做贼，且看他哥哥面。"意谓"不看僧（音与贼近）面看佛面"，以讥讽京尹史某的弟弟倚仗兄势，兼有官贼类似之义。有个名叫袁三的优伶更是蜚声遐迩，据说蜀中有个缺乏廉名的从官也姓袁，于是群优四人分扮酒色财气，各各夸张自己好尚之乐，馀者互讥诮之。至袁优则说："吾所好者财也。"顺势便极言财之美利，众也讥诮不已。袁三以手指作出顽劣丑态："任你讥笑，能把我一个好财的袁丈怎么样？"

对小人攀附权贵的种种丑态，优伶的当众奚落也不含糊。这正如南宋洪迈所体会到的："俳优侏儒，固伎之最下且贱者，然亦能因戏语而箴讽时政，有合于古矇诵工谏之义。"洪迈接着讲述说，蔡京弟蔡卞为元枢，卞又是王安石的女婿，他硬要在祭孔时将王跻于配享之位。闻讯，优人就设孔子正坐，颜、孟与王安石侍坐。孔子命之坐，安石作揖让孟子居上，孟子推辞："天下达尊，爵居其一。轲仅蒙公爵，相公贵为真主，何必谦光（谦退的风度）如此。"安石又揖让颜回，颜子说："回也，陋巷匹夫，平生无分毫事业，公为名世真儒，位号有间，辞之过矣。"安石就处于上位。孔夫子见此，不能安席，亦避位，安石惶惧拱手云不敢，往复未决。这是，子路在外愤愤不平，索性直接跑到祀堂挽着公冶长之臂而出。公冶长作窘迫状问道："我何罪？"子路就数落他："你全不救护丈人，看取别人家女婿。"这意思实际上是讥诮蔡卞。当时朝议正要升王安石于孟子之上，据说就因此舆论，而被迫停了下来①。

对王安石一时间炙手可热，尤其是他推行的新法触伤了一些人的既得利益，人们已有不满，而对朝中小人阿谀趋奉，侠优的讥讽更体现出公众的厌恶。洪迈《夷坚支乙》卷四还

① 洪迈：《夷坚志》支乙卷四，中华书局 1981 年版，第 822－823 页。

记载壬戌省试，秦桧之子秦熺、侄秦昌时、秦昌龄皆名列榜上，公众舆论纷纷，却没有人敢公开说话。乙丑春，有优伶到戏场演士子赴南宫，相互推论知举官是谁，有人称侍从某尚书某侍郎当主文柄，领头的优伶说：“非也！今年必差遣彭越去。”一优人问：“朝廷之上，不闻有此官员。”回答：“汉梁王也。”又问：“彼是古人，已死千年，如何来得?”答：“前举是楚王韩信，信、越一等人，所以知近为梁王。”问者讥笑其胡说，且扣着指头，笑着说：“若不是韩信，如何取得他‘三秦’?”其双关语指斥的针对性简直太明显了，连四座观众都有些不敢领略，竟一哄而出。而秦桧又不敢公然去实行谴罚。演员一语双关，观众心照不宣，侠优的讽刺极为大胆而且妙不可言。

但有时践行此类“社会的良心”干预世事的侠优，却未能幸免于奸佞的迫害。当秦桧因主和有功，被赐宅第、银绢，有诏就府第赐宴，借来了教坊司的优伶，朝中的显贵几乎全到场了。席中领头的优伶诵致语，退下，有参军者上前，褒扬秦桧功德。一个丑角拿着荷叶交倚跟随，诙谐笑语纷然而至。正值众宾欢洽，参军方拱手揖谢，将就座椅上，忽然堕落了幞头，原来他总发为髻，如行伍的头巾后有大方环，为双叠胜。丑角指着问：“此何环?”答：“二胜（圣）环（还）。”即以幞击打其头说：“你只知道坐着太师交椅，接取银绢例物，此环掉到脑后可也。”一座贵宾都大惊失色。因为大家知道，所谓“二胜环”说的就是“二圣还”，谐音相关，指被金兵掳走的大宋徽、钦二帝何时返国的大事，这一问题极为敏感，在场每个人都听懂了。秦桧因此大为丢丑，恼羞成怒，第二天就将众优伶下狱，有的竟因此而死在狱中①。耿耿侠伶，心昭日月，优伶以自身鲜明的憎爱之忱，在侠义心态史上写下了不应忽视的光辉一页。

二、明清优伶对讽奸正气的弘扬

有时，宫中太监远承汉代东方朔谐语讽谏的传统，也充满侠义精神地在皇帝面前诙谐地表演，曲折达到讽谏的目的。据《琅琊漫钞》载，对于权奸当政，宫中有个太监叫阿丑，当时他经常在皇上面前以演戏形式巧妙地行谏，“颇有方朔谲谏之风”，当时正是汪直在宫中用事，权倾中外之时：“丑作醉人酗酒状。一人佯曰：‘某官至!’酗骂如故。又曰：‘驾至!’酗亦如故。曰：‘汪太监来矣!’醉者惊迫，帖然。傍一人曰：‘天子驾至，不惧；而惧汪直，何也?’曰：‘吾知有汪太监，不知有天子也。’自是，直宠衰。”

这一段故事被采撷进入到《明史》卷三百四《汪直传》中，不是偶然的。故事中就连醉者在昏沉沉中都如此惧怕汪直，君临一切的皇上都被架空，说明其揭露宦官气焰的形象深刻，入木三分，而结局也迎合了大众心理的需要。这一传说流传甚广，异文众多，还有相关的讽刺汪直两个帮凶王越、陈钺的趣闻。据任二北先生指出，其实有的文本不过是首尾扼要，下面所引明人许浩《复斋笔记》中的载录才是较为完全的：

---

① 岳珂：《桯史》卷七“优伶诙语”条，中华书局1981年版，第81页。

(汪)直蒙厚赏，中外皆恶之。诸内侍共教优之为净者，盛饰如直之状，高视阔步，叱咤呼喝，旁若无人。副末前诘之曰："你是何人？敢如此肆志!"净曰："你不知，我是汪直。爷爷爱我，信我，我要杀人便杀人，要活人便活人，如何不肆志?"副末曰："看你这厮模样，有甚本领？爷爷爱你，信你?"净曰："我有计较（计谋)。"副末曰："你敢是张良?"净笑曰："不及，不及。但我会厮杀。"副末曰："你敢是韩信?"净复诡曰："不及，不及。但我有摆布。"副末曰："你敢是萧何?"净复笑曰："不及，不及。"副末曰："你不及，我两只手有两个月。"副末曰："月只有一个，你如何有两个月?"净曰："不是两个月。"因举左手曰："这是陈钺!"又举右手曰："这是王越!"宪庙大笑。①

可见，确如任先生所揭示的，在优伶现场演出之时，其实加进去了许多的佐料——现场表演时所必要的渲染增饰，"由此推及：凡有优语，在文人笔下，只明其义理而已，对于伎艺全貌，极少留意。而优伎所以为优语蓄势，必不免渲染增饰之处，若听其掩没，深为可惜！向主此见，未能徵实，于此乃得明证"。文人笔记尤其是史传，限于对优伶表演现场实况的了解和群体情绪氛围的估价不足，加上惜墨如金的传统，往往未能把这些侠义谐讽的原汁原味呈显出来，否则，将更加频繁多发而精彩和令人感佩。

---

① 参见任二北编著《优语集》，上海文艺出版社 1981 年版，第 152 页。

经过明代戏曲传奇对忠奸斗争题材的充分拓展，戏场内外所汇聚的扬忠抑奸侠义群体氛围更为浓郁。因此到了明末山河鼎革之际，相关的侠优在戏台上借演出讥讽泄愤事件，更加频繁多发而生动有趣。

据独逸窝退士编《笑笑录》卷四称，相传明末官员吴梅村（吴伟业）屈节降清，做了清朝的官之后："江南某木匠进上供奉，当道款之。吴梅村先生亦在座。演戏，吴有心点《烂柯山》（演汉代朱买臣休妻的故事）全部，优人以为有碍木匠。副净出场，改称石匠。吴谓匠曰：'有窍得紧。'少焉，张别古骂买臣妻曰：'姓朱的有甚亏负了你！'（或作'你难道忘记了姓朱的了！'）匠谓吴曰：'无窍得紧！'吴不终席而去。"还有，某个大司马曾迎降闯王，入清后一次在西湖赴宴，伶人上演《铁冠图》，演的是一位官员手持朝笏，匍伏在道旁呼曰："臣兵部尚书吴年齿（无廉耻）迎接圣驾。"某在台下羞惭沮丧，不终席就离去了。

清末蒋芷侪《都门识小录》记载其自述，说某天夜里他去广德楼观剧，有个小丑名叫"小百岁"的，是个雏伶，扮饰《法门寺》中太监，对赵廉说："我怕你只识洋文，不识中国文。"《五花洞》戏中还科白："做官不论大小，识得洋文便好。管他什么东西，也是出身三考。"① 这些在戏台上的道白，信口寄讽，言语都在有意无意之间。演员在台上结合着戏的情节与人物身分，说起来似乎无意，但有心的听者却留意听着，达到一种为民众和正直官员抒吐胸中块垒，讥奸刺佞、伸张正气的

① 胡季尘编：《清季野史》，岳麓书社1985年版，第94页。

独特效果。不论是讥讽官吏变节，还是嘲弄其媚外，这之中都突出着一个不为流俗所动的忠正内核，展示着中国古代优伶的侠义人格。

优伶，作为古代一个特殊的社会阶层，有着自身职业带来的种种特点。他们被达官贵人目为取乐的工具，不得不为生计卖艺糊口，但得以出入上层社会，加上戏文内容的文化陶冶，使他们较多的具有普遍愚民所缺少的知识素养。尽管他们所具备的历史知识特别是有关忠奸斗争始末情由，大多经过文学化了的，也正因如此，这种饱浸侠义文化积淀的“载体”才更有着善恶分明的伦理倾向性。而社会地位的低下，长期的受侮辱损害的痛楚经历，使优伶们可以更深切地体察世事的真伪，下层百姓的辛酸；接触三教九流、闻睹五花八门的丰富阅历，又使之具有较为开阔的人生视野，有助于侠义品格的生成与强固。江湖中人，最重患难相帮、侠情豪骨，最看不起势力趋奉的奸佞小人，尽管优伶们也不免沾染上某些难以清除的不良习气，但他们的角色规定却更多地养成了其敬忠济善、疾恶如仇的群体性格。

中国古代的优伶始自宫廷中的弄臣，自古以来就具备了一种寓庄于谐的讽谏传统。据《史记·滑稽列传》记载，楚国的乐人优孟常以谈笑讽谏，在爱马成癖的楚庄王下令敢谏者死时，大哭入宫，以归谬法让楚王知晓了贵马轻人的弊害。楚相孙叔敖知其贤而善待之，临死时嘱儿子贫困时去找优孟，优孟就演练孙叔敖的举止，穿其衣裳在庄王宴上近前为寿。庄王大惊，以为叔敖复生，欲以为相，优孟称归家与妇商计，回来说妇人不同意，因楚相贫似孙叔敖那样，孙的妻儿子女穷困一至负薪而食，“廉吏安可为也！”于是楚王召叔敖子，赐给封地。此前，齐威王时的淳于髡，则是以大笑讽谏，连冠缨索带都笑断了，使齐王能悔悟，改行善政。

钱锺书先生论《史记·滑稽列传》曾注意到宫中优人讽谏的宝贵传统：

> 淳于髡、优孟之流冒主威之不测，言廷臣所不敢，谲谏匡正。《国语·晋语》二优施谓里克曰：“我优也，言无邮。”韦昭注：“邮，过也。”《荀子·正论》篇：“今俳优侏儒狎徒詈侮而不斗者，是岂钜知见侮之为不辱哉？然而不计者，不恶故也。”盖人言之有罪，而优言之能无罪，所谓“无邮”，“不恶”者是。”亦即莎士比亚所谓“无避忌之俳谐弄臣”……①

至若唐代的参军戏，则来自于三国时以优人嘲弄犯官的表演传统。其设一“参军”、一“苍鹘”两个角色，一问一答的形式展演对犯官的嘲弄，很有幽默感。可见这一传统也是与优伶角色期待、历史和时代呼唤相伴生的。

但是后世尤其是明清文字狱大兴，优伶们却没有其始祖先辈们那种特权。尽管他们仍保持着侠肠古风，以喜剧形式演出正剧，以幽默的口吻表达合理的政见、鲜明的憎爱之情，以狂欢方式表达弱势群体的家国情怀，却常要冒着身家性命之尤。王权的强化，使得民主空气变得越来越稀薄。虽然外在的人文

① 钱锺书：《管锥编》，中华书局1979年版，第380页。

环境变得酷劣，不可人意，但时时仍有侠优挺身而出，高扬那不肯泯灭的嬉笑怒骂的宝贵传统，原因究竟何在呢？

三、优伶讽奸的内在角色规定与外在媒介激发

首先，是侠优的角色本质特征的决定作用。一方面是社会的客观期待，另一方面是侠优自身的主观表演。侠的人格高标的召唤，同优伶性情恰到好处地结合起来，形成了一种潜在的自我表现动机。而特定阶层亚文化传统的独立性，构成了此动机的普遍持久存在。侠优讽奸，以丑角或近乎丑角常用的诙谐性表演为多，如《清稗类钞·优伶类》所总结的：

> 丑角以优孟、曼倩（东方朔）为先锋，开幕最早，伶界以此为最贵，无论扮唱与否，均可任情谈笑，随意起坐，不为格律所拘，……

这种角色和类似的夸张性表演，最能荒诞地体现“借他人之酒杯，发胸中之块垒”，将演员自己的情感融汇其中。明末张岱《陶庵梦忆》卷六就曾写彭天锡演戏，“多扮丑净，千古之奸雄佞倖，经天锡之心肝而愈狠，借天锡之面目而愈刁，出天锡之口角而愈险，设身处地，恐纣之恶不如是之甚也。皱眉低眼，实实腹中有剑；笑里有刀，鬼气杀机，阴森可畏。盖天锡一肚皮书史，一肚皮山川，一肚皮机械，一肚皮磥砢不平之气，无地发泄，特于是而发泄耳”。作者曾与演员有过交往，所载当为不诬。

当然，能进入角色，以自身情感灌注到表演之中，并不只

是丑角，吕天成《曲品》评《精忠记》："词简净，演此令人眦裂"；对此"激烈悲壮，具英雄气色"的戏，"优人竞演之"，足见其对忠奸斗争题材倾心热爱。

而陈澹然《义伶传》也记载同治年间的名演员程长庚："为诸葛亮、刘基（刘伯温），则须眉毕至。尤喜治程婴保赵孤诸惨剧。曰：'吾慕此数人，不获，聊以泄吾悲耳！'"他喜爱表演《赵氏孤儿》一类悲剧的原因，就是为了进入角色抒发内心块垒的。把心里要说的话，借助于剧情自然而然地表达出来，也是侠优们融现实时事入历史时空的一种无上的精神享受。

有的优伶，更因为在从艺之前，对于社会的黑暗有了深切的体验，从而借助戏台上的表演，揭露和抨击更大更紧迫的社会问题。如徐珂《清稗类抄》载，清穆宗、德宗时期，京师金店艺徒有个名叫一汪水的，他改行进了梨园后，身价百倍。他因为自己的生活经验，每到配戏发挥之时，总是以有关金店的事情为讽。当时有关纳税、铨选许多事都离不开金店。一次他演出《得意缘》等剧，为旦角按摩，原本是以"赴京应举"为台词，而他因为个人的偏好，就临时改成"到京捐纳"，恰好台下就有这一类商人，观看之后大怒，将要动武。而一汪水这位演员，既不受辱，也不还答。他自己听到了妙谑，就以巾掩口，笑个不停。

其二，演员的艺术生产离不开观众的审美消费。这与戏曲这种无可比肩的艺术形式有关。清人睿水生《祭皋陶弁语》指出："杂剧、院本，词家之支流也。然望之有道，要不为无益于世。盖古之忠臣孝子，义人烈士，事在正史，不但愚氓无由知，即浅学儒士，至有不能举其姓字者。惟一列之俳场，节以乐句，则流通传播，虽妇人孺子皆知称道之。故杂剧之效能，使草野闾巷之民亦知慕君子而恶小人，此庄士之所不废也。”戏曲是古代侠义伦理、忠奸善恶情感传播的最有效方式，侠优以剧场空间掀腾起抑奸邪、扶正气的遮天舆论，而观众汇聚的公众情氛又激发感染着演员自身的侠义情感。

侯方域《马伶传》曾记载，明之留都金陵有两个最著名的戏班，彼此争夺观众。一次演出《鸣凤记》，扮演严嵩的马伶耻于居对方演此角色的李伶之下，竟易装遁逃。三年后马伶归复扮严相国，在场观看的李伶忽然失声，匍匐上前口称弟子，后来才得知马伶为演好奸臣角色，特意到京师，求作当时某相国的门卒，每天察其举止，聆其声音，久后才得其真传。观众要求演员刻划奸佞要酷似生活现实中的那些丑类，这无疑更燃旺了侠优憎恶奸恶小人的满腔怒火。马伶学的是艺，但他更在锤炼艺的同时强固了对权奸本质的认识，加深了厌憎奸贼的侠情体验。因而孙中山先生《建国方略·有志竟成》中曾论及天地会为反清复明，采用的宣传组织措施借助于演戏和忠奸复仇观念：

> 以此条件而立会，将以何道而后可？必也以合群众心理之事迹，而传民族国家之思想。故洪门之拜会，则以演戏为之，盖此最易动群众之视听也。其传布思想，则以不平之心、复仇之事导之，此最易发常人之感情也。

在中国古代，“艺”与“道”是密切联系的，不能孤立地看待马伶等演员的“艺”的成功，这种成功离不开忠奸侠义之

“道”。唯有充满特定期待心理的观众们捧场呼应，反馈于演员们技艺臻善的决心，才会有马伶的佳话。而类似佳话的远播，当然更催动着优伶们演忠奸戏及借戏讽奸的热情。

其三，戏台本身作为演员们的一个心理生活空间，与剧场这一观众演员共在的理念构想是联系的，特定的情境不断重复深化，也重构了侠伶们的情感和价值观，特定的群体结构中演员与观众及其消费心理是互为感发的。据《极斋杂录》记载，吴中有关富翁宴客，演《精忠记》，某坐客见秦桧出场，不胜愤怒，站起来捶打，中其要害而毙。举座震惊，而这人却从容自若。众人鸣之官，官怜惜其义，减轻其刑。放归后做诗：“卖国奸雄心胆寒，当场一见发冲冠。无端格杀秦花面，也为庸臣涤肺肝。”内中满是激浊扬清之意①。

有名的周忠介公蓼洲（周顺昌）先生，大家都知道他早年的类似经历。当他刚选任杭州司李，杭人在都者置酒相贺，演了一出岳飞的戏。到了奸相东窗设计，先生也是不胜激愤，将优人捶打而去。举座惊愕，疑有所得罪，次日托友人问缘故，先生说：“咋天偶感不平，打了秦桧。”当时叶台山为相，闻此惊异。说吾邑刁顽难治，特意将周先生改任福州②。

又传闻说明末吴县洞庭山乡有个大胡子樵夫，以侠义闻名乡里。他并不识字，但却好听人谈古今事，常常激于义，出言力辩是非，虽读书人也难不倒他，一天担着柴过演戏处，看

① 褚人获：《坚瓠集》补集卷四，《笔记小说大观》第十五册，江苏广陵古籍刻印社 1984 年（影印），第 464－465 页。

② 褚人获：《坚瓠集》八集卷四，《笔记小说大观》第十五册，江苏广陵古籍刻印社 1984 年（影印），第 275 页。

《精忠传》，秦桧出场，大胡子怒，飞跃上台将其摔倒殴打，流血几乎致死，众人惊起去救，大胡子还嚷着："你作奸相，奸佞如此，不殴死你还等什么！"众人说这是演戏呵！不是真秦桧。大胡子说："我也知道是演戏，所以才动了拳脚，若是真的，早就碰到我的斧子上了。"①

还相传，永平府性格刚猛的常运安观看表演岳飞故事的《如是观》一剧，演到《标本》这一出时："常怒，大跃登台上，夺武穆王椎，痛击假秦桧几毙。讼于官，鞫，知与伶素无宿怨，实深恶当日之（秦）桧，故今日见其似者而扑之耳，搜其家，所藏《传》（《精忠传》）本，皆无'桧'字，官释之。由是，乡人推服。"② 在当场打死扮演秦桧的演员后，事情成了刑事案件，他当初阅读《精忠传》抠去秦桧字样的小说本子，成为他的确深恶奸臣而非故意杀人的有利证据。

下层民众中不乏像大胡子樵客、常运安这样的性刚疾恶者，而他们善恶忠奸之辨，侠义精神所由来是戏文，疾恶如仇的具体指向和催化力也往往是戏台上的奸凶。这类事情以其发生在公共场所，传播得既快且广。

相映成趣的是，小说中也不乏此类精彩的描写。明末清初话本小说《生绡剪》写回族侠士沙尔澄，一次观演弋阳腔戏曲《飞龙记》，看到扮演魏忠贤的优伶指天画地，用酷刑拷杨涟、左光斗、周顺昌等忠臣，恨得咬牙切齿，一边嚷着："再耐不得了！"一边提刀跳上戏台，揪翻魏监，按颈一刀，早已红光

---

① 顾彩：《髯樵传》，张潮辑《虞初新志》卷八，河北人民出版社1985年版，第149－150页。

② 曾衍东：《小豆棚》卷二，中州古籍出版社1989年版，第35页。

乱冒，身首两处了。当场优伶们还以为是强盗前来打劫行头，一齐乱躲。事出意外，连台下的观众也不由得各自逃窜，互相践踏。值得注意的是，小说并未有意美化侠士，事实上，沙尔澄是在皮匠霜三八旁边看戏的。那皮匠边缝皮子边“娘嬉长，娘嬉短”地骂着，“听得魏监出场，雌声雌气，他便口里狠狠骂道：‘杀个娘嬉，何等勿好！’那沙尔澄逐折看去，早把那抱不平的肚肠点得火着。正没处发泄，见皮匠愤愤不休，尔澄赏鉴他倒也是个刚肠男子”。在视觉，感受的是那个名叫秋三的优伶演技维妙维肖；在听觉，是剧场氛围对于崇敬忠良痛恨奸佞的激发，于是他武侠情怀顿时冲动，提起皮匠霜三八的切刀四脚两步跳上台杀死“奸臣”，然而，台上台下乱起来，他立刻就意识到事情的严重性，丢刀溜下台，“呐声喊，没命的跑了”。还是皮匠被众人以刀为线索误认，成为这侠客的替身，因为他对于沙尔澄的侠义烈举充分理解认同，也不否认，替代沙尔澄被收监，后来才说明原委，但他还坚持认为这是一件“抱不平、杀奸贼的美举”①。

如果说上述作品中写得就是明末时事，有着牵动时人善善恶恶之心的朝中忠奸斗争为背景，那么，历史题材的小说中有类似场面，则纯受明中叶后白热化了的忠奸搏斗现实启示，自觉地将“观戏生怒杀奸”作为刻划特定人物疾恶如仇暴烈情性的一种表现模式。似乎武侠们也并非毫无历史常识的。可有的武侠在观看《隋唐传》戏时，竟在情急之下射死追赶李世民的演员：

---

① 无名氏：《生绡剪》卷二第七回《沙尔澄凭空孤愤，霜三八仗义疏身》，春风文艺出版社 1987 年版，第 139 – 140 页。

当时那台上单雄信狂叫如雷，精神抖擞，追赶秦王；追得正在危急之际，把个匡胤急得心慌意乱，想到："怎么不见尉迟恭出来救驾？若再迟了，可不把个创立天下的皇帝被他那住了么！有了，待我搭救了他罢。"遂把马三铁送的神插弓拔出，搭上了连珠箭，拽满弓弦，嗖的一箭射去，正中在单雄信左胯上。只见那单雄信翻身扑倒在台板上，滚了几滚便不动了。……①

这写的是宋太祖赵匡胤发迹前的一段趣事，可以说形象地刻画了他爱憎分明、急人所难的侠肠豪骨。联系到前两个故事中的主人公，可以看出，不论是某富翁、周顺昌、沙尔澄还是赵匡胤，不论是野史传闻还是文学作品，其描绘观剧者为侠情所激的假戏真看，情急之下的失态，都离不开特定情感场域中观众与观众之间、观众与演员间的交叉感染。在众人情绪高涨、恨不得将奸佞从台上拖下生啖其肉的特定情境熏陶下，许多优伶的内在心理结构不能不一次次地受到锤炼与调整。他们因其职业带来的自我表现欲望，结合着侠义情感的冲动，情境气氛的引发，很自然地做出借表演来嘲讽奸佞的壮烈举动来。

侠惩奸佞显示了其正义感和斗争精神，侠助忠良表露了其对治世良臣的渴慕，而侠盗与侠优对忠善奸恶爱憎分明的态度，则各具特色地体现了平民意识里的忠义正统观念，其孕育滋哺着侠，也支配了侠的相关认知与审美意识。

---

① 吴璿：《飞龙全传》第二十五回《杜二公纳谏归正，真命主违数罹灾》，人民文学出版社 1981 年版，第 233 页。

侠优讽奸，基于广大下层民众对奸佞的痛恨仇视，在年深日久的传统专制社会里，是一个难得的文化窗口，昭示了民众与文人共通的正义心声。主题学认为，在共同的表现模式支配下，主题可以超越既定文本体裁，在不同类别的文本中沟通、选择性地置换。惩奸复仇意识也正如同一条红线，贯串在小说、野史笔记中，不论是想像还是写实，其反映了侠义优伶及观众怎样挟下层民众的亚文化伦理，敢怒敢骂、疾恶如仇；而心同此理的文人雅士，又对此现实传闻着意筛选、认同、加工，从而汇聚为一个具有绵长系列的传统主题。主题一旦形成固化，又反馈于现实生活之中，不能不刺激了梨园子弟的敬忠憎奸之心，催奋了其可贵的斗争精神传扬嗣续。除去具体个别的现实原因，清代晚期至近代说唱文学与戏曲的大胆泼辣，指斥时弊，应当说与上述传统主题存在及其潜在影响，是不无关系的。

针对《长生殿》中乐工雷海青的一段唱词："平日家张着口将忠义谈，到临危翻着脸把富贵贪，早一齐儿摇尾受新衔……"戏剧史家体会到："其事虽与《桃花扇》的《李香君》'骂筵'不同，一为倡伎，一为乐工，因其都不是当时所谓'衣冠中人'，然皆能具有气节。孔洪二氏，或当同此感慨吧！"[①] 的确，侠优叙事，也可作如是观。

---

① 周贻白：《中国戏剧史长编》，人民文学出版社1960年版，第430页。

第十四章　兵器妖化母题与武侠表现的道具

在中国古代的神秘思维中，神变幻化，占有一个重要的位置，这其中便活跃着一个流传广远的“兵器妖化”母题，尤其在明清历史演义里，具有灵性、亦妖亦物的兵器，简直成了主要英雄人物不可或缺的辅助，其与英雄共兴衰，同命运；英雄手中兵器灵物互化的能量与英雄的能量成正比，成为古代通俗小说中的一个引人注目的母题模式，体现了英雄侠义形象塑造的关键环节，值得予以总结与挖掘。

一、“龙原型”与兵器妖化的几种类型

关于“兵器妖化”传闻，最多的莫过于以龙作为灵异本体了。在冷兵器作战的时代，为了尽可能地延伸人力的力臂，便于攻守，作战者（尤其在马上）手持的兵器大多为长棍状的，在形态上与龙蛇的形体相似，借助龙的神威也就在情理之中了。

清代通俗小说《飞龙外传》里的赵匡胤，未发迹时就曾蒙张员外赠一条黄金锦织成的鸾带，说是当年有位仙长为答谢款待留下的，名曰“神煞棍棒”：

凡是无事之时，束在腰间，是一条带子；若遇了冲锋之

际，解落他来，只消口内念声：“黄龙舒展”！顺手迎风一纵，这带就变成了一条棍棒。拿在手中，轻如鸿毛，打在人身，重若泰山。凭你刀枪剑戟，俱不能伤害其身。若遇了妖术邪法，有了此宝防护，便可心神不乱，堪（勘）灭妖邪。如不用时，口中念那：“神棍归原”四字，将手一抖，那棍依然是条带子。真的运用如神，变化莫测。……①

不用说，赵匡胤用来果然灵验，靠着这件宝物，临危脱险，屡建奇功，终于成就帝业。上面一段话交待出这种兵器的神异功能有三：最主要的是便于隐藏易于携带，以随时给予敌手突然袭击；再就是对主人起到防身的佑护作用；此外则能与于关键时借此破除邪法。

兵器妖化，最早的文本，至迟可追溯到宋代《大唐三藏取经诗话》中《入九龙池处第七》的猴行者（《西游记》）故事，说是猴行者过九龙池，“忽见波澜渺渺，白浪茫茫，千里乌江，万重黑浪。只见馗龙哮吼，火鬣毫火，喊动前来。被猴行者隐形帽化作遮天阵，钵盂盛却万里之水，金环锡杖化作一条铁龙。无日无夜，二边相斗。……”②

明代天启年间的小说写胡参谋自夸其宝剑来历：“此宝变化多端，神通广大，是俺向游蒙阴遇孙膑先生所授”，并解释：“历代神师圣相，皆是出有入无之圣贤，……孰谓孙膑先生不

① 吴璿：《飞龙外传》第七回《柴君贵贩伞登古道，赵匡胤割税闹金桥》，人民文学出版社 1985 年版，第 55 页。

② 李时人、蔡镜浩：《大唐三藏取经诗话校注》，中华书局 1997 年版，第 21 页。

在人世耶？但无缘者不能见耳。”于是“将宝剑化作一条龙，他这条龙比妖人草龙不同，他这剑乃是先天水火锻炼宝贝，变作一条龙，明明白白三停九似，怎的唤作‘三停九似’？头至颈为一停，颈至脊为一停，脊至尾为一停，便是‘三停’。怎么唤作九似？发似马，角似㹀，头似牛，鼻似狮，眼似虾，鳞似鱼，爪似鹰，尾似蛇，耳似鹿，便是‘九似’。”① 神物，有着多元化的来由，与仙化了的隐士形象结合到一起。

剑为龙化，有着深远的文本来历。应当说，在意象母题历史性动态发展、不断向相关其他文体扩散的进程中，某一核心意象往往起着触媒的、扩散辐射的作用，而剑，恰恰是“兵器化妖”母题的较直接的主导性触媒意象。李白《古诗五十九首》其十六就咏叹：“宝剑双蛟龙，雪花照芙蓉。精光射天地，雷腾不可冲。一去别金匣，飞沉失相认。风胡殁已久，所以潜其峰。吴水深万丈，楚山邈千重。雌雄终不隔，神物会当逢。”此诗的互文参照，当来自鲍照《赠故人马子乔诗》之五：“双剑将别离，先在匣中鸣。烟雨交将夕，从此忽分形。雌沉吴江水，雄飞入楚城。吴江深无底，楚关有崇扃。一为天地别，岂直限幽明。神物终不隔，千祖倘还并。”诚如清人王琦所说，鲍诗是为故人赠别，重点在“神物”一联；李诗则是感知己之不存，其警策处即在“风胡”两语。以创作为主体自身的人格对应物，李白咏出了知遇难逢的苦闷。

上面两首诗都提到了宝剑化龙入水的典故，这个故事突出地显示了剑的母题与龙蛇原型的内在相通性。雷次宗（焕）

① 清隐道士（沈会极）编次：《皇明通俗演义七曜平妖全传》第四十八回，上海古籍出版社古本小说集成本。

《豫意记》称，传说有两宝剑深藏地下，紫气充斥于这一带上空的斗牛二星宿之间，博物者张华慧眼识出，就让雷焕前去作丰城令，并告知此事，雷就任后移狱，下掘三十余尺得五匣，中有双剑，自留一，另一赠张华。后张华遇害，此剑飞入襄城水中；后来，另一剑也从雷的儿子腰中一跃入水，两剑化为两龙，相随远去。《太平御览》引《雷焕别传》称，张华认为这两把剑中的一把是干将，另把当为莫耶；而《晋书·张华传》也记载，盛刻石函上有刻题，两剑一曰龙泉，一曰太阿，张华被害后他的那把剑就失踪了；另一把从雷焕之子腰中堕水后，“人没水取之，不见剑，但见两龙各长数丈，蟠萦有文章，没者惧而反。须臾光彩照水，波浪惊沸，于是失剑”。从北魏郦道元《水经注》所载上述传说的异文看[①]，剑化为龙的说法在当时流传很广，这其中必有更为深刻的原因。

剑为龙化，其最初原型很可能是蛇，在春秋时期吴越一带，乃至中国长江流域往南的广大地区，多蛇，许慎《说文解字》释蛮为“南蛮，蛇种”；释蛇称：“东南越，蛇种。”南方普遍有蛇崇拜，也许这正是早期剑的神幻记载，多与吴越楚三国相关的原因之一吧。因为蛇龙相类，很自然地刻与神性广大的龙攀上了因缘。魏武帝曹操《步出夏门行》诗咏“螣蛇乘雾”，语出《山海经·中次十二经》：柴桑之山“多白蛇飞蛇”，郭璞注曰“飞蛇”：“即螣蛇，乘雾而飞者”。又《荀子·劝学》：

① 郦道元：《水经注》卷二十八《沔水》载：“昔张公（张华）遇害，亦亡剑于是水。后雷氏为建安从事，经践濑溪，所留之剑忽于其怀跃出落水，初犹是剑，后变为龙。故吴均《剑骑诗》云：‘剑是两蛟龙。’张华之言不孤为验也。”

"螣蛇无足而飞。"《韩非子·难势》引《慎子》:"飞龙乘云,螣蛇游雾。"可见,古人心目中的蛇并不是绝对不能飞的,它常带有龙的性质。刘向《说苑·杂言》也说:"螣蛇游于雾露,乘于风雨而行,非千里不止。"《晋书》本传记载张华事时就提到,汉高祖刘邦的斩蛇剑,在武库遇火时穿屋而飞,颇具龙蛇飞翔的神功。这把剑,本是刘邦的父亲汉太上皇微时以自己宝藏匕首炼就的神器,先前那把匕首是一个野人在陌上授给太上皇的,说是殷商时的灵物,上有铭刻的古字,等到炼成宝剑后,那铭痕居然仍在。太上皇以剑赐高祖,天下定后由吕后藏于宝库中,"库中守藏者见白气如云,出于户外,状如龙蛇"[①]。剑的精灵似乎来自那不可探知的古远之世,怎样封藏也难脱神性,锁闭在武库多年仍会将神威本性洋溢空中。

首先,剑蛇互化常与古代帝王威灵有关,据说唐太宗也有斩蟒化为剑的传闻。《延安府志》记载,安塞县有刻匣寺,古洞临崖。碑记称唐太宗偕卫国公李靖征北番过此,"土人奏大蟒为害,太宗射蟒,入石罅(缝),挽其尾,化为剑,缺刃,按剑磨之,石为之亏"[②]。因而清人郭超群《唐太宗新蟒化剑处》一诗曾咏叹过观此故地之感:"龙之境蜒风之歧,出自北门四十里。峡口乃有剑化寺,唐王斩蟒即在是。太宗临政不可及,所宝维贤得其理。同卫国公平北番,巨蛇当道欲效死。不知何神来呵护,化作宝剑赠天子。"仿佛神明赐剑给创业帝王时,剑是变形化为蟒蛇最终落入帝王手中的,剑因帝王之威而更显灵性。

---

① 王嘉:《拾遗记》卷五,中华书局1981年版,第110-111页。

② 陈民旭、高飞卫选注:《延安吟》,陕西旅游出版社1992年版,第177页。

明代《警世通言》卷二十一《赵太祖千里送京娘》的铁棒，还只是被称之为“护身龙”，在遇到强盗打劫时：“公子一条铁棒，如金龙罩体，玉蟒缠身；迎着棒似秋叶翻风，近着身如落花坠地。打得三分四散，七零八落。……”而到了清代小说《飞龙全传》，其中的赵匡胤的腰带，也是前潜藏着天龙所化的原型。说是张员外相赠时讲这黄金锦鸾带名曰“神煞棍棒”，是一位仙长所赠：“他说，此宝乃仙家制炼，非同凡品，必须非常之人，方可得此非常之物。……故此相赠，做件防身兵器，一则免得提了这蟠龙棍行走不便，二则权当此物作一点系念之心。”① 匡胤接过试了一下，果然收放自如，“仙家妙物，秘处难言”。这兵器实际上把龙蛇的质性柔软，与棍棒的坚韧结合，便于携带、隐藏又具备实用价值。不过，小说第十一回写他被董美英五色神钩住后，用这“除邪破魅”的至宝化成鸾带，套住了美英脖子拖下马，有些不像英雄的手段。

剑与龙的对应性传闻，广布于民间传闻之中。后世武侠小说中的“携剑飞空”书写，实际上由乘龙、骑乘剑所化之龙来“人剑合一”的描绘而来，高继衍《蝶阶外史》卷二则称：

> 四川典肆，常质古董。一日，有客短衣虬髯，持匣，缄封甚固，索二百金，主者请开箧，观其称否，客曰：“此吾至宝，因有急需，三日来赎。”主者曰：“不见物，何以质钱？”客曰：“必欲观之，即亦无难。”因起箧，竹剑一，横八分许，长尺有奇。主者哂曰：“此何物，直多

① 吴璿：《飞龙全传》第七回《柴君贵贩伞登古道，赵匡胤割税闹金桥》，人民文学出版社1985年版，第55－56页。

金耶？”客曰：“无轻视此物，人自不识耳。”持剑一晃，化为龙，乘之，夭矫凌空而去，箧至今尚存。

其三，关于龙与水崇拜特别是泉水崇拜等关系，也常借助于龙与剑等互化故事连接起来。联系到《说岳全传》中岳飞的沥泉枪就来自泉水，泉水的活力也有赖于水中灵物。而明代相关传闻，最能体现出这种带有突出的生态伦理意蕴。说天彭汉繁一带有观音泉，四季水涌。泉中有巨鳝：“长三尺馀，尾端有锋，顶生二角，皆寸许，蜿蜒于泉水中。”农民龚某欲捕食，父老相劝：“此蛟龙也，毁之而泉必竭。或又曰：‘此灵物也，伤之则身有祸，惟当诚而敬之可也。’”可是龚某偏偏不听，父老又劝：

昔雷焕之剑，陶侃之梭，费长房之杖，皆器物类也，尚化为龙，矢此异形之物乎？抑闻东坡云：眉山青城邑，有牝豕伏地，化为泉，后有二鲤常游于中，故曰“鲤泉”。又邵武山中，有买鱼得白鳝者，放之于井，后化为蛟，故曰“鳝泉”。此皆载于群书，昭然可考。……①

① 赵弼：《效颦集》卷下，古典文学出版社1957年版，第102－105页。《东坡志林》卷三《猪母佛》：“眉州青神县道侧有一小佛屋，俗谓之‘猪母佛’，云百年前有牝猪伏于此，化为泉，有二鲤鱼在泉中，云：‘盖猪龙也。’蜀人谓牝猪为母，而立佛堂其上，故以名之。泉出石上，深不及二尺，大旱不竭，而二鲤莫有见者。余一日偶见之，以告妻兄王愿，愿深疑，意余之诞也。余亦不平其见疑，因与愿祷于泉上曰：‘余若不诞者，鱼当复见。’已而二鲤复出，愿大惊，再拜谢罪而去。此地应为灵异。青神文及者，以父病求医，夜过其侧，有髽而负琴者邀至室，及辞以父病，不可留，而其人苦留之，欲晓乃遣去。行未数里，见道傍有劫贼所杀人，赫然未冷也，否则及亦未免耳。泉在石佛镇南五里许，青神二十五里。”此条蒙高云鹏博士提示。

巨鳝被杀后，果然梦中来怒责，龚某遭其复仇，自詈而死。而“其夕雷霆大震，雨雹如梅，飞鸟皆毙，泉亦涸焉”。故事不仅写出了作为生态主体的巨鳝，实际上有着更大的能量，而且生命体还与泉水这一浇灌庄稼、人类赖以生存的资源密切联系，于是故事可贵的“敬畏生命”的思想之外，还蕴含着鱼类与龙、“器物”与龙等互为变化的观念传统。何以许多宝贝兵器得之于水中？这真是一个饶有意趣的问题。

其四，清末雌雄剑的传说，还体现出谪降世间的剑仙之传奇。在王韬《淞隐漫录》写世家子许玉林自倭国得到的宝刀，在虬髯的萧总戎看来，不过是一片朽铁，他把自己珍藏的“能斩妖辟邪”的匕首相赠。许生在路经楚南途中遇女妖，后者呼来“赤精子”，即数丈长的大蛇：“其赤如火，夭矫从空飞入，张目吐舌，将搏噬生。生立拔匕首斫之，划然一声如裂帛，则蛇已决为两截。生俯视之，则双剑也，制并古雅，似非时下物。”然而这双剑却在峨眉山下应对妖物袭击时杳然而失。许生的宝贝匕首引起了为官的舅舅的惊讶，原来因“刀纹凸而显出”，“刀铭阳文”恰恰与舅女之匕首成为一对，后者为峨眉山隐道人所赠，还惊叹：“此女聂政也！何为在人间?”舅以女儿此匕首有“熠然作光”，“殆雌雄作合之兆”，促成许生入赘，婚后伉俪间甚相得，但不久却夫妻“并失其首”，而匣中双匕首俱已羽化飞升至道人案上。人们“咸以为生与女皆剑侠者流，游戏人间，借尸解仙去”①。佛教转世观念与仙道谪降传说

① 王韬：《淞隐漫录》卷一《许玉林匕首》，人民文学出版社 1983 年版，第 9－12 页。

融合，纠结着雌雄剑与“赤精子”——大蛇所化双剑的故事，及其与小说男女人物身世命运的若隐若现的联系，显得扑朔迷离。

兵器为蛇所化，显系兵器是龙的化身的一个亚类型，其实这并不限于剑，在后世的英雄传奇和以英雄为主体历史演义小说里，更是极为形象地多样化呈显了，这其实突出地显示了一个武侠崇拜的文学传统。钱彩等《说岳全传》中的岳飞，也需要凭恃着宝物驰骋。只是这宝物之得来，却也是颇为不易。小说第七回写英雄来到沥泉山沥泉洞，见石洞中伸出个斗大的蛇头，口中流涎滴入水中，岳飞以大石击中蛇头，“只听得呼的一声响，一霎时，星雾迷漫，那蛇铜铃一般的眼露出金光，张开血盆般大口，望着岳飞迎面撞来。岳飞连忙把身子一侧，让过蛇头，趁着势将蛇尾一拖。一声响亮，定睛再看时，手中拿的哪里是蛇尾，却是一条丈八长的蘸金枪，枪杆上有‘沥泉神矛’四个字”。这一神物的灵异性情，往往也与武侠英雄的另一惯用的工具——烈马相仿佛，桀骜不驯，不肯轻易服人的。而一旦被江中怪物摄去这蛇化的神枪，也就预示着英雄厄运的降临①。

又像《残唐五代史演义》第十八回写一个身穿黄衣的道人，当道现向黄巢索还宝剑，“道人举起拐杖，望巢一打，巢即仆地。道人化阵清风而去。左右扶起黄巢，半晌方醒，腰间不见浑唐宝剑”。书中引诗称“道人夺剑数当亡”，解释为天不保佑。失剑为明显的不祥之兆，果然不久黄巢就兵败自刎了。

① 钱彩等：《说岳全传》第六十回《戡冤狱周三畏挂冠，探囹圄张总兵死义》，上海古籍出版社1980年版，第521页。

但有时那特定的兵器，还可以应付不时之需，奇妙地返回其原型，从而化为龙蛇的形状起到特殊的功用。明代小说《东度记》写的是达摩禅师阐禅行法的故事，描写梵志携道童行到一个名叫歧歧路的村庄，遇到三五个闲游浪荡的少年，要与师徒二人比试拳脚棍棒，实际上是无赖纠缠。道童拳脚、棍棒都获胜后，众少年恼怒，一少年竟然执过长枪戳来，无奈之际道童只得“把手一挥，只见那枪棒尽变作长蛇，张牙吐舌，直去咬那众少年。众人慌怕起来，齐齐跪倒，只叫饶命，越叫那蛇越咬。梵志笑将起来，分付道童收了法术”，于是这蛇依旧是枪棒，在少年手内①。

某些偶然出土的金属器物，也会强化兵器传闻的神秘性。宋代邵博《邵氏闻见后录》卷二十七转述了几个掘宝故事，其中一个称：“近岁，犍为、资官二县接境地名‘龙透’，向氏佃民耕田，忽声出地中，耕牛惊走，得铜剑一，长二尺余，民持归，挂牛栏上。入夜，剑有光，栏牛尽惊。移之舍中，其光益甚，民愚亦惊惧，掷于户外，即飞去，盖神物也。”能发声就好似“龙吟”，而有光、能飞，也成为铜剑这一兵器颇有来历的证明。

兵器妖化也有许多变形，体现了神物崇拜的丰富性。干宝《搜神记》卷九记载：“京兆长安有张氏，独处一室。有鸠自外入，止于床。张氏祝曰：‘鸠来！为我祸也，飞上承尘；为我福也，即入我怀。’鸠飞入怀。以手探之，则不知鸠之所在，而得一金钩。遂宝之。自是子孙渐富，资财万倍。”其实，此

① 清溪道人：《东度记》第三回《蒲草接翅放青鸾，枪棒化蛇降众少》，上海古籍出版社 1996 年版，第 14－15 页。

还是与兵器制作的神秘信仰有关，似本于《吴越春秋》卷四《阖闾内传》："有人贪王之重赏也，杀其二子，以血衅金，遂成二钩。献于阖闾，……王钩甚多，形体相类，不知其所在，于是钩师向钩而呼二子之名：'吴鸿、扈稽，我在于此，王不知我之神也。'声绝于口，两钩俱飞着父之胸。吴王大惊曰：'嗟乎！寡人诚负于子。'乃赏百金，遂服不离身。"其中已具备了人血崇拜的成分。

在一些较为次要的英雄那里，有时仅仅获取了神异兵器还不够，还要拜师学艺，神物的获取更强化了学艺的需要和紧迫感，而以神物出现为标志，引出了仙师授徒——英雄历炼的母题，实现了神异兵器的又一重功能。《万花楼演义》写一个雪亮的白人引石玉交战，白怪且退且走，败倒后化为三尖枪柄，这自然成了英雄石玉得心应手的兵器①。可巧，随后鬼谷子又出现了，他主动要收石玉为徒，授其枪法。于是"天授兵器"又与"仙师寻贤徒"母题联系起来。兵器化妖引出得主，妖化兵器又构成了英雄学艺的需要，仙师收贤徒遂有了一个必要的前提。

兵器的神性，往往同英雄的勇力等其他方面技能突飞猛进相联系的。还珠楼主《蜀山剑侠新传》写孙同康追随仙师入深山，在某处石洞中发现："有一盘粗如人臂的异藤紧贴地下，似蛇蟠一样，将头翘起尺许。无枝无叶，梢头上挺生着一个长圆形的异果，色如黄金，清香袭人，心神为爽。"他吃掉金果，大睡到两日夜后的正午，不知不觉神力大增，这时，发现那异

① 西湖居士李雨堂：《万花楼演义》第二十三回《现金躯玄天赐宝，临凡界鬼谷收徒》，上海古籍出版社1995年版，第117页。

藤已往石地中自行缩入，觉出那藤还在微微下挣，似乎有灵性，他奇怪地往出扯，可是稍稍松手藤就往地下钻入，他费尽周折才算把这异藤扯出，虹光四射，寒气逼人，满地满壁乱钻：

> 原来是口从未见过的珍奇宝剑，那藤根便生在剑柄之上。……那剑长仅二尺，精光耀眼。剑尖上有三寸许长一段银光，奇亮如电；随着守势快慢，微一舞动，便似长蛇吐信一般，发出丈许数尺不等的银虹，光焰闪耀。

他把剑柄所附的藤根灵汁吸干，周身舒畅。可是那剑还往地下钻，原来是地下深藏的剑匣在吸引，剑匣满布三角形的密鳞[①]。可见这一异藤意象，至少从形式上和质感上看，仍旧是文学传统中那剑的龙蛇原型的一个亚型变异。

二、工具——兵器崇拜与英雄的业绩

兵器，从本质和功能上讲，都无疑是作为人类生存斗争的一种工具，它的一再出现，说明人们是多么留恋那久远年代以来，社会生产进步给人类带来的一次次工具——兵器的革新。于是，很早人们就有理由把工具——兵器对象化情感化乃至人格化了。

而人格化可以说是与其神格化交织统一的。在这方面，神话学家曾指出：“在技术发展领域内，这一不断增长的中介作

① 还珠楼主：《蜀山剑侠新传》第二回《三千里侠客走风尘，百丈坪神童歼异兽》，中国书店1989年版，第58－65页。

用可在工具的发明及运用中见到。但在这里，我们可以再次观察到：从人一开始使用工具，他就从未把工具看做是人造的东西，看做是人是其公认制造者的物件；相反，工具被当做一种因其自身而在的存在，赋有着自身的力量；工具不受人的意志支配，反倒成为人受其意志支配的神或鬼——人感到自己依赖于它，于是就以种种具有宗教崇拜性质的礼仪崇拜它。在原始时代，斧头和锤子似乎尤其获得过这种宗教意蕴；对其它工具，诸如锄头、鱼钩、矛或剑的崇拜至今尚可在未开化部族中发见。在依韦部族中，铁匠使用的锤子被看作是一位强有力的神，依韦人崇拜它并向它奉献牺牲。甚至在希腊宗教和希腊文学中，引发这种崇拜的情感也时常得到直接的表达。乌西诺曾接引埃斯库勒斯《七将攻忒拜》剧中的一段作为一例。其中帕耳忒诺派耳斯指剑起誓，要摧毁忒拜城，帕氏之崇敬他的剑甚至达到‘高于神之上，（高）于他自己的眼睛’的地步。‘生命和胜利取决于方向和力量，也取决于武器的善良意志’；这种情感在战斗的危急关口不可遏止地涌上心头：祷告并非祈求某位远方的神来指挥这手中的武器——武器本身就是神，就是援者和救者。”而工具，“起源于某种文化英雄；这个英雄要么是神，要么是兽”①。

法国18世纪启蒙思想家霍尔巴赫《神圣的走廊》里，则从发明工具者的角度，说明了工具崇拜的早期发生：“我们看到，在任何国家里，最初的勇士，最古代的英雄，技术的发明者，祭师，立法者，宗教的奠基者，占卜者，魔术师在生时都

① ［德］恩斯特·卡西尔：《语言与神话》，于晓等译，生活·读书·新知三联书店1988年版，第80－81页。

受到人们的盲目的崇拜，从同时代人那里获得超自然存在的物的光荣，最后在死后还成为神，并因此成为生时曾受尊敬甚至崇拜的对象。”① 剔除其论述中的文明因素，就其本质来看，把人的社会性力量，人的社会地位，职能与贡献作用都搬进宗教中，并以此作为受到膜拜的标志，这无疑是对于原始英雄崇拜的一个最好的说明。

一般认为，就中国的原始宗教来看，英雄崇拜主要有两类，一类是氏族、部落或部落联盟的首领，如炎帝、黄帝、颛顼、帝喾、尧、舜、禹等人物被神化而受到崇拜，他们被作为崇拜者祖先。一类是生产及其工具的发明创造者，如构木为巢的有巢氏，钻木取火的燧人氏，发明种植技术的神农后稷等人物也因被神化而受到崇拜②。《国语·鲁语》展禽说：“夫祀，国之大节也；而节，政之所成也；故慎制祀以为国典，非政之宜也。夫圣王之制祀也，法施于民则祀之，以死勤死则祀立，以劳定国则祀之，能御大灾则祀之，能捍大患则祀之。”又说：“昔烈山氏之有天下也，其子曰柱，能殖百谷百蔬；夏之兴也，周弃继之，故犯之以为稷。共工氏之伯九有也，其子曰后土，能平九土，故祀之以为社。黄帝能成命百物，以明民共财；颛頊能修之。帝喾能序三辰以固民，尧能单均刑法以仪民，舜勤民事而野死，鲧障黄水而啄死，禹能以法修鲧之功，契为司徒而民辑。冥勤其官而水死，汤以宽治民而除其邪，稷勤百谷而山死，文王以文昭，武王以武烈。”说明像黄帝、神农、尧、舜、鲧、

① 霍尔巴赫语，转引自牙含章：《有神论与宗教的起源》，《无神论与宗教问题》，上海人民出版社1979年版。

② 参见王友三主编《中国宗教史》，齐鲁书社1991年版，第66页。

禹一类人物之所以受到膜拜，完全是以其对于社会的贡献，安邦定国，辛勤于事，或者有所创造发明。

即使在兵器这种特殊的工具闲置的时候，其神性仿佛也在潜存之期间无时无刻地不在“时刻准备着”。明人陆容《菽园杂记》载录：“庄浪参将赵妥儿，土人也。尝马蹶，视土中有物，得一刀，甚异。每地方将有事，则自出其鞘者寸馀，鞘当刀口处常自割坏。识者云：‘此灵物也，宜时以羊血涂其口。’妥儿赖其灵，每察见出鞘则预为之备。以是守边有年，卒无败事。……”① 兵器上的灵气时时提醒着主人，让其警醒，不至于在突发的意外前无备。在民间传说中，关公的青龙偃月刀就带有鸣声示警的功能：“……大刀鸣如洪钟一般，大家正不知如何是好时，只见关羽突然感到头晕目眩，立刻倒地。周仓便用青龙刀将押来的奸细一下砍为两段，大刀立刻停止鸣叫，关羽也慢慢地苏醒过来。”②

李福清先生曾指出：“各民族史诗作品中，壮士的武器和他的坐骑的描写通常都占有很重要的位置。中国的平话在一定程度上也提供了一幅类似的图景。史诗英雄一般都配上独具特色的武器，他的马也具有神奇的功能。”据目前采集到的传说称关羽请铁匠打造宝刀时，忽然炉中迸出光芒直射天空，正在经过的一条青龙被斩，龙血浸染了归到刀鞘内的刀；有的传说称周仓献刀，刀上嵌着一条青龙，原来他父亲打造这把刀时，一团火球从天上滚下落到刀上，刀面上就镶嵌了一条小青龙，

① 陆容：《菽园杂记》卷一，中华书局1985年版，第8页。

② 马昌仪编：《关公的民间传说》，花山文艺出版社1995年版，第86页。

刀就仿佛是青龙的化身，因为这青龙系上界王母娘娘瑶池的守池龙，因与赤兔（神龙下凡为马）彼此相爱被打下凡间，这些传说可能保存了一些较早的要素①。所以，把英雄的兵器视为有生命的灵物，是一个具有延续力的悠远民俗信仰。

于是，兵器这一人们征服外域、捍卫家园的利器，它的工具性作用很容易被夸大，与英雄崇拜互为“爱屋及乌”，于是它在民俗心理中愈加膨胀，必然被逐渐塑造为一种有生命的东西，活跃在作为适合其生存繁衍的通俗小说之中，并且通过其传奇性和神秘信奉而口头传扬，与通俗小说创作又进一步产生互动效验。

三、兵器妖化母题的艺术表现功能

工具，是人类征服世界不可或缺的帮手，但人不是单纯地创造了工具，他们对于自己的创造物是有情感寄托甚至理想期待的。况且工具的功能，总是伴随着其发展而渐渐丰富扩大，人们自然产生了对于工具的神秘企盼。于是兵器这一特殊工具就很自然地有了某种预见——尤其是具有示警功能。五代王仁裕《开元天宝遗事》卷上便载有一种“警恶刀”：“贵妃父杨玄琰，少时尝有一刀，每出入道途间，多佩此刀，或前有恶兽、盗贼，则所佩之刀铿然有声，似警于人也。玄琰宝之。”但是，刀枪一类兵器的鸣声却并不是都能从正面理解的，该书卷下就记载：“武库中刀枪自鸣，识者以为不祥之兆，后果有禄山之

① 李福清：《三国演义与民间文学传统·中文版自序》，尹锡康、田大畏译，上海古籍出版社 1997 年版，第 82 – 84 页。

乱、大驾西幸之应也。”

“兵器妖化”母题，在具体的古代小说作品中有着重要的文本结构作用和表现功能。

首先，是母题的预示作用，其与谶言文化结合，表示人物命运的或幸运或不幸陡转，某种重要变化降临的征兆。明末方汝浩《禅真逸史》写钟守净恩将仇报，在梁主面前进谗言，逼走了林澹然，在寺中倒行逆施，几年后率众正在大殿拜诵水忏，忽狂风大作，烟雾四起，“正梁上飞下一条大蟒蛇来，遍体皆黄，亮如金色，双睛闪烁，口中喷火，身长十尺有馀，昂着头张开大口，径奔钟守净。……”钟逃走，躲在关帝神橱中才算暂且偷生。其弄蛇乞丐出身的徒弟雷履阳也被蟒蛇挥尾打死。蛇入荷花池后众人车干水，发现原来是林澹然的一条熟铜禅杖[①]。小说下一回禅杖缩入土中，引得众人掘出来一块石碣，上面早已有字：“少女树边目，人驮二卯哭。善者福自生，恶者祸相逐。”众和尚心里都明白林是好人，而“钟守净是个奸淫恶辈，铜杖化蛇，预先警报，乃不祥之兆”。后者果然不久即寺毁身亡。

英雄的命运既然与其兵器紧密地相连，那么，与古代传说中的“宝失家败”母题相关的英雄“剑（枪、刀等兵器）失人亡”模式，也是每出现于作品中的。仿佛《说岳全传》中岳飞遇到不测前夕其沥泉枪就无端被摄走，作为清人说唐系列小说之一的鸳湖渔叟《说唐全传》，也写尉迟恭在宝鸡山经过，山石开露出一石匣，匣中有两个铁羊，一白一红，道士李友白留

① 清溪道人：《禅真逸史》第十四回《得天书符救李秀，正夫纲义激沈全》，黑龙江人民出版社1986年版，第212页。

下红的，白铁羊为尉迟恭收藏，李还说“若要铁羊开，除非仁义血”，尉迟恭杀了一个名叫仁义的县差，血浇铁羊才获得雌雄二鞭。据说这鞭与英雄尉迟恭的命运攸关，鞭在人在，鞭断人亡。其需要人血才开启，似乎残留者妖的本性[①]，但这里却没写鞭失英雄死亡，而是延迟到后面很久。顺便尉迟恭还收服了金龙池内的怪物，他击败之后才发现：“原来是匹黑马，自头至尾长九尺，高有九尺。”根据毛色特点，名为“乌骓马”。于是，英雄的坐骑与兵器，就这样被“史诗手法”书写成神赐的相关配备，正面英雄的“神格”一面得以突出。

而相关小说的别本异文《说唐三传》则写薛蛟问薛葵兵器有否，后者答曰，一次在山里遇见二虎相对，追入洞中拿住虎尾脱出，竟变成了两柄笆斗大的铁锤：“山中有一老道教习，锤法亦精通了。”[②] 而薛蛟则拥有李靖赠送的牛头马身的仙马及兵器，还吃了这香山李靖大仙的枣子而“力长千斤”。

有得有失，仙赐兵器往往在损坏或失去之时，也是英雄尘缘已尽之日。前引小说还写尉迟恭要谏阻朝廷杀害忠臣薛仁贵，他持着自己的竹节钢鞭闯宫：“对着止禁门一鞭，听得一声响，那鞭分为十八段。尉迟恭大惊说：‘不好了，当日师傅有言说，鞭在人在，鞭亡人亡。’再看门上写着‘止禁门’，说道：‘宫中止禁门，凭你什么大臣，不奉宣召，不敢到这里，倘非宣召

---

① 鸳湖渔叟校订：《说唐全传》第四十四回《尉迟恭打关劫寨，徐茂公访友寻朋》，上海古籍出版社 1995 年版，第 261 页。

② 如莲居士编：《说唐三传》（《异说后唐传三集薛丁山征西樊梨花全传》）第七十八回《张君左秦府出丑，九炼山薛刚团圆》，江苏古籍出版社 1996 年版，第 286－287 页。

到此，就要斩首，我倚仗着这条鞭，如今断了鞭，焉能得出去？也罢，性命难保了。'”对着禁门奏拜之后，便撞了禁门而死①。于是故事情节遂变得较为完整，英雄与其兵器的共同命运具有的复合性、连带性，照应了前面的母题昭示。无论如何，兵器的失去或毁坏，也仿佛就像英雄要复化为神，回到神境“归位”一样，结束了尘世一遭的旅行，完成了既定的光荣使命。禁忌，与“宝失人亡”母题也纠结一处。

而天花藏主人的历史演义写梁武帝骁将昌义之，任北徐州刺史，清闲难过，常派人将兵器铁扁担磨洗揉擦，以为快事，一日扁担忽放白光耀人眼目，又一日铮铮若有啸声，他认为此诚快事，然而“快则改常”，恐不能久，果然不多时就抱病而亡②。

可见，在海外学者精心统计的第302B型“英雄的生命和剑不能分开”母题中，仅仅列举了一例③，这显然是很不够的。同时，这种不该发生的疏漏，也部分地说明了古代通俗小说母题研究仍任重道远。

其次，是该母题可以起到烘衬作用。妖作兵器的出现，往往必与英雄的出场乃至一连串的英雄业绩相关，兵器的不平凡恰恰说明英雄的不同凡响。薛尔曼曾指出过这一汇聚着人类多民族精神的一个共同信奉：

---

① 如莲居士编：《说唐三传》第五回《薛仁贵绑赴法场，尉迟恭鞭断归天》，江苏古籍出版社1996年版，第14－15页。

② 天花藏主人：《梁武帝演义》第三十三回《功名成天书返洞，劫运消九曜归垣》，春风文艺出版社1987年版，第403页。

③ 即陈石峻：《泽玛姬》（藏族），见［美］丁乃通：《中国民间故事类型索引》，郑建成等译，中国民间文艺出版社1986年版，第69页。

> 我们只要忆起很多历史的传说与仙女的故事，就可以知道了，在这些传说或故事中，英雄们也恰靠某种指定的工具或武器，完成光耀的伟业与行动，若以平常的武器或工具，他们好像就不能有这些功绩似的。[①]

难以想象，吕布能没有方天画戟，关云长没有青龙偃月刀，张飞没有丈八蛇矛，窦耳墩没有虎头双钩，……因此上述多民族的共同信奉之于中国古人，也不例外。古人的观念，每每标举所谓“天地之间，物各有主”，以此推而广之，似乎某种兵器注定就是为该它所得、所用的英雄准备的。而英雄竟也非有此特定的兵器才能最充分、最大限度地发挥他的神通。

《后水浒传》写乐汤自述当年在黄河中见到一物，“忽沉忽浮，涌涌跃跃，如游龙般”，捞出后方知是一条浑铁棍，只是棍头有几行字迹不能详解，其中就有“配偶木易（杨），用之纵横”一语[②]，后来这棍在打擂时果然落在了英雄杨幺手里，杨被捕后，棍一度失落了，但最后终究还是又回到杨幺之手。

妖化宝剑，在侠义公案小说里还被渲染为英雄得蒙神佑，仿佛有意将神异的兵器赐给他们铲平人世的恶事恶人。《施公案》写，张帮带在郑家花园里见到一个妖怪，吓得昏倒，李公

① ［英］薛尔曼：《神的由来》，郑绍文译，上海文艺出版社1990年影印。

② 青莲室主人：《后水浒传》第三十九回《神棍合借朱润还家，铁匣开遇杨幺出井》，春风文艺出版社1981年版，第391页。

然闻讯赶来，只见妖怪长得十分凶恶，他与其奋力打斗，将其惯到太湖石上，不料手中的妖怪竟变成了一把耀目争光的宝剑，“但见有三尺六寸长，三指开阔的宽，青光闪烁，冷气侵人”，砍石如泥。后来他得了剑鞘才知道，原来这是当年魏武帝的青虹宝剑①。

其三，是情节的勾连结撰作用。清人佚名小说《天豹图》第二十四回写卢赛花与一黑面妖精打斗，那妖精招架不住口吐黑烟将卢赛花喷倒，陶天豹追赶到荒郊，一连几根竹刺打得妖怪就地一滚不见了，只见一只乌金锏在地，陶天豹正猜疑“莫非此锏年久成精”，又来一妖怪手持双锤与陶打，被击后倒地又是一阵怪风，变成一只锏，两只锏分别标注“乾”“坤”二字，拜见仙师才知道这是自己十七代祖公、镇国大将军留下的，于是在万花山洞中习练锏法。后来卢赛花在陶天豹收妖得锏后动了“怜才思念之心”，画下陶天豹图像日日相思，借此像与陶相认，而陶天豹也终于以这神奇的兵器立下平奸除贼大功，得与卢小姐完婚。

前举还珠楼主《蜀山剑侠新传》中的孙同康也是在获取神剑的同时，服食剑柄本身仙藤上的灵汁仙药，功力大增，仿佛幸运不是偶然孤立降临的，英雄在获取神奇兵器时就应该具有与神兵相搭配的神力，也使得神奇兵器不至于辱没。所以，神奇兵器这种特殊的道具，就成为一个吸附和扩散力极大的意象乃至意象群，使得关于侠义英雄经历及其功业的叙事，显得自然而合情合理。

---

① 《施公案》第二百零九回《战妖魔喜得青虹剑，拿凶僧兵围选坛庙》，宝文堂书店1982年版，第688－691页。

其四，是神奇兵器的出现，还往往沟通了艺术思维与仙话思维——神秘崇拜的联系。这里，借助于特定的母题套路，英雄传奇、历史演义和侠义公案诸般题材的通俗小说，其通俗文学的共同性特征都被不约而同地调动起来，英雄的形象得到了充分的描绘，奇迹般的获取兵器——使用兵器——最后无可挽回地失落兵器——壮烈地结束英雄的生命历程，仿佛是潜在地成为众多小说文本内在肌理的一丛丛“草蛇灰线”。而这无可置疑是接受者最为关注、欢迎的主要关目之一，英雄命运的信号正是这样时隐时现地吸引着他们。而这些，其实单只是艺术思维是远远不够的，母题正是起到了这种多方面沟通会同的美感效应。

所谓妖——兵器宝物，仿佛是专为了某个英雄人物准备的，尽管英雄离不开得手的兵器，但是在专制社会的君臣父子伦理关系的模式影响下，即使是再好的兵器，它与英雄仍然不免是统摄与被统摄的主仆关系。它待时而出，一旦英雄临近就毛遂自荐，仿佛寻求知遇懂得贤臣在追寻着自己的贤主。约乾隆时如莲居士《异说反唐全传》（《薛刚反唐》）写，薛蛟薛葵打算除掉花豹山四神祠里享用童男童女供奉的妖怪，他们像孙悟空、猪八戒那样扮作童男童女，埋伏庙中，届时只见这四个妖怪：“一个尖头细身，高一长二尺；一个身长三尺，生两头，头大如斗；一个白面有毛；一个黑如烟煤，四个一齐抢进庙来。”这四个妖怪，一见两人，认得是自己的主人公来了，顿时都现出原形，伏在地下。薛蛟左手抓住的白龙大王是一条滚银枪，右手按住的却是一匹白银獬豸。薛葵左手拿住的大头大王却是两柄乌金锤，右手扯住的却是一匹黑麒麟[1]。这妖化的兵器与坐骑，后来自然使这两位英雄屡建奇功，终于扫平了武氏，夺回江山，报了大仇。

《施公案》还写施公在徐州巡视，夜里见到窗前有个怪兽也是“眼如铜铃，口似血盆，头若巴斗，一身的绿毛，约有七尺多长”，贺人杰追至斗姥阁，下一回与他这个手持双锤的妖怪力斗多时，将妖擒住，忽然二目昏迷，清醒后细看，膝下有两炳铜锤，斑斓可爱，贺人杰寻妖打斗，得手后又一时昏迷，直到天亮后才看到捶炳上刻着字：“山东贺人杰用，凭此建功立业。”[2] 母题渲染了斗怪得宝的传奇性和神秘色彩，而悬念一直持续到最后才揭晓。

《圣经·旧约·出埃及记》写神赐摩西行神迹的权能，将摩西的杖变为蛇，神嘱摩西，拿住蛇尾，蛇就会仍变为杖：“如此好叫他们信耶和华他们祖宗的神，就是亚伯拉罕的神，以撒的神，雅各的神，是向你显现了。”《旧约·民数记》又说以色列人出埃及时，路上辛苦抱怨不已，耶和华就派火蛇咬死了一些人，摩西祷告后，耶和华命摩西制造一条火蛇，于是摩西就造了一条铜蛇挂在杆上，凡被蛇咬的，望见这蛇就活了。这里，工具（神物）与使用者（英雄）之间的对应和前者对后者的烘衬作用是相当明显的。说明在华夏之邦以外的其他民族中，也不是没有相关兵器崇拜的信奉大量存在的。

---

① 如莲居士：《薛刚反唐》第六十三回《四神祠二星收怪，庐陵王彩楼招亲》，三秦出版社 2003 年版，第 196－197 页。

② 《施公案》第三百十八九《斗姥阁放胆独降妖，殷家堡同心议劫饷》，宝文堂书店 1982 年版，第 1046－1047 页。

人类学家曾指出，原始思维中有关战争的风俗仪式，如“在军事行动开始时，又有对马、武器、个人和集体的守护神的祈祷，用以迷惑敌人，使他失去防卫能力和使他的努力归于无效的巫术行动和经咒”①，其实这类原始思维在古代小说母题中仍广泛延续。将这些巫术经咒转化为小说的形象叙事，很自然地会出现上述兵器化妖的活龙活现的描绘。可见，巫术思维在小说中的运用，也是常常通过母题的复制和衍化体现的。小说母题，使得巫术思维持久广泛地蔓延，而巫术信奉作为母题的核心内驱力，两者是一种双向互动关系。

金庸《碧血剑》第四回《矫矫金蛇剑，翩翩美少年》则创造性地把兵器妖化作为一条隐伏线索，同洞穴秘笈母题结合。写袁承志在十三岁时发现的铁盒《金蛇秘笈》，长大后细加参研，练到“金蛇剑法”顿悟金蛇郎君埋骨洞壁上的图形，来到实地瞥见当年力弱未能拔出的剑柄，运内力拔出：“突然之间，全身凉飕飕地只感寒气逼人，只见那剑形状甚是奇特，与先前所见的金蛇锥依稀相似，整柄剑就如是一条蛇盘曲而成，蛇尾勾成剑柄，蛇头则是剑尖，蛇舌伸出分叉，是以剑尖竟有两叉。那剑金光灿烂，握在手中甚是沉重，看来竟是黄金混和了其他五金所铸，剑身上一道血痕，发出碧油油的暗光，极是诡异。观看良久，心中隐生惧意……”令人联想起宝剑金蛇所化的灵异，金蛇郎君的遗威。

---

① ［法］列维·布留尔：《原始思维》，丁由译，商务印书馆1986年版，第235－236页。

第十五章　冯燕侠义母题的佛经文献考原

冯燕，是唐人沈亚之《冯燕传》中的主人公，是一位杀死欲害亲夫的情妇、又自首开脱无辜的侠士。可以说，在这一系列性文本叙事中，冯燕类型，几乎成了家喻户晓式的人物；而冯燕型故事，也是中国古代文言与白话小说乃至野史笔记中常见的。惜乎其真正来源及其演变过程，尚无人揭晓。

一、冯燕母题发展的基本脉络

晚唐以后，冯燕“义不容情”杀情妇母题，在古代野史传闻的载录中，代不乏人，可以说，其流传广远，成为侠不受女性诱惑而终究坚持侠义精神追求的一个典型，请看下表①：

---

① 依次出自：1. 唐·沈亚之《冯燕传》；2. 宋·曾布《水调七遍》；3. 张齐贤《洛阳缙绅旧闻记》卷三；4. 元·陶宗仪《南村辍耕录》卷二十二；5. 明·陆容《菽园杂记》卷三；6. 陆人龙《型世言》第五回；7. 西湖渔隐主人《欢喜冤家》第八回；8. 梦觉道人、西湖浪子辑《三刻拍案惊奇》第九回；9. 托名陈酒公、李卓吾《详情公案》卷四“人命门”；10.《诸司公案》卷一《人命类》；11. 王同轨《耳谈类增》卷五十四；12. 计六奇《明季北略》卷十二；13. 清·佚名《吴城日记》卷上；14. 景星杓《山斋客谭》；15. 徐芳《奇女子传》；16. 钱彩《说岳全传》第三十九回；17. 乐钧《耳食录》卷十一《香囊妇》；18. 郭广瑞《永庆升平》前传第三十五回；19. 俞樾《右台仙馆笔记》卷二。

序	妇与情夫关系	亲夫对妇态度	妇对亲夫态度	杀妇者	杀妇者结局
1	私通	恩爱体贴	想帮助情夫杀死亲夫	情夫	自首开脱无辜、被赦扬名
2	私通		欲情夫谋害亲夫	情夫	自首开脱无辜、被赦扬名
3	私通	知情、欲杀妇	请邻子暗杀亲夫	情夫	杀邻子、杀妇、被纵、遇赦
4	被兵虏、改嫁	数载寻到泣求归	视若路人、拒不回归	雷击	
5	私通	恩爱体贴	背夫与情夫通	情夫	自首开脱无辜、被赦
6	私通	体贴，百依百顺	欲情夫谋害亲夫	情夫	自首开脱无辜、被赦、为僧
7	私通		欲情夫谋害亲夫	情夫	冤魂显灵开脱无辜、被治罪
8	私通	妇不满亲夫	欲情夫谋害亲夫	情夫	自首开脱无辜、被赦、出家
9	私通		妇谋杀亲夫	情夫	自首开脱无辜、被赦
10	私通	妇不满亲夫	妇亲手杀大	情夫	自首开脱无辜、被赦
11	被倭寇虏	妇	贪恋淫逸，妇不认夫	倭寇帅	录者认为其“义”，有盗道
12	被兵虏	笃于伉俪	嫌夫贫，不肯认夫	兵将	传为快事
13	被兵虏	泣求领回	嫌夫贫，坚不肯回	兵丁	录者认为此举令人大快
14	被兵虏	祈求领回	妇不肯回，藏起来	兵丁	
15	被兵虏	重金祈求赎回	不肯相认，夫骇走		

续表

序	妇与情夫关系	亲夫对妇态度	妇对亲夫态度	杀妇者	杀妇者结局
16	妇欲投靠		背叛、告密	统帅	受到作者赞赏
17	妇悦而欲通			被追求者	自首脱无辜、夫息讼、中举
18	苦苦追求		欲共私奔，否则告发	被追求者	自首
19	诱之私通		妇谋杀亲夫	情夫	自首开脱无辜、被赦

尽管，诸多作品中作为具备“婚外情”文化身份的女性人物，其非婚姻性爱有着主动和非主动的些微之别，然而，从上述系列故事中不难看出，女主人公往往安于，或曰期待着这一非法性爱形式的持久维系，及其相关的长远结合考虑，则是一般无二致的。而她们采取的方式，却几乎都不是那么含蓄和从容，而过于直露而偏激；尤其令人关注的，则是男性为中心的社会伦理对其行为的极为不宽容态度。同时，故事几乎无一例外地把杀死这个“不义”妇的男子刻画为侠士。似乎他们都是“该出手时便出手”，不少作品都尽力表现其新闻性和舆论反响指向，全是谴责女性当事人和钦赞刑事犯罪的男主人公。

自然，在故事后世的载录中，有的也不乏确系现实生活记录的可能。例如明代公案小说《诸司公案》卷一《人命类》描写，湖北平营妻元氏貌美而淫荡，不满意丈夫，而看上了前来借宿的卜者陶训，一次趁着亲夫酒醉睡熟，元氏就抽刀杀夫，出告陶训，陶训反怪其不义，就一举斩了元氏，逃去。后为了免于牵连无辜，陶训主动投案自首，被判免罪。但如果细致考察文史之间的多方关联，就会发现其带有的稳定主旨，叙事模式所隐含的非原创性。

甚至，明人王同轨所搜集的传闻说，这位侠义心肠的“冯燕”角色，居然还被安在了一个做出了侠义行为的“倭寇”身上：

> 往岁倭虏蹦无锡，其法：所掠妇女，许以金赎。有士失妇，着青衿，缀布于背，上书其事。抵虏营，虏帅令察掠妇中，果得之。而妇避，谓非是。盖以淫委心于虏也。复抵帅，帅逮妇至，曰：“汝夫乎?”曰：“非是。”问士：“既汝妇，身有记乎?”曰：“有。”验之果是。乃叹曰：“汝夫捐生赎汝，本义夫，而汝背之乎?”即令磔于前，而以二女子并囊金帛负之，遣归。
>
> 虏亦义矣！故曰“盗道”。[①]

当然，明代沿海的所谓“倭寇”，其中也有不少大陆本地的流民，不排除是属于有着善良之心而生活无着的侠盗。

可见，具体文本中，特定侠义伦理人物的身份是次要的，其可以说往往是一种类型化了的人物性格的代码。在诸多故事中，冯燕这一集中体现男性文化蔑视女性存在价值的人物，代表了中国古代男性为中心的文化对于贴近自己身边的女性情人价值的理解。如果说这个“他者”完全为中国土产的，这不是

---

① 王同轨：《耳谈类增》卷五十四《虏义》，中州古籍出版社 1994 年版，第 461 页。

历史事实。可以说，就连故事构成的一系列基本情节，环环相扣的母题要素，也很可能是从西来的佛经故事中借鉴生发的。当然，这种借鉴很可能是潜移默化，不必在文本中特意标明。而上游的来源又呈现为多元多发性，这与该母题系列经沈亚之的冯燕故事固化后，又多发性多维扩散是一致的。下面我们就可以举出人们罕所注意的证据来。

二、佛经故事的先在文本载录

显然早于中土晚唐作者沈亚之，最迟，在唐代初年僧人义净的译经中已传译了这类西来故事。说是速疾、妙容夫妇与一贼王同困于天庙，村人大肆搜捕他们，贼王乘机就挑拨妙容与其盲夫的关系，说："汝何用此盲瞎人乎？宜可出之，与我同活。"于是"妙容便许，推出盲人，村人见之，遂斩其首"。贼带妙容走，过一河，贼让妙容先洗浴，自己将首饰衣裳带到对岸，水涨，贼回答：

> 汝夫无过令他杀，谁信于我有亲心，
> 所有缨珞我持行，恐汝得便还伤我。

贼王毕竟不是真的对妙容好，他贼性难改，贪其衣物，终于抛弃了妙容妇而自己逃走，妙容不得已只好裸露身体出河，入草而藏。这时妙容又讥诮一个失鱼又失肉的野干[①]，而野干

① 《翻译名义集》卷二："此云野干，似狐而小，形色青黄，如狗群行，夜鸣如狼。"

作为一个旁观的“他者”，嘲笑妙容的话语更加刻薄——说她不能对男人“守一”，竟是一重重带有排比气势的赋句：

假使殑伽水，逆流乌鸟白，
赡部生多罗，汝能专守一；
乌与鸺鹠鸟，同共一树栖，
彼此相顺从，汝能专守一；
假使蛇鼠狼，共在一穴游，
二物情相爱，汝能专守一；
假使用龟毛，织成上妙服，
寒时可披著，汝乃有贞一；
假使蚊蚋足，可使成楼观，
坚固不摇动，汝能专守一；
假使莲花茎，作桥令众渡，
大象亦能过，汝能专守一；
假使大海中，水中生火聚，
诸人皆共向，汝能专守一。①

这里，故事已带有对于偷情妇人的男性中心的伦理谴责，妙容在遇到危难之时出卖盲夫，其实就是将自己的这位亲夫推向绝路，而这多半由于另一个男子的吸引。不能忽视，这一叙事中写害夫恶念的始作俑者，是那个似乎本性即恶的贼王，女

① 《根本说一切有部毘奈耶杂事》卷二十九，唐义净译，［日］高楠顺次郎等编《大正新修大藏经》卷二十四，台北新文丰出版公司1990年（影印），349b－350b。

性恶，实际上是以男性恶为基点的。何以故事重点强调妇女应当“守一”，似乎传译过程中也加入了中土妇贞观念“有意误读”的因子。其中野干之咏所运用的归谬法——其主旨是嘲弄妇人不能专守一夫，也带有明显的中国文化的印记。然而，其天才的原创想象力又的确来自那不讳于谈论男女，且人兽相婚故事众多的印度。妙容虽未亲手杀夫，可是“我不杀伯仁，伯仁由我而死”，毕竟其夫因此妇而死，不可不谓启冯燕母题之源。

义净（635—713），生于唐太宗贞观九年，卒于唐玄宗开元元年。他本来姓张，字文明，中土范阳人，三十六岁西行求法，在东南亚和印度研习佛教十八年。他在公元700年开始独立主持译经，一生共译佛经五十六部，二百三十卷。无疑，义净所译佛经故事的情节与人物，仅仅就其在中国大陆中原本土的“原生态”文本，也是大大早于沈亚之《冯燕传》的故事和主人公的。

唐初汉译佛经故事中对于女性用情不专的谴责，在其情夫那里亦不例外，也初具母题框架：

1. 妇背亲夫，间接害夫的关键情节；

2. 故事对于妇人不能守一的强调——伦理谴责的核心意旨；

3. 韵散兼具的文本语言表现形式，等等，都在晚唐冯燕母题内容形式中得到了体现。

当然，一旦母题东渐中土，中国化为冯燕故事之后，其中具有主题因素的“害夫”恶念则定型在首发于妇女，出自于情妇对于情夫的强烈占有欲。

那么，作为母题结构之中的最后一个要素——杀不义妇者自首开脱无辜的结局，也非中土叙事所首发，佛经故事竟早也有了交代。

说是婆罗痆斯王梵授依法治国，丰乐安稳。淫女（妓女）“贤首”炫色以济命，当时有个名叫“为偶”的恶人送遗服首饰给贤首，意求交欢，正赶上有人持五百钱也来求欢，贤首就让使女通知为偶稍待，说容我梳妆，自己在屋内与持钱人交欢。事毕，她担心现在去为偶处不能称意，又让使女请其来芳园共戏，为偶因其一会儿这样说，一会儿那样说，盘问使女，得悉贤首与别的男子交欢，很生气，即刻欲情止息而杀心顿起，于是拔刀将贤首杀死。使女大叫，因匆忙中为偶将血污刀放在独觉面前，众人以为独觉是与妇欢合后又杀人的凶手，将其绑送王前，就在青衣刽子手执刃将要行刑时，为偶暗念：“苦哉出家！无辜枉遭，此是我过，虚令遣他至于死处，事不应为。”于是面王自首认罪①。

可见，佛经故事多个文本中，体现了其早已具备冯燕杀不义妇故事的基本母题要素。

但是故事中那个名叫“为偶”的男性当事人，将自己的行为归结为“业”——宿命，还祈求国王：“此是我过，愿王鉴知，具陈上事，望恩容恕。”在这一点上，以冯燕为当先的中国侠，却大相径庭，他以其具有先前游侠的反正统本性，却较多地表现了一个好汉敢作敢当的气概，不去祈求官府宽恕。不过慕侠民俗心理在事情上达后，自然还是给予男性肇事者以宽

---

① 《根本说一切有部毘奈耶药事》卷十八，唐义净译，《大正藏》卷二十四，95b－96a。

恕的。于是中土改造之后的母题，便具有了如是侠文化支配下的若干核心思想意蕴：

1. 以侠士义不容情杀妇和挺身伏法，倡扬侠义精神的“好汉做事一人当”，不累无辜；

2. 在伦理型社会大力倡导下，执法官员对于主动自首服罪的杀妇者冯燕，以其主动开脱即将被处死的无辜之人，得以免罪释放，博得社会舆论的一致赞同；

3. 作为杀害妇人的直接肇事者，冯燕作为一个两性方面的反传统伦理者，变成了正义公理的维护者，他不仅没有被依法处死，还在获得执法者宽恕后被标举为“侠”，从而侠名远播。

三、佛本生故事对佛经翻译文献的印证

在著名的巴利文文献中，佛教徒的本生故事，也每多借用“杀不义妇”的套路来宣扬教义，可以同汉译佛经文献相印证互补。

如说波罗奈商主女儿刁娘生性暴戾，在恒河迷失后被菩萨救起，刁娘以妖娆女色引诱这位苦行者破了戒。两人来到村子卖枣椰过活。一次盗匪带走了刁娘做压寨夫人。在菩萨苦苦等待她回归时，刁娘却担心被接回而结束在这里舒心的日子，就捎信骗他来想杀掉他。骗来后设计让丈夫枣椰落在盗匪手里，遭到毒打。后来匪首得知枣椰原来是被其妇人恩将仇报的，居然也能有良心发现，“他安慰了枣椰贤士后，叫醒商主的女儿，手持利剑，说道：‘我要在寨门口处死那人。’他带着商主的女儿来到寨门口，吩咐她用手按住枣椰贤士。匪首举起剑，乍看像是要砍枣椰贤士，而一剑下去，却把那女人砍成两截”，竟

随着枣椰一起出家了[①]。这情景与中土故事中的冯燕们是何其相似!

佛本生故事还写菩萨一次转生为大盗，被捕后押往刑场途中，被名妓莎玛看上了。她买通了城防官营救大盗。于是当商主儿子来时，莎玛设计让其替代大盗受死刑。大盗在同莎玛寻欢作乐时心想：“一旦她爱上了别人，也会置我于死地，而与别人寻欢作乐的。她是个背信弃义的人。我不能留在这里，必须赶快逃跑。”就借着搂抱时作情欲冲动状挤压得莎玛昏迷，携其首饰逃走。莎玛却以为大盗是误以为她死了才吓跑的，托人寻找，大盗却再也不回去，念偈如下：

她以恩爱换薄情，
她以忠贞换轻浮，
终将以我换他人，
故我远走避刀斧。[②]

类似故事还写美妓苏勒莎也是如法炮制，救下了强盗舍多格，彼此在一起欢快地度过了三四个月，强盗也是想要摆脱美妓以免日后麻烦，就设计一起去供奉树神，在悬崖边要她留下首饰，想把她推下悬崖了事，只不过由于苏勒莎那女性的机智

---

① 《枣椰本生》，《佛本生故事选》，郭良鋆、黄宝生译，人民文学出版社2001年版，第51页。

② 《夹竹桃本生》，《佛本生故事选》，郭良鋆、黄宝生译，人民文学出版社2001年版，第191－194页。

才转危为安①。

佛经中还有的故事写菩萨转生为帝释天时，有个精通弓箭术的青年娶了自己老师的女儿为妻。在归国途中夫妻两人遇见了五十个强盗，小弓术师射死了四十九个，而在让妻子递剑时，妻子一念之差移恋情于强盗，将剑柄朝向强盗，强盗随即握剑砍下了她丈夫的头。在带着这妇女出走的路上，强盗得悉真相，心想："这个女人已经害死自己的合法丈夫。一旦她看中另一个男人，也会用同样的手段对付我。我必须甩掉这女人。"在强盗带走女人的全部首饰丢下她过河后，念偈："你以亲人换生人，你以忠贞换轻薄，倘若我不远离你，也会以我换他人。"而帝释天还与手下变成豺和鸟，让豺丢掉肉去抢鱼，鸟衔走了肉，豺两者都落空，以念偈羞辱训斥："倘若今日偷瓦盆，他日还会偷瓦盆，你这淫妇亦如此，今后还会偷汉子。"② 这一仿佛情有可原的担心，与中国古代侠士如冯燕辈的关键时刻内心"一闪念"与此极相类似的。而担心顾虑自身今后的所谓安危，实际上也是侠客"冯燕"们在潜意识中寻找杀死妇人的合理理由。

印地语诗人杜勒西达斯（1532—1623）《罗摩功行录》，被认为是两千年来印度各种语言中以梵语史诗《罗摩衍那》为题材改写的叙事诗最著名的，该诗就体现了对于妇女的歧视；"女子的心情连大神也捉摸不定，她是所有虚伪、罪恶和缺陷

---

① 《苏勒莎本生》，《佛本生故事选》，郭良鋆、黄宝生译，人民文学出版社 2001 年版，第 259 - 261 页。

② 《小弓术师本生》，《佛本生故事选》，郭良鋆、黄宝生译，人民文学出版社 2001 年版，第 218 - 222 页。

的根本。”其中大神还向那罗陀解释：“少女和一切罪恶的根本，她是使人痛苦和烦恼的原因。啊，牟尼！我正因为想到这一切，才阻挠你不去成亲。”“少女的身子像灯火，心啊！不要去当扑灯蛾。情欲和迷恋全抛弃，永远和贤人相处敬罗摩。”①

在古代中国的冯燕母题中，也残留着印度古俗中对于女性的歧视观念。这也就是有的偈颂所强调的妇女本性：“女人侍奉男人，均为情欲钱财，犹如烈火焚柴，转瞬之间化灰。”认为世界上没有一个贞节的妇女，这作为古印度持久稳定的的妇女观之一②，表现在诸多的故事文本中，不能不也伴随着佛经故事，流注到华夏中土。

当然，关于女性恶的母题及文化观念，并非完全来自印度，其在沿着西域诸国传译的过程中，也可能掺杂有西域诸国的习俗和价值观念，中国本土先秦时代就普遍流行的“女祸”说，也是人所共知的。而汉译佛经文本的传译扩散，却无疑给女性性别群体在整个社会中的整体评价以相当不利的影响，提供了贬损女性贪色负义品质的不少新思路。

与此相联系的，是佛经中负心妇谋害亲夫的故事。如有故事说四个王子因有逆害心被父王驱逐，各带妻子在旷野中，粮尽，四王子小枝不愿遵其约定杀妻作食，夫妇便密走他国。小枝以髀肉臂血让妻子食用，路见一个遇盗四肢遭伤残者，小枝将其救起同走，此人伤势渐愈。但不料“其妇于彼情生爱著，

---

① 参见刘安武《印度印地语文学史》，人民文学出版社 1987 年版，第 145－146 页。

② 《柔手本生》，《佛本生故事选》，郭良鋆、黄宝生译，人民文学出版社 2001 年版，第 166 页。

频频就彼共作言谈”，她吃了山中为菩萨威力染及的果子，“食已弥益邪心，至其人所求行非法”，那个获救的男人起初本不愿负恩，“答曰：‘我几命断，幸蒙见济，共为恶事，便是弃恩。汝夫若知，定分身首。’妇数求及，被烦恼逼，遂共交通，深相爱著，不欲暂离”。该是妇人在情欲支配下的一再央求，也免不了以色欲蛊惑，两人遂设计谋害亲夫，乘着小枝悬绳下崖为妻采药时，放索落崖堕水。不料小枝漂流一国，该国国王命终无子，众拥小枝就王位。不久恶妇和那个无手足人行乞进城，当这新王说出真相，这两人被驱逐出国[①]。

故事并不强调恶人如何受报，而是充分铺展受害者虽然受难，却因祸得福的意蕴，以及对于负心妇人的伦理谴责。最后国王讥刺妇人的颂偈可是够辛辣的：“食髀肉充饥，饮我血济渴。肩负肉团行，何处有贞谨？恶计求石柏，冀我落崖亡。肩负肉团行，何处有贞谨？”显示出对于自身所蒙受冤屈的耿耿于怀，也旨在渲染女性恶的意蕴。如果联系到中国本土从唐代“床下义士”严惩忘恩负义者故事中，那个力主“大恩难报”，向释放自己丈夫的恩公李勉行刺灭口的也是一个贪图眼前利益的妇人，可以推知，恐怕这观念很可能就是从上述唐初汉译佛经故事中来的。

在欧洲几年前出版的一部主题学论文集中提到，豪斯特（Horst）和英格德—德米瑞迟（Igrid Daemmrich）《西方文学中的主题与母题》曾经争辩过：主题和母题研究应该更新方法，强调某些观念作为一部作品因素的功能。如一篇《恒定不变的

① 《根本说一切有部毘奈耶破僧事》卷十八，唐义净译，《大正藏》卷二十四，180a－b。

形象特征和变化着的主题使用——朱丽叶与罗蜜欧形象的新阐释》的论文就以朱丽叶（Judith）和罗蜜欧（Romeo）形象演变为例，揭示其改编过程中，一些重要的要素或母题增加了，故事服务于不同目的，主导倾向也不断改变。旧有主题和母题通过后来的阐释再造而发生变化，其意义通过个人、时代、文化、历史和经济诸条件的变化而被重新确定①。而在中国古代，许多母题意蕴如冯燕义不容情等，却持久稳定，这是需要进一步探讨的。

在中国古代涉及到性别文化与侠义伦理交织的叙事文学母题中，冯燕"义不容情"杀妇类型，是一个很活跃的、广为传播的重要母题，而多年来出版的如许之多的小说史，每谈起个别性的冯燕类型作品，竟没有注意到此故事的营构，其实来自外域传译的佛经故事。近些年来，关于佛经文学重要性的强调，委实不少，但是不少仍旧停留在一般性的泛泛介绍，宣讲其重要意义，而不是落实在那些具体的文本书写上，显示出对佛典文本文献实证方面的忽视。本文枚举一例，借此说明要切实解决一些问题，毕竟还是要以小见人，而不是泛泛而谈，总作拉开弓要射箭状。可见，关于佛经翻译文献元典的影响研究，是应当引起我们更多具体关注的时候了。

---

① ［荷兰］Anne Marie Musschoot：Constant Figure Traits And Changing Thematic Use-Judith And Romeo Reconsidered，117－126.

第十六章　古代文史中的女性以智抗暴母题

女性是社会的弱势群体，即所谓的“第二性”，在第一性——男性为中心的传统文化中，女性一旦做出了让第一性须眉男子刮目相看的壮举，即使是平平常常的民女，也被视为侠烈，带有难得的反传统反文化性质。而值得褒扬的是，在中国古代，这一类女性的传闻俨然成一系列，代有不绝。《喻世明言》第二十八卷《李秀卿义结黄贞女》称：“常言有智妇人，赛过男子。古来妇人赛男子的，也尽多，……”尽管小说叙述的是女扮男装的智慧女性，但这道理却也适用于“以智抗暴”这一类型，有必要把这类女性“准武侠”的壮烈行为及其精神价值，昭扬于世。

一、先唐史料及文学中的以智抗暴女性

关于女性智慧，先秦两汉史传文学中不少，像《左传·僖公二十三年》写僖负羁妻、《史记·项羽本纪》写陈婴母等，皆是。《左传·昭公十九年》也曾写莒国一个妇女在丈夫被国君杀害后，她默默地纺线编绳，帮助功城者缒绳登城，赶走仇人以泄愤。但史传描写女性较为直接、身体力行抗暴的却不多见。而到了魏晋南北朝时期，这类女性智慧的描写才算更加多

样化。这里，只是采撷有关女性抗暴复仇的传闻，揭示其蕴含的复仇文化意义。

女性抗暴复仇，在汉魏六朝文学中有突出的表现，也可以说是真正由史传而跃登文学殿堂。其时正值两汉复仇习俗兴盛，而女性复仇以其反映现实的深刻和新闻性效果，引起“感于哀乐，缘事而发”的乐府诗歌格外关注。盖山林《和林格尔汉墓壁画》一书中，就较早地收集有现今内蒙和林格尔汉墓室壁通道上所存“七女为父报仇”的壁画。《三国志》裴松之注就颇关注《吴历》所载丹阳太守孙翊之妻徐氏，联络旧部为丈夫复仇，是用女性哀哭、言笑等性别特点蒙蔽仇凶：

> 徐氏哭泣尽哀毕，乃除服，薰香沐浴，更于他室，安施帏帐，言笑欢悦，示无戚容。大小凄怆，怪其如此。览密觇视，无复疑意。徐呼高、婴与诸婢罗住户内，使人报览，说已除凶即吉，惟府君敕命。
>
> 览盛意入，徐出户拜。览适得一拜，徐便大呼：“二君可起!”高、婴俱出，共得杀览，馀人即就外杀员。夫人乃还缞绖，奉览、员首以祭翊墓。举军震骇，以为神异。吴主续至，悉族诛览、员馀党。[①]

没有这种蒙混仇人的策略怎能成功？而这里以暗示出复仇形式和谋略的性别特征，与女性作为复仇主体的正义目的、决

① 陈寿：《三国志》卷五十一《吴书》注引《吴历》，中华书局1982年版，第1215页。

心及弱点不能不息息相关①。

《后汉书》卷五十三《申屠蟠传》注引司马彪《续汉书》："（申屠）蟠同县大女缑玉为本从父报仇，杀夫之从母兄李士。姑执玉以告吏。令欲杀玉。蟠时年十五，极谏之，得减死论。"而范晔更详为补充了时人的同情与赞赏："……蟠时年十五，为诸生，进谏曰：'玉之节义，足以感无耻之孙，激忍辱之子。不遭明时，尚当表旌庐墓，况在清听，而不加哀矜！'配善其言，乃为谳得减死论。乡人称美之。"②

汉末左延年《秦女休行》歌咏"燕王妇"当初在少女时代，曾以暴烈硬拼的方式为父报仇："休年十四五，为宗行报仇。左执白杨刃，右据宛鲁矛。仇家便东南，仆僵秦女休。"就如同影视动画片一般，写出了手执白森森复仇利刃的少女形象。

《三国志·魏书·庞淯传》注引皇甫谧《列女传》较早载录，后来范晔《后汉书》卷八十四《列女传》都描写了在父亲被害后，少女赵娥亲手雪报父仇、勇斗仇人李寿，终于手刃仇凶③。她是早已装备好了一把"名刀"，机智地埋伏在仇人必经

① 参见王立、铁晓娜《〈三国志通俗演义〉的复仇观与东吴文化》，《苏州大学学报》2003年第3期。

② 范晔：《后汉书》卷五十三《申屠蟠传》，中华书局1965年版，第1751页。

③ 章学诚指出，赵娥亲本名应为赵娥："《三国志》：庞淯母娥杀仇报父，陈寿《传》称其父为赵安，女曰娥，疑本名也。注引皇甫谧《烈女传》，称其父为赵君安。疑梁宽原传不直斥名赵安，而皇甫氏仍之，乃以君安为赵名也。又皇甫称娥为'娥亲'，亦疑梁宽传有娥亲奋刀砍之之语，皇甫误连亲字为娥之名也。陈氏去娥传文不应删君安为安，删娥亲为娥也。皇甫传云：故黄门侍郎安定梁宽为其作传。是当日生人立传，又其徵矣。"见《章学诚遗书》外编《乙卯札记》，文物出版社1985年版，第377页。

之路上才得以成功的。皇甫谧如此刻画明知要被报父仇的烈女截击，凶豪这里早已有备，但终究还是没有逃过少女的复仇利刃：

寿为人凶豪，闻娥亲之言，更乘马带刀，乡人皆畏惮之。比邻有徐氏妇，忧娥亲不能制，恐逆见中害，每谏止之，曰："李寿，男子也，凶恶有素，加今备卫在身。赵虽有猛烈之志，而强弱不敌。邂逅不制，则为重受祸于寿，绝灭门户，痛辱不轻也。愿详举动，为门户之计。"娥亲曰："父母之仇，不同天地共日月者也。李寿不死，娥亲视息世间，活复何求！今虽三弟早死，门户泯绝，而娥亲犹在，岂可假手于人哉！若以卿心况我，则李寿不可得杀；论我之心，寿必为我所杀明矣。"

夜数磨砺所持刀讫，扼腕切齿，悲涕长叹，家人及邻里咸共笑之。娥亲谓左右曰："卿等笑我，直以我女弱不能杀寿故也。要当以寿颈血污此刀刃，令汝辈见之。"

遂弃家事，乘鹿车伺寿。至光和二年二月上旬，以白日清时，于都亭之前，与寿相遇，便下车扣寿马，叱之。寿惊愕，回马欲走。娥亲奋刀斫之，并伤其马。马惊，寿挤道边沟中。娥亲寻复就地斫之，探中树兰，折所持刀。寿被创未死，娥亲因前欲取寿所佩刀杀寿，寿护刀瞋目大呼，跳梁而起。娥亲乃挺身奋手，左抵其额，右椿其喉，反覆盘旋，应手而倒。遂拔其刀以截寿头，持诣都亭，归罪有司，徐步诣狱，辞颜不变。[①]

① 陈寿《三国志》卷十八《庞淯传》注引皇甫谧《烈女传》，中华书局 1982 年版，第 548－549 页。

如果赵娥亲行刺仇凶，属于仇人并未知晓情形下的偷袭，就不如上述描写那么感人和有抗暴意味。“为人凶豪”的李寿是明知赵家没有男丁，只剩下了想要雪怨的女儿，乘马带刀有恃无恐；以邻家妇人的视角写出旁观者对少女娥亲的担心，也衬托出仇强我弱力量对比何等悬殊！这都为赵娥亲行刺奇迹般的成功起到了应有的蓄势作用。娥亲屡次夜间磨刀，不仅是使复仇工具锋利，其实也是在磨砺复仇意志，提醒自己不能一日稍忘复仇雪耻大任。

明代李贽在重温赵娥为父报仇事后，将其列入二十五位才智妇人之一：“才智过人，识见绝甚，中间信有可为干城腹心之托者，其政事何如也！”而又突出地加以强调：“若赵娥以一孤弱无援女儿，报父之仇，影响不见，尤为超卓。李温陵长者叹曰：‘是真男子！是真男子！’已而又叹曰：‘男子不如也！’”①

而更有意味的是复仇女性出手的时间和地点，她偏偏要在“白日清时，于都亭之前”与仇人相遇交手，这特定的时间、地点虽然带有偶然性随机性，但一旦进入复仇文学叙事，却都足以说明复仇行动的堂堂正正、正大光明。弱女子竟然与强仇真刀真枪、硬拼硬斗获得成功，可见烈女复仇的性别文化意义，在于其反文化的行为壮举。赵娥亲以自己的艰苦卓绝、义无反顾的复仇烈举，打破了“女弱”不能杀仇的舆论顾虑甚至嘲笑，她在舆论小看女性的巨大社会压力下，反暴复仇变为不单

① 李贽：《初潭集》卷二《才识》，中华书局1974年版，第26页。

履行伦理使命，还成了证明复仇意志必胜、正义必得成功的实际行动，用以说明原本男性承领的大任也可能由女性来担当。于是杀仇锄暴演变成为女性尊严的捍卫。

曹植《精微篇》一诗歌咏苏来卿为父报仇，注意到这是吏治黑暗、王法不施导致怨女不得不然，否则："刑措民无枉，怨女复何为！"继而西晋傅玄《秦女休行》咏："白日入都市，怨家如平常。匿剑藏白刃，一奋寻身僵。身首为之异处，伏尸列肆旁。肉与土合成泥，洒血溅飞梁。猛气上干云霓，仇党失守为披攘。"后郭茂倩《乐府诗集》卷六十一将此诗收入。

这说明，在五言乐府诗较为成熟的魏晋时代，伴随着人的自我意识觉醒，文学母题就开始关注现实生活有关女性武侠精神的题材，这类题材由史入文，进入到最为热门的文体——五言诗之中，以其富有激发力和感染力，成为诗人们主体情性与社会民俗风情联系的一个纽带。而女性抗暴复仇场面的展示，成为表现其激昂奋发侠义精神的一个着眼点。而傅玄这首诗已经揭示出女性抗暴的智慧："烈女念此痛，丹心为寸伤。外若无意者，内潜思无方。"因为"仇人暴且强"，不这样讲究方式就不能取胜。

常璩《华阳国志》卷十下写郭孟的妻子敬杨，八岁上父亲被杀害，她十七岁嫁给郭孟。不料孟与妻子的仇人口盛有旧谊，这家伙经常来郭家，敬杨几次涕泣劝告丈夫："盛凶恶，薄命为女，无男昆（兄弟），恶仇未报，未尝一日忘也。虽妇人拘制，然父子恩深，恐卒狂惑，益君祸患，君宜疏之。"可是郭孟就是听不进去。汉安元年，这家伙又一次来到郭家，敬杨就果断地以大杖打杀了仇人，与丈夫一起出逃。涪令双胜追捕，闻其报仇杀人的缘故才停止，后来赶上大赦得以免罪。中平四年，涪令向遵还为敬杨立图来表彰①。

《晋书》卷六十六《列女传》写吴郡太守张茂的妻子陆氏，吴郡人也。张茂为沈充所害，陆氏倾家荡产，率领张茂旧部讨伐沈充，陆氏身先士卒打败沈充后又亲诣朝廷上书，诏曰："茂夫妇忠诚，举门义烈，宜追赠茂太仆。"

同传载录的这一则十五岁少女反暴复仇事，在文学母题史上的地位，似乎还罕有人予以足够的注意：

> 王广女，不知何许人也。容质甚美，慷慨有丈夫之节。广仕刘聪，为西扬州刺史。蛮帅梅芳攻陷扬州，而广被杀。王时年十五，芳纳之。俄于暗室击芳，不中，芳惊起曰："何故反邪？"王骂曰："蛮畜！害人父母，而复以无礼陵人，吾所以不死者，欲诛汝耳！今死自吾分，不待杀汝，但恨不得枭汝首于通逵，以塞大耻。"辞气猛厉，言终乃自杀，芳止之不可。

她既是为父报仇，也是为自己的尊严奋起抗暴。也许实在是因为紧张和力弱，在最后关头不幸没有刺中仇人。尽管未能成功雪恨，这可以说开启了后世假意允贼，乘机在卧室中下手的复仇女性行事描写的先河。像明代的话本小说写闽南侯官县的烈女申屠娘子向害夫仇人方六一报仇，就是在仇人上床前还与其斗嘴耍戏，麻痹仇人，而后沉着地以静制动：

① 刘琳：《华阳国志校注》卷十下，巴蜀书社1984年版，第827页。

……方六一忙解衣裳，挺身扑上来。申屠娘子右手把紧剑靶，正对小腹上直搠，六一大痛难忍，只叫得一声不好了，身子一闪，向着外床跌翻。申屠娘子随势用力，向上一透，直至心窝，须臾五脏崩流，血污枕席。①

《聊斋志异》中的庚娘复仇与此类似，她也没有猝然下手，而是在仇人王某“裸脱促寝”之时，“撤器灭烛，托言溲溺，出房以刀入，暗中以手索王项，王犹捉臂作昵声。庚娘力切之，不死，号而起，又挥之，始殪”。

先唐复仇史料和文学铺叙，作为女性防暴抗暴智慧及其载录的坚实基础，也是相关女性豪侠精神的文化土壤。可以说，对于父母的“孝”、对于丈夫的“贞”，这类宗法制社会女性的伦理品质，构成了女性复仇报怨的强烈而持久的动机。这些，一旦在后世遇到猝然事变、凶徒凌迫的危急关头，作为一种集体无意识，就会瞬间爆发出来，而载录者也会因其旧有的文学累积，受到相关文本互文性的昭示，不约而同特加关注，并有意识地借鉴吸收其叙事主旨及技巧。

二、唐宋野史及文学中的以智抗暴女性

上述乐府诗歌的“感于哀乐，缘事而发”的贴近传统仍在唐代延续。如李白《东海有勇妇》一诗，就咏叹东海地区某勇妇报夫仇，“十步两躩跃，三呼一交兵。斩首掉国门，蹴踏五

① 天然痴叟：《石点头》卷十二《侯官县烈女歼仇》，上海古籍出版社1985年版，第305页。

脏行”，相比之下，别说不敢复仇的懦夫，就连复仇不成的男性也真是为之汗颜：“豫让斩空衣，有心竟无成。”李白《秦女休行》还充满激情地咏叹：

> 西门秦氏女，秀色如琼花。手挥白杨刀，清昼杀仇家。罗袖洒赤血，英声凌紫霞。直上西山去，关吏相邀遮。婿为燕国王，身被诏狱加。犯刑若履虎，不畏落爪牙。素颈未及断，摧眉伏泥沙。金鸡忽放赦，大辟得宽赊。何惭聂政姐，万古共惊嗟。

中晚唐之后藩镇势力强大，社会秩序混乱，现实生活中涌现的关于女性被掠后成功脱身的载录，愈见增多。首先，是未动武而达到逃生目的的，较有代表性的是五代时王仁裕《玉堂闲话》的故事：

> 梁祖攻围岐陇之年，引兵至于凤翔。秦师李茂贞，遣戎校李继朗统众救之，至则大捷，生降七千馀人。及旋军，于河池县掠获一少妇，甚有颜色。继朗悦之，寝处于兵幕之下。西迈十五馀程，每欲逼之，即云：“我姑严夫妬，请以死代之。”戎师怒，胁之以威，终莫能屈。师笑而悯之，竟不能犯。使人送还其家。①

这真是民间所谓“硬得怕横的，横的怕不要命的”，而且，

① 李昉等编：《太平广记》卷二百七十一引，中华书局1961年版，第2131页。

在少妇的严词以拒、坚贞不屈面前，无计可施的军官李继朗由怒生敬，居然被少妇的自尊和坚贞所感，索性成全了少妇。这里，河池少妇所运用的是严辞以拒之法，其实在现实生活中往往并不一定奏效。因此她的被掠脱身，实在带有侥幸的成分。

唐宋时代的抗暴女性群像，更为丰富和突出。在特定的性别文化观念影响下，我们往往很难看到单独的女性行为叙事，而总是看到那些在一定的人际关系中的女性，即作为角色伴侣的女性活跃在叙事中。然而，最具有母题核心意旨且含蕴文学母题史繁衍意义的，却仍是王仁裕所录《玉堂闲话》中的这样一个故事，这位女性运用毒药，来下毒抗暴：

昭宗为梁主劫迁之后，岐凤诸州各蓄甲兵甚众，恣其劫掠以自给。成州有僻远村墅，巨有积货。主将遣二十馀骑夜掠之。既仓卒至，罔敢支吾。其丈夫并囚缚之。罄搜其货，囊而贮之。然后烹豕犬，遣其妇女羞馔，恣其饮啖。

其家尝收莨菪子（毒野葛），其妇女多取之熬捣，一如辣末，置于食味中。然后饮以浊醪。丁时药作，竟于腰下拔剑掘地曰："马入地下去也。"或欲入火投渊，颠而后仆。于是妇女解去良人执缚，徐取骑士剑，一一断其颈而瘗之。其马使人逐官路，箠而遣之，罔有知者。后地土改易，方泄其事。①

这一显要实例，展示了作为和平居民的妇女，利用做饭的

① 李昉等编：《太平广记》卷一百九十引，中华书局1961年版，第1426页。

便利，以投毒抗暴，从而成功从贼人手中解救丈夫，摆脱乱兵毒手的过程。显然，这些野兽般鱼肉百姓的“甲兵”，一开始，就只把注意力集中在居民家中有反抗能力的男人身上，根本就未想到要防范妇女，他们仅仅把妇女当成在强力面前驯顺的听话的工具，可不料机智的主妇却趁着做饭把毒野葛下到食物中，使其晕眩而倒。这位妇女先救夫，又从容地以乱兵之剑砍断了抢掠者自己的脖子，埋尸驱马，不留痕迹，该是何等的缜密细心！另一则也是作为平民百姓的女子，她们在和平宁静的生活被打破，不能不挺身反抗，从而显露出难能可贵的豪侠精神。王仁裕《玉堂闲话》对于这类题材真是有着特殊的关注，其载录也是如此的珍贵和生动：

丁丑岁，蜀师戍于固镇。有巨师曰费铁觜（嘴）者，本于绿林部下将卒。其人也，多使人行劫而纳其货。一日，遣都将领人攻河池县。有王宰者（失其名）少壮而勇，只与仆隶十数辈止于公署。群盗夜至，宰启扉而俟之，格斗数刻，宰中镞甚困，贼将逾其阈。小仆持短枪，靠扉而立，连中三四魁首，皆应刃而仆，肠胃在地焉。群盗于是舁尸而遁。

他日，铁觜又劫村庄，才合夜，群盗至村。或排闼而入者，或四面坏壁而入，民家灯火尚荧煌。丈夫悉遁去，唯一妇人以勺挥釜汤泼之，一二十辈无措手，为害者皆狼狈而奔散。妇人但秉勺据釜，略无所损镬（大锅）。旬月后，铁觜部内数人，有面如疮癞者。费终身耻之。①

① 李昉等编：《太平广记》卷一百九十二引，中华书局1961年版，第1443－1444页。

故事在叙述男性"小仆"以少胜多成功拒贼之后，又强调巾帼不让须眉，这个普通的民妇，以自己常在锅边操持的本领，手脚伶俐，居然以一大锅热水，让十几个盗贼无所措手足，还给他们其中有些人脸上留下了永难磨灭的耻辱疤痕，这场面真是令人感到富有戏剧性，引人钦佩和解气。然而在那些强盗深感耻辱和无奈的背后，我们不是看到女性作为社会的"弱势群体"也有自己扬眉吐气的时候么？

相关载录，北宋有王禹偁撰《唐河店妪传》，这更属于一篇生动的报告文学："唐河店，南距常山郡七里，因河为名。平时虏至店饮食游息，不以为怪。兵兴已来，始防捍之，然亦未甚惧。端拱中，有妪独止店上。会一虏至，系马于门，持弓矢坐定，呵妪汲水。妪持绠缶趋井，悬而复止。因胡语呼虏为王，且告虏曰："绠短，不能及也。妪老力惫，王可自取之。"虏因系绠弓杪，俯而汲焉。妪自后推虏坠井，跨马诣郡，马之介甲具焉，鞍之后复县一彘首。常山民吏观而壮之。……"乘敌不备袭击，使其堕井丧命。

南宋洪迈《夷坚志》中的两则女性巧计抗暴故事，颇具有高扬女性运用性别优势，以巧计胜敌的反文化意义，其一云：

> 建炎庚戌，胡骑犯江西。郡县村落之民，望而畏之，多数束手（就）毙。间有奋不顾身者，则往往得志焉，虽妇女亦勇为之。……又胡掠一妇，使汲井。妇素富家子，辞不能。胡呶呶怒骂，夺瓶器低头取水。妇推其背，失足

入于井中。[1]

虽然细节与王禹偁笔下的唐河店妪微差，陷敌于井的结果则一。又《夷坚志》还是写张生妻卓氏在金主完颜亮部下将领掳掠后，使用了假意曲从仇凶的欲擒故纵之计：

楚民张生，居于淮阴磨盘之弯，家启酒肆，颇为赡足。绍兴辛巳冬，虏骑南下，淮人率奔京口。张素病足，不能行，漂驻扬州。已而（完）颜亮至，张妻卓氏为夷酋所掠，即与之配（明抄本作“昵”）。卓告之曰：“我之夫在城中，蓄银五铤，必落他人手，不若同往取之。”

酋喜，偕诣张处，逼夺之。张戟手恨骂，酋益喜，以为卓氏慕己，凡是行卤获金珠，尽委之，相与如真夫妇。俄亮死军回，卓痛饮酋酒，醉卧之次，拔刀刺其喉，悉囊其物，鞭马复访张。张话前事，责数，欲行决绝。卓出所携付之曰：“当时不设此计，渠必不肯信付我。今日之获，乃张本于逼银耳。”于是闻者交称焉。

磨盘在县北，据淮泗之冲，形如磨之圆转，因是得名。汉韩信故墟也，代生英豪，虽妇人女子，亦多刚清立节。[2]

上面这两则故事都是写南宋时期，平民妇女对金兵强虏强

① 洪迈：《夷坚志》支庚卷七《村民杀胡骑》，中华书局1981年版，第1192页。

② 洪迈：《夷坚志》支丁卷九《淮阴张生妻》，中华书局1981年版，第1038－1039页。

逼之时，以机智战胜强虏的故事。前一个故事，写的是女性出其不意推敌入井；后一个则是以假心假意迷惑敌人，乘机置敌于死地。相比之下，后者的难度更大，不仅忍辱负重，甚至还要冒着被自己的丈夫误解、休弃的风险。在男性为中心的文化形态中女性本来处于弱势地位，尤其是在外来民族强敌入侵的情况下，爱好和平的女性居民正常生活被打翻，她们躲无处躲、逃无处逃之时，铤而走险的以弱抗暴虽说是被动性的，多数要施加一些诡计。由于这种以攻为守的抗暴，不像复仇孝女和复仇烈妻那样主动进击，但抗暴的行为更加具有正当防卫的正义性质，于是在方式上人们也就不那么苛求，而仍予理解同情。

三、明清野史及文学中的以智抗暴女性

道光年间许仲元《三异笔谈》卷三指出：“明季多奇女子。若柳是之殉节保家，方芷之相夫死国。次之则李香之却币洁身，玉京之潜身入道。皆可以入《青泥莲花记》。……”① 李岳瑞《春冰室野乘》卷下《李奉贞》也说：

> 胜国末造，奇女子最多，其能执干戈以卫社稷者，秦良玉最煊赫。外若沈云英、刘淑英、毕著辈皆见诸名家集中，为之碑版歌诗，功虽不成而名足以不朽矣。独国朝闺阁之知兵者不少。……

这都点明在明末乱世遭逢中，侠烈女性纷纷应时代风云脱

① 《耳食录·三异笔谈》，重庆出版社 2005 年版，第 260 页。

颖而出，为世所瞩目的历史事实。

同时，也是多“奇女子”的明末社会土壤，给女性智勇抗暴也提供了频繁表演的时代舞台。杨义先生在评述清代李渔作品时写道：“还可以分析一下《无声戏》第五回《女陈平计生七出》。它描写明末西安府的耿二娘为‘流寇’所劫，装出愿与‘流寇’小头目结为夫妻而虚与周旋，装作来月经，或用药物使自己阴部和小头目的阳物肿痛，使他始终不能沾身，最后引小头目就擒，并起回他劫掠的财物。值不得过分地责备作者丑化‘流寇’，因为在文字狱阴影下，作者宁可把他写的故事推给明朝，也不会推给清朝，把一些变乱倭于流寇，也不会倭于清兵，他有时嘲笑皇帝与臣子争风吃醋如《鹤归楼》，也说是数百年前的宋徽宗的事了。值得注意的倒是他的怀疑主义，不仅看出旧礼教的漏洞和矫情，而且也议论起旧礼教的真伪了。……它以‘女陈平’在节烈的夹缝里打出一条生路，反显得那种愚节愚烈的残忍、虚伪、无能和毫无生气了。在这里，我们逐渐接近了李渔在教化中掺进了某种怀疑主义的异味，其实质是人间享乐主义，不过，这种享乐主义带有浓厚的日常实用性。”①

平心而论，这种“女陈平”的叙述创意实在不能仅仅归功与李渔，如果我们以母题史的视角来看，不难发现上述故事不仅有陈寅恪先生所说的“古典”，而且有其大量的“今典”。其实，这种“节烈的夹缝里打出一条生路”的描写，乃是一类体现女性智慧的系列性母题，并不是李渔自己妙笔生花的所谓叙

---

① 杨义：《中国古典小说史论》，中国社会科学出版社1995年版，第364页。

事谋略，乃是有着如上所述丰富深远的互文性背景。即使在并不遥远的明末清初，也有李渔肯定耳熟能详的许多类似传闻，对其产生无可回避的启发。

如计六奇《明季北略》卷十一采集了当时的传闻，说和州陷落，年少而美的甘氏被贼俘获，她预先取了巴豆藏在身边，“贼将欲污之，甘氏辞曰：‘今佳丽甚多，先与为欢，迟我三日，永侍箕帚，何必速耶?’贼讯之，甘氏曰：‘身不洁耳。’乃已。又数日，复求和合，更以阴肿绐之，又止。贼以甘美艳，虑为二王得。甘氏曰：‘君勿忧，吾有计在。’乃以鳝血及膏药等傅面，果免。……”

上书卷二十一还记叙：“城外女子张氏，贼见其美，欲淫之。女绐曰：‘我渴甚，取水饮我。’贼信之，至井所，女奋力挤贼，坠进，女得奔脱。”又称：“李氏姑媳皆寡居，一贼入其室，索酒饭，见妇艾，调戏之。妇曰：‘将军远来，想已饥渴。’遂置酒共贼畅饮。贼尽醉，酣睡去。两妇即烹一釜，先佯呼之，贼不动。复掷铜盆于地，贼亦鼾卧如故。遂以麻索缚其手足，然后老妇以滚汤浇其顶，少妇以枪刺其喉，贼痛极，暴跳而死。”一个是假称自己渴，一个是先要解决贼的饥渴，无非都是在你死我活的紧要关头施展缓兵计，将贼凶置于死地而后得生。

此类事是当时普遍性的一类传闻，有系列性的众多文本，主旨在于状写民间女性抗暴的有智有勇，细节微差而已。我们在这里需要补充的，是这不仅是明末清初一个时代的传闻，而是从唐代以来的源远流长的女性抗暴母题。

需要强调的是，对于该母题中被抗暴女性置于死地的那些

"贼盗"，不论是表明具体身份的，还是未加标明的，其实都不必因为是"流贼"、"大兵（清兵）"、"粤寇"之称呼而讳饰，因为历史上这类起义、侵略本来就是泥沙俱下鱼龙混杂的，他们个人的为非作歹，不能构成对于整体的全面评价的根据；而且，女性抗暴母题叙事的重点，事实上也并不在于表现行暴男性多么无赖无耻，他们的行为多数来讲为个人性的私利性的，与团伙关系不大，注明身份不过是强调载录的时间地点确凿可考，具有真实性可信性；故事的叙事重点，乃是在于表现女性弱者不能不背水一战、杀敌脱身的大智大勇。这些善良无辜的平民女子，面对的可不是一般的"强势群体"——男性，而是再复加以军事集团优势作靠山、有着锐利兵器的能征善战的男性，她们成功恰恰离不开先天的性别劣势，其使得这些壮健男子先前感到都没有任何必要来防范她们。

明代笔记还载录了金庸先生的故乡嘉兴，曾发生过一起妇人以智谋报夫仇的事件："张氏时，嘉兴民夫妇避地，行舟于道中，夫挽牵，妇执柁，偶值二兵，利其舟而劫之，乃杀其夫于岸。妇诡言曰：'吾夫不良，杀之宜也。'二兵挟之归于平江，伺其隙，潜诣有司诉之，二兵服罪就刑。田野匹妇，固难责以全节，卒能伸大义以复夫之仇，亦可尚也。惜乎失其姓氏。"① 这位眼睁睁看着丈夫被害的妇女，能够忍悲含愤临危不惧，并且见机行事哄骗暴兵，这当然是委屈求全保存自身的无奈之举，然而又何尝不为的是留下有生力量为夫雪怨！她虽然难免受到二兵的蹂躏，却终能看准时机借助官府严惩了仇凶。

---

① 长谷真逸：《农田馀话》卷上，《笔记小说大观》第四编第六册，台北新兴书局有限公司1988年版，第3650页。

张潮《虞初新志》卷七收录的徐芳《奇女子传》写，丰城杨氏女被某小校掠回老家山东，生下一子，小校从军离开后，她对小校的正妻谎称要回乡取财宝，途中乘醉杀死两个跟随的健儿，回到了前夫身边。作者评曰："妇巾帼婉弱，异地飘堕，以数千里雨绝星分，势无回合；乃能谲谋幻出，弭耳豢槛之中，飏翮绦笼之外，弄愚妇如转丸，剪凶雏若折朽，其深智沉勇，有壮男子不办者矣！"然而她舍弃亲子，要归投故夫，也不是没有争议的。有人便认为她的心太狠，但也有为其辩解的，等等，说这正是她多种奇处中的最奇处，因为能舍才能取。而事实上，这一故事揭示了女性抗暴所面临的种种复杂化问题：错过了被掠当时的抗暴最佳时刻，可能进入到一个相对稳定的生活中，如何对待以粗暴方式获得自己的"新任丈夫"连同亲生儿子？抗暴，让掳掠自己的仇人付出代价的同时，女性抗暴者自己往往也要付出相应的代价。解释她狠心割舍亲子之爱行为的，只有明清两代极为看重的从一而忠的"贞节"。而事实上，她多半要向前夫隐瞒曾经在别人家生子的事情，而这也构成了必须要杀死那两个倒霉而无辜健儿的"灭口"动机。

蒲松龄《聊斋志异·张氏妇》也写清初平定三藩作乱时，清兵在兖州郡大肆淫掠。张氏妇与夫在院子里掘了陷井把要强暴自己的两个蒙古兵先后引入陷井，掷火其中，烧死后发出焦臭气味，她却说是烧死了猪。她还坐在无树木的大道旁，有兵来调戏，她"含笑不甚拒。隐以针刺其马，马辄喷嘶，兵遂絷马股际，然后拥妇。妇出巨锥猛刺马项，马负痛奔骇"，奔跑数十里的马上只剩下那人一条大腿。这种反暴行为，都是不打无准备之仗，勇中有智。

双女勇斗凶徒，作为明清野史笔记每多关注的现实事件，也是母题相关载录着意表现的叙事套路。两两相映，构成相得益彰之效。其往往叙写机智的姑嫂两位年轻妇女，在有敌无我的危难之际，因彼此沉着果断、配合得当而绝处逢生，在明人载录中，居然有这样的山东、山西两处的姑嫂二人均以此类似勇烈行为，可谓相映成趣：

正德间，流贼刘六等剽掠山东。一日过东平州，而州中姑嫂三人，避之方回。一贼遗后，见其姿色美而驱入林莽，污其大姑与嫂矣，将污幼妹。妹俟其上身，两手交按贼头，号叫之。嫂遂踞坐贼背。大姑抽贼刀斫其脑以死。报官，准赏格。

嘉靖壬寅，北虏入山西汶水，两贼至一村，有姑嫂二人急避，而姑下枯井，嫂为贼擒以问："适尚有一女何在?"对以井中，贼以有物随下矣，一在上，而一下以筐扯女起，视之无物，叱立井傍，欲污也，方复起贼，姑嫂见其用力，因势共推贼落而下其土石焉。二贼俱死于井，播之四方。

予闻二事而感杨铁崖《薛花娘》之乐府非诬矣。第人患无心耳。东平之事，亏其小姑成其大功。汶水之贼，虽得其机，实多其勇也。①

许奉恩《里乘》卷十"皖北粤东两奇女"条，则是以两处

① 郎瑛：《七修类稿》续稿卷六《妇女杀贼》，中华书局1959年版，第829页。

少女同样的反抗强暴，而得到不同的结局相映衬。其写某贼掠桐舒一少女，下马抱女欲求欢，女出主意让他把马栓在脚踝上，而后急取佩刀，斫马，马负痛狂奔，女免难，而那贼据说已被马曳得体无完肤而死。另一位粤东少女被掠后过河，女建议贼，脱下鞋子背着自己过溪，到中流深处，女急以两手紧扼贼喉，于是两人同归于尽，都死在水中。作者评曰："皖南者智而黠，粤东者智而烈，谓之奇女，不亦宜乎！"

陈朗小说《雪月梅传》二十三回写崇明城里容貌秀丽的华秋英，"心性聪明，遇事见机，极有胆智"，她被倭奴掳后，身藏利刃，当一个身长力大的倭奴来犯时，她提议到屋后无人处，乘着其抱石鼓靠门时，即将一把苗刀从他小肚子底下用力刺进，使倭奴痛绝而死，自己得以逃脱。

清代嘉庆年间湖北某女被强盗抢走后，也是以害羞为计，遣走侍女，在洞房之夜趁其拥抱时手刃贼帅，她也是换上其衣服佩剑逃走，更有甚者，她居然还能从容地为被自己杀死的贼帅化了妆："推尸床上，以己之装饰饰贼尸，傅粉涂朱，剪己鬓贴其首，加以钗钿，望之宛似女身。……"贼帅的尸体被化妆为妇女，这真是太具有讽刺性和喜剧色彩了，其扩大了事情可为谈资的能量，从而也增大了惩恶儆世的效果，震慑得贼人吓破了贼胆："嗣是贼营得妇女，不敢留，掠人之风，因之稍戢。"①

不过有的抗暴女性也曾经训练有素。有名的大学者章学诚就写了侠女服盗。说是嘉兴某巨绅纳妾，妾长得很娟秀，身体好似弱不胜衣的样子。华烛之夕，宴罢将寝，新房在楼上，忽

---

① 吴炽昌：《续客窗闲话》卷二《智女》，《笔记小说大观》第二十九册，江苏广陵古籍刻印社1984年（影印），第139页。

闻楼檐响箭声，主人正拥妾解衣。妾遽推主人，作惊奇声："这是号箭呵！大盗来了。"即脱下礼服长裙，露出窄裤短衣，手拔剑出门，而楼下已哗声如沸，火炬鸣锣，有十余个彪形大汉，涂面执刀向楼上拥。妾持烛立楼门前，问盗是谁氏，盗一见妾，呼众曰："慎勿有犯！大娘子在此，吾辈不知，冒昧惊之，简直是自来找死。"于是全都投械请罪。妾微微一笑说："你们还是个雏哩！奈何也学作贼？今欲免死，须为我保护乡曲，今后如十里内有警，惟你们这帮人是问！这次饶了你们。"盗皆顿首称诺。妾入房拽主人，主人还吓得战战兢兢不敢起身。妾说这帮人都是我的家奴，翁不必害怕，今投械为我家护卫，宜犒赏一下，于是让厨子准备酒宴，众盗饱餐一顿，叩谢而去。主人惊慌地问妾，妾说父乃绿林巨霸，一朝悔罪后入山为僧，妾勇艺深得父传，差不多也称上敌得万人①。这位貌似柔弱的侠女，是以高超的武技为后盾的，她以其气势与武艺镇慑住了盗贼。

不能说这位名儒硕彦是信笔操觚、率尔作之的。就好似《聊斋志异》描写的小妾杖击贼一样，小妾柔弱的外表和深厚的内在精神力量，都恰到好处地渲染了女性武功的神奇精湛。这体现了平民心理对侠女技高的惊赞，如何透过民俗心理为古板的乾嘉学派正宗学者所关注推重。绅妾性格具有两面性，实为外柔内刚。同时她身怀绝技秘而不宣，父为盗贼而自己却嫁给了巨绅，也说明了盛世之下江湖上平民心理的某些微妙变化。侠女武技不是用来对抗官府富豪，而是却盗保民，早起侠女十

① 《章学诚遗书》卷二十八《记侠妾服盗事》，文物出版社1985年版，第316页。此条早年得之于暴鸿昌兄。

三妹之先。而平民女子智勇抗暴，则是平民心理期待时代性历史性转换的大背景和量变到质变的基石。

就在纪晓岚等地家乡河北献县，也传颂这一位孝女杀贼护母的事迹。据《清史稿》卷五百八《列女传一》称：

> 吴士仁女，献县人。幼丧父，无兄弟，誓不嫁，养母。会寇至，女求利刃置袖中，扶母出避，遇二寇，挤母仆，母怒詈，寇持刃欲斫，女急呼曰："毋杀我母，我从若，不则死。"寇乃止。扶母还其家，藏母于室，出问寇饥否？具食使食。食毕，一方饮，一出卧他室中，女蹑饮者后，挟刃刺其颈，贯喉，嘶而仆。女阳为嬉笑，拔所佩刀至他室，卧者方起立，遽前剸其胸，亦死，乃负母出走。

晚清王韬《淞滨琐话》则把这类故事更加文学化。其写毓英全家过洞庭湖时遇盗，父母被杀。毓英因貌美被劫，毓英这姑娘很有心计，她"阴怀死志，以大仇未报，隐忍观其所为。匪首苗三喜恐女不从，遣从匪以言餂（诱取）之，女曰：'彼本匪人，诱妾而逃，将售人以获利，杀之甚快。'苗喜，欲犯英，英曰：'妾已无家，非汝谁属，羊肉已在汝口中，船内众目攒视，横陈之态，何以见人？'苗遂已。舟至湘中登岸，见舱底有短刃，潜怀之。……"后来毓英终于乘着婚宴酒醉，在洞房中手刃仇人，从容地换穿仇人衣服，搜出金珠，携带出逃，与表妹玉香一家相会①。

---

① 王韬：《淞滨琐话》卷十《玉香》，齐鲁书社 1986 年版，第 273－274 页。

我佛山人吴趼人的札记小说《清远健妇》写，某健妇自城返乡时身带数两银子，有个无赖垂涎怀刃尾随，引起了妇人的警惕，她明知无赖的用意，暗地里做好准备，解开所束的带子就涧边洗濯之，提着带子边走边防备着，当无赖四顾无人拔刀相向时，：

> 妇笑曰："能胜老娘，便如所愿。"无赖挥刀下，妇挥带迎之，带湿而软，与刀相撞，彼端即就刀反卷数匝，妇力拔之，无赖几仆，刀堕地，妇急拾刀在握，笑相向曰："来，来！"无赖跄踉遁。

作者评曰："此不以勇胜，以智胜也。"[①] 应该说，在如此危急之时，还能及时准备好代用的兵器，又有勇气遇险不慌，称得上是智勇双全，值得钦敬。

四、古人对女性以智抗暴的相关评论

梁启超《论尚武》指出："中国以文弱闻于天下，柔懦之病，深入膏肓，乃至强悍成性驰突无前之蛮族，及其同化于我，亦且传染此病，筋弛力脆，尽失强悍之本性。"可见女性抗暴的文学书写，具有某种针砭民族性的文化反思意义。何以如许之多的读书笔记，对于女性抗暴中的智慧和才能是如此钦佩惊赞？其中自然有着多种必然的原因。而社会舆论的较为关注同

① 卢叔度辑校：《我佛山人短篇小说集》，花城出版社1984年版，第309页。

情，从而构成了巨大的新闻性轰动效果，显然是其中最不可忽视的。应该予以注意的，是这类评论往往注意揭示出女性以智抗暴的原由。

其深层原由之一，是男性为中心的社会对于女性的期待值一般不高，于是在男子很平常较易做到的事，一旦由女性来承领，便觉得非常不平常不简单，令人予以格外赞叹和表彰。《容斋随笔》历数史载古代智勇女性事例前，就概括指出了女性作为社会弱势群体生活视野、性情能力的特殊性，英烈行为尤其来之不易：

> 妇人女子，婉娈闺房，以柔顺静专为德，其遇哀而悲，临事而惑，蹈死而惧，盖所当然尔。至于能以义断恩，以智决策，斡旋大事，视死如归，则几于烈丈夫矣。[1]

于是，原本一般的妇女，因其以弱胜强，其行为便显得“侠烈”，也被赋予了“侠女”角色的肯定性社会评价，以“侠女”目之。何况女性做出了侠烈行为，往往有着更多的牵扯。张烈妇在恶仆以利刃相逼，并以幼子性命相要挟时，就有着这急中生智的思想流程：“初闻羞怒交并，拼捐躯以保贞。继思：‘母子同日并命在顷刻间，我固不足惜，其如我夫一脉何?’乃转怒为笑……”将其灌醉，连同帮凶一起刺死[2]。

---

① 洪迈：《容斋随笔》续笔卷十二《妇人英烈》，上海古籍出版社1978年版，第355页。

② 王韬：《淞滨琐话》卷十《记双烈》，齐鲁书社1986年版，第309－310页。

原由其二，就是民间侠义崇拜的介入，所谓“邪不胜正”，即使柔弱如一般的不会武艺的女子，居然也能承领通常本来只能男性承担的伦理使命，可见邪恶行径的天怨人怒，正义事业的必定成功，以此作为广大的受侵害民众的精神安慰和心理补偿。这正如清初草亭老人小说的议论：

> 从来人家盛衰兴废，在男子，不在女人。男子为人正道，又有才干，虽一时落薄，其后振起家声，光大门户，亦是寻常之事。若女子，虽贤，不过孝顺公婆，帮助丈夫，且勤俭持家，亲操井臼，不失妇道之常，便已彀（够）了；设不幸丈夫早世（逝），下无子嗣，能谨守门户，洁清自持，已为贤节之妇了；至若宗祀绝续，后代兴废，只好听天由命。然此等议论专为寻常女子而设，若果有大才大识，明于经权常变之道，处常不见其异，处变始见其能，譬犹隆冬闭塞之候，生机将断，而一阳复发，枯木可使重春，祖宗血食赖以延，后代子孙赖以兴，干出来的事，为夫家绝大功臣，岂不令人敬羡？①

虽然其立足点还不免是站在男性中心文化上的，却道出了女性侠烈标举之深层道理，的确，少数女性的“大才大识”往往不是日常安守闺阁能展露的，而是特定情境激发下的“处变始见其能”，在变故中以超常态的行为才可能展示。因此，这类抗暴女性真是“处常不见其异，处变始见其能”，日常生活

① 草亭老人：《娱目醒心编》卷二《马元美为儿求淑女，唐长姑聘妹配衰翁》第一回，上海古籍出版社1988年版，第17页。

平凡场景中怎能看出这类女性的风采？在特定的危难情境中，她们才显示了自身的智慧、勇猛和尊严。

原由之三，是试图在故事叙述过程中，自然地呈现出抗暴女性所受古代抗暴复仇故事的浸染。宣鼎《夜雨秋灯录》卷一写鲁南台儿庄的王大姑，在贼众威逼村民时，临危不惧，挺身而出，声称自己就是族内“司管钥人”，知道金银窖藏之所，引开了贼众，趁着其饥纳凉，悬梁自尽。故事先是交代出王大姑“幼读曹娥、庞娥诸列传，未尝不掩卷而泣也”。而故事叙述之后，又补叙其兄悲恸回忆：“……无怪当日读《烈女传》，泪随声堕，盖生有至性也。节且孝，烈且智，舍吾妹，谁能兼之？呜呼！”体现出作者自身对于史书教化功能的重视，以及文人情感在故事传闻整理加工中价值观念的介入。

原由之四，是对于一些有争议的从事特殊职业的女性，在关键之时做出了超越其社会角色、角色期待的义烈行为，载录者感到特别有必要将其记叙之后，再着意予以肯定、揄扬之。如清末王韬《月娇》写其在“贼”的逼迫喝下合欢酒时，乘机抽刀杀贼之后自缢。载录者慨叹：

> 月娇乃一勾栏中妓女耳，犹且不屑与贼偶，矢志捐生，誓不为贼所污，何其烈！吾知世之号为须眉男子，有愧于此妓者多矣。至于从容杯酒间，亲决贼首，谈笑自如，犹见其难，谓之烈女也，岂过誉哉！

具有另一重性别文化意义的是，晚清不少相关故事还以女性成功抗暴的实践印证、突出了女性强健体力的重要，进而提出了反对女性缠足的主张。这一点反传统的启蒙意义，是不可低估的。宣鼎《夜雨秋灯录》则是以大脚妇女在应付猝然事变时体力的重要，来说明女性抗暴所应具备的体力条件。说是女佣宋氏脚大有力，遇到贼人强暴时能麻痹其先睡，而后洗浴拖延之中，趁着对方睡熟："跨贼身上，觑定咽喉猛揕之。贼嗔目视美人，奋欲起，压之不得动，血喷出，满裀褥，霎时毙矣。复拔剑刺其腹，肠出乃止，展衾覆之。……"① 只因力大而能够从容反暴，远走脱身。

至于紧接着载录的另一传闻，则是少女陈阿脆半路遇贼，则从容不迫，充分发挥了自己作为水乡少女之水性好的特长：

> 贼脱女衣，一丝不挂，仰卧溪岸，而己则仅捋穷裤，女佯笑曰："急色儿可笑，男女欢会，全赖裸抱，肌肤磨掺得趣。若此，则终是隔靴搔痒耳。"贼笑从之，甫近身，尚未解铃，女故作浪态，乘不意，遽搂之滚入溪水中。女本江边产，向习流而善泅者。贼入水，四肢浮泛，女力捺下沉，三冒而三捺之，已作尾生桥下死矣。女抽刀，断其头，取臂上金跳脱，席卷囊中黄白，着衣打包，从容负之去。

对于本是弱势群体的女性，却能在强壮的男子凌迫之时，转危为安，这一反思，是具有小中见大的文化意蕴的。其实已经注意从女性性别特征——生理上、体力上近乎实际地考虑问

① 宣鼎：《夜雨秋灯录》卷七《大脚仙杀贼三快》，黄山书社 1995 年版，第 334 页。

题，从而把问题提高到整体上改善妇女体质，以期有较多妇女能够具有反暴成功能力的高度上。

明人焦竑也早体会出，女子倘若能够做出难能可贵的事情，就可以达到“振古未闻”传播效应：“《华阳国志》言：荀崧小女灌，幼有奇节。崧为襄城太守，为杜曾所围，力弱食尽，欲求救于故吏。平南将军石览计无所出。灌时年十三，乃率勇士数十人，逾城突围夜出。贼追甚急，灌督厉将士，且战且前，得入鲁阳山，获免，自诣览乞师。又为崧书，与南中郎将周访请援，乃结为兄弟。访即遣子抚率三千人会览，俱救崧。贼闻兵至，散走。此与古包胥何异？而灌以稚年女子能之，尤振古未闻。”[①] 这实际上也是以女性为社会的“弱势群体”的角度考虑问题的，并没有把女性放在与男性等量齐观的位置上。试想，如果男性做出了上述举动，还有必要这样钦赞叹赏么？

上面众多系列故事，可以印证美籍华人学者丁乃通先生的正确论列：

> 其实一个熟悉中国民间故事的人可以发现中国社会和国民性中有许多方面是其他学科的专家不太看得到的。例如，一般人通常认为中国旧社会传统上是以男性为中心，但若和其他国家比较，就可以知道中国称赞女性聪明的故事特别多。[②]

① 焦竑：《焦氏笔乘》续集卷四，上海古籍出版社1986年版，第307－308页。

② ［美］丁乃通：《中国民间故事母题索引》，郑建成等译，中国民间文艺出版社1986年版，第25页。

尽管实际上丁乃通先生的索引未能将女性智勇抗暴故事的诸多文本列入，但这不妨碍该母题也当为女性智慧故事的一个亚型，充实、生动、有趣而不无教育意义。

1903 年，金一（1874—1947）著名的小说《女界钟》曾带有总结性地列举中外 22 位“善女子”，其中所列中国古代的 13 人，可以说基本上都是有以暴抗暴作为的女英雄：

> 善女子，誓为缇萦，誓为木兰，誓为聂姊（聂政姐）、庞娥（亲），誓为海曲吕母，誓为冯嫽，誓为荀灌、虞母、梁夫人（梁红玉）、秦良玉，誓为越女、红线、聂隐娘。……此皆为我女子之师也。①

这当然是较为知名的，然而我们从本章以上叙述的那些故

① 金一：《女界钟·结论》，上海大同书局 1903 年版，第 93 页。冯嫽事见《汉书·西域传》：“尝持汉书为公主使，行赏赐于城郭诸国，敬信之，号曰‘冯夫人’。”吕母为子报仇，事见《后汉书·刘玄刘盆子列传》；庞娥亲为父报仇刺杀李寿，见《三国志·庞淯传》裴注引皇普谧《列女传》；荀灌，事见《晋书·列女传》：“荀崧小女灌，幼有奇节。崧为襄城太守，为杜曾所围，力弱食尽，欲求救于故吏平南将军石览，计无从出。灌时年十三，乃率勇士数千人，逾城突围夜出。贼追甚急，灌督厉将士，且战且前，得入鲁阳山获免。自诣览乞师，又为崧书与南中郎将周访请援，仍结为兄弟，访即遣子抚率三千人会石览俱救崧。贼闻兵至，散走，灌之力也。”“虞母”事亦见《晋书·列女传》：“虞潭母孙氏……永嘉末，潭为南康太守，值杜弢构逆，率众讨之。孙氏勉潭以必死之义，俱倾其资产以馈战士，潭遂克捷。及苏峻作乱，潭时守吴兴，又假节征峻。孙氏戒之曰：‘吾闻忠臣出孝子之门，汝当舍生取义，勿以吾老为累也。’仍尽发其家僮，令随潭助战，贸其所服环珮以为军资。”

事中的女性，虽未被列入“善女子”谱系，事实上不也正是“英雌女杰”吗？其实，有关女性抗暴的故事不仅在古代中国，许多民族对此都特加推重。相邻友邦印度民间故事也曾写，臭名昭著的强盗头子阿巴·德瓦特的家乡，有个邻村的头人阿巴·拉卡敢于顶撞他，于是匪帮洗劫该村，拉卡十五岁的女儿乘着盗魁阿巴·德瓦特解马缰绳时以长矛刺向其后背，而强盗们以为首领已走，并不知道。而在古吉拉特一带强盗们经常拦路抢劫，有个名叫捷马的保镖遐迩闻名。一次他护送一位拉其普特妇女露伯里巴回娘家，她时处新婚刚刚怀孕，夜里，自负的捷马被强盗捆住，而露伯里巴却抓住强盗不备之机击毙两个，还把其余的打跑。于是她美名远扬。①

不过，有了古代中国女性抗暴故事的阅读经验，倒是更容易发现其他民族相关故事的深在价值。如清代王大海《海岛逸志》写，印度尼西亚东部有个武乞氏族，其族群武艺精勇，是南洋之冠。一次作者友人王砥侯有仆数人，随船往万澜（万隆），中途遇盗，舟师大惧：

> 诸仆曰：“我等武乞氏，武艺皆高强，此辈所慑服，无恐也。”戒舟人勿言动，以示懦怯状。盗见之，曰：“此必巴国唐人之船，畏怖如此。”齐登船上，诸仆持刀以待，盗伙一见，皆错愕，曰：“何得武乞氏船？”即欲遁去。仆大喝，盗长跪称误犯死罪，各献所有，叩头而去。

① 王树英、石怀真、张光璘、刘国楠编译：《印度民间故事》，北京大学出版社1984年版，第453－454页。

这是先抑后扬，欲擒故纵，以高超的武艺为后盾，严厉地教训贼人，真是有如文康小说《儿女英雄传》中侠女十三妹教训盗首周三一般。

而同书下列一则故事，则颇类似于章学诚笔下“艺高人胆大”的那持杖击贼的小妾行径：“武乞氏女子，丽而乖巧，能识人意。余一婢名掌珠，随往马辰，中途遇贼，众寡不敌，仓皇失措。婢云：‘无恐。’持枪而出，守于楼门不动。贼登舟拥至，婢以枪挥之，立伤数人。贼退而相谓曰：‘何得有武乞氏枪法？’婢叱曰：‘我即武乞氏也！’贼惧而尽披靡。”可见，在华夏周边，这类故事，很有可能是与古代中国同类描写交互影响的。

进入20世纪中叶，许多带有表彰劳动人民反抗精神的民间故事，颇多上述女性以智抗暴的神理。应该说，前引这些古代喜剧性的、理想化的传闻，当为许多类似题材民间故事的生成土壤与取材渊薮。不论是反抗侵略者的义和团传说，还是主题先行的反剥削压迫故事，群众运动式的采集整理，许多民歌、故事“完全忽视了搜集和创作的界限”，“毫无特色的模仿与创编”者所在多有；更何况：“百万人参与的搜集运动……甚至可能助长伪民间文学作品的产生。”[①] 如同本章所列举的既有“田野作业”采集又多作家加工美化。女性抗暴叙事的自娱导向，更多地寄望于施暴男性想作长远计，滋长侥幸心理可忧；且如李渔这样过多宣扬，岂不提醒了不逞之徒先“做了”，小聪明终究解决不了法制才能奏效的社会问题。

---

① 施爱东：《中国现代民俗学检讨》第三章《当代民间文学田野作业的失策与对策》，社会科学文献出版社2010年版。

附录一　20世纪90年代中国大陆武侠史论著述评

进入21世纪，武侠文学热并未消歇。作为人类一种永恒的精神象征，文学史的不可忽视的现象，以及叙事文学不可小觑的题材和类型、主题，武侠小说与侠文化研究仍然相当重要。纵观中国大陆20世纪80年代后期以来的武侠文学史、武侠小说史、武侠史及侠文化史论著，大体可依其内容侧重点分为四：

第一类是武侠小说史：有王海林《中国武侠小说史》（太原北岳文艺出版社1988年10月版）；罗立群同名书（沈阳辽宁人民出版社1990年10月版）、智春子《武侠小说与中国社会》（北京中国城市经济社会出版社1990年10月版）、张赣生《民国通俗小说论稿》（重庆出版社1991年5月版）；梁守中《武侠小说话古今》（南京江苏古籍出版社、香港中华书局1992年1月版）、刘荫柏《中国武侠小说史》（古代部分）（石家庄花山文艺出版社1992年3月版）、陈平原《千古文人侠客梦——武侠小说类型研究》（北京人民文学出版社1992年3月版）；曹亦冰《侠义小说史话》（辽宁教育出版社1992年10月版）；徐斯年《侠的踪迹——中国武侠小说史论》（北京人民文学出版社 1995 年 12 月版）；和曹亦冰《侠义公案小说史》（杭州浙江古籍出版社 1998 年 12 月版）；陈颖《中国英雄侠义小说通史》（南京，江苏教育出版社 1998 年 10 月版）；

第二类是武侠史，有陈山《中国武侠史》（上海文艺出版社 1992 年 2 月版）；汪涌豪《中国游侠史》（上海文化出版社 1994 年 11 月版）；张志和、郑春元《中国文史中的侠客》（北京中国社会科学出版社 1994 年 10 月版）；郑春元《侠客史》（上海文艺出版社 1999 年 11 月版）；

第三类是侠文化史：有王爱英《侠客肝胆录》（济南山东文艺出版社 1990 年版）；蔡翔《侠与义》（北京十月文艺出版社 1993 年 6 月版）；李海生《草莽文化》（沈阳辽宁教育出版社 1993 年 11 月版）；曹正文《中国侠文化史》（上海文艺出版社 1994 年 4 月版）；韩云波“中国侠文化系列丛书”四册：《谁是英雄——游侠·武功·江湖》、《剑气横空——游侠·武功·江湖》、《人在江湖——游侠·武功·江湖》、《侠林玄珠——游侠·武功·江湖》（成都四川人民出版社 1995 年 12 月版）；王立《中国文学主题学——江湖侠踪与侠文学》（郑州中州古籍出版社 1995 年 6 月版）；董国庆《武侠文化》（北京中国经济出版社 1995 年版）；汪涌豪、陈广宏《游侠人格》（长江文艺出版社 1996 年版）；王立《伟大的同情——侠文学的主题史研究》（上海学林出版社 1999 年 2 月版）；

第四类是武侠小说鉴赏辞典。有宁宗一主编《中国武侠小说鉴赏辞典》（北京国际文化出版公司 1992 年 2 月版）；胡文彬主编《中国武侠小说鉴赏辞典》（石家庄花山文艺出版社 1992 年 8 月版）；刘新风、陈墨等主编《中国现代武侠小说鉴赏辞典》（北京中央民族学院出版社 1993 年版）；温子建主编《武侠小说鉴赏大典》（桂林漓江出版社 1994 年版）；华森、文榕主编《中国公案武侠小说鉴赏大观》，（北京中国旅游出版社 1994 年版）；周清霖主编《中国武侠小说名著大观》（上海书店 1996 年 10 月版），等等。

限于目下所及，视野有限，上述著作虽非全部，但基本上包括了荦荦大者。如果我们略加回顾 20 世纪 80 代中期武侠通俗小说的出版热，就自然理解侠文学与侠文化论著纷纷问世强劲势头背后的自觉学术追求和其他。

六七年前，日本福冈大学笠征教授即注意到，金庸《射雕英雄传》，吉林人民出版社 1984 年 11 月出版 45 万册；长江文艺出版社 1984 年出版 30 万册；《飞狐外传》，春风文艺出版社 1985 年出版 30 万册，鹭江文艺出版社同年出版 30 万册；梁羽生《大唐游侠》，黑龙江人民出版社 1985 年 3 月出版 30 万册[①]。与此同时，通俗文学刊物的种类和发行量也一时间也随之遽然增多，最高时多达 270 种，占全国文学期刊的三分之二左右。而如我们身在大陆者所熟知的，几乎每种港台武侠小说都有大陆盗版，蜂起云涌，屡禁难绝。仿制叠出，也是乘此风潮盛极一时的。

面对远不止上述规模的通俗文学消费热潮，本来就已经滞后的文学理论界在关注此大众心理现象时，显得相当软弱无力，因为较为具体的评论，所需要的阅读量也是很大的，所以还是介绍和赏析性的较多；而在面临 20 世纪将结束，迎接新世纪到

① ［日］笠征：《九十年代大陆文学的基本态势》，台北《中国文哲研究通讯》第五卷第一期，1995 年 3 月。

来时，在学术史总结伴随着传统文化大讨论和文学史宏观研究、文学史重构的学术背景下，一批学有专长的研究者——大多来自学院派，以他们对文献的熟谙，扎实的理论功底趋向追溯侠文学乃至侠文化的源流，以及深层多元成因。

继20世纪30年代初陶希圣《辩士与游侠》（上海书店1931年版）之后，武侠史的系统研究处于长期停滞状态。尽管20世纪60年代末美籍华人学者刘若愚《中国游侠》（The Chinese Kmight-Erran Chicago 1967①）已着先鞭，台湾学者孙述宇《〈水浒传〉的来历、心态与艺术》（台北时报文化出版公司1981年版）、田毓英《西班牙骑士与中国侠》（台北商务印书馆1984年版）、龚鹏程《大侠》（台北锦冠出版社1987年版）、崔奉源《中国古典短篇侠义小说研究》（台北联经出版事业公司1986年版）等，亦略早于大陆学者起步。崔奉源先生从一些基本概念上界定了侠义小说所涉及到的文化观念诸范畴，具有较多的原创性，在港台地区影响很大，多为援引。刘著虽新意迭出，并且较早地谈及戏曲，且向与欧洲骑士文学比较上延伸，毕竟以描述现象为主。龚著则兼及诗歌，以唐代为主，所涉面尚不够宽阔。其他，像马幼垣、侯健等海外学者也都对于侠义小说有着精深的见解，发表过有份量的论文。此外日本学者铃木虎雄等早年撰有《从豪侠到武侠》（台北天一书局1991年版），林保淳、龚鹏程合作编有《二十四史侠客资料汇编》（台

① 该书中译本有周清霖、唐发铙译《中国之侠》，上海三联书店1991年9月版，周清霖兄告我有罗立群译本，久未见，后从罗兄处觅得，书名为《中国游侠与西方骑士》，罗立群译，北京中国和平出版社1994年12月版。

北学生书局 1995 年版)。这里还不包括台湾地区一些相关的硕士论文。应当说，至少在 20 世纪 90 年代前海外学者在此方面是领先的。

相比之下，20 世纪 90 年代后还是大陆学者对此用力甚勤。这里，谨就其实绩略作评骘，以期在较开阔的视域上，展示古代通俗文化寻根溯源研究阶段史的一个全貌。

以武侠小说史专著来说，王海林有始作俑之功，其缕述侠之武功描写尤为精到。罗立群则不光注意相关材料蒐集，作品文本读解，不少专题性阐述已涉及到文化探讨的层次，带有相当的原创性。

智春子的虽篇幅不长，却甚见功力，特别强调社会与时代对小说创作的影响，与其书名《古代武侠小说与中国社会》相符，颇追早年萨孟武《水浒传与中国社会》之遗风，真史笔也！梁守中的则是散论性质的，妙趣横生，常有小中见大之势，有的触及到人所罕为注意的题目。陈平原比较注意武侠小说与咏史诗、文人心态特别是江湖文化的联系，所论实已不限于小说作品中的一个类型，他还着意将类型学的理论用之于这一传统小说的只要题材研究中。

侠文化史，可以曹正文《中国侠文化史》为代表。该书是全面介绍性的，以现当代（尤其是港台新派武侠小说）为详而疏于古代。所谓“史”的线索实际上成了一种陪衬。该书还尝试着将主要人物提取出来，进行个案分析。该书可贵之处是因为作者撰写过《金庸小说人物谱》等论著，对新派武侠小说比较熟悉，注意到将古今打通，在古代武侠文学与新派武侠小说之间架起一座桥梁。

张赣生的专著积多年之功力，其人其书都素为同行所推重，以其对于先前人们很少关注的民国武侠小说（如多年前一位北京师大现代文学硕士就很认真地告诉我，武侠小说不属于中国现代文学），有着独特的解悟、深厚的学养和相当精深的研究，可说是筚路蓝缕以启山林。徐斯年先生《侠的踪迹——中国武侠小说史论》分别以史的描述与民国小说家个案分析为经纬。书中对于《庄子·说剑》和唐传奇武侠类型等都有涉及，只是该书略于古代而详于现代。

相比之下，刘荫柏则在史料搜集上突破了传统所谓小说的框架，大大充实了野史笔记的材料，不仅这方面堪为同类论著翘楚，且尤为注意一个个较为个体的母题套路在现当代武侠小说中的绵延，只是较少将课题向文化与习俗方面深入发掘。

以武侠史专著来说，陈山与汪涌豪两本专著篇幅相仿，各有千秋。二位均是从文艺理论领域“客串”到文史研究来的，却都在史料上下了较大功夫，但陈著比较注意江湖秘密社会与侠文学的的联系，注意吸收前人的既有成果；汪著则是从社会史角度展开论述的，注重史书所记载侠的实实在在的事迹，立论较为平实，尤其是在通读二十四史的基础上，尽量直接在正史篇籍中择取材料。对于其时代沿革、社会关系、活动方式、人格特征、衰落根源等进行了逐一探讨。而尤以游侠同骑士风度、武士精神比较研究为胜。由于偏重于史上实存的层面，对于游侠的评价也迹近客观，并且触及到了其“任张声势擅作威福的骄蛮”（第五章）的负面习性，以及以其游民本性不适于恒定社会、君主专权终归衰落。然而书中几乎没有牵涉小说中的侠形象，也没有将文学中侠与历史上侠进行比较。可贵的是，二书都将中国侠与欧洲骑士、日本武士进行了比较。台湾学者田毓英曾写过《西班牙骑士与中国侠》一书，大陆学者论述更为细致深入。

以侠文化史专著来说，蔡翔的长处是立论新颖，识见敏锐，但还是详于当代拙于史笔，显得空疏一些而史料不足。一定程度上曹正文的也类乎此，但比较注意介绍既有的同类成果，且在分析海外新派武侠小说方面颇见报界学人的长处。郑春元《侠客史》往往别出新意，像他把侠的意识追溯到远古的遗风，的确发人所未发。王立则比较注意侠文学表现中诸多母题的环环相扣绳绳相联，及其与慕侠习俗和侠文化心态史的多重关系，揭示某一类表现模式和话语表征的历史传统基因。上面不少论列的论文实际上都发表要早于专著。

韩云波没有停留在材料梳理和一般性阐释上，而以较为宏通的视野，构筑了一个较为完备、层次井然的侠文化体系。他更为关注的是侠的人生探求和价值世界，认为中国使文化可分广义与狭义两个层次，前者包括侠的文化存在与文化积淀，后者包括侠的行为文化与精神文化。就后者来说具体表现为游侠的三大模式（私剑模式、道义模式、江湖模式）和武侠小说四大文化功能（道义功能、人生功能、审美功能、文化功能）。他融汇古今，贯通文史，展示之中直逼侠文化的深层底蕴。如说起武侠小说的“人生功能”，不仅点出侠的人生追求多偏于豪爽，也有偏向深刻和沉痛的一面，金庸笔下的令狐冲即是。而武侠小说最通行的模式，在于通过侠者独特的成长过程，表现他的英雄人生，满足读者大众的英雄理想。

陈颖的专著没有局限于古今时代，是一部真正的“通史”，而又能在把笔力延展到民国武侠小说之后，扩展到现代战争英雄小说、新中国建国之后的革命英雄主义小说、军事战争英雄小说上，体现出对于侠义民族精神史的贯通性、超越性的关注。在描述了当代港台武侠小说发展史特别是金庸、梁羽生、古龙三大家予以不同特色的对比性专论之后，该著还列举了当代大陆武侠小说的总体倾向，及其代表作冯骥才《神鞭》、柳溪《大盗“燕子”李三传奇》。作为一种精神史层面的有益开拓，著者用小说题材史的有力史实证明，虽然作为侠义精神载体的作品主人公身份有所变化，但不论创作主体还是接受主体都不可能摆脱侠义崇拜、武侠小说精神建构所挟侠义英雄崇拜的影响，作为一种民族精神的可贵的承载，英雄侠义小说的超越性，使该类型小说具有宽容度和超时代性，成为新的时代精神与民族精神传统沟通的载体。

当然，除了上面的论述之外，还有不少论著和单篇论文，这里难免有遗珠之憾，未能一一列出。

但是，综观10年来中国大陆侠史专著，其问题也是不少的。首先，不少著作原创性不足，这个问题不仅带有普遍性而且较为突出。讨论某一专题时，一些论著往往不是首先认可前贤既有论列，而是似是而非地从零出发，同题重复较多，有“著书而不立说”的倾向。除了因所论课题庞杂，出版周期短出手快之外，根本原因是学术规范注意不够。这一点，做得较好的如曹亦冰《侠义公案小说史》，能够把人们谈论较多的名著避开，而节省篇幅给那些人们先前注意不够的“二三流”作品。

其次，不少论列往往在作为立论基础的现象列举时，由古及今，由此及彼，纵横跨度过大，看似举一反三带有共性，实则降低了针对性，概念的运用成为一种动态性的，缺少必要界定的缺点也暴露得更加严重，以致于将复杂的历史、文学和文化现象简单化。

其三，对于这样一个庞杂而极具渗透力的研究对象，系统研究不足，知识结构带来的详略不均衡，或详于材料，或偏重分析；或详古略今，或详今略古；或流于泛泛介绍、作坊式的操作，试图像百科全书式的通览无余，等等。

其四，对于历史上武侠的缺点，往往揭示不够，与此连带的是对于武侠文学中那些被美化了的侠形象的负面价值、被美化的程度描绘揭示尤其不够。而与此相联系的，是对于侠的所谓豪情的复杂性以及同中国文化、国民性的联系，揭示更加不足。原因是，大陆学人难免不受到港台武侠小说的称誉心理影响，只注意到“成人的童话”的正面特点，而忽视了其多种成因的深入挖掘；再就是对于古人讴歌武侠先在定调以及小说中诗意化了的侠形象的熏染；此外，把武侠历史及其文学现象作为一种“国粹”夸耀，国民性的反拨，对于侠义精神进行肯定弘扬，其与长期以来的“古为今用”研究目的——实用性的而不免成为急功近利的目的合拍，自然成为大多数著作的指导思想。

上述诸现象存在的深层原因，还是带有商业化的出版倾向和运作机制。出版社愿意出套书，往往限期交稿，对于侠这一庞杂课题的把握，有的论者积累不足，急就章周期过短，就难免夹生。实践已证明，那种指望着短期内就把侠史、小说史乃至其文化史研究一网打尽的想法，是脱离实际的，也是学理欠通的。而且，通俗文化审美文化研究，并不能因其研究对象的“水分大”也跟着就水分大，这是一项严肃认真的工作，其实还反倒需要更加严谨的态度，深入思索的过程和资料搜集建设上长期艰苦的努力。

武侠史研究，事实上介乎文学史、小说史与通俗文学与通俗文化史研究的接合部，是一个空白很多，仍然很有开发价值的领域。不论从材料上还是理论上，这一领域的建设可以说差距仍旧很大，日后材料上的相关研究既然较少具有原创性，就更加需要理论上向深广度延伸。尽管，作为大陆唯一的通俗文学研究专业刊物《通俗文学评论》的生命周期自 1992 年到 1998 年[①]，在中国文学学术史留下了令人瞩目的辉煌业绩，但是它的历史使命其实还远未完成，需要继续在理论上加深。我们还高兴地看到，不少博士论文已经开始涉足这一领域，其中就有旁及到武侠史专门研究的。一些在大陆还属于新理论的如形象学、文化人类学等也渐渐运用于此课题研究上，取得了令人欣喜的成果。

承继着现有学术积累，预计，在新世纪的最初 10 年，上述局面当还会有较大改观。可能会表现在，断代的武侠活动史、心态史（如唐代武侠精神史、明代侠义小说史、清代武侠文化史之类）和侠义观念史，将会更加细密和带有跨文类、跨学科性；武侠史研究，向中外交流史、与宗教（佛教、道教、民间秘密宗教）互动相生等方面具体深入拓展，有关武侠心态史、

---

① 《通俗文学评论》，武汉湖北省新闻出版局主办，1992 年创刊，1998 年停刊，共出版 26 期，责编之一钱文亮后考取北京大学并获博士学位，现在上海师范大学任教。

观念史和武侠文学接受史、中外侠文学比较史等相关研究也会展开其新局面。而北京大学比较文学与比较文化研究所等，已出现了以武侠小说（如金庸的）为博士学位论文选题的开风气之先的现象，虽晚于海峡对岸近二十年，也令人可喜可贺的。

需要警惕的仍旧是：学科的相对性、渗透性似得到应有重视，而研究者学养的积累、学术规范的强调要落到实处，此外似乎还应加强这方面的原创性的提倡，打假和批评力度。仓促行文，不当处敬请有关专家学者指正。

附录二　论从己出、详明深细

——评曹亦冰《侠义公案小说史》①

20 世纪最后十年，伴随着中国大陆通俗文学的繁盛，人们纷纷寻究其传统文学和文化成因，带来了大陆学术界武侠史论著的丰收期②。在这武侠史著作之林中，捧读曹亦冰教授《侠义公案小说史》，深感其立足于文学本位，仔细爬梳史料，论从己出、平实严谨、深细详明的特色，于是不由自主就有了如下体会和感想。

该书作为原国家教委古籍整理委员会倡导支持的“中国小说史丛书”中一部，隶属丛书四个系列中的分题材系列，系与陈熙中先生《历史小说史》、林辰先生《神怪小说史》、向楷先生《世情小说史》同列；而将“侠义”与“公案”合为一处，本身就显示了与通常“公案小说史”和“侠义（武侠）小说史”不同，在创意上有着独到之处，在具体章节论述上尤有可取之处。

---

① 曹亦冰：《侠义公案小说史》，浙江古籍出版社 1998 年 11 月版。

② 参见王立《20 世纪最后十年中国武侠史论著述评》，长春（日本东亚汉学研究会、吉林大学、台湾淡江大学等联合举办）东亚汉学国际国际会议大会交流论文，2001 年 8 月。

侠义多涉及公案，以其侠这一处于官与民中介——古代民间正义的化身，一旦有作为个体干预社会的行为，在贴近社会下层时，就无可回避地多方面与公案事件纠葛难分。这种情形愈到后世便愈益明显。可是我们近十多年来有了若干部武侠小说史、武侠史、侠文化史，以及数部公案小说史，但还缺少将两者结合起来的考察。而注重揭示侠义公案间内在有机联系，显然会使得问题探讨更加深入和专业化，且先前不清晰的问题会在这一视点观照下，变得清晰起来。

首先，该书最大的特点，针对论题属下作品芜杂零碎的特点，耐心细致地条分缕析。我们知道，客观科学的分类，也是一本分题材小说史所不可回避的问题。在文学史早期某类作品不太丰富的时候，这一问题不难也不明显。但是，到了明代后公案小说的繁荣期，类分的困难就变得突出起来。在通览全局的基础上，该书从内容形式上通盘考虑，将明代公案小说分为两种类型：一是以某位人物为中心，撰写多个清官办案故事，如《包龙图判百家公案》等；一是以公正廉明的案件审判为中心内容的公案小说集，如《廉明公案》、《详刑公案》等。其下，又将《包龙图判百家公案》所包含的总共97个故事分为八类："仗势欺人案、谋财杀人案、妖异作祟案、诈骗案、通奸谋夫案、妒杀案、自由恋爱案、停妻再娶案。"前三类还统计出在作品全书所占的比例。这真是一件细致认真的工作，而论作者的思路显得非常清晰。

即使如该作品描写的破案技巧，论作者也着意指出较突出的三种：因情设计，诱使凶犯就范；微服私访，寻找破案线索；注重法庭调查。故事将所类分下的某一类别，都辅之以有代表性的具体例证，这就易于读者一下子就有了通盘的掌握，而后又依次领略具体下属部类的情形。像《禅真后史》这样的长篇通俗小说，作者也概括出其共有18个公案故事，该书核心人物是侠客瞿琰。著者点明他的斗争对象主要有三种人，权奸恶霸、淫恶僧人、妖魔鬼怪，于是该作与其他作品的不同之点也易于辨别，虽不明言，也使人详明扼要地了解了作品在特定题材发展史中的定位。

其次，是以作品原典为基准，揭示史书与文学创作之间的联系、不同时代作家创作的新创性。像论及侠义小说从史传中脱胎而出，应用了对比法，将《燕丹子》与《史记·刺客列传》在叙事手法、情节设置和描写等方面进行具体的艺术比较，使其文学色彩加浓的具体文本表现昭然若揭。他如《四朝闻见录》对陈亮的描写与《宋史》本传描写的文史之区别。以及唐代与先秦侠客义士在身份地位、行为、成员性别构成等方面的差异，都通过对比彼此愈加昭彰，而又要言不烦。如是之处，在该书中比比皆是。

其三，论作者以敏锐的艺术感受力，每每对于论题有独到的感悟、心得和发现。像述及清代侠义小说繁荣时，举出较为突出的有三种类型（按，应为四种类型），其中的“侠情小说”和“侠犬小说”的概括，颇有新意。所谓侠犬小说的主要特点，论作者认为“一是鼓吹和美化侠士投降变节、充当封建朝廷鹰犬的可耻行为，二是书中具有浓厚的封建迷信色彩”，举出《荡寇志》、《永庆升平》为代表。在此之前，著者曾经校点过小说《永庆升平》（前传）等多种，有着较多的感性知识，介绍起来也是如数家珍，得心应手。相应的价值判断也较为准确，公允客观，不因此而偏袒美化。而这也体现了以如今法制意识观察古代人治社会现象的冷峻，对不少武侠小说史美化古侠，有补弊纠偏的参考。

在该书论题规定性的驱使下，著者还注意到一些相关的公案小说阅读消费之专业知识的适当介绍，如清官破案过程中对于案犯犯罪心理的利用，又像剖析作品书写冤案办理时官员私心在不同阶段中的体现，等等。著者可真是心细如发，可谓寓知识、趣味于作品解析之中，有助于读者潜移默化地提高阅读古代公案小说的兴趣和能力。

其四，是论作者描述故事情节脉络的功夫非常高超，侠义公案故事本事的传奇性趣味性，原本就很浓郁，经过论作者的娓娓道来，概括提纯，读者不仅对故事情节之生动传奇和新闻性获得初步（或加深）印象，而且简直就是一次艺术享受，可以想见，如果不是在多次精读原文，反复涵泳细细理清故事头绪，是不易臻此境界的。于是，就如笔者所身体力行的，一书在手，读者不仅对侠义公案小说的发展脉络有了直观真切的印象，而且领略其大量作品的内容和表现特点，甚至对于古代清官破案的一些惯用技巧（当然有的是文学化、高于生活的）等也有所了解，像总结出《施公案》里描写的破案技巧即有九种：推情评理法、类比取证法、引案犯入彀法、声东击西法、欲擒故纵法、暗度陈仓法、因案破案法、追本穷源法、抛砖引玉法等。

的确，如前所述，把文学的还给文学，似乎是著者的一个撰写宗旨和追求目标。该书在对于侠义公案作品的分析时，常常注意到文本本身艺术性的抉微洞隐。像分析《续小五义》在艺术上的突出特点时，著者概括有三：

1. 大的公案故事叙述得比较完整；

2. 写人叙事大多采取插叙法；

3. 较之《小五义》的文字简练流畅，没有与全书情节无关的内容，亦无任何的说教色彩。

而其中第2点，又概括出插叙法在该小说中主要有三种形式——一是借某人之口，介绍即将出现的或已经出现的别个人物；二是借当事人之口，讲述已经发生而别人尚未知晓的事情或事情原由及过程；三是作者叙述。每一种手法、特点都予以要言不繁地举出实例，娓娓道来，显得平实而有据。无疑，读者在了解作品写作艺术时，还增长了古代小说的鉴赏水平。

此外，著者论从己出的严谨态度还体现在章节设计、作品评论的详略分配上。对于那些较少为人关注和详细分析的作品，就施与笔墨多些，而像蒲松龄《聊斋志异》这样曾较多为人阐发的，就惜墨如金，仅仅给了一页的篇幅，这真是以少少许胜多多许，其遴选择取的严格，于此可见一斑。如此，提高了当下著述的学术含量，尊重既有的成果，尊重读者。我们说，一本书能在同类学术著作中不怕比较，自出新意，这是应当提倡的。

当然，作为一部学术著作，该书也不是尽善尽美的。如，作为一部侠义公案小说史，作品的覆盖面似乎还可以再大一些，如佛经翻译文学中的公案故事就可列入；也许，这正是该书将公案与侠义合为一处的创意，决定了选材不能不较为严格。另外，出于对笔下研究对象的偏爱，该书对于公案小说的思想内容和艺术性正面阐扬较多，而往往对于一些作品其思想局限性和艺术的粗糙，以及成因的探讨虽有，略显不够。当然，这也是我们几乎所有研究同行在所难免的，而有时、往往又不是来自于作者本人的原因，常受出版部门商业化运作的种种制约，像本文所评的这本有较高学术价值和密集知识内涵的专著，就在出版前被出版社砍伐下了大量篇幅，这不能不说是相当可惜的。从这一角度说，我们呼唤着对于学术书籍的出版，大家要更加爱护，并且有关部门要实行更多行之有效的措施。

附录三　一部富有新意的武侠活动史

——评郑春元新著《侠客史》①

侠是中国古代社会中的一类特殊人物。中国近三千年来的历史舞台上常常有侠的身影闪现，侠的活动曾对社会、对民族心理产生一定的作用的影响。近几年来一些学者致力于侠的活动史的研究，一些侠史专著相继出版，其中不乏学术厚重之作。新近在一套大型学术丛书中面世的郑春元《侠客史》（“中国社会民俗史丛书”之一）就是一部富有学术性、富有新意的侠史专著。

西方历史学家科林伍德（1889—1943）曾说过：“每个历史学家都以自己为中心，根据他自己的角度来观察历史，因此他看到了别人所看不到的某些问题；而且每个历史学家都根据他自己特有的观点，也就是他自己特有的一个方面来观察每个问题。——因此历史研究是无止境的，甚至对于一个极小历史领域的研究，每个新的研究者也必定有自己的新的见解。”② 如科林伍德所言，郑春元《侠客史》也是通过一个新的视角，以

---

① 郑春元：《侠客史》，上海文艺出版社1999年11月版。

② ［英］科林伍德：《历史哲学的性质和目的》，《现代西方历史哲学译文集》，上海译文出版社1984年版。

丰富翔实的史料，透彻精辟的论证，阐释侠的产生、发展和演进过程。作者观察侠客史的视角是开阔的，他将侠客这个特殊群体的活动同中华民族历史的进程、意识形态的变易联系起来，从社会历史学的角度和文化背景上来观照侠客历史。这使得他观照的领域实际上要比一般的同类著作大，可以说，该书基本上做到了宏观把握和微观分析的有机结合。作者努力求新，其新意主要表现在以下几个方面。

对侠作出客观准确的界定，以此为基点展开对侠客活动史的描述。这是该书与其他同类著作的最大不同之处之一。作者在《前言》中指出，“侠”在中国古代不是一种职业，不是一种法定身份，而是社会舆论根据某些人行为特征所赋予他们的一种约定俗成的名称。历史上的一些史家、思想家、百姓对什么人是侠的看法是很不一致的。有人把作奸犯科、行为暴戾的亡命之徒称为侠，如韩非、班固；有人将具有轻死重气的人格意志的人称为侠，如唐代的司马贞；有人把不顾己危、济人急难的人称为侠，如司马迁。作者将历史上各家对侠的界定的内容进行了细密的梳理，对侠作出客观准确的界定，认为“具有急人之难、舍己为人、伸张正义、自我牺牲精神的人”即为侠。指出侠的本质就是“利他”性。

作者对侠作出这一界定，以一个新视角展开对侠史的描述，对侠史的研究具有十分重要的意义。因为今天看来，历史上有侠名者并非都是真正的侠士。封建统治者及站在封建统治阶级立场上的卫道士、以及有些史家出于偏见把为害百姓的作恶之徒称为侠。司马迁对此感到十分不满，他在《史记·游侠列传》中说：“至如朋党宗强比周（依从、亲密），设财役贫，豪暴侵凌孤弱，恣欲自快，游侠亦丑之。余悲世俗不察其意，而猥（错误地）以朱家、郭解等令与暴豪之徒同类而共笑之也!”他是要人们将侠与暴豪之徒区分开来，这种认识是具有超前性的。今天我们在描述侠史时，如果仍旧把史籍上有侠名者都视为侠，仍将真假侠混为一谈，把众多的作恶之徒都归入侠的行列，这样写侠史是不公正的，对侠是不公平的，也不能真实地反映侠的历史面貌。作者对侠作出界定，强调划分出侠与伪侠的界限，在阐述侠的类别时将有侠名无侠实的人称为伪侠，辟以专节阐述，这样有助于显示作者所描述的侠的历史，是一部真正的侠的历史，是一部公正客观的侠的历史。

治史贵有创见，创新则是学术研究的灵魂。而提出新见，重在言之成理。该书作者既吸收了一些前人的学术成果，也提出了一些自己阅读所得的新见。比如，关于侠的起源问题，近现代的一些文史名家提出一些较有影响的观点，如章太炎、梁启超、侯外庐、闻一多、鲁迅、冯友兰、陶希圣等学者，他们或认为侠起源于某一阶层（如起源于士、游民），或认为侠起源于某一学派（如墨、儒等）。作者没有囿于成说，他认为侠起源于某一阶层、某一学派等诸家说法都缺乏足够的证据，缺乏可信度。进而提出自己的看法，认为侠起源于原始民族成员互助的遗风。原始民族成员互助才能生存，互助意识是非常强烈的。这种意识内化后不断延续，到了原始民族社会解体以后的社会中，仍有按原始民族社会成员的互助原则来行事的人，也就成为了侠，这一观点真是发前人之所未发，契合侠的下层文化特质，可谓找到了侠起源的真正的源头，是值得人们信服的。作者阐述侠意识观念的起源时，提出侠意识观念起源于原始正义观念，在阐述侠的负面行为时，提出侠的野蛮无理性、嗜血好杀等负面行为来源于远古的原始野性。从原始风俗中找到了侠的意识观念、侠的正负面行为的成因。这些观点相互支撑，形成了坚实的理论构架，是很有说服力的。

对侠意识观念进行深入全面探索，是该书不同于以往侠史著作的一个显著特点。该书专门用两章从纵横两个方面全面探索侠意识观念的产生、发展与构成。作者这样安排很有学术眼光，具有开拓意义。因为侠之所以成为侠，做出侠义壮举，是受侠义观念所支配。侠意识观念已成为中华民族伦理观念的一个组成部分。然而探讨阐释侠意识观念颇不易。历史上的侠未留下侠义伦理专著，史料中对侠意识观念的记载也很有限，作者努力搜寻史籍中的侠意识观念的断片，进行爬梳抉进行爬梳抉剔，深入详尽的阐发，描述出了侠意识观念的总体面貌。

在《侠意识观念的渊源、发展与流变》（第十二章）一章中阐述了侠意识观念的起源、确立、丰富发展的历史状况，把侠意识观念的产生与发展分为三个时期，即春秋战国为侠意识的萌芽期；两汉为侠意识观念的定型期；宋元明清为侠意识观念的丰富发展期，并阐述了侠意识观念对中华民族伦理观念的影响，清晰地描述了侠意识观念的发展脉络。

作者在《侠观念与诸家思想的关系》（第三章）一章中，较详尽地阐述了侠观念与墨家思想的关系、与儒家思想的关系、与道家思想的关系、与佛家思想的关系，分析透辟，其中不乏新颖、精彩之见。如书中所指出的：侠观念与墨、儒两家思想较密切，“侠观念中的核心部分来源于墨家，墨家‘任’的主张，侠观念大厦的核心支柱”，“墨家替侠表达了信念和主张”；

侠观念与道家的追求的维护人格尊严的主张，与佛家的利他精神都是相通的。侠观念从各家思想中都吸纳了一些观念成分。从横的方面阐述了侠意识观念的构成。作者通过这两章的阐述使读者了解了侠意识观念的来龙去脉，及侠意识观念的具体内容构成。深入揭示了侠的心灵世界，从深层次阐释了侠这类特殊人物群体行为的心理动因。

对侠进行多角度、全方位、立体化的描述也是该书的新颖之处。该书采取了经纬交织的纵横描述方式。在经线上，该书描述了从春秋战国到清末民初近三千年中各历史时期侠的形态和发展进程；在纬线上，将侠客史的内容分作若干专题作横断面的展示，阐述了侠的类别、侠义壮举、侠的武德修养、侠的绝技神功、侠的奇智奇谋、侠的奇节异行、侠的负面行为、侠的结局、中华民族侠崇拜现象等，从多角度切入，对侠进行全方位地透视扫描，充分展示侠的德、才、智、技、情、以及侠的人生追求与命运，展现给读者面前的是一幅侠活动的立体的全景画卷。

值得一提的是，作者在阐述侠这一特殊群体的特征时，突出一个“奇”字，在介绍侠的奇智奇谋时，列举了侠的救危济困奇谋、破敌奇谋、复仇除恶奇谋、比武奇谋；在介绍侠的奇节异行时，描述了侠的奇特崇高的人生价值取向，对侠义规范的超常恪守，在生活中表现出超越世俗的处世行为，做出许多游戏人间的奇行趣事。这些描述体现了作者对侠这类人物研究的深化，会使读者对侠有一个全新的认识，有助于读者对侠进行全面的了解。

最后要说的是，作者在第一章《侠史寻踪》中对中国历史上近三千年来侠活动的描述，有的地方线条显得略粗，内容有待充实，对于前人的研究成果也有介绍不够之处，然而瑕不掩瑜，总的说来，《侠客史》仍不失为是一部很有新意、很值得一读的学术专著。

武侠文化通论

WUXIA WENHUA TONGLUN

王立／著

【第二卷】

人民出版社

目　录

前言　武侠文学的文化史意义、民族风情及外来参照

20 世纪 90 年代初迄今中国大陆通俗文学热，一个重要表现就是武侠史研究论著的兴盛，大致有三：一是武侠小说史，二是武侠活动史、心态史，三是武侠文化史。这一潮动与港台武侠小说、影视作品蜂拥涌进，其他通俗文学史著作竞相问世分不开，也与著名前辈学者赏爱和身体力行参与，如章培恒、严家炎、宁宗一、董乃斌、胡文彬先生等，以及出版界武侠爱好者倡导支持有关，如周清霖、徐斯年、刘国辉、陈平原、陈墨、罗立群、韩云波先生等即为代表。伴随武侠小说创作及大众消费热悄然兴起，港台与国外论著的启发，90 年代中期大陆始有了武侠文学史及侠文化史专著。这是小说史、叙事文学史和文化史的一个重要分支、对应方面，却为多数治小说史、文化史学者忽视，甚至不乏讥诮和轻视。原因有文学观念、知识结构、学科学术分工与体制上的，也有学术上的门户之见等。进入 21 世纪后这一局面正在发生较大改观。而且较多表现在断代武侠文学史、武侠思潮史，跨学科的武侠史研究，且还会向中外交流史、宗教（佛教、道教、民间秘密宗教）方面具体深入地拓展，有关武侠心态史的多层次研究也会打开一个新局面。

一、武侠文学的社会风俗史意义

武侠文学的社会风俗史意义是多重的。其正面价值，在19世纪末20世纪初的有识之士那里，就已被充分关注和强调了。这是欧风美雨浸润下，在东邻日本国力崛起、咄咄逼人的巨大压力下向传统的追怀与呼唤。一位署名伯的评论家《义侠小说与艳情小说具输灌社会感情之速力》认为，义侠小说对于下层社会，有一种正义气概、羞耻之心的难得的“输灌之力”①；成之《小说丛话》曾论《水浒传》、《七侠五义》等“武事小说”：

> 可以振起国人强健尚武之风……凡英雄的小说，虽不必尽符合乎公理，而其性质，必有几分与正义相连。盗亦有道，其明证也。此等处暗中维持人心风俗之功，亦不可没。”②

这就把武侠叙事文学提升到维系人伦、端正民俗的高度。在巨大的民族矛盾挤压下，先前某些小瞧侠盗越轨之徒的价值标准，不能不有所改变。1906年，现代意义上武侠小说开

---

① 《中外小说林》第一年第七期，1907年，陈平原、夏晓虹《二十世纪中国小说理论资料》第一卷，北京大学出版社1997年版，第228－229页。

② 《中华小说界》第一年第三至八期，1914年，陈平原、夏晓虹《二十世纪中国小说理论资料》第一卷，北京大学出版社1997年版，第452页。

山者林纾在其翻译小说《〈雾中人〉叙》中，不无偏激地指出："古今中外英雄之士，其造端均行劫者也。大者劫人之天下与国，次亦劫产，至无可劫，西人始创为探险之说。"① 这位翻译了大量欧洲侠义英雄小说的国学大师，也间接地给武侠人物以充分的肯定和褒奖，并创作了有名的《傅眉史》等武侠小说。姜泣群辑《虞初广志》（1915 年上海光华编辑社出版）《出版凡例》则标明编辑该书目的之一，即"振兴武侠"："夫日本有大和魂之徽号，斯巴达有蔑士民亚之奏凯，悉为武侠之纪念，立国之精神，被诸歌咏，传为美谈，用资激劝，故其国民体魄雄健，品性高尚，对于国家与社会遇有患难，不惜披肝挪脑，赴汤蹈火以救之，坚成城之众志，巩国力于无疆。……"

对中国古史上的豪侠问题，史家也早探讨过。如阐发个体豪侠性情与尚武豪族之间有着密切的关系："说南朝前期吴人不习战，南人怯懦，是相对于善战的楚人、北人而言。在吴人不习战声中，酝酿着南方郡邑岩穴之长、村屯坞壁之豪的兴起。但要有时机。这个时机便是侯景之乱。……南方土豪洞主乘侯景之乱兴起，大致不出两种方式：一为率兵入援建业，因而坐拥大兵，二为啸聚徒众，乘着州郡主将率兵勤王的机会，以依法形式或强迫取代其位。继梁朝而起的陈朝，不得不承认这种事实，以取得他们的支持。"②

---

① 阿英：《晚清文学丛钞·小说戏曲研究卷》，中华书局 1960 年版，第 232 页。

② 万绳楠：《陈寅恪魏晋南北朝史讲演录》，黄山书社 1987 年版，第 204－205 页。

然而，武侠文学人物以及民间慕侠心理也不是没有副作用的。如渴求理解常受牵累，仰慕豪侠屡中圈套，逞情任性不计后果①，等等。实际上可能还不限于此。从风俗史意义上说，武侠文学的创作、欣赏和接受过程等诸多方面应该作一统观，了解其利大于弊。一位美国人类学家颇关注传奇这一文类的人类学意义：

> 对于人类学家来说，不论是长篇传奇还是短篇传奇，它们的世俗性和显而易见的现实性部分的主要意义就在于，它们给构成一个文化中值得称许的或典范的伦理行为提供了线索。传奇的主要内容基本上就是在解决问题，其内容可能包括格斗、战争、对抗和各种生理、心理的磨炼。传奇也会明确或含蓄地回答某些问题：该文化为杀人辩护吗？哪些行为被认为是勇敢的，哪些是懦弱的？格斗或战争的规矩是什么？存不存在利他主义思想或自我牺牲精神？……②

尽管武侠文学那些激动人心的故事，未必都能同现实生活实存的现象画等号；且西方英雄传奇（Saga）也不见得与中国古代武侠文学完全对等，然而如果对中国古今武侠文学有基本了解，那就分明可以看出，中国古今武侠文学，确能从一个个

---

① 参见王立《中国文学主题学——江湖侠踪与侠文学》第十章，中州古籍出版社 1995 年版，第 301－330 页。

② ［美］威廉·A·哈维兰：《当代人类学》，王铭铭等译，上海人民出版社 1987 年版，第 539－540 页。

富有民俗风情意趣的角度，鲜活生动地呈现上述问题的较佳答案。

二、武侠文学中人类学内蕴的发掘

武侠文学具有华夏之邦的民族性特征，但类似题材、主题的文学乃至文艺作品却并非为中国所独专。除了欧洲的骑士文学及其正义精神体现，日本有武士文学，朝鲜（韩国）有《洪吉童传》等，就连美国的“西部”电影，也有着类似的思想倾向与模式化特征，因此，有理由从更为普遍的意义上关注武侠文学中的人类学内蕴问题。

与中国武侠英雄的成长、磨练、社会化地建功立业，往往最后隐退江湖的奋斗历程的母题书写类似，据莱特《六响枪与社会：西部片的结构研究》的研究，“古典式的”西部片可分为16种叙事功能：1. 英雄人物进入某个社会群体。2. 英雄人物不为社会所知。3. 英雄人物显露出其非凡的能力。4. 社会成员们认识到自己与英雄人物之间的差异；英雄人物被赋予了特殊的地位。5. 社会不完全接受英雄人物。6. 恶势力与社会之间发生利益冲突。7. 恶势力比社会强大；社会处于相对弱小的地位。8. 英雄人物和恶棍之间交情很深或彼此尊重。9. 恶势力对社会构成威胁。10. 英雄人物极力避免卷入冲突。11. 恶势力威胁到英雄人物的一位朋友的安全。12. 英雄人物挺身而出，与恶势力斗争。13. 英雄人物打败了恶势力。14. 社会安全得到了保障。15. 社会接受了英雄人物。16. 英雄人物失去了或放弃了他的特殊地位。《Shane》是古典西部片的一个典范类型：故事讲述的是一位外来客单枪匹马驰出莽莽荒原，帮助一群农夫打败了有权有势的大牧场主，然后又一路绝尘而去，消失在莽莽荒原中。在古典西部片中，英雄人物与社会（暂时）联合起来对抗社会外部的恶势力。莱特认为，古典西部片在整个20世纪三四十年代及50年代的大部分时间里独领风骚，职业西部片，则在六七十年代占据主导地位，而“过渡主题”的西部片正好在两者之间搭起了一座桥梁。在这种类型的西部片中，对立的双方正好颠倒过来，英雄人物处于社会之外，与一个强大的但已经堕落并还在继续堕落的文明世界相抗争。争雄人物在刚开始时还不是处在社会之外的，而是社会中深受器重的一分子。随着剧情发展，社会逐渐成为与英雄人物以及那些处在社会和文明世界之外的人们相对立的真正的“恶势力”。英雄人物支持那些处于社会和文明世界之外的人，并最终与他们结为盟友，在此过程中他逐步由社会内部走向社会外部，从文明世界跨入草莽之间。但是结果由于社会太强大，那些社会外部的人最终还是无力与之对抗，他们所能作出的最好的选择就是逃向渺无人烟的莽莽荒原。①

将古代中国的武侠文学与美国西部片比较，是否有一定的可比性？这就牵涉到较为复杂的跨学科、超时代的问题，本书不作展开，但关注到某些共性因素，有利于对一些具体的问题进行宏观把握。

中国古代侠义崇拜及武侠文化的文学书写，其丰富内蕴生成、延续实在有着不可忽视的人类学成因。

首先，是武侠崇拜信奉者和武侠人物自身特定年龄段所具

---

① ［英］约翰·斯道雷：《文化理论与通俗文化导论》，杨竹山等译，南京大学出版社2001年版，第106－107页。

备的固有心态。台湾人类学家曾指出“次文化”（subculture，又译“亚文化”——引者）是研究社会文化者的常用名词，指一个社会中不同人群所特有的生活格调与行为方式而言，每一个社会都有许多“次文化”。而“青年次文化”具体说是代表一群由十六七岁至三十岁青年人所表现的心态与行为特征，这种心态最主要的表现就是对成人世界的形式化、规矩太多及繁文缛节的反抗。青年人因社会地位与角色不同，最不习惯于成年人的种种形式化生活方式，最惧怕成年生活种种拘束行为的规矩，这种心态可称之为“对形式主义的反抗”，其派生出了很值得注意的东西：

> 由于这种对形式主义的反抗，青年人在行为上表现出三种明显的特点，那就是：（1）不论在行动或服饰上处处流露不拘形式，不墨守成规的习性；（2）偏好简洁、省略、不繁文缛节的语言、应对与人际关系；（3）崇尚自然、本性，不客套、不虚伪的生活。[①]

上述论列中国古代有大量生活根据可证。主要发生在青少年群体中的侠崇拜，秦汉时期“恶少年”即是。汉魏六朝以降则发展为“年少慕侠”的乱世心态。王仁裕《开元天宝遗事》卷上称：“长安侠少，每至春时，结朋联党，各置矮马，饰以锦鞯金络，并辔于花树下往来，使仆从执酒皿而随之，遇好囿则驻马而饮。”李白《少年行》其三状写了侠少生活的优游自

① 李亦园：《人类的视野》，上海文艺出版社1996年版，第126－128页。

在："少年游侠好经过，浑身装束皆绮罗。兰蕙相随喧妓女，风光去处满笙歌。"因此我们很能理解，何以李颀《缓歌行》于"小来托身攀贵游，倾财破产无所忧"的市井侠少生活进行可贵的批判，他还能悟出："早知今日读书是，悔作从来任侠非。"

侠少年多人结成团伙，在游玩中很容易构成群体心理互相激发，违法犯禁。这类侠少还把宿娼视为任侠。《开元天宝遗事》卷上云："长安有平康坊，妓女所居之地。京都侠少萃集于此。兼每年新进士，以红笺名纸，游谒其中，时人谓此坊为风流薮泽。"一些侠少长期泡在妓院，以侠气向女性夸耀。令狐楚《少年行四首》其四咏："霜满中庭月满楼，金樽玉柱对清秋。当年称意须行乐，不到天明未肯休。"李白《结客少年场行》写他们博猎宿娼，无所不为："青云少年子，挟弹章台左。鞍马四边开，突如流星过。金丸落飞鸟，夜入琼楼卧。"藐视礼法本身就成为豪侠之气的外溢。在贵游侠少群落中，有的自身身份就是京都"禁军侠少"。王维《少年行》四首、李益《汉宫少年行》、张籍《少年行》、李嶷《少年行》三首、鲍溶、孟郊、王建的《羽林行》等都有此展露，这也是时人一种纵浪不检的生活方式。

甚至做了严重不负责任之事，还被人目为"豪侠"，《太平广记》卷一百三十引《逸史》讲西川节度使严武少时仗气任侠，于京城引诱邻居少女私奔出关，闻知追者将至，惧不免，他就以酒灌醉少女，中夜解琵琶弦缢杀沉于河，躲过了查访。青少年阶段喜好冲动，性情极不稳定，豪侠滥杀无辜成了常有之事，这与侠多使酒弄气惯习也分不开。辛文房《唐才子传》

卷九亦载罗虬狂宕无检束，久慕一位姿色殊绝的妓女杜红儿，在与别人争风吃醋时，心不称意，怒而拂袖而去，竟然手刃杀死杜红儿，美妓就这样在“豪侠”使性动气下成为牺牲品。

到明清时期，民间秘密社会团体和江湖豪客的叙述，又经常作为反抗正统一个有力的精神武器，因为青少年的情绪一旦被激发起来，往往一发而不可收拾。明清统治者就十分警惕武侠崇拜的具有反正统性和个体鼓动力，而这主要就是担心武侠精神对青少年情绪刺激带来的巨大蛊惑力。于是朝廷多次严禁好勇斗狠剧，如清仁宗嘉庆十八年下诏：

> 至稗官野史，大率侈谈怪力乱神之事，最为人心风俗之害，屡经降旨饬禁。此等小说，未必家有其书，多由坊肆租赁，应行实力禁止，嗣后不许开设小说坊肆，违者将开设坊肆之人，以违制论。至民间演剧，原所不禁，然每喜扮演好勇斗狠各杂剧，无知小民，多误以盗劫为英雄，以悖逆为义气，目染耳濡，为害尤甚。前已有旨查禁，该管地方官，务认真禁止。……①

其次，就是武侠角色固有的荣誉感与表现欲。在古代武侠文学众多叙事中，似乎如果没有主人公这种武侠的主体精神，就不值一谈，而恰恰是这才构成了像关云长、武松、鲁达、白玉堂之类武侠人物的恒久人格魅力。人类学家分析某些土著民族对声望如何在礼节上体现的问题时，曾非常形象地指出：

① 王利器辑录：《元明清三代禁毁小说戏曲史料》（增订本）第一编，上海古籍出版社1981年版，第65页。

> 人是孔雀。他爱卖弄，爱笑，爱积蓄钱财，可是他也肯做寿头或浪子，倘若那个能给他一个高视阔步的机会。光是权力和实利不够浪漫；权和利，不加上一层声望做炫饰，不足以使人生有滋味。
>
> 举个例，英属哥伦比亚沿海的印第安酋长为什么要积聚成千成万的毛毯呢？赶一个大节日把它们送给人，表示这样值钱的礼物他毫不吝惜。这是博得名誉和压倒侪辈的唯一办法。为了同一理由，他把很值钱的船只焚毁，把奴隶杀死——无非表示这种重大损失对于这位大人物不算什么。由此向南的瑜洛克人（Yurok）是一个财迷部族，可是任凭怎样贪，决不贪到出卖粮食的程度。"这是君子所不为。"倘若有人不顾廉耻，做出这等事情，老派的上等人会鄙夷他，"他可以做得，他穷急了。"这些财奴买老婆的时候也不吝惜钱财，总归狠狠心拿出一笔钱来。……①

古代中国武侠的亚文化伦理，以及人们喜爱的许多武侠角色，也带有这种自尊自炫倾向。又像唐传奇《虬髯客传》写那位豪侠虬髯客，非要在刚认识的李靖夫妇面前打开革囊取出人头和心肝，以匕首切食之，还要说明"此天下负心者，衔之十年，今始获之，吾憾释矣"。他本来一见倾心于美貌的红拂女张氏，"取枕欹卧，看张梳头"，惹得李靖禁不住"怒甚"，这

---

① ［美］罗伯特·路威：《文明与野蛮》第十六章，吕叔湘译，生活·读书·新知三联书店1984年版，第159页。

时:"张熟视其面,一手握发,一手映身摇示公(李靖),令勿怒。急急梳头毕,敛衽前问其姓。卧客答曰:'姓张。'对曰:'妾亦姓张。合是妹。'遽拜之,问第几,曰:'第三。'问妹第几,曰:'最长。'遂喜曰:'今夕幸逢一妹。'张氏遥呼:'李郎且来见三兄!'公骤拜之。遂环坐。"看来这红拂女不愧为隋朝重臣杨司空的侍妾,不仅"肌肤仪状,言辞气语,真天人也",且有着超乎凡伦的社交能力,她还真是了解男人,从直觉上感知虬髯客的性爱冲动和相关的微妙心理活动。这段戏剧化描写曾引起了金庸先生激赏,使他产生了从心理学角度一探原由之愿:

> 我又曾想,可以用一些心理学上的材料,描写虬髯客对于长头发的美貌少女有特别偏爱。很明显,虬髯客对李靖的眷顾,完全是起因于对红拂女的喜爱,只是英雄豪杰义气为重,压抑了心中的情意而已。由于爱屋及乌,于是尽量帮助李靖,其实真正的出发点,还是在爱护红拂女。……虬髯客对红拂女的情意表现得十分隐晦,也自有他可爱的地方。再加铺叙,未免是蛇足了。[①]

豪侠心理就是这样的自尊和自炫,上述文字中的"爱护"似应改为"暗恋",明明深心中爱慕非常,一旦对方以妹称之,侠就却不开情面了。杀仇食仇还要炫耀一番。抑制了豪侠所不为的,就以豪侠所当为的来掩饰内心的躁动。如果不是一种潜

① 金庸:《三十三剑客图》,《侠客行》附录,生活·读书·新知三联书店1994年版,第638页。

在的博求声望、讲求面子心理，是不会做出虬髯客这样性情化举动的。所以古代侠文学到现当代的武侠小说，事实上也是人类诸多个体心理的微妙而形象化写真，具有某种人类学的深层意蕴。其他像“寻宝夺宝”、“过目不忘”乃至“比武招亲”等母题，如果不限于中国本土的材料和文学自身的疆域来发掘归纳，就会发现藏蕴的深层人类学意旨，从而在更深广的意义上理解武侠文学。

三、武侠文学的伦理核心与叙事模式

俄罗斯汉学家李福清体会到：“我研究的方法有一个特点：从作品最小的情节单元入手，作系统性的研究。例如研究故事，不仅研究情节、母题，还探讨故事的艺术世界（包括人物描写、艺术时空、颜色、数字等等），比较也要从情节单元进行分析。”① 这里，我们描述与分析中国武侠文学，也不妨从母题——情节单元角度入手。就武侠文学民间文学性质及其与民俗、江湖文化的联系看，如此把握众多有内在联系的系列作品，也极为契合主题学——叙事文学母题所赖以产生的民间故事文类特质。然而中国古今武侠文学自有其民族特征，“义”可以说是笼罩武侠文学及其主题人物（角色）的精神核心。在古代武侠叙述话语以褒意评价事物人事时，总舍不得心爱的“义”字，以至于将“义”的含蕴泛化：

---

① ［俄］李福清：《中国神话故事论集·自序》，中国民间文艺出版社 1987 年版。

> 人物以义为名者，其别最多。仗正道曰义，义师、义战是也；众所尊戴者曰义，义帝是也；与众共之曰义，义仓、义社、义田、义学、义役、义井之类是也；衣裳器物亦然，在首曰义髻，在衣曰义襕、义领，合中小合子，曰义子之类是也；合众物为之，则有义浆、义墨、义酒；禽畜之贤，则有义犬、义乌、义鹰、义鹘。①

然而这杂多中还是有着稳定的内蕴的，所谓“义”的基本实质，在这纷纭复杂的义界中却无疑即是为正义、为群体，为其他个体承担某种责任。主体行为之所以无愧地被称之为“义”，不仅是由于其不谋私利，且往往是因其能损己利他或慷慨奉献。

不仅是这极有包容性和可延展性的“义”，武侠文学中的“武”，也非常投合人类的攻击本能。因而尽管古代侠的江湖义气，有时被海外学者孙述宇称作是一种“匪党道德”，与今天所理解的“正义”有一定区别，带有江湖小群体亚文化特征，但它毕竟含有雅文化层中早为众所认同的合理内核。某种程度上可以说，侠的江湖义气是上层文化濡染且民间化了的结果，只不过其抑私扬公，张扬的是平民或小团体的利益，常常带有同其他集群团体、甚或不法官吏代表的官府正统势力的“不义”抗争的意味，且灌注了下层民众互相扶助、彼此团结的深挚情谊。

清代还出现了像高承勋的志人小说集《豪谱》这样的专

① 洪迈：《容斋随笔》卷八“人物以义为名”条，上海古籍出版社1978年版，第105－106页。

书，其仿照《世说新语》将古来豪人豪事分为义豪、谊豪、才豪、气豪、谈豪、辩豪、狂豪、奇豪、侠豪、态豪、文豪、书豪、笔豪、绘豪、饮豪、隐豪、闺豪、童豪、市豪、贼豪、色豪、奢豪等22个门类。

从文学角度最迟在唐传奇中，那些充满豪气的武侠人物已具备了多种角色类型。如虬髯客、冯燕、红线、古押衙、侯彝等等，如果结合他们各具特色的行动来看，这就是所谓“主题人物”式的母题史类分。故事的基本情节勾画出豪侠人物的角色定位，而他们基本上都属于是反主流文化的。由俞超《见闻近录·甘凤池轶事》，可见这类武侠英雄清代民间是如何乐于谈论的：

苏州甘凤池，技艺绝伦。有总帅请为教习标下，潜忌其能，欲害之，约众曰：“我令旗所指，枪必环刺之。”遂请甘旁坐阅武。旗举，枪果齐至。甘惟持一茅竹烟管，谈笑挥之，枪纷飞若隼焉。因托故辞去（A）。

至常州，遇神祠演剧，入观。当台有大石，凡立于上者，众无赖必挤去之。甘不知也，立其处。无赖识为异乡人，佯作争斗状，群拥其侧，无不扑地而倒，甘立如故。大骇，因呼勇者“万千斤”视之。（万在家凿石，重五百斤，以拳击之，滚百馀步不止，故有此号。）万至，以一手推之，不动；两手交推，愈屹如石柱。奔告其父，父来见之，惊曰：“此甘先生也！幸值其喜，若怒时，则以肩背稍迎，汝两臂立断矣！”遂罗拜而去（B）。

甘在家绝不与人争竞，惟排难居间，无敢不服者，以此其生计颇润（C）。

有屠户绝有力，欲乘其懈颠仆之。时大雨中，甘踏木屐上桥，屠户潜起，以刀背殴其项。刀未及身，跃然飞堕桥南，而屠已跌桥北矣。视甘两足已出屐。问："何捷速先知?"答曰："某负微名，每防人算。适至桥，见两旁店中视余而笑，即知有相乘于后者矣。"(D)

晚年在木牌上观剧，见有强凌弱者，劝之不听，转加丛殴。甘植立而众皆受伤。呼名手来视，曰："甘并未举手，此皆拳势激回，自殴也。"众遂怖伏，无敢侮者（E)。

甘凤池，无疑是清代武侠崇拜话语中的一个"箭垛人物"。上文实际上写了五件事，除了（C）是笼统说的，其余四件均为别人先向甘凤池寻衅，后者处于被动、防守地位，然而结果却总是有悖于起因时那种对主人公不利的形势。在似乎简单枚举的叙述中，人们看到的不仅是大侠的高超身手，更重要的是临危不乱、宽容有度的武德，以及艺高人胆大和从容不迫的风度。

如果我们再将上述丛集性的传闻，对照汤用中《翼駧稗编》写的南阳武侠杨虎与白发叟比武，就可知关于甘凤池的武侠叙述，实际上也是武侠故事惯于谈论的母题之一，其中所体现出的"一"与"多"实为大同而小异。

说杨虎所用铁锤重五十斤，运之如飞弹："观者数千人，无不叫绝。有白发叟身不满三尺，伛偻而前，痰嗽咯咯。略一睨视，似不许可。杨怒曰：'尔薄吾技，敢当场一角?'（叟）……令人缚之于树，杨于数十步外向叟腹奋拳，拳入腹不能出，乃跪乞哀。叟曰：'技止此乎！'鼓腹纵之，颠出三丈许。"这可真是强中自有强中手，叙述模式类同下的文本意义，分明是：先行挑战且貌似强大的，往往要输给看似羸弱的另一方。如果说，甘凤池总是以少胜多，以静制动，这里身怀绝技的白发叟则是以守为攻，后发制人，均是在以静制动的态度、行为表现过程中，把正义与同情的天平拉到自己的一方，胜得从容而又风光。可见即使像这类简单叙述，不也是充满了民间的褒贬意趣，洋溢着民众共同对胜利一方的推重吗！

为避免以艰深文浅易，本书这里所谓叙述模式，基本上都是上述这样泛指的。从不同意义上审视、理解作品中故事生成的有机组织，总有着某种共同的叙事重点、规律可寻。“模式”往往又可称之为“范式”、“套路”等，其最小单位即“情节单元”（母题），运用主题学理论，兼顾母题与意象，至少可从如下七种角度来划分其叙述模式：

1. 以行侠者角色来划分，如能够体现和构设侠义行为的琼英、十三妹、报恩动物、以及剑仙之师白猿公等[①]；

2. 以人物角色的主导动机、行为来划分，如武侠“建功立业”理想追求，侠女复仇、夺宝争斗等；

3. 以某种特定的关系、缔结特定新关系的结构方式划分，如“比武招亲”、侠女求偶等[②]；

---

① “角色”在这里是行动者的意思，其与人物有区别，有的人物在故事结构中没有功能作用，并不引发或经历功能性的事件，这种人物就不能称之为角色。参见罗钢《叙事学导论》，云南人民出版社 1994 年版，第 101－102 页。如《水浒传》中押解林冲的那两个解差董超、薛霸即然，但他们在作品中也不是毫无意义的。

② 参见王立《古代通俗文学中侠女盗妹择夫的性别文化阐释》，《中国文化研究》2000 年夏季号。

4. 某种特定的行为及其动机，以及行为构成的情境效应，如“忍痛自伤”、梦中学技、“金盆洗手”仪式等；

5. 某种与表现武侠精神相关的意象（image），如冰蚕意象、大雕意象、剑意象及其他兵器意象等；

6. 武侠人物活动和性格展现的特定背景环境，如草原、大漠、海洋等空间场景的意象等；

7. 与主题紧密结合的题材和易于构成程式化的叙述，如复仇、报恩、动物的人格化等。

在古代中国根深蒂固、绵延持久的武侠崇拜作用下，某一富有侠义伦理意味的行为、人物乃至与这些相关的行为方式、理想期盼，甚至是与侠文化结合起来的特定意象，都可构成武侠故事结撰的核心聚焦，成为特定故事的主导母题（leitmotif），以及侠文化圈中接受者寻根探源的关注点。应当说，这一方法针对古代零散众多的武侠故事这样的研究对象，也是比较适合的。因此对于武侠文学的主题学（thematology）研究，也是一种以武侠文学为研究对象的主题学——母题研究方法的具体运用，与题材史（stoffgeschichte）研究最为切近。

即使像《水浒传》这样的小说名著，也不是没有武侠崇拜支配下的叙述模式的。国外汉学家认为《水浒传》前七十回由八个大的连环故事组合：“这些故事充满着集体袭击、营救、有组织的战斗。每一环节基本上遵循以下格式：英雄首先表现一种侠义行为，然而这种行为却违反了法律，他逃跑，不久被捉拿归案，然后判刑，流放边远地区。一般来说，流放是英雄历险的开始。忍无可忍的环境迫使他再次逃跑，从此他成了永久的逃犯。这些逃犯最终都投奔梁山。这是一个政府反对者的集中之地。每一环故事中，英雄都展示了品质和气概。”① 我们可以把这种“叙述模式”看做是若干母题的组合，而这些特定的母题是古代武侠文学惯常应用的。

四、武侠文学的外来因素及其研究的参照

以侠文学进行中外比较研究，早自美籍华人学者刘若愚1967年面世的《中国之侠》就进行了可贵探讨。该书认为中西（“西方”在这里主要指欧洲）之侠有一些共有观念，两者都重视勇气和名声，慷慨而讲究忠信。差别在于欧洲骑士形成了特定阶级，有基督徒宗教约束，对女性总表现出殷勤的爱情；中国侠来自社会各阶级，没有宗教信仰，多数对女性淡漠无情。西方诗歌中骑士拘谨而令人生畏；中国诗歌中游侠欢快乐天。中国白话短篇小说类似西方骑士诗歌那样偏爱壮观场面和多姿多彩描写，而剑仙小说则类似西方骑士传奇。爱情虽在中国侠客小说中不占重要地位，但女侠形象相当突出，与西方骑士传奇中弱不禁风的女性大为不同，且中国侠客小说比西方的具有较多幽默感。戏剧方面西方骑士文学也逊色于中国。至于中国侠与日本武士的异同：“就‘武士’而言，他们是特权阶层，旨在维护而不是反抗封建制度。其实，中国的‘侠’倒和‘浪人’比较相近，同‘武士’相距较远。”②

陈山《中国武侠史》也把“侠士”“武士”“骑士”三者

① ［俄］彼得·李：《〈三国演义〉和〈水浒〉的小说结构》，孙爱华译，《中国比较文学》第四期，浙江文艺出版社1987年版。

② ［美］刘若愚：《中国之侠》（the china knight-errant），周清霖、唐发铙译，上海三联书店1991年版，第193－206页。

都列为对于“国民性”有深刻影响的武士阶层，并对三者的文化精神性质不同作了分析：“西欧的骑士文化是一种上层社会的贵族文化，日本的武士文化是处于上、下层社会中介的精英文化，而中国的武侠活跃于闾巷之间，藏身于草野之中，是一种纯粹的下层社会的大众文化的产物。”价值观念上西欧骑士把义务放在第一位，骑士制度给予其规范并涂上宗教色彩；日本武士有对特定群体、组织强烈的责任感；中国武侠为“情义”左右而不以理性和实利为基准。欧洲“骑士风度”使现代欧洲人民性格既含有优雅的贵族气质的成分，又兼具信守诺言、乐于助人、为理想和荣誉牺牲的豪爽的武人品格，但往往自高自大、易走极端和过分拘泥于形式；日本武士文化渗透到现代日本社会中，与冒险、探索精神与认真态度结合，同服从权威者与创新意识、合群及灵活态度交融。中国武侠人格以义相合的感情定向，构成了勇武、重义、轻利、诚厚、守节与“放任和松散”的多样性民族性格，具有盲动和自发倾向①。

上述论断无疑都很有些道理。但笔者认为，进行这样大跨度的宏观概括的同时，还需要进行一些带有专题性的“中观”研究，以母题所展示的“作品流”若干系列性归纳阐发，丰富和补充这类颇有意义的中外比较研究。而这样主要立足于中国武侠文学实际的中外比较研究，才是中国学者力所能及和擅其胜场的。

如果我们从繁荣武侠研究愿望计，对其进行比较文学视野下的“平行研究”和“影响研究”均不能偏废。但在本书中，

① 陈山：《中国武侠史》，上海三联书店1992年版，第297－310页。

由于作者近年关注重点的关系，主要在武侠文学专题探讨的同时，借助相关母题溯源，进行印度及中亚文化来源的影响研究。当然，在古代印度习俗与民间故事母题向中国的中原地区传播过程中，不少西域国家和地区的文化交流活动起到了不可忽视的中介作用，不仅是地理空间上的，甚至传播者本人原本就是西域诸国人，传播的环节和过程也错综复杂，不少“原生态”的东西事实上已不可复原了。而古代中国所说的“西方”实际上就是这种其实未必说得清的一个较大范围，西至伊朗，西南至印度的一个广阔的区域。的确，所谓西域，是一个地理、历史和文化的概念。一般说指今甘肃玉门、阳关以西，葱岭以东，巴尔喀什湖以南广大地区，即今新疆塔里木盆地边缘的绿洲地带，曾有许多城邦国家，史称“西域”。具体说，两汉时“西域”专指天山南麓诸国，隋唐时大为扩张，裴矩所撰《西域图记》北道至拂菻，中道至波斯，南道至婆罗门，几乎将亚洲完全包括，元明时又将欧洲、非洲一部分包括在内，范围变得更大①。

因此，如果我们在严格的学术意义上说起“西域”这一概念，实际上也就连带提出了一种复杂而属于历史范畴的文化内涵，往往就意味着在关注多民族文化交流、民族融合的中古漫长历史过程。但我们能因为这些传播中介的存在就否认主要的传播源吗？在限于材料现今尚不能完全理清这些传播中介时，在不能指望着“终极真理”一次性到位地实现的时候，进行较直接地到印度文化以及中古汉译佛经中寻究本原的探讨，不也

---

① 参见冯承钧编、陆峻岭增订《西域地名》，中华书局1982年版；［美］W. M. 麦高文《中亚古国史》，章巽译，中华书局1958年版。

是在逐渐接近目标吗？情况也有例外，如追溯汗血马的出血原由及神化原因，就离不开汉王朝与匈奴的战争背景所带来的西域观照视角。然而毕竟以中古佛经翻译文学这样给予中国文学史重大影响的文学思潮和文化现象，不在武侠文学这样重大的题材主题史上产生实质性的多重影响，是不可想像的。而要提出更为宏观的结论，还需要母题史梳理的进一步积累。

第一章　醒悟：中国古代文学中的刺客侠义母题

刺客，作为以突袭手段毁灭特定对象的杀手，是不可一概论之的特殊角色，他们的活动性质无疑带有两重性。从正义的方面说，暗杀行刺不算光明磊落，但若属迫于恶势力的强大而不得已为之的暴烈行为，这种以暴抗暴、惩恶锄奸的结果是良善之民拍手称快，往往又不能过于苛求这手段的欠妥；然而从消极方面看，若受坏人主使，杀手们图名谋利不辨善恶地甘于为他人利用，暗杀便构成了社会公害。

暗杀者行刺对象若非私仇，便往往非等闲之辈，因而暗杀多与政治有关，这种倾向近代更加突出。梁启超《暗杀之罪恶》一文曾特加剖析：

> 暗杀之为物，其所暗杀之人约二种：一曰恶人，二曰名士。其暗杀之动机亦二种：一曰沽名，二曰雪恨。其暗杀之目的亦二种：一曰公愤，二曰私仇。其行暗杀之方法亦二种：一曰躬亲，二曰贿嗾（贿赂嗾使）。……暗杀之动机，出于义愤者最上矣，然君子固已怜其愚；出于沽名者亦其次也，然所斫国家之元气以成一己之名，居心既不

可问矣；若乃自挟宿怨，蓄志欲死其人，又惮法网不敢躬亲，而贿嗾人以行之，则是合蛇蝎鬼蜮而为一，不足复齿于人类，而彼之受贿嗾而代人犯科者，则操业更与倡优无异，斯益不足责矣！……

出于对革命党人屡遭暗杀的愤慨，梁先生对受人贿嗾去暗杀及贿嗾者的愤恨，可以理解，但其实暗杀行刺是个复杂的问题，也有外来影响[①]。相比之下，与近代不同，古代许多刺客，却不是那么令人讨厌。受此启发，我们更应将主使者与受雇佣者，被动地受雇佣者与主动承领者区分开来。不能忽视，古代社会中谋刺主使者与刺客间的关系，往往并非简单的金钱关系；派遣行刺虽可能出自私心或政治目的，却每多体现为或恩主对杀手信任恩宠，或杀手甘愿临危授命、代主刺仇，有一种较为微妙而稳定的主仆关系乃至江湖义气在其中起支配作用。刺客们实质上是通过杀人冒险这一极端行为来最有效地酬报恩主。

因此，如同钱穆先生早年所指出的："侠乃养私剑者，而以私剑见养者非侠"，"燕太子丹，乃所谓卿相之侠，而荆轲则刺客也。……刺客之勇，武士之一德，而以为侠乎？"[②] 这是从历史实存严格意义上而论。但刺客亦多侠气，从后世侠文化精神的接受看，对刺客的文学书写与带有褒贬情感的侠义化描述，可能还更加突出侠的宝贵的平民精神。尤其是刺客行刺之初，

---

① 黄世仲：《宦海升沉录》，"中国近代珍稀本小说"伍，春风文艺出版社 1997 年版，第 252 页。

② 钱穆：《释侠》，《中国学术思想史论丛》，台北东大图书公司 1976 年版，第 368 页。

或出于大义，或出于代友效命，往往不了解他们将要亲手毁灭的那个行刺对象，接受行刺使命时也往往无缘、无暇判断这一行为是否正义，一旦在行刺过程中某种事实真相让其反省，刺客们又常常能激于善恶是非之大义，断然中止行刺，或反戈一击，这就更值得我们从侠义崇拜的角度，探讨其情境契机的某些内在发生规律，以及其戏剧性行为产生的深在动因。

一、刺客的酬恩知遇临危授命

司马迁《史记》于《游侠列传》外特设《刺客列传》，充分表明对先秦刺客的重视与钦敬，传尾论赞："自曹沫至荆轲五人，此其义（义举）或成或不成，然其立意较然（明确），不欺其志（不违背自己的伦理志向）。名垂后世，岂妄也哉！"这种高度评价，说明太史公对先秦刺客们人格风范的景仰，与其共在心态处境的感同身受和无比怀念。之所以把游侠和刺客分别列传，不仅因为两者一个主要活动在秦汉、汉初，一个在先秦，更重要的两者政治取向迥异：游侠是大一统天下里"不轨于正义"的反正统力量，而刺客们则是列国纷争时各为其主、誓死效忠某一政治势力。虽然时代与政治环境变了，但汉代游侠们仍承继着先秦刺客的知恩图报、重诺守信、笃于恩义情谊的许多侠之品格。所以，将先秦刺客作为古代侠之雏形、先驱，是较为符合侠文化发展内在流程之客观实际的。

然而对曹沫、专诸、豫让、聂政、荆轲这五个刺客，其侠义品格却不可等量齐观。尽管有人认为曹沫以匕首劫持齐桓公，要挟其归鲁之侵地，是"战国好事者为之"，已非春秋时代的历史本来面目，但其与荆轲刺秦王的故事一样，毕竟超出了个人恩怨的局限，带有不畏强暴以弱抗强，挽救濒危之国的较高思想意义，可为首类。

第二类是专诸、豫让，专诸蒙伍子胥这个复仇专家推荐给公子光、得到礼遇、为其行刺吴王僚以夺位，也有某种正义性，因为吴王僚是违反祖规非法即位的，专诸这个有血性的勇士并不仅仅凭着公子光礼遇就决定献身。本当为王者不王，不当王者为王，改变这种不合理的现状本来就成了专诸义不容辞的庄严使命。所以当公子光顿首说以自身代替他，解除了家事的后顾之忧，这之中就更含有一重挚友般知遇的理解，让其恩义难辞。而豫让的为恩主智伯雪怨，更是基于“国士遇我，我故国士报之”，以不愧对恩遇的强烈的伦理动机。《韩非子·奸劫》虽然对此非议说“豫让为智伯臣也，上不能说人主使之明法术、度数之理，以避祸难之患，下不能领御其众，以安其国；及襄子之杀智伯也，豫让乃自黔（黥）劓，败其形容，以为智伯报襄子之仇；是虽有残刑杀身以为人主之名，而实无益于智伯若秋毫之末”，可偏偏是这种明知于事无补，只求内心平衡而屡次三番执著复仇报主的精神，因符合侠义精神价值取向而深为后人推重。《史记》不以成败论英雄，写豫让行刺不成，伏剑自杀，“死之日，赵国志士闻之，皆为涕泣”。

明代胡应麟认为豫让“以义士自许”，其实是个“好名”的刺客：

> 吾直以让非惟弗知义，殆近于弗知耻也，其匽匽焉惜其一死，务以成其一刺之名而已，于人臣于二心奚有也？即人臣二心，将以让借口而又奚愧也？夫为让计宜何如？

> 曰死范氏、荀氏上也，死知（智）伯之亡其次也，死襄子之执又次也。以刺而报其主则已卑卑，再刺而再弗行，而卒弗死，而欲以漆身吞炭愧人臣之怀二心者，难矣哉。[①]

这种说法有些过于苛求，偏执后世的忠于一姓之义来作为衡量尺度，似忽视了豫让其实并未受到先前的主人范氏、中行氏恩遇，而只同后来的主人智伯才真正缔结了恩遇关系。因而明代开始的对豫让代主复仇的非议，需要在侠义心态史与忠奸观念关系的动态流程中加以把握[②]。

较多表现出行刺盲目性的，是居于第三类的聂政。《史记评林》引黄洪宪语评聂政行刺的无价值："夫丈夫之身所系亦大矣，聂政德（感德）严仲子百金之惠，即以身许之。且侠累与仲子非有杀君父之仇，特以争宠不平小嫌耳，在仲子且不必报。政为其所知，即当谏阻。不听，则归其金已耳，何至挺身刃累，而自裂其面、碎其体以为勇乎？以为义乎？此与羊豕之货屠为肉何异，愚亦甚矣！"聂政是个因避仇与母亲、姐姐客居齐国的屠户，贫穷微贱而内心孤寂感颇重，严仲子奉百金为亲寿，这种经济价值远不如他作为下层贫士所极为看重的"恩遇"精神价值，所以老母一死他就义无反顾地刺杀了韩相侠累。并不是简单化地百金卖条性命，而是因百金维系了一条恩遇的亚文化伦理绳索，其紧紧缚在了聂政内心深处，他自感到

---

① 胡应麟：《少室山房笔丛》卷一五，上海书店出版社 2001 年版，第 155 页。

② 参见王立《中国古代文学主题学思想研究》第二章《赵襄子遭复仇故事在后代的接受》，天津教育出版社 2008 年版，第 15－26 页。

非如此而不能报答大德。仿佛一片荒漠中来了甘露，在不遇之久久渴求的心田里滋润开来，让人备感欣慰。如聂政之姊所了解的："严仲子乃察举（赏识拔举）吾弟困污之中而交之，泽厚矣，可奈何？士固为知己者死，……"对此，清人也在阅世观史中表示理解：

> 聂政待母终而死知己，不忍累其姊嫈，而重刑以绝踪，原是孝义之士，特不必为严遂用耳。尹氏至鄙为穿窬之微，而讥太史公盛传其事，毋乃太过？劫刺之事，本属邪路，侠士往往误为人用，只一点感激知己之心，迫而成此。其事则盗，其人未可尽抹倒也。①

古人重视的是报恩的正当伦理动机，对其报恩手段则有的苛责，有的宽容，然而报恩动机毕竟是大多数刺客行事的主要驱动力。也毋须讳言，既系于情感、利益而非公理正义，则难免不辨是非，只要有人垂青赏识，便"有奶就是娘"。可以说，在聂政这里，已具有后世一些杀手们不辨善恶，唯知报效恩主的盲目、消极的特点，这是在士阶层渴求知遇的世风中孕育而成的。

也许是因为上述一点给聂政的侠义风范抹上了瑕疵，令人惜憾。到了蔡邕《琴操》，就集史为文，创制了"聂政刺韩王"的故事。尽管《战国策》中提到聂政刺死侠累，又"兼中哀侯"，即一并刺死了韩王。但因年代不合，未为《史记》所取。

---

① 龚炜：《巢林笔谈》续编卷上《聂政其人》，中华书局 1981 年版，第 176－177 页。

《琴操》却注意到将行刺对象移于韩王，则会突显聂政行刺的壮烈意义，且传奇性更增强了。逯钦立先生《琴操故事“聂政刺韩王”》即指出这种“类型累积的表现手法”，唐代伍子胥变文亦如此：“譬如伍子胥赴吴道中，由于牙齿与常人不同引起他妻子的认夫行为，伍子胥惧怕泄漏秘密，曾暗中用石头击落门牙。这可能是继承着《琴操》的这类传统情节。”其为“真假参半”的讲史小说开辟了道路①。故事集拢《吴越春秋》、《史记》、《燕丹子》等许多典型的行刺故事之特长，说聂政父为剑师，因造剑过了期限而被害，聂政这个遗腹子壮知父仇，行刺不成，遇仙学琴，又漆身吞炭，像豫让那样隐身变形，像高渐离那样纳复仇工具（前者是铅，这里是刀）于琴中，借机刺杀了韩王，而后为不连累老母，他又犁（剺）面断形，老母闻知，抱尸而哭，又绝脉而死。

由于故事撷取了许多刺客传说的诸多母题（motif），使这个行刺故事始因（动机），由“知遇——报恩”变成了“儿子长大后——学艺——反暴复仇”；复仇的过程则在“大勇”中又突出了“大智”，将豫让、高渐离等人的化装藏器等技巧手段吸收进来；最后出手时的“左手持衣，右手出刀”取自荆轲刺秦王时的“左手把秦王之袖，而右手持匕首揕（刺）之”；这三者未遂的千古之恨，又在这个充分文学化了的聂政这里变为如愿以偿。而先前的姊伏尸哭变换成了老母角色，不仅将故事另一主题由“报恩”迁移为“行孝”，更加符合汉代“以孝治天下”的时代趋向，带有与“士死知己”的先秦时代不同的

① 参见逯钦立《汉魏六朝文学论集》，陕西人民出版社 1984 年版，第 372－377 页。

伦理旨归，还呼应着前面的为父复仇、以暴抗暴，从而渲染了整个故事的悲剧性。如果仅仅从恩义情结内在驱动的角度去孤立地看，这个文学化了的聂政似乎侠义精神有逊于史传原型，但若从侠文化的广阔视野上观之，主人公的未出世便遭大难，后来又不畏强暴，为报父仇屡遭劫难，终于一死殉志，血刃仇凶，还忘不了剺面自毁其形以不连累老母，这无疑精彩地展示了弱者复仇抗暴的全过程，蕴含着弱者因不屈于命运而为侠之意，从而将侠的不屈不挠、独来独往、智勇集于一身，又敢作敢当、嫉恶如仇，宁愿同邪恶势力同归于尽的豪杰气概，升华到了一个极致。

从侠义传统的接受嗣续角度看，张良、傅介子等人的行刺义举，则带有一种为天下人伸张大义的性质。《史记·留侯世家》载张良为韩国旧臣子弟，韩灭后散家财求客，虽所募力士误击中秦王随从车辆，却让其惊惧非常。《世家》与《本纪》中写秦始皇对此事反应，一个是“大怒”，一个是“为盗所惊”。北宋罗大经《鹤林玉露》卷三高度评价张良为韩报仇壮举：“……未逾年，始皇竟死，自此陈胜、吴广、田儋、项梁之徒，始相寻而起。是褫祖龙之魄，倡群雄之心，皆子房一击之力也，其关系岂小哉！余尝有诗云：‘不惜黄金募铁椎，祖龙身在魄先飞。齐田楚项纷纷起，输与先生第一机。’”这个向来为人忽视的手持百二十斤铁锤的力士，虽为张良以重金招募，却也干下了威震暴君、号召天下的壮烈之举，没想到刺客打响的“第一枪”竟有如此巨大鼓动力。

《汉书·傅介子传》写他元凤四年时，痛恨楼兰王反复无常，主动向大将军霍光申请行刺，“以成承诸国”，乘醉在帐中刺死楼兰王，昭帝下诏："平乐监傅介子持节使诛斩楼兰王安归首，悬之北阙，以直报怨，不烦师众，其封介子为义阳侯。"因此前楼兰多次杀害汉朝使节，在匈奴与汉之间徘徊不定，傅介子诱以金帛，用欺诈手段得以行刺，被冠之以正义复仇的美名，这在重华轻夷的古人心目中，无可厚非。傅介子的行刺，是蒙大将军霍光恩准的，不单是为君国，也带有对霍光本人信任的一种酬报知己意味，不可只以忠义视之。

与荆轲刺秦王之前先以樊於期头颅作为进献礼，以取得信任伺机下手相似，干宝《搜神记》还写了赤比为报父仇，甘愿将头颅割下，让后者代己向楚王复仇。"干将莫邪"故事的重要内核是山中侠客不负重托，不惜为锄恶行义而献身。当侠客得知赤比父仇真相，要求他把自己头和剑拿来，以便往楚王处领赏，赤比只说了两个字："幸甚。"毫不犹豫地自刎，显示出对知己的诚信，因而侠客也当即发誓："不负子也。"最终以生命实现这一重托。倘若不是赤比以一见如故的血诚相待，以头颅结大义，侠客行为就缺少思想基础，复仇成功缺少保障，其侠义之气给人印象也未必会那么深刻。

上述"儿子长大后以头付侠请代报父仇"母题，在清代《说岳全传》第十一回中借岳飞之口突出了侠义核心之旨。说周三畏坚请岳飞说出宝剑来历，岳飞称这剑名"湛卢"，是春秋时韩国剑师欧阳冶善奉命为楚王铸的，他料定暴君怕他再造，剑成便要杀自己，就造下三口，将雄剑埋藏留给儿子。无父儿长大后问起，寡母哭诉真相，取出宝剑，自缢而死。无父儿义无反顾地上路了，因迷路而哭，山上一道人说愿代其一往，只是要件东西，无父儿说就是要我头也情愿，自刎，道人果不负此嘱，而无父儿头颅也能在油锅中配合行事。这道人实际上正是见义勇为的大侠，他也是深为理解对方的复仇决心，尽管素昧平生，可这苦命孤儿能杀身相托，他就决不负其遗志。祈求"长生不老丹"的暴君竟因此而头落油锅中，无法分辨，只能由众臣将三个头合葬在一起，具有绝妙的讽刺效果。而故事神秘感也较先前的传说增强了，复仇逻辑的应然倾向发挥了作用。周三畏祖父曾嘱子孙："若后人有识得此剑出处者，便可将此剑赠之，分文不可取受。"而偏偏岳飞能说得一丝不差，堪当宝剑之主，足见"忠义"与"侠义"之间的某些内在相通性，剑所拥有的侠风染及忠义英雄之胆，英雄遂带有令人钦敬的侠义民俗记忆遗存。

唐传奇中的女侠聂隐娘，其实是个任性、是非不明的刺客。她虽经神尼携入深山多年，训练有素，侠义情性却并不成熟，率尔之间情念稍动，就嫁给了一无所能的磨镜郎。后魏帅听说她的本领，弄了点金帛就使她应承为署下小吏，魏与陈许节度使刘昌裔不和，派隐娘取其首级，没想到刘能测算，早已知其要来，派人按特征迎候，隐娘遂轻而易举地愧服归顺，并转而为刘看家护院，一斩前来行刺的精精儿，再御妙手空空儿之袭。隐娘的舍彼就此，是因为佩服刘公神明，知魏帅不及刘公，既有侠随意不拘的流氓习气，又有"良臣择主而事"的个性选择。

史书写出了事实上盛唐时剑侠类型的刺客即已滋生。史载李林甫晚年："溺于声妓，姬侍盈房。自以结怨于人，常忧刺客窃发，重扃复壁，络板甃石，一夕屡徙，虽家人不之知。"①

---

① 刘昫等：《旧唐书》卷一百六《李林甫传》，中华书局1975年版，第3241页。

这条史料被余英时先生《侠与中国文化》一文认为可证剑侠、刺客确有其事："否则李林甫何必防范如此之严？……中唐以后，独来独往的剑侠则几已成为'以武犯禁'的唯一典型，这可以说是侠史上的一大分野。这一新的'侠'的形象，宋以下无大改变，而且基本上构成了文学想像中的'侠'的原型。"①

安史之乱前后刺客中唐之际藩镇割据，很难说清其间的非非是是，义侠充当刺客不免时时困惑。聂隐娘不免有背叛旧主之嫌，而为恩主闯入敌手深宅盗金盘以儆戒的红线，也不能善始善终，谁能料她洁身远隐后，恩主的对头们不再来找麻烦呢？红线这样做，很可能已表现出，不愿过深地卷入藩镇势力间无谓争斗中的意思，她作为潞州节度使薛嵩的女婢，主人并未对她有什么特殊关照，似乎她救其危难一次便足以酬报主奴情谊了。

刘斧《青琐高议》写狗屠孙立为恩主王实复仇，则拿出了当年聂政那种强烈的感戴之忱，断然以寻衅决斗方式杀死王实的仇人。洪迈《夷坚志》支甲卷八中屠夫哮张二，还机智地佯作不为恩谊所动，故意同要杀死寡母奸夫的丁二郎绝交，而内心却对丁二郎感念不已。终于寻隙与丁的仇人殴击，杀了其家三人，丁二郎的恩义投资遂未落空。《乐府诗集》卷九十二王涯《塞上曲》咏叹："天骄远塞行，鞘里宝刀鸣。定是酬恩日，今朝觉命轻。"士不遇文化规定下的伦理价值观，制约着下层侠士的恩怨情感，宁愿冒险代恩主刃仇，敢死轻生，也不愿有负别人的情义，这里面有下层微贱之士对恩遇机缘的珍视，仍

---

① 刘绍铭、陈永明编：《武侠小说论卷》，香港明河出版社有限公司1998年5月初版。

洋溢着侠内心的自尊自重。

因为相当多的刺客是为酬恩而受命，他们的行为得到了较多理解。放还刺客的贤人，也出现在宋代平话中，说是王翦见帐前狂风而知来了刺客，下令防备，擒住韩国将军周光，伊虎劝说放回，周光回阵，楚王惊曰："王翦放你回营，真个贤人！"①

然而施恩布惠结交田七郎的名士武公子，却在田母面前受到严厉抵制。《聊斋志异·田七郎》写田母阻止儿子接受武公子的礼遇施惠："我适睹公子有晦纹，必罹奇祸。闻之'受人知者分其忧，受人恩者急人难。富人报人以财，贫人报人以义。'无故而得人重赂，不祥，恐将取死报于子矣。"不巧七郎因争猎豹而为人命官司所苦，使武公子有机会又施以赎救大恩，七郎则别无选择，终与恩主的仇人同归于尽。在无可摆脱的侠文化模式下，先秦、秦汉刺客酬恩知遇对古代刺客叙事的驱动力，巨大而深长。

二、刺客的辨明善恶良知突萌

由于政治斗争等需要，派遣刺客行刺对方，想以肉体上毁灭的办法一了百了地战胜对手，这就决定了行刺主谋们的策划，往往出自一种权宜之计。刺客们接受使命之始，也就每每不知内情，在不了解行刺对象和此次行动性质的情形下，就匆匆上路了。此时由于刺客们没有同行刺对象结下直接性的仇怨，同

① 《秦并六国平话》卷上，《宋元平话集》，上海古籍出版社 1990 年版，第 578－579 页。

派遣者又缺乏特殊的恩义关系来约束其不辱使命，所以行刺过程中，有的刺客却因发现、清楚了事实的部分真相，或受到所刺对象某种人格魅力的感染，或风闻其为仁厚长者不忍加害，等等；总之，激于济善止恶的良知，常常使他们对行刺使命怀疑动摇，以致顿改盲目行事的初衷，放了被刺者一条生路。

《左传·宣公二年》载晋灵公违反为君之道，鱼肉臣民，老臣赵盾屡谏，灵公很讨厌，就派鉏麑去刺杀。清晨他衔命前往，见赵盾穿戴整齐正准备入朝，因时间尚早，正坐着打瞌睡，不禁心里蓦然一动：不忘恭敬，真是百姓之主，刺杀百姓之主，就是不忠；放弃国君的使命，又是无信，两件事必有一件，不如死，遂撞槐树而死。刺客的两难处境，是因他亲睹赵盾是个社稷忠臣，不幸已太晚了，既不能违心行事，只能以死淡化他弃君命的"不信"。故事后世屡被提起，成为此类人物描写时一个难忘的参照，刺客的一念之动也被充分伦理化地接受扩展了。

此《国语》《左传》所载大体同，而《春秋公羊传》宣公六年称："灵公心怍焉，欲杀之。于是使勇士某者往杀之。勇士入其大门，则无人门焉者；入其闺，则无人闺焉者；上其堂，则无人焉。俯而窥其户，方食鱼飧。勇士曰：'嘻！子诚仁人也。吾入子之大门，则无人焉；入子之闺，则无人焉；上子之堂，则无人焉。是子之易也。子为晋国重卿，而食鱼飧，是子之俭也。君将使我杀子，吾不忍杀子也。虽然，吾亦不可复见吾君矣。'遂刎颈而死。"过常宝教授对比三家，认为鉏麑事为真，他止行刺而自尽时内心冲突激烈："第一个层次是他不能实现刺杀，第二个层次使他选择了自杀。第二个层次的冲突是由第一个层次的冲突而引起的，刺客因为不能完成任务而有违君命，于是自杀，这容易理解。而他之所以在现场终止刺杀行为，有两种可能，一是由于良心发现而临时改变主意，二是有感于所见而改变主意。……但史家不约而同地选择了‘感于所见’这一可能性，并且虚构出鉏麑之叹，这是为什么？答案只有一个，那就是史官除了关心鉏麑外，他更关心赵盾，他认为赵盾本人才是这一事件的最终的理由、动机和意义，只有将赵盾本人的道德意义揭示出来，才能完成事件的解释。”①

《汉书·爰盎传》写梁王派人行刺爰盎，刺客到关中却耳中灌满了对爰盎的称道，就进见说："臣受梁王金刺君，君长者，不忍刺君。然后刺者十馀曹，备之！"这个刺客比他的老祖宗，又稍进一步，居然态度改变到主动担忧行刺对象的安全，提醒戒备。《后汉书·文苑传》写崔琦因作《外戚箴》等讽梁冀而得罪之，梁命刺客暗地访求追杀。刺客看到崔琦正在耕种，还怀书一卷，不禁动了恻隐之心："大将军让我害您，今见先生是个贤人，情怀不忍，赶快逃吧，我也从此流亡江湖了。"而《后汉书·杜林传》写他不屈节事隗嚣，后者早已恼羞成怒，怀恨在心。正赶上建武六年杜林弟弟去世，嚣答应杜林持丧东归。很快又后悔，令刺客杨贤追杀。杨贤见杜林亲推丧车，叹曰："当今乱世，谁能行义如此？我虽是个小人，何忍杀义士！"就逃亡而走。他虽没有上面两个刺客那么有责任感，至少还能及时地中止作恶。

可以看出，被刺者的人格魅力，也是构成刺客幡然猛醒，以道德选择取代成命初衷的重要契机。这种人格魅力并不是有

① 过常宝：《原史文化与文献研究》，北京大学出版社2008年版，第167－168页。

意去表露，而是发乎中形诸外，自然而然地展示出来的。《后汉书·蔡邕传》写阳球派刺客追杀蔡邕，刺客们为其大义所感，全都不听任用。阳球又收买其部下让其加以毒害，受赂者反而提醒蔡邕，故后者一再幸免。《三国志》注引《魏书》说刘平结客行刺刘备，“备不知而待客甚厚，客以状语之而去”。本传遂将此作为刘备深得人们拥戴的一个例证。

被刺者的人格魅力不仅表现在现有的人品与声望上，还往往体现为讲求宽仁恕道，充分理解刺客不过只起个工具的职能，以礼相待，从而以自己的诚恳感化刺客，化敌为友。《魏书·王慧龙传》写刘义隆以重赏购慧龙首，派刺客吕玄伯行刺，玄伯假装为反间而来，要求单独谈，引起了慧龙怀疑，派人一搜，果然发现短刀。慧龙说：“各为其主也。吾不忍害此人。”左右都劝说杀掉刺客，慧龙却很豁达：“死生有命，彼亦安能害我。且吾方以仁义为干卤，又何忧乎刺客。”于是当即释放了刺客，时人对他的宽恕佩服极了。《礼记·儒行》：“礼义以为干橹。”指以礼义立身行事。可见慧龙是秉承侠义精神行事的，后慧龙死，吕玄伯终身为其守墓。

《晋书·姚襄载记》说他少有高名，扬州刺史殷浩惮其威名，频频派遣刺客杀襄，“刺客皆推诚告实，襄待之若旧”。这种宽厚大度与其所受到的拥戴是呈正比的，即使他屡遭败丧，百姓仍然闻声投奔，传说他伤重时那些被俘士女“莫不北顾挥涕”。史家似乎总是试图以有力事实证明，是那些幸免于难的被刺者宽仁的性格人品，及相关善行，激发刺客义感于中。这种善行人品居然能引起杀手放下屠刀，该是怎样巨大的道德震撼力！尽管也有的刺客对此置之不理，但他们却理解刺客。刘肃

《大唐新语》卷七载契苾何力即义释刺客，他认为："犬马犹为主，况于人乎？彼为其主致命，冒白刃而刺臣者，是义勇士也。"

黄金有价，情义无价，侠的轻财重义通过这种极为特殊的形式得到了变相的体现。吕玄伯贪图重赏盲目行刺只是一时的，而他被擒被释后对自身行为的否定，为行刺对象义气所感却永世铭怀。又《北史》卷二十九《司马楚之传》写晋宗室司马楚之图谋报复篡位的刘裕，刘裕十分恐惧，就派遣刺客沐谦伺机暗害楚之，楚之却待之甚厚。一次沐谦夜里诈称有病突发，心知楚之必来探望，想乘机下手。楚之闻讯果然携带汤药前往，谦深感其一片情意，从席下拿出匕首，将情况全都讲了出来，而后委身追随楚之。史家似乎只是从万千此类事中拈出这一件，评议："其推诚信物，得士心，皆此类也。"可见这类极端性的例子是被认为很能说明问题的。衔命以来的刺客，本来是以敌对的角色心理来与"有德者"交往的，却不料后者以德化之，居然焕发如此之大的人格魅力，刺客们内心承受不了这种道德感奋，惟以实际交往中的角色本质，否定了先前的角色心理，侠义感召的文化同化力，恰似侠盗们与行劫对象间交往后有了感情，遂助后者免灾脱厄一般。

远承吕玄伯失手被擒后的报效新恩主，五代皇甫枚《三水小牍》中刺客李龟寿亦然，当他被晋公白敏中发现时正在迟疑，承认受厚赂而来，"公若舍龟寿罪，愿以余生事公"。晋公刚刚赦免他，妻子又抱着婴儿远道来寻，从而将晋公义释德行效果提升。李龟寿采取的是趁着恩公在世时报答的方式，一等到白敏中辞世，他便亡入江湖，从这种恩义的情感债中解脱。其实，不论是自杀相酬、守墓终生，抑或服侍当初的行刺对象直至后者去世，刺客们为自己的崇拜者人格魅力所由衷动情，见诸行动来酬报恩义，却是大同小异，殊途同归的。

罗大经《鹤林玉露》卷三称，苗沛霖、刘正彦作乱，张魏公议举勤王，忽见一人持刃立烛后，问，答曰“我亦知书识理，宁肯为贼用？况公忠义如此，岂忍加害！恐公防用不严，有继至者，故来相告尔”。张公想把他留为己用。客说家有老母不愿留下，登屋如飞而去。次日公斩了个死囚，说夜获奸细。用以开脱这个未完成使命的刺客，免得其遭到派遣者追杀。作者认为他这个刺客要比当年的那个鉏麑贤能，是个世间奇男子。

相关异文在赵舆时《宾退录》卷三中更加细腻。说刺客还将赏格文书给张公看，张“下执其手，问其姓名”，但刺客却说若讲姓名是求厚利，认为这样做有期待回报之嫌，于是拂衣而去。剑侠外在的武功与内在品性，被理解成是相统一的。到了钓鸳湖客《鸳渚志余雪窗谈异》，这一刺客实现了“角色转换”，竟然瞬时间变成了嫉奸恶如仇的侠客，似乎他明知只有张魏公能平贼：“当苗、刘募勇时，恐公危于他人之手，鄙人所以先身应命者，岂为贼用哉！为公计耳。……”因而这个仗义护忠良的故事，实质上是借“刺客觉悟”母题框架写一个为忠良示警的义侠。

早期的三国故事，也写刘皇叔在荆州时，险遭蒯越、蔡瑁所派刺客谋害，幸亏刺客“内一人见皇叔面如满月，隆准龙颜，私奔于皇叔，附耳具说”，刘备才及时逃脱。这显然是一种正统心理支配下的良心发现[1]。

---

① 《三国志平话》卷中，《宋元平话集》，上海古籍出版社 1990 年版，第 804－805 页。

刺客内心世界的道德感悟，在忠奸斗争主题较为集中尖锐的明代戏曲中，也得到垂青。明人徐元《八义记》第十五出“鉏麑触槐”，写其行刺正要下手，适逢赵盾焚香祈求国泰民安，顿改初衷。戏文强调忠良仁德，又进一步明确了刺客的内心矛盾痛苦：“近闻你父子有谋叛之心，特来行刺。今听相公一句句忠言忠话，一声声赤胆忠心，小人此行错矣！背主之命，非忠也；不识忠佞，非智也；行刺不决，非勇也。为人失此三者，不如死也。……”不智不勇未必非要去死，他显然自尊心太强，重名誉如生命；关键在于，他所谓闻知赵盾父子有谋叛之心，乃是派遣者的欺骗，既受蒙骗，他又何有背主非忠之论？忠奸斗争线索的贯穿，常与“愚忠”密切相联，因而明代人赋予他的这种奴性人格，使人物思想意义反倒较原初文本降低了。

有个旁证很能说明问题：《说岳全传》第七十回写施全为岳飞报仇行刺秦桧，“忽然手臂一阵酸麻，举手不起”，“因岳元帅阴灵不肯叫他刺死了奸臣，坏了他一生的忠名，所以暗中扯住他的两臂，举不起手来，任他拿住，以成施全之义名也”。难道真的行刺成功反倒义名不成吗？投鼠忌器，忠良们一再遭遇的悲剧根源往往正在这里。传统“忠义”伦理的思想枷锁将侠士们束缚得好苦！

明传奇《明珠记》第九出“拒奸”在忠奸斗争大背景下，将刺客觉悟写得非常及时。奸相卢杞原本期待的是一个忠奸不分、毫无头脑的杀人工具，以替他除去户部尚书刘震，但不料刚直的刺客义胆如天：“豪情盖世，孤怀一点忠赤；肯助邪谋，忍把无辜残贼？”为人格清白，他恪守正义准则做出自己的判断，拒不受命。这种侠义精神的奇葩具有不畏强暴不受利诱的正义神髓。刺客们留下血的教训已让人从悲剧中觉醒，进而反思："大凡刺客，要识人心，以赵盾之贤，晋侯无道，谁不知之！鉏麑不与他去便了，在待临下手之时，方才知道，可不枉了一死！"义士古押衙这番话，反映出后人能注意到悲剧主角自身的责任：不去充当没有头脑的杀人工具，在接不接受行刺使命时，就应有个是非判断。

李开先《宝剑记》第四十六出写林冲妻子张贞娘与邻居王婆，共同逃奔梁山，高衙内派王进奉挟林冲宝剑去追赶，说请回贞娘便赏宝剑，否则以此剑诛杀。但这位"准刺客"仍非见利忘义之徒，当两个被追者争相就死时，这场面不能不使刺客愧悟：

> 嗐！世间竟有此节义妇人！高家父子好恶，不知害死了多少好人。我擎髭带发，堂堂丈夫，不如这两个妇人节义，颠倒助桀为虐？……

善的充分展现，让其真正从本质上认识到恶的可鄙可憎，王进奉不但放行贞娘两人，还送还宝剑。《三国演义》第二十七回也写关羽绰髯看书的英雄风采，打动了潜窥的刺客，胡班惊叹："真天人也！"从而引出了关公拿出其家父带来的书信，看毕胡班不禁深悔险误害忠良，即刻将奸人密谋告知。这就是有名的关公"过五关斩六将"缘起。

刺客临出手前的顿悟，还有一种类型，就是发现李代桃僵，把要杀的对象搞错了。袁枚《子不语》卷十五载，执法如山的司寇姚端恪夜间判案，忽梁上男子持匕首下。公问，说为山西某而来。公曰："法不当宽。"确认公未受贿赂金，飞身而去。这里的"误会"母题：姚公误以为刺客是来胁迫自己这个"最高法院院长"，纵放山西某，不想却歪打正着洗清了刺客的误解。原来山西某以谋杀案定罪时，某以十万金贿姚公弟文燕以求宽纵。刺客发现真相，便立刻刀锋一转去杀了文燕。

还有一种，说明刺客并非由于忠奸大义或善恶之辨，而完全是明了真相，为行刺对象的善良忠厚所感。石成金《雨花香》第三种《双鸾配》，写继母丁氏为私通方便，与奸夫都士美设计，骗前房之子陈子方外出，派二仆都勇、都义行刺。二人得悉子方确非不孝，便放了子方①。这种临时明了真相，也算亡羊补牢为时未晚。

而类似情节又早为关注社会问题的公案小说所青睐，安遇时《百家公案》卷三第二十八回《判李中立谋夫占妻》敷演"江流儿"故事时，也插入了刺客觉悟关目。说是金本荣外出经商，其恶友李中立为图占其美妻江玉梅，重贿李四去行刺，说金赖占了自己本钱，但李四见到金，明了真相，得悉金家中有七旬父母，就舌尖咬破喷血刀上，回去覆命。事发后，包公还判决将李一半家财赏给李四。

另一种，是刺客接受使命时便对主使者阴谋有所认识，且刺客同伙间的试探与合谋，更深化了其转变的伦理意义。佚名《三合明珠剑》第六回写奸相屈忠派好汉张珍、李凤假扮宫中武士，随大夫韩通假传圣旨，乘机杀害忠良之子、当朝驸马柳絮，以让奸相之子屈方假扮驸马。两人领命时便已暗暗生怒，

---

① 戴不凡：《小说见闻录·平话拾遗》，浙江人民出版社 1982 年版，第 186－187 页。

下手将柳绑起后，张先长叹奸党陷害忠良，行此无天理之事，李又说有此良心不如救他为上策，张李相互试探后，对天盟誓，告知柳絮真相并赠银。后李凤将左腿砍了一刀，以显刀上有血。故事写出了刺客改恶从善过程中可能遇到的困难与复杂性，他们既为主谋者作恶的工具，常常是身不由己，缠绕在阴谋的网络中受种种制约。因而他们领命时虽心怀异志，却不能表露，否则不但救不了忠良，反倒坏事；而好汉间的对话又提出了这样一个问题，即行刺者若非仅只一人时，事情便更加复杂，两者或多者间相互掣肘，如果不是"同心合胆"，共图大义，后果也很难设想。

清人徐枋《居易堂集》卷九《刺客论》指出，太史公作《刺客列传》，所写的五个人，实际上都不是刺客，连作者本人也这样认为，原因有：一是既为刺客，就未有事不成的；二是刺客都要讲求剑术，要击如鸷鸟；三要来去无踪，不可行迹以寻，像张良所使东海力士在博浪沙行刺，秦始皇大索天下十日不可得；以及袁（爰）盎、来歙、岑彭、武元衡、裴度等被刺，否则：

> 世有报仇之孝子，白日刺人于都市；又有恶少年以一朝之忿，操刀而杀人者，俱可名之曰刺客乎！

尽管说自史册可考，刺客不成事的有两人，鉏麑及初刺袁盎者，事实上一如上述，当然远不限这两人；但论者注意到，刺客有与政治相联系的要素，且多是受利用，则确为卓识深见："顾刺客多为利用，其诛击多未合于道，且其人名迹不可得传。

太史公以必有关于国家治乱得失者而后可，故传此五人，而仍微言其非刺客，以明我之非昧于其义也。”

如果以上面的标准来衡量，真正的刺客要成功地刺杀对象，而后又成功地逃脱追捕，那么《刺客列传》所写五人的确都不合格。但司马迁惯于、擅长于写失败的英雄，经他传扬的荆轲等人行刺的故事，奇气四溢，终于在后世不断地引起史家和小说家注意，将其与鉏麑、初刺袁盎者等“刺客觉悟”故事融会，不断发现与描绘一个个类似的刺客，突显他们灵魂深处怎样受到“义”的撞击，行刺不成。这些人作为刺客这一角色的使命扮演失败了，但作为侠义之士的鲜明形象，却永远活在侠文化史上。

三、刺客的幡然醒悟反戈一击

从侠义崇拜的角度看，刺客们对于是非善恶的独立判断、重新选择，一般可以分为两种情形：一是发现了被刺对象是个“好人”，从而中止行刺，甚或出于对好人继续面临危险予以较多的同情悯惜，还特意发出警告，让其有所防范；二是在发现被刺对象是个好人的同时，又意外地发现了派遣者——自己行动的主谋指使者是个“坏人”，于是反戈一击。也就是说，前一种情形中的刺客只是发现了“善”，不愿去违心毁灭这个善；而后一种情形里，刺客发现善之后，随即又确认了善的对立面——恶，于是他不仅要保护善，还要去身体力行地铲锄恶，平世间之不平。因而这后者就不只是仁心未泯，而带有替人世间所有忠善贤良平不平，去报复、剿灭世上邪恶的英雄气概。

这在刺客们真正由史入文的唐代，挟浓郁的侠风进入侠文学主题长河中。《唐国史补》卷中、《唐语林》卷四都写，盛唐时李勉义释狱囚，几年后却险遭对方恩将仇报，逃走后他到一家旅店，店主惊问，李勉就把事情原委诉说，这时梁上有人飞下说："我几乎误杀长者！"飘然逝去。天未亮这人手携故囚夫妻两个首级，向李勉宣示。类似描写皇甫氏《原化记》里体现得最为血肉丰满。当年被义释的狱囚后来当上了某县县令，客游此方的恩主来此，偶然听到其行将背恩谋害，不得已仓皇出逃：

> 至夜，已行五六十里，出县界，止宿村店。仆从但怪奔走，不知何故。此人歇定，乃言此贼负心之状。言讫吁嗟。奴仆悉涕泣之次，忽床下一人持匕首出立，此客大惧。乃曰："我，义士也。（县）宰使我来取君头。适闻说，方知此宰负心。不然，枉杀贤士。吾义不舍此人也！公且勿睡，少顷，与君取此宰头，以雪公冤。"此人怕惧愧谢。此客持剑出门如飞，二更已至，呼曰："贼首至。"命（取）火观之，乃令头也。剑客辞决，不知所之。①

着意以"偷听"母题书写，标明刺客是在无意之中得悉事情原委的。真相既明，出于侠的人格自尊和正义感，他首先申明自己是在受蒙蔽情况下前来，一当解悟事实原委即立辨善恶是非。他毫不踌躇地用行动伸张正义，也是在为自己受愚弄雪耻，杀了恩将仇报者表明心迹，从而确证了人格自尊。应当说，这个刺客具有较为自觉的独立人格意识，他不仅有自己鲜明的

① 李昉等编：《太平广记》卷一百九十五引，中华书局 1961 年版，第 1466 页。

是非标准，还能不为主使者的恩遇所宥，果断地反戈一击。后来《醒世恒言·李汧公穷邸遇侠客》就详尽地描述了这个“床下义士”手刃忘恩负义的房德夫妇，还剖腹泄愤，显示了复仇行侠的彻底性。为渲染豪侠嫉恶如仇，小说还着意描绘他手刃负义贼前淋漓尽致地痛骂：“你这负心贼子！李畿尉乃救命大恩人，不思报效，反听妇人之言，背恩反噬。既已事露逃走，便该悔过，却又假捏虚词，哄咱行刺。若非他道出真情，连咱也陷于不义。剐你这负心贼一万刀，方出咱这点不平之气！”这段话道出了豪士的典型心态，为其如此行事的描写提供了可信的心理依据。

并不是所有刺客的觉悟都是意外发现真相后主动反省，有的刺客是被动的，他们的良知发现乃是别人规劝所致。周稺廉《双忠庙》一剧写义仆王保带着忠臣之子珍哥躲在双忠庙中，此庙正是义仆报主的公认楷模公孙杵臼及程婴之庙。奸臣焦芳为斩草除根，派刺客屠宽搜索珍哥主仆，但路遇相士诚告，刺客屠宽不禁惊悔有加，于是详询王保，得知真相。情知神佑忠良，天意难违；另方面更是为正义所感发，屠宽当即改变立场，资助珍哥和王保钱财，并掉转刀锋，表示愿去设法刺杀焦芳，以此泄他人之愤，亦雪自身被愚弄之怨。刺客稍被点醒就深明大义，还重诺守信，后他果然杀死了当初指使自己的奸臣。若无侠义崇拜思想基础，屠宽也不会这么快地由无知杀手转变成锄奸义侠。屠宽的人性“异化”，是在其行刺作恶的过程中开始的。一个刺客屠夫的人生之路何以越走越宽，完全是由于他基于侠义准则，扶善惩恶。

清溪道人方汝浩也写出了剑侠的审慎细心。说是清官刘总督正在灯下看书，猛听檐前一声响亮，见一红衣壮士手持利剑而来，从容询问："观君相貌不凡，深夜到此，莫非为刺客吗？"刺客承认是受朝廷宠臣印常侍所遣。但在举笔展纸写临终信时，剑侠已为总督的从容自若敬服不已，况且看到书信中出现自己恩友关赤丁的名字，询问后得知关曾被印常侍之子诬盗夺宝，是刘总督为其辩冤，当即纳头便拜，倾诉了被奸臣笼络愚弄的过程和自己的宿志心迹：

> 某虽剑侠，家实贫寒。然雅慕贞诚，不图奢靡，苟逢知己，纵刎颅剖胆，亦所甘心。倘遇不平，便奋戟挺戈，誓诛奸狡。前因与印常侍门客交厚，被力荐于印公，……偶于公署中与公子谈及督爷（指刘总督）贪婪肆恶，荼毒百姓："与家君有不世之仇。家君宽厚，反荐拔于朝，擢以重任。可怜果州路亿万生灵必遭鱼肉，怎能够一个仗义英雄，杀了这厮，实万民之福也。"
>
> 某一时奋激，飞跃而来。谁想督爷如此真诚雅饬，不以生死芥蒂。某反思那厮谎言，乃愚我也。若不剪除，必为民害。"……"只恨误听竖子之言，几陷人于不义，若不斩彼头，以何泄愤？故即拜辞长往。"①

此时如果不是刘督爷宽仁，力劝"仁者不绝人之后"，剑侠真的要当即取奸臣公子印星的性命了。其实剑侠在印府中，对奸臣的阴险早有认识，他特意为刘公留下朱符和宝剑，以备

---

① 清溪道人：《禅真后史》第二十五回《木马驿剑侠谈心，蒙山洞苗人作乱》，齐鲁书社 1988 年版，第 194 - 195 页。

奸臣再遣人暗害，后来两物果然派上了用场，成功地抵御了偷袭来的飞剑。

虽则因忠良劝阻，这个自号“翀（冲）霄子”的识文断字的剑侠，没有真的去反戈一击，但这段情节却综合了侠义故事常见的多种母题。除了善良侠义本性导致的良知发现，最值得注意的是较为真切地揭示了侠——刺客之被笼络、被利用的过程。笃于情谊，他被朋友力荐入府，恩宠有加，常思报效是很自然的；嫉恶如仇，急于锄奸济善，听了几句一面之词就贸然前来。侠的性格中的优点，往往也正是他的缺点，老奸巨猾的印常侍正是看中了剑侠这种性格和剑术绝技，以心腹相待，还授意儿子假装无意中谈起政敌事，让剑侠在毫无思想准备情形下主动出手，以借刀杀人。剑与剑术母题的出现，有力地烘托了剑侠的货真价实，唯有如此技精艺绝还有文化的大侠，其嫉恶如仇和盛情高谊才会与众不同。恰值刘公写信，给剑侠提供了直接了解真相的偶然机会，险些害了好人的侠客将其归于“此非人谋，实天定也”。加以“天佑善人”的神秘主义解释，强调了劝善惩恶的儆世意趣，这既迎合了民俗心理中应然性理想化的企盼，又为情节发展与人物命运提供了另一为时人认同的依据。

《施公案》里描写，刺客这一特定人物虽来自绿林，又染及忠义色彩，不能简单化地指责为其向清官投降。促使刺客脱离绿林投靠清官，固然离不开清官智慧谋略，但仍是士不遇文化传统使然。该书二十九回写一壮汉闯进施公屋大叫要“今晚伤你之命，除却众害”，抽刀举在空中。施公的反应颇带有喜剧性：吓得魂不附体，躲在桌子底下哀求。这种看似有失身份的行为，恰恰满足了刺客主体“我”的虚荣心，减轻了彼此敌对情绪。接下来他又针对绿林豪客的心理，诚恳而巧妙地为自己澄清：

“壮士：既容言明肺腑，施某将言语奉剖，细详大理。忠孝节义，人生世间，都须有点，不枉奔走风尘。我施某官居县宰，清廉自守，难趁百人之心。俗说‘为臣要忠，作子必孝’，大丈夫不忠不孝，枉生世界。为官要与地方除害尽忠，岂能顾众？因此多人恨我。……人有善念，天必从之；心怀恶意，众祸相侵。不思己过，还怨恨别人。壮士明义：人不犯法，而律虽严，无罪之人，心也不惊；既要作孽，天地难容。施某若是留情，我即不忠。他们果系英雄好汉，你今害我，岂有偷生怕死，虽死何惧哉？壮士想想那些猫鼠同眠、无能之辈，可惜好汉前来，与彼报仇。施某死后，今古标名，可惜壮士，反落恶名。”①

这实际上是说书人自己的口吻，书场中的话语，仿佛挚友间的推心置腹，既有作为清官苦衷的剖白，更多的是以江湖侠士的共同行义向善追慕，打动人心。这时黄天霸尚属“成长”之中，性格的定型期，初涉江湖的他，对清官施公还缺乏了解，激于江湖上朋友之谊前来惩官救友，听了施公一番话才明白，清官捕盗也是为民除害、尽忠尽义的。清官所行之义，不是狭隘的江湖兄弟之谊，而成了为国为民大义。这种“公义”的推行有个前提，就是明善恶、辨是非，并不为友情模糊双眼，视而不见那些绿林响马对良善百姓的骚扰。施公先软后硬，这番

① 《施公案》第三十回《飞贼书房行刺，施公言明大义》，宝文堂书店 1982 年版，第 64－65 页。

话听起来入情入理，简直让黄天霸进退两难，只好以取印为名找个台阶下。如无这种心理基础，后来天霸醉酒被缚，蒙施公义释时的感激涕零，主动表示愿效劳报恩，就不会那么自然。如第三十七回写他改名“施忠”，对结拜弟兄贺天保所说的因由：“兄长，自从那年分手之后江湖闲游，闻听江都拿住响马朋友，县衙行刺，见贤臣忠心治国安民，是以饶命，当即留名。后来吃酒被获擒拿，与我亲解其绑，以恩报怨，舍死放我。感动天地，弃却绿林，报效县主。”感动得贺天保也二话没说，同他一起救施公，又率众响马把真正的恶人关升、三片捉拿归案。难民王二妻被夺、母吓死，活生生受害人的出现，将关升的恶棍身份确证无疑。

其实，刺客们刀下留情，所感义而释的被刺者未必都是忠良，其一时情动而悟的价值未必无可挑剔。昭梿《啸亭杂录》卷十载，索丞相（索额图）性贪贿，但也有个优点是多谋略。吴三桂密遣人行刺。索公正秉烛批文，见大汉在旁，问你莫非是吴王刺客，那你取我头吧，客说来已久，见公批示军机，咸如身至其地，料理军书竟夕不寐，诚良相也！我虽愚钝，岂敢刺贤相？说罢请死，公笑挥而去。次日刺客入府为仆，后公下狱，他还潜入狱送饮食。载录者认为，索公贪贿干犯国法，反而有负客之所望。刺客与索公没有私怨，他受命而来，第一印象“首因效应”却使他十分敬重行刺对象，宁死而不愿违心下手；得到宽纵后他愈感佩不已，甘作奴仆。就为官而言，索公诚然非清廉的好官，但他实际的工作能力，尤其是江湖伦理的熟谙与侠义风范，实在又非一般官员可比肩。

联系上节，严格说投靠被刺者也应被视为对“恶”的否定。其虽非反戈一击，实在也算是对险恶的阴谋家的一种有力回击。对此正史、野闻之载与小说中描写的不约而同，大概很难说都是偶然巧合，而只能解释为侠义崇拜在刺客身上的体现，以及人们借助刺客与所刺对象间关系的变化，来宣扬一种无往不在的侠义伦理。广撷清官传说的海公传记故事就描写海瑞上疏追查奸臣行迹，奸臣严嵩与张居正商议，由张派遣家奴沈充前去行刺。不料海瑞活捉沈充，审出原委，体谅他为奴身不由已，还为他不能如约交差担忧，感动得沈充甘愿侍奉海瑞。恰巧海瑞要去安南催贡，沈充甘愿带路报恩。海瑞一番训诫，强调了皆大欢喜结局中忠良人格表现的作用：

> "你本是一个孝子，怎么一时差错。却投在奸贼府中听用，行此不仁不义、悖理逆天之事？好的是遇着了我，若是遇了别人，只恐你今夜就不得生全了。也罢，你若肯改邪归正，随我前去。若是回来之际，却是始终如一，我却荐你一个啖饭之处。……"（沈充）乃对天指灯发誓，海瑞方才放心，将他收下。……
>
> 后人读到此处，有诗单赞海瑞，能以正言点化顽劣，其诗云："石中本有璞，只少切磋人。若得良工剖，堪为席上珍。凡人皆有性，惯习失其真。今得一木铎，谆谆改易心。恶念时时改，金言日日亲。芝兰同作伴，不觉有香熏。试看沈充者，一念作好人。"①

① 佚名：《海公大红袍全传》第四十四回《卖凶杀害被获依投》，三秦出版社1995年版，第261－262页。

木铎，喻宣扬某种教化学说者，《论语·八佾》："天下之无道也久矣，天将以夫子为木铎。"其实，能够严密防范，不遭行刺，只是为保障自己人身安全的一般性行为，然而，清官却有征服刺客的仁厚品性与人格力量。这种巨大的伦理感召力，是因刺客内心早有一定的人性良知，他本是怀玉之璞，只因所遇非良，后天习染部分地异化了人性，非以大义感化不能除污去垢，剖璞得玉。这里，提出了一个"人的异化"和"人的改造"的问题。本来，忠良险遭毒手是件坏事；但由于行刺与被刺者双方"义"的撞击，却从灵魂上拯救了一个人。清官海瑞在肉体上拯救自身的同时，又从灵魂上拯救了行将堕落的刺客，给侠义崇拜传统添了光彩。悟"昨非"而明"今是"，且只有明"今是"，才能更深切地痛悟"昨非"，刺客们幡然猛醒，追随当初的行刺对象，这不仅是对奸邪小人阴谋"恶"的否定，也是对其在侠义伦理前虚弱可鄙本质的嘲讽。推而广之，人世间其他美好的感情，也可感动刺客，明人称：

> 五代葛从简为忠武节度使，闻许州富人有玉带，欲之而不可得，遣二卒夜入其家，杀而取之。夜，卒逾垣隐木间，见其夫妇相待如宾，二卒叹曰："吴公欲得宝而害斯人，吾必不免。"因跃出而告之。使其速以带献，遂逾垣而去，不知其所之。此与晋使鉏麑刺赵盾事相似。盾笃于君臣，富人笃于夫妇，皆足以感人。益见天理民彝之不灭如此。①

---

① 刘昌：《县笥琐探》，《笔记小说大观》第十五编第五册，台北新兴书局有限公司 1988 年版，第 3133 页。又见王文濡辑《说库》上册，浙江古籍出版社 1986 年（影印）。

综上所述，刺客，很早便具有一种与正统相抗衡的平民亚文化伦理，并不应像相当一部分论者所认为的那样，因司马迁将“游侠”与“刺客”两者分别立传，以及刺客的角色使命与杀手职业，就将其排除出侠的行列之外。无疑司马迁是以充满同情的笔触写那五个刺客的，其与《游侠列传》恰成“互文足义”之势。而后世关于刺客的言说，更是侠气洋溢。的确，活跃在古代史家、文学家笔端的刺客，罕有冷血杀手而多染侠气和人伦情味，他们作为一类独特的侠义豪杰构成了侠文化的组成部分，出现在人们的侠义视界之内，成为古代通俗文学里一种挟慕侠期盼的类型化人物，尤其是其中相当一部分，又以独特角度展示了由盲目的莽汉向有思想有判断力的侠士转变的过程，揭示了正义良知与侠义风范的巨大灵魂震撼力与文化反思力。此外，更以烘云托月之势，给民间理想中渴慕拥戴的忠臣良吏形象，起到了不可多得的“陪衬人”的作用。

直至近代，还有署名为新中国之废物著《刺客谈》，南营蛮子评，于光绪丙午（1906）灌文新书社印行，见于周越然《版本与书籍·稀见小说五十种》著录。

可以说，侠义心肠的刺客，是中国文化史上一个值得关注的奇特现象。

第二章　梁代文人咏侠诗的审美表现

自曹魏时期左延年咏侠诗《秦女休行》始，随着侠自身的发展，文人咏侠诗也经历了相应的发展历程。在梁代，文人咏侠诗呈现出其独特的形态，体现出与时代脉搏、士人心态和谐呼应的审美特色。

一、侠的豪气与区域、季节氛围

梁代文人咏侠诗继承了前代咏侠诗的特点，常常描绘阔大雄伟的自然场景，给侠这一勇武人物的出场制造出恢弘的气势，虞羲《咏霍将军北伐诗》吟咏“长城地势险，万里与云平”①。王训《度关山》写：“关山横晻霭，高峰白云外。遥望秦川水，千里长如带。”在高峻险拔的地势上，侠士傲然挺立，眺望四周，真有凌绝顶时万物皆小之感，这样壮阔雄浑的气势将侠士

---

① 本文引诗均见逯钦立辑校《先秦汉魏晋南北朝诗》，中华书局1983年版。逯先生所选梁诗中的诗人均以其卒年为标准，有的如江淹、吴均、王僧儒等历跨两朝或三朝，在梁的创作主要在其最初几年；还有一些诗人虽梁代有创作活动，因其主要在梁后而未入选。据《梁书》、《南史》、刘跃进《南北朝文学编年史》、刘德重《中国文学编年录》等，力求将引诗以梁代为主，偶与齐陈两代搭界。

昂扬的气概、顶天立地的形象烘托出来。荀济《赠阴梁州》对侠士的形象作了更为形象化、理想化的描绘："鹍势终横海，鹏力会冲天。"不仅背景宏大，且赋予侠士以鹍鹏一样远涉万里的非凡气势和超人能力。

在南北对峙、时有边关危机的梁代，抒情诗中侠的形象，经常在北地边塞环境恶劣、气候严寒之地为背景展现，王训《度关山》写"辽水深难渡，榆关断难通"；王僧孺《白马篇》的"澥汨河水黄，参参嶂云黑"；萧子显《从军行》的"黄尘不见景，飞蓬恒满天"，飞沙走石等成为这类苦寒之地气候的代表性特征。

咏侠诗中的季节描写也常常集中于塞漠寒冷的秋冬，这当然也是冷兵器时代战争季节的一个风俗定格。如吴均《胡无人行》写"高秋八九月，胡地早风霜"。恶劣环境气候的想象，在江南人们看来无疑是对豪侠意志的一个难以回避的严峻挑战，而这也正是他们展示侠风壮慨之时。

简文帝萧纲《从军行》还写"鱼云望旗聚，龙沙随阵开。冰城朝浴铁，地道夜衔枚"，滴水成冰、阴云密布，豪士们仍慷慨赶赴战场。江淹《鲍参军昭戎行》写："孟冬郊祀月，杀气起严霜。戎马粟不暖，军士冰为浆。晨上城皋饭，碛砾皆羊肠。塞寒笼白日，大谷晦苍苍。息徒税征驾，倚剑临八荒。"似乎，豪侠倚剑俯望山河大地，就必有油然而生的憧憬一番作为的自我期许。这成为豪侠生命意识展露的难得的空间场景。萧子显《从军行》道："左角明王侵汉边，轻薄良家恶少年。纵横向沮泽，凌厉取山田。黄尘不见景，飞蓬恒满天。邀功封浞野，窃宠劫祁连。春风春月将进酒，妖姬舞女乱君前。"试想，如果没有边塞遇警的机遇，哪有豪侠少年冒着滚滚黄尘夺功请赏的好事？

戴暠《度关山》的理解也是汉代以来注目边塞的固有眼光：

> 博陵轻侠皆无位，幽州重气本多豪。……蓟门海作堑，榆塞冰为城。催令四校出，倚望三边平。箭服潮来动，刀环临阵鸣。将军一百战，都护五千兵。且决雄雌眼前利，谁道功名身后事。丈夫意气本自然，来时辞弟已闻天。但令此身与命在，不持烽火照甘泉。

须知当年李陵也就正是带着五千兵（包括不少由荆楚地区招募来的“恶少年”）西北陷于匈奴的，似乎没有北地高寒的背景氛围烘衬，侠的坚韧不拔和豪迈精神就不能得以突显。如研究者指出的：

> 在梁陈边塞乐府拟作中，横吹诸题以及由之而演衍出来的几个曲题的作品所安排的背景，基本上是在西北边塞。比如陇头、秦川、上郡、云中、玉门、瀚海、交河、疏勒、祁连、塞外、天岭、楼兰、郅支、大宛、月支、隗嚣营、酒泉路、白登台、玉关道，等等。使用一两个地名不应引起惊讶，但像梁陈诗人这样把征战背景地集中地安排在西北边塞，则促使我们不得不将其与北歌的边塞特质放在一起来比较。特别是这种现象在萧梁以前很少出现过，就更应该引起深思。①

① 阎采平：《梁陈边塞乐府论》，《文学遗产》1988 年第 6 期。

事实上这一地名想象的文学化错位，恐怕乃是诗人们有意为之，古人对此早有觉察。如北朝颜之推《颜氏家训·文章》已注意到地理常识在诗文中，尽量要别出大格，减少差误。其批评对象主要就是南方梁朝文人之作："文章地理，必须惬当。梁简文《燕门太守行》乃云：'鹫军攻日逐，燕骑荡康居，大宛归善马，小月送降书。'萧子晖《陇头水》云：'天寒陇水急，散漫俱分泻，北注徂黄龙，东流会白马。'此亦明珠之颣（瑕疵），美玉之瑕，宜慎之。"[①] 虽有些苛求，却并非无理。由于梁朝文人基本上没有北方的实地切身体验，他们笔下的那些代表北地特点的秋冬景象，大多是套语化、模式化的，没有什么个性特色，较之魏晋时期"幽燕老将"式的歌诗，其实真是退步了。

二、梁代咏侠诗中的剑与马

梁代咏侠诗很明显地体现为注重意象化的营构，这些意象，基本上是身在南朝的歌咏者心目中的"意识形态形象"，带有南方文士想当然的意趣。因此，关注其中具有代表性的意象——剑和马这类征战必需的"装备"描述，可以看出南朝文人面向北地跃跃欲试的一种心理补偿趋向。

战国中期以来，剑就成为与侠不可分割的标志性兵器符号。且不说《庄子·说剑》、《韩非子·五蠹》、《吴越春秋》等现实中流传的先秦剑和剑术，神话中的剑原型经魏晋以降的神秘叙

① 王利器：《颜氏家训集解》卷四，上海古籍出版社 1980 年版，第 271 页。

述，也成为梁代文人心目中超人的兵器。如西晋王嘉《拾遗记》卷一，即予以充分夸张之："有曳影之剑，腾空而舒，若四方有兵，此剑则飞起指向其方，则剋伐。独用之时，常于匣里，如龙虎之吟。"① 于是在文人咏侠诗中，侠与剑经常被联系在一起。梁代咏侠诗中，侠士所习常是剑术，吴均《战城南》咏"小来重义气，学剑不学文"；《古意》中更称"中有恶少年，伎能专自得。玉鞭莲花剑，金苣流星勒"，用的是《汉书·李陵传》本事："臣所将屯边者，皆荆楚勇士奇材剑客也，力扼虎，射命中，愿得自当一队，……"亦即刘孝威《结客少年场行》的"千金募恶少，一挥擒骨都"，将喷薄的侠勇集注到剑意象上。于是行侠征战时侠便离不开剑，王筠《侠客篇》称"侠客趋名利，剑气坐相矜"；吴均《城上麻》咏"少年感恩命，奉剑出西周"。而吴均《古意》更有"剑光夜挥电，马汗昼成泥"，不仅写出了战斗的激烈艰苦，也以剑给侠士增添了一层英勇豪壮的色彩。

由于剑之于侠的重要意义，诗人像塑造侠的形象一样来修饰剑，萧绎《和王僧辩从军诗》称"宝剑饰龙渊，长虹画彩旃"；吴均《胡无人行》称"剑头利如芒，恒持照眼光"，仿佛剑越是美观便越是锋利，握持它的侠士就越英武越有侠气似的。《水经注·沔水》所引吴均佚诗"剑是两蛟龙"句，说明诗人对剑的神秘传说感兴趣。热情于咏侠唱叹的吴均就十分钟爱宝剑，他在《咏宝剑诗》中有这样的特写镜头式的生动描绘："照人如照水，切玉如切泥。锷边霜凛凛，匣上风凄凄。"

---

① 参见王立《中国文学主题学——江湖侠踪与侠文学》第一章《剑崇拜与中国古代侠文学主题》，中州古籍出版社1995年版，第5-39页。

对侠的佩带物的关注，除了剑，还有匕首（短剑）和刀。吴均《酬别诗》有“匕首直千金，七宝雕华装。生离何用表，赖此持相饷”，似乎是表示侠义相酬、侠友相分的最好情物。萧子云《赠吴均诗》则咏“紫艾刀横拔”；刘孝威《骢马驱》中也提到“宝刀金错鞘”。有时诗人还将刀剑并举，像吴均《边城将诗》写“刀含四尺影，剑抱七星文”，更烘托出侠士的英姿。

此间咏侠诗中与侠紧密关联的另一常见意象，就是战马。征战之骏马那挺拔的外形与矫健身姿，也许是要力求与侠那种豪放不羁的性格、救困守信的高贵品质相映照，因而梁代诗歌中的马，不仅常与侠士同时出现在诗中，也成为文人抒情的一个主观投射物。

战马往往伴随侠士一起克服艰难困苦，驰骋沙场，像沈约《饮马长城窟》的“介马度龙堆，途萦马屡徊”，吴均《胡无人行》的“铁骑追骁虏，金羁讨黠羌”。刘孝威《骢马驱》还以马的情态来写边塞侠少年：“翩翩骢马驱，横行复斜趋。先救辽城危，后拂燕山雾。风伤易水湄，日入陇西树。未得报君恩，联翩终不住。”若是良马、佩剑（或佩刀）与侠同时出现，侠的形象则更多了飒爽之气，像王僧孺《古意》的“青丝控燕马，紫艾饰吴刀。朝风吹锦带，落日映珠袍。陆离关石客，照耀山西豪”。郭茂倩《乐府诗集》里以《白马篇》为题的咏侠诗有9首，3首即梁人所作；梁代60余首文人咏侠诗中有9首题目中含有“马”字。可见马的意象在这时咏侠诗中占有重要地位①。

① 参见王立《“宝马英雄”与功业之志——马与魏晋南北朝文学》，《古典文学知识》1991年第6期。

更加富有意趣的是诗人还每每把剑与马并举，作为侠气的充分外化和试图构成意象组合的集群效应。吴均《行路难》的咏叹较有代表性：

自言家在赵邯郸，翩翩舌杪复剑端。青骊白駮的卢马，金羁绿控紫丝鞶。蹀躞横行不止进，夜夜汗血至长安。

吴均《边城将》也谓："闻君报一餐，远送出平野。玉标丹霞剑，金络艳光马。"有时还会扩大为马与兵器对举，如戴嵩《从军行》的"弓寒折锦鞬，马冻滑斜蹄"等。

梁代文人咏侠诗之于马的讴歌，事实上在北朝人眼里也是"小儿科"一般的幼稚。真正驰骋在沙场上的高头大马，北朝人认为肯定会把南朝弱不禁风的小白脸们吓垮。《颜氏家训·涉务》带有藐视口吻的叙述很值得回味：

梁世士大夫，皆尚褒衣博带，大冠高履，出则车舆，入则扶侍，郊郭之内，无乘马者。周弘正为宣城王所爱，给一果下马（可在果树下行走的小型马），常服御之，举朝以为放达。至乃尚书郎乘马，即纠劾之。

及侯景之乱，肤脆骨柔，不堪行步，体羸气弱，不耐寒暑，坐死仓猝者，往往而然。建康令王复，性既儒雅，未尝乘骑，见马嘶歕陆梁，莫不震慑，乃谓人曰："正是虎，何故名为马乎？"其风俗至此。

马尤其是良种军马适合北地生长繁殖，南方气候水土不利于良马，偏安一隅的梁朝人们少见良马是很自然的。龚鹏程教授曾指出：

> 南北朝乐府及唐人诗中，含有大量的《游侠篇》、《宝剑行》、《侠客行》、《游猎篇》、《壮士行》、《结客少年场行》、《少年子》、《少年乐》、《少年行》之类作品。这些作品当然有部分是纪实之作，但大部分却是拟意或拟古。故梁王僧孺《古意》诗，一名“游侠”，而所谓“陆离关右客，照耀山西豪”，关右山西又岂是南朝辖境？
>
> 其他如梁刘苞《九月侍宴乐游苑正阳堂诗》“六郡良家子，幽并游侠儿”……无一为当时事。钱公来《南北朝咏马诗选》（文物供应社，一九五三）收录了这一类作品，却误认为这是当时人心未死，犹存边警之证，大谬。①

此论可谓甚有见地，诗中有史，但的确又不能以诗歌对应史实。因此，也就更有理由认为，梁朝咏侠诗中的马意象往往也是被文学符号化了的，寄托了地处南方的文人对马上英雄的倾慕，也潜在地含有某种超越南国之人自卑的意味。

三、梁代诗中侠的知遇情结与侠的咏叹

细绎梁代文人咏侠诗，不难发现其已从前代较为集中的市井复仇、报恩等题材中，更多地转向了征战西北边塞。这一转

---

① 龚鹏程：《侠的精神文化史论》，山东画报出版社 2008 年版，第 5 页。

换实际上建安时期就开始了，如曹植《白马篇》里的“幽并游侠儿”。梁代文人咏侠诗中，除萧统《将进酒》、吴均《结客少年场行》等仅有的几首与边塞征战无关外，几乎都是反映边塞的，含有“关山”、“边城”、“陇西”、“燕门”等边塞意象和“从军”、“征客”等词语的诗题俯拾皆是。在这样的诗中，又几乎无一例外地表现出这些身在边塞的侠士们渴望知遇、力战显名的愿望。他们仿佛侠气相通，真的如刘孝威《陇头水》所咏“时观胡骑饮，常为汉国羞”，好像有一种时时涌动的社会使命感似的。

对于边塞报国酬恩情怀的集中抒发，当非吴均莫属。吴均在《赠别新林诗》一诗中写到：“气为故交绝，心为新知开。但令寸心是，何须铜雀台。”为人知遇，则生命已不重要；而男性间的相知相契仿佛更胜于异性相吸。其《咏怀诗》中还有“野战剑锋尽，攻城才智贫。唯馀一死在，留持赠主人”，更是抱定了命酬知遇不惜一死的决心。他的《战城南》中还说：“名慑武安将，血污秦王衣。为君意气重，无功终不归。”不在战场立功，奋勇拼杀，作为侠士又怎能报答明君的知遇呢？同时，诗中描写侠士对于边塞立功也是不断追求的，《边城将诗》中他心目中的侠应念念不忘的是“留书应凿楹，功传须勒社”，又有：

幽并游侠子，直心亦如箭。死节报君恩，谁能孤恩眄。（《雉子斑》）

蹀躞青骊马，往战城南畿。五历鱼丽阵，三入九重围。名慑武安将，血污秦王衣。为君意气重，无功终不归。

（《战城南》）

少年感恩命，奉剑事西周。但令直心尽，何用返封侯。（《城上麻》）

羽檄起边庭，烽火乱如萤。是时张博望，夜赴交河城。马头要落日，剑尾掣流星。君恩未得报，何论身命倾。（《入关》）

剑头利如芒，恒持照眼光。铁骑追骁虏，金羁讨黠羌。高秋八九月，胡地草风霜。男儿不惜死，破胆与君尝。（《胡无人行》）

他如裴子野《答张贞城皋诗》的"跂子振旅凯，含毫备勒铭"；刘孝威《陇头水》的"顿取楼兰颈，功多遂不酬"；以及沈约《临碣石》的"骥老心未穷，酬恩岂终毕"等。然而，对于功成之后的事情，梁代文人的设想也是理想化合格化了的游侠习气。诗中的侠士仍怀有汉代侠士如《史记·游侠列传》标举的"不矜其能，羞伐其德"之美德，似乎并不急功近利，一似梁简文帝萧纲《燕门太守行》所吟唱的"勤劳谢功业，清白报迎逢。非须主人赏，宁期定远封"。

在文学史诗歌史的事实上，"边塞侠情"的确形成了一时间梁代文人诗潮中的一个"惯常思路"，乃至这不能理解为是写实，必须要以诗学话语的眼光审视。远在南国的诗人们，宁愿相信厮杀在沙场的侠士功绩自有人赏，其对边塞立功殷切期盼，竟每多故意盛称自己本不重功勋，如萧子云《赠吴均诗》"谁持命邀宠，宁知敌可杀。有功终不言，明君自应察"。对于恩宠功名利禄，他们也有较为清醒的认识："徒倾七尺命，酬恩终自寡”，更何况如吴均《边城将诗》所慨然咏叹的：“寒暑有往来，功名安可留!”

四、梁代文人咏侠诗审美表现探源

梁代文人咏侠诗得以呈现上述风貌，有其深层次的多重原因。

通常来说，汉代时，侠士一般都被描述为活跃在都城市井之间，而南北朝时期，主要由于北方战乱频仍，侠士描写则从市井走向了塞漠，侠这一角色开始被人们理解为远征北地的豪士。因此这一时期的咏侠诗，集中反映了时代心理，大部分都是以边塞征战为题材和背景的。

在新的时空背景下，南方文人心目中的侠士们，一方面秉持着侠固有的“其言必信，其行必果，已诺必诚，不爱其躯，赴士之厄困”[①] 的精神传统；另一方面，也不可避免地染上了一层较为浓厚的渴望知遇、立功边塞的功利色彩。好在侠士毕竟还是侠士，他们并未把立功受封作为唯一出发点和最终目的。眼前，战争所过之处的残垣断壁、满目疮痍、流民呼号所带给他们的强烈视觉和心灵刺激，激发起他们救国扶民的爱国热望，使他们渴盼着以自己的诗歌想象，描绘一种心灵的图景。而侠士自始就有的内心渴慕——为人知遇：只要个人的才华、胆识、气格为人所知、所识、所重，即使为这一知己赴死也了然无憾。应该说，他们内心呼唤的得遇良机——“士为知己者死”中的“士”，所指依旧是先秦士阶层中与“儒士”并列的“侠士”，

① 司马迁：《史记·游侠列传》。

不过不是“以武犯禁”，而是以武赴边建功立业。也应注意到，实际上绝大多数侠士一生都在寻找建功立业机缘，以期实现自我价值。只有把侠放在其“角色期待”传统和现实召唤的纵横坐标下，才能深入理解侠士形象之所以能富有轻生忘死、舍生取义的内驱力。而在南北朝战争不断的历史背景下，这一个体内驱力的追求企慕，恰好能推进那种将侠所期待的伟业与知遇完美结合的过程。向往边塞建功，遂成为咏侠诗当然的理想题材。

在古代骑兵作战方式影响和北方游牧民族文化渗透下，自汉到魏晋南北朝时期，骑马田猎在上层社会贵族中盛行，田猎与骑马征战及人们所认为的侠士外在行为特征都有相似之处。甚至当时的儿童还有模仿大人指挥战争、布阵点将的战阵之戏："战争频繁，军事家凭借战争舞台演出一幕幕有声有色的话剧，这对儿童是一种潜移默化的熏陶。"① 儿童尚且如此，更何况那些纤弱敏感的成年文人呢？不能如儿童般游戏，也不能对边塞征战身体力行，就姑且在神游想象中歌以咏之吧。罗宗强先生精辟指出：

> 文学思想的产生和变化，当然和社会环境有种种之关系，如政局、社会思潮、学术思想、生活情趣、生活方式等等。但是我以为，这些都不是直接的关系，直接的关系是士人心态。政局、社会思潮等等，是通过士人心态对文

① 朱大渭等：《魏晋南北朝社会生活史》，中国社会科学出版社 1998 年版，第 440－441 页。

学思想发生作用的，士人心态是中间环节。[①]

所以，考察梁代文人心态，可更合理地解释当时文人咏侠诗得以呈现其审美取向的深层原因。一方面，士人与侠士心理有同构的部分。梁代氏族制度已开始没落，如同曹操当年“惟才是举”，梁武帝提出“惟才是务”，以致如史家所论，“在他当皇帝的时候，制九流常选，不再设中正掌握，而以州望、郡宗、乡豪代之，选举无复膏粱寒素之隔”[②]。寒门读书人也可通过真正的“明经”，而非前代门阀氏族专享的明经世治国之“明经”，走入统治阶层，这实则与边塞豪侠以自己的侠气剑骑拼杀、立功扬名的理想愿景，有异曲同工处。而此时有吴均、王筠等一部分人，从武力强宗转到文化氏族，其文化上的自卑感令他们更加努力地在文学上有所建树，其先辈的赫赫战功描述便屡屡在诗作中体现出来。

梁代文人也希望功业有成，蒙人知遇。仕途不利时，写作咏侠诗，也就不是一个简单的文学现象，而体现出一种主体精神的理性投射，而这一创作惯性甚至在生于帝王之家的创作主体那里，也在歌咏着，回味着。如梁元帝萧绎《刘生》亦有此追忆：“任侠有刘生，然诺重西京。扶风好惊坐，长安恒借名。榴花聊夜饮，竹叶解朝酲。结交李都尉，遨游佳丽城。”《乐府诗集》卷二十四引《乐府解题》曰：“刘生，不知何代人，齐

① 罗宗强：《魏晋南北朝文学思想史》，中华书局1996年版，第4页。

② 万绳楠：《魏晋南北朝史论稿》，安徽教育出版社1983年版，第234页。

梁已来为《刘生》辞者，皆称其任侠豪放，周游五陵三秦之地。或云抱剑专征，为符节官所未详也。”所以有理由认为：“弗洛伊德称作家创作是‘昼梦’，事实上侠义与复仇之咏，也常有某些功业不遂激愤至极的变态心理微妙地暗伏其中。津津乐道于侠少复仇、侠风义胆的诗人们，实质上也在暗示或表白：像侠少为亲为主为君为友甚或什么都不为，单只是任性而为地去冒险去拼杀一样，援翰写心者也在时时刻刻准备为恩主为知己去一酬宿怨，敢死轻生，义不旋踵。……对知己的急切呼唤往往并非自觉、有意识地倾吐，往日侠风血勇被流光溢彩地点染再现，深深地烙上了文化中主体意志人格的鲜明印记。”①

另一方面，文人写作咏侠诗，也有借诗中之侠咏以补己所不能的因素。生活于江南温暖润泽之乡的文人鲜有实历边塞征战的机会，对自身所不能达到的生存状态进行跨越空间的模拟或想象，体现为一种对行为缺陷的补偿。描写征战中的豪侠也有心理补偿的特点，所以这样的可能应当是较大程度上存在的，如林语堂先生所言，消极避世者，常要消遣一些有参与精神的强者的经历描述，从而在某种间接经验中获得愉悦。而强盗土匪们：“是我们所知道的中国最勇武，最有骑士精神、最有参与精神的阶层。中国的骑士精神被称为‘豪侠’，并总和《水浒》中的强盗联系在一起。”② 在魏晋六朝南北对峙、乱世争雄的时代，人们也很自然地景慕当年在司马迁笔下曾发挥出某些

① 王立：《中国古代复仇文学主题》第二章《侠与中国古代复仇文学主题》，东北师范大学出版社 1998 年版，第 137 页。

② 林语堂：《中国人》第二章，郝志东等译，浙江人民出版社 1988 年版，第 34－35 页。

武艺技能的刺客，以期在虚拟时空中有效地博得建功立勋的精神满足。

此时文人咏侠，除了表达其建功立业的愿望，也与想要弥补自己作为战乱时不能掌握自己命运的角色缺陷有关。悉尼·胡克在谈到公众对英雄伟人感兴趣的心理根源时，所列举的三个主要原因之二，与此关系最为密切："要求弥补个人和物质局限的倾向"，也就是"把个人的缺陷投进比较幸运的人们的光荣成就里"①，这一原因也令梁代文人会写作出相当数量的咏侠诗篇来。

梁代文人咏侠诗中描绘的具有地域性特征的景观，很少是他们当下所居的江南之地，而常是气候恶劣的塞外大漠。对于生活于温润宜人气候中的江南人来说，能面对塞外大漠都已需要豪侠一般的勇气了。在这样的环境下，也更能够激发起人的侠气来，这种对严酷条件的挑战，恰与侠不屈不挠的内在气质相通。而且在现存六十余首梁代文人咏侠诗中，季节也大多被描写为在秋冬，物候以严霜、冰、雾、骤雨、龙沙的恶劣天气，这就更增加了对侠士的考验。

诗中画面的色调总是被描摹为灰暗阴冷的，诸如落日、鱼云、黄沙、苦露的意象也时常见诸诗中。虽说多为借用旧有话语，毕竟一方面渲染了塞外大漠那悲凉苦寒的气氛，也使豪侠充满斗志、胸怀立功夙愿的热血男儿形象，在对比反衬中更加突出，而更显凄怆苍凉。其实，对那些没有到过边地的"他者"——南朝文人来说，他们对这种自然环境本身就充满着一

① 陈平原：《千古文人侠客梦》，人民文学出版社1992年版，第31页，第9页。

种好奇、向往又敬畏的矛盾心态，对艰苦边疆征战生活及其主体体验的幻想，又怎能不成为他们心灵的弥补、调剂和寄托！

另一原因，就是缘于诗人对秦汉游侠活跃之处的地名借用问题。史家曾注意到南朝时期："宋、齐、梁、陈各代与北朝交接的地方，虽因势力的伸缩常有移动，然而大抵不出于今江苏、安徽、湖北数省，且大都占有此数省的大部分地方。……梁之北方重镇云：'大抵雍州、下溠戍、夏口、百苟堆、硖石城、合州、锺离、淮阴、朐山为重镇。'（《通典·州郡》）"①

梁代文人咏侠诗中所出现的边塞地名，事实上几乎都不是真正的历史上梁朝边界地区的地名，而是处于北朝境内或原汉代统治区域甚至更远的由少数民族建立的国家；并且它们出现频率都不低：5次"楼兰"②、7次"幽并"、4次"关山"、龙城，还有燕门、灵关、甘泉、康居、疏勒，及交河城、夫人城、光禄塞等，都是非常靠北，远离梁代实际疆域的地方。

梁代文人之所以仍把这些地方当作自己的边疆来写，除了诗学审美表现的套语沿袭之外，也反映出南朝文人一种微妙的心态：仍旧执著地以自己所在的南方为中心、为正统，认为所写之处不过是被"蛮夷"暂时、无理占据的自己的领土，这也是自秦汉以来，华夏大一统思想在文人心中的纷纷遗响。

另外，这也是文学传统借助于诗歌话语载体带来的一种承袭，前代诗歌中所频频出现的诸如"关山"、"楼兰"、"燕门"等词语，在一定程度上已成为边塞代称，作为文化符号保留在

---

① 周谷城：《中国通史》，上海人民出版社1957年版，第235－236页。

② 诗中所用地名统计为研究生王惠丹统计。

梁代文人诗歌中。正所谓："诗人是以心理方式编织事件，而不是把它当作一段客观的历史。"[①] 有理由认为，在梁代咏侠诗中这些词语涵义丰富，出现并非偶然，诗人应兼有上述两种心态，因而这些咏侠诗中的形象，乃是一种"意识形态形象"。

尽管如上强调，应注意《颜氏家训》所描绘的那种视马为虎的贵族荏弱习气，但是其实当时南朝也不乏讲武好侠的风气，慕侠内化为上层社会权贵们普遍的生活方式，一些富贵子弟在任侠、尚武的影响下，纷纷模仿先秦两汉间游侠的行为，骑马游猎，学射佩剑。加之前代侠士未必都有骑射武艺在身，故而剑的作用在某种程度上有所转化，或为他们眼中、心中慕侠学侠的外化模仿物，或为上层生活的一个装饰品，而未必就是"勇武的象征，又有短兵器的实战功能"[②] 了。因此，梁代文人咏侠诗中出现的剑器如前文所引，竟然常饰有黄金或宝石。这其中体现的咏侠者自身的"身份暗示"，也是不能不予以格外注意的。

通常认为，魏晋南北朝时代体现出一种开放型文化特征。由于国内多民族大融合，中西文化交流频繁，以及自觉的文化心态等时代条件决定，当时的中原汉族和入主中原的"五胡"等，虽互有对立排拒，但多元文化总体来说，对外来文化表现了一种包容和吸取的积极精神。南北战争与交往中，胡人作战时常用的刀也成为汉族豪侠手中的兵器，出现于梁代文人咏侠

---

① ［美］苏珊·朗格：《情感与形式》，刘大基等译，中国社会科学出版社1986年版，第247页。

② 朱大渭等：《魏晋南北朝社会生活史》，中国社会科学出版社1998年版，第16页。

诗中。胡刀所象征的胡地壮士的剽悍勇猛，以及北方的杀伐之气，也为南人悬想式的咏侠增添了几分豪气。

可见，齐梁之际的文坛并非只有过去所理解和宣扬的宫体诗风气。罗宗强先生指出："梁代之后，文学思想的发展较之永明和永明之前，显出来更为多样而且丰富，表现出来不同的态势。自梁以迄陈，实际上进入了一个文学思想开始多元化发展的时期。"① 齐梁后文学的长河开始分流，除了由先代抒情转向娱乐的文风外，自然真挚的抒情文学仍未断绝，歌咏侠士，反映出个体豪迈之气的作品就是其中理所当然的一部分。任何时代的文坛，即使有一种声音非常响亮，但绝不可能是完全单一的，这不符合文学发展的内在规律。因此，从另一角度看这一类似乎有些纷杂的"不谐"之音，恰能较为完整地反映出这一时代的创作情况。梁代文人咏侠诗所体现出的独特的审美观，在文学发展史尤其是侠文学主题发展史上，还是应该占有一席之地的。

因此，贯通来看，当研究者不准确地称"常用泰山、五岳、辽水、边关等……大漠边塞这一雄阔的场景，主要表现在初盛唐歌咏游侠救变赴难的诗篇中……而其艺术上的戛戛独造，就是他们这种雄奇的审美情趣与大漠边塞撞击发出的绚丽火花"云云②，切莫因忽视其仿拟习气而过誉不实。

---

① 罗宗强：《魏晋南北朝文学思想史》，中华书局1996年版，第371页。

② 汪聚应：《唐代侠风与文学》第五章《气势雄伟的唐人游侠诗》，中国社会科学出版社2007年版，第291页。

第三章　唐诗豪侠精神中的少年情结

少年，是构成古代豪侠、游侠阶层的主要社会年龄层次①，也是唐诗中经常活跃的一类人物。唐代游侠群体中，游侠少年也居于核心和主体。从某种意义上讲，唐代好似中国封建社会大一统帝国的早晨，而唐人豪侠精神特征之一就是朝气蓬勃的少年精神。其主要构成成分比较复杂，这些游侠少年主要包括贵游侠少、边塞游侠儿和市井恶少。唐人之歌咏，主要是前两者，他们是唐人咏侠诗的主体和最富于时代特色的内容。而在诗歌中讴歌侠少年的，主要集中在《乐府诗集》卷六十六中，在卷六十七杂曲歌辞《轻薄篇》里也有一些。

一、年少慕侠情结与建功立业时代理想

少年，是古代社会中最为活跃，富有理想壮志的年龄层次，唐代也不例外。在以文才武勇博得建功立业成就的年代，一方

① 少年，在古代是一个较为宽泛的概念，与今天的理解有别，大致相当于现今的青少年，及十余岁到二十出头的年纪，包括我们今天的所谓青年。参见王子今《说秦汉“少年”与“恶少年”》，《中国史研究》1991年第4期。而唐诗中的少年一般相当于二十岁上下的年纪，如邵谒《少年行》“丈夫十八九”，张祜《少年乐》“二十便封侯”等。

面读书不是每个少年愿意和能够做到的，另方面即使是读书仕子也难免被满社会的尚武风气所激发，所以很少、也很难在流露和抒发功业追求时，将豪侠气概排除在外。

初盛唐的诗歌总体上就洋溢着强烈的尚武气息，这气息与少年豪侠之气汇注在一起。唐代诗人所倾心赞美的，常是胆魄过人、武艺超群的人物，他们驰骋于猎场、疆场之上，出没于朋友与仇敌之间，即使在日常生活中，也时不时地表露出来，如陈子昂《出塞》："忽闻天上将，关塞重横行。始返楼兰国，还向朔方城。黄金装战马，白羽集神兵。星月开天阵，山川列地营。晚风吹画角，春色耀飞旌。宁知班定远，独是一书生。"王昌龄《杂兴》："握中钢匕首，粉剉楚山铁。义士频报仇，杀人不曾缺。"李白《白马篇》也有"酒后竞风采，三杯弄宝刀。杀人如剪草，剧孟同遨游"，等等。这些曾被先秦时代法家韩非指斥为"以武犯禁"的侠少，乃因具备了建功立勋的不凡身手，卓异胆识而成为诗人们的偶像，心仪神往。

又如卢照邻《结客少年场行》，几乎描写了一位游侠少年先是活跃在街市上，凭着身手非凡斗鸡走马，与侠客们广泛较往，而后遇到将军平敌御边、奋勇参战的全过程，叙述连贯而感情充溢：

长安重游侠，洛阳富才雄。玉剑浮云骑，金鞍明月弓。斗鸡过渭北，走马向关东。孙宾遥见待，郭解暗相通。不受千金爵，谁论万里功。将军下天上，虏骑入云中。烽火夜似月，兵气晓成虹。横行徇知己，负羽远从戎。龙旌昏朔雾，鸟阵卷胡风。追奔瀚海咽，战罢阴山空。归来谢天子，何如马上翁。

有时，为了少年强调武勇，甚至还得说一些使气弄豪的过头话，如岑参《送李副使赴碛西官军》咏："功名只向马上取，真是英雄一丈夫。"好像闭门读书，皓首穷经，舞文弄墨，在这个时代颇不合时宜。平日在市井上横行无忌，一朝在疆场上方能马到成功，诗人们的立意就是往往把这平时风貌与征场上的壮烈联系起来。"游侠儿"，因而也无疑是盛唐边塞诗中最活跃的角色。

如果我们将这类人物意象与汉魏以来同类题材的作品比较，的确，唐诗更多胜利的愉悦而较少悲凉的况味，富有成功的信念而罕有忧生忧时之嗟，表现出包举古人、傲视前贤的磅礴气势。例如崔颢《古游侠呈军中诸将》这样咏叹：

少年负胆气，好勇复知机。仗剑出门去，孤城逢合围。杀人辽水上，走马渔阳归。错落金锁甲，蒙茸貂鼠衣。还家行且猎，弓矢速如飞。地迥鹰犬疾，草深狐兔肥。腰间悬两绶，转眄生光辉。顾谓今日战，何如随建威？

本来是一场杀破重围的恶战，在诗人笔下，竟如同一次寻常的会猎般轻松愉快；荣耀的功名勋爵，在少年的弓矢下仿佛探囊取物。严酷的战争以轻松快活的口气说出，烘托出信心和自豪。由于这种富于展望的人生态度，唐代诗人更多地把鲁仲连、侯赢、朱亥等古代成功的侠士奉为榜样，而对前人看得很英武的荆轲，却持有保留态度。如李白《留别于十一兄逖裴十三游塞垣》诗较早开此思路："耻作易水别，临歧泪滂沱。"而《结客少年场行》的"羞道易水寒，徒令日贯虹。燕丹事不立，虚没秦帝宫。武阳死灰人，安可与成功"依然。王昌龄《杂兴》诗亦云："可悲燕丹事，终被虎狼灭。一举无两全，荆轲遂为血。诚知匹夫勇，何取万人杰!"这是惜憾之中坦率地责备。

又李远《读田光传》则淳朴率直地从对不起侠友的角度痛加谴责："秦灭燕丹怨正深，古来豪客尽沾襟。荆轲不了真闲事，辜负田光一片心。"似乎在一种追忆中，唐人更加注重豪侠个体建功立业的切实成就和效果，而不是那种虚名，而这个时代就是呼唤真正的、名实相符的豪侠英雄。于是，在唐人当然主要是盛唐人眼中，荆轲虽名气很大，毕竟"可惜剑术疏，奇功遂不成"，就是匹夫之勇也没有用到好处。而既然最终功业不成，那么又何以易水之别时那么悲戚感伤，未免名大于实，为功业成效之心很盛的唐代少年所不取。可见，在唐代诗人接受选择中，表现了时代特有的自信和乐观豪迈精神。又如虞羽客《结客少年场行》：

> 幽并侠少年，金络控连钱。窃符方救魏，击筑正怜燕。轻生辞凤阙，挥袂上祁连。陆离横宝剑，出没惊徂旃。蒙轮恒顾敌，超乘忽争先。摧枯逾百战，拓地远三千。骨都魂已散，楼兰首复传。龙城含晓雾，瀚海隔遥天。歌吹金微返，振旅玉门旋。烽火今已息，非复照甘泉。

咏叹侠少年的建功边塞，何以还要提起信陵君虎符救赵、高渐离筑中藏铅行刺秦始皇那些老故事？这无非是要突出幽并侠少年那股饱浸“侠义”的豪气！热血少年不是单单为自己实现理想，去边塞作秀、风光一下子，而是有着实现更高伦理关怀的实际目标。

歌咏游侠少年驰骋边塞、赴难建功无疑当是唐人咏侠诗的主流，它体现着轰轰烈烈的英雄壮举和爱国精神，诗中行侠与赴国难、报国恩，侠客与文人紧密结合，展现着极具时代特色的内容。唐人建功立业、荣名不朽的人生理想，使诗人直承魏晋六朝咏侠诗的传统，再造了边塞游侠儿报国立功扬名的楷模。

一般认为，征募游侠恶少从军边塞，汉代已有先例。唐人《历代兵制记》卷六载：“天宝以后，（府兵）稍复变废，应募者皆市井无赖。”这些市井无赖，其实就是“荡子从军事征战”的一些游侠少年。陆龟蒙《杂讽九首》之二咏：“岂无恶少年，纵酒游侠窟。募为敢死军，去以枭叛卒。”而诸如高适《送浑将军出塞》的“塞下应多侠少年”，亦见此类现象确实不少。戎昱《充军》也有“中军一队三千骑，尽是并州游侠儿”等诗句，并不仅仅是诗人的肆意夸张，其的确也是唐代边塞时事的一个真实写照。

而游侠和从军相结合，在当时也确是一条追求功业的出路。首先，是那些原居边地的少年游侠，其中多为“胡儿”。如高适《营州歌》、李白《行行且游猎篇》等，又如李益《城傍少年》所描绘的：“生长边城傍，出身事弓马。少年有胆气，独猎阴山下。偶与匈奴逢，曾擒射雕者。名悬壮士籍，请君少相假。”这诗歌意境中的乐观情绪，事实上已经把许多衣食之谋的复杂情形简单化、侠情化和诗意化了。诗中所描写的游侠少年，未必都真的有军籍，但仍不妨碍他们抒发“猛气英风振沙碛”之类的豪气。像崔颢《游侠篇》中那位边塞少年，手持利剑出门，不想遇到敌人的军队包围了唐军，他奋勇解危救难，而后还忘不了行猎归家，轻松自如中透露出边地游侠儿本身的武毅和豪迈。诗篇把行猎的轻松潇洒描写，作为主要篇幅，似乎他履危冒险代人解围，只是游侠愉快生活阅历之中的一个副业、一个点缀，他这样做，也未必就是真的发自由衷：“顾谓今日战，何如随建威？”他其实更希望参加的不是这样被动的战役，而是主动的、能够为国建立更大功勋的辉煌一战。

出入塞幕的文人士子和一些禁军侠少，也是唐代边塞游侠儿的核心构成与唐诗侠咏的主要审美景观。唐代文人多侠气或任侠者，其功业意识在边塞游侠少年的英雄形象和生命情调中激起强烈反响，张籍《少年行》真切地表达了这类情形：“少年从猎出长杨，禁中新拜羽林郎。独到辇前射双虎，君王手赐黄金珰。日日斗鸡都市里，赢得宝刀重刻字。百里报仇夜出城，平明还在倡楼醉。遥闻虏到平陵下，不待诏书行上马。斩得名王献桂宫，封侯起第一日中。不为六郡良家子，百战始取边城功。”杜甫《后出塞五首》，则将侠少年一种建功立业的成就动机特加突出：

男儿生世间，及壮当封侯。战伐有功业，焉能守旧丘。召募赴蓟门，军动不可留。千金买马鞭，百金装刀头。闾里送我行，亲戚拥道周。班白居上列，酒酣进庶羞。少年别有赠，含笑看吴钩。（其一）

朝进东门营，暮上河阳桥。落日照大旗，马鸣风萧萧。

平沙列万幕，部伍各见招。中天悬明月，令严夜寂寥。悲笳数声动，壮士惨不骄。借问大将谁，恐是霍骠姚。（其二）

为了建功边塞求取功名。这也使侠少年们易于看重朝廷的种种恩惠，而放弃在家乡市井那些看似欢乐实则无聊的浅薄之行，甘愿效命于报国大业，刘希夷《从军行》有此咏叹："平生怀伏剑，慷慨既投笔。"就连笔墨之类的高雅之事，在慷慨从军这一新的远大目标辉映下，也显得暗淡无光了。是的，从军边塞，要经得起风霜饥渴之苦，也是时刻有着生命危险的，然而就如同李益《从军有苦乐行》所咏："讵驰游侠窟，非结少年场。一旦承嘉惠，轻命重恩光。"内心的成就动机把那种种可能遇到的苦难，都视同无物，总是觉得比做一个等闲之辈困守田园要好得多，因此还可以看出，若是将侠义精神结合到爱国情怀中，其英雄主义精神该会怎样地被发扬光大。否则就如同顾况《从军行》所咏："少年胆气粗，好勇万人敌。仗剑出门去，三边正艰危。……不有封侯相，徒负幽并客。"

另外，禁军侠少也有一些自愿远赴边关的，就像后世文学与现实中，那些后方将士也争着抢着要上前线一样。据《通鉴》记载，开元二十八年（740）"吐善宏安戍城及维州时，朝廷发关中弘骑前往救之。"《新唐书·兵志》也说："德宗即位，……神策兵虽处内，而多以稗将将兵征伐，往往有功。"唐人咏侠诗中，还就是有一些诗人热情地讴歌了禁军侠少在边塞的英雄壮举。如王维《少年行》：

出身任汉羽林郎，初随骠骑战渔阳。孰知不向边庭苦，纵死犹闻侠骨香。（三）

一身能擘两雕弧，虏骑千重只似无。偏坐金鞍调白羽，纷纷射杀五单于。（四）

诗人把那些本来在后方闲极无聊的军人，放在了辽阔边地和外敌在前的背景之中，突出了这位禁军侠少的英勇豪迈和豪侠气概。“纵死犹闻侠骨香”的壮语，不少论者都认为，足以代表唐代咏侠诗悲壮豪迈的时代强音。

二、市井游侠风习讴歌与少年年龄特点

既然市井少年是唐代豪侠的主要组成成分，这一年龄段的人最大特点之一，是较为缺少约束力的，较能显现少年特点的纵放不拘玩乐习气。这些不免在诗中时时表露出来。唐人咏侠诗，其实不少就是咏日常放浪少年的快活生活，具体说有很多是展现这些游侠少年如何射猎游冶、斗鸡走马、任酒使气、赌博宿娼甚至杀人越货的轻薄侠行，以及这些活动如何带给他们个人以良好、快活的感觉，而他们就在这些生活中宣泄、激荡豪侠之气的。有论者认为，表现在唐人身上世俗享乐的生活色彩和自由浪漫的时代精神，可看到一种通脱跳跃的生命存在，不受礼法束缚和伦理规范的风流潇洒的生活方式①。这其中，除了较多地表现出了其承继六朝侠风的一面，也应该注意到人

① 参见钟元凯《唐诗的任侠精神》，《北京大学学报》1984 年第 4 期。

性固有因素所受时代激发的更加复杂的情形，如《乐府诗集》卷六十六《杂曲歌辞六》解题云：

> 《后汉书》曰："祭遵尝为部吏所侵，结客杀人。"曹植《结客篇》曰："结客少年场，报怨洛北邙。"《乐府解题》曰："《结客少年场行》，言轻生重义，慷慨以立功名也。"《题》曰："汉长安少年杀吏，受财报仇，相与探丸为弹，探得赤丸斫武吏，探得黑丸杀文吏。尹赏为长安令，尽捕之。长安中为之歌曰：'何处求子死，桓东少年场。生时谅不谨，枯骨复何葬。'按，结客少年场，言少年时结任侠之客，为游乐之场，终而无成，故作此曲也。"

然而唐代诗人的抒发少年意气，事实上也不免带有更多的现实实用性，甚至无奈。唐代是府兵制，往往通过募兵招来戍边的市井游侠，用现在话说就是一些社会闲杂人员。如前引陆龟蒙《杂讽九首》之二咏叹的"岂无恶少年，纵酒游侠窟。募为敢死军，去以枭叛卒"。市井"恶少年"中的"恶"，在这里似并非贬意，正说明他们是不拘礼教，敢打敢杀而不少还确实有着好身手，在长期游乐生活中积累的精力过剩，就想着在边塞沙场上露一手，可这未必如愿也未必不付出代价。

高适在北游燕赵期间有此歌吟："邯郸城南游侠子，自矜生长邯郸里。千场纵搏家仍富，几处报仇身不死。宅中歌笑日纷纷，门外车马如云屯。未知肝胆向谁是，令人却忆平原君。君不见今人交态薄，黄金用尽还疏索。以兹感叹辞旧游，更于时事无所求。且与少年饮美酒，往来射猎西山头。”① 这是饱含充沛过剩的精力斗志，也属经常而适当地挥洒，而毕竟未遇到更大的机缘的情形。雍陶《送客》二首之一也咏：“与君同在少年场，知己萧条壮士伤。可惜报恩无处所，却提孤剑过咸阳。”这该是一种多么孤寂的境地！而另外一些情形就较此更加幸运一些。《乐府诗集》卷九十收录了王维《燕支行》，将这些游侠少年英雄的形象描摹如画：

> 汉家天将才且雄，来时谒帝明光宫。万乘亲推双阙下，千官出饯五陵东。誓辞甲第金门里，身作长城玉塞中。卫霍才堪一骑将，朝廷莫数贰师功。赵、魏、燕、韩多劲卒，关西侠少何咆勃。报雠只是闻尝胆，饮酒不曾妨刮骨。画戟雕戈白日寒，连旗大旆黄尘没。叠鼓遥翻瀚海波，鸣笳乱动关山月。麒麟锦带佩吴钩，飒沓青骊跃紫骝。拔剑已断天骄臂，归鞍共饮月支头。汉军大呼一当百，虏骑相看哭且愁。教战虽令赴汤火，终知上将伐谋猷。

此诗集中描写的边塞游侠儿的凌云胆气和侠者风采。诗人将游侠酬主的临危授命传统与眼前酬君报国的壮烈憧憬高度结合，而且在建功立业的理想中洋溢着乐观与豪迈。

显然，豪侠歌咏里每每跃动着少年一种个体豪情和“能量迁移”线索。似乎，早年率尔不拘的那些行为，真的锤炼了侠少年的身手和气质，于是戎马生活中用得上了，就像《乐府诗

① 高适：《邯郸少年行》，《高适集校注》，上海古籍出版社 1984 年版，第 38 页。

集》卷六十三所收李白《白马篇》，展示了市井侠少转化到立功边塞，而后功成身退的全过程：

> 龙马花雪毛，金鞍五陵豪。秋霜切玉剑，落日明珠袍。斗鸡事万乘，轩盖一何高。弓摧宜山虎，手接太山猱。酒后竞风采，三杯弄宝刀。杀人如剪草，剧孟同游遨。发愤去函谷，从军向临洮。叱咤万战场，匈奴尽波涛。归来使酒气，未肯拜萧曹。羞入原宪室，荒径隐蓬蒿。

这“隐蓬蒿”是情愿的么？在此，诗人试图表现侠少年的作为完全是一种豪侠主体精神的外射，不为功名利禄，似乎，他们到边塞博取荣誉不是功利性的，而出自于“发愤”，是外敌入侵的“挑战”激发他们不得不将身手武艺和豪侠风采施展到边陲，一旦退敌，他们又出于自尊回到民间。显然，这就是唐人笔下豪侠所保留的先秦游侠的遗风，亦即王昌龄《少年行》一诗所谓：“西陵侠少年，送客短长亭。青槐夹两路。白马如流星。闻道羽书急，单于寇井陉，气高轻赴难，谁顾燕山铭。”

人类学家曾强调“生命关口”理论，这一理论关注少年到成年这一人生阶段特点及其重要性：“人从出生到死亡要经过许多人生的必经阶段，这些阶段文化学上称之为‘生命关口’(life crisis)。每一阶段经常有困难与危机必须跨越，如果过渡得不好，就会产生不良后果，尤其由少年进入成年的阶段更是如此，这也就是少年犯罪特别严重的原因之一。在人生各种不同的阶段中，最重要的阶段是从无社会责任变成有社会责任。

从一个依赖的、没有建树的人变成一个能独立而有建树的人，这是不太容易的，因此进入此阶段的初期，往往要费很大的劲才能达成心理适应。"① 唐诗中每多并不讳言侠少年的纵浪不检，甚至津津乐道，除了部分地写实，又何为如此？这必然有着某种人类学理论所能讲通的共性普遍原由。

以其具有共同的年龄特征带来的群体心理特点，诗人们对此加以细致地体察把握，同时也不排除诗人在侠情豪气吸纳召唤下的一再重温，如王建《羽林行》：

> 长安恶少出名字，楼下劫商楼上醉。天明下直明光宫，散入五陵松柏中。百回杀人身合死，赦书尚有收城功。九衢一日消息定，乡吏籍中重改姓。出来依旧属羽林，立在殿前射飞禽。

一派精力旺盛、满不在乎的少年年龄特点展现。又如常建《张公子行》："日出乘钓舟，袅袅持钓竿。涉淇傍荷花，骢马闲金鞍。侠客白云中，腰间悬辘轳。出门事嫖姚，为君西击胡。胡兵汉骑相驰逐，转战孤军西海北。百尺旌竿沉黑云，边笳落日不堪闻。" 也是玩心很盛，毫不在意鞍马劳顿，玩乐与出征似乎反正都一样，那种畅快当下而毫不在意的神情，跃然纸上。

如果我们跳出当下课题不限于唐代和唐诗，可能会看得更清楚些。

中国古代尤其是先唐史书，往往把豪侠人物年少时的特长，

① 李亦园：《人类的视野》，上海文艺出版社1996年版，第99页。

与其日后建功立业的能力和效果联系起来，这就是魏晋六朝有名的“年少慕侠”与侠义建功母题①。而在唐代，对于此种亚文化伦理也合理合情地承继之，不乏类似例证，说明这一认识历史人物的思路，不仅还在沿续，而且同新时代的豪侠精神有机结合起来。像刘餗《隋唐嘉话》卷上记载唐代开国元勋李世勣事：

> 英公尝言：“我年十二三，为无赖贼，逢人则杀。十四五为难当贼，有所不快者，无不杀之。十七八为好贼，上阵乃杀人。年二十为天下大将，用兵以救人死。”

似乎如果没有年少之时那非正当的才干显露，就没有后来的功业获得，早年的纵放不拘经历，对于后来人生发展起到了良性激励作用。

稍后的史实和史书叙述关注的倾向，也佐证了上述看法，例如：“杨行密，庐州人。少孤贫，有膂力，日行三百里。唐中和之乱，天子幸蜀，郡将遣行密徒步奏事，如期而复。光启初，秦宗权扰淮右，频寇庐、寿。郡将募能致战擒贼者，计级赏之，行密以胆力应募，往必有获，得补为队长。行密乃自募百余人，皆虓勇无行者，杀都将，自权州兵，郡将即以符印付之而去，朝廷因正授行密庐州刺史。”② 作为正史关于该传主传

① 参见王立《复仇之心与功业之念——魏晋六朝“年少慕侠”心态略探》，《西南师范大学学报》1997 年第 4 期。

② 薛居正等：《旧五代史》卷一百三十四《僭伪列传》，中华书局 1976 年版，第 1779 页。

记的首段，这里叙述他发迹起家的过程。他因为有行步如飞的特长，年轻时为人“徒步奏事”总能按期完成，为此也见多识广，锻炼了才干。后来他先是被人家招募，凭着“致战擒贼”屡建功勋，升任队长。有了一定基础就看准时机自己召募了百余人，按照史书作者解释，招募标准是“重才不重德”，只是看个人勇武，大概也包括身手和机警。于是他乘着乱世“天高皇帝远”，乘机以武力擅自夺取了地方政权。朝廷一时顾不过来，顺水推舟地就正式任命他当了庐州刺史。这类成功经历作为少年进入成年的楷模，在当时该是引人钦羡、美名远播的。

三、功业豪气抒发的参照及民间侠少传闻

对于人生不同阶段特征，及其不同阶段之间转换问题的研究，台湾人类学家有着精当的表述：

> 生命礼仪协助人顺利通过人生的不同阶段关口，给予人准备、缓冲的机会，也教导进入阶段应有的角色扮演，以及如何与他人相处，这是很有意义的设计，但仪式本身，无论如何是一种象征的手法，而象征的手法要适时适地，……①

侠义犯禁行为及其描述，就如同少年的生命礼仪，其在礼教大背景下，完成了一种社会期许的伦理使命，使得少年有一种成就感。而这种成就感，在初盛唐这样一个意气风发的时代

---

① 李亦园：《人类的视野》，上海文艺出版社1996年版，第312页。

尤其容易勃发和唤起人重温，且往往在中晚唐诗人那里绵延持续。具体说，诗中还每多可找到有不同的艺术表现。

首先，是对于传统皓首穷经儒生的贬低，表现力图延长“少年”游乐不拘的人生阶段。侠少年们纵放不拘，往往带有一种及时享乐的畅快，在他们的这种价值观看来，孜孜苦学并不足取，如王贞白《少年行》所咏：“游宴不知厌，杜陵狂少年。花时轻暖酒，春服薄装绵。戏马上林苑，斗鸡寒食天。鲁儒甘被笑，对策鬓皤然。”李百药《少年行》：“少年不欢乐，何以尽芳期?”似乎儒生皓首穷经的追求是毫无意义的，而快活眼前才算得上年少生活的真谛。又李白《少年子》，把先前人们所推重的不食周粟而死的隐士，看得一钱不值：“青云少年子，扶弹章台左。鞍马四边开，突如流星过。金丸落飞鸟，夜入琼楼卧。夷、齐是何人，独守西山饿。”

坚持社会既定人生价值的信念，在此被看成是过于僵化自苦，未必就那么神圣。这种怀疑某些固有信念的态度，与少年豪侠的以自我为中心的价值观和豪放精神，也是合拍的。所以高适《行路难》二首也咏：“东邻少年安所如，席门出巷出无车。有才不肯学干谒，何用年年空读书!”到了中唐后这类“纵放享受型”少年的形象在诗中渐渐增多，如陆龟蒙《杂讽》之八的“岂无恶少年，纵酒游侠窟”。

其次，是迫切需要走出“少年”，进入成年的角色扮演，于是对自己目前不得建功立业时机深感苦闷。李白《赠新平少年》就曾以古作比，把韩信微时所得扶助之恩和忍耐屈辱的可贵，加以充分的阐扬：“韩信在淮阴，少年相欺凌。屈体若无骨，壮心有所凭。一遭龙颜君，啸咤从此兴。千金答漂母，万古共嗟称。而我竟胡为，寒苦坐相仍。长风入短袂，两手如怀冰。故友不相惜，新交宁见矜。摧残槛中虎，羁绁鞲上鹰。何时腾风云，拍击中所能。”在后世有的时代里，侠士是孤独清高的，但唐代的少年豪侠却较多表现出热望着与人交往，他们不愿意像笼中的猛禽猛兽，而憧憬着时时展露他们的才能，完成社会使命。

如果说，唐人咏侠诗中对贵游侠少的歌咏表现着诗人追求自由的精神和对世俗礼法的叛逆，那么，在对边塞游侠儿的歌咏中就无不激荡着“功名只向马上取”的时代精神和强烈的功业意识，表现着自己有救世之才、济世之用的抱负和不甘寂寞、渴求行动、走出书斋的热望，形成了唐人咏侠诗一个较为完整的价值观念体系。当然，也不乏借侠的歌吟来像上面那样“豪气一洗儒生酸”，剔除曾经寒窗下苦读的某些自卑感。

因此，豪侠少年也就很希望有人慧眼卓识，且能够及时地赏识他们，从而与他们彼此之间建立起一种亲密无间的“恩遇”关系。高适《别韦参军》：“二十解书剑，西游长安城。举头望君门，曲指取公卿……”《蓟门五首》其四：“幽州多骑射，结发重横行。一朝事将军，出入有声名。”孟郊《游侠行》也咏：“壮士性刚决，火中见石裂。杀人不回头，轻生如暂别。岂知眼有泪，肯向头上发。平生无恩酬，剑闲一百月。”本来，壮士具有敢死轻生的刚烈，但却无人肯给予他们施展的机缘，所以他们本人就像那宝剑一样，闲置在那里，让人深感苦闷无聊和愤懑。

其三，就是努力进行一种自我设计的“象征仪式”，力求适时适地在现实中寻求侠气投射的对象或替代物，从而使得豪杰之气时时得以纾解。如虞世南《结客少年场行》："韩魏多奇节，倜傥遗声利。共矜然诺心，各负纵横意。结交一言重，相期千里至。绿沉明月弦，金络浮云辔。吹箫入吴市，击筑游燕肆。寻源博望侯，结客远相求。少年怀一顾，长驱背陇头。焰焰戈霜动，耿耿剑虹浮。天山冬夏雪，交河南北流。雪起龙沙暗，水落雁门秋。轻生徇知己，非是为身谋。"这种种侠行咏叹，事实上都是不同程度地在"过屠门而大嚼"，壮志既然在现实之中难于尽情施展，豪侠之气不免寄托在对于"他者"的歌吟中，而这类"他者"——少年侠士形象，往往就恰恰正是诗人自我的写照。若在平素，也有的更为具体地强调是在"时刻准备着"，像郑锡《邯郸少年行》所咏："霞鞍金口骝，豹袖紫貂裘。家住丛台下，门前漳水流。唤人呈楚舞，借客试吴钩。见说秦兵至，甘心赴国仇。"

当然，以其侠少年的精力过剩，扶困济危的热情自可随时喷发，路见不平之事，不免为之技痒，很自然地做出代人伸张正义的侠义举动。孟郊《游侠行》称："壮士性刚决，火中见石裂。"贾岛《剑客》谓："今日把示君，谁为不平事！"刘叉《偶书》有"野夫怒见不平事，磨损胸中万古刀"。

柳宗元叙事长诗《韦道安》亦然。二十岁，在古人眼里还刚成年，道安已独立行走江湖了。他遇到一个卸任刺史遭劫，二女被抢走，道安闻说即追踪前去，射死盗魁，让余盗自缚，取回被劫少女和财物。受害者要以女相赠，道安坚拒①。他行侠仗义动机出于"利他"，这很符合少年意气。而童区寄才十

① 柳宗元：《韦道安》、《童区寄传》，《柳河东集》卷四十三，卷十七，上海人民出版社1974年版，第719页，第307－308页。

一岁，也能屡次智胜盗贼[1]，得到时人的嘉许和传扬。这类讴歌和载录，正说明诗人关注和兴趣所在，其实也正是抒发作者自身的少年情结。可以说，此类载录，与基于少年情结的唐人，其心目中对于提前担当本应成年、壮年才能够完成的社会使命的理想期待，也是大有关系的。

如上所见，我们也不能排除，少年情结在唐诗中表现得往往也并非那么纯净，如前揭王建《羽林行》中描绘的恶少形象，一副放荡不羁又满不在乎的样子；王仁裕《开元天宝遗事》也称："长安富家子刘逸、李闲、卫旷，家世巨富，而好接待四方之士，疏财重义，有难必救，真慷慨之士，人皆归仰焉。每至暑伏中，各于林亭内植画柱，以锦绣结为凉棚，设坐具，召长安名妓间坐，递相延请，为避暑之会。时人无不爱羡也。"

而如同《唐才子传》所载，韦应物天宝中以"三卫郎"身份侍奉玄宗，他对自己当禁军时为非作歹的游侠生活，坦诚地描写道："少事武皇帝，无赖恃恩私。身作里中横，家藏亡命儿。朝持樗蒲局，暮窃东邻姬。司隶不敢捕，立在白玉原。骊山风雪夜，十杨羽猎时。一字都不识，饮酒肆玩痴。"[2] 这岂不简直就是一个金庸笔下的韦小宝形象？

对此，海外学者注意到的接受者心理对侠客为韦小宝这样"小孩子形象"的宽容问题，很值得参考：

---

① 柳宗元：《韦道安》、《童区寄传》，《柳河东集》卷四十三，卷十七，上海人民出版社 1974 年版，第 719 页，第 307－308 页。

② 傅璇琮：《唐才子传校笺》卷四，中华书局 1989 年版，第 166－167 页。

> 这样一个人物，相当难处理，更不用说讨好读者了。金庸也想绝了：韦小宝始终以小孩子的身份出现。书结束时他三妻四妾，但读者已习惯了他的口吻和荒谬怪诞的行径，始终都把他做小孩子看。成人对小孩不近人情的地方，每多容忍。韦小宝就沾了这些光。他不能在《鹿鼎记》长大。长大了的话只能以歹角或丑角面世。
>
> ……韦小宝以半流氓的德性完成所有大英雄大豪杰无法竟功的“事业”，这是金庸对“邪不胜正”提出一个相当犬儒的看法。康熙和他如果不使“邪”，哪能除得掉鳌拜?①

的确，我们仔细阅读唐诗也颇有同感，唐诗中的这些很放纵自己的、主体意识强烈而情绪亢奋的侠少年形象，也正是多呈现出如顽皮的孩童情状。他们不仅堪称五代到宋元明清那些孩子气十足的侠形象的先导，也是金庸笔下韦小宝形象的老祖宗。而宽容体谅那些如同我们自己身边淘气孩子般不安分的侠少年，或曰侠气成为相当一批淘气少年的习性和内在精神的外在表现，其也就成了传统慕侠心理及其表现中不可分割的有机组成部分。

罗素曾经批评过这样一种史学观，即认为个人是无关紧要的，那些被认为是英雄的人物只不过是一些社会势力的体现，他们的工作如果不由他们来完成，就会由另外的什么人来完成。

---

① 刘绍铭：《金庸小说与侨教》，刘绍铭、陈永明编：《武侠小说论卷》，香港明河社出版有限公司 1998 年版，第 461－462 页。

他指出正确的认识应该是："英雄的一生是为英雄的抱负所激发的，而那些认为没有什么重要事情可做的年轻人就肯定不会去做任何重要的事情。"[①] 的确，倘若没有少年壮怀激烈，日后就很难成长为对于国家民众功勋卓著的英雄，而唐诗中这种昂扬向上的少年激情，通过精美的诗歌流传后世，激荡了不同时代无数青年的热情和壮志理想，是激励人健康向上的宝贵精神财富，对于华夏之邦的代代成才青年，有着不可低估的教谕和催奋作用。

对照一下海峡对岸的相关研究，可知本章所论非独得之秘："游侠诗记叙大部分集中于二十岁左右的少年郎，诸如……不胜枚举，可见游侠诗不仅反映出唐代游侠的生活形态，也提供后人了解唐代少年的途径之一。再者，由于游侠诗以二十岁左右的少年为主角，青少年的张狂气焰，暴劣情绪，甚至是轻浮的态度都成为游侠性格的特征……至于如'侠骨'、'任侠'、'侠烈'等语汇，则是加强了侠者坚毅的性格，制造出慷慨悲凉的视觉效果，而此，正是游侠诗异于其他类型诗歌的特点之一。"[②] 在论述年龄与性格之于唐代游侠诗关系，仅仅这些是不够的，而"慷慨悲凉"较之于魏晋六朝则弱化了吧。

---

① ［英］伯特兰·罗素：《历史作为一种艺术》，张文杰等编译：《现代西方历史哲学译文集》，上海译文出版社1984年版，第142页。

② 林香伶：《以诗为剑——唐代游侠诗歌研究》，台北文津出版社1999年版，第241页。

第四章　豪气服他族母题与唐代文化精神

唐代，作为一个民族融合的开放时代，也是中外多民族之间交流活跃的时代，而唐人的豪侠精神，也有不少就是通过中外交流活动具体表现的。可以说，就在不少相关的对外交往事象中，唐人充分地展示了民族的自信、乐观豪迈气概，从而显得与唐代的强大国力和勇侠豪迈精神相符。

当然，所谓“夷”“狄”之类的话语，不仅在唐代，也是中国古代对于华夏周边民族的带有歧视性的称呼，今天讲究民族不论大小，一律平等，古人的“华夷之辨”、“华胜于夷”观念不是我们今天所能同意的。但是，为了尊重历史事实，这里姑且借用之。

一、唐人让他族折服的种种方法

唐人在充满自信心的时代精神支配下，其折服他族的方式及其描绘夸饰，是多种多样的。

在以冷兵器作战的时代，首先，比起今天来说，超人的体力和武艺都更加令人钦佩和折服，其实这两者，往往是结合在一起，互不可分，集中到同一书写对象上的。因此，在唐代这样豪气满社会的时代，有关以武艺折服他族的传闻，也每多与某一名将的人格魅力联系在一起，它简直就是名将崇拜的一个不可分隔的组成部分。那么，唐人是如何渲染某人武艺精妙过人，折服他族的呢？据唐人自己讲述的唐初故事：

> 唐太宗征辽东，驻跸于阵。薛仁贵著白衣，握戟櫜鞬，张弓大呼，所向披靡。太宗曰："朕不喜得辽东，喜得卿也。"后率兵击突厥于云州。突厥先问唐将为何，曰："薛仁贵也。"突厥曰："吾闻薛仁贵流配会州死矣，安得复生？"仁贵脱兜鍪见之，突厥相视失色，下马罗拜。稍遁去。①

故事戏剧性场面描绘显然是风趣幽默的，带有民族之间技艺比量和民族自尊自豪的性质。然而，对此也令人想起一些不愉快的事情。如《乐府诗集》卷八十六解释《薛将军歌》时称："《唐书》曰：'高宗时，薛仁贵领兵击九姓突厥于天山。时九姓有众十馀万，令骁健数十人逆来挑战。仁贵发三矢，射杀三人，其馀一时下马请降。仁贵恐为后患，并坑杀之。九姓自此衰弱，不复更为边患，于是军中歌之。'"这显然采取的是灭绝式残酷镇压手段，其实道义上也不足为取。因此"将军三箭定天山，战士长歌入汉关"与不可讳饰的武力征服有关。

---

① 李昉等编：《太平广记》卷一百九十一引《谭宾录》，中华书局1961年版，第1433页。有异文称到边外后："虏问：'唐大将为谁？'应之曰：'薛仁贵。'虏曰：'吾闻薛仁贵流象州死久矣，何以给我？'仁贵免胄示之面，虏相顾失色，下马列拜，稍稍引去。仁贵因奋击，大破之。"见《通鉴纪事本末》卷二十九，上海古籍出版社1994年版。

但是，某一武艺卓绝的将领，在冷兵器作战的时代，其文学叙述不免夸张，并委实要赢得远比今日更多的钦敬，倒是合情合理的。相传这样一个有趣的故事，也被置于盛唐之事：

> 天宝末，有骑将李钦瑶者，弓矢绝伦，以劳累官至郡守，兼御史大夫。至德中，隶临淮，与史思明相持于陕西。晨朝合战，临淮布阵徐进，去敌尚十许里，忽有一狐起于军前，踉跄而趋，若导引者。临淮不怿曰："越王轼怒蛙，盖激励官军士耳，狐乃持疑妖邪之物，岂有前阵哉！"即付钦瑶以三矢，令取狐焉。
>
> 钦瑶受命而驰，适有浅芜三二十亩，狐奔入其中，钦瑶逐之。欻有野雉惊起马足，径入云霄，钦瑶翻身仰射，一发而坠。然后鸣鞭逐狐，十步之内，拾矢又中。于是携二物以复命焉。举军欢呼，声振山谷。
>
> 时回鹘列骑置阵于北原，其首领仅一二百辈，弃军飞马而来，争捧钦瑶，似为神异。仍谓曰："尔非回鹘之甥？不然，何能弧矢之妙，乃得如此哉！"①

能在突如其来的情形下，连连发箭命中目标，真是令人叹服由衷。以至于那些回鹘骑兵都不觉得是在敌人面前，忘情而孩子般地"争捧钦瑶，似为神异"，好像今天歌迷们抢着让歌星签名、拍照一样。令人忍俊不禁的还有那猜测为"回鹘之甥"的询问，见出游牧民族对于自身骑射技艺优势的自信和重

---

① 李昉等编：《太平广记》卷二百二十七引《集异记》，中华书局1961年版，第1744页。

视，这也正是引起他们引为同类、由衷佩服的一个原因。

在提倡以军功封官荫子的唐代，大唐名将之个人魅力、勇武威名折服他族的故事，人们每每谈起。又据说：

(永泰元年) 十月二十四日，回纥逼泾阳，阵于郭西，使汉语者曰："城中谁将?"军吏对曰："郭令公也。"虏曰："郭令公亡矣，绐我也。"郭公闻之，独与家童五六人常服相诣。其子晞等扣马止之，公挞其手曰："去。"使人告虏，按辔就之。回纥熟视曰："是也!"下马皆拜。曰："始者不知令公尚在，今日降，可乎!"郭公入其众，取酒饮之。虏又请曰："恐不见信，愿击吐蕃以自效。"郭公从之。回纥击吐蕃，逐之，三十日，败蕃众于灵台，杀万人而去。①

名将威震边关，形成了如此人格魅力的历史化了的"刻板印象"，这一类传奇性的佳话，该何等地鼓动中原热血少年们的慷慨情怀!

因此，在李商隐《义山杂纂》所列举的时人认为"失本体"诸般行为现象，其中就赫然有"唱小诺、行步迟缓，失武官体"一项，反映了唐人对于"武将"角色所应有气质及行为方式的理解。

又据史书载裴旻的经历，他曾与外族军队有一场遭遇战："尝与幽州都督孙佺北伐，为奚所围，旻舞刀马上，矢四集，

---

① 司马光:《资治通鉴考异》卷十七引《邠志》。

皆迎刀而断，奚大惊引去。”[①] 奚，指的是北方游牧民族，具体说是在饶乐水（今西拉木伦河）流域的游牧民族，如杜甫《悲青坂》诗亦咏：“黄头奚儿日向西，数骑弯弓敢持突。”我们只知道唐诗和小说都曾书写裴旻的剑法出神入化[②]，殊不知刀法居然亦有如此造诣，其速度之快可断飞箭，不能不使得胡人惊叹退走。

其二，是运用某些法术，巧妙地折服他族。例如，对于某种尚未知晓的新奇法术，唐人不是孤陋寡闻地排拒，也不是盲目地接受信奉，而是表现出在外族人面前不肯示弱，又认真对待。时人似乎也意识到，这往往还涉及到有关“国格”的问题。据刘餗《隋唐嘉话》卷中载：“贞观中，西域献胡僧，咒术能死生人。太宗于飞骑中拣壮勇者试之，如言而死，如言而苏。帝以告太常卿傅奕，奕曰：‘此邪法也。臣闻邪不犯正，若使咒臣，必不得行。’帝召僧咒奕，奕对之，初无所觉。须臾，胡僧忽然自倒，若为所击者，便不复苏。”

其三，与此相关是对某种物品的识别鉴定，其与古人早已有之的博物观念联系起来，似乎谁对某些生僻的物品了解根底，

① 欧阳修、宋祁：《新唐书》卷二百二《李白传附张旭、裴旻传》，中华书局1975年版，第5764页。

② 李冗《独异志》卷中载：“吴道子善画神怪奇状，开元中，将军裴旻居母丧，诣道子，请于东都天宫寺图神鬼数壁，以资冥助。答曰：“废画已久，若将军有意，为吾缠结舞剑一曲，庶因猛励，获通幽冥。”旻于是脱去衰服，若常时妆饰，走马如飞，左旋右抽，掷剑入云，高数十丈，若电光下射，旻引手执鞘承之，剑透空而下。观者数千人，无不悚栗。道子于是援毫图壁，俄顷之际，魔魅化出，飒然风起，为天下之壮观。道子平生所画，得意无出于是。”

谁就因为有真正的发言权而自豪。刘餗《隋唐嘉话》卷中又称：

> 贞观中有婆罗僧，言得佛齿，所击前无坚物。于是士马奔凑，其处如市。时傅奕方卧病，闻之，谓其子曰："是非佛齿。吾闻金刚石至坚，物不能敌，唯羚羊角破之。汝可往试之焉。"胡僧缄滕甚严，固求良久，乃得见。出角扣之，应手而碎，观者乃止。今理珠玉者皆用云。

在求真求实一丝不苟的认真态度支配下，这位博物者抱病而起亲自指导，不仅让儿子在印度僧人面前胜得风光，也为儿子培养了自信心，国人也从此不再受蒙惑。

其四，是以某种竞赛或表演技艺的精巧，折服他族。封演《封氏闻见记》卷六载：

> 景云中，吐蕃遣使迎金城公主，中宗于梨园亭子赐观打毬（球）。吐蕃赞咄奏言："臣部曲有善毬者，请与汉敌。"上令仗内试之。决数都，吐蕃皆胜。时玄宗为临淄王，中宗又令与嗣虢王邕、驸马杨慎交、武秀等四人，敌吐蕃十人。玄宗东西趋突，风回电激，所向无前。吐蕃功不获施，其都满赞咄犹此仆射也。中宗甚悦，赐强明绢数百段，学士沈佺期、武平一等皆献诗。

马球，本起源于波斯，经土耳其斯坦和印度传进吐蕃，又在唐初时由吐蕃传到唐朝的，因此，唐人习之未久，吐蕃队一时间占了上风，居然几场都胜了。如此情形可以想象，场外观战的唐中宗李显非常着急，亲自出马命令李隆基率领几个能手下场，这才转败为胜。从后来中宗的重赏来看，这赛事的结果似乎很关涉朝廷的面子，唐人上上下下求胜争强的动机是相当强烈的。

如果对比太宗时，唐人还不大了解马球的情形看，可知唐人对于此项游艺活动掌握得很快："太宗常御安福门，谓侍臣曰：'闻西蕃人好为打毬，比亦令习，曾一度观之。昨升仙楼有群胡街里打毬，欲令朕见。此胡疑朕爱此，骋为之。以此思量，帝王举动，岂宜容易，朕已焚此毬以自诫。'"① 唐初，因为中原人还不习马球，太宗也曾感到新奇，很喜欢观看，但是他却极不愿意将这当时还是"西蕃人"擅长的禁脔，通过皇帝的喜好宣扬，以致使胡人赖以自夸，在华夏一再"骋为之"。唐太宗潜在的"自卑与超越"心理，在唐初只好以皇帝以身作则的自律——焚毬拒观来体现。而到了唐中宗，马球的竞技场上就已不再只是西蕃逞能纵豪的天下，而代之以中原人大显身手了，也许，这才是"中宗甚悦"的深层心理原因。

作为"铺张扬厉"的赋体文学，在唐代不算是最盛行的文体，还不能胜过唐诗的地位，但是，也许是豪情外溢，不写进辞赋就不足以抒情一样，在河东进士薛胜《拔河赋》里，还状写了宏大壮观的拔河场面，其中竟也离不开异国观赛者惊愧称服的幽默描写：

---

① 封演：《封氏闻见记》卷六。

> 天子启玉齿以璀璨，散金钱而莹煌。胜者皆曰：“予王之爪牙，承王之宠光。”将曰：“拔百城以贯勇，岂乃牵一队而为刚?”于是匈奴失箸，再拜称觞。曰：“君雄若此，臣国其亡。”

这段唐人自吹自擂的豪侠话语，今天读起来真是令人忍俊不禁，其实详细说来不过就是这样的一段“吹牛”的话：

皇帝开怀大笑，洁白的牙齿是那么光彩鲜明。他散发的大量金钱是多么明亮耀眼。荣获胜利的队员们都表示：“我们都是皇帝的手下，获胜是承蒙皇帝陛下给予的恩宠荣光。”将军们也谦逊地表示：“我们拔河就好比在征战中拔百城一样，是用来鼓足武勇的；怎么能牵过了一队人就自以为刚猛?”但是看台上的这些“匈奴”们观看到了这样勇武之士，却禁不住惊惧得失落了筷子，他只好再一次举杯向唐明皇致敬说：“贵国如此强盛，我们的国家真是若不归服就注定要灭亡了。”

匈奴，在这里是修辞上讲的“借代”手法，是以部分的借代全体，泛指当时唐帝国周边的“他族”，尤其是西北面的游牧民族，可见，这里华夏中心、对外扩张的意图很明显。值得注意的是，拔河比赛举行本身的动机，就是如赋中所说的：“皇帝大夸胡人以八方平泰，百戏繁会，令壮士千人，分为二队，名拔河于内，实耀武于外。”

二、国力显示和服他族过程中的诡计

不过，也许是国人的面子和好胜心的缘故，相关叙述还揭示出，有时在与他族番邦争竞时，唐人也要了一些不那么光明正大的诡计。所谓琵琶弹奏技艺折服番国的故事，即然。张鷟《朝野佥载》载："太宗时，西域进一胡，善弹琵琶，作一曲。琵琶弦拨倍粗。上每不欲番人胜中国，乃设酒高会，使罗黑黑隔帷听之，一遍而得。谓胡人曰：'吾宫人能之。'取大琵琶，遂于帷下令黑黑弹之，不遗一字。胡人谓是宫女也，惊叹辞去。西国闻之，降者数十国。"罗黑黑是唐代的琵琶名手，乃是男性，请他专程前来偷听，并且让罗黑黑模仿听到的旋律，男扮女装当场演奏，而后再假意称本国已早有此曲，应当说，这实际上是一场违反"游戏规则"的不公平竞争。然而有时，也真的难于苛求唐人何以如此造假，不那么遵守公平原则，也许，在当时这就是被当成是一种智慧体现，因为胜利的结局往往太令人开心了。"西国闻之，降者数十国"，当然是夸张，可这异常的兴奋，也折射出唐人对此区区琵琶弹技的看重，事实上，不是停留在具体个别的事件上，而已超出了其事件本身，牵涉到了国家尊严、国体存在的大问题。

又陶本《说郛》引《景龙文馆记》称：

> 中宗时，殿中奏蹀马之戏，宛转中律。遇作饮酒乐者，以口衔杯，卧而复起，吐蕃大惊。

这里的"大惊"似乎也没有看轻，而这一叙述，说明唐人对于此事是何等关注和重视，显然是故意让吐蕃使者观看，又看其应有的反应的。在外族人面前，表演这类本是西域民族称擅的杂技，不仅没有让外人小瞧，还使得人家"大惊"，又怎不令唐人大为惬意？可以想见这幕后长期艰苦的排练，公开演出的精心安排，自然是少不了的。

有趣的是，当时，还发生了一位高丽国的来华“侨民”，以竞赛慑服回纥酋长的事情：

> 李正己，高丽人。为营州副将，从侯希逸入青州，希逸母即其姑，故荐为折冲都尉。宝应中，以军候从讨史朝义。时回纥恃功横，诸军莫敢抗。正己欲以气折之，与大酋角逐，众士皆墙立观，约曰：“后者批之。”既逐而先，正己批其颊，回纥矢液流离，众军哄然笑。酋大惭，自是沮惮不敢暴。希逸以为兵马使，沈毅得众心，然阴忌之，因事解其职。军中皆言不当废，寻逐希逸出之，有诏代为节度使。本名怀玉，至是赐今名，遂有淄、青、齐、海、登、莱、沂、密、德、棣十州，与田承嗣、薛嵩、李宝臣、梁崇义辅牙相倚。①

故事说的是宝应（762—763）年间，一位高丽将领李正己，他与一个相当骄横的回纥首领进行 场短跑比赛，在李正己率先冲过终点之后，他按照事先约定，打了回纥首领几个嘴巴，由于用力过猛，打得这个回纥首领一时连大小便都失禁了，在场观看的众军士哄然大笑，使其当众感到十分羞惭，从此再也不敢横行霸道了。虽说是算得上是“以夷服他族”，但从儒家“爱有差等”的讲究看来，因李正己此时已经参加了唐朝军队，是平定安史之乱中作战的一个“外籍队员”，他以一技之

---

① 欧阳修、宋祁：《新唐书》卷二百一十三《籓镇淄青横海传·李正己》，中华书局1975年版，第5989页。

长的短跑惩戒了恃功骄横的回纥将领，也当属豪气服他族之列。此举也为他后来成长为节度使确立了威望。

但李正已这样做，是不是有些过分呢？他为什么非要这样不依不饶地当众羞辱回纥首领？如果以我们今天的眼光看，的确是有些过分的，似乎也可以“得饶人处且饶人”的方式解决问题。可是故事中的当事人偏偏不是这样。这就是唐人的豪侠使气斗勇时代精神决定的。此外也不排除其他具体原由，也许，那些前来援助唐军的回纥首领们，平时就骄横无忌，经常凌辱友军，以客欺主，这在史书和诗歌中是有据可查的。作为一个在当时是“弱势族群”的外籍将领，李正已早已经对于恃功骄横的回纥将领不满，只不过是以此合情合理地发泄心中的不平之气罢了。

三、豪气服他族传统风气的历史追溯

其实，豪气服他族，说来也不是唐人的发明，其实在两汉魏晋南北朝的中外交流时期，就已经发生了。

首先，如果我们沿着唐人以豪气服他族的精神传统上溯，可知作为一种文化精神的必然表现，豪气服他族，其实至少可以追溯到汉代。伴随着大汉帝国的声威宣示，早在《东观汉记·梁讽传》中即不无夸张地渲染：“匈奴畏感，奔驰来降，讽则为信幡遣还营，前后万馀人，相属于道。”而王充《论衡·指瑞篇》亦称，汉武帝向系巡狩，获一角五趾的白麟和枝出复合于本的树木，谒者终军回答武帝之问，说“野禽并角，明同本也；众枝内附，示无外也”，此瑞昭示：“外国宜有降者。是若应，殆且有解编发、削左衽、袭冠带而蒙化焉。”数

月后果然，“越地有降者，匈奴名王亦将数千人来降，竟如终军之言。终军之言，得瑞应之实矣”。

在汉代最有代表性的文学形式——汉大赋这一具有夸示性的文类中，“豪气服他族”成为中央集权地位威望主题表现的几乎不可或缺的一个母题，其主要体现在他族以各类珍宝珍禽异兽朝贡的描绘上。这类载录，在不同作家那里居然就是不约而同，可以算作一个模式。在汉代，华夏之邦不论主观上还是客观上，都处于东亚的中心地位，也形成了中外交流持久的“朝贡体系”，助长了华夏中心主义观念的根深蒂固。因此，汉帝国的主观自我感觉，较之客观上还要更好一些。杜笃《论都赋》如是理所当然地宣称：

> 方躬劳圣思，厉抚名将，略地疆外，信威于征伐，展武于荒裔。若夫文身鼻饮缓耳之主，椎结左衽鐻鍝之君，东南殊俗不羁之国，西北绝域难制之邻，靡不重译纳贡，请为藩臣。

似乎那些边缘的人们，在武功上也是甘拜下风，不能不对中原之主俯首称臣。班固《西都赋》有对于帝都长安的描写，说其西郊的上囿禁苑：“……其中乃有九真之麟，大宛之马，黄支之犀，条支之鸟。逾昆仑，越巨海，殊方异类，至于三万里。”班固《东都赋》写称朝会之礼时：“……目中夏而布德，瞰四裔而抗棱。西荡河源，东澹海漘，北动幽崖，南耀朱垠。殊方别区，界绝而不邻，自孝武之所不征，孝宣之所未臣，莫不陆詟（慑）水慄，奔走来宾。遂绥哀牢，开永昌。”又如其对于当时“元会礼”的盛况展示，也有着明显的情感取向：“春王三朝，会同汉京。是日也，天子受四海之图籍，膺万国之贡珍，内抚诸夏，外绥百蛮。尔乃盛礼兴乐，供帐置乎云龙之庭，……四夷间奏，德广所及，僸侏兜离，罔不具集。”此处“僸侏兜离”指少数民族音乐名。又扬雄《甘泉赋》：“天阃决兮地垠开，八荒协兮万国谐。”他的《羽猎赋》还盛称：“仁声惠于北狄，武谊动于南邻。是以旃裘之主，胡貉之长，移珍来降，抗手称臣。”

至于东汉张衡《东京赋》还写：“惠风广被，泽洎幽荒，北燮丁令，南谐越裳。西包大秦，东过乐浪。重舌之人九译，佥稽首而来王。……然则道胡不怀，化胡不柔，声与风翔，泽从云游。万物我赖，亦又何求。德宇天覆，辉烈光烛。”而东汉顺帝永和元年，夫余国王“来朝京师，帝作黄门鼓吹、角抵戏以遣之”。这些叙事中都有中心边缘之分的深层结构。

其次，就是对于记忆犹新的隋代豪气服他族故事，唐人还颇有兴致地经常谈论。如《隋书》即叙述了前代的一个老故事。说史万岁跟随梁士彦击尉迥乱军，见群雁飞来，他对士彦说：“请射行中第三者。”果然“应弦而落，三军莫不悦服”，因战功拜将。后来他在敦煌为戍卒，以弓马驰射神技“名詟北夷”。窦荣定向突厥提议，双方各遣一壮士决胜负就可以了，突厥许诺，隋朝一方由史万岁出战，“驰斩其首而还。突厥大惊，不敢复战，遂引军而去”。曾几何时，他那保存在外族的威名，有了重振的时机。到了开皇末年，突厥达头可汗进犯边塞，两军在大斤山相遇，场面颇有戏剧性：

达头遣使问曰："隋将为谁？"候骑报："史万岁也。"突厥复问曰："得非敦煌戍卒乎？"候骑曰："是也。"达头闻之，惧而引去。万岁驰追百馀里乃及，击，大破之，斩数千级，逐北入碛数百里，虏遁逃而还。①

其三，上述现象与中外交往中宗教辩难受容的文化氛围有关。值得注意的，因为牵涉到中外关系，自与外来佛教传译的过程中，中土接受的复杂性难脱干系。有些故事往往是对于外来佛教精义宣传浪潮的不和谐音，有时甚至显示出一定成分的对外来"夷人"不满、排拒与温和讥讽的社会群体心理。

据开元之前无名氏所撰笑话集《启颜录》说，相传隋代有一位通晓三藏（经、律、论）的法师，他父亲本是西域侨居中土的商胡，法师生于中土，但他长相仪容还是胡人，论辩极为敏捷。他曾在四月八日设斋讲说，朝官和俗众观看者足有数千人之多。他"随难即对，义理不穷，无难得者"，这时，不料在场有个姓赵的十三岁小儿，突然从众人堆里站出来，他的表现令人惊叹：

众以法师辩捷既已过人，又复向来议论，皆是高名旧德，忽即见此小儿，形容幼小，欲来议论，众咸怪笑。小儿精神自若，即来就座，大声语此僧曰："昔野狐和尚，自有经文，未审狐作阇黎（轨范法师），出何典诰？"僧即语云："此郎君子，声高而身小，何不以声而补身？"小儿

---

① 魏徵等：《隋书》卷五十三《史万岁传》，中华书局1973年版，第1356页。

即应声报云："法师以弟子声高而身小，何不以声而补身；法师既眼深而鼻长，何不截鼻而补眼?"众皆惊异，起立大笑。当时既是夏月，法师左手把如意，右手摇扇，既为众人笑声未定，法师又思量答语，即以所摇之扇掩面低头。小儿又大声语云："圆扇团团，形如满月，不藏顾菟（月亮），翻掩雄狐（暗指法师）。"众又大笑。法师即去扇，以如意指麾并送，问［并］未得尽，如意头遂摆落。小儿即起谓法师曰："如意既折，义锋亦摧。"即于座前长揖而去。此僧既怒且惭，更无以应。众人无不欢笑，惊叹称嗟。①

现场中的"众咸怪笑"，烘托出反讽的喜剧性氛围，也预示了法师对小儿的责难，其实暴露出地方民众的封闭，对外来文化现象自身心理准备不足。这里的众位看客，多数应当就是本地人，对于长得异域胡人模样的法师，本来就有着一种不约而同的排外情绪。"小儿"以看似率尔无备的随意方式出现，与作高头讲章的法师构成了一种对比，从而把神圣的拉向了俚俗，顿时反讽意趣横生。小儿对于法师外族相貌的攻击，虽说是没有什么道理的，但因为"童言无忌"，一下子把神圣的教谕，拉向了滑稽可笑的一方，居然显得有着超出成年人的勇气和能力，这在当时特定的情境中，不就显得侠气充溢了么!

通常情形下，人们总是同情弱者、赞赏弱者以弱胜强表现的，一个孩子能在大庭广众场合中，以无所畏惧口无遮拦的谈

---

① 曹林娣、李泉辑注：《启颜录》，上海古籍出版社 1990 年版，第 6-7 页。

锋，置道貌岸然的大法师于窘迫境地，不能不唤起了人们深心的钦佩。如此反应，带有狂欢节一般的亵渎庄严归于滑稽的世俗气息。故事还被《太平广记》、《广滑稽》、《捧腹编》等收入，广为传播。

唐人还谈到，天竺僧人勒那漫提，工于道术，当时信州刺史綦毋怀文对其厚待，漫提却视之平平，怀文心下对于漫提很不满。正赶上有个蠕蠕客[①]本是漫提在西域的旧交，也经常和漫提谈笑抵掌，用“夷言”彼此交谈，使怀文在旁很觉尴尬，怀文就更加不满，攻击北狄人“生杀血食”，提出要跟漫提“角技赌马”，漫提问他有何技，怀文说精于“筭（算）术”，漫提就指着庭前大枣树问上面结子多少。怀文奇怪而又为难，而漫提指着蠕蠕说这人知道，怀文气愤不信，“立契赌马”，约定要算出多少成核、多少瘀死无核：“蠕蠕腰间皮袋里出一物，似今秤锤，穿五色线，线别贯白珠，以此约树，或上或下，或旁或侧，抽线睐眼，周回良久，向（漫）提撼头而笑，述其数焉。乃遣人扑子实下尽，一一看阅，疑者（怀文）自剖看，校量子数成不，卒无欠剩，因获马而归。”[②] 这个故事，写的虽说是他族以技折服华夏人的，却包含了民族之间比技斗胜的真切心理内核，也说明唐人的胸怀较为豁达，有时也并不以孰为胜者在意。

上面这些隋代流传的故事，本来就是唐人所精心载录，其

---

① 蠕蠕，即柔然，《魏书》认为来自东胡，《宋书》、《梁书》认为是“匈奴别种”，公元5世纪初为鼎盛时期。

② 释道宣：《续高僧传》卷二六《感通上·魏洛京永宁寺天竺僧勒那漫提传》。

如此热心的谈论，至少说明“豪气服他族”的情怀，在唐代多么受欢迎，又该是怎样的风行。尽管这其中也存在着大汉族中心主义的思想，但是，如果联系唐人吸纳外来文化、容受周边多国来使客商的博大心胸，就不能作过多的消极负面的理解。

古代的中心与边缘意识是持久普遍的，然而也不能完全视为汉族中心主义的体现，且体现的形式可能会因时因地有所侧重。如在清代，就有蒙古人与满人之间的以武竞争，后来在京津地区衍化为一种比武风习。向恺然笔下的大侠霍元甲就曾郑重其事地介绍：

> 掼交有两种，一种叫大掼交，一种叫小掼交，都是从蒙古传进关来的。清朝定鼎以后，满人王公贝勒，多有欢喜练掼交的。御林军内，会掼交的更多。后来渐渐的城内设了掼交厂，御林军设了善扑营，每年蒙古王公来北京朝贡，必带些会掼交的来，和善扑营斗胜负。听前辈人说，这种胜负的关系最大，蒙古王公带来的人斗输了便好，心悦诚服的知道天朝有人物，不敢生不朝贡之心，倘若善扑营的人斗输了，蒙古王公便起轻视天朝之意，所以这种比赛，是非同小可的事。……①

可见，这以技高获胜的“豪气服他族”母题，还要从更深远持久的意义上理解，而且要与东亚文化圈中的武侠民俗史有着极大的关联。

---

① 平江不肖生：《侠义英雄传》第七十回《胡丽珠随父亲访友，张文达替徒弟报仇》，岳麓书社1984年版，第407－408页。

鲁迅先生在《坟·看镜有感》一文中曾说："汉唐虽然也有边患，但魄力究竟雄大，人民具有不至于为异族奴隶的自信心，或者竟毫未想到，凡取用外来事物的时候，就如将彼俘来一样，自由驱使，绝不介怀。一到衰弊陵夷之际，神经可就衰弱过敏了，每遇外国东西，便觉得仿佛彼来俘我一样，推拒、惶恐、退缩、逃避，抖成一团，又必想一篇道理来掩饰，而国粹遂成为孱王和暴奴的宝贝。"的确，上面故事中如马球技艺、琵琶弹奏等等，本来就是人家中亚那些"夷狄"的长项，但唐人却堂而皇之地拿来，还偏偏要当着人家的面反客为主，显示出就是做得比人家好，赢了人家，从而高扬奋发向上的气概，一种强烈的民族自豪感和自信心。千载之下，让人读来感到心仪神往。

第五章　唐五代以沉着宽容为豪略论

关于唐人崇尚沉着稳重宽容的载录，在古代文献中分布得比较零散，以至于人人心中有所感觉，但罕见这方面的专门探讨，本文初步整理，试以此揭示唐人尚侠的某一细微方面。

一、唐代皇帝稳重宽容的具体表现

早在唐初，朝野上下就已经开始注意对于宽容的褒扬，显示出北方文化的阔大豪迈之气，这首先归功于唐太宗李世民。刘肃《大唐新语》卷七《容恕》载：

> 契苾何力，铁勒酋长也。太宗征辽，以为前军总管。军次白雀城，被槊（长矛）中腰，疮重疾甚。太宗亲为傅药。及城破，敕求得伤何力者，付何力，令自杀之。何力奏曰："犬马犹为主，况于人乎？彼为其主致命，冒白刃而刺臣者，是义勇士也。不遽相识，岂是冤仇？"遂舍之。

显然这位铁勒酋长是了解太宗心理的，他义纵伤己者也是投合太宗所好。女皇武则天，也是一位注重稳重宽容的君主。在这方面她有时显示出了类似男性角色的度量，唐人记载，她对于狄仁杰有些气量狭小就不以为然，但是她又以恰当的方式，在恰当时机加以处理：

> 娄师德弱冠进士擢第。上元初，吐蕃强盛，招募猛士以讨之。师德以监察御史应募。高宗大悦，授朝散大夫，专总边任。前后四十馀年，恭勤接下，孜孜不怠，而朴忠沉厚，心无适莫。狄仁杰入相也，师德密荐之。及为同列，颇轻师德，频挤之外使。师德知之而不憾。则天觉之，问仁杰曰："师德贤乎?"对曰："为将谨守，贤则臣不知。"又问："师德知人乎?"对曰："臣尝同官，未闻其知人。"则天曰："朕之用卿，师德实荐也，亦可谓知人也。"仁杰大惭而退，叹曰："娄公盛德，我为其所容，莫窥其际也。"①

如此将两个心腹大臣之间的矛盾进行"冷处理"，关键时再适当点明点醒，的确抓住了矛盾的主要方面。武则天在宽容的大前提之下，采取平和稳妥的方式，使之矛盾不但没有激化，还得以顺利化解。

对于臣下偶或做出了未必妥当的行为，唐代皇帝的态度也不是为之震怒，小题大做，而往往是十分宽容理解，甚至还以极为稳重的态度使得这一宽容有了表现的良机：

> 宣宗宴罢，见百官与卫士拜舞，遗下果实食物，上怪之。咸曰："归献父母，及遗小儿女。"上敕大官：今后大

① 刘肃：《大唐新语》卷七《识量》，《隋唐嘉话·大唐新语》，古典文学出版社1957年版，第122页。

宴，文武官给食两分与父母，别给果子与儿女，所食馀者听以手帕裹归。遂为故事。①

按，这一风尚除了迎合民间尊老的一贯传统之外，还具有通达人情富有人情味的意旨，对此，在唐代其实还有着自身的时代风气渊源。又据刘肃《大唐新语》卷五称："高祖尝宴侍臣，果有蒲萄，（陈）叔达为侍中，执而不食。问其故，对曰：'臣母患口干，求之不得。'高祖曰：'卿有母遗乎？'遂呜咽流涕。后赐帛百匹，以市甘珍。"相信，西汉东方朔在宫廷中窃肉归遗细君（妻子）的喜剧性故事，其透露出的某种文化精神，在这里被实实在在地归结到了皇帝的体谅臣下宽容大量品格上，成为一种洋溢着豪侠之气的文学话语。

在处理家庭关系问题上，唐代皇帝也往往注意能够宽容外姓人，而尽量体现出天子的自信与豪迈大气，并不小里小气地偏袒自己的骨肉。有时，这种矛盾处理的技巧淡化了皇帝至高无上君临天下的权威势位，还真是让人忍俊不禁，赵璘《因话录》卷一载公主下嫁郭子仪之子，受了委屈也没有蒙父皇的庇护：

郭暧尝与升平公主琴瑟不调，暧骂公主："倚乃父为天子耶？我父嫌天子不作。"公主恚啼，奔车奏之。上曰："汝不知，他父实嫌天子不作。使不嫌，社稷岂汝家有也！"因泣下，但命公主还。尚父拘暧，自诣朝堂谢罪。

---

① 曾慥：《类说》卷十二引《纪异录》，转引自周勋初主编：《唐人佚事汇编》卷三，上海古籍出版社1995年版，第168页。

上召而慰之曰："谚云：'不痴不聋，不作阿家阿翁。'小儿女闺帷之言，大臣安用听？"锡赉而遣之，尚父杖暧数十而已。

《旧唐书》载："暧，子仪第六子。年十馀岁，尚代宗第四女升平公主，时升平年亦与暧相类。……大历十三年，有诏毁除白渠水支流碾硙，以妨民溉田。升平有脂粉硙两轮，郭子仪私硙两轮，所司未敢毁彻。公主见代宗诉之，帝谓公主曰：'吾行此诏，盖为苍生，尔岂不识我意耶？可为众率先。'公主即日命毁。由是势门碾硙八十馀所，皆毁之。暧检校左散骑常侍。"① 公主本人后来能正确处理公私关系，大局为重，与当初家长的沉稳而严加管教有关。

也许是受到父兄们的沉稳宽容性情启发濡染，皇家子弟也偶或做出与他们的年龄不十分相称的举动。而宽容稳重，每多与对于事理的正确把握、缜密分析有关，这需要当事者敏感和反应迅速。据刘餗《隋唐嘉话》卷上载："太宗使宇文士及割肉，以饼拭手，帝屡目焉，士及佯为不悟，更徐拭而便啗（啖）之。"该故事在李德裕《次柳氏旧闻》中还被如此更加具体细致地叙述："肃宗为太子时，尝侍膳，尚食置熟俎。有羊臂臑，上顾使太子割。肃宗既割，余污漫在刀，以饼洁之。上熟视不怿。肃宗徐举饼啖之，上甚悦，谓太子曰：'福当如是

① 刘昫等：《旧唐书》卷一百二十《郭子仪传附暧传》，中华书局1975年版，第3470页。金庸先生对郭子仪有着特殊的钦佩之情，20世纪50年代据此及相关野史曾写过《郭子仪的故事》，初发于报端，收入《三剑楼随笔》，又见黄子平编选《寻他千百度》，中华书局2003年版。

爱惜。'" 而有的异文则载："相传云：德宗幸东宫，太子亲割羊脾，水泽手，因以饼洁之，太子觉上色动，乃徐卷而食。司空赞皇公作《次柳氏旧闻》，又云是肃宗。刘餗《传记》云：太宗使宇文士及割肉，以饼拭手，上屡目之，士及佯不悟，徐卷而啖。"①

由上可见，当时随意浪费食品、暴殄天物，本要受到家中长辈责罚的，难得的是这里还体现出节约生态资源的思想。据《明皇杂录》补遗记载："武惠妃生日，上与诸公主按舞于万岁楼下。上乘步辇，从复道窥见卫士食毕以饼相弃水窦中，上大怒，命高力士杖杀之。上方震怒，左右无敢言者。宁王从容请上曰：'从复道窥见护卫士之有过而杀之，恐人臣不能自安，又失大体。陛下志在勤俭爱物，恶弃于地，奈何性命至重，反轻于残飧乎？' 上蹶然大悟，遽命赦之。" 但是，在觉察到自己的浪费行为引起了君主不满时，居然能镇定沉着，声色不露，容受对方一时的暗暗恼怒，却是基于一种主体沉稳的性情和心境。显然，因势利导，不至于引起君主的坏印象，是最应采取的上策。并不是谁都能做到如此随机应变的。

即使是对曾经敌视自己的人，唐代帝王也是较为宽容而不是那种睚眦必报、斤斤计较的。如武则天即然。据段成式《酉阳杂俎》前集卷一《忠志》载："骆宾王为徐敬业作檄，极疏大周过恶，则天览及'蛾眉不肯让人，狐媚偏能惑主'，微笑而已。至'一抔之土未干，六尺之孤安在？' 不悦曰：'宰相安得失如此人？'" 不是因人废文，而是对于卓越人才被敌方占有

① 段成式：《酉阳杂俎》续集卷四《贬误》，中华书局 1981 年版，第 231 页。

感到可惜。其以更高一重的人才价值观超越了敌我之间情感上的对立。因此，清人赵翼《廿二史札记》卷十九“武后纳谏知人”条称：

> 武后之淫恶极矣，然其纳谏知人，亦自有不可及者。……人主富有四海，妃嫔动至千百，后既身为女主，而所宠幸不过数人，固亦无足深怪，故后初不以为讳，并若不必讳也。至用人行政之大端，则独握其纲，至老不可挠撼。陆贽谓后收人心，擢才俊，当时称知人之明，累朝赖多士之用。李绛亦言后命官猥多，而开元中名臣多出其选。《旧（唐）书·本纪赞》谓后不惜官爵，笼豪杰以自助，有一言合辄不次用，不称职亦废诛不少假，务取实才真贤。然则区区帷幕不修，固其末节。而知人善任，权不下移，不可谓非女中英主也。

显然，武则天显露沉稳气质的个体行为，也离不开大唐盛世以宽容沉着为豪的时代风尚。

二、唐代大臣稳重宽容对政绩的良性促进

对于某些官员的不拘小节，甚至在行为或言语上不检点，唐代不少官员的态度也不是沾火就着，小壶易热，而是沉稳地不露声色。唐人佚名《玉泉子》所载裴度的行为即然：“裴晋公在中书，左右忽白以印失所在，闻之者莫不失色。度即命张宴举乐，人不晓其故，窃怪之。夜半饮酣，左右忽白以印存焉。度不答，极欢而罢。或问度以其故，度曰：‘此出于胥徒盗印

书券耳。缓之则存，急之则投诸水火，不复更得之矣。’时人服其弘量，临事不挠。”想来，假若裴晋公不是沉着应对丢印事件，这官印恐怕就真的会被临时借用者毁掉灭迹了。

不少包含类似价值取向的叙事，颇有模式化倾向，如有的文本还力图在贤官名臣稳重豁达性情的稳定性上，追寻其成功步入仕途，且居官有政绩的某种个人性情上的深层原因。这里，常常用得着对于当事人年少微时趣闻轶事的追述：

> 虔州节度使王安，持节请觐，遂卒于朝，年七十二。安，庐江人，少事吴。武王观战，战酣，武王坐于高阜，注目以望阵势，安捧匜器侍侧。忽阵外一执槊勇士疾走而至，径趋王座，止数十步，安始觉。左右尽凝立，瞪目前视，无一夫警者。安乃置所捧于地，取弓射之，一发而倒。徐纳弓于弢中，复捧器而立，神色不少变。武王奇之，曰：“汝真有器度，当至极贵。”①

甚至类似于疏狂的言行，有时也被视为豁达宽容的表现：“邹平公段文昌负才傲俗，落魄荆楚间。尝半酣，靸屐于江陵大街往来。雨霁泥甚，街侧有大宅，门枕流渠，公乘醉于渠上脱屐濯足，旁若无人。自言：‘其若作江陵节度使，必买此宅。’闻者掩口而笑。不数年，果镇荆南，遂买其宅。”②

有时，唐代官员当事人这种宽容沉着的描述，还与其善良

① 释文莹：《玉壶清话》卷九，《笔记小说大观》第二册，江苏广陵古籍刻印社1983年版，第42页。

② 杜光庭：《录异记》卷四。

而富有同情心的刻画结合起来，或者说就是善良和同情心的一个直接具体体现。王定保《唐摭言》卷四称："孙泰，山阳人。少师皇甫颖，操守颇有古贤之风。泰妻及姨妹也。先是，姨老矣，以二子为托，曰：'其长损一目，汝可娶其女弟。'姨卒，泰娶其姊。或诘之，泰曰：'其人有废疾，非泰不可适。'众皆服泰之义。尝于都市遇铁灯台，市之，命洗刷，却银也。泰亟往还之。中和中，将家于义兴，置一别墅，用缗钱二百千。既半授之矣，泰游吴兴郡，约回日当诣所止。居两月，泰回，停舟徒步，复以馀资授之，俾其人他徙。于时，睹一老妪，长恸数声，泰惊悸，召诘之，妪曰：'老妇常逮事翁姑于此，子孙不肖，为他人所有。故悲耳！'泰抚然久之，因绐曰：'吾适得京书，已别除官，固不可住此也，所居且命尔子长之。'言讫，解维而逝，不复返矣。子展，进士及第，入梁为省郎。"

对于敌军降卒的信任，在唐人那里也被视为有度量、有自信心的表现。据宋人相传："魏银枪军最凶悍。唐庄宗为晋王时，张彦作乱，引五百人谒王，王斩张彦及其党七人，馀众股栗，王召谕之，曰：'罪止八人，馀无所问。自今当竭力为吾爪牙。'众皆拜伏，呼万岁。明日，王缓带轻裘而进，令张彦之卒擐甲执兵，翼马而从，仍以为帐前银枪军。众心由是大服。"①

即使在官员对待下属的言语行为态度上，唐代官员也对于稳重宽容的表现较为施予青睐，有时还即刻予以奖励，而这种赏识奖励也往往是不露声色的：

① 孔平仲：《续世说》卷三。

> 卢尚书承庆，总章初考内外官。有一官督运，遭风失米，卢考之曰："监运损粮，考中下。"其人容止自若，无一言而退。卢重其雅量，改注曰："非力所及，考中中。"既无喜容，亦无愧词。又改注曰："宠辱不惊，考中上。"①

又据说，李全忠之子李匡威所得到的评价亦然。他"少年好勇，不拘小节，自布素中以饮博为事，渔阳士子多忌之。曾一日，与诸游侠辈钓于桑乾赤栏桥之侧，自以酒祷曰：'吾若有幽州节制分，则获一大鱼。'果钓得鱼长三尺，人甚异焉。有马郁者，少负文艺，匡威曾问其年，郁曰：'弱冠后，两周星。'傲形于色。后匡威继父为侯，首召马郁问曰：'子今弱冠后几周星岁？'郁但顿颡谢罪。匡威曰：'好子之事，吾平生所爱也。何惧之有？'因署以府职。其阔达多如此类，故人多附之。"② 这段故事，除了旨在强调当事人"微时"与"显达"其前后特定性情的连贯性之外，还津津乐道与当事人那种不管旁人怎样看而我行我素的行为，这些幸运者的走运之事就是为唐人乐于作为谈资，只有把这种文学叙述理解为赞赏和钦佩，没有更好的解释。

三、稳重宽容的叙事结构及其表达的喜剧效果

因为稳重宽容经常最为一种精神品格得到正面肯定，久而

---

① 刘餗：《隋唐嘉话》卷中，《隋唐嘉话·大唐新语》，古典文学出版社 1957 年版，第 17 – 18 页。

② 孙光宪：《北梦琐言》卷十三，上海古籍出版社 1981 年版，第 101 页。

久之不能不成为一种理所当然的文史载录叙述模式。于是，带有“鉴定”式的，将某一官员的品行予以肯定性的、定论式的概括，也每多用得着稳重宽容这一价值标准。而每当这时，常常是以小见大、以具体表达抽象地进行评价。《太平广记》卷一百七十七引《北梦琐言》称：

> 陈太师敬瑄，虽滥升重位，而颇有伟量。自镇西川日，乃委政事于幕客，委军旅于护戎，日食蒸犬一头，酒一壶。一月六设曲宴，即自有平生酒徒五人狎昵，拒而不饮，乃误倾泼于太师，污头面。遽起更衣，左右惊忧，立候玉儿为齑粉。更衣出，却坐，又以酒赐之，玉儿请罪，笑而恕之。其宽裕率皆此类。

这无疑是“卒章显志”式的，带有史家之笔“太史公曰”式的叙事传统，但归结的人物性格特点却有着时代特征与豪侠文化意味。

另有孔平仲《续世说》卷三的载录称：“唐明宗（应为晋高祖）诏张从宾发河南兵数千击范延光，遂与延光同反，引兵入洛阳，又扼汜水关，将逼汴州。时羽檄纵横，从官在大梁者，无不汹惧，独桑维翰从容指画军事，神色自若，接对宾客，不改常度，众心差安。维翰尝一制指挥节度使十五人，无敢违者。时人服其胆略。”这是以侧面烘托式的技巧进行褒奖。像《天中记》卷一就记载了李隆基幼年的一次险历：“玄宗始三岁封楚王，时则天因御高楼，抱之眺望，误堕于地，左右失声，奔下扶拥，帝怡然无亏损之状，则天甚奇之。”如此大难不死，真是必有后福。

如果把这个故事与如下《明皇杂录》中的传闻合而观之，所表达的情趣就会看得更加明显清晰："唐天后尝召诸皇孙坐于殿上，观其嬉戏，取竺西国所贡玉环钏杯盘，列于前后，纵令争取，以观其志。莫不争竞，厚有所获，独玄宗端坐，略不为动。后大奇之，抚其背曰：'此儿当为太平天子。'遂命取玉龙子以赐。"可见对于唐人稳重沉着的赞许态度。下面的故事叙述亦然：

> 查文徽，歙州休宁人。幼好学，能自刻苦。手写经史数百卷，稍长，任气好侠，闻人困乏，虽不识必济之。家本富，坐是穷空，不悔也。或遗以金帛。一夕，盗入其家，尽取去，文徽不言，虽邻里莫知者。久之，盗败于旁邑，移文讯验，人始知之。咸推其量。……徐知谔镇浙西，以文徽为其判官。或献玉杯，知谔喜，酬以钱百万，趣开宴，出杯，行酒至文徽，偶堕地碎，一坐皆惊，而文徽自若。①

有时，即使没有明确呈现出对比性结构的叙事，也暗藏着幽默滑稽的成分，如张本《说郛》卷十四称："晋开运中，冯道方在中书，有人于市中牵一驴，以片幅大署其面曰：'冯道'二字。道之亲知见而白焉。道徐曰：'天下同姓名人有何限，但虑失驴访主，又何怪哉！'其大度如此。"其实，冯道还不至

① 陆游：《南唐书》卷五。

于连这是对自己的戏谑都看不出，他不过是宽容大度不予计较罢了。

当然，在三教合流，尤其是佛教长期盛行的唐代，有的宽容行善者，还与佛教为来世积德观念结合起来。据李昌龄《乐善录》卷二记载："窦禹钧年三十，未获嗣，夜梦祖父谓曰：'汝年过无子，又寿不永，当早修阴德。'禹钧唯诺。家仆盗用数千百钱，惧事发，遂遁，写卷系女臂曰：'卖此女以偿欠。'公悯而嫁之。仆感泣，归诉前罪，公置不问。由是图公像，日焚香以祝公年。又尝入佛寺，得遗银二百两，金三十两，黎明复入院，以伺失者。……"原来这遗失的金银，是某人用来解救其父的，他不但原物归还，还有所赠。他如此不乘人之危，树立了"义风家法"，于是"实一时标准。生五子，并登第"。显然这有关行为结果的补叙还与佛教劝善惩恶的果报观分不开。

如果在某些生活细节的表露之中，显示出过于躁急而气量不够廓达，那么，就会成为令人忍俊不禁的笑料。欧阳修《归田录》卷一有则笑话就如此讥诮性情褊急者，还特意将其与稳重宽容者进行两两对比：

> 故老能言五代时事者云：冯相（道）、和相（凝）同在中书，一日，和问冯曰："公靴新买，其直几何？"冯举左足示和曰："九百。"和性褊急，遽回顾小吏云："吾靴何得用一千八百？"因诟责久之。冯徐举其右足曰："此亦九百。"于是哄堂大笑。时谓宰相如此，何以镇服百寮。

故事叙事模式惊人地持久延续，由细节表现整体，很大程度上说明其所要褒奖者的内在精神价值，应有气度。清人程世爵《笑林广记》就承续上述所载，称："性缓人买新靴一双，性急人问之曰：'吾兄这靴子多少银子买的？'性缓人伸一只脚示之曰：'二两四钱。'性急人扭家人便打，说：'好大胆奴才！你买靴子因何四两八钱？赚钱欺主，可恶已极。'性缓者劝之曰：'吾兄有话慢慢说，何必动气。'又徐伸了一只脚示之曰：'此只也是二两四钱。'"① 有时，这种性情对比不是如同上面"一对一"式的，而是"一对众"式的，从而突出了当事人内在精神的深厚和坚强，郑文宝《南唐近事》载：

> 王崇文以旧德殊勋，位崇台兖，巨镇名藩，节制逮之，坐镇浮竞。出入三朝，喜愠莫形，世推名将。临武昌日，阅兵于踘蹴场，武昌厅有古屋百馀间，久经霖雨，一旦而颓，出乎不意，声闻数里，左右色动心恐，惟崇文指纵点阅，安祥如故，亦无所顾问。

更有甚者，则是将那些相反例证中的主人公，描绘成因刻毒作恶而遭受恶报的结局。这从负面意义的角度，更可以说明上述问题。据《太平广记》卷二百六十六引《北梦琐言》说：

> 卢程擢进士第，为庄皇帝河东判官，建国后命相。无他才业，唯以氏族傲物。任圜常以公事入谒，程乌纱隐几，

① 陈如江、徐侗纂集：《明清通俗笑话集》，上海人民出版社1996年版，第191页。

谓圜曰："公是虫豸，辄来唐突。"圜渐愕，骤告庄公，大怒，俾杀之，为卢质救解获免。自是出中书，时人切齿焉。江陵在唐世，号衣冠薮泽，人言："琵琶多于饭甑，措大多于鲫鱼。"有邑宰卢生，每于枝江县差船入府，舟子常苦之。一旦王仙芝兵火，卢生为船人挑其筋，系于船舷，放流而死。大凡无艺子弟，率以门阀轻薄，广明之乱，遭罹甚多，咸自致也。

待人苛刻，不是与人为善，这种人在载录者看来，虽能幸免受惩于一时，最后，终究受到了严厉的惩罚。

四、士人文化与唐代思潮撞击的历史成因

唐人对于稳重宽容的推重，是与整个时代的豪侠尚气精神，是有机紧密结合起来的。我们知道，某一种时代的特定文化精神，可以体现在其方方面面，可以呈现在不同方式而以多种多样的手法书写，然而，对于人们的行为方式、尤其是统治阶层行为方式的评价，披文入情，能够推究到深层心理结构和稳定的心态、气质之中，却展示出该时代精神的最核心内容。当然，如果要究其所以然，可以从中外文化交流、气魄心胸开阔、民族自信心强等诸多方面去论证，重要的是心态史的意义，往往可以从一些看似琐屑、不经意的载录中体察，于是我们就不是停留在空泛的赞美中，而透视出个别中的一般，偶然中的必然来。

早在《论语》中，描写孔子与弟子四人对话的"侍坐章"，就带有对比性地写出了弟子子路"率尔"答话的急躁性情和曾

点的稳重从容，而孔子的对于子路答话的“哂之”也表现了宽容的情怀。此后，稳重宽容一直作为一种贵族风度被承继和标榜。《史记》中对于项羽个性的描写即带有这种贵族风度，突出地表现在鸿门宴和垓下之围上。可以说记载魏晋士人心态为主的《世说新语》，特设“雅量”一门，尽管被有些论者强解成是故显风度的“虚矫”行为，但毕竟反映了时人对于气度雅量的推重，在以人为中心的叙述中，个人内在修养被直接地与遇事的表情涵养外在表现联系起来。但是，从唐人如此普遍而多样的相关描述来看，却很难说是直接地受到先前的此种文化精神濡化的浸染，而主要是新时代下多种思潮荟萃的重铸。

首先，是注重将“稳重宽容”作为当事人主体人格的核心构成，来选择史料，细致描摹，一般还是从正面加以肯定，突出其人格魅力，甚至或明或暗、或直接或曲折暗示地书写出，这样内在性情的表现，乃是这一青年日后出将入相、出类拔萃的成因之一，从而佐证了古代史传文学中惯常的“三岁知老”预期未来的认知判断模式，如宋代的《孙公谈圃》称：

> 吕文靖四子：公弼、公著、公奭、公孺，按当作公绰、公弼、公著、公孺。皆颖异。其少时，文靖谓其夫人曰：“四子他日皆显重，但未知谁作宰相，吾将验之。”他日四子居外，夫人使小鬟持四宝器，贮茶而往，教令至门故跌碎之，三子皆失声，或走告夫人，独公著凝然不动。文靖谓夫人曰：“此儿必作相。”①

---

① 丁传靖编：《宋人轶事汇编》卷六，中华书局2003年版，第269页。

其次，这些并非无意为之的叙述之笔，是力求让载录尽可能地与特定人物豪侠纵放的气概、情怀相结合，并将相关的外在表现，或明或暗地归结为当事人浑厚的内在情性自然流露，这种“情商”的文学表现，还往往与特定人物的“智商”描写结合一处，从而突出了故事的文学性，而成为传统文学中人物性格、形象塑造的一种方法，非常有利于具有特定寓意的故事的传播。据《过庭录》讲述，范忠宣担任洛尹时，谢克家从河阳来，到了白司马坡，在店内内歇息秣马：

> 见老翁负暄墙下，有人告曰：“黄犊为人所窃矣。”翁坐负暄如故，略不问。须臾，再以失犊告，翁容色自若，徐曰：“尔无求，必邻家戏藏耳。”谢异而就问曰：“翁家失犊，再告而不顾何也？”翁笑曰：“范公居此，孰肯为盗者？必无此理。”已而犊果还。[①]

实际上就是借事写人，侧面烘托出特定社会角色——某位地方官的才干与声望，这无疑特别有说服力而易于得到认同，也常为史书采撷，后世笔记传闻载录。

其三，就是唐人经常注意将人稳重宽容性情的提倡，作为一种“上行下效”的人格品评价值标准，往往在特定情境中以别的“角色伴侣”相悖左的行为来对比、衬托，而且以旁观者、局外人的看法，来表现人物稳重宽容性情传播扩散的情况，

---

① 丁传靖编：《宋人轶事汇编》卷八，中华书局 2003 年版，第 344 页。

从而委婉地寓含载录者自身的肯定性评价。这类带有特定倾向性的叙述，往往具有大同小异的多种异文，说明为当时所广泛传扬，且后世诸多的载录者所不约而同地关注，可能还有着口耳传扬的较长阶段，显示出了唐人那种持久引人认同、追思的内在精神魅力。

唐代是古代中国与西方诸国交流的兴盛期，较多带有外来文化特别是中亚游牧文化的影响，然而试图总结唐人以稳重宽容为尚、为豪迈，却是一件危险的事情。且不说初盛中晚“四唐”、四个发展阶段有较大差异，即使与前后其他时代相比，也未必非说唐代这种推重，有什么突出、特别之点。然而，毕竟时代精神要在豪侠之气方面有所体现：“在开明健旺的盛唐，侠那种超迈不羁自由奔放的气质，还成为士人普遍追慕的对象，最为典型的莫过于‘少任侠’的李白。……”[①] 在这种文化主潮的激荡下，也就很容易出现这种情况：“只有那些四处漂泊、历尽忧患、饱尝凄凉的诗人们才会忧心忡忡乃至痛心疾首地揭露现实，提出批评或建议。像李商隐……”[②] 以下概括的四条唐代士风有一条：“始终乐观进取，不敢沉沦，即使遇到挫折，也能坚持原则，不向腐朽黑暗势力低头妥协，并且敢歌敢哭，敢于笑骂。”也是基于本章所叙唐代以沉着宽容为豪的价值取向的，不有所容，何敢笑骂。

---

① 汪涌豪、陈广宏：《侠的人格与世界》，复旦大学出版社 2005 年版，第 144－145 页。

② 董乃斌、程蔷：《唐帝国的精神文明》，中国社会科学出版社 1996 年版，第 404 页。

第六章　人际关系与唐代社会的豪侠精神

古代正史，多属“英雄创造历史”的观念，对于帝王和朝臣的载录自然要多些，看重一些，这也制约了某些野史传闻载录者观照问题的角度，而即使从这些早已被加工为“心中的历史”的史料来看，也是能够看到一些精神指向蛛丝马迹的。从调节某些人际关系的社会结构言谈方式角度看，唐代的豪侠精神也大幅度地介入其中，甚至产生了文学主题倾向性方面的一些深度影响。

一、君臣关系体现的豪侠尚气追求

唐代君臣关系具有较多的平等性。尤其在唐代建国之初，大唐天子对于那些开国功臣——能征善战的武将们，给予足够的尊重，因此，武人弄豪，也就较少受到约束。据史书载，柴绍“幼趫悍，有武力，以任侠闻……”他的不拘小节，并未对日后有大妨碍，甚至还奇迹般地因此而获胜：“累从征讨，以多，进封霍国公，迁右骁卫大将军。吐谷浑、党项寇边，敕绍讨之，虏据高射绍军，雨矢，士失色。绍安坐，遣人弹胡琵琶，使二女子舞。虏疑之，休射观。绍伺其懈，以精骑从后掩击，虏大溃，斩首五百级。”[①] 在戎马倥偬的征战中，柴绍幼年“以任侠闻”的性格基础，没有被埋没，也正由于他性格具有任侠优势，遇事不乱，能够较为从容地思考问题，运用智慧，正确判断。而当敌军箭如雨下之时，他还能一边听人弹奏琵琶，一边看女子跳舞，以致麻痹敌人，这一切从容对敌的大智大勇，似乎都离不开他“任侠”的个人性情。

而有的人物，在史传中简直就是满传记都是充溢出豪侠之气。如李靖：“姿貌瑰伟，少有文武材略，每谓所亲曰：‘大丈夫若遇主逢时，必当立功立事，以取富贵。’……靖率兵八百，袭破其营，后又要险设伏，临阵斩肇则，俘获五千馀人。高祖甚悦，谓公卿曰：“朕闻使功不如使过，李靖果展其效。”[②] 李靖在年少时就具有文才武略，他还毫不掩饰自己的远大志向，可以说是豪气纵横了。而毫不遮掩自己的远大志向，也是唐代豪侠的共同之点。这位名将韩擒虎的外甥，就连韩本人都佩服他对于兵法的了解。而就在即将面临被处斩时，他也能够理直气壮地喊出道理来，让人不得不当场释放他。后来他终于建立奇功，真不枉惜才者一片苦心。如果不是唐代开国君主的宽厚豪爽的品格，李靖的才华就难有发挥机缘了。而李靖与君王的关系，实际上也是建立在侠文化笼罩下的彼此互相理解之中。

再像《新唐书》卷九十本传载，那位“少重气侠，闲弓马”

---

① 欧阳修、宋祁：《新唐书》卷九十《柴绍传》，中华书局 1975 年版，第 3774 页。

② 刘昫等《旧唐书》卷六十七《李靖传》，中华书局 1975 年版，第 2475 页。参见《新唐书》卷九十三《李靖传》，中华书局 1975 年版，第 3811 页。

的丘和，本是隋朝名将，归顺后高祖对他十分敬重，竟能“引入卧内，语平生，欢甚”，还“奏九部乐”大加慰劳。他的儿子丘行恭也善于骑射，曾帅五百人到贼营中亲手斩杀贼帅，服群盗。一次，太宗到敌人纵深部位侦察，被长堤阻隔，与手下失去联系，坐骑又中了箭，情势十分危急，这时，是丘行恭神箭退敌，还把自己的马让给上级来骑，而自己则徒步执长刀大呼开道，终于转危为安。这一感人的救主场面，后来竟然被唐代朝廷制成雕塑展览。

从后人的接受加工，也可看出唐代豪侠人物描写的文学史功能。如后世隋唐系列小说题材，以载录豪侠尚气的草莽英雄为主，就不是空穴来风的虚构，而多取材于唐代史书。如史书还如是记载：

> 程知节，本名咬金，济州东阿人也。少骁勇，善用马槊。大业末，聚徒数百，共保乡里，以备他盗。后依李密，署为内军骠骑。时密于军中检勇士尤异者八千人，隶四骠骑，分为左右以自卫，号为内军。自云：“此八千人可当百万。”知节既领其一，甚被恩遇。
>
> 及王世充出城决战，知节领内马军，与密同营在北邙山上，单雄信领外马军，营在偃师城北。世充来袭雄信营，密遣知节及裴行俨助之。行俨先驰赴敌，为流矢所中，坠于地。知节救之，杀数人，世充军披靡，乃抱行俨重骑而还。为世充骑所逐，刺槊洞过，知节回身捩折其槊，兼斩获追者，于是与行俨俱免。①

---

① 刘昫等：《旧唐书》卷六十八《程知节传》，中华书局1975年版，第2503页。

程咬金以过人武勇，领军冲锋陷阵，他随机应变的能力很强，竟然能在两军交兵的战场上救出中箭的战友，两人一起骑着一匹马回营，途中被追兵赶上，刺穿了他的身体，他还能回过身躯扭折对方的长矛，斩杀追兵回归。他不仅有勇，还有见识，能够不为一时的厚待所迷惑，而且能正确地判断识别所追随的王世充不是明主，于是就在战阵上当机立断，说明原委，弃暗投明，后来连建奇功。

又据说，君臣关系还有这样的佳话，说的是李勣：

勣既忠力，帝谓可托大事。尝暴疾，医曰："用须灰可治。"帝乃自翦须以和药。及愈，入谢，顿首流血。帝曰："吾为社稷计，何谢为！"后留宴，顾曰："朕思属幼孤，无易公者。公昔不遗李密，岂负朕哉?"勣感涕，因啮指流血。俄大醉，帝亲解衣覆之。帝疾，谓太子曰："尔于勣无恩，今以事出之，我死，宜即授以仆射，彼必致死力矣！"乃授叠州都督。①

从当时亲密无间的君臣关系看，显然这种关系有利于豪侠尚气风习的形成传播扩散。似乎，并不因为李唐王朝是马上得天下的，像后世如明清两代皆属马上得天下，何以并非如此，或恰恰相反？这全是有唐一代的豪侠尚气风习使然，其也是自北朝隋代一脉相承发展来的，唐代开国君主自信心强，切实关

① 欧阳修、宋祁：《新唐书》卷九十三《李勣传》，中华书局 1975 年版，第 3819 页。

爱臣下。就是在日常生活中，他们业不摆架子，时或与臣下以平等的、直率的态度交往。据胡璩《谭宾录》载：

> 唐高宗苦风眩，目不能视，召侍医秦鸣鹤诊之。秦曰："风毒上攻。若刺头出少血，愈矣。"天后自帘中怒曰："此可斩也。天子头上，岂是出血处耶?"鸣鹤叩头请命。上曰："医人议病，理不加罪。且吾头重闷，殆不能忍，出血未必不佳。朕意决矣。"命刺之。鸣鹤刺百会及脑户出血。上曰："吾眼明矣。"言未毕，后自帘中顶礼以谢之，曰："此天赐我师也。"躬负缯宝以遗之。

这一故事也见之于《旧唐书·高宗本纪下》，据周勋初先生指出，这两段文字亦同出一源，即据《国史》而编写。他认为，或许这一事件具体而生动地暴露了武后谲诡善变的性格，好多典籍中都著录有这一故事。寻根溯源，可知诸说都与《国史》有关。《大唐新语》卷九《谈侫》也载有这一故事。本文看法则略有所不同。的确，《大唐新语》中的这条文字显得要详细些，也不难看出很可能同出一源。然而，这一故事却显示了武则天其人的快人快语，爽直豪迈。一旦知错，即当面改过，不是那种死要面子的君主。而这一身体力行地补过纠弊的事件，给人留下平易可亲的好印象。据司马光《资治通鉴》载，此事发生在公元683年。而杜环《经行记》载："大秦人善医眼及痢，或未病先见，或开脑出蛊。"德国学者夏德（F. Hirth）则称："景教徒多擅医术，在西亚负有盛名。他们译希腊医书为阿拉伯文。……"据此，医学史家认为："秦鸣鹤与僧崇一很可能是景教徒医生。"①《希波克拉底文集》第九卷中又说："当眼睛毫无显著病症便失明时，可以在头顶部切开，把柔软的几部分分开，穿过头骨，使液体全部流出。这是一种疗法，用此法病人便能治愈。"② 说明这类手术在当时不是不可能做到的。

又宋人曾慥所编《类说》卷十一《芝田录》中也收录有《高宗针百会》一条，多半是属于缩写了：

> 高宗脑痈，待诏鸣鹤曰："须针百会。"则天曰："天子头上可是出血处？"命扑杀。上曰："试令针之。"即时眼明，诸苦悉去。则天自以金帛赐之。

周勋初先生指出，《芝田录》全书早佚。《类说》中引入此文，恐与原文有所出入，因《类说》引文时每每大加改削，上文恐已不合《芝田录》原貌。但《芝田录》此文亦从《国史》中来，应是切近事实的推论。《芝田录》作者丁用晦事迹不详，但据书中所记之事推断，当为中晚唐人，与《谭宾录》作者胡璩、《大唐新语》作者刘肃年代相当，不大可能改削《谭宾录》、《大唐新语》中的文字而成书③。可见，至少，在宋人曾慥编辑《类说》时，还是认为武则天毫无虚矫，恩怨分明（她也许当真就觉得在天子头上放血有损尊严），以及知过即改。

① 马伯英：《中国医学文化史》，上海人民出版社1994年版，第393页。

② 参见《希波克拉底文集》，赵鸿钧、武鹏近译，安徽科技出版社1991年版。

③ 周勋初：《唐代笔记小说的材料来源》，《唐代文学研究》第九辑，广西师范大学出版社2002年版，第33－43页。

如果与那时就有的“口蜜腹剑”一种人比起来，岂不是豪爽得相当可爱么？

苏鹗《杜阳杂编》卷上也说，为了嘉奖郭子仪平乱之功勋，皇上赐御马九龙虬，这本是唐玄宗心爱之物，但是为了嘉赏名将功勋，也慨然割爱了。此外仗义直言，也显出了健康正常的君臣关系。像当众仗义执言，让君主下不来台，就不是别的一些朝代君主所能容忍的：“汉隐帝赐诸伶锦袍玉带，史弘肇夺之还官曰：‘健儿戍边，寒暑未有优恤，尔辈不当也！’其凶戾也如此。然至理得中。”[①] 他这在如此语境中显得毫不知顾忌，让君主下不来台且相当无礼的言行，当时没有受到责备，过后也没有遭受惩罚和报复。

二、君民关系体现的豪侠尚气精神

刘向《说苑·君道》指出：“尊君卑臣者，以势使之然也。”传统专制制度要求臣下对于君上是无条件的服从，但却不可笼统一概言之。又如《说苑·臣术》所说的：“人臣之术，顺从而复命，无所敢专，义不苟合，位不苟尊，必有益于国，必有补于君，故其身尊而子孙保之。”在唐代这样的较为开放的时代，李唐王朝的君主们心态也是较为开放的。对于顺民是无所谓，而君民关系中流露的豪侠之气，主要体现在对于一些不法臣民的宽容态度上。

首先，是对于囚犯的态度。唐代开国君主因为自己起于草

---

① 钱易：《南部新书》癸，周勋初主编《唐人逸事汇编》卷三十三，上海古籍出版社 1995 年版，第 1811 页。

野之中，对于触犯王法的臣民，尤其是饥寒所迫居于草莽的寇盗，持较为理解与宽宥的态度，此从《唐语林》卷一所载唐初赦免囚徒事可见：“高祖时，严甘罗，武功人，剽劫，为吏所拘。上谓曰：‘如何为作贼?’对曰：‘饥寒交迫，所以为盗。’上曰：‘吾为汝君，使汝穷之，吾之罪也。’赦之。太宗亲录囚徒，死者二百九十人，令来秋就刑。及秋毕至，悉原之。”又刘肃《大唐新语》卷四也说：“狄仁杰因使岐州，遇背军士卒数百人，夜纵剽掠，昼潜山谷，州县擒捕系狱者数十人。仁杰曰：‘此途穷者，不辑之，当为患。’乃明榜要路，许以陈首。仍出系狱者，廪而给遣之。高宗喜曰：‘仁杰识国家大体。’乃颁示天下，宥其同类，潜窜毕首矣。”

大赦之法，始于秦二世二年，不过是动用骊山刑徒以击反秦义军的应急措施，由于汉代皇帝屡用以显示宽仁，就将大赦逐步固化为一种纵法释囚的制度取悦民心。西汉几乎未有超过三年不赦的，东汉虽赦令较稀，也是“频开大赦之例”；“迄于南北朝，皆无所改”①。对此，东汉王符《潜夫论·述赦》就不客气地提出过批评：“今日贼良民之甚者，莫大于数（屡次）赦。赦赎数，则恶人昌而善人伤矣。奚以明之哉?曰：孝悌之家，修身慎行，不犯上禁，从生至死，无铢两（细小）罪；数有赦赎，未尝蒙恩，常反为祸。何者?正直之士之为吏也，不避强御，不辞上官；从事督察，方怀不决，而奸猾之党，又加诬言，皆知赦之不久，则且共横枉侵冤，诬奏罪法。”而唐代赦令也开始趋于严格化。如唐太宗，也常表示对大赦的审慎态

① 陈顾远：《中国法制史》，中国书店1988年影印，第320页。

度，其《慎赦令》担心："凡赦宥之恩，唯及不轨之辈，古语曰：'小人之幸，君子之不幸。'一岁再赦，奴人喑哑。凡养稂莠者，伤禾稼；惠奸宄者，贼良人。……恐愚人常冀侥幸，唯欲犯法，不能改过，当须慎赦。"但是，他仍旧对纵走后按约如期来归的囚犯赦罪。

大赦是违法囚犯们最为期盼的福音。但正如宋人指出的："赦过宥罪，自古不废，然行之太频，则惠奸长恶，引小人于大谴（责罚）之域，其为害固不胜言矣。"① 永亨《搜采异闻录》卷四也有此说，可见当时这是很普遍的观点。因为蒙领大赦恩惠的不止是那些迫于无奈铤而走险的违法者，也有真正的邪恶之徒，这些并非良善之辈而恰恰是怙恶不悛的惯犯。

由于古代法律的自然主义特征，依法处决犯人，被认为是法"不善"、"不德"的体现。在天人合一和阴阳五行观念支配下，法代表着天地之间"阴"的力量，与秋冬时节万物的凋谢、肃杀自然节奏规律相联系，因而《左传·襄公二十六年》即说："古之治民者，劝赏而畏刑，恤民不倦；赏以春夏，刑以秋冬"；《礼记·月令》也说在孟秋之月杀戮罪人。于是唐代君主算是找到了宽纵的理由。《旧唐书·刑法志》载，唐太宗甚至规定："从立春至秋分，不得奏决死刑。其大祭祀及致斋、朔望、上下弦、二十四气、雨未晴、夜未明、断屠日月及假日，并不得奏决死刑。"似乎谁破坏了天地之间自然律动的和谐，谁就成了不可饶恕的罪人，当受应得惩罚。纵放囚徒事件，不过是与唐代总体上的刑法制度取向紧密联系的。

---

① 洪迈：《容斋随笔》三笔卷七"赦恩为害"条，上海古籍出版社1978年版，第495页。

在唐代，礼法对立所体现的矛盾斗争也是相当突出的。如对于为亲复仇者如何处置，唐人争议较大。《唐律》并未明确规定禁止复仇，但同时《唐律·斗讼律》又规定，在父母祖父母遭殴击时儿孙只能解救不能报复，否则“致死者依常律”。当徐元庆将冤杀父亲的县尉赵师蕴杀死后，陈子昂认为其违法却合礼，举措难定，只好一方面处刑，另方面“旌其闾墓，嘉其徽烈”①，力图用一种自相矛盾的方式将执法与持孝统一起来。但是，多年以后柳宗元对此提出非议，他援引《周礼》和《春秋公羊传》，主张在“父不受诛”（父被冤杀而死）的前提下，孝子徐元庆可以对“杀人而不义”的赵师蕴复仇：“且夫不忘仇，孝也；不爱（吝惜）死，义也。元庆能不越于礼，服孝死义，是必达理而闻道者也。夫达理闻道之人，岂其以王法为敌仇者哉?”②

针对唐宪宗时梁悦复仇杀人一案，韩愈道出了执法者对于处治复仇者杀人违法的困惑：“……盖以为不许复仇，则伤孝子之心，而乖先生之训；许复仇，则人将倚法专杀，无以禁止其端矣。”③ 他也主张对杀人不义者复仇，但要事先上报官府，因“父不受诛，子复仇可也”的古法，不能行于当今。但《周礼·调人》就明确规定：“凡杀人而义者，不同国，令勿仇，仇之则死。”这里的“义”，其内涵早已为汉儒郑玄所阐发：

---

① 陈子昂：《复仇议状》，《陈子昂集》卷七，徐鹏校，中华书局上海编辑所1960年版，第152－153页。

② 柳宗元：《驳复仇议》，《柳河东集》卷四，上海人民出版社1974年版，第63－65页。

③ 韩愈：《复仇状》，马其昶《韩昌黎文集校注》第八卷，上海古籍出版社1986年版，第593页。

“义，宜也。谓父母兄弟师长尝辱焉而杀之者，如是为得其宜，虽所杀者人之父兄，不得仇也。”复仇杀人既然曾是合义合法的，古人又多愿循古训，就不能低估传统的影响。对正义复仇的同情及对复仇“合法”的先入之见，使得后世陆续生成的惩治复仇之法就常不起效用了。

其次，是对于商人的态度。如在对于长安富商王元宝的态度上，也可看出唐代君主对于民众的宽容友好态度。商人在古代“重农抑商”价值取向中，是不受重视的社会阶层。即使在唐代这样经济较为发达，文化开明的时代，也有白居易《琵琶行》中“商人重利轻别离”的贬低之意。不过，唐玄宗却没有瞧不起商人的意思：

> 玄宗御含元殿，望南山，见一白龙横亘山上，问左右，曰：“不见。”急召元宝，见一白物横在山顶，不辨于状。左右贵人启曰：“何臣等不见，元宝独见之也?”帝曰：“我闻至富敌至贵，朕天下主，而元宝天下之富，故耳。”

故事的异文众多，在《独异志》卷中、《南部新书》辛集、《太平广记》卷四百九十五等均予以收入，可见流传之广。玄宗并非不是站在皇权定于一尊的角度，说这番话的，但他却能在皇权至尊同时承认民间至富者的尊贵，这是何等的豁达和宽容，其实很不容易。上书还称：“唐富人王元宝，玄宗问其家财多少，对曰：‘臣请以一缣系陛下南山一树，南山树尽，臣缣未穷。’时人谓钱为王者，以有元宝字也。”如果不是在一个豪迈宽容具有普世性的时代，而君主个人又具有豪放的气概胸怀，不仅玄宗容忍不了王元宝，元宝恐怕也不敢用一种近乎放肆的口吻在皇帝目前夸富的。

此外，就是对待普通士兵的态度。据《唐语林》卷六说："元和中，有老卒推倒《平淮西碑》，官司针其项，又以枷击守狱者。宪宗怒，命缚来杀之。既至京，上曰：'小卒何故毁大臣所撰碑？'卒曰：'乞一言而死，碑文中有不了语。又击杀陛下狱卒，所愿于闻奏。文中美裴度，不述李愬功，是以不平。'上命释缚，赐酒食，敕翰林学士段文昌别撰。"自然，这一对待兵将士卒的平等态度和深厚情谊，在"马上得天下"的唐代君主那里，是有着一脉相承的优良传统的，有传闻说："上始于行在，无药饵以备将士金疮。时有裨将为流矢所中，上碎琥珀匣以赐之，其匣，则火精剑匣也。近臣谏曰：'陛下何以裨将金疮，而碎琥珀匣？'上曰：'今匈奴逆恣，欲危社稷，是军中籍材用人之际，而战士有疮，如朕身之疮也。昔太宗剪须以付英公，今朕以人为宝，岂以剑匣为宝也？'左右及中外闻者，无不感悦。"[①] 其实，由于豪侠尚义时代的普遍性伦理召唤，这类故事虽说不无饰美唐代帝王的总体趋向，但终究还是反映出那个时代的影子，体现了一种亚文化介入主流文化的显著影响，有着无可置疑的现实根据。

李唐皇帝的豪侠之气生成，除了家族传统、个人气质等原因，事实上也是胡汉交融时代，具体说主要受到西北胡人集团内部人际关系豪气相染的感发。陈寅恪先生受宋代吕颐浩《边御十策》所论之启，指出军队组织中，胡人酋长（即父兄）任

---

① 苏鹗：《杜阳杂编》卷上，《笔记小说大观》第一册，江苏广陵古籍刻印社1984年（影印），第143页。

将领，部众即子弟，是一种“血胤之结合”，“故情谊相通，利害以共。远较一般汉人以将领空名，而统率素不亲切之士卒者为优胜”。那么，唐玄宗何以要用蕃人为大将呢？理由也是从安定民心角度考虑的：“盖玄宗时默啜帝国崩溃后，诸不同胡族之小部落纷杂散居于中国边境，或渐入内地。安禄山以杂种胡人之故，善于抚绥诸胡种，……故玄宗之用蕃将，除用其骑射之技外，更兼取其部落组织严整之长。此点实与太宗用蕃将之心理未尝有别也。”① 因此上行下效，自然会对朝廷中臣僚下属关系的良性互动，产生诸多有益的影响。

三、大臣与同僚及下属关系中的豪侠尚气表现

与前后的朝代相比，唐代的君臣关系尤其是中唐以前的君臣关系，是较为和谐的，并且还很注意保持这种和谐。李唐王朝起于关陇士族，是“马上得天下的”，李渊李世民父子与那些身经百战的开国元勋，结下了深厚的友情，因此，君臣关系的相对健康、密切与和谐，也带来了大臣之间的关系多数情况下较为正常，往往体现了一种豪侠尚气精神。据史书记载，对于开国大将李勣，就传颂着豪侠文化精神为核心的类似佳话，可以说成为这一历史人物传记叙述的一个经久回响的主旋律：

勣前后战胜所得金帛，皆散之于将士。……平王世充，获其故人单雄信，依例处死，勣表称其武艺绝伦，若收之

① 陈寅恪：《论唐代之蕃将与府兵》，《金明馆丛稿初编》，上海古籍出版社 1980 年版，第 269 - 270 页。

> 于合死之中，必大感恩，堪为国家尽命，请以官爵赎之。高祖不许，临将就戮，勣对之号恸，割股肉以啖之，曰："生死永诀，此肉同归于土矣。"仍收养其子。每行军用师，颇任筹算，临敌应变，动合事机。与人图计，识其臧否，闻其片善，扼腕而从。事捷之日，多推功于下，以是人皆为用，所向多克捷。洎勣之死，闻者莫不凄怆。……①

著名的豪侠李勣是个非常有个人魅力的人物，他不仅具有仗义疏财，不留私财的美德，更有知人善任的认识水平。在豪侠价值观来看，他尤其令人钦敬叹赏的是：不以成败对待朋友。他先是竭力为老友单雄信求情，万不得已也置自己安危于不顾，当众号恸；还割下大腿的肉让老友吃掉，以此无奈而饱浸悲怆的壮举，表示生死不渝的友情——自身同友人单雄信同归于地下。按说，以原始巫术思维（顺势巫术）之理，就像小说写曹操的割发代首一样，这割下的大腿的肉，就代替了李勣本人，可以说，这种有渝生死的情感表达是有着神秘信仰的合理根据的，在唐人看来，已经是无以复加的了。

一个人面临生死荣辱的紧要关头，最能体现其真情实感且检验其豪侠仗义与否。而对于即将被处死刑的人，是何种态度，不仅可以看出主体情意的价值，还能够观察出某人的度量与同情心，这同样与豪侠尚气精神息息相关。至于大臣，为政作官

---

① 刘昫等：《旧唐书》卷六十七《李勣传》，中华书局 1975 年版，第 2489 – 2493 页。参见《新唐书》卷九十三《李勣传》，中华书局 1975 年版，第 3820 – 3821 页。

原则虽有，也总难免还是有一些较为宽容大气的“违反原则”之事，这些事情的记载，唐人也是多从褒奖的角度出发的。如某大臣身为地方官时的慨然纵囚事：

> 李尚书初守庐江，有重系者，当大辟，引虑之时，启曰：“昔于群小，专习一艺，愿于贵人之前试之。”乃曰：“长啸也。”公命缓系而听之，曰：“不谓苏门之风，出于赭衣之下。”遂蠲其罪。后镇山南，夜闻长笛之音，而浏亮不绝。问：“是何人吹也?”具云：“府狱重囚。”令明日引来。官吏递相尤怨：夜使囚徒为乐，罪累必深。及至，公曰：“汝之吹竹已得其能。少不事农桑，可为伶人耳。”卒岁而怜愍之，使令奔去。[①]

这位犯有重罪的刑徒，视死如归凛然不惧，他还忘不了自己引为骄傲的一技之长。而这一高雅“长啸”之功，也许更是这种临危不惧的风度，深深地打动了刚刚来庐江作官的李尚书，居然为此免掉了死罪。李公做这类事不是偶然为之的，他在山南作官，也是闻犯人吹笛，心中有了恻隐之心，不愿这个有着一技之长的生命和才华，就毁灭在牢狱中，不顾下属的担心和抱怨，毅然决然地释放了这个吹笛者。在法制和为官职责的角度来看，作为一个地方官员这样纵放犯人的举动，是违法、渎职而有争议的；但是，如果从人性的角度，特别是从豪侠使气尚义的心理冲动及伦理评价角度，人们就会加以同情理解，甚

---

① 王讜：《唐语林》卷四《豪爽》，上海古籍出版社1978年版，第123－124页。

至钦佩他的胆量和气魄，因为他毕竟不是无缘无故这样做的。于是，长官与犯人之间的关系，经过这样戏剧性的变化，就变成了表演者——知音者的关系，执法者变成了美与善的发现者，成为豪侠尚气行为的发出者。载录者将故事编入“豪爽”一类，不是鲜明地表示出相当赞赏的态度了么?

某些具有正义感的官员，在公众场合做到无私无畏，还会将豪气发挥到了一个极致，以至于在一定范围能够遏制邪恶的进一步侵凌。《唐国史补》卷上的这个记载，应该说还很有戏剧性的：

> 代宗朝，百寮立班，良久，阁门不开。鱼朝恩忽拥白刃十馀人而出，宣示曰：“西蕃频犯郊圻，欲幸河中为何?”宰相已下，不知所对，而仓皇颇甚。给事中刘出班抗声曰：“敕使反耶！屯兵无数，何不扞寇，而欲胁天子去宗庙！”仗内震耸，朝恩大恐骇而退。因罢迁幸之议。

试想，皇帝和满朝文武大臣，在外敌入侵国难当头之际，一旦离开京师远逃河中，难免不会即刻引起民心大乱，后果确是不堪设想。可是这位没有留下名字的姓刘的官员，却能够在白刃逼面之时，在朝廷上当众据理力争，指斥奸臣，戳穿了挟白刃威胁大臣的奸臣伎俩。

在唐代，当一个贫贱未发迹的仕子或官员落拓之时，能敢于在大庭广众之下，豪气纵横，充满自信地设计人生蓝图而不拘小节，这也当被视为豪侠之气的外现。据称丞相段文昌微时负才傲俗，“落泊荆楚间，尝半酣，屐履于江陵大街往来，雨霁泥甚，街侧有大宅枕渠，公乘醉于渠上脱履濯足，旁若无人，自言：‘我作江陵节度使，必买此宅。’闻者皆笑。其后果镇荆南，遂买此宅。”① 此处，已不再是《史记·陈涉世家》中传主那“燕雀安知鸿鹄之志”的感叹，和“王侯将相宁有种乎”一时之间率尔而发的激愤，而是有着相当把握的大前提下的具体安排，一副憧憬功成名就的自信自负情状。而“闻者皆笑”的反讽意旨，衬托了人物豪气抒发得有理而令人钦赞。端的是偏偏与平常人判然有别，“酒后吐真言”毕竟来自于胸中的壮志豪情。

诚信，也是汉代游侠的古老遗风，此在唐人那里也是得到了充分的发扬光大。如果我们仅仅局限于义士古押衙等那些令人耳熟能详的例子，则显得大为不够的。例如“操守颇有古贤之风”的孙泰，妻子是他的表妹，其姨临终，以二女为托，告诉他可娶妹妹，他却娶了伤了一只眼睛的姐姐，说如果不这样就没人会娶；他还将当铁灯台买回的银灯台送回，把买到手的别墅退给原主②。

那么人们不禁要问，何以孙泰如此行事？似让人不可理解。但在孙泰这里却是从容而主动地选择的。这不就是豪侠精神的体现么！若是到了明代如“三言”、“两拍”等世情小说中常描写的，则商人投机心理占主导，对有了此类任我之意选择的机会，恐怕就要大为称幸，很难做出这种诚信的表现。可见，诚

---

① 唐人阙名：《玉泉子》，《笔记小说大观》第一册，江苏广陵古籍刻印社 1984 年（影印），第 169 页。

② 王定保：《唐摭言》卷四《豪爽》，上海古籍出版社 1978 年版，第 46－47 页。

信，也是唐代豪侠精神的重要组成部分。也许，唐人是受到了那些外域来华的“胡商”率直忠恳行为方式的影响，但如果不是载录者热情褒举，也不会如是叙述的。

唐人重友情，这是举世公认的。前面列举的李勣冒死为友人求情，不成功，就割下自己大腿肉让临刑就死的友人吃，这岂是一般的友情能够做到的？又据说，郑畋之父曾是西门思恭的上级，他与西门分手前，流着眼泪，将年幼的儿子托付给这位朋友，等到西门思恭任了高官，老友已死，可是他还是不负重托，派人将郑畋找来养在家里，就像亲外甥或侄子一样抚养这孩子，选导师把郑畋培养成人，后来做了将相。不幸遇上动乱年代，西门全家逃难，而这时年方壮盛的郑畋，又专门招募勇士到山中寻找到他，接来家中奉养，就像对父亲一样孝敬他。养老送终之后，还亲手在墓地上栽植松柏。而不久郑畋亦离开人世，也埋葬在西门坟边。当后来的官员前来凭吊这对异性翁仲之墓，无不深感于中，在墓前纷纷堕泪，全都折服这异性骨肉深情所体现出的豪侠尚义精神①。

如果说，李勣割肉给临刑友人吃，是豪侠情义的刚烈，那么，西门与郑家两代的友情，就好比青松翠柏，凌冬不凋，这是豪侠情义持久绵长的形象写真。

也许，友情在侠义相帮的旧时代里，是小农经济为主社会中个体生存的必须，也是团伙内部凝聚力维系的必须。如果出现了团伙内部离心离德的局面，聪明的当事人舍却豪侠尚气的利器，难于有别的生存选择。甚至，在胡将安禄山这

---

① 孙光宪：《北梦琐言》卷十三，上海古籍出版社1981年版，第101页。

里，也明白以豪气贯注来调节人际关系。据载，哥舒翰拥兵守潼关之后，安禄山怒逐部将高尚等人，手下苦苦相劝，他心里颇有悔意，但人已被赶走，如何补救呢？他就把人都找回来一同宴饮，就在宴上酒酣耳热之际："禄山自唱《倾杯乐》与尚送酒，待之如初。"[①] 如果不是在一个满社会崇尚豪侠精神的文化氛围中，安禄山恐怕就未必想得到，并且选择以这种借助饮食文化"众人同乐"的方式来调节内部关系，而效果也不会这么理想。

四、家庭关系中体现的豪侠情谊

社会心理学中的"角色"理论认为，角色，是社会的客观期待和个体主观的内在要求。许多上面谈到的豪侠仗义之士，他们的豪侠角色，不仅表现在君臣、大臣对待下属的关系上，还体现在家庭内部中。

似乎，相关的载录也注意到不同社会场景中的同一人物，其行为方式的内在联系与和谐，因此，其每每构成了豪侠不可或缺的性格侧面。像初唐名将李勣临终托孤，嘱咐弟弟李弼："……我有如许豚犬（小儿），将以付汝，汝可防察，有操行不伦、交游非类，急即打杀，然后奏知。又见人多埋金玉，亦不须尔。惟以布装露车，载我棺柩，棺中敛以常服，惟加朝服一副，死倘有知，望著此奉见先帝。明器惟作马五六匹，下帐用幔布为顶，白纱为裙，其中著十个木人，示依古礼刍灵之义，

① 姚汝能：《安禄山事迹》卷中，周勋初主编《唐人逸事汇编》卷十四，上海古籍出版社1995年版，第741页。

此外一物不用。姬媪已下，有儿女而愿住自养者，听之；馀并放出。事毕，汝即移入我堂，抚恤小弱。违我言者，同于戮尸。”① 临终弥留时，他不仅保持了下层豪士本色，与自己特立独行个性结合起来，且还十分注意严教晚辈，宣布严厉的家规，把豪侠之自律规范落实在家庭中。

在家庭内部关系的调节上，唐代皇帝也不例外，这也是与其他时代相比的一个明显不同之点。对此，唐太宗李世民可谓作出了楷模。《隋唐嘉话》卷中载：“薛万彻尚丹阳公主。太宗尝谓人曰：‘薛驸马村气。’主羞之，不与同席数月。帝闻而大笑，置酒召对，握槊，赌所佩刀子，佯为不胜，解刀以佩之。酒罢，主悦甚。薛未及就马，遽召同载而还，重之逾于旧。”

豪侠，对于家庭内部矛盾的处理，也常常遵循着一种豪侠亚文化伦理的道德，这种豪侠伦理，其实即使在侠风盛行的唐代，也未必会与公理和法律相吻合、相协调。如严武八岁时，得悉亲母受虐原由，击碎父妾之首。二十三岁时他任给事黄门，仍性格棱角分明，次年在官筵上，就在众目睽睽之下：“杜甫拾遗乘醉而言曰：‘不谓严挺之乃有此儿也！’武恚目久之，曰：‘杜审言孙子拟捋虎须耶？’合座皆笑以弥缝之。……”②

原来，据刘餗《大唐新语》卷五载，杜审言善五言工书翰，恃才謇傲，为时辈所嫉。被贬后又遭到司马周季重与员外

① 刘昫等：《旧唐书》卷六十七《李勣传》，中华书局 1975 年版，第 2489 – 2493 页。

② 王谠：《唐语林》卷四《豪爽》，上海古籍出版社 1978 年版，第 121 – 122 页。

司户郭若讷共同构陷，审言系狱，其子杜并年十三，伺季重等酬宴时怀刃刺中，季重临死叹曰："吾不知杜审言有孝子，郭若讷误我至此！"审言亲自为祭文以祭儿子，士友咸哀并孝烈。武则天为此召见审言，甚加叹异，累迁膳部员外。可见，尽管杜甫的玩笑之语不见得有什么恶意，但豪侠即使在行事多年后，仍旧不愿别人来多言多语干预自家的事，否则会认为有触自身尊严，会很不高兴。在刘义庆《世说新语》划分出《豪爽》一门之后，《唐语林》也特设《豪爽》一目，将严武幼时这起家庭凶杀案件赫然列入其中，作者肯定褒扬的倾向性是十分明显的。

不过，有时豪侠精神却能唤起当事人较为广泛的同情心，作出近乎纯粹利他的义举。《唐语林·豪爽》还说李翱在筵上听到舞姬悲苦的身世之后，得知原来是故旧之女，就引入家中让其与自己夫人见面，深入了解了舞姬的才华，便为她选取了一位读书仕子嫁出了。于是，家庭故旧之情，不仅成为行使豪侠仗义之举的契机，也成为以此说服同僚、解释事由乃至宣传自己的一个借口。

但在有了重大政治分歧之时，豪侠即使对于家庭成员和近亲也是不讲情面的，甚至，还要不得不采取隐忍以图，甚或大义灭亲的剧烈举动。有的史料叙述，就突出展示了豪侠为了达到坚持自身政治态度，如何不择手段，解决掉不怀好意的近亲。像杨行密为了除掉心腹大患——内兄（大舅子）朱延寿的长远政治目的，他不惜装作失明，多达三年之久！他的假失明表演，处心积虑，夜以继日，缜密精细，含辛茹苦，甚至瞒过了自己朝夕相处的妻子。这一计策终于成功，他杀掉内兄，废掉妻子，而后他即时升堂：

> 召将吏等谓之曰："吾所以称两目失明者，盖为朱三。此贼今击杀，两目无事矣，诸公知之否！"于是军府大骇，其仆妾尝所无礼者，皆自杀。①

《旧五代史》注所引宋人阙名《五国故事》也描写了他杀死内兄的戏剧性场面："延寿既至，行密处正厅，潜兵以见之。俄而开目曰：'数年不见舅，今日果相睹！'延寿惶骇，遂叱壮士执而杀之。"他如此的"雄豪"、"度量"基于复仇的决心与"隐忍"的能力，如此表现不免有阴险刻毒的一面，但这正是当时政治斗争的你死我活残酷性，在家庭和亲友关系中的活龙活现的展示。而杨行密他这个人也有非常可贵的优点，他又有信任自己部下和朋友的一面，粗豪中有爽直和细心，他能穿着单衣，让有疑点的部下与自己同处在存放兵刃的房间内。这样的一种"诚信"表现，不也是很令人感动的么？

总之，许多具有代表性的事例，都说明豪侠精神，在唐代许多重要的人际关系中频繁体现，成为这一意气风发时代的主导精神。而且豪侠精神，贯注到多种多样人际关系的实质构成和调节过程之中，甚至一定程度上改变、优化了传统社会关系构成。当然，上述豪侠精神诸多事例的叙述，也是离不开同时代和稍后时代那些载录者选择、加工组合所带有的"期待视

---

① 薛居正等：《旧五代史》卷十七《田頵传》引《五代史补》，中华书局1976年版，第233－234页。

野”的。这里，涉及到一个豪侠文化的“濡化”传播问题，否则，也不会骤然之间在正史野闻中，充满了那么多有关豪侠精神具体生动的描绘叙述。尽管“心中的历史”与历史实存之间，不免存在着一定的差异，毕竟反映一种健康进步的时代精神，值得予以总结和探讨。

此外不应忽视的，就是诗歌多所咏叹的普通人之间的友情关系，以及人际关系中较为极端化的价值实现——报恩与复仇，对此，相关讨论较多[①]，这里不再赘述。

① 王立、郝明：《报恩知遇与唐代侠文化精神》，《重庆大学学报》2003 年第 6 期。

第七章　汗血马、中西交流与豪侠英雄气概

青莲室主人《后水浒传》第三十六回写杨幺说："从来陆地交锋，有了十分本事也要好马相配。是以关公有赤兔，项羽有乌骓，人马皆强，才得纵横无敌。……"道出了古代小说叙事中的"马与英雄"相生互补、相辅相成关系。这一常见话语，与源远流长的汗血宝马传说及其英雄气概，是分不开的。来自西方的汗血宝马，其"西方"不是今天所说的欧美，而是西域直至中亚，一定程度上也包括居于南亚次大陆印度，因为印度文化也是通过西域诸国传播到中原来的。因此这里所论的"西方"，是一个历史的概念，也借此标明一种中外交流的历史事实。

一、汗血马的出血原由及神化过程

论者曾引《东观汉记》、《清稗类钞》等，认为汗血马："产生这种现象（出血）的原因是汗血马经过长途跋涉，因长时间的剧烈运动，肩及脊处的小痂才会破而出血（古人不明白是出血，才认为'汗出如血'）。足见所谓'汗血马'决非如应劭说是在前肩髆处汗出如血，而是在前肩及脊上有小痂，经过

长途跋涉后，小痂破则出血。”① 的确，汗血马是古人常谈及的传奇性话题。周文所谈不无道理，只是离话题说透还有几分距离。其实应劭等人的类似话语还见于不少载录，或许有的更贴近事实。如徐岳《见闻录》“汗血马”条：

明季，沐国公遣人送匹马于云南抚军，其色黑，胸有白毛如月，名“捧月乌骓”，来自西番，龙种也。抚军文吏，不知珍贵，豢之群马中，渐至消瘦不食。一人请于抚军曰：“驽马以安闲、饱刍茭长膘，骏马以驰骤、出汗则不生他疾。譬如有才者利见用也。”抚军许可出厩试之。此马不受羁络，无敢控驭之者，其人遂攘袂向前，去十馀步，踊身腾上，一手撮耳，一手抠目，马战不敢动。复下，而笼之辔之，帖然与常马同，趺之纵之，两耳但闻风声，而目不辨所见，约一时往回，越百数十里。视之，周身流血。抚军以为其伤其力，实血汗也。自此腾跃超群，人皆以为千里马。

噫！向使是马也，不遇其人之识眼，不几湮没于抚军之厩耶！盐车之困，伏枥之悲，千古所以同慨也。后在沅州曾见某王子经过，坐马汗出如血，或时而腾骧奔跃，或时而循习调良，若乐为王子用者，乃益信抚军之马特用，枉其才耳。

看来，在明人眼里，汗血马还有如下特性：一是汗血马可

① 周士琦：《汗血马小考》，《文史杂志》2002 年第 2 期。

能不仅仅是某一部位出血，还可能“周身流血”；二是汗血马可能会在奔走劳累出血后，不仅没有体力受损，还奇迹般地恢复了健康与活力。

所谓“汗血马”，就其产生的原因来说，实际上竟然是马所生的一种寄生虫病，在奔跑激烈时，血从马皮肤下的小孔渗出。马前胸下面运动相对剧烈，自然是这个部位出血最明显了。而经过“周身流血”的一次剧烈运动后，也许寄生虫大部分被流血带出了体外，无意中还可能摆脱或减弱病魔的侵袭。因此，周文所谓“小痂破则出血”，离问题的答案或许只有一步之遥，这清人所观察到的“小痂”，其实正是马的体内寄生虫所致。

对此，民国学者于景让先生曾在《大陆杂志》五卷九期撰有《汗血马与苜蓿》一文考证，按 Turkman 马中也往往有汗血者，是从较皮肤约长 0.5 毫米的细脉管之中流出，因有一种名 Parafilaria Multipapilosa 的寄生虫，在马的前肩膊与项背皮下组织中，寄生处皮肤隆起，马疾走时血管张大，寄生处创口张开，血即流出，幼虫即栖息于流血处，匈牙利也早有汗血马的载录①。这一说法也早为西方学者注意，法国女汉学家布尔努瓦夫人（Lucette Boulnois，1931—）所著《丝绸之路》一书也曾明确指出：

> 至于“汗血”一词，其意是指这些马匹的特点，在很长时间内，这一直是西方人一种百思不解之谜。近代才有人对此作出了令人心悦诚服的解释：说穿了，这只不过是

① 参见方豪《中西交通史》上册，岳麓书社 1987 年重印本，第 116 页。

> 简单地指一种马病，即一种钻入皮内的寄生虫。这种寄生虫尤其喜欢寄生于马的臀部和背部，在两小时之内就会出现往外渗血的小包，“汗血马”一词即由此由来。在19至20世纪，许多旅行家们都在伊犁河流域和中国新疆目睹染有这种“汗血”的马匹，这种疾病蔓延到这一地区的各种马匹……①

可见国外汉学研究成果，或许能避免一些疏漏。这不算太体面的成因，并不影响中国古人对于汗血宝马的仰慕赞美，古人并不知道这是寄生虫病对马的折磨，而理解为外域——主要是以大宛为代表的西域诸国贡奉优良马种的一个外现。

张华《博物志》卷三称：“大宛国有汗血马，天马种，汉、魏西域有献者。”元代刘时中散曲《新水令·代马诉冤》咏：“谁知我汗血功？谁想我垂缰义？谁怜我千里才？谁识我千斤力？”其汗血，又被理解成劳苦功高，实乃借马喻人。

对汗血马在中外交流史上的历史来源和英风壮采，余嘉锡先生曾作《汉武伐大宛为改良马政考》，认为武帝伐大宛，眼光长远：“大修马政，广求善种以求其蕃息孳生，其闻天马而甘心者，欲得汗血之种也。”② 而耶茨发表在1934年第9期《欧亚大陆北部古迹》的汉学研究名作《马，早期中国历史上的一个因素》也论述，中国在费尔干纳（大宛）的战役并非只

---

① ［法］布尔努瓦：《丝绸之路》，耿昇译，山东画报出版社2001年重版（旧版为新疆人民出版社1982年版，第17页），第12页。其中的“有人”，即H·德效骞《班固所修的前汉书》。

② 《余嘉锡论学杂著》上册，中华书局1963年版，第175－180页。

是炫耀示威，中国人难以对付那些匈奴马上弓箭手。虽然中国人骑着同样的马，但骑射技术较差，处于不利地位，而费尔干纳像毗邻的粟特地区一样，拥有优质战马，河中地区的骏马，也许像米底亚的希腊人所称的尼沙马一样。中国人打算获取这种外国良马以补充他们的骑兵，他们认为这种良马必定优于匈奴人长满粗毛的矮种马。因此，对费尔干纳的远征是要获得对游牧民的军事优势①。而史家已早就指出，北朝诸燕立国不久的原因之一，是“战马日少”，因而敌不过拓拔鲜卑②。

这西访良马的壮举，直接影响到魏晋六朝中原人重马爱马的风气，和五言诗为主的抒情文学中“宝马英雄”模式。对汗血宝马的美好印象是那样地持久和富有鼓动力，唐人王损之《汗血马赋》热情洋溢的铺叙，评价甚是全面到位：

> 异彼天马，生于远方。每流汗以津润，如成血以荧煌。所以名重騄骥，价高驌驦。骨腾肉飞，既挥红而沛艾；麟超龙翥，亦流汗以倘佯。当其武皇耀兵，贰师服猛，破大宛之殊俗，获斯马于绝境。由是辞虏塞以俱来，望汉庭于遐骋。初疑霡霂，染瀚海之霜华；终讶淋漓，变榆关之霞影。及乎献关之始，就驾之初，饰金羁而势如蹑影，排玉勒而态若凌虚。伯乐乍观，讶沾襟而沃若；王良载驭，惊渐袖以班如。观其步骤如流，驱驰若灭，恣馀力而耸跃，

① 转引自［法］勒内·格鲁塞《草原帝国》，蓝琪译，商务印书馆1998年版，第64页。

② 马长寿：《乌桓与鲜卑》，上海人民出版社1962年版，第231－235页。

控中衢而敻绝。长鸣向日，蹀躞而色若渥丹；骧首临风，奋迅而光如振血。疾徐中节，羁束如濡。流膺臆以飞赭，洒缨鬣以凝珠。雄姿泛彼，逸态濡於。映白驹之群，皆疑失素；齐紫燕之匹，不可夺朱。卓彼奇姿，实为殊观。初溢腹而霑灑，终尽足而涣汗。此朱翼而表异，难并骏良；彼赤鬣以称奇，翻同款段。超腾莫及，迅疾难俦。遽赫如以浃洽，乍焕若以飞浮。倘遂越都，甚追风而更疾；如同过隙，似奔电以潜流。且其戢联翩，异蜷局，才逾良骏，名失逸足。倘不弃于血诚，将八銮而齐躅。

突出了“长鸣向日，蹀躞而色若渥丹；骧首临风，奋迅而光如振血”那红色主调辉耀下的英风壮彩，因此汗血马成为古代良马最受标举的代表，当无疑议。

再者，汗血马得名的又一说法，则因毛皮上的红色斑痕所致。在丝绸之路的西面那一端，也就是驯养马最早的中亚地区，一位伊朗学者即曾不无根据地推测：“从丝绸之路凿空之日开始，也就是公元前 2 世纪末前后，中国人就非常仰慕由贵霜王朝或安息王朝的人送给他们的第一批波斯马。第一批到达的这种牲畜在中国获得了一个‘血汗马’的别名。这一奇怪的名称可能是指其皮毛上红斑，使用一个波斯文术语就叫作‘玫瑰花瓣’状。当马的毛皮颜色很深时，其斑点就很明鲜，或反之，长‘玫瑰花瓣’状皮毛的马最受好评。如波斯历史上最著名的一匹坐骑的情况就是如此。该坐骑是达斯坦（公元 78—110 年）的孙子——著名英雄鲁达斯塔赫姆（公元 120—155 年）的骏马。……传说中最著名的坐骑即为这种颜色，也就是血和火的颜色。传说中认为，马匹毛皮与其性格是相一致的。‘古人’认为这样的马匹也具有火一般的性格，即以骠悍和疾速而出名。”① 从中国古代文献看，上述对汗血马这种得名方式的推究，也并非无理。《史记·秦本纪》即载：“造父以善御幸于周穆王，得骥、温骊、骅骝、騄耳之驷。”裴骃《集解》引郭璞语解释骅骝：“色如华而赤，今名马骠赤者为枣骝。骝，马赤也。”“八骏皆因其毛色以为名号。”因此，汗血马，至少还是说出了马的毛色某些主要特征：血红色的毛色，也包含对于马之毛色的一种比喻性形象性的描绘形容，汗血马的名号由来或许也与此有关。

另外，张衡《二京赋·东京赋》咏：“驸承华之蒲梢。”蒲梢，有人认为指的也是大宛汗血马，的确，《史记》卷二十四《乐书》载：“……后伐大宛，得千里马，马名蒲梢，次作以为歌。”裴骃《集解》引东汉应劭语：“大宛马，汗血沾濡也，流沫如赭。”“大宛旧有天马种，蹋石汗血，汗从前肩髆出如血，号一日千里。”但从《汉书·西域传赞》所记来看，“蒲梢”只不过是大宛马众多种类中的一种，与“汗血”马并称：“孝武之世，……闻天马、蒲陶，则通大宛、安息，自是之后，明珠、文甲、通犀、翠羽之珍盈于后宫，蒲梢、龙文、鱼目、汗血之马，充于黄门。”这也可证“汗血”的命名，与良马毛色特征给人们带来的突出的视觉联想，不为无关，就像“龙文”等命名与此有关一样。

---

① ［法］阿里·玛扎海里：《丝绸之路——中国—波斯文化交流史》，耿昇译，中华书局1993年版，第23－24页。

二、天马龙驹传闻功业取向之于汗血马传说的介入

金庸《射雕英雄传》第七回《比武招亲》写郭靖在中原与草原交界的张家口外见到韩宝驹，告知自己的红马肩上出血，韩当即告知说这是一匹千年难逢的汗血宝马，郭靖询问，韩答："我曾听先师说道，西域大宛有一种天马，肩上出汗时殷红如血，胁如插翅，日行千里。然而那只是传说而已，谁都没有见过……"[①] 还是饱读诗书的朱聪说起，大宛国贰师城附近高山上，生有野马，大宛人把母马放牧在山下与野马交配，生下汗血宝马。其还引证了汉武帝《天马之歌》和贰师将军李广利重兵夺取汗血马史实，由此引出了郭靖遭逢八个骑白驼的白衣人和塞外初识黄蓉、以及穆念慈比武招亲的故事。在此，作为"龙种"的汗血马意象的出现，给小说烘染出一种绚烂多彩的异域风情。

汗血宝马传说由来已久。唐太宗《咏饮马》诗："骏骨饮长泾，奔流洒络缨。细纹连喷聚，乱荇绕蹄萦。水光鞍上侧，马影溜中横。翻似天池里，腾波龙种生。"据徐松《登科记考》，唐宪宗元和十四年（819 年）和唐懿宗咸通三年（862 年），进士科还把"骐骥长鸣"和"天骥呈才"作为省试试题。杜甫《秦州杂诗》也化用了马为龙种的传说："闻说真龙种，仍残老骕骦。"这传说当起于神秘思维盛行的汉代。论者曾指出："'天马'，实际上已经成为这一时代中西交通取得历史性

① 金庸：《射雕英雄传》（修订本）第七回《比武招亲》，香港明河出版社 1976 年版，第 264 页。

进步的一种文化符号。”① 可见，汗血宝马故事作为天马系列中的一支，的确是从中亚到中原的一个绵延持久的美丽传说。《汉书·武帝本纪》载：“（元鼎四年）六月，得宝鼎后土祠旁。秋，马生渥洼水中。作《宝鼎》、《天马》之歌。”“（太初）四年春，贰师将军广利斩大宛王首，获汗血马来。作《西极天马》之歌。”其实，《史记·大宛列传》已明确记载：“（张）骞身所至者大宛，……具为天子言之，曰：‘大宛在匈奴西南，在汉正西，去汉可万里。其俗土著，耕田，田稻麦。有蒲陶酒。多善马，马汗血，其先天马子也。’”裴骃《集解》引《汉书音义》释：“大宛国有高山，其上有马，不可得。因取五色母马置其下，与交，生驹汗血，因号曰天马子。”

《汉书·武帝本纪》载元鼎四年“马生渥洼水中”，李斐注曰：“南阳新野有暴利长遭刑，屯田敦煌界，数于此水旁见群野马中有奇者，与凡马异，来饮此水。利长先作土人，持勒绊于水旁。后马玩习，久之，代土人持勒绊收得其马，献之。欲神异此马，云从水中出。”按，这传说体现出久远的族群集体记忆，正是基于将宝马与水中神龙建立联系的神秘思路。《后汉书》卷四十二《光武十王传》写章帝赐东平宪王刘苍书，也提到大宛天马：“……并遗宛马一匹，血从前髆（膊，肩胛）上小孔中出。常闻武帝歌《天马》‘霑赤汗’，今亲见其然也。”张华《博物志》卷一也称：“和气相感，则生朱草，山出象车，泽出神马，陵出黑丹，阜出土怪。江南大贝，海出明珠，仁主寿昌，民延寿命，天下太平。”泽出神马，被认为是一个瑞兆，

① 王子今：《史记的文化发掘》，湖北人民出版社 1997 年版，第 603 页。

因此后代盛世之时，也多有地方官员把此类传闻上报博宠邀功者。

川蜀之地多水，也多有大泽生天马的民间传闻。西晋常璩《华阳国志·蜀志》载："会无县，……有天马河，马日千里，后死于蜀，葬江原小城，今天马冢是也。县有天马祠。初，民家马牧山下，或产俊驹，云天马子也。今有天马径，厥迹存焉。"该书卷四《南中志》也说："（汉）章帝时，蜀郡王阜为益州太守，治化尤异，神马四匹出滇池河中，甘露降，白乌见；始兴文学，渐迁其俗。"这一传闻延展到远至西南边陲的云南："滇池县，郡治。故滇国也。有泽水，周回二百里。所出深广，下流浅狭，如倒流，故曰滇池。长老传言，池中有神马，或交焉，即生俊驹，俗称之曰'滇池驹'，日行五百里。"相关异文还见于《水经注·沔水》等。而干宝《搜神记》卷六也称："魏齐王嘉平初，白马河出妖马，夜过官牧边鸣呼，众马皆应。明日，见其迹大如斛，行数里，还入河。"其本事还见于《宋书·五行志》、《晋书·五行志》等。

于是，我们也就能对正史载录正确了解："吐谷浑，……有青海者，周八九百里，中有山，须冰合，游牝马其上，明年生驹，号龙种。尝得波斯马，牧于海，生骢驹，日步千里，故世称'青海骢'。西北有流沙数百里，夏有热风，伤行人。风将发，老驼引项鸣，埋鼻沙中，人候之，以毡蔽鼻口乃无恙"；"吐火罗，或曰土豁罗，曰睹货逻，元魏谓吐呼罗者。居葱岭西，乌浒河之南，古大夏地。与挹怛杂处。胜兵十万。国土著，少女多男。北有颇黎山，其阳穴中有神马，国人游牧牝于侧，生驹辄汗血。"① 其实，海中或江河湖泊水中生马，也是马的神秘超凡信仰和审美想像之有力的生发点。这一母题是带有世界性的，在中亚至阿拉伯尤其盛行。《一千零一夜》写辛伯达第一次航海，因误上庞巨为岛的大鱼身上，鱼动落海，漂至荒岛见一骏马，据说这是当地的养马人有意为之：

> 每当月明时候，我们选择高大、健壮的牝马，把它拴在海滨，然后躲在这个地窖里，静观动静。过一些时候，海马嗅到牝马的气味，跑出海面来引诱牝马，要带它到海里去。可是牝马被拴着，无法逃跑，于是相对长嘶，既而踢打、交尾。我们闻声跑出去，大声一吼，吓跑海马；从此牝马受孕，杂交生出来的小马，每匹值一库银子，生得美丽无比。②

丝绸之路的彼端亦有《一千零一夜》异文，据说原文载19世纪《阿拉伯文法》一书，那个岛国国王的马夫讲述："在每年各个季节开始的时候，我们便将国王的牝马牵到这里，并且要拴起来。从海里钻出一匹公种马，与母马交配，但因为在交配之后，公种马就想杀死母马，所以我们必须高声呼喝以迫使它返回大海中去。此后，我们将母马带回去，精心照料，一直

① 欧阳修、宋祁：《新唐书》卷二百二十一上《西域上》，中华书局1975年版，第6224页，第6252页。本事还参见《晋书·五行志》、《宋书·五行志》等。

② 《一千零一夜》第四册《辛伯达航海旅行的故事》，纳训译，人民文学出版社1982年版，第7页。

到幼驹诞生为止。它们所生的马驹就叫作海马，……”①

中国古人也持久地相信海水中跃出骏马奇闻，这很可能是从中亚传来的叙事母题。南宋洪迈注意到：“绍兴八年，广州西海壖（海边），地名上弓弯，月夜，有海兽状如马，蹄鬣皆丹，入村民家，民聚众杀之。将晓，如万兵行空中，其声汹汹，皆称寻马。客有识者，虑其异，急徙去。次日，海水溢，环村百馀家尽溺死。”②

同时还应看到，这载录也是与西域野马传闻并行不悖的，周密《癸辛杂识》续集亦称：“韃靼野地有野马与蛟龙合，所遗精于地，遇春时则勃然如笋出地中。大者如猫儿头，笋上丰下俭，其形不与，亦有鳞甲筋脉，其名曰‘锁阳’，即所谓肉苁蓉之类也。”核心也在于马龙交合的生殖神话。如果联系到史书中那些大湖（古代亦称为海，如“青海”、“北海”等）旁野马出没的传说，可知母题的东西跨文化相通性质。

明代朝野也有巨大“海马”与“龙马”之神秘来历的传闻：“永乐十八年九月，诸城进龙马。民有牝马牧于海滨，一日云雾晦冥，有物蜿蜒与马接。产驹，具龙文，其色青苍，谓之龙马云。宣德七年五月，忻州民武焕家马生一驹，鹿耳牛尾，玉面琼蹄，肉文被体如鳞。七月，沧州畜官马，一产二驹，州以为祥，献于朝。宣宗曰：‘物理之常，何足异也。’成化十七年六月，兴济马生二驹。……嘉靖四十二年四月，海盐有海马

---

① ［法］费瑯编：《阿拉伯波斯突厥人东方文献辑注》，耿昇、穆根来译，中华书局 1989 年版，第 641 页。

② 洪迈：《夷坚志》甲志卷八《海马》，中华书局 1981 年版，第 72 页。

万数，岸行二十馀里。其一最巨，高如楼。”[①] 这种神秘传闻因民俗记忆的顽强而延续到清初：“康熙间，某郡忽来一马，不知所自。神骏非常，蹄间毛长尺许。往来腾踔，日践田禾无算，乡人苦焉。捕之不得，乃纠合诸村，四面围逐。马径奔海中，履水而行，踏浪蹴潮，宛如平地。久之，入大洋，踪影杳然矣。”[②]

与产于水中的神马相对应的，则是同样与龙有着血亲缘分的神牛。金木散人《鼓掌绝尘》第十七回写火睛牛出西番：“那个所在，专出海犀，海犀若与龙交，就生出这一种来。故虽形状生得狰狞，从来不会伤人。其性最热，皮可御寒，胆最贵，人得了系在身边，能驱诸邪，瘳百病。……只为当初汴京有个曹容参将，出征西番，闻得此兽好处，遂带了雌雄一对回来。那（哪）里晓得雌的不受龙气，生出来的就是水牛。”这里套用的是“水中出神马”的传闻旧有模式。而宝马出入于河中，则不仅是中国自汉代史书就载录盛传的，也是佛教的古远传说。有关专家早就指出：“古人常说良马出于水中”，“应视为产于近水源的草地”。[③]

改良马种，是农耕民族以西北游牧民族为参照、为战胜竞争对手所进行的持久不懈的努力。因此往往在理想期盼的支配下重温前代的“宝马龙种”的一个深切影响武侠小说怪兽群像

① 张廷玉等：《明史》卷二十六《五行一》，中华书局1974年版，第440－441页。

② 王楲：《秋灯丛话》卷三“海马”条，华莹校点，黄河出版社1990年版，第39页。

③ 谢成侠：《中国养马史》（修订版），农业出版社1991年版，第73页。

谱系来历的"惯常思路"。南宋人周去非《岭外代答》卷九《禽兽门·天马》称："邕州溪峒七源州有天马山，山上有野马十馀匹，疾迅若飞，人不能迹。熙宁间，七源知州纵牝马于山，后生驹，骏甚。自后屡纵，迄不可得矣。"①

对于龙马野合，朱国祯《涌幢小品》卷二十三也称："蒋粹翁，政和人，宋季为太学生，元混一天下，遂归隐于满月山，尝言其先世家九峰山下，畜一牝马，舍侧有龙潭，马入浴其中，龙与之媾而生驹焉，龙首马身，状如负河图者。有父老曰：'昔仲尼笔削六经而麒麟出，今朱晦翁表章四书而龙马生，圣人之谓也。'晦翁闻之，逊不自居，谨视刍秣，后牧于山林，竟失所在。"至清初人还坚信："元末嵩州明月寺，牝马不媾而产驹，形不类马，每鸣野马皆鸣。见《嵩县志》。必龙种野合，人不知耳。"②

三、抒情文学中汗血马传说的扩散

李白《天马歌》曾激情迸涌地吟哦"天马来出月支窟，背为虎文龙翼骨"，其腾昆仑、历西极而来，但这天马仍旧"汗血"："目明长庚臆双凫，尾如流星首渴乌，口喷红光汗沟珠（朱）。"清人王琦注引张率《舞马赋》的"露沫喷红，沾汗流赭"；《赭白马赋》的"应门沫赭，汗沟走血"以诠释，其实这都来自对于汉代以武力引进的西域良马这一文化事象，其中最引人注目、令人想像力为之激活的就是汗血马。

---

① 杨武泉：《岭外代答校注》卷九，中华书局1999年版，第348页。

② 周亮工：《书影》（十卷本）卷七，上海古籍出版社1981年版，第199-200页。

陈寅恪先生曾注意到《新唐书·兵志略》载："唐之初起，得突厥马二千匹，又得隋马三千于赤岸泽，徙之陇右，监牧之制始于此。初，用太仆少卿张万岁领群牧。自贞观至麟德四十年间，马七十万六千……"这一史料，强调了优良的战马之于古代中原民族战争事业的重要："骑马之技术本由胡人发明。其在军队中有侦查敌情及冲陷敌阵两种最大功用。实兼今日飞机、坦克二者之效力，不仅骑兵运动迅速灵便，远胜于部卒也。中国马种不如胡马优良。汉武帝之求良马，史乘记载甚详，后世论之者亦多，兹不赘述。即就上引史料观之，则唐代之武功亦与胡地出生之马及汉地杂有胡种之马有密切关系，自无待言。至弓矢之用，若不与骑马配合，则仅能防守，而不能进攻，只可处于被动地位，而无以发挥主动进攻之效用。故言射而不言骑，则止得军事技术之一面。若骑射并论，自必师法胡人，改畜胡种之马，且任胡人血统之人主持牧政。此必然之理，必致之势。"① 古代冷兵器野外特别是远程作战的方式，决定了适合战争、征战的良马，是骑兵将领们也是国之君臣梦寐以求的。尤其是远征西北沙漠草原地区，路程迢远，非重骑兵不可。于是能负重，具耐久体能的战马，就成为中原远征军能否获胜、生还的关键。

因此，马与战将相辅相成的紧密关系，凝结为汉魏六朝宝马英雄模式的深层心理和物质构成。西晋王嘉《拾遗记》卷七称："曹洪，魏武从弟。家盈产业，骏马成群。武帝讨董卓，夜行失马，洪以其所乘马让帝，其马号曰白鹄。此马走时，惟

① 陈寅恪：《论唐代之蕃将与府兵》，《金明馆丛稿初编》，上海古籍出版社1980年版，第268－269页。

觉耳中风声，足似不践地。至汴水，洪不能渡。帝引洪上马共济，行数百里，瞬息而至，马足毛不湿，时人谓乘风而行，亦一代神骏也。谚曰：凭空虚跃，曹家白鹄。”张华《博物志》卷六也载：“古骏马有飞兔、腰袅。周穆王有八骏：赤骥、飞黄、白蚁、华骝、騄耳、騧騟、渠黄、盗骊。唐公有骕骦，项羽有骓。”所以，咏叹汗血宝马以抒发豪情侠概，是古代抒情诗歌的一个“惯常思路”。尤其在唐代，关于汗血宝马的风采描绘和相关意气风发的抒情，实际上往往连带着文人功业之志、豪侠情怀的渲染。例如：

胡直钧《获大宛马赋》咏：“昔孝武寤善马，驾英才，穷二师于海外，获汗血之龙媒。于是宛卒大北，神驹尽来，驵骏奇状，超摅逸材。走，追风于马邑，嘶，逐日于云堆。因行师之勋著，辨前王之业开。”①

杜甫《高督护骢马行》咏：“……五花散作云满身，万里方看汗流血。长安壮士不敢骑，走风掣电倾城知。”

卢照临《紫骝马》咏：“不辞横绝漠，流血几时干。”

万楚《骢马》咏：“汗血每随边地苦，蹄伤不惮陇阴寒。”

李贺《马诗二十三首》其二十二咏：“汗血到王家，随鸾撼玉珂。少君骑海上，人见是青骡。”

卢征《天骥呈材》咏：“应知流赭汗，来自海西偏。”

郑贲《天骥呈材》咏：“喷勒金铃响，追风汗血生。”

杜甫《沙苑行》咏：“龙媒昔长渥洼生，汗血今称献于此。”

---

① 陈元龙辑：《历代赋汇》卷一三五，江苏古籍出版社、上海书店1987年版，第536页。

乔知之《羸骏篇》咏："山川关塞十年征，汗血流离赴行营。"

如果我们参照神话——仙话思维结合现实社会中诗人际遇，来全方位地看待上述咏叹，才不至于把问题的认识简单化。而其中一个不容忽视的因素是关于汗血马神秘崇拜的深层作用。《神异经·中荒经》还透露有外域异质文化干预马意象风神的传闻："西南大荒中有马，其大二丈，髯至膝，尾委地，蹄如丹，踠可掘。日行千里，至日中而汗血。乘者当以絮缠头，以辟风病。彼国人不缠。"这是华夏中心主义观念支配下的中原人难得的谦逊，谈论起汗血马有一种无可回避的自卑感。

汗血宝马意味着军功事业与功业宏愿，还可以从一个反面例证中看出。《晋书》卷一百一十三《苻坚载记上》称："先是，梁熙遣使西域，称扬坚之威德，并以缯彩赐诸国王，于是朝献者十有馀国。大宛献天马千里驹，皆汗血、朱鬣、五色、凤膺、麟身，及诸珍异五百馀种。坚曰：'吾思汉文之返千里马，咨嗟美咏。今所献马，其悉返之，庶克念前王，仿佛古人矣。'乃命群臣作《止马诗》而遣之，示无欲也。其下以为盛德之事，远同汉文，于是献诗者四百馀人。"《晋书》为唐人所修撰，也体现了唐人的材料选择和价值取向。献诗者众虽并不表明好诗多，却的确表明这一题材为众所关注的一时之盛。"遣还"、"止供"汗血马，也意味着同西域诸国不起刀兵，和平相处，还显示了一种表现泱泱大国风度的传统。

《一千零一夜》写英雄孔马康遇一濒死的骑士求救，那骑士的战马："非常雄壮高大，四条腿像云石柱子，显然是为驰骋疆场、日行千里才生得这样粗壮、结实的。它的雄姿俊态，非语言可以形容其万一，令人越看越羡慕，真是百看不厌。孔马康一见那匹战马就愣住了。他羡慕不已，暗自叹赏：'真是好马一匹。这样的骏马是举世无双的。'……"原来这千里马就是称之为"戛突尔（杀伐者）"，绰号"疯骓"①。可见英雄喜爱宝马，也是阿拉伯到中亚一带人们的共同心理。

所以，自先秦以来的马文化观念，原本是以象征性和寓意性为主的，如《战国策》和《楚辞》中的骐骥意象，《史记·外戚世家》也昭明：

> 褚先生曰："浴不必江海，要之去垢；马不必麒骥，要之善走；士不必贤世，要之知道；女不必贵种，要之贞好。"……

此说在王定保《唐摭言》卷七还重温："论曰：马不必麒骥，要之善走；浴不必江海，要之去垢。苟华而不实，以比周鼓誉者，不为君子腹诽，鲜矣！"然而，自汉武帝大举进击匈奴，汉族文人在马文化强盛的西北外族参照下，形成深在自卑情结，唐人及后世的汗血宝马之咏，才纷纷努力进行心理超越，极力以此鸣奏出慷慨豪迈的声音来，且愈益趋于实用性。赵翼《廿二史札记》卷二十八"金俗重马"条称："金初以战争开国，故最重马。景祖方为部长时，有黄马，服乘如意。景祖没，辽贵人争欲得之，世祖曰：'难未息也，马不可与人。'遂割其两耳，谓之秃耳马，辽人乃弗取。（《阿疏传赞》）时兵力尚微，

---

① 《一千零一夜》第二册，纳训译，人民文学出版社 1982 年版，第 138－140 页。

桓赧、散达方强，欲得盈哥之大赤马，及辞不失之紫骝马，世祖亦不许，遂战败之。(《桓赧》、《散达传》) 康宗薨，太祖即位，辽使阿息保来吊，阿息保径至殡所，阅赗马，欲取之，太祖大怒，将杀之，宗雄谏而止。(《世纪》) 阿离合懑将死，太祖往问疾，问以国家事，对曰：'马者甲兵之用，今四方未平，而国俗多以良马殉葬，当禁止之。'(《阿离合懑传》) 观此，可见金源氏之重马也。军旅之事，全恃马力，此固有国家者所当留意耳。"① 而若从整个华夏之邦及周边民族马文化发展演变历史看，可知金代重马习俗亦渊源有自，当然此并非全是现实写照，也交织了载录者自己的理解。

四、叙事文学中宝马意象的充实及佛经来源

人类与马的关系可以追溯到远古时代。许多民族的史诗中，有关马的描写歌咏都占有重要的位置，几乎英雄的讴歌就离不开讴歌他的宝马。因此马文化具有重要的民俗文化史意义。所谓："基督教徒与穆斯林教徒们一样，他们的民间故事中绝大部分都是刻划人生四大趣乐的，当时的苍生庶民朝思暮想的似乎也是这四大趣乐：疆场立功、美貌女郎、剽悍骏马和美味佳肴。"② 深受中亚西域文化影响的唐人又何尝不然？一匹好马对于具有建功立业志向的唐人该有多么巨大的诱惑力！唐人笔下的汗血马，往往牵连着西北草原文化的迷人风光，这不仅是一

---

① 王树民校证：《廿二史札记校证》(全二册)，中华书局 1984 年版，第 634－635 页。

② [法] 布尔努瓦：《丝绸之路》，耿昇译，山东画报出版社 2001 年重版，第 196－197 页。

种物质层面上的写实，也是主体精神世界的写照，其表现了唐人一种容受外来文化的开阔视野和胸襟。

一位美国学者指出：“一只西里伯斯的白鹦，一条撒马尔罕的小狗，一本摩揭陀的奇书，一剂占城的烈性药等等——每一种东西都可能以不同的方式引发唐朝人的想像力，从而改变唐朝的生活模式，而这些东西归根结底则是通过诗歌或者法令，或者短篇传奇，或者是某一次即位仪式而表现出来的。外来物品的生命在这些文字描述的资料中得到了更新和延续，形成了一种理想化了的形象，有时甚至当这些物品的物质形体消失之后也同样是如此。体现在文字描述中的外来物品，最终也就成了一种柏拉图式的实体。”① 因而，不能把汗血宝马的咏叹，仅仅当作唐人豪侠性情一时诗兴所至，而是一种浸透着注目外域、试图把内心主体意识推展到广阔的人马相同互助、互相激发的抒情模式，有一种豪气奔涌的博大情怀在外射。显然，从具有神秘色彩的汗血宝马意象中，也可发现某些隐藏在外表形象下面的神理。

李福清先生亦注意到马在古代小说中所带有的史诗情味：

> 还有一个把马的迅跑比作飞翔的传统概念。突厥人的史诗里，俄罗斯的壮士歌里，都存在这样的概念。在俄罗斯，它与古代神话故事中的“飞马”概念有关。中国语言习惯把快速移动比做飞（“走如飞”，“跑如飞”等等），说不定也可以追溯到古代的神话概念。大禹王的马名叫“飞兔”，关

① ［美］谢弗：《撒马尔罕的金桃》（《唐代的外来文明》），吴玉贵译，中国社会科学出版社 1995 年版，第 2－5 页。

羽的马叫“赤兔”。书词里介绍赤兔马，像一切勇士的坐骑一样，说它能日行千里。但这个细节不是新创的，《三国演义》里就有。在《战国策》里已经能见到这个说法。①

显然，汗血宝马的一个重要特征就是行走如飞，其与中亚和古代中国对于良马的期待相同。论者罕有注意陶岳《五代史补》卷一的传闻，其状写出宝马之于英雄及英雄功业不可或缺：“（朱）瑾之奔淮南也，时行密方图霸，其为礼待，加于诸将数等。瑾感行密见知，欲立奇功为报，但恨无入阵马，忽忽不乐。一日昼寝，梦老叟眉发皓然，谓瑾曰：‘君常恨无入阵马，今马生矣。’及厩隶报，适退槽马生一驹，见卧未能起。瑾惊曰：‘何应之速也！’行往视之，见骨目皆非常马，大喜曰：‘事办矣！’其后破杜洪，取钟传，未尝不得力焉。”② 后来有人要夺马占为已有，朱瑾竟为此而将其“击杀之”。

古代关于马可救助主人的传闻也难排除西来影响。《说岳全传》第二十回写崔府君神庙泥马驮赵构渡江，这庙中泥马变活马信仰，即本于六朝志怪。刘敬叔《异苑》载苻坚堕山涧，马垂鞍解难；《南史·梁豫章王综传》写任焕受伤，马跪前脚使其上马。李冗《独异志》卷上也载孙坚堕马，“所爱骏马入营，踣地悲鸣，人异之，逐马往，得坚于草中”。而较直接的似来自木马化活马故事。干宝《搜神记》卷十六称：“吴先主

① ［俄］李福清：《三国演义与民间文学传统》，尹锡康、田大畏译，上海古籍出版社 1997 年版，第 303 页。

② 周勋初主编：《唐人逸事汇编》，上海古籍出版社 1995 年版，第 1850 页。

杀武卫兵钱小小，形见大街，顾借赁人吴永，使永送书与街南庙，借木马二匹，以酒噀之，皆成好马，鞍勒俱全。”此为《太平御览》卷八九七引。《艺文类聚》引《世说》也叙述关键时马能通灵救主：“刘备之初奔刘表，屯于樊城，表左右欲因会取备，备觉，如厕便出。所乘的颅马走堕襄阳城西檀溪水中，溺不得出。备急谓的颅曰：‘今日厄，何不努力！’的颅达备意，踊三丈得过。”这一传奇性故事成为小说《三国演义》中与刘备性格塑造直接相关的令人难忘的片段之一。

其实这从叙述思路上说，除了先秦的“骐骥”与人才知遇书写、汉代天马的叙事歌咏，亦有南亚文化因子，即当源自中古汉译佛经。三国时康僧会所译《六度集经》，卷六《驱耶马王本生》写马王在海滨救度遇海难者，还飞渡大海，拯救被邪淫女鬼迷惑的商人，商人喜曰：“常闻神马，哀度危难。”故事又见《出曜经·如来品》、《佛本行集经》卷四十九、《大唐西域记》卷十一等。

而本生故事中的“云马本生”也讲述，铜叶岛（斯里兰卡）的夜叉城迷惑航海遇海难来的商人们，幻化出耕种放牧的景象和牲畜来，是一个警觉的商人头目发现危险，经过劝告他们一行五百人中的一半想要逃离该岛，这时菩萨化为云马：“全身雪白，头似乌鸦，鬃似蔓闍草，具有神力，能在空中行走。它从喜马拉雅山跃入空中，飞来铜叶岛，吃岛上湖泊池塘天生的稻米。吃完飞走时，它用充满怜悯的人声，连叫三次……”将这些面临被夜叉吃掉的人驮在背上送回大陆[①]。

---

① 《佛本生故事选·云马本生》，郭良鋆、黄宝生译，人民文学出版社 2001 年版，第 117－119 页。

《杂宝藏经》卷八《月氏国王与三智臣作善亲友缘》说月氏国王平定三方之后，又举兵讨伐东方：

> 先遣诸胡及诸白象于先导者首，王从后引。欲至葱岭，越度关险，先所乘象马，不肯前进。王甚惊怪，而语马言："我前后乘汝征伐，三方已定，汝今云何，不肯进路?"

马和白象，仿佛能通人性，它们以消极怠工方式对穷兵黩武的月氏国王表达不满，于是大臣乘机进言，而国王也醒悟到征伐杀戮过多，应该忏悔而修功德。马和象为代表的动物能以行动和国王对话，也显示了佛教众生平等的观念。王嘉《拾遗记》卷六载："宣帝地节二年，含涂国贡其珍怪，其使云：'去王都七万里，鸟兽皆能言语。……'"佛经这里没有写马能讲人语，却写了人对马说话，显然是以马能听懂人语为前提的。虽然马不算做气候炎热的南亚地区代表性的神奇动物，但因其作为中亚西域的最为重要的家畜类动物，依旧体现了古代印度与周边地区的文化交流及其多中介性。

这一神化了的马作为佛经母题，很可能还有着相当广远的中亚和欧洲来源。普罗普注意到，马与水的联系，是欧洲和亚洲的马所共有的——印度的火神阿格尼和希腊的飞马珀伽索斯。阿法那西耶夫对此进行过专门研究，而马里丹也指出，波塞东一度是陆地之神，随着他转变为海神，他的马也变成了海中的马。而印度也产生过类似的传说，神马阿格尼据说是水的孩子，因此有人推测说，曾经有一种特殊的水中动物，它与阿格尼融合为一了，《梨俱吠陀》就称其具有"海水做的衣服"；"是从水里干干净净地走出来的”；“湖里的水来帮助他”等等[①]。

而马作为佛经中的通灵动物，其化入中土，更是因与变化母题等结合而大放光彩。也不应忽视《太平广记》卷四百三十六所引《大唐奇事》故事，说京洛富人王武知有人卖骏马，急令人争购，“其马白色，如一团美玉，其鬃尾赤如朱，皆言千里足也，又疑是龙驹。驰骤之驶，非常马得及”，王武拟以此宝马献大将军薛公，可这马忽大嘶一声，化为一泥塑之马。

可见母题由晦至显，由间接到直接的历史衍变过程。义马“救主”的方式最初是杂多的，但这一主题意念不断持续，最后终于借助“泥马”与活马互变的母题框架，构成了内容形式的统一。

总之，我们寻究古代中国武侠英雄与良驹宝马因缘，还是不要忘记中西方文化传播交流所带来的巨大审美触发效应。

---

① ［俄］弗拉基米尔·雅可夫列维奇·普罗普：《神奇故事的历史根源》，贾放译，中华书局2006年版，第227－229页。

第八章 义禽义兽代诉冤故事及其佛经渊源

义禽义兽代诉冤，是中国古代侠义公案文学中的重要描写套路。这类故事，以明代居多，而清代人有不少还继续复述敷衍之。除了现实事件触发和本土文学传统，佛经故事叙述也对此不无影响。

一、明清笔记小说中的义兽代诉冤

早在元代陶宗仪《南村辍耕录》中就有此故事类型。作者转述卢伯玉《文璧》的带有回忆实录的记载，说是至正初年，卢伯玉刚刚就任荆山县尹，忽然有一只巨蛙登厅前，两目瞠视，好像有所申诉的样子。他马上命令差役尾随巨蛙走，离县城六七里，有一口废井，巨蛙就跳入其中不出来。差役报告后召集当地保甲淘干井水，发现一具死尸。原来是两人一同外出为商，一人为谋财而杀害另一人。据被害人家属陈述，死者在生前不食蛙，见到有人捕蛙即买来放生。作者在疑惑中推断："岂一念之善，为造物者固已鉴之？蛙能雪冤，良有以也。"①

① 陶宗仪：《南村辍耕录》卷十五"蛙狱"条，中华书局1959年版，第182页。

明代王同轨（1541—约1619）所编《耳谈类增》卷五十《金华守张公蝌蚪讼》（原收载《耳谈》卷六）也转述道，绍兴郡丞张公升任金华守。一次外出至某处，见到青蛙无数夹道鸣噪，全都昂首若有所诉。张公奇怪地下轿步行近观，蝌蚪（即青蛙）皆跳踯作为前导来到田间，只见三具尸体叠在一起。张公用手扳动二尸起，最下面的一尸微微在动，他用热水灌之，这人苏醒过来说自己是商人，途中买两筐青蛙放生。那两个卖青蛙的见到仆人有银子，突然用斧子砍死了二仆，把我也砍伤，杀人夺银。张公命立即追捕，人金俱获，讯问果然属实，于是判处偿命。载录者也不禁感慨："夫犬马大畜，有结草垂缰之义，固矣。若鸦、蝌蚪、猴、蛇，何晓义理？而皆能代人鸣冤，则暗夜旷野，何处非十目十手也。而可谓无闻无见，辄逞其胸臆哉！或谓鸩之步网，列之画印，鹙之敕，蜾蠃之祝，蛣蜣之转丸，皆物之有知术者。或亦有知，其亦有阴使之者耶！谚有之：'欲人勿闻，不若勿言；欲人勿知，莫若勿为。'真得之矣。"① 仿佛就连青蛙这样的小动物也能通灵似的。

许多类似的义禽义兽代诉冤故事，进入到明代彬彬一时之盛的"报告文学"，即公案实录的文本中。如余象斗（约1560前后—1637年后）编《廉明奇判公案》带记实性地将当时案件分为十六类：人命、奸情、盗贼、争占、骗害、威逼、拐带、坟山、婚姻、债负、户役、斗殴、脱罪、执照、旌表。其"人命类"写了猴代诉冤事。说建宁府乞丐陈野，依靠要猴行乞，积银四两，被轿夫徐起谋害，猴逃走诉冤。推官郭公故意开堂

---

① 王同轨：《耳谈类增》卷五十《金华守张公蝌蚪讼》，中州古籍出版社1994年版，第427-428页。原收载于《耳谈》卷六。

打椅，引来众人围观，这时差役领来猴：“猴只四顾审视，至大门边，一人低腰俯首，躲在人丛后，猴见，一跳过去，将其人乱抓，皂役即扭此人上堂，众皆骇异。”一经讯问，果然正是凶手。

郭子章（1542—1618）《郭青螺六省听讼录新民公案》卷二也有猿猴代主伸冤故事，研究者注意到，因为郭子章当时以善于听讼出名，《吉安府志》卷二六本传也载有此事，说明民间早有传说流行①。

这同一案件在王同轨《耳谈类增》（约1603年成书）卷六中也有异文，而且描绘更为详尽，说明引起了时人不约而同的关注。说是郭公一行人的官轿络绎三四十乘，忽然山上一猿跳出，偏偏攀住了郭公的轿子，打也打不走。郭公派手下随着猴子走，果然在树丛中发现尸体。公命令封锁消息，如有别人询问就说：“猿被虎追迫而投靠人，不足为奇。我的官衙有旧椅，击之能说人话言，但言福，不言祸；言人善，不言人恶。这才奇怪。”约定日期，集众人于公衙听椅子预言，届时让猿坐在差吏肩上，在闻讯赶来看热闹的人群中果然认出了凶手。徐起这时已经吓得六神无主，只得认罪。

朱国祯《涌幢小品》卷三十一写金华县令汪可受在任上，也遇到一猴忽然咬断绳索，跳到面前作诉冤状。汪县令即令人随之到破窑内发现一尸。原来是某乞丐谋财，杀死了猴的故主，也把猴子牵来作戏乞钱，猴子却能抓住官员到来的时机，及时为故主伸冤。齐学裘《见闻随笔·猴报仇》甚至描写，这猴子

---

① 徐朔方、孙秋克：《明代文学史》，浙江大学出版社2006年版，第174页。

还能具有明确目的性地当众表演恶人作案经过：

> 无锡有蓄猴者，其妻与人私，恶其夫居家，不得畅其所欲。因与奸夫同谋杀夫，埋尸于家园。其杀夫情状，猴独见之。猴遁去到官衙。见官坐堂，猴哭诉之，官不识猴音，谓猴曰："汝有冤乎？"猴点首再三。官发签掷地，猴衔之前奔，差役从之。至淫妇家，猴指淫妇令差上链。旋引差至埋尸处，指示差掘地得尸。又引差至奸夫家，伸臂举奸夫衣，令差上链。人犯到堂，猴手舞足蹈，学奸夫淫妇杀夫埋尸情状与官看。官严讯得实，按律诛之。官蓄义猴以终。

义猴不会说人语，但却懂人的话，知道谁能为主人伸冤，知道如何将罪犯锁上锁链，甚至这猴子还知道维妙维肖地演示案情最关键的地方。似乎在帮助官员破案之前，猴子就有了相当丰富的生活经验，对人类社会的法律和执法过程有所了解。这样将动物人格化的叙述，与当时的地方官员为展示贤能政绩，大多允许人观看审讯断案过程有关。

至于猪代人诉冤，也较为新奇，但办案官员的主动沟通，对于猪的肢体语言心领神会也非常重要。乾隆年间袁枚《子不语》写宿州睢溪口有人被杀，投尸于井，官验看并无凶手：

> 忽一猪奔至马前，啼甚惨，从役驱之不去。官曰："畜有所诉乎？"猪跪前蹄，若叩首状，官命随之行。猪起前导，至一家，排户入，猪奔卧榻前，以嘴啮地出刀，血

迹尚新，执其人讯之，果杀人者。①

乡里舆论给予了此猪“义之”的褒奖。这类较为完整细腻的故事，符合猪嗅觉灵敏特长的描绘与人们的伦理期待，使人更没有理由怀疑这传闻是杜撰的。

王椷《秋灯丛话》卷十八也由此铺叙道，凤阳贾某贩猪为业，有一猪通人性，惹人喜爱，留为样猪。每当群猪结队行走，此猪作为前导，一次贾某在徐溪口被旅店主人谋财害命，投尸眢井，猪却能从屠户家中逃逸，赶上州牧出巡：“猪伏舆前啼，若有所诉。官异之，命役随所往，奔至眢井侧而嚎，探之，得一尸。诘屠，曰不知，问猪所自，曰买之某店者。往唤，以久出告。猪突入其室，啮主人衣不释。捕至，一讯而服。猪送庙，日给粟升许。牧升任去，新任者不复给，僧忧食乏，呼猪募化，猪点首若会意状。悬袋猪项，导入市，众皆乐施。次日，猪即自往，已给者不复讨，未给者守之不去，众曰：‘此猪道人也。’自是风雨无间。有以猪道人呼者，即摇尾至，给瓜果不食，欲人并入袋中负归，人益奇之。垂三十年，僧赖以活。乾隆戊子，猪老毙，僧以棺瘗庙后，表曰：‘义猪坟’。”看来，现实生活中，的确有这样的高智商、还具备明辨善恶能力的猪。

二、关于义禽代人诉冤的描写

早期的禽鸟报仇故事，集中在具有灵性的禽鸟为自己的幼

① 袁枚：《子不语》卷二十《良猪》，上海古籍出版社 1998 年版，第 394 页。

雏或同类雪怨上。如六朝志怪《异苑》卷三描写晋义熙三年时："朱猗戍寿阳，婢炊饭，忽有群乌集灶，竟来啄啖（啖），驱逐不去。有猎犬咋杀两乌，馀乌因共咋杀犬，又啖其肉，唯馀骨存。"这是向咬杀同类的猎犬复仇。杜甫《义鹘行》写苍鹰幼雏遭白蛇吞噬，雄鹰引来健鹘，斗杀白蛇。孙光宪《北梦琐言》则描写鸦雏受到侵害，鸦挽铃声发，京兆尹温璋意识到"是必有人探其雏而诉冤也"，探明原委把肇事者抓来："以禽鸟诉冤，事异于常，乃毙捕雏者而报之。"而洪迈《夷坚志》支景卷七写乡民王六屡次上树取鸬鹚幼雏，遭到老鸬鹚攻击，受伤坠下而死。《夷坚志》甲志卷五也写了巨蛇入鹳巢食雏，群鹳引健鹘前来将蛇抓裂为三四段的故事。

与上述陶宗仪"蛙狱"故事相映成趣的是，元代无名氏《湖海新闻夷坚续志》也出现了善心者得到禽鸟帮助，凶杀案得以破获的故事：

> 井陉何县尉，天资仁慈。每出，见捕雀者，必毁其具、逐其人。见活雀，必买而放之；见死者，必戒使易业。如是者三年。代期将近，乡民有被盗劫杀者，上司督促急迫，不能捕获。却有群雀数百飞迎马首，何深异之。既而群雀飞往路旁百步外草舍上，何遣卒搜屋下，果有七人醉卧未醒，及有赃仗在傍，禽（擒）之，乃真盗也，遂解于官。何尉美解，竟授捕盗赏秩。古有衔环之报，信矣。①

① 无名氏：《湖海新闻夷坚续志》前集卷二《慈仁雀报》，《续夷坚志·湖海新闻夷坚续志》，中华书局1986年版，第121页。

其酬赏善行的伦理内核，与那些走兽家畜的报恩动机则一。受报答的“苦主”往往积累善行多年，而报答之举却在一朝。且往往是以代为破案、急恩主所急为报恩的最大效验发挥。雀，几乎称得上是禽鸟一个最小的物种，但故事表彰的不是一时善举，而是三年如一日的恒久与执著，清官能吏如此产生，受报者政绩同其慈仁性情有机联系起来。

《湖海新闻夷坚续志》的五百余则，绝大部分是宋代的老故事，而在这里则特辟为“报应门”，下设小类“善报”、“恩报”、“报应”。在“恩报”的11则故事中，5则是人类之间施恩报恩的，6则动物报恩：放龙获报、救蝇免死、救鹤获珠、放鳖报恩、饲燕知恩，还有一则就是这群雀介入到刑事案件侦破过程中，最有特色。然而，也有的善待动物、善待生命者并非直接受到动物的报答，而是间接获益，如“放鹑得延寿”事件就被纳入到“善报”一类①。

禽鸟作为报恩的事主，更具有飞越空间的便利，于是参与侦破案情就有了难于比攀的条件。王同轨《耳谈》卷六《义鸦仇报》条转述，盱眙有商客乘蹇驴，赶驴的尾随其后。见二鸦争枝坠地，偶然捕取一只。商客心软，要买下放生，赶驴的窥见袋中银子颇多，盗心顿生。就在荒僻的地方推商堕地，用鞭把撞其喉杀害了，倒扔进深阱中。是被商客救下的鸦鸣叫鼓噪在县令公堂上，若有所诉。县令派遣差役随之往，得井中尸体，取出作为凶器的鞭子。鸦又引导到那个赶驴的家，凶手落网。载录者不久后又将这一故事编入《耳谈类增》卷五十《义鸦报

---

① 无名氏：《湖海新闻夷坚续志》前集卷二《报应门》，《续夷坚志·湖海新闻夷坚续志》，中华书局1986年版，第114页。

商冤》中，这一灵禽后来被官府养在笼中："每就谳诸大吏，鸦皆从，以嘴距示意焉。"故事在当时李诩《戒庵老人漫笔》引述的《神鹊鸣冤传》故事中，被描绘更加真切入神：

张兴，盱眙人，以策骡为生，时往朱家林，获二鹊归。平明策骡出，兼笼二鹊，欲便市之。有一商赁其骡，冀往新溪，路见二鹊，急解金赎而纵之野，而橐装已为所觇矣。迩幽阒地杀商，沉尸于湾河，尽有其橐中金而返，人莫之觉也。

一日，乔侯决狱，二鹊倏西至，飞鸣绕案，如怨如诉，遣之再三，竟不散。侯疑有佳报，乃摇吻鼓尾者三；疑有冤，两作首肯状。侯云："果冤，尔当自屋梁上下更环飞三匝。"如其飞不爽。侯问："冤何在？可衔签与两直兵去。"二鹊跳踯而前，回首数四，后又或飞或落，若恐飞捷直兵不克追也，行可三十里许湾河畔，辄投入水中去，久之出，喧噪异常。水面浮沤层起，直兵以复侯，侯躬往观焉，鹊亦随之往返，侯令渔人捕一浮尸如生，年约三十馀，背束大石，长鞭拥其项。

乃喻鹊："再示其图之者为谁，我为若决之。"乃命两直兵俱，别令数人尾其后，以俟可擒。二鹊引如前，至平康村高槐下，茅屋五椽，编棘为篱，骡二头在焉。鹊竟噪其檐，其人出，辄集其肩臂而频噪之。其人怒欲击，复立噪于屋。直兵悟，绐云："吾辈缘公务，欲骡走长清桥。"其人以力怯辞，直兵言："去宁倍金谢。"因行。其人驰骡足下，见直兵腰悬鞭策，即熟视而辨认之，盖谋商时用以拥项者也，直兵特袖之来，欲探其意耳。幸累错愕，业自败，厥情益实。……

遂下狱拟罪，而浮瘗商于东城下，二鹊因俯首致谢，后于瘗商处旋摩悲鸣，犹不忍割。侯遂付民家笼养此鹊，以候上官定夺发落。

呜呼！全蛇献珠，活雀投环，古记之矣。今商不辨为何地人，而以纵鹊雪泉下之沉冤有是哉。好生者之验乎！然张兴利商财，毒商命，人不及觉，而鹊讼之官，致有此报，虽曰鹊灵，实由天假，讵谓天鉴昭昭，毫发可欺也！世之萌异心者可鉴矣。

作者评曰："此闻之盱眙众商，信而可征。时万历十一年癸未孟冬事也。"①

说来也确是有趣，同时代的公案类报告文学——如余象斗所编《廉明奇判公案》"人命类"，也没有放过这一鲜活的公案新闻，其题名为"黄县主义鸦诉冤"。说客商张恩买鸦放生，取银时被马夫李立看见，将其谋害。正当本地黄知县坐堂，鸦就在府前鸣叫不止，黄命皂隶随鸦前往，得尸，黄还梦见冤鬼称凶手"非桃非杏，非坐非行"，暗喻姓名为"李立"，招认后鸦又突入堂前，痛啄凶手，而后"触石而死"。知县"感鸦之义，命埋鸦于张恩坟傍"，表之曰："义鸦坟"。

其实，上面不少故事，都带有一种来自现实生活的同源性，可以看出，民俗传闻所体现出的集体记忆在不同载录、转述、

① 李诩：《戒庵老人漫笔》卷七《神鹊鸣冤》，中华书局1982年版，第286－287页。

生发者笔下，尽管个别细节有微差，但是核心内蕴基本没有什么改变。

禽鸟代诉冤，具有一种超越空间的便利性，飞禽虽然在现实社会中是弱小之辈，却有着飞翔的特长，所以能够在较短时间内带着破案的差役找到尸证和物证，这方面较之走兽类报恩还有些许富于表演性的特色。

三、中古汉译佛经对母题的触媒作用

可是，如果我们不受主题史视野的局限，就可以意外地发现，其实早在中古汉译佛经中，对动物的亲和性便是有别于华夏早期动物观的重要方面，而动物角色也在佛经譬喻文学中十分活跃，且已出现了代人诉冤的相关叙述。其中禽鸟的似乎无意性的行为，也起到了有意识的破案提示作用。

说是波罗奈城中有个博戏人名叫净眼，他与美貌的淫女鹿相一起到城外树园中游玩，净眼看见鹿相衣服珍妙就生了贪心，想好了杀人取衣之计。于是趁着园中名叫乐无为的辟支佛（佛教修习者）入城乞食，就杀了鹿相埋在庐中。当时国人发现鹿相失踪，报告国王，国王派人查访："见树间众鸟飞翔其上，众人便念：城中已遍不得，此必有以，当共往彼，即寻便往到乐无为庐前，搜索得尸。诸臣语乐无为曰：'已行不净，胡为复杀？'"便将其绑缚起来，这时树神现出半身劝众人说，莫要拷打此人。众人将乐无为带到国王面前，国王命将其缚在驴驮上打鼓示众。净眼在破墙中看见，心中暗念："此道士无故见枉当死，此不应有爱欲，我自杀鹿相，非道士杀，我自受死，当活道士。"于是就走出自首认罪，诸人惊愕，放了辟支佛，将净眼捆住。而此时辟支佛升入空中作法，众人有的忏悔，有的作礼，诸臣将净眼带到国王处，王就命将他用驴驮着游街到城南，先以剑的尖端钻透挂在树上，聚集弓箭射之，然后砍下头来①。

按，此可谓开启了灵禽报案叙述的先河。不过这里的众鸟在受害者尸体附近盘旋，很可能只是出于动物的觅食本能，是随机的无意识的；而中国义禽义兽代人诉冤却往往被描述成是有意识的、且带有某种必然性，是苦心孤诣地为自己的恩主鸣冤雪怨。佛经故事中的那个树神作为旁观者，目睹真相，代为鸣冤，也是一个见义勇为的角色，这一“非人类”的案件目击证人身份，恐怕对于中国晚期公案文学相关叙述，也会产生一些启发吧。如果我们仅仅把元明清时期那些义禽义兽代诉冤故事，当成是单纯的现实生活的线性对应和写真，难免把问题简单化了。

中国早期古代复仇逻辑，通常是不计复仇者代价的，而揭示复仇所要付出的代价，是反思复仇价值与意义的前提，这一思路当来自外域。南朝萧齐时代求那毗地所译《痴华鬘》（《百喻经》）写，有人因不能复仇而愁闷，于是另一个人出谋划策，说只有诵毗陀罗咒可以伤害其仇人，但也有麻烦，就是在没有害死那个仇人之前，先要害死自己。复仇者听说仍然很高兴，立即表示愿学。故事虽说旨在宣示这种复仇方式不可取，但是中土的复仇意识——复仇价值观与印度文化中的不一样，他

① 《佛说兴起行经》卷上《佛说孙陀利宿缘经第一》，后汉康孟详译，［日］高楠顺次郎等编《大正新修大藏经》卷四，台北新文丰出版公司1990年（影印），164c－165b。

（复仇主体）往往就正是宁可与仇人玉石俱焚、鱼死网破的。可能文本在传译过程中取其所需有些许改动。

佛经盛兴时代的彼时彼地，也不是不讲究惩恶的。东晋时期西游天竺的高僧法显记载，在拘萨罗国舍卫城，有当年恶人被惩之处，说佛来讲道时，有外道女生妒嫉心，怀衣在腹前似怀孕状，在大庭广众下诽谤佛行了非法之事。于是天帝释就化作白鼠，将其腰带咬断，所怀衣服落地，地裂开了，她活生生掉入了地狱。而调达以毒爪欲害佛，也活活进了地狱。后人都将城中发生这些事件的地方一一标记出[①]。佛教故事叙述意旨在于说明佛受难前因后果，而中土在传统复仇逻辑下产生的“误读”，却是作恶者必须得到应有的惩罚，虽说非由当事者本人出面惩恶，而由天帝代其行使，却为后世描述清官能吏执法代伸冤做出有力的铺垫。这强化了执法者应主持“公理”的一面。

梁代佛教类书收录的故事称，有一鸟名叫拘耆，从树间生下幼鸟，它与一猕猴是亲密朋友。有毒蛇乘拘耆不在，把雏鸟都吃光，拘耆找不到幼雏，悲啼呼叫，细想只可能是被毒蛇吃掉了，猕猴问知，表示要为其报仇，它冲到蛇前：“蛇怒缠猕猴，猕猴捉得头，伸至石上，磨破而死。弃掷而还，拘耆踊跃。”[②] 这故事主角的行为一方面带有为朋友恩义进行侠义复仇的意味，另外一方面也因属无功利性的行为和行为动机的正义伸张性质，强化了作恶必将受惩的宗教伦理观念。

---

① 章巽：《法显传校注》，上海古籍出版社1985年版，第73页。

② 僧旻、宝唱等：《经律异相》卷四十八引《赤嘴乌与猕猴为亲友二》，上海古籍出版社1988年版，259b。

佛经宣传“多结怨仇，祸患流溢”，认定结怨大多为非正义一方的先行肇事，否则“实无过咎，怨者何望”？毕竟还是有公理在的。说昔日有鹰王搏撮群鸟，获得一雀，名伽频阇路。鹰王高飞远翔到高山顶，伽频阇路说是我自己的过失，假使我一直守在旧居，就不会为汝所擒。鹰王问其旧居在何所，雀回答在高山绝岸深涧乱石丛中。自负的鹰王称，我现在就放你回归本居，看我的力量能不能再捕获你，雀归居两石之间，遥语鹰王“汝设可者，暂下共战”。鹰王闻语很愤怒，鼓翼奋势，从空中俯冲下来，雀躲入石间，鹰王却翅膀折断一命呜呼。故事最后总结：“害人得害，行怨得怨。骂人得骂，击人得击。害人得害者，众生处世志趣不同，己身行恶，自然不佑。举手打人，仍更自害。是故说‘害人得害’也。”①

以禽鸟之间斗智故事，阐明了“行怨得怨”的正义实现必然规则。即先行遭受无端灾祸、不平的一方，可以使用一些权谋欺诈，以期成功地使自寻祸端的肇事者得到应有的惩罚，付出应有的代价。虽然，惩治作恶带有被动的性质，是迫不得已进行的，但这“迫不得已”的无奈之举，增强了抗暴、防御的正义公理性质。这也为破除冤案、为弱者——受侵害者伸冤方式所可能产生的非议，扫清了道路。否则，一味遮遮掩掩、非要巧妙地伺机申诉，顾虑非复仇行大义的“君子所为”，就会因技术细节上的粗疏或时机错过而导致诉冤伸冤失败。佛教故事叙述，使得禽鸟乃至动物诉冤，成为一个技术化的必要复仇手段的叙述。

---

① 《出曜经》卷十六，后秦竺佛念译，《大正藏》卷四，695a。

四、民国武侠小说反迷信中的“迷信”重构

禽鸟居然富有人性人情，有侠心义胆，能够代为苦主鸣冤，协助破案，这在现代人眼里当然不免被视为“迷信”。处于新旧文化变迁时代的民国武侠小说家，敏锐地借此题目，发挥其中含蕴的民族化了的“武侠元素”。

平江不肖生笔下的禽兽代诉冤母题，强调出所谓“荒唐”、“无稽”之中的可信性及其社会功能，他是以发掘神秘文化中的合理性态度来传播“报告文学”的。

说是在合肥做小本生意的刘大存，途中解手时，手帕包着的一点银钱被黑猫抢走，他尾随赶到林中停放的棺木前，猫钻进了棺中。无奈刘下山入城，饭铺中又遇那猫来抢板鸭，连碟子一起叼走，刘甩出一碗却砸到一个队官头上。被拘捕后知县对此案过多的偶然性而生疑，怀疑棺木中死者属于被谋害，而刘坚持即刻开棺验看，具结担保死者有冤。审问死者遗孀果然发现疑点，知县都在心里暗恨这“泼辣的淫妇”，顶住其抗议，坚持升棺，果然从中拿出刘的手帕包，在死者头顶心起出七寸长钢签，奸夫即为被碗砸的那个队官。作者认为，作案者是看了《包公案》中的脑门心钉死丈夫仵作瞒得过，才趁着受害人生病起意谋杀的：“却不相信会有报冤的鸟兽，所以始终免不了抵死。”[①]

于是，小说写出了作为普通人的商贩刘大存，遇事不躲事，

---

① 平江不肖生：《黑猫与奇案》《红玫瑰》第1卷第21期，1924年12月30日。范伯群编选《江湖异人传》，华夏出版社2009年版，第119－123页。

坚持冒着风险具结保证开棺，而知县恪守职责，尽心尽意审讯的细致过程。大黑猫两次故意找事来牵出线索，成为破获这一谋杀案的关键。值得注意的，是细心的作者故意抱着“破除迷信”的态度，来写出了旧有母题的合理性及其济世惩恶价值：

> 凡是看过《包公案》、《施公案》这类小说的人，大约没有不记得那两种书上面，有麻雀告状、黄狗报冤的故事的。而看了那类荒唐故事的人，除了一部分毫无知识的妇孺，不知用脑力去判别真伪，与一部分迷信因果报应的旧人物，不敢不信，姑存着怀疑的态度之外，决没有不斥为绝端荒谬的。……
>
> 在人情鬼蜮，风俗浇漓的今日，有这类动人心魄的故事，发现几桩出来，也未始不可济法律之穷，补侦探能力所不逮。……

因而，描述“报冤的鸟兽”参与到了人类社会的“正义实现”中，并很有效率地起到了昭雪真相的目标，暗示出侠义动物可以干预世事，补充执法者的疏漏无能，从而故事也就达到了众所期盼的社会功能。

据人类学家研究，许多早期民族都不低估动物的智能。如卡拉巴尔的土著居民就常常认为，“动物有它们自己的语言，人们可能学会它，动物也懂得人的语言，每年有一个夜晚，它们用人类的语言说话”，因此，早年的民俗学著作指出：“某些种类的动物和某些神联系在一起，例如在古希腊，猫头鹰和巴拉斯、熊和亚特米斯、老鼠和阿波罗、猪和德美特尔相联系。

塔西陀讲到古代日尔曼人在圣林中饲养着神圣的白马，定期地把它们套上圣车，它们在祭司的护理下驰骋乡间，祭司们从马的奔腾嘶叫中发现预兆，并认为它们'自己只是神的奴仆，而马匹却是神的挚友'。在英格兰，甚至到现在还相信马具有看得见鬼灵的能力；心里形成的愿望，只要看到一只白马就会实现；骑着黑白斑马的人懂得如何治疗百日咳，经常可以听到人表示，动物'比基督教徒知道得更多！'"①

可见，该母题不仅在中国文学母题发展史上具有特定的表现功能，也有效地密切了文学中人与动物之间伙伴和睦邻关系，其强化了人们应有的"敬畏生命"的意识，具有可贵的人兽相亲的生态美学思想，在人类文明发展上产生过不应忽视的进步意义。

① ［英］查·索·博尔尼：《民俗学手册》，程德祺等译，上海文艺出版社1995年版，第24－25页。

第九章 《水浒传》中戴宗神行术源流考

在古代侠义文学和文学与野史传闻的侠义描写中，英雄侠士的特殊禀赋和技艺是一些引人入胜的亮点。而这之中，也每多凝结渗透着相关文化心理的某些具体的观念信奉。神行术，即其中为人们喜爱、津津乐道的话题。这一描写实则有着西域与印度文化的渊源。

一、《水浒传》与明清小说神行术及相关器具

明清小说中的神行术描写，种类很多，细致区分一下，可以看出最大的特色就是与神物崇拜的联系。特定的侠义人物，因为某种机缘而获得了神行术，从而命运发生了改变，或得到助益，或得到教训，小说为此增添了更为丰富的情节意趣。

首先，是直接在腿上、脚上附加的神行器具。人们熟知较早的就是《水浒传》中神行太保戴宗的甲马，不仅他赖于此而得有神行之术，百二十回本《水浒传》第九十九回也写更胜于戴宗的马灵，其依靠的是风火轮："那马灵是涿州人，素有妖术：脚踏风火二轮，日行千里，因此人称他做'神驹子'；又有金砖法，打人最是利害；凡上阵时，额上又现出一只妖眼，

因此人又称他做‘小华光’。”同样是属于神行术，其实也是快慢有别，该回又写：

> 马灵战败逃生，幸得会使神行法，脚踏风火二轮，望东飞去。南阵里神行太保戴宗，已是拴缚停当甲马，也作起神行法，手挺朴刀，赶将上去。顷刻间，马灵已去了二十馀里，戴宗只行得十六七里，看看望不见马灵了。

如果不是碰巧撞见了鲁智深，那马灵可真的要脱逃了。故事展示了负面人物马灵，虽有超过好汉戴宗的神行术，然而偏巧遇到了他的克星——鲁智深，那众多“妖术”所来之处是佛门，曾栖身寺庙而对于佛门不敬的鲁智深偏偏堵住了马灵，带有一定的反讽意味。

马幼垣先生引述过德莱斯顿本九十七回对马灵的介绍：“其目若开，箭石不能中，亦有神行法，日行万里，再有金砖法及风火二轮，若遇顺风，能烧寨栅。”深为这一形象在小说中却未能得以进一步生发惋惜，指出小说写田虎降将大多面目模糊：“其实真正脱颖而出，在容貌、技艺、形象各方面都给读者印象一新感觉者只有小华光马灵，作者却鱼目盖珠地把他压下来，这个作者真乏自知之明。”① 这与戴宗形象的制约和鲁智深形象作为克星有关，然而马灵形象的吸引人未尝与所持宝物和飞行神术的卓异无关。

---

① 马幼垣：《寻微探隐——从田王降将的下落看〈水浒传〉故事的演变》，《水浒二论》，生活·读书·新知三联书店 2007 年版，第 341－355 页。

清代小说如莲居士《说唐三传》第五十六回写徐孝德到汉阳救唐王途中，路过一座高山，与一五色脸的大王交战，那人“伸手把双腿之上两根飞毛只一纵，‘呀’的一声，飞在空中。这人腿上有根一尺二寸长的毛，名曰‘飞毛腿’，只消把毛一扯，能于空中飞行。当下这人飞在空中，使两条铁锏，从上往下打来。……”① 于是徐孝德把这人和另外三个收服，原来这人名叫马畅。“马畅”与前揭《水浒传》中的马灵，似有联系，很可能是从前者化来。

俞樾《茶香室丛钞》还注意到，其实在现实生活中的确传闻说有这类神物：“国朝方濬颐《梦园丛说》云：伊犁某大臣，遇异人，以三千金为贽，授之两奇术，一为风火轮，其法觅古寺观千年瓦当，雕作两小车轮，装于鞋底之中，捏诀讽咒，其行如飞，日可八百里。按小说中有风火轮者，不谓真有此术也。”②

另一种可使人获得神行的器具是神帕。较早出现的神帕仍不脱女性身边之物的性别特点。《封神演义》第十三回写石矶娘娘因徒弟被射死，以八卦云光帕（上面有坎离震兑之宝，包罗万象之珍）丢给黄巾力士，让其以此宝帕把李靖平空拿来。陈文新教授曾注意到：“石矶娘娘被设计为女性，所以她的法宝是一方手帕，用‘云彩辉辉’来形容，可知上面有彩色图

---

① 如莲居士：《薛刚反唐》（《说唐三传》）第五十六回《玉鼎仙遣徒下山，徐孝德法收四将》，三秦出版社2003年版，第177－179页。

② 俞樾：《茶香室丛钞》续钞卷二十一“风火轮”条，《笔记小说大观》第三十四册，江苏广陵古籍刻印社1984年（影印）版，第241－242页。

案。她发怒时，‘脸变桃花，剑如雪片’，也与女性的特点吻合。”①

当然也有的神帕使用者是男性英雄，竟也是运用这小小的神帕。罗懋登《西洋记》（《三宝太监西洋记通俗演义》）第六十八回写：“鹿皮大仙还要在这里卖弄，偏不慌不忙，取出一条白绫手帕来，吹上一口气，即时间变出无数的白云，堆打堆的，只见那些文武百官、大小番兵，都站在白云上面。鹿皮大仙把手一招，一阵香风吹过，一个个的落到地上来，正没有半个损坏。”这里的神帕，实际上还具有变化的功能，其变化功能是与人们对于白云的承载信奉联系起来的，而且这里的香风渲染了超自然的色彩。

百二十回本《水浒传》写李逵随戴宗去访求公孙胜，因为李逵冒冒失失地夜砍罗真人，受到了惩罚，竟然就是利用了神帕的飞升功能所致。说是罗真人提议让三人片时到高唐州，让道童取三个手帕来，让公孙胜登上红手帕，真人喝声“起”：“那手帕化作一红云，载了公孙胜，冉冉腾空便起，离山约有二十馀丈。罗真人喝声：‘住！’那片红云不动。却铺下一个青手帕，教戴宗踏上。喝声：‘起！’那手帕却化作一片青云，载了戴宗，起在半空里去了。那两片青红二云，如芦席大，起在天上转。”随后又平稳地落下地，而李逵却被白手帕化成的白云载在半空，受到罗真人的责备，被一阵恶风吹入云端，在蓟州府厅屋上滚下来，被当做妖人浇了狗血尿粪，又饱受棍打，钉了大枷下入牢中。此描写在金圣叹腰斩的七十回本中为第五

① 陈文新：《明清章回小说流派研究》，武汉大学出版社 2003 年版，第 165 页。

十二回，可见在明代此作品就有这一情节。解鉴《益智录》卷二写曾女先前受仙人秘法，她“以五色布袱铺地，跃身履之，忽化作五色祥云，飘飘而起，倏忽不见”，于是她得以来到某尚书内宅，自言身系曾侍郎之女，代父送信，及时而成功地对付了仇人的奏参。这六千里之遥，“信已刻封寄，午初已到”，不过一个时辰；而她挟回书南归，“斜阳尚在西山也”①。

有时，这神帕甚至具有武器的功能，如《西洋记》第四十八回又写王莲英驾云而走，“张天师看见他起来，一个九龙神帕扑的一声响，罩将下来”，被地下的黄凤仙斩首。如莲居士《说唐三传》第十三回写李靖从袖中拿出一方帕子铺在地上，让薛强坐上闭眼，喝声“起”，顷刻之间就飞到了大宛国，于是大难中脱逃的薛强在此得以同大宛国公主孟九环结亲，后生下八男二女辅佐唐朝新君。而《说岳全传》第五十一回还写神帕的克星是穿云箭，杨幺的副军师余尚敬坐在神帕上腾空进入潭州城中，要行刺岳元帅，被牛皋发现，随即以穿云箭击落，号令斩首。

还有第三种，就是所谓的钻天帽和入地鞋。佚名《说唐三传》写王禅老祖算出大徒弟窦一虎有难，派二徒弟秦汉下山去救，赠给两件宝贝：“那钻天帽乃瑶池王母娘娘的宝贝，戴在头上便能腾云从风，可入天门，朝拜诸天日月星宿；那入地鞋是南极仙翁的宝贝，着在足上能入地中，可到阎王殿，十殿阎王前来迎。”他戴上了钻天帽：“那宝贝也是作怪，刚一戴在头

① 解鉴：《益智录》（烟雨楼续聊斋志异）卷二《应富有》，王恒柱、张宗茹整理，人民文学出版社 1999 年版，第 48－49 页。

上，忽听得耳边风声，一阵大风就将秦汉提到半空。”①

第四种则是所谓灵符。如《说呼全传》第二十三回王禅老祖在呼延庆下山时，除了赠与锦囊，还“行了一个缩地法”，在他的脚上画了灵符，“倏忽间已到了王贵庄”。

此外，与此相关联的就是所谓“缩地术”。明代都穆《都公谈纂》卷下称，善说评话的京师艺人真六，瞽目，与邻翁前往河南：“一夕，与真出西化门外，以一驴共乘，戒之勿言。耳畔惟闻风声。久之，闻鸡号，翁呼真下驴，则河南某府也。真以河南去京师若干里，非一夕可达，心大骇。然以翁戒，终不敢言。居半月，为人说评话，获布五十匹，大喜过望。翁乃买一驴自乘，命真乘驴尾之，复一夕而归。真以翁多术，心生艳慕，抵家，曳翁衣曰：‘翁必教我，否则吾将闻之官。’翁曰：‘此缩地法也，汝不可学。’”

二、神行术的印度与本土道教渊源

关于神行太保戴宗甲马的来源，国外汉学家进行了跨文化的寻踪探讨。李福清先生从民间故事母题流播的角度，认为这一描写是来自印度故事。他明确指出这一包含法术的叙事与神物崇拜相联系：

关于一个织工乘木鸟飞行的故事，在中西各民族之间也广为流传：我们全面提到的《尸语故事二十五则》（按，

① 佚名：《说唐三传》第二十五回《窦一虎钹中受苦，秦汉奉命救师兄》，江苏古籍出版社1986年版，第81－84页。

指蒙古的）——更常用的名称是《僵尸鬼》——甚至记载了这个情节的两种不同说法。在《富人之子》里，主角借助木鸟救回了被国王抢走的美丽妻子，另一个故事（《巫师之子》）的主角——织工，决定娶国王的女儿为妻，也终于如愿以偿，成功的秘密在于：他在自己的皮靴中塞进了几块从金翅鸟雕塑像摘下来的绸子。中国民间口头创作中出现过类似的情形，即往鞋子里塞几张有魔力的纸片，此人便能行走如飞（见《水浒传》），可以推测，我们在这里所碰到的，仍旧是民间口头故事情节的变化问题：主角取得成功不是乘着神奇的鸟（即便是木制的）飞行，而是借助于一种代替它的宝物。①

印度民间故事集《五卷书》写，某织工和车匠都是能手，织工被国王女儿的绝顶美貌所迷，车匠为其制作了一只能飞的机器金翅鸟，转动木楔可飞任意之处，于是织工精心打扮后乘坐木鸟来王宫与公主幽会，交往一段时间他们被发现了，国王竟以为是天神，敌国入侵时向其求援，织工骑木鸟在空中盘旋，震慑了敌国军队，他还把神盘抛下将敌军首领劈成两半，敌人的联军竟然无条件投降了②。

这种叙述荒诞可笑，令人想起冯梦龙《古今谭概》卷一

① ［俄］李福清：《印度故事在中国及其他国文学中之作用》，《李福清论中国古典小说》，台北洪叶文化事业有限公司 1997 年版，第 251 页。《尸语故事二十五则》故事，下注：Volshebnyj Mertvets，Perevod B. Ja. Vladimirtsova，Moscow，1958，p p. 20－23，117－121.

② ［印］补哩那婆多罗：《五卷书》第一卷第八个故事，季羡林译，人民文学出版社 1981 年版，第 69－77 页。

《迂腐部》写西汉末王莽时："博募奇技可以攻匈奴者，将待以不次之位。言便宜者以万数。……或言能飞，一日千里，可窥匈奴。莽试之，取大鸟翮为两翼，头与身皆着毛，通引环纽，飞数百步堕。莽犹欲获其名，皆拜理军。"

印度佛教吸收了史诗与民间故事母题，用以自神其教，而传译到中土的"有意误读"，特别注意这些类似"幻术"的神奇叙事。唐代译经称某巧妙技师的弟子巧容，随师一起乘木孔雀去与自己订婚的少女行婚娶之事，娶妇后三人乘作木孔雀同归，"机关转发，俄凌太虚。未尽浃辰，倏归故邑"。归后技师告诉巧容的母亲把木鸟藏好，可是巧容并不相信将会招致苦厄的警告，还是执意索取，得到之后就发动机关，冲上云霄，到了大海上空遇到持久小雨，机绳尽烂，落海而死①。运用过程中出现的技术问题，来自思想认识问题，佛经故事这里已经具有批判意识。

佛经中的木鸟故事，强调的是主人公骑乘木鸟跨越远距离的空间，并不在于突出其行动的迅捷，其结局也往往是悲剧性的，而神行术故事的来源并非完全在此，还有中古时期众多僧传所载高僧们为自神其佛教的幻术表演。

神物，往往是幻术表演、神技运用的必备之物。梁代慧皎《高僧传》卷十《神异下》写：

> 杯度者，不知姓名。常乘木杯度水，因而为目。……尝

① 《根本说一切有部毗奈耶破僧事》卷十，［日］高楠顺次郎等编《大正新修大藏经》卷二十四，台北新文丰出版公司 1990 年（影印），152c－153a。

于北方寄宿一家，家有一金像，度窃而将去，家主觉而追之，见度徐行，走马逐而不及。至孟津河浮木杯于水，凭之度（渡）河，无假风棹，轻疾如飞。俄而度岸，达于京师。

这里的木杯，即一履水器。而实际上杯度在那里看似“徐行”的动作，不仅显示了高僧从容自若的风度，也是一种神行之术。明代吴彬《十六罗汉图》中有一幅即依此意而作，颇得神理。而《说岳全传》写仙师鲍方赠牛皋宝贝中就有“破浪履”，后来牛皋正是穿着它活捉了杨幺。八仙传说充分吸收了这一思路，如《东游记》分别写他们有着各自的渡水法宝：“铁拐即以杖投水中，自立其上，乘风逐浪而渡。钟离以鼓投水中而渡，果老以纸驴投水中而渡，洞宾以箫管投水中而渡，湘子以花篮投水中而渡，仙姑以竹罩投水中而渡，采和以拍板投水中而渡，国舅以玉版投水中而渡。”神物差不多均为中空器物，再借助主人拥有的实用性神功，较为可信。

清末俞樾《茶香室丛钞》还在中古僧传中，找出了这一描写的印度佛教文化渊源：

《莲社高贤佛驮邪舍传》云：罗什在姑臧，遣信要之师，恐国人止其行，取清水，以药投之，咒数十言，与弟子洗足，即夜便发，比旦，行数百里。问弟子：“何所觉邪？”答曰：“惟闻疾风流响，两目有泪。”师又咒水洗足，乃止。按小说书有“神行之术”，本此。[①]

① 俞樾：《茶香室丛钞》卷十七“神行之术”条，《笔记小说大观》第三十四册，江苏广陵古籍刻印社1984年（影印），第105页。

说的是鸠摩罗什以禁咒术来操纵、行使神行术。“两目有泪”，分明显示了高速行进的速度，以及这高速行进所带给人眼必然的生理反应，是侧面烘托之法。《高僧传》卷二本传还写佛陀耶舍：“乃取清水一钵，以药投中，咒数十言，与弟子洗足。即便夜发，比旦，行数百里。问弟子：‘何所觉耶?’答曰：‘惟闻疾风之响，眼中泪出耳。’”

东晋的学问僧法显自述游历天竺国的经历，说达嚫国道路险难，他听到传闻说有座穿大石山修造的迦叶佛僧伽蓝（佛塔)，凡五重，最下重作象形，有五百间石室；第二层作师子形，有四百间；第三层作马形，有三百间；第四层作牛形，有二百间；第五层作鸽形，有百间。诸层室中，处处穿石，作窗牖通明。……彼国人民常见人飞来入此寺。于时诸国道人欲来礼此寺者，彼村人则言：“汝何以不飞耶?我见此间道人皆飞。”道人方便答言：“翅未成耳。”这里的“道人”即僧徒，说明在印度当时已流传有凭借翅膀飞行的超人传说。

宋代故事称，芜湖江公曾在鄱阳任官，他讲述姻家项国华，八九岁时，恶疮生在臂肘，百医莫效，一次父母带他外出遇一道人（僧人)：

> 阔口多须，身长七尺。父讶其异，迎揖之。道人驻立，凝目视病子曰：“何不教服《四物汤》?”前执儿手，嘘呵按熨。父将邀入饮之酒，固辞，翻然而去。父用所戒，即治此药服之。越三年，疮如初，然药不辍于口。方春日，户外杨柳枝方新成行，一鸟鸣于其上。儿望之甚喜，锐欲

> 取之，而高不可升。此念才起，遽觉身轻乎羽，已柳梢。自是益以趫捷，意之所如，无远近立到。常腾超太空，其高无际。鸾鹤之飞，亦在其下。恐太高则入杳冥，将不能反，又虑贻亲忧，不敢放肆。而父母未知之也。会上元之夕，所亲戏之曰："我闻汝能飞空行游，今夜宁国府极好灯，何不去一看?"儿笑曰："此固不难!"超然蹑虚，疾如鸟翼。三鼓后还家！备说所见某事某事，他日验之而信。疮亦良愈。至十六岁娶妻，始不能飞。……①

童子身患顽症，巧遇异人，得服奇药而病愈，不是见于民国武侠小说直到金庸等人经常写到的母题吗？童子这类好似胡闹、恶作剧似的行为，当然容易被容忍、宽谅，而这类肇事者每每还会因祸得福，获取飞升、神行之术，岂非因祸得福，更属奇中之奇！

以药涂抹以获得神行术，当被看作是较为先进的印度医学经由西域传入中土的功能泛化。明代王同轨《耳谈》载有某书生学仙故事，即因为疗治病患而意外获得了神行术：

> 浙有学子患足疮，其行趑趄。道遇一道士，涂药少许即愈。明日复遇道士于途，而行尚未康。曰："汝左足尚未愈乎？药不难得，但此处无之。若欲急愈，当从我归索药。"学子大喜曰："先生家何地?"曰："暂憩城南楼上，家尚远也。"

① 洪迈：《夷坚志》癸志卷九《芜湖项氏子》，中华书局1981年版，第1292页。

又明日，学子诣楼上，而日稍晏。道士不悦曰："汝第归，明日持一伞来。"

又明日，学子凌晨持伞往。道士负之背，而令张伞蔽上，鲜戒勿开目。学子即闭目，觉白石累累坠头上，耳闻风飕飕甚可惧，盖渡星宿海也。已而下令开目，见解云搬霞满地，虬松怒攫，鸾鹤成群，瑞霭祥光，别是一世界。

逦迤至道士家，道士啖以枣，遂不饥。曰："欲见汝夫子乎?"曰："然。"引至崖谷中，盘石上坐一叟："此汝夫子也。"学子拜谒。然学子忽心动念家，道士已知之。曰："汝欲归乎？然至此不易也。"拔地上草涂患处，又即愈，即前药也。学子将草一束归，而见道士案上书名《太上感应篇》，亦自将之。道士令其徒张伞如前，负之渡海归。及抵岸，学子饥，其徒指以食店所在，而其家寻者适在焉。乃慈溪也。回顾负己者失焉。

后以束草治诸疮，纤屑无不立愈。其乡孙公槐堂守黄郡时，刻《感应篇》，诱人为善，而言其事如此。①

甲马一类"助飞器"的神物，本质上仍属于一种巫术思维的神话叙事遗存。直接在脚上涂抹神药，则体现了医药学的介入。据前辈神话学家的介绍，世界上的其他地区，也有涂药"助飞"的信奉：

涂上某种魔药膏即可变形飞翔，这一观念也是很古老

① 王同轨：《耳谈》卷五《学子遇仙》，中州古籍出版社 1990 年版，第 130－131 页。

> 的。古罗马作家阿普列尤斯（公元前124或125至公元前2世纪末）写的小说《金驴记》（也叫《变形记》）就有记载。作者用第一人称叙述，主人公卢克乌斯酷爱黑巫术。他到了希腊的巫术之乡，住在一个女巫家。夜晚发现女主人用一种药膏涂抹全身，变成一只鹰飞走了。卢克乌斯喜出望外，马上取出药膏如法炮制。不成想他把药膏拿错了，本想变成一只鹰，却变成了一头驴子。①

涂抹魔药变性可飞，而服用异物亦可飞升，也当属于神行之术的一种。清代小说《镜花缘》第九回《服肉芝延年益寿，食朱草入圣超凡》写唐敖忽在路旁折了一枝青草，吃了叶上的籽，多九公说这是“蹑空草”，又名“掌中芥”：“取子放在掌中，一吹长一尺，再吹又长一尺，至三尺止。人若吃了，能立空中，所以叫作‘蹑空草’。”唐敖果然就能将身一纵，飞得离地约有五六丈。此当本郭宪《洞冥记》卷三：“有掌中芥，叶如松子。取其子置掌中，吹之而生，一吹长一尺，至三尺而止，然后可移于地上。若不经掌中吹者，则不生也。食之能空中孤立，足不蹑地。亦名‘蹑空草’。”而此处实际上也是唐代段成式《酉阳杂俎》前集卷十九所载异域异闻的改写，说是此异草来自西域：“掌中芥，末多国出也。取其子，置掌中吹之，一吹一长，长三尺，乃植于地。”

《茶香室丛钞》卷十《神异下》还写山犍陀勒行走飞快：“有人健行，欲随勒观其迟疾，奔驰流汗，恒苦不及。勒令执

---

① 鲁刚：《文化神话学》，社会科学文献出版社2009年版，第96页。

袈裟角，唯闻历风之响，不复觉倦，须臾至寺。”该卷《史宗传》也载无名道人令一小儿给史宗送信，小儿说：“道人令其捉杖，飘然而去，或闻足下有波浪耳。”

在故事母题由梵入华的早期，道教法术就敏锐地关注并及时吸收了。神行术，还成为早期神仙崇拜中的一项内容。干宝《搜神记》载录：“偓佺者，槐山采药父也。好食松食，形体生毛，长七寸，两目更方，能飞行逮走马。以松子遗尧，尧不服也。时受服者，皆三百岁也。”① 此又参见刘向《列仙传》卷上，可以认为是早期体表生毛的神仙形象的复述。此与汉代羽人传说是紧相呼应的②。

道教重视实践，这一神行能力的获取，有时还被宣扬是可以通过服食丸药而获得。葛洪《抱朴子·内篇·登涉》称：“或问曰：‘昔闻谈昌，或步行水上，或久居水中，以何法乎？’抱朴子曰：‘以葱涕和桂，服如梧桐子大七丸，日三服，至三年，则能行水上也。郑君言但习闭气至千息，久久则能居水中一日许。得真通天犀角三寸以上，刻以为鱼，而衔之以入水，水常为人开，方三尺，可得炁息水中。”入水术与水面神行术在这里结合一处。

葛洪《神仙传》写左慈亦然。说谢送让左慈在马前走，“欲自后刺杀之，慈著木屐，持青竹杖，徐徐缓步行，常在马前百步。著鞭策马，操兵器逐之，终不能及。”《神仙传》卷九

① 李剑国：《新辑搜神记》卷一“偓佺”条，《新辑搜神记·新辑搜神后记》，中华书局2007年版，第23页。

② 参见王立、刘畅《羽人图羽人神话及其飞仙思想的历史考察》，《黑龙江社会科学》2008年第5期。

《介象》写其差人到成都买姜，“象书一符，以著竹杖中，令其人闭目骑杖，杖止便买姜，买姜毕，复闭目，其人如言，骑杖须臾已到成都，不知何处。问人，言是蜀中也。乃买姜。于时，吴使张温在蜀，从人恰与买姜人相见，于是甚惊，作书寄家。此人买姜还厨中，鲙始就矣”。《神仙传》卷四写刘政也是“能一日之中，行数千里”。《神仙传》卷一还追述，颛顼之玄孙彭祖了解这一西域大宛国的传闻，他说：“今大宛山中，有青精先生者，传言千岁，色如童子，行步一日三百里。能终岁不食，亦能一日九餐，真可问也。”采女曰：“敢问青精先生所谓何仙人也?”彭祖答曰：“得道者耳，非仙人也。仙人者，或竦身入云，无翅而飞；或驾龙乘云，……”

至若唐代，这一道教法术则与佛教幻术又进一步回授、融合，竟然出现了以对人体动大手术，从而使人获得这方面超凡能力的故事。段成式《酉阳杂俎》前集卷五《怪术》录此前代传闻：

元和末，盐城脚力张俨，递牒入京。至宋州，遇一人，因求为伴。其人朝宿郑州，因谓张曰：“君受我料理，可倍行数百。”乃掘二小坑，深五六寸，令张背立，垂踵坑口，针其两足。张初不知痛，又自膝下至骭，黑血满坑中。张大觉举足轻捷，才午至汴，复要于陕州宿，张辞力不能。又曰：“君可暂卸膝盖骨，且无所苦，当日行八百里。”张惧，辞之。其人亦不强，乃曰：“我有事，须暮及陕。”遂去，行若飞，顷刻不见。

在神秘异人所做外科手术的直接帮助下，一个靠搬运为生的普通劳动者在如此短时间内也能获得神行术，这显然带有西域幻术和西域医学融会的双重影响。

与此相联系的是有关神行水上术的描写，似乎接近后世民间武术中的所谓“轻功”。《太平广记》卷四百二引《原化记》称某举人的邻居是鬻饼胡，临终前留一珠嘱售高价，后一胡客至，大惊欲求购：“生见珠不甚珍，但索五十万耳。胡依价酬之，生诘其所用之处，胡云：‘汉人得法，取珠于海上，以油一石，煎二斗，其则削。以身入海不濡，龙神所畏，可以取宝。……’”这里所指其实还是入水术，并不是真正的水面飞行术。

《太平广记》卷九十六引《传奇》“金刚仙”条称：“僧（金刚仙）往番禺，泛舶归天竺。乃于峡山金锁潭畔，摇锡大呼而咒水，俄而水辟见底矣。以澡瓶张之，有一泥鳅鱼，可长三寸许，跃入瓶中。语众僧曰：‘此龙矣。吾将至海门，以药煮为膏，涂足，则渡海若履坦途。’”这，才称得上是严格意义上的履水术。依靠涂抹某种神秘药物，使得双脚获得履水功能，这一思路也不是中土原来就有的。

直到清人这里还在颇有兴致地谈论：“《记事珠》载兔床国，有离地草，人以藉足，不步而行。达磨（摩）见梁武，去来自由，以有此草也。其叶如芦，故传‘踏芦渡江’。”①也算隐微地感悟出这一神秘的离地飞行之术的印度和西域来源。

---

① 褚人获：《坚瓠集》广集卷一“离地草”条，《笔记小说大观》第十五册，江苏广陵古籍刻印社1984年（影印），第388页。

萨孟武先生从社会学的角度，曾关注过宗教在中国传统社会中的作用："宗教之在中国，不能安定社会，反而供为暴民作乱的工具，此盖古代没有一种主义以结合人心，而社会有时农业社会，农民散处各地，不易团结，非用迷信之法，固不能纠合群众，这就是《水浒传》上九天玄女与三卷天书的来源。"① 这不也同样适用于其他小说吗？其中也不乏许多类似的宗教文学母题之牵涉到的神奇法术、幻术现象，我们不难看到，天书母题在古代尤其明清时期造反起事书写中频频出现，与其他林林总总的宝物、法术的运用，往往是搭配组合的，还常常描述着运用者以此运营过程中因其素质的问题，导致选择的层次、运用方式、达到目的的不理想、不合理甚至悖谬，从而揭示出更为复杂、深刻而带有文化批判性的问题②，神行术及其文学书写，自然也在其列。

三、神行术的久远信奉和现实根据

本土神行术叙事汉代已有。《艺文类聚》卷一、卷七一，《太平御览》卷九、卷七七三等类书所引汉代小说《括地图》，较早载录飞行器："奇肱民能为飞车，从风远行。汤时，西风吹奇肱车至于豫州。汤破其车，不以示民。十年，东风至，乃复使作车，遣归其国。去玉门四万里。"（此处"东风至"，原

① 萨孟武：《水浒与中国社会》，岳麓书社1987年版，第92页。

② 王立：《宗教民俗文献与小说母题》第五章《道教、民间宗教与古代小说天书母题》，吉林人民出版社2001年版。

作“西风至”，李剑国先生据《博物志》订正改[1]，此从其说）既然是西风吹至，该国当在华夏之西；那么何以唐代类书要将其归时又作“西风至”？其地理方位上的西方，可以“去玉门四万里”的“玉门”为参照系来证，恐怕还是与印度这一飞行器的老家不为无关。再像郭璞注《山海经·海外西经》“奇肱国”条：“其人善为机巧，以取百禽。能作飞车，从风远行。汤时得之于豫州界中，即坏之，不以示人。后十年西风至，复作遣之。”而张华《博物志》卷十更有“八月浮槎”传说。那么何以在这一佛经大举传译，裹挟许多印度民间传说进入中土的汉魏六朝时代，骤然产生如此之多的飞行器故事？如果不承认受到外来母题影响，是很难解释的。

主要受到佛教空间观的启发，飞行器构想较早进入中土想象中的神仙世界，而同时又进入冥间世界诸民俗事象的营构中。《搜神后记》（李剑国《新辑搜神后记》卷一〇“卢充”）写卢充遇女鬼，成婚，分别时他见门外一犊车，驾青牛，他带好物品，“便上车去，驰如电逝，须臾至家”。前面交代有三十里路。即使新亡故的青年，也能调动飞驶的冥间车马来接千里外的父母，《搜神后记》（李剑国《新辑搜神后记》卷九）称其父母“上车忽若睡，顷比鸡鸣，已至其所。视其驾乘，但魂车木马。”夕发朝至，可见车行若飞。

---

① 参见李剑国：《唐前志怪小说史》（修订本），天津教育出版社2006年版，第142页。而元代周致中《异域志》卷下《奇疣国》则写，该国在距离玉门关一万里的西部：“其人一臂，性至巧，能作飞车，乘风远行。汤王时，西风久作，车至豫州，汤使人藏其车，不以示民。后十年东风大作，乃令仍乘其车以还。”

冥间飞车、神帕、甲马神行术与若干种类的飞行器，不过是达到使人远距离行动的工具，这都是实现现实生活所不能实现的神秘想象。而现实生活中那些具有神行异能的“飞毛腿”，则极有可能是这一信奉由来的现实生活基础。

《隋书·麦铁杖传》称他骁勇有膂力，“日行五百里，走及奔马。性疏诞使酒，好交流，重信义，每以渔猎为事，不治产业。陈太建中，结聚为群盗”，一次被广州刺史俘获后，留在御前执伞。可是每当罢朝之后，他却常常故伎重演，到百余里外的南徐州，越过城墙“行光火劫盗”，就是明火执仗地进行抢劫。因为腿快，早上回来还赶得上入朝，仍然若无其事地执伞。这样干了十多次，失主们认识他，便来州里告状。但官员们看他每天早晨都不迟到，谁也不信。尚书蔡征出一计，悬赏百金，求人送诏书给南徐州刺史，铁杖应募去了，次日早果然赶了回来。陈后主说：“信然，为盗明矣”，但仍然“惜其勇捷，舍而不问”。《太平广记》卷一百九十一“骁勇”类引《岭表录异》此处作：“后主疑之，而惜其材力，舍而不问。”日行五百里的特殊体能，与他的侠气结合起来相得益彰，这可能也构成了后世相关信奉来源之一。

稍早一些北魏时期魏收的《魏书》，也描写了一位传主平生事迹，其中他特殊的善走技能，与其他技能结合，占有其作为“逸材”叙事的重要位置：

杨大眼，武都氐难当之孙也。少有胆气，跳走如飞。然侧出，不为其宗亲顾待，颇有饥寒之切。太和中，起家奉朝请。时高祖自代将南伐，令尚书李冲典迁征官，大眼往求焉。冲弗许，大眼曰："尚书不见知，听下官出一技。"便出长绳三丈许系髻而走，绳直如矢，马驰不及，见者莫不惊欢。冲曰："自千载以来，未有逸材若此者也。"遂用为军主。大眼顾谓同僚曰："吾之今日，所谓蛟龙得水之秋。自此一举，终不复与诸君齐列矣。"

未几，迁为统军。从高祖征宛、叶、穰、邓、九江、钟离之间，所经战陈，莫不勇冠六军。世宗初，裴叔业以寿春内附，大眼与奚康生等率众先入，以功封安成县开国子，食邑三百户。除直阁将军，寻加辅国将军、游击将军。①

在此，外来的神奇想象很可能触发了中土民间信仰。

清人注意到，宋金时代已明确地流传着神物"甲马"的奇闻："《水浒》小说言戴宗善使甲马，日行千里之语，固属妄诞。然《金史》载金将乌谷与突合补征宋，遇步军转战，突合补欲令军士下马，乌谷云'闻宋人有妖术，画马缚于足下，疾甚奔马，我军岂可步战'之语。是当时有此术，非耐庵之妄造也。"② 的确如此，《金史》卷八十《突合速传》有载："及再举伐宋……孛堇乌谷攻石州，屡败，亡其三将，军士殁者数百人。突合速谓乌谷曰：'敌皆步兵，吾不可以骑战。'乌谷曰：'闻贼挟妖术，画马以系其足，疾甚奔马，步战岂可及之。'突

① 魏收：《魏书》卷七十三《杨大眼传》，中华书局1974年版，第1633页。

② 昭梿：《啸亭杂录》续录卷五《甲马》，中华书局1980年版，第519页。

合速笑曰：'岂有是耶！'乃令诸军去马战，尽殪之。"金将突合速等活动区域在山西，这至少说明，在南宋山西一带民间流传有画马系足以增加奔跑速度的信奉，可谓接受西北方传来的佛教飞行器母题启发的一个证据。

如此，则不难理解神物代用品"皮袜"，其实稍早些就已出现了。清人没有注意到，洪迈《夷坚志》中的皮袜，直接穿到脚上，颇为类似戴宗的甲马。说阆州通判之子，经常盗窃，被擒缚送府后，他竟殊无惧色：

> 守以美言诱之曰："吾与汝父同寮，当为汝地。但还诸人元（原）失物，必不穷竟也。"遣兵官监诣其室，尽取所藏。子具言某物某家者，某物某家者，乃各以付失主。但馀皮袜一双，无主名，子再拜恳请曰："愿以见赐。"守问何所用，对曰："顷登子城，见此物在城下，试取著之，便履空如平地。自是入人家，白昼亦不能觉。"守益不信，还其袜，且验焉。子欣然，才著毕，腾升屋端，了无滞碍，其去如飞，竟失所往。①

这不良用途的"皮袜"毕竟属于小型的"助飞器"。然而《水浒传》飞行器描写对明清小说的中转之功，不可低估。其既体现了神秘描写对于历史题材小说的渗透，又使得清代历史演义在增加神怪渲染方面竞相仿效。

明代陆粲《客座赘语》卷九"飞盗"条，也载录了具有

---

① 洪迈：《夷坚志》丙志卷四《阆州通判子》，中华书局1981年版，第393－394页。

“轻功”的超人传闻，是用来为非作歹的用场：

万历戊子己丑间，留都有飞盗。其来也，不由门窦，仅于屋上揭瓦去椽，垂繘而下。有盗人楼阁中物，经数月主人犹不知者。甚苦其盗，而缉捕不可得，后乃为其仆所首。

其人姓周，居南门之大街，衣冠车从若大家然，亦与士大夫往还。夜从其家登屋，步瓦上若飞而无声，其在尤狡黠矫捷，手持尺木点地，即墙檐高一二丈已跃而上矣。问得其情，毙于狱。其子竟先逸去，终已不获。

尝见友人被盗处，屋瓦揭动数尺，而上灰无至地者，亦是奇贼。①

这也属于具有类似飞行术一般超人的特异功能，他们在细心严格的地方官员眼里，就好像《水浒传》中戴宗使用甲马神行术来帮助梁山泊“草寇”越轨作案一样。明代还以史书早有记载，来印证当下的传闻：

东乡顾玉川，伟面长髯，如世所画羽人剑客，善走，能日行五百里。相传玉川少时憩山下，一病道者顾之曰：“公能负我上山乎?”玉川负之上，赠以一草履，自此遂善走。

昔王进以善走位节度使，欧阳修作《五代史》，深叹

① 《庚巳编·客座赘语》，中华书局1987年版，第291页。

乱世功名，可笑若此。今玉川生当盛世，虽无其遇，然以善走出入贵人门下，贵人争重之。①

偶遇异人获赠草履，便由此具有神行之术，这不就是戴宗之于“甲马”的关系吗？钱谦益《初学集》载其《玉川子歌·题玉川子画像》的异文更可参照：“玉川子，江阴顾大愚，道民也。深目戟髯，其状如羽人剑客。遇道人授神行法，一夜行八百里。居杨舍市，去江阴六十里。人试之，与奔马并驰，玉川先至约十里许。任侠，喜施舍，好奇服。所至，儿童聚观。亦异人也。”下面接着咏叹：

玉川子，何吊诡！朝游淮阴城，暮宿吴门市。万回不足号千回，赵北雁南在脚底。刚风怒生两腋边，骞驴折著巾箱里。阔衣袖，高屐齿，长须奴，赤脚婢。……市儿拍手群追随，君亦蚩蚩颇自哆。今年六十五，素丝披两耳。发短心尚长，足缩踵犹跂。……

欧阳修《新五代史》卷四十九《王进传》也有此载，这位与《水浒传》中八十万禁军教头同名的王进，其特长亦“疾足善走”：“呜呼！予述旧史，至于王进之事，未尝不废书而叹曰：‘甚哉！五代之君，皆武人崛起，其所与俱勇夫悍卒，各裂土地封侯王，何异豺狼之牧斯人也！虽其附托遭遇，出于一时之幸，然犹必皆横身阵敌，非有百夫之勇，则必一日之劳。

① 李介：《天香阁随笔》卷一，《笔记小说大观》第十二册，江苏广陵古籍刻印社1984年（影印），第86页。

至如进者，徒以疾足善走而秉旄节，何其甚欤！岂非名器之用，随世而轻重者欤？世治则君子居之而重，世乱则小人易得而轻欤？抑因缘侥幸，未始不有，而尤多于乱世，既其极也，遂至于是欤？岂其又有甚于是者欤？'”

在古代经验式的思维中，对于超常规地快速行走，总不免提出疑问，神行术叙事中的“验证”要素，也在明代传闻中回响，证据是足上长有长长的毫毛，而走起来有时还进入到了一种失控状态，停不下来：

> 成化中，临清张成，以善走得名。日行五百里。上官命入京师，往返仅七日，善马弗能逮。足有长毫，夜宿圆器中。每走势发，足不得住，抱树乃止。
>
> 吴有举人过临清，知州与有旧，留之宿。举人求萧县大梨，知州召成往市，明旦已持梨来。疑其近处得之，使人往验，果然。盖百馀里路，仅一昏时也。[①]

曾衍东《小豆棚》也写作者的曾祖有仆人，名叫叶禄，靠天生的异常之双腿，竟也能昼夜走五百里：“善走，一日夜行五百里。视其胫骨，较人长挺，又无肉，多黑毛，皆二三寸，自膝以下，鬈连而生。与人同行，初亦不惊其捷，一瞚眼间，皆瞠乎后。望之者，觉其足不着地，脑后辫横直流矢。”[②]

---

① 褚人获：《坚瓠集》续集卷四《张成善走》，《笔记小说大观》第十五册，江苏广陵古籍刻印社1984年（影印）版，第377页。

② 曾衍东：《小豆棚》卷二“叶禄”条，杜贵晨校注，中州古籍出版社1989年版，第40－41页。

清代满族一些能征善战之士，活跃在遥远的西北边疆，远涉空间的需要更构成了神行术的价值，也不乏神行异能的传奇性故事。据说康熙年间："超勇亲王策凌，讨平准噶尔，威震漠北。其部下侍卫绰克浑，能一昼夜行千里，立功最多。一日，王与之饮酒，酒酣，绰克浑曰：'请王侍姬为奴舞剑，奴请为王歌。'乃歌《朔风高》一阕。王大喜，以侍姬赐之。自古雄骏非常之士，往往贪财好色，逾跃准绳。王佐命勋戚，不惜一妇人，以笼络奇士，洵豪杰举动哉!"① 这位豪气过人的猛士，他的善歌和立功，被叙述得似乎都与其具有的神行捷走本领，不为无关。

即使是平凡的劳动者，也很可能具有奇特的神行能力，明清易代时，山东沿海就多流传有此类传闻，这方面竟然也是"强中更有强中腿"，胶东的王槭就曾回忆说：

> 余邑有安姓者，善走，日可行五百馀里，群以"飞星"号之。生平未尝市屦，遇农夫有脱履陇畔而耕者，即取而著焉，耕者力追之，莫能及。
>
> 一日行青州道上，见有新履置陇上，安履适敝，乃从容易之去。视耕者方鞭牛徐行，若不经意。未数里，忽闻风声飒飒，回顾，耕者倏已追及，詈之曰："著我履将焉往?"安悸甚，跪而进之。耕者乃以足受，笑曰："我昔年为此，曾被挞辱，尔不自揣，亦作此伎俩耶?"安每以语

① 陈康祺：《郎潜纪闻》四笔卷九，中华书局1990年版，第70页。

人，信技之不可恃也。[1]

不仅说明现实生活中这类奇能者辈出的事实，这传闻还揭示出这类民间的“长跑运动员”不可自恃其能，因为很可能随时被他人超越。

清代小说还注意到了飞行术的习练问题。如写豫章王萧综听说叔父萧宝寅在魏国，时常想念不得相见，时常郁郁不乐：“便在宫中择一密室，布沙在地，每日赤足在沙上行走。走了多时，两足生胼胝，坚硬如铁，日能行走三百里。纵心甚喜，道：‘有此捷足，何愁不见宝寅叔父哉！’”[2]

俞樾《茶香室丛钞》续钞还转述了明人的相关载录，总结这一奇术既可天生，也可后天习得，凭借着某种神物而行，甚至不免有些于己不便之处：“明沈德符《万历野获编》云，万历初，蒲坂张凤磐相公家有一仆陈姓，善走，一日能八百里。盖蹻捷天赋，非有他术，因名之曰‘陈飞’。飞之子亦能行，一日止五百里。近日吴中有一顾姓者，得异人传授，一日夜可千里。为忌者夺其囊中一小铁船去，夺者又不得其秘咒，亦无所用之。顾姓者，已改业内外丹矣。明郎瑛《七修类稿》云，徐州周成，短小精悍，善疾走，日行五百里，若缓步，亦与人同，但造意远行，则不可及。既行，又不能自止，或著墙抱树

---

① 王椷：《秋灯丛话》卷十二《技不可恃》，华莹校点，黄河出版社1990年版，第207页。

② 天花藏主人：《梁武帝演义》第二十九回《郗夫人游地狱变蟒，梁武帝喜佛法谈经》，春风文艺出版社1987年版，第363页。

乃可耳。凡封奏羽报则使之，夜则于圆篚中，缩足而睡。”①

神行术描写，增大了武侠文学与神秘崇拜、民俗信奉的联系，也成为人物与陌生人联系、远行到另一场所并适逢另一机缘的条件。民国早期武侠小说较为直接地继承之，如写广西进士唐采九踏青时，被陌生人骗走，那人在唐的腿上摸摸，在自己腿上摸摸，唐就身不由己地跟着走，正如“李逵被戴宗捉弄的一般”。走入大山内唐想抱树停住都做不到，进一庙中，那人又摸摸唐采九的腿，才恢复如初。后来唐采九才被婢女告知这是智远师傅给的“甲马符”所致②。

何以对于这类奇异之人“神行术”的描述，大多数偏偏是日行“五百里”，而不多不少恰恰如是？窃以为这是受到中古汉译佛经叙述习惯的影响，佛经故事中，每以“五百”为一个整数而极言其多，什么“五百贼”、“五百羊”等等不一而足，甚至在某些叙事中，写特定人物要接近完成这神奇的“五百”极限，即四百九十九时，还要出一点岔子，用以表达某种特殊的寓意。而且，五百里，从现实生活经验来说，这一距离，具有特异本领的人努力为之还能达到的，这似乎也是人类所具有体能的一个极限。

① 俞樾：《茶香室丛钞》续钞卷二十一“陈飞”条，《笔记小说大观》第三十四册，江苏广陵古籍刻印社1984年（影印），第241－242页。

② 平江不肖生：《江湖奇侠传》第二十五至二十七回，岳麓书社2009年版。

第十章 《金台全传》打擂母题、狂欢色彩及佛经来源

《金台全传》是一部较少为研究者关注的清末小说，以其篇幅较长，内容又较为丰富驳杂，难于全面讨论，这里仅对其中的打擂母题进行初步的探讨。

一、《金台全传》其书及打擂母题的多重表现

《金台全传》一书的简体本印行较早，但对大多数人来说仍略显陌生，因此在相关讨论前对该书先加以简单概述。《金台全传》共十二卷六十回，未署撰者。可查找的最早刊本为清光绪乙未年（1895）春上海中西书局石印本，此后尚有涵芬楼刊本。但两种刊本乃同一版作先后两次印刷，内容、文字并无重大改变①。建国后，国内曾据上述版本印行数次，如曹光甫校点，上海古籍出版社 1991 年影印《古本小说集成》收录之本；其二，朱邦薇等校点，百花洲文艺出版社 1993 年出版的《中国近代小说大系》收录之本；其三，朱俊芳校点，春风文

① 倚云氏、瘦秋山人：《中国近代小说大系：升仙传演义 · 金台全传 · 本卷说明》，百花洲文艺出版社 1993 年版。

艺出版社2004年出版的《中国古代珍稀本小说续》收录之本。尚有一些未见，而见诸记载数种。但诸本内容差异不大，只是校对精粗而已。其中，《古本小说集成》中该书前言对《金台全传》有较为详细的探讨，但对该书丰富的小说母题却毫未涉及。其他论著、书目、论文亦泛泛征引该书，没有真正深入探讨的专文出现。对于作者，暂时只能就文中遣词用句的吴语风格和书前序言为证，认为“汪树棠为弹词也即小说的原作者是可信的”①，并大致推定作者乃江苏苏州附近之人。更准确的判断只能期待于他日更新的资料佐证。

全书故事所本之王则叛乱及最终被平定事，于史可稽，此前已有《平妖传》等小说据以敷衍成文，所述种种神怪妖异正是《金台全传》奇幻情节所本。

但与《平妖传》不同的是，《金台全传》则另立一金台为全书主角，淡化《平妖传》原有的“叛乱——平叛”情节，并减少《平妖传》中妖异神魔情节的影响，使之转化为主角拳勇浪游的背景和支撑。如书前丁丑序即云，金台“精于拳艺，孝义为怀，游遍江河，结交豪杰，虽初时误听妖言，几至助纣为虐，迨遇仙指示，即能猛醒回头，为国家扫灭妖邪，做一番惊人事业”。“误听妖言”乃全书之源起，“遇仙指示”则是全书之收束，仙妖之气虽弥漫于故事之中，但根本仍在主角活动的人间世界。仙凡两个世界里，作者（改编者）更多创设了诸多符合一般大众审美观念的人间场景，也隐含种种渗透着民间价值观念和通俗趣味的小说母题。其中所具有的狂欢般的气质，

---

① 曹光甫：《古本小说集成·金台全传·前言》，上海古籍出版社1991年版。

反映了大众对于通俗文学的审美文化心理、民俗记忆和一般思想世界对于打擂母题的认知，尤其值得关注。

《金台全传》第五十二回中有这样一段话："若说贝州金台周游天下，原曾打过七十二个擂台。唱书先生在书场上唱呢，多打一个擂台，多唱一日书，多趁几个钱，自然没有尽期唱了去了。如今说本上边，若要打完七十二个擂台，一则来说的费力，二则来看的人惹厌，三则来多费纸张，浩繁得紧，只好一言交代，不及细讲了。"道出了原唱本打擂这一"武侠要素"频繁出现，放到案头文学上就不宜如此了，说来实在有着艺术生产与消费的动因。

《金台全传》改编自唱本《金台传》，后者曾是当时传唱弹词的一种，从这段话就可看出"唱本"与"说本"的几处区别，也可看到在民间流行的说唱文学被整理为文本形式时必然有所增损的改编性质。但更有趣的是，虽然改编者"一言交代"七十二次打擂，认为在纸本上不免"惹厌"，但书中"打擂"仍然写了三次。如果是现场表演的话，恐怕真的要说完七十二个擂台为止，至少为了书场展演效果要铺叙更多次，何以不避重复如此？显然，如果故事的接受者不喜爱"打擂"这一故事，那它就不会在文中如此频繁地出现。反之可证，"打擂"这一小说母题，在晚清时代是有其广泛接受基础，并极其契合下层大众观赏心理的。

该小说每次描写打擂，特别注重文字描绘的铺叙，至少占据一回篇幅，而且三次打擂都详细写明了地点、名称、规模、擂主概况、打擂规则等多方面情况，如下表（回数系指打擂主要情节所在一回）：

回数	擂台名称	地点	擂主情况	台主	打擂规则
24 回	凤凰台	丹阳（凤凰村）	方魁（公子）	宰相之子	胜：元宝一只，彩绸四匹 败：损身丧命，俱不抵偿
35 回	聚雄台	淮安	何其（拳师）	姚通政之子	胜：黄金五十两，彩缎一端 败：各人医治，死不偿命
36 回	二虎台	沧州（麒麟村）	雷蓬（拳师）	姚家少爷	胜：黄金十锭，彩缎十端，台主拜师 败：叩三个响头，死伤不偿

从中可知，打擂之地点多被作者置放在长江下游的苏、扬一带，这正是近年如董国炎兄所说的武侠小说所起源的运河地区[①]，该地区与运河上下，也正是清代一些重要秘密会党如青红帮、天地会等兴起、活跃的地区，同时，这也可能反映了作者现实生活中的活动地域。打擂的举办者大多是有钱有势的人物。这从文中给出的规则可以推知其原因：

首先，举办打擂是一件耗资费钱的事，既有聘用拳师的花费，又有设擂、彩头（利物）等诸多支出，非当地豪强富户或官府出面不可；

其次，打擂者可能当场重伤或丧命，难免出现一些纠纷，虽规则上有相关文书的签订作为豁免依据，但仍需要举办者倚恃相当的势力和威望来压制动荡，执行规则。擂主不吝金钱，多是为了结交英雄好汉，增威邀誉；打擂者则期求名利双收，既得金银彩缎，又能威名远扬。金台能得到江湖上普遍认可，

① 参见董国炎《武侠小说起于运河流域说》，《明清小说研究》2004年第4期。

成为众人敬畏钦服的人物，得力于打擂获胜的传扬不少。小说中也不止一次在行文中点出：

> 金台到处为家，无拘无束，见一个擂台，打一个，胜一个。故而名声越大了。（第五十二回）
>
> 再说金二爷各处游行打擂台，自从离别家乡，到今数载，共打了七十二个擂台，台台得胜。认得了多少英雄，人人钦敬。（第五十六回）

可见，在交通方式、传播手段落后，个人声誉往往依赖于口碑转述的时代，参加一次类似于今日锦标赛的打擂，对个人声誉能起到多么大的正面宣传效果。

只是这些价值并非书中那些以“人山人海”形式出现、没有个人面貌的群体观众关注的焦点。在这些“无名观众”眼里，本来应血腥野蛮的打擂却是一场带有民间狂欢性的盛会。正如小说所述，三次打擂皆如同民间节日一般，不仅打擂的英雄好汉四处赶来千里趋聚，擂台周边也“赶事摊头摆满，行人结队成群，多要去观看”，几次都是“挤挤挨挨”、“人海人山”。在开擂前，观者就可以一种观戏的心情来为“那堆绒凤、堆绒凰是五色装成的彩羽毛，扑开着两翅，犹如活的”一事（第二十五回）喝彩。比武前后，讲述者又每每插科打诨，使用“噱”的技巧烘托出一种欢快热烈且童叟无忌的气氛，使得原本凶险紧张的比武有了其嬉笑轻松的一面。例如比武前，作者经常使用一种类似“逗哏”、“捧哏”的对话方式述说一些旨在逗笑的言语。这些与故事情节发展无涉，且往往游离于叙述行动节奏之外的对话，往往不避俚俗，语涉下流，关联性与暴力，至于粗口污语更布满字里行间。可谓极俗，但也透出一股勃勃昂奋的民间气息。

小说比武叙述中，同样穿插令人发笑的描写，把这些主角登场前的无名配角写得极为滑稽，其行为与言语存在着极大反差，从而在强烈的对比中创造出娱乐效果。动作滑稽笑闹，语言吴音土白，本地听众、读者必然亲切可感，会心一笑。这种笑声并不高雅，却通于里耳，行于民间。

在小说中所有相关段落中，叙述者和倾听者都百无禁忌，容忍并欣赏这些肆意的笑噱。民间的粗口脏话，性暗示的笑料，种种不登大雅之堂的话语都被置于说与听、写与读的发出与接受的文本构设中。这有弹词这种民间表演艺术形式带来的影响，如论者所云："'噱头'即滑稽、讽刺等笑料，它是弹词艺术不可缺少的，俗云：'无噱不成书'。"① 但若把这些描写仅仅看作弹词艺术不得不然的要求，而不求其所以然，或者将其视为下流粗俗一笔抹杀，都可能把具有复杂含蕴的文本简单化。

二、打擂母题的民间狂欢性与口头文学的影响

其实先秦文献中就有类似于打擂的比武场面描述，《庄子·说剑》中描写赵文王养士斗剑，一年死伤百余人，可见打擂本身也必然是血腥的，稍有不慎即可能出现参与者死伤的严

---

① 段宝林：《中国民间文学概要》（增订本），北京大学出版社1985年版，第265页。

重事故①。但正如前所述，打擂这一母题，在清代尤其是晚清小说中往往被作娱乐化描写片断来处理。如不题撰人《四望亭全传》（1831年芥子园藏本，八卷六十四回）第三十五回述“平山堂打擂”，那些扬州的平民知道有擂可看时，个个欢喜踊跃。要明日早些吃饭去看余谦打擂，为之不惜“三日不做生意”，不去拜“我家表嫂生日”，不去恭喜“我姨姨家满月”。对打擂这一活动显得格外热衷，饶有兴致。可以说，在众多的打擂情节中，台下观看者都有着狂热化的观看欲望，他们和台上被观看的打擂者构成了一个奇妙的有机组合。

从叙述上来说，打擂者所进行的打擂行为才是小说叙述的重点，并进而在一定程度上推动情节的发展。但事实上——尤其在《金台全传》所代表的一批晚清侠义小说中——在说书人/编写者和听众/读者的审美期待中，这种观看者摩肩接踵、群声鼎沸的欢腾场面，这种打破平日里沉闷公式化生活的不羁笑噱，这种从观看者角度出发的活泼口吻，才是真正被听众和读者所认可的。选择性忽略了野蛮血腥的较量，而处处洋溢着一种节日般的气氛，狂欢化的举动。使得忠奸斗争的尖锐性，打擂比武的血腥与道德价值，都在大众欢笑声里被弱化。

巴赫金曾评价西方中世纪民间的“诙谐”，“首先是对束缚、压迫搅乱人的意识的道德恐惧的胜利，这是对一切奉为传统的和禁令的恐惧（‘魔力’和‘禁忌’）、对神和人的权力的

---

① 1934年，曾有人在西安摆下擂台，上写“拳打南北二京，足踢少林和尚”。少林寺武僧德根（1914—1963）出手比试，最终一拳击毙对方，但德根的右脚脚踝也被对方扫断，从此终身残废。见德虔、素法《少林打擂秘诀》，北京体育学院出版社1989年版。

恐惧、对专横的戒律和禁令的恐惧……的胜利。诙谐战胜这种恐惧，使人的意识清醒，并为他揭示了一个新的世界。诚然，这种胜利只是昙花一现的、节日的胜利，紧跟其后又是日常生活的恐惧和压迫，但透过人的这些节庆意识的一线光明形成了另一种关于世界和人的非官方真理，它酝酿着新的文艺复兴的自我意识。”① 这对我们理解打擂母题在晚清时期变得更加笑噱化的原因，有所启发。但任何一个母题的发展都有其复杂因果关系，这里并不试图将这一起自欧洲中世纪文化总结得理论绝对化，而宁愿以之作为观照的一个视角，阐述这一母题富于狂欢气质的特征。

无疑，我们今日看到的文本只是对已有口头讲述的一种改编。书面化对于口头讲述来说，并不仅仅意味着传播形式的改变，更在于打擂这一情节，脱离了其拙朴原始的面貌，也放弃了因其不固定而带来的自由展演性质。《金台全传》改编自唱本，是对书场中活语言的文本固定化。这种固定扩大了故事文本的接受范围和影响，但也取消了故事被现场说唱时的部分展演功能。其中最大的丧失，恰恰正是这种说与听直接沟通互动中的狂欢气质与民间庆典般欢畅。在书面化中，原有的故事获得了独立性，只呼唤并只取决于其读者对文字的理解和想象，作者（改编者）在作品印行后即被剥夺了说书人所具有的主宰作品的权利，读者取得了阅读和再创作的主导权。因而，同时代就有人敏感地察觉到唱本转向小说，口头转向书面后的一些差异：

① 钱中文主编：《拉伯雷研究》，河北教育出版社 1998 年版，第 105 页。

按，此书余曾见之，亦无甚佳处。不谓当时倾动一时也！殆由口吻之妙，有不在笔墨间耶？①

而后来说唱文学研究资料也同样显示由口头文学转向书面文学，改编者不能传达原本活力于万一，下者更显笨拙无味。“昔之说话人则各运匠心，随时生发”②，本是随手拈来，即时捏合；若落实到文字上，则一定程度上丧失其口传文学本色。虽然会出现《三国》、《水浒》等书面化之后的经典化效果，但口传文学原生态的特征往往丧失大半，尤其是其中的娱乐要求。因“虚构和娱乐目的本是口传文学的特性”③，这种娱乐目的一定要在书场这样的环境中才能得到最大的张扬。只有在说者（作者）和听者共存互动的空间中，才有可能达成一种文化审美“场”的默契，进而取得彼此心理上的碰撞与统一，不再以“道”为说与听之间的旨归，在一种大众狂欢的氛围中解脱开社会与个人之间的矛盾，真正融入这存在于民间书场中的世俗化欢乐中。

以世俗的风格存在于读者和作者共同梦境之中的打擂母题，确立了其在大众心理中的真实。瑞恰兹即认为：“文学作品在美感传递方面，只要能在读者心理上产生统一的、前后连贯的效果，具有‘内在必然性’和‘可接受性’，使读者觉得合于

① 陈汝衡：《说书史话》，人民文学出版社 1988 年版，第 145 页。

② 陈汝衡：《说书史话》，人民文学出版社 1988 年版，第 51 页。

③ 石昌渝：《中国小说源流论》，生活·读书·新知三联书店 1994 年版，第 141－142 页。

情理可以'相信'，那么它就具备艺术的真实。这种真实使文学作品成为一个独立自足的世界，它的存在与历史或科学都无关系，其本身就是存在的根据，只有傻瓜才会考虑文学作品与事实是否相符。"① 正因如此，读者不必去质疑这种想象，而是服从于这一母题的乐天气质，在狂欢中，与被现场左右的作者取得认同。这种精神上的共享，使得市井小民得以暂时摆脱白日里的忙碌和乏味，进入一个狂欢化的世界："当个人的幻想（梦）为一群人所共有时，这个幻想便成为神话了。"② 虽然狂欢化的气质依然在改编的文本中有所保留，但在文本中已很难再有书场中说书人与听众间的互动，也难以形成仪式般的气氛。

百二十回本《水浒传》第七十四回写擎天柱任原在泰山摆下擂台，两年未遇对手，浪子燕青却不顾本州太守一再劝阻和分一半利物的诱惑，执意较量："只要攧翻他，教众人取笑，图一声喝彩。"果然乘着任原脚步散乱，将其掀到台下。

承此，《后水浒传》写曾任东京禁军教头的乐汤摆下擂台，三年没人敢来交手，这打擂也要立下"生死不抵文契"，而过路的刺配囚徒杨么昂然不惧，初步了解后，就以"踏莲"法蹿跳上台，他虽然棍被打断，但却乘机把乐汤托起，顶在头上乱旋乱转，掀下擂台，还缴获了乐汤丢下的铁棍。而乐汤那百十个徒弟，"一时顾不得师父，忘了报仇，俱拥进敞篷争抢利物"，等抢完利物，回来抬救师父，胜利者已经不知去向。其

---

① 傅修延：《文本学——文本主义文论系统研究》，北京大学出版社2004年版，第16－17页。

② 张汉良：《〈杨林〉故事系列的原型结构》，温儒敏编《中国比较文学论集》，北京大学出版社1988年版，第111页。

中一部分徒众持器械追了十余里，有人提议说我们本事不如师父，追上也没用，大家又一哄而回①。小说借此讽刺和谴责了这些势利而无能的家伙。这个杨么，还颇类似《水浒传》中林冲在小旋风柴进家受到洪教头挑衅的经历，但小说中出现了擂台，比武显得更加郑重和正式，同时英雄很风光地获取了宝贝兵器，似乎宝物只合配英雄，意味深长。

清初金丰、钱彩《说岳全传》第六十九回写奸臣张俊之子张国乾在昭庆寺前搭起擂台，“要打尽天下英雄”，岳家小英雄岳霆和表兄弟伍连等正好赶上，岳以“出马一枝枪”攻张的“单鞭立马势”；张来个“金刚大踏步”，岳则回个“童子拜观音”；张又以“黑虎偷心”相逼，于是岳霆钻到他背后，扯住其左脚和背领掼下台来，伍连赶上去将他踹死。众英雄乘机打散了戚家兄弟（报被责打之仇而发暗箭射伤岳飞、放走途中被牛皋打死的戚方之子）为首的帮凶和家将。打擂成为正义英雄——忠良后代向奸臣营垒复仇的一个契机、场所和组成部分。

打擂描写的过程中，也可能插入一些意外事件，赋予狂欢的审美烘托要素。《飞龙全传》第五十五回写南唐王驾下的教师李豹在金陵摆下擂台，能上台打一拳的赏银五十两，元宝一个，彩缎十端；踢一脚者，赏银一百两，元宝两个，彩缎二十端；能获胜的，愿让出教师之位。台下众多花拳绣腿的公子王孙，无一人敢上台，而赵匡胤等人看到颇不以为然，高怀德首先上台，与李豹交手，几个回合以回龙败势诱其冒进，颠颠倒倒地丢下擂台。不想刚刚赶来的郑恩挤了进来，大叫一声“乐

---

① 青莲室主人：《后水浒传》第十七回《朱仙镇打擂台逞英雄，节级家赏中秋致奇祸》，春风文艺出版社 1981 年版，第 166－168 页。

子来了”，随即：“不问情由，抢上前兜胸几脚，正踢个死。众人见李豹死了，呐一声喊道：‘不好了，青天白日，活活将人打死，不要放走了他！’……”① 由此惹出了一场麻烦，弟兄们受到帅府官兵三千的围攻，不得不混战一番，突围逃走，从而引出了下一回道士杨天真以神剑变蟒吐火，烧退官兵等情节。郑恩这一粗蛮之人的搅局胡闹，打破了比武打擂的正常规则，而却极为符合官府豪奴“藐视天下”挑战在先、江湖豪士临场应战在后的事理，符合把郑恩灌醉不愿其惹事而其偏偏酒醒闹事的情理。小说描写这一大快人心的闹剧，完全是为了迎合下层民众爱看热闹，惟恐热闹不大的看客心理。

隋唐故事系列中有的作品则写出了打擂的和平解决方式。说是秦琼被充军途中多得解差童环、金甲二人关照，三个来到顺义村看见一座擂台，史大奈在台上有些目中无人的狂妄：“今日却是百日满期，若有人敢上台来与我交手，降服得我，这领军职分，便让与他。”童、金二人先后被打下台，叔宝不禁大怒上台，与史大奈打得难解难分。还是张公瑾及时赶来，得知台上好汉是远近驰名的秦叔宝，高叫：“叔宝兄，请住手，岂不闻君子成人之美？”深知江湖规则的秦叔宝“心中明白”，遂虚闪一闪，跳下台来②，就在百日满期即将来临之际，史大奈虽然被打破了常胜惯例，却也没有失却面子。秦琼武功与理性得以突现，故事因主人公的克制而没有节外生枝。

---

① 吴璿：《飞龙全传》第五十五回《课武功男女较射，贩马计大闹金陵》，人民文学出版社1985年版，第501－503页。

② 佚名：《说唐》第七回《打擂台英雄聚会，解幽州姑侄相逢》，三秦出版社2003年第2版，第57－58页。

道光年间《游龙戏凤》（《大明正德皇游江南传》）也写正德皇帝和周勇将军来到滁州，这里土豪公孙强摆下擂台快要到期了，还特意立下了公示的“规条”：

一、我营伍之兵不许登台。

二、儒释道三教不许登台。

三、妇女不许登台，恐男女混杂，有伤风化。

四、登台比武只可空拳，不许夹带利刃。

五、登台之人要报实省份籍贯名字，方许上去。

除此之外，不论诸色人等，有能者只管上台比试。此擂台以开百日为期，百日之后无得生端。各宜凛遵，无违特示。

台主公孙强上台，还客气地拱手称百日擂台，“蒙诸位饶让，今乃九十一日了”，而周勇跳上台，拒绝了其五十两银子的收买，不上两三个回合就将其掷下台来，且不意之中因为掷到台下官兵刀枪队里，被咽喉刺破，竟一命呜呼①。由此引出小说下一回写因周勇被绑回衙，还牵连出滁州协镇徐湘纵义子行凶的要案。如果超过了一百日，则土豪与官府合谋霸占一方的恶行就要得逞，可见这行使正义的外来挑擂台者，出现得该是多么及时而有效！同时故事也符合南亚传来的“九九缺一”母题所揭示的恶不得满，恶贯满盈前必有转化的规律②。

虽然有些地区规定妇女不许打擂，然而女子打擂，却有着

① 何梦梅：《游龙戏凤》第二十七回《倒运公孙逢烈汉，无知协镇捉英雄》，上海古籍出版社1996年版，第102－103页。

② 王立：《“九九缺一”：一个母题的佛经、南亚文化渊源及跨文化流变》，刘耘华主编《孙景尧先生周年祭纪念文集》，上海文艺出版社2014年版。

特殊的民间狂欢意趣。夏敬渠长篇小说《野叟曝言》就写出了一条大汉“跳上台”来，而就在是那众人的喊声中，她的对手亮相了，读者所见也正是擂台下观众所见，而小说要充分展示的也正是揣摩了观众心理来有意投合：

擂台上右边坐的一个女子把身上纱衫纱裙卸去，露出白雪也似的一身白肉，一条元色熟纱抹胸勒着两乳，下穿金黄纱裤，管上扎着紫绸带儿，缠着绿绸裹脚，着一双大红缎子平底凤头鞋。只见这大汉剥去身上布衫布裤，露出黑漆也似的一身黑肉，两乳上一撮黄毛，一条柿漆生布裤儿，管上挂着蓝布带子，缠着白布裹脚，着一双深育研布头班鹞子鞋。

两人各立门户，走到中间，那女子两手紧护小腹，卖个上身破绽，这大汉就使乌龙探爪去抓他杏脸桃腮，那女子忽地一闪，蹲着身子使个喜雀登株，把一超越小脚尖儿觑定大汉肾囊假意虚挑，这大汉忙使金鸡劈腿势，把右脚尽力一撩，那女子蓦然仰卧，两腿放开，使一个玉蟹舒箝势，向大汉腰裤里生生的一夹，夹得这大汉小便直淋，做一堆蹲在地下，如棉条一般，更是挣扎不动。

那女子笑吟吟站起身来，慢慢穿裙；这大汉苦淹淹挣下场去，堪堪待死。台下众人看出一身臭汗，齐齐喝采道：“这女人好手段也！”……

而小说描写的场面又奇峰突起，又一个女子则是在众人一片喝采声中“早飞上”台来，手捻一锭大银掷到天平里，把衣裙一卸，去与那女子放对。这一切都是借助小说人物又李的眼中所见来表现的：

就是那丰城江中唱歌走索的女子，仍是绿抹胸、绿裤、绿带、绿裹脚、绿鞋。擂台上左边坐的一个女子，慌脱去衣裙，露出鹅黄绉纱抹胸，一条浅紫纱裤，元色绸带扎管，白绫裹脚，穿一双大青素缎鹤顶衔珠鞋。……

两个女子都使着含鸡步儿，紧走起来，一往一来，走有一二十回合。又李看那台上女子只办着招架，渐渐的招架不迭。只见右边坐的女子仍把衣裙脱卸，忽地走入场来，三个女子丁字儿站着厮打。台下众人俱不忿起来，只碍官府镇住，不敢哄闹，却嘈嘈杂杂的议论。

又李心头火起，正待发喊，只见台下早飞起一个赤着上身的女子，撞入场中，捉对儿敌住，浑身红抹胸，红裤，红裹脚，红带，红鞋，正是那丰城江中一同唱歌走索的女子。四个女子打到热闹，在台上左穿右插，仰后迎前，骨节珊珊，星眸炯炯，金莲簇簇，玉臂纷纷，四朵桃花娇面，四条白雪身躯，间红黄紫绿四色裤儿，闪闪烁烁，参参差差，如黄鹂织柳，粉蝶拍花，燕子穿帘，蜻蜓戏水。把看的人，眼光霍霍都耀花了，那（哪）里还顾得场规，不住声连珠炮也似的喝采。那州同睁大了眼，落开了口，急切再合不拢来。……①

① 夏敬渠：《野叟曝言》第二十二回《倒擂台救出一双姊妹，解邪咒团成两对夫妻》，人民文学出版社 1997 年版，第 277－280 页。

何以如此细腻完备地描写女子穿着、动作？是否与特定的母题铺叙需求有关？小说回末的"总评"有如此体会，可以说非常到位："打擂最是熟套，今忽扳倒台柱，戛然而止，可谓一脱时蹊矣。然不稍为点缀，便觉减色。……打擂重在四女，然无突入之理，故必用大汉出场。女子一身白肉，衣鞋五色；大汉一身黑肉，乳上黄毛，及至交手，则连下'紧护小腹'、'探爪抓腮'、'觑定肾囊'、'金鸡擘腿'、'蓦然仰卧'、'两腿放开'、'玉蟹舒箝'、'生生一夹'、'小便直淋'、'蹲如棉条挣扎不动'、'笑吟吟站起身慢慢穿裙'、'苦淹淹挣下场堪堪待死'，及众人发喊'这女人好手段'等语，总以谐语出之，无一杂色，善戏谑兮不为虐，不止为读者绝倒，亦以女人打擂必应有此风流笔墨以调笑之，乃与题称也。"这些评语，与小说文本中渲染打擂之后的余波，相映成趣，这里还借助于又李回店之后的耳中所听，回味悠长中武侠文化诸要素在其中起到了充分的发酵作用：

> 吃过午饭，到院中闲步，只见各房里客人合那些车夫骡夫闹音音的，都说着打擂的事。有的说着大汉被女子夹坏，笑做一片的；有的说四个女子打得花簇，从来没有的。有的说棋逢敌手，若不是倒台，敢怕打到如今还没见输赢哩！有的议这样粗柱怎会挤断的；有的说是被一好汉用力扳断的。……

表现挑台者及时有效来到的，还有管世灏《影谈》中有关绳技侠女董惠娘的描写。

绰号“出林虎”的乡里无赖，阻挠侄女莲娘与书生周鉴的婚事，而董惠娘为报书生赠金救母之恩，玉成这段姻缘，救出了这被恶叔卖入副镇府中的莲娘，被追索厚资又无法归还的出林虎只好“请筑一垒于演武场，招人角斗，悬百金为注，胜者酬之，不胜者偿半”。在万人聚观的情状下，董惠娘说好要以被其扣留的婢女秋霞为注：“即飞身跃上，直扑虎胸，被虎向胁间尽力一推，女趁势一跃，如饥鹰脱鞲，直入云端。虎举首仰视，瞰日晶莹，双睛瞀眩，略一瞅眼，女疾飞下，莲钩一举，直中虎颔而仆。”尽管女侠归家后也终因身负重伤而不治，但毕竟在大庭广众之下以女胜男，且以获胜报恩。可见，在民俗传说中，比武打擂的聚焦式母题展现，还有着报仇、报恩、解救弱小无辜、惩治恶人伸张正义等多重社会功能，还轻松地修正了某些传统理念。

三、中古汉译佛经比武描写及其打擂场面

虽然，明清有关比武打擂的叙事，是现实生活中打擂比武习俗的艺术折光，体现了江湖世界中强者为胜和比武较量的游戏规则。虽然，学界对于与打擂相关的“相扑”活动有了一些研究①，但对此外域佛经故事来源却罕有关注者。应该说，对于比武打擂这一文学叙述模式真正的文本建构，不能不归功于中古时期外域传来的佛经故事的影响。

中古汉译佛经中的打擂比武教训力士，可以看作是该母题

① 参见李季芳《宋代的相扑社及女子相扑之滥觞》，《成都体育学院学报》1979 年第 2 期；王世襄《清代的相扑》，《紫禁城》（香港）1981 年第 1 期，等等。

最靠近的外来文本依据。说是波罗奈国有大力士八人，其一人，就可当六十象力。其中有一人还懂得兵法，自恃无所畏难。佛观其必堕恶道，就前去度脱。但来到门前三次都不让进门，只好化作少年力士来角力。力士们轻其年少，便欲扑杀之。到戏场上两个力士上前刚要动手，佛以神足举到空中“去地十馀丈，下向视地，但见火刃。都失贡高瞋恚之意，但恐畏死，遥于空中言归命”，地上的力士们也代为乞命。于是佛便将其放回，现出佛身，力士们都作礼赔罪：“我当知佛神足力如是，不敢骄慢，乃至于今也。愿见原恕，以灭重殃。”① 按，此似直接启发了唐人笔下的管万敌故事。

后汉佛经故事还描述了比武招亲，说是白净王太子十七岁这年总想出家，一位大臣出计说为太子娶亲，即选中了一个小国国王善觉之女，名叫裘夷。裘夷之父不敢抗拒，颇为烦恼，裘夷却说容易，就声称访求国中武技最高者比试武艺。届时裘夷带领五百侍女来到国门，诸国术士云集于此。白净王告太子说试艺娶妻，太子就带领优陀、难陀、调达、阿难等五百人前往。双方比试的节目除了射箭，就是徒手角力，对方出场一个壮健非常的“力人王”，口称调达（提婆达多）、难陀都不足击，只要和太子一人比试。那些先前比射败阵羞走者都欢欣地回来观看，而太子的父王念及太子年幼，也十分担心。交手时，力人王“奋臂举手，前撮太子，太子应时，接扑著地，地为大动，众会重辱，散去忽灭。太子殊胜，椎钟击鼓”。得胜之后还有个仪式是掷璎，太子居然能遥掷珠璎，命中城门上站着的

① 《杂说譬喻经》卷上，失译人名今附汉录，［日］高楠顺次郎等编《大正新修大藏经》卷四，台北新文丰出版公司 1990 年（影印），505c。

裘夷，旁边五百侍女禁不住皆称妙哉。于是善觉王只好送女儿前来成亲①。这一故事在比武招亲描绘中，巧妙地楔入了一个角力交手的过程描绘，和比武打擂非常类似。

与此相关的是，佛教壁画中还生动地存留了佛经比武招亲故事的场面。敦煌莫高窟第二九〇窟内之西坡上层，绘有佛传故事画面一幅，时在北周时期，图中表现了须达拿太子向善觉国王女儿裘夷求婚，应约比试技艺的情景：在相扑比武中，太子与大力魔王都赤裸着上身，一方正提起对方一腿，抓住对方左肩试图掀翻对手，而另一方则趁势一手支地，一手扳搂对方的腰，两下真是难解难分②。这一宗教壁画，引出了佛经故事的一个重要母题，与佛经故事交互印证，其对于中土小说母题流播及研究具有功德无量的贡献。

此外还有比武为国争光母题，与此相关。释道宣《续高僧传》卷二十七《咸通中》写，法通蒙观音相助之后身力雄勇，隋高祖时：

> 有西蕃贡一人，云“大壮”，在北门，试相扑，无得者。帝颇恧（惭愧）之，云：“大隋国无有健者！”召通来，令相扑。通曰：“何处出家人为此事？必知气力，把手即知。”便唤彼来，通任其把捉。其人努力把捉，通都不以为怀，至通后捉，总揽两手，急搦，一时血出外濆，

---

① 《修行本起经·试艺品第三》，后汉竺大力共康孟详译，《大正藏》卷三，465b－466b。

② 参见张纯本、崔乐泉《中国武术史》，台北文津出版社1993年版，第163页。

彼即蟠卧在地乞命。通放之曰："我不敢杀捉，恐你手碎。去！"于是大伏，举朝称庆。①

这里虽然还没有明确的擂台描写，但是"西蕃"——外域的武士以相扑向中原武士挑战，极为类似占据擂台打擂的架式，法通和尚自信地予以迎战，在非正式的把手比试手劲时，就当场分出了高下，岂不属于"不战而屈人之兵"？这些载录在唐代，其叙述者崇尚豪侠的观念是不容忽视的。在平常人看来，幸亏法通和尚在较量中使番人大败，赢得了面子。其实，他正是以自己的武德，在武力为后盾的前提下，从精神上折服了对方，深层中乃是赌技服人、技高为能的共识。

佛经中还描写相扑之时以赠女求得对方退让，临场时毁约被摔死的故事。打擂比武规则中的誓约性质，在此已经初具萌芽。唐代传译的佛经描写，某壮士游历他国，来到一王都，该国国王本有一无敌壮士，二士相知，就仅仅以相扑赌衣服，按常法：一执手就知强弱。外来的一执手，就知道国王的壮士不能得胜，此时国王的壮士暗暗说我族在此积代有名，若是不让我蒙讥诮，我就把我的女儿嫁给你。外来的就让了他三次，可是国王的壮士竟不给女儿。于是到了第四度相扑时，外来的壮士就鼓足了怨愤的力气，把国王的壮士掷到地上，使其脊骨折

① 释道宣：《续高僧传》卷二十七《咸通中》，《唐京师法海寺释法通传》，此以碛砂本《大藏经》为底本校录。见李时人编校《全唐五代小说》外编卷一，陕西人民出版社1998年版，第2867－2868页。

断而死[①]。故事可谓开创了打擂比武描写中经常出现的故意比输、避让，以及关键一场显露真功夫以获胜的策略及其描写套路。

可见，打擂比武，的确是一个有着久远文学渊源和外来文化背景的叙述文学母题。清代俞樾从本土市民文化的角度总结，可以说，已经注意到了打擂这一大众化娱乐活动，出现在宋代市民文化的沃壤里：

> 元吴自牧《梦粱录》云：角觝者，相扑之异名也。又谓之争交，瓦市相扑者。先以女飐数对打套子，令人观睹，然后以膂力者争交。若论护国寺南高峰露台争交，须择诸道州郡膂力高强、天下无对者，方可夺其赏，如头赏者，旗帐银杯丝段锦袄官会马匹而已。
>
> 景定间，贾秋壑秉政时，曾有温州子韩福者，胜得头赏，补军佐之职，杭州有周急快、董急快、王急快、赛关索、赤毛朱超、周忙憧、郑伯太、铁梢工、韩通住、杨长脚等，及女飐赛关索、嚣三娘、黑四姐，俱瓦市，诸郡争胜，以为雄伟。[②]

由俞樾的转述我们还了解到，宋代还曾经一度出现过妇女裸体相扑的特色表演。《茶香室丛钞》续钞卷九“妇人裸扑”条称：

---

① 此以碛砂本《大藏经》为底本校录，参见李时人编校《全唐五代小说》外编卷一，陕西人民出版社 1998 年版，第 2867－2868 页。

② 俞樾：《茶香室丛钞》卷十八，《笔记小说大观》第三十四册，江苏广陵古籍刻印社 1984 年（影印），第 111 页。

明张萱疑耀云，宋嘉祐间，正月十八日上元节，上御宣德门，召诸色艺人，各进技艺，赐与银绢，内有妇人裸体相扑者，亦被赏赉。上有天子，下有万民，后妃侍傍，臣僚纵观，而使妇人裸戏于前，何以隆礼法示四方乎？国朝乔松年《萝藦亭札记》云，司马温公集有《请停裸体妇人相扑为戏札子》，盖皇帝御宣德门，百戏之一也，此即唐人《泼寒胡戏》之遗意，所谓裸者，殆只袒上身，非全体赤露耳。

作为武林中一种比武打擂的较量形式，通常也有着经济因素。先在某热闹处搭一个擂台，由一个武艺高强的人当擂主，叫做“设擂”（立擂），这是充分地利用地方上的“名人效应”来做广告。而幕后的经济运作，据武术史家概括，一般是由当地富户出若干金银财物作为赏物，擂主也由该富户所请；或有官府等作为后台。

然后由台下之人上去比武，称作“攻擂”，谁胜谁得赏物。这种打擂较量真功夫，也比较残忍，常有死伤。攻擂之前一般要先立下“生死文书”，声明死伤由命，他人概不负责。……① 但我们由上面《野叟曝言》来看，这一规则却在实际执行中有细节的不同：打擂参与者先要给管理者“掷银子”、后者还要在天平上称一称，然后是询问，拿出纸笔画押，这才入场。

白化文先生指出，立擂，一定要找到武艺特别高的人来镇

① 陆草：《中国武术与武林气质》，河南人民出版社 1990 年版，第 27 页。

擂，镇台，当擂主。如《续小五义》写东方兄弟立擂，请来了神拳太保赛展熊王兴祖；立擂费用很高，究属为何，白先生认为不外有三，借此招收能人，拉帮结派；寻仇叫号，引出伤害过自己的；也有为女儿招亲的。他以《三侠剑》中焦振芳所设擂台为标准的擂台样式：

> 坐北向南，宽有二十馀丈，长有十馀丈。（按：折合米数，宽有七十米左右，长有四十米上下。）有后台。上下门挂有彩帘。擂台上东西南有红油漆栏杆。由平地起有一丈三尺高。（按：约合四米。）擂台上东西设摆兵刃架子，十八样短兵刃在西：刀、枪、剑、戟、斧、钺、钩、叉、镋、耙，拐子流星，挠钩，铁尺。擂台上东面十八样大兵刃：画杆戟，大枪，蜡杆子等，俱都是加重的分量。①

擂台一般有二层小楼高，而且很坚固。可见小说的社会风俗史功能，可以给武术史家的总结以难得的补充。

关于打擂起源与“保特拉吃”（potlatch，夸富宴）关系问题，旨在探讨打擂与原始社会较普遍、复杂社会仪式（制度）有关。莫斯将这一概念引进到了社会学领域，而早年民俗学家娄子匡先生写了《打擂台》之后，人类学家杨堃先生认为不大符合中国国情：

---

① 白化文：《近代武侠小说中的打擂台》，辽宁省古代文学学会、武汉大学明清文学研究所《全国元明清叙事文学研讨会论文集》，2014 年 8 月，辽宁丹东。

> 打擂台在起源时，或许与“保特拉吃”有关，甚或在当时原是“保特拉吃”制度内很重要的一幕亦说不定。然而到了秦汉以后，中国文化早已进入于文明社会之林，则界于原始的图腾社会与文明社会之间的“保特拉吃”，纵有过想已死亡，势无幸存之理。固然社会学上有一定律，可以告诉我们，每一社会制度只要真正流行过的，大概全很难完全消灭，丝毫不留遗痕。然后某种社会制度之遗痕，究与某种社会制度之本身大不相同。今就先生所引证的各段文字而言，我们至多仅能说在打擂台这件事内，包含着“保特拉吃”的遗痕，我们似乎不能说，打擂台就是“保特拉吃”之一种。①

不过，至少从打擂比武的文学描写考量其民俗景观，可以看出，打擂活动的民间狂欢意趣及其掀动的群体心理气氛，的确还称得上存有某些远古仪式狂欢化的遗痕。

赵世瑜教授认为，古代民居庙会狂欢具有原始型、全民性、反规范性等特点②，而比武打擂的文学民俗学描写，事实上也是与民间庙会狂欢精神息息相通的，也带有无可置疑的类似特点。其体现出的亚文化伦理——胜者为豪、为荣的意识，事实上经常颠覆着旧有秩序与传统，总是有过路英雄把那些自负骄横、自以为是的当地豪民恶霸当众教训，掀下擂台，洋溢着江

① 杨堃：《与娄子匡书：论“保特拉吃”（potlatch）》，《杨堃民族研究文集》，民族出版社1991年版，第38－48页。

② 参见赵世瑜《中国传统庙会中的狂欢精神》，《中国社会科学》1996年第1期。

湖“强者为胜”的豪迈，而又极为富有反讽性，时时透露着貌似强大者并不稳操胜券的“反规则”，而败者往往势力强大，败者势力的不服与当场捣乱，胜者成功显示（维护）了尊严，这一模式所体现的诸多特点与传统庙会精神，往往十分一致。

打擂母题的出现与流行，与它最大的读者群体——市井大众——追求狂欢化的娱乐要求是分不开的，也是书场中口头文学的文化价值与社会功能在民俗记忆及其文本中的延续和变异。这种消长并不因书面化而停止，而是在口头与书面之间不断反复，衍化丛生，从而推动打擂母题所属的通俗文学潮流本身演变。它又和比武招亲、斗阵破法等母题有着密切的关联，近现代的武侠小说中也依然有它的缕缕踪迹，并始终以不同的面目来演绎同样的精神。而《金台全传》中的比武打擂描写，则是该母题承上启下流传过程中，一个值得予以较多关注的中介环节。

面对一些武侠影视扩大打擂比武意义效应的趋向，有必要重温接续不肖生的“走肖生”对设擂标榜的批判思考。小说写哭道人设擂要与昆仑、崆峒二派一决雌雄的对联：“拳打昆仑，足踢崆峒，且看我邛崃创新事业”；“肩担孔子，手携释迦，将为吾老祖拓大旧根基”。引得金罗汉摇头叹曰太狂妄了。而当时普通擂台其实总是掩饰那穷凶极恶狠斗死拼，写的是“为国求贤”、“以武会友”这些字样。[①]

① 平江不肖生：《江湖奇侠传》第一百四十回，岳麓书社2009年版。

第十一章 《九云梦》与中国文学对朝鲜小说的影响

中国古代小说在朝鲜广泛深入的传播，对朝鲜小说产生了巨大影响。韩国学者闵宽东博士《中国古典小说流传韩国之研究》就搜集有韩国现存“朝鲜时代已传入的中国小说有数百种之多”，作者还著有《中国古典小说史料丛考》等，成绩斐然。朝鲜李朝肃宗时期名臣金万重（1637—1692）作《九云梦》，其“和它的姊妹篇《谢氏南征记》一起，标志着朝鲜文学史上现代意义的长篇小说的诞生”[①]。因而《九云梦》具有重要的文学史价值，拈出这一个案例说明母题意象的跨文化传播，是很有意义的。

小说《九云梦》所受佛教影响甚大，故事描述了自西域天竺国人中国的高僧六观大师的弟子性真，梦见自己谪降人间，投生为唐朝淮南道秀州县杨处士之子杨少游，与八个女子恋爱结合。八个女子则是同样“梦与人世”的原为南岳卫真君娘娘的侍女。八仙女和性真邂逅于石桥之上，互相戏谑，暗生情愫，犯了佛家戒律，先后投胎转世。杨少游与八位女子从相识定情

① 韦旭昇：《九云梦·序》，北岳文艺出版社1986年版，第1页。

到结合，故事互不雷同，情节曲折，妙趣横生，富有浪漫色彩。杨少游满腹才情，年轻有为，平步青云，成就巨大的功名事业，最后与韦小宝一般“一男拥众艳”，与八女子过着和睦幸福的贵族生活。

通常来说，论者对小说主题是这样概括的：“小说虽以他们九个看破红尘归于‘极乐世界’而告终，但作者的本意并非宣传佛家‘寂灭之道’，不是引入‘四大皆空’的境界，而是在绘制一幅封建社会的理想蓝图，将所谓功名富贵归于一场春梦，是在‘以释家寓言而中楚辞遗意’。”① 《九云梦》一书辞藻华美，属于高雅文学。全书有大量中国成语、典故、历史故事和社会风俗，在中国读者看来似曾相识，可见中朝文化交流对朝鲜文学的影响。的确，“中国古朝鲜之间的政治联系和文化交流，最早可以追溯到商末周初”②。中朝两国文化交流之悠久、之频繁，以及深远的必然影响，在小说《九云梦》的审美表现中也能点点滴滴看出来。

一、从龙女获救与求偶看人仙之恋的异同

《九云梦》一书，虽然是以朝鲜国语写成，但无疑受中国古代小说滋哺而成，是对中国传统文学的模仿、借鉴、创新。《九云梦》有酷似中国明清时期才子佳人小说的叙事模式，也如前辈学者指出的，似“借用《三国演义》中的刘、关、张桃

① 郁龙余、孟昭毅：《东方文学史》，北京大学出版社2002年版，第278页。

② 马树德：《中外文化交流史》，北京语言文化大学出版社2002年版，第71页。

园三结义之故事情节，描绘六娘子与两公主仿桃园三结义，结义为八义姐妹"[①]。又如，"'咏花鞋透露怀春心，幻仙庄成就小星缘'和'贾春云为仙为鬼，狄惊鸿乍阴乍阳'这两节（回），把中国笔记体小说、传奇体小说中的人仙情恋、人鬼情爱小说移植来"[②]。

从《九云梦》卷四"白龙潭杨郎破阳兵，洞庭湖龙君宴娇客"中，我们也可看出中国小说在当时的朝鲜流传以及所受到的重视，因此，不可避免地构成了它对中国小说的模仿与借鉴。如龙女回答杨少游时所说"妾即龙女凌波也。……妾之伯兄，初为泾水龙宫之妇，夫妻反目，两家失和，再适于柳真君"[③]，这正是来自唐传奇《柳毅传》的故事情节，可证唐代中原有关柳神传说的跨文化运用。

我们知道，《柳毅传》作为从印度传来的龙女故事，霍世休、台静农和德国学者德·威塞（De Visser）等都持此见[④]。这一富有浓郁浪漫色彩的人神相恋的爱情故事，情节波澜起伏，富有戏剧性、传奇性。柳毅为在泾河夫家备受虐待的洞庭龙女千里传书至洞庭，洞庭君弟钱塘君闻讯大怒，杀泾河逆龙

① 杨昭全：《中国古代小说在朝鲜之传播及影响》，《社会科学战线》2001年第5期。

② 林辰：《由借鉴到创新——初识韩国汉文小说》，《域外文学》1993年第3期。

③ ［朝］金万重：《九云梦》卷四《白龙潭杨郎破阴兵，洞庭湖龙君宴娇客》，韦旭昇校注，北岳文艺出版社1986年版，第79页。

④ 参见阎云翔《论印度那伽故事对中国龙王龙女故事的影响》，郁龙余编《中印文学关系源流》，湖南文艺出版社1987年版，第373－415页。

救出龙女，最后几经曲折，龙女和柳毅结成美满婚姻。而杨少游和洞庭水府龙王之女白凌波结合过程，与之相似，二者都写了龙女获救与人物的求偶，最后结合，都是人仙之恋，但同中有异。

从龙女获救后报恩来看，《柳毅传》中的龙女，是因柳毅传书，钱塘君杀敌六十万，杀泾河逆龙将龙女救归洞庭。而《九云梦》中，男主角杨少游麾兵督战，缚南海龙王之子，后赦之。

从龙女求偶看，《柳毅传》是“女主动式”的，其写龙女为夫君迫害，牧羊荒郊，风鬟雨鬓很不容易，得蒙柳毅搭救后，柳毅在钱塘君威迫下，充分显示侠情豪骨不受恩报，拒娶龙女，龙女一直追至人世间，化为范阳卢氏之女，最后与柳成婚。《九云梦》则不尽然，其是女性先委婉启发，而后“男主动式”的，龙女为躲避南海龙王之子逼婚，居白龙潭，并婉而告之杨少游，两人之缘，天已定之，神亦知之，少游主动追求并与之结合。

因此，《柳毅传》用仙话幻想反映现实，“作品中的龙女是反抗夫权压迫，追求幸福爱情的妇女形象”①。“龙女在追求爱情和美满婚姻方面所表现出来的执著和坚持，充分反映了妇女为自身争取美好生活的热烈愿望和精神”②。《九云梦》虽然承续之，却没有完全照搬中土原本的故事情节。

---

① 游国恩等主编：《中国文学史》，人民文学出版社 1963 年版，第 227 页。

② 王运熙：《汉魏六朝唐代文学论丛》，复旦大学出版社 2002 年版，第 268 页。

《九云梦》中这段人仙之恋，其故事描写对表达主题有什么作用呢？对《九云梦》作品主题的理解，韦旭昇先生认为："这部作品中尽管有着大量的爱情情节的描绘，并且最后在荣华富贵只不过是'一场春梦'的论调中收场，但实际上它的中心思想，既不是对纯洁的爱情自由的向往和追求，也不是'悟道'和'四大皆空'的境界，而是为封建贵族眼中的最理想的封建君主制政治秩序绘制一幅蓝图。"①

如果说，《柳毅传》用想像书写现实，那么《九云梦》则更加偏重用幻想来反映理想的蓝图。龙女白凌波之所以和杨少游结合，是因为杨少游在宦途上飞黄腾达，"人间贵人"杨少游也是利用手中兵权将龙女解救，获得爱情。《九云梦》卷一写杨少游的前身性真，自见仙女之后为异香美色所感，激发了自己建功立业的成就动机，自思："男儿在世，幼而读孔孟之书，壮而逢尧舜之君，出则作三军之帅，入则为百揆之长，着锦袍于身，结紫绶于腰，揖让人主，泽利百姓，目见娇艳之色，耳听幻妙之音，荣辉极于当代，功名垂于后世，此固大丈夫之事也。……"② 这是后来杨少游为人处世遵循之道的由来，把读孔孟之书逢尧舜之君作为得到黄金屋、颜如玉、荣华富贵的主体条件，杨少游的"权"和宦途的飞黄腾达正是他遵循所倾心效忠的"尧舜之君"理想而得到的，是在理想君主制的政治制度下得到的。作品正是通过这段奇异的人仙之恋，讴歌自己所要抒发的入世理想。

---

① 韦旭昇：《朝鲜文学史》，北京大学出版社1986年版，第291页。

② ［朝］金万重：《九云梦》卷一《莲花峰上大开法宇，性真上人幻生杨家》，韦旭昇校注，北岳文艺出版社1986年版，第11－12页。

不仅在小说立意和具体情节构设上《九云梦》对中国古代文人文学有所借鉴创新，在形象塑造上，尤其是女性形象，也无疑受到中国传统观念的巨大影响。

二、从柳意象看小说对女性形象的塑造

柳意象，在中国古典文学尤其是抒情文学中较频繁地出现，含义丰富，形成文学史上著名的“柳文学”。但因其重要特征柔弱秀气，惹人怜惜，柳作为一种自然物的物理属性而被文人审美主体韵致独特地频加移用。柳意象有多重象征系统，是令人瞩目的情感媒介。柳意象充分女性化已为人多所认同。东汉班昭《女诫》言女子“卑弱第一”，西晋张华《女史箴》亦谓“妇德尚柔”。在中国古代性别文化中，对于女性的评价，柔，才妩媚优美，弱，才可爱可怜，因此，柳代表女性是早自六朝就形成的，逐渐达成共识①。中唐后，这种人格化比物现象的文学表现就更多。

用柳意象塑造女性形象，主要是取其身体外在关键部位的形式美象征情韵，可谓恰当之极。杜甫《漫兴九首》咏有“隔户杨柳弱袅袅，恰似十五女儿腰”；温庭筠《南歌子》咏“转盼如波眼，娉婷似柳腰”；唐传奇《游仙窟》写五嫂舞姿“翻身则风吹弱柳”，用柳形容美女；白居易《杨柳枝》“苏州杨柳任君夸，更有钱塘胜馆娃，若解多情寻小小，绿杨深处是苏家”。而刘禹锡《忆江南》咏“弱柳从风疑举袂”，把女性的动

---

① 当代小说散文等仍多以柳喻美女，蕴藉幽远，意味深长，如上海师范大学曹旭教授的著名美文《忆柳》，见其著《岁月如箫》，人民文学出版社 2007 年版，第 102－104 页。

态美、妩媚，描写得更加传神，使人产生联想，美感效果极强。而《章台柳》中风尘女性不幸命运，使章台柳成为这类女性的一个符号象征。明清小说如《红楼梦》描写黛玉“行动如弱柳扶风”，言约意丰，妙不可言。

柳意象自唐以后带有的女性文化气质，使得举凡牵涉“柳”的诗学话语都带有一种性别文化暗示。从唐传奇《柳毅传》中的柳毅，到汤显祖《牡丹亭》中的柳梦梅，历尽坎坷终得团圆的爱情故事中，男性主人公其得名似乎都非偶然。他们似乎都因柳而带有更多与女性相通的质素。

人物姓名的暗示象征与小说题材有机联系着，这又从韩国新罗王朝的民间传说中可寻究出蛛丝马迹。像新罗真圣女王（887—897 年在位）故事称老龙神（西海海神若）被沙弥念咒，龙子龙孙被其吞吃，即得蒙新罗勇侠之士居陀知援助，射死沙弥（狐精），于是龙神赠女相谢，将女儿变作一支花放他怀里，随其护卫使臣出使中国，回国后又变回女郎与居陀知成婚。其来自中国的龙女报恩嫁柳毅的影子，皎然可见。

《九云梦》虽是朝鲜小说，但也因其长期受中国文化及其文人文学的影响，而在植物中独偏爱于柳，《九云梦》亦用柳意象塑造女性形象。但中国的柳意象所塑造的女性形象，背后所反映出来的是中国古代文人的深层文化心态。那么，到了朝鲜小说中又如何呢？书中是这样写少游眼中的幽庄：“近隔芳林，嫩柳交影，绿烟如织。……迫以视之：则长条细枝，拂地婀娜，若美女新浴，绿发临风自梳，可爱亦可赏也。少游手攀柳丝，踟蹰不能去，欢赏曰：‘吾卿蜀中，虽多珍树，未曾见袅袅千枝，毵毵万缕，若此柳者也。’乃作《杨柳词》，诗曰：

‘杨柳青如织，长条拂画楼。愿君勤种意，此树最风流。杨柳垂青青，长条拂绮楹。愿君莫攀折，此树最多情。’”咏叹中不觉惊动了楼上玉人（秦彩凤），遂脉脉对视，互有含情之意[①]。这与古代中国的柳意象的核心象征旨意，十分接近，但是，更加缠绵和富有韵味，与小说人物性格和心情的叙述结合起来。

比较文学的形象学理论认为，各民族文学的相互影响与接受，事实上也是一个艺术生命的移植过程：“比较文学意义上的形象学，是在一国文学中对‘异国’形象的塑造或描述”；“文学形象学所研究的一切形象，都是三重意义上的某个形象：它是异国的形象，是出自一个民族（社会、文化）的形象，最后，是由一个作家特殊感受所创作出的形象”[②]。《九云梦》中，柳意象所塑造的女性形象及展示的古代东亚男女交往风习，正是华夏柳意象在异国结出的一枝奇葩，是中国社会的文人风习和精神文化在朝鲜的流传，以柳表达相思的才子佳人事实上是在异国，饱受华夏文化熏陶的作家所创作出的一个“意识形态形象”。书中还描绘了一幅美女新浴图，柳条化为长发，认为可爱可赏，极具诗情画意。《杨柳词》将柳比作女性，塑造了一位“风流”、“多情”的女性。“风流”，才貌双全，气质优雅也。而“愿君莫攀折”，以柳代女性形象，折柳者指的即是男性。敦煌曲子词《望江南》“我是曲江临池

① ［朝］金万重：《九云梦》卷一《莲花峰上大开法宇，性真上人幻生杨家》，韦旭昇校注，北岳文艺出版社1986年版，第11－12页。

② 孟华：《比较文学形象学》，北京大学出版社2001年版，第2－25页。

柳，者人折折那人攀”，这是女性自咏其身的，柳之自喻含有女性之美，但却也隐约表现了女性任人欺凌摆布的可悲命运和凄惨处境。在《九云梦》这里，完全摒弃了这种酸楚的消极意味。柳，折柳者，男人，女人，将柳和爱情和男人女人联系起来，整首诗描写的是女性，其“风流”“多情”的女性形象，惹人怜惜。

总体讲来，《九云梦》中的柳与中国古典文学中的柳意象一脉相承。朝中两国有几千年的文化交流历史，这样的文本结晶有着必然性。

而小说描写少游与彩凤彼此见面不久，一对青年男女也正是借柳互通情愫，乳娘从彩凤那里带来的情书即深情地写：“楼头种杨柳，拟系郎马住。如何折作鞭，催向章台路。”锦心绣口，其话语也是华夏文人相思表露的惯常话语。少游的答词竟也是借柳言情，载体为柳文化圈中的习见密码，堪为佳构：“杨柳千万丝，丝丝结心曲。愿作月下绳，好结春消息。”这里，柳是春之使者，爱情至诚的象征。“将柳—春—爱情—执著于纯洁爱情的人间痴情男女，丝丝入扣地联系起来。此从汤显祖《牡丹亭》中男主人公柳梦梅之‘柳’还可找到印证……柳作为缠绵春情（纯情）象征当是无疑的。”①

可见，从柳意象的异邦接受来看，小说《九云梦》对女性形象的塑造，直接受到中国古典文学意象内蕴及其营构方式的影响，其不仅体现在具体的形象特征上，而且在深层的思想观念上。在成功借鉴中国古代抒情文学意象的同时，《九云梦》

① 王立：《中国文学主题学——意象的主题史研究》，中州古籍出版社1995年版，第65页。

还具有较强的女性个性解放意识，对女性弱势群体观念也有超越。

三、侠女与剑术母题对女性弱势观念的超越

在中国古代，一般说女性是缺乏社会政治地位的。中国传统文化，向来以男子为中心，并从男子立场出发，对妇女提出种种限制和要求。作为传统文化精神核心之一的“三从”、“四德”，更使女性以弱势卑微的地位不可能真正与男性地位平等。前面将东汉班昭《女诫》言女子“卑弱第一”，用柳意象塑造女性正因为柳意象象征女性的柔弱。世俗以男性为中心，甚至屡谈女性倾覆邦国的“女祸”论，称女性为“红颜祸水”，如久受非议的苏妲己、赵飞燕、杨贵妃等。“弱者，你的名字是女人”，因此，一旦女性做出了表现出坚强勇敢伟大的一面，一反女性是弱势群体的形象，特别引人关注。王昭君、李清照、花木兰、穆桂英、梁红玉等等，就是如此，至今为人们所景仰。而作出反文化反传统的和女性的柔弱相反的侠义之举的侠女，更具传奇性，令人刮目相看。

“侠”之名称，最早见于中国先秦法家著作《韩非子·五蠹》篇：“儒以文乱法，侠以武犯禁。”剑，是侠用来行使正义的兵器之一。它的使用使产生剑术，剑术有着神奇色彩呵内蕴，又烘染这神物本身。唐以后愈传愈奇，达到惊天地泣鬼神的境界，侠女和剑术组合在一起，更加为人瞩目，展示了对传统女性卑微地位及偏见的超越，对女性弱势观念的超越。龚颐正《芥隐笔记》指出：“杜牧之诗‘授图黄石老，学剑白猿翁。’盖出庾信《宇文盛墓志》云：‘授图黄石，不无师表之心；学

剑白猿，遂得风云之志。'"[1] 可见，汉代小说《吴越春秋》中越处女与猿公比剑故事，在唐代和唐前就乐于为人称道，我们从唐传奇《聂隐娘》和许多侠女故事以及对剑之神威的咏叹，都可以看到这一点[2]。而唐代乃是中国文化大举传入新罗、百济的时代，关于剑的崇拜与叙述母题，自然会较多为《九云梦》的作者连同柳毅故事一并接受。

《九云梦》中的侠女和剑术承自中国文化，有着同样的为人所乐道的地方。书中讲八女子之一沈袅烟和另外两名女子"从剑术神妙的女子为其弟子"，"学剑术三年，能传变化之术，乘长风还，飞电瞬息之顷，行千馀里矣。"另两名侠女所做之事，"或欲报仇，或欲杀恶人"，沈袅烟"因此小技，得逢贵人，他日当入百万军中，得成好缘于戎马之间矣"，即沈袅烟以剑术求偶。文中对剑术的描写，真是一动迅若闪电，令人目眩神骇，千变万化，赋予剑术超常的神奇。人们对剑是崇拜的，因此，剑术也为之增添了它的神奇色彩，剑的神奇和剑术的变化高深莫测结合起来，相辅相成，又使之更增其彼此的神奇色彩。剑是侠义精神的一个古远象征，女侠更是有其独特的冷面剑侠精神凝结在"越女剑"故事中。

女侠多性情刚烈，她们有许多呈现为貌若桃李，冷若冰霜。于是《九云梦》卷三写沈袅烟开始的表情"色如霜雪"，描写她侠女装扮："椎结云发，高插金簪，身着挟袖战袍。而袍上

① 周光培编：《历代笔记小说集成》第二十三册《宋代笔记小说》，河北教育出版社 1996 年版，第 591 页。

② 参见王立《侠与中国古代剑崇拜》，《中国人民警官大学学报》1995 年第 4 期。

画石竹花，着凤尾靴，腰悬龙泉剑，天然艳色，若浥露之海棠花，非从军之木兰，必偷盒之红线也”①。

侠女形象，即此冷面巾帼英雄形象，主要来自唐传奇中侠女最初展露的聂隐娘、红线女之类。侠女的剑侠精神，因其身手不凡，剑术卓异，使她们也能成为明清人常说的“奇女子”，能独立纵横于江湖，正如《九云梦》中所说的“或欲报仇，或欲杀恶人”而这正得中原正宗侠女之神理！华夏著名的侠女多以复仇得名，“杀恶人”即除奸惩恶。而小说中提到红线女、花木兰，这是古代中国妇孺皆知的北方女英雄。中国的东北、山东与朝鲜半岛是近邻，自古多有往来，彼此难分，这又是中国小说传到朝鲜且影响之大的一个有力证明。

侠女的疾恶如仇，豪爽的剑侠精神和技高绝伦的剑术形成统一。正因为传统社会中的女性群体所处的屈辱无力的境地，女人胜过男人，才稀奇，才堪敬堪畏。摆脱了传统的枷锁，超越了自身弱势，因此有其独特魅力。苏轼在《渔樵闲话录》中曾感慨：“噫！吾闻剑侠世有之矣！然以女子柔弱之质，而能持刃以决凶人之首，非以有神术所资，恶能是哉！”侠女剑术高明是其行使侠精神的基本条件。

《九云梦》中侠女剑术高明，也为此而促进了沈袅烟得与杨少游结合。这一结合的方式除了卷三袅烟的女仙师所告知她的“前世之缘”，如同穆桂英之于杨宗保，樊梨花之于薛丁山一样，仙剑、女剑侠伴随着“仙缘”；更在于就连她学剑术本身，都不是仅仅像她两个同师门的姐妹那样，从事或报仇、或

① ［朝］金万重：《九云梦》卷六《乐游原会猎斗春色，油壁车招摇古风光》，韦旭昇校注，北岳文艺出版社1986年版，第129页。

杀恶人这样的具体工作，而要借学剑术得逢贵人，“他日当入百万军中，得成好缘于戎马之间矣”。这其实也是一种对于女剑侠的角色层次、社会功能的性别思考，不希望女侠都停留在冷血杀手的个别性除暴济困的层次上，而要以缔结良缘的个人化形式，实现辅佐夫君安邦定国的大事业。而这在明清才子佳人小说中，简直就是一个见惯不惊的叙述模式。即使像《水浒传》中的琼英，也是以武艺结缘于没羽箭张清，得以伉俪相偕，比翼齐飞，建功立业。

侠女，在明末清初时期的东亚文化格局中，带有特殊的时代意义。《九云梦》的侠女情结，很可能受到现实世界中女将形象及其观念的影响。据1620年出使到北中国的朝鲜使臣黄中允（1577—1648），对明末四川女将秦良玉（1574—1648）在辽东征战实地的印象：

> 是日行至曹庄，遇马门秦氏。体甚肥大，网巾、袍带一依男子，能文墨，熟兵书。马上用八十斤双剑，年可三十五六许，吹角打鼓乘轿而气势颇壮。厥夫马姓已死，厥子年十六，其母姊兄弟并令各队。凡女兵四十馀名，着战笠，穿战服，黑靴红衣，跨马驰突，不啻男子骁健者。凡战阵器械俱以车运。其初自四川募精兵七千往征辽贼，盖其自奋，非朝廷命也。朝廷壮之，官其子游击云。①

“双剑”如此重量的猜测或风闻，当有所夸张，即便实录

① 黄中允：《西征日录》，［韩］林基中《燕行录全集》卷十六，韩国东国大学出版部2001年，第43页。

也带有真幻杂糅性质，但以亲眼目睹“巾帼胜须眉”的知名女将秦良玉，这样的“新闻效应”无疑会增强朝鲜半岛对于华夏中原女将整体风采的神秘感。

侠女与剑术代表了一种冷兵器时代的浪漫理想，表现了古代东亚人民美好的期盼，这无疑也是朝鲜和中国人民共同的理想与愿望。除此相同之外，在《九云梦》中还可看到两国在社会风俗习惯等方面的相同类似，如小说中对骑射功夫的表现。

四、从小说对人物骑射功夫的表现看中朝交流

中朝两国有几千年文化交流，内容繁多，范围广泛。据唐人令狐德棻等撰《周书》所载，北周（557—581）时代，百济的青年学子普遍喜欢骑射，并且努力学习中国古代典籍。《九云梦》除了引用大量中国典故、成语、历史故事，其中还能看出大量其他方面的文化交流色彩，小说中对人物骑射功夫的表现就是其代表。当然，如同韩国学者全奎泰《中国文学对韩国文学的影响》所说的“李朝的小说通常以中国为背景”，《九云梦》虽以中国唐代为背景，实际上还是李朝时代朝鲜社会的真实写照。

在《九云梦》中，杨少游与越王谈马，射“大鹿”，射“天鸦”，论射箭术，可见当时朝鲜半岛的社会风俗。越王也抚掌夸赞狄惊鸿“狄娘子之侠气，非杨家紫衣者所比也”，意思是胜过隋朝杨素家的红拂女，又说：“美女骑射亦甚可观。”①

---

① ［朝］金万重：《九云梦》卷六，韦旭昇校注，北岳文艺出版社1986年版，第129页。

把骑射当成一种可堪观赏的娱乐。这不正印证了史载凿凿可信的“百济青年学子普遍喜欢骑射”吗？一般认为：“骑射是我国古代一种军事性的体育运动，是比骑技，较射技的骑射结合的运动。在我国起源很早，周代属‘六艺’之一，战国时赵武灵王推行‘胡服骑射’，振兴了赵国。骑射在我国古代北方民族中尤为盛行，如匈奴，突厥，契丹等。”① 骑射技艺，通常认为是从中亚传入中国的中原地区的，中原北方的游牧民族这方面更是强项，如金国皇帝阿骨打也曾感慨地说：“此吾国中最乐事也。”②

至于小说《九云梦》中的骑射功夫表现，和古代中国的骑射功夫描写讲究铺垫，其实并无不同，如描写越王矢射大鹿左肋，先写马前壮士众矢不中；写杨少游射云间天鸦，先交代“此禽最难射也”，众军提议宜用海冬青，而杨少游在射天鸦时的身手偏偏是“抽箭翻身仰射，中鸦左目而坠于马前”；描写狄惊鸿射赤雉“乍转纤腰，执弓鸣弦，五色彩羽倏落于马前”③，姿势优美，颇有气势，简直像一幅流动的图画。相信，作者很可能熟悉唐诗，如杜甫《哀江头》“翻身向天仰射云，一箭正坠双飞翼”；张祜《观徐州李司空猎》“背手抽金镞，翻身控角弓”；李益《观骑射》也有“边头射雕将，走马出中军。远见平原上，翻身向暮云”，等等。因此从历史上民族文化交

---

① 张碧波、董国尧：《中国古代北方民族文化史》，黑龙江人民出版社1993年版，第686页。

② 《大金国志》卷一《太祖武烈皇帝纪》。

③ ［朝］金万重：《九云梦》卷六，韦旭昇校注，北岳文艺出版社1986年版，第126－129页。

流的角度看，有理由认为："新罗在社会生活的各个领域都刻意向唐朝学习，并受到唐文化的强烈影响。"①

而到明末清初，诸多朝鲜来华使者这里，也颇多关注中国境内的马及其相关的骑射技艺。如李民寏《建州闻见录》对辽东地区女真军民的印象："臣观边塞寒苦，风气强劲。所居之人，习性悍勇，驰骋田猎，乃其常事"；"胡性能耐饥渴……马性则五六昼夜绝不吃草，亦能驰走。女人之执鞭驰马，不异于男。十馀岁儿童，亦能佩弓箭驰逐。"② 这引起了邻邦朝鲜有识之士的钦慕与危机感。

康熙年间，佚名《蓟山纪程》也注意到："马多绝大而骏良，然未尝踶（蹄）啮而叫嘶，虽不服役，亦垂首低尾，妇孺皆抚摩而不怕。朝会时朝士之骑马、驾马分御录两旁，齐首联辔，未尝见交首相磨合，皆相道中，见牧马者什五为群，多至百馀足，不施羁事而齐首向前，无奔逸者。驾马率多骏马，……"而前引《建州闻见录》还忧心忡忡地称："臣闻胡中之养马，罕有菽粟之喂，每以驰骋为事，俯身转膝，惟意所适，暂有卸鞍之暇，则脱靮而放之，……我国之养马异于是，寒冽则厚被之，雨雪则必避之，日夜羁縻，长在枥下，驰骋不过三四百步，……"由此，针对朝鲜马的品种矮小等问题，朴趾源《热河日记》还分析了现状与改良之法建议从中国购买几十匹优良种马，"明确指出朝鲜朝的贫困与畜牧业的不振有着

① 李斌城：《唐代文化》，中国社会科学出版社 2002 年版，第 1803 页。

② 《清初史料丛刊》第九种，辽宁大学历史系 1979 年。详参见徐东日《朝鲜朝使臣眼中的中国形象》，中华书局 2010 年版，第 170－179 页。

密切的关系”①。

因此，在金万重小说中骑射功夫表现步骤、细节上之于中国文学的如此相似，事实上时代色彩十分鲜明，是有着传统与现实多重参照的，并不奇怪。不过，应当说，这仍旧沉浸在冷兵器时代“骑射”为主的旧有思维窠臼中，缺少扬弃与反思批判，也就未能更敏感、深远而更为务实地察照出火器、炮舰航海技术等军事技术发展的世界潮流。

可见，朝鲜小说《九云梦》无论在形象塑造上，还是具体情节设置，特别是对女性人物的特长优点描写等，都得力于中国古代小说乃至诸多文化观念的多重借鉴与成功仿拟。梳理中朝文化交流仅就小说方面，也远不限于一个《九云梦》的仿效借鉴，对《九云梦》本身也不限于如研究者早就指出的，借用了薛用弱《集异记·王维》和《三国志演义》刘关张结义故事等②，连点成线需要研究的持续积累，如果我们从小说母题传播等视野上继续予以审视，还可得到一些新的收获。

---

① 徐东日：《朝鲜朝使臣眼中的中国形象》，中华书局2010年版，第178－179页。

② 参见陈翔华《中国古代小说东传韩国及其影响》（上）、（下），《文献》1998年第3期，1998年第4期。

第十二章 《水浒传》中的侠女复仇与佛经故事

女性复仇，作为中国古代复仇文学主题的重要分支，其经历了先秦两汉、魏晋南北朝、唐宋诸发展阶段，明清时代是女性复仇文学主题发展的新阶段，复仇主体作为“箭垛人物”的理想化文学处理，血亲、鬼灵、丧悼等相关等复仇主题的相互汇聚交融，女性复仇的叙述更加富有互文性意义，被充分文学化了①。尽管人们习惯上还总是将文学与生活事实联想对号，但主题总力图吸收充实前代相关母题，使情节更为曲折复杂，

---

① 参见王立《中国古代复仇文学主题》第五章，东北师范大学出版社 1998 年版。近些年的博硕论文，多有粗疏错漏，其实往往并未见到原文，或隐去了既有成果，就匆匆列上或“技术处理”掉了。例如吴楚《文学与文化视域下的明清女侠》（复旦大学硕士论文，2011 年 5 月）在综述前期成果（包括文末参考文献）时，首列拙文《敢夸巾帼胜须眉——女侠与古代侠文学主题》，但把出处误写成了《中州学刊》1999（2）（实为《古典文学知识》1995、3 期）为什么呢？的确，上面所列类似题目的拙文在《中州学刊》发表过（期数不对），因被转载，这位同学似应看过，但却并未列出，当在最后成文时删掉，还是留下了痕迹。（不过这位同学评论教授们的论文倒很不客气，有些苛求，似乎要求后者一篇文章中要将问题一网打尽，还指责何以论甲之后不去论乙，有些奇怪）。类似例子实还有不少，此不一一。

含蕴更加深广。

约万历年间出现的杨定见序（即袁无涯刊行）的百二十回本《水浒传》[①]，复仇无疑也是其重要主题之一。水浒研究专家马成生先生认为，此书中的征田虎、征王庆部分当是从福建建阳一带的百一十回本、百一十五回本移植来并加以改写的，属简本系统[②]。而在此前后，胡适之先生曾认为百二十回本改作者是杨定见，聂绀弩先生认为是李贽，王利器先生认为是袁无涯，傅承洲教授则认为征田虎、王庆二十回，是："冯梦龙根据简本《水浒》中的人物和情节加工、改写，而后增补进去的。"[③]

一、琼英复仇的社会根源与儒家伦理内核

梁山英雄们多层面多维度的复仇，展示了正义与邪恶的尖锐冲突，而其中最有女性复仇主题综合性意义的人物当属琼英故事。

《水浒传》出现的女性评价大都不高，甚至可说是异化与贬低，因此有关《水浒传》女性观的谈论特别之多，反复地重复与强调。一般说来，其女性人物类型大致可分为五类：女英

① 本文所据此版本，并参见以此为底本排印的《水浒全传》，上海人民出版社 1975 年版。

② 参见马成生《水浒通论》，浙江古籍出版社 1994 年版，第 97 页。

③ 参见傅承洲《冯梦龙与〈忠义水浒全传〉》，《明代文人与文学》，中华书局 2007 年版，第 25－36 页。

雄、贞女、市井老妇、淫妇和妓女①，其中得到正面评价的只有前两类，而贞妇类的命运则都属不得善终；三个女英雄中，孙大娘、顾大嫂均完全的男性化，只有扈三娘武艺高强、容貌美丽，可却嫁给了矮脚虎王英；战功卓著，待遇不公，最后不幸惨死。然而，在上述小说文本中的女性，琼英无疑被复仇文化圈中的人们最为看好的、似乎是最完美的一个。她几乎集传统女性的所有优点于一身：美丽、温柔、贞孝、守节、生子（古代社会评价女性一生完满与否的重要指标），出身优越，勇于追求自身幸福、教子有方，虽说后来染病身死，也算善终。应该说，这又与她是一个能成功地及时雪报家仇，尽孝女的伦理使命，最为有关，其形象体现了社会认同的鲜明突出的伦理期待，幸运的命运与道德评价结合起来。总之，这也与古代中国血亲复仇的总体价值取向至为相关。

小说中的复仇女英雄琼英，比起全家遭害、被双枪将董平抢走的程太守之女的不报仇，走的是完全不同的两条人生之路，也是从史传到小说多所表彰的复仇孝女之路。小说写琼英得知田虎杀害父亲、掳掠母亲，母亲守节撞死，而自己乃是邬梨养女："如万箭攒心，日夜吞声饮泣，珠泪偷弹，思报父母之仇，时刻不忘。"而在攻打威胜城时，琼英更是"不顾性命，同解珍、解宝一起拥抢入城来"，当张清担心琼英"不该深入重地，又且寡不敌众"时，她毅然答道："欲报父仇，虽粉身碎骨，

① 汪远平先生指出全书写了76个妇女形象；张啸虎先生指出可分为三类：正面的好的、反面的不好的及给予同情的；孙述宇先生认为"像《水浒》这样敌视女人，却的确是罕见……"等等，参见齐裕焜、冯汝常等《水浒学史》，上海三联书店2015年版，第163－165页。

亦所不辞!”一个复仇孝女的角色身份就俨然确定了。

琼英报家仇，代表了侠女角色对“孝”的理念与伦理担当。孝，从来就是中国古代儒家伦理观念中的重要范畴，传统的农业社会十分重视维护宗法关系的基本规范“孝”。中国古代宗法伦理关系以父为核心，父权至上，家族之内以父的利益、身份为基础。由此引申出“三纲”，即“夫为妻纲，父为子纲，君为臣纲”的封建社会家国一体同构的道德伦理体系，提倡以血缘关系为基础的“亲亲”、“尊尊”等级伦理观，将个人、家庭与国家的的关系紧密联系起来。孝，成为一切伦理规范的基础，“夫孝，天之经也，地之义也，民之行也。”(《孝经》)。与维护上下关系的“忠”、处理异性关系的基本规范“孝”相比，“事亲为大”(《孟子·离娄下》)。如何才能称之为“孝”呢?《论语·为政》说:“今之为孝者，是谓能养。至于犬马，皆能有养；不敬，何以别乎?”关键在于从内心尊敬父母，奉之以礼。又《礼记·檀弓上》载:“子路曰:‘伤哉?贫也。生无以为养，死无以为礼也。’孔子曰:‘菽饮水尽其饮，斯之为孝；敛手足形还藏而无称其财，斯之谓礼。’”真正的“孝”，要能够为父母奉献自己的全部。那么，当父母受到伤害或侮辱，儿女(主要是儿子，除非出现“缺位”情况)则自然将肇事者视为不共戴天之仇，必要以亲手杀死仇人为人生第一目标。

琼英的强烈复仇意念，突出了其亦儒亦侠的身份特征。在儒，《论语·宪问》载孔子主张“以直报怨”；儒家经典《春秋公羊传·隐公十年》曰:“君弑，臣不讨贼，非臣也；子不复仇，非子也。”儒家看来，为亲复仇即是真正对父母的尊敬，是履行孝道的极致。西汉“孝”的观念经董仲舒改造，伴随着儒家学说一统独尊地位的确立而被统治者推崇得无以复加，号称一部《孝经》治天下。复仇成为两汉盛行的社会风气，凡属君臣、父子、夫妇、兄弟、师友五伦所及，均在复仇范围之内。而为了合乎仁，见乎礼，复仇的方式和程度应视为之复仇的对象不同而遵循差等的原则。《礼记·檀弓上》称："子夏问于孔子曰：'居父母之仇，如之何？'夫子曰：'寝，枕干，不仕，弗与共天下也。遇诸市朝，不反兵而斗。'曰：'请问居昆弟之仇，如之何？'曰：'仕，弗与共国，衔君命而使，虽遇之不斗。'曰：'请问居从父昆弟之仇，如之何？'曰：'不为魁，主人能，则执兵而陪其后。'"①

而在侠女这里，本来复仇大任应该是由男性来承担的，然而琼英的父母没有男孩，面临"家中无大儿，木兰无长兄"，就只好只好由女英雄琼英出场，这在男性为中心的传统社会中，本身就是一种反正统、反性别——超越女子性别局限性的壮举，因此，被视为侠女是理所应当的。一般来说，如父母至亲尚在，孝女还不免有所顾虑，如今父母双亡，琼英已无牵挂。何况适逢奇缘、得"神人"之佑，引来有宿缘的"秀十"张清授奇术，"侠女"便升格定性成为"女侠"角色，个人雪报家仇的尽孝行为与英雄的平叛尽忠事业结合起来，于是得以正式进入梁山泊众英雄的行列中。

二、复仇动机："变化示真相"与"冤死尸如生"

复仇主体的报仇雪恨动机的书写，在古代复仇文学主题表

① 参见王立《孔子与先秦儒家复仇观试探》，《孔子研究》1995年第3期。

现中往往以某种现象的“异常”，来昭示冤屈，以其复仇“十年不晚”，这类异常的体现，也往往不仅限于天象异常的短时段演示，而以受害者本人经久不变的诉求来完成。因此，受害者尸身的形态之“变化”，与其“如生”即宛如活着，都在于起到引起世人注意、儆世的效果，而成为复仇实施宣言的下达。《水浒传》在这方面

首先，是《水浒传》第九十八回的尸身变化母题，小说写军士向叶清报告山冈下有块白石，土人欲采被震死，而叶清近前观看，则是一个妇人的尸骸：“原来是主母宋氏的尸首，面貌兀是如生，头面破损处，却似坠冈死的。”后又化作白石。据军卒说，该妇女是三年前反抗田虎而撞下高冈而死：“今已三年有馀，尸骸如何兀是好好地?”于是经叶清转述，琼英晓明母亲冤死真相，遂立下学技复仇的决心。这里，隐含着一个“变化示真相”与“冤死尸如生”母题。

以形体变化揭示真相，这一母题当来自中古汉译佛经。元魏时译经称某辟支佛入城乞食遇卖柴人，后者把卖柴所得食品施给他吃，吃完，辟支佛腾空飞去。卖柴人道见一兔，他以杖撩之，兔变成了死人，抱住脖子推挽不脱，归后死人堕地变成金人。卖柴人截其头，头生；截其手脚，手脚生，屋里堆了不少金头金手。但国王使者来，看到的却仍是死人头和手，国王只得认为这是个有福之人①。故事内蕴颇为富有延展力，又说阿泪吒入泽取薪，道见一兔，以镰遥掷，堕地化为死人上其背

① 《杂宝藏经》卷九，元魏吉迦夜共昙曜译，［日］高楠顺次郎等编《大正新修大藏经》卷四，台北新文丰出版公司1990年（影印）版，471a。

上，回家后这死人变成了一具阎浮檀金，可每当王派人来察看，就仍是死人，往返七次，仍旧如此。王这才慨叹并拜其为大臣[①]。这一外来母题与“冤死真相暴露”的意蕴结合，当是在元代流传下来的一个传说，据明人陶辅《花影集·心坚金石传》载录，相传元朝至正年间，李彦直与张丽容相爱，张被参政阿鲁台选为右相伯颜的歌妓，舟行，李彦直随船行，死，丽容亦自缢，阿鲁台怒将其烧化，只留下了一指大李彦直形象的金色石块；焚李彦直，其心也留下仿佛张丽容的金石像。两件珍宝被玉匣盛献给右相，右相开匣却只见败血一团，大怒说阿鲁台夺人之妻致死，将其处死。

此故事把佛经母题转化为复仇；都不忌讳美变为丑的巨大反差——佛经写的是金变成烂臭死人头和手，中国的写相思结情化为金石的心变成臭秽的败血；上述变化都构成了对倚势欺人者不利的情节陡转；而中国的单一、伦理性强，惩恶结局较为痛快淋漓。说明在借鉴继承中，仿制者憎爱鲜明，把幸运得财题材中的母题用到了伦理实现的复仇主题上。此与中国古代的复仇逻辑密切相关。按，安遇时编集《包龙图判百家公案》第五回《辨心如金石之冤》，改编复述了这个故事，从而使母题定型化[②]。

冤死尸如生母题，也离不开佛经故事。冤死，乃是个体生命所遭遇的不平，但是其引发的却往往有着广泛社会效应的自

---

① 《贤愚经》卷十二《波婆离品》，元魏慧觉等译，《大正藏》卷四，435a－b。

② 参见王立《宗教民俗文献与小说母题》第二章，吉林人民出版社2001年版，第97－136页。

然界灾异和怪异事件。不仅如此，在冤死者本人的尸身上，也与此相配合、相印证地出现了无法理解、不可思议的怪现象，这就是所谓“冤死尸不腐”，与此相表里的是“尸痕不灭”及“冤死貌如生”的叙述。

三国时吴康僧会译《六度集经》卷五《羼提和梵志本生》，写隐者羼提和因悯惜众生，没有告知国王麋鹿踪迹，被截去右臂、左手和脚、耳、鼻，一时间血若流泉，其时竟然引起“天地为震动，日即无明”，以至于四大天王都来怒骂国王暴虐无比，要去诛杀国王并灭其国，羼提和却劝阻之。该文本体现了母题最初原生态意旨，乃是作为消解复仇，倡扬宽恕忍让的一个奇迹验证而出现的。唐人惠祥《弘赞法华传》卷五，写释法充诵《法华经》，“每劝僧众，无以女人入寺，上损佛化，下坠俗谣，然世以基业事重，有不从者。充叹曰：‘生不值佛，已是罪缘。正教不行，义须早死。何虑方士不奉戒乎？’遂于此山香炉峰上，自投而下，誓粉身骨用生净土。便于虚中，头忽倒上，冉冉而下，处于深谷，不损一毛。寺众初不知也。后有人上峰顶路望下，千有馀仞，闻人语声，就而寻之，乃是充也。身命犹存，口诵如故。仰还至寺，僧等感其死谏，为断女人。经于六年，方乃卒世。时属隆暑，而尸不臭烂。即隋开皇末年矣。”① 本来它源于印度，其以中古时期翻译到中土来的佛经故事为传播载体。但宣教之旨在中国的叙述母题中却出现了严重的有意误读，成为反倒加剧、催奋复仇主体伸冤雪怨的一个动因。

---

① 《大正藏》卷五十一，25b－c。

葛洪《抱朴子·微旨》载，早期道教思维也吸收了外来佛教这一“泛灵观”：“山川草木，井灶污池，犹皆有精气；人身之中，亦有魂魄，况天地为物之至大者，于理当有精神，有精神，则宜赏善而罚恶，但其体大而网疏，不必机发而响应耳。”《晋书·列女传》写陕妇人年十九岁寡居，被叔姑之女挟怨诬陷其杀母，官吏不察，诛死，“盛夏暴尸十日，不腐，亦不为虫兽所败，其境乃经岁不雨”。太守呼延谟为其伸冤，对冤死之妇祭墓加谥，当日雨下。这里，作为“天怒”的文学表现只限于冤死者本人，而且还是较为让人同情的年轻女性，于是，渗透悼祭观念的尸身禁忌，与冤气表露的信念结合起来。

发展到后世，则在冤死的女性形象上附加了不少性别特征的叙述——1. 该女必貌美出众；2. 该女必节操高洁；3. 女性貌美与贞节是相辅相成的。

借此，相关叙事作品中悲剧美的意蕴遂变得突出起来①。谈迁《枣林杂俎》和集亦载：“正德丁丑岁，黄岩结讼者，夜泊清风岭下，内数人妄议贞妇，因诵诗词以资谤谑，即时风雨暴作，舟覆而死。续有亵冒者，遂有奇祸。见蔡潮《重修清风亭记》。”贞妇不容凡夫俗子亵渎，其冤死的不平本来就已令死者积愤难耐，何况轻薄者有不尊之意，于是冤魂的怒火遂有了泄放的理由，小说对于琼英之母宋氏正是遵循这一“冤死天怒”的模式而表现的，既然属于丧悼崇拜和复仇习俗贯通的母题，其必然连带着冤死者死后世界中的行事逻辑和死者尊严的

① 参见王立《佛经文学与古代小说母题比较研究》第二十一章《中国古代火神传说及外来佛教文化影响》，昆仑出版社2006年版，第471－499页。

问题。俞樾《茶香室丛钞》续钞卷二十感慨这一丧悼传统的深固：

> 宋吴曾《能改斋漫录》云：建炎四年五月，杨勍叛卒，由建安寇延平，道出小常村，掠一妇人，欲犯之。妇誓死不受污，遂遇害，横尸道旁。贼退，人为收瘗之，而其尸枕籍处，痕迹隐然不灭，每雨则其迹干，晴即湿也，宛如人影。往来者莫不嗟异。乡人或削去之，随即复见。覆以他土，其迹愈明。今三十年矣。与顺昌军员范旺事略同。范见迹街砖，而此见于土上；范死于忠，妇死于节。小常村，去剑浦县治二十里。
>
> 按，今嘉兴城外一牌坊，柱上有僧形，宛然不灭。云国初时，有乱兵掠诸妇女，闭置一室，此僧纵之去。兵乃缚僧于柱而焚死之。至今存其迹焉，过者咸以为异。观此，乃知古固有之。①

因此，宗教母题与民俗故事共同确立了互文性基础，琼英母亲宋氏的尸身，是以变形为白石的形式，引人注意，再变回尸首本身，而尸身居然历时三年并不改变，这种“变”与“不变”均超乎寻常，不合事理，引人关注，从而达到使冤情大白于世的揭露真相——促成仇怨得雪之目的。当然化白石也有某种象征性，如袁无涯所刻本的回评指出：“凶暴化虎，贪秽化犬，坚贞化美石，固是至理。”

---

① 《笔记小说大观》第三十四册，江苏广陵古籍刻印社 1984 年（影印），第 237 页。

值得注意的是第九十八回所交代的“宋氏”这一姓氏，就带有“讼事”的求雪冤情的公案叙事意味；与此相对应的则是其丈夫——琼英父亲的姓名“仇申”，则含有伸冤报仇的隐喻。甚至连宋氏之父即琼英的外祖父宋有烈，其姓名的寓意似也非无所指，当即“宋家有烈女”之意。显然，这其中都包孕着作者的艺术匠心，并非无意为之。

三、梦中学技、以技复仇与香引奇缘母题

梦及其书写作为古代叙事文学中情节营构、递转的粘合剂，也是催生复仇孝女克服自身本领低弱的催化剂。《水浒传》第九十八回写琼英得悉父母大仇，日夜不忘，从此竟然每夜合眼，便进入到“异空间”，见神人说：“你欲报父母之仇，待我教你武艺。”在一般性的杆棒武艺精熟后，一夕假寐时，突闻一阵异香扑鼻：“忽见一个秀士，头带折角巾，引一个绿袍年少将军来，教琼英飞石子打击。”秀士说是特意请天捷星到此教异术报亲仇，又是汝宿世姻缘。这里的描写极具故事性，当来自“梦授文才”到“梦得天书”的久远母题。

钟嵘《诗品》卷中记载了这样一个传说：“（江）淹……梦一美丈夫自称郭璞，谓淹曰：‘我有笔在卿处多年矣，可以见还。’淹探怀中，得五色笔以授之。尔后为诗，不复成语，故世传‘江淹才尽’。”《南史》卷五十九本传也称江淹文才将尽时，“夜梦一人自称张景阳，谓曰：‘前以一匹锦相寄，今可见还。’淹探怀中得数尺与之，此人大恚曰：‘那得割截都尽。’顾见丘迟谓曰：‘余此数尺既无所用，以遗君。’自尔淹文章踬矣”。不用说，丘迟则此后文才大增。唐人冯贽《云仙杂记》

载萧颖士少梦有人授纸百番，开之，皆是绣花。又梦裁锦，因此文思大进。凡此等等，这一“梦中得神授艺”明显地呈现出从异人授文技，到传授武技的发展趋向。

梦境，仿佛是梦者深层心理中辟出的另一空间，这是更为主观性、更易于呈现主体精神情怀的虚拟空间。而《粉妆楼全传》（一说为罗贯中撰）第六十八回写祈巧云梦中得蒙谢（谢应登）仙翁授天书一卷，还教授呼风唤雨、驾雾蹈云之法，并告知她与白虎星官有姻缘之分。在平奸的关键之时，这无字天书果然现出字迹，让祈巧云和罗焜驾云入城，在皇帝面前辩清冤枉，建立奇功。这天书已兼有事业爱情、即功名婚姻的双重功能，与张清授琼英飞石术的情形和效果类似。

《水浒传》的张清“梦中授艺”描写以降，该母题成为小说幸运英雄迅即提高武技、得以立功封将的一个叙述模式。《平闽全传》第三回也写杨文广梦青衣童子引见上帝，上帝赐铁胎弓、穿云箭和天书三本：“赐尔此书，乃是六甲灵文，尔可观看精熟，阵前自有用处。”兰皋居士《绮楼重梦》写碧霄是秦可卿转世，得仙女授飞刀法。第十回写小钰自称梦见一蓝袍纱帽的官领他见东岳帝君，帝君说经求请祖师，“授你三卷天书”，“第一卷，傍注一行是召请天将神兵，顷刻立至，又一本签上写着第二卷，下注呼风唤雨，飞沙走石；又一本是第三卷下注医治疾病，起死回生”。后小钰中文武状元，为平倭大元帅。

而不少今已失传的小说中，此类描写正不知有多少。据考清代中期小说《说夏中兴传》第七十四回《武小姐梦姮娥授法，小嗣君入水火擒妖》写翠翘幼时，姮娥夜降，以素书宝剑相赠，内有九九变化，可荡魔伏妖，翠翘日夜练习，遂深得其妙①。

香，是神仙之所以为神仙的一个“仙格”标志，往往作为神仙贵人降临、凡人升仙的先兆和氛围。于是诉诸主体嗅觉的这一感受性描写，往往在小说情节场面和心理综合构设中有着特殊的功能。作为药用与宗教用途的物质上的香，其主要来自异域佛教，又为中土仙道法术所广泛吸收。道世《法苑珠林》卷三十六引《幽冥记》称：“陈相子，吴兴乌程人。始见佛家经，遂学升霞之术。及在人间斋，辄闻空中殊音妙香，芬芳清越。”《太平广记》卷二百九十六引《北史》也讲：“北齐卢元明，聘于梁，其妻乘车，送至河滨，忽闻水有香气异常，顾见水神涌出波中，牛乃惊奔。曳车入河，其妻溺死，兄子十住尚幼，与同载，投下获免。”神仙奇迹般的出现必伴随着香气勃郁，以示身份不同凡伦，同时也标志着一种对下界凡夫俗子的亲和力和诱惑力②。

尤其是作为异性的女仙，几乎与香气相伴随而不可或离。《神仙感遇录》称：“复书一朱符，置火上，瞬息闻异香满室，有一人来，堂堂美须眉，拖紫秉简，揖樵者而坐。”《汉武帝内传》写上元夫人与西王母别去，一时间“云彩郁勃，尽为香气”。

---

① 参见潘建国《新发现清代章回小说〈说夏中兴传〉考述》，《古代小说文献丛考》，中华书局2006年版，第134－163页。

② 参见王立《中国古代文学主题学思想研究》第二十一章《中外交流与中国古典文学中的香意象》，天津教育出版社2008年版，第299－322页。

至明代陆粲《庚巳编·洞箫记》写徐鏊遇女仙，也是："昼出，人觉其衣香气酷烈异常，多怪之者。自是，每一举念则香发，美人辄来。"因此，在琼英梦境中作为"拯救者"、授奇术之师出现的张清，相对于琼英来说，也是异性；而当下的梦境，则近乎仙境，小说以此嗅觉意象，营构了一个仙境般的、相对于现实世界的仙话世界，故事和相关场景遂带有仙境般的意趣和更加传奇化的情调。带有"仙师"身份降临凡间的一个重要标志——香气的出现，也使得梦中授技过程诗意化了，因为后来的情缘缔结需要这温馨氛围。

丧悼习俗与复仇结合，则有了复仇方式中的刑尸泄愤，这既是复仇行为的延续，又往往是复仇的替代性行为。本来，在《吕氏春秋》、《史记》等写伍子胥报父兄大仇时，是甘心仇人不得的替代行为，到后世却成为一种成功复仇后情绪宣泄、大快人心的余波描写。《水浒传》第一百回写宋兵入城："焦挺将田定死尸驮来，琼英咬牙切齿，拔佩刀割了首级，把他尸骸支（肢）解。"第一百一回写田虎被解到东京后，皇帝敕凌迟碎剐："当下琼英带得父母小象（像），禀过监斩官，将仇申、宋氏小象悬挂法场中，象前摆张桌子，等到午时三刻，田虎开刀碎剐后，琼英将田虎首级，摆在桌上，滴血祭奠父母，放声大哭。此时琼英这段事，东京已传遍了，当日观者如垛，见琼英哭得悲恸，无不感泣。……"

甘心，在古代复仇文学话语中指的是由被害者（苦主）之子亲手杀死仇人；在古代复仇逻辑中，这才算得上是成功、完美的复仇。而由孝子以仇人之首祭奠受害亲人，才称得上是理想化地实现了庄严的复仇使命。《淮南子·人间训》写鲁人报父仇，“刳其腹而见其心”。《三国志·魏书》写韩暨为父报仇，以仇首祭父墓，由是显名。《宋史·范廷召传》写其年十八，手刃父仇，剖取其心以祭父墓。洪迈《容斋随笔》续笔卷五写方腊攻陷数州，凡得官吏，必断脔肢体，探其肺肠，或熬以膏油，丛镝乱射，备尽楚毒，以偿怨心。在这样一种丧悼文化与复仇习俗结合的复仇逻辑制约下。

《水浒传》顺理成章地让孝女琼英以最为完美的方式，成功地为父母雪报了大仇。只是琼英没有亲手处决仇人，这可以理解为，体现出对于皇帝敕命的尊重，而在仇人被碎剐后，以仇首滴血祭奠，也算近乎完美地实现了成功复仇的要求。

琼英故事中的飞石神技书写，还为武侠小说中两个技高绝伦者孰高孰低的关系问题，提供了有益的借鉴。马幼垣先生曾注意到，“务求神化武者之技，以致造成起码在故事中不许有对手的局面”，唐传奇作者创作技巧中就有这种局限性：“在一篇故事中把武者形容得神乎其技、天下无双，并非难事。遇到以此矛攻彼盾时又怎么办？譬如说，红线、聂隐娘辈都是忠仆，各为其主，而其主不过是各据一方、互相谋算的军阀罢了。碰上利益冲突，大家的忠仆给拉进火并，可能性绝对存在。神化个别武者之后，传奇作者如果不是缺乏想象力，便是没有勇气去面对这种课题的挑战。”① 而复仇女英雄琼英，与没羽箭张清，本有一较高下之搏，只是经过了比武招亲的仪式，且在梦中既为师徒，现实中又成伉俪，他们的飞石神技孰为高下，也就成了自家的问题，不必纠结了。

---

① 马幼垣：《〈水浒传〉与中国武侠小说的传统》，《水浒论衡》，生活·读书·新知三联书店2007年版，第181页。

四、女性完美复仇结局的必要条件：贞节

以维护男权为核心的中国传统文化一方面漠视女性的自身价值和社会价值，另一方面对女性提出各种苛刻的非人性的要求，从一而终、守住贞节即为其一。秦始皇三十七年行幸天下，曾经在泰山、会稽等处刻石申令女性必须守节。此后汉代刘向《列女传》、班昭《女诫》、唐代宋若莘《女论语》、陈邈妻郑氏《女孝经》等均强调女人必须守节，宋中叶以后对女性贞节的要求愈益苛刻，特别是理学家二程和朱熹的提倡，使得对女性守节已到反人性的苛求地步。

《水浒传》第九十八回为了突出琼英的贞烈，还特意安排了她教训王矮虎的情节，小说写已娶了扈三娘的矮脚虎王英，出战时看见这员年少美貌的女将，被类型化地刻画为依旧那样好色："看见是个美貌女子，骤马出阵，挺枪飞抢琼英。……二将斗到十数馀合，王矮虎拴不住意马心猿，枪法都乱了。琼英想到：'这厮可恶！'觑个破绽，只一戟，刺中王英左腿。"下面写"众将上前来看王英时，不止伤足，连头面也磕破"。这并非闲笔，袁无涯刻本的回评就有这样的概括："宋氏贞洁，叶清忠义，琼英孝感，都是性成。"① 琼英作为孝女，自然也具备母亲的贞洁品性，这与她因孝感而与张清梦中结缘，得以完成"宿世姻缘"是不相悖左的。因为这姻缘是与复仇大业结合，相辅相成，也就成了天造地设的事情，随即琼英的情爱心

① 马蹄疾编：《水浒资料汇编》卷二，中华书局1980年2版，第124页。

理就带有排他性了。当邬梨得悉琼英武艺欲为择婿时，琼英的坚定誓言即：“若要匹配，只除是一般会打石的。若要配与他人，奴家只是个死。”因此，琼英阵上这里所洞察到王英好色心理所产生的反感更甚，与众多身负家仇的女性的复仇为先的贞烈价值观念有关，更有一种誓言实现的直接行动验证。

《水浒传》产生在这一女性被要求守节的封建男权文化背景下，而作者又是基于男权视野对女性做出价值评判，因此必然也将女性是否守节作为女性价值评判的重要尺度之一。《水浒传》中作者评价最高的女性是一百单八将之外的女英雄琼英，顾大嫂和孙二娘是勇女貌丑，缺少女性的基本性别美质，无法在女性性别意义上更有吸引力地高扬；扈三娘武艺高强且雪肤花貌，却被宋江做媒许配给了长相、武功甚至人品较一般化的矮脚虎王英，最后在征讨方腊中双双战死疆场。琼英是小说中唯一的既天生丽质又勇敢英武而且修成善果，得以善始善终的女性，何以如此？除了别的原因之外，恐怕也因为她是个贞节女性。

琼英的故事，体现出故事结撰者潜意识中对男女并非完全对立，而更可以相辅相成的追求。两性之间存在着差异与对立，但非有两性结合而不能产生下一代，“母以子贵”从另一层面上证明了琼英的成功。第一百十回对琼英的结局是这样叙述的：琼英生下一个面方耳大的儿子，取名叫张节。节者，守节也。此后张清战死沙场，琼英守节未嫁，独自抚孤成人。张节长大后因立战功而得封官爵，归家赡养琼英，并奏请朝廷表彰其母贞节，于是愈加母以子贵。作者于是进行了道德化的归因总结：“此是琼英贞节孝义的结果。”这一“叙事干预”倒是有些符合现代伦理学的思想："一方面，平等表达了相同性含义，另一方面，平等又包含着公正。"①

当然，小说正面女性形象之中，除琼英之外，林冲娘子也称得上是作者赞许的一个女性，因为她用生命维护了女性的贞节，亦即在最为严格的、极端化的意义上，维护了作者在作女性价值评判时的男权立场。仿佛只有并未付出旧时女性最不想付出的代价，去实施复仇成功，女性复仇主体才会获得真正完美的结局和归宿。因此，百二十回本《水浒传》给予复仇女英雄琼英的褒奖，至此达到了最高之点，较多地熔铸了民俗心理中的同情、理解与关怀，可以说远胜于林冲娘子和扈三娘。

五、复仇侠女琼英的爱情观与"幸福"婚姻

在琼英复仇的过程中，她与梁山好汉"没羽箭"张清的婚姻是作者极力歌颂的。中国古代文学中的爱情婚姻基本上从属于血亲复仇，因为爱情被要求"发乎情，止乎礼"，婚姻则须有"父母之命，媒妁之言"，为家族繁衍的手段。爱情当服从于婚姻，婚姻则决定于父母。此亦是为孝之道也。血属关系中夫妻至亲，也如此地服务于复仇大业。父仇不能不报，所有其他的人生价值都可以向此倾斜。因此，遭遇家仇的琼英，以其符合伦理规范地完成了孝女的使命，她得到的最大的"社会酬赏"就理应得到一个情投意合、"门当户对"的夫君，这符合

① ［美］乔·萨托利：《民主新论》，冯克利、阎克文译，东方出版社1998年版，第381页。

传统社会标举的女性人格规范，也较为接近现代社会的性别概念："一个人之为女人，与其说是'天生'的，不如说是'形成'的。没有任何生理上、心理上或经济上的定命，能决定女人在社会上的地位，而是人类文化之整体，产生着这居于男性与无形中的所谓'女性'。"① 某种意义上，琼英形象，可以说就是后世《儿女英雄传》中侠女十三妹形象的一个雏形。

在《水浒传》中，琼英和张清是一对比较理想的夫妻，作者对他们的自由结合热情歌颂，浓墨重彩地渲染烘托，甚至还运用梦中结缘的神奇叙述。琼英梦见一个神人"秀士"引见绿袍少年月夜教会其打石子，练就一身好本领；张清也梦见过一个会打石子的姑娘。显然，这是作者以"夫妻同梦"的神奇色彩来装扮自己心目中的理想人物，使他们的事既符合"天意"又符合"人意"，梦这一"异空间"为素不相识的青年男女的深层交往，提供了必要的机遇与场合，这正是唐代白行简《三梦记》以来人们表达理想愿望的常见方式之一，亦同"天罡地煞"天人相应的观念若合符契。可见，这一对夫妇在作者心日的地位是很高的，作者完全是以赞美的语气来写。那么作者要赞美和歌颂的是什么呢？既无"父母之命"，也非"媒约之言"，完全是两厢情愿的结合，一个"宿世姻缘"就解释了。

当身为养父的邬梨"欲择佳婿，匹配琼英"之时，琼英的回答是"若要匹配，只除是一般会打石的。若要配与他人，奴家只是个死"。这篇简短的爱情宣言，具有江湖亚文化伦理的

① ［法］西蒙娜·德·伏波娃：《第二性》，桑竹影等译，湖南文艺出版社1986年版，第9页。

反正统性和超越性，表现出侠女意志与才能上，与心中期待的配偶之间的互相倾慕和志趣和谐，更表明作者所要给予复仇女侠——并且在复仇时建立奇功的女侠，以应有的社会酬赏。而在传统社会中，给予琼英这样一个生身父母双亡的年轻女性，以最大、最为令人满意的社会酬赏是什么呢？莫过于能得到情投意合、可托终身的佳婿了。

为了使张清更加符合理想中的佳婿标准，小说特意描写十六岁少女琼英眼中对于张清的“第一印象”：“忽见一个秀士，头戴折角巾，引一个绿袍年少将军来”，这绿袍将军何以非要“秀士”来引？分明是以秀士烘染出张清的文雅气。秀士戴“折角巾”即著名的“林宗巾”，据范晔《后汉书·郭太传》载，郭太字林宗，品学为时人所重，曾外出遇雨，头巾一角陷下，人们争相效法，故意折头巾一角，时人称之为“林宗巾”①。秀士因头巾而近乎名士，有名士引名将来，加大了这段故事的文人气息。

同时，小说还经神医安道全转述张清与琼英同梦：“张清觉来，痴想成疾。彼时蒙兄长着小弟住高平疗治他，小弟诊治张清脉息，知道是七情所感，被小弟再三盘问，张将军方肯说出病根，因是手到病痊。”相思病描写，曾受到外来的佛经文学母题很大启迪，在中国文学中通常被运用在女性人物的相思心理描写上，然而这里却写好汉张清竟然也得了此病，在《水

① 郭太，本名为郭泰，《后汉书》避范晔父讳而改。此条当来自汉末《郭林宗别传》，据《艺文类聚》卷六七《衣冠部·巾帽》所引佚文：“林宗尝行陈梁之间，遇雨，故其巾一角沾而折，二国学士著巾，莫不折其角，云作林宗巾，其见仪如此。”

浒传》英雄拒斥女性的总体爱欲观中，是非常特殊的现象，这里显然是后续部分的作者以此加进了自己文人的好尚。

不过，过于完美和理想化，也带来了始料未及的顾此失彼的副作用。又如马幼垣先生所留意的：“张清知道自己最合琼英的理想条件，比武招亲只是乘虚而入罢了，机会到来即毒死琼英之父（国舅乌利得安），然后劝妻归正，始终保持身份秘密。等大局已定，才由宋江向琼英揭露真相，她竟高兴得不得了，诚心诚意地为宋江服务。大义灭亲也该有痛苦的一面，何况夫婿竟是杀父仇人！”① 在这一角度看，琼英的婚姻也有类似扈三娘之处，就是都带有“领导”权威性介入的成分；同时，也类似于程太守的女儿，有了可心的夫君便忽视了报家仇的使命。这也与书写者对正面人物及其阵营的偏爱有关。

此外，严格说来即使对张清琼英伉俪，作者的偏爱也明显地倾斜在琼英一边。从投石奇术上看，后学的琼英已见出蓝之色，突出体现在飞石术能否奈何梁山泊顶尖级将领上：小说第七十回写没羽箭张清连打梁山一十五员大将，其中没有林冲；打杨志是肋窝里飞过，又一石子打在盔上；打董平则是擦耳而过。而琼英则居然就能不偏不斜击中了林冲：“林冲急躲不及，打在脸上，鲜血迸流，拖矛回阵。”须知林冲在小说中，是从未败阵的（当然，林教头以其高贵的身份品位当不会在意，不会与女流之辈一般见识），这里，对后世相关叙事中经常提起的“盛极而衰”、“一世英名化为流水”等武侠退隐一类的书写，当有所启发，丰富了武侠盛衰有时的自然生命观，也有助

① 马幼垣：《水浒论衡》，生活·读书·新知三联书店2007年版，第234页。

于体现琼英之复仇孝女在小说中的地位，但打破了林冲常胜将军的神话，冲击了人物类型化描写的藩篱。

琼英张清故事及其所挟多种富有活力的母题表现，也有力地提高了该文本整体上在《水浒传》版本系统中的地位。著名水浒研究专家也指出，在征田虎时张清与琼英的故事非常重要，以其是打败田虎的关键。而这段故事简本的情节不合理，漏洞百出。而袁无涯本的设计是非常合理的："故事情节生动曲折，安排合理，在艺术上有很大提高。"① 这与本章所论可以说是非常一致的。

总之，《水浒传》平田虎故事中的重要人物琼英及相关的复仇立功事迹描述，具有与中外多种母题相关的互文性，而且具有多重且丰富的伦理文化意蕴，值得进行深入的探讨。

---

① 齐裕焜、冯汝常等编著：《水浒学史》，上海三联书店 2015 年版，第 86 页。

第十三章　《儿女英雄传》十三妹形象及其性别文化意蕴

《儿女英雄传》是清代一部较成功的武侠言情小说，晚清平步青（1832—1896）《小栖霞说稗》曾经有这样的洞察："此书大致仿《石头记》、《儒林外史》而作，于家庭细故中，发出天理人情，似迂拘而实通达，似俚俗而实尔雅，不知出何人手。"认为十三妹类似于陈丽卿[①]。可以说，这部满族人士创作，满汉文化合璧的小说融合了北方英雄传奇与才子佳人小说的特点，尤其小说中侠女十三妹这一形象，将侠女的"豪情"传统与佳人才子小说里勇敢、强干的美人素质结合起来，成为满族作者理想中完美的"英雄儿女"之典范。

---

① 中国戏曲研究所编：《中国古典戏曲论著集成》（九），中华书局1959年版，第221页。蒋瑞藻《小说考证》、孙楷第《关于儿女英雄传》、慕寿祺《中国小说考》等考证出自红线、聂隐娘及《初刻》中的韦十一娘和王士祯《剑侠传》（实为《池北偶谈·女侠》）；刘荫柏指出《聊斋志异·侠女》等一系列剑侠作品的影响。家世考证，见弥松颐《〈儿女英雄传〉作者文康及其家世》，《文献》1983年第4期；林薇《〈儿女英雄传〉作者文康家世、生平及著述考略》，《文史》第十八辑，中华书局1983年。

一、女性复仇的非传统性及十三妹的反性别特征

“复仇”作为一个永恒的文学主题，源于人类上古习俗的集体无意识，尽管描写复仇内容和形式各有不同，但其目的均以通过雪耻来寻求心理补偿与心理平衡。从原始社会的血族复仇，到有史书载录以来的血亲复仇，以及由复仇观念和习俗派生而来的侠义复仇等，复仇也是许多民族年深日久、以多种形式体现并且与法律等许多文化分支相联系的重要文学主题和文化现象。由于汉族聚居的中原地区礼教的影响，为父复仇，尤其是孝子们得到社会舆论价值认可的一种伦理规范行为。从“干将莫邪”故事到各种历史演义、神魔小说，报父仇这一母题被高频率地使用，而复仇的行为者绝大多数都是男性，这不仅因为复仇这种行为采取毁灭仇凶的形式，有着很强的危险性和艰巨性，闺房中的女子恐难胜任，还因为男性是社会的统治力量，他们的复仇行为可以得到社会的支持和认同。但是如果一边父仇未报，另一边却是男性复仇者缺席或男性幼弱无力复仇，此种情况该如何解决？放弃复仇仍是人伦大义所不容，只好由女性担当起以性命为代价的重任，在这条伴随复仇者成长的路上铭刻“结仇——复仇——结仇”的循环模式。

那么女性复仇这种非传统、反常态行为与传统的男性复仇相比有何特点呢？这些特点在十三妹身上又是如何体现的？

小说写十三妹之父何杞曾为当朝悍将纪献唐（蒋瑞藻、孙楷第等考证其原型为年羹尧）之中军副将，因不同意将其女何玉凤嫁予纪献唐之子而被陷害致死，何玉凤化名十三妹，为报这杀父毁家之血海深仇誓要手刃纪献唐。十三妹老母尚在，她

虽自己不计一死，却不能不考虑母亲的安危，因此她只能隐姓埋名、等待时机。复仇者与仇家实力相差太过悬殊，客观地分析，十三妹的复仇，就好比以一棵芥草之微薄之力来抗衡整个天空的雷雨大作，其卑微程度和不可能性不言而喻，她心理压力之巨大可想而知，她以女性特有之坚韧与顽强忍耐着、支撑着。的确，有时越是柔弱的，其生命力越是顽强得惊人，但女性作为弱势群体的一员，要复仇不是光靠个体某些天性的坚忍就可完成的，因为女性复仇的障碍比男性要大，因此她必须具有更大的能量，承受更大的压力，付出更大代价。她们复仇的障碍主要来自于社会的压制以及社会塑造出的女性本身的弱点，这点在小说文本中也略有提及：安老爷不支持十三妹去报仇，他对邓九公说的理由除了复仇的危险性以外，还提到复仇会助长十三妹的任性胡为和女子复仇后无所归依的结局。显然他认为女性就应卑谦和顺，安守于墙闱之内的，这也说明了当时社会群体对女性的定位，这种定位就像雷峰塔一样震慑着女性；而多数作为受害苦主至亲的女性，也在这种长期的震慑中屈服了，失去了承领大事的勇气与自信。十三妹的复仇行为在一定程度上是对既定男性复仇逻辑规定的一种反拨，侵犯了男性的势力与行动范围，具有非传统与反性别伦理的双重特征。

首先，在古代中国，男性的复仇以其人际交往（及其不受非议地获得协助），经常能得到社会上一些志同道合者的帮助，至少是承认与同情；而女性一般由于久处闺门与躲避嫌忌，逐渐失去了与社会广泛联系的条件与能力，复仇也很难找到什么兄弟朋友作为帮手，往往是单枪匹马，即使遇到几个朋友，像十三妹避仇时结交了邓九公、安老爷等人，他们非但不帮助她实施复仇，还千方百计用真情去感化她、阻止她，用男性社会意识去规范她的行为。

其次，男性复仇中经常穿插“临阵收妻”之场景，女子爱男子之智勇双全以身相许，有的还能助男子一臂之力，最后大仇已报伉俪相得，这似乎符合人们英雄美人的理想。但清代被贞节观严密监视下的女性却往往难于越雷池半步，就算是视死如归的女侠十三妹也因出自将门，必须做“冷面杀手”，不如江湖女侠自由度大。所受教养使她不能有任何“不洁”之事，似乎爱情会使女侠的光彩暗淡一样，情欲的部分被满族作家文康更理性化地加以纯净处理，至少十三妹在其复仇过程中绝无男女之事之牵累，就连溺尿这样的隐秘情节也被她当作笑话一样处理。

但对于侠女十三妹来说，这些外在条件皆无，所能依靠的主要是自己。因此，复仇使命时时刻刻的重压很容易让女性心态发生扭曲，特别由于个体女性本身较少抗争能力，她们遭到不平后真是“女子衔仇分外深”，人成了复仇的一把刀还唯恐不够锋利，她们行动上虽时或胜须眉，但受到伤害的心灵却常常经不起雪上加霜，其复仇的心理或行动上便会把持不定走上极端。十三妹的母亲死后，她不戴孝，七日后便要只身赴杀场，正如精卫填海，将小小身躯淹没于茫茫大海，不计成败，不计损失，有的只是激之欲出的满腔热血，好在是身怀绝技，条件也不差，这照比男子的复仇更增添了几分悲壮与决绝。

历史上第一个肯定“侠”的司马迁，《太史公自序》言“游侠”应该是“救人于厄，振人不赡，仁者有乎；不既信，不倍言，义者有取焉”。历史或小说中的侠多为男性，从《刺客传》中的五大刺客到《水浒传》中的诸位好汉，无不是血气十足的男子，似乎只有男子才配侠义二字。这种观念与男性为主导的社会英雄崇拜有关，认为只有男性才可能是英雄，才能达到力与美的结合，但在男侠的必然世界中也偶然会出现几个令人耳目一新的女侠。社会要求她们符合男侠之既定的某些男性行为标准，也就不能不使女侠身上表现出某些反性别特征。除了汉魏六朝史传与诗歌称颂的赵娥亲、女休等少数复仇女性外，唐传奇中的红线、聂隐娘、谢小娥等才算真正开始了叙事文学中对女侠的描绘和关注。

“性别”属于社会性质定义，而非生理性质定义。男女生理上的差别为性，而男女社会分工、社会地位的不同为性别。古时所谓男主外女主内，女人只是男人的附庸甚至是财产的一部分，这都是从社会普遍性性别分工角度说的。经过了“明季多奇女子”的历史变迁后，中国侠文学中的女性形象有了较大的突破，因而作为旗人笔下的侠女十三妹不再完全遵循汉族传统社会赋予女性的性别要求，纯净处理的同时，也加进了符合复仇侠女角色的更大胆的行为举止，一定程度上打破了这种性别定势，掺杂了女性男性化的一些成份。

十三妹的性别描写有传统女性美为底色为基础，兼备侠气。首先，十三妹美貌。特别符合优秀的男青年心目中的女性形象，第四回《伤天害理预泄机谋，末路穷途幸逢侠女》写安公子眼中所见骑在小黑驴儿上的“她”：

生得两条春山含翠的柳叶眉，一双秋水无尘的杏子眼；鼻如悬胆，唇似丹朱；莲脸生波，桃腮带靥；耳边厢带着两个硬红坠子，越显得红白分明。正是不笑不说话，一笑两酒窝儿。说甚么出水洛神，还疑作散花天女。只是他那艳如桃李之中，却又凛如霜雪。对了光儿，好一似照着了那秦宫宝镜一般，恍得人胆气生寒，眼光不定。公子连忙退了两步，扭转身子要进房去，不觉得又回头一看，……

男性心中所感受到的“她”，惊鸿一瞥又忍不住回眸顾盼，又爱又怕，带有震撼力的美貌，就连安公子心里也有些诧异：“我从来怕见生眼的妇女，一见就不觉得脸红。但是亲友本家家里我也见过许多的少年闺秀，从不曾见这等一个天人相貌！作怪的是，他怎么这样一副姿容弄成恁般一个打扮？不尴不尬，是个甚么原故呢？”何况，审视之中搭配着对其弓鞋“只好二寸有零不及三寸”的留意，含蓄地写出了受汉族文人影响的女性观。这如同论者理解的，很真切：“安骥生长于旗味甚浓之家庭中，而‘见识’如此，至以缠足为‘本来面目’，且书中‘小脚儿’字样多至不可胜数。似文康虽为满人，而久与汉人相习，传染得汉人此种病态的眼光，亦以‘小脚儿’为好看，故津津乐道。”[①] 如此在书中亦有印证，如安太太说的：“我们虽说是汉军旗人，那驻防的屯居的多有汉装，就连我们现在的本家亲戚里头，也有好几个裹脚的呢。”安公子也倾向于女子小脚为美：“以为上古原不缠足，自中古以后，也就相沿既久了，一时改了，转不及本来面目好看。听母亲如此说，更是欢喜。”考虑到小说成书年代，这样的认识，符合倡扬废除缠足

① 徐凌霄、徐一士：《凌霄一士随笔》，山西古籍出版社 1997 年版，第 552 页。

之前不久的那一时代的特征。

其次，十三妹的“男女有别”观念，特别符合传统社会对于女性的规范要求。小说第六回写能仁古刹十三妹救安骥过程中还曾有过“男女授受不亲”，“幼女孤男”的瞬间想法，以及“觉得心里一动，耳边一热，脸上一红”这样的性别反应。

第三，十三妹还具有未婚女性的敏感与细心。十三妹与张金凤对话中也会问起“几岁上留的头，几岁上裹的脚”（第九回）这样的女儿家才有的话题。

第四，十三妹所用的“倭刀”别致而给人印象颇深。女性尤其美女手持兵器，不能过于笨重而显得不协调甚至失真感，倭刀作为一种剑的变形，相对来说属于比较轻巧的外来武器，更适合年轻女子使用，不像《谐铎》那个老婆婆使用的极为沉重的拐杖。

但十三妹形象的“侠气”中有着遮掩不住“男子气”即豪侠特征，通过四组对比就可见出：

第一组是十三妹的强悍与安骥懦弱的比照。第八回写在能仁古刹，当安骥的绳子被十三妹挑断时，他竟然吓得不能走了，还要十三妹用弹弓拉着他。安骥获救后被夸张描写成溺着裤子下炕来，又朝着那位姑娘下跪，十三妹却“大马金刀的坐在上面”。在这里十三妹这样一个“女儿家”倒成了事件的控制者，扮演了男性保护人的角色，显得有胆有识、勇猛异常，而安骥这个满族男性却被夸大化地表现为文弱似妇人。

第二组对比是十三妹与其他男子武功强弱的比照。第十五回写能仁古刹里与恶僧打斗，她武艺高且战术运用得当，任那些和尚平日里多么凶恶残忍，都不免刀下毙命；邓家庄斗海马周三："这十三妹早上面一刀削断了周三的鞭，下面趁势就是一个泼脚，把周三踢得爬在地下。他（她）赶上一步，一脚踏住了脊梁。……"

第三组对比是十三妹与一般的男子体力大小的比照，那三四个大汉奈何不了的石碌碡，十三妹撼几撼，就把那块石头撂倒，"找着那个关眼儿伸进两个指头去勾住了，往上只一悠就把那二百多斤的石头碌碡单撒手儿提了起来"第四回这整个过程十三妹都表现得如此轻松，小女子竟把这些大男人比得黯然失色，有些狼狈。女人做了男人应做之事，起码在力量上胜过了自以为是的男人。在能仁古刹，十三妹一人连杀恶僧十一个，可见体力超强。颇带有民间狂欢节意趣的是十三妹的食量也被渲染得惊人，第九回写与凶僧大战后她竟"吃了七个馒头还找补了四碗半饭"。

第四组对比是十三妹的外露与张金凤含蓄的比照。张金凤作为一个理想贤淑女子的典型，十三妹与她比起来就显得粗线条了。张金凤作为女性总是表现得遮掩含蓄、羞答答的，但十三妹却是无所顾忌、直截了当。第九回写同样面对婚姻一事，张金凤"羞得他面起红云，眉含春色，要住不好，要躲不好，只得扭过头去"，而此时此刻，十三妹却已拿着大刀去逼婚了。

十三妹身上之所以会表现出如此多的"强者"特征，究其原因至少有以下几点。

其一，成长过程中的男性社会化家庭教育，如小说第八回中十三妹自述情由："我父亲膝下无儿，就把我当个男孩儿教养，见我性情合这事相近，闲来也指点我些刀法枪法。"在家庭格局中既为儿子又为女儿的成长经历，有助于十三妹像一个“假小子”的角色期待生成。

其二，十三妹作为侠客有一段行走江湖的历练，江湖上鱼龙混杂，一个娇滴滴的女子断不能适应的，外部环境要求女子言行更外向、更开放、也更不拘小节，比如十三妹在张金凤面前小解竟毫不遮掩。

其三，侠女十三妹作为人生目的的大任乃是为父报仇，这种血腥行为的期许使她性情也不能不跟着硬起来，也要求她遇事不能柔情以对，关键之时才能硬下心肠，敢打敢杀。

其四，满族民族风情的影响。满族有“重小姑”的习俗，满族民间将未结婚的姑娘被称之为“姑奶子”，地位很高，公婆上坐，小姑侧坐，媳妇则侍立于旁谨慎侍候。因为满族人认为女孩迟早要嫁到婆家，娘家只是她暂居之地，女孩是娘家客，因此应尊领客待。也由于这种风俗礼仪，满族未婚女孩的行为也就比起汉族少女显得更为大胆、泼辣、行事更为自由。曹雪芹《红楼梦》中就可看到与之相映照的描写，如第三回写吃饭时“三春”姐妹坐着吃饭而平日里骄横的管家少奶奶王熙凤却也只能站着伺候着老太太、婆婆和小姑子们吃饭，小姑奶奶的地位之尊便可见一斑。而文康身为旗人，他所欣赏的女侠自然会带有满族姑娘的性别身份特征，因此自然具有一些汉族文化看来不太女性化的反性别特征，某种意义上可以说十三妹正是满汉民族之文化融合的产物。

其五，作者有意塑造十三妹的男性特征。现实生活中女性的体力、能力乃至智力明显地不如男子，……女性若要在复仇搏斗的生死场上获胜，往往要避短扬长，或采用女性独特的斗争艺术，或具有神秘而卓绝的技艺武功；只有较充分地揭示出这些关键问题，作品才算较全面地写出了女性复仇之于男子复仇的不同之点，才近乎情理而令人信服①。而客观上讲十三妹毕竟仅是一名女子，在这部写实写作品中，她也被书写为最初并不具备向纪献唐复仇的实力，但作者却有意地塑造她的强悍，文中无一处写到十三妹的柔弱，作为北方女子的她，完全不同于中国文人心目中那理想的软语呢喃的江南女子，甚至作者还夸大了十三妹的武艺与体力，使她继承女剑侠传统，这样也就使她具有了报仇的更为理想化的能力，使小说的传奇性愈加饱满，成为一个审美亮点。

按照十三妹自己的说法，她乃胭粉花朵里的英雄，非寻常女子是也。作品中如此塑造这样一个女超人形象，这种性别的调换反差打破了读者的心理定势，产生了一种引人入胜的新奇艺术效果，满足读者期待看到有别于以往男性打斗的场面的要求。机能主义学派代表人物安吉尔认为：若就注意确实是一种联系顺应之类的活动来看，当心灵和所注意的事物之间一经确定的时候，它的工作就算完成。这是顺应的不同于生理部分的心理部分；注意必须另去别的地方，因为它实质上就是顺应动作的本身，其他的事物正在向有机体要求同样的顺应性能量②。因此，从接受美学来看，要想使读者的注意保持任何较长的时期，对象必须通过改变它的情况，使其自身呈现为一种足以引

① 王立：《中国古代复仇文学主题》第五章，东北师范大学出版社1998年版，第354页。

② 杨清：《现代西方心理学主要派别》，辽宁人民出版社1980年版，第171页。

起新反应的新对象，这就要求引起注意的对象富有新意。十三妹的反性别特征所显示的新的“观察点”和“新的解决方式”的强大诱惑力，改变了读者心理上通常的饱足感和厌腻状态，使这一形象赢得大家经久不衰的喜爱。

同一时期描写女侠的叙事作品，还可枚举《忠孝勇烈奇女传》和《北魏奇史闺孝烈传》，这两部作品更多是从行军作战来表现女子武勇的，其中更多讲的是忠孝大义，有的还借助了神魔小说的套路，女性被男性化的程度相对更高；相比较来看，《儿女英雄传》的侠女描写，则无疑如平步青所说，更接近于“世情小说”的手法，全书着眼点在于报父仇的孝，十三妹只在有限程度上被男性化，具有更多女性意识。这一点并非孤立的，而是体现出晚清对于侠女描写的两种主要手法，与此类似的如满族说唱文学子弟书，像《花木兰》六回《从军》对女主人公的描绘，近乎写实：

一个女孩儿出头露面先胆怯，更与人联背摩肩怎不羞惭？

奴只得硬着心肠充老辣，放开胆量把脸皮儿憨。

妆束得老成样子绝无孩气，打扮得寻常一派并不新鲜。

胸儿前暗裹绫罗将奶头箍得紧，袜儿内多用棉花把靴尖揎圆。

真可笑作揖行礼都睄光景，倒像个新入京城的小南蛮。

向人前举步先将脚儿放稳，说句话故意又把嗓子憨憨（顸）。

终日里谁敢梳头共洗脸？往常间最怕熬煎倒要受熬煎。

俏庞儿恨不变了粗俗的形状，娇模样怎不挪在别者的身边！

真可恨风尘不染梨花面，水皮儿上照处依然是旧容颜。

得便中拿虱子皆称快手，瞅空子换换中衣便觉爽然。

吃饭时装成狼餐与虎咽，临阵上故意摩掌又擦拳。

魂梦里忽然唬醒自惊自怪，军帐里偶尔抬头是何地何天。

可怜奴终日里何曾敢饮些茶水，若是上中厕不等更深人静月儿残？

……①

女扮男装，在行走世俗社会中其实被明眼人看出来，本是情理中事，然而子弟书对此的真切描写，为了满足于市井民众的猎奇心理，从较为理解、贴近的角度侧重；而侠女十三妹在小说中则被夸大了侠女之男性化的一面。

在外来强敌重压面前，20世纪初前后出现了较多将女性行为男性化的书写，如《绣像小说》上面连载的《痴人说梦记》(1904—1905年）也写类似于十三妹那样焦躁地“心想着复仇的事要紧”的女侠，因车夫急着赶路的唠叨几句，就动了气，边怒骂着一边动起手来：“抢前几步，提起一块三百多斤重的石头，在台阶上砸成四段，那台阶上的石头，也震裂了，子里又指着石头说道：‘你这驴头比他（它）如何?’吓得车夫舌头

① 北京市民族古籍整理出版规划小组辑校：《清蒙古车王府藏子弟书》，国际文化出版公司1994年版，第995页。

吐了出来，缩不进去，店里有些伙计，也看呆了。……”[①] 类型化的“侠妹”，使性弄气，产生的“爆发力”及旁观者的描绘，当来自十三妹把那二百四五十斤石头碌碡单手提起来，还要问安公子把这石头放在那里。应该说，这都是一种神化、夸张，当为男性作家们试图写实，但摆脱不了受“侠女艺高”书写触发的“女侠形象”想像，而情不自禁构设的图景，其中有说书人夸张渲染的痕迹。

二、侠女十三妹的女性主体意识

无论是《吴越春秋》中越处女还是唐传奇、《初刻拍案惊奇》中的谢小娥，均曾以女性主体意识来重塑侠的形象，到十三妹这里，女侠形象已相当丰满，不仅具有侠的诸多因素：“疏财济贫，助人为乐，一诺千金，不图报答，忠于知己，爱惜名誉，舍身求义，视死如归”[②]，而且在她身上更突出了传统女性的文化内涵，具有更多女性意识。

女性自我意识是女性觉醒的标志，它首先表现为对女性自我价值的肯定，并意识到作为人的独立存在。当女性把自己从各种角色及关系网中分离出来，作为人而独立存在，并对自身的本质进行认识、探索时，她既是作为主体，又是作为客体而

---

① 旅生：《痴人说梦记》第十九回《改男装一舸泛清淮，折侠妹单车走燕市》，“中国近代珍稀本小说”伍，春风文艺出版社 1997 年版，第 466 页。

② 曹正文：《中国侠文化史》，上海文艺出版社 1994 年版，第 13 页。

存在[①]。十三妹具有中国传统侠客的共同气质——反主流性和叛逆性，她不愿受到限制，我行我素，喜欢按照自己的生活哲学去评判生活，因此作为个体生命的她，在不平常的生存状态中总离不开一份洒脱、执著、桀骜不驯。她以报父仇的方式来体现自我生命存在的价值，虽然这种行为终究还是归于封建伦理大义的，但她要靠一己个人的力量去达此目的，这就要最大可能地挖掘自我潜能。由于家仇的沉重压力和承领本不该这妙龄女性承担的重负，十三妹在非正常生存状态中的变态化、男性化过程中，或多或少有些“异化”了，她对于那些弱化了的男性似乎不能不投之以冷漠和轻视的眼光。于是身怀绝技的她，索性不依靠男性，甚至也瞧不起男性。的确那些男性在她面前不堪一击，在她身上“男尊女卑”彻底被打破了。“就是因为我是一个女人，因此就必须要相信我应该对你说上帝之善，而同时我却明白他的旨意是要让人人皆知?”[②] 女性并没有义务去默默地做男性的“立足点”，文学化、理想化了的十三妹的所作所为，正证明了女性自己也可以做到是强者。这种女侠的女性意识对于男权社会来说，既是嘲讽也是颠覆，简直有改变了男人一统天下的努力倾向。当然封建女子要成为女侠并且具有女性意识并不是无条件的，十三妹恰恰具备了这种转变的条件。

其一，十三妹的父亲为纪献唐所害，这样在文本中就形成了“父亲缺席”的家庭结构。中国社会是宗法制社会，家的观

① 陈晓兰：《女性主义批评与文学诠释》，敦煌文艺出版社1999年版，第168页。

② 朱崇仪：《女性自传：透过性别来重读/重塑文类?》，台北《中外文学》月刊1997年第4期。

念得到了空前强化，在家庭中有决定性发言权的正是作为一家之主的男性：父和夫，因此所谓男权社会的男权指的也就是父权和夫权。十三妹之所以能作为女侠遨游江湖，也正是因为失去了作为封建伦理、封建宗法发言人的父亲的管教，在很大程度上逃离了男权的束缚。但是当十三妹嫁给安骥以后，侠女就不复存在了，她成了贤妻何玉凤，她重新回到了男权的笼罩之下，只是这次男权的代表体现为夫权，尽管侠女即使驯服了也不会屈从的。

其二，雪报家仇的人生追求激励十三妹习武而坚忍刚烈。十三妹的强烈使命感和她内心所遭受的痛苦要求她坚强、勇敢、果断、反抗，要求她作为独立的人站出来。侠女十三妹为复仇练就非凡武艺，一口雁翎宝刀所向无敌。第六回描绘安公子眼中的这宝刀：

> 忽听得“喀吧”一声，就从衣襟底下“忒愣愣”跳出一把背儿厚、刃儿薄、靶儿短、削铁无声、吹毛过刃、杀人不沾血的缠钢折铁雁翎倭刀来。那刀跳将出来，映着那月色灯光，明闪闪，颤巍巍，冷气逼人，神光绕眼。

按说这里也没过分夸张这宝刀能削纯钢禅杖，只是砍断了秃和尚的铁火剪；宝刀之外还要有女侠惯用的暗器铁弹子辅助。如果不是先用弹子扫清外围结果两个，后来那八个恶僧也不会顺利解决。而这原本是她为雪报家仇练就的本领，拥有这一本领又使她“艺高人胆大”。

其三，小说写出了复仇女性勇于担当的责任感意识，成为不计利害的女侠。第十六回写邓九公追忆，因在牤牛山路见不平，解救失镖的同行金振声，赶上去与海马周三打了一鞭夺回失物，五年后周三怀恨寻仇，要在众人面前磕碜对手一场，而就在比武交手才知周三鞭法大进，人群中窜出一位素装女子：

“便向我合周三道：‘你二位今日这场斗，我也不问你们是非长短。只是一个靠着家门口儿，一个仗着暗器，便那（哪）个赢了，也被天下英雄耻笑！这耻笑不耻笑却与我无干，只是我要问问，怎生输了的便该擦胭抹粉戴花？难道这胭粉花朵的里头便不许有个英雄不成？如今你两个且慢动手，这一桌银子算我的，你两个那个出头合我试斗一斗，且看看谁输谁赢，那个戴那朵花儿、擦那嘴胭脂、抹那脸粉！’老弟，那个当儿，劣兄到底比周三多吃了几年老米饭，一看他那光景，断非寻常之辈，不可轻敌，才待合他讲礼。那周三见坏了他的道路，又欺那十三妹是个女子，冷不防嗖的就是一鞭！那十三妹也不举刀相迎，只把身顺转来，翻过腕子，从鞭底下用刀刃往上一磕，唰，早把周三的鞭削作两段！众人又是声喝彩！只就那喝彩的声音里头，接着一片喊声，早从人轮子里噗噗跳出二三十条梢长大汉来。”①

但这些大汉都因周三被制服而被吓住，周三不得不在“女

① 文康：《儿女英雄传》第十五回《酒合欢义结邓九公，话投机演说十三妹》，上海古籍出版社 1991 年版（据光绪四年即 1878 年聚珍堂初刻本等校点整理），第 168－169 页。

英雄”面前服软。然而，十三妹之不愧为“脂粉队里的一个英雄，英雄队里的一个领袖”，还在于能拿捏好取胜带来的善后之事，有条件地给了周三面子，免于在众人面前“戴花擦胭抹粉”的羞辱，结成了求同存异的互谅互助关系，也给处于下风的邓九公赢得了持久的平安。而从邓九公、周三对于“扮女之羞”的看重，说明性别差异在当时是多么为人看重，作为“弱势群体”的一员，十三妹其实也并没有“胭粉花朵的里头”都能被人看得起，只是以一个少女的娇嗔与绝技，挑战式地对“不许有个英雄”的现实来一个否定，同时，也成为该出手的一个借口。应该说，这种有保留、有条件的“女性意识”，也是借助于女侠尊严的伸张来实现的。

另外，女性主体意识的强化也包括女性的性觉醒，她们开始对情爱的追求，这也是自我存在的一种表现方式，正如明清才子佳人小说中诸多女性跳出重重阻碍以争取自己生存的基本权利，十三妹这种对于爱情的性别意识亦有其萌发的过程。作者之所以把他心目中女侠何玉凤的别名，偏偏取作“十三妹”而非“十三姐”，其用意恐怕欲以“姑奶子”的年轻单纯、出乎本性自然，来博得读者的更多喜爱，而十三妹确实是一个较为单纯的姑娘。由于她久居山林，不谙世故，在其抑强扶弱之际表现得毫无顾忌；她出没市井，虽历江湖黑道，但毕竟涉事不深，以至对男女情事尚懵然无知。十三妹初见安骥是在客栈，当时她出于侠客的“路见不平，拔刀相助”之心去救助安骥，在她眼里，安骥只是个胆小和不经世事的贵家少爷，她不是嘲笑就是冷笑；在能仁古刹，十三妹救了安骥性命，但对他的问话也是爱理不理，还说他的话酸死了，即使发现他在自己的尿中洗手，也并不以为然；十三妹为了众人的方便和安全，主动作媒促成安骥和张金凤婚事，连张金凤都觉得奇怪："若说照安公子这等的人物，他（她）还看不入眼，这眼界也就太高了，不是情理；若说他既看得入眼，这心就同枯木死灰，丝毫不动，这心地也就太冷了，更不是情理；若说一样的动心，把这等终身要紧的大事，百年难遇的良缘，倒扔开自己，双手送给我这样一个初次见面不相干的张金凤，尤其不是情理：这段缘故，叫人实在不能不疑！"而对于这"不正常"行为的解释呢？小说写十三妹却只叹："慢说跟前这样的美满良缘，大约这人世上的'姻缘'二字今生于我无分！"

我们说，无论古今、满汉，爱毕竟是自私的，适逢佳婿难求的妙龄，即使如十三妹何玉凤这样有家仇在心，有谁会把此等好事，拱手让人？受"冷血杀手"类型之先在书写的影响，小说写何玉凤强烈的复仇冲动，使她的整个人生观价值观都为之发生了倾斜。在她知父仇已报之时，首先的反应就是想自杀，自杀不成便要为其父母守孝不嫁，即使顿入空门也没有想过情爱大事；众人以情感动，她的性情才逐渐有了变化，甚至也开始做一些闺中女子的活计；她做梦，潜意识活动中梦到安骥有轻薄之举，颇有"性梦"萌动的蛛丝马迹，还有第二十二回所写父亲留给她的四句话："天马行空，名花并蒂；来处同来，去处同去。"此时，她才开始意识到男性"他者"作为自己性别对应物、结合物的存在，这正是她性别意识的最初萌动，由此她又开始压抑自己的感情，使自己回避安骥；最后她才在众人的安排下，改变了自己的想法，嫁给安骥，夫妻幸福，到此，十三妹才成为一个真正意义上的女性。十三妹的父亲因她的婚事被害，男女之事不能不对她少女之心蒙上一层阴影，由不懂情爱、拒斥情爱到回避情爱，最终在众人亲情的感化下，心理抵制才一点点消失，接受了男女之爱。在这一点上张玉凤与她比起来倒显得较为正常、成熟、世故。

由此可见，十三妹的女性主体意识与性别意识乃是一个此消彼长的“反比例”关系，而这关系的根源就在于复仇大任。要复仇就要极度地强调自我存在，而这种极度强调也会使复仇主体的情绪乃至整个精神状态进入到一个类似疯狂的状态，而忽略血亲复仇目标以外所有的事。当复仇对象死亡，复仇作为人生目标的前提而消失，作为女人的本性才有可能复归，人本能的情爱要求又使她回到与他人紧密相联的社会当中去。

三、男性话语中的女性角色功能

《儿女英雄传》前二十八回十三妹居于书中第一女主角位置，作者用于她身上的笔墨最多，力求塑造有胆有识、有情有义的女侠形象；小说二十八回之后她退居为次要角色，并且由十三妹变回何玉凤，由女侠变为贤妻孝媳。《儿女英雄传》采用说书人的口吻来叙述，是一种外焦点叙述，这种叙述本身就与人物有一种疏离感，再加上作者与叙述人均为男性，十三妹这一女性角色被蒙上了一层男性色彩，与现实生活中的女性原型甚有差距。

我们肯定十三妹形象有其成功之处，女侠形象更为完整丰满，思想意识上也有进步性，在侠义小说中灌注了更多女性意识，但作者笔下的十三妹绝非真实的存在，男性作者与男性叙述人根本无法零距离地贴近女性的心灵。十三妹只是男性作者在男性视角观照下以男性话语表述出来的人造存在，这实质上是女性文化的缺失。在男性中心社会中，男性主体作为“统治性群体”，“规定着词义，创造着符号”①，操纵着整个语义系统，塑造、规定着女性的形象与意义。以男性为中心的社会中的文学，所有的女性类型都表现了男人对女人的评价，直接服务于男性中心文化的“性权术”②。在男性话语建构的文本中，所有的女性角色不免都是经过男性手笔重新过滤的人物，是男性按照自己的意愿和期望改造现实女性或按自己的理想去再创女性形象的一种文学变形，作者写到十三妹的美貌，似乎女侠就没有不是佳人的，难道当女侠还要事先经过选美不曾？这无非是从男性的“色”、“欲”角度考虑的，但生活真实恐怕还是以《水浒传》中的母大虫、母夜叉那样的女侠居多。此时的女性角色是作为男性的观照客体出现的，是男性中心社会中被讲述、被阐释的对象，是男性某种观念、情感的文学载体，成为没有所指的“空洞能指”，没有话语权利的傀儡，因而女性角色处于沉默状态③。

十三妹虽为侠女，身上具有许多反传统特性，但她的行事作风，最终还是要符合封建伦理大义，要符合当时男性的审美标准，也只有这样的侠女形象才能在社会上得到认可，受到大

---

① 孟悦、戴锦华：《浮出历史地表》，河南人民出版社1989年版，第12页。

② 康正果：《女权主义文学批评述评》，《文学评论》1988年第1期。

③ 陈晓兰：《女性主义批评与文学诠释》，敦煌文艺出版社1999年版，第237页。

家的喜爱。书中作者还多次带着赞赏眼光地提到十三妹那双金莲，如第四回称："那大小只好二寸有零，不及三寸。"缠足，是传统社会中汉族女子遭受的最显而易见的耻辱和伤害，试想缠了足的女子连走起路来都摇摇摆摆的，又怎样习武？何谈武功高超绝伦？这显然是传统汉族男性文人眼中的美。缠足本身就意味着一种屈服，女性心中的苦远不是男性能理解的。女性情感敏锐而细腻，她们究竟是一种什么样的生存状态，男性作家是很难准确把握的。玛丽·戴利指出："在一个性别歧视的世界，象征体系和概念的注解一直是男性的创造物，这些并不能反映妇女的体验，相反，却具有使我们的自我形象和虚假功能。我们不能自由命名我们自己、世界或上帝。"① 十三妹作为复仇女侠，她的内心世界想必也是非常丰富的，即使囿于复仇，也未必如作者笔下的人物。只有女性既作为被叙述对象又作为叙述人，既作为观照客体又作为观照主体，才可能出现女性话语。女性作为话语主体，自我反省，自我思考，同时也对外在世界不断探索，这样塑造出的女性才可能是真实的。如第八回写十三妹在众人询问时，带有满族未婚女性那颇有傲气、骨气的自白：

那姑娘（十三妹）连忙一把拉住，说："快休这样。我纵然不说姓名，自然也得说明来历，不然叫你们大家看着我这个样儿，还是《平妖传》的胡永儿？还是《锁云囊》的梅花娘？还真个的照方才那秃孽障说的，我是个

① 陈晓兰：《女性主义批评与文学诠释》，敦煌文艺出版社1999年版，第56页。

‘女筋斗’呢？我的姓名虽然可以不谈，有等知道我的、认识我的，都称我作‘十三妹’。……”“我也是个好人家的儿女，我父亲也作过朝廷的二品大员。”张金凤听了，忙站起来福了一福，道：“是位千金小姐！妹子不知，方才多多得罪！”那姑娘笑道：“你这话更可不必。你我不幸托生个女孩儿，不能在世界上轰轰烈烈作番事业，也得有个人味儿。有个人味儿，就是乞婆丐妇，也是天人；没些人味儿，让他紫诰金闺，也同狗彘。‘小姐’又怎样，‘大姐’又怎样？还说句笑话儿：你也见过一个千金小姐合强盗撒对儿的么？”

在当时中国这种思考，严格说到现代文学中才初见端倪，强求19世纪上半叶的古人是不合情理的，特别是传统社会儒士认为自己与生俱来就要去齐家治国平天下，推而广之领导“农工商”等社会各阶层，人就要各安其位，女性接受男性为她们安排的“岗位”，做好女性的本分，尤其书中掩饰不住的满族民族责任感，如第十三回安老爷所说：”只是生为旗人，不作官又去作甚么？”

提高女性地位的意识是明清社会思潮的一股潜流，女性文化的发展已使女性对平等和独立的要求逐渐走向自觉，明清社会为女性文化的发展创造了一定的条件，却不肯彻底改变女性的从属、依附地位，这无异于让女性在自我这“才”和妇人这“德”之间走钢丝，必然会为女性带来困惑与痛苦[①]。这种矛盾

① 薛海燕：《〈红楼梦〉女性观与明清女性文化》，《红楼梦学刊》2000年第2期。

也体现在复仇侠女十三妹形象书写上，更增添了满族女性的某些勤劳坚韧、刚烈要强等品质，使她最终从任意行事的女侠嬗变为相夫教子的家庭主妇，个人独立与自尊最终被淹没于社会所要求的从众和自卑当中。“侠女”与“贤妇”，作为作者创造物，从个人来说可能出现了人格分裂现象，但对于作者来说，正是他理想的侠女贤妇的形象体现，虽然最终也只是一种心理慰藉而已。

而作者毕竟选择了女侠作为观照对象，增加了作品本身的悲剧色彩，因为在传统社会中，如十三妹这样超凡脱俗的复仇女侠的结局，往往是会因难有更好选择而难免走向悲剧的，或死或迟早顺从地回到男权社会，她们无法超越社会而完全独立，娜拉的出走或回来或沦于妓女，理想终要落回男权的社会现实。传统男性社会对女性是苛刻的，十三妹最终完全失去了侠性，失去了自由，失去了本来的个性人格光彩，成为一个和张金凤几乎毫无分别的人物，做了一品大员夫人再是如先前那么令人敬畏，尽管作为女人的归宿让人称羡。

四、侠女十三妹形象的作者理念折射

《儿女英雄传》作者燕北闲人，即文康（1798—1872），字铁仙，满洲镶红旗人，大学士勒勒保之孙。文康本人以捐纳出仕，出身名门望族的他是经过一番家门盛衰之人，对世事人生之变有着较为深刻的体会。论者说文康身世与曹雪芹颇相似，但侠女十三妹与《红楼梦》中的众多女儿却有着截然不同的命运。十三妹虽曾经父亡家败、漂泊江湖，凭借绝世武功叱咤一时，终究“苦尽甘来”，落得圆满；而《红楼梦》中的众女儿

才貌并备也极盛荣华一时，终免不了七零八落、不得善终，一切美好的都泯灭了。胡适先生指出："但曹雪芹肯直写他和他的家庭的罪恶，而文铁仙却不但不肯写他家所以败落的原因，还要用全力描写一个理想的圆满的家庭，曹雪芹写的是他的家庭的影子，文铁仙写的是他的家庭的反面。……文康在最穷愁无聊的时候虚构一个美满的家庭，作为一种精神上的安慰；凡实际上他家最缺乏的东西，在那幻想的境地里都齐全了。"① 此说很有道理，十三妹起初作为一个身怀家仇的女侠独自行走江湖，她的反抗精神是作者对不平世道的愤恨与失落所致，而"侠女十三妹"最终退回到了贤淑的"何玉凤"，成为一名中规中矩的贤妻，这也正是作者的理想期待，在那个时代，一个没落满族贵族可以说无不希望通过仕途重振家业，以达到一种家庭共同振作的精神上的回归。如鲁迅《中国小说史略》中说的："荣华已落，怆然有怀，命笔留辞，……为理想，为叙他。"② 而陈寅恪先生由此则认为该小说"结构精密，颇有系统，转胜于曹书（《红楼梦》）"。魏鉴勋先生梳理各家之说，认为文康着眼于英雄儿女，着手于天理、人情、事业，着意于清王朝和满族的命运："主要是给旗人看的。"③ 归纳更加系统化。

在十三妹身上表现最突出的是"孝"，这与当时清朝统治政策相呼应相一致。清朝入关后，通过一系列措施来压制亡明

① 胡适：《〈英雄儿女传〉序》，《胡适文集》，北京大学出版社 1998 年版，第 415 页。

② 鲁迅：《中国小说史略》，人民文学出版社 1981 年版，第 269 页。

③ 马清福主编：《满族文学史》第三卷，辽宁大学出版社 2012 年版，第 403－407 页。

的遗民思想，因此清朝的统治者很少公开直接提倡“忠”，而他们却大力倡导“孝”，以期“移孝于忠”，因为他们认为能作为孝子报亲大仇的，自然可以达到忠的极致，以此来最终达到维护、修补现秩序的深层目的。因此，十三妹的意识中，“忠孝”是联系在一起，不可分开的，即便是复仇大业也不能不有所顾虑，采取的是暂且避仇的策略：

> 一则，他（仇人）是朝廷重臣，国家正在用他建功立业的时候，不可因我一人私仇，坏国家的大事；二则，我父亲的冤枉，我的本领，阖省官员皆知，设若我作出件事来，簇簇新的冤冤相报，大家未必不疑心到我，纵然奈何我不得，我使父亲九泉之下被一个不美之名，我断不肯；三则，我上有老母，下无弟兄。父亲既死，就仗我一人奉养老母，万一机事不密，我有个短长，母亲无人养赡，因此上忍了这口恶气。又恐那贼子还放我孀母孤女不下，我叫我的乳母丫鬟身穿重孝，扮作我母女模样，扶柩还乡。我自己却奉了母亲，避到此地五十里地开外的一个地方，投奔一家英雄。这家英雄现年八十馀岁，真算得个不读诗书的圣贤，不怕势利的豪杰！不想到了那里，正遇着他遭了桩不得意事情，几乎把前半世的英名搦尽。是我拔刀相助，不但保全了他的英名，还给他挣过一口大气来。他便情愿破业倾家，要把我母女请到他家奉养。……

除了杀仇时机的顾虑，还有因复仇产生的累积父亲声名、母亲奉养等事的顾虑，此外就是奉亲养家而顾虑的经济问题，这就不像许多作品那样把复仇书写简单化，那么勇往直前、义无反顾，从而显得更为认真。

作为一名旗人，尽管也可能遇到了“八旗生计”等问题，但作者的伦理底线明显，书中极力赞扬十三妹的孝，用意也有此原因：“听说这九公老人家是位年高有德的诚实君子，血性英雄，我才去投奔他，为的是靠他这年纪、声名，替我女孩儿家作一个证明师傅，……我既不能靠着十个指头趁些银钱，换些担柴斗米；又不肯舍着这条身子作人奴婢，看人眉高眼低——却叫我把甚么奉养老母？论我所能的，就是我那把单刀。无法，只得就这条路上我母女苟且图个生活。及至走了这条路，说不尽的风尘肮脏，龙蛇混杂，已就大不是女孩儿家的身分了。”

另外作者又把十三妹的报父仇同除奸斗争联系起来，她报复的对象正是朝中的大奸臣，这样使孝与忠在共同的伦理期待之下结合在一起。作者对当时社会黑暗与皇室斗争是十分清楚的，虽然他仍抱有理想，但失望也颇深巨。他不愿意将责任归罪于本族统治者，而更明确指向祸国殃民的权臣，这源于家门遭遇与忠君思想。实际上，其中也带有忠奸斗争变形为侠与权臣斗争的印记。但书中作者并没有用侠的“不轨于正义”的手段给权臣以制裁，而是较完满地让皇帝查办奸臣。这样既使皇帝成了一位值得尊敬的明君，也使十三妹不必去犯险，有利于完成大团圆结局。

十三妹的故事还派生、延展到了绿林江湖中的结仇、解仇等书写，如研究者指出，小说第十五、十六回追溯十三妹生平成长：“并涉及绿林人物‘海马周三’找镖头邓九公寻仇比武的情节，开了后世许多武侠小说中各种寻仇报复的故事的先河。"[①] 也正由于复仇动机的激励、行使过程中那种种的磨难与侠女复仇文学传统的影响，十三妹的"粗豪"性格生成更加可信，因要除恶而更加憎恶："正义凛然严惩恶僧，不仅凸现出满族女儿刚烈英勇的固有风采，也是对安公子类的满洲男性渐趋儒雅失却血性的揶揄。……文康的性别观还是跟满洲民族的传统思维彼此相通的。"[②] 以至"以诙谐的笔调将性别加以倒置"，补充了《红楼梦》、《野叟曝言》、《镜花缘》等性别分析[③]。

十三妹形象带有女性男性化的强势特征，这一特征与其特殊的将门之女、家门不幸的经历有关，也符合清代满族整体上的民族优越感，如前辈专家指出的："清初以至清末，京旗满族下层社会中有一种逞强好胜的游侠，……关于这种人的记载绝少。一是他们只凌强而不欺弱，一般人对他们没有什么恶感。二是他们多在八旗人居住的内城活动，很少去外城，在他们身上没有什么民族矛盾的辫子可抓。三是他们偶然触犯了有权有势的人，但没有'大逆不道'的证据，也不值得记入《实录》或者《实例》，因此多默默无闻。"[④] 十三妹形象中有傲气、正义感，也带有女真族讲究诚信，讲求复仇的集体无意识遗存。这与武侠文化的某种内质非常接近，民国武侠小说"悲剧侠情派"的满族作家王度庐颇借重于此，《宝剑金钗》第九回写德

① 戈革：《挑灯看剑话金庸》，中华书局 2008 年版，第 5 页。

② 关继新：《满族小说与中华文化》，社会科学文献出版社 2014 年版，第 160 页。

③ ［美］艾梅兰：《竞争的话语——明清小说中的正统性、本真性及所生成之意义》，罗琳译，江苏人民出版社 2006 年版，第 221 页。

④ 金启孮：《北京城区的满族》，辽宁民族出版社 1998 年版，第 8 页。

啸峰带李慕白到戏院听京戏《儿女英雄传》:“就是大轴子《悦来店能仁寺》,李慕白看见戏台上的那个十三妹,不由想起远在天涯的那位芳容、绝技兼备的俞秀莲姑娘。一阵惆怅的感情又扑上心头。这时德啸峰一面抽着水烟,一面向李慕白说:‘你这样的青年侠士,应当配一位像十三妹这样的女侠才对。’”而他笔下玉娇龙的形象,也带有十三妹何玉凤影子。

十三妹形象的塑造者是赞美女性的,无论对十三妹女侠形象本身的刻画还是对她贤妻形象的雕琢,作者都把十三妹抬到了一个很高的位置,义与孝、忠烈与柔情达到了一种完美的统一。明清以来小说家对女性的描写经历了丑化、美化、再丑化的过程之后,当男权再也无法维系其稳如磐石的地位时,他们不得不回复人类自由平等的本性,对女性再进行有条件、有理由的由衷赞美,《红楼梦》、《镜花缘》即充满了对女性人格、才华赞许,而《儿女英雄传》十三妹形象可谓另辟蹊径,是明末清初才子佳人小说类似形象的一种艺术变形。才子佳人小说中男女间的媒介更多是诗文,而这里却是侠义和勇武,十三妹继承了佳人们的智、勇,比如《平山冷燕》中的才女山黛、《玉娇梨》中的白红玉,其诗才远在才子之上;《两交婚小传》中的辛古钗、甘梦和妓女黎青,她们抵抗恶势力的能力与智慧也远在才子之上;特别是《玉支玑》中的管彤秀智胆过人——孤身幼女,面对着依势行凶的卜成仁,不畏不惧,不仅设计退之,反而吓得卜成仁因惊成疾父子不安,在这部作品里,才子反而成为陪衬。“女强男弱”的局面,在《儿女英雄传》中才切实被转化为十三妹作为女侠武功侠气之强于男子,作者跳出才子佳人模式,在总体构思上有了划时代的突破与创新。

第十四章　女将与金莲：清代女将的性别描写

在古代通俗小说女性形象长廊中，女性将领，无疑是一个带有特殊性别意味的人物类型群。这类人物，总体说是带有鲜明反文化意义的，女而为将，一扫传统社会为女性所规定的卑弱姿态，一定意义上突破了男权社会对女性的禁锢。她们被刻画成“不让须眉”的强者，挺刀跃马征战沙场，以女性的身份涉足为男性所垄断的战争领域，于有意无意之中肩负起了挑战既定性别秩序的使命。

然而，女将描写反文化特征中，仍旧潜藏着传统文化心理及其风习的影响，小脚金莲描写就顽强地体现了对于民族主流传统的竭力坚持和强烈归依的心理。缠足，实为中国古代汉族社会的一大陋习。不管缠足的起因为何，它所起到的作用之一确实是约束女性。缠足试图造就女性的“三寸金莲”，随之造就出的是一种极尽柔婉纤弱之至的病态美，这种美尤其为清代通俗小说所津津乐道，似乎，大凡描写到一个女子的外貌，不论其属何族，脚下三寸“金莲”却总是不可或缺，这一点，甚至在女将描写上也不能完全幸免。因而，这是一个具有丰富性别文化内涵的课题，值得我们予以挖掘。

一、女将容貌描写与金莲的关系

清代通俗小说中对女将外貌与金莲关系的描写，富有饱满的文化意蕴和审美情怀，这里不避以偏概全之嫌，谨略陈如下：

女将	出处回数	外貌描写	金莲描写
梁红玉	说岳全传 44		纤腰一扭，莲步轻勾。
花木兰	隋唐演义 56	年已十七，长出竟像一个汉子；相貌魁伟，一貌堂堂；	金莲不甚窄窄。
屠炉公主	说唐后传 11	头上青丝挽就乌龙髻，狐狸倒插雉鸡翎高挑。面如傅粉，红杏泛出桃花春色；两道秀眉，碧绿一双凤眼澄清。唇若丹朱，细细银牙藏小口，两耳金环分左右，十指尖如三春嫩笋。身穿锁子黄金甲，八幅护腿龙裙盖足下。……果然倾城国色。	下边小小金莲，踹定在葵花踏蹬上。
陶三春	飞龙全传 40	貌，怪。形容，丑态。青丝发，金线盖。黑肉丰颐，横生孤拐。膂力举千斤，铁汉都惊骇。……	金莲掷地成声，错听艄船过海。
褚氏	飞龙全传 23	两鬓蓬松，发梳三络，双眉帚簇，目射重光。黑煨煨面肉横生，香粉搽匀，好似乌云罩雪；红闪闪口宽颐阔，黄牙遍满，有如血洞栽金。玄色衫卷袖施威，毫无窈窕；绿绫裙迎风招展，纯是凶顽。	排开七寸金莲，执定两般兵器。

续表

女将	出处回数	外貌描写	金莲描写
齐月娥	说呼全传 18	头上高飘凤尾，身穿红锦绣衣。罗裙低系，……双剑如飞，将军不敢近，神鬼皆逃避。	金莲似铁。
窦仙童	说唐三传 18	但见她头上挽就螺蛳髻，狐尾倒照，雉鸡尾高挑，眉似柳叶两弯清，面如敷粉红杏色，一口银牙，两耳金环，十指尖尖如春笋，身穿索子黄金甲，……果然倾城倾国，好似月里嫦娥来下降。	八幅护腿龙裙，足下小小金莲。
段红玉	五虎平南演义 16	生得果然绝色无双，恰似昭君再世，又如月里嫦娥。……手拿双刀，娇声滴滴。……但我中国目睹者，未一人及他之美。	三寸金莲，令人可爱。
王兰英	五虎平南演义 27	生得一貌如花，世所罕有；……丰姿艳冶，倾国倾城。……好一个齐整的蛮女！	三寸金莲，令人可爱。
梦樱	空空幻 7	腰栏八幅战裙，头竖双根雉羽。柳眉无待画之痕，峰如远黛；杏靥有含春之态，肤若凝脂。……舞袖飘扬，威凛凛吴宫教战；绣裙摇曳，勇赳赳远塞提兵。	窄窄金莲，步出花亭身袅娜；纤纤玉手，抡开画戟巧盘旋。

续表

女将	出处回数	外貌描写	金莲描写
淑士国公主	续镜花缘20	蛾眉凤目，杏脸桃腮，脂粉不施，天然美丽。	裙下露出三寸金莲，穿着尖尖的一双白绫弓鞋，宛似那白衣观音出世一般。
艾银屏	宋太祖三下南唐29	面比桃花白玉，娜娜柳腰可爱。	双莲未及三寸
花解语	宋太祖三下南唐44	容光佼佼，真有沉鱼落雁之容，……一双媚目，淡淡远山。	三寸金莲
松宝珠	兰花传18	眉舒杨柳，唇展樱桃，果然倾国倾城，千娇百媚……	露出一对尖尖瘦瘦、追魂夺命小金莲，绣鞋翘然，纤不盈指，握在手中，玉软香温。

上表的统计并不完全，然而仍可看出，清代通俗小说往往偏爱写女将容貌与金莲之间的相对应关系：

其一，美貌的女将，不仅在面容姣好，而且身段亦美，其金莲则必定小巧可爱；对于可爱小脚的描写基本上融合在女性貌美可爱的整体描写之中，成为女将之美的有机组成部分。尤其是在与敌方男将的对比之中，这一明显的女性性别特征变得愈加突出。如小说《空空幻》写应试举子花春被盗掠，盗名“飞山豹”，盗称：“俺因见尊家一介书生，丰裁俊雅，故不忍加害。”饮至半酣时介绍说：“俺有一妹，名唤梦樱，二九青春，尚在待字。非是俺夸口，虽混迹于绿林，实超群于红粉，故誓不嫁于庸夫俗子。今见尊家少年英俊，真我妹之匹也。愿奉箕帚，勿以为辞。”相对应这飞山豹的奇丑：“身长丈二，腰大十围。铜铃竖眼睁睛处，令人魂魄全消；霹雳惊声启口来，使我心胆俱碎。凹脸生成凶恶，戟牙爪出锋铓。面如蓝靛，形容较花判还奇；须若涂丹，相貌比钟馗而更丑。”而在花春眼中的这位佳人，则是近乎完美的女英雄：

腰栏八幅战裙，头竖双根雉羽。柳眉无待画之痕，峰如远黛；杏靥有含春之态，肤若凝脂。窄窄金莲，步出花亭身袅娜；纤纤玉手，抡开画戟巧盘旋。舞袖飘扬，威凛凛吴宫教战；绣裙摇曳，勇纠纠远塞提兵。貌可倾城，几似浣纱女子；武堪卫国，还同舞列佳人。花春窃看移时，以为此必梦樱也，何玉容花貌迥异其兄之陋丑耶？……夫求英雄于丈夫中易，求英雄于女子中难；觅英雄于女子中犹易，觅英雄于佳人中倍难。①

试想，如果不是窄窄金莲，那就不能称得上令男性英雄满意。在传统文人“倾城宜通体，谁来赏独眉”的女性整体美价值评判标准看来，小脚作为汉族女性性别重要标志之一，这一男性心目中理想的“他者”，期待之中的乃是整体之美，就如同时俗说的某女“半截美人”，则“必是脚大”，美中不足了。

其二，小脚金莲之美，往往是阵上女将所体现的女性性别

① 梧岗主人编次、卧雪居士评阅：《空空幻》第七回，《明清稀见小说丛刊》，齐鲁书社1996年版，第304页。

魅力的最有代表性、最为惹眼（男性的眼神）和引人入胜的身体部位，其展露与暗示的是一种“身体语言”，一种对于汉族女性观直接相联系的事情。明清小说有的描写还有意识地融入了男性的审美眼光与性别感受。毫无疑问，女将书写中的金莲，也带有与女将通体结合的整体上的观赏性。

其三，与此相呼应和相映照的是，容貌丑陋者，其金莲也就往往随之相应地长大厚重起来。貌丑女将的描绘，往往就忘不了提到其下面“莲船”一般的大脚。

显然，这一文学现象与清代的社会风气与清人的审美观念有关。如清初最为具有对于女性之审美眼光的李渔，就在《闲情偶寄·声容部·选姿第一》中，将“手足”与“肌肤”、“眉眼”、“态度”并列，当然他的小脚观并非绝对地以小为美，还是辩证的，即其脚虽小还不至于小到影响走路的程度：

> 至于选足一事，如但求窄小，则可一目了然。倘欲由粗以及精，尽美而思善，使脚小而不受脚小之累、兼收脚小之用，则又比手更难，皆不可求而可遇者也。……昔形容女子娉婷者，非曰“步步生金莲”，即曰“行行如玉立”，皆谓其脚小能行，又复行而入画，是以可珍可宝。如其小而不行，则与刖足者何异？此小脚之累之不可有也。予遍游四方，见足之最小而无累，与最小而得用者，莫过于秦之兰州、晋之大同。兰州女子之足大者三寸，小者犹不及焉。又能履步如飞，男子有时追之不及。然去其凌波小袜而抚摩之，犹觉刚柔相半，即有柔若无骨者。然偶见则易，频遇为难。至大同名妓，则强半者若是也。与之同

> 榻者，抚乃金莲，令人不忍释手，觉倚翠偎红之乐，未有过于此者。向在都门，以此语人，人多不信。一日，席间拥二妓，一晋一燕，皆无丽色，而足则甚小。予请不信者即而验之，果觉晋胜于燕，大有刚柔之别。座客无不翻然。而罚不信者以金谷斗数。此言小脚之用之不可无也。

李渔的观察是细致入神的，他甚至还注意到小脚女性细微的地域差别，应当说，在古代的男性为中心的社会里，青楼楚馆中男性的特殊体验，成为一种传播广泛的民俗习尚，也不能不成为小说家们描写女将金莲的一大偏得。而上述所谓“履步如飞，男子有时追之不及”，也的确形容出了西北某些地区一些小脚女性的体能，或许并非夸张，也属于小说家描写小脚女将们的现实生活基础。

但是，上述表格中所列的几部小说，所描写故事的大多为唐、宋时事，托古言今。相关描写所设计到的小脚女将，有北方少数民族（北番）如屠炉公主，也有南方少数民族（南蛮）如段红玉和王兰英等，并不完全都是具有裹足风俗的汉族女性，其“身份”恰恰倒是非汉族的、不在裹脚之列的女性，因此有理由认为，事实上这类小脚女将，乃是作者以汉族作家及习俗心理支配下，对于周边民族女性所想象构设的一种“意识形态”形象，并非是现实世界中实际存在的。因而，清代小说女将金莲现象，是基于汉族中心主义思想而生成的文学审美图景，其体现了裹脚风习，更反映了清代男性作家对于周边民族想象期待的一种民俗心理，也可以说是一种特定的时代思潮的产物。

中国古代的缠足之风究竟始于何时，史家各呈其词，较有影响的说法有：汉魏六朝说、南北朝说、隋唐说、五代说等几种，多数学者倾向于五代说。据吾友暴鸿昌教授的研究，此说主要根据《道山新闻》和《墨庄漫录》二书所记，虽然也有人持不同看法，但缠足是在两宋之际才开始流行，这一点却是毋庸置疑的①。即便是在宋代，也“仅限于上流社会，富贵人家，多为宫中、官家所有，在普通百姓之中并未形成风气”②。不过据台湾学者的总结，正是在南宋车若水《脚气集》卷七中，就痛陈过女子缠足之弊。而清代尽管缠足风盛，也并非妇女人人缠足；何况各个地区对缠足的态度及其风俗也有差别。而较早讨论缠足问题的日人永尾龙造《支那民俗志》在20世纪初的调查，大陆南方许多省份的乡下女人并不缠足，情况比较复杂：“以种族言，缠足基本上是汉族之俗，蒙古、满、藏、苗、黎族妇女多不缠足；以宗教言，回教妇女不缠足。……”③那么，从事实角度说来，更何况诸如屠炉公主、段红玉等属于并无缠

---

① 参见泉莹《从古诗文考女子缠足之风始末》，《寻根》2004年第5期。关于清代缠足与反缠足问题争议较早的系统论列，参见暴鸿昌《中国妇女缠足与反缠足的历史考察》，《学习与探索》1997年第3期，又参见其著《暴鸿昌文集——明清史研究存稿》，黑龙江教育出版社1998年版，第160－176页。

② 徐海燕：《悠悠千载一金莲：中国缠足文化》，辽宁人民出版社2000年版，第30页。

③ 参见林维红《清季的妇女不缠足运动（1894—1911）》，李贞德、梁其姿主编《妇女与社会》，中国大百科全书出版社2005年版，第375－420页。大陆学者较早的探讨见樊心、亓曙冬《近代妇女解放的先声——浅谈戊戌变法时期的不缠足运动》，《上海师范学院学报》1983年第1期；张鸣《男人的不缠足运动（1895—1898）》，香港中文大学中国文化研究所《二十一世纪》第46期，1998年4月号。

足风习的“番邦”女子？何以非要把她们捏合成汉族女性的样子？况且，因为缠足而不能正常穿履穿袜，行动上会有诸多不便，哪能上阵对敌交兵？如明代谢肇淛所言：“古者，妇人皆着袜穿履，与男子原无分别也。唐李郢诗：‘高歌一曲刘郎醉，脱取明金压绣鞋。’则当时始有绣者。至缠足之制兴，而男女之履始迥别矣。今之妇女亦罕有着袜者，……”①

可见清代通俗小说的小脚金莲叙事，并非完全是现实社会的写实，而恰恰是一种明显的“意识形态形象”，乃是清代通俗小说家们立足于汉族民俗风情立场上，且在自己的时代风尚影响下想当然地添加的一笔。对于貌美的女将，本着美则“尽善尽美”的理念再为其添上一双纤足，实是出于赞美想慕之意；相映成趣的，对于貌丑的女将，也本着丑则丑绝的态度为其加上一双巨足，极尽嘲讽揶揄之能事。

二、女将、金莲与性别身份的含义

男性中心社会在限制、约束女性的同时，其另一种努力便是人为地制造并强调两性的差别，而缠足所起到的正是这种作用。正如安德里亚·德沃金所指出的：“缠足是一个显著的标志。缠足不是强调而是创造了男女之间的差别，然后这些差别就可以以道义的名义永存永续了。”② 如果带有某种夸大的、甚至有些以偏概全地说，那些缠足后的女子，举步为艰，动辄倩

① 谢肇淛：《五杂组》卷十二《物部四》，上海书店出版社2001年版，第249页。

② 李小江等主编：《主流与边缘》，生活·读书·新知三联书店1999年版，第247页。

人扶持，再不能昂首挺胸，再不能大步快行。林语堂博士早年即不无幽默地描写过女子缠足后的步态：

> 致使她们粉臀肥满而向后凸出，其作用等于摩登姑娘穿高跟皮鞋，且产生了一种极拘谨纤婉的步态，使整个身躯形成了弱不禁风，摇摇欲倒，以产生楚楚可怜的感觉。①

正是缠足造就了传统社会大多数汉族女性的弱不禁风，然后，又把这种柔弱连同金莲一起，固化成了中国传统女性的一个民族化的重要性别特征。

但是，试想如此之女子如何可以在生死系于一线之间的战场上驰骋，行动自如地应敌？然而，这似乎并不在写书人的考虑范围之内，他们只是写出了当时社会审美期待下的理想女性，而这其中所折射出的观念与问题只能由后人来探寻。

首先，是金莲对女将性别身份的强调作用。只有女子才会缠足，也只有缠足才被视为具备合格的女性性别特征且适于婚嫁，于是三寸金莲也频频出现在女将的文学描写中，成为缠足时代不可避免的女性性别标志。清代通俗小说中对女将金莲的

---

① 林语堂：《吾国吾民》，《林语堂文集》第八卷，作家出版社 1995 年版，第 152 页。参见另一译本的译文："中国妇女的小脚不仅使男人赏心悦目，而且很惊奇很微妙地影响了中国妇女站立的仪态与走路的步态。屁股向后甩，就像穿着现代的高跟鞋，走起路来极端谨慎，身体不停地摇晃，完全是一触即倒的样子。观看一个小脚女人走路，就像在看走钢丝的演员，使你每时每刻都在被她揪着心。缠足实在是中国人感官想象力最精致的创作。……"林语堂《中国人》（全译本），郝志东、沈益洪译，学林出版社 1994 年版，第 172 页。

描写，无疑是在强调女性性别身份的作用，强调其与男将最为明确的不同之点。这些女将们虽然冲出了闺阁，闯进了男性世界，但却仍然摆脱不了一双金莲的束缚，反倒恰恰要靠金莲描写来显现女性魅力，事实上是男性作家在借此打造她们的风采。

如前所述，是缠足造就了女性的纤弱，所以通俗小说中这些拥有着小小金莲的美貌女将们，虽不似闺阁中女子那般弱不禁风，却也仍旧脱不尽柔弱的体态，在与男将交锋时，或者是一招之下，“直坐不稳雕鞍，花容上泛出红来”[①]，或者就在交手几招过后，心余力拙，早已“两臂酸麻，浑身香汗”[②]，渐觉体力不支了。虽然她们身处战场，一样地领军杀敌，然而在对她们的描写中，强调的却只是其性别身份的印象，突出的是她们作为女性的这种由传统社会建构出的弱于男子的性别特征，而或多或少地忽略掉了她们本应具有的勇将风采。这一点，与描写侠女如十三妹何玉凤那样，极尽对其体力渲染夸张之能事的现象，是有很大区别的。也许是因为“身份”的不同，在后者这里，是为了突出和渲染侠女的超人体能特点吧。

也有的女将虽勇猛了得，但因其脚大，小说并未将其作女性处理。如花木兰，由于其“金莲不甚窄窄”，所以易于换上男装。小说描写了其易装从军后的勇猛，而当其换回女装之后就再未做过如是描写。再如陶三春、褚氏等，金莲长约“七寸”，规模如此之大以至于竟掷地成声，力大无穷，然其相貌

① 鸳湖渔叟校订：《说唐演义后传》第十一回《罗仁祸陷飞刀阵，公主喜订三生约》，上海古籍出版社 1995 年版，第 62 页。

② 佚名：《五虎平南演义》第五回《飞山虎出敌被擒，段小姐灵符迷将》，上海古籍出版社 1995 年版，第 18 页。

极丑，身上所应该具有的女性特征则几近于无。

可见金莲的存在，使得这些女将的性别身份和将领身份总难统一于一身，小说或者因为其金莲的小巧而肯定其女性魅力，或者因为其金莲的长大肯定其作为将领的骁勇，却忽略或否定其女性应有的其他特质。

其次，是隐藏在金莲描写背后的性别歧视。论者曾指出："一个特别欣赏缠足的民族，其男性必有不同于其他民族男性的独特秉性。"[①] 对于古代通俗小说来说，那主要就是男性文人的女性化审美趣尚。中国的士大夫文化一直都有着这样一种弱女化的倾向，它造就出一批批丧尽阳刚之气的文弱近乎女子的男性，这样，还如何显现身为男子的优势呢？于是似乎唯有靠对女性肢体的摧残来维系其优越感。如论者言，这种对纤弱病态美推崇备至的审美情趣，从根本上说当然是男尊女卑观念极端化的产物[②]，客观上起着传统社会维护性别秩序的作用。

所以，让女性缠足不过是为了稳固其卑下的社会地位。所谓的金莲崇拜不过是一种男性俯视式的赏玩姿态，它把女性客体化，成为了一个仅供观赏的对象，其背后所隐藏的是一种根深蒂固的性别歧视。

在深闺中，三寸金莲可以为女子赢得赞誉，因为闺中女子什么都不必去做，只被观赏就够了。而在战场上，它却为性别歧视提供了适当的场合和理由。其实，说是"三寸"，有时实际上还未必达到三寸，不同地区可能会有一些差别，但是追求

① 陈玉明：《士大夫与女性的缠足》，《书屋》2003 年第 6 期。

② 参见吴存存《明清性爱风气研究》，人民文学出版社 2000 年版，第 245 页。

小巧又带有普遍性。据清人汪景祺《读书堂西征随笔》载其在实地目睹：“余见秦晋、燕赵女子足小者，以尺度之，仅二寸七八而已。”嘉靖、道光年间临平某妇女：“双足纤小，每制履，倦以针线插髻上，帮帛垂耳后，才如一叶，人不见也。以故不良于行，行必以婢媪扶掖之。”而南方如广东，妇女缠足：“大约直径二三寸，横径亦如之”，“最上之缠足，能立于小碟内。故缠足者需人而行，苟无人扶掖，虽一步亦不能行也”。至于陕西：

> 女子咸缠足家居，足小，须扶杖而行，故陕人称女子有“三足”，言其行路无时可离木杖也。

因而，在现实社会中没有人会认为，一个裹了小脚连路都走不稳的女子会有何本领，成何大事，于是我们也就不难理解，何以在小说中，与这些女将对战的男性将领们，在战阵之前通常都免不了会有这样的心理活动：如此微躯弱质，怎能与人在阵上真刀真枪、你死我活地拼杀？“上阵交锋乃是男子之事，但有妇女……出敌，必然全用邪术，或使暗刃伤人。”[①] 的确，如同许多小说所描绘的，这些女将在战场上的胜利，多半靠的都是仙法邪术甚至神奇法宝，而并非自身的武功体力。

切莫小看三寸金莲的文学存在。一般来说，女将，本可以以其不凡的本领证明其不逊于男子的骁勇善战，挑战既定的性别秩序。然而，三寸金莲的存在，却较大程度上抹煞了这一可

---

① 佚名：《五虎平南演义》第四回《段小姐夸能演术，飞山虎逞勇交兵》，上海古籍出版社 1995 年版，第 15 页。

能性。缠足造就了性别差异，剥夺了女性健康的权利，它为女性的劣势地位提供了一种生理上的支持，使女性无法摆脱。清代小说对缠足女将的描写正是顺着这一思路不断地强调着：她们毕竟不过是弱质女流，小说中对她们的肯定，其实依旧是作为女性性别特质的肯定，只是因为她们女性魅力十足，符合当时社会与时代的审美标准，她们才得以蒙小说家的青眼。而对于她们以女性的身份为将统军，小说文本却有着掩饰不住的轻蔑。

其实，毋庸回避的是，同样是通俗小说，也有的不是以褒扬女将为主的题材，则可能要写到小脚金莲给女性带来的痛苦，甚至生命的代价。如表现动乱之时小脚女人躲避乱兵追捕之苦，就是一个并不生疏的话题。绿意轩主人带有写实性的小说《醒世新编》，其第十一回《三件事普天遭难，一片火小脚亡身》非常有代表性：

原来赵姨娘听得长毛到，就想逃，无奈小脚，寸步难移。……只见赵姨娘才走出房门，长毛一见，如得至宝一般，见他小脚，便说有趣，一群人便在那里拉扯。——赵姨娘在地下不能走起，有一个年轻的长毛便将赵姨娘两只花鞋脱落，并将脚带进行捋光。赵姨娘弄得全不像人，只是叫骂。小长毛又奸了一回，只见楼上火起，小长毛走了。又有一个长毛将赵姨娘拖到天井中又要动手，不知早已死了。……

（胡雄）正走着，看见春云从山上滚将下来，滚到面前，欲将手拉住，不料滚下来的势子猛，扯不住，登时滚到山脚，无影无形。原来春云脚小，不能爬山，爬了多时不能到顶，两手皆破，血流不住。大凡妇人脚小，不但两脚无力，通身便皆无力。爬到半路，鞋已脱落，只得光着脚带再爬。岂知妇人小脚，全靠扎紧，有鞋方走得，若无鞋一步不能开。脚心又被草根扎破，痛不可耐，便一斤斗翻倒，送了性命。这胡雄半夜看见两个小脚皆如此结果，遂点头叹道："离乱世界，妇人何必裹小脚？平时原是要他好看，焉知今日这般惨祸！"①

《醒世新编》第二十二回《苦莲娘丧夫失业，老学究访旧投亲》还描写小脚的阿莲因为连带的身体素质差，社会化成长受到限制，生活能力很低，就为此多受了不少苦，而后作者绿意轩主人的议论，很有国民性改造的眼光：

看官知道，此种女子皆是小时裹小脚时不变行动，于是筋也柔了，骨亦弱了，寒暑便不能耐了。到得大时，筋骨已定，便一些苦吃不住。若勉强挣扎，即不生病，做事亦觉十分吃力。皆是小时不习劳之故。可知女子小时不必与他裹脚，学学粗事，筋骨坚固，到大时便风寒暑湿皆能抵御，不至如此吃苦了。②

---

① "中国近代珍稀本小说"柒，春风文艺出版社 1997 年版，第254－256 页。

② "中国近代珍稀本小说"柒，春风文艺出版社 1997 年版，第314－356 页。

《醒世新编》一书，又名《花柳深情传》，四卷三十二回，通常认为成书于清代光绪乙未年（1895 年），光绪辛丑年（1901）上海书局石印本面世。这可以说是在外来新思想的启发下，以妇女裹脚陋习为着眼点，进行的传统文化批判和国民性反思。

三、缠足争议及汉族文人对女性缠足的特殊关注

女子缠足，在清初还是一个因汉族习俗触及其被征服者民族情感的文化心理问题。明代胡应麟《丹铅新录》明言缠足对健康的影响："妇人缠足，美观则可，其体质干枯腥秽特甚。"姜准《歧海琐谈》指出也不能一概而论："妇人多事缠足，以不事为耻。惟乡妇及人家婢妾，间或不然。"到了清朝初年，由于满人没有缠足之风俗，清政府亦曾严禁汉人缠足，一时间所颁布禁令之严厉程度逼近于"留发不留头"。据钱泳载录："若有违法裹足者，其父有官者交吏兵二部议处；兵民则交付刑部责四十板，流徒；十家长不行稽查，枷一个月，责四十板。该管督抚以下文职官员故疏忽失于觉察者，听吏兵二部议处。"① 然而这一禁令很难在民间推行，以至激起了汉族百姓强烈的民族情绪，法令愈酷，抵触愈烈。或许是由于女性问题毕竟与政治问题关联不大吧，随着统治渐趋稳定，清政府最终还是撤销了这条禁令。一时间汉人对缠足令的解禁欣喜若狂，甚至有的汉族文人将其概括为"男降女不降"，颇为自得，从而

① 钱泳：《履园丛话》卷二二《杂记·裹足上》，中华书局 1979 年版，第 630 页。

在精神上享受到一定程度的胜利感。

于是清代民间女子缠足之风更盛，比前代尤甚。在汉族聚居的中原和南方，某种程度上也成了微妙地表露民族情绪的一种方式。大致说来清人对于金莲的崇拜，几乎到了狂热的地步。小脚是女性美的重要标志之一，这一观念已深入人心。如前述，有着很高审美眼光的清初李渔就曾总结：“相女子者，有简便诀云：‘上看头，下看脚’，似二语可以通全身矣。”[①] 可以毫不夸张地说，金莲的优劣程度直接关系到一个女性姿容评价，一个女子若仅头面美而足巨，则如唐人所咏“倾国宜通体，谁来赏独眉”了，肯定称不上通体之美，甚至也是要受到嘲笑的，如方绚《金园杂纂·隔壁闻语》也体会到民间的一种含蓄的女性美评价话语：“说某家女娘是‘半截观音’，必是脚大。”[②] 似乎对于女性来说，脸部和上半身长得美还称不上美女，只有头脚俱美，方可称为绝色。而脚美则必定要小。

一般来说，一个时代的流行心理及审美风气，必然会对当时的文学作品产生影响，同民间说书艺术和说书艺人结合紧密，且具有广大受众的通俗小说更是如此。所以，清代集中体现下层民众好尚的通俗小说中，凡绝色女子，必然会被描绘成具有一双纤足；相比之下，大凡丑女，为渲染其丑陋，也随之而来呈现其足是如何如何蠢巨。这一普遍现象，体现了当时通俗小说创作中的一种男性审美趋向，甚至也会不可阻挡地扩散到女性心理中。曾衍东《小豆棚》卷十一写：“荆州沙市有蜀妓徐

---

① 李渔：《闲情偶寄》卷三《声容部·手足》，《李渔全集》，浙江古籍出版社1992年版，第113页。

② 《香艳丛书》第八集卷一，人民文学出版社1992年版，第2059页。

金，足趾小瘦端好。尝自爱其纤纤，客有誉之则喜。余见而握如珍瑜不释手，徐感相知，许以身事。”

然而也有不少人从区域文化习俗角度，介绍某些地区裹脚风习的同时，暴露小脚的危害，表示明确的否定意见。如陈恒庆《谏书稀庵笔记》“裹足”条写道：

> 裹足之害，莫甚于山、陕。妇人女子，行走街衢，皆扶杖徐步，或扶高粱秸而行。佣人之女仆，令其扫地，须跪而执帚。然其足，非真莲瓣纤纤也，皆垫以高底耳。住户晚饭后，妇女皆携小杌，坐于门前，翘其足于阈外，以夸示路人。路人缓行细视则可，若回头再看，则必被詈。虽极贫之家，亦隔日换着新履。其地妇女，皆成废物，不若南方务农之家，天然之足，服劳作苦，能为男子助力。粤东亦然，富家缠足，贫家则否；太太缠足，婢妾则否，贫富贵贱之分判然也。然亦以纤足夸示于人。大户新妇初来，亲朋满座，新妇出见，自牵其裙，露其纤足。处女在闺，终年不敢下楼，因足不健壮，恐致倾跌，失其真红，而新婚之夕，新郎验时，无以自白。予作幕于东海关道时，见粤东幕宾之妻，每入署，有大足女仆负之以行。苦哉！今吾山左风气大开，女校林立，抱书女子，天足自如矣。①

① 如李寿民（还珠楼主）也描写此类风俗画：“晋北以前民间盛行缠足。大同一带，每届八月，有‘晾脚会’之设，于广场空地间，置长木板凳，层叠如阶梯。妇女千百坐其上，裙下双钩，任人品评。良家闺秀，亦多入者。其履间缀明珠，制以罗绣，瘦小不盈一掬，穷极工巧。狂荡之登徒子，乘时活动，伤风败俗之事，数见不鲜。”见姚灵犀《采菲录》（初编），天津时代公司1934年版，第274－275页。

如此风俗画一般的描述，将山西、陕西妇女缠足对于女性劳动能力的限制，与南方农村妇女的“天然之足”进行比较，肯定后者；随后又揭示了广东富家女子缠足之苦，并且写出了新式教育下女性入学校，缠足风衰的时代发展。

特定的区域文化习俗，给小脚的讨论提供了新的视点。光绪年间的丁柔克也写西北一些地区的风俗与江南不同：“甘肃某县，每年四月二十四日妇女做小脚会。届时妇女淡妆浓抹坐于门首，皆跷一脚于膝，以供游人赏鉴。或评其双弓窄窄，或称其两瓣尖尖。最小者则洋洋自得，合宅欢庆，而其门如市。故其县无甚大脚，间有稍大者，其时惟闭门饮泣，合家垂头丧气，真陋习也！又甘肃某县亦以小脚相尚。有小脚妇女忽行街市者，怀中必预备绣履数双，群少年必逐而索之，或与一只，或与一双，尝有分尽而为人所窘者。江南天长、六合等县，则妇女尽皆大脚。……南北风俗不同如此。”① 江南与闽粤诸省民间女性多大脚，当然与水乡劳作需要，气候造成的阴盛阳衰有关，也是地区风俗所致。

因此，在通俗小说金莲与女将关系的艺术描绘中，我们也可以透视出有清之特定时代对于女性缠足的特殊关注。如褚人获《坚瓠集》三集卷一中所认真总结的：

> 缠足，谓始于妲己。《古今事物考》谓：妲己狐精也（一作雉精），未变足，以帛裹之，宫中效焉。其说甚诞。

---

① 丁柔克：《柳弧》卷二《风俗各异》，中华书局 2002 年版，第 87 页。

《墨庄漫录》云：妇人之缠足，起于近世，前此书传，皆无所载。六朝词人多体状美人容色之姣好，妆饰之华丽，无一言及缠足者。韩偓《香奁集》有《咏屧子》诗云“六寸肤圆光緻緻。”唐尺短，以今校之，亦自小也。皆不言其弓。惟《道山新闻》云，李后主宫嫔窅娘，纤丽善舞，后主作金莲高六尺，饰以宝物，细带缨络，令窅娘以帛绕脚纤小，屈上作新月状，素袜舞云中，回旋有凌云之态。唐镐诗曰：“莲中花更好，云裹月常新。”因窅娘作也。由是人皆效之，以纤弓为妙。以此知扎脚，自五代以来方为之。杨升庵谓起于六朝，引乐府双行《缠词》云：“新罗绣行缠，足趺如春妍。他人不言好，独我知可怜。”张禺山云：“史记有临淄女子，弹弦缠足。”则古已有之。曹子建《洛神赋》：“凌波微步，罗袜生尘。”《晋书》：“履有凤头重台分稍之制。”唐诗有“便脱蛮靴出翠帷”句，李义山诗云：“浣花溪纸桃花色，好好题诗咏玉钩。”杜牧之云：“钿尺裁量减四分，碧流离滑裹春云。五陵年少欺他醉，笑把花前出画裙。”段成式诗云：“罪袂几侵鱼子缬，彯缨长戛凤皇钗。知君欲作《闲情赋》，应愿将身托锦鞋。”唐人又有“慢移弓底绣罗鞋”之句。则缠足非始于五代明矣。……①

这一探讨，试图把缠足的创始时间推至五代之前，无非是强调说明这一风俗实际上是由来已久。而如此谈论与重视，其

① 《笔记小说大观》第十五册，江苏广陵古籍刻印社 1984 年（影印），第 75 – 76 页。

实深层心理中，潜存着大汉族正统本位的观念，坚持本民族习俗的民族意识和汉族“面子”与自尊心。因为虽然满族占领天下，改变了发型等许多风俗，却没有改变汉族的女性缠足风俗，所以清初流传着所谓“男降女不降”的说法，其意在宣示男子不得不屈从而剃发从满俗，而女子毕竟坚持着汉族的古俗仍旧裹着小脚。于是一种潜在的“精神胜利法”，也就有意无意地被编织进通俗小说女将描写之中。这一点，与通俗小说中极为性别化、华夏中心主义化的“番女求汉将”母题书写的畸形兴盛①，是有机地交织、紧相联系的，都属于男性汉族文人心目中的异邦“他族”女性形象。同时，也与明清时代的叙事文学，尤其是清代小说中女将宝贝兵器使用与其性别对应性的描写②，与女性以技复仇的文学描写等相关众多文学史现象，也是密不可分，共生互动的。因此，有关通俗小说中女将与金莲关系所蕴涵的文化意蕴，是相当丰富多样而彼此交织盘结的，不是偶然孤立存在的个别现象。

小脚金莲的陋俗，在清末近代女权启蒙运动中，是一个受到攻击非议的目标。早期来华的传教士们就倡议废除缠足，这与兴国强种的呼吁结合在一起。如任圣约翰大学校长的卜舫济(1864—1947)，在基督教立场下的这一话语，颇具有代表性：“缠其足必累其脑，两足纤削。终身不越闺门，亦何能仰视俯察，远瞩高瞻……则一切世故皆懵懂无闻，妇女之知识每多浅

---

① 参见王立《宗教民俗文献与小说母题》第九章，吉林人民出版社2001年版，第333－356页。

② 参见刘卫英《明清小说宝物崇拜研究》第三章，中国社会科学出版社2008年版，第87－109页。

陋。”因此也就必须痛下决心：

> 今欲复兴中国，必当修葺其种类；欲善其种，必先去诸般恶俗。缠足，恶俗中之一也，故在所当去。盖妇人因缠足而身弱，而脑微，而胆怯，则所遗之子孙，何能成为有用之材?①

然而，在对于小脚陋习弊端的批判之中，也有不同的声音，似乎，关于清代小说女将之金莲描写，如此众多还具有并不影响武勇发挥的倾向性，还是这种并不把小脚看作行动障碍、减弱体能观点的支持，一种佐证，这就是“裹脚并非那么痛苦”的说法。一位曾在浙江舟山医院工作的传教士如是说：“我们丝毫不敢肯定这种行为对健康的危害如何。但是……这种从孩童起即已经受的残酷虐待似乎并不像人们所预想的那样会带来那么多痛苦。总的来看，裹脚的折磨以及其难以为人觉察的后果对健康和安逸带来的危害也许并不比西方的时尚给妇女带来的痛苦为甚。”而英国传教士美魏茶（Milne. William，1815—

---

① ［美］卜舫济（Francis Lister Hawks Pott，即弗朗西斯·利斯特·霍克斯·波特）：《去恶俗说》，《万国公报》第30本，光绪二十五年(1899）十一月号。又参见刘慧英《富国强民与女权启蒙》，《学人》第十五辑，江苏文艺出版社2000年版。此距清政府光绪二十七年十二月二十三日（1902年2月1日）劝戒缠足的上谕颁布，仅两年多。慈禧太后的懿旨为：“至汉人妇女率多缠足，行之已久，有乖造物之和。此后缙绅之家，务当婉切劝谕，使之家喻户晓，以期渐除积习。断不准官中胥役，藉词禁令，扰累民间。”朱寿朋《光绪朝东华录》（四），中华书局1958年版，总第4808页。

1863）《在华生活》也指出：

> 如果紧裹的双脚真有痛苦与不便的话，活生生的现实会使你感到惊奇，女人每天可以步行几英里——护士似乎轻松自如地看护婴儿——女仆亦能轻松地干比一般英国女仆多得多的活计。无论是以三寸金莲表演怪异舞蹈动作的年轻妇女，还是在街道上嬉戏玩耍的小女孩，脸上都没有我们期望的那种痛苦表情。妇女喜欢用小脚踢毽子游戏。……我看见一群行走卖艺人中的一位妇女用两只小脚直蹬着一张四条腿的桌子平衡在空中，并用两只脚轮番转动桌子，但丝毫没有痛苦的样子。①

没有理由怀疑上面所说的的确是事实，尽管是部分情况的事实，小脚也不是给每一位妇女都带来难于行动的痛苦，但却也不能由此而否认小脚金莲的确会给相当多的女性带来痛苦，限制了她们的活动能力。从这一角度看，事实上清代通俗小说小脚女将描写，也有一定的现实社会根据。而《读书堂西征随笔》的作者汪景祺（1672—1726）也在《遇红石村三女》写这三位小脚村姑，均为武功高强的马贼。《忆途中所见》也状写小脚妇女很活跃："途中所见良家女子，骑骏马，金勒花鞯，以轻纱蔽面，大约足无至三寸者，面亦无施粉者，其颜色，其肢体，其风格，其态度，其笑貌，其神情，非复人间妖冶。"

此外，清代通俗小说中的这些小脚女将，作为缠足社会风

---

① ［英］约·罗伯茨（J. A. G. Roberts）编著：《十九世纪西方人眼中的中国》，蒋重跃、刘林海译，中华书局2006年版，第77－78页。

俗和民族意识的文学衍生品，也是特定的历史时期审美观念与性别意识结合的形象化艺术写照，更是男性心目中理想化的女性美的设计蓝图。小脚女将，今日看起来已十分滑稽和不可信，却属于畸形的社会所产生出的一批打上了时代烙印的文学形象，具有特殊的审美意义和认识价值。

民国武侠小说家讲述大刀王五弟子程远受到少妇暗算的故事。说程远打败被卖艺汤某后，一少妇上门寻仇，龙真人看出程远的生命危机，指出他近一两天与人动过手，解衣果然看到肚子上有两个豆大的黑痕：

> 方才我听了你的说来，已知你怎样受伤的。大凡不论和什么妇女交手，须得防备她的一双小脚，有本领的妇女，她们的足趾上暗暗缚着锐利的刃锋，或是穿着铁鞋尖；乘你不防的时候，暗中伤害，最是狠毒。你当那少妇提起来的时候，她的身子能像水平一样的直挺着，那么掷她的时候便不容易了。大概她乘你掷她的当儿，你不提防，她的足尖已轻轻地点及你的肚子；而你不知不觉的受了她的暗算。所以她虽跌了一跤，就此走去。你受了这个重伤，三天后一定发作，而且迟则无救的。贫道见了你的面色，所以窥知其隐。……①

“女汉子”作为实际上的“弱势群体”，与男性对敌时往往采取一种带有“耍赖皮”性质的暗器包装。因此如杰姆逊《处

① 顾明道：《荒江女侠》第五十九回《鸳鸯腿神童吐气，文字狱名士毁家》，中国农村读物出版社1988年版，第988页。

于跨国资本主义时代中的第三世界文学》所说的："讲述一个人和个人经验的故事时，最终包含了对整个集体本身的经验的艰难叙述。"[①] 于是这一带有个别性的女性比武使诈故事，具有了因利用小脚作弊而对于女性习武者群体的负面评价。

然而，并非清代小说中所有的"女将书写"都如此关注其金莲，有些小说回避了对女将脚部特征的描写，也突出了她们英姿飒爽的独特风采，似乎作者也认识到小脚不利于征战的客观事实，于是努力排除畸形审美趣尚的裹挟，坚持在求真中求美。显然，这一文学现象也是丰富复杂的，还需要进一步深入探讨。

① 张京媛主编：《新历史主义与文学批评》，北京大学出版社 1993 年版，第 251 页。

第十五章　武侠叙事中的比武招亲母题及外来渊源

比武斗智，是世界民间故事中一个古老的母题。欧洲神话传说描写，阿塔兰塔是吃母熊奶得生且由猎人养大的，善跑，凡向她求婚的均须与其赌赛跑，输者即被她刺死。弥拉尼翁得女神之助，边跑边扔女神所赐的金苹果，于是战胜了阿塔兰塔，娶其为妻。皮萨国王要求向自己女儿希波达弥亚求婚的，都要与自己比赛驾车，败者即被杀；英雄珀罗普斯买通国王的驭手，暗地里拔掉国王车轴上的销钉，得胜，娶了希波达弥亚。而在中国古代涉及到江湖纷争的文学世界里，比武招亲也是一个具有多重文化意趣的叙事母题。

一、金庸小说中的比武招亲描写

在男性为中心的社会中，比武招亲中的男女双方，事实上大多不是也不可能是平等的。如果女性在输了之后情愿依照规则嫁给胜利者男方，而男方又偏偏不娶，那则是对招亲的女方是一种莫大的羞辱，真是尴尬难挨。金庸小说相关叙事在这方面取得了令人瞩目的成功。

《射雕英雄传》第七回《比武招亲》写穆易（杨铁心）带

着女儿穆念慈在北京比武招亲，一位穿着体面的公子（即完颜康、杨康）拳脚交锋胜了穆小姐：

穆易也早看出双方强弱之势早判，叫道："念儿，不用比啦，公子爷比你强得多。"心想："这少年武功了得，自不是吃着嫖赌的纨裤子弟。待会问明他家世，只消不是金国官府人家，便结了这门亲事，我孩儿终身有托。"连声呼叫，要二人罢斗。但两人斗得正急，一时哪里歇得了手？那公子心想："这时我要伤你，易如反掌，只是有点舍不得。"忽地左掌变抓，随手钩出，已抓住少女左腕，少女一惊之下，立即向外挣夺。那公子顺势轻送，那少女立足不稳，眼见要仰跌下去，那公子右臂抄去，已将她抱在怀里。旁观众人又是喝彩，又是喧闹，乱成一片。那少女羞得满脸通红，低声求道："快放开我！"那公子笑道："你叫我一声亲哥哥，我就放你！"那少女恨他轻薄，用力一挣，但被他紧紧搂住，却哪里挣扎得脱？穆易抢上前来，说道："公子胜啦，请放下小女罢！"那公子哈哈一笑，仍是不放。那少女急了，飞脚向他太阳穴踢去，要叫他不能不放开了手。那公子右臂松脱，举手一挡，反腕钩出，又已拿住了她踢过来的右脚。他这擒拿功夫竟是得心应手，擒腕得腕，拿足得足。那少女更急，奋力抽足，脚上那只绣着红花的绣鞋竟然离足而去，但总算挣脱了他的怀抱，坐在地下，含羞低头，摸着白布的袜子。那公子嘻嘻而笑，把绣鞋放在鼻边作势一闻。旁观的无赖子哪有不乘机凑趣之理，一齐大叫起来："好香啊！"

他在轻薄地戏弄小姐之后，又顺手拿走了鞋子，还傲慢骄横地说只是拳脚上玩玩，当场把穆易气得脸色雪白，一时说不出话来，后来竟要和公子拚命，“旁边众人大都气恼这公子轻薄无行，仗势欺人，除了几个无赖混混哈哈大笑之外，馀人都是含怒不言”。

最后矛盾激化，穆易受伤，穆念慈自刺，眼看就要血溅当场，少年郭靖打抱不平怒斥那公子，两人动起手来。可见，比武招亲之时，下场者应当就有一种信义：败者当退出竞争；胜者应如约娶亲。至于处于当事人的女性，比武的过程和结局往往也是刻骨铭心，具有决定性影响的，像小说第九回《铁枪破犁》就描写“穆念慈自和完颜康比武之后，一颗芳心早已倾注在他身上”。直到第十二回写黄蓉怀疑穆念慈对郭靖有意，穆念慈还在念诵比武招亲时有人打胜了自己：

穆念慈红晕双颊，轻声道：“这人你也见过的。”黄蓉侧了头想了一阵，道：“我见过的？哪里还有甚么男子，配得上姊姊你这般人材？”……穆念慈见她问得天真，又是一往情深，握住了她手，缓缓说道：“妹子，你心中已有了郭世兄，将来就算遇到比他人品再好千倍万倍的人，也不能再移爱旁人，是不是？”黄蓉点头道：“那自然，不过不会有比他更好的人。”穆念慈笑道：“郭世兄要是听到你这般夸他，心中可不知有多喜欢了……那天爹爹带了我在北京比武招亲，有人打胜了我……”黄蓉抢着道：“啊，我知道啦，你的心上人是小王爷完颜康。”穆念慈道：“他是王爷也好，是乞儿也好，我心中总是有了他。他是好人也罢，坏蛋也罢，我总是他的人了。”她这几句话说得很轻，但语气却十分坚决。①

这就是古代汉族妇女典型的“嫁鸡随鸡，嫁狗随狗”思想，与传统妇女通常的“从一而终”的婚嫁观念，是一致的，作者其实是力求让武侠小说贴近历史，在某种意义上，这类描写使金庸作品能介乎武侠小说与历史小说之间。

比武招亲，在金庸理解，还与“成婚考验”母题有着密切的联系。《射雕英雄传》第十八回《三道试题》写：“欧阳锋遣人来为侄儿求婚之时，黄药师心想，当世武功可与自己比肩的只寥寥数人而已，其中之一就是欧阳锋了，两家算得上门当户对，眼见来书辞卑意诚，看了心下欢喜；又想自己女儿顽劣得紧，嫁给旁人，定然恃强欺压丈夫，女儿自己选中的那姓郭小子他却十分憎厌。欧阳克既得叔父亲传，武功必定不弱，当世小一辈中只怕无人及得，是以对欧阳锋的使者竟即许婚。”这一悬念构成了读者期待的危机，需要一个考验的过程和有说服力的结果来昭明，而在旧有母题的框架之中看出了金庸的匠心独运。

首先，就是金庸关注在比武的题目和具体内容上出新。

第一道题目就是比试武艺。但因欧阳锋提出侄儿有伤在身，你们四位在这两棵松树上试招，哪一个小辈先落地，就是输了，就让两对参赛人（包括两位女婿候选人）比试，欧阳锋叔侄对洪七公师徒，而以郭靖用了“空中摔跤”法获胜。

---

① 金庸：《射雕英雄传》（修订本）第十二回《亢龙有悔》，香港明河社出版有限公司1976年版，第500页。

第二、三道是比试“文考”，黄药师的理由符合他的善于求异思维的性格：“你知道甚么？武功练到了上乘境界，难道还是一味蛮打的么？凭咱们这些人，岂能如世俗武人一般，还玩甚么打擂台招亲这等大煞风景之事……”黄蓉与郭靖对视，“两人心中，同时想到了穆念慈与杨康在中都的‘比武招亲’”。似乎如何能实行超越传统的、一般性的“比武招亲”，才能较为完美地显现出大侠们的追求。黄药师要以自已吹奏箫声考较二人定力：“这套曲子模拟大海浩淼，万里无波，远处潮水缓缓推近，渐近渐快，其后洪涛汹涌，白浪连山，而潮水中鱼跃鲸浮，海面上风啸鸥飞，再加上水妖海怪，群魔弄潮，忽而冰山飘至，忽而热海如沸，极尽变幻之能事，而潮退后水平如镜，海底却又是暗流湍急，于无声处隐伏凶险，更令聆曲者不知不觉而入伏，尤为防不胜防。”而郭靖一面运内功，一面以竹枝相击，扰乱箫声。因“练过双手互搏之术，心有二用，惊悉凶险，当下硬生生分开心神，左手除下左脚上的鞋子，在空竹上‘秃、秃、秃’的敲将起来”。居然使黄药师刮目相看：

> 忽然想起：“这小子年纪幼小，武功却练得如此之纯，难道他是装傻作呆，其实却是个绝顶聪明之人？若真如此，我把女儿许给了他，又有何妨？”于是微微一笑，说道：“你很好呀，你还叫我黄岛主么？”这话明明是说三场比试，你已胜了两场，已可改称“岳父大人”了。

三角两胜，彼此高下本已见分晓。但作者还是要让黄药师把这一场算是两人平手，以便再演示第三场，让欧阳锋叔侄二人输得口服心服。这就是背诵《九阴真经》的经文，因为郭靖先前得到了周伯通教他背诵过，于是也轻松获胜了。

应当说，小说叙述是双线动态发展的，主要笔墨在比试的场面描写，而穿插点染的乃是与最终结果最为有关的黄药师心理描写上，写伴随着比试状态的展现，黄药师这位“准岳父”逐渐发现了郭靖的价值，心中的天平逐渐倾向于郭靖一方。

可见，从比武招亲的习俗来说，无疑潜存着一些众所认同的内在原则，而在解读这类文本时，我们不能随意性地简单从事，忽视其具有的民间习俗一般性特点：

> 习俗是一个暴君，它用谴责、羞辱、蔑视等方式，对违反习俗规则的人进行威胁。无论某一习俗的基础是什么，也无论这一基础是怎样的无足轻重，人们总是会对明显违反这一做法的人加以反对或嘲弄，其原因很简单：这种做法是不合常规的。①

所以，在描写侠义英雄的叙事文学中，比武招亲的情节单元作为情节性强、易于构成悬念的精彩之处，不仅体现了一般性的民间习俗仪则，而且，还多方面地表现出江湖民间侠义的亚文化伦理精神，从而有着多样性的认识价值。

二、比武招亲：一个带有世界性意义的人类学母题

在古印度《摩根耶往世书》下卷写，毗杜罗德国王的儿女

① ［芬兰］E. A. 韦斯特马克：《人类婚姻史》第一卷，李彬、李毅夫、欧阳觉亚译，商务印书馆2002年版，第84页。

被恶魔劫走，他宣称谁把他们救回来，就把公主嫁给他。波伦德那的儿子喜犊愿去，由于那位被抢走的公主牟达婆蒂知道恶魔的武器狼牙棒被女人摸了会丧失魔力，多次触摸，恶魔终于被喜犊杀死，被劫的国王儿女获救，喜犊和牟达婆蒂得以美满成婚①。

《神通游戏》（Lalitavistara，亦译为《方广游戏经》）是大乘佛教重要的经典之一，关于佛陀的故事在《神通游戏》中被分为二十七品。佛陀（太子）的娶妻在此有详细的描绘。说是净饭王为避免太子离家出走，决定为他娶妻，选中释迦族执杖之女瞿波，为了让太子亲自选中瞿波，净饭王为他举行无忧花施舍大会，所有的女子都承受不了王子的光辉，低头接过礼品而不敢正视，只有瞿波睁大眼睛直视王子，但轮到她时非常不巧，所有的金银珠宝都已施舍完毕，太子便取下自己手上的戒指给她，瞿波收下后问：我就值这点价钱么？太子准备把身上的所有首饰都给她，但瞿波没有接受。当净饭王派人前去求亲时，瞿波的父亲执杖要求按照祖传家规比武选婿。净饭王很发愁，而太子却胸有成竹，反倒劝慰父亲。七天后有五百位技艺高强的释迦族青年参加比武大会。出于妒忌，提婆达多在城门口打死了一头迎接太子的白象；难陀经过时见到，把死象倒拽至路旁，而太子在车上用大脚趾夹住象尾抛走，越过七重城门在郊外地上砸出一个深坑。比武时，太子不仅书写、算术获胜，角斗时也击败了难陀和阿难，还把提婆达多仍到空中三次，挫其傲气。比试射箭时，太子拉断了好几张弓，最后用神庙中的

① 薛克翘、张玉安、唐孟生主编：《东方神话传说》（第四卷），北京大学出版社 1999 年版，第 299 - 301 页。

祖传神弓，射中十拘卢舍远的铁鼓，并穿透七棵棕榈树和铁猪，钻入地下。于是，执杖同意把女儿嫁给这位太子。研究者认为，这些描写是袭用印度古代史诗和往世书传说中的“比武选婿”母题①。可见，在印度民间传说到佛经故事的濡化浸染过程中，比武招亲是引人注目、津津乐道的。

印度民间传说中，有的“比武招亲”故事不仅是成婚考验，还同变形母题、除魔母题等结合起来，增强了故事的传奇性。说是一位美丽的公主，一直佳婿难觅，就按照国王吩咐带着三个大力士巡游外国比武，宣称获胜者自己就同他结婚。人群中一个名叫犹罗的人不听劝告，坚持出手，先后比力比箭都击败了三个大力士，而公主还是不甘心与貌丑的犹罗成亲，逃离时又摆脱不掉，只好带其回国。而来自另一国度的竞争者却以战争相威胁，也要同犹罗比武，比赛马比斗野猪和获取神鸟翎毛，犹罗都再次获胜，原来他本是一个英俊威武的上帝之子盖瑟尔·汗，他不仅赢得了公主的芳心，还射死妖魔和坏人，给人们带来了和平与幸福②。

而古老的《佛本生故事》还讲述拘舍王因貌丑不被美貌妻子有光接受，他就远涉长途进入陶工的作坊里当学徒，制作了带有光图像的小碗，还专门为有光编织带有其形象的棕榈叶扇和花环，甚至为了接近有光而学习烹调技术，来到其身边当厨师，赢得了谅解，最后他又以超人的勇武击退了前来争夺妻子

---

① 郭良鋆：《佛陀与原始佛教思想》，中国社会科学出版社 1997 年版，第 36－37 页。

② 季羡林主编、刘安武选编：《印度民间故事集》，中国民间文艺出版社 1984 年版，第 237－241 页。

的七国联军，夫妻美满生活。故事在三国时康僧会传译《六度集经》卷八《遮罗国王经（太子本生）》中也有精彩的异文，其中还有太子（拘舍王）为获得美女月光（有光）芳心而受雇佣染彩缎、养马等情节。当七国来犯时，月光的父王征募称："孰能禳斯祸者，妻以月光，育以原福。"

比赛记诵经文以招亲，也是与佛教相关的一个母题。南宋释志磐称元和四年：

> 马郎妇者出陕右。初是此地俗习骑射，蔑闻三宝之名。忽一少妇至，谓人曰："有人一夕通《普门品》者，则吾妇之。"明旦诵彻者二十辈。复授以《般若经》，旦通犹十人，乃更授《法华经》，约三日通彻，独马氏子得通。乃具礼迎之。妇至，以疾求止他房，客未散而妇死。须臾坏烂，遂葬之。数日有紫衣老僧至葬所，以锡拔其尸。挑金锁骨谓众曰："此普贤圣者，闵汝辈障重，故垂方便。"即陵（凌）空而去。①

这故事，岂不是《射雕英雄传》第十八回《三道试题》中的第三道试题，即背诵《九阴真经》的一个来源么？

早在古希腊时期，通过一些波斯人作为中介，印度的风俗故事就传播到了欧洲，其中就包括与比武招亲相关的习俗。据说印度姑娘也是选婿有道：

---

① 志磐：《佛祖统记》卷四十一，［日］高楠顺次郎等编：《大正新修大藏经》卷四十九，台北新文丰出版公司1990年（影印），380c。

> 出嫁时，既不陪送什么嫁妆，也不接受什么彩礼。到了结婚年龄的女孩子们，由她们的父亲带出来。凡是在摔跤、斗拳或赛跑中得胜的青年男子，或在其他男子汉的活计中表现出色的，都可以从她们当中去挑选妻子。……①

文化习俗的传播是多向的。因此，相关习俗的民间记忆，必然在阿拉伯民间故事中活跃。《一千零一夜》也写，公主黛图玛羽宣称：只要嫁给战胜自己的人，而对于那些败者，“要没收他的战马，解除他的武装，还要在他额上烙下‘黛图玛羽的俘虏’这几个字为记号”。于是不少斗败的求婚者都被灰溜溜地缴去了战马、器械，还被烙了火印。白赫拉睦太子与她相斗多时，居然不分胜负，遗憾的是，终归还是发生了戏剧性的转折：

> 公主和太子对垒，……唯恐败在他手下，贻笑大方。她相信自己会败在他手下，必须智取，才能转败为胜，于是毫不犹豫，揭开自己的面纱，露出她那闭月羞花的美丽面孔。白赫拉睦太子看见她的容颜，大吃一惊，一下子愣住了。他浑身瘪软，意志消沉，精神涣散，无形中丧失了战斗力。黛图玛羽公主看见这种情况，毫不放松，跃马冲了过去，一个措手不及，把太子从马鞍上拔了起来。太子被擒，落在公主手里，像小麻雀被老鹰抓在爪中一样，无法挣扎、逃脱，结果被公主解除武装，扒掉衣服，烙了火

---

① ［古希腊］阿里安：《亚历山大远征记》，李活译，商务印书馆，2009 年版，第 312－313 页。

印，然后弃置在旁。[①]

《一千零一夜》还写法蒂楠天生丽质，在当地属于绝无仅有的美女，“部族中的骑士对她的武勇都怀有戒心，当地的英雄也慑于她的威严。她曾发誓，只同打败她的勇士结婚”[②]。似乎比武成婚也是中东当地一时间带有普遍性的风俗。故事还写阿拉伯青年奥波督，也在有人向自己的妹妹求婚时，条件规定了男女双方挟剑骑马，临阵比武见个高低[③]。

甚至，《一千零一夜》还颇有创新性地描写了女子角力。说基督教修道院女郎与十个姑娘角力，将她们一个个摔倒，最后，老太婆左图黛娃仙裸身上阵：“跟女郎扭成一团，角力得正起劲的时候，女郎随机应变，一头钻在老太婆的身体下面，展开两臂，伸出两手分别捏着她的腰肢和脖子，使劲把她举起来，端在手上。老太婆不甘示弱，拼命挣扎，企图从她手里挣脱。可是她用力过猛，终于仰面朝天地跌了下来，差一点送了老命。”[④]

比武招亲在华夏大陆的北方，也可以找到游牧民族的民俗渊源。《鲁不鲁乞东游记》叙述他所见闻的 13 世纪蒙古人

---

① 《一千零一夜》第四册《国王太子和将相妃嫔的故事》，纳训译，人民文学出版社 1982 年版，第 131 – 132 页。

② 《一千零一夜》第二册《叔尔康、臧吾·马康昆仲和鲁谟宗·孔马康叔侄的故事》，纳训译，人民文学出版社 1982 年版，第 153 页。

③ 《一千零一夜》第二册《叔尔康、臧吾·马康昆仲和鲁谟宗·孔马康叔侄的故事》，纳训译，人民文学出版社 1982 年版，第 185 页。

④ 《一千零一夜》第一册《叔尔康、臧吾·马康昆仲和鲁谟宗、孔马康叔侄的故事》，纳训译，人民文学出版社 1982 年版，第 352 页。

习俗：

> 当任何人与另一个人达成一项交易，娶他的女儿为妻时，姑娘的父亲就安排一次宴会，而这位姑娘则逃到亲戚家里躲起来。这时父亲便宣布："现在我的女儿归你所有了，你在哪里找到她，就把她带走。"于是他和朋友们到处寻找她，直至找到了她；这时他必须用武力把她抢过来，并把她带回家去，佯装使用暴力的样子。①

这里的使用暴力抢亲习俗，就与"比武招亲"的象征仪式，有着某种共同性和不可分割的联系。仿佛男女双方不动手比划一场，成婚就不那么顺理成章似的。

人类学家对于早期人类的研究中发现，"成婚考验"也是早期人类生活的一项重要内容。据说，科里亚克人和尤卡吉尔人娶妻，先要被考验其工作能力，新郎必须是狩猎和捕鱼能手，并且能做家庭所需要的各种工作。科里亚克人在婚礼当天，新娘的父母先用棍子打新郎，然后每个人都可以打他，只有当他能用坚忍的精神接受鞭打而不反抗，从而表明他是个男子汉，才被允许把新娘娶走。阿拉伯人也有这种风俗。萨凯人婚俗是男女双方的家属围绕着一个蚂蚁冢席地而坐，然后代替新娘或其父向新郎发问："你会使用吹箭筒吗？""你有什么好办法砍树？""你是个爬树能手吗？""你抽烟吗？"等等。如果回答是肯定的，新郎便递给新娘一支烟，他们随即围着那个蚂蚁冢跑

---

① ［英］道森编：《出使蒙古记》，吕浦译，周良宵注，中国社会科学出版社1983年版，第122页。

三圈，新郎抓住了新娘，婚礼即告完成。否则另找时间再试一次。而加罗林群岛的土人，“在证明他有驾驶帆船的灵活技术之前不得结婚”①。

所以，在多民族的民间故事中，“成婚考验”都是一个多发性的、具有多重文化意味的叙事母题。

三、比武招亲仪式的程式、规则及旁观者反应

在中国这个家族制度无往不在的社会里，比武招亲，表面上是标举求婚女方武艺的高超和其家长、家族的自信，而其实质，也往往是为了自由选择远来的亲族——尤其摆脱旧有的地方势力、僵化讨厌的老关系体系的纠缠，透露出一种佳婿难求的无奈。在外乡、外来优秀人才中选择姻亲的一个合理化举动，也是旨在解决旧有矛盾纷争的一种巧妙办法和合理借口。其带有的外交性、政治性意义和跨地区跨族群的优越性是鲜能例外的。而今存汉语文本中所载录的差不多最早一则“比武招亲”故事，竟是来自于中古传译的佛经，而且嗣后是带有连贯系列性的。

中古时期传译到中原的印度佛经故事讲，白净王太子十七岁这年总想出家，一位大臣出计说为太子娶亲，即选中了一个小国国王善觉之女裘夷。裘夷之父不敢抗拒，颇为烦恼，裘夷却说容易，就声称访求国中武技最高者比试武艺。届时裘夷带领五百侍女来到国门，诸国术士云集于此。白净王告太子说试

① Arago, Voyage Round The World, Ii. 16. ［芬兰］E. A. 韦斯特马克：《人类婚姻史》第一卷，李彬、李毅夫、欧阳觉亚译，商务印书馆2002年版，第53－54页。

艺娶妻，太子就带领优陀、难陀、调达、阿难等五百人前往。角力时，调达在太子前拜服。比射时调达彻一中二；难陀彻二，箭贯三鼓；而太子挽弓皆折，没有应手的弓，对仆人说把天庙里的先祖的弓拿来，“令与众人，无能举者，太子张弓，弓声如雷，……弯弓放箭，彻过七鼓，再发穿鼓入地，泉水涌出，三发贯鼓著铁围山，一切众会叹未曾有，诸来决艺，悉皆受折，惭辱而去”。

后来又有个壮健非常的“力人王”，口称调达（提婆达多）、难陀都不足击，只要和太子一人比试。那些羞走者都欢欣地回来观看，而太子的父王念及太子年幼，也十分担心。交手时，力人王“奋臂举手，前撮太子，太子应时，接扑著地，地为大动，众会重辱，散去忽灭。太子殊胜，棰钟击鼓”。得胜后还有个仪式是掷璎，太子居然能遥掷珠璎，命中城门上站着的裘夷，旁边五百侍女都禁不住皆称妙哉。于是善觉王只好送女儿前来成亲[①]。

上面故事中，有关比武赌技的重要仪式——比武程式、规则、旁观者的反应等，在这一故事中都得到了绘声绘色的表现，而且有主有从、先抑后扬，节外生枝、奇波突起，具备了向后世相关文本辐射的充足审美能量。

有时，以胜负取决招亲与否，未必通过比武，还可能以别的方式。中古汉译佛经故事还说，伽陀国婆罗门论师摩陀罗的女儿名舍利。南天竺的论议师提舍在论辩中战胜了摩陀罗，摩

---

① 《修行本起经》试艺品第三，后汉竺大力共康孟详译，［日］高楠顺次郎等编：《大正新修大藏经》卷三，台北新文丰出版公司 1990（影印），465b－466b。

陀罗被国王命令夺去封邑，赏给胜者提舍，摩陀罗就把女儿嫁给了提舍，远出他国。[1]

比武招亲不光是以打擂的方式，还有的是在战场刀光剑影的交锋上。这类故事蕴积的文化内涵相当丰富，可以说目前开掘的还远远不够。台湾著名通俗小说研究家林保淳教授，对此有着深入的研究。他指出：

> 在较早或较简单的“阵前招亲”情节中，“成亲”意味着所有冲突的消解，可以直接自“屈从”环节导出，不但男女双方情投意合，鱼水交欢，成就一段令人欣羡的婚姻，而且也取得了家族正式的认可，女主角从此属于男方的成员之一，为“阵前招亲”划上休止符。杜月英、窦锦姑、鲍飞云、琼娥公主、黄琼女、陈金锭、盛兰英的例子，皆属此种。但是，在较晚或较复杂的“阵前招亲”中，“成亲”的阶段，往往只代表冲突的暂时压抑，随时有“再现”的可能，在罗帐红烛的洋洋喜气之后，实际上隐含着更大的冲突与波折。

这些冲突不仅包含男主角内心冲突的延续，还有招亲本身与外在社会规范的抵触，其合法性与男女主角个人道德的评价问题，与“三纲”的冲突与消解等，每多需要“天意”、“宿

① 道世：《法苑珠林·机辩篇第五十八》引《大智度论》卷十一，周叔迦、苏晋仁：《法苑珠林校注》卷五十三，中华书局2003年版，第1584－1586页。

命”来解释[①]。因此，从小说母题角度看来，作品表现比武招亲程式、规则及旁观者反应，其必要性在于，可以用带有喜剧狂欢意味的渲染，冲淡一些冲突的紧张，使得更为饱满地充盈“好看”且能迎合平民意趣的东西。而诸如女性当事人的黑虎入梦、仙师老母在下山之前的叮嘱（姻缘的预见）等，也将这种偶然“巧合”置于更为合理必然性框架之中。

正因如此，不能狭隘的看待比武招亲的程式描写。有些实际上是男女在素不相识状态下敌对、交手，而在有了这一相识机缘后，才不拘一格地“千里姻缘一线牵”的。清初小说《说岳全传》写岳飞部下汤怀、孟邦杰催解粮草途中因射鹿遇两个武艺高强的女子，厮杀之后追至一个大庄院，有老者樊瑞是个病休总兵，了解到二人尚未婚娶后，就坦率直言：

> 暗暗点头道：“难得，难得！老夫有一言，二位亦不必推辞。老夫向为总兵，只为奸臣当道，不愿为官，隐居于此。年已望六，小儿尚幼。只因两个小女，一向懒学女红，专好抡刀舞剑，由他娇养惯了，故今年虽及笄，尚未许人。恰好老夫昨夜三更时分，梦见两只猛虎，赶着一鹿奔入内堂。今日得遇二位到此，也是天缘。老夫意欲将两个小女，招赘二位为东床娇客，未知二位意下若何？”二人听了，心中大喜，只得假意道：“极承老伯不弃！但恐粗鄙武夫，怎敢仰攀高门闺秀？”樊瑞道：“不必固逊，前日藕塘关金舍亲曾有书来，说岳元帅已将‘临阵招亲’一

① 林保淳：《巾帼战阵议招亲——古典小说中的女将》，《古典小说中的类型人物》，台北里仁书局2003年版，第41－51页。

款革除。今贤婿们军粮急务，难于久留，趁今日黄道吉辰，便行合卺。”遂饮了几杯，撤过筵席，叫庄丁：“去把二位将军的马，牵入后槽喂养。”一面端整花烛，安排喜筵；一面差人去近村庄，请过邻里老友来赴喜酌。那些近庄亲邻，亦都来贺喜。一时间，厅堂上点得灯烛辉煌，请出樊老夫人来，拜见了岳父、岳母，然后参天拜地，送入洞房。①

这番诚恳迫切的求亲宣言，已缜密地把匆促成亲所可能遇到的阻碍、困难都想到了，这郑重提议非常符合青年人讨厌繁文礼节的年龄特点，也自当属比武招亲惯常描写之列。

又如青莲室主人辑《后水浒传》第十五回写强盗女儿“马上娇”屠俏，是个女侠盗：“不肯劫夺穷善人家，又不劫寅卯过商。……眉不消画，有若青山；脸不傅粉，犹如白雪；唇不丹涂，却似樱桃。欢喜时如溶溶春水，发怒来似汹汹秋涛。”豪杰殷尚赤听说后就故意前去会她，两人交手杀了五十余合，胜负难分，真是英雄惜英雄，彼此心里都禁不住暗暗称赞对方。屠俏之父屠隆也是心存计划地首先问明这小伙子来历，接着就欲以女儿相托：“如今欲将小女配事英雄，小女本领与面貌，豪杰俱已见过，不知豪杰意见可肯俯就么?”先前殷尚赤不过是东京一个破落户子弟，父母双亡，他喜欢上了妓女张瑶琴，为此将缠着张瑶琴的富商董敬泉打成重伤，幸得好义急难的孙节级相救。他流落江湖正无家可归欲找落草之地，犹豫一番，

① 钱彩等：《说岳全传》第三十五回《九宫山解粮遇盗，樊家庄争鹿招亲》，上海古籍出版社1980年版，第300－304页。

当然同意了[①]。

女方家长出面了解未来女婿并主动提亲，带有中国古代家族文化特点，也符合通常未婚女性羞涩、不愿自己出面的身份，而更是“父母之命，媒妁之言”的婚姻习俗规则决定的。在实行的同时，也算别致地表明了家长的赞同态度，反映了小农经济社会中相对封闭，具有好条件的待字闺中少女们之佳婿难求的实际情况。

偶然的机遇男女交手，也可能带来“比武招亲”的喜剧结局。吴璿《飞龙全传》第五十回写杨老令公杨业号“杨无敌”，夫人本是绿林好汉佘志龙之女，杨业年轻时探亲路过此山，被这女子拦阻要买路钱：“不道一般的少年，配定无二的武艺，两个战了多时，竟是个对手。那佘志龙见杨业一表人材，十分爱慕，便请他上山款曲劝谕，纳作乘龙快婿。”然而，也有不少因求亲而丧生的，这多表现在女性主动求亲上，像《飞龙全传》中女盗董美英即然。董美英也不是凡庸之辈，她曾在盘陀老母门下学艺，通武艺而会法术，只因处于佳婿难求的妙龄，心神不宁，边交战边核计着向对手赵匡胤求亲，这双重角色使她带有少女的羞怯和期盼，以皮囊中法宝五色神钩俘获了敌手，也未及时处死，以至于匡胤以神煞棍棒变成的鸾带把她套住咽喉拖下马，被郑恩打死[②]。因男女交手过程中女性主动求亲而死的，基本上又都是女性，这除了体现了男性中心社会的观念之外，还往往有正统思想主导，江湖女子如果不遇特殊机缘，

① 青莲室主人辑：《后水浒传》第十五回《孙节级狱底放冤人，屠金刚阵前招女婿》，春风文艺出版社 1981 年版，第 147 – 151 页。

② 吴璿：《飞龙全传》第十至十一回，人民文学出版社 1985 年版。

也是难于进入上层社会与皇亲国戚贵族子弟结亲的。

当然，比武招亲的叙事程式，与该母题所具有的人们对于武功、比武的热切关注的吸引力有关。武功的品位等级，本身就是极为敏感和时刻为读者追踪的，可不能稍微马虎，写后忘前。研究者指出：

> 明清文言武侠小说中的这类人物对现当代武侠小说创作影响深远。在当代金庸等人的武侠小说中常能见到此类人物。如《射雕英雄传》中的丘处机，一出场就声势赫赫，观其掷接铜缸、赌酒豪饮，端的身手不凡，力敌“江南七怪”时，更是占尽上风。但随着情节的发展，到了小说后半部，丘处机的武功却最多只能算是第三流水平。与黄药师、洪七公等一代宗师固然无法相比，就与梅超风辈相较，也是大为逊色。①

而比武招亲，则不仅仅是刚刚出道不久的年轻人的武艺较量，往往还牵涉到彼此背后的家族、亲属等“集团利益”，因而比武的过程、方式和胜负结果，也就变得更加为人关注，也是小说中的更有“看点”的部分。

四、比武招亲的团伙整合效益之表现来源

如果我们从社会、家庭人伦关系角度看，比武招亲，实际

① 陈颖：《中国英雄侠义小说通史》，江苏教育出版社1998年版，第171页。

上也是创造一个让大家便于接受，给顽固包办的女方家长一个“台阶”下的机会，在婚姻自主与父母包办两者之间来一个折中，从而借助于比武的仪式在一定的风险系数下，将女方个体有局限的自由选择合理化。

一般认为，比武招亲较早地由杨家将系列故事进入小说之中。周密《齐东野语》写李全与杨妙真比武成亲，与《杨家府演义》卷七第六则杨文广与鲍飞云招亲情节，非常相似。家族式衍生的武将英雄书写多文史互映互补，刺激并孳生出多发性的比武招亲故事。江湖侠义传闻，显然也受到历史演义中这些情趣盎然的小插曲的催奋。将门、男性大家族就要不断吸纳外姓女子，来延续和壮大家族后代的，而保证“优生”的一个妙诀和捷径，即通过“比武招亲”看似被动而终归主动地得到外姓女子的“加盟”，因此如日本学者指出：“（佘太君、穆桂英、黄琼女、重阳女等）这些女将均通过‘招亲’结婚，即女将通过比武打败男将，因爱慕男将的英俊容貌而逼迫男将成亲，通过‘比武招亲’将女将招入杨氏一族。也就是说，‘招亲’也与‘招安’一样，在推动故事中的关键人物出场的同时，也使杨氏一族的战斗力得到扩充。”[1] 于是，许多吸引市井民间的传奇性趣闻，凝结为民俗记忆，就由此被添枝加叶，愈传愈真。

男性为中心文化里英雄的叙事与形象的生成，比武招亲的情节单元插入，使之平添了不少喜剧的氛围，给故事中的英雄命运增加了幸运的因素，于是整个故事遂带有浓郁的史诗色彩。

---

① ［日］松浦智子：《〈杨家将演义〉的形成与民间武装组织——以招安、招亲为线索》，廖可斌主编《明代文学论集》（2006），浙江大学出版社2007年版，第519－527页。

周绍良先生就注意到，王古鲁在日本见到的明末崇祯刻本《英雄谱》等三个版本的三国故事，都载有一些关索故事，其中就有比武招亲母题的描写。说是关羽与多年失散的关索母子重逢时，得悉儿子关索曾师从花岳学习武艺，接着问起妻子胡氏何以在家贫之际，还能娶得起三个媳妇，胡氏说："先过鲍家庄，遇鲍三娘，后过卢塘寨，遇王桃、王悦，皆与孩儿斗演武艺，比儿不过，愿成夫妇。"于是关羽大喜①。

而其中有关王氏姐妹的故事，俞越《茶香室三钞》卷三引《古今图书集成》所录《蕲水县志》也称："王氏女名桃，弟悦，汉末时人，俱笄未字，有膂力，精诸家武艺。每相谓曰：'天下有英雄男子，而材技胜我，则相托终身。'时绝少匹敌者。适河东关公长子索，英伟健捷，桃姊妹俱较不胜，遂俱归之。先是邑中有鲍氏女，材行与桃悦似，而悍鸷差胜，亦归索。三人皆弃家从关，百战以终。"关索陆续所娶的女英雄，都是在"比武招亲"这一合理的男女交往过程中，通过正当的必要的仪式予以确认，"红袖添香"，成为男性英雄花关索的"陪衬人"的。

娶"女战俘"为妻，乃是远古时代抢亲风俗的一个现实遗留。而这实际上也是得到比武招亲母题的强化的。可以说，胜利者就有权利、合理地占有女战俘，符合比武招亲习俗的通则。《封神演义》写土行孙就先斩后奏，抢娶了美貌女将邓婵玉为妻。《说唐全传》第五十二至五十三回也写，尉迟恭在见到敌方出阵的孟海公二夫人"犹如一朵黑牡丹"，就在马上将其生

① 周绍良：《绍良丛稿》，齐鲁书社1984年版，第210－211页。

擒，在程咬金撮合下强逼成亲；不久又生擒孟海公的白夫人，也是初时不从，后在黑夫人劝说下依允。于是这类描写很容易将人类集体无意识和文学母题瞬间接通，而且触发人们的联想生发。与其说是交战获胜赢得美艳归，实际上更是母题的扩展，而惯常的背景情境还是战阵上带有政治功利因素的“斗战生爱意”，而其中最为常见的当然是“番女慕汉将”母题。

阵上招亲，当然也有纯属是男性为女性的美貌所打动，萌发爱意，从而借重战胜者的便利娶为妻子的，如美国学者评论《野叟曝言》指出：“文容的秀美不仅足以煽动起那些见到他的人的欲望，而且他自己也很容易在不利的情况下因激愤而殉道。由于素臣的一位仆从——他刚好捉到了女盗赛观音——的恶作剧，文容立刻被赛观音的美貌所打动了，并且在战场上请求留她一条性命，他好娶她为妻（第五十一、五十二回）。他们结婚了，但是赛观音还保留着武士身份。这对夫妻代表了一种性别倒置，而对它的一则变奏则是女侠飞娘与和她同等勇武的红须客的婚姻。”① 美男当然有资格也更有权利爱美女，民俗心理、小说家们以果为因地推究美女也必爱美男，而在以南方为正统的多数明清小说中，南方的清秀小生又无疑具有文学描写的民俗现实根据的，因此“男追女”趣味叙事也同样会补充并推进“女追男”的总体文学描写流向。

在男性中心的社会里，比武招亲在其具体实施过程中，必然要适当夸大女性的武功，这与明清通俗小说所惯常描写的“阵上招亲”颇有类似处，如林保淳兄所指出的：

---

① ［美］艾梅兰：《竞争的话语——明清小说中的正统性、本真性及所生成之意义》，罗琳译，江苏人民出版社2006年版，第188页。

欲强调女主角的强势地位，就必须更进一层地夸饰她们远迈“英雄”的本事。在这里，女主角几乎个个被描绘成身负绝顶特技的奇女子。

他把“阵前招亲”精辟地概括为一个基本模式：“遭擒→说亲→反抗→威胁→屈服→成亲”。而女将们的特殊技艺可分两种：一是现实性较浓，属于可透过人力锻炼成功的武术；一是超现实、透过神人传授的神通或法宝，后者大抵出现在夷狄女子之身，不是将门之女，即是一国公主①。而比武招亲，则与“阵上招亲”呈现部分重合的关系，又多以江湖传闻为主，那些描写下层女性具有家门传授苦练而成的，更是多为后世武侠小说所取资，所发挥。

甚至明末一代名将周遇吉，也被书写有这样奇特的经历，也是属于女方较为主动。《铁冠图》第九回写，有两个汉子捉贼前来报功。一个叫白凯，一个叫周遇吉，系已故的辽阳总镇之子：

因年荒米贵，携母去商州姑娘（姑姑）家就食，又见姑娘家不甚富厚，凭着自己一身武艺，终日游山打猎，以帮家用。偶遇白凯之妹玉贞，带领几个健婢，亦在此

① 林保淳：《巾帼战阵议招亲——古典小说中的女将》，《古典小说中的类型人物》，台北里仁书局2003年版，第31－33页。还可参见王立《宗教民俗文献与小说母题》第九章《平民理想与古代小说番女求偶母题》，吉林人民出版社2001年版，第333－356页。

> 山打猎，两家相争死兽。白玉贞见这男子是个美貌少年，欲试他本事，把双刀劈来。周遇吉见这女子是个英勇美女，只管招架，不忍相伤，把枪拨开双刀，向她中间护心镜一枪刺来，被玉贞双刀夹紧，扯之不出。只见遇吉的黑枪缨与玉贞的红刀绒，团结一处，两人气喘喘的，尽力抽扯不脱，随身的健婢大笑起来。玉贞满面通红，把刀丢了而走。
>
> 遇吉欲追究她来历，拍马赶上。刚遇白凯到来，拦住劝和，因见遇吉才貌双全，与妹年纪相配，特邀遇吉归家款待。英雄相遇，分外投机。白凯又与母亲赵氏商议，想把玉贞招赘，将此情对遇吉说知。遇吉大喜，归家禀明母亲，择日入赘成亲。……①

当然，作为未婚的“在室女”，以比武招亲方式求嫁的女性往往要得到娘家家长的支持甚至经手操办。佚名《清代之竹头木屑》写河南陆葆德精于拳勇，曾中武举，入都与宗室某较技，某被殴死，论抵，遇赦免，乃为人护资货：“一日护某客货甚多，道出其地，遇有来劫者，陆却之。俄引健儿数辈来苦斗，陆又获胜。已而其酋至，尤柔捷。与陆持亦未能胜，酋遂放仗引之归，请与其女相较。女素得父传，尽其技，且加精焉，是日仅能相御。酋大喜，竟以女妻陆。……”

---

① 松滋山人：《铁冠图全传》第九回《脱缧绁承畴剿贼，绞绒缨遇吉成婚》，“中国古代珍稀本小说”10，春风文艺出版社1996年版，第621－622页。《明史》本传载：“周遇吉，锦州卫人。少有勇力，好射生。后入行伍，战辄先登，积功至京营游击。……夫人刘氏素勇健，……”

清末《宋太祖三下南唐》描写，刘安见高君宝不信刘金锭小姐有奇能，遂介绍："自古婚姻皆由父母所命，此女之常。只有我老爷见女儿具此奇能不世法力，正要访寻佳偶东床，遂用坦腹之心，以免明珠暗投污土，怎奈小姐屡屡不允从，反请老爷于庄前途双锁山上设立一个招夫牌，不论诸色人等，到来与小姐比校武艺，倘有能胜过他（她）者，自愿赘在敝庄，已经引动多少海外英雄豪杰，天涯壮士，时常比角，个个磨拳擦掌称能，及一交锋，任是推山项羽、举鼎孟实，俱被打丑而去。……"①

可见，从比武招亲的文学叙事来看，一般来说，女性比武招亲往往需要具备这样几个条件：

（1）小姐的个人综合条件出色，不满足于一般性的被动式的婚配，而有着理想化的追求，往往引起女儿与家长的冲突，家长遂做出了有保留的让步，于是采取了比武招亲的形式；

（2）小姐的父母（主要是父）相对说来较为开明，同意或默契女儿择婿有一定的自由度，但要达到小姐满意同时家长也能接受；

（3）女方往往是武术世家，因而小姐有较好的身手武功，并且对自己获胜充满自信心；

（4）女方家里有相当的经济实力，能够轻而易举地解决相应费用，同时，在当地也有较大的地方势力，不至于担心地痞无赖的乘机纠缠捣乱；

---

① 好古主人：《宋太祖三下南唐》第十一回《君宝打碎招夫牌，金锭设机赚凤侣》，中国古代珍稀本小说4，春风文艺出版社1996年版，第573页。

(5) 求亲的外来（多为过路的）男子不仅要求武功高超，更要在武德上能够服人，从而在这一公开“选拔赛”当中得到乡里较好的舆论，部分地抵消先前当地追求者的妒忌和不满。

因而，外乡来的比武招亲者常常会遇到当地无赖的纠缠破坏。有时，这种破坏还来自于家族或同门的内部，矛盾常常已经是年深日久。

晚清王韬颇受唐传奇聂隐娘故事影响，则描述了一个女剑仙代师清理门户、剪除恶僧的故事，其中也暗含着“比武招亲”的母题结构。说是江苏常熟宦家子弟潘叔明自幼习武豪迈不羁，一次和几个朋友遇到一位身怀绝技的五台山僧铁脊禅师，只有他经得住考验学得剑术，于是遍游江湖，在山东道上击退绿林强盗后，又代替北地镖师深入盗窟索讨被抢去的三千金，与一女子飞剑相斗，“生竭生平伎俩，挥霍纵横，总不离女之前后左右”，还是女子跳出圈外点出他的师门，说是出于同门并答应还金，还相约过段时间一道寻师。等到夜晚潘生才发现头发和内衣被削，“始知女术远出己上，特以渊源一派，故留馀情耳”。后来两人重逢，并偕还女家，女兄对潘生说：“舍妹以君为当代奇人，英雄儒雅，二者兼之，愿委身以事君子，执箕帚之役，而备巾栉之数。”成亲后才知侠女名程楞仙，是铁脊禅师的爱徒，是师傅告知女说与潘生有前缘，还说不次于当年剑仙聂隐娘与磨镜郎的缘分。可是禅师另一位高足法显，却早已经艳羡女之美貌，想要占有程楞仙，侠女恨之入骨，于是经常以秘法传授潘生，以备同法显较量。法显听说侠女嫁人，也愤慨异常，趁着铁脊禅师有事离开，就给侠女程楞仙投书威胁利诱，愤焰中烧的侠女设计与潘生同战法显，先由潘生迎战，而后女突然化飞剑进入恶僧法显之腹，使其伤重身亡①。

故事中的铁脊禅师，事实上就是女剑仙程楞仙的一个“家长”，他在程女四五岁时偶然见到，就发现了这一难得的学剑术的“异材”，“奇爱之”，悉心授艺，使其剑术能够穷极变化，他甚至十分留心爱徒的终身大事，见到出身世家的潘叔明品德修养均为上乘，就在侠女面前赞美，告知二人有“前缘”，并且预期了二人会有不亚于剑仙聂隐娘那样的姻缘。尽管这一比喻似乎也暗示出，作为须眉男子的潘生，就像“磨镜郎”逊于聂隐娘那样没有程楞仙剑术高超，但是在有限的选择范围内只得如此，不能求全责备。如此匆匆选择的另一个不便张扬的原因，似乎就是旁边另一个高足——大弟子法显，早已经对美貌的师妹动了心思。按说，僧人是不该娶亲的，而更重要的是小说叙事并未明言的一层：侠女和师傅都不赞成此事，因为这位大弟子法显虽然得到了禅师的衣钵传授，但后来显然铁脊禅师看透了这位武功高强的弟子缺少武德，已经难于驾驭，所以邀请女弟子来相国寺较量武技。

因此，事实上这是一场同门之内正邪之间的激烈争斗。大弟子法显的武德人品，从其给已婚师妹的“最后通牒”可看出：“女菩萨心中有一法显，法显心中有一女菩萨也久矣，苟能以秘密法结欢喜缘，则法显将化身为十万金铃，常护名花，永不相犯；若其耽外道，恋青魔，则将于一刹那间，取汝头颅于衽席之上。毋谓法显三尺霜锋必不利也。”一派地痞流氓软硬兼施不达目的不罢休的嘴脸，“不成亲便成仇”的逻辑。在

---

① 王韬：《淞隐漫录》卷四《女侠》，人民文学出版社1983年版，第168－172页。

这种武断专横的对手面前，真的是没有道理可讲。因此，程潘二人结为伉俪，实际上也是正义、善良的一方结成秦晋之盟，婚姻具有了政治联盟的色彩。于是，为了一起于故事正面主人公双方并不相干的三千镖银，程潘最初相识和一场剑术较量，实际上不过是“比武招亲”的仪式，乃是为了后来联手为师门除恶，真正的较量——与法显斗剑来张目。而铁脊禅师临时有事返回五台山，则提供了这一“清理门户”的机会，不言而喻，女剑仙与潘生的联手除恶，其实也是得到禅师默许的。

五、招亲比武特定情境下的女性性别意趣

比武招亲描写，多呈现在明清时期带有民间意趣的叙事中。所谓比武招亲，基本上显示了女性情爱要素向侠义争竞母题的介入，以及侠义英雄伦理与女性情爱心理的互动关系。实际上，这是女性情爱心理在江湖亚文化伦理支配下，一种顽强的个性勃发和反主流文化的挑战，同时在具体文本中，这也是对于带有侠情义胆的女性性格的一个别致的审美表现。

在男性中心的社会中，比武招亲在其具体实施过程中，也不免别致地流露出女性普遍性的自卑感，而女性的性爱心理、功利之念与势利之心等自然交织其间。这方面，虽然也不排除少数作家的天才感悟，主要是满汉民族交融、南北文化交流时代对于侠文化与武勇的推重，在一定意义上冲破了传统束缚女性的枷锁。何况伴随着欧风美雨的东渐，使得得风气之先的晚清小说，还萌生了某种男女平等的意识。

像成书于19世纪末的《宋太祖三下南唐》第十一回写，高君保不忿刘小姐闺中弱质还逞强太甚，打破了其招夫牌要与

小姐大战，“刘小姐闻言，将一胸愁闷情怀化作欣欣雀跃，正要他惹起自己来，方能引他入彀，以为媒由也”。大战五六十回合后彼此互相钦佩，小姐更暗暗核计：“此子有潘安宋玉之美，当今天子贵甥，王侯世胄之子，真乃凤凰池上客，龙虎队中人，大称奴怀，不免弄些法术，降服他豪杰之心，方肯允结和谐之愿，岂可当面错过，一失名山美玉！天涯海角遍寻，再难觅此佳公子也。”相比之下，在择偶问题上基本还是女性显得急迫（内心往往更急），不仅是佳婿难求的妙龄韶华易过，也是因为选择的范围过窄，看得上眼的“佳偶”实在有限。

因此，从男性作为主动一方的角度看，适当地了解女性此时此刻的心情，并且在比武当下的特定情境中恰到好处地利用女性急迫的求偶心理，采取旧时女性能够接受、至少不引起反感的方式表示情谊，就会幸运地得到女性的暗中配合。不少文言小说也以亦文亦史的角度，注意到揭示比武招亲背后的性别文化内容。

如假托长白浩歌子的《萤窗异草》四编，其卷一就写保定人卫文庄不喜学文而学得剑术甚精，他“体貌魁伟，丰神清拔”，具有吸引女性的先决条件。一天某少林僧来访后知其未婚，就告知西安有奇女子国色，名叫仇慕娘，武艺秦中无敌，标于门曰：“有角艺而胜者，愿奉箕帚。”僧担心自己不能胜，约两人同去。可是慕娘见到僧就有些不高兴，翩然入室内很久才出来。比武中僧的大腿竟然被踢得骨折，慕娘还嘲笑僧破戒该受此苦。可是轮到卫生入场比剑，女却从容相迎，当卫生正要尽技相敌时女却称败收剑。于是留宿以践婚约，成亲后伉俪甚笃。后来卫生问及何以身怀绝技的少林僧被击败，女答是自己入室换上了带匕首的特制鞋[①]。这说明，实际上，胜败有时乃是操纵在比武女性自己的手里，比武之前她对僧和卫文庄不同的态度，就决定了是不是使用这一特制鞋作为杀手锏。

晚清宣鼎《夜雨秋灯录》也写筝娘十分美貌，加上其翁教其运气吐纳诸术，也正是佳婿难求的十七岁妙龄，她的父亲开场为她比武招亲，讲好，若是将其抱起离地寸许，即以女妻之。但由于筝娘是处子，不轻易与人接近，先掷银五两，不成者银子归翁。几位将军有的能提百余斤铁狮，有的能抱二百余斤石龟，都自以为能够稳操胜券，但都不能动摇筝娘分寸，一个个羞愧而去。而贫寒的书生云郎却得一高僧指点，“徐徐至女前，二目相视，秋波莹莹，乃屈一足跪地，采芹摘藻之手，微拢其裾下双弯，不遽用力，惟以俊眸斜睇，故示以情。女初颇沉沉，既而颊微赭，已而樱（唇）遽绽，嫣然一笑。生即蓦然抱之起矣。……”[②]

简直是无声胜有声的求婚仪式，运用“肢体语言”触碰双足，发出了带有感应性的特定信息，先让其情动、动情，这有着性心理学的依据。汉学家斯蒂芬·欧文在讨论中西诗歌中欲望母题时，曾引用过阿塔兰忒神话在欧洲文学中的表现，一位求婚者希波墨涅斯决心要赢她，就尝试着运用金苹果的巧计，在赛跑中他抛出一个又一个金苹果，而阿塔兰忒对这个男青年

---

① 长白浩歌子：《萤窗异草》四编卷一《仇慕娘》年版，第 331 页，辽宁古籍出版社 1995。按，陈文新教授认为，该编为书商伪造，参见陈文新《文言小说审美发展史》，武汉大学出版社 2002 年版，第 591 页。

② 宣鼎：《夜雨秋灯录》（下册）续录卷三《筝娘》，黄山书社 1995 年版，第 149－154 页。

已产生了命中注定的爱慕之情，她任凭被这些金苹果搞得意乱情迷，最后希波墨涅斯成功地赢得了这场比赛①。

不论诗歌还是叙事为主的小说，欲望——偏重在女子情欲的母题对“比武招亲”书写的介入，成为清代到民国武侠叙事的一个时时回响的音符。有时，不必肢体接触，直接用眼神传递情感来“放电”，也产生了足以达到预期目的的效果。

《夜雨秋灯录》则写这位少女在父母、秃发童相伴下，以歌舞伎艺行走江湖择婿，见到扬州美男子董韶秀，就意有所瞩，彼此一见钟情。谷慧儿之父也托媒向美男之父董晟求亲，被拒绝后，无奈只好开围场筑行台，宣称为女择婿：“无论流品，不计家世，敢登台与吾女一角拳勇，胜则嫁，年迈人无食言!”这一早有目标，而不得不举行的比武招亲仪式，自然在当地引起了强烈的反应，情形也可想而知：“里之恶少年，既恋其美，又恶其夸，且藐其柔，乃鱼贯上。甫交手，即如片瓦高处掷，数日无胜者。”在众人的怂恿下，闻讯来观望的董生也就不能不揽衣登台，拼搏美人一掷为笑，于是女方以此仪式套牢对象的目的，初步达到：

> 女见生，若不相识，含笑曰：“妾风尘陋质，不敢附名门。窃借好身手作红丝，非儿戏，倘有冒触威仪，能赐怜恕否?”生曰：“试为之。”众睹生与女如璧蕊琼英，因风滚舞。无何，女遽折小蛮腰，翘莲瓣，作天女扫花势。生乘隙遽托足一掷，女已跌百步外，伏地娇啼。翁媪齐出

① [美] 宇文所安：《迷楼——诗与欲望的迷宫》，程章灿译，生活·读书·新知三联书店2003年版，第40页。

拍掌曰："真吾婿也!"

即盛服诣生家，以意告晟。晟不许，翁曰："前已预言，谁教文郎显手段，绝无怜香惜玉情耶？谷慧儿当场出丑，非市上买蔬果能任人颠簸者。"晟不应。妪曰："若毁约不难，烦君家闺秀出，与吾家秃发童一掷便了。"晟怒叱之。翁即伸掌擘庭前大槐树，树断如刀切，曰："儿女婚姻，三生注定，敢有再拘执者，有如此树!"晟始恐怖。村中父老艳其事，争赞其成。①

成婚后新娘驱盗的卓异表现，才让人得知这其实是故意输掉的。所谓仪式，就是有这种民俗整合与认同功能，即：当众宣示比武未胜者没有娶女为婿资格，而获胜者又具有推脱不掉的担任乘龙快婿的荣幸，这好比是一个无法不按期执行的契约，董家只得应允，即刻成亲，伉俪甚笃。借助比武程式，女性智慧与才艺武功不仅体现在如何获胜上，更难的是，如何把握分寸、自然妥帖又不伤自身地当众表演，故意败北。而那些旁观者，自觉不自觉地都成为达到这一程式预期目的的支持者，女方家长的强硬态度也要以符合仪式的合理性为前提。

又像清葵愚道人《寄蜗残赘》卷十一载，一个幸运的青年也是在有心人指导下，获得比武成功：

沐镜涵以拳勇擅名，授徒数十人，其绝技尽传于女。其女年未二十，双钩纤窄，立高凳上，以彩缕穿针眼，两

① 宣鼎：《夜雨秋灯录》卷四《谷慧儿》，黄山书社 1995 年版，第 171－173 页。

> 指握之，而掷其端于地，有能曳之使下，即嫁之，历十余日无能动者。有讼师居邻村间，笑曰："是易与耳。"于武班中觅一戏旦，授以计而遣之，戏旦修容丽服，屡过其旁，四目相视，至第三日，讼师曰："可矣。"往曳其端，而牵之，女即翩然自下。

后戏旦尽得其武技之传，此后伉俪比翼颉颃，以保镖驰名南北。可见，在比武招亲的赌技仪式中，男女双方未必都是以武技硬碰硬地来取胜的，若是取得了求亲女性本人的青睐，女性便可能巧妙地自己主动称败，心甘情愿投到意中人怀里。注意不一定都有，实行起来也未必全能奏效，然而老于江湖者对此都不会生疏。

广义上的"比武招亲"，还包括各种技艺的赌胜。像《二刻拍案惊奇》卷二《小道人一着饶天下，女棋童两局注终身》的故事，就来自南宋洪迈《夷坚志补》卷十九《蔡州小道人》。胸怀大志的蔡州农家子，云游各地与人比试围棋棋术，在辽国国都遇见一位号称国手的妙观道人，在情势不得已时，女棋师答应了输棋就嫁给小道童的约定，后来："妙观惭窘失措，遂连败。既退，复背约。童以词讼于燕府，引诸王为证，卒得女为妻，竟如初志。"《二刻拍案惊奇》卷二则写老嬷传达说远来的青年棋手不在意银子的收买，"阴沟洞里想天鹅肉吃"，妙观羞红了脸，吩咐老嬷的回话是模糊性的："若肯相让，自然感德非浅，必当重报。"小道人以为她有言相许，心里抱有希望，而在各胜一盘时妙观又充分运用了妙龄女性的性别优势，"频频以目送情"。故意输了一局后，小道人期待的却不是众多谢礼，怨妙观失信，他在赢了辽国诸王之后说穿真相，在诸多王公贵人在场的情境下，逼得妙观同意输棋就做“妻房”，可是从小生长道观，“从来没一个对手，得受了朝廷册封，出入王宫内府，谁不钦敬”的辽国女国手，还是放不下矜持，以五两金子搪塞。于是小道人就一纸诉状告到幽州路总管，判了二人成婚。

妙观自幼为孤儿被寄养在道观中，天资聪慧的她非常珍惜既得的“国手”名望与尊严，最初她眼里根本就瞧不起无权无势的外来“野种”小道人，想以钱物收买来摆脱，直到有了诸位王公在场见证，并且说她与小道人“两个国手，原是天生一对。妙观虽然输了局，嫁得此丈夫，可谓得人矣”，她的高傲心理仍然有些接受不了：“羞惭满面，通红了面皮，无言可答，只低着头不做声。”作为男性中心社会上的弱势群体，妙观以高超棋术赢得现有的地位是很不容易的，她深知如果遇人不淑，很可能轻易地丧失既得而又无可挽回。何况当时辽宋两国交兵，这个不知根底的外来青年说不上是可托终身的那么牢靠，离开辽国可能就会丧失眼前的一切和女性的价值。于是在店主老嬷携聘仪来为小道人订约，她仍旧非常迟疑，“呆了一晌”，为了慎重还是想以金子“搪塞”。不过这时的她已经动摇了，就像老嬷所感觉到的：“不要性急，此番老身去，他（她）说的话比前番不同，也是软软的了。”直到经了官，在幽州府堂上，她才道出了顾虑：“此人不是本国之人，萍踪浪迹，嫁了他，须随着他走。小妇人是个官身，有许多不便处。”小道人当堂立誓不回故乡，妙观才算无可推辞。

即使是身处章台北里的女性，也可以凭借比试的“仪式”

来为自己合理合法地赢得佳婿。说是京都薛氏女貌绝艳，号“雪里红”，她与一婢一妪赁宅以居，凭着赌掷骰子为生，而“名虽倚门，实则求偶”。她的游戏规则是以十两银子为赌注，不论年龄老少容貌丑俊，一掷成六红的就嫁给他。可是那些爱色之徒总是垂涎而来，失望而归。一次有个险些获胜的公子哥衔恨纠集了几个无赖子，想要以强力侮辱她，被她略拂纤指跌到庭外。而见到了相貌清俊衣衫褴褛的李生，雪里红却怜爱地相劝，不要虚掷银子，可是李生却言辞慷慨，令佳丽心折。李生居然掷出了六红，于是当夜二人交拜成亲。后来雪里红竟能助夫为官，还立下破贼的战功①。从她一向对于赌技胜负的操纵自如看，这次例外的输局显然是故意为之的。

因而有理由说，不论比武招亲的方式是多么灵活多变，作为招女婿的当事人——小姐的主动态度是相当重要的。民国武侠小说家顾明道小说《荒江女侠》在比武招亲的性别意蕴描绘上，可以说具有较为突出的创获。该书第六十一回写，高蟒高虬兄弟带着妹妹高凤，为了报雪叶氏父子当年箭射高虬之仇，来到山东，在济南遇见要去帮助叶氏父子的程远，高蟒见程远是一位英雄，不忍杀害，就想出一条计策，把妹子高凤配给程远。在夺回失去的剑与镖的过程中，程远与常凤（高凤的化名）有了单独接触的机会，常凤提出比武，输了就情愿还回所劫东西，于是在比试拳术时，程远擒住常凤：“哪知常凤并无抵抗，反把身子倒入他的怀里，说道：‘我输了，你的武艺真是不错，我既被你擒住，悉凭你把我怎么办吧。’”接着彼此又

---

① 宣鼎：《夜雨秋灯录》初集卷四《雪里红》，齐鲁书社1986年版，第85－90页。

比试起飞行术来，瞬时之间的私下接触孕育了他们的感情，在这少女两位兄长的促进下，终于结为夫妻。①

相反，倘若女性本身无意，而偏偏武功又高强，则成亲之事就很难办，于是男性比武获胜的可能性就极小。《荒江女侠》第七十一回《绮障孽冤三女回故里，枪声剑影群侠破横山》还写云三娘刚从昆仑山学艺有成下山后，绮年玉貌，明艳动人。这时她父亲好友之子邝占鳌已长大，欲践婚约，但云三娘这时已成为女剑仙，无意于婚嫁，成了一方恶霸的邝占鳌就偏要与云三娘比试武艺。两人写好了生死状，邝比拳输了还硬要比试兵器，在邝占鳌步步进逼，连用杀手的情形下，云三娘不得已挑出了邝的右眼，亲事自然是谈不到了。可以说，由于邝占鳌恶劣的武德和逼迫，使得云三娘迫不得已采取了严惩对手的方式。那么，能怪云三娘下手太狠么？是邝占鳌那些极为无礼的比武招式，激怒了云三娘，如果不是云三娘这位曾经承领世外高人指教的剑仙，有意手下留情，这个试图以武逼婚的家伙恐怕只有丧命了。

在男性为中心的社会中，除了在招亲比武仪式上恰到好处、不失时机地呈显女性的主动态度，就是由至亲——一般是父亲来代替少女出面提出这件羞于启齿的事了。

清代《后三国石珠演义》第十六至十八回写晋营中冲出的女将连败赵兵数员将领，军师为刘弘祖设计，活捉了这女将乌梦月，不想正是赵营行军副元帅乌桓失散的女儿，在介绍女儿得名由来后，乌桓又将更为重要的想法坦言直陈：“当年在邺

① 顾明道：《荒江女侠》第六十一回《妙计布疑云英雄被绐，孤身陷敌手女侠受惊》，农村读物出版社 1988 年版，第 1011－1035 页。

都相会时，老夫就想着此女，情愿配与元帅为妻，因被司马冏劫去，未知她生死如何，所以未敢启口。今既无恙，便当遂吾初心，其元帅勿辞。”众将也极力相劝，几天后成亲。小说着意交待了梦月依从的心理基础，原来在战阵上：“梦月看见弘祖少年英勇，气宇轩昂，更且美如冠玉，手提金鞭，坐下龙骓，却像天神临凡，心下暗暗称羡。弘祖看见梦月美丽无比，况又武艺绝伦，也自夸奖不已。”民间比武招亲习俗，渗透进通俗小说情节和人物塑造中，阵上招亲也不免带有如许喜庆般的狂欢情趣。处于佳婿难求时节的梦月，在阵上的一念之动是合乎情理的，然而若没有时刻挂念此事的老父代为明点，事情也不会产生奇迹似的陡转。虽然成亲之后还要补一个程序，就是安排了那几个曾受到梦月羞辱的将领在教场上，与梦月比试武艺，梦月依旧连赢诸将①。胜负所带给当事人心理的影响，因为有着比武招亲母题及其相关习俗的存在，变得更加不容忽视。胜利者总是显得占有更多的话语权，何况胜在属于堂堂正正的仪式化的场面上，而失败者也败得更加心悦诚服。

《荒江女侠》第八回至第九回还写，“铁头金刚”宋霸先驰名黄河两岸，一次保镖经过窦家寨，被得到武当张三丰嫡传的窦孝天教训了一番。窦有一女名淑美，姿色秀丽，善视虎头双钩，原来窦老丈拦镖车挑衅就为的是“不打不成交”，找机会结识这位宋铁头。他等宋霸先归后又将其请到府上，酒酣耳热之时提出小女淑美也要与宋较量身手。宋与淑美酣斗良久，“窦氏心中也有些焦急”，双方各自将对手头上戴的标志物扫

① 梅溪遇安氏：《后三国石珠演义》第十六至十八回《梦月斗武服诸将》，巴蜀书社2001年版，第141－142页。

掉，胜负未分，于是窦老丈提出："老朽膝下只有这一颗明珠，自幼随从习武，略窥门径，现方待字闺中，老朽久要物色一位佳婿，惜乎不得其人。听说足下尚未授室，老朽愿以小女相许，不知足下以为如何?"宋铁头本来"见到窦氏生得十分美好，不像有本领的"，交手后对窦氏精熟的武艺很钦佩，"岂有不愿之理，遂满口允诺，避席下拜"。

平江不肖生《江湖奇侠传》则写出了男性为招亲主体的比武招亲，这实际上是一场反性别的叙述。该小说写杨钺胡生性好武，二十二岁时母亲王抱孙情切，催促要给儿子娶媳妇。杨钺胡却自有主张："不娶没武艺的媳妇，要定婚，须得先交手见过高下，两相情愿才定，门户身家，概不计较。这消息传出去，也有些拳教师的女儿，略懂得些拳脚，羡慕杨家富厚，想和杨钺胡定婚的。只是与杨钺胡交手，都全不费事的被杨钺胡打败了。连打败了几个，此外就有本领略高些儿的，也害怕不敢前来丢人了"。不久从外地来一老头，带着一个十七八岁的女子（收留的孤儿），要见杨钺胡："这女子，身上虽穿着破旧的衣服，容貌却是天然的美质，举动甚是大方，全没一点小家女儿见人羞涩的丑态。两只天然足，和男子的一般大小，杨钺胡见面就觉得很合意。"杨提出要能过招五十个回合，而两人直斗了八九十个回合，不分胜负。于是顺理成章，杨钺胡心安理得就此娶了这个不知父母姓名的女子为妻室①。

还珠楼主《云海争奇记》第十九回《会花村，群英打擂；诛恶党，异丐施威》，可以说把女性比武心理由争强好胜到爱

① 平江不肖生：《江湖奇侠传》第三十五回《偷路费试探紫峰山，拜观音巧遇黄叶道》，岳麓书社2009年版，第261－262页。

慕心生的转化，表现得惟妙惟肖；男子一方亦然。雷家父女从外地来，本是为了寻找佳婿，雷老英雄看见擂台上那祖存周生得“猿臂蜂腰，面如冠玉，貌相既极英俊，举止又颇从容文雅，如与爱女为配，恰是一双两好，再好没有”，于是率爱女下场，祖存周眼中的雷红英，本来是“冷若冰霜，秀眉带煞，双目含嗔，……颇有鄙夷之色，心中未免有气”；可是打斗中，红英的高超武艺和“行事光明，果不愧英雄之女”的强烈感受，使存周不禁又把敌意全消，“决计不再伤她”；于是二人比武的性质因互生好感而发生了根本的变化，派生出一种连带效果：

> 这一对让，旁观者清，又都行家，自瞒不过。中有两个聪明的蔡党，早看出祖存周有意相让，一见女的也是如此，误认作双方打出情爱，已有默契，不由怒火中烧，双双不约而同往前赶去。……二贼只与花四姑相识，相隔又远，干在台上，又闷又窘，本蓄一肚皮气忿，无从发作，色心一动，更无所忌惮；又自恃油头粉面，能博妇女欢心，暗想：雷应既在物色佳婿，只上去一下把敌人杀死，当众显出本领，事后再托主人一做媒，断无不成之理！一心打着如意算盘，俱恐别人捷足先登，还未走到台前，各自逞能争先，双双把背一躬，双足蹬地一按劲，便似弩箭脱弦一般，由离台三丈以外，竟直往台上斜射上去，姿态甚是威武好看，引人赞美。……①

① 周清霖、李观鼎编校：《还珠楼主小说全集》总第二十六卷，山西人民出版社、北岳人民出版社 1998 年版，第 978 - 979 页。

下面的观众人杂嘴多，更有无事生非的歹徒，所以未出结果就被打断，还闹出一场混战。可见，即使比武男女有了默契，擂台上下的“剧场效应”也不是那么简单，下面观众人杂嘴多，更有懂行的能看出门道，而无事生非的歹徒也免不了想趁机占便宜，所以比武尚未出来结果就被打断了，还闹出一场混战。

清代小说与野史所叙述的比武招亲故事，也不免隐约地流露出女性普遍性的自卑感，而女性的性爱心理、功利之念与势利之心等自然交织其间。这方面，虽然也不排除少数作家的天才感悟，主要仍为满汉民族交融、南北文化交流时代对于侠文化价值观与武勇本身的推重，在一定意义上冲破了传统束缚女性的枷锁。何况伴随着殴风美雨的东渐，使得得风气之先的晚清小说，还萌生了某种男女平等的意识。

民国旧派武侠小说，还揭示了比武招亲这件事，事实上，在许多地区乃是行不通的。上面的比武描写中，还珠楼主就没有完全停留在故事情节上，还注意揭示了相关民俗风习的深层复杂性，如雷红英貌美引发出来的问题：“哪知美色动人，竟把一干妖邪绿林引动了心。……这一出场，两次和敌人交手，比起以前所见，又是一副眼光，除为首吕、郭诸人因与乃父相识，好些关碍，自觉不好意思外，门下妖徒和花、蔡两家约请来的党羽，十有八九全看红了眼。本就垂涎心醉，及至交头接耳互一探询，不特此女尚未许有婆家，并听苗氏弟兄说，由查洪口里探出雷氏父女之来，一半是重朋友情面，一半竟是为了选择爱婿。众徒党俱知雷应家中广有田业，富甲一乡，如被选中，岂不人财两得？闻言益发猴急，暗中纷纷捣鬼，各打图谋主意，相机而发。”

民国武侠小说，还有一些则更为深刻书写，而不是一味沉浸在文学母题顺风顺水的温馨之中。

吃透了江湖社会冷暖酸辛的《十二金钱镖》作者白羽，也写到大侠柳兆鸿晚年为自己唯一的亲人——侄女柳妍青择婿，也想来一回比武招亲，可是却遇到了一伙地痞流氓胡搅蛮缠：

到了下场的时候，柳兆鸿一敲锣，立刻聚集来许多看热闹的人。铁莲子柳兆鸿当场一站，交代了几句江湖话，便练起来。……然后，柳兆鸿说出一番话来：“如有武林中少年英雄，尽请下场指教。有能打我这小女一拳，踢她一脚，我在下情愿把这一场赚来的钱，都奉送给他，还要拜他为师。因为在下并不是卖艺为生，不过借此机会，以武会友，要访求能手名师。”这么一来，可就不得了啦！乱七八糟围上一群当地流氓地痞。起初不过七言八语的纷纷议论，继而有一个略通拳术的，上场一引头，立刻人人争着下场，个个抢着比武，口中还带出些轻薄话头来。这个说：“姑娘，陪你玩玩，打了你可别恼。”那个说：“姑娘，我来打你一拳，你可别嚷疼！”又一个说：“我踩着你们姑娘的小脚尖，可算我赢不？”人多嘴杂，越说越不像话。这不禁招恼了柳研青。她柳叶眉一挑，杏眼圆睁，玫瑰色的双颊陡变成惨白。她展开身法，足蹴拳击。打得几个口角最轻薄、神色最尴尬的汉子鼻青脸肿，扪着胸口几乎呕血。这一群流氓吃了亏，登时大骂大哄：“好浪娘们，竟敢毒打兄弟爷们!”竟从地上拾起砖石，往场子上乱打起来。铁莲子柳兆鸿勃然大怒，长眉一皱，大喝一声，……这一群痞棍情知不敌，呼啸着纷纷逃窜，回头来叫着字号道：“老小子不要走，你等着爷们吧!”柳兆鸿冷笑一声道：“一群畜生，等你们做什么!”赌气把刀枪棍棒收起，叫着柳研青，立刻回店。

谁知那店家却说：“赵爷（这是柳兆鸿捏的假姓），你惹了祸啦，快走吧!”柳兆鸿还想住店，这店家再三诉说，催他快走，……欲投别家店房，别家店房也是不敢收留。……柳兆鸿策马而行，偶然回头，只见柳研青……汪着眼泪呢！柳兆鸿好生懊悔，这才晓得这“比武招亲”的话，只是说着好听，实际上断断行不通的。

著名的武侠小说研究专家张赣生先生评论：“柳老英雄空有高超武艺，枉自壮志凌云，不但不能灭清复明，即使在一群地痞流氓面前也只能取胜一时，终难扭转日下之世风。到头来还是社会改造了他，他却不能改造社会。”[①] 可谓以点及面，道出了更广大的社会意义和不尽的辛酸。

事实上在清末公案小说中，已注意到揭示“比武招亲”，实际上会受到一些流氓地头蛇的干扰，乘机兴风作浪，生出一些事端。不过，有时无心“招亲”的“比武”，可能会因事端而促成了招亲。说是凤姑自少跟着乃父濮金标在江湖上卖解，凤姑从父学习也自出色当行，转辗行抵楚省，设场卖艺。那时

① 张赣生：《民国通俗小说论稿》，重庆出版社 1991 年版，第 270 页。

陈锦堂正在全省营务处当提调，恰从广场前经过挤到人丛中观看，只见督标百总苏元正在和一少女交手，原来是凤姑被两个“营混子”赵斌、赵英纠缠比武，凤姑推辞不过只好出手，把赵英打倒于地。兄弟俩丢了脸，遇见督标百总苏元，知他精通拳脚，喜欢女色，就乘机说广场上有个山东卖解女郎，“如花似玉，声言要比武择婿，谁能胜得他，即以终身相托”；苏元信以为真，就带着赵氏兄弟来，“果见卖解女郎生得长眉插鬓，体态苗条，一望而知是个北地胭脂，就贸然上前，向她说道：‘我与你见个高下如何？’”凤姑无奈只好动手比试：

> ……那看热闹的人，越聚越多，也有不少懂得武艺的站在前排，早看出女郎有心相让，否则安有着着退步，绝不还手的，这也是她的乖巧，晓得独龙难斗地头蛇，不愿和营混子结仇，故尔一味情让。这班懂武艺的观众，都表同情于卖解女郎。有两个在旁叫道：“比武比得对方不还手，争得些儿极面子，也可趁势收篷了！”哪知苏元误会女郎有情于他，故尔一味退让不还手，于是得寸进尺，愈逼愈紧，定要把女郎打倒，等她亲口许了婚姻，才肯住手。……
>
> 正在着急的当儿，凤姑霍地使出一手叫做青龙探爪，打算趁势抵住苏元。苏元不懂这手的破法，急将身子向后倒退几步，便想钻入人丛中溜逃。那凤姑使这一手，全身功劲都运到上半身，伸出右臂来抓苏元，变成上轻下重，冷不防苏元倏的向后倒退，凤姑一抓扑个空，身子向前直磕出去，若是男子，脚底阔大，还可借力站稳，凤姑的莲

钩瘦削，简直不满三寸，哪里载得住全身重量，几乎向前合扑栽倒。赵氏兄弟看得真切，齐声喝道："总爷有脸，竟能于败中取胜。"

那时锦堂站处，相离凤姑只有二三尺，看她一抓扑了空，又听赵氏弟兄高喊败中取胜，激动了他的无名火，暗想这班营混子，仗势欺压三绺梳头的女子，待我来暗助她一臂之力，免得她当场坍台。说时迟，当时快，锦堂一转念间，急把右足伸出，向凤姑蹚出的右足尖前，踏地拦住。凤姑有这一借力，右足踏稳，身体也得直立，连忙把锦堂闪眼一望，见是个方面大耳，服饰大方的上流人，心上感激万分。①

这时苏元等溜走后，凤姑便向锦堂裣衽道谢，并详询姓氏住址。"那锦堂本想觅个会武艺的如意夫人，物色多年，未曾觅到，现在见凤姑生得艳丽如花，且具有这副好身手，岂容当面错过！当时就以直相告。"濮金标问明陈锦堂是候补道，力促亲事，凤姑就嫁给了陈锦堂。

小说先后写了性质不同的三场比武，其暗线都是"比武招亲"胜者娶亲的江湖原则。前两场，是两个"营混子"（兵痞）先后意欲击败卖解女而娶之；后一场，则是真正的男主角因以武仗义救场，而赢得了卖解女的芳心。应该说，女性的性别魅力，是这一"准比武招亲"场面情节的聚焦，也是比武招亲得以被误解、被歪打正着得以建立的心理基础与民俗基础。因为

① 佚名：《林公案》第三十九回《助力感恩委身擅宠，失官盗印报怨相当》，吉林文史出版社1987年版，第214－216页。

卖解女郎凤姑生得“长眉插鬓，体态苗条，一望而知是个北地胭脂”，又不是楚省的本地人，才引得赵氏兄弟借比武骚扰，又引得苏元“误会女郎有情于他，故尔一味退让不还手，于是得寸进尺，愈逼愈紧，定要把女郎打倒，等她亲口许了婚姻，才肯住手”；同时，美貌女郎受到如此欺侮，也不能不使得本在观望的陈锦堂：“激动了他的无名火，暗想这班营混子，仗势欺压三绺梳头的女子，待我来暗助她一臂之力，免得她当场坍台。”暗中助力。而无心插柳，在这场别人挑起的冲突中，最终他还是以自己的武功优势特别是仗义救人的美德，取得了这场事实比武招亲的胜利。伴随着一场纠纷的解决，女主人公有了归宿，紧张焦虑也为之释然。

《射雕英雄传》中的杨康与穆念慈的比武，就追随《林公案》、《十二金钱镖》的故辙，写外来的父女俩不明就里，当街卖艺，惹得市井无赖捣蛋，性质与前面两桩故事类似：

> 穆易交代之后，等了一会，只听人丛中一些混混贫嘴取笑，又对那少女评头品足，却无人敢下场动手，抬头望望天，眼见铅云低压，北风更劲，自言自语：“看来转眼有一场大雪。唉，那日也是这样的天色……”转身拔起旗杆，正要把“比武招亲”的锦旗卷起，忽然人丛中东西两边同时有人喝道：“且慢！”两个人一齐窜入圈子。众人一看，不禁轰然大笑起来。原来东边进来的是个肥胖的老者，满脸浓髯，胡子大半斑白，年纪少说也有五十来岁。西边来的更是好笑，竟是个光头和尚，那胖子对众人喝道：“笑甚么？他比武招亲，我尚未娶妻，难道我比不得？”那

和尚嬉皮笑脸的道："老公公，你就算胜了，这样花一般的闺女，叫她一过门就做寡妇么？"那胖子怒道："那么你来干甚么？"和尚道："得了这样美貌的妻子，我和尚马上还俗。"众人更是大笑起来。那少女脸呈怒色，柳眉双竖，脱下刚刚穿上的披风，就要上前动手。穆易拉了女儿一把，叫她稍安毋躁，随手又把旗杆插入地下。这边和尚和胖子争着要先和少女比武，你一言，我一语，已自闹得不可开交，旁观的闲汉笑着起哄："你哥儿俩先比一比吧，谁赢了谁上！"和尚道："好，老公公，咱俩玩玩！"说着呼的就是一拳。……

偏偏写了怀有良愿的穆易（木易，杨铁心）父女俩非但招亲不成，反受侮辱，而惹来一场风波。幸亏郭靖出手相救，在危难时与那位公子（完颜康）理论并出手，而实际上就在此之前，小说写郭靖的性别意识有了最初的萌动，他与化妆为男孩子的黄蓉初识："……竟一古脑儿的都说了出来，说到忘形之处，一把握住了少年的左手。一握了下，只觉他手掌温软嫩滑，柔若无骨，不觉一怔。那少年低低一笑，俯下了头。郭靖见他脸上满是煤黑，但颈后肤色却是白腻如脂、肌光胜雪，微觉奇怪，却也并不在意。"而当郭靖极为反常地、慨然允诺把汗血宝马"送给兄弟"（黄蓉），后者愕然感激，难以自已，哭的满脸泪痕，郭靖"只见他两条泪水在脸颊上垂了下来，洗去煤黑，露出两道白玉般的肌肤"，两个同操江南嘉兴乡音的少年，于远在塞外的张家口，如此心有灵犀。于是，紧接着遇到比武招亲的女主角"郭靖看那少女时，见她十七八岁年纪，玉立亭亭，虽然脸有风尘之色，但明眸皓齿，容颜娟好”，才路见不平出手相助。

上面一段少年英雄初识叙述的细节，也当来自还珠楼主，《大侠狄龙子》第三回《俊眼识英雄，酒肆挥金怀古哲；凌空飞倩影，山亭密语见天人》写沈煌被两次绊倒：

> 心中有气，二次想要发作，将花子踢醒，向其责问何故如此睡法？腿已快要抬起，就这心念未动之间，一眼瞥见花子仰卧地上，深秋天气，身上只穿着一件黄葛布的短衣，甚是破旧，这一翻身，前襟被风吹开，那么又黑又瘦的一张脸，自颈以下，身上皮肤竟玉也似白，看去十分清洁，不似寻常花子风尘肮脏污秽神气，下穿黄葛裤子和一双藤鞋，只管破旧，也不见有尘污，越看越觉与寻常花子不类。同时腿骨更痛，腹中又饥，猛想起老师常说江湖上异人甚多，自从慧圆老尼习武以来，体力日渐强健，怎会被花子无心一绊，那腿竟似生铁，使人禁不住？越想越怪，猛触灵机，觉着照此情势，此人不问是何来路，决不好惹，……①

金庸则移植到了少男少女初识无意中观察后的心理反应描绘，暗示了郭靖介入这场比武招亲活动的潜意识动机。

在男性为中心的社会中，比武招亲中的男女双方，事实上不是也不可能平等。如果女性在输后情愿依照规则嫁给男方，

① 周清霖、李观鼎编校：《还珠楼主小说全集》总第三十三卷，山西人民出版社、北岳人民出版社1998年版，第45－46页。

而男方又偏不娶，那是对招亲的女方则必定是莫大的羞辱，尴尬难挨。还珠楼主《蜀山剑侠传》第二六回较早涉及这一意蕴。说许钺的族弟许铝经商路过长沙，见一老二少三个女人亮场，旗上写的“比武招婿”，此时已打倒当地不少武师。年轻的许铝下场比拳脚输了，又比兵刃，罗刹仙蔡三娘说代小女比试，许铝将要取胜之际忽觉右臂酸痛，被蔡三娘以麻姑锄打折右手。回去后许铝才知无意中中了梅花针，于是许钺随弟前往，比试中暗地以鹰爪力重手法在女子裤腰上捏了一下，过了一时裤带断了，裤子便掉了下来，赤身露体羞得要哭，蔡三娘说既然已输可照约履行。但许钺本是为弟报仇而来，且已娶妻生子，不但未允，还说了俏皮话，蔡三娘羞怒动手，交手中许钺也中了暗器，忍痛取胜，未伤蔡三娘性命，只挑断了其左脚筋①。后来蔡三娘母女先后气病身亡，次女余莹姑立志学剑报仇。

这里虽有蔡三娘暗器伤人在先，许钺也有报复失当之嫌，尤其是违反了比武招亲获胜迎娶之约，带来的羞辱令女方难于接受，不成亲反成仇，非常可惜而又留下麻烦。

许钺是个为人正直的青年，在湘鄂一带颇有侠义声誉，用小说第二八回元元大师的评价就是：“当初事端，其过不在许某，他不过不该存心轻薄而已。双方比剑总有胜败，况且莹姑母亲不该先用暗器，把人家兄弟打成残废。许某为手足报仇，乃是本分。他不曾伤人，足见存心厚道。又不贪色，尤为可取。她母子心地褊狭，自己气死，与人何干？……”可是为此许钺后来非常后悔。

---

① 裴效维、李观鼎编校：《还珠楼主小说全集》总第一卷，山西人民出版社、北岳文艺出版社 1998 年版，第 202－204 页。

李福清先生指出："各民族史诗中英雄不仅在遥远的地方为自己寻找未婚妻，甚至遇见她后，在向她求婚前还要和她田野上进行交锋，只有在交战中获胜时英雄小姐才同意与他结婚。在《三侠五义》第三十一回中有类似的描写，勇士展昭同月华小姐比剑术，在比赛中获得了胜利，娶了月华为妻。这样的例子在其他章回小说及民间传说都可以发现，这都证明作家（石玉昆当然是特殊的例子）引用民间文学的母题、情节模式、描写的方法。"① 这一认识注意到中国古代小说的确有史诗一般的民间因素在起作用。我们还可以进一步发现其与民俗的联系。

可见，金庸的比武招亲描写，的确对于先前的母题有所继承延续。穆念慈完颜康的比武是一条明线，而黄蓉郭靖初识，黄蓉有意无意地考验这位朋友，郭靖有意无意地在新朋友面前的表现，写的惟妙惟肖，意出言表。而新旧两派武侠小说又同样有着广阔深厚的互文性传统、民俗记忆和人类学深蕴。

① ［俄］李福清：《中国小说与民间文学关系》，《民族艺术》1999年第4期。

附录　评叶洪生、林保淳《台湾武侠小说发展史》

十多年前求学上海时，每闻于学林出版社资深编审周清霖先生谈及大陆读者、研究者之于港台武侠小说了解之少，以及产生诸多误解，常作抱憾无奈之叹。伴随海峡两岸文化交流的增多，这一局面已经有所改观。近捧读林保淳兄从台北寄来的新著《台湾武侠小说发展史》，真是感慨良多。

台湾武侠小说评论家叶洪生先生与淡江大学林保淳教授（现已供职台湾师范大学）对武侠小说这一文类的研究都持续多年，颇多创见。近十年他们联手撰写《台湾武侠小说发展史》① 更以翔实的资料与简明的阐述，将台湾武侠小说自上世纪下半叶五十年来的发展脉络一一厘清，以正台湾武侠小说研究之谬误。书中将此五十年武侠小说创作历程划作发轫、兴盛、退潮、衰微四期，跳出作品评介、作家介绍之故套，而以武侠小说发展之传承、政府文化政策之变化、作品与读者接触之渠道、武侠小说作家群体之特征、武侠小说评述之纷纭等台湾武侠小说发展的内外影响因素为立足点，把武侠小说的研究转向

① 叶洪生、林保淳：《台湾武侠小说发展史》，台北远流出版事业股份有限公司2005年6月版，下简称《发展史》。

更广的视野和更学术化的层面。

首先，材料丰赡，求实传信，是该书的最大特色。

两位作者历时多年经营此书，其撰写前后之最大难题正在于台湾武侠小说研究的资料难寻、内容庞杂且多有讹误。如叶洪生序言中所言之诸般困境，都系过来人之语，云其时台湾武侠小说作者发轫期即十名以上，而全盛时更是有三百余人之多，且由于武侠小说作品的特性，几乎每部书都长篇巨幅，字数往往多达百万。要一一通读，穿珠成串，分阶段理清，谈何容易。毫无疑问，面对武侠小说庞杂混乱的出版情况和随出随失的流传状况，大量原始材料已很难找到，而武侠小说作家又往往并不重视自己的武侠小说创作，如多数武侠小说名家竟然不能确知自己作品数目，再如“代笔”、“冒名”竟成了武侠小说创作的常态，这既给了“攻击”武侠小说者以口实，也让有心从事武侠小说的各地研究者不免屡有失误。如该书作者之一在 90 年代初所指出的大陆学者因资料不全，“故有如刀剑虚舞，听音辨位，难免贻人以‘盲侠’之讥”，而台湾虽处当时武侠小说发展的重镇，却“多持鸵鸟心态，完全无动于衷，任令以讹传讹”。因此，从资料角度来说，《台湾武侠小说发展史》的出版，确实为当前武侠小说研究提供了一本比较全面而翔实的“信史”。

该书小 16 开，五百余页，单独介绍武侠小说家及其代表作品的就有三百来页，对每一位作家都力求详其原委，据以原始资料有所考辨。除对司马翎惜其身后寂寞而再三咏赞外，又将所谓“三剑客”和古龙这些名家诸一详写，并特别为台籍武侠作家——秦红、陆鱼立一章节加以介绍，这就突破以往武侠小说史论著只围绕金庸、古龙这样的大家来写整个武侠小说史的弊病，为那些在武侠小说创作中有所发明、有所贡献的作者还原了其历史的原生态。如此也有助于我们真正从理解与同情的心态看待这段小说发展历程，进而对武侠小说这一中国通俗文学中独特的文化现象有更为适当的定位和评价。

为进一步研究之便，该书特制作《台湾武侠小说二十名家书目（1951—1980）》，尤其是所列每部作品还尽量标明其在何报纸上刊载的时间，是否为代作、续作、伪作。举凡662种小说（个别的为存目），这该是多么重要而可贵的文献抢救工作！如果考虑到约三千部武侠小说中的许多作品正在散失，原作搜集的抢救工作就更为要紧。也许有人会说，散佚的是糟粕，精华就必能被珍存，其实这只是一厢情愿的推测而已，实恐未必，又确系无可求证的。试想，如果没有敦煌卷子的偶然保存和发现，甚至域外保存，世人所珍的那些文化遗产不就真的永远荡然无存了么？

武侠小说的通俗文类创作及传播性质，决定了其版本舛误，易于流散等特性，从报纸副刊连载到倩人代笔又多次修改，其版本往往处于一个动态变化的历程，我们大家熟知的金庸小说也不例外。如果不认真对待，就会出现《文学评论》所载论文曾指出的以50年代修改本研究、判定郭沫若20年代思想那样不应有的失误。

夏威夷大学马幼垣教授在2000年北京大学金庸小说研讨会上就倡导编写金庸小说数据库，很有眼光，笔者在此呼吁，应建立武侠文学馆（我们已经有了巴金倡导下建立的中国现代文学馆），从书目的整理、原刊本珍藏，孤本的访求入手，往往带有抢救的迫切性，从这一点来说，当是一项重于研究的当务之急。

可是毋庸讳言，与当代大众审美情趣密切相关的通俗文学，长期以来所得到的应有关注也是很不够的。更需要创造这方面的资料条件。因为这也与缺少研究的基本条件——文本原著，可靠的文本原著有关。即使是研究论著，像龚鹏程教授以研究唐代武侠文学为主的专著《大侠》，在《发展史》中作者曾诧异为何好像大陆不少研究者都知道这本书，其实多数人不过是从陈平原《千古文人侠客梦》中的引述辗转得知而已。对此笔者也早有同感。据本人所知，这本书大陆迄今并未印行（但北京图书馆，即今日的国家图书馆则早有收藏）。如同许多大陆学术论著在台印行或可购得（有的是可在香港书店购得），而大陆学者想看到台版学术书却不是那么便利。（以笔者经验，不少台版学术书东北地区只有吉林大学图书馆才有收藏。）这样，在学术竞争的跑道上，多数大陆学者事实上与台湾地区学者并不是站在一个起跑线上的。

不论是台湾武侠小说，还是大陆武侠小说，都是中华民族宝贵的文化资产，值得炎黄子孙共同珍存。试想，我们要花费那么大的代价去抢救敦煌文化遗产，各地区出土文物乃至许多非物质文化遗产，又何尝不能关注一下我们身边所发生的，正在悄然消失散落的？从叶、林所著提示的武侠小说辨伪存真的艰难，这项工作可以说是刻不容缓，迫在眉睫！

其次，这也牵涉到如何看待武侠小说乃至通俗文学的问题。

1991 年 5 月，重庆出版社推出了天津张赣生先生《民国通俗小说论稿》，尽管书中作者自谦“苦于时间仓促，来不及反复推敲，……民国通俗小说中那些卓绝之作，肯定将如长江大河一样万古流传，不会因我或他人的评论失当而致损”，然而事实上该书作者为了搜集第一手资料，虽身处北方通俗文化中心地区天津，得天津报界名宿吴云心先生指教，又广求王度庐夫人李丹荃女士、白羽之子宫以仁先生、还珠楼主之女李观贤女士、郑证因之侄郑华增先生、刘云若之女刘美文、美珠姊妹等等，取得很多翔实资料，因此极获好评，素以资料宏富，立论公允著称。该书《自序》开首引《刘子》云：“昔鲁哀公遥慕稷契之贤，不觉孔丘之圣；齐景公高仰管仲之谋，而不知晏婴之智；……岂非重古而轻今，珍远而鄙近，贵耳而贱目，崇名而毁实耶!”说明民国通俗小说遭遇诸多文学史论著排斥的现状，一如刘昼的感受，古今一理。

如今这种情形已经有所改观，在这方面做出博士论文的已有汤哲声、孔庆东、宋伟杰诸君，而苏州大学徐斯年先生的民国武侠小说研究更是全面深入。相比之下，总体上说大陆对于台湾当代文学尤其是武侠小说，则了解更少。显然，从学理上而言，雅俗文化不能割裂，与其说重雅，考证几百、千余年前的诗文（我们大陆已有多所高校具有投资不菲的古典小说、古典诗歌研究中心和数十以此为重心的博士点，数百硕士博士论文已做了和正在做着，现在进行时与过去完成时），毋宁更应该抢救距今较近的那些“俗”的，而且俗的更呈显为动态性的，消亡得更快更彻底的文化产品类别。我们为什么对这些抱着冷漠态度？以其与当代大众文化生活的如此接近，不是更应予以投入研究的时间力量和资金么！

武侠小说一直难以登入大雅之堂，这不仅体现在正统文学史对其不屑一顾上，更体现在近二十年将武侠小说研究局限在少数名家。很难想象，如果对古代文学或现代文学的研究只聚焦在杜甫、李白、曹雪芹或鲁迅诸人身上，整个中国文学史还能否得出全面、清晰而正确的认识。因此，从原始资料出发，不仅认真看待一流的武侠作家作品，也应该认真看待那些二流、三流的作家、作品，因为目前武侠小说研究不是缺少那些聚集在名家身上，读者鉴赏式的批评文章，而是缺少能够从文化、思想、创作、接受、原型等方面对武侠小说作一整体或局部透视，具有超越具体故事情节和具体作者的理论阐述，只有这样才能真正摆脱现有的武侠小说研究的尴尬，得到多方面的认可和借鉴。

似乎，《发展史》遵循了文化相对主义的原则，这是文化人类学理论的核心，即不论是发达民族还是土著民族，它们在价值上是平等的。我们对待武侠小说这样一个被有些学者说成是“次文类”、“下流文学”的，也当作如是观。作为通俗文化重要构成的武侠小说，是汉语文学中不可回避、不可阻遏的文化现象，如果以纯文学——雅文学的尺度衡量，确实有较多夸张、荒诞的因素，但武侠小说实在有着自身的表现套路与风格，已积累了深厚的蕴涵并与当代影视艺术充分融合，进入千千万万当代读者观众的日常生活与意识形态中，岂可简单武断从事？恐怕首先应做的是增进了解，承认其存在合理性，在较为全面了解的前提下努力发掘其审美价值。

其三，武侠小说研究，是综合性考察当代大众文化不可或缺的环节。

《发展史》第四章第五节概述武侠小说研究的现状，并对武侠小说研究提出了自身的看法。作者认为目前武侠研究的窘境在于“研究窄化”，这可谓也正中目前大陆武侠文学研究之要穴。由于武侠小说——通俗文学理论建构不足，除少数几位研究者外，大都停留在鉴赏和读后感式的评价，虽不无存在意义，但很难从文化和历史的大视野中做出更有意义、有价值的论断。也不能从更久远的历史源头和更深层的心理机制中发现“侠”在民族文化中的意义。侠文化既然非凭空产生，也不会凭空消失，至今其已融入海内外中华民族群体无意识之中，继续以这样或那样的形式出现。这一点可以从该书第三章第一节中深刻体认，武侠小说这一文类或许不免有兴盛之后的衰落，但武侠精神却可以借助另一种形式继续出现并张扬于现实社会之中。

从互文性的角度看武侠小说，无疑这一文类是最适合、最具有互文性意义的观照视角了。从《发展史》中我们了解到，事实上金庸、古龙等名家之作，都有着广泛的互文性来源，而师法金庸等名家的就更多。《发展史》帮助我们了解到先前所知不多的台湾地区武侠小说发展的全貌，从而在一个较为广阔的文本格局的背景下，对于先前大陆读者所了解的港台武侠小说名家名著，有一个更加客观准确的定位。

除了资料上的“传信”，这部武侠小说史还从政府文化政策、传媒发展变化、作家创作动机、出版行业同作者之间的互动等多方面对武侠小说发展这一论题做“外部阐释”。这是试图还原台湾武侠小说发展原生态的另一有益尝试，也为武侠小说研究提供了另外一个角度，对于大陆的研究者来说，更增加了比较的参照，取得一种他者的眼光。这说明该书无疑对于武侠小说研究有极大的推动作用，也是海峡两岸武侠小说交流的一座桥梁。

事实上，新派武侠小说（这里也包括民初和之后港台新派武侠小说）同此前侠义公案小说之间的最大区别，或者说新派之“新”，可能更多程度上是决定于报纸每日一节、长篇连载这种小说的传播形式。也就是这种传播形式决定了作者必须更准确地找到并调整、投合读者的口味，如书中多次提到武侠小说作者在报纸上的连载被“腰斩”，也提到某一作者占据某报副刊多年，都是显例。作家的尝试必须随时满足读者的可能接受倾向，而连载之中的未完成性也导致读者和作者之间交流更有效、也更迅捷。作者能够从读者处得到足够讯息改变或坚持创作的方向，古龙《天涯·明月·刀》坚持诗化风格却而因读者“不买账”而连载中断，金庸《神雕侠侣》则顾及读者心愿而断然改变杨过、小龙女之间的结局。可见，武侠小说创作和传播的当下性，要求研究者充分注意武侠小说创作之外的大众文化消费因素。对于台湾武侠小说发展而言，其几次转型和兴衰变化恰恰都有外在大环境的影响。

因此，《发展史》两位著者能以不小的篇幅来论述“八大书系”为代表的出版行业，台湾政府的文化政策，媒体传播下的武侠创作，又旁涉香港、大陆，并以此揭示台湾武侠小说发展历程中的兴衰成败，确实是有其深入考虑的。而书中更注意到如云中岳得到网络群体重视一事，尤可见著者在研究时视野的广阔和平时的处处留心。而这些，走在前面的台湾地区武侠小说及其连带的大众文化现象，和相关研究得失，也会对于大陆相关文化现象的审视、研究以不可多得的启发。

其四，武侠小说整理、出版与研究，也对于其他领域的研究及理论运用有较大参考作用。

如今武侠小说已经不仅仅面对着一般的读者。大陆高校的教学与研究，长期以来过于偏重“雅文学”和名著。古代文学名著研究的重复浪费现象，早引起诸如郭英德教授“悬置名著”之类的呼吁，而就明清小说研究来说，也有学者指出：“绝大多数作品数十年来一直无人过问，这已经成为研究发展的重要障碍。……文学发展有起有伏，决非若干巅峰的连线。在不少历史阶段中，放眼四顾只见一般乃至平庸的作品，但这就是该阶段创作演进的主要表现形式，它们形成的‘团粒结构’式的作品群所产生的整体意义与影响决不可小视。最后，一般乃至平庸的作品大量出现，且能在相当大范围里传播，这实与当时社会氛围、创作整体水平以及读者群审美情趣等都有很大关系。这些作品单个地看价值都不高，但其有机合成的整体却可引出一连串重要课题，由此切入还必将拓广我们的研究内容。”① 其实这种情况，在武侠小说研究中，也程度不同地存在。而对武侠文学研究的关注，也会促使研究者更加关注古今文学的联系及演变过程，关注古典文学的当代意义，关注当代国外理论思潮对大众文化现象的解析，等等，功效当不可小觑。

固然，学好中文专业离不开掌握基本的名著和文学史知识，但《发展史》也以有说服力的事实，印证了“团粒结构”下其他众多作品的价值也不应忽视。一似《水浒传》经岁月淘洗和读者审美接受而成为经典，金庸小说也已经开始经典化。小说

① 陈大康：《关于古典文学研究中一些现象的思考》，《文学遗产》2004 年第 1 期。

史的经验已验证了，小说经典名著的生成也离不开通俗文学一般性作品的积累。《发展史》告诉我们，卧龙生1958年的《飞燕惊龙》里武林门派、江湖大一统之说，早于金庸《笑傲江湖》（1967年）的“千秋万代，一统江湖”之说；《天龙八部》（1963年）“武学女博士”王语嫣形象来自于卧龙生《玉钗盟》（1960年）中紫衣女萧姹姹。有的母题甚至来自域外，如《倚天屠龙记》中刀剑互击断裂发现内藏秘笈，当来自日本柴田炼三郎《秘剑血宴》有关水火双剑的描写。于是，我们不难理解和认同这样的观点，所谓名家名著不是孤立存在而是相对而言的。

该书著者言，“基本上，文学史的建构是经由串联各时代个别作家的‘点’，形成主线；再由同时期作家的‘点’，铺陈为面；最后则以纵览全局的宏观方式，为其历史发展作定位”，才能成就一本“信史”。并认为如何选择“点”，则由建构者不同的文学发展史观和对作家具体把握决定。这显然是一种过来之人的“夫子自道”。综观全书，两位著者也都能言人所未言，言人所未尽言，圆理成说。但若苛求尽善尽美，则不免仍有可商榷之处。说起该书的不足，恐怕最令人遗憾的就是，虽然书名为“史”，但史实居多，而史论略显薄弱，虽满盘珍珠却往往少了丝线串联，这可从篇幅的安排得出，也可从具体的行文中看到。大多数武侠小说评论仍然是走了作家作品论的路子，没能继续深入。当然这也许和作者对这部书的定位有关，据网络新闻（www. chinapublish. com. cn），叶洪生先生称该书是“定位在于通俗与学术之间，是提供给有心人士搭桥铺路”的。再有该书还评司马翎作品为“追求‘人性解放’”，而其证据为

"江湖儿女对于人之大欲的热烈追求"，似不免有点过誉。至于武侠作品中用现代语词究竟有益与否，也有待斟酌。推敲书中文字，或是饱含深情的著者深惜其人身后名声不彰，力为之争的感情所致。不过，揆诸全书，这些苛求之点，只不过是白璧微瑕而已，不能损伤其所取得的成绩。

黄侃先生曾有言："学问之道有五：一曰不欺人，二曰不知者不道，三曰不背所本，四曰为后世负责，五曰不窃。"《发展史》两位著者苦心孤诣，十年磨一剑，终有所成。虽犹有缺憾，但仅就其研究心态就已可圈可点，不愧前贤之言。这在有些人看来是"笨功夫"，可从学术史的角度来看，真正的研究都有赖于这"笨功夫"的基础。

最后，笔者认为关于武侠小说论著的出版，还应得到更多重视。与武侠小说创作的数量之夥，相对说来研究论作一直是较少、滞后的。台湾地区的武侠文学发展历程，能给予大陆学者以很好的参考借鉴，也督促我们及时总结大陆地区的相关文学——文化现象。仅就武侠小说研究论著来说，至少存在着学者研究与出版策划脱节的普遍现象。这不光指部分高校开设选修课缺少参考教材而相关著作又出版艰难；更为严重的是缺少真伪和高下精粗的甄别。这从《发展史》第四章列举的大陆某些出版社给原作改名、改作者等现象，可以部分地归因于此，倘若由大陆研究者来出面联系、咨询台湾同行，恐怕这类事能避免很多。更有甚者，是正式出版跟不上，盗印"黑书"遂大肆盛行。《发展史》从武侠小说登陆大陆过程，概括80年代中后期"黑书"现象可分为金庸、梁羽生挂帅时期，许多小说被挂名金庸，诸如司马翎、慕容美、萧逸、云中岳等人的小说一度挂名梁羽生；随后则进入到古龙、卧龙生等挂名时期，这也造成了大陆早期的一些研究者张冠李戴，以讹传讹[①]。当然，这也与海峡两岸武侠小说出版与研究力量的协同不够有关，等等。(与马国星合作)

（叶洪生、林保淳《台湾武侠小说发展史》，台北远流出版事业股份有限公司2005年版）

叶洪生：台北《联合日报》前总编，著名武侠小说评论家。

林保淳：文学博士，台湾淡江大学教授，淡江大学通俗文学研究中心主任，现任教台湾师范大学中文系。

① 此当为大陆武侠小说研究版本专家顾臻兄的贡献。《发展史》除了征引顾臻网文《沧海横流却是谁》外，关于大陆黑书的描述实出自顾兄给叶洪生先生之信。为该书此节，顾臻旧书摊上广搜两三千本黑书为实证，将其精选部分函告知叶先生："这些书，没有一种是正规出版社所出，出版社名称多出自书商自造。这一情况，发生在1988年之前，那个时候也没人管，书摊上满眼这类粗制滥造的武侠小说，正规出版社的产品是有的，但仅是金庸和梁羽生的部分真作。……印象中，这个时段好像没有研究港台武侠小说的文章和论文（也许当时小弟尚在大学混日子，无能了解研究情况），直到进入1990年代后才有研究者出现。"参见叶洪生先生致谢与顾臻兄给笔者的来信，2015年3月6日。

武侠文化通论

WUXIA WENHUA TONGLUN

王立／著

【第三卷】

人民出版社

目　录

前言　民国武侠文学与国学关系的思考

作为民族记忆的一种艺术表现形式，文学成为透视一个民族、国家的精神世界的最佳窗口。法国文学史家朗松《论文学史的方法》中曾指出："一个民族的文学，便是那个民族生活的一种现象。在这种民族长久富裕的发展之中，他的文学便是叙述记载种种在政治的社会的事实或制度之中，所掩藏所寄托的情感与思想活动，尤其以未曾实现的想望或痛苦的神秘的内心生活为最多。"①

对于晚清到民国的武侠文学，因其处于19世纪中后期到20世纪初的文化变迁时代，成为较为切近地了解传统中国文化（这与传统断裂后的了解大有不同）的重要载体。从跨文化的角度一位美国学者曾指出："我们所谈到的大多数作家都是在他们感到自己所处的文化前途未卜的时候开始研究中国的。对于那些身怀不安全感和焦虑感的西方人来说，中国在某种程度

---

① ［美］拜尔·昂利编：《方法、批评及文学史——朗松文论选》，徐继曾译，中国社会科学出版社1992年版，第1页。

上成了他们的一条出路或退路。”① 对于“国学”作为研究中华传统学术及其载体的学问，当然还存在着一些争议；但武侠文学作为一种极具中国民族特色的文学类型，虽不免与“国学”有着“剪不断，理还乱”的复杂内在联系，而将这一文学样式作为“国学”载体，争议较“国学”本身更大。而事实上，在民国时期的武侠文学与“国学”在文本结构、主体意识、传播及影响等方面，有着共生相通性。因此，有必要对两者关系做更深层的梳理，这有助于明确国学的真正内涵与功能，也有助于武侠文学在民族文化的深广范围内得到更确当的定位。

一、异构同质：国学与武侠文学的内在相通性

国学与武侠文学，虽然两者属于雅俗文化的不同分野，但都具有显著民族化特色，也都有着深厚民族传统渊源（书本的文献遗存、学术研究的阐释积累和民族心理积存）。对于这两者，近代特别是“五四”以来，乃至四十多年前，国学的主体部分儒学与武侠文学都曾遭遇历经近乎三十年的批判否定，尽管这种政治化批判否定的功过尚无定论，但影响依旧存在。

传统文学是“国学”的载体之一，广义讲当然也包括武侠文学，然而人们理解的往往是狭义上的，把作为国学主干的、早期儒家、道家思想当成了国学本身和全部。这样的认识基于中国学术的一个特点，因革求变，理论在经典的不断阐释中动态发展。但因为宋明理学（程颢、朱熹等）、现代新儒学（梁

① ［美］史景迁：《文化类同与文化利用——世界总体对话中的中国形象》，廖世奇、彭小樵译，北京大学出版社 1990 年版，第 145 页。

漱溟、熊十力、冯友兰以及方东美、唐君毅等）的精深复杂，使多数人选择了直接把国学与孔孟老庄对号入座。实际上国学的当代心态应当包括传统文学，也不应把武侠文学拒之门外。

武侠小说，属于通俗文学三大分支（艳情、武侠、黑幕）之一。武侠小说的渊源在古代史传（如《史记》的游侠、刺客列传）、唐传奇、宋明公案小说和清代的侠义小说。晚清以降，一直走不出清官捕快借助侠客办案的叙事模式。直到20世纪二三十年代，经过一些武侠文学先驱的不断开拓，才在诸多通俗小说中异军突起。而其中最引人瞩目的天才，就是后来被称为民国武侠小说奠基人的“平江不肖生”向恺然、还珠楼主李寿民。通常民国（1911—1949）通俗文学可三阶段：1912—1919年为过渡期，1912—1929年为南派兴盛期（向恺然、陆士谔、赵苕狂等）；1930—1949年为北派兴盛期。一般来说，承接清代侠义公案小说，并开启金庸、梁羽生等“新派”武侠小说的“旧派”（民国）武侠小说，可大致分为九大流派：

1. 民俗武侠小说。如平江不肖生向恺然的《江湖奇侠传》、《近代侠义英雄传》。

2. 言情武侠小说。王度庐（1909—1977）“鹤—铁”五部曲（《鹤惊昆仑》、《宝剑金钗》、《剑气珠光》、《卧虎藏龙》、《铁骑银瓶》）三个悲剧：江小鹤和阿鸾、李慕白和俞秀莲、罗小虎和玉娇龙的爱情纠葛。

3. 历史武侠小说。如文公直（1898—?）《碧血丹心大侠传》、《碧血丹心于公传》。

4. 会党武侠小说。如姚民哀（1894—1938）《四海群龙记》。

5. 社会武侠小说。如赵焕亭（1877—1951）《奇侠精忠传》、《大侠瘾一官轶事》等。有“南向北赵”说。

6. 神怪武侠小说。如还珠楼主（1902—1961）《蜀山剑侠传》、《青城十九侠》。

7. 社会武侠小说。如宫白羽（1899—1966）《十二金钱镖》、《武林争雄记》、《偷拳》。

8. 技击武侠小说。如郑证因（1900—1960）《鹰爪王》。

9. 蛮荒武侠小说。如朱贞木（1905—？）《魔窟风云》、《罗刹夫人》及《七杀碑》。

“北派四大家”为还珠楼主、宫白羽、郑证因、王度庐，活跃的区域京津一带，与东北地区邻近。而王度庐作为旗人（满族）作家，建国初曾在旅大师专（即今日辽宁师范大学前身）任教，后调至沈阳的辽宁省实验中学任教，他在此间的学生徐斯年教授（曾任苏州大学出版社总编）曾在辽宁师范大学中文系教授现代文学，撰有《王度庐评传》《侠的踪迹》等专著，徐老师在辽师老一辈教师中口碑甚好，近年武侠文学研究的成绩斐然，学界评价甚高。而古今武侠小说的文学叙述，有不少带有地域性，平江不肖生多写湖南江西的风俗；还珠楼主喜好写巴蜀、云南边荒和西北大漠；也有一些是以东北地区的山山水水为空间背景的，如顾明道（1897—1944）《荒江女侠》就描写了山海关外的自然景象。

“功夫片”与港台武侠小说为代表的武侠文学、武侠文化，为中国之外的世界展示了一个观察了解中国的窗口，颇为类似“国学”以解读、串讲文化典籍，来让人们特别是身负家长殷切期望的青少年来了解中国传统、中国社会。然而如同一位当红的社会学家所指出的，这种“研究”不大可取：

> 因为毕竟社会科学已在中国生根，通过回归传统国学去找答案或者是站在那个立场上来认识中国社会，所看到的东西大都是应然的，和我们在社会科学里看到的东西完全不一样。而且国学取向的研究方式有一个预设，就是中国思想家很了不起，以前的学人很了不起，这就免不了赞美的成分偏多，带着得意和羡慕来诠释，而中国人与中国社会当中很多实然问题则被掩盖掉了。①

何况确切说有许多其实是在评书式地普及、往往还有着“史话”、大话《西游》、（戏说）论语之类的味道。大致说来“国学”与武侠文学的共同性主要在于：

一者，都试图在营构部分存留部分失落的宝贵精神遗产，以“曾有”为基础将某些理念性存在的价值现象化、世俗化。国学中的纲常等级内蕴与武侠文学中的江湖道义伦理，彼此看起来都似曾相识，具有雅俗分流的同源性民族文化根系。国学今日获得的褒大于贬的肯定评价，如同武侠文学对“冷兵器时代”古朴习俗、人们的武功身手的过分夸张。“国学”在笔者认识的某些人眼里除了无所不包的《论语》外，就是书法和《弟子规》《三字经》，甚至要在大学校园中进行补课式的章句解释，而其时代局限性、传播的功利性说教性深意往往被掩盖，也如同武侠文学之“他者”想象中人物师门律条规约，却多以

① 翟学伟：《关系与中国社会》，中国社会科学出版社2012年版，第62页。

逍遥行侠、蔑视礼俗模样出现，让纯情少年痴迷。

二者，原本“国学”含有许多“应然性”地将伦理关系道德化的东西，遮蔽了复杂人性及社会关系中的负面、阴暗面的观照，易于让青少年成长过程中偏食、只吃甜点，武侠文学长期以来（确切说清末以前）也忽略了其实恰恰“朋友难信”、血缘拟血缘关系也未必可靠等应有的“粗粮”、苦果，在“成长小说”的教谕功能上未必赶得上路遥的《人生》，而民国之后的武侠作品，才对此予以较多暴露揭示。

三者，如此一来，在研究者笔下，往往被想当然地、简单枚举式地证明为：国学——儒家（道家等）思想在武侠文学（或其作者）中的艺术化表现，而武侠文学则被顺理成章地看作至高无上的“国学”的一个大众化读本类型。

与国学所受基本肯定的待遇稍有不同的是，武侠小说则遭受到了一些批评和否定，除了特定时代的茅盾等人外，如当代学者何满子、袁良骏、谢桃坊、邝健行等等，如作家王朔等，尽管他们的观点有些偏激，但能引导人们看到武侠小说某些负面效应的东西，一定程度上也能引人思考，只是如果他们将某一个案性的武侠小说，作为武侠题材、母题书写的发展史纵横贯通来看，可能观点会有所改变。

二、中体为本：国学大师与武侠文学家现代性质素的传统化

国学大师，公认的是民国时代产生较多，其以学术建树为主，大体是传统文献涉猎广、理解深，多有国外留学经历具有世界性的视野，如胡适、陈寅恪、季羡林、钱钟书等人，而更多是以精通本国文化特别是具有民间性民族性，又能中西结合

赋予思辨与独创性，如梁启超、王国维、顾颉刚等，一般都不是专精“四部”经史子集中的一部，而以一为主兼及其他。如胡适，他以哲学史知识背景广涉文学史，尤其以小说史研究成绩突出，他认为，“我们不能坐在舢板船上自夸精神文明，而嘲笑五万吨的大轮船是物质文明”。他对文理（工）关系的看法今天依旧很有现实意义，指出工具越是进步，其中包含的精神因素要远大于老祖宗的瓦罐、大车、毛笔。第一个编写中国哲学史专著的胡适，又第一个把白话小说作为学术进行研究，他给《三侠五义》作序时借包公故事，提出了著名的“箭垛人物”理论和“母题”（以狸猫换太子故事为例）滚雪球理论。

就武侠小说家而言，虽然也不乏渊博知识与远见，特别是想象力与创造力，却很难做到没有争议的。从民国时代的平江不肖生、还珠楼主、宫白羽、王度庐等到“新派”的金庸、梁羽生等人，都曾受同时代、后来人推重，而其中也有一些反对、攻击的声音。如说神怪魔幻的蜀山系列远离时代斗争，而说金庸小说偏重娱乐、商业化等。主要原因在于：一是评价标准不同。学术研究与通俗小说创作，虽然均为“现象与本质的结合体”，但前者重视本质的理性建构，而后者关注本质的现象化艺术表现。文类迥异，本来就不是一个评价尺度，更不成类比。二是非学术的学术表达。对于胡适等人的攻击有其特定政治时代背景，如今深度了解的只有部分专业人士了；武侠文学家的引起争议，却往往是一些愿意做反面文章的人看不惯大红大紫；有些非议，更多的是出于不喜欢武侠文学的文类特征（包括对影视娱乐的不满），因此主要矛头指向往往旨在武侠研究者的不适当“追捧”，与其说文学文本自身有问题，毋宁说，更多的是对追捧的反感激发了质疑、挑战、反对、灭绝武侠文学诸家的强韧斗志。

尽管有一些反对、质疑的不同声音存在，民国时期武侠文学家当划入最富有“国学”时代特征的传统文学门类、题材之一，这一点，却是不容置疑的。

首先，以国学为基础，突出国学与武侠文学的相通性。如国学、佛学有深入研究的梁启超，清光绪三十年（1904）32岁时作《中国之武士道》。他以日本民族振兴为参照，介绍了历史上71位以武德闻名天下的人物事迹，将武侠传统提升到振奋民族精神的高度，虽为救亡图存时代急需，今日来看，也不过时。而孔子、墨子等人都在其列。我们知道，早期儒学是国学的核心，而墨子代表的墨侠精神被认为是武侠文化起源之一。梁启超确当地找到了作为先秦“显学”的儒墨之一个突出的共同点，而后来他作为清华研究院五位导师之一，当然也与具有这种眼光有关。至于向恺然、李寿民等民国武侠小说家也无不在践行救国强种之志。

其次，民国武侠小说家以其国学基础深厚，在将眼光投向外域时显得更有底气。向恺然就在创作《近代侠义英雄传》、《江湖奇侠传》之前，面世于民初在日本的中国留学生和亡命者生活的《留东外史》，立足中华文化本位，同时带有强烈的文化批判性。而像《近代侠义英雄传》对于霍元甲武术强国、对于针灸术引起德国人惊赞等描写，也是在武侠叙事中弘扬了博大精深的“国学”。还珠楼主对于国学贯通式的创造性的发挥想象，也曾在民国获得高度的评价，徐国桢《还珠楼主论》认为该书：“道德方面，是偏重儒家的。……修养方面，那就以佛家……为终极之点。……生活方面，又极力渲染道家逍遥散淡的趣味了。……概括说来，还珠楼主所创造的小说人物，在行为可说如下：本来是李耳、庄周一般的襟怀，可生就了释迦牟尼的两只眼睛，却是替孔丘、孟轲去应世办事。于是儒道释混成一体了。”[①] 这有些类似国学热的庞杂与轰炸，不过国学以早期儒家原典的道德化诠释为主。

这一特点被当代武侠小说创作主体所认同、接受，并更多地将眼光投向外域，他们的创作往往更具有世界文学的眼光。于是，在运用武侠文学创作时，采纳外域文学之长，重铸民族文学，则显示出国学体系的包容性、动态性发展的活力。

例如，梁羽生《七剑下天山》中的主人公凌未风，就是因为作者喜欢英国女作家伏尼契《牛虻》。其中一个“非常刚强的英雄形象”牛虻的“侠气”深深地感动了年轻的梁羽生，他思考：为什么不写一部“中国的牛虻”呢？他知道：“吸收外国文学的影响，利用或模拟某一名著的情节和结构，在其他创作中是常有的事，号称‘俄罗斯文学之父’的普希金，许多作品就是模拟拜伦和莎士比亚的。……不能单纯的‘移植’，中外的国情不同，社会生活和人物思想都有很大的差别，因此在利用它们的某些情节时，还是要经过自己的‘创造’，否则就要变成‘非驴非马’了。在写《七剑下天山》时，我曾深深考虑过这个问题，因此我虽然利用了《牛虻》的某些情节，但在

---

① 载 1948 年《宇宙》复刊第 3 – 5 期，1949 年上海正气书局出版单行本，收入周清霖、李观鼎编校《还珠楼主小说全集》第 46 卷［附录］，山西人民出版社、北岳文艺出版社 1998 年版，第 459 – 460 页。

人物的创造和故事的发展上，却是和《牛虻》完全两样的。”① 我们知道，梁羽生先生极为熟悉中国历史，同时，如果他没有对国学、国情的深入了解，也很难在面对欧洲小说时，有着如此不失其中国文化本真性的把握。

又如，金庸喜欢大仲马、司各特、斯蒂文生、雨果、狄更斯、屠格涅夫等欧洲作家的小说，莎士比亚也是金庸极其熟悉的一位作家，从创作方法的借鉴上，他曾对严家炎先生说："戏剧中我喜欢莎士比亚的作品。莎翁重人物性格、心理的刻画，借外在动作表现内心，这对我有影响。……”② 不过，他还是努力立足中国本位的，金庸《从〈小梅的梦〉谈起》曾谈到匈牙利作家贝拉．巴拉兹（Bela Balazs）一本书中提及两个中国故事，其中第二个即是：有个中国读书人看一幅画，爱上了画中的一个美丽少女，后来就走入画中和那少女结了婚，等他走出画后，画中少女的手臂里多了一个婴儿。金庸评论道："我国这种传说多得很，所谓'画里真真'，已成为一句成语，不但人可以走进画里，画里的人物还可以走到现实世界中来，……《小梅的梦》中那个小木头人儿坐了飞机飞进画中，确是很美的中国式想法。”③ 这就是说，先必须对"我国"的相关传说，有所了解是不够的，要较为熟悉；再就是要分清究竟

① 梁羽生：《笔花六照》，上海古籍出版社 1999 年版，第 43－44 页。

② 严家炎：《金庸小说论稿》（增订本）附录一《金庸答问录》，北京大学出版社 2007 年版，第 176－177 页。

③ 金庸、梁羽生、百剑堂主：《三剑楼随笔》，学林出版社 1997 年版，第 165－166 页。画中人母题，可参见王立等《〈聊斋志异〉中印文学溯源研究》第十七章《图画崇拜与画中人母题的佛经渊源及仙话意蕴》，昆仑出版社 2011 年版，第 371－394 页。

何为“中国式想法”，即民族的思维方式、思维传统与语言表达习惯，因为思维是同语言相联系的。如果创作主体以及评论家对于“国学”都不甚了了，也就很难分清何为“中国式想法”及其同非中国式想法的具体区别、差异之所在。

第三，国学与武侠文学体现了文化的雅俗分野，这既与文学史上的诗文分体有关，也与时代和受众群体有关。与《诗经》相比，《楚辞》雅；与汉赋相比，汉乐府俗；“开口不谈《红楼梦》，纵读诗书也枉然”的清代中后期，《红楼梦》是俗的，而今天却成了地道的雅文学；而胡适及其早些时代上不了“大雅之堂”的明清小说戏曲，相比金庸小说也被看成是雅的，得到了文学史的价值确认。

相比较而言，民国时代的国学大师更是忧国忧民，在救国图存的民族危亡时代，试图用“国学”坚守饱受外来文化冲击的“中国传统”与“民族精神”，他们在学术史、思想史上的地位已经很难摇撼，能够与其对话的语境基本上已时过境迁，而且具备能对话条件的如今多为专业人士。而武侠文学研究者以其研究对象——武侠文学的大众化、图像化，似乎谁都能说上几句。“贵远贱近”，古来皆然，对于民国学者的普遍性“过誉”、热捧，与上面提到的曲高和寡现象结合起来，也是造成如今对“国学”赞誉有加、全民倾倒甚至成为政府行为的成因之一。

虽是如此，不能忽视的是，无论武侠文学创作者还是研究者，如没有深厚的“国学”基础，是很难获得现有的成就。在2012年初中国武侠文学学会“凤凰杯”首届学术奖国内外9位获奖者中，胡适的晚辈同事、北大中文系4位教授（严家炎、钱理群、陈平原、孔庆东）获奖，这除了认可武侠文化的当代价值与学术研究互动融合外，也体现了一种学术观念的演变和历史进步。

三、殊途同归：国学与武侠文学传播与研究的互动共生

武侠文学研究的文化史视角，有助于深入思考以中国文学、中国文化为核心的学术研究，如何与世界接轨，走出自身的某些局限性，从而更有利于活跃学术并服务于现实社会。

一是武侠文学的众多母题套路的梳理探究，有助于部分地减轻国学、传统文化的思想史视角的局限，如研究者指出的，早在1995年一次会议上，牛津大学教授特里·伊格尔顿提交的《后现代主义的矛盾》谈得却是文化研究，开头就说，“一切都是文化”的这样一种思想，在西方左翼人士中特别时髦，可称之为“文化至上论”，其与别的形形色色的“主义”一样，已引起一点惶恐不安。而此后美国匹茨堡大学J. 阿拉克教授为《新文学史》刊发的论文点评也指出，对于大多数美国学者而言，对一个“文化研究”研讨会的期待，是想看到更多深入细致的个案分析，要关注那些具体的经验性的东西，讨论文化的生成活动，不一定是已经上了书，而是那些正发生或发生在不远的过去的事情，而他看到的中国学者的文章，却“大多数都只是有关理论本身的争论”①。当然这种情形近年来有所改观，就理论谈理论的争辩也并非都不可取，但如谈及国学、传统文化也能关注一些诸如武侠文学中“具体而微”问题，透视其作

① 盛宁：《走出“文化研究”的困境》，《文艺研究》2011年第7期。

为文化现象的生成与传播中的民族化深意，可能就更能使讨论进行得多样化和具有活力。

二是国学与武侠文学的对比，可能会更容易发现彼此的局限性、不足之点。相比国学的人格修养功能的“慢工出细活”，武侠文学似乎在鼓励人们做“雷厉风行”的行动者、实践者。如果从世界文化的广阔视野看，认为中国的宗教存在“冷漠主义现象”，不无道理。以西方宗教为参照，十九世纪最突出的俄罗斯汉学家瓦西里耶夫作为一个庐山之外的观察者，就曾注意到中国多神教现象的本质：“皇帝在迎接春节的时候，不但拜谒萨满教的神庙，祭祀儒教的祖先，而且参拜佛教和道教的神像；夏季，人们为了求雨，不但要去寺庙烧香，而且还要到道观作法。所有这些现象，归根结底，都是由于东方宗教并没有深入人心，或者说，在中国根本没有信仰可言。”[①] 然而，如果说慕侠心理也带有民间信仰的色彩，却以其恒久而跨时空的普遍而使这一信仰蔚为大观，这一朴素信仰中至少也有一定成分的英雄崇拜和神秘主义。

壮游《国民新灵魂》指出：“侠者儒之反，儒者有死容而侠者多生气，儒者尚空言而侠者重实际，儒者计祸福而侠者忘利害，儒者蹈故常而侠者多创异。”[②] 晚清志士特定时代语境中不免有些愤激情绪，如陈平原教授所说：“晚清文人颇多悔儒

---

① 转引自赵春梅《瓦西里耶夫与中国》，学苑出版社2007年版，第94页。

② 张枬、王忍之编：《辛亥革命前十年间诗论选集》第1卷（下集），上海三联书店1960年版，第572－573页。

冠而尊兵剑之作，绝非矫揉造作故吐豪言，实有切肤之痛。”[①]一定程度上，的确道出了晚清以来包括武侠小说作者在内的有识之士共识，即仅仅依靠“内修”，未必就真的能“修齐治平”，与世界上强手如林的其他民族有效竞争，甚至维持基本的生存。因此，对于国学与武侠文学关系理顺的前提，应打破旧有的中心（正统）、边缘（异端）的框范。在大众文化、消闲文化冲击下的今天，能有上述意识，有利于部分地消解人文科学研究边缘化的问题。

三是认识价值的不同获得方式，武侠文学的专题研究可以给国学以具体化的补充。国学“语录”式的抽象格言警句，便于记诵，但融入人们的行为方式和价值观念却更需要人生的阅历，而炒作国学却有着明显而普遍的“炒章句”之嫌[②]，似乎是在用一些警句格言、灵丹妙药、心灵鸡汤给现实社会现象和遭遇这些现象的人们强身疗病；而相比之下，包括武侠文学在内的文学形象的感人至深，却能潜移默化地给人陶冶，所以不能忽视武侠文学蕴含的积极因素。至少，从金庸小说和有关的武侠影视上，能够感受到大侠们（“侠之大者”）正义人格的风采，这比国学的抽象枯燥可能更易引起受众的“情绪记忆”。事实上，武侠小说在当今的接受中，已不仅仅是文学文本的单纯的接受，而是以文学为基础的影视、动漫绘画、网格科幻想

① 陈平原：《晚清志士的游侠心态》，《学人》1992 年第 3 辑，江苏文艺出版社 1992 年版。

② 参见杨英杰《古代文学研究中的学术规范问题——在辽宁省古代文学学会成立大会暨学术研讨会的发言》，《辽东学院学报》2014 年第 6 期。

象等综合性的“泛文化”现象的传播。据说，中国的“功夫片”在世界电影中被认可为唯一的“类型”片，武侠文化早已走出国门，成为融入到世界文化中的一种带有民族传统特色的文艺题材。

四是经典的载体及其媒介特点看，国学原典和武侠文学原典所受重视，呈现相反的状态，即重国学原典而不重视武侠文学原典。大众文化的普及繁荣，娱乐消闲文化兴盛，消费心理宁愿选择武侠影视作品。不能忽视当今电视、电子游戏对于武侠故事的建构作用。日本民俗学家关敬吾指出过传统故事的接受特征：

> ……依据我们少年时代的体验看来，书上阅读的东西只能记住一部分，但是听人讲述的故事往往能记住全部，传统故事中没有听不懂的东西。它一般用方言即本土语言来讲述，因此倒常常发挥出文学的效果。当然，作为文本出现的传统故事一般用标准书面语写成的，但为了尊重讲述的语气，也用保留了一些比较通俗易懂的方言。[①]

这正类似于今日的“国学——武侠文学”的故事建构，是视听并用的影视、电子游戏等，视觉画面与经过处理的音响，共同构成的综合艺术，如同旧时的历史演义中带有武侠崇拜的故事、说书人、连环画……当今的动漫影视、电子游戏等许多武侠叙事，正是对诸如水浒、说岳、杨家将、少林武当故事等

① 关敬吾：《关敬吾论日本传统故事的类型与结构》，张士闪、清水净子译，《西北民族研究》2003 年第 3 期。

增饰发挥，都应当被置于“国学”的通俗文学化，从而整体性地作为审美对象来把握。

五是了解武侠文学，也的确是了解中国文学、传统文化的一个难得的窗口，也可顺便增强相关的国学素养，或曰相得益彰。许多牵涉到国学核心内涵的东西，可以在武侠叙事及其相关的想象世界中活灵活现地体会到，以至于武侠文学史、文化史建构也成为当代文化建设寻根溯源的一个值得注意的现象①，从而有了较多的切身感觉、动情体验和文学修养之后，对国学原典的哲理蕴含，也才可能会有更为深切的体悟，所谓感觉到的东西未必能深刻地理解它；而理解了的东西才能更深刻地感觉它。

四、经世致用：国学、武侠文学研究的在地性文化结构功能

20 世纪八九十年代在台湾、在美国科罗拉多大学和大陆的北京大学、澳门大学等都先后召开过武侠小说（或金庸小说）专题研讨会，进入 21 世纪以来，在金庸家乡嘉兴、海宁和浙江大学等也多次召开金庸小说国际研讨会，在湖南平江召开平江不肖生作品研讨会，在天津召开民国北派武侠小说研讨会，在重庆长寿召开过还珠楼主研讨会，等等，此外港澳台也多次举行海峡两岸武侠小说研讨，如 2011 年末澳门大学“金庸与汉语新文学”国际研讨会。而有的活动与地方文化建设结合的更加

① 王立：《20 世纪最后十年中国武侠史论著述评》，〔韩国〕《中国小说研究会报》第 47 号，2001 年 9 月，增补本参见本书。

紧密，方式多样，如2008年8月浙江舟山桃花岛武侠文化节、2012年3月成都洛带古镇的全国武侠文化节等，后者萃集了全国八大武林门派现场表演，一时间盛况非常。而2014年12月重庆长寿区的还珠楼主国际研讨会也很有地方旅游文化特色建设积累的功能。

首先，武侠文化促进了地方文化建设和旅游事业。像云南大理，就在距崇圣寺三塔2公里的省级旅游度假区为《天龙八部》影视剧拍摄投资兴建的一个大型影视拍摄基地。根据金庸小说《天龙八部》剧组的设计和构想，影视城按照“大理特点、宋代特色、艺术要求”三结合的原则进行规划设计，占地700余亩，有城墙、城门、皇宫、王府、大理街、女真部落、西夏城等建筑。影视城与大理古城、崇圣寺三塔、元世祖平云南碑等景点相呼应，成为集中展示大理历史文化的旅游核心区。导演张纪中赞曰，此版《天龙八部》影视剧堪称“中国一流、西部第一”。笔者昔日工作过的曲阜所引来“朝圣”的游客也常盛不衰。

其次，武侠文学与国学互动的结合研究，可以使目前难于持续的“国学热”增强活力，特别有助于大中小学生文学审美鉴赏力的提高，同时校园文化建设同地方文化建设的结合也能更为充分。近些年大陆与港台地区以武侠文学作为博硕及本科学位论文的持续不衰，颇多建树，但其中一些创新价值发掘尚不够理想，当代武侠影视剧的评论也往往滞后于创作传播，这都跟对国学与武侠文学两者联系重要性认识不足、普及与研究结合不足（各地常常是搞普及的一伙人，搞研究的另一伙人，普及者以其资质不足有误导初学者的现象，挺严重），特别是多数有兴趣者对国学基础、武侠文学史的了解有限分不开。

其三，将武侠文学看作是国学题中自有的资源，发掘其精神意义并带有批判性地认识到其局限性，特别适合处于青少年阶段的大中在校生的知识扩展、人格培养。我们说，重视国学，关键是识别、发掘、传播国学宝库中的精华的、可资当代青年学子传承的养料，从而传承中华优良传统，而不是"捡到篮子里都是菜"，造成这种现象的是因为缺少应有的识别力。何为传统？国外学者认为，持续三代以上才能称得上传统，短暂的流行不起来的就不算传统。落实到我们这里讨论的话题，不少从顾颉刚以来不少研究者都注意整理国学传统与武侠精神传统之间关系的脉络。而在民国直到当代港台武侠小说、影视兴盛发展的今天，我们再理性地重新审视这两大传统的关系，就会发现，其彼此有重合也各有偏重。武侠文学基于慕侠崇拜，这本身就是一个体系化了的传统：

> 信仰的传统，或行为规则的传统在其发展进程的每一个时间点上，都是一种混合物，它由长期延续下来的各种因素、新增成分和各种创新构成；这些东西已成为这一传统的一部分。正是这种混合物是既定的；人们难以区分一个传统中的新旧成分。善于识别的外部观察者也许在回顾历史时会把这一传统看作是未完成的和不完整的，因此，仍可以发展和完善；但是，在未来的或预期的继承者看来，这一传统则是一个整体。
>
> 实际上，如何叫做传统的东西都不是一个整体，它的每一个成分都要经过接受、修改或抵制这样一个过程。对

> 传统的反应带有选择性。即使那些自认为正在接受或抵制“全部内容”的人，也是有选择地接受或进行抵制的；即使当他们看来在进行抵制时，他们仍然保留着相当一部分传统。①

上文所言“每一个成分”，这里就可以理解为叙事母题、意象，而即使我们不赞成、不欣赏武侠文学作品的某些东西，也耐不住它整体上作为一个民族慕侠传统载体的吸引。

回顾一下佛教兴盛的原因，很有借鉴意义。如陈垣先生《佛教能传布中国之几点原因》曾指出：“佛教入中国一千八百馀年，今日虽极衰落，然昔曾深入社会中心，佛教何以能得此，佛家说是佛力广大，有人说是帝王提倡，据我观察，有三种原因：一，能利用文学；二，能利用美术；三，能利用园林。”②

那么，我们是否也可以说，武侠文学之所以能够绵绵不息，甚至还在当代跨文化地进行世界范围的传播，一是能利用侠义故事的民俗传闻；二是能利用广泛地域、时段的民俗记忆；三是能利用小说、戏曲、报纸直到今天的影视网络等媒体……特别是能同地方的旅游经济、文化产业结合起来，有的做得非常成功，且还在不断延伸拓展之中。甚至可以同传统生态伦理与当今生态文明建设结合起来，乃至与武侠小说动植物观念等积极因素互为生发。国学与武侠文学的良性关系构建也是如此，或能保持盛行不衰的势头长久一些。

---

① ［美］E·希尔斯：《论传统》，傅铿、吕乐译，上海人民出版社1991年版，第59－60页。

② 《陈垣集》，中国社会科学出版社1995年版，第65页。

20世纪八九十年代大陆“武侠热”的难忘岁月里，武侠文学研究者的相关研究体会纷纷面世之时（包括笔者在《通俗文学评论》、《古典文学知识》连载的文章），多有收到中学生和家长来信谈困惑的提问题的，而如今，先前的困惑虽并未彻底破解，作为通俗文学一大分支武侠文学（及相关影视文化）已为较多读者所认可，并融合西方骑士精神与魔幻意识，以新武侠文学形式再现。包括笔者在内的教授中国古代文学课程的，也多有在中学做武侠文学讲座的。武侠文学研究本体上已与国学倡导亦步亦趋，深度共享民族精神的思想养料，诸如亲情正义、诚实不欺、重诺守信、急难利他、尚武精神等等，却是需要进一步关注的事情。这些尚需要多加引导，以提高正确辨析、赏鉴的能力。同时，还要经常提醒，不要因为道德化的普及性倡扬，而忽视了国学本身的全面研究及其价值、功能的深广的延展思考，国学与武侠文学的联系，即其一也。

第一章　汉魏六朝年少慕侠与侠义建功主题

秦汉游侠及其精神意脉，作为一种社会势力及价值取向，深深植入华夏古人的群体文化心理中。它与汉代盛极一时的复仇文化参融互化，值汉末动乱之际，持久而大面积地在青少年阶层中发挥作用，并酿就了魏晋六朝诗歌中声势浩大的侠义建功主题。

一、年少报家仇风气与复仇的民俗导向

明末东海郁蓝生作沈璟《义侠记》序，有此慨叹："且武松一萑苻之雄耳，而闾里少年，靡不侈谈脍炙。"这里的"萑苻"一语，即本自《左传·昭公二十年》的"郑国多盗，取人于萑苻之泽"，萑苻自此指代盗贼的活动场所，而这些游离于主流社会之外的"盗"，主要的构成成分便是少年，《韩非子·内储说上》也叙述这些少年在萑泽"相率为盗"后来被镇压的史实，佐证"必罚明威"的治国方略。

由于少年所处特定年龄段的诸多生理特点，极为易于作出私自复仇、违法犯禁一类情绪冲动的事情，先秦时期即已不乏

此例，至汉魏六朝时则更甚①。像《后汉书》载苏不韦十八岁取仇父之首以报父仇，祭遵二十余岁结客杀死辱己的亭长，赵熹十五岁结客报从兄仇，刘赐、马武、魏朗、阳球、许荆等人也年少报仇；《三国志》载夏侯惇十四岁杀辱师者；《晋书》载桓温、王谈均十八岁报父仇；《宋书》载沈林子与兄一同雪报父仇时也是这个年纪；《南史》载闻人夐十七岁结客报仇；《梁书》载荀琼十五岁报父仇。凡此年少复仇者的事迹，史不绝书。

必须注意到，许多年少复仇者采取的是“结客”的方式，所结之客又几乎全是喜勇尚气的侠少年，因为他们最为乐于参与为他人雪怨的冒险活动。这类集群活动有着复仇习俗的广远背景，人类学家指出：

> 集体暴力的产生，一般说来，必须具有其具体的环境，这就是经过相当的时期，人们之间发展起一种共同的观点、价值观念、目标和问题，……面临共同的问题这一点具有特别重要的意义，它会使人们感到威胁、产生憎恶、试图用武。

正由于喜爱冒险易于冲动的侠少年，还往往有着群体心理激发的氛围，有着鼓励标榜复仇的深广民俗背景和舆论导向，作为个体的他，在此时此地，此情此景之中简直就是箭在弦上

① 参见王立《原始心态与先秦复仇文学》、《法与魏晋南北朝复仇文学》，见《求索》1992年第2期，《社会科学研究》1991年第3期，《中国人民大学复印报刊资料》J2专题1992年第6期、1991年第8期转载。

不得不发，以致不顾危险愤而回击邪恶①。

对此，中国古代史书传记中多有载录，几乎就形成了一个较为稳定的关注焦点。《汉书·王莽传》和《后汉书·刘盆子传》即载有吕母散财结交少年，为子报仇，少年们侠气相激，很快聚得数十百人。张衡《西京赋》亦曾咏："都邑游侠，张赵之伦，齐志无忌，拟迹田文。轻死重气，结党连群。"

社会心理学认为，青少年的特定心态往往会通过一种"战斗性热心的行为"释放出来。诸多个体在此特殊时刻，易于汇聚到特定群体中，非常情绪化地形成"集体暴力"倾向的：

> 准备放弃一切，唯独去迎接那个被认为是神圣的任务。途中所有的障碍不再是重要了，而且不幸的，禁止伤害或杀死同胞的本能抑制力也大大地丧失了力量。此时，一切理性思考、批评和合理的争论都沉默下来。它们不只是显得势力单薄，而且是卑贱和不光荣的。人们在参与凶恶事件时，也会有正直的感觉，甚至感受到这种正直感的快乐。概念思想和道德责任以最低姿势出现。就像谚语说的："当旗帜飘扬时，一切正气都在号声之中。"②

应当说，复仇行义，以逞勇斗狠来体现个体自我的特殊存在价值，正契合此义。侠义这杆大旗掀动着热血少年的心

---

① ［美］杰克·D·道格拉斯等：《越轨社会学概论》，张宁等译，河北人民出版社1987年版，第274－275页。

② ［奥］康罗·洛伦兹：《攻击与人性》，王守珍等译，作家出版社1987年版，第281页。

扉，它通过人的防卫本能和各种渠道内化到意识中，使众多少不经事的复仇参与者事前，大多未遑深虑。他们的犯禁复仇与其说是受伦理规范支配，毋宁说是更多的出自青少年年龄段特有的情绪特点，一种潜意识的迸涌加上铤而走险的好奇心，以及炫耀勇力和正义的热血冲动。至于施恩布惠或亲友求告等，不过是在原本就有的干柴上加把火，起到一定的诱发作用而已。

但是，也不应忽视儒家主流文化伦理的制约。汉、晋之际以孝治天下，不论是受害者还是被求助者，都不会无视“父仇不共戴天”、“兄弟之仇不同国”的社会公众舆论。许多血气方刚的少年，在他正要扬起人生风帆时，突遭家门变故，亲友之仇如巨大的阴影遮盖他心头，复仇成了他无可回避的首要人生课题，关系到他生存的意义乃至生命价值的本身。即使暂无复仇使命，侠义血勇也会促使其向复仇状举认同。

汉魏六朝的英雄崇拜以汉末最盛。“英雄”一语时人每多称扬，刘劭《人物志》还专章评述，王粲撰有《英雄记》。由于各种政治力量激烈纷争，人才的需求格外强烈，而人物品评的风气也不免冲击着对青少年英雄气质的关注和评估。能为父兄或友人复仇的，已得胆力过人、侠气充溢之定评；而成功复仇又最能证实个体的良好素质、聪明才智，被视为日后可成大业的非凡之辈。这也符合“三岁知老”的民族思维定势与史传评价方式。

值得注意的是，唐前诸史书（包括唐代成书的）开卷即见“少为豪侠”、“少尚义侠”、“少慕游侠”等语，几乎全为该传主日后有番作为的前奏伏笔，像曹操、袁术、袁绍、甘宁、祖逖等人，皆是。乱世豪杰，鲜有年少循规蹈矩辈。史书对复仇者声名的赞美，出将入相勋业的弘扬，其背后似乎总有着较稳定的叙事结构模式，这就是“慕侠——复仇——才干被赏识——封将立功——实现抱负理想”。《三国志》卷二十一本传载傅嘏有言：“昔先王之择才，必本行于州闾，讲道于庠序，行具而谓之贤，道修则谓之能。”东汉乡闾清议之于青少年“孝悌”、“孝廉”的重视，虽经曹操“惟才是举”主张的冲击，但人物品评且重视人才内在精神价值的世风，在两晋南北朝仍有增无减。

的确，许多年少的复仇者正是在其壮烈的复仇行动中，成功地展演了自身超人的胆识与不凡侠勇，从而为人称誉，为地方官吏豪门赏用，君主们也毫不以其违法犯禁作为档案中的“劣迹”。如《晋书》卷六十九载刁彝“斩仇人党，以首祭父墓”，卷九十八载桓温杀死仇主三个居丧的儿子，卷六十载索綝“尝报兄仇，手杀三十七人”等，结果，或“时人壮之”，或“由是知名”，或“在官有称”。可见“能力迁移”在这里不光适用，且有着为人普遍关注期待的楷模意义。北齐魏收《魏书》还这样记载郑思明的一生经历：

(郑) 连山，……父子一时为奴所害，断首投马槽下，(奴) 乘马北逝。其第二子思明，骁勇善骑射，披发率村义，驰骑追之，及于河。奴乘马投水，思明止将从，不听放矢，乃自射之，一发而中，落马随流，众人擒执至家，脔而杀之。思明及弟思和，并以武功自效。思明至骁骑将军、直阁将军，坐弟思和同元禧逆，徙边。会赦，卒于家。

后赠冠军将军、济州刺史。①

这竟然就是一篇完整的人物传记！《北史》卷三十五本传所载除个别字变换外，几乎全袭此段记述。那么，在正史的撰写者眼中，特定历史人物一生都做了哪几件大事呢？——复仇、立功、拜将而已。人物自身这种有特色的经历引人注意，而更引人注意的是作者记载的选择与组合方式：在众多史料中作者认为最典型、值得载入青史的，似乎就是这几个片断了。仿佛尽量详尽、生动地描绘出历史人物的复仇经历，就真正写出了这个"生命主体"，也就写出了这个主体之真正的存在价值。而年少时这种充满侠风、精彩奇特的复仇杀人的壮烈行为，与其后来的性格发展，也有着某种必然、有机的联系。这种叙事方式是特定复仇价值观念支配下的"史笔"，真是如太史公说的"此言虽小，可以喻大焉"。不可低估这种史笔的隐喻性暗示性对文学作品复仇主题的影响，其直接涉及到普通大众接受心理中对复仇义士超凡能力、英雄气概的信奉及肯定性评价。

荣誉感与侠义精神似乎有某种内在的有机联系，因为侠行义举最能直接而有效地提高行动者的知名度，为此诱人的憧憬，热血少年们有多少魂系梦牵！而时人对昔日的侠义之士更是无比推重。江淹《别赋》在列举七种最常见的人物离别类型时，第二类就是这种侠义之士。聂政、豫让、专诸、荆轲等侠义报仇的一幕幕悲壮史剧让人景仰怀念，又令人为之黯然销魂：

① 魏收：《魏书》卷五十六《郑羲传》，中华书局1974年版，第1246－1247页。参见《北史》卷三十五《郑羲传》。

> 乃有剑客惭恩，少年报士。韩国赵厕，吴宫燕市。割慈忍爱，离邦去里，沥泣共诀，抆血相视。驱征马而不顾，见行尘之时起。方衔感于一剑，非买价于泉里。金石震而色变，骨肉悲而心死。

有谁能否认这挺身就死、长歌当哭的死别那种非同寻常的灵魂震撼力呢？这里以借代方式，说的就是豫让、聂政、专诸、荆轲等人的壮烈事迹呀。

由此不难窥出年少慕侠心态的现实渊源、文化传承及其与族群复仇心态意识的相摄互融。君主与豪强都重视培植党羽，以备不时之需。《史记》载李广利出征大宛就两次征集“恶少年”；李陵请战时也以部下“皆荆楚勇士奇材剑客”为资本。这展示在五言诗中就是梁代吴均、刘孝威在《古意》、《结客少年场行》中咏叹的：“西都盛冠盖，九逵尘雾塞。中有恶少年，伎能专自得”；“少年本六郡，遨游遍五都。插腰铜匕首，障目锦屠苏。……千金募恶少，一挥擒骨都。”

鼎革频仍、多元政治争斗的魏晋南北朝，时代需要暴力，不光君主，权臣豪强也要笼络“死士”、“斗将”，凭借着“私恩”求得乱世遭逢中个人势力的发展。在汉时，这种风气已有些许端倪，魏晋六朝则进一步发展。《梁书》本传载江淹《狱中上建平王书》，很能说明这种恩报知遇的心态：

> ……大王惠以恩光，眄以颜色。实佩荆卿黄金之赐，窃感豫让国士之分矣。常欲结缨伏剑，少谢万一，剖心摩踵，以报所天。

也许是在共同的侠义恩报信仰驱动下，此信取得了预期的效果，出狱后江俺还屡蒙提拔，他也忠心进谏。将行刺恩主仇人，作为报答恩遇的最高形式，不仅符合恩主最为需要，也是个体典型的慕侠心理。复仇触禁杀人者以其符合“礼”的更高伦理关怀，屡被钦敬和宽恕，无疑又暗示了具有“正义”动机的执刃冒险并非必死，或许会得到常有验证、常蒙提倡的荣光，这在无形中也促使人治社会形态下慕侠少年较少顾忌而趋之如流。

二、魏晋六朝诗歌中的咏侠主题

魏晋南北朝文人大多“早慧”，其进入创作过程时，亦时时体验到现实及文学中侠与复仇的情绪刺激。格式塔心理学认为，人的认知心理有一种不断进行组织或建构的调节机制，外物与内情间统一的形式都是生命力的作用模式。侠少年们纵浪意气，使性复仇的行为冲动，与诗人们渴求知遇的功业企盼，与易于激动亢奋的诗人气质及感兴而作、即兴咏怀的诗歌艺术表现方式，都有一种极为相似的“力的作用模式”，从而产生一种“格式塔”结构及功能效应。这种情绪“共振”，常常诱发主体将丰富复杂多方指向的侠义复仇行为意向简化置换，凝结为一种精神上的存乎中形诸外的气质，一种价值实现的冲动与活力，遂内化附着于心中光景常新的功业情结上。这种情结的深化作用，使得诗人们在某种“先结构”的规定下情不自禁地钟爱、谈论侠少年，他们美化、倾慕着内心的偶像，以至恨不得自己就是。这样，作为逐渐成熟的以表现自我情感为主的文学形式——诗歌，也就成为这种集中而强烈心态情结的一个难得的载体。尽管诗歌仍带有汉乐府的重视叙事性等特点的极大影响，这对侠义复仇主题却不是坏事，许多表现性情感恰恰是带有情节性及特定蕴涵的一个重要题材与主题。

慷慨悲凉的“建安风骨”，给侠风与复仇之气真正在中国抒情文学中扎根，提供了良好的时代心理环境，而侠与复仇亦弘扬了建安世风，使建安时期的豪迈精神绵延不息，时发嗣响。很难全面而令人满意地解释左延年、曹植等人何以在文学自觉期的开始，在诗坛活跃之初就能将复仇之咏那么出色地袒露出来，文学作品的大量散失留给今人巨大的遗憾，但侠风与功业之想的鼓动，无疑于此有着较为切近的关系。

尤其是曹植，他不仅将“生平乱、长于军”的特定经历，在野王侯郁郁不得志的“任性”所勃发的侠勇憧憬张大于诗歌，而且在倾慕复仇的心理支配下将侠气与复仇若隐若现地联系在一起。我们看他《野田黄雀行》中那“拔剑捎罗网”的侠义少年，正是“利剑不在掌”的王孙公子的内心偶像。但热切企冀着“飞飞摩苍天”的诗人，并不满足于扶助受害弱者，《白马篇》里的“幽并游侠儿”却旨在勇凌强胡、扬声边陲的功业追求。方东树《昭昧詹言》卷二体察到鲍照侠咏在《国殇》和杜甫诗歌之间的承上启下作用：

> 此篇奇警。后来杜公《出塞》诸什，实脱胎于此。明远《代出自蓟北门》、《结客少年场》、《幽并重骑射》皆橅（模）此，而实出自屈子《九歌·国殇》也。

其实这种过渡历程中还有阮籍《咏怀》之三十九：“壮士

何慷慨，志欲威八荒。驱车远行役，受命念自忘。良弓挟乌号，明甲有精光。临难不顾生，身死魂飞扬。岂为全躯士，效命争疆场。忠为百世荣，义使令名彰。垂声谢后世，气节故有常。”远祧《国觞》壮烈报国的气概，建功立业、荣名不朽的魏晋人生理想，重构汉代复仇文化培植的孝义忠勇图式，从而再造了侠少年尽忠报国于边塞的楷模。以《精微篇》咏关东侠女报仇的曹植，还直接再现侠少“结客少年场，报怨洛北荒”①；傅玄《秦女休行》“匿剑藏白刃，一奋寻身僵”紧循此径，突出了复仇利剑的威力，抒情意味更浓。曹植很可能受稍早些的左延年《秦女休行》影响，但功业理想的强烈使他更有所偏好，更突出复仇主体。

同样功业之心浓郁的西晋诗人傅玄、张华，提起侠少年复仇的话题仍热血沸腾，侠情澎湃。傅玄《长歌行》“二军多壮士，闻贼如见仇。投身报知己，徒生心所羞”，将私怨国仇系于一体，见出知遇报效的公私并举；张华《游侠篇》、《博陵王宫侠曲》若与其《壮士篇》统观，方能更昭明游侠、复仇如何在功业之心燃烧中闪烁出奇异的光彩：

天地相震荡，回薄不知穷。
人物禀常格，有始必有终。
年时俯仰过，功名宜速崇。
壮士怀愤激，安能守虚冲。
乘我大宛马，抚我繁弱弓。

① 《文选》李善注引曹植《结客篇》残句。

长剑横九野，高冠抚玄穹。
慷慨成素霓，啸吒起清风。
震响骇八荒，奋威曜四戎。
濯鳞沧海畔，驰骋大漠中。
独步圣明世，四海称英雄。

（《博陵王宫侠曲》之二）

雄儿任侠气，声盖少年场。
借友行报怨，杀人租市旁。
吴刀鸣手中，利剑严秋霜。
腰间叉素戟，手持白头镶。
腾超如急电，迴旋如流光。
奋击当手决，交尸自纵横。
宁为殇鬼雄，义不入圜墙。
生从命子游，死闻侠骨香。
身没心不惩，勇气加四方。

（《壮士篇》）

一个是杀仇殉义于街市之上，一个是求取功名于边塞沙场，但两篇作品意韵风神，却颇为相近，主要是诗中主人公的精神气质类似；他们的身手武功技能，也伴随着手中兵器的渲染而突显出来；其愤激之情、侠义气概乃至流传四方的英名，又何其相似乃尔！复仇犯禁的侠名与建功边塞的显名，途径方式虽异，声名效果则一。代友刃仇与报效君恩，均有共同的社会伦理使命感与义酬知遇的热情、责任感，因而前者很容易向后者转化。试想，若没有复仇文化熏染，复仇侠风血勇的催化，瞩意边塞的呼声就未必能有那么多的英武豪迈。

东晋后南北朝长期对峙，对侠少的讴歌更是在南北乃至多国纷争中时发逸响，每多佳构。刘宋袁淑《效曹子建白马篇》“侠烈良有闻，古来共知然”还在缠绵于对少年侠士义气志节的嗟叹，鲍照《代陈思王白马篇》、《代出自蓟北门行》则让其以身许国了：“弃别中国爱，邀冀胡马功，去来今何道？卑贱生所钟。但令塞上儿，知我独为雄。”以致还要“投躯报明主，身死为国殇”。

萧齐孔稚珪《白马篇》亦有：“少年斗猛气，怒发为君征。雄戟摩白日，长剑断流星。……县官知我健，四海谁不倾。但使强胡灭，何须甲第成。当今丈夫志，独为上古英。”侠烈之咏到了吴均笔下更为集中。如《结客少年场》的“结客少年场，翩翩骏马肥。报恩杀人竟，贤君赐锦衣”；《城上麻》的“少年感恩命，奉剑事西周。但令直心尽，何用返封侯?”《边城将》之一的“尔时始应募，来投霍冠军。……轻躯如未殡，终当厚报君”等等。

昔日闹市中蹴鞠玩乐的侠少一旦得遇明主适逢扬名佳缘，即刻“但问相知否，死生无险易”，（《边城将》之四）奉君王为恩主，化国危为私仇。恰如《咏怀诗》之一所谓：“仆本报恩人，走马救东秦。……唯馀一死在，留持赠主人。”这无非是一种饱浸知遇企冀的侠之信条在深层支配着。只有在非正统行为表现出的过剩精力无从发泄，一有着落，方不惜舍命相酬：“名慑武安将，血汙秦王衣。为君意气重，无功终不归。”（《战城南》）否则，就如同流寓长安，抱怨无用之辈不能报主的庾信《和张侍中述怀》所感愤的：“畴昔逢知己，生平荷恩渥。

胡组竟无闻，程婴空寂寞。……何时得云雨，复见翔寥廓。”古侠酬主的临危授命与酬君报国的壮烈憧憬，惊人一致地融会贯通了。

追慕秦汉游侠少年的感喟，也往往表现出诗人们在历史存在接受时较为自觉的选择性认同，从而达到心理的补偿与苦闷的超越。且不说陶渊明《咏荆轲》对“君子死知己”，“千载有馀情”的惜叹；其《拟古九首》还有“少时壮且厉，抚剑独行游”的遐想，复加以“此士难再得，吾行独何求”的憾恨。还有王僧达《依古诗》“少年好游侠，旅宦游关源”；鲍照《结客少年场行》“失意杯酒间，白刃起相仇”；梁元帝《刘生》“任侠有刘生，然诺重西京”；王褒《日出东南隅》“少年任侠轻年月，珠丸出弹遂难追”等等，连陈后主也欣赏品味着古来游侠刺客的豪迈英姿。诸如《给客少年场》、《刘生》等一类乐府旧题的借用，要抒发侠义功业的肺腑之音。侠少，代表着一种不受拘束充满前景的生机活力，宣示着深在价值的展露将给个体多么巨大的诱惑！

侠义建功主题极为契合汉魏六朝时代需求、精神脉搏与文人心态，又总括并延展了南北、胡汉文化交融时尚武重气的个体情趣追求。因而在此主题凝聚下，差异殊远的社会角色可以共同神往古侠，瞩目边塞，浩气鹰扬；连潦倒失意者也可借此释闷，踌躇满志地以此来“预支”理想蓝图自励励人。总之，这种孩子气儿似的侠少复仇的话题，恰恰是投合行为主体的任性冲动，宣泄主体功业之念、勃郁之忧的绝佳载体。而侠少文学意象的逞勇斗狠，放浪不检，正是文人内心波翻浪涌、参与渴盼的精神化身。复仇侠少所焕发的侠与复仇的豪迈意志，给不同层次、不同情感需要的个体带来了一股清新而令人振奋的生命活力，作为一种文学表现模式及文人心理定势，乃至一种文化精神，也给予唐诗与唐人精神风貌直接而巨大的影响，这是毫无疑问的。

三、咏侠主题唐代余响中的高扬复仇趋向

斯坦尼斯拉夫斯基指出："时间是一个很好的过滤器，是一个回想所体验过的情感的最好的洗涤器。不仅如此，时间还是最美妙的艺术家，它不仅洗干净、而且还诗化了回忆。由于记忆的这种特性，甚至于很悲惨的现实的以及很粗野自然主义的体验，过些时间，就会变成更美丽、更艺术的了。"① 如果说，魏晋六朝有关复仇与侠的咏叹，在诗化了汉代游侠故事的追忆中还时时散发出血腥、悲凉气息与自娱的意味，初盛唐的相关诗作，则更多地过滤掉不快与宿愿难偿的哀怨，而在建功立业不计爵禄的自信中洋溢着乐观与豪迈。他们与往日侠少坎廪不平的境遇怨愤有了更多距离感，而昔者勃勃生气与功业热情，却引其自励与审美认同。卢照邻《刘生》这样咏叹：

刘生气不平，抱剑欲专征。
翠羽装剑鞘，黄金饰马铃。
报恩为豪侠，死难在横行。
但令一顾重，不吝百身轻。

---

① ［苏］斯坦尼斯拉夫斯基：《斯坦尼斯拉夫斯基全集》第2卷，林陵等译，中国电影出版社1979年版，第275－276页。

有着边塞生活丰富体验的王昌龄也在《杂诗》中描绘："握中铜匕首，粉剉楚山铁。义士频报仇，杀人不曾缺。"倘若与其《少年行》一诗细加对照，便可发现二者深层结构的相似："西陵侠少年，送客短水亭。……闻道羽书急，单于寇井陉。气高轻赴难，谁顾燕山铭！"义士报仇的气概多么像侠少报国的勇武。高适《邯郸少年时》不满于纵情任侠的富家子弟，而将理想化了的战国侠少作为参照系："邯郸城南游侠子，自矜生长邯郸里，千场纵博家仍富，几度报仇心不死。……"以此感叹对时事无所求的侠少，正是时代对侠少追求提出了更高要求的反映。其期待的是这样的理想人物："幽州多骑射，结发重横行。一朝事将军，出入有声名。"（《蓟门五首》）王维《燕支行》中更将这种慕侠憧憬艺术化："赵魏燕韩多劲卒，关西侠少何咆勃。报仇只是闻尝胆，饮酒不曾妨刮骨。画戟雕戈白日寒，连旗大旆黄尘没。叠鼓遥翻瀚海波，鸣笳乱动天山月，麒麟锦带佩吴钩，飒踏青骊跃紫骝。拔剑已断天骄臂，归鞍共饮月支头。……"似乎复仇杀人所磨砺的胆识意志，只是为后来的边塞冲杀小试锋芒，经过私自复仇热血洗礼的勇士才更有资格从戎御边，完成生命的壮丽历程。

中晚唐后，咏侠少及复仇的诗篇呈现出向汉代市井游侠的追忆吟哦回归的趋向。复仇侠少年意象所体现的社会精神风尚也有了较大的变化。这首先表现在对当年少年英雄行为的评价上，不必非要将其侠勇武功引向建功边塞才理直气壮。通过李白、元稹两首《侠客行》，可看出其中的微妙变比。且不说同以《侠客行》企慕古侠，盛唐李白注意的是击杀魏将晋鄙挽救赵国社稷，中唐元稹注意的是谋叛藩国行刺袁盎；李白强调建功沙场歌咏时常出现的兵器服饰鞍马，元稹强调敢死轻生的侠客完成主体使命的执著，而不计这使命为是为非，为君国还是为个人；故而北宋的诗话敏锐地称引：

> 《复斋漫录》云：太白《侠客行》云："事了拂衣去，深藏身与名。"元微之《侠客行》云："侠客不怕死，怕死事不成，事成不肯藏姓名。"二公寓意不同。①

李白笔下的侠，宁死不愿困顿于书斋，若无建功立业机缘就毋宁隐姓埋名而去；元稹笔下的侠纵然做了行刺这样不算太光彩的勾当，也堂堂正正敢作敢当，"事成不肯藏姓名"，仿佛武松杀了张都监全家，还要在墙上挥洒仇人鲜血大书"杀人者打虎武松也"。李白推重的是侠的豪气，元稹则毫不讳言侠的匪气。伴随着如《乐府古题要解》所说的"轻生重义，慷慨以立功名也"的《结客少年场行》及《白马篇》、《刘生》等歌颂赴边救国的诗作减少，更多带有批评侠少年意味的《轻薄篇》、《公子行》等出现，标志着充满功业之想的诗坛侠咏渐趋尾声。

柳宗元的长篇叙事诗《韦道安》当为体现这种转折的力作。该诗写擅长弓箭的儒士韦道安，二十岁那年游经太行山时，巧遇一位卸任的老年官员被劫走二女和财物，他"一闻激高义，眦裂肝胆横"，随即追赶群盗，一箭射死盗魁，群盗束手就擒。在获救者愿意以女儿嫁给道安以报恩时，"道安奋衣去，

---

① 胡仔：《苕溪渔隐丛话》后集卷四，人民文学出版社 1981 年版，第 25 页。

义重利固轻”，他驰马奔赴建功立业的疆场。像韦道安这样路见不平舍身相助的，并不意在得到酬报，是一种“纯粹利他”的行为。此处的叙事夹杂着歌咏，远追汉乐府纪实传统。

不过此后类似咏叹仍不绝如缕，往往都是自我中心式的，不是纪实性地歌咏现实中的侠行义举，就是回味记忆中少年时代对古侠憧憬的心理体验。苏轼《闻潮阳吴子野出家》所咏：“予昔少年时，气盖里闾侠。自言似剧孟，叩门知缓急。”文人如龚自珍一语道出的讲究“亦箫亦剑”，总想身体力行地实现用世追求，这就决定了侠与复仇壮慨在文学世界中的光景常新。

然而由于侠气之慨的主题史积聚实在太深厚了，明清人更多地是因革求变，从接受重温角度试图略添新意。如明代谢榛《四溟诗话》就指出严沧浪《从军行》：“翩翩双白马，结束向幽燕。借问谁家子，邯郸侠少年。弯弓随汉月，拂剑依胡天。说与单于道，今秋莫近边。”是一篇成功之作：“此作不减盛唐，但起承全袭子建《白马篇》。”他还就在熟读唐宋咏侠诗歌基础上，产生不满之憾，为此而按耐不住内心冲动而予以仿拟：

> 予初读《侠客行》曰：“笑上胡姬卖酒楼，赌场赢得锦貂裘。酒酣更欲呼鹰去，掷下黄金不掉头。”此结亦如爆竹而无馀音。遂更之曰：“天寒饮罢酒家楼，掷下黄金不掉头。走马西山射猛虎，晚来风雪满貂裘。”子美《少年行》，结句与前首相类，因拟之曰：“独过酒肆据胡床，指点银瓶索酒尝。连盏鲸吞不辞醉，直驱白马赴长杨。”

李庆立先生指出："谢榛修改自己的《侠客行》，于意境有所开拓，尚有启发性。……"[①] 的确，不过，我们不能受杜甫(子美)《少年行》的主题限制，杜甫原诗为："马上谁家白面郎，临阶下马坐人床。不通姓氏粗豪甚，指点银瓶索酒尝。"而谢榛修改后的拟作，最为关键的在尾句，"赴长杨"是整首诗的诗眼。

"直驱白马赴长杨"是将游侠习气、游猎风习转向建功边塞的形象写照和热情憧憬。长杨作为汉代行宫，《三辅黄图》载："长杨宫，在今盩厔县东南三十里，本秦旧宫，至汉修饰之，以备行幸，宫中有垂杨数亩，因为宫名。"扬雄此赋《自序》交代撰写《长杨赋》的缘由："明年，上将大夸胡人以多禽兽。秋，命右扶风发民入南山，西自褒斜，东至弘农，南驱汉中，张罗罔（网）罝罘，捕熊罴、豪猪、虎豹、狖玃、狐菟、麋鹿，载以槛车，输长杨射熊馆。以罔为周阹，纵禽兽其中，令胡人手搏之，自取其获，上亲临观焉。是时，农民不得收敛。雄从至射熊馆，还，上《长杨赋》，聊因笔墨之成文章，故借翰林以为主人，子墨为客卿以风（讽）。其辞曰：……"[②] 扬雄对于赋的创作有明确的功利目的"将以讽也"，而该赋最为精彩的，当是一种宣扬汉武帝时代以武力反击外族侵虐的豪迈的功业意识：

---

① 李庆立、孙慎之：《诗家直说笺注》卷一，卷二，齐鲁书社 1987 年版，第 218 页，第 163－164 页。

② 张震泽：《扬雄集校注》，上海古籍出版社 1993 年版，第 413－415 页。

> 其后熏鬻作虐，东夷横畔，羌戎睚眦，闽越相乱，遐萌为之不安，中国蒙被其难。于是圣武勃怒，爰整其旅，乃命骠卫，汾沄沸渭，云合电发，飙腾波流，机骇蜂轶，疾如奔星，击如雷霆。碎轒辒，破穹庐，脑沙幕，髓馀吾。遂猎乎王廷，驱橐驼，烧熐蠡，分剓单于，磔裂属国。夷坑谷，拔卤莽，刊山石，蹂尸舆厮，系累老弱。兖鋋瘢耆、金镞淫夷者数十万人，皆稽颡树领，扶服蛾伏，二十馀年矣，尚不敢惕息。夫天兵四临，幽都先加，回戈邪指，南越相夷，靡节西征，羌僰东驰。是以遐方疏俗，殊邻绝党之域，自上仁所不化，茂德所不绥，莫不蹻足抗手，请献厥珍。使海内淡然，永亡边城之灾，金革之患。

此赋原载《汉书》卷八十七《扬雄传下》，梁昭明太子萧统《文选》“田猎”类亦收录，可见被视为借田猎讴歌西汉中期时代精神的一篇代表作。钱锺书先生注意到：“扬雄《长杨赋》‘碎轒辒，破穹庐，脑沙幕，髓余吾，按此亦后世句样，王楙《野客丛书》卷二六已引王僧孺、任孝恭等文示例。”① 说明表现边塞建功的句式南朝时即为人效法。而对于这一段，术有专攻的长春师范学院昭明文选研究所的译文为：

> 其后匈奴侵虐边疆，东夷内部互叛，羌戎各自牙眼相对，闽越互相扰乱，使民为之不安，中原遭受苦难。于是圣明武帝勃然而怒，立即整饬军队，命令骠骑将军霍去病、

---

① 钱锺书：《管锥编》，中华书局1979年版，第956页。

大将军卫青，统率千军万马，浩浩荡荡，势如云合雷发，风暴腾起，波涛激荡，弓鸣惊心，箭如蜂飞，快若流星，进击似若霹雳震响。摧毁敌人战车，砸烂其栖止的帐幕，使其脑浆涂沙漠，骨髓流入余吾河。

于是大军踏入匈奴王庭，驱赶他们的骆驼，烧毁他们的聚落，分离他们的头目，使归降者分裂而为汉之属国。填平坑谷，拔除草木，削平山石，开通直入匈奴的道路。……

事过二十多年了，至今还不敢轻举妄动。我军如天降，四面而至，先取朔方匈奴，再回师横指，南越内乱，不攻自破。继而中止外交，武力西征，羌人僰人东来降服。因此远方异俗，相距辽远，与我向无交往之地，其间自仁爱之君不能感化，盛德之主不能安抚的国家，也无不翘足举首，皆来归服，请献其珍奇之物。使海内平安无事，永无边城之灾，战争之患。①

后世对于咏侠豪情中的“长杨”话语，可以说成为一种立功边疆的“套话”。南朝萧齐时孔稚珪《白马篇》二首，本身借用曹植的乐府旧题：

骥子跼且鸣，铁阵与云平。汉家嫖姚将，驰突匈奴庭。少年斗猛气，怒发为君征。雄戟摩白日，长剑断流星。早出飞狐塞，晚泊楼烦城。虏骑四山合，胡尘千里惊。嘶笳

① 陈宏天、赵福海、陈复兴主编：《昭明文选译注》（第一册），吉林文史出版社1987年版，第497－498页。

振地响，吹角沸天声。左碎呼韩阵，右破休屠兵。横行绝漠表，饮马瀚海清。陇树枯无色，沙草不常青。勒石燕然道，凯归长安亭。县官知我健，四海谁不倾。但使强胡灭，何须甲第成。当令丈夫志，独为上古英。

白马金具装，横行辽水傍。问是谁家子，宿卫羽林郎。文犀六属铠，宝剑七星光。山虚弓响彻，地迥角声长。宛河推勇气，陇蜀擅威强。轮台受降虏，高阙翦名王。射熊入飞观，校猎下长杨。英名欺卫、霍，智策蔑平、良。岛夷时失礼，卉服犯边疆。征兵集蓟北，轻骑出渔阳。集军随日晕，挑战逐星芒。阵移龙势动，营开虎翼张。冲冠入死地，攘臂越金汤。尘飞战鼓急，风交征旆扬。转斗平华地，追奔扫带方。本持身许国，况复武功彰。会令千载后，流誉满旂常。①

这位白马少年，在长杨射猎，不过是牛刀小试的战前演习，真正的自我价值体现是在外敌进犯时，“本持身许国”，“但使强胡灭”。

唐代张籍《少年行》依旧沿用的乐府旧题：“少年从出猎长杨，禁中新拜羽林郎。独到辇前射双虎，君王手赐黄金铛。日日斗鸡都市里，赢得宝刀重刻字。百里报仇夜出城，平明还在倡楼醉。遥闻虏到平陵下，不待诏书行上马。斩得名王献桂宫，封侯起第一日中。不为六郡良家子，百战始取边城功。”诗中的侠少年也是先在“长杨”这里先进行一下“热身”，经

① 郭茂倩编：《乐府诗集》卷六十三，中华书局1979年版，第916－917页。

过了年少报仇的“成长阶段”，而后通过浴血百战而在边塞建功立业。

早年余嘉锡先生也着意录下元人刘因咏施全义刺秦桧的《白马》诗，诗的特定意象母题成功地将侠风豪气同锄奸报国结合起来。

日渐复杂的主体接受心理，不断重塑着文人之于侠的“心中的历史”。岂止是框架借用与意象阐扬，有的还索性道出古侠姓名比况、称誉现世侠风。如宋代晁冲之《夷门行赠秦夷仲》：

> 君不见，夷门客有侯嬴风，杀人白昼红尘中。京兆知名不敢捕，倚天长剑著崆峒。同时结交三数公，联翩走马儿青骢，仰天一笑万事空。入门宾客不复通，起家簪笏明光宫。呜呼！男儿名重太山身如叶，手犯龙鳞心莫慑。……

而另一部宋代诗话也引宋代笔记中《侠客行》之咏，说明这类抒发个体情怀的歌吟，可以超越文体与时空：

> 捺虎头，批龙鳞，璧归赵，图欺秦。男儿尚意气，眼高天下人。此身许死当许国，五侯门户谁能宾！朝过陈孟公，暮来鲁朱家。入门气吐虹，索酒一咄嗟。卷帘出娉婷，堕髻乌盘鸦。不敢问姓名，但愿客醉腮红霞。
>
> 门前马嘶天欲晓，青铁请鞭金络脑。吴钩如雪神中藏，千里杀人成草草。郭解不惜交，壮士轻袁丝。人言侠客不

自治，我重侠客仍歌之。[①]

关于义激侠肠的典故，如数家珍，说明诗人心中的侠，连同他们的业绩和信奉的人生信条，成为一个恒久的憧憬。

金元时期，侠义崇拜也时时见诸歌咏。元好问《并州少年行》还企慕着涉远刺酋的西汉傅介子；王恽《义侠行》咏的则是王著举大义刺杀权奸阿合马。明代高启《少年行》中的侠少也“宝刀不敢轻输却，明日沙场欲报恩”，直至清末秋瑾《宝刀歌》还在凄壮地吟唱：“宝刀侠骨孰与俦？平生了了旧恩仇。莫嫌尺铁非英物，救国奇功赖尔收。……”

《清诗别裁集》卷三十一载有这位年仅二十岁的侠女为父报仇的史实：“毕著，字韬文，江南歙县人。昆山王圣开室。著父守蓟丘，与流贼战死，尸为贼掳。众议请兵复仇，著谓：‘请兵则旷日，贼且知备。’即于是夜率精锐入贼营。贼正饮酒，惊骇，著手刃其渠，众溃，以兵追之，多自相践踏死者，舆父尸还，葬于金陵，时二十岁女子也。后来吴中为昆山王圣升室，裙布荆钗，无往时义勇气矣，白首相庄以没。阅毛太史《大可集》载沈列女云英为父报仇杀贼事与相类，岂世乱时，天故生奇女子不一人耶？抑所传闻异辞耶？”[②]

毕侠女的壮烈行为，来自于侠义复仇正义传统的熏陶，她也早立下了拼得一死雪报父仇之志。据载录，其《韬文诗稿》

---

① 何汶：《竹庄诗话》卷二十二引《夷坚庚志》，中华书局 1984 年版，第 431 –432 页。该条今本《夷坚志》无，只保留在《竹庄诗话》中。

② 沈德潜选编：《清诗别裁集》卷三十一，河北人民出版社 1997 年版，第 639 页。

向见于其家来远兄处，序中有云："梨花枪万人无敌，铁胎弓五石能开。"又云："入军营而杀贼，虎穴深探；夺父尸以还山，龙潭妥葬。"又云："室中椎髻，何殊孺仲之妻；陇上携锄，可并庞公之偶。"时人惊奇她的为人和行为，就抄录了她的《纪事》诗，"存此旧录，聊以见其生平"，还加以评价：

> 吾父矢报国，战死于蓟丘。父马为贼乘，父尸为贼收。父仇不能报，有愧秦女休。乘贼不及防，夜进千貔貅。杀贼血漉漉，手握仇人头。贼众自相杀，尸横满坑沟。父体舆榇归，薄葬荒山陬。相期智勇士，慨焉赋同仇。蚁贼一扫清，国家固金瓯。

将当下歌咏的对象，与魏晋时期左延年《秦女休行》歌咏的秦女休的复仇事迹联系起来。载录者评："机智、义勇、忠孝，于一诗中见之。"而孙康宜教授则借用艾略特的话，认为这位兼复仇侠女的女诗人，就是能"把人们早已熟悉的感情用更富有自觉的方式表达出来"的一位诗人，同时，她觉得与此前之奇女子明显的不同在于："毕著能用诗歌的语言见证她自己勇敢的行为，从而也表彰和宣扬了妇人的丈夫气。……也给后世留下了一个女英雄书写的历史。"她的诗充满了男性的口吻，该诗也有着家国与个人的双重意义①。

必须注意，咏侠诗歌中的年龄特点是非常突出的。如果从

① ［美］孙康宜：《末代才女的"乱离"诗》，《国际汉学》2001。参见张宏生、张雁编《古代女诗人研究》，湖北教育出版社2002年版，第226－227页。

现代心理学理论视点看，这多半是一种英雄崇拜心理在驱动：

> 假如他所爱慕的人，早就认识了，也有私下的接触，我们就称他为“迷恋”（cruch）。假如所爱慕的人，并不十分认识，只是默默地仰慕，这种被称为“英雄式的崇拜”。①

心理学研究还认为，十四岁时，这种迷恋与英雄式的崇拜现象最强烈，以后，兴趣逐渐降低。最后，“对异性的喜好开始转向年龄相仿的人，不再是年纪较大的异性。”可见本章所论慕侠书写也是群体“少年情怀”的代代复制与当下发挥。

乐府这种诗歌形式对诗坛的侠义复仇之咏起了重要的载体作用。汉乐府“感于哀乐、缘事而发”的现实主义传统，使左延年、曹植等人多承其绪，直启李白、元稹等唐人的侠义复仇之咏，后世此类诗作也多采用乐府形式。这不光由于乐府歌行体易于表现这种特定的激越豪迈、酣畅淋漓的英雄情怀，如《侠客行》、《结客少年行》、《白马篇》等有着较为稳定的内容意蕴的歌辞篇名，也裹挟着侠义复仇雄奇悲壮的传统风骨，成为极有触发力扩散力的媒介，启示着后世创作者将古侠遗韵与现实情怀——自我实现的冲动融铸一处，谱写了一曲曲感人的篇章。

此外，乐府诗体所带有的叙事性、时事性特点，也颇为侠义复仇的咏叹者们出色地发挥作用，将功业追求的企慕与人物

---

① ［美］赫洛克（E. B. Hurlock）：《发展心理学》，胡海国编译，台北桂冠图书公司1977年版，第449－450页。

事件的叙写交融、历史传统的追忆同参与现实的愿望追求并举。乐府诗体承载着侠义复仇主题破浪前行，而主题又通过文人功名追求、自我实现的需要，延续着乐府诗歌的文类传统与生命。

董乃斌先生指出，对中国文学史中存在着的贯穿线，可以有这样的一种认识，即抒情传统与叙事传统并存互动的。他在总结吴世昌先生、张海鸥教授之于词的叙事，葛晓音教授、余恕诚教授之于诗的叙事之探讨的基础上，强调了“事感说”、“物感说”与古典诗词之兴发叙事的关系①。而我们从上面对于咏侠诗歌的分析，可以看出，尽管因“事感”（包括事典）占了后期侠情抒发的主要部分，但早期的汉魏六朝咏侠，其许多因意气而起的少年情怀依然还在延续，其包括不少“心中之事”，即建功立业的心事憧憬，一种心理事实的歌咏式描述。而有些咏侠诗事实上就是运用诗词来叙述事件，的确在咏侠畅意时有一个“隐含作者”，或状人物传奇、或借咏史咏怀，等等，咏侠、说侠也成为诗文史传等共有的题材主题。

我们从上面所引不同时代特别是明清古人的评述看，多数是针对咏侠作品来发出自己感想和见解的，一定程度上说明咏侠文学与侠义崇拜意识结合的紧密联系，也明显感觉出古人对于有关侠的叙事歌咏的喜爱与熟悉，这应当被视为民族文化传统的宝贵财富。

---

① 董乃斌：《中国文学叙事传统研究》第五章，中华书局2012年版。参见王立《喜读〈中国文学叙事传统研究〉》，《社会科学战线》2014年第2期。

第二章　忍痛自伤母题的印度中亚文化来源

英国人戈登《从医学的观点看中国》一文，曾对于中国人对于痛苦的忍受能力，有着“他者”视角下的特殊发现，他指出：

> 中国人从小就被教育对身体的痛楚漠然处之，或者对生活也是如此。个人的残酷从婴儿时就注入其本性中，而且根深蒂固，以至于我发现，当手术进行时，旁观者以及患者的亲属却仍在微笑、互相打趣。我还看到一个人刚从手术台上下来……微笑着对待下一个患者，似乎欣赏着他的痛苦，因为此时手术刀正切开那个患者的皮肤、鲜血正从颤抖皮肉上滴下来。

而唐宁也在惊叹中国人服从治疗时的勇气之余，追索其手术中的镇静状态及其与欧洲人的差异：“总是归功于患者的坚忍，正如在许多场合，只有非常轻微程度的痛苦感觉。……我认为它与个体心理的培养和开发的程度有关。这个题目值得探索。但是目前我们知道，当野蛮的美洲战士被捕后受到折磨，面对种种刑罚，他们报以轻蔑的微笑，就是带着这种不屑一顾的神情。而高度文明的欧洲人却躲避开哪怕最轻微的接触，当他躺在‘玫瑰温床’，如果身下哪怕多加了一片‘玫瑰花瓣’，他都会感到不自在，大受折磨。”① 何以能出现这样一个令域外人惊异的“忍痛”场面？自我的“忍痛”与“漠视他人的痛苦”，究竟蕴含着怎样的文化内蕴与潜在的族群心理，其社会伦理精神又在起着怎样的迎合与推波助澜作用？

郭茂倩《乐府诗集》卷九十载王维《燕支行》咏叹猛将的勇武豪情，有这样的诗句：“赵、魏、燕、韩多劲卒，关西侠少何咆勃。报雠只是闻尝胆，饮酒不曾妨刮骨。……”以诗歌这种高度浓缩化的艺术形式，何以特意将将士的“忍痛”作为豪气抒发的一个关节点？此与唐人对于豪侠精神内蕴和外现的理解，当然至为相关。但不可忽视，作为“盛唐气象”之一种的“忍痛”精神，既有本土江湖豪侠的“忍痛”精神内质，也有汉译佛经故事“舍身”的宗教精神张力。是魏晋以降新的文化生态空间中，“忍痛”母题纵向集体记忆累积，与超越空间选择性穿插建构多重张力的历史性结合，边缘人身份的豪侠精神与佛教信徒“三生”观念的融合，进而生成的世俗化社会伦理。而这又正是我们对中国古代的武侠文化精神探究的一个独特切入点。

一、“忍痛”刚勇的早期叙事模式与江湖豪侠精神

汉魏六朝以来，驰骋沙场、边塞建功成为文人豪侠尚气表

---

① ［英］约·罗伯茨（J. A. G. Roberts）编著：《十九世纪西方人眼中的中国》，蒋重跃、刘林海译，中华书局2006年版，第145－146页。

现的一个重要内容；而与时代风潮紧相呼应，沙场征战成为豪侠少年理想集中投入的场所之一。冷兵器作战的时代，“君不知沙场征战苦”，战场上受伤将士的比例是很高的。即使是身手矫捷的参战者，也难免挂彩。由于古代缺少战场上的及时救助，不能实行“麻沸散”一类的药物麻醉，于是“忍痛”，每多成为表现将士“豪侠”精神的聚焦之点。应当说，这一点在唐代前后的载录中，史传、诗歌与野史笔记的文学表现均予以不约而同的关注，当然关注点是有较大的不同。

唐代之前，古代文献中也时或出现刚勇忍痛的描写，有两大书写指向：一是呈“匹夫之勇”以求“私利”，使个体的生存空间中获得更多资源，包括“荣誉”；二是呈“战士之勇”以求集体“公利”，使集体获得政治公权力，甚至社会伦理秩序建构。

“匹夫之勇”相关的故事，很早就与“忍痛者”的豪气刻画紧密联系起来。早在《吕氏春秋·当务》篇中，就描写了两个“勇而不当义”的齐国侠士，他们竟然是以自割自啖其肉，来争竞、显示豪勇的：

> 齐之好勇者，其一人居东郭，其一人居西郭。卒然相遇于途，曰：“姑相饮乎？”觞（爵）数行，曰：“姑求肉乎？”一人曰：“子肉也，我肉也，尚胡革（更）求肉而为？”于是具染而已，因抽刀而相啖，至死而止。勇若此，不若无勇。①

① 陈奇猷：《吕氏春秋校释》卷十一，学林出版社 1984 年版，第 596 页。

高诱注引《左传》“酒以成礼，弗继以淫。”可是借助于饮酒弄豪的特定情境，两个侠士以吞吃自己的血肉证明自己刚勇忍痛的能力，简直败坏了酒文化的本意。这其实就是一种“自伤”性的忍痛表现豪勇的行为，已经带有明显的表演性。他们拥有这样的“勇”导致双双而死，这是反生命伦理的“忍痛”精神。从《吕氏春秋》作者所评价总结的态度看，在先秦敢死轻生的时代中，这种自伤示勇的表现当非偶然与孤立的。金庸先生曾引述了这一故事，认为：“这故事不可能是事实，但当时的勇士，一定会觉得受到挑战时决不能认输，牺牲性命有什么打紧？（不知今日斗酒而近乎拼命，是不是这种心理的遗风?)”[①] 但故事却带有寓言性，往往也被看成是某种使酒弄气世风的一个略带夸饰性的形象表现。

这种行为却被《吕氏春秋》理解为是愚蠢的自我作践，不仅为载录者所否认，还带有明显的讽刺意味。因此类描写中，又渗透着强烈的“狠戾”之气，蔑视生命本体的存在价值与意义。在轻视自我存在的同时，表现出对他人生命的蔑视与不屑。

二是“战士之勇”。在魏晋六朝乱世争雄，如《三国志》所说的“斗将难得”时代，这种以忍耐肉体疼痛来表现人物精神意志乃至主体性格的手法，却开始被赋予了较多的正面肯定的含蕴。更为切近于唐人笔下描写的，可称得上晋代陈寿所撰《三国志》写关羽的这件极为个人化的日常行为，事实上被当作一种可贵的气质风度展露：

---

① 金庸：《〈说侠〉节略》，刘绍铭、陈永明编：《武侠小说论卷》，香港明河出版社有限公司1998年5月初版，第710－711页。

（关羽）尝为流矢所中，贯其左臂，后创虽愈，每至阴雨，骨常疼痛，医曰："矢镞有毒，毒入于骨，当破臂作创，刮骨去毒，然后此患乃除耳。"羽便伸臂令医劈之。时羽适请诸将饮食相对，臂血流离，盈于盘器，而羽割炙引（饮）酒，言笑自若。①

我们有理由相信，这一超乎凡伦的"忍痛"能力、坚毅勇武构成了关羽名将风采的重要方面，小说《三国演义》中的关云长刮骨疗毒镇定自若的肖像、场面与心理描写，很可能受此故事启发。但是，在其间已经有了不少的中介，而那些有关唐人刚勇忍痛的载录，当起到了重要的作用。

在中国古代，"前四史"的叙事范式及其价值导向作用是不可低估的。后代修史者多为饱学之士，当然不会忽视上述描写对于人物性格的刻画功能。薛居正等纂修《旧五代史》卷九十四《晋书·苌从简传》中也描写了该传主："……又尝中箭而镞入于骨，使医工出之。以刀凿骨，恐其痛也，良久未能摇动。从简嗔目谓曰：'何不沈凿？'洎出之，左右无不恻然，从简颜色自若。其勇壮皆此类也。"可以认为，北宋成书的这一史传中，已将"忍痛"理解为特定人物刚勇性格表现的一个有意味的模式。"皆此类"一语，说明其乃是作为"勇壮"代表性事件来书写的。

但不难看出，"匹夫之勇"与"战士之勇"在"忍痛"母

---

① 陈寿：《三国志》卷三十六《蜀书·关张马黄赵传》，中华书局1982年版，第941页。

题书写中的意义指向有本质的不同。而后者却是传统社会伦理建构过程中不可或缺的精神力量。

二、“忍痛”气概的转化与自伤夸示期待

与早期的“忍痛”故事相比较，唐人的表现很有特点。

一是，乐于谈论前代豪勇之士，是如何在拼杀的前线带伤作战，“重伤不下火线”，甚至忍痛带伤立功建勋的，这些谈论充满了对于这类豪勇之士的钦敬仰慕。李冗《独异志》称，北齐名将彭乐勇猛无双，神武帝时亲自率彭乐等十余万人，同宇文护交战。当时彭乐临战饮酒，他乘醉深入敌阵，被刺中，肝肚都流出来了，他来不及全纳入腹中，就截掉一部分，又继续参战。终于击败敌兵，敌兵尸横战场有三万余人①。仿佛，这位具有超常忍痛能力的勇士，他的伤痛竟成为肌体应激力量的引发之源了。

李冗《独异志》还兴致勃勃地谈论，隋代大业末年，杜伏威与陈稜大战于齐州，敌营中有个裨将射中了杜伏威的额头。杜伏威不禁大怒曰：“不杀射者，终不拔此箭。”仍旧奋然跃回阵中，活捉了那个射箭的家伙，就当即让那人拔箭，然后砍下其头颅。陈稜的队伍也随之大败②。

不过，最为接近刚勇“忍痛”这一母题叙述内在本质意义的，还不是在沙场战阵上忍痛，而往往是英雄归来疗伤时的英

① 李昉等编：《太平广记》卷一百九十一“骁勇一”引，中华书局1961年版，第1430－1431页。

② 李昉等编：《太平广记》卷一百九十一“骁勇一”引，中华书局1961年版，第1431页。

勇表现，这一场面描绘常常是意趣饱满而富有戏剧性的：

隋末，高开道被箭，镞入骨，命一医工拔之，不得。开道问之，云：“畏王痛。”开道斩之。更命一医，云：“我能拔之。”以一小斧子，当刺下疮际，用小棒打入骨一寸，以钳拔之。开道饮啗自若，赐医工绢三百匹。①

箭镞入骨，如此重伤就连医者看着都不禁心生畏惧，担心受伤者忍受不了，可是高开道却全然不顾，可以说也是借助于酒力，以及饮食的分散注意力，他泰然自若地承受了这一规模不小的外科手术。上述故事的异文，在刘𫗧《隋唐佳话》卷中里则如是记载：“高开道作乱幽州，矢陷其颊，召医使出之，对以镞深不可出，则俾斩之。又召一人，如前对，则又斩之。又召一人如前，曰：‘可出，然王须忍痛。’因铍面凿骨，置楔于其间，骨裂开寸馀，抽出箭镞，开道奏伎进膳不辍。”可见，箭镞入骨如此之深，若想拔出，的确是要忍受一般人难于承领的巨大疼痛，对此医者甚至有些不相信，可是高开道边饮食边观看歌舞表演，硬是挺了过来，足见他刚勇过人。

二是，唐人自身的忍痛事迹，也常常流播于当时人们的谈论中，以至于不少相关故事的异文很多，一再地被复述和转录。如果不是在朝野之间反反复复地口耳相传，是不会出现这么多异文的。在《太平广记》卷第一百九十一的“骁勇”一类，就收录了这样一些故事，说明宋人对这种忍痛行为的充分理解和

① 李昉等编：《太平广记》卷一百九十一“骁勇一”引《独异志》，中华书局1961年版，第1431页。

颇感兴趣。又如《谭宾录》载：

> 唐裴行俨与王充战，先驰赴敌，为流矢所中，坠于地。程知节救之，杀数人，充军披靡。知节乃抱行俨，重骑而还，为充骑所逐，刺槊洞过。知节回身，捩折其槊，斩获者，与行俨皆免。①

说是先行冲锋陷阵的裴行俨中箭后，程知节（程咬金）不顾个人安危去解救他，不想两个人骑着一匹马，终究很快就被敌将赶上了，长矛穿透了程咬金的身体，可是他忍痛回过身来，竟然将矛杆折断了，趁势斩杀追将。如此“忍痛”的描绘，真是历历如画，与其说是体能过人，毋宁说是意志豪勇超群！

有时，就是那么“忍痛”一坚持，就会化险为夷，从被动的低谷中幸运地走出。《独异志》还称，唐代将领契苾阿力征讨辽东时，率领骑兵八百，遇到贼众的合围，他本人被长矛（槊）刺中腰部，体力不支，为贼兵纠缠，情势十分危急。这时，薛万即刻单马入阵，杀死贼骑，救阿力于群贼之中，两人一起从阵中脱身而出。阿力本来已经力气用光，可是他束紧创伤，坚持返回阵中又浴血奋战，贼兵这才纷纷退去②。这里，猛将在沙场上忍痛坚持奋战，不仅仅是体力上的超凡表现，更是一种个体意志和豪勇气概的外射。

---

① 李昉等编：《太平广记》卷一百九十一“骁勇一”引，中华书局1961年版，第1433页。

② 李昉等编：《太平广记》卷一百九十一“骁勇一”引，中华书局1961年版，第1433－1434页。

三是，如此普遍性地谈论人们忍痛的能力，以及标举骁勇的民俗心理流播，不能不在唐代形成一种普遍性的舆论氛围和群体心理，从而构成了一种民间亚文化价值观念。于是，个体在战场上被动的、不期然而然的忍痛行为，以其刚勇感人的魅力固化为偶像的崇拜，进而在侠文化价值观念的大背景下发生了转化，变成了市井和草莽文化中被人主动借用的一个角色表演方式，最主要的就体现在为了夸示自炫豪勇而蓄意自伤。

在古代冷兵器作战的时代，受伤本是将士们经常遭遇的事情。据《旧五代史·潘环传》载：“（潘）环每预战，先登陷敌，金疮遍体。”王仁裕《玉堂闲话》亦云：“潘环尝中流矢于面，骨衔其镞，故负重伤。医疗至经年，其镞自出。其疮成漏，终身不痊。”在某种意义上说，受伤与伤疤，也是亲经血与火考验磨难的值得夸耀的阅历证明。草野英雄若想要服众，从平庸凡俗中脱颖而出得到承认，也每多以自伤来创造一个“忍痛”的机会，当众表演自己忍痛的本领与主体意志力，这无疑也是豪侠之士在其豪气大发之时，所采取的一个撼动人心又不能不令旁观者折服的妙招，据说：

王彦章之应募也，同时有数百人，而彦章营求为长。众皆曰：“彦章何人，一旦自草野中出，便欲居我辈之上，是不自量之甚也！”彦章闻之，乃对主将指数百人曰：“我天与壮气，自度汝等不及，故求作长耳。汝等咄咄，得非胜负将分之际耶？且大凡健儿开口便言死，死则未暇，且共汝辈赤脚入棘针地走三遭，汝等能乎？”众初以为戏，既而彦章果然，众皆失色，无敢笑之者。太祖闻之，以为神人，遽擢用之。①

王彦章硬是想要在一伙儿芸芸众生中当个首领，可是谁人能服气，又凭什么让人折服呢？于是他就看准机会，当众说下豪言壮语，而后真的当场践诺，赤脚进入荆棘地里走了三遭，没有人比得上他的耐痛力，这招一时还很灵，没有思想准备的众人，起初还以为他不过是开玩笑，没想到他这样说了，也真的这样做了，众人当场都为之愕然，被他超凡的忍痛能力所体现的内在豪勇威慑住了。

还有一个旁证可以说明唐人的忍痛自伤，的确是在显示一种与其时代豪迈开放精神相符的豪气，如五代时王定保称，唐僖宗乾符丁酉（877 年）：

> 关宴甲于常年。有温定者，久困场屋，坦率自恣，尤愤时之浮薄，设奇以侮之。至其日，蒙衣肩舆，金翠之饰，夐出于众，侍婢皆称是，徘徊于柳荫之下。俄顷，诸公自露棚移乐登鹢首，既而谓是豪贵，其中姝丽，因遣促舟而进，莫不注视于此，或肆调谑不已。
>
> 群兴方酣，定乃于帘间垂足定膝，胫伟而毳。众忽睹之，皆掩袂，亟命回舟避之。或曰："此必温定矣。"②

---

① 陶岳：《五代史补》卷一，周勋初主编：《唐人佚事汇编》，上海古籍出版社 1995 年版，第 1749 页。

② 王定保：《唐摭言》卷三，上海古典文学出版社 1957 年版，第 42 页。

关宴，是唐代进士关试后的曲江宴会，就在那些幸运者们弹冠相庆之时，这位久不登第的读书仕子因为愤世嫉俗，他就是故意要出出一腔不平之气，他就要在那些中举者的宴席盛会上，制造一点“狂欢节”式的宣泄机会、荒诞感与新闻效果。在这些人偕同女宾兴致勃勃之时，他露出自己粗粗的小腿，腿上长满了黑毛，让人“皆掩袂”，没有勇气露出眼睛来看，大煞风景。这就是以一种众人难于接受的粗俗，来亵渎一下喜庆的热烈气氛，给在场者一个恶作剧般的难堪。可是，在崇尚豪气、宽容豪放的唐代，这又是在社会伦理规范允许的范围之内，让人无可奈何。

四是，守信践诺，也作为一种忍痛的动力，作用于当事人的精神意志。李冗《独异志》卷上还载侯彝好侠尚义，他隐藏一个国贼，御史亲审并把烧红的铁块放到他的肚皮上，他仍不屈服。一般说，在解读这一故事时，人们总是强调侯彝的诚信感动了皇帝，其实这也与他忍痛所表现出的人格风范不为无关。人物行为所表现的忍痛与诚信品质，是不能分开的相辅相成关系。

五是，有时自伤忍痛往往还为了某一更加具体、高尚的目的而进行，其当事人侠烈气概的外现，具有一种让人钦敬的自我牺牲精神，以及“利他”的群体人伦情怀。据钱易《南部新书》称，咸通六年，沧州盐院小吏赵鳞犯了罪，被判处死刑。临刑之前，赵鳞有个女儿请求随同父亲一起去死，她陈述说：七岁时母亲就去世了，跟着父亲长大，蒙父亲谋求私盐的官利才得到微薄的衣食活命。如今父亲为了养活女儿罪证暴露昭彰，女儿跟随受到法办也是应当的。盐院的官员崔据认为这是一件侠义之事，于是就将此事奏报朝廷。皇上下诏哀怜这侠女，下令减免其父所犯的死罪。不料，女儿又哭泣说：我过去是为父亲所养大，如性命是官府所赐，发誓落发为尼奉佛，以报君王。接着，她就从怀中抽出刀刃，即刻截掉自己的耳朵以表示信诺。不久之后，她服侍父亲受过了刑罚，父亲病疾痊愈，这侠女就进入到庙中做了尼姑[1]。这个侠烈的少女，以当场忍痛截耳的奇特举动，表达了契合豪侠时代精神的尽孝决心。

此外，也有的载录并没有明确描述某人如何忍痛，但却令人真切感受到其忍痛的惊人程度，而且在其叙述之中流露出的载录者那会心的赞赏，如《太平广记》卷一百九十二“骁勇”引《北梦琐言》讲述：

> 燕之旧将周归祐，蓟门更变之际，以剑柱心，刃自背出而不死。奔于梁，为骑将之先锋焉。十五年，夹河百战，通中之疮，往往遇之。后唐庄宗入洛，为仇者于猎场席地俾坐，满挽而射，贯腋而出，创愈无恙。仕至郡牧节度留后。竟死于牖下。

这真类似孟子说的“生于忧患，死于安乐”，又如同宋人欧阳修《五代史·伶官传序》所概括的“忧劳可以兴国，逸豫可以亡身”。这种哲理用到个体的肉体对付创伤能力上，又何尝不然！可以想象，这位周将军被人以剑穿透胸膛；又曾被暗箭贯穿胸腔，这在当时该是多么疼痛钻心！可是他都硬挺过来。

① 周勋初主编：《唐人佚事汇编》，上海古籍出版社 1995 年版，第 1482－1483 页。

值得一提的还有这种叙事的有针对性、有倾向性的宣传用意。这种记载，实际上不仅仅是在写一个负重伤又奇迹般复原的人如何多次转危为安，也是包含着对于一种超人体能的赞赏，更是对这种刚勇忍痛精神的推崇，尤能曲折地、具体而微地反映出唐代的豪侠文化精神。因此，宋代类书《太平广记》将此故事归类于“骁勇”，的确窥见了内中的核心意蕴。

《新元史·赵匣剌传》也载：“……宋兵大败。（赵）匣剌亦被三创，镞中左肩不出。钦察惜其骁勇，取死囚二人剖其肩，视骨节深浅。知可出。凿创把镞出之，匣剌神色不动。”

关于忍痛载录的史不绝书，清代史家赵翼《廿二史札记》特设有“忍痛”条，予以总结：

> 《北史》：魏长生子彦坠马折臂，肘上骨起寸馀，乃开肉锯骨，流血数升，言笑自若。欧（阳修）《五代史》：苌从简中流矢，镞入骨，工无良药，欲凿其骨出之，从简便令凿之。工迟疑不忍下，从简趣之，左右皆若不胜其苦，而从简自若。《元史》：张荣为流矢贯眦，拔之不出，令人以足抵额而拔出之，神色自若。赵匣剌与宋兵战，镞入右肩不出，主将取死囚，刲其肩，视骨节，知深浅可出，即为凿其创，拔镞出之，匣剌神色不动。俱见各本传。①

可见，“忍痛”所表现的不仅仅是刚勇人物的一时性行为及性格特征，更是人物的“舍我”信念以及社会伦理精神。作

① 王树民：《廿二史札记校证》（全二册）卷三十，中华书局 1984 年版，第 714－715 页。

为个体的“忍痛”行为以迎合社会群体需求，有主体性的价值追求与宗教皈依，也蕴含着深深的屈从与无奈。

三、“忍痛”自伤习俗的印度中亚文化渊源

关于“忍痛”自伤母题书写的艺术表现及其族群习俗与社会心理，有本土文化的历史性濡染累积，也有域外、印度与中亚故事模式及种族习俗的空间位移穿插建构。

首先，忍痛自伤现象可以追溯到汉魏六朝时期的丧悼文化。由于恪尽孝道的努力，萌于先秦而汉代后大盛的丧悼文化，使得不少孝子在亲人死后要以哀毁自虐方式表达丧亲的痛苦，如《后汉书》卷五十五载，九岁丧父的刘次，“草庐土席，衰杖在身，头不枇沐，体生疮肿”，以慢慢地折磨自己的身体方式，表现自己的内在痛楚心情和怀悼精神。

这是有着广泛持久的人类学依据的。据说新西兰的毛利人哀悼死去的首领：“死者的妻子们和近亲，特别是妇女们为了显示悲痛，用燧石或贝壳割伤自己的脸部、胳膊、腿和胸部，直到鲜血不断地涌流而下；人们并不将血迹抹去，因为哀悼者身上覆盖的凝血越多，则越能表明他或她对于死者的敬重。有时，死者亲属还要砍下一段手指头作为他们哀痛的证明。……”澳洲中部的马兰马加部落，人们也要以自我肉体虐待（把头皮或大腿用利器划开，遗孀们用烙红的火棍在头皮上烙下印记），如果谁应打伤自己却没有这样做，将受到严厉的惩罚。而只有与死者有一定关系的人才有幸自伤，人类学家解释，这是一种消除恐惧的仪式：

> 这些原始人自愿遭受的这些在我们看来完全是多馀的苦难的动机是什么？这样的刀伤和烫伤很难简单地说成是痛苦的自然而真诚的表露。我们知道，在老练的观察家眼中，如此疯狂地表达悲痛主要是为了消除恐惧，而不是热爱。同样，麦瑟·斯宾塞和迪伦也认为至少有一个原因是因为当地人的恐惧，如果他们不表示足够的悲痛，恐怕死者的灵魂就会发怒并对他们加以伤害。……鬼魂至少在澳洲原始人看来是普遍具有妒忌的特征的。它们为了自己的权利从不让步。因此，对它们的恐惧足以解释悼念中的自我虐待行为。①

日本学者江上波夫《骑马民族国家》一书就注意到，突厥族送葬者往往“切割自己的发辮和耳朵”，自伤其面，血泪俱下地痛哭示哀。其实这就是《周书》卷五十《异域下》等所说的突厥伤悼风习“以刀剺面，且哭，血泪俱流”。笔者也曾注意到史书作者们将周边异族的丧悼风习，因其符合华夏之邦的丧悼文化模式，而有意识地采撷入史：“多数情况下却不能不带着某种先在的视界而有意选择加工和暗示品评。……充满着兴趣和好奇心关注着周边民族的葬俗与丧悼风习。”② 经常与突厥族打交道的中原唐人，对此类现象体现的忍痛暗示，应当不会无动于衷，当会从本民族豪侠尚气的角度去理解、阐扬并仿

---

① ［英］詹·乔·弗雷泽：《永生的信仰和对死者的崇拜》，李新萍等译，中国文联出版公司 1992 年版，第 222－223 页，第 122－123 页。

② 王立：《中国文学主题学——悼祭文学与丧悼文化》，中州古籍出版社 1995 年版，第 73－75 页。

拟施行。

法国汉学家较早注意到敦煌石窟的一幅涅槃画里，佛陀的三个弟子："被画得如同是高地亚洲的胡人，其一正在以刀剖胸，而另一个则自截左耳，第三位则以刀自刎。这幅画是受了胡族殡葬习俗的影响。在印度佛教的经文传统中绝没有这样的内容。"① 后一句说得有些绝对化。蔡鸿生先生认为，西域割耳剺面之俗还用于表现送别悲伤和讼冤悲愤，显示出胡俗文化的内涵多样性②。雷闻博士对于割耳剺面等西域习俗有着精深全面的研究，他指出现存汉文史料中最早的是《东观汉记》载："耿秉为征西将军，镇抚单于以下，及薨，赐朱棺玉衣。南单于举国发哀，剺面流血。"而这一行为表现还被用到请愿明志、表达民意的请愿等。③

其次，"忍痛"自伤的"舍身"理念，是来自佛教文化对于虔心宣佛者、信佛者残体自伤的推重，以及有关割体幻术的触发。在中古汉译佛经中，有关舍身自残解救亲人、解救动物的故事很多。如三国时，西域粟特人康僧会在吴国所译《六度集经·萨波达王本生》就有菩萨化身的国王萨波达，慈惠布施，他为了从鹰口中救鸽，答应以自己身上相等数量的肉交换，割下大腿的肉，因为鸽子重量不断增加，又割髀肉，"身肉都

① ［法］戴密微：《敦煌变文与胡族习俗》，《中国敦煌吐鲁番学会研究通讯》1992 年第 1 期，收入《法国敦煌学精粹》，甘肃人民出版社 2011 年版，第 517－525 页。

② 蔡鸿生：《唐代九姓胡与突厥文化》，中华书局 1998 年版，第 25 页。

③ 雷闻：《割耳剺面与刺心剖腹——从敦煌 158 窟北壁涅槃变王子举哀图说起》，《中国典籍与文化》2003 年第 4 期。

尽，未与重等，身疮之痛，甚为无量”。体现了佛教普渡众生的宽仁精神。姚秦时代鸠摩罗什译《众经撰杂譬喻经》也有此母题[①]。直到宋代绍德慧询等译《菩萨本生鬘论》卷一都在传颂着这一故事，说尸毘王也是如此忍痛救鸽，而且叉尸罗太子善柱的幼子善生，在随父母逃难途中绝粮，也舍身以己肉救双亲：“先持利刃，自割身肉跪而奉之。”[②]

僧祐（445—518）《出三藏记集》本传载，中天竺人求那跋陀罗渡海来到中土，讲经过程中遇到“未善宋语（汉语）”的困难，礼忏乞请冥应：“遂梦有人白服持剑，擎一人首，来至其前曰：‘何故忧耶?’跋陀具以事对。答曰：‘无所多忧。’即以剑易首，更安新头。语令回转，曰：‘得无痛耶?’答曰：‘不痛。’豁然便觉，心神喜悦。旦起言义，皆备领宋语，于是就讲。”[③]

僧传故事以人的器官更换表达宣佛之旨，然而母题的本土化却展示了随之而来的更为复杂而难于处理的问题：人的灵与肉，不是那么容易迅即统一和谐的，尤其是不同文化模式之间的彼此受容，也不是一蹴而就的，没有人细究在换头过程中当事人是否真的不痛苦。释慧皎《高僧传》卷三《译经下》也载录了这一段故事，说明这一事件在当时引起了足够的重视。

---

① 道略集：《众经撰杂譬喻经》，姚秦鸠摩罗什译，［日］高楠顺次郎等编：《大正新修大藏经》卷三，台北新文丰出版公司 1990 年（影印），521c。

② 圣勇菩萨等：《菩萨本生鬘论》卷一，宋绍德慧询等译，《大正藏》卷四，333c－334b。

③ 僧祐：《出三藏记集》卷十四《求那跋陀罗传》，中华书局 1995 年版，第 548 页。

今存敦煌莫高窟第323窟北壁东侧中部的四组画面中，包括三组故事，其中下层图画反映的内容，就是佛图澄破腹洗肠的事迹，此据梁代释慧皎《高僧传》载录的佛图澄故事："澄左乳傍先有一孔，围四五寸，通彻腹内。有时肠从中出，或以絮塞孔。夜欲读书，辄拔絮，则一室洞明。又斋日辄至水边，引肠洗之，还复内中。……"[①] 故事片段的核心，当然旨在宣扬神僧的法术神异，然而故事主人公超乎常人的忍痛能力，也给人以鲜明的印象。这段叙事的异文，又见宋代类书《太平御览》卷三百七十一引崔鸿《十六国春秋·后赵录》：

佛图澄腹傍先有一孔，常以絮塞之。每夜书则拔絮，孔中出光，照于一室。又当天时平旦，至流水侧，复腹旁孔中引出五脏六腑，洗之讫，还内腹中。

据研究，《高僧传》在成书过程中，如其《自序》所言，曾借鉴过"晋、宋、齐、梁，春秋书史，秦、赵、燕、凉荒朝伪历"；而且该书末所载《王曼颖与慧皎书》亦称："道安、罗什，简表秦书，佛澄、道进，杂闻赵册。"这里的"赵册"应为《后赵录》[②]。

而我们可以看出，由《高僧传》成书的梁代之前到敦煌壁画选材的唐代，对于高僧行使幻术，泰然自若地忍痛自洗内脏

① 释慧皎：《高僧传》卷九《神异上》，汤用彤校注，中华书局1992年版，第356页。

② 纪赟：《慧皎〈高僧传〉研究》，上海古籍出版社2009年版，第348－349页。

的描绘，一直较为稳定地存留在高僧事迹的表现之中。

干宝《搜神记》卷二所载的外来天竺胡人的来华表演，非常能说明忍痛能力成为天竺幻术的一个核心内容：

> 晋永嘉中，有天竺胡人来渡江南，言语译道而后通。其人有数术，能断舌续断，吐火变化，所在士女聚共观试。其将断舌，先吐以示宾客，然后刀截，血流覆地。乃取置器中，传以示人。视之，舌头半舌，观其口内，唯半舌在。既而还取含之，坐有顷，吐以示人，坐人见舌还如故，不知其实断不也，……
>
> 其吐火者，先有药在器中，取一片，与黍糖含之，再三吹吁，已而张口，火满口中。因就爇处取以爨之，则便火炽也。①

在天竺人最初来到江南这样一个新的文化环境中，语言不通，翻译难寻，只有运用最为吸引人的现场异术表演来与当地人沟通。也是他们因为有此异术，而且伴随着认同的意志力，俨然就表明了具有并不输于当地人的文化优势，于是主客双方有可能在近乎平等的精神层面上交往。甚至，这一能力及其体现出的内在精神，还会引起当地人折服。

应该注意，类似的载录汇成六朝至唐中外交流诸多叙事的一个重要的着眼点。《法藏经》中薄拘罗尔因食药而得异能，其中就有刀割不伤这一招。继《幽明录》写比丘尼破腹出脏，

---

① 李剑国：《新辑搜神记·新辑搜神后记》，中华书局2007年版，第59－60页。

断足斩头手之后，萧齐时王琰《冥祥记》也写比丘尼为了劝诫桓温，在洗浴时“裸身挥刀，破腹出脏，断截身手，支分脔切”。而在S. 367《沙州伊州地志》所记载伊州伊吾县祆庙的宗教仪式则写道：“火祆庙中有素书（画）形像无数。有祆主翟槃陀者，高昌未破以前，槃陀因入朝至京，即下祆神，因以利刃刺腹左右通过，出腹外，截弃其馀，以发系其本，手执刀两头，高下绞转，说国家所举百事皆顺天心，神灵相助，无不征验。神没之后，僵仆而倒，气息奄奄。七日即平复如旧。有司奏闻，制授游击将军。”

这与唐初《朝野佥载》的相关载录，可以说不谋而合：

> 河南府立德坊及南市西坊皆有胡祆神庙。每岁商胡祈福，烹猪羊，琵琶鼓笛，酣歌醉舞。酹神之后，募一胡为祆主，看者施钱并与之。其祆主取一横刀，利同霜雪，吹毛不过，以刀刺腹，刃出于背，仍乱扰肠肚流血。食顷，喷水咒之，平复如故。此盖西域之幻法也。①

这一现场表演的轰动效应，在当时该引起怎样的传布效果？会使许多人根据自己的忍痛体验，引发联想，从而生发对外来宗教的信奉。虽说这是幻术，但是因视觉差异而生成了超常效果，于是以下这几个问题，当为不能排除的题中自有之义：

1. 表演者自身的痛楚感如何？

2. 观看者体味时的心理承受力可不是一般的，震慑中也免

① 张鷟：《朝野佥载》卷三，《隋唐嘉话·朝野佥载》，中华书局1979年版，第64－65页。

不了钦佩。

3. 此事发生后的民俗传播会带来什么社会效应与文学结果?

事件的载录看似偶然，却不是孤立的，这体现出西域“幻法”在以惊世骇俗的方式传播。

《法苑珠林》卷六《日月篇·星宿部》写唐朝使者王玄策抵婆粟闍国（今印度达班加北部，马杜巴尼北 baligarh 为其首府），其国王设五女戏迎接：“五女传弄三刀，如至十刀，又作绳伎，腾虚绳上，著履而掷，手弄三仗、刀、楯、枪等，种种关伎，杂诸幻术，截舌、抽肠等，不可具述。”这类截舌、抽肠的幻术，主要还是以“忍痛”的表演来吸引人的。

一个广泛载录的唐高宗（650—683 在位）对于胡人幻术忍痛不满的故事，说明以忍痛吸引中原人的幻术，在高宗时达到了一个盛极而衰、物极必反的阶段，这也是不同民族生存理念碰撞的结果。据宋代类书《册府元龟》载，显庆元年（656）正月：

> 御安福门楼观大酺，胡人欲持刀自刺以为幻戏，帝不许之。乃下诏曰：“如闻在外有婆罗门、胡等，每于戏处，乃将剑刺肚，以刀割舌，幻惑百姓，极非道理。宜并发遣还番，勿令久住，仍约束边州，若更有此色，并不须遣入朝。”①

① 王钦若等编：《册府元龟》卷一百五十九《帝王部·革弊》一，中华书局 1982 年版，第 1921 页。

这一事件的载录还见于《太平御览》卷七三七《方术部》引《唐书》、《旧唐书·音乐志二》、《新唐书·礼乐志十二》等，可见是一个不可小看的胡汉文化撞击冲突的重大事件。

胡汉文化习俗在这一割体自伤行为中显示了彼此差异太大，故而不被中原统治者接受，但是，相关的精神层面的潜在影响仍在。唐宣宗大中六年（852）十二月，朝廷下敕：

近日无良之徒，等闲诣阙剺耳，每惊物听。皆谓抱冤，极令推穷，多是虚妄。若不止绝，转恣凶狂。宜自今后，应有人欲论诉事，自审看必有道理，即任自诣阙及经台府披诉，当为尽理推勘，不令受冤。更不得辄有自卧街剺耳，前有犯者，便准前敕处分后，配流远处，纵有道理，亦不为申明。①

虽然这些残身幻术没有明白写出当事者的忍痛情态，可是，与丧悼哀毁自伤的种种传闻结合，使得民俗心理也就渐渐适应于以忍痛自伤的“身体语言”，以生理上超人般忍耐力的外现，来展示内在精神意志的坚强。

忍痛自伤风习的另一个来源，似来自印度习俗的影响。根据约9世纪中叶到10世纪初的阿拉伯商人们传闻的载录称：

据一个目击者对我们说，一个准备自焚的人，正当要跳进火中去的时候，他拔出一柄短刀，刺入胸膛，用自己

① 《宋本册府元龟》卷一百六十《帝王部·革弊》二，中华书局1989年版，第388页。

的手开胸剖腹，直落阴部。接着，他伸进左手，抓住肝脏，把肝连同其馀的内脏全部掏了出来。可是，在这样的时刻，他依然从容不迫，侃侃而谈。他用短刀切下一块肝肉，故意装成不知死为何物的神态，在极度的痛苦中，仍强作镇静地把这块肝肉交给了自己的兄弟。然后，他投入火中，走向神明所诅咒的地方去。

这个给我们讲了上述见闻的人，又对我们谈起另一件事。他说，在这个地方的山沟里，有一个印度系的民族，他们同我们阿拉伯的卡尼弗派（Kanifiya）和贾里德派（Jalidiya）一样，爱在一些无聊的蠢事上纠缠不休。这些山窝里的人和海岸地带的人，都有一种逞强好胜的性子。海边的人每逢进山，总要挑动对方：哪个敢来比试比试，看谁最能忍受自我摧残的痛苦？山里的居民去到海边，也照例这样挑衅一番。

有一天，一个山里人来到海边挑战。于是，人们纷纷拥到他的身旁。有些人只是来凑凑热闹；有些人却是挺身而出，准备应战。那山里人提出了一个要求，即应战的一方，必须仿照他所做的去做，倘若不能照办，那就应该认输。他说罢就坐定在茂密的竹林旁边，叫人把竹林里的一杆竹子弯倒下来。这种竹子同芦苇一样柔软，竹蔸形同瓦壶，但体积更加粗大。竹子的顶端，可以向下弯曲地拉到地面，但一松手，就会立即恢复原状。当别人把一杆粗大的竹子弯倒下来，拉到他跟前的时候，他把自己的发辫牢牢地绑在竹尖上，然后取出一把锋利如火的短刀，对众人说道："现在我要用这把刀砍下自己的头。在我的头刚一脱离身躯的时候，你们可要赶快把手中拉着的竹子放了。这样，竹子就会吊着我的头，弹了回去。到那个时候，我会得意地对你们笑起来，你们可以听到微弱的笑声。”海边的居民感到，这种事情可不能奉陪了。①

叙述者随后还补充说，上述这件事是一个可以信赖的人诉说的，尽人皆知，这个地方位于与阿拉伯相邻的印度边境上，所以一有什么新闻，很快就传到阿拉伯来了。

其三，在本土“孝”为核心的社会人伦文化张力，与外来“舍身”为核心的宗教精神有效碰撞整合，生成唐代独特的豪侠精神的分支。而“忍痛”自伤模式则被多维度地借用发挥，来作为体现个体人格魅力和豪侠时代风尚的艺术表现方式。像论者所阐发的有关不怕疼痛而自伤的习俗②，其中的割耳等忍痛的举动，固然是由于胡俗的影响，但是，如果不是与忍痛刚勇的时代习俗风气紧密联系在一起，也不会那么多的践行者的。

一者，作为一种六朝以降丧悼文化精神的行为体现来持续。此类现象还在《五代史记·何泽杂传》里有如是记载：“民苦于兵，往往因亲疾以割股，或既丧而割乳庐墓。”《旧五代史》卷三《太祖纪》称这种自伤现象甚至引起了统治者的警觉和反感：“（开平元年）自今后所在郡县，如有截指割股，

---

①《中国印度见闻录》，穆根来、汶江、黄倬汉译，中华书局1983年版，第122－123页。

② 雷闻：《割耳剺面与刺心剖腹——从敦煌158窟北壁涅槃变王子举哀图说起》，《中国典籍与文化》2003年第4期。

不用奏闻。是年，诸道多奏军人百姓割股，青、齐、河朔尤多。帝曰：‘此若因心，亦足为孝；但苟免徭役，自残肌肤，欲以庇身，何能疗疾？并宜止绝。’”虽则这指的是表现在悼祭尽孝的自我毁伤上，但仍然与前面谈到的忍痛刚勇的标榜，息息相通。

二者，妇女用来表明贞节。如《隋书》写“性贤明，有节操，博涉书史，通晓治方”的郑善果之母，年二十而夫死守寡，父欲夺其志，她抱着善果说：“妇人无再见男子之义。且郑君虽死，幸有此儿。弃儿为不慈，背死为无礼。宁当割耳截发以明素心。违礼灭慈，非敢闻命。”[①] 又据《新唐书》载：

> 山阳女赵者，父盗盐，当论死，女诣官诉曰：“迫饥而盗，救死尔，情有可原，能原之邪？否则请俱死。”有司义之，许减父死。女曰：“身今为官所赐，愿毁服依浮屠法以报。”节截耳自信，侍父疾，卒不嫁。[②]

诉冤惊众的还有《新唐书》中的晋州长史殷成己之母颜氏，当年她：“叔父吏部郎中敬仲为酷吏所陷，率二妹割耳诉冤，敬仲得减死。及成己生，而左耳缺云。”

在这样一个接受外来文化为荣，又持续保持北朝以及游牧

---

① 魏征等：《隋书》卷八十《列女传》，中华书局 1973 年版，第 1804 页。

② 欧阳修、宋祁：《新唐书》卷二百五《列女传》，中华书局 1975 年版，第 5831 页。

民族习气的时代里，非不如此以忍痛显豪迈就不合时宜。只不过，这里，先前那些伦理的、神秘的因素，都退居背后，而鲜明直接地成为个体角色的成功表演。无疑，这与唐代相对宽松的文化氛围，唐人力求契合于时代对于个体豪侠刚勇人格的期许，也是很难分开的。

四、"忍痛"自伤的群体伦理结构功能

其实，"忍痛"自伤并非中土及印度佛教所特有的文化精神表现形式。人类学家注意到，美洲印第安人有一种可怕的考验方式叫"玛瑞克"，未婚男青年要忍受蚂蚁黄蜂的蜇刺，以此避免笨重懒惰，变得活泼敏捷、机警有力。有时这种考验还要承受用荨麻抽打全身，让蚂蚁噬咬全身的痛苦：

> 他们经受的是何等的痛楚！多么地苦痛！何等可怕的苦难！然而他们的信念给予了他们力量，忍受着这一切，一声不哼，像死人一般躺在那里。经受了这些可怕的考验之后，这些人就被认为是不可伤害的，敌人的弓箭再也不能伤害他们了。①

"趋乐避苦"是个体存在的基本追求，但为什么某些族群的成员会"忍受痛苦"？对个体与群体而言，这一过程具有怎样的价值与意义？如下的解释或许能得到部分答案。

---

① ［英］丽莉·弗雷泽：《金叶》，汪培基、汪筱兰译，上海文艺出版社1997年版，第132－133页。

首先，族群伦理文化的认同感与个体精神的皈依感。

唐人这里忍痛以炫示刚勇的诸多具体表现，也并非没有根由，而有着深远而普遍的人类学依据，可以说是人类某些种族在社会化过程中，个体受到外界环境挑战时的一种特有的应对方式，其以克制自身生理上的疼痛来展露内在性格的坚强。如同莱布尼兹所说的："德行在同邪恶的斗争中增强了力量，邪恶是激励人趋向好的行为的刺激物。"[①] 忍痛者在捱过平常人难于忍受的痛苦之后，他也赢得了应有的尊重，这正是事先他要取得的角色期待。于是，这种风气和心理动机的功能，就不能不被用来小集团内部的凝聚整合上。

唐人的自伤，每多不是私下里偷偷为之，而往往是当众进行的，这情境选择本身就带有一种表演功能和新闻效果。一般认为，唐代已经有了民间秘密会党的萌芽，因此，其成员也以主动自伤向主子和同伙表示忠诚。"忍痛"作为一种个体体能和意志力的展示，实际上就是以折磨自己的方式在同"他者"进行较量，所谓"他者"，可以是个人，更多的是群体舆论；可以指团伙内部的成员，也可以指外人，因为此类事情往往不仅限于具体个别，其传播效应也是相当巨大的。于是，此事在唐代后期，作为一种文化精神，还产生了负面的影响，往往被恶人无赖所利用，以此作为一种哗众取宠的权术，来炫示自身勇力，从而震慑徒众和观众，有时，还往往被借用为团伙内部考验个体成员忠诚与否的一个手段。

宋人司马光《资治通鉴考异》卷十六引《蓟门纪事》称，

---

① ［美］梯利：《西方哲学史》，葛力译，商务印书馆1979年版，第133页。

安史之乱的后期，史思明称王后，史朝兴当了太子。他嗜酒好色，凶犷顽戾，召集幽、蓟一代的恶少年约百人，为左右仆从。每与其党羽饮宴酒酣之时，就爇燎其须发，或以铜弹丸击之，以颐颡为靶子。受伤者血流至地，这伙人一个个都故意显出毫无痛楚的表情，这样表现的就赏给酒喝；稍微皱眉迟疑的，乃当众鞭笞之，从小腿打到脚跟，有时打到数千下，使其困绝将死才放手。等到稍微痊愈，又复鞭之，有的甚至杖打六七千下不死的。他还把抢来的不肯听命的姬妾，令手下人抱着投到沸水里，开始这些人还宛转叫呼，很快就骨肉糜烂了。旁人目睹着全都毛骨悚然，可是史朝兴却笑着靠近观赏，还用所柱的击毬杖在热锅中撞击那人，表情坦然自若。……

豪侠崇拜不是个人性的，而是一种社会的普遍心理现象。因此，上述如此大规模的虐待伤害行为，使得一些团伙成员之间，还有一种群体心理的“感染”“暗示”的功能，其不仅是上述现象的深层成因，一旦发生了还会有进一步触发泛化的驱动力，以至于效尤者会有更加主动多样的行为表现，也就不乏个体自伤自虐行为的发生。据宋人范俑、林禹《吴越备史》卷一说：“董昌，临安人也。建生祠，诸郡置土马，有诳马嘶发汗者，毕被赏。又立将吏木偶，悉用长钉以定其足，曰更三二百年，免有颠踣。末年盈满，遂图僭乱。故妖人应智等竟以幻术惑进，愚民俗吏致龟鱼符印者，日以百数。又集无赖之徒，皆断腕劈耳，号曰‘感恩都’，以备腹心。……”显然，这些“断腕劈耳”的参与者，未必都是那么情愿自觉的，也未必都是那么具有够格的忍痛意志力，但是，一种难于违逆的群体互感力量和团伙内部纪律约束，却驱使他们纷纷采取了自伤行为，以至于将自虐当成豪勇，把折磨自己的愚蠢行为当作炫耀，被某一种歪理邪说的潮动裹挟，入伙兴事。这样，唐代后期，作为一种固化的民俗，自伤还往往被恶人无赖所利用，用来炫示勇力，成为一种具有负价值的流氓团伙负气赌胜的规矩，团伙内部考验个体成员忠诚与否的标志，从而丧失了原初时所具有的侠烈蕴含的某种正义性。

其次，"忍痛"自伤是社会伦理建构的凝固剂。在"忍痛"自伤过程中感悟体验个体生命力的存在，在对抗肉体痛苦中超越生命本体进入永恒的精神存在，在体味生命个体的无奈中走向回归社会，而"痛"与"忍"的力量纠葛中强化社会伦理秩序。个体忍痛意志力的代表性表现，因宋元时期《三国志通俗演义》的空前传播及其对于汉族民俗心理的凝聚力量，关云长"刮骨疗毒"的英雄主义场面，"忍痛"所带有的正面的豪侠气概，成为一种不争的肯定性评价指标。明代长篇历史演义《隋史遗文》写兵败后单雄信将要被处死，李世勣、秦叔宝和程知节三人都到刑场上相送：叔宝三人抱了雄信大哭：

> 叫从人拿过一把刀，一个火盆，三人轮流把自己股上肉割下来，炙在火上熟了，递与雄信吃，道："兄弟们誓同生死，今日不能相从，倘异日食言，不能照顾你妻子，当如此肉，为人炮炙、屠割。"雄信也将来吃了不辞。[1]

① 袁于令：《隋史遗文》第五十九回《羽翼孤郑王面缚，交情深叔宝割股》，人民文学出版社1989年版，第496页。

割肉共食，成为带有巫术思维的表达兄弟生死不渝情谊的一种方式。清初隋唐系列小说也叙述草莽结义兄弟生离死别之际的一种仪式性行为，说单雄信即将被斩："叔宝叫从人抬过火盆来，各人身边取出佩刀，轮流把自己股上肉割下来，在火上炙熟了，递与雄信吃，道：'弟兄们誓同生死，今日不能相从；倘异日食言，不能照顾兄的家属，当如此肉，为人炮炙屠割。'雄信不辞，多接来吃了。……"① 依旧祖述《隋史遗文》忍痛全义的场面刻画。实际上，这也成为"舍生取义"稳定性了的仪式象征。

第三，"忍痛"母题的世俗化，则是主题史流变过程中的"返祖"现象，是族群集体记忆的强化与母题异变中不可或缺的部分，是母题生命力的一种表现。如以"忍痛示豪"所带有的民俗积蕴之丰富，自不能例外，市井子弟以此忍痛自伤行为相标榜，将内在力量外化，是一项投资较少、成本较低的提高自我价值的惯用手段，于是成为近代社会某些地区"好勇斗狠"的风气表现之一：

> 北方风气刚劲，好勇斗狠，竟有不惜伤残支体以博金钱者。光绪初，余在京目睹二事，记之以征其俗焉。一年端午节前数日，余往琉璃厂，甫入厂西门，见一饼店前人如堵墙，异之，亦往观，则见一少年裸上体卧地，一少年举杆面大杖用力向两髀杖之，卧地者绝不声。杖至五六十，卧地者突起，向饼店人曰："这遭吃定了。"店人曰："好

① 褚人获：《隋唐演义》第六十回《出囹圄英雄惨戮，走天涯淑女传书》，中华书局2002年版，第481－482页。

小子，吃罢。”余大惑不解，询之人，始知卧地者欠饼债甚巨，既不偿而复强赊如故，故店主以大杖要之，谓如能受杖不呼痛，不但不索前欠，且从此不索直，是以卧地者任其痛击而不声也。

又一年秋，信步至五道庙三岔路口，遇见一群人皆黑绸夹衫，快靴从北而来，中有一人自袒服至外衣皆敝襟，而面上血淋淋由袒衣直流至足，随行随滴，及行近，见之，一目剜去矣。大骇。予适立于羊肉店外，遂问之。店人曰：“此吃宝局者。”盖开场聚赌为犯法之事，而地痞土棍日索规费为之保护，然非强有力者不能得也。惟能舍得伤残支体者奉为上客，日有例规。而伤残支体，又分上中下三等，为得费之高下。此剜目者，则可享最上等之规例也。噫，异矣！①

个体在特定场面下带有表演性的忍痛行为，塑造出一个他人眼中的豪勇形象，在群体心理激发下让人们认同，不过，在这里已经沦丧为不是那么能讲得出口的目的。然而，忍痛叙事中，也有值得肯定的一面依旧存留，成为一种可以在特定情境中转化为正面力量的要素：

康熙间，澎湖之战，漳浦蓝军门实为前茅，贼舰蔽江迎敌，炮中过腹，肠出矣，血淋漓，公族子法为掬而纳诸腹中。四弟瑗傅以衣，五弟珠持匹练连腹背交裹之，公大

① 梁溪坐观老人（张祖翼）：《清代野记》卷上《要钱弗要命》，中华书局2007年版，第78页。

呼杀贼，不暇顾也。有红毛医能治之，卒无恙。台湾平后，公入都，抵赵北口，遇圣驾出水围，马凝立不及避，乃舍骑步入梁园中，驾至，遣侍卫问谁骑，公乃出曰："臣蓝理，从福建省来者。"上问："是征澎湖时拖肠血战之蓝理邪？"公奏曰："是。"召至前，问血战状，解衣视之，为抚摩伤处，嗟叹良久。嗣专阃浙江，每遇南巡，仰谒，圣驾见公，辄语诸王公以拖肠血战状。又引见皇太后曰："此破肚将军也。"

按，东汉贾复、北齐彭乐、唐郭琪，皆以临战肠出，力疾杀敌为齐勇。军门澎湖之役，复何减古之骁将哉！[①]

反侵略战争中的英雄，还在发扬着忍痛传统之中的有价值的成分，御戎自强，可见，刚勇忍痛，作为一个持久的豪侠精神传统，也不应完全否定。

到了现代小说家笔下，忍痛表演，仍被描写成江湖人士显示"豪气"、震慑他人的一个手段。如民国时天津的小说名家刘云若《旧巷斜阳》，写心狠手黑的恶霸马二成与过铁争产业时，提出赌赛在腿上摆火煤球：

用两个手指将那煤球捏起，只听得指肉被炙得吡啦吡啦发出声音，和厨房用热油锅煎鱼声音一样。只见那煤球靠肉部分，先见发暗，继而冒出浅蓝色小火焰，深黄色的油质循着大腿流到地上，一股腥臭的气味，立时

① 小横香室主人：《清朝野史大观》卷五《清人逸事·破肚将军》，上海文艺出版社1990年据中华书局1916年版（影印），第96－97页。

弥漫院中，熏人欲晕。马二成居然面不改色，仍带笑容，望着过铁。

而过铁看得毛发森然，两腿颤抖，只得落荒而逃。于是这类描写被认为构成了小说描写混混们“江湖气”的一个重要例证，其“不惜性命，显示出一种‘硬气’”的混混本色之一[①]。可见，即使在武侠小说之外的题材中，忍痛表演，依然作为极有特色的描绘，成为凸显某种特定阶层、人物性格乃至叙事作品风格的要素，其视觉表现、心理揭示与场面渲染的功能，还是难于替代的。

① 李国平：《“江湖气”：刘云若社会言情小说的重要特征》，张元卿、王振良主编《津门论剑录——民国北派武侠小说作家作品研究文集》，上海远东出版社 2011 年版，第 395－407 页。

第三章 论中国古代文学中的反复仇理念

复仇作为一种传统社会年深日久的习俗，形成了持久稳定的复仇观念，生成了文史兼具的主题系统与诸多叙事母题套路。破解这一复仇习俗很难、问题也很复杂，而颇有意味的是，“反复仇”也是复仇主题的构成部分。

史上有称北魏时王早就是一个破解复仇冤冤相报的贤官。史称太宗时，值丧乱之后，民间多相杀害：

> 有人诣早求问胜术，早为设法，令各无咎。由是州里称之。时有东莞郑氏，因为同县赵氏所杀。其后郑氏执得仇人赵氏，又克明晨会宗族，当就墓所刑之。赵氏求救于早，早为占候，并授以一符，曰：“君今且还，选壮士七人，令一人为主者，佩此符，于鸡鸣时伏在仇家宅东南二里许。平旦，当有十人相随，向西北行，中有二人乘黑牛，一黑牛最在前，一黑牛应第七。但捉取第七者将还，事必无他。”赵氏从之，果如其言，乃是郑氏五男父也。诸子并为其族所宗敬，故和解二家，赵氏竟免。①

① 魏收：《魏书》卷九十一《艺术传》，中华书局1974年版，第1957页。

对此史家早已注意，如魏晋南北朝时期结仇的能和解者甚少，特举出上述《魏书·艺术传》王早及《北史·李冲传》等例证[①]。清末韩邦庆（1856—1894）有一篇《心影说》，写某大姓被无赖子登门羞辱，内心愤恨，出百金召所亲者前去谋杀，所亲者将百金赠无赖子嘱其远遁外乡，回归复命，某大姓也深信仇人被杀；二十年后他病中昏乱，见仇人率鬼卒索命，急招所亲说事发身危，却被告知说那人本没死，于是召来无赖子，后者携妻子拜谢，“大姓熟视狂笑，病遂霍然”。原来如同炼师的解释，杀无赖子后，复仇者（大姓）就生了心病，“忿既平，则念其无罪而悔心生；又久之，悔益切，则虑其复仇而惧心生”[②]。故事写复仇者最终进行了自我否定。

因此，总结与此相关的反复仇理念及其叙事表现，具有反主流文化、文化批判的意味，是非常有价值的。

一、反复仇理念的阶段性及其多种文本表现

反复仇理念在传统中国的反传统历程，大致可以分为五个阶段。

第一阶段，先秦时期的萌芽期。传统社会复仇主体的特定身份与责任，往往决定了其不可贸然复仇，而首先要自我图存。《吕氏春秋·行论》称：

---

① 吕思勉：《魏晋南北朝史》，上海古籍出版社 1983 年版，第 1333 页。

② 韩邦庆：《海上花列传》附录《太仙漫稿》，人民文学出版社 1982 年版，第 604－605 页。

> 人主之行，与布衣异。势不便，时不利，事仇以求存。执民之命。执民之命，重任也，不得以快志为故。故布衣行此指于国，不容乡曲。……楚庄王使文无畏于齐，过于宋，不先假道。还反，华元言于宋昭公曰："往不假道，来不假道，是以宋为野鄙也。楚之会田也，故鞭君之仆于孟诸。请诛之。"乃杀文无畏于扬梁之堤。庄王方削袂，闻之曰："嘻！"投袂而起。履及诸庭，剑及诸门，车及之蒲疏之市。遂舍于郊。兴师围宋九月。宋人易子而食之，析骨而爨之。宋公肉袒执牺，委服告病，曰："大国若宥图之，唯命是听。"庄王曰："情矣宋公之言也！"乃为却四十里，而舍于卢门之阖，所以为成而归也。

对此，陈奇猷先生解释："本篇要旨，言势不便，时不利则事仇以求存，待势便、时利而举事然后功可成，与《首时》旨趣全同，则此篇亦阴阳家言也。"①《吕氏春秋·首时》还写怀有父兄之仇的伍子胥，在得到重用之前，退而耕于野，"非忘其父之仇也，待时也"，时机未至，就不能行使复仇，这比起拍案而起，流血五步的意气用事，就有所进步。《礼记·檀弓》称："子夏问于孔子曰：'居父母之仇，如之何？'夫子曰：'寝苫，枕干，不仕，弗与共天下也。遇诸市朝，不反兵而斗。'"而这里，却在斟酌复仇时机的同时，把"不反兵而斗"的冲动式复仇，看得不是那么不容置辩。

---

① 陈奇猷：《吕氏春秋校释》卷二十，学林出版社1984年版，第1391页。

第二阶段，汉魏六朝的发展定型期。反复仇理念当正式萌生于汉代，它是复仇文化全盛时期在其思想内部分化出的一种逆向思维。每一种能够向约定俗成观念挑战的思想，其出现必有一个较大的时代背景，也是对于秦国暴政速亡的一个历史反思。就传统复仇文化整体流程来看，由于它实在与当时的礼教全盛期太违忤了，作为一种与传统相悖的异质思想，必然需要借助于传统，于是就出现了一个值得注意的现象，即往往用“以暴抗暴”的复仇模式来惩戒，《汉书》卷四十八本传写贾谊指出：“秦王治天下，十馀岁则大败。此亡它故矣！……秦王置天下于法令刑罚，德泽无一而怨毒盈于世，下憎恶之如仇雠，祸几及身，子孙诛绝，此天下之所共见也。”在复仇之风最盛行的东汉时期，也有的地区出现了不去履行复仇义务的一些具体解决措施。如以赔罪认错的方式消解仇怨：

> （许）荆少为郡吏，兄子世尝报雠杀人，怨者操兵攻之。荆闻，乃出门逆怨者，跪而言曰：“世前无状相犯，咎皆在荆不能训导。兄既早没，一子为嗣，如令死者伤其灭绝，愿杀身代之。”怨家扶荆起，曰：“许掾郡中称贤，吾何敢相侵？”因遂委去。荆名誉益着。太守黄兢举孝廉。和帝时，稍迁桂阳太守。……桂阳人为立庙树碑。[①]

魏晋六朝时期，民间私自复仇成风，同时也是质疑、理性反对私自复仇，与坚持行孝尽义推举复仇两大观念产生尖锐矛

① 范晔：《后汉书》卷七十六《循吏列传》，中华书局1965年版，第2472页。

盾的斗争期，这种情况延续到唐。魏文帝曹丕黄初四年（223年）明确立法，禁止民间私自复仇，此后南北朝至隋唐一再立法，屡禁不止，民间私自复仇之风直到20世纪初仍在延续。而多种文体的复仇文学主题的书写讴歌也延续不衰。

尤其是中古汉译佛经故事及其所挟外来异质文化，对反复仇理念的丰富确立有着决定性建构作用。“转世轮回”观念对复仇主体的动机形成有着极大的颠覆作用，“遭怨必报”对复仇后果也有着一定的警醒作用；而“业报”的终极审判强调了复仇的“度”、范围、方法等，有助于对复仇公正性衡量标准的思考（详后）。

第三阶段当是在唐代，特别注意到“公仇”与“私仇”的区分，尤其是注意复仇成因的性质，是反思复仇合理性的又一进步。刘肃《大唐新语》卷七《识量》载：

> 契苾何力，铁勒酋长也。太宗征辽，以为前军总管，军次白崔城，被槊中腰，疮重疾甚。太宗亲为傅药，及城破，敕求得伤何力者，付何力，令自杀之。何力奏曰：“犬马犹为主，况于人乎？彼为其主致命，冒白刃而刺臣者，是义勇士也。不口相识，岂是冤仇？”遂舍之。[①]

唐代较为严格地规定并执行了禁止私自复仇的法律，许多私复仇者以身抵命，虽然获得了一定程度上的道义支持、“孝子”的褒扬，争议很大，毕竟对全然肯定复仇的价值系统有所

① 《隋唐嘉话·大唐新语》，古典文学出版社1957年版，第120页。

冲击。

第四阶段是宋元时期，即对于复仇正义性与否的争议更多的理性化审视时期。民间讹仇民事纠纷的增多，促进了社会伦理对复仇非正义性的判定。恩仇之间的转化，也被较多地谈论。这一思想到了元末明初《三国志通俗演义》，就发展为，为了“公义”而暂且搁置私仇，在两军相交的战场上解救仇人。小说“甘宁百骑劫曹营”一节写甘宁与凌统有旧仇（甘宁于有凌统杀父之仇），曾在宴上互斗，但在凌统坐骑中了曹休暗箭，凌统落马，乐进举枪来刺的危急关头，甘宁一箭射中了乐进面门，过后孙权告知救凌统的是甘宁，凌统当即拜谢，甘宁称：“主公令我仇将恩报，今稍报公万分之一也。”于是“凌统自此与甘宁结为生死之交，刎颈之友，誓以死生相救。”自此再不为恶，小说引诗曰：“结下冤仇因凤羽，解酬恩义在龙弰。阵前一箭成功处，从此翻为刎颈交。”①

大丈夫“以德报怨”的宽容风度，较多地被提倡。《五代汉史平话》卷上写刘知远富贵后，要将势利的妻兄李洪信、李洪义斩首，妻叔李敬业劝告要理解、宽容：“姑存留两个存续香火，亦是贤亲一场阴德事。”而因旧日放马，吃了报恩寺禾稼被责打事，也遣人唤僧来安慰：“大丈夫以德报怨，小人以怨报德，你可安心……”②

复仇的分寸把握，也体现了不再严格地遵守“同态复仇”的传统规则。仇大报小，就是一个突出表现。《五代周史平话》卷上写，郭威合门老幼都被刘铢屠杀，但他还是只逞首恶，上

① 《三国志通俗演义》，上海古籍出版社 1980 年版，第 653 页。
② 《宋元平话集》，上海古籍出版社 1990 年版，第 180 页。

奏说："怨仇反覆，无有穷极。乞将刘铢押赴市曹处斩，枭兽于市，全宥其家，免行族灭。"没有情绪化地也将仇人满门诛灭，这样宽纵无辜，"闻者皆谓郭威用心忠厚"①。

公正待仇，不掩仇家才华，也见于宋代王鞏《甲申杂记》："天下之公论，虽仇怨不能夺也。李承之奉世知尝谓余曰：昨在侍从班，时李定资深鞫苏子瞻狱，虽同列不敢辄启问。一日，资深于崇政殿门，忽谓诸人曰：'苏轼诚奇才也。'众莫敢对，已而曰：'虽二三十年所作文字诗句，引证经传，随问即答，无一字差舛，诚天下奇才也。'叹息不已。"② 能够对仇家如此出以公心地评价，带有先秦时"外举不避仇"的传统。应该说，这也是孔子以来"以直报怨"正义原则的题中自有之义。

元代有些故事中，及时遏止了杀人害命之心，而不去履行初衷复仇的也受到褒许。凶鬼退而免祸随，成为冥间力量监控体现与劝惩暗示。说是军人张旺想要报被田父侮辱之仇，一天晚上他持火前去烧其仇家：

> 时月色微明，画师吴碧山尚未寝，偶闻步履声，穴窗窥之，见张前行，而殇鬼百数踵其后，饭顷，又闻步履声，复窥之，则张回，而青衣童子二人前导焉。吴甚惊怪。盖张乃吴常所厚善者，诘旦，往叩张，张初不承，及语之审，因以前事告，且曰："我实欲毁其室，以快所愤，因念怨冤相报，无有了时，遂弃火归，它无见也。"吴乃告以其

① 《宋元平话集》，上海古籍出版社1990年版，第203－204页。

② 《笔记小说大观》第二册，江苏广陵古籍刻印社1983年（影印），第90页。

详，张大感悟，曰："一念之顷，可不谨哉!"即舍俗出家，人又咸称之曰"张道人"。后竟得道云。此在至正五年事也。[①]

这类带有儆戒意味的场面，在明清小说的反复仇描写中，多有所见，教化意旨十分明显，几乎成为一个见惯不惊的模式。

第五阶段则是明清时期，对复仇不合理性有了相对说来较为理性而全面的认识，文本丛集，不一而足，将传统中国的反复仇理念的文学书写推向了巅峰。

二、中古汉译佛经及印度古俗的反复仇意识

中古汉译佛经中的复仇叙事与反复仇叙事是杂糅参半的。从具体故事文本看，虽然描写复仇的故事不少，但其中立脚点及其派生的观念，也往往同反复仇、遏止与消解复仇有关[②]。

首先，体现在两大史诗、《五卷书》、《故事海》中的印度古俗，并非不重视复仇。因此，佛经故事往往以将主体的复仇意念体现得不够鲜明。这种模糊化，在特定的故事主人公来世的命运结局中，在人物之间关系的特定语境中，往往就可以理解为是反复仇。

三国时康僧会译《六度集经》卷一《长寿王本生》写，贪王烧死了长生太子的父亲长寿，后者遗嘱不让复仇，但太子仍

① 陶宗仪：《南村辍耕录》卷十二《张道人》，中华书局1959年版，第153页。

② 参见王立《宗教民俗文献与小说母题》第七章，吉林人民出版社2001年版。

要报仇，隐姓埋名做仇人的卫士，山中打猎单独与仇人在一起，三次想下手，还是弃剑告诉真相："长生者，吾身是也。念父追仇，之于今矣。吾父临没口遗仁诫，令吾遵诸佛忍辱、恶来善往之道，而吾含极愚之性，欲以两毒（嗔、痴）相注，三思父诫，三释剑矣。愿大王疾相诛除重患也。身死神迁，恶意不生。"王悔过曰："吾为暴虐，不别臧否。子之先臣，高行纯备，亡国不亡行，可谓上圣乎？子存亲全行，可谓孝乎？吾为豺狼，残生苟饱。今命在子，赦而不戮，后岂违之乎？今欲返国，由何道也？"于是贪王返回故国，让长生太子继承应得的王位，两国交欢。如是化仇为友，体现了大乘佛教的普救精神。显然如吴海勇博士指出的，这里修改了印度史诗《罗摩衍那》的相关情节。[①]

姚秦竺佛念译《出曜经》卷十六《忿怒品第十五》还写，佛陀列举当年长寿王父仇不报的故事，来劝止僧团之间的内斗，继而说偈：

> 不可怨以怨，终已得休息。
> 行忍得息怨，此名如来法。

明确主张停止仇怨支配下的攻击，认为停止怨怨相报的方法是不再结怨。然而印度民间故事集《五卷书》也早有这样一个故事，则是先区别出仇怨具有不同的两种：

---

① 吴海勇：《中古汉译佛经叙事文学研究》，学苑出版社2004年版，第94页。

> 偶然的人为的仇恨，只要采取些人为的办法，很快地就可以消溶；
>
> 天生的仇恨呢，那就永远也消灭不掉，除非是丢掉了自己的性命。

乌鸦说道："喂！我愿意听一听这两种仇恨的特点。"它说道："喂！偶然的人为的仇恨由于某一种原因而产生；只要作一件恰如其分讨人欢喜的事情，它就消逝了。但是由事物的本性所决定的那一种仇恨是无论如何也不会悄灭的。在埃及獴和蛇之间，在吃草的动物和有瓜的动物之间，水和火之间，神仙和恶魔之间，狗和野猫之间，一个男人的许多老婆之间，狮子和大象之间，猎人和鹿之间，乌鸦和猫头鹰之间，聪明人和傻子之间，忠实于丈夫的女人和淫荡的女人之间，好人和坏人之间，存在着永恒的仇恨。即使他们之中的一个没有把另外那一个杀死，他们却努力想去破坏另外那一个的性命。"乌鸦说道："这些话是没有根据的。请听一听我的话！

> 由于某一种原因，人们成了朋友；由于另一种原因，又成了敌人；
>
> 因此，聪明的人们就应该尽上力量去建立友谊，而不应去结仇恨。

尸赖拏说道："我怎么能够同你搞到一块儿呢？请听一听待人处世的大道理："一个坏朋友，已经闹翻过一次，谁要想同他再恢复友情，他就会像那一只怀了胎的骡子一样，送掉了自己的性命。……”①

印度民间故事对复仇采取有置疑有争议的矛盾态度，于是才将复仇进行性质上的区别和分类，较为适合于种性严格的印度社会的特点；而在传播到中国的汉译佛经中，则宣扬停止复仇，忽略了“存在着永恒的仇恨”的另一层意旨。

其次，汉译佛经的旨归往往在于主张“果报”、“业报”，并非本意上提倡复仇，而是从结果上昭示作恶者会自动受到带有对应性的惩罚，当初的受害者不必主观努力刻意地行使雪恨行为，这些行为往往是在果报循环之中自动发生的。

其三，解怨和好的前提，是仇怨双方的某一方采取主动和解的态度，于是有侠义的第三方介入，假托某方采取主动和好行为，于是双方冰释前嫌，第三方收到厚重的酬谢。《生经》卷三说大船国王的五个儿子，想用事实验证自身功德高下，微服远游异邦，老大智慧来到一国，得悉国中两大富户本旧交好友，因家人故结怨，怨深难解，于是老大给两家分别送上厚礼，称是代表另一富户前来送礼的，送礼是因主人认为失和原由在己，请求原谅，于是两家同意捐弃前嫌，仇怨化解，各拿百千两金给老大以示酬谢②。

其四，佛经还特别注意到复仇的副作用，反复书写并一再强调。如为了说明修道者不能贪食：“譬如大官捕诸飞鸟，皆剪其翅闭诸笼中，日择肥者以给官厨。时诸飞鸟日日稍减。中有一鸟心自念言：肥者先死，若吾当肥，亦死如前；设不食者，

---

① 《五卷书》第二卷书第一个故事，季羡林译，人民文学出版社1981年版，第180－181页。

② 《大正藏》卷三，87a。

便当饿死；今当节食，令身不肥，亦莫使羸，令身轻便，出入无碍不为宰人所见烹害。羽翼可得渐渐生长。若从笼出，便可飞逝，从意所至。修行道者亦计如是：食趣安身令体不重，食适轻便少于睡眠，坐起经行喘息安稳，鲜大小便，身依于行淫怒痴薄，其修行者当作是观。吾不贪身除诸情欲，此身非要骨锁相支，今此身中但盛不净，无有坚固。譬如怨家无益罗网，常怀怨贼而伤亲友。当消息之，供养奉事。……”①

其五，复仇文化的积累太深厚了，有时，反复仇的主张，是以止复仇的方式来倡导的。晋法炬共法立译《法句譬喻经》卷四“道利品第三十八”叙写，流徙的饥民共推某大臣为王，并答应他以王法治国，国王调发民众筑城作舍，民不堪其苦，皆起谋害之心，有奸臣乘机诱王出城杀之，王被害前发誓要化为罗刹复仇，后果如其愿，尽杀奸臣，复欲屠城，国中三老自缚谢过，答应每家探筹为次贡献小儿，做罗刹王的食物。佛弟子某，探筹得第一筹，当以小儿食鬼王，举家啼哭，礼佛忏悔，佛因而飞临此国，降服鬼王。鬼王皈依佛陀，这时小吏取小儿奉与鬼王，鬼王转而布施佛陀，佛陀于是以钵盛小儿，复还其父母，劝化无数人众②。

元魏吉迦夜共昙曜译《杂宝藏经》卷八“大力士化旷野群贼缘”叙述某大力士度化五百盗贼，众贼成良民之后许大力士具有初夜权，后又因不满，杀死大力士，力士临死发誓化为大力鬼神复仇，后果如其愿，以毒气多杀人众，国人请愿，约定

---

① 《修行道地经》卷二，西晋竺法护译，《大正藏》卷十五，195a－b。

② 《大正藏》卷四，607b－608a。

依次日以一人供奉大力鬼，轮到长者拔须陀罗以所生儿付旷野鬼，佛陀飞至旷野鬼神宫殿中折服之，鬼将小儿转施佛陀。①

公元前3世纪的诗选集子《小阿含》中法护（dharmapala）的诗很富有复仇哲理的深蕴，他写道：

仇恨不能用仇恨来解决，彻底来说，
不仇恨才能解决它们——这是永恒的原则。
人人畏暴行，生命谁都爱惜，
应将他心比己心，不要杀生，
不要唆使杀人！
让我们活得快活，在仇恨者之中而无仇恨，
在怀恨的人们之中，我们自在度日，无恚无瞋！②

其五，佛经还倡扬，不复仇的会得到好报，许多好处随之自动来临。东晋译经称佛陀说："若人骂我，我终不报。设人害我，手卷相加，刀杖相向，瓦石相掷，当起慈心，不兴瞋恚。我所施者，施意不绝，是谓比丘名曰大施，便成大果报，诸善普至。"③

元魏沙门慧觉等译《贤愚经》卷九《善事太子人海品》第三十七，写善事太子人海求宝，被恶弟波婆伽梨刺眼夺宝，当

① 《大正藏》卷四，486c－487c。

② ［英］A·k·渥德尔：《印度佛教史》，王世安译，商务印书馆1987年版，第255－256页。

③ 《增壹阿含经》卷二"广演品第三"，瞿昙僧伽提婆译，《大正藏》卷二，555b。

初太子在宫时怜爱一雁，国王就告雁前去探视："因作书以系雁项，雁即高翔，广行求觅游彼园上，识其歌声，即下视看，得见太子，鸣声悲喜，不能自胜。太子闻识，即解取书，眼无所见，不能看读。因求纸笔，作书与王说波婆伽梨刺眼委曲，所更历处心酸诸事。系于雁项，雁便飞去。……尔时雁还，担书到国，大王见雁，披解看读，始得消息。"但太子回国后，"与波婆伽梨亲款之情，亲爱如旧"。

在后世，不少反复仇的事迹仍发生在受佛门弟子影响的世俗人身上。如宋代僧传追述释圆观所结交的俗人即然："大历末，（圆观）与李源为忘形之友。……初，源忿父遇害贼庭，时方八岁，为群贼所虏，流浪南北，展转人家，凡六七年，归于近亲。代宗闻之，授河府掾。源遂绝酒肉，不婚娶，不役童仆，长依慧林寺，寓一室，随僧斋食。先命穴其野以备终制，时时往眠其间。至于荣辱是非，一切均等也。"① 可见，不光教义上的主政，事实上，许多佛门弟子的朋友圈子中人也成了佛教反复仇主张的实践者。

佛教的反复仇观念，也被中国本土文化吸收，运用于价值评定的标准上，宋人指出，佛教主张的"以德报怨"的反复仇观念，对于本土传统的"以直报怨"复仇理念构成了本体上的冲击：

或曰："以德报怨何如？"子曰："何以报德？以直报怨，以德报德。"佛经载，释迦佛在山中修行，歌利王入

---

① 赞宁：《宋高僧传》卷二十《唐洛京慧林寺圆观传》，中华书局1987年版，第518－519页。

> 山猎兽，问佛兽何在，佛不忍伤生，不应。歌利王怒，截落佛左手，又问，不应，又截落右手。佛是时即发愿曰："我若成佛，先度此人，无令枉害众生。"其后成佛，即先度之。十大弟子中，陈惀如尊者是也。余谓释迦佛好一个阔大肚肠，好一个慈愍心性，人能将此段公案降伏其心，则省得冤冤相报，沙界众生悉成佛矣，何至干戈斧钺如林而起哉！然以儒教论之，是乃"以德报怨"，非"以直报怨"也。夫以德报怨，可论慈悲广大，孤高卓绝，过人万万矣。然夫子不取者，谓其不可通行于世也。吾儒之道，必欲其可通行。故曰"中庸"，又曰"近人情"。①

与此相联系的，对于妖怪"宜囚不宜杀"的观念，也消解了先前除恶务尽、斩草除根的简单化诛仇措施。我们看到，小说名著《西游记》中的妖怪，大凡有些来历者，都不是被一下子打杀，而是"囚禁"（甚至包括唐三藏诸弟子），最后基本上都免于性命之尤。朱国祯《涌幢小品》卷三十一称："天地间水下注，气上升，神龙出没其间，为之宣泄，皆有神焉。故所在龙池潭洞穴，处处有之。有神龙，则必有毒龙、怪龙。五台山下有池约二亩馀，佛经云：'禁五百毒龙之所。'禁之中必有所以生而养之法，若杀，便增出许多事来。"从明清小说不少宝贝兵器的功能上看，也体现了这一思想。如钵盂、葫芦、净瓶、炼丹炉、宝袋等一系列容器类宝贝，所起到的不过是"囚魔"即暂时监禁妖怪的功能，而多数情况下并非将被囚者置于

① 罗大经：《鹤林玉露》丙编卷三《以德报怨》，中华书局 1983 年版，第 300－301 页。

死地[1]。应当说，这与复仇观念史上的新价值观的介入，人物命运结局上的新思考，导致叙事模式的宏观演进上发生巨大变化，有着较为直接的关系。

冯梦龙写黄龙长老救众僧，也曾引诗："劝君没结冤，冤深难解结。一日结成冤，千年解不彻。若将恩报冤，如汤去泼雪。若将冤报冤，如狼重见蝎。我见结冤人，尽被冤磨折。"[2]

一些民间传说，也具有"宽容待仇"的价值导向。如中止复仇之念，积阴德而脊背上驼消，说明报施由天而不由人。褚人获《坚瓠七集》卷四引《桐下听然》称，金驼子名金锭，被一个有势力者的兴讼夺田后，磨利刃欲图报，后来又转念，想何必更作恶，就掷刀于河，不想归途中触桥柱仆地，背驼竟然消失了。而与此同时，那个陷害他的某人，其七岁的儿子却背曲难伸，不久病死。金锭讲了前番经历，那人惊悔退田，又接金锭夫妇供养，第二年便生下一儿[3]。冥冥之中似有着强大的力量在操纵。提倡不是由当事人个体来进行复仇，要终止内心的复仇意念，而是由上天来主持冥报。

佛教转世轮回观念，有时还真的对于人们的结怨行为产生某些心理遏制作用。袁枚写亳州贡生郜某，其豪奴倚仗主人之势，欺辱乡民陈老，陈气病将死时发愿要化蛇报仇，请工人为棺材开一小穴。大家以此为新闻谈笑。郜某闻之大惊，即刻登

---

① 参见刘卫英《明清小说宝物崇拜研究》第七章《古代小说宝瓶器物崇拜及佛道渊源》，中国社会科学出版社2008年版。

② 冯梦龙：《醒世恒言》卷二十二《吕洞宾飞剑斩黄龙》，上海古籍出版社1992年版，第305页。

③ 《笔记小说大观》第十五册，江苏广陵古籍刻印社1983年（影印），第240页。

门谢罪，陈老表示重责家人某某，即不再痛恨部了，于是部邀请陈老来家，当面重责家人，还叩头赔礼，留陈小酌，陈老大悦，进食中吐出一小蛇，病大愈。郜某有些后怕地说："非我今日请罪，则翁必化蛇相报矣！"①

丁耀亢《续金瓶梅》第五十五回《雪涧师破佛得珠，王杏庵捐家造寺》写佛教进行的"法布施"的目的之一，就是为了断除民众内心的"嗔心"，重要性胜于施舍财物；而且在布施过程中还要忍受，忍受施舍对象的残忍、贪婪、无理等要求：

如何是"广长舌布施"？佛说："比丘、比丘尼等，多闻智慧。"能以佛法曲为宣说，或使人书写刻布，是名"法施"，又名"大导师"。众生闻法爱此施的，化他断除嗔心，来世便得上好色相。化他慈心戒杀，来世便得长寿命。化他开心施舍，来世得权位大力。化他不窃取人财，来世自多财宝。破人愚痴，来世便得无碍辨才。因此"法施"胜于"财施"，如佛以广长舌生育莲花一般。

如何是"忍辱受恶鬼布施"？我本敬他，他却慢我；我本加恩，他却成怨；无礼增慢，诃骂横加，此是前世冤业，不可理说，更加恭顺，起大悲心。《金刚经》说："忍辱波罗密，便是成佛法门。"经说，罗刹化身向舍利佛求化佛目，佛说："凡所希求，无不可施，此眼岂得舍的？"罗刹恶鬼说："汝要成佛，自云能舍，一目腥秽，尚不能舍，如何得道？"舍利佛便许将左目任其剜取。罗刹得眼，

① 袁枚：《子不语》续子不语卷三，上海古籍出版社 1987 年版，第 552－553 页。

> 复向佛骂："汝眼腥臭，殊不可用！"即在佛前唾弃践踏，呼来喂狗。舍利佛略无怒色，所施之眼，转复光明。又，帝释试佛，化鹰逐鸽，鸽乞哀如来，投怀求救，鹰化人言向佛啼饥。佛已许救鸽，无肉啖鹰，因许割肉代鸽，量鸽轻重，以饱鹰腹。帝释神通，啖佛将尽，尚未满足，如来任其所啖，全无怨色。帝释遂现原身，皈依顶礼，受菩萨戒。此为"忍辱恶鬼布施"。①

内心忏悔，主张不该因泄怨报复过甚，也当被视为与佛教反复仇观念有关。

这一观念体现到小说叙事中，就可举出明末清初情痴反正道人编次的小说《肉蒲团》。小说第十三回写，权老实要向勾引自己妻子的未央生复仇，就隐姓埋名来寻仇，试图以其人之道还治其人之身，勾引了仇人妻子玉香，又将玉香及婢女卖到妓院。既而后悔，小说第十八回写他反复思量："我闻佛经上说，想知在前并因，今生受者，想知后世因，今生做者，是我闺门不谨，致使妻子做了丑事，岂不是我前世淫了人家妻子，故此罚我！今世把自己的妻子还人也不可知，我只该逆来顺受，消了前世的冤障才是，为什么又去淫人家的妻子，又生起心来，若是论报仇，与她睡了几夜，消了隐恨也便可罢了，为什么又卖她为娼，罪就也当不起了，为什么又把一个无辜使女也随她卖下水去？难道玉香有个丈夫与我有仇，她也有个丈夫与我有仇不成！"权老实想到此处，不觉自家恨起自家来，前事已错，

① 《金瓶梅续书三种》上，齐鲁书社1988年版，第558－559页。

不可挽回，他便把卖人得银施众穷民，剪发为头陀各处云游，访高僧求剃度，游到括苍山遇孤峰长老，摩顶皈依，苦修十年成正果。小说最后一回写仇人彼此在括苍山上巧遇，相视笑而作礼。

三、明清小说对勿结仇怨、消解复仇的表现

明清小说对于消解复仇，有着较为集中而普遍的思考。其原因是多方面的。一是复仇文化积累到相当阶段的一个必然反思；二是佛教的因果轮回观念已经同中国主流文化融汇，一定程度上必须要与现实中浓郁的复仇观念产生冲突，挑战后者；三是外来的反复仇观念已较多渗透到华夏之邦这一讲究复仇的文化圈中。于是，产生了更为具体丰富的文本表现。

其一，释仇解怨，以其反文化反传统意义，有时是因为上面有着更高一层的“忠义”的伦理范畴，若能如此行事，还被视为深明大义的表现。明末清溪道人（方汝浩）《禅真逸史》第三十一回写元帅薛举夜梦有人提示杀父仇人是樊武瑞，阵上生擒后，樊却视死如归，威武不屈，樊得知与薛有不共戴天之仇，醒悟：“原来为此！当初剑山薛志义恃勇掳掠，火烧妙相寺，杀死和尚，大败官兵，梁王颁诏，令陈元帅与我等收剿，此时奉诏讨贼，君命所使，不得不然，亦不知是将军先尊也。今将军为父报仇，吾愿就戮。”这番话堂堂正正，薛举竟感动得掷剑于地，双手抱住道：“非敢忘父大仇，实缘将军英杰之士，不由人不爱慕。既出于无心，某岂忍加害?”亲解绑缚，纳之上座。激于英雄的惺惺相惜，同时本非私仇，而父又罪本当死，所以不当循环相报。

这一机杼，当直接启发了《说岳全传》第六十六回梁王夫人大义释仇劝儿子梁王："你父亲……乃是误听了金刀王善之语，假意以夺状元为名，实是要抢宋室江山。……况当日倘然做出叛君大逆的事来，你父亦与王善一样，你我的身命亦不能保，怎得个世袭王位，与国同休？况我闻得岳飞一生为国为民，忠孝两全。那秦桧奸贼欺君误国，将他父子谋害，又写书来叫你害他一门性命。你若依附奸臣，岂不骂名万代么？"柴王道："孩儿原晓得秦桧是奸臣，因为要报父仇，故而要杀他。若非母亲之言，险些误害忠良。"① 忠奸之辨，大于仇怨。

违反释仇之誓约者，还要遭受恶报。鸳湖渔叟讲史小说《说唐演义后传》第八回也十分可贵地触及中止复仇的思想。说单天常听说罗通是罗成之子，暴跳如雷要报杀父之仇，罗通解释说两国交兵各为其主，是误伤，他仍执意不放，交手时被罗通生擒，商议说一同定北，他还想将计就计行刺，还立下毒誓说不是谎言，罗通就让他做先锋，三天后真的死于番将之手，果然应誓。小说第十一回还写番邦屠炉公主阵上看中了罗通，罗通假意应承也发一誓，而程咬金较开通，听罗通还对这个弟之仇人耿耿于怀，劝导："侄儿，不是这样讲的。你兄弟身丧沙场，也是命该如此，何必归怨于他？公主既有如此美意，肯在木杨城接引我邦人马，共破番兵，救出陛下龙驾，是他（她）一桩大大的功劳，也就算将功赎罪，可消得仇恨来了。侄儿不是这等讲，待等此番救驾之后，待我做伯父的与你为媒，

① 钱彩等：《说岳全传》第六十六回《牛公子直言触父，柴娘娘恩义待仇》，上海古籍出版社 1980 年版，第 589－590 页。

成全这段良姻便了。"[①]

其二，清醒地认识到"怨怨相报何时了"，不愿生命无意义地耗损，理性地以自我牺牲来化解仇怨的。明末清初东海犹龙子《古今列女传演义》六卷，分为《母仪传》、《贤明传》、《仁智传》、《贞顺传》、《节义传》《辨通传》，共选110人。该书虽属于改编重组之作，编者也并非像人们通常认为的那样是冯梦龙[②]，但该书却注意到重视"反复仇"主题。该书将宋人整理的《古列女传》八卷剔除了《孽嬖》一卷。其卷五《京师节女》条，即写长安大昌里某人妻，夫有仇家，屡欲行刺，得知某人之妻最孝，就劫持了其妻之父，逼其串通女作内应。某人妻不愿作不义不孝之事，就传言说勿伤吾父，今夜行刺，楼上新沐发东首卧的即是。夜半仇家果来断首而去，老人看头却惊呼是吾女之头，仇家一时间也惊得哑口无言，懊悔说："非吾错杀，定是汝女思量杀父不可，杀夫不可，乃甘心自杀，以行义也，真烈女也!"仇恨自此化解，仇家即出千金，令其父厚葬。

捉奸仇杀，也往往因其雪怨泄愤心切，而导致错杀，从而昭示出复仇行为的负价值，令人领悟反复仇的正能量。宫白羽武侠小说写罗思才误捉奸，竟然把妻子和岳父当作夜半幽会的奸夫淫妇给杀了。岳父好赌而来女儿家偷窃，却引起了罗思才的怀疑，夜里追踪至妻子卧室门边，一镖打倒割下了头，又糊

① 鸳湖渔叟：《说唐演义后传》第十一回《罗仁祸陷飞刀阵，公主喜订三生约》，上海古籍出版社1995年版，第64－65页。

② 参见贾海建《〈列女演义〉考辩》，《贵州师范大学学报》2009年第5期。

里糊涂地杀妻割头，仔细辨认才大吃一惊，悔恨太莽撞了："如今冤杀了同衾妻子，他立刻浑身颤抖，受到良心的惩治。……"[①] 害怕与糊涂之中找朋友帮忙，不想把朋友一家也牵连了。究其根源，平素里复仇动机的累积，促成了仇杀冲动的爆发："他记得他妻常到对门邻家串门。对门邻家有个年轻小子似乎不地道，直眉瞪眼总喜看女人，管他妻叫婶子，可是两眼却直勾勾地看他妻的脚。他的妻似乎不介意，居然似乎愿意听。罗思才心想，这爬墙的男子定是这人。……" 这类错杀故事明清小说中早有很多，基本上与公案纠纷有关。

宽仁释仇者一旦遇到战乱，能有着较多机会得以保全。明人非常感兴趣于前代避仇的故事，如宋代王之望父王纲，善处亲侄仇人的故事被旧事重提："其侄任气好酒，与无赖子为仇，时相斗。呼无赖子与钱十万，与市布房陵，众皆争，谓一去必不来，不答。无赖子得钱，醉酒蒲博，数日尽，遂遁去。争者咎之。纲曰：'吾非不知，此人得钱而改化为良善，益莫大焉。今其逃，与吾侄无杯酒之衅，是以百千去之，所以两全也。'靖康之乱，襄、汉被祸尤酷，独王氏仅存。之望贵显，则积善之报也。"[②] 在讲究报私仇的文化土壤中，不论是谁，一旦有了仇怨，在社会发生纷乱动荡时，就容易被人乘机伤害、利用；而用计让仇人远离本地，也不失为聪明之举。实际上，这是"避仇"习俗的一个现实变种。

---

① 宫白羽：《十二金钱镖》第七十四章《红胡子智寻故剑》，岳麓书社 2014 年版，第 1162 页。

② 朱国祯辑：《涌幢小品》卷二十一《善处侄仇》，上海，中华书局 1959 年版，第 506 页。

其三，富人更要注意避免与穷人结仇。勿无谓地结下仇怨，往往成为对拥有钱财地位的富人一种直言不讳的告诫。朱国祯辑《涌幢小品》卷三即强调："凡人仇怨，能解为上，其有仇怨在贫贱，而富贵偶然相值者，犹为不幸，当求善处之策。"① 此在清人笔记中，可谓比比皆是。如有的家族不善于自保的例子，从反面说明了这一问题的严重性："怨毒之于人甚矣哉！国初淄本无寇，衅起微渺，一旦城破，杀戮惨不可言。贵家世族男女殉难者甚众。初，张相国家在西街，临通衢，小户葬事经过者，前期必启阍人为代禀，然后敢出。有丁姓将藏其父，以高于阍，业许之而忘焉。至期，主人偶闻有哀声过其门，问谁何，阍惧获罪，诿为不知，主人怒，立即喝止。丁姓委柩于路而去。暗钩桃花山贼谢迁围城作内应，故张氏一门受祸最酷。孙尚书龙拂亦遇害。家银台公与高念东先生，家在围城，幸免，而高氏书册，贼乃藉以登厮。……然而祸之来也，机微而动巨。古人云：'勿作太快意事。'所见卓矣！"②

在社会法则与秩序不稳定、不完善的明清时代，宽释仇怨，仿佛被认定成为一种值得追求的人生境界。范濂《云间据目钞》卷二曾不无感慨地录下何三畏《无仇诗》，认为其有儆世意义：

人世本无仇，谁苦构仇仇？无仇即无怨，有仇即有忧。仇人只仇己，相仇乃相触。仇伏则晏安，仇发则鸩毒。大

① 朱国祯辑：《涌幢小品》卷三《仇怨相遇》，中华书局1959年版，第67页。

② 王培荀：《乡园忆旧录》卷七，齐鲁书社1993年版，第378页。

仇不共天，次仇不反兵。君子好仇辨，小人好仇争。我不生仇端，我不造仇孽。胸中无仇肠，口中无仇舌。失亦不仇得，辱亦不仇荣。既无仇亲党，又无仇友生。彼或仇我名，且或仇我直。仇兴如沸腾，仇成如锦织。天地岂仇德，鬼神岂仇仁？日月照仇障，风雨拂仇尘。外拂仇我身，内弗仇我虑。仇起仇旋灭，仇来我辄去。何不仇青山，何不仇白云？山云讵仇尔，尔仇仇杀君。①

其四，及时释仇，以免得冤冤相报，则是中止无休止循环报应的唯一有效途径，有的还能化仇为友。朱国祯辑《涌幢小品》卷三还讲述了一个“忘怨释罪”的佳话：

金诚，字诚之。籍广州右卫，读书社学。指使麻张最无赖，系之。诟曰：“军馀乃敢效儒生耶?”褫其衣，使薙草烈日中，稍缓挞之。诚泣曰：“读书冀显扬，今亏体辱亲矣。”张愈怒，逮其父，窘辱之，父子相视不敢言，行贿乃免。永乐丁酉，诚领解首，明年进士，为刑部主事。张坐杀人逮至，望见诚，一步九顿，诚笑迎之，言于堂官，释其罪。张造诚，诚执礼如平时。张感泣，以女妻其子。诚，敦朴人，以寿终。

针对南方一些地区普遍盛行的械斗，冤冤相报何时了的例子，不断冲击着现实中人的保守的复仇理念。谢金銮《械斗

① 《笔记小说大观》第十三册，江苏广陵古籍刻印社 1983 年（影印），第 112 页。

论》也指出："冤家固结，多历年所，杀父杀兄之仇，所在多有。"这类械斗以其双方居住邻近村落或地区，以至于怨怨相报，愈结愈深。①

因此，佛教果报轮回观念也适时介入反复仇叙事中。据说黄鸣梧为报父仇，虐杀了仇人的弟弟袁三，割首挖心以祭。后家中驴生一驹，很惹人喜爱，长大后黄骑着这驴走到当年袁三被杀处，作人语自称袁三前来报仇，咬得黄断腿折臂，急入枯井中才免死。伤愈后他想杀驴，有个明白人说："冤冤相报何时了也？不如舍之。"梧认为说得对，就把驴卖掉了。的确，从此避免了循环相报②。虑及遭致复仇而不敢惩恶，对于复仇带来后果的担心。说是张叟捉住了前来探路踩点的贼盗，同伙持银前来索要："其家因与叟计，幸不遭污辱，杀之虽快一时之愤，而后患诚不可防，不若结之以恩，遂不受其银而纵之。"③

其五，急于复仇，不去审时度势认真全面考虑，就容易被他人利用。明人《客座赘语》称："十步之内，必有恶草；百家之中，必有莠民。……又有一等既饶气力，又具机谋，实报睚眦，名施信义。或殢（滞留）财役贫以奔走乎匈贷，或阳施阴设以笼络乎奸贪。遇婚葬则工为营办以钓奇，有词讼则代为

---

① 罗庆泗：《明清福建沿海的宗族械斗》，《福建师范大学学报》2000年第1期。

② 钮琇：《觚賸》正编卷五《豫觚》"仇驴"条，上海古籍出版社1986年版，第96页。按，此故事异文又见清刘銮《五石瓠》，《笔记小说大观》第三十一编第十册，台北新兴书局1988年版，第6427页。

③ 俞蛟：《梦厂杂著》卷九《齐东妄言》下，上海古籍出版社1988年版，第177页。

打点以罔利。甚则官府之健胥猾吏为之奥援；闾巷之刺客奸人，助之羽翼。土豪市侩，甘作使令，花鸨梨姐（以好听的话取悦于人的老婆子），愿供娱乐。报仇借客而终不露身，设局骗财而若非动手。有求必遂，无事不干。徒党至数十百人，姓名闻数千百里。如曩之崔二、恭三概可睹矣。此尤良民之螟螣，而善政之蟊贼也，可无禁欤！”①

又如恶奴贿屠杀主，嫁祸于仇家，《涌幢小品》还称：“丰城雷焕九者，盗引为窝，法当死，以冤走匿。陶谐为佥事，曰：‘第无恐，果冤，吾为尔辩之。’焕九出，公以杂诸隶中，使群盗认之，不识。明日复鞫之，门外跂而瞯者，执以入，盗叩头曰：‘渠实贿我建昌狱中，使诬焕九。’焕九曰：‘是同宗而有仇，不意其为此也。’立出焕九罪。”②

其六，不要轻易地与动物、鬼灵精怪结仇。《阅微草堂笔记》转述了戴东原的故事，说某狐求告主人说与鬼结仇，求主人延道士驱鬼，不期鬼被缚自己也被驱，作者感慨：“盖不忍其愤，急于一逞，未有不两败俱伤者。关于此狐，可为炯鉴。”又写鬼灵并不赞成结仇，说是某大家族聚人夜逐劫盗，盗奔其祖坟茔地中，旋风飞石，盗得脱逃，而后其祖托梦嘱咐勿追盗，当事人并不像官府那样具有捕盗的权力责任：“……且我众乌合，盗皆死党；盗可夜夜伺我，我不能夜夜备盗也。一与为仇，

① 顾起元：《客座赘语》卷四，中华书局1987年版，第106页。

② 朱国祯：《涌幢小品》卷十二《同宗二狱》，中华书局1959年版，第274页。

隐忧方大，可不深长思乎？旋风我所为，解此结也。尔又何尤焉？”①

慵讷居士《咫闻录》卷二写治狐者并不非要斩草除根，而是适可而止。卷五写陕人力士余子恒回忆进大龟山猎大熊的惊险过程，尔后感叹：“我欲杀人，人必杀我。我欲食兽，兽必食我。将军难免阵中亡。此言真不欺欤！”从此终生不复打猎②。对于构设仇怨的顾虑，是实行消解仇怨举措的前提与心理基础。这其中暗含着动物崇拜，如原逻辑思维支配下的杀牛前，先诉罪状使其免于复仇。又如清代汪森《粤西丛谈》卷十八引《岭南琐记》载：

> 解牛多俚妇，亦曰“屠婆”。缚牛于木，数之曰：“某时牵汝耕田不得，某时乘汝渡水不即行，今何以免死？”乃杀之。③

抚悼动物免其复仇，实际上也反映了中原人避免结仇的集体无意识。如人类学家指出的某种祈免复仇仪式的来源，是认为动物具有人的理智：“（北美印第安人）当人们要杀死熊的时候，就请它恕罪，甚至尽力赔罪，用和平的烟斗同它一起吸烟，把烟斗插进它的嘴里，人们就对着烟斗吹气，同时请求熊的精

① 纪昀：《阅微草堂笔记》卷十八《姑妄听之》（四），上海古籍出版社1980年版，第468页。

② 《笔记小说大观》第二十四册，江苏广陵古籍刻印社1983年（影印），第289页，第307页。

③ 《笔记小说大观》第十八册，江苏广陵古籍刻印社1983年（影印），第249页。

灵不要复仇。在非洲，卡菲尔人猎捕大象的时候，请求它不要踏死也不要杀害猎人。当它被杀死的时候，人们就开始对它肯定地说，杀死它不是有意的。……这些习俗在原始的亚洲部落之间极为流行。”[①] 而《金叶》中也曾总结，在一些部族中，处死熊之前先要实行悼念、祈免复仇的仪式。[②]

其七，宽恕过失害自己者，也不失为避免怨怨相报恶性持续的良策。褚人获还写嘉靖末年，大司徒马森之父四十岁得一子，五六岁时被婢女失手跌死，马父即呼婢逃去，回家说是自己跌死的孩子。婢家父母得悉感泣呼天，祝愿公早生贵子，次年真的生了一子，坐额上还宛然有一块赤痕，即大司徒。录者认为这是慈爱所致。因宅心仁恕得神赐子嗣。不仅是厚生之德，也是对于反对误伤报复的一种提倡。[③]

明智的母亲责子，平息军士怨愤，稳定人心。据说：“李景让为浙西观察，因杖杀一左都押衙。军中愤欲为变。其母出坐厅事，立景让于庭，责之曰：‘天子付汝方面，岂德妄杀！万一致一方不宁，岂惟负天子，且愧先人矣。’命左右褫衣，欲挞其背，将佐皆泣拜为请。至久乃释，军中遂定。”[④]

---

① ［英］爱德华·泰勒：《原始文化：神话、哲学、宗教、语言、艺术和习俗发展之研究》（重译本），连树声译，广西师范大学出版社 2005 年版，第 382 页。

② ［英］丽莉·弗雷泽：《金叶》，汪培基、汪筱兰译，上海文艺出版社 1997 年版，第 137 – 138 页，第 146 页。

③ 褚人获：《坚瓠广集》卷六《马封翁盛德》引《厚德编》，《笔记小说大观》第十五册，江苏广陵古籍刻印社 1984 年（影印），第 426 页。

④ 明瑄：《昨非庵日纂》卷五，《笔记小说大观》第十四册，江苏广陵古籍刻印社 1983 年（影印），第 37 页。

早年谢六逸《小说创作论·主题小说》讲作品主题，曾引述过日本作家菊池宽《恩仇之外》的情节："这篇小说写一个寻觅父仇的人，偶然来到九州的耶马溪，他遇到了一个僧人，那僧人因为要济度众人，他单身用锄挖掘石岩，凿穿成为一个山洞。使来往的人畜不必翻山越岭，冒险丧生。他知道这僧人就是在十年前杀死父亲，和父妾潜逃的仇人。他想立即替父报仇，可是村人们来代僧人求情。因为这僧人挖掘这岩洞已有九年的月日了，他们说让他把这件功业早日完成，再报仇不迟。他答应了，他等待着，并且他希望僧人的功业早日完成，以便杀他，所以他也帮助他挖掘山洞。在这时候，他看见僧人振作猛勇的精神，狂人似的打碎石岩，他对于僧人的意志不觉佩服起来了。等到山洞凿成的那日，他的替父报仇的念头同时消蚀了。"① 应当说，这一作品的主题，的确具有反传统的现代意识，然而我们也不能忽视，潜在的反复仇思想就如同草蛇灰线，也是久已积存在中国古代叙事文学中的。同时，这也是各民族历史演进过程中，需要共同面对的群体心理历程。

四、反复仇理念的本土文化成因

首先，大凡某一种思想体系较为强大之时，其内部就产生了与其悖左的异质思想。在礼教复仇制度充分建构复仇习俗之时，传统文化中就孕育了宽容——不复仇的成分。"宽则得众"作为中华民族传统的政治观，其形成是对于个体情绪冲动和伦

① 1931年6月10日上海光华书局版《文艺创作讲座》1卷，吴福辉编《二十世纪中国小说理论资料》（第三卷），北京大学出版社1997年版，第151页。

理使命的一个反拨。《诗经·大雅》“温温恭人，维德之基。”《毛传》曰：“温温，宽柔也。”恭人，指君主。《论语·八佾》：“居上不宽，……吾何以观之哉？”《尚书·尧典》曰“协和万邦”，即主张各国和睦共处。《论语·季氏》也反对穷兵黩武，“远人不服，则修文德以来之。既来之，则安之。”《中庸》提出：“柔远人则四方归之。”《墨子·兼爱上》认为：“若使天下兼相爱，国与国不相攻，……则天下治。”《庄子·人间世》：“凡交，近则必相靡以信，交远，则必忠之以言。”举不避仇优良传统，就是邦国集团利益大于个体仇怨的一个实施佳话。《三国志·许靖传》：“苟得其人，虽仇必举；苟非其人，虽亲不授。”①

帝王人物的中止报复的故事，尤其被作为佳话持久地宣扬。《续世说》卷一载：“肃宗欲敕诸将，克长安日发李林甫冢，焚骨扬灰。李泌曰：‘陛下方定天下，奈何仇死者？彼枯骨何知？徒示圣德不宏尔。且方今从贼者皆陛下之仇也，若闻此举，恐阻其自新之心。’上不悦，曰：‘此贼昔日百方危朕，当是时，朕不保朝夕，朕之全，天幸尔。林甫亦恶卿，但未及害卿而死尔，奈何矜之？’泌曰：‘臣非不知，所以言者，上皇有天下向五十年，太平娱乐，一朝失意，远处巴蜀，南方地恶，上皇春秋高，闻陛下此敕，意必以为韦妃之故，内惭不怿，万一感愤成疾，是陛下以天下之大不能安君亲。’言未毕，上流涕被面，降阶，仰天拜曰：‘朕不及此，是天使先生言之也。’遂抱泌

---

① 陈金龙：《试论中华民族的宽容精神》，《湖南师范大学社会科学学报》1994 年第 1 期。

颈，泣不已。”①

其次，因复仇而产生的民间刑事案件增多，从当事人的切身利益甚至生命价值考虑，特别是借助于诬陷仇家来复仇导致的道德沦丧，促使反复仇思想逐渐确立。此作为一个重要阶段，当在宋代，反复仇思想于此已较为成熟。

一者，是认为报复过甚并无好结果。当然，这也是对于当时以自伤来诬陷仇家习俗的一种反拨。南宋《齐东野语》讲述，黄子由尚书夫人胡氏俊敏强记，赵从善知临安府，立放生池碑于湖上，高文虎炳如内翰为之作记，误书‘鸟兽虫鱼，咸若商历以兴’。既以锓石分送朝行，夫人一诵，即知其误：

> 会炳如以藏头策题得罪多士，而从善又以学舍张盖殴人等，尝断其仆。诸士既知其事，遂作小词讥诋之：“作为夏王道不是商王，这鸟兽龟鳖是你者?”乃胡氏首指之误也。他日，胡氏殂，其婢窃物以逃，捕得之，送临安府。从善衔之，遂鞫其婢，指言主母平日与奕者郑日新通，所失物乃主母与之耳，因逮郑系狱黥之。未几，子由以帷簿不修去国。事之有无，固不可知，而从善之用心亦薄矣。
>
> 几十馀年，从善死，其子希苍亦死。其妇钱氏茕处，独任一干主家事。有老仆知其私，颇持之。钱氏与干者欲灭其口，遂以他事系官，竟毙于狱，且擅焚之。未几，仆家声其冤于宪台。时林介持宪节方振风采，遂逮钱氏于亭，经营巨援，仅而获免，而干者遂从黥籍。……

① 周勋初主编：《唐人轶事汇编》，上海古籍出版社1995年版，第763页。

矛盾不断在激化、累积，于是，这冤冤相报持续多年的事实，给载录者不能不得出了这样的结论："信人之存心，不可以不近厚，而报复之理，昭昭不容掩也如此。"① 故事如此被载录，载录者用意在强调：不能过于苛刻待人，容易引发、构结仇怨。

南宋桂万荣《棠阴比事原编》讲述："程戡宣徽，知处州，民有积为仇者，一日，诸子私谓母曰：'母今老且病，不得更寿，请以母死报仇。'乃杀其母置于仇人之门而诉之，弗能自明。戡疑之，或谓无足疑，戡曰：'杀人而自置于门，非可疑邪？'乃亲劾治，具见本谋。"② 坏人利用复仇习俗来作奸犯科的，也当被视为引发人们对于复仇弊端认识的一个原由。

另据南宋朱翌（1097—1167）《猗觉寮杂记》总结："岭外风俗，服毒药断肠草，以朱诬人，多死于所诬之门。常怪其愚如此。《南州异物志》曰：'广州俚贼，若邻里负其债不时还者，子弟取野葛一钱，钩吻数寸许，到债家门食而死，诬债家杀之。债家惧，以物辞谢，多数十倍，死家乃收尸而去，不以为恨。则此后置生菜吻，即断肠草，又名胡蔓。'《岭表录异》记云：'野葛，俗呼为蔓，蔓生如兰香，光而风旧矣，钩中毒人，用羊血解，羊食之肥大。'" 无疑，这类挟仇诬陷对方的陋俗，非常易于蔓延传播，并触发刁民更多的挟仇诬陷花样。因此南宋郑克《折狱龟鉴·辨诬》敏锐地关注到了这一现象，他

① 周密：《齐东野语》卷十，中华书局 1983 年版，第 183－184 页。

② 《笔记小说大观》第六编第四册，台北新兴书局有限公司 1988 年版，第1916 页。

总结前代断案经验，强调执法者的明智，能及时采取措施：

> 王臻谏议知福州时，闽人欲报仇，或先食野葛而后斗，即死其家，遂诬告之。臻问："所伤果致命耶?"吏持验状曰："伤无甚也。"臻以为疑。反讯告者，乃得其实。
>
> 程戡宣徽，知处州，民有积为仇者。一日诸子私谓其母曰："母今老且病，恐不得更寿，请以母死报仇。"乃杀其母，置仇人之门，而诉于官。仇者不能自明，而戡疑之。僚属皆言理无足疑，戡曰："杀人而置其门，非可疑耶?"乃亲劾治，具得本谋。①

这类挟仇诬陷的个案事件，进入到了司法断案专书的载录，引起了广泛的注意和反感，也促人对于复仇之俗的弊端进行反思。

二者，释仇可重新调整双边关系。元代《辍耕录》载录了"释怨结姻"故事。至正初元年间扬州泰兴县农夫司大，是里中富人陈氏的佃家。陈氏田傍的李庆四，潜赂主家儿，夺司家田归李氏，司大心里不平，归家倾吐"怨仇之故"，妻子苦劝不听，夜持炬火往烧李家。忽闻内有人分娩，司窃念："吾所仇者，其家公也，何故杀其母子。"遂弃火而归。司经营豆乳酿酒，生活富足。而李家却日益贫，十年后田地又回到了司家。司家置酒炫耀时，李也怨其薄己，夜抵司家想纵火，听到司妻方就蓐生子，犹豫后又遗火而走。司家凌晨发现火器，采取了

① 刘俊文：《折狱龟鉴译注》，上海古籍出版社 1988 年版，第 139 页，第 146 – 147 页。

持钱五千赔罪的“高姿态”，强邀同饮。酒半，把“前所仇事”说清，更约为婚姻。从此李家也富裕起来。在这感慨：“向使司氏决快所欲，未必能复田；纵复田，未必其无祸。一念之善，从而两家子孙皆蒙其利泽。……呜呼！天岂远人哉？天岂远人哉？”①

人类学家指出，按照列维—施特劳斯“神话结构分析”（structural study of myth）的方法，析解了“高估的人际关系”（overrating of human relations）和“低估的人际关系”（underrating of human relations）的特点，指出像《左传》、《史记·晋世家》所载重耳之父晋献公及宠姬骊姬要杀死太子申生，申生不但不怨而且自杀以保持关系，这是最著名的一个高低估关系的对比，其后晋大夫里克弑杀两位可能继承王位的幼子奚与悼子，而另一位晋大夫荀息却为这两位幼主而殉节，这又是一组对比。“低估的人际关系显露本能的一面，那是自然的表现；高估的人际关系则显示伦理道德的修养，那就明显地显于文化的一面了。”② 按，像以怨报德，显然属于低估的人际关系；而以德报怨，则是高估的人际关系。

清代小说《世无匹》中正面主人公干白虹在京师遇救获释，准备以万金之资帮助陈与权入监求官，侯叔子大加惊叹：“天南地北、陌路相逢，而能疏财仗义，生死同心，真千古贤豪，能不叹为莫及！”而干白虹却说：“扶危持颠，是本分中应

---

① 陶宗仪：《南村辍耕录》卷十三《释怨结姻》，中华书局 1959 年版，第 162 – 163 页。

② 李亦园：《一则中国古代神话与仪式的结构学研究》，台湾中央研究院编《第一届汉学会议论文集》，1981 年。

行的事。至钱财乃身外之物，有聚必有散，聚而不散，是为鄙夫。今日为知己而稍有所费，岂矫名长厚，实不欲以鄙夫自持耳。若惜此阿堵，而以鄙夫面目待人，此世途陋态，小弟何敢如此!”评干白虹：早已悟破“钱财一物，可以生人，可以杀人”的真谛，从而能够比较爽朗、正确地对待金钱、处理金钱[1]。有这样的思想认识，所以他视友谊、信义重于金钱，能够慷慨解囊、一诺万金。也因为他看轻财货，达观开朗，所以施恩并不图报。纵然陈与权后来负义忘恩、趁人之危，坑害兄嫂，谋财霸产，干白虹也不以此为怨。当曾九功义愤填膺地要代他报此冤仇时，他却表示“怫然不悦”：

> “我向来以贤弟超脱丈夫，不想却把“恩怨”两字固结于心，未能融化。我想男子汉立身天地，不过行我素志，畅我幽情，豪放决裂，一瓢长醉，便足尽我平生。何必孜孜计利，蓄怨怀恩，自寻烦恼之障。况发财，乃身外之物，流行于世，我用亦可，彼用亦可，那见得毕竟是谁的。假如万贯家财，费尽辛勤，空招怨隙，临死时只是一双空手，还分得尔我吗?”

正因干白虹看问题如此透彻，没有陷入金钱拜物教的泥淖，以故他能胸怀宽广，豁达大度，对世俗采取一种旷然超脱的态度。作者之所以选取这样一个人物作为自己作品的主人公，并对他的思想动机、人生态度进行如此淋漓尽致、酣畅痛快的描

---

① 孟繁仁：《试论〈世无匹〉的侠义描写》，《明清小说论丛》第三集，春风文艺出版社1985年版。

写刻画，实际上反映了当时市民阶层对于封建地主阶级自私、贪婪本质的一种深刻有力的批判。而他最大的性格特点就是不向小人报怨。

民间私自复仇，虽然体现出正义、家族使命实现的执著、江湖义气在某些情境中的不无可取，毕竟，也往往较多体现了落后的游民意识（好勇斗狠等）和人治社会的弊端。王学泰先生指出过《隋史遗文》、《说唐演义》中单雄信形象塑造非常感人；“如果实事求是地分析，李渊打死单雄信的哥哥，只是一次误伤，并非有意与单家结仇，而且是由于受到隋炀帝的陷害才导致这场灾难。以单雄信与秦琼的交情与秦琼与李家的关系，及其他们共同反隋的政治立场来看，单、李的矛盾满可以化解。然而，为了强调有仇必复和独立自主的选择，书中把单、李矛盾写成十分情绪化的不共戴天之仇，正体现了游民对这个问题的认识。”① 同时也可以看出，复仇文学主题之于后来文本描写个体复仇动机及其价值取向，也是有着深远影响的。

金圣叹《水浒》第十八回首评曰：“此回前半幅借阮氏口痛骂官吏，后半幅借林冲口痛骂秀才，其言愤激，殊伤雅道，然怨毒著书丁稗官，又奚责焉！”这一评点说明，金圣叹宥于传统叙事文学中占有压倒性优势的复仇逻辑，对既往小说作品的血腥复仇采取了“理解之同情”的态度，深知小说可以在表现复仇时惯于偏激一些，从而体现了一种对于小说文体本质的认识。这提醒我们，不应该将小说中复仇主题的表现力度和渲染，同民俗心理的价值取向完全对等。因此，在现实生活中人

① 王学泰：《“说唐”小说系列演变中所反映的游民意识》，《文学评论》1999年第6期。

们并不是不清楚血腥的复仇于人于己都无益，甚至在复仇情绪的表现方式上也要讲究一些，清代《受持篇广戒门》有此修身持正的规定："不以秽语骂仇家。"① 这就是所谓"君子交绝口不出恶言"，但心里还是记仇的。

尽管，反复仇主题在传统中国的复仇逻辑上，因陌生化叙事而独具特色，更多的情况下却不被接受，也很难说有着多大的覆盖面及社会影响力。然而，反复仇的文学书写，的确为"以暴抗暴"的恒久的血腥复仇，展示出一个解决仇怨、处理好个体、家族等所受伤害的另一种途径，另一种处理矛盾的措施，应该说，这是"反文化"的价值观。但无疑，却是将大众文化的某些过去的一页理智地"翻篇"，而着眼于未来的一种理性发展眼光的选择。"冤冤相报何时了"，这对于许多硬要"以命相拼"的复仇主体及其亲朋后代，也是有益无害的。

在这一角度上，一位南非学者的对根本上解决种族仇杀的论断，也适用于这里，值得认同并进一步思考："必须打破贯穿其历史的报复与反报复的怪圈。要做到这一点，就必须放弃报复性的正义，实行复原性的正义，升华到宽恕，因为没有宽恕，就没有未来。""……他们宽恕罪恶、放弃复仇的意愿实在令人敬佩。他们把自己从受害者的状态下解放出来，不再心怀怨言，死抱住创伤不放，从而开创出崭新的人际关系。他们给予罪行的制造者以机会，从内心的愧疚、愤怒和耻辱中解脱出来。这样便形成了双赢的局面。以牙还牙，以眼还眼的做法，……这样做和平和安全不可能到来，复仇和暴力只能生发

---

① 王利器辑录：《元明清三代禁毁小说戏曲史料》（增订本），上海古籍出版社1981年版，第297页。

出更多的复仇和暴力。”①

金庸先生 1969 年 8 月曾谈到《笑傲江湖》中的人物性格：

> 林平之的仇恨心很强，从小因别人杀了他全家，按中国武侠小说的规范，他要报仇也是应该的。但把整个人生全部集中在仇恨中，我觉得不值得。这不是中国人的一般的性格。中国人在适当的时候可以化解仇恨。……②

可见金庸小说对于个体复仇的思考，是理性的也是具有一定现代意识和代表性的。就如同《倚天屠龙记》第三十九回写谢逊指着成昆说道：“成昆，你杀我全家，我今日毁你双目，废去你的武功，以此相报。师父，我一身武功是你所授，今日我自行尽数毁了，还了给你。从此我和你无恩无怨，你永远瞧不见我，我也永远瞧不见你。”下面接着写：“……群雄中虽有不少与他怨仇极深，但见他报复自己全家血仇，只是废去成昆武功，而他自己武功也已毁了，若再刺上他一剑，打他一拳，实不是英雄好汉的行径。”

---

① ［南非］德斯蒙德·图图（Desmond Tutu，1931—）：《没有宽恕就没有未来》，江红译，上海文艺出版社 2002 年版，第 195 页，中文版序言第 2 页。

② 林以亮：《金庸访问记》，见黄子平编《寻他千百度》，中华书局 2013 年版，第 339 页。

第四章 《水浒传》神秘信奉及其佛道来源

道教及其法术、原始思维在《水浒传》中占有特殊的地位，这与孕育水浒故事的南宋以至元明这一特殊历史时期的崇道之风有关。从北宋徽宗开始，道教得到了统治者的尊崇，于是由上至下，在社会上产生了广泛而巨大的影响。这影响也就自然而然的渗透到了《水浒传》中，使得这部历史演义小说不时地洋溢出宗教神秘主义色彩。

一、《水浒传》中“误入仙乡洞穴”母题

百二十回本《水浒传》第九十九回写鲁智深在襄垣城外厮杀，失脚跌入了“缘缠井”这一“异空间”。深井洞穴之中如同外面的世界：“一般有天有月，亦有村庄房舍。”离村又见一草庵，内中高僧指点鲁智深几句真言又将其送出。鲁智深自觉在洞穴中所行不多远，走未多时，出来却已身在汾阳府城东郭，时间也已过了一月。以鲁智深这样一个不懂法术的平常之人经历如此仙洞奇遇：入洞、洞中异于外界的和平环境、得遇高人、时空转换，具备了一个典型的仙乡洞穴母题的基本要素。

这一母题可溯至汉魏六朝志怪，当以刘向《列仙传》中

“邗子传”为最早，刘向赞曰：“邗子寻犬，宕入仙穴。馆阁峩峩，青松列列。受符传药，往来交结。遂栖灵岑，音响昭彻。”而以刘阮（刘晨、阮肇）入天台遇仙和陶渊明《桃花源记》最为著名。鲁智深在洞中所见村庄，“其中人民，也是在那里忙忙的营干，见了洒家，都只是笑”，寥寥数语勾勒出了一副颇似“桃花源”的平静祥和境界。尤其是鲁智深此前正处在战场厮杀之中，刚刚脱身，突然间的时空转换，鲜明的境界对比，更是凸显出了洞中的平和环境与温馨。对于和平宁静的向往其实也正是这一母题所传递出的大众期待之一。

仙乡洞穴母题的产生是与现实社会的苦难深重分不开的，乱离之世，人们幻想洞窟遇仙的奇遇，希图在这种幻想中，暂时忘却世间的苦痛。可以说，“洞穴”这一潜藏在人类心灵深处的原始意象，就是我们的精神家园，这其中传达出的是人类对现世生存自由的热忱向往。《水浒传》所描写的正是那样一个“乱自上作”、“官逼民反”、“自古权奸害忠良，不容忠义立家邦”的黑暗时代，逼得一批忠义之士不得不“撞破天罗归水浒，掀开地网上梁山”。而这个梁山泊四面环水、易守难攻，独辟出一块乱世侵扰不到的地方，众兄弟在此处有忠有义、相敬相重、互帮互助。梁山泊又何尝不是为受欺压的众英雄提供自由生存环境的桃源仙乡。

仙洞之中，时间的流逝通常与凡间不同，所谓“洞中方七日，人间已千年”。因此，鲁智深二月下旬落井，自觉“只停得一会儿”，出来却已是月余之后的三月下旬。论者指出：“在道士的想象中，这种逆转和时间快速流逝的情形并不是这些洞天世界特有的孤立现象。坛成道场，以及炼丹家的鼎，都是模拟宇宙而设，在这些地方，有自己的循环，自然界的变化过程也可以以加速的节奏再现。”① 鲁智深解脱缘缠井这一情节的插入也有其文本结构作用。以戴宗“日行八百里”的神行法是追不上马灵的日行千里之法的，眼看马灵将要逃脱，此时智深及时出现，“劈面抢来，把马灵一禅杖打翻”，这才获得了这场战争的完胜。

要想使鲁智深这样一个不懂法术的人及时出现在这异地的战场上，只能走此洞穴“捷径”。这一旧有母题的精心安排，偶然性背后是故事延展的必然需要：马灵一路逃行，只顾甩开身后追来的戴宗，看看将要成功，却不提防迎面撞上了一个胖大和尚，被他轻而易举地擒住。又不曾想这和尚正是戴宗一伙，在经历了一场洞穴奇遇之后突然出现在此地。种种偶然性促成了马灵的被擒，确属可博人一笑，因而缓解了此前紧张的战争氛围，起到了调节行文节奏的作用。且鲁智深这样具有佛教身分的角色，作者安排以具有仙道色彩的奇遇，与此前此后斗法情节的神秘色彩是相一致的，使人读来并不显突兀。

通常认为，洞穴仙乡母题源自汉魏时期道教盛行，文人方士如鲁迅《中国小说史略》说的“皆言神仙道术及远方怪异之事”，志怪小说多仙乡洞穴叙事，凡人主人公洞中世界里所遇多为仙真，受道教影响，事实上，中古汉译佛经中的该母题，实为首创。康居国人康僧会在吴国建业所译《六度集经》卷一《波罗奈王经》写，太子迦兰将王位让其弟，自己入山学道，他偶然之中救一罪犯，但妻子却和这个手脚遭砍的外国罪犯私

① ［法］傅飞岚：《道教仪式与宇宙洞天论中的洞天》，《法国汉学》第二辑，清华大学出版社1997年版，第53页。

通，设计将他推堕四十里深的崖下，他的遭遇竟有惊无险：

> 山半有树，树叶致厚而柔软也，道士（太子）攀枝得立。树果甘美，食之自全。树侧有龟，亦日食果，睹树有人，惧不敢往，其饥五日，冒昧趣果，两俱无害，遂相摩近。道士超踊骑龟，龟惊跳下地。天神祐之，两俱无损。

经过一番周折后来终回故国，弟让位，迦兰成为国王。此“意外入洞穴”母题要素，极具启发意义，主人公始料未及进入仙乡成为六朝志怪相关叙事的必要环节，似也暗示了他的游走仙凡两界的非凡能力，为异日奇迹发生提供铺垫。而《初学记》卷七引《鄱阳记》：“鄱阳西有望夫冈。昔县人陈明，与梅氏为婚，未成而妖魅诈迎妇去。明诣卜者，决云：‘行西北五十里求之。’明如言，见一大穴，深邃无底。以绳悬入，遂得其妇。乃令妇先出，而明所将邻人秦文，遂不取明。其妇乃自誓执志，登此冈首而望其夫，因以名焉。”此亦为后世“忘恩失义”、“取宝害同伴”故事类型之最早文本，无疑取自佛经。

钱锺书先生曾指出：“释典以贾客漂入鬼国为常谈，如《中阿含经》第四一之一《马王品》、《佛本行集经·五百比丘因缘品》第五〇、《出曜经》卷二一《如来品》之二、《妙法莲华经·观世音菩萨普门品》第二五等。……”[1] 这些列举出的诸佛经中例证说明这类故事很可能受到佛典的启发。故事中的主人公们，往往并不是有意地探寻新大陆，进行涉险寻奇，而

① 钱锺书：《管锥编》，中华书局1979年版，第790页。

是经常由于种种意外原因而误入异空间。这一系列故事，对于中土仙乡洞穴母题不会没有烘染和启迪，只不过在陆地上自然会与以“仙乡洞穴”形式来体现其“本地风光”。

然而“海外仙乡”的书写宋代之后大为增多。宋人写元和中柳实、元彻二人居衡岳，欲越海往交趾，海上遇飓风断缆抵一孤岛，忽见天尊像，又“忽睹海上有巨兽，出首四顾，若有俯听，良久乃没去逡巡，有紫云自海而涌出，曼衍数百步，有五色芙蕖高白馀尺，叶叶而绽。内有帐幄，若绮绣杂错，耀夺人目。见虹桥忽直抵于岛上。俄有双鬟侍女捧玉盒，持金炉似莲花，而至于天尊所。……”二子随侍女拜见“南溟夫人”，夫人还赠给高达一尺多的玉壶，一个盒子：“盒子中有物，隐隐然如蜘蛛形状。自称是水仙也。”还告诫有事扣玉壶。这期间体现了仙凡的时间差，竟然十年过去了，归家两人妻子各已谢世三日，他们以盒子投之，有数丈黑龙飞空，霹雳震碎庙宇，空中有掷玉环者。他们取之送南岳庙，及归，有黄衣少年持“返魂膏”来，二子以此救活了妻子①。相关的海外得宝、遇险等故事也有一些。

而到了水浒故事产生的元明时期，儒道释三家已呈现出你中有我，我中有你的合流趋势，所以《水浒》中这一母题比之前代有了变化：经历者鲁智深的身份是僧人；他洞中所遇是高僧而不是神仙；他的收获是听高僧宣讲三界说，而不是获得法术仙丹。然而，鲁智深的仙乡之游，却自别有一番“地

① 陈田夫：《南岳总胜集》卷下，［日］高楠顺次郎等编：《大正新修大藏经》卷五十一，台北新文丰出版公司 1990 年（影印），1085a－1086a。

方特色”：

1. 斗战之时无意中落入洞穴进入仙乡，说明现实与仙境是一步之遥很接近。

2. 仙乡中人们表现的是见到外人“都只是笑”，且非常忙碌地干自己的营生，可以说疲于奔波无暇去关心外来人口，显示了生活资料来源的相对紧张，今非昔比。

3. 仙乡中有僧人对天地广大人生无常的点拨，点醒当事人，显示了佛教之于仙乡母题的介入，仙乡洞穴母题已非道教和隐士们的禁脔。

4. 时间的母题稍有改变，仙凡“时间差”缩小，但仍旧也显示了仙乡时间的飞快。

5. 和尚一句“日后再会”，使得母题又与鲁智深日后的命运之宿命安排结合起来。

二、《水浒传》中的正邪两派斗法

作为一部演义历史的英雄传奇，《水浒传》是有其历史依据的。它虽然是在历史真实的基础上生发和想像，通过虚实、幻真结合而成的，但毕竟还是以“真”的假象面世的。换句话说，讲究“真”和“正”才是它的特点。但在《水浒传》所描写的大大小小诸多战斗中，除了武力和智谋的较量之外，还有法术的较量。尤其是在七十回之后，这种斗法情节和场面大量存在。这就使得这部小说的体裁变得不那样纯粹，带上了些许神魔小说的色彩。

对于《水浒传》的这类仙话故事，论者曾认为：“有些只是为了增加一些趣味，同时也寓有劝善的意味。”其神魔故事的具体表现，论者也曾举罗真人以“隐身法”和“飞行术”教训李逵的例子：“这个故事与《西游记》中的情节是十分相似的，完全是取笑逗乐的神魔故事了。……但从社会心理的角度来看，过分的夸张和幻想之中包含着民众美好的愿望和爱憎分明的情感。”① 仅仅如此吗？当然不能令人满意。在此基础上，本书当发掘一下小说如此描写的渊源，以及更为深广的意旨。

斗法场面描写，来自印度史诗和传播史诗故事的中古汉译佛经。唐代变文和壁画，其题材和内容多神魔斗争，表现焦点是神变斗法，这为神魔小说提供了诸多养料。但《水浒传》斗法更多的还是来源于吸收佛教斗法描写的道教法术。道教徒们为求长生不老之术，炼仙丹、服仙药、习法术。《水浒传》深受道教影响，梁山泊一百单八将中有两位道教徒：混世魔王樊瑞和入云龙公孙胜。此外还有后归顺的乔道清、马灵，神行太保戴宗也是懂道术之人。其中公孙胜是天罡星第四位，与吴用同掌兵权的核心人物，多次战斗都是靠他做法助阵方能取胜。特别是打高廉、征辽，战乔道清、马灵，公孙胜的法术是起到了决定性的作用。

《水浒》写斗法多采用念咒方式，除后来的马灵使用风火轮和火砖外，其他法师均在比斗中使用过法器。且法术都很容易被破，多数情况下，只一个回合就决出了胜负。只有一处例外，第九十五到九十六回，宋江人马与乔道清的对阵是一次纯粹以法术较高下的战斗：乔道清先与樊瑞，而后与公孙胜有来有往地斗上了几个回合，乔道清甚至唤出了五龙山的五条龙来

---

① 傅惠生：《宋元之际的社会心理与小说》，东方出版社 1997 年版，第 254－256 页。

助阵，被公孙胜化出大鹏击退：

公孙胜喝道："你在大匠面前弄斧！"乔道清又捏诀念咒，把手望北一招，喝声道："疾！"只见北军寨后，五龙山凹里，忽的一片黑云飞起，云中现出一条黑龙，张鳞鼓鬣，飞向前来。公孙胜呵呵大笑，把手也望五龙山一招，只见五龙山凹里，如飞电般掣出一条黄龙，半云半雾，迎住黑龙，空中相斗。乔道清又叫："青龙快来！"只见山顶上才飞出一条青龙，随后又有白龙飞出，赶上前迎住。两军看得目瞪口呆。乔道清仗剑大叫："赤龙快出帮助！"须臾，山凹里又腾出一条赤龙，飞舞前来。五条龙向空中乱舞，正按着金、木、水、火、土五行，互生互克，搅做一团。狂风大起，两阵里捧旗的军士，被风卷动，一连颠翻了数十个。

公孙胜左手仗剑，右手把麈尾望空一掷，那麈尾在空中打个滚，化成鸿雁般一只鸟飞起去。须臾，渐高渐大，扶摇而上，直到九霄空里，化成个大鹏，翼若垂天之云，望着那五条龙扑击下来。只听得刮剌剌的响，却似青天里打个霹雳，把那五条龙扑打得鳞散甲飘。原来五龙山有段灵异，山中常有五色云现。龙神托梦居民，因此起建庙宇，中间供个龙王牌位。又按五方，塑成青、黄、赤、黑、白五条龙，按方向蟠旋于柱，都是泥塑金装彩画就的。当下被二人用法遣来相斗，被公孙胜用麈尾化成大鹏，将五条泥龙搏击的粉碎，望北军头上乱纷纷打将下来。北军发喊，躲避不迭，被那年久干硬的泥块，打得脸破额穿，鲜血迸

> 流，登时打伤二百馀人，军中乱窜。乔道清束手无术，不能解救。半空里落下个黄泥龙尾，把乔道清劈头一下，险些儿将头打破，把个道冠打瘪。公孙胜把手一招，大鹏寂然不见，麈尾仍归手中。[①]

作为书中唯一一次着墨较多的斗法，在大多数情况下，斗法描写在刻画战斗的文字中并不占主导地位，它只是先锋而非主力，只起到一种辅佐性功能，主要用来表现“邪不压正”的书写理念。尽管，从中外文学母题传播交流角度看，变形、幻化斗法的叙事框架来自印度传译的佛经故事，然而融入了本土五行相生相克的原理，想像世界描绘的热闹场面变得具有内在的逻辑性。神魔奇幻要素在《水浒传》这样武侠母题集大成式的作品，给清代小说题材“混类”带来一种示范效应，构成了清代历史演义类似于宝物崇拜视角下“斗宝规则”[②]。如果从灾害文学角度来看，虚幻来自于真实的生活，乔道清一方被天降“干硬的泥块”打伤，实际上展示的岂不是雹灾来袭的现实体验[③]。

富有幽默意趣的是，就仿佛是一场群聚的打擂，对阵双方首领结为师徒之前，乔道清解悟了“遇德魔降”之言，酒席间

① 《水浒全传》第九十六回《幻魔君术窘五龙山，入云龙兵围百谷岭》，上海人民出版社1975年版，第1146－1147页。

② 刘卫英：《明清小说宝物崇拜研究》第五章第一节《斗宝规则：宝物功能的范围、相生相克及禁忌》，中国社会科学出版社2008年版，第132－144页。

③ 王立等：《明清雹灾与雹神崇拜的民俗叙事》，《晋阳学刊》2011年第5期，中国人民大学《复印报刊资料》J2专题2012年第2期转载。

公孙胜对乔道清又来了一番佛道相兼的训诫："足下这法，上等不比诸佛菩萨，累劫修来，证入虚空三昧，自在神通；中等不比蓬莱三十六洞真仙，准几十年抽添水火，换髓移筋，方得超形度世，游戏造化。你不过凭着符咒，袭取一时，盗窃天地之精英，假借鬼神之运用，在佛家谓之金刚禅邪法，在仙家谓之幻术。若认此法便可超凡入圣，岂非毫厘千里之谬!"而乔道清听罢："似梦方觉。当下拜公孙胜为师。"如此带有江湖习俗仪式的宗教式拜师，故事也由"伏魔"模式演化到了武林门派中对于野路子的"异类"收服的艺术化书写。

三、九天玄女授天书与仙道干预世俗

九天玄女虽为道教之神，《水浒传》写其与天书联系，却来自先秦兵家文化和佛道流脉的会合，其出现对情节发展起重要推动作用。《水浒》中她共出现两次，一在四十一回宋江被困破庙，九天玄女搭救了他并授其三卷天书；二在八十八回，宋江正为辽兵摆的天象阵而苦恼，玄女再次出现为其指点迷津。且两次都在宋江梦境中将其引到仙境。"天书，是古人深切意识到应付现实问题能力不足，设想出的一个全面提高人能力的智慧全书，它是以道教为中心的神秘文化在人的反正统思想付诸实现时，试图冲破现形法制，现有能力从而成为超人的一个精神法宝"①。

水浒中的众英雄，或有智谋，或懂法术，或擅武艺，而宋

① 参见王立《宗教民俗文献与小说母题》，吉林人民出版社 2001 年版，第 201 页。

江却只以义气著称，善于“仗义疏财”收买人心。他并不具备什么一技之长，单凭个人本事，很难在其后的征战中取得战功，树立威信。于是获得天书就成为对其能力特长不足的一种弥补，这使得宋江背后有了一种神秘力量支持。

但古代天书母题的绵长系列中，《水浒传》属于未能明确表示出天书致胜还是致败的那种。宋江得到天书后的表现却远不如人意，天书在他手中并未发挥出怎样超凡的功能。即便如此，《水浒》一书中玄女授天书这一具有神秘崇拜性质情节的安排还是有其重要意义的：

首先，天书是由“九天玄女”这一女战神所授予，这就渲染了天书的仙化性质和神圣性。并且，这样一本具有非凡意义的天书授给了当时尚坐二把交椅的宋江而非首领晁盖，其实就已暗暗地以神的旨意肯定了宋江将成为梁山泊主。

其次，天书的神力功能虽令人瞩目，但持有者必须顺天行事方能得到天书的佑护，从而充分发挥出天书的潜能。否则则会适得其反。玄女在授予宋江天书时曾口传“法旨”：“汝可替天行道，为主全仗忠义，为臣辅国安民，去邪归正。”而宋江确也谨遵“法制”，举起替天行道的大旗，一心等待朝廷招安。所以在历次征战中，天书对宋江的军事统帅角色还是起到一定辅助作用的，只是效果并不显著，当然这与全书在战术上要突出吴用的智多星地位有关，也与该书的现实主义基调有关。

第三，玄女与天书的出现不只是为了肯定宋江的统领地位，也是为了配合全书主旨的“天数”、“命定”观，《水浒》从开篇便宣扬道教所幻化的仙人世界以及“天数”观念，让道教思想弥漫在文本书写的字里行间。然而前面的这些描写，还只不过是粗线条的空间铺垫。九天玄女这位重要人物却一出场，就宣布了宋江的命运走向："遇宿重重喜，逢高不是凶。北幽南至睦，两处见奇功"。第二次出场时，又一再叮嘱他"保国安民，勿生后悔"，并作了"他日琼楼金殿，别当重会"的留言。一切皆在"天数"、"命定"之内，在劫难逃。宋江等人的死，并不干昏君奸臣的事，只是"天数"已尽，星辰理当归位之故。这也是《水浒》一书中安排九天玄女的用意之一。

金本《水浒传》第四十一回《还道村受三卷天书，宋公明通九天玄女》评语中，也不是没有感觉到旧有母题仙道意趣的，他有理有据地联想起了剑仙聂隐娘故事：

> 尝观古学剑之家，其师必取弟子，先置之断崖绝壁之上，迫之疾驰；经月而后，授以竹枝，追刺猿猱，无不中者；夫而后归之室中，教以剑术，三月技成，称天下妙也。圣叹叹曰："嗟呼！行文亦犹是矣。夫天下险能生妙，非天下妙能生险也。险故妙，险绝故妙绝，不险不能妙，不险绝不能妙绝也……"今读还道村一篇，而独赏其险妙绝伦。

金圣叹机敏地嗅出了天书母题的仙隐文化气味，同聂隐娘深山从神尼练剑的神幻母题贯穿起来。玄女授天书，与神尼授剑术，其神仙角色均为女性，其功能都旨在提高凡人的行使正义的能力，而方式又都是那么仙气缭绕，于是，这两个相关联的母题被他瞬时间接通。

此外，《水浒传》写琼英为父母报仇，也运用了梦可预见、梦中授艺、冤死者尸身变化等信奉。凡此种种，都有着本土与外来的母题渊源，佛道思想连带着相关信奉，使这些带有浓重神秘色彩的描写，恰到好处地熔铸在小说情节构建中，丰富与强化了小说摄魂夺魄的传奇性。作为一部讲究“真”的英雄传奇式历史演义小说，这种神秘因素虽只在书中起一种辅助作用，却使得该小说为此而带有神魔小说的一些文类特征。

第五章　十字坡黑店与小说戏曲中的江湖文化

江湖文化，是雅文化、庙堂文化或精英文化的对应方面，又可以称为草莽文化等。一般认为，江湖一语来自《庄子·大宗师》:“泉涸，鱼相与处于陆，相呴以湿，相濡以沫，不如相忘于江湖。……”后来实际上已经超越了空间上、地理上的概念所指，而指的是一种文化地理意义上的正统主流之外的存在。因此，“江湖中人”在钱穆《现代中国学术论衡》中，被置于与城市文化、乡镇文化、山林文化并列，不过汉魏六朝隐士阶层多居于山林，吟咏山水，“山林文化”往往被理解为是隐居丛莽，弃绝尘世的文人（具有可以出仕条件而不愿出山的），是吟啸山林、诗文为事的隐者；而“江湖人士”则与“绿林好汉”接近，多半文化程度不高，而以习武为事，所以后世又多称之为江湖好汉、草莽英雄。

在江湖文化体系下包含着一套江湖规则、习气、惯用话语和和行为方式乃至价值观念，而小说名著《水浒传》正是描写生活其中的这样一些好汉，孙二娘占有一个特殊的位置。

一、十字坡黑店的江湖黑道场景

因为梁山泊好汉的团伙性质，他们的“江湖义气”与小说前半部分的情节结构类似，带有“百川归海”式的特征，汇聚了若干主要英雄好汉的江湖经历。他们各具特色的江湖经历丰富了梁山泊集团社会的“江湖气”，而这之中，武松的十字坡“黑店脱身”，是著名的江湖英雄智勇双全、迎击江湖险恶的故事叙事，《水浒传》这一情节蕴涵着多重江湖文化的密码。

首先，武松幸免暗算的智慧来自江湖知识积累、行走江湖时刻戒备的高度警觉。相对于林冲被发配沧州一路饱受董超薛霸折磨，险些在野猪林被害，武松刺配孟州道则待遇要好得多了，应当说一路上打虎英雄、为兄报仇的好汉名头如光环罩护，所得到的景仰体现在一路所受“两个公人”的“小心服侍”“不敢轻慢他些个”。同时，有了打虎、报兄仇（以及派生的复仇成功后承领后果）两件事的铺垫，如浦安迪所说：

> 在以后章回里重写武松的复仇怒火时，作者的笔触就开始接近于英勇和暴行之间的微妙交接点，这构成了作品中一个枢轴主题的层面。①

但浦安迪虽然注意到武松血溅鸳鸯楼的狂怒，却似乎没有留意其实他在十字坡“黑店”中，就已经有些更加贴近江湖行

---

① ［美］浦安迪：《明代小说四大奇书》，沈亨寿译，中国和平出版社 1993 年版，第 263－264 页。

径，甚至是有些老于江湖的表现了。他应对母夜叉孙二娘的内紧外松、见机行事策略，使很少落空失手的母夜叉未能得手，还遭受一场羞辱。江湖中人就是这样沉着地应对这危机四伏的世界，“由你奸似鬼，吃了老娘洗脚水”的套语，在这里成为母夜叉绝妙的自我嘲讽。

而扬州评话《武松》写武松见石碑上写三个小字“孟州道”，三个斗口大的字“十字坡”，不觉一声惊叫：“啊!”押送的解差（赵凯）问他他没敢说，原来他在家乡就听走道的朋友说过，在外的道儿很难行：“别的地方难走还好，唯有一处最难，河南省孟州道十字坡，……走道儿的能够把十字坡这个地方走过来，走遍天涯就无碍了。……为何不说呢？晓得公差胆小，说了怕他们害怕。”① 十字坡，据小说人物张青所言本叫“大树坡”，处于大树掩映之下的交通要道上，十字，应当理解为十字路口吧。这里既是道路上的十字路口，对某些过路人来说也是生命存在的十字路口。

《水浒传》第二十六回《母药叉孟州道卖人肉，武都头十字坡遇张青》写武松“奔下岭”，得知眼前就是孟州道岭“有名的十字坡”，暗示了他对此处黑店早有耳闻；而他眼中的酒店女主人：“门前窗槛边坐着一个妇人，露出绿纱衫儿来，头上黄烘烘的插着一头钗鐶，鬓边插着些野花。见武松同两个公人来到门前，那妇人便走起身来迎接。下面系一条鲜红生绢裙，搽一脸胭脂铅粉，敞开胸脯，露出桃红纱主腰，上面一色金钮。”华贵之中有生猛，分明是带有危险性的江湖人物。容与

---

① 王少堂口述、扬州评话研究整理小组：《武松》第四回《十字坡打店》，江苏人民出版社 1978 年重版，第 431 页。下引皆本此。

堂刻本评：

> 常言美人之美，乃在或远或近之间。今写此妇人，既远近皆详矣，乃觉眼前心上，如逢鬼母，何也?①

描绘详尽，强调了武松眼中观察之细，这是因为早有江湖传闻，不得不怀有戒心，也就是某种心理定势下的“先入之见”，即使美色也伴随着粗俗。下面的武松借馒头生事，也照应了此时心怀警觉的伏笔——武松道：“我从来走江湖上，多听得人说道：‘大树十字坡，客人谁敢那里过？肥的切做馒头馅，瘦的却把去填河。’”借助引用民谣，点出黑店实质，带有主动出击的意味，也正是江湖上常说的“艺高人胆大”的个案写照。

当然，江湖经验还表现在巧妙地要求“烫酒”和暗地“倒掉酒”、高声赞酒“冲得人动”。武松故意说酒“越浑越好”，要求“只宜热吃最好”，是在装傻麻痹对方。引得女店主暗笑：“这个贼配军正是该死！倒要热吃。这药却是发作得快，那厮当是我手里行货。”实际上武松是在为下面的趁着妇人去切肉而倒掉酒，创造条件。余象斗评：“武松不吃这酒，已知药在其中，诈倒在地，心欲除祸，故以此行事以试人矣。”武松一系列的“角色表演”符合黑店的情境，本身就是老于江湖的标志，是行走江湖具有防身本领的仪式化行为。

其次，武松脱身有赖必要的身体条件和精湛的武艺。面对

---

① 陈曦钟、侯忠义、鲁玉川辑校：《水浒传会评本》，北京大学出版社1987年版，以下均依此，特别标明者除外。

黑店害人罕有失手的一整套严密的谋害程序，武松丝毫不敢掉以轻心，他也是尽可能地作好迎战准备的：

> 武松先把脊背上包裹解下来，放在桌子上，解了腰间搭膊，脱下布衫。两个公人道："这里又没人看见，我们担些利害，且与你除了这枷，快活吃两碗酒。"便与武松揭开了封皮，除了枷来，放在桌子底下，都脱了上半截衣裳，搭在一边窗槛上。

一方面是走热了，更重要的是不敢轻敌，免得动起手来碍手碍脚。于是武松就得以利手利脚地对付下面的作为"猎手"的孙二娘的捕猎。先前，夏威夷大学马幼垣教授慨叹《水浒传》武打场合虽多，交手过招逐一说明的很少："而且这些少数的例外多半集中在武松一人身上。"很多本来可以进行精彩武打发挥的安排，都"重虚轻实，白白浪费绝好机会……"① 而描写武松的武打相对较为用心，也较为符合《水浒传》为代表的早期武打描写"实事求是，少作夸张语"的特点，给了后世铺展发挥较大的想像空间。

其三，是对手店主妇孙二娘的轻敌大意。由于很少失手，加上对于官府公差的蔑视，孙二娘对于武松这个过路"配军"原本也没有放在眼里。当武松故意拿着馒头馅"有几根毛"说事，又以"你独自一个须冷落"来"火力侦察"时，孙二娘的反应是俯视猎获物的态度：

---

① ［美］马幼垣：《水浒论衡》，生活·读书·新知三联书店2007年版，第183－184页。

> 那妇人笑着寻思道："这贼配军却不是作死，倒来戏弄老娘！正是'灯蛾扑火，惹焰烧身'。不是我来寻你，我且先对付那厮。"

孙二娘是个经验主义者，她还沉浸在一向顺利办事的沾沾自喜中，把这次狩猎看得太容易了："那妇人笑道：'着了！由你奸似鬼，吃了老娘的洗脚水！'"这是宋明时代小说的一个套语，《金瓶梅》第十三回写金莲短期内使西门庆变嗔怒而为宠爱，化忧辱而为欢娱，也以此形容："饶你奸似鬼，也吃洗脚水。"第九十一回《孟玉楼爱嫁李衙内，李衙内怒打玉簪儿》写陈敬济趁火打劫索要使女元宵儿，月娘不肯给，又耐不住这个说那个劝只好把元宵了他，敬济满心欢喜，也用了这个套语，说明这是表达必定成功的自信、喜悦的惯用话语。明代世情小说《欢喜冤家》第九回写王小山以妻子二娘设美人局，哄得"为人极风流有钞"的邻居张二官上钩。王小山对于"人是乖的，见了标致妇人，便要浑了"的男性弱点充满自信，而这邻居果然中了事先问卜的计策，也用了一句："由你奸似鬼，也要吃老娘洗脚水。"① 但这初战告捷，其实还不是最后的胜利，王小山后来病死，二娘竟嫁给了张二官。套语形容的是特定人物的短时间的一场空欢喜，具有描写类似孙二娘此时一般的反讽意味。

作为江湖上"女店婆"典型的孙二娘，黑道上经验十分丰

① 西湖渔隐主人编：《欢喜冤家》第九回《乖二官骗落美人局》，北京师范大学出版社1992年版，第148页。

富。王学泰先生曾引用元代徐元瑞《吏学指南》:“司县到任,体察奸细、盗贼,阴私谋害,不明公事,密问三姑六婆、茶房、酒肆、妓馆、食店、柜房、马牙、解库、银铺、旅店,各立行老,察知物色名目,多必得情,密切告报,无不知也。”而曾经当过“都头”的武松,自然对于这类特别爱出“犯罪嫌疑人”的空间场所、这类江湖人物,分外警觉。

清代中叶戏曲家唐英《十字坡》剧,收入傅惜华先生编《水浒戏曲集》第1集,取材于《水浒传》但有所改编,写母夜叉孙二娘刚赚了个走江湖的不怀好意的货郎,开剥抬下,后脚来的武松却偏不上当,孙集合全店伙计强擒,也不是对手,张青回家相帮也被打翻在地,无奈才互通姓名握手言和。对此,女性研究者显得较为偏爱:“较之小说中的粗豪刚毅,戏曲中的孙二娘显然更多了几分女性的娇媚情怀,……”[①] 而陈松柏教授则指出这是:“过分渲染了孙二娘的残忍,简直是杀人不眨眼的恶魔。对水浒英雄的形象,只会起到负面影响。”[②] 然而失之东隅,收之桑榆,故事其实渲染了行走江湖的大侠的另一面,就是与江湖智慧相照应的武功能量的不封顶,这与清中叶江湖侠义传闻兴盛及对技击推重的风气分不开。此剧得到王国维的重视,收入其编《曲录》,恐与此不为无关。

---

① 陈建平:《水浒戏与中国侠义文化》,文化艺术出版社2008年版,第159页。

② 陈松柏:《水浒传源流考证》,人民文学出版社2006年版,第415页。

二、黑店初识对立关系转化的江湖文化依据

文学史中早期的“黑店”书写，至迟干宝《搜神记》中的“鹄奔亭”可列其中，这一曾为谢承《后汉书》作“鹊巢亭”案件收载的东汉传说，写黑店中被店主龚寿谋财害命的女子苏娥，化为女鬼向过路的交趾刺史何敞诉冤[①]。而“女店婆”的故事，一开始恰恰是阻止打劫店客的“慧眼识英雄”的女性店主，据《文选》李善注引《汉武故事》：

> 帝即位，为微行，尝至柏谷，夜投亭长宿，亭长不纳，乃宿逆旅。逆旅翁要（邀）少年十馀人，皆持弓矢刀剑，令主人妪出遇客。妇谓其翁曰：“吾观此丈夫非常人也，且也有备，不可图也。”天寒，多与其夫，夫醉，妪自缚其夫，诸少年皆走。妪出谢客，杀鸡作食。平明，上去，还宫。

《水浒传》等小说中的黑店描写，较早出于自南宋《夷坚志》，呈现的是“店主”与投宿者的对立关系。据传闻，赵彦珍路过建昌暮投民居，主人是屠者，“为不得已之状，留所宿”；而投宿者三人：“赵与同行余二秀才，及一担仆。”又无油点灯照明，黑暗中余踏出地下有穴，“疑非佳处”；看到寝榻上铺板阁露一圆窍，连接三间外有灯光，更加疑怪。他们不敢

① 相关文本传承关系的考证，参见汪文台辑、周天游校《七家后汉书》，河北人民出版社1987年版，第117页；李剑国《新辑搜神记·新辑搜神后记》，中华书局2007年版，第376－380页。

睡，取随身携带的木杖置于侧，藏好衣衫，思考“脱危机之策”。于是击碎了所带陶器，痛打仆人，惊出主人，自称是“穷汉”，亲戚带东西给城中官员，却被仆贪吃村酒，撞磕坏了，主人的反应颇有意味：“主人顾妻子，颇惨恨，劝所释仆。”于是回到房间，“举床拒户，展转到晓告去”。后来听说：“彼屠寻常多杀害行旅，伺客熟睡，则从高以矛揕其腹，死则推陷穴中，吞略衣装，续刳肉为脯，售于墟落。知赵必有备，乃得全生。”① 首先表现出投宿者内心的警觉，有分寸地向不怀好意的“黑店主”表示贫穷，且有防备，使其打消了谋害之念。

另一带有记实性的传闻，也展示出黑店谋杀作恶的猖狂行径。说宣和初年有个参选官人早行：

> 道上行人尚希，省门未开，姑往茶邸少憩。邸之中则浴堂也，厮役两三人，见其来失期，度其必村野官员乍游京华者。时方冬月，此客着褐裘，容体肥腯，遂设计图之。密掷皮条套其项，曳之入帘里，顿于地，气息垂绝，群恶夸指曰：“休论衣服，只这身肉，直几文钱。”以去晓尚遥，未即杀。少定，客以皮缚稍缓顿苏，欲窜，恐致迷路，迟疑间，忽闻大尹传呼，乃急趋而出，连称“杀人!”群恶出不意，殊荒窘，然犹矫情自若，曰：“官人害心风（疯）耶?”俄而大尹至，诉于马前，立遣贼曹收执，且悉发浴室之板验视，得三尸，犹未冷，盖昨夕所戕者。于是

① 洪迈：《夷坚志》三志辛卷三《建昌道店》，中华书局1981年版，第1403－1404页。

尽捕一家置于法，其脍人之肉，皆恶少年买去云。①

上述两个故事中，黑店店主与客人的关系，都因客人临危不乱的主观努力而发生了变化。前者，黑店谋杀事件被机智地遏止，没有发生；后者，过客求助偶然经过的地方官，反而将谋杀者绳之以法。

黑店现象，在宋代已是相当严重的社会问题。这也与宋代商业发达而社会治安混乱的状况直接关联。而黑店故事中的“狩猎者”（店主）与猎获物（过往客人）之间的关系，事实上多数情况下，是没有改变的，也就是过路客人往往被做成了“馒头馅”。

值得注意的，是在文学世界中，武松与孙二娘代表的黑店由“对立”到“和谐”的角色关系转变，其有赖于武松和孙二娘夫妇彼此所认同的江湖伦理原则。转换的动因，却是好汉们惺惺相惜的江湖情谊与价值追求。

《水浒传》反映了江湖社会的秩序混乱。本来，由于社会治安不好，地方政府对于客店的管理是很严格的。小说第十八回《美髯公智稳插翅虎，宋公明私放晁天王》中追查生辰纲被劫，何观察询问兄弟何清，何清从招文袋内摸出一个经折儿来，说贼人都在上面：“不瞒哥哥说，……为是官司行下文书来，着落本村，但凡开客店的，须要置立文簿，一面上用勘合印信；每夜有客商来歇宿，须要问他：‘那里来？何处去？姓甚名谁？做甚买卖？’都要抄写在簿子上。官司查照时，每月一次，去

① 洪迈：《夷坚志》补志卷八《京师浴堂》，中华书局1981年版，第1625－1626页。

里正处报名。”这说明，许多越轨犯禁之人，常在客店停留；而客店也是江湖黑道经常出没的场所。以十字坡这样与村镇间隔着较大距离的客店，既为黑店，必要将“猎获物”进行区别对待。

社会学理论将家族、村落、邻里等依赖自然因素形成的规模较小的群体称为“首属群体”（首属关系），而依据社会因素形成的空间区位则维系着较大的“次属群体”（次属关系）如都市，则不如“首属关系”的社会组合程度高；接近首属关系的“社会解组”程度高，个体与他人交往较少或无交往，则他人阻遏其越轨犯禁的约束力较小。素不相识情况下，孙二娘对于过路客人这些“馒头馅”是不在乎的，职业虽带有业余性，但相关技能已使她很专业了，也已使她“目无全牛”，看到的不过都是一些“黄牛肉”而已。然而一旦相识则大不相同：“盗贼们往往是在素不相识的情况下打劫的，而一旦成为熟人，抢劫者与被抢劫者接近首属关系，那种侠义精神带来的豪爽与人情味儿，就会冲淡乃至打消盗贼的越轨作案动机。”① 何况，在有的水浒文本中，张青之于武松，本来是早年缘其村落、邻里等自然因素形成的“首属群体”成员，甚至以结拜追认了异姓兄弟关系，从而成为“首属关系”。他们虽然劳燕分飞，天各一方，但原本熟人，自家兄弟，孙二娘怎能用对付“圈子外”的态度来对待自家兄弟呢？

从社会学的角度，强调在信息不灵通的冷兵器时代之路边饭店、酒楼的社交功能，形容为“空间的消费”是毫不过

---

① 王立：《中国文学主题学——江湖侠踪与侠文学》第七章《盗贼与中国古代侠文学主题》，中州古籍出版社1995年版，第215－216页。

分的：

> 在人际活动中酒楼中的请客行为常被用以示惠，藉以创造或再确定人际关系，胥吏之勾结索贿或盗贼之纠党领线往往在酒楼中进行，正因此场所本来就具备社交作用之故。如果进一步细分酒楼与茶馆在社交作用的差异，由于社交性是建立在它的“非日常性”饮食上，它被用来作为社交场所，实带有特别性的意味，否则不足以表示诚意。所以，大体而言，酒楼中的社交活动，乃个别人或特别的群体间为了特定目的而进行。换言之，酒楼对群众的聚集作用比较是个别性的。茶馆因为消费额较低，可以低到被视为是种“日常性”的消费，这让它成为一个比酒楼更具日常性的社交场所。一般人可以没有太大经济压力地、常态性地进入这个场所，在其间进行社交活动，甚至因而凝结具地缘性的社交圈。①

江湖文化的文学叙事中，饭店、酒楼是同义词，而饭店也往往就是可住宿的客店，它也是江湖人物关系改变、调整的一个重要空间场景。

即使素不相识的个体在江湖中遭遇，也可以凭借“侠气互感”，来消除一方对另一方的“狩猎”动机，而酒楼客店即每多为相会场所。如西阳《女盗侠传》就载录了江湖传闻称，江

① 王鸿泰：《从消费的空间到空间的消费——明清城市中的酒楼与茶馆》，蒲慕州主编《生活与文化》，中国大百科出版社 2005 年版，第 373 页。

苏人朱某奉命押解饷银，路过临清野店，见土妓中有一黑衣女子与众不同，像是以眼色指挥群妓，知道这是黑店。朱某机警，暗想荒村野店，唯有对这非同常人的黑衣女动之以情，或可免大祸。于是他单独留下黑衣女饮酒叙生平。妓言家贫不得已忍辱为此，朱某就历数红拂女、梁红玉等风尘中识英雄故事劝慰。推波助澜，激发豪气。妓亦“悲歌慷慨，泣下数行”。朱某还自道生平坎坷，毫不掩饰护银的数目。他见妓穿衣单薄，就从箱中找出羊皮短袄为她披上。残灯将尽，至闻鸡鸣，“终不及乱”，还赠银四两，将皮袄留给妓御寒。朱某刚离去半里，黑衣妓忽回来说明真相，原来她就是黑店的诱饵，她不仅归还皮袄，还赠送一面三角小旗。朱某遵嘱插在车上，路遇盗匪都见旗而却。朱某黑店脱险，因其熟谙江湖豪客内心深隐的慕侠情结。行走江湖也有自尊、讲究名声和义气，在一个江湖侠文化氛围烘染的明清伦理文化圈内，设黑店劫杀客人者也不例外。

黑店的禁忌和复杂的内在关系，也可能成为激发店主侠义之举的诱因。如《水浒传》中张青嘱咐孙二娘的“三等人不可坏他”，其中的“急难之人”就往往不在黑店猎获范围之内。这似乎是张青的自我美化之语，说明张青的侠义之气大于谋杀致富的需求，而作为“店家婆”的孙二娘有些不一样，需要张青来提醒，否则她从事猎取“黄牛肉”这营生一直太顺，已有些红了眼。十字坡酒店男女店主这一潜在的差别，与《水浒传》整体上的女性观也是合拍的。张青是“男主外”，时常把外面听来下层信息告诉孙二娘，试图影响她、强化她的侠情并且有些收效。

后来清代侠义公案小说《龙图耳录》第一百八回写翻江鼠

蒋平投宿一店，竟被店婆的蒙汗药酒麻翻，刚巧又来了主仆二人，因为主人长得容貌俏丽，正待字闺中的店家女儿玉兰见了很动心，好言规劝："那相公是急难之人，这样的财帛是断取不得的。"并暗示母亲要心存择婿之念，说得图财害命的母亲（店婆）动了心，于是把已被麻倒的后两个连同蒋平，用凉水救醒[①]。原来蒋平与店婆的亡夫是兄弟相称的旧交，又与后进店的那主仆二人（女扮男装的凤仙、秋葵）认识，于是避免了"大水冲了龙王庙"。如果不是店主人待嫁之女的寻求佳婿，就不会有这样的江湖聚义、侠义友情盖过图财之念的结局。

江湖圈子内的相认互感互助，往往有一个叩拜的仪式，以特定的"身体话语"表达内心久怀的景慕，就是张青"闻好汉大名"后的最初反应，容与堂本第二十七回《母夜叉孟州道卖人肉，武都头十字坡遇张青》写，张青对武松的"初感印象"，本来就是基于内心的声名仰慕：

> 武松道："我行不更名，坐不改姓，都头武松的便是。"那人（张青）道："莫不是景阳冈打虎的武都头？"武松回道："然也。"那人纳头便拜道："闻名久矣，今日

---

① 《龙图耳录》第一百八回《图财害命旅店营生，相女配夫闺阁本分》，上海古籍出版社1981年版，第1112－1118页。被黑店裹挟的年轻女性，看好过路客人以身相托，笔记中多有载录，如《清稗类钞·盗贼类》写曹州黑店："曹州多盗，不仅出入于阛市也，且设旅舍以诱行人。同治季年，江右周平甫过其地，薄暮，投逆旅，忽闻叩门声甚急，亟启扉，则一美妇人，谓：'此为黑店，盗所设也。室之壁有暗门，夜深必为所算，今入陷阱矣。妾久落于此，店主觊觎妾貌，故相留。妾思遁者数，夜当与君偕行耳。'言毕，即相将而出，盗未知也。"

幸得拜识。”武松道：“你莫非是这妇人的丈夫？”那人道：“是。小人的浑家‘有眼不识泰山’，不知怎地触犯了都头。可看小人薄面，望乞恕罪。”……

武松见他如此小心，慌忙放起妇人来，便问：“我看你夫妻两个，也不是等闲的人，愿求姓名。”那人便叫妇人穿了衣裳，快近前来拜了都头。武松道：“却才冲撞，阿嫂休怪。”那妇人便道：“有眼不识好人。一时不是，望伯伯恕罪。且请去里面坐地。”

行使叩拜仪式之后，彼此就是江湖圈子中的同道，于是也就有了“人情”和“面子”，张青叩拜后获得面子，马上就要求武松“可看小人薄面”宽恕孙二娘罪过，而叩拜后的母夜叉口称“伯伯”，屈身降低身份（应称“叔叔”），自请其罪，也很快开始运用“面子”的功能。

从容与堂本看，张青与武松就属原本素不相识的，只是江湖上武松名气大，张青早有耳闻，否则他不会在武松面前自称“小人”；而孙二娘也不是逢客必杀的，如张青的自述：

“小人多曾分付浑家道：‘三等人不可坏他：第一是云游僧道，他又不曾受用过分了，又是出家的人。’则恁地，也争些儿坏了一个惊天动地的人：原是延安府老种经略相公帐前提辖，姓鲁名达，为因三拳打死了一个镇关西，逃走上五台山落发为僧。因他脊梁上有花绣，江湖上都呼他做“花和尚鲁智深”，使一条浑铁禅杖，重六十来斤，也从这里经过。浑家见他生得肥胖，酒里下了些蒙汗药，扛入在作坊里。正要动手开剥，小人恰好归来，见他那条禅杖非俗，却慌忙把解药救起来，结拜为兄。……”

“又分付浑家道：‘第二等是江湖上行院妓女之人，他们是冲州撞府，逢场作戏，陪了多少小心得来的钱物，若还结果了他，那厮们你我相传，去戏台上说得我等江湖上好汉不英雄。’又分付浑家道：‘第三等是各处犯罪流配的人，中间多有好汉在里头，切不可坏他。’不想浑家不依小人的言语，今日又冲撞了都头，幸喜小人归得早些。却是如何了起这片心？”母夜叉孙二娘道：“本是不肯下手。一者见伯伯包裹沉重，二乃怪伯伯说起风话，因此一时起意。”……①

猎物与捕猎者的关系一旦转换为江湖兄弟关系，那可就是自家人了，武松见到这一对江湖人夫妇，又不禁与自家那对兄嫂的情况进行联想和对比，如金圣叹从人伦关系上慧眼卓识，发出的深沉感慨：

读此回，至“武松忽然感激张青夫妻两个”之语，嗟呼！岂不痛哉！夫天下之“夫妻两个”，则尽“夫妻两个”也，如之何而至于松之兄嫂，其“夫妻两个”独遽至于如此之极也？天乎？人乎？念松父、松母之可以生松，而不能免于生松之兄，是诚天也，非人也。……嗟呼！今而后，

① 容与堂本《水浒传》第二十七回《母夜叉孟州道卖人肉，武都头十字坡遇张青》，凌赓等校点，上海古籍出版社 1988 年版，第 394－395 页。

> 松已不信天下之大，四海之内尚有夫良妻洁“双双”、“两个”之奇事。而今初出门庭，初接人物，便已有张青一对如此可爱。松即金铁为中，其又能不向壁弹泪乎耶？作者忽于叙事缕缕之中，奋笔大书云：“武松忽然感激张青夫妻两个。”嗟呼！真妙笔矣！“忽然”字，俗本改作“因此”字；又于“两个”下，增“厚意”字：全是学究注意盘飧之语，可为唾抹。今并依古本订定。①

武松不可以选择亲生兄弟，但可以选择自己的江湖异姓兄弟。他杀嫂出于为兄报仇，但也因此不得已承领的人伦巨变，而由此对人世夫妻至情、叔嫂亲情产生了绝望感、逆反心理。而江湖义气缔结则显得更加具有主观能动性，选择的自由，为此武松更加认同、融入到充满人伦情怀的江湖世界中。不过，武松从一个“体制中人”、尘世中人激于手足之夫妻人伦剧变而走极端、犯法、被发配，正式进入江湖；而江湖中人也有“夫良妻洁”如张青夫妇，这又把扭曲、熄灭了的尘世人伦温馨情怀（初遇酒店主妇的挑衅、玩世态度即然）部分地唤起。张青夫妇映照了武松亲兄的夫妻关系畸变，而张青夫妇所操之业又是那样的江湖化，这使得本已玩世不恭的武松，更加怀疑尘俗“良民”生活的存在价值，而更加毅然决然地投向江湖。

金圣叹的意见，是基于将“江湖伦理”与学究式的“世俗文化”伦理两个层面的比较，他认为如增加“厚意”一语，那么，就不免限定了武松此刻百感交集、深层震撼的情感疆域，

① 马蹄疾编：《水浒传资料汇编》卷二，中华书局1980年版，第165－166页。

仅仅把此时此刻武松的情感指向，具体化为对张青夫妇当下款待的一还一报式的感受，反倒会缩减了武松情感深处那种亲情失落、断裂后对江湖恩义、江湖人伉俪“夫良妻洁”的亲切体验。

其实，对于十字坡黑店之于江湖人士（圈子内人）其实“不黑”，有着自己的侠义原则，《水浒传》并不是没有铺垫的。小说第十七回《花和尚单打二龙山，青面兽双夺宝珠寺》写当时杨志与“那僧人”斗了四五十合，不分胜败，彼此惺惺相惜，原来是花和尚鲁智深，对方自述身世后，杨志也不禁笑着介绍自己“江湖上多闻师兄大名”，而鲁智深则述说了野猪林解救林冲之后的险历：

> 逃走在江湖上。东又不着，西又不着。来到孟州十字坡过，险些儿被个酒店里妇人害了性命，把洒家着蒙汗药麻翻了。得他的丈夫归来的早，见了洒家这般模样，又看了俺的禅杖、戒刀吃惊，连忙把解药救俺醒来。因问起洒家名字，留住俺过了数日，结义洒家做了弟兄。那人夫妻两个，亦是江湖上好汉有名的，都叫他做“菜园子张青”，其妻母夜叉孙二娘，甚是好义气。住了四五日，……

因此，孙二娘夫妇并非只是对于武松例外。不过，小说对于武松与张青夫妇关系的描写还是留有漏洞。半个多世纪前，水浒研究专家就指出这是不近情理之处之一：“张青与武松是结义兄弟。十字坡与孟州相距不远。武松在孟州住了几个月，张青夫妇从未前往探望。后来武松被害下狱，判罪发配，张青夫妇又毫无所知，这于情于理均有未合。”① 以小说描写的当时江湖信息传递状况看，这指摘的确道出了一难解谜案。如果用研究《红楼梦》探佚的角度猜测，恐怕多半会解释为张青夫妇处于“三不管”地带的江湖黑道上，他们到牢狱中抛头露面，非常不便，必然会引起官府注意。从江湖险恶的生态环境看，未去探望实有张青夫妇的苦衷。而从后来见面后武松详述全过程来看，他以为张青夫妇并不了解这几个月发生的事，而孙二娘说早已听说叔叔打了蒋门神，“有在快活林做买卖的客商，只说到这里，却不知向后的事”。所谓“尽在不言中”，武松充分理解张青夫妇不能冒着风险招摇过市探望，兄弟不会见怪的。而一旦武松遇到通牒，醉酒撞到十字坡这里，还是张青夫妇将其扮作头陀，介绍其上二龙山，嘱咐“凡事不可托大，酒要少吃……”，这就是江湖行事的原则。

孙二娘的黑店经营，很可能还有更多的黑幕，探佚那些小说所依据的早期传说、以及更早底本的蛛丝马迹，先前孙述宇先生《〈水浒传〉的煽动艺术》曾指出，今本《水浒传》所依凭的水浒故事，可能孙二娘更带有“色情事件”的纠葛：

> 小说又说鲁智深和武松会合是通过一个女人——孙二娘，武行者和花和尚都与她相识，实在耐人寻味。孙二娘的故事从前一定更多姿多彩，但即使在今本《水浒传》中，我们也看得见武松颇不老实，先是说些“戏弄良人”的“风话”，后来就诈中毒，等孙二娘脱了衣裙来扛他去

---

① 何心：《水浒研究》，上海古籍出版社 1985 年版（1954 年初版），第 380－381 页。

开剥时，便把她搂住压倒在地，弄得她“杀猪也似叫将起来”。鲁智深是败在孙二娘手下的，今本的小说说是由于喝了她的蒙汗药酒，从前的故事也许不是这么简单。孙二娘的故事是个色情故事，今本小说相信删改得很厉害，比如把她形容成了个丑女人，“辘轴般蠢坌腰肢，棒槌似桑皮手脚”；这么样的容貌怎能担当她的角色？①

以十字坡江湖黑店这样的场所和经营性质，以孙二娘这样的社会角色，上述推测不能不说是很有洞察力的。

三、孙二娘形象在戏曲和水浒续书中的表现

江湖黑店的“女店婆”叙事，当首推洪迈《夷坚志》乙志：

浦城永丰境上村民作旅店，有严州客人赍丝绢一担来，僦房安泊。留数日，主妇性淫荡，挑与奸通，既而告其夫云：“此客所将货物不少，而单独出路，可图也。”夫即醉以酒，中夜持刃斫之。客大叫救人，声彻于邻，彼处居者甚少，仅有一邻叟奔而至。妇走立于门，以右手遮拒使勿入，左手持客丝一把与之，叟喜而去，客遂死。夫妇共舆尸，埋于百步外山崦里，仓卒荒怖，坎土殊浅，主人自意无由泄露。

---

① 邝健行、吴淑钿编选：《香港中国古典文学研究论文选粹（1950—2000）·小说、戏曲、散文及赋篇》，江苏古籍出版社2002年版，第78－79页。

> 经数月，客之子讶父久役不返，向时固相随作商，凡次舍道涂，悉所谙熟，于是逐程体访，到此店迹绝。因驻物色，正昼闷坐，一蝇颇大，飞著于臂，挥之复来，至于五六。子念父心切，极疑焉，祝之曰："岂非神明使尔有所告乎？但引我行。"遽飞起，此子从其后，蝇营营如语，径飞至客窆处。群蝇无数，子伸首探之，尸俨然存。走报里伍，捕凶人赴县。邻叟之过亦彰，遂为明证，店夫妇并伏诛，叟坐杖脊，官毁凶室为墟。……①

淳熙年间这一起客店谋杀刑事案件，带有实录性，而女店婆以其性别优势，起到了引诱摸底的重要作用。

在现存元杂剧中，涉及武松的剧目有《双献头武松大报仇》、《折担儿武松打虎》、《窄袖儿武松》、《梁山五虎大劫牢》、《王矮虎大闹东平府》。前三种已佚失，后两种武松作为配角，突出的是《梁山五虎大劫牢》第三折上场诗"性恶粗疏敢自当，梁山寨上显高强。幼年踊跃能敌对，双拳打虎景阳冈"的刚勇、自负，而非江湖履险的细心与智慧，形象有所降低。

明代传奇对孙二娘形象的表现，则基本延续了小说的描绘。毛晋辑《六十种曲》收沈璟的传奇《义侠记》，第二十出《止观》描写：

> ［普贤歌］［丑扮少年妇人上］老娘不是善人家，我父

---

① 洪迈：《夷坚志》乙志卷三《浦城道店蝇》，中华书局1981年版，第204－205页。

呼为“山夜叉”。本非花木瓜，笑他井底蛙。十字坡头我独霸。

奴奴叫做孙二，却有杀人手艺。嫁得好个丈夫，张青是他名字。出去翦径未回，老娘在家管事。但有过路客商，请他家中坐地。若无蒙汗药酒，教我老娘吃屁？今日开张店面，看有什么人来。正是：“饶你奸似鬼。也吃老娘洗脚水。”［下，老旦上］……

该剧第二十三出《释义》也承继了《水浒传》对十字坡在江湖上险恶名声的描写，基本上是在复述小说：

［生］你不晓得。江湖上人常道：“孟州十字坡，谁敢辄经过。”

［桂枝香］只怕经过惹祸，宁担饥饿。瘦的把去填河，肥者做馒头包裹。

如此继续强调十字坡黑店的险恶情境，武松履危地“艺高人胆大”，有惊无险，十字坡反倒转换成他的江湖历劫的避难之地，如此“陡转”就更有人们期待的戏剧性效果。江湖侠士，只要业绩突出名气大了，到处受人敬重，危机也易于“良性转化”，这印证了吕天成《义侠记·序》对当时受众考察后的议论：“且武松一萑苻之雄耳，而闾里少年，靡不侈谈脍炙。今度曲登场，使奸夫淫妇，强徒暴吏，种种之情形意态，宛然毕陈，而热心烈胆之夫，必且号呼流涕，搔首瞋目，思得一当以自逞，即肝脑涂地而弗顾者。以之风世，岂不溥哉！彼世之簪珮章缝，柔肠弱骨，见义而不能展其侠，慕侠而未必出于义，愧武松多矣，然读此不亦兴起而有志乎!”传奇戏曲，起到了一种案头之作的小说难于替代的“江湖规则”样板的文化整合功能。

《缀白裘》第十一集所收的“梆子腔”杂剧《杀货》，孙二娘的上场诗：

> （贴上）［梨花儿］奴奴青春正二八，鬓边斜插海棠花。拈弓箭，骑大马，手拿鞭锏当顽耍。好吃人肉孙二娘，［嗏］江河上绰号“母夜叉”。
>
> 家住十字坡，铁汉也难过；瘦的包馒头，肥的熬汤喝。我乃孙二娘，丈夫张青，在此十字坡开张酒店。今日天气清明，不免将招牌挂将出去。……①

这也分明来自小说《水浒传》的肖像刻画，同时借用了读者观众对于孙二娘业已形成的“刻板印象”。《打店》一场戏，则充满了具有草莽人士熟悉的江湖色彩和喜剧动作性，说明对于小说文本潜在蕴涵的理解，这里的“贴”指的是孙二娘，

---

① 钱德苍编选：《缀白裘》（第六册），中华书局2005年版，第13－14页。清初沈阳人唐英（1682－1756）《古柏堂传奇》中的《十字坡》［一串铃］：“奴奴青春年二八，鬓边斜插海棠花。拉硬弓，骑劣马，流星拐棒当玩耍。好吃人肉孙二娘，江湖绰号母夜叉。（白）家住十字坡，铁汉也难过。瘦的包馒首，肥的熬汤喝。奴家孙二娘，同丈夫张青在十字坡开张酒店，用蒙汗药药倒来往客商，劫取金银，不饶性命。看案头上馒头，都是人肉做的。生人进门，死魂出店，俺老娘替天行道，功劳真个不小也。”

“生”是武松，“净”为张青。经过一番打斗，武松打伤了孙二娘，及时赶回的张青，借助彼此早已知晓的“江湖声望”，几句话说开，化敌为友：

（贴退走下）（生冷笑介）你看这妇人眉来眼去，眼去眉来，俺武二今晚到要防他一二。（将灯照两角，左边摸墙踢三脚；右边推墙打三拳，关门，又拿灯照门，熄火放半边，上台困介）（贴上打飞脚立中场介）今日留下三人，两个解差犹如笼中之鸟；你看这囚徒到十分利害！——凭他铁金刚也难免俺孙二娘一刀之苦！（看两边门角，摸门，用簪拨门闩，双手掇左右两边门摸进，坐地听，又摸生脚，踢跌出门，飞脚下）（生跳下台，将手扭膝碎，上台立介）（贴持刀上，插地坐起，看两角，将刀拨门，直刺进去，生跳下，用扭打，刀各落地）（生，贴打黑拳一路，生踢贴下，生摸出门拾刀，贴持棍上，打落刀，生踢落贴棍，踢贴捧阴户下，生追下）

（贴持棍上）众伙计那里？（四伙计各持棍上）来了！奶奶怎么说？（贴）上房这囚徒与我擒了来！（众）吓！（生持棍上，每个打败下，又与贴打，贴败下，生追下）

（贴上）当家的快来！（净上）来也！绿林为好汉，马上作生涯。为什么大惊小怪？（贴）不好了！有个贼徒拿他不住。（净）有这等事？取吾的捎棍过来。（贴取棍付净下，净使棍下）

（贴又双刀上，开四门下）（生持棍上，净亦持棍上，对打几合，贴使双刀上，三人共打，换棍打，生打净落棍

跌倒；生接贴棍，贴跌爬净身上，生右脚踏贴背上）

［急三鎗］你在十字坡开黑店，伤天理，俺怎肯便饶伊！（净，贴）不要动手！好汉留名！（生放净，贴起介）俺武松。（净）原来是武都头。（生）你二人叫甚么名字？（净）俺乃张青。（贴）俺乃孙二娘。（生）如此，得罪二位了。（净）好说。请问都头为何到此？（生）二位听者：

［风入松］俺在景阳岗上打死白额虎，阳谷县探望哥；他娶了淫妇潘家女，把毒药灌死我的哥，一时忿怒把奸夫淫妇屠！因此上，发配孟州府，从此地过。（净，贴）原来如此。（末，丑持棍打出场，净，贴各接住，末，丑逃下）（净，贴）这二位是谁？（生）是解差。（贴）拿他出来杀了罢。（生）这个使不得。（净）请问都头为何不上梁山？（生）俺也有心，无人引进。（净，贴）待吾夫妇二人引进便了。（生）如此甚好。（合）［尾］金兰交谊从古少，英豪自古识英豪。有日身荣显，名姓标！（净）都头请。（生）哥哥请。（贴）叔叔请。（生）嫂嫂请。（笑介）嫂嫂。（贴）叔叔。（贴做走不动意思下）①

这里的男女主人公直接以叔嫂相称，较快地进入到熟人圈子内的近乎平等的乡土社会交往，双方都能做到倾心相待。江湖人士，一见就好比如今单位归属的“一个系统的”，即使不在一地，不在一个单位，却能有着“行业内”自然的亲近、认同感，何况当时的“媒介”主要靠口耳相传，流动性大的江湖

① 钱德苍编选：《缀白裘》（第六册），中华书局2005年版，第24－26页。

中人早已传扬着英雄事迹，是谓“口碑”。

相比小说，戏曲则要着意表现出吸引下层观众的“看点”，需要较多融入色欲描写。《杀货》中的孙二娘就戏称自己的夫君已亡，青春耽搁三年，在武松“外面吃酒，里面睡觉”的双关语对话中，彼此说起了吃酒与“姻缘”的话题，更加激发了孙二娘的职业性凶恶之念。《打店》演示了双方一番打斗，武松打伤了孙二娘，及时赶回的张青，借助彼此早已知晓的“江湖声望”，几句话说开了，两下化敌为友，误解的“猎物”与“捕猎者”重归于江湖好友的关系。

可见，在后世读者观众的接受视野中，以其先有、先在、先结构，非常重视十字坡黑店女主人对过路“行货”猎取过程，与其作为被猎物的武松“反捕猎”的动作性表演。从武松与孙二娘数量上的“一对一”，到武松与众伙计的“一对四”，动作表演具有观赏性，带来了狂欢化的喜剧效果。

俞万春《荡寇志》写陈丽卿父女路过飞龙岭时，闯入大槐树下的黑店，先看到的是店前一个黑大汉：“那树下坐着一个黑森森的肥胖大汉，摊着胸肚，露出一溜黑毛，腿上生着老大一个烂疮，敷些药，流脓出血的把腿搁在一张柳木椅上。看见他三人到来，心中欢喜；又见那般兵器，也有些吃惊，……”可谓铺垫，观察到的细微神情，已见出黑大汉的心理活动，而丽卿眼中的这位店主妇是四十光景年纪：

生得鼻高颧大，眼有红筋，穿一件红春纺短衫儿，也露着胸脯，系一条青绫子裙，单衩裤，搽抹着一脸脂粉，梳一个长发心元宝髻。丽卿道：“奶奶，你是店主?”妇人道："正是。"希真道："那大汉是谁？"妇人笑着道："是我的公公。"丽卿道："你养家人哪里去了？"那妇人摇头笑道："多年没有了。"①

也是从孙二娘的模子描下来的，而年龄偏大一些。丽卿在一个空房里无意中发现了奥秘，她胆子大而"性儿斯强"，执意挖出那块青石板时不料露出圆窟窿，低头张望洞里看破了机关："正是个人肉作坊，壁上绷着几张人皮，梁上挂着许多人头，几条人腿，两三个火家在那里切一只人的下身，洞边靠着一张短梯子。那几个火家听见刮喇喇滑车儿响，回头早已看见有人张他，叫声：'阿也！'一个喝道：'什么人敢张?!'丽卿也吃一惊，大叫：'爹爹，这里是黑店！'"于是和陈希真一起杀出。黑店为核心的江湖叙事，在此旨在烘托小说主要正面人物的武功神勇。

其实并非只有在水浒故事中才有黑店，才有店家婆的描写，毕竟用女人作为开店的招牌，是一个很好的生意经。清初长篇小说中就写到，河南路上一些缺水的地区，即使没有充足的水洗脸洗手，多有不便的条件下，也仍然要用女性来充当过往的路边店的店家婆：

甚么五吉、石泊、徘徊、冶陶、猛虎这几个镇店，都是砌池积水。从远处驮两桶水，到（倒）值二钱银子；饮一个头口，成五六分的要银子。冶陶有个店家婆，年纪只

① 俞万春：《荡寇志》第七十五回《东京城英雄脱难，飞龙岭强盗除踪》，戴鸿森校点，人民文学出版社1981年版，第75－79页。

> 好二十多岁，脏得那脸就如鬼画胡一般，手背与手上的泥土，积得足足有寸把厚。那泥积得厚了，间或有脱下块来的，露出来的皮肤却甚是白嫩。细端详他（她）那模样，眼耳鼻舌身，煞实的不丑。
>
> 叫了他丈夫来到，问他说："那个妇人这等龌龊，擀饼和面，做饭淘米，我们眼见，这饭怎么吃得下去？"那人说道："这个地方，谁家是有水来洗脸的？就是等得下雨，可以接得的水，也还要接来收住，只是那地凹里收不起的，这才是大小男妇洗脸洗手的时候哩！"只得加了二分银子与他，逼住了叫他洗脸洗手，方才许他和面淘米。谁知把那脸洗将出来，有红有白，即如一朵芙蓉一般；两只胳膊，嫩如花下的莲藕，通是一个不衫不履淡妆的美人。①

这正是旅途中的男性旅客眼中的老板娘形象，而开店的女主人往往需要的就是这种眼光和心理。

四、江湖黑店及其老板娘、蒙汗药描写的渊源

杜贵晨教授《女人与黑店》一文，将黑店的店家婆形象追索到中古汉译佛经，这一见解甚合吾意，符合古代叙事文学众多形象来自印度传译的宗教母题的实际。他指出《旧杂譬喻经》卷上的梵志（婆罗门或外道出家者）运用法术，口吐一

---

① 西周生：《醒世姻缘传》第二十八回《关大帝泥胎显圣，许真君撮土救人》，上海古籍出版社1984年版，第412－413页。

壶，壶中出一女子与梵志共卧；梵志睡熟，女子又口吐一壶，壶中出一少年男子与女子共卧，……南朝时该故事演化为吴均《续齐谐记》的“阳羡书生”故事。而后秦竺佛念传译《出曜经》卷十五《利养品》也写某人远赴天竺，同伴迷恋上了一个会咒术的女人，无法解脱。原因是一想到回家，女人就用法术使他变成驴子。后来经高人点破，遍食南山之草，食得遮罗波罗药草，才变回人形，得以回乡。一般认为，这就是唐代薛渔思《河东记》中的“板桥三娘子”故事的来源。贵晨兄认为这是“中国最早写黑店的小说”[①]。

板桥三娘子赖以为生的法术，有了开店、控制过往客人饮食的特权，才能得以实行。过去都是旅店兼饭店，过路客人住店，也就意味着在此店就餐，许多暗算客人的行为主要在这一环节，孙二娘等店家婆的蒙汗药，就在这里有机可乘。而有的则是流动性地行骗，甚或有在旅店的空间之中败露的。《聊斋志异·造畜》则从结果呈现，让人对于人变驴子的成因，产生更为深刻的认知：

> 魇昧之术，不一其道，或投美饵，绐之食之，则人迷罔，相从而去，俗名曰“打絮巴”，江南谓之“扯絮”。小儿无知，辄受其害。又有变人为畜者，名曰“造畜”。此术江北犹少，河以南辄有之。扬州旅店中，有一人牵驴五头，暂絷枥下，云：“我少选即返。”兼祝：“勿令饮啖。”遂去。驴暴日中，蹄啮殊喧。主人牵着凉处。驴见水，奔

① 杜贵晨：《“三”与〈三国演义〉》，中国文联出版公司1999年版，第174－181页。

之，遂纵饮之。一滚尘，化为妇人。怪之，诘其所由，舌强而不能答，乃匿诸室中。既而驴主至，系五羊于院中，惊问驴之所在。主人曳客坐，便进餐饮，且云："客姑饭，驴即至矣。"主人出，悉饮五羊，辗转化为童子。阴报郡，遣役捕获，遂械杀之。①

晚清笔记所载，也见出黑店作为"法外空间"的渊薮集散功能："山西生夜麦，食之能变人形体，邪物也。凡麦皆花于昼，此独以夜，纯是阴气结成。……匪徒暗种是物，祸行旅。磨面入饭中，食之则四体发燥，哑不能言。复魇以咒，咒羊成羊，咒马成马，蜕衣化为牲畜，绳牵入市，屠卖之，惨毒极矣。惟得水饮之，乃解。《聊斋》载有人驱骡入店……即此类。得无夜麦所为耶?"②

孙二娘这一江湖黑店店家婆形象，既有渊源如上，她们所使用的带有"女主内"性别特点的蒙汗药，也不仅仅是法术，而是实实在在的麻醉剂。

宋代小说《鬼董》写杨二官人依靠给人占卜发家，一次有个紫袍者前来为其在贵家为婢之妹算卦，后者称几次都应验，常共饮，并称其妹欲前来晤面，有托付终身之想。相见后杨呼妻女迎接，尽力款待，投毒者下手了：

---

① 任笃行：《全校会注集评聊斋志异》卷一，齐鲁书社2000年版，第270－271页。

② 丁治棠：《仕隐斋涉笔》卷五，四川人民出版社1985年版，第110页。

> 夜渐向阑，启黄封酒，妇自歌以饮杨，及其家下至女奴，皆遍酌之。酒下咽，杨见其妻昏然而蹶。须臾，举室阑干僵仆，方趋掖之，而己亦然。紫袍先命其妹升车，取布囊尽掩席间所有，及其妻女首饰，计所直已千馀缗。笑谓杨曰："以诈得财，信而有证。然以相予之厚，楼上箱笈皆不发取，君自善视之。"方是时，杨心目了然，独口不能言，身不能运耳。明日药气既消，皆无恙。……①

这类运用蒙汗药还只是谋财，并非害命，也较为符合蒙汗药运用的本质特征。这类描写模式，总是中心人物眼中，先看到周围同伴先中了蒙汗药而倒下，自己刚要去上前救助，而自己跟着也昏晕；继而心里明白却如杨志黄泥冈上失了生辰纲那样无法行动。《清稗类钞·植物类》写天茄产于广西："似普通所食之茄而差小，实大如栗，色微紫，中间淡青，生于路旁陂岸间。土人蒙汗药中，用为要品，凡谋命图财行奸之事，此居其半，与钩吻、断肠草同为天南恶物。"

《水浒传》对蒙汗药之于行走江湖者的危害，格外关注。小说第三十六回《梁山泊吴用举戴宗，揭阳岭宋江逢李俊》写吴用向宋江推荐了江州押牢节级戴宗，送走了宋江与两个公人。宋江三人在揭阳岭脚边一个酒店，取包裹银子时，被店中大汉偷眼看到，但三人不是没有防备的，他们其实都有衙门中人的江湖经验：

---

① 程毅中：《古体小说钞·宋元卷》，中华书局1995年版，第527－528页。

三个人一头吃，一面口里说道："如今江湖上歹人，多有万千好汉着了道儿的。酒肉里下了蒙汗药，麻翻了，劫了财物，人肉把来做馒头馅子。我只是不信，那里有这话！"那卖酒的人笑道："你三个说了，不要吃，我这酒和肉里面都有了麻药。"宋江笑道："这个大哥瞧见我们说着麻药，便来取笑。"两个公人道："大哥，热吃一碗也好。"那人道："你们要热吃，我便将去烫来。"那人烫热了，将来筛做三碗。

正是饥渴之中，酒肉到口，如何不吃？三人各吃了一碗下去，只见两个公人瞪了双眼，口角边流下涎水来，你揪我扯，望后便倒。宋江跳起来道："你两个怎地吃的一碗，便恁醉了？"向前来扶他，不觉自家也头晕眼花，扑地倒了，光着眼，都面面厮觑，麻木了，动弹不得。

国外学者注意到，明代长途贸易的商人面临的困难、付出的代价之中，就有死于行旅途中的："明朝前期的《列女传》常常提到她们做商人的丈夫死于交通事故。14 世纪扬州一代列（烈）女传说，因'夫出经商溺死'，她成了寡妇。在扬州，遭遇此种不幸命运的商人撇下的妻子并非只此一人，另有一寡妇，据载丈夫是在溯江去南京的途中淹死的。经商途中被水淹死在商人圈中是相当普遍的事，或者至少可以说是相当可怕的事，所以在明代一般的木工手册中都把这看作是恶毒的房屋制造者制造符咒的结果：'覆船藏在房北地'，书中警告说。房主人

‘出外经营丧江内’。”[①]

对此，刘勇强教授则认为小说中以唐僧的父母为例，构成了一个“水贼占妻”的故事类型[②]。然而，江河湖泊之中的船户（水贼）谋财劫色，属于水路交通危险空间的越轨犯罪，而对于陆路交通来说，除了劫道的响马，那么，江湖黑店，则是另外一个凶险的歹徒作案空间。孙二娘的黑店叙事，既是托宋写明，明代社会交通状况紊乱的一个真实写照，又引导众多作家在不同的野史、史传特别是通俗小说中，关注这一类涉及治安、法律、公案、村社社区文化等一系列复杂社会问题的民俗事象，从而小说与社会学、法律文化之间的联系，就能更为精细地察照出来。

五、扬州评话中的孙二娘与武松形象

孙二娘形象在扬州评话《武松》第四回《十字坡打店》中，得到了较大扩展和延伸。

首先，孙二娘的外貌描写突出了江湖气，更为契合这类角色在江湖世界里的生存和活动情况。《母夜叉卖药酒》一节近乎全方位地来状写坐在柜台之后独凳上的老板娘子：

> 柜台里头有一张独凳，独凳上坐了个妇道，大约是老板娘子。她这个子大得出色，身高将近一丈。脸皮子黑里

---

① ［加］卜正民：《纵乐的困惑——明代的商业与文化》，方骏等译，生活·读书·新知三联书店2004年版，第70－71页。

② 刘勇强：《历史与文学的共生互动——以“水贼占妻（女）型”和“万里寻亲型”为中心》，《文学遗产》2000年第3期。

透光，一双眍瞜眼，眼睛珠子凹在里头。身上穿的件新布褂子，底下青布裙子，青布裤子。你说这个妇道是谁？……孙二娘坐在柜台里，眼光就望着店门外。她望着店门外不是正相，是用目稍朝外头瞧，听见外头脚步响，掉脸一望，……①

而相搭配的孙二娘声音描写具有暗示性："她头一偏，眼勾住三位客家就笑了一下：'哈哈哈，嗷嗷——'这是阴笑，冷笑，奸笑，活象鸡叫，还有回音。公差听得害怕……"怪异的令人恐怖的笑声，暗示出孙二娘孕育阴谋的险恶心理活动。按，在《龙图耳录》第十四回中描写的黑店老板娘，已相当程度的妖魔化了。小说写被朱淑贞解救的年轻太守倪继祖、倪忠主仆逃生途中劳燕分飞，倪忠遇到了老汉王凤山，两人奔着高坡上一处灯光，叫开了门："见个妇人提着灯笼，约有三旬以外年纪，吊眼角儿，高颧骨，两腮的横肉。倪忠与王凤山也不管他（她）模样儿，止于求个方便。"而面对两个急匆匆逃难进来的客人被热酒麻翻，栽倒在炕上，她的话语方式与行为表现也是江湖恶棍式的：

那妇人笑道："老娘也是服侍你们的！这等受用，还叫老娘温的热热的！你们炕下去吧，让老娘歇息歇息。"说罢，将他二人拽下炕来，他（她）一屁股坐在炕上，又道："也没见我们这天杀的忘八！这是他打的闷棍呢，把

① 王少堂口述、扬州评话研究整理小组：《武松》第四回《十字坡打店》，江苏人民出版社1978年重版，第432－433页。

人家都打到家里来了，看他回来怎么见我!”世间人有行好的就有作恶的，他这样害人的妇人，把那救人的女子，真有天渊之别!①

力图渲染江湖世界黑白两道判然分明的伦理旨归与行为规范，带有类型化叙事的明显特征。类似孙二娘形象的脸谱化倾向，黑店老板娘形象描绘所体现的江湖险恶，得到了直观且感性化表现。

其次，突出孙二娘的自尊心、好胜心表现。扬州评话《武松》第四回《十字坡打店》还写这位“奶奶”十分自负，她看到武松要揪她耳朵灌酒，并不慌忙：

武二爷手才伸过来，奶奶一望，冷笑一声，心里想：“汉子，你麻木哩，你居然跟我伸手啦！你没打听打听十字坡母夜叉面前，不易伸手啊！你把只手伸过来了，我如让你整整齐齐收回头，就算不了个母夜叉孙二娘……”

语言描写带有江南扬州方言好腔吻的本地风光，突出了孙二娘的角色与性别特征。这与上面所引《龙图耳录》中的黑店老板娘的粗鄙骄横，如出一辙。

其三，孙二娘杀人之前的“换装”。扬州评话是借助于武松再进店时的眼中所见，来描写这样一位女“杀神”的：“这一刻变了样子了，好难看了！只见她头上换了一条乌绸帕扯头，

---

① 《龙图耳录》第十四回《淫方貂误救朱烈女，贪贺豹狭逢紫髯公》，上海古籍出版社 1981 年版，第 807－808 页。

竖眉轮目、咬牙切齿、目露凶光，把两只袖子卷到大膀子上头，两根红带子把袖口扎着，露出两条光膀臂，好象杀神附体一样。”这是因为她认为三个客人都吃下了蒙汗药，顷刻就要昏迷了，她正准备开剥支解，需要换成屠宰场里的“工作服”。而如果说第一眼武松看到的属于“静态描写”，此时眼中所见则为“动态描写”，是宰割猎物之前的跃跃欲试，进入嗜血“状态”的食肉动物本能。

其四，酒店招牌等特定空间描写，突出了彼时彼地的民俗风情。

1. 悬挂酒旗招徕：“一棵杏树很高，树头上绑了一根竹竿，竹竿上有一方蓝布旗，随风飘扬。”早在唐代就有悬酒旗于酒店的风习，如张籍《江南思》：“长干午日沽春酒，高高酒旗悬江口。”刘禹锡《杨柳枝》：“城外春风满酒旗，行人挥袂日西时。长安陌上无穷树，唯有垂杨管别离。”王安石《桂枝香》也有：“归帆去棹残阳里，背西风、酒旗斜矗。””而褚人获《坚瓠首集》卷四《酒旗》考证：“《韩非子》云：‘宋人酤酒，悬帜甚高。’酒市有旗，始见于此。《唐韵》谓之‘帘’，或谓之‘望子’。《水浒传》有‘无三不过望’语。宋窦华《酒谱》有《帘赋》警句云：‘无小无大，一尺之布可缝；或素或青，十室之邑必有。’”

2. 酒店的规模较大：“这爿酒店还着实不小，前到后有七八进房子哩。前三进草房，后五进瓦房，房子都是现翻盖的。……”当然，这也给特殊生意的运作，提供必要的空间。

3. 蒙汗药名称与制作：“蒙汗药怎么叫‘五香梅子料’呢？据说是用五味药熬炼起来的。五味什么药呀？这个就不晓得了，五味药怎么做法子？五味药把它下锅煮呀，把药汁煮下来，用笼一过，把渣子提去，等于清水。……”

其五，对于矛盾双方化敌为友的情节设计。扬州评话也是很有深思熟虑的，主要为了突出打虎、复仇英雄在江湖上朋友众多，顾念江湖情谊，评话索性把武松与张青的关系写成是家乡发小，是异姓结拜兄弟，只是两年不见，张青发胖了，这才不打不相识（重逢）。而孙二娘也早对这位兄弟有耳闻，有此思想基础，才甘于被打败。在武松，是起初并不知晓十字坡酒店是黑店。扬州评话强调：“她开的是黑店，武二爷哪里晓得。”两个公差缺少职业素养和江湖经验，又不听武松让他们等着他回来才吃的嘱咐，不过这也歪打正着，造成了孙二娘的麻痹大意，为武松客观上提供了掩护。

十字坡黑点描写的沿革，充分说明，《水浒传》不仅有着众多外来母题的交织渗透，有着神秘文化的浸染[①]，还有着特定区域文化、江湖文化的多维成因。目前讨论这部小说名著与地域文化关系，需要对此予以更多的关注[②]。

董国炎教授教授认为，扬州评话《武松》具有深刻的社会性，具有传奇性与写实性的统一，也体现了民国通俗文艺的总体走向。20 世纪 50 年代整理出版的文本，在“左”的思潮影响下，将评话记录稿由 110 多万字，删改整理到出版时的 85 万

---

① 王立等：《〈水浒传〉中戴宗神行术的中外渊源》，《中南民族大学学报》2011 年第 3 期。

② 王立、秦鑫、王琪：《中国“十字坡”、“野猪林”与水浒文化全国学术研讨会综述》，《辽东学院学报》2011 年第 6 期。

字："删改力度未免偏大。"① 因此，我们现在看到的文本，实际上已并非扬州评话表演时的原貌，这也是应当注意到的。

至于孙二娘形象所带有的性别文化意味，也是题中自有之义。实际上，这正是男性群体眼中的"女店婆"形象，因为古代特别是宋明以来，行旅之中主要的就是男性。国外研究者指出，流徙者的行列中的确有女性，但从文献屡次提到的流动中的单身男性来看，她们的人数应该较男性少："女性也有往来于道路上做商贩以谋生计，但人数也不及男性那么多。她们面对更大的人身危险，同时也有传统文化规范使他们留在家里。一部明代中叶南直隶的地方志提醒它的读者：'妇人耻于出户。'……"② 当然，这也是行旅交通服务的"夫妻店"，何以大多为店婆在前台招呼客人，而非相反，这自然是"女主内"社会分工所致，也是服务性行业招徕男性客人的一种商业需要。

其实并不仅仅扬州平话，女贼开黑店，自武侠小说《水浒传》以降，已成为一种表现江湖险恶的另类叙事模式。民国北派武侠小说大家还珠楼主在《独手丐》第二十六回《会三雄，月夜走荒山；开石钵，禅林歼巨寇》中，就写到了八牛镇的黑店：

当地以前原是水陆要冲，虽当荒年，因往来人多，女贼所开黑店甚大，不值得的行客并不下手。对于手面较宽

① 董国炎：《扬州评话研究》第二章《〈水浒传〉评话演变与〈武松〉》，社会科学文献出版社2009年版，第151－180页。

② ［加］卜正民：《纵乐的困惑——明代的商业与文化》，方骏等译，生活·读书·新知三联书店2004年版，第102－106页。

> 的镖师或是达宫显宦，招待只更殷勤，酒食也极精美，往来官商都喜在此投宿。最可怜是那些财货较多、只贪舒服、前往投店的旅客，有的半夜被店里的人做掉，有的行至中途被预伏的贼党所杀，人财两失，尸骨无存。女贼心计周密，欺软怕硬，不看准对方来历决不下手，做得甚是干净，因此所开泰来店生意最好。①

生意好是从十字坡、开来、悦来等道上黑店经营角度说的，所杀行走江湖道上的无辜之人必多，而偏偏由女贼开设，这实际上也渐渐成为一种“文学事实”。早年水浒研究家曾指出过该小说本身的人物姓名，频繁出现“同名”现象，特以此为例：“第八回押解林冲往沧州的公人是董超、薛霸，第六十二回押解卢俊义往沙门岛的公人又是董超、薛霸，为什么老是爱用这两个名字呢？原来宋、元人的小说、戏曲中，提到押解配犯的公人，总喜欢用这两个名字，而且也有董霸、薛超的，见清平山堂所刊宋人话本《简帖和尚》。”② 实际上，不同小说也喜欢彼此借鉴人物类型，黑店老板娘孙二娘就是一个例子，切不可低估这一人物对于明清直到民国叙事作品中黑店描写的影响。

有着“南向北赵”之称的赵焕亭，也着力塑造出一个女店婆形象。说公子主仆深山中因驴子被老鹞子所惊，走到了岔道上，与李大等人失散，他们也是误打误撞地进入到黑店，而那

---

① 周清霖、李观鼎编校：《还珠楼主小说全集》总第三十五卷，山西人民出版社、北岳人民出版社 1998 年版，第 382 页。

② 何心：《水浒研究》，上海古籍出版社 1985 年版，第 389－390 页。

女店婆出场是先闻其骂，后见其人：

> 双扉启处，踅出个三十多岁的长大妇人，一张苦瓜脸，衬着高挑眉，大颧骨，两只大眼滴溜溜乱翻。还搽脂抹粉的，梳一个牛角髻，踹着两只鲶鱼鞋。[①]

而下回写随脚赶来的李大、许三入店不久都先后死于非命，那女店婆穷凶极恶，李大就惨死在她的刀下。屠杀旅客过程中妇人还总嫌她称之为“屃王八”的丈夫无能，惦记着公子，边搡那男子边说：“你这王八可要作死，谁叫你杀他呀！老娘还恐吓着他哩。等老娘稀罕够了，由你摆布。”作者想当然地议论着“好笑那妇人为男色所迷……”最后才交代：“那妇人本是个凶悍烂污货，系屠户的女儿。十五六岁上便被人捉了对儿，哪知她毫不知耻，竟自裸体握刀，寻上捉她的门首，一气儿秽骂了三天，因此得了‘善骂’之名。她小名‘捣嘴子’，自嫁了软盖王之后，人便叫她‘捣大嫂’。……”在此，书写者的轻蔑戏谑之意跃然纸上。

惯于模仿还珠楼主的郑证因（1898—1960），在其《鹰爪王》（1948 年）也塑造了一个女屠户陆七娘（罗锦云）形象：“她是一个姿色胜人、智慧胜人的女人。这种女人，无论什么时候，争强好胜之心，丝毫不减，在已经将要领死前的一刹那，她绝不象那种懦弱无能的女人，一灰心，瞑目受死，不再起别的念头。……”海外著名武侠小说研究专家认为，古龙《萧十

---

① 赵焕亭：《奇侠精忠全传》第一九五回《不速客再戏佳公子，入歧途偏逢恶盗妇》，新星出版社 2009 年版，第 1394 页。

一郎》中人称“女妖怪”的风四娘：“泼辣任性，敢爱敢恨，则与‘女屠户’陆七娘习性若合符节”，不过其虽脱胎于陆七娘，“但青出于蓝而胜于蓝，却又非孙二娘、陆七娘等人物原型可比了。”①

十字坡黑店及其女店婆孙二娘描写的沿革，充分说明，《水浒传》不仅有着众多外来母题的交织渗透，有着神秘文化的浸染，还有着特定区域文化、江湖文化、性别文化等多维成因。但不论时代变迁，文体有别，总是有一条如影随形的观念暗流，在相关文本书写中持续，那就是男性中心的正统文化观。

《水浒传》孙二娘叙事的一些“哥们义气”，虽然丰富了江湖黑道文化描写，但对于梁山好汉侠义观的整体评价，也是带来一些负效应或曰代价的。在论证梁山好汉重人情而无立场时，这就是一个证据，承接孙述宇的观点，研究者精辟指出：“豪侠的武松在十字坡孙二娘的黑店里，一旦与张青结为兄弟，那就任由他们夫妇将做人肉包子的黑店开下去，不再过问干涉。……”②也就是说，不能因为小说名著美化了部分好汉们的侠肠豪骨，就忽视了江湖豪侠的驳杂，就真的遮蔽了江湖黑道残忍劣迹的另一面了。

---

① 叶洪生、林保淳：《台湾武侠小说发展史》，台北远流出版事业有限公司2005年版，第253页。

② 陈洪、孙勇进：《漫说水浒》，人民文学出版社2001年版，第31页。

第六章　古代小说福将形象及佛经叙事渊源

福将，在说书人那里，往往被称作“书筋”。可以说是通俗文学文本中最受欢迎、给人留下印象最深的人物。这些人物往往非常招人喜欢，其经历的传奇性、喜剧性引人入胜。不仅作者金庸撰写过《韦小宝这个小家伙》一文，香港一些评论者也认为韦小宝是个福将：

韦小宝为人热情、罩得住，给人安全感，又是福将，逢凶化吉，做人嘛，凑伙凑伙，最重要别叫臭皮囊太吃苦，嘻嘻哈哈，得过且过，谁还丁是丁，卯是卯的，那敢情是跟自己作对。跟韦公舒服，能够衣食无忧，无牵无挂，便是好生活。①

亦舒，是香港最受欢迎的爱情小说作家之一，她曾声称，

---

① 亦舒：《小宝可爱》，《歇脚处》，香港天地图书有限公司 1989 年版，第 188 页。

如果在金庸小说的男主角群之中选婚，她就跟定了韦小宝。[①]这类人物在金庸小说中并非独一无二，罗龙治在《我看天龙八部》一文中，还曾发出这样的感慨："大宋虚竹是一个十分憨厚、运气特佳的人。任何人皆可看出他全不能作主。他当和尚却不像个和尚（他荤戒、色戒、杀戒样样都犯），改做灵鹫宫的尊主也不像尊主，又做了西夏驸马，却也根本不像驸马。……虚竹的心境，无以名之，只好说是自然境界，对于一切事物的道理混沌无知。他做和尚，自己不知道什么叫和尚；他做尊主，自己不知道什么是尊主；他做驸马，也不知什么是驸马。就因此他无心去行好，也不故意去使坏，所以金庸给他甚大的福报。"[②]然而，把"福将"的那些幸运遭遇想叙事，完全归结为作家的创作心理中"善有善报"使然，也不够全面和公允，其中实在有着超越个体的普世性民俗心态。

一、福将形象的传统文本形态及现当代演变

福将形象在明清小说中，突出代表一是半人半仙型，如猪八戒；二是"憨厚笨人"型，如程咬金、牛皋。

猪八戒，是较早的一类福将形象。代表了普通人的智慧，也具有普通人的弱点和缺欠。然而，却是非常实用的，往往在群体中少不了的角色，是个实用的"经济型"人物。他的武艺不高，也不乏打败仗的经历，但是往往都能得到那位"猴哥"的及时解救，后来还往往能够以胜利者的姿态逞一把威风。

---

① 陈硕：《经典制造——金庸研究的文化政治》，广西师范大学出版社2004年版，第58页。

② 三毛等：《金庸百家谈》，春风文艺出版社1987年版，第142页。

程咬金。佚名《说唐三传》第十五回写贞观天子李世民君臣在锁阳城被辽国苏宝同十万大军包围，需要冲出去到长安讨救兵，徐茂公称："圣上明白，讨救者扫北征东之人也。臣算定阴阳，此去万无一失。他是一员福将，炎疾甚少，惟他可往。陛下只说不用，老臣自有办法，使将不如激将。"下一回写果然用激将法使程咬金领旨，不想程咬金到了番营前，一顿大话，激得苏宝同想："这老头儿，杀他无益，不如放他去罢，倘然粮草取来，我就一网而收……"真的就放行了，还得到一顿酒食和令箭批文。《说唐》第五十五回写军师李靖命程咬金三日内取来盖世雄首级，似乎不可能，但偷藏庙中的他，竟遇到逃难来此的盖世雄送上门，因而趁睡梦之中将其杀死。而该小说第四十八回中，"害了肚泻病"的程咬金遇到王龙袭击，后者欺负他无马，穷追不舍，却被躲在树后的咬金砍死。因此，研究者指出，《说唐后传》等三部续书中的程咬金："多扮演阵前招亲的'说客'，或是搬求救兵的'福将'，已经成为一个象征性的符号。"①《说岳全传》中的牛皋。小说第五十一回写他的立功，缘于敌将的错认，而他又将错就错：

……却见一个道人在台上作法。牛皋下马，走上台来，那余尚文见一个黑脸的，认做是召来的黑虎赵玄坛，便将令牌一拍道："神将速进潭州城去，把岳飞首级取来，不得有违！"牛皋应道："领法旨！"一锏打去，正中脑门，取了首级下台，上马往潭州而去！

① 王晓杰：《明清小说中的程咬金形象研究》，首都师范大学硕士论文，2009 年，第 19 页。

这种得胜的来由，出于侥幸，而若说起此前第三十二回写他违令临阵吃酒，却借了酒劲斩杀敌帅，乘胜娶得娇妻归；第三十三回写他吃酒，小解时无意之中抓获奸细，以致引起了吉青赞叹："牛兄弟，你好时运，连出恭都得了功劳。"第三十八回自荐前往金营下战书，岳飞担心金兵报复，加害他，他却安然退身。此后第五十回，也是无意间打碎酒坛发现了毒酒，避免众人被毒杀，还获得神仙赐宝贝，那么，这样的幸运之福，就不仅是偶然个别的，而是类型化人物丛集了、凝聚了的事迹表现，甚至还能福泽延及身边的同伴。最有意味的，是在与同伴的遭逢命运比较之中，偏偏牛皋就能幸运地胜出，如第六十三回写何元庆、余化龙与牛皋三人一同要为岳飞报仇，却遭岳飞神灵阻挡，三人此时都想投江追随岳飞，可是偏偏只有牛皋得遇神仙搭救而存活。诚如第十七回所写：

> 王贵向着汤怀道："大哥不叫你我做先锋，反点牛兄弟去，难道我二人的本事不如了他么？"汤怀道："不是这等说！大哥常说他大难不死，是员福将，故此每每叫他充头阵。"王贵道："果然他倒有些福气。"

罗书华博士曾引用过郑振铎先生的话："如牛皋那样的一员'福将'，便活是《说唐传》里程咬金的替身。"注意到以往传奇喜剧人物的影响，进而考证，《隋唐演义》成书在康熙三十四年略前，《说唐全传》在康熙末至雍正年间，而《说岳全传》在康熙十二年之前，"因而牛皋不至作程咬金的替身"，其前辈当为李逵[①]。可见，牛皋也是带有堪称福将的一些基本特点：

1. 武功并不是那么高，而且粗莽，并非善于运用计谋，或有意识地运用计谋，却能在危难中获胜，或免遭灾祸；

2. 整个故事描述带有难得的诙谐、幽默色彩和调侃意趣；

3. 作为福将的主人公，性情中人，说话也粗鲁、率真，很有个性特色。

4. 喜剧性的氛围和相对能让人接受的结局。

明清通俗小说中的福将，常常体现在一种粗蛮悍勇却屡次侥幸的类型化人物形象，又如说唐系列中的程咬金。《说唐》第四十六回写本来他惹祸差点害了秦王，再度落草后却劫得粮草献给秦王，补过立功。第五十五回写他受命三日之内拿下盖世雄首级，因畏难躲入庙中，却不料碰巧遇到后者，将其睡梦中杀死。似乎，机会与幸运总是向他敞开大门。有如《水浒传》李逵探地穴那样，被众人戏弄深入地穴，却意外地得到了天书。《说岳全传》第六十三回中的牛通，因吃白饭遭到痛打。却能因此与岳飞、宗泽的后代相认；第六十八回牛通又战败被俘，还是奇迹般转危为安，居然临阵招亲。倒霉蛋偏偏总是因祸得福，遇难成祥[②]。

福将，往往是叙事作品中的二流人物，次要人物，往往作为正面主要人物的陪衬、烘托，往往带有滑稽、幽默、狂放不

---

① 罗书华：《中国传奇喜剧英雄生成考辩——牛皋、程咬金、焦廷贵》，《明清小说研究》1997 年第 3 期。

② 关于程咬金一类形象及其演变的研究，还可参见王学泰《说唐小说系列演变中的游民意识》，《文学评论》1997 年第 6 期。等等。

羁等似乎与生俱来的性格特点。其出现，显示了上天对于普通人的眷顾。因此，这类人物必须较为善良正直，没有“机心”当然更没有害人、算计人之意。他们的出现，往往就是喜剧性的，带给人们的是一片笑声。

似乎，明清小说中的福将，出身一般较为贫寒，显得气质上较为愚拙而快人快语、口无遮拦没有城府，人们的期待不高，一旦有了好事连连，偶或也本该遭遇祸事却奇迹般地错过了，于是人们就认定为“福将”，即本来不应该得到的福气、幸运碰巧落在了这人身上。而且一当认定之后，就有些“齐人失斧”那样，愈看愈像，遂把“福将”的称号更加坐实，屡屡进行印证。对此，明代人曾予以总结：

古云：薄福之人，不可与共功名。此语信然。李少师（于田）身长八尺，腰腹十围，望之知为巨公。播事正亟，用为制帅，一鼓灭之。会以忧归，而运道告梗，旋从苫次起治河，因开泇河，为百世利。其举动安祥，语言敏赡，又粹然文士也。己酉辽东边事渐棘，时李已秉中枢，余妄献一议，谓当亟将辽地改为郡县，使文吏得展其才，专其责，且使武弁亦严，刀笔吏不敢恣横如旧时，而叆阳、宽奠、清河外诸要地，为抚臣赵楫、镇臣李成梁擅行割弃者，亦可从此清出。李大喜，是其说，而事体重大，众议未谐，议因中格。此举果成，亦不足为辽重轻。而此公处心听采，亦见一斑。使其今日在事，辽事未必败坏至此。如天之不憖遗何，播奏凯后，上欲践初约，封以世伯爵，首揆沈四明力沮之而止。少师乙巳年从济上忧归，而安氏争地，事久不决，李从苫次抗疏，谓播地寸尺不可授安，且悔当时不尽一时兵力，并安氏灭之。盖才大气锐，自不以县辽为非也。"①

这里说的是名将李化龙（字于田，万历二年进士），《明史》卷二百二十九有传。

二、福将形象的佛经文学溯源

“福将形象”并非华夏民族特产，作为折射大众期盼幸运的文本书写模式，可以追溯到中古汉译佛经。

三国时旅居吴国的康居国人康僧会《六度集经》，其卷四十五《四姓复仇》写菩萨昔日因生于贫家被弃，得到一个富有的“四姓”人收养，后者因有了自己亲生儿子后，就像加害养子，然而这养子却是个幸运的“福将”，四姓先是给铁匠写信，派贫子送信，信中让铁匠把送信孩子烧死，但亲子却抢着送，替代送死。四姓又派贫子送信给官员，信上是请其将这孩子沉河，可途中被喜欢贫子的女孩更换了内容，由官员出面为他俩操办了婚事，富人四姓气恼而死。刘守华先生指出，该故事是由民间故事加工后成为佛本生故事的，该母题影响到了我国傣族民间故事《阿銮吉达贡玛》②，非常有说服力，也是比较文学

① 沈德符：《万历野获编》卷十七《福将》，中华书局1959年版，第450-451页。

② 刘守华：《佛本生故事与傣族阿銮故事》，《民间文学论坛》1984年第1期，收入作者《佛经故事与中国民间故事演变》，上海古籍出版社2012年版，第225-227页。

影响研究的一个范例。这一故事，也完全可能影响到中原汉族的叙事文学。

南齐中天竺人求那毘地（？—502）所译《百喻经》（本名《痴华鬘》），其下卷《五百欢喜丸喻》，描写了一个遭遇谋害阴谋而屡次侥幸不死的当事人：

昔有一妇，荒淫无度，欲情既盛，嫉恶其夫。每思方策，频欲残害。种种设计，不得其便。会值其夫聘使邻国，妇密为计，造毒药丸，欲用害夫。诈语夫言："尔今远使，虑有乏短。今我造作五百欢喜丸，用为资粮，以送于尔。尔若出国至他境界，饥困之时，乃可取食。"夫用其言，至他界已，未及食之，于夜暗中，止宿林间。畏惧恶兽，上树避之。其欢喜丸忘置树下。

即以其夜，值五百偷贼盗彼国王五百匹马，并及宝物，来止树下。由其逃突，尽皆饥渴。于其树下见欢喜丸，诸贼取已，各食一丸。药毒气盛，五百群贼一时俱死。时树上人至天明已，见此群贼死在树下，诈以刀箭斫射死尸，收其鞍马，并及财宝，驱向彼国。时彼国王多将人众，案迹来逐，会于中路值于彼王。彼王问言："尔是何人？何处得马？"其人答言："我是某国人，而于道路值此群贼，共相斫射。五百群贼今皆一处死在树下。由是之故，我得此马及以珍宝，来投王国。若不见信，可遣往看贼之疮痍杀害处所。"王时即遣亲信往看，果如其言。王时欣然，叹未曾有。既还国已，厚加爵赏，大赐珍宝，封以聚落。

彼王旧臣，咸生嫉妒，而白王言："彼是远人，未可

> 服信。如何卒尔宠遇过厚，至于爵赏逾越旧臣？”远人闻已，而作是言：“谁有勇健能共我试，请于平原校其技能。”旧人愕然，无敢敌者。后时彼国大旷野中有恶师（狮）子，截道杀人，断绝王路。时彼旧臣详共议之：“彼远人者，自谓勇健无能敌者，今复若能杀彼师子，为国除害，真为奇特。”作是议已，便白于王。王闻是已，给赐刀杖，寻即遣之。尔时远人既受敕已，坚强其意，向师子所。师子见之，奋激鸣吼，腾跃而前。远人惊怖，即便上树。师子张口仰头向树。其人怖急，失所捉刀，值师子口，师子寻死。尔时远人欢喜踊跃，来白于王。王倍宠遇。时彼国人卒尔敬服，咸皆赞叹。①

可见故事不仅写出了听其言还要观其行的道理，更描述出这位勇斗恶狮的“福将”之代表性功勋，还写出了其“因祸得福”的过程，他遭到谋害的同时也获得了难得的机遇，始料不及，从消极地避开伤害，到成功地赢得财富，甚至轻取猛兽，客观上积极地促成了建功立业。

故事母题收入佛教类书之中，体现了其流传过程中收到了人们的赏爱欢迎。唐代《法苑珠林·背恩篇》的异文，可谓缩写了上述故事。说某妇欲谋害亲夫，造五百毒丸，在夫出使邻国途中吃，不期途中遇贼上树，五百贼各食一丸俱死，此人诈以刀箭斫射贼尸，收其马与财宝见国王邀功，为此得厚赏，旧臣妒嫉，称其“未可信仗”，此人发出大话：“谁有勇健，能供

---

① 蓉生：《百喻经译注》，浙江古籍出版社 1987 年版，第 105－106 页。

我试，请于平原校其技能。”“旧人愕然，无敢敌者。”当时旷野中有恶狮子截道杀人，旧臣们就劝王赐刀杖给远来者前往杀狮：“师子见之，奋噉鸣吼，腾跃而前。远人惊怖，即便上树。师子张口，仰头向树。其人怖急，失所捉刀，落师子口，师子寻死。尔时远人欢喜踊跃，来白于王，王倍宠遇。时彼国人率尔敬服，咸皆赞叹。”① 并非这故事主人公自身本领高深，而是更多地有赖幸运而获得功勋。

佛经还写某人因惧内，而居然幸运地建功受赏。佛经称，某国遭到邻国来攻伐，大举征兵，都城有一织氎（细布）公，年近六十，家中媳妇年少端正，常受轻慢的这位织工也被征募上前线，需要自备武器行装，少妇给织工准备了能盛五升粮食的器具和常用的织布梭子，说哪样损坏丢失都不要回来，东西少了就不与你过。征战中织工只顾念东西而忘记了畏惧，担心背上容器受损不敢背向敌人后退，高举梭子威猛地屹立阵前，使冲来的敌军以为是勇猛的英雄而惊惧驻足，国王得以将溃军重整，因此获胜。论功行赏时，问知织工原来是因为惧内才如此，国王与众人哄堂大笑，但织工还是得了头功，获得重赏。②

佛经母题启发了中土的史书，后者也从这一视角关注人物的奇迹般的经历。如柴绍的不拘小节，甚至还奇迹般地获胜，得到如此叙述：

---

① 周叔迦、苏晋仁：《法苑珠林校注》卷五十，中华书局2003年版，第1517－1518页。

② 《杂譬喻经》卷下，［日］高楠顺次郎等编《大正新修大藏经》卷四，台北新文丰出版公司1990年（影印），506b

> 累从征讨，以多，进封霍国公，迁右骁卫大将军。吐谷浑、党项寇边，敕绍讨之，虏据高射绍军，雨矢，士失色。绍安坐，遣人弹胡琵琶，使二女子舞。虏疑之，休射观。绍伺其懈，以精骑从后掩击，虏大溃，斩首五百级。①

可以说，此类事情真是史不绝书，然而又不能理解为仅仅是受到了佛经同母题叙事的启发。

三、福将形象生成的民俗思维动因

在关注到福将幸运故事书写的同时，不能不体会到潜在于主体叙事中的世俗心态，及其推波助澜作用。

首先，“福将”的传奇性际遇，部分地来自民间持久流传的“大难不死必有后福”的“弱者”生存理念。所谓祸福相生，“福兮祸所依，祸兮福所伏”，本来遭遇苦难，对于当事人是祸事，然而祸福相依的对立动态思维，却使得人们更加青睐于受苦受难者，奇迹般地遇难呈祥。洪迈《夷坚志》称：

> 乡人聂邦用，尝游荐福寺，就竹林烧笋两根食之。归而腹中愦闷，遇痛作时，殆不可忍。如是五年，瘦悴骨立，但诵观世音名以祈助。其弟惠琏，为僧在永宁寺。邦用所居曰丽池，去郡三十里，每入城，必宿于琏公房。梦人告曰：“君明日出寺门，遇货偏僻药者，往问之，当能疗君

① 欧阳修、宋祁：《新唐书》卷九十《柴绍传》，中华书局1975年版，第3774页。

疾。疾若愈，明年当及第，然须弥勒下世乃可。”邦用觉，以梦语琏，叹异之，昼出寺门外，果遇卖药者，见之即曰：“君病甚异，当因食笋所致。盖蛇方交合，遗精入笋中，君不察而食之，蛇胎入腹，今已孕矣，幸其未开目，可以取。傥更旬日，蛇目开，必食尽五藏乃出，虽我不能救也。”乃取药二钱匕，使以酒服之。药入未几，洞泻秽恶斗馀，一蛇如指大，蟠结粪中，双目尚闭不启。邦用以疾平为喜，独疑及第之说。时郡中以永宁为试闱，逮秋试，邦用列坐，正在弥勒院牌下，果登科。①

这一并无机心的人居然能在无意中免于灾祸。而“傻子最终胜利”，也是北方俄罗斯民族民间盛传的故事类型。据研究，俄罗斯民间故事中这一类型：“大多数故事的构局都是这样的：主人公最初总是一个破衣烂衫的贫苦的农民、工匠或士兵。大家都鄙视他，但最后原来他比大家都聪明。他往往战胜毒蛇，拯救被妖魔所控制的王国，而这时他的比较富有的、看样子似乎是强有力的对手却迷恋于一时的快乐，胆子小或用欺骗手段获得幸福（例如包图别依准尉的故事），而最后终归失败。对故事主人公的这种特点，高尔基在第一次全苏作家代表大会的报告中，曾经作了很好的阐明：“民间创作的主人公——‘傻子’，甚至父兄都鄙视他的‘傻子’，往往结果倒比他们聪明，总是他战胜世上一切的困难；就像聪明绝顶的华西丽莎克服一

---

① 洪迈：《夷坚志》乙志卷十四《笋毒》，中华书局1981年版，第299页。

切困难那样。”① 看来好似没有城府，快人快语，实际上却能避开那些聪明反被聪明误的事情。

其次，福将的表现不必败中取胜，有时能够成功逃脱险境，遇难成祥，也不失为“福将”。清末侠义公案小说《永庆升平》写马梦太在两军阵前被萧可龙一脚踢倒在地，脊背朝上。那萧可龙他用脚蹬着马梦太，而对方众将只能干瞧着，无法相救。萧可龙方举锤望下打：“只见一阵尘沙，梦太抓刀就望回跑。原来是梦太他被萧可龙踢倒，自料想活不了，用手抓了一把土，望着贼人面门一扬，迷了他的两目，闹了一嘴土，萧可龙脚蹬不稳，望后退了两步，马梦太自己抓刀跑回了本队。”② 其实，英勇善战的萧可龙哪能这么容易被人手下逃脱，分明是一种有意识的福将幸运书写。

福将的运气，能否从当事人之外的因素寻找原因呢？当然，英雄获得（或获赠）宝物，这本身肯定算作一个生成要素。此外，就是属于与本人有关系的他人方面，可以寻找原因。

一者，女子贵相，她作为本来并不受重视的“第二性”，因能带给丈夫幸运，得到了载录者特殊的关注：

盐城民周六，居射阳湖之阴，地名朦胧。左右前后皆沮洳薮泽，无田可耕。且为人阘茸，不自振拔，唯芟刈芦

① ［苏］Л. 普什卡辽夫：《劳动是传统魔法故事中社会理想的基础》，蔡时济、沈笠译，中国民间文艺研究会编《苏联民间文学论文集》，作家出版社 1958 年版，第 361 页。

② 郭广瑞：《永庆升平·前传》第六十八回《张广太酣战急先锋，萧可龙出遇王天宠》，宝文堂书店 1988 年版，第 374 页。

苇，织席以生。一女年十七八，略不识针钮之事，但能助父编苇而已。以神堰渔者刘五为其子娶之，不能缝裳，逐之归。父母俱亡，无以餬口，遂行丐于市。朱从龙寓居堰侧，时时呼入其家，供薪水之役，久而欲为择配。

楚士吴公佐，本富家子，放肆落魄，弃父而出游，至寄迹僧寺为行者。后还乡里，亲族皆加厌疾。郡庠诸生容之斋舍，因相与戏谋，使迎周女为妇。假衣襦，具酒炙，共僦茅舍一间，择日聘取（娶）。侪辈悉集，姑以成一笑。意吴生知为丐者，必将弃之。已而相得甚欢。偶（?）钤辖葛玥之子，富于资财，拉吴博。吴仅有千钱，连掷获胜，通宵赢过百缗，葛不能堪。明日复战，浃辰之间，所得又十倍。吴由是启质肆，称贷军卒，不数年，利入万计。其父呼还家，读书益勤，两预贡籍。周女开敏慧解，妇功不学而能，肌理丰丽，顿然美好。

初，里中有严老翁，吻士也。善讲解《孝经》，又能说相。见周于丐中，语人曰："此女骨头里贵。"果如其言。向使在刘渔家时已如是，则饥寒毕世矣。[①]

如此能"旺夫"的女性，有着"灰姑娘"的成长经历。此后，上述"幸运女性"故事，又为冯梦龙《情史》卷二《情缘类》所引述，又构成了明代天然痴叟《石点头》第六回《乞丐妇重配鸾俦》的主要情节。后者虽然旨在说明运气无常："在自己不可轻易放过，在他人莫要轻易看人。"但也突出了男女

① 洪迈：《夷坚志》支丁卷九《盐城周氏女》，中华书局 1981 年版，第 1036－1037 页。

主人公的各自主体条件，在女性，是贞烈而聪明；在书生吴公佐，则是：“亦有三分侠气。昔年在延寿寺中，若为奴仆，及归故里，厌疾不容。到此无依，也是一精光赤汉，并无依食。我等既拔他苦难之事，又完配怨旷之际，勿论感恩深处，量必为家，燕好之私，尽盖全丑。况乞丐之中，胜于淫奔；说合为亲，并非野合。……”几位秀才朋友的撮合，正是基于这些基本条件，而吴公佐也因娶妻，被激发出了自己潜在的内在生命力：“大抵豪迈之人，当富足时，掷千金而不顾。及至窘迫，便是一文钱也是好的。譬如吴公佐，本来是富豪公子，昔年何等挥霍！此时飘零异乡，穷愁落寞，骤然得了这房妻室，且又姿容端丽，动止安祥，又有好些资妆，喜出望外。……”

二者，有的福将其实并无“福”的明显因缘际遇，竟然也时不时地被人们关注。这也正由于福将在民间给人们的印象太深刻了，其一旦有了违反“常理”的特例，又不能不引起人们的惊诧，足以说明福将所留给人们那持久稳定的心理定势。明代还传闻：

将台在朝阳门近郊，宣德中阅武于此。……正统丙辰十月望日，车驾驻跸将台，命诸将骑射，以三矢为率，受命者万馀，惟驸马都尉井源弯弓跃马，三发三中。万人喝采，声彻天地。观者羡其容貌瓌壮，艺又精绝，相谓曰：“此福将也。”上亦大喜，惟彻上尊赐之。观者又相谓曰：“往年太监阅武，纪广骤升三级，今日万乘阅武，岂但一杯酒耶？”然竟无殊赐。戊辰秋，虏酋也先拘我信使，侵我边围，命源与恭顺侯吴瑾等五人各将一军充总兵官为前锋，逆战塞外。己巳，上亲征，广扈从，至大同，赂左右得还。八月，召至沙岭，升都督佥事，仍守万全。源自大同趋怀来，迎护圣驾，与弟润从至土木，力战俱死。

既蒙尘，广乃率师离沙岭北行，获虏猛秃儿，以功上。十一月，景帝即位，升广都督同知，荫录阵亡子孙，源无子，官其弟濙锦衣镇抚。家道日落，所居宅归尚书陈汝言。英宗复辟，尽以源庄田赐内侍。广乃累官镇朔将军、左都督。卒，追封溧阳伯，谥僖顺，子孙世袭。其祸福悬绝如此，世固有幸不幸耶！"①

井源能够在万人注目的阅武表演中，出手不凡，做到三射三中，可谓一员"福将"；然而，福将的运气却没有一直伴随他，在一次执行迎护圣驾的重要使命中，居然力战而死。于是他祸福难料的命运，引起了载录者的感叹。

在俄罗斯民间故事研究中，关于福将幸运的诸多因素，得到了应有的关注。这些有助于福将幸运的人、物被如下概括：

帮助主人公的主要是那些奇异的助手——妻、路过的豪侠、仆人、动物，最后，神物和法宝。这些人物的出现都不是偶然的；他们的使命都是来帮助主人公的，这就是他们在故事里面起重要结构作用的原因。例如，没有妻子，主人公就不能完成皇帝交给他的一切困难任务；没有路过的豪侠（威尔蒂果拉、杜宾尼亚、神枪手、飞毛腿及其

① 黄瑜：《双槐岁钞》卷五《阅武将台》，中华书局1999年版，第83页。

他），主人公就不能得到妻子；没有那些数不清的奴仆，主人公就不能找到“我不知道的宝物（例如“光怪陆离”等一类的故事）；动物助手拯救他的性命（“两兄妹”一类故事中的“打猎”），帮助他获得宝物（隐身帽、飞行毯、神棒、魔指环等），主人公离开这些东西就不能完成任务。搭救故事中主人公的意义在于说明他不是孤立无援的，说明总会有人来帮助他完成任务。①

故事主人公得到众多的帮助，然而，前提是他乃是一个福将，以前的困厄不过是暂时的，纵使有那么多的凶险也伤害不了他（受伤也是轻伤）。于是，这些“帮衬”才显得帮得值得，帮得是时候又取得应有的效果。

四、福将形象文本书写的母题构成与异变

明清福将形象叙事的文本构成要素主要有，一是“憨厚质朴”的本体；二是必备的武功、法术或法宝；三是巧合的际遇与不太邪恶的对手。

首先，是质朴的品质。如明代故事中就有对幸运免厄者的品质描写，要“秉义刚直”：

孝丰吴南山翁，秉义刚直，居常好教责人，无所回曲，里恶少年嫉之如仇。有施某蓄盗刺公。公常适邑，邑远多

① ［苏］Л. 普什卡辽夫：《劳动是传统魔法故事中社会理想的基础》，蔡时济、沈笠译，中国民间文艺研究会编《苏联民间文学论文集》，作家出版社1958年版，第368页。

> 山盗，因匿险间以候。公至此，马忽小蹶，因厉声曰："汝害我乎！"盗以为知己，遂不敢出。他日，又如此伺公。公忽半道反，以心有他故也。然尚过施宅，啜茶去。盗又罢，以为未至。而施又谓过己，皆以为神。他日，盗以实告，曰："公真大福人也，某已降心矣。"公享年八十三，子孙满前，多贵显。卒时山鸣三日。①

相关的异文，见于清代赵吉士《寄园寄所寄》卷十《驱睡寄》所引，可见受到传播者的欢迎。在"山高皇帝远"，吏治没有效率的明清民间社会，这类仿佛有神庇护的主持正义的乡贤，该是多么为人期盼。

与古人"相由心生"世俗理念相对应，受福神崇拜的心理召唤，大众往往认为"面如满月"者、富态憨厚者有福。清初李渔小说就注意跨行业地撷取唐人的智慧，在描述财主杨百万神奇的"相法"时，强调他这是"趁钱"盈利的目的使然，他这样做其实就好比战前选将一样，为得是打胜仗：

> 当初唐朝李世勣在军中选将，要相那面貌丰厚、像个有福的人，才教他去出征；那些卑微庸劣的人，一个也不用。人问他甚么原故？他道"薄福之人，岂可以成功名？"也就是这个道理。②

---

① 王同轨：《耳谈》卷六《孝丰吴翁》，孙顺霖校释，中州古籍出版社 1990 年版，第 137 页。

② 李渔：《连城璧》巳集《遭风遇盗致奇赢，让本还财成巨富》，上海古籍出版社 1992 年版，第 77 页。

此说不为无据，此事载录确曾见于胡璩《谭宾录》，全书已佚，所载片段见于《太平广记》等书中，此段原文为："李勣每临阵选将，必相有福禄者而后遣之。人问其故。对曰：'薄命之人，不足与成功名。'君子以为知言。"[①] 以唐代开国大将李勣的声望，这一传说流传很广也很有权威性。

其次，一般要拥有虽未必太高但能说过得去的武功、或许持有法宝。福将的武功往往不是很超群绝伦，但作为这一不足的补充，常常会"命中注定"地有件一件看家（护身）法宝。这在其他民族的故事中也有，如对俄罗斯民间故事研究实践中，早期故事学研究者就曾总结出宝物的叙事功能："同时还需要指出一点，就是故事里面的宝物，往往也为反面人物所占有，如巫婆、吸人血的老妖精、奥赫、魔鬼、林神等。得到这些宝物是和主人公战胜敌人的恶势力分不开的。如果不把宝物掌握在自己手里，那就如同不掌握知识一样，主人公要想得到幸福是不可能的。实际上所谓宝物也就是人类知识和技能的物质化——如行动迅速、战胜敌人、隐身术等。由于人类想要掌握这种技能（法宝）的企图就推动了故事情节的进展。"[②] 与不太"灵光"的质朴的性格相对应的是，福将往往能勤勉、恒久地学习一门武艺或一种技艺，"熟

---

① 李昉等编：《太平广记》卷一百六十九"知人"引《谭宾录》，中华书局1961年版，第1235页。

② ［苏］Л. 普什卡辽夫：《劳动是传统魔法故事中社会理想的基础》，蔡时济、沈笠译，中国民间文艺研究会编《苏联民间文学论文集》，作家出版社1958年版，第369－370页。

能生巧”地成为精通者。这是叙事者与接受者都欣赏的主体性人格，最适合的物质化知识的拥有者。故事的情节伴随着特定人物形象的完成而演进。

在论述口传史诗的人物特点时，也有研究者指出：“以某个英雄为中心，关注战争和征服，英雄有时是半神的，难以置信的冒险和超自然力量的介入，英雄有超人的力量和计谋，包含大量的知识，风格庄严、崇高、雄伟，篇幅宏大，细节充盈，重复性的叙事，运用抒情诗等等。……”① 而这些，我们在后世的关于福将的故事中，可以找到较多的事例。

第三，“巧合”的情节结构设置，暗合大众的审美期待视野，以梦想成真的艺术化书写，达到诙谐幽默的“狂欢化”艺术效果。

在福将母题叙事中，机缘巧合是母题模式的重要构成要素，这或许与福神的民间传说有关。相传福神为道州刺史杨成，据《三教搜神大全》卷四的记载：

> 福神者本道州刺史杨公讳成。昔汉武帝爱道州矮民，以为宫奴玩戏，……杨公守郡，以表奏闻，云：“臣按五典，本土只有矮民无矮奴也。”武帝感悟，更不复取。郡人立祠绘像供养，以为本州福神也。后天下黎民士庶皆绘像敬之，以为福禄神也。②

---

① 张玉安、裴晓睿：《印度的罗摩故事与东南亚文学》，昆仑出版社2005年版，第29页。

② 王世贞辑、汪云鹏补：《列仙全传》，中华书局1961年版。

按，杨成，一作“阳城”。白居易《道州民》一诗有咏：“一自阳城来守郡，不进矮奴频诏问。”讴歌这种人性化的改革。白居易《新乐府序》昭明该诗创作主旨：“《道州民》以美臣之遇主。”这样的“君臣相宜”，的确是专制社会历史演进中的“巧合”，是众心所望，有如《镜花缘》第一回《女魁星北斗垂景象，老王母西池赐芳筵》中提到前来参加王母娘娘寿筵的有“福禄寿财喜五位星君”。赫然居首的，就是“福星”，民间俗语常说的“福星高照”是也。

而实际上，叙事艺术中的“无巧不成书”的程序化设置，既使故事情节生成自动推移的内驱力，也暗合接受主体娱乐性狂欢化审美期盼，多重机缘聚合，成就了这类福将人物。对此，民俗学研究者曾从民众的心理趋向角度归纳：

> “福”是民众所向往、追求的最基本的价值之一。它是民众宗教心理中最深层的内涵。“福”的含义十分丰富，狭义的“福”首先指“运气”、“机遇”。有福之人就是总能交上好运的人。民间所称的“福将”（程咬金、牛皋之辈）就是大难不死、总能侥幸获胜的人。其次的“福”又指和谐、圆满。……广义的“福”则泛指一切民众所能想象得出的价值，如快乐、欲望满足、利益等，具体包括财富、权力、长寿、多子、拥有土地，等等。其中财富更是“福”的直接表征。①

---

① 周福岩：《民间故事的伦理思想研究：以耿村故事文本为对象》，中国社会科学出版社2006年版，第127－128页。

福将形象之于武侠文学的刺激，不仅在于其生成，具有与武侠叙事某种共同性、相通性，而且，两者体现的民俗期盼和喜剧色彩也纠结难分。

福将形象带有世界性的母题意义，而并非华夏之邦所独专。国外研究家早就指出，领会故事中帝王的生活，也就是接近农民的生活。然而必须强调指出，这里，劳动占据着这种生活的重要的部分。例如，皇帝获得了允许给他的孩子以后，就把他领到宫殿，首先告诉他："去吧，我的亲爱的继承者，到森林里去打几只野禽也是好的。"劳动帝王的形象反映了农民世界观的局限性，反映了对于自己的，农民的，"好"皇帝，皇帝——劳动者的幻想。故事中的减轻劳动——是劳动者、神话史诗创造者的合理的愿望，是他所理会的、亲近的幸福生活的理想。不过这种理想是和劳动的必须性、重要性和合理性的观念紧密地联系着的。①

再比如，论当代金庸小说中的正面人物，也有研究者认为郭靖便是一个典型的福将，他往往逢凶化吉："古之福将皆傻，大出洋相，如《说岳全传》之牛皋、《三侠剑》之金头虎贾明等等，皆似丑角，多闹笑话，常惹是非，为小说添许多趣事。郭靖则很正派，很老实，是一正经人。《鹿》中的韦小宝，满肚子坏水，非福将之正格也。"② 而张无忌多次深受重伤大难不死，又巧获武学秘笈；韦小宝武技不高却也能屡屡险中获胜，

① ［苏］Л. 普什卡辽夫：《劳动是传统魔法故事中社会理想的基础》，蔡时济、沈笠译，中国民间文艺研究会编《苏联民间文学论文集》，作家出版社1958年版，第370页。

② 戈革：《挑灯看剑话金庸》，中华书局2008年版，第122页。

等等。可见，所谓“福将”，不仅仅是一种传统的、喜闻乐见的叙事类型，而且这一类型的内在模式及其艺术效果，还在当代有着强劲的艺术生命力，这与接受主体对福将命运的群体性期盼分不开。

福将形象书写，固然还可以运用巴赫金的“狂欢”理论套上来，进行一些重口味的阐释发挥，说明此类描写如何引起下层民众的欢迎、赏爱，然而更为切实的，应该说依旧离不开民族文化心理的实用性需要，一种对于不必花费大气力就能赢得成功的艳羡，对于成功乃轻松地得自于侥幸的期盼，实际上这不但不值得提倡，也是需要警惕的，尤其易于误导青少年。在明清医者形象中，就有这种胡乱用药而患者病症侥幸缓解的“福医”①，如同商人“发迹变泰”的某些幸运故事一样，岂是常态？娱乐毕竟是娱乐，还是不能当真。

---

① 王立：《文学主题学与传统文化关系新论》第十章《明清通俗文学之医者形象的文化阐释》，中国社会科学出版社2016年版。

第七章　明清矮将形象的世俗化建构

矮个子侠义英雄，是我国传统通俗文学的一个重要的喜剧性角色。以其大众化基本元素生成的喜闻乐见形象特征与行为规范，昭示出“人人皆有可能”的英雄崇拜意识，而具有常说常新的社会影响力。但囿于西方现代题材划分的潜在影响，矮个子英雄的超文化价值一直未被关注。如果对明清时期叙事文本略做梳理，则不难发现，这一类形象其实是活跃于各种题材的故事言说机制中。而其艺术魅力与文本书写模式，有文献渊源也受佛经文学等影响。而这形象群的世俗社会化精神特质、生成与流变过程以及狂欢化书写等核心问题，值得深入探讨。

一、现实与超越：通俗小说中的矮个子英雄形象

首先，矮子英雄大致可以分作“现实型”和“仙话型”，第一类如小说《水浒传》中的矮脚虎王英，第二类则如《封神演义》中的土行孙。他们共同特点主要是好色、有武艺但不高、曾有被俘受辱的经历等等。

《水浒传》中矮脚虎王英是清风山贼寇的“二当家”，其突出特点是好色与腿短：“为他五短身材，江湖上叫他做矮脚虎。”小说赞诗云：“天青衲袄锦绣补，形貌峥嵘性粗卤。贪财

好色最强梁，放火杀人王矮虎。”正描述出这类矮个子英雄的基本要素：粗短丑陋的外形、好色的内心及一些挑战“好汉无色欲”道德伦常的行为，再加上一两招“绝艺”。相悖左的构成要素融合成反英雄传统、反社会伦理的民间精神，在这却充满个性特色的个体里，使其行动过程充满了不合时宜与反讽意味。他的第一个有损好汉体面（不顾体面）的行为就是要强占刘高之妻，在宋江规劝和许诺下不甘心地放弃。接着第四十八回写其因色欲被一丈青活捉，在宋江的计谋下两人结为夫妇：

那来军正是扈家庄女将一丈青扈三娘。一骑青鬃马上，轮两口日月双刀，引着三五百庄客，前来祝家庄策应。宋江道：“刚说扈家庄有这个女将好生了得，想来正是此人。谁敢与他迎敌？”说犹未了，只见这王矮虎是个好色之徒，听得说是个女将，指望一合便捉得过来。当时喊了一声，骤马向前，挺手中枪便出迎敌一丈青。两军呐喊。那扈三娘拍马舞刀来战王矮虎。一个双刀的熟闲，一个单枪的出众，两个斗敌十数合之上，宋江在马上看时，见王矮虎枪法架隔不住。原来王矮虎初见一丈青，恨不得便捉过来，谁想斗过十合之上，看看的手颤脚麻，枪法便都乱了。不是两个性命相扑时，王矮虎却要做光起来。那一丈青是个乖觉的人，心中道：“这厮无理！”便将两把双刀，直上直下，砍将入来。这王矮虎如何敌得过，拨回马却待要走。被一丈青纵马赶上，把右手刀挂了，轻舒猿臂，将王矮虎提离雕鞍，活捉去了。众庄客齐上，把王矮虎横拖倒拽捉了去。

其实，如王学泰先生指出的，早在元杂剧《王矮虎大闹东平府》中，王英与扈三娘就已经结为夫妻，而且他们夫唱妇随还很恩爱。小说《水浒传》就是要表现这一“矮将”所具有的某些人格魅力的特征。

而更能显露矮脚虎本相的，就是与琼英对阵场面的描写。琼英是邬梨的养女，梦中得神人授武艺，又有秀士引绿袍将军教授飞石异术。百二十本《水浒传》第九十八回写王英出战时“看见是个美貌女子，骤马出阵，挺枪飞抢琼英。……二将斗到十数馀合，王矮虎拴不住意马心猿，枪法都乱了。琼英想到：‘这厮可恶！’觑个破绽，只一戟，刺中王英左腿。”“众将上前来看王英时，不止伤足，连头面也磕破”。已娶了扈三娘的矮脚虎，还是那样露骨地好色。宋江对他的评价是“原来王英兄弟要贪女色，不是好汉的勾当。”当然这源自江湖的英雄形象传统：如第三十一回宋江说的“但凡好汉，犯了‘溜骨髓’三个字的，好生惹人耻笑……”但王英是七十二地煞星之地微星，死后被封为“义节郎”（第一百一十九回）。如果说王英还能算得上英雄的话，那也是一位有内外都有缺陷的英雄，或许正是这样的缺陷才使得英雄王英性情的本真，增添了世俗的真实与可爱。

对于王矮虎的战阵之前“做光”（即调情），金圣叹的回评有所体会：“如此一篇血战文字，却以王矮虎‘做光’起头，遂使读者胸中，只谓儿戏之事，而一变便作轰雷激电之状，直是惊吓绝人！”显然，金圣叹超越道德评判标准地关注到了叙事者的艺术匠心，并很认同此种故事结构技巧。事实上，此处的“矮脚虎”王英，是作为“梁山好汉”的对立物而存在，除了有效地舒缓叙事节奏、制造情节起伏跌宕的心理震撼力之外，还以其富有个性、甚至是不合时宜的主体性行为，达到了强化故事的狂欢化喜剧与反讽效果，更显现出故事中的超英雄传统、超正统伦理的民间多元侠义精神。而王英在梁山泊事业中的整体表现，以其最终获得“地微星”称号，又与妻子扈三娘及其他 43 名阵亡偏将同被封为“义节郎”（子孙可袭官爵），而具有了意味深长的深在内蕴。陈忱《水浒后传》第三回写扈成自述偶遇阮小七，因记念妹子一丈青，就问起：“阮小七说一丈青配与王矮虎为妻，后来从征方腊，双双打死，我不觉泪下。”可见，王英夫妇为国平乱悲壮地战死，毕竟不失为顾全大局的侠义英雄。阮小七还说一丈青配与王英做夫妻：“两口儿好不和顺!”也说明王英有责任心，有优点。而他能与身材高大、可与林冲对阵近十个回合的“一丈青”扈三娘打了十多个回合，武技也不算太弱。

如果说王英辈与正统“好汉形象”期待视野有悖左之处，则是以其身型上的不足、精神追求的现实真率、行为方式上的直接不掩饰，展现出“矮个子英雄”的真性情，而这些或许正是“矮个子英雄”主体的存在价值。所谓的“缺陷”暗合了接受主体多元的世俗期待，使得“矮化”英雄形象更可信更可爱。

然而对王矮虎的战阵之前“做光”（即调情），金圣叹的回评揭示出其叙事艺术需要的一面：“如此一篇血战文字，却以王矮虎‘做光’起头，遂使读者胸中，只谓儿戏之事，而一变便作轰雷激电之状，直是惊吓绝人!”显然，金圣叹超越道德评判标准地关注到了叙事者的艺术匠心，认同此种故事结构技巧，其实这往往是武侠理想化叙事掩盖的英雄人物的另一面私密处、不登大雅的本真之处。实际上，此处描写的“矮脚虎”王英，乃是作为多数说来较完美的“梁山好汉”的对立物而存在，除了有效地舒缓叙事节奏、制造情节起伏跌宕的心理震撼力之外，王英还以其富有个性、甚至是明显不合时宜、不合规矩的主体性行为，达到了强化故事的整体狂欢化喜剧与反讽效果，更显现出故事中的“超英雄”传统、超正统伦理的民间多元侠义精神。而从王英在梁山泊事业大局中的全面表现看来，还没给梁山丢脸，最终获“地微星”称号，又与妻子扈三娘及其他43名阵亡偏将一同被封为“义节郎”（子孙可袭官爵），算得其正果，为此而具有了意味深长的深在内蕴。陈忱《水浒后传》第三回写扈成自述偶遇阮小七，记念起妹子一丈青，就问起来，阮小七说：“一丈青配与王矮虎为妻，后来从征方腊，双双打死。……”扈成不觉泪下。可见王英夫妇悲壮地战死，毕竟不失为顾全大局的侠义英雄。阮小七还说一丈青配与王英做夫妻：“两口儿好不和顺!”也说明王英婚后有责任心，有优点。而他能与身材高大、可与林冲对阵近十个回合的“一丈青”扈三娘打了十多个回合，武技平心而论也不算太弱。

如果说王英辈与正统“好汉形象”的期待视野有一些悖左之处，则是以其身型上的不足、精神追求的现实真率、行为方式上的直接不掩饰，从而展现出“矮个子英雄”的真性情，而这些，或许还正是“矮个子英雄”主体的存在价值。所谓的“缺陷”，暗合了世俗化社会多数接受主体多元的世俗期待，使得“矮化”英雄形象更加“接地气”，可信更可爱。

第二类如《封神演义》中的土行孙，他本是夹龙山飞云洞道人惧留孙徒弟，精通土遁术，兼具神、人双重品格的他学艺百载，却偶因申公豹游说“修个人间富贵”而效命于“截教”。土行孙师父惧留孙是阐教一方，助姜子牙铲除西岐大军。申公豹利用土行孙隐居世外信息闭塞的弱点，用建功立业和人间荣华富贵诱惑他，他便偷了师父的捆仙绳和仙丹下山投靠三山关的邓九公。而邓九公对他的看法，却是“人物不好”，这是一个整体评价，“欲待不留，恐申道友见怪，若要用他，不成规矩，沈吟良久，也罢，把他催粮应付叁军……”邓九公秉持的是世俗英雄的批评标准，但机遇巧合，他用仙丹救治邓九公和邓婵玉；而后又用捆仙绳擒纳了哪吒、黄天化：“且言土行孙得了两功，邓元帅治酒庆贺；夜饮至二更，土行孙酒后狂谈，自恃道术，夸张曰：‘元帅若早用末将，子牙已擒，武王早缚，成功多时矣！’邓九公见土行孙连胜两阵，擒拿二将，故此深信其言。酒至叁更，众将各回寝帐，独土行孙还吃酒。九公失言曰：‘土将军！你若早破西岐，吾将弱女赘你为婿。’土行孙听得此言，满心欢喜，一夜踌躇不睡。”在此邓九公也蹈入了申公豹的故智，利用美女诱使土行孙为其卖命。在以后的叙事中我们不难知道土行孙的确只是邓九公的破敌工具而已。那么阐教一派的姜子牙对矮将又是怎样的态度呢？第五十四回写：

报马报进相府来，子牙随即出城，众将在两边；见土行孙跳跃而来，大呼曰：“姜子牙！你乃昆仑之高士。吾特来擒你，可早早下马受缚，无得使吾费手。”众将官那（哪）里把他放在眼里，齐声大笑，子牙曰：“观你形貌，不入衣冠之内，你有何能，敢来擒吾。”土行孙不由分说，

> 将铁棍劈面打来，子牙用剑架隔，只是捞不着他。如此往来，未及叁五合，土行孙祭起捆仙绳，子牙怎逃此厄，困下骑来，土行孙士卒来拿；这边将官甚多，齐奋勇冲出，一声喊，把子牙抢进城去了。

“不入衣冠之内”的批评则将土行孙列入正常人之外，但他借助师父的捆仙绳屡有斩获，甚至连“艺高人胆大”的杨戬都有些许的担忧：“成汤营里，若有此人，西岐必不能取胜。”土行孙好色的性格弱点又正是其战斗的动力：“土行孙暗想：不然，今夜进城杀了武王，诛了姜尚，眼下成功，早成姻眷，多少是好”；“土行孙意在拿了子牙，早奏功回朝，要与邓婵玉成亲；此正是意欲迷人，真性自昧，只顾拿人，不知省视前后；……绳子都用完了，随手一摸，直至没有了，方惊骇”。而这又正是其最终难成就大业的根本原因，当五十五回中其遭遇美貌宫妃时，一下子便原形毕现：

> 土行孙看见妃子，脸似挑花，异香扑鼻，不觉动了欲心，……宫妃曰：“我乃女流，害之无益，可怜赦妾一命，其恩非浅，若不弃贱妾貌丑，收为婢妾，得侍将军左右，铭德五内，不敢有忘。”土行孙原是一位神，怎忘爱欲，心中大喜：“也罢，若是你心中情愿，与我暂效鱼水之欢，我便赦你。”女子听说，满面堆上笑来，百般应诺；土行孙不觉情逸。随解衣上床，往被里一钻，神魂飘荡。用手正欲抱搂女子，只见那女人反把土行孙搂住一束，土行孙气儿也唤不过来，叫道：“美人略松着些。”那女子喝一

声："好匹夫！你把吾当谁？"叫左右拿住了土行孙，叁军呐喊，锣鼓齐鸣；土行孙再一看时，原来是杨戬。土行孙赤条条的，不能展挣，已被杨戬拿住了。

行刺过程恰恰暴露了矮将花心好色类型的性格，他重蹈了猪刚鬣（猪八戒）覆辙，又开启了《说岳全传》中小霸王周通及镇南关总兵黑虎等先河，在销魂床上吃了亏。如果不是惧留孙力保爱徒，口称这弟子与邓禅玉有"孽缘"，土行孙则是另一种结果了。

在此有两点应当关注：一是"假扮新娘在洞房中严惩仇人"母题，分见于《西游记》第十八回《观音院唐僧脱难，高老庄行者降魔》的孙悟空高老庄假扮高小姐降伏猪妖；《水浒传》第五回鲁智深扮刘太公女儿在刘小姐闺房将桃花山二头领周通痛打；《说岳全传》第六十七回牛通扮作小姐，在帐中将强娶赵王独女的镇南关总兵黑虎打死。母题源头，当在印度史诗《摩诃婆罗多》写怖军代黑公主（时为宫女）让复仇，将如约前来幽会的王后之兄空竹痛打，捣碎搓成了肉团[①]。而在土行孙的故事里，由于其属于"矮将"，又增添一分诙谐幽默色彩。二是惧留孙用宿命论的"孽缘"来掩饰土行孙的秽行，也就是说连神仙世界里也将个体情欲表现作为"非好汉"品格。

在车王府曲本《封神榜》中，矮将土行孙的滑稽色彩被涂抹浓重。先是写他中了杨戬的埋伏，行刺武王不过是中了替身，

① 参见赵国华《〈西游记〉与〈摩诃婆罗多〉》，中国印度文学研究会编、季羡林主编《印度文学研究集刊》第二辑，上海译文出版社1986年版，第256－289页。

被杨戬“一伸手拦腰抓住，提溜起来，夹在胳肢窝内”，被称之为“矬贼”；后来他又被描写为，由于短腿，赶不上姜子牙的四不像仙兽而显得心馀力拙，甚至由于捆仙绳用尽而恐慌，“煞住两条罗圈腿，对面抬头用目观，……”钻不进铁一般的地面，只好被师父惧留孙收服[①]。显然，这一文本与下层民众的欣赏口味更为接近，以其偏爱具有普通人缺点的英雄，也更具有通俗文学的要素，还在一定程度上冲击了严格规范的侠义价值观。而此后第一百八十六回中，且看美女将领、邓九公女儿邓婵玉眼中的土行孙：“佳人一带桃花马，慢闪秋波对面睄。对面不见人拦路，倒把个，勇战的佳人心内毛。粉项低头往下看，睄见了，夹龙山的矮英豪：道装打扮迎面站，立比衡量四尺高，项短脖粗头如斗，单手斜提棍一条。……”

小看了矮将的邓婵玉，竟然中了土行孙的法术，被：“浑身捆住，玉体一歪，‘咕咚’栽下了坐骑。土行孙一把抓住，夹在胳肢窝里，一扭身形，无影无踪，先进了西岐城去”。当然曲本增强了人物的动作性描写，这与说唱时带有表演手势动作相关；同时又一再突出美女邓婵玉的性别特征。都表现出共同的价值取向：这是这样一个美貌女将不得已才嫁给了矮将土行孙。而完成婚礼的过程，也见出土行孙宣泄情欲的本质（五十六回），当申公豹和邓九公都是用欺骗的方式，诱惑土行孙为其卖命时，土行孙用小谋略获得女色也算得是一种近乎“公平”的交易吧。不能忽视的另一关键之点，是第八十七回中土

① 车王府曲本《封神榜》第一百八十五回《惧留孙施法收徒弟》，苏寰中、郭精锐、陈伟武校点，人民文学出版社 1998 年版，第 1532－1537 页。

行孙的结局描写：

风过一阵，把府前宝，一折两段，夫妻大惊曰："此不祥之兆也。"高兰英随排香席，忙取金钱排卜一封，已解其意。高兰英曰："将军可速为之；土行孙往夹龙山，取指地成钢之术，来破你也，不可迟误。"张奎大惊，忙忙收拾，结束停当，迳往夹龙山去了。土行孙一日止行千里，张奎一日行一千五百里，张奎先到夹龙山，到得崖畔，潜等土行孙。等了一日，土行孙方至猛兽崖，远远望见飞云洞，满心欢喜，今日又至故土也。不知张奎预在崖傍，侧身躲匿，把刀提起，只等他来。土行孙那知道，只是往前走，也是数该加此，看看至面前，张奎大叫曰："土行孙不要走！"土行孙及至抬头时，刀已落下，可怜砍了个连肩带背。张奎取了首级，迳回渑池县来号令。

这正是土行孙不遵师命、凡心不泯私自下山的意味深远的呼应。虽然土行孙是因申公豹的欺哄诱发了尘世走一遭建功立业名留青史之名利心，又因邓九公欺哄诱发了获得美女芳心的雄性占有欲，更因姜子牙为正义事业而违背自然规律的鼓动，促使土行孙以"日行千里"之能去挑战"日行一千五百里"之敌，最终导致身首异处。"缺陷英雄"土行孙之死具有长官意志的"必然要求"与这要求"实际上"不可能实现的悲剧性，于是添了令人惋惜同情的成分。

矮将未必武功差、情商低，而运气不好却可能来自不合理的权威性"安排"，土行孙辈（还有说唐系列的窦一虎等）的欲望与追求，特别是其超越“宿命”的行为方式，对“约定俗成”的英雄范式是一种挑战。博厄斯曾引用卡尔·皮尔森的研究，认为，“迄今为止所进行的调查只能使我们假设人的骨骼、肌肉、内脏或循环系统的特征实际上与人的智能没有直接联系”①，但却与生存环境有关，一如江湖武侠观念往往欣赏“貌不惊人”而能出奇制胜、后发制人的大侠，这带来了对“有缺陷”、不完美的侠义英雄的宽容与期待。生存的小环境也很重要，英雄群落就像生物种群，哪能个个都是“一等一”、完美的高手？但人们的“完美化”期待也有合理的一面，有如一位研究者的论断：“人是社会的一员，社会环境的变动对人的发展需求影响重大。社会发展层次差异的客观存在，使生存空间的差异明显显露，这刺激人的发展需求朝着缩小这种差异的方向发展，需求发生相应变化。经济发展不可避免地促进人们生活水平的不可逆转化的提高，使人们的发展需求迅速膨胀。人的心理需求层次的递进变化，是决定人对生存空间的发展需求的重要因子之一。人的心理需求随着较低一层次的需求得到满足而自发地向上递进，每次递进都使发展需求更高。”② 慕侠社会心理需求总是趋向于完美，但大众接受者又每多被现实中包括江湖豪杰在内的普通人缺陷、缺失所拉回。无可否认，王英、土行孙这类人物也是一种传统社会现象凝结的产物，是不完美、自卑的世俗大众借助社会结构调整机制改变社会评价的一个类

① ［美］弗兰兹·博厄斯：《原始人的心智》，项龙、王星译，国际文化出版公司1989年，第13页。

② 曾本祥、王勤学、封志明、石敏俊：《生存空间理论探讨》，《中国人口·资源与环境》1992年4期。

型，他们较少奸诈、机谋而更多具有率直、本真，往往是在欺哄与被欺哄、利用与被利用、嘲弄与被嘲弄中位移，以致被终结。虽土行孙们拯救族类的侠义精神融进了世俗“好货”“好色”因素，但在模式化了的“好汉”谱系中，依旧不失为富有吸引力、持久魅力的一个类型。

二、好色、顽皮与武功高强杂色形象的扩张

世俗大众为主要接受主体的审美期待构成了慕侠标准的多元化。与王英、土行孙等辈相类的武侠文学形象，所在还有不少。如清代通俗小说《说唐全传》第五十三回草莽英雄尉迟公，就有如此的观念：“娘子，你是女流之辈，晓得什么行兵打仗？不如归了唐家，与俺结为夫妇，包你凤冠有份。”① 实际上，清代历史演义中的男性矮子英雄，往往处于华夏中心的优势一方，而他们就好像具有某种种族优势的“美国人”一样，即使好色、开朗、顽皮，甚至坐拥双美也无伤大雅，似乎对于那些出身敌方、“蛮夷”的漂亮女将，天生就有着占有权一样。在此必须强调指出的，是基于母题史演变的历史事实，不能拘泥于今人根据现代标准强行划分的侠义、神怪、英雄传奇、世情等题材，其间交叉互融的“混类”现象，至清代历史演义就更加趋于强化。

首先，矮将多为仙师之徒，少年学艺，武艺高强，他们交战时往往有出乎意料的打法，令人猝不及防。还有施放宝贝兵

① 鸳湖渔叟校订：《说唐全传》第五十三回《尉迟公双纳黑白氏，马赛飞独擒程咬金》，上海古籍出版社1995年版，第313页。

器、土遁术之类的“异能”。尽管这后者的“异能”基本上是用来逃遁，或用来作为便捷地窃取敌方宝贝之用。较早的也是具有原型意义的是《封神演义》中的土行孙，其为神仙师父惧留孙的高徒，最大的本领是土遁术，褚人获《坚瓠集》秘集卷二引《白醉璅言》的明末传闻，即乱世人生中人们期盼生命保全的“土遁术”：

> 正德初，流寇猖獗，有太监部纲入京，一老翁附舟，左右不可。太监怜而容之。翁雅善讴歌，太监尤喜，数召侍饮。舟抵济下，而贼报至，从者或逃或泣，翁曰无恙，命舟中炒面若干，可足三四人数日之食，请太监散诸仆而留两人侍，以面和水为粮，戒勿言笑，乃出小囊于胸，以匕挑囊中物，每舟首尾，各置少许而还，贺曰：“公高枕矣。”太监犹惊疑。明旦，贼骑充斥，皆四顾曰：“昨有龙依船，当泊此，何不见?”后一骑饮马于浒，失足践船头，乃云几入水，顿辔而去。贼退，从者返，咸言“烟水茫茫，我公何在”，意必遭贼害，相与泣于水次。翁乃徐起，收其物入囊，而舟遂见。太监德翁，厚赠，悉不受。置酒申敬，而翁跃升于岸，举手珍重而去。视船头有黄土痕，知翁深于土遁之术。①

那么，何以小说中的土遁术偏偏要选择矮将担当，以其重心更为接近地面，看起来不是太起眼，一时消失起来似乎更加

① 《笔记小说大观》第十五册，江苏广陵古籍刻印社 1984 年（影印），第 493 页。

便捷吧。而且这种不算正宗、也不为一流英雄拥有和运用的怪异招数，与其作为“次要人物”、有缺欠的人物显然更为相配。

其次，矮将大多好色，富有旺盛的情欲，行为表现直露而无所顾忌。旺盛的性欲似乎与其短小的身材恰恰形成反比，不对称的灵肉与行为产生愉快的欣赏效果。如《说唐三传》（《薛丁山征西》）第三十九回写氤氲使者说承蒙月下老人指引，唐将窦一虎与薛金莲有宿缘，秦汉与刁月娥为夫妻，而秦刁成亲，竟由王禅老祖出面。他为自己貌丑且矮的徒弟来求金刀圣母，而氤氲使者在月下老人指引下特往乾元山借了迷魂沙、变俏符二宝，交给秦汉去迷乱刁月娥，趁着宝贝发生作用，刁月娥眼中是一个“面如傅粉，唇若涂珠”的郎君，又被迷魂沙乱了心，半推半就地与其成亲了。这一切在其圣母师傅的许可下进行，著了迷魂沙的刁月娥木已成舟，圣母又来说明矮子本名将之后，刁总兵也只得允。值得注意的，是小说还特意提到这门亲事具有的不合理性：“众将暗笑，好块天鹅肉，倒被这矮子先占食了。”① 并在下一回写出窦一虎也是运用变俏符“贴在胸前，将身一摇，变了七尺以上身材美貌郎君”。

因此，在貌似戏谑的矮将娶妻故事叙事中，蕴含着三个重要的婚姻结构要素：一是尊贵的出身；二是强健的身体（包括性欲旺盛）；三是命运天定。而短小的身材与超越常态的追求，则使故事增添了民间“狂欢节”一般的通俗文学趣味。

又如，《说唐三传》第五十九回也写秦汉对窦一虎说：“元帅也防备金莺。待我与你今晚盗取金莺，明日出战，自然得

---

① 佚名：《薛丁山征西》第三十九回《仙翁查看姻缘簿，迷魂沙乱刁月娥》，三秦出版社2003年版，第183－185页。

胜。”一虎依言，当夜瞒了元帅，一个钻天，一个入地，私进关中。来到番营，想道：“金莺乃叔赖之物，必在西营。”叔赖身边爱妾，一个名爱娘，一个名欢娘，俱皆绝色。欢娘乃贪淫之女，因叔赖不进他房，在灯下长叹怨言，秦汉在屋上偷听，秦汉进房抱住欢娘，后者惊道：

> “你这矮子，是人是鬼，快快说来。”秦汉笑道：“你不要看轻了我，我虽身矮，乃大唐名将秦汉，有钻天之术，来探军情，见美人弹琵琶声声怨言，惊得我在云端内跌入你房。今夜与你成其好事，胜自空房独宿，休错过良辰美景。”那欢娘听了说：“看你不出，倒是唐朝上将。既蒙见爱，今晚从了你，待破了关，要娶我的。”秦汉说：“这个自然。”正要上床，那一虎在地下听得明白，钻将出来，喝道：“你两个做得好事。”唬得二人大惊。欢娘一看，又是一个矮子。秦汉说：“师兄为何也在此？”……①

矮将角色的活跃，增强了小说的直观性、喜剧性，也许受到戏剧和江湖艺人表演写影响，如此非常适合说书人加上动作的临场发挥。而实际上小说第三十九回《仙翁查看姻缘簿，迷魂沙乱刁月娥》已写了秦汉在王禅老祖帮助下，给“犹如陈妙常靠在桌上”的刁月娥用了迷魂沙，先斩后奏地完成了“夙世姻媾”，如果没有金刁圣母及时解围，这大胆矮将就免不了要被刁总兵斩首。

① 《薛丁山征西》第五十九回《盗金莺秦寞逞能，摄魂铃擒花伯赖》，三秦出版社2003年版，第284－285页。

其三，矮将大多属于敢作敢为的“酒神”性情类型，似乎总是带有莽撞的弱点，以至于虽然有些才气却常有失手之时，不过在小受挫辱之后往往能遇难呈祥，这又使其又往往带有“福将”的特色。作为备受人们欢迎的说唐系列之一，《说唐三传》故事的一个异文也写，王禅老祖的徒弟窦一虎出场：“冲出一个大王，年纪还小，一表堂堂，身长三尺，头戴亮银盔，身穿熟铁甲，手持黄金棍。他是王禅老祖的徒弟，武艺高强，他在上望见唐军营中薛金莲，不由得神魂飘荡，妄想拿来成亲，持了黄金棍飞奔而来，挡住去路。……”① 看出说书人的书场发挥，不愿遗漏矮将这一“看点”。

那么，战阵上这类矮将的表现怎样？小说第二十四回《飞钹连伤唐大将，窦一虎揭榜求婚》写窦一虎跳来跳去捉弄飞钹和尚：“飞钹和尚抬头一看，见城中冲出一队兵，不见主帅，心中正在思疑，窦一虎到了，向腿上打了二棍，好不疼痛。往下一看，见一个矮子跳来跳去。和尚将禅杖打了，他用棍子相迎，杀了几个回合，和尚在马上终是不便，倒被窦一虎一棍打在马屁股上，那马跳起来，几乎和尚跌下马来。……和尚气得满面通红。”窦一虎还赖皮赖脸地以破飞钹来要挟，要娶薛金莲，称薛仁贵为岳父。第三十八回《刁月娥铃拿唐将，师兄弟偷入洞房》写窦一虎枪下救罗章：“一虎见月娥花容，遍体酥麻，虚将棍子来打。月娥定睛往地下一看，原来是一个矮子，心中倒也好笑：这样的人儿也来交战！……”可是谁能怀疑这种看轻，不是“只看外表”的错觉呢？

---

① 佚名：《说唐三传》第十八回《薛丁山领兵救父，窦仙童擒捉丁山》，江苏古籍出版社 1996 年版，第 58 页。

其四，通俗小说家们的矮将叙事话语，往往用以一种诙谐戏弄的口吻形容矮将，显示出下层民众对于“小个子英雄”轻喜剧式的嘲讽和宽容，似乎他们幸运的经历与他们实际上的武艺总是不大般配。晚清佚名《宋太祖三下南唐》也当被视为是矮将形象描绘的一个重要文本。小说第二十六回《破神锣余鸿大败，踩唐营冯茂立功》写冯茂乘上神鸦来到唐城。随后两写敌方眼中的对方矮将形象：

一是，李煜用膳之际，忽见一矮人，手执双铁尺，如方板之大，从空中滴水飞檐坠下，骑着一只五色鸦，金睛喷火。想是宋人差来做刺客，慌忙起来抛署走离座位，大呼叫救。……

二是，余鸿也小看了冯茂：“骑坐一飞鸦，身之侏矮，不满三尺，只似十一二岁的小孩一般，不觉失声发笑，又大言曰：‘宋朝没了大将，故打发此小孩子出阵，是该当邦家亡灭的。尔这小孩子，该当下礼叩首请罪，便饶恕尔幼小无知。’此语余鸿分明欺笑这冯茂身材矮短，相戏谑也。冯茂亦戏耍他曰：‘汝汝乃不肖孩儿，身入妖道异端，逆天行道，为父屡屡教责，只是逆命不依从，偏要助力于伪主，以假灭真，激恼汝父出此等逆命不孝儿，少不免五雷轰以危为父也。’当时余鸿见冯茂眇小，视为儿戏，只消一杖可以了决短人性命。尚不知这短小人得师传教双尺，如风闪之急。余鸿杖一下，他左尺一挡，右尺即飞过去，反弄得余鸿招挡不及。……”接着余鸿的宝物落魂锣被打得碎烂，只得土遁而走。原来这冯茂是冯益之子，十二岁时被狼虎衔去，黄石公救上仙山学艺，后来他屡建奇功。①

① 佚名：《宋太祖三下南唐》第二十六回《破神锣余鸿大败，踩唐营冯茂立功》，中国古代珍稀本小说4，春风文艺出版社1996年版，第663页。

矮将不仅往往能取胜，而且还经常幸运地娶了敌方名将之女。冯茂就1娶了艾银屏，原来他与银屏是仙师告诫的“姻缘宿定”，大于敌我界限的。不过，他“到此寻觅良缘，想必前定无差”，乘其醉先斩后奏，与那《封神演义》土行孙类似，颇带有民间狂欢节的意趣。

对于矮小新郎的嘲讽，也渗透了“闹洞房”、戏弄傻女婿的民间娱乐情趣。小说还以矮个子未必本领低说事，善意地攻击那些徒有其表的身材魁梧者：

> 有郁佳人自恃得了俊郎名王似玉，嘲哂着银屏曰：“贤妹携出一个男儿来，愚姐看来是妹之少弟，即转念令高堂一向仙游后，并未有弄璋，何得有幼子。难独妹妹方定了夫家便即生育不成?”银屏见他作弄曰：“姐姐不必相戏，凡天下人，往往有貌状魁伟，奇昂八尺，然而本领反不及孺子，岂少之乎？今隆中诸葛有三杰，孟、仲、季。郁姐姐已得占其龙，故来藐视于人，殊不明人小渺，功力大，又非所论也。”①

对于情郎的矮小发出了一些戏谑之语，总的还是符合特定形象带有的幽默精神的，而这恰恰就是民间故事惯常母题的生命力所在，明清通俗小说在说书人、书场效应的推动下，将民间传统融盐入水，吸收到小说叙事之中。或许这些有缺陷的英雄正是社会大众中的一员。外形的矮小并不能妨碍内心的强大丰富，作为传统英雄与侠义精神的市民化时代建构，矮将形象

---

① 佚名：《宋太祖三下南唐》第三十二回《同归宁奉旨完婚，求借兵故旧重会》，中国古代珍稀小说4，春风文艺出版社1996年版，第695页。

有意无意地挑战了对好汉外形的理想期待，增加了对生命本真追求的宽容与鼓励，这岂不也正是鲁迅之阿 Q 和金庸之“韦小宝”的精神意趣源头之一。

三、矮将形象的佛经文学与史传、现实来源

小人故事、矮人神话，也非中华民族所独有。英国人类学家曾指出其中也有一些并不合理处，可能具有同源性：

> 但是这一类关于矮人和巨人的神话，本身能够预先警告我们，要提防过分广泛地传播某种局部性的解释，尽管它在某些方面是正确的。……一位中世纪的旅行者讲到契丹（Cathay）的多毛的像人一样的动物，其意思显然很不相同。这种动物只有一只胳膊肘那么高，走路时膝盖不弯曲。一位阿拉伯的地理学家，描述了印度洋上一个岛上的人，这种人只有四拃高，裸露全身，脸上有红色长绒毛，他们会爬树，见人就躲避。如果有人可能怀疑这种矮人的真实性，那么他的怀疑会由马可·波罗的叙述而得到解答。……关于巨人和矮人的故事是由许多各类事实产生的，它们是以同一个传奇作基础的，有时又或许以某种神话因素作基础，这就使神话的解释者感到困难重重。以完全可信的样子对一些奇怪部落所作的描述，当人们不知道事情本来面目时，也许会用新奇而过高的意义来理解它们。①

① ［英］爱德华·泰勒：《原始文化》，连树声译，广西师范大学出版社 2005 年版，第 316－317 页。

因此，矮将、矮子英雄形象，无疑是一个世界性的文学母题，其进入男将女将杂糅的历史演义，以塑造江湖豪客武林英雄为核心的中国武侠小说中，不仅势所必然，而且有着某些人类学依据和民间文化精神的逻辑上的合理性。

在古代印度的《往世书》中，毗湿奴被描写有十次化身，其中一次就是化为畸形的侏儒，据有关专家研究，毗湿奴的侏儒化身起源于他的“三步功绩”，《百道梵书》明确提到。这三步功绩乃是毗湿奴升格移位的核心，铺平了他上升为三界之主的地位，而侏儒形象是他勇力的表征。而在佛教本生故事中，也讲佛陀前生曾转生为侏儒，作为弓箭手他与高个子织工同奉国王，后来又击退敌军。有关专家认为：“在这种母题故事中，矮子都具有超人的智慧和勇力，能赢得并保护财宝和权力。所以，毗湿奴具有侏儒形体的化身，也是‘形神一致’的。”① 联想到西方童话故事《白雪公主》中的七个矮人，也各有所长，还是不能轻易否定矮人形象中的某些英雄色彩。

矮将形象的生成原因，大致可以从现实存在、史传文献与文学审美艺术想象等维度探究。

首先，矮将形象体现了小说与戏曲之间的内在联系。古代戏剧史表明，受宫廷弄臣幽默滑稽传统等影响，戏剧演出时，许多时候都有丑角出现调节气氛，往往正是由侏儒或矮个子演员扮演的，他们虽然个子小，武艺却着实不赖，而且，扮演这类丑角的，还往往恰恰必须是高手，更加富有活力，并非是武艺平平所能胜任的，于是他们的出场经常带来观众一阵阵轻松

① 参见郭良鋆：《印度教三大主神的形成》，《印度文学研究集刊》第四辑，上海译文出版社 1999 年版，第 84 页。

而由衷的欢笑，久而久之，这些直观化的形象，也就自觉不自觉地进入到小说家的笔下，成为一个类型化形象。人品上，这类矮将被描写得较为低下，这当然与他们好色又不择手段的特点有关。似乎其品位在作品中多扮有“丑角”的角色有关，也搀有身材带来的劣势的顺接联想。正如论者指出的：“姜子牙对土行孙并不重用，除鄙视其人品外，恐怕与其形象没有大将风姿有关。古人十分重视人外貌的长大美白，对矮小丑陋肤色不正的人，自不肯高看。……如同王英算不得真正的英雄，却也不让人讨厌一样，土行孙也是个喜剧性的角色。”①

其次，矮将形象的诙谐幽默内蕴，有着汉代以来宫中侏儒表演的喜剧精神传统。在东汉班固《汉书》所引其所作《上林赋》，中有侏儒，赫然在众多表演者之列：

> 于是乎游戏懈怠，置酒乎颢天之台，张乐乎翏膠葛之宇，撞千石之钟，立万石之虡；建翠华之旗，树灵鼍之鼓。奏陶唐氏之舞，听葛天氏之歌，千人唱，万人和，山陵为之震动，川谷为之荡波。巴渝宋蔡，淮南干遮，文成颠歌，族居递奏，金鼓迭起，铿鎗闛鞈，洞心骇耳。荆吴郑卫之声，《韶》《濩》《武》《象》之乐，阴淫案衍之音，鄢郢缤纷，激楚结风，俳优侏儒，狄鞮之倡，所以娱耳目而乐心意者，丽靡烂漫于前，靡曼美色……②

① 张永芳：《〈封神演义〉的文化批评》，中国文史出版社2003年版，第293－294页。

② 班固：《汉书》卷五十七《司马相如传》，中华书局1962年版，第2569页。

宫廷中的弄臣侏儒，作为面向特定对象服务的喜剧演员，他们的表演，同传统杂技艺术的喜剧精神结合一处。这是古代音乐文学史的重要组成内容，梁代萧子显载录：

> 《俳歌》辞：俳不言不语，呼俳噏所。俳适一起，狼率不止。生拔牛角，摩断肤耳。马无悬蹄，牛无上齿。骆駼无角，奋迅两耳。——右侏儒导舞人自歌之。古辞俳歌八曲，此是前一篇。二十二句，今侏儒所歌，擿取之也。①

《隋书·音乐志》则载："始齐武平中，有鱼龙烂漫、俳优、硃儒、山车、巨象、拔井、种瓜、杀马、剥驴等，奇怪异端，百有馀物，名为百戏。周时，郑译有宠于宣帝，奏征齐散乐人，并会京师为之。盖秦角抵之流者也。"其中也有侏儒这类人物角色。

20世纪50年代末成都附近的天回镇东汉墓葬，出土一个祭祀用的乐人陶俑，一个胸部丰满的男子正在用力打鼓。后多被解释为是说书人。此后四川新都县出土的另外一件相似之作也被称为"说唱艺人"。国外学者的异议指出，实际上这是不能成立的。Lucy Lim 和 Kenneth J. Dewoskin 注意到这些人像：

> 都似乎发育不全。事实上，这些人像中的几个，尤其那些坐着的人像，都显示出各种软骨病和抑郁症的症状。

① 萧子显：《南齐书》卷十一《乐志》，中华书局1972年版，第195页。

> 从这点以及他们夸张的怪相和奇异的动作看，他们很容易使人们联系到古代世界的许多地区都普遍出现过的宫廷小丑或弄臣（多是残疾或发育不全者）。Lim 和 Dewoskin 将他们正确地描述为乐伎并引用一些有关他们活动情况的历史和文学记载。他们显然与杂技演员、歌唱家、舞蹈家以及魔术师有关，很可能他们也讲述笑话，表演讽刺剧，用鼓来伴奏，使用顺口溜等，但是没有丝毫的证据表明他们是说唱结合的说书人。①

这岂不是古代侏儒载录的一个例证！而值得注意的是，他们的角色正是那个时代侏儒惯常的弄臣角色，是备受欢迎的说唱艺术的高级表演者，这表演借助其身形、动作而更加具有诙谐的狂欢意趣。

其三，矮子英雄形象也有外来因子。魏晋南北朝以降，侏儒叙事可以说主要有两大分支。从空间看，一是大陆东南海上诸岛的侏儒国传说，陆续有载。《三国志·乌丸鲜卑东夷传》："女王国东渡海千馀里，复有国，皆倭种。又有侏儒国在其南。人长三四尺，去女王四千馀里。……"唐人修撰的《梁书·诸夷传》则承袭之："其南有侏儒国，人长三四尺。又南黑齿国、裸国，去倭四千馀里，船行可一年至。又西南万里有海人，身黑眼白，裸而丑。其肉美，行者或射而食之。"二是西北或北方的小人国，梁元帝萧绎《金楼子》称："短人在康居国北，男女皆长三尺。"《金楼子》还称齐桓公北征孤竹："未至卑耳

① ［美］梅维恒：《唐代变文——佛教对中国白话小说及戏曲产生的贡献之研究》，杨继东、陈引驰译，中西书局 2011 年版，第 279－280 页。

之溪，见人长一尺，形具焉，右祛衣而走马前，……”管仲解释：“臣闻山神有俞儿，状长一尺而人形，见此霸王之君兴，则山神见也。走马，前导之也；祛衣，前有水也；右祛衣，从右方可涉也。”果然渡过河水。

另一分支，是唐代以来侏儒，往往被作为民间的一类受嘲笑的边远地区此类人种，这也有着文化“中心”与“边缘”的等级观念暗中作用。某些边缘地区人们普遍身材不高，这同身材小型的珍禽异兽一样，被作为当地官员向朝廷贡奉的对象。唐初诏令即曾宣布：“……其侏儒短节，小马庳（矮）牛，异兽奇禽，皆非实用，诸有此献，悉宜停断，宣布远迩，咸使闻知。”可见竟为一时风气，需要明令禁止，见《全唐文》卷一，《新唐书》卷一。而白居易曾将这种实行免除贡奉改革的官员阳城，写入到他带有新闻性的新乐府诗中，其作《新乐府序》称：“《道州民》以美臣之遇主。”该诗咏：

> 道州民，多侏儒，长者不过三尺馀。市作矮奴年进送，号为道州任土贡，任土贡，宁若斯，不闻使人生别离，老翁哭孙母哭儿。一自阳城来守郡，不进矮奴频诏问。城云臣按六典书，任土贡有不贡无；道州水土所生者，只有矮民无矮奴。吾君感悟玺书下，岁贡矮奴宜悉罢。道州民，老者幼者何欣欣！父兄子弟始相保，从此得作良人身。道州民，民到于今受其赐，欲说使君先下泪。仍恐儿孙忘使君，生男多以阳为字。①

① 顾学颉校点：《白居易集》卷三《道州民》，中华书局1979年版，第68页。

洪迈《夷坚志》也踵虽白居易，但却对道州侏儒带有生物学意义上的偏见："道州民侏儒，见于白乐天讽谏，今州城罕有，唯江华、宁远两县最多。孙少魏过其处，询诸土人，云皆感猕猴气而生者也。猴性畏竹扇声，富家妇每妊娠就寝，必命婢以扇鞭扣其腹，则猴不敢近。贫下之妻无力为此，既熟睡，往往梦猴来与交，及生子，乃矮小成侏儒。两县境接昭贺，去九疑山五十里，皆瘴疠之地，山岭之上，猴千百为群相挽引，殊不畏人。其精魄又能为人害如此。"①

在自成系列的民间笑话之中，侏儒故事也是一个少不了的传统类型。早期笑话集《启颜录》称，邓玄挺也曾取笑个子矮小的韦慎：

> 兵部侍郎韦慎，形容极短，时人弄为侏儒。玄挺初得员外已后，郎中员外俱来看。韦慎云："慎以庸鄙，滥任郎官。公以高才，更作绿袍员外。"邓即报云："绿袍员外，何由可及侏儒郎中？"众皆大笑。②

《太平广记》卷第二百四十九《诙谐五》引《启颜录》还写，长孙玄同幼年很善于辩论，他拿身材矮小的段恪当众取笑："段恪虽微有辞，其容仪短小。召至，始入门，玄同即云：'为

---

① 洪迈：《夷坚志》支景卷六《道州侏儒》，中华书局1981年版，第926页。

② 李昉等编：《太平广记》卷第二百五十《诙谐六》引《启颜录》，中华书局1961年版，第1936页。

日已暗。'公主等并大惊怪云:'日始是斋时,何为道暗?'玄同乃指段恪:'若不日暗,何得短人行?'坐中大笑。段恪面大赤,更无以答。"这其中,体现了对矮人(短人)的一种歧视,他们成为特定语境下的一类取笑对象。远接其上,直到清代还有《咏矮子诗》:"有咏矮子者,诗曰:'某某先生太不高,矮人队里逞英豪。搭棚只用齐眉棍,上阵常携解手刀。未必蚕衣能作帽,居然马褂可为袍。一朝击鼓升堂去,百姓部从桌下瞧。'"①

其四,是生活现实中的确有一些矮子,具有超人的巨大能量。他们往往不仅不像个矮子,而且具有不平凡的勇力,往往超出了正常人体能的局限,因而也超越了人们通常的期待和偏见,令人刮目相看。

自卑与超越心理,也使得某些矮子为了具有更高的生存能力,或获取更多的生存资料,自神其身,成为具有半仙之体的特殊人物,也当为现实生活中的依据,是不应忽视的。明代笔记载录了明初传闻:

> 王士宁,生元至正甲辰(1364 年),至成化癸卯(1483 年)年,百有二十。士宁少慕养生,不受室、饮酒、食肉。走蜀,入雪山,投见一老人,披毡衣,卧深洞中石床上,长三尺馀,耳目口鼻手足皆类小儿。士宁顿首拜,不答。因执役左右。老人不饮食,坐侧悬一囊,中类干面,饥辄取啖,渴手掬饮涧水一二升。士宁饥,跪乞食。老人

① 徐珂:《清稗类钞》第四册《诙谐类》,中华书局 1986 年版,第 1841 - 1842 页。

与囊中物，苦涩不能下咽。士宁拾啖山果、野菜。居三年，老人怜之，忽曰："吾语子术，子识之宜。出山非其人莫授。"士宁出雪山，后事不可知。其在济宁，居城东深巷败屋中，已六十年。济宁人窃旁伺，士宁久绝火食，唯日啖枣数枚，或菜数茎，饮水少许。人馈遗，辄不肯受。

济宁指挥王宣者，海州人，往见士宁，骇曰："吾上世有叔祖士宁，好道，弃家去，竟不知所终。翁得无是？"扣家事，皆合，宣因日与往来。成化七年（1471年），朝廷下山东征士宁，俾乘安车来。……①

士宁之师是个异人，这个看似不起眼的矮个子老叟，其实是个隐居深山的世外仙师，具有惊世的武功，他对王士宁传授养生长寿之道前，先要照例进行一番考验。这一仙话化的矮子仙师，颜面四肢如同小儿，也成为后世如"天山童姥"之类武侠人物的原型之一。

直到晚清，也不乏矮子勇侠的传闻，其活跃在民间口耳相传的故事之中，为人们喜闻乐见，并且常常古今相映、书本所闻与现实目睹两相印证："又闻长安有六十叟，无姓字，自称短翁，名捕也。身短小，仅一尺七寸高。然矫捷如猱，能战善斗，每遇贼施拳勇，叟出不意，钻入贼人胯下，碎其阴，而贼即就缚。或乘马，遇敌施火器，即钻身贴马腹不见。尝谓人曰：'某生平捕贼可唾手得，惟与妇媾，又接吻，又摸乳，又云云，即上下腾跃，颇怯力也。'顾性喜演戏，每演武大郎，未尝假

① 郑晓：《今言类编》卷六，《明代笔记小说大观》，上海古籍出版社2005年版，第849页。

粉墨，即见打虎人令兄宛在目前。年六十二，忽休妻独居，自署门联云：'出妻怕被一身甲，遇友羞称三寸丁。'真绝对也。此闻之秦鲁从盟弟所述者。"①

矮个子英雄形象具有一种内在的哲理性，是对"尚力"的冷兵器时代价值观的反拨与嘲弄，但又不脱离矮个子的局限性与诙谐性，带有对一种僵化的"单纯生态价值观"的思考。博厄斯指出："攻读哲学史的学生很了解：即使最伟大的天才其思想也深受所处时代思潮的影响。一位德国作家（莱曼）很精辟地阐释了这一点。他说：'一种哲学体系正像其他任何文学作品一样，其特征首先是由原始人的个性所决定的。每一种真正的哲学都反映了这个哲学家的生活，就像每一首真正的诗反映了诗人的生活一样。其次，它带有自身所处时代的各种烙印；它所展示的思想越是雄辩有力，其中所浸透的当代生活思潮的气息也越浓厚。第三，它受当时的特定哲学倾向的影响。'"②

矮个子小英雄作为明清小说中频现的侠士类型之一，体现出国人对于畸形及不完美性格人的宽容，而黑格尔的论述，似乎更能解释问题的本质："在一个自由的民族里，理性因而就真正得到了实现。它此时是一个现在着的精神，在这个活的精神里，个体不仅找到了它那表示了出来而作为事物性存在着的规定或使命或它的普遍与个别的本质，而且它自己已经就是这个本质，它也已经达到了它的规定或达成了它的使命。所以，

① 宣鼎：《夜雨秋灯录》续录卷六《三短唱粉墙儿高似青天》，黄山书社1995年版，第298页。

② ［美］弗兰兹·博厄斯：《原始人的心智》，项龙、王星译，国际文化出版公司1989年版，第62页。

古代最明智的人们曾创出格言说：智慧与德行，在于生活合乎自己民族的伦常礼俗。”[①] 这种宽容，颇为类似人们习以为常的对于儿童的宽容，即金庸小说深刻揭示的“韦小宝这小家伙”所带给人们的嬉笑。的确，矮将形象与小儿形象的接近，因其共同具有天真、率真、单纯、幼稚，不掩饰本能属性的欲望等突出特征，令人看到和联想到了自己的童年，自己长大之后就理性遮掩的东西、填补了的弱点；于是就如同对待儿童那样，矮将，为此而得到了较多宽容、谅解，赢得了一些对于噱头的嬉笑。

因而，我们有理由认为，现实存在中的矮子英雄，史传载录中的智慧侏儒以及宗教文献等中的矮子故事，都以其短小身材同超大能量的悖左，令人印象深刻而成为明清小说中矮将形象的文化原型之一，也为民国之后武侠小说中的矮将形象奠基，有着母题史生成、趋于丰富完善的重要意义。

四、武侠小说矮将内涵的固化与现代精神的渗透

“小个子英雄”在民间故事中有着重要的意义。民间故事研究家曾予以强调并抱有惋惜地指出，对此还没有经过较为彻底的研究：“巨人在地方传说中虽然是很常见的，在正规的民间故事中却并不重要。小矮子英雄就大不相同了。在古代文学中，我们时常获知矮小得不可思议的人们……它似乎是这样一

---

① ［德］黑格尔：《精神现象学》，贺麟、王玖兴译，商务印书馆1979年版，第235页。

个故事，其历史从未经过彻底的研究，所以应当加以补偿。”①

矮子英雄形象，体现出并提醒了人们，人群中其实一直以来就有着高下之分，种族与族群内部并非全都“平等”，对个体也许不能要求绝对平等相待、等同看待。弗兰克尔有言：“从所有这一切中，我们可以知道，在这个世界上存在着两类人，但是，只有这两类人——高尚的‘种族’和下流的‘种族’。任何地方都可以发现这两类人，他们渗进了所有的社会群体。没有任何群体完全是由高尚的或下流的人所组成的。在这一意义上，没有任何一个群体是‘纯粹的种族’——因此，人们有时能够在集中营看守中发现一位高尚的人。”②

那么矮将们属于“族群”中的哪一类呢？

文学文本中的矮将基本具有这样一些质素：神仙出身或拜神仙为师；亦兽亦仙的的外形；传奇性的行藏。而江湖世界中，也有一些矮子英雄的传闻。徐珂《清稗类钞·盗贼类》载湘潭一个名气很大的盗魁米禾登，其虽为侏儒却颇有谋略，远近之人多畏之：“其实米乃侏儒，力不胜重，且讷于言，其所以坐享大名者，皆徒众之力耳。米少无依，为人牧牛羊，亡犊，惧责而亡，为盗魁所收。以黠诈善谋，颇为众盗所服。盗魁死，众拥米继之，专为画策，因是而有名。”③ 故事中的侏儒盗魁不是以力扬名而是凭借谋略，其智谋当源于苦难的经历与见识，

① ［美］斯蒂·汤普森：《世界民间故事分类学》，郑海等译，上海文艺出版社1991年版，第107页。

② ［奥］维克多·E·弗兰克尔：《追寻生命的意义》，何忠强、杨凤池译，新华出版社2003年，第89－90页。

③ 徐珂：《清稗类钞》第十一册《盗贼类》，中华书局1986年版，第5324页。

也是侏儒生命个体存在的自然赋予，以智慧弥补体力之不足的自然生存法则。

江湖卖艺者的行列中，也时有矮个子的艺人出现，他们身材虽小，却往往承担着毫不输于正常人的辛劳与重负，其异常能力，可以说是每多技压凡伦，以至于叙述者用惊赞、钦佩的态度来描绘，这又是另一类文化阶层的“小传统”，据晚清宣鼎的目睹和体会：

余昔游中州，见一角牴儿，二十五岁妇人也，名曰“矬姑”，形质短小，犹似三四岁小娇娃。每晨，其夫肩而荷之游，于市四达之衢，张青油幕团团焉，观者如堵墙矣。女艳装出，排场数语，即入幕度曲。始则嘤嘤，继则袅袅，如二三好女子对讴吴越新调。旋如琵琶、胡琴、阮咸、箜篌、筝笛之属，一齐竞奏，婉转激昂，循腔合拍。女出，则仅一如拳之躯，初无第二人厕其中也。人有穴幕睨之者，则女方端坐以两指捻两颐，离合之出繁响耳。然技亦绝矣。曲已又献杂技，凡踩索、舞盘、吐旗、吞剑，或以足承瓮、承梯，无不精妙。观者喝彩，撒金钱如雨矣。明日，余饮胡主簿宅中，适招矬姑至，立余前，其盘鸦仅平余膝。戏与之语，女出白纨扇索书，余戏占一律赠之曰：

身材虽小技偏长，短簿宴前作戏场。

不嫁臧孙真怨偶，倘归平仲定专房。

留仙好作掌中舞，入市生愁胯下藏。

竿木随身亦沦落，何曾饱死傲东方。

当日若以此女适巨宅儿或短翁，必伉俪非常情，惜月下老懵懂，并无此巧撮合也。惜哉！①

故事中提及一系列从古以来有名的矮人，喜剧家，“东方”指汉代喜剧大师东方朔，足见诙谐欢快的喜剧传统，是顽强稳定地伴随着矮子形象及其母题沿革的，这是侏儒或小个子社会存在的另一种状态。

矮子英雄的本质，是对于物种形态上不如人类的其他物种的一种歧视，由此蔓延到了对于小个子身材的同类的歧视，然而“小丑英雄”却有着特殊的人类学意义。通过对印度神猴哈努曼、中国明代小说《西游记》和美国本土作家、亚裔作家作品的考察，耶鲁大学魏樸和教授注意到物种之间的亲缘关系，人类并非独立的物种，而应作为灵长类的“第三类猩猩”，她援引保罗·拉丁的《小丑英雄》（The Trickster，1965）等人的研究，如山狗这类美洲动物有很多亲族，它们还可以是乌鸦或野兔，而且有很多名字：“名字的多样化现象不仅局限于美洲大陆。作为与我们相似，和我们一样坏的动物亲族，小丑英雄是‘表现人类的最早的表达方式’，‘在最淳朴的土著部落和最复杂的部落中都能找到可明显识别的形式。古希腊、中国、日本和闪米特世界里都有它的身影’。”而哈努曼代表的猴子是印度文化中著名的小丑英雄，它的尾巴，就如同具有类似“异形本领”的孙悟空，在民间艺术中被艺术化，尾巴不易隐藏，总是在突出着一种意义：“某种意义上的崇高，但同时又不太过

---

① 宣鼎：《夜雨秋灯录》续录卷六《三短唱粉墙儿高似青天》，黄山书社 1995 年版，第 298－299 页。

崇高，它的尾巴提醒我们它始终是个动物。”①

而我们说，矮子英雄也是这样，他的身材矮小这样的天生的明显的特点，也总是在提醒人们，他虽然武艺高强，却不是个一流的完美的英雄，而是个有缺陷的、不完美的英雄，也正因如此他在许多方面更接近普通人，也就有理由具有普通人的那些弱点，好色、好冲动、好耍小孩子脾气，等等。

至于民国小说武侠世界中的矮人形象存在状态，人们对于侠、少年侠的偏爱，使其对于矮子侠客也充满了喜爱之情，较多地表现其可爱、顽皮的一面。则如叶洪生先生指出的：

> 其实，在《蜀山》小一辈人物中，描写得最生动、最有趣、最可爱的角色是另外一个“小集团”——，即“峨眉七矮”。这个小集团是由七个小矮子所组成，依序为：阮徵、金蝉、石生、甄艮、甄兑、易震、易鼎。②

还珠楼主《峨眉七矮》第五回《一径入幽深，紫曳青索，仙山如画；孤身逢诡异，龙飞电舞，晶瀑传真》还把机智诙谐结合到一处，其矮侠出现在人群中，仿佛就是一个大家逗笑的中心：“石生人甚机智，特意飞回原来路出口处，方始现形跑出。故作发现异景惊奇之状，一路东张西望，左折右转，欲前

---

① ［美］魏檏和（Wai Chee Dimock）《跨太平洋生态学：梵语中的山狗和汉语中的猴子》，尹星译，［美］大卫·达姆罗什、陈永国、尹星主编《新方向：比较文学与世界文学读本》，北京大学出版社2010年版，第137－167页。

② 叶洪生：《天下第一奇书——〈蜀山剑侠传〉探秘》，学林出版社2002年版，第102页。

又却了好几次。最后才装作爱玩溪流花树，沿溪往前走去，装得极像。石生身材矮小，本似十一二岁幼童，又生得粉妆玉琢，行动天真，谁一见他，先就喜欢，众人全被引得好笑。”[①] 矮侠形象如童子，而人们先入为主，更把他的行为都看成是一个招人喜爱的孩子所为，这里旧有母题变奏了的矮侠形象是较为人性化的。

还珠楼主《天山飞侠》第四回《邪雾漫长空，滚滚星沙飞碧青；彩云笼大漠，森森剑气拥金舟》还注意揭示矮子身材的成因，认为主要是家族生理遗传所致：“原来五老中只四老孙同康为人最是长厚，孙孝却与乃父相反，貌相看去好似蠢胖，心却灵巧异常，足智多谋，胆子又大，行起事来偏是稳练老当，只是生来矮短，不在高长。五老原有‘五矮’之名，子孙身量都是矮的居多，孙孝尤为矮得出众，天生来的矮短身量，永不长高，年逾三十，形貌只如十四五岁幼童。”[②] 对此，叶洪生先生还曾体察出特有的美感效应：

> 至于“嵩山二老”（白、朱二矮）的角色，则塑造得十分成功；以其个性鲜明、出语诙谐、游戏人间、滑稽突梯故也。书中描写“二矮”的行径，当真是神出鬼没，来去无踪；尤以捉弄恶人或妖邪时，说隐就隐，说现就现；动辄抽上一记嘴巴子，打得对方晕头转向，却又莫可奈何，

---

① 裴效维、李观鼎编校：《还珠楼主小说全集》总第十一卷，山西人民出版社、北岳文艺出版社 1998 年版，第 487 页。

② 周清霖、李观鼎编校：《还珠楼主小说全集》总第二十三卷，山西人民出版社、北岳文艺出版社 1998 年版，第 235 页。

实在是大快人心。①

下面举其戏弄铁伞道人，并以障眼法骗取其宝伞为例子予以阐发。则见得出，还珠楼主所塑造的矮人形象融合了儿童的天真、老人的智慧和仙侠的异能。

而金庸《神雕侠侣》第十七回《绝情幽谷》写樊一翁是一个身穿绿袍的长须老者出现的："这老者身材极矮，不逾四尺，五岳朝天，相貌清奇，最奇的是一丛胡子直垂至地，身穿墨绿色布袍，腰束绿色草绳，形貌极是古怪。……"然而，小说写人先写马，是透过他的兵器展示矮老者不凡：

> 潇湘子道："你使甚么兵器，先取出来给我瞧瞧。"樊一翁道："你要比兵刃？那也好。"右足在地下一顿，叫道："取来!"两名绿衣童子奔入内室，出来时肩头抗了一根长约一丈一尺的龙头钢杖。杨过等都是一惊："如此长大沉重的兵刃，这矮子如何使用？"

而后，又借助旁观者，交代出手持钢杖者所立勋业："公孙绿萼素知大师兄武艺惊人，虽然身长不满四尺，却是天生神力，武功已得父亲所传十之七八，这柄钢杖下杀毙过不少极凶猛的恶兽。"身量矮小却能使用如此沉重异常之兵器，这也离不开矮将原型基因，而"这柄钢杖下杀毙过不少极凶猛的恶兽"的转述，则远远超越了"捉弄恶人或妖邪"的写照。表明

---

① 叶洪生：《天下第一奇书——〈蜀山剑侠传〉探秘》，学林出版社2002年版，第91页。

金庸先生将“英雄不问出身”的反传统观念熔铸到文学形象的塑造中。正如萨义德所认为的：“知识分子是具有能力‘向（to）’公众以及‘为（for）’公众来代表、具现、表明讯息、观点、态度、哲学或意见的个人。而且这个角色也有尖锐的一面，在扮演这个角色时必须意识到其处境就是公开提出令人尴尬的问题，对抗（而不是制造）正统与教条，不能轻易被政府或集团收编，其存在的理由就是代表所有那些惯常被遗忘或弃置不顾的人们和议题。”[①] 让人们不遗忘文学母题史生态环境中的矮将形象这一“物种”，也正是现当代武侠小说家义不容辞的一个历史使命。如当代现象学所说的，其顽劣不驯、敢于超越社会伦常的性情，童稚而又雄心勃勃谋求建功立业，共同构成奇特的性格内质与形象意义[②]。

因此，在矮将英雄叙事演进中，早期的作为正统英雄好汉形象的对立与补充意义，在逐渐淡化，思维与行为的童稚化转化为世俗化的率直与真实，被利用被轻蔑的嘲讽形象命运也转变为神仙化与个性化模式。矮将形象中融合了叙事者的英雄形象再认知与重构，使其成为勇敢而又率直的杂色英雄。

---

① ［美］爱德华·W·萨义德：《知识分子论》，单德兴译，生活·读书·新知三联书店2002年版，第16－17页。

② ［德］胡塞尔：《纯粹现象学通论》，李幼蒸译，商务印书馆1992年版，第68页。

第八章　明清大刀叙事与本土文化同外来文化的对抗

如何利用笔下人物事件的描述，来弘扬汉民族先前曾有过的面子、自信与光荣，是清代小说野史潜在的价值观念顽强表现之一。意象，可以作为一个民族、时代心理的小小窗口，明末延至整个清代播于众口的大刀，即然。

一、大刀传奇轰动效应与蒲松龄的现实焦虑

实际上，大刀、英雄善舞大刀是冷兵器观念，在外来火器面前的一种超越自卑的心理应激反映，这一观念当来自明末。《聊斋志异·王司马》写到：新城王大司马——王霁宇镇北边时，常使匠人铸一大杆刀，阔盈尺，重百钧，每当巡视边关，辄使四人扛之。卤簿（扈从仪仗）所止，则置地上，故令北人捉之，力撼不可少动。司马阴以桐木依样为刀，宽狭大小无异，贴以银箔，时于马上舞动，诸部落望见，无不震悚。

明末名将刘显之子刘綎，曾壮烈地战死在辽东与女真争战的疆场上，他绰号就叫做“刘大刀”：“（刘）綎于诸将中最骁勇。平缅寇，平罗雄，平朝鲜倭，平播酋，平倮，大小数百战，威名震海内。綎死，举朝大悚，边事日难为矣。綎所用镔铁刀

百二十斤，马上轮转如飞，天下称‘刘大刀’。天启初，赠少保，世荫指挥佥事，立祠曰‘表忠’。”① 对此，冯梦龙《情史》卷五《情豪类·刘大刀》也有相关异文：

刘綎，神宗朝名将也。所用刀六十馀斤，军中号为“刘大刀”。有姬妾二十馀，极燕、赵之选，皆善走马弹械。綎每出巡，诸姬戎装，穿小皮靴，跨善马为前导。四力士共举刀架继之，綎在其后。旁观者意气亦为之豪。

这里的“綎”当为“綎”的异文。据称崇祯四年武科会试中，能使用百斤大刀的举人仅有二人，崇祯十四年（1641）开奇谋异勇科，竟无一人应试②。考虑实战的艰难，《情史》近实，而《明史》所叙来自民间传闻，恐有夸张。

严从简《殊域周咨录》二十一卷也载录，明英宗天顺年间，忠国公石亨：“方面体长大，须髯过腹乃膝，望之若关羽然。其侄彪貌亦雄伟，髯长过脐。……亨袭伯父指挥职，善骑射，提大刀轮舞如飞虎，每从征，辄敢当先立奇功，封侯。”可惜明英宗天顺三年（1467），他在抵御北方入侵者之后，却因“无功而还，以罪伏诛”，居然不得善终。

---

① 张廷玉等：《明史》卷二百四十七《刘綎传》，中华书局1974年版，第6396页。一般认为，萨尔浒战役时刘綎是在瓦尔喀什（今辽宁新宾县与桓仁县交界处）被流矢射中，左臂、右臂、面部相继受伤，仍奋战不止，后战死。《清太祖朝老满文原档》称他被俘后斩杀，可存疑，参见孙文良、李治亭《明清战争史》，中国人民大学出版社2012年版，第49－62页。

② 王道成：《科举史话》，中华书局1988年版，第30页。

此外，张凤担任大同守将时，手下也有大刀英雄：“磁人王邦直生而奇异，骈肋多力，号千钧，慨然有请缨之志，以台谏荐兵部檄送督府。”作为一位使用大刀的战将，后赶上张凤阵亡，残部力战杀出重围的就有他，他也是超常地发挥了体能，尽管结局不免是悲剧性的：

邦直抚膺曰：“吾誓以腔血报军门，有奔北乎！且凤死矣，吾不忍独生！”会夜，复冲突十馀阵。比曙，皆困惫不能战，而死者且半。邦直绕营视叹曰：“得至午，援兵当至，虏虽倾国来，吾足御之矣。”会虏以马相联击，驱之前而步继之。邦直奋击已数十百人，而马至者死者拥遏于前，不能远奋，乃弃其大刀，提铁简四面击，渐击渐困惫。一虏自马腹下匍匐至手其膝，邦直知不免，大呼曰：“天也！”拔佩刀自刎。虏群斫之，于是死者百馀人。虏愤所杀伤多，皆剖腹实之以石。是役也，凤、邦直虽死，而虏杀伤几五六百人。归正者言虏共举大刀羡叹之，每食必祭曰“大刀那颜”云。国朝自永乐北伐之后，勇奋中坚，威震北虏，推是举云。①

这段叙述，也是写就连敌方都敬佩使用大刀、豪气英发的战将。

蒲松龄对于大刀，似乎有着格外的偏爱。《聊斋志异》卷八《雹神》写雹神李左车托体显灵，即当场“拔架上大刀旋

① 严从简：《殊域周咨录》二十一卷《鞑靼》，中华书局1993年版，第591－592页，第691－692页。

舞”；卷二《胡氏》写狐秀才为塾师，向主人求亲不成，作法变一巨人自天而降，“高丈馀，身横数尺，挥大刀如门，逐人而杀”。至于陆人龙《辽海丹忠录》第三回也写山海关是个重地：“屡次总兵建功朝鲜及播州的大刀刘挺，更有柴国柱等一干名将，都取来京师调用。立一个赏格：斩奴酋的，与他千金，世袭指挥。”第二回清河城守将张游击：“自持大刀，亲挡其处。……手起大刀，连劈十数个鞑贼。”如此声望甚高的刘綎，挥舞大刀捐躯于与“北虏”的沙场上，在明后期至清初当是许多人了解的事情，见多识广的蒲留仙当不会不知晓。尽管史学家如黄仁宇先生认为，这把大刀重量有所夸张①，但当时以至清初人实际上还是这样用钦佩、敬重的眼光看待这位名将超凡武勇的，并未细究其大刀重量为何。

朱梅叔《埋忧集》还特地为这位大刀将军设传，而有选择也有重点，以点带面，只详细叙述一件盛传在当地的代表性事迹：

> 刘少保綎，字省吾。以都督家居。时有贼窃发宁州，势张甚。巡抚遣县令郡守请救，少保辞以疾，复命藩臬往请，坚辞。皆大怒。命医往验，诈则将参之。医至，则奄奄床褥也。众惶急，策无出。未几，忽报刘将军破贼归矣。众大骇，谓：“将军出，吾属固不能知，亦何施此狡狯为？”曰：“贼为陈友谅之裔，蓄谋数传以俟衅。今发不易遏，若知某往，必大备，故密扑之。此兵法也。”众乃服。

① 黄仁宇：《万历十五年》第六章，中华书局1982年版，第170页。

> 时方右文，每公会，坐少保诸生下。郡绅士有公宴，醵金不给，辄目少保字呼曰："省吾以办此。"少保恒什佰于众输办。或酒酣，令家卒驰马娱宾。少保兴发，往往上马舞双刀。观者但见白气旋绕眩目，不辨其面。虽奇其艺，亦但作戏玩观也。少保子念述，矫捷有父风。然少保袖箭为绝艺，透坚甲，及五六十步；念述止及二十步许，不能穿札，勇不如也。少保有女亦勇，嫁于某，奁具丰盛。有盗数十，突围其家，尽室惶恐。女命婢取软甲披之，率婢挥刀出杀贼。贼不能支，遁去。按《明史》列少保平缅、平罗雄、平播酋、平倭、平倮功盖详，而遗平宁州事，以寇一发即灭耳。然其出奇之功大矣。至若时俗鄙武，里有达官，缘与少保结婚，至削籍。明之不振有由矣。
>
> 按：少保最善拔距，能纵跃十丈，横跃十丈。拔距者，《左传》谓"魏犨距跃三百，曲踊三百"，《汉书》谓"甘延寿少以良家子为羽林，善骑射、投石、拔距，尝超逾羽林亭楼"是也。又按：此篇见《张瓜田集》。原本篇末言"《明史》列少保平缅、平罗雄、平播酋、平倭、平朝鲜，平倮功"，似有误，盖少保平倭时，本与朝鲜兵合也。今特为删此三字。①

运用兵法、灭敌如神的传奇性，可以补充《明史》载录的缺失。金庸《碧血剑》附《袁崇焕评传》，金庸先生写出了对这位大刀将军的总体印象：

---

① 朱梅叔：《埋忧集》续集卷一《刘綎》，岳麓书社1985年版，第219－220页。

> 刘綎是当时明朝第一大骁将，打过缅甸、倭寇，曾率兵援助朝鲜对抗日本入侵，大小数百战，威名震海内。他所用的镔铁刀重一百二十斤，马上轮转如飞，天下称为“刘大刀”。他的大刀比关羽的八十一斤青龙偃月刀还重了三十九斤。据说他能单手举起一张摆满了酒菜碗筷的柏木八仙桌，在大厅中绕行三圈。连杜松、刘綎这样的骁将都被清兵打死，明军将士心理上受到的打击自然沉重之极，提到满清“辫子兵”时不免谈虎色变。

也是以其特定兵器意象为聚焦，而且描绘出了使用者的悲剧结局，以及那个时代的悲剧性氛围。

清代后期吴名凤（1767—1854）《邓将军宝刀记》也写，相传明代辽东名将毛文龙部将邓子龙（邓佐），“与刘大刀同以战功显”，他的宝刀“刀头长一尺八寸，刃有血迹，魑魅见之，要领寒矣。末无尖，而剡上如短刀形，刀背厚半寸，镂孔作饰，如珠累累。刀嵌于柄，有铁护手。刀柄长四尺，漆内嵌细银丝，极工致，乃马上用者。……重其人，故宝其刀耳。”许多史料记载，在辽东一带民间邓将军被广为祭祀。如清初刘献廷《广阳杂记》卷二称：“质人云：今堂子中所祀邓将军，讳子龙，江西南昌丰城之间人。少饶膂力，家贫，事母至孝。常遇贼，负母而走，贼追及之，将军曰：‘吾将避汝，汝来寻我，是当死也。’遂与贼战，数十人莫撄其锋，人始知其勇。后入行伍，以功得官。归有联云：‘百战归来，剩得鬓边白发；千金散尽，惟留江上青山。’风度亦可想见矣。后起为辽东游骑将军，死王事云。向在洞庭山，华亭李如山曾言之，今益得其详矣。”这样护家卫国的名将，持久地留存在民俗记忆中。

而满族贵族昭梿《啸亭杂录》卷八也宁愿相信，邓子龙当年曾解救过清太祖努尔哈赤：

> 国家起自辽、沈，有设竿祭天之礼。又总祀社稷诸神祇于静室，名曰堂子，实与古明堂会祀群神之制相符，犹沿古礼也。既定鼎中原，建堂子于长安左门外，建祭神殿于正中，即汇祀诸神祇者。南向前为拜天圆殿，殿南正中设大内致祭立杆石座。次稍后两翼分设各六行，行各六重，第一重为诸皇子致祭立杆石座，诸王、贝勒、公等各依次序列，均北向。东南建上神殿，南向，相传为祀明将邓子龙位。盖子龙与太祖有旧谊，故附祀之。岁正朔，皇上率宗室、王、公、满一品文武官诣堂子，行拜天礼。

而民俗记忆的深刻，与其所持有英雄气质相辅相成的大刀，是肯定分不开的。有理由认为，邓子龙成为一个民俗传闻的“箭垛人物”，其大刀英雄的形象，也染上了“刘大刀”等一系列大刀英雄作为冷兵器时代英雄的符号意义。

二、大刀意象及能舞大刀叙事的普遍

翻开徐珂《清稗类钞·技勇类》，也可以看出讲究技勇的传统社会里，大刀是多么受人青睐。其“煎海僧用铁刀”条描绘：江阴有煎海僧初为有名的诸生，所用铁刀重八十斤，力能举之。大兵围江阴，率壮士五百人守城。典史阎应元命其率五百人突围求救，往返数四，少三十人，独提刀引之出。城破，披剃居小岛，五百人从之，煮盐自给，因以煎海僧自号。尝担盐出卖，盐重四百余斤。大吏遣使招抚不降，遂自杀，五百人皆追随他而死①。

这类似田横的汉族大力英雄，出身读书人，大刀是其标志性品牌。同书“黄少春舞刀”也写其骁勇善战，酒宴上提大刀起舞：

> 下抑上扬，左荡右决，惟见光芒闪烁，不复辨其人马所在。舞毕下马，气静神闲，笑顾客曰：“何如？”客群贺曰：“公神武，真当代之英雄，绛、灌不足伍也。”

春秋时晋国名将魏绛，与汉初勇报父仇又不畏强权使酒骂坐的灌夫，与当下舞大刀者相比，竟都成了只为烘衬之用的一勇匹夫，似乎他们都没有很好地运用兵器，不善于运用大刀这样让人威风八面的神兵。

当然，在明清一些神怪小说中，大刀却往往是某种宝贝兵器的映衬，从而成为神奇兵器之外的揶揄对象。如《封神演义》第五十三回《邓九公奉敕西征》：“话说两家大战西岐城下，哪吒使开火尖，助黄飞虎协战邓九公，九公原是战将，抖搜神威，展开大刀，精神加倍；哪吒见邓九公勇猛，暗取乾坤圈打来，正中九公左臂上，打了个骨断皮开，几乎坠马。周兵哪吒得胜，呐了一声，喊杀过来。太颠不防，赵升把口一张，

---

① 徐珂：《清稗类钞》第六册《技勇类》，中华书局1986年版，第2866页。

喷出数尺火来，烧得焦头烂额，险些儿落马。”

吴元泰《八仙出处东游记》卷上写与汉钟离交战的蕃将，用的是大刀；余象斗《南游记》卷二写被华光杀得大败的龙王，用的也是大刀；杨志和《西游记传》卷一写猴王劓了混世魔王，夺了其兵器大刀；余象斗《北游记》写赤发獠牙的广泽大王还是“手提大刀”，望着祖师便砍，却被拥有仙丹的祖师收服。

而倚云氏《绣像升仙传》不约而同地也写，流球国被严嵩把贡物私自留下，未与表礼答谢，国王动怒发兵来抢中国：“为首的大将名叫乜律洪，手使斩马大刀，重有三十六斤，还有许多的邪术。”他最后被小塘的宝物绒线捆住，不得已写下降书降表，被放回国①。我们不难看出，上述小说描写正面英雄征服能舞大刀的对手，主要还是强调这些败将其实并非凡庸之辈，从而烘托胜利者的威能。

清代愚山老人《蜃楼志》第十二回写的大刀也过于沉重：

> 冯刚道：“小弟家中还有祖上留下的兵器。”叫家丁都搬将出来。又逵即上前取了一柄大斧，约有五七十斤，使了一回，颇觉趁手。众人都各挑选了。何武道：“哥哥的铁棒，量来用他不着，就给小弟做兵器罢。”霍武允了，但自己的兵器俱选不中，只检得一柄二十馀斤的腰刀。冯刚道：“哥哥神勇，自然与众不同，舍下藏有三号大刀，系考试时习练所用。”即叫众人抬来。霍武一一试过，取

① 倚云氏：《绣像升仙传》第十九回《济小塘折芦过江，戚总镇兴兵平贼》，中央民族学院出版社1994年版，第100页。

了中号的一柄，约重百三十馀斤。（按，兵器古秤一斤，今重六两。霍武所用之刀，已不下五十斤重矣，岂非奇勇乎！）当下分付家丁，刮磨候用。那众囚与庄客等亦各给发器械，其有不全者，俟打造另给。[①]

石麟教授指出了上述大刀的重量不合理，他注意到早期兵书《六韬·虎韬》写的兵器不过十斤左右："方首铁棓（棒）维盼，重十二斤，柄长五尺以上，千二百枚，一名天棓。大柯斧，刃长八寸，重八斤，柄长五尺以上，千二百枚，一名天钺。方首铁锤，重八斤，柄长五尺以上，千二百枚，一名天锤。……"宋代曾公亮等《武经总要》卷九写王敬尧多力善战："所用枪矢，皆以钝铁锻就，枪重三十馀斤，摧降破阵率以此胜。"而戚继光《纪效新书·军器解上》写藤牌不过九斤，长枪重不过四两。[②] 而最能说明问题的是《新唐书》载录实存的大刀英雄，也不过用的是"十五斤"，即相当于今天的十多斤的兵器：

张兴者，束鹿人。长七尺，一饭至斗米，肉十斤。悍趫而辩，为饶阳裨将。禄山反，攻饶阳。兴开张祸福，譬晓敌人，而婴城弥年，众心遂固。沧、赵已陷，史思明引众傅城，兴擐甲持陌刀重十五斤乘城。贼将入，兴一举刀，

① 庾岭老人：《蜃楼志》第十二回《闻兄死囹圄腾身，趁客投阇黎获宝》，百花文艺出版社1987年版，第145页。

② 参见石麟：《闲书谜趣》，河南人民出版社2010年版，第155－161页。

辄数人死，贼皆气慑。城破，思明缚之马前，好谓曰："将军壮士，能屈节，当受高爵。"对曰："昔严颜一巴郡将，犹不降张飞。我大郡将，安能委身逆虏？今日幸得死，然愿以一言为诫。"……①

如此猛将所持较重的陌刀，不过才十五斤，还要先写他的身高和超人的饭量。问题还有这张兴了解三国张飞等故事，对关羽的大刀及其重量当不生疏。

《清稗类钞·技勇类》描述的大刀英雄，实实在在说也不过使用着十斤左右的大刀，如沛县人邱尊谦能使大刀，人们仍呼为"邱大刀"，被李鸿章部下征捻时招为部将："尝为先锋，驰驱齐鲁，多功绩，仕至副将。吴移军江浦登州，皆从。善诘盗，所至，辄召诸少年箕踞而饮，蹴踘为乐，少年有窘乏，辄周给之，以故捕盗无弗获，所在一方无盗。其生平不治生产，得金辄挥手尽。光绪辛巳，卒于里，年五十许。"能舞大刀，依旧是人们标举某人武勇的一个常见的言说方式，又如出生苏北的主人公，不仅能舞大刀，敬业行为也与古良将李广无异，成为一种人们乐于谈论的名将英雄话语。张謇《书邱大刀》写其年纪已四十犹能舞刀："撇掠刺斫，起落盘旋，声霍霍有风；或触砖、砖碎、足顿，则旁案上杯碟□辰跳戛戛作响；舞止，微汗不喘，置刀太息曰：'吾负此刀，未使成大名于世。'"而载录者最后感叹的是："大刀殁，不知大刀复落何处？世岂复有人能用之者乎？"

① 欧阳修、宋祁：《新唐书》卷一百九十三《忠义下》，中华书局1975年版，第5548页。

大刀，是古代马上征战中主将惯用的兵器，经由明代《三国志通俗演义》中大刀关公形象渲染，这一兵器更加神奇化并与正面英雄的武勇结合起来，同时也蕴含了关公崇拜成分。清末俞樾《茶香室丛钞》续钞卷二十二曾转述罗天尺《五山志林》，有助于对大刀意象聚散的关公崇拜进一步了解，说凿山开道时得一大刀，有青龙偃月字："异之，且青乌家谓邑不利于西，可创关公庙以镇之，遂奉刀庙中，神甚灵赫，周将军亦时见威爽。"俞樾考证了包汝楫《南中纪闻》："荆门州南十五里，地名掇刀石，有关公所用大刀，插石窍上，……夫关公诚有刀，刀一而已，安得有二？且青龙偃月之名，出于衍义，不足信也。"①

可以说，小说写名将往往连带着写其"相关配备"，属由来已久、曾为多民族喜闻乐见的"史诗笔法"。描写正面英雄征服能舞大刀的对手，实际上主要还是以大刀的出奇重量的夸张，强调其武勇神力。有时用在败将身上，也是旨在运用"史诗笔法"交代这些败将其实并非凡庸之辈，从而烘托胜利者。赵翼《廿二史札记》"关张之勇"条指出：

> 汉以后称勇者，必推关、张。……二公之勇，见于传记者止此，而当其时无有不震其威名者。魏程昱曰："刘备有英名，关羽、张飞皆万人之敌。"（《魏志·昱传》）刘晔劝曹操乘取汉中之势进取蜀，曰："若小缓之，诸葛亮明于治国而为相，关羽、张飞勇冠三军而为将，则不可犯

① 《笔记小说大观》第三十四册，江苏广陵古籍刻印社1984年（影印）版，第248页。

矣。”（《魏志·晔传》）此魏人之服其勇也。周瑜密疏孙权曰：“刘备以枭雄之姿，而有关羽、张飞熊虎之将，必非久屈为人用者。”（《吴志·瑜传》）此吴人之服其勇也。不特此也，晋刘遐每击贼，陷坚摧锋，冀方比之关羽、张飞。（《晋书·遐传》）苻秦遣阎复、［梁］殊使于张玄靓，夸其本国将帅，有王飞、邓羌者，关、张之流，万人之敌。秃发傉檀求人才于宋（索）敞，敞曰：“梁崧、赵昌，武同飞、羽。”李庠膂力过人，赵器之曰：“李玄序一时之关、张也。”（皆《晋书》载记）宋薛彤、高进之并有勇力，时人以比关羽、张飞。（《宋书·檀道济传》）鲁爽反，沈庆之使薛安都攻之，安都望见爽，即跃马大呼直刺之，应手而倒，时人谓关羽之斩颜良不是过也。（《南史·安都传》）齐垣历生，拳勇独出，时人以比关羽、张飞。（《南史·文惠太子传》）魏杨大眼骁果，世以为关、张弗之过也。（《魏书·大眼传》）崔延伯讨莫折念生，既胜，萧宝寅曰：“崔公，古之关、张也。”（《魏书·延伯传》）陈吴明彻北伐高齐，尉破胡等十万众来拒，有西域人，矢无虚发。明彻谓萧摩诃曰：“若殪此胡，则彼军夺气。君有关、张之名，可斩颜良矣！”摩诃即出阵，掷铣杀之。（《陈书·摩诃传》）以上皆见于各史者。可见二公之名，不惟同时之人望而畏之，身后数百年，亦无人不震而惊之。威声所垂，至今不朽，天生神勇，固不虚也。[①]

① 王树民：《廿二史札记校正》卷七，中华书局1984年版，第137－138页。

经罗贯中小说《三国志通俗演义》渲染和民间关帝崇拜大力传播，关羽盛名逐渐远远超过张飞，而大刀意象所凝聚的侠义武勇象征性内蕴，遂变得愈加突出起来。而实际上，在《三国演义》中，大刀为代表的兵器，还有一些属于有斤有两有分量记载的，如前辈研究者指出的："兵刃之有斤数者，如关公青龙偃月刀八十二斤，典韦双铁戟八十斤，王双大刀六十斤，纪灵三尖两刃刀五十斤。"① 确切重量显示的背后，无疑是接受心理中对于挥动这一类沉重兵器的英雄勇力的钦敬。又据俞樾《小浮梅闲话》考证：

> 俗传关公喜用刀，至今有"关刀"之名。考之正史，张翼德之用矛，则洵有之。……关公本传，无一"刀"字，《传》云：绍遣大将军颜良攻东郡太守刘延于白马，曹公使张辽及羽为先锋击之。羽望见良麾盖，策马刺良于万众之中。按《周礼·考工记》："刺兵欲无蜎。"郑注云："刺兵，矛属。"古人用字精审，关公既用"刺"字，则其杀颜良，疑亦用矛，若用刀，必不云"刺"也。《吴志·鲁肃传》："肃住益阳，与羽相距，肃邀羽相见，各驻兵马百步上，但诸将军单刀俱会。"此却有一"刀"字，然恐是佩刀尔。明章潢《图书编·军器类》中，列《鞭》、《锏》二图，称鞭为尉迟敬德所用，锏为秦叔宝所用，识

---

① 郑逸梅：《逸闲梅话二种》，齐鲁书社 1987 年版，第 112 页。注意这里说的关公大刀为 82 斤，前引金庸《袁崇焕评传》说是 81 斤，而尤侗、于弈正《帝京景物略》则称五月十三日："进刀马于关帝庙，刀以铁，重八十斤，……"

者讥之。世称“关刀”，殆亦秦锏、尉迟鞭之类也。

在中国文化史上，佛家法器为禅杖，尚棍；道教法器为宝剑，尚剑，而正宗的作战兵器为刀枪，大刀在沙场征战中占有重要的位置。尽管关于大刀的叙事，蒲松龄等人借鉴了佛经“比武赌技”智慧及其言说模式，但却没有亦步亦趋地推崇棍，而选用了汉族民间最为推崇的“大刀”，马背上的实战性需要也使得大刀显得更为正统。

显然，有关大刀的叙事模式，其核心意旨在于，在明清之际冷兵器作战仍占据重要方式的北中国，主将运用的大刀，借助于关公崇拜依旧具有很大的威慑力与传播效果，因此蒲松龄笔下的王司马，偏偏选用了大刀来作为震慑外夷的兵器，恐怕未必没有一层坚守优势，更多的是种族正统心理优越感之意。

三、大刀、大力与冷兵器时代人才价值观念

大刀，需要有大力来挥舞，蒲松龄对于“大力”的推重，表现在《聊斋志异》不少篇章中，如《黄将军》写黄靖南微时遇盗，同行的两个孝廉跪求献资，而手无寸铁的黄却握骡足击退贼人。《大力将军》则写查伊璜见一丐能举庙内巨钟存放食物，了解其因饭量过大无人敢雇，就资助其从军。多年后成为将军的吴六一，如君父般酬报大恩。因大力而获建功立业的机缘，这也是冷兵器时代惯常生存轨道，蒲松龄对此幸运遭逢似有着特殊兴趣，这与王大司马的故事绝非没有内在联系。《涌幢小品》卷三十描写冯仰芹在云中带兵：

> 小酋那吉入市，操强弓，请与戏下士角射。公曰："吾与汝躬射。"虏射利近，密移远其侯，公连射皆中。酋尽输其衣裘鞍马，大愧。乃前其侯，使自射而赏之。复尽予所夺，……

于是通过这种将帅之间的一对一式的亲自较量，才算赢得高傲自矜的对方心悦诚服的尊敬："虏大喜，叩头去。曰：'好太师！天朝有人。'"[①] 知己知彼的冯将军，亲自与外族首领赌射，赢了之后又故意让对方发挥优势捞回输掉的东西，使对方心悦诚服，这该是多么高超的外交策略！

大力的生成，无非先天禀赋与后天的修炼。借助佛经文学的想象，曾经有不少服食以增大力的先在叙事。而到了明清，现实生活中大力者，其民间传闻，也体现了民间对于大力者能获得机缘、派上更大用场的群体性期盼。然而，比不得冷兵器时代的沙场征战了，火器的运用和战争技术含量的提高，改变了对于大力者存在价值的评定尺度。因此，关于大力者不得施展的故事，也就表现了一种时代的观念性悲哀：

> 沈丘枳店民秦大汉，名光甫，状如金狄，绝有力，鲖阳之门，伛而行，乃得入，鬻所获秫稈于市，每担四十捆，适积雨后，市有大车，陷淖泥中，三牛不能出，光甫脱牛，而以手出之。康熙十三年，时方用兵，亲王出镇荆州，有荐于军前者，王赐袍一领，制布十二匹，尚不能掩踁。其

① 朱国祯：《涌幢小品》卷三十《与虏角射》，中华书局 1959 年版，第 703－704 页。

足尺有四寸，植其靴，高与食案等。健驴肥马，莫能胜载。刀矛之属，不足供其展用，乃骑以橐驼，而铸三十觔铁枪与之，始得称意。然不宜用于僄疾之战，废归以病死。①

大力者不得任用而病死，似乎，也形象地标志着冷兵器时代的结束。

不过，时至蒲松龄所处明末，勇武豪气服夷，在中原人这里已缺少底气，基本上是退守防御性了。所以，王大司马只好挥动那把实为桐木制做的大刀，未必敢真的交手。年届高龄，他靠的是“吃老本”吓人。在中原汉民族与北方民族交往、争斗的历史关头，彼此都在仔细认真地研究对方的习性心理，在政治、外交与军事等活动中求得胜算。而秉承《孙子兵法》“不战而屈人之兵”的汉族人这里，就尤其注意揣摩、研究那些“蛮夷”的心计心理，以期在尽量少地付出代价的情形下得胜回朝。这一点，年事已高的这位王大司马也不例外。所以他“倚老卖老”实也是有着古远传统和实际功用。这一带有荒诞色彩的喜剧性故事，还写出了北人毕竟性直，一见大司马还在“坦卧”，即畏葸不前。这也不排除“华夷之辨”普遍心理下，对那些被中原汉族人看作是“未开化人”的北地“蛮夷”所作的简单化评价，属于“意识形态形象”，不免过低地估价了“夷狄”的智慧，过于乐观、简单化地看待两国交锋的历史实际。事实上这也是文学化了的历史叙事。不过，战争的胜负最终毕竟要靠彼此的军事实力，王大司马终究也未能挡住“北

① 小横香室主人：《清朝野史大观》卷五《清人逸事·秦大汉》，上海文艺出版社1990年据中华书局1916年版（影印），第197页。

人”铁骑南下。一时间的所谓豪气服夷，只不过暂时的侥幸。后来还是“北夷”势不可遏地冲出了柳条边，把华夏中原与北地统而为一。

颇有意味的是，王大司马的故事，其实有着确切的现实人物原型。

王象乾，字霁宇，《明史纪事本末补遗》称：“总督王象乾久在宣、蓟三十年，晰虏情，虏咸受款。”不料稍后明朝的国际外交政策出了问题，矛盾变得尖锐化：

> ……初，广宁塞外炒花、煖兔、贵英诸部、蓟三协三十六家属夷皆有赏。烈皇初服，中外迎上旨，尽革其赏，诸部閧然。会塞外饥，乞粟，上坚不予，于是东边部落尽飚去附建人。春，插汉遣百人讲于新平堡，贵英在焉。守将醉之神庙中，夜燔之。插汉怒。五月，插汉、宰生等至宣府新平堡胁赏，大哗，参将方谘昆诱入瓮城歼之。六月，插汉讲赏得胜口，不许，因举众压大同，杀军民数万，大同几不守。廷议以新城王象乾久在边，卵翼诸酋，自致籍起督宣、大，年八十矣。召对平台，上问方略，对曰：“臣能召永、邵诸部，合从以抗插。”乃驰赴阳和，遂号召永邵卜与插汉战，一战而溃。插汉掳卜失兔阏氏与金印，各部皆远走迤西。更遣精骑入套，吉囊子孙皆俯首属之。东起辽西，西尽洮河，皆受插要约，威行河套以西矣。象乾上书，以为西人诸部弱，不能当插汉，插汉亦思得通贡互市，莫若款插便。兵部尚书王洽、侍郎熊明遇皆谓御敌必须款插，款插非象乾不可。上不以为然，令象乾姑予款，

> 且责战。象乾出私财，市蟒纻、镀金银酒卮以贻插汉，曰："王太师贺可汉，且以需后命。"插亦遣人报象乾以酪浆养牛善马。其胡部皆曰："我祖若父世受王太师马法恩，王太师马法在，吾属宁敢反乎？"
>
> 象乾款插疏再上，廷议多异同。兵部奏："宜听督臣相机决进止。"上犹持两端。大同巡抚张宗衡抗疏请战，以为不宜款以媚敌，象乾因谢病。上惑于廷论，欲命宗衡署总督印，而象乾卧镇于阳和。侍郎申用懋摄兵部，奏曰："虏压宣、云，方藉象乾宿望为镇抚，上诚闵其病，不欲烦以事，而留为坐镇是也。顾宗衡方主战，事须纷更，边人见骤夺总督印，必大骇虏情。今宜敕阳和道晨夕入院，佐象乾治文书，以分其劳，以印仍归总督。"上从之。①

但后来王象乾——王大司马终于因遭受兵部尚书梁廷栋诋毁，被魏云中取代。七年后西迁的插汉部落也被清廷四王子率兵兼并。"人在政存"，倘若崇祯皇帝不那么首鼠两端，"守边专家"王象乾仍旧在岗，当不致如此。

国势强盛的唐人就非常标举大力英雄。如唐人笔下对于前代英雄的叙述，就往往以超乎凡伦的大力为看点。唐人修撰的《北史》所载大力英雄卢曹，具有旷古罕匹的大力，不过似乎并没有实际施展开来，可是史家却没有苛求：

---

① 谷应泰：《明史纪事本末补遗》卷三，中华书局1977年版，第1567－1569页。

> 神武初起兵，范阳卢曹亦以勇力称，为尔朱氏守，据蓟。神武厚礼召之，以（高）昂相拟，曰："宜来，与从叔为二曹。"曹愠曰："将田舍儿比国士。"遂率其徒自蓟入海岛。得长人骨，以髑髅为马皂（马槽）；胫长丈六尺，以为二矟（长矛）。送其一于神武，诸将莫能用，唯彭乐强举之。未几，曹遇疾，恫声闻于外。巫言海神为祟，遂卒。其徒五百人皆服斩衰，葬毕潜散。
>
> 曹身长九尺，鬓面甚雄，臂毛逆如猪鬣，力能拔树。性弘毅方重，常从客雅服，北州敬仰之。尝卧疾，犹申足以举二人。蠕蠕寇范阳，曹登城射之，矢出三百步，投弓于外，群虏莫能弯，乃去之。时有沙门昙赞，号为"神力"，唯曹与之角焉。昙赞闻叫声则胜。①

本来，这个高昂已经是"胆力过人，龙犀豹颈，姿体雄异"了，可是仍旧没有被力大非凡的卢曹放在眼里。同时，这一叙述已把大力英雄与其沉重的兵器联系在一起。

以遥远的盛唐时代勇武服夷精神传统为参照，才更加衬托出明季朝廷御边无能。即使像"王大司马"这样还算上较能干有威望的边将，在马政溃败、国力衰竭形势下，也不得不凭借难上大雅之堂的招数，与"北人"争竞。以互文性眼光解析，可看出蒲公虽有意将背景及其"北人"之确指消解淡化，主要人物行为叙事还是透露了其尴尬处境和无奈。作品主人公行为性质上虽均不失之为"勇武服夷"，然而面对日益强大的"北

① 李延寿：《北史》卷三十一《卢曹传》，中华书局1974年版，第1150－1151页。

人”，却令人深感并不像汉唐盛世那样仗义和风光，而颇带有悲凉、无奈，具有讽刺意味，也预示着如此“服夷”，不过一时要小聪明，终归不会长久。

历史上民族之间的争强斗胜，既是一种历史实存，又是一种精神存在。从华夏中心之外的视点来看，可能更为真切和有趣。其实不仅仅是军事上的、武力上的争竞，即使是在饮酒方面，也有一个高下意气之争。据《全辽诗话》曾引《宋史》（今本无）载：

辽宴宋使，劝酒器不一。其间最大者，剖大瓠之半，范以金，受三升。前后使者无能饮者，惟方偕一举而尽。辽主大喜，遂目其器为方家瓠，每宴宋使即出之。①

方偕，字齐古，兴化莆田人，宋仁宗庆历二年（1042 年）以盐铁判官、兵部员外郎为贺辽主正旦国信使，出使辽国。友人张景明教授考察北方契丹人饮酒器时，就检出《辽史》卷七《穆宗纪》的载录：“造大器，刻为鹿文，名曰‘鹿甒’，贮酒以祭天。……”认为在辽怀州城发现的窖藏大型陶器，其中一件灰陶罐，器身刻双鹿，可能与“鹿甒”酒器有关②。

饮酒量大，场面上争了光，居然被如此重视，而这件出奇之大的酒器也成为两国外交活动中的一件具有国格尊严、

① 蒋祖怡、张涤云：《全辽诗话》卷下，岳麓书社 1992 年版，第 165 页。

② 张景明：《中国北方游牧民族饮食文化研究》，文物出版社 2008 年版，第 119 页。

文化意义的道具。《宋史》列传第二百六《忠义二》也载赵令（山成）建炎初任黄州知府，剧贼张遇率众经过城下，招他来见："度不能拒，出城见之，遇饮以酒，一举而尽，曰：'固知饮此必死，愿勿杀军民。'遇惊曰：'先以此试公耳。'更取毒酒沃地，地裂有声，乃引军去。……"世俗世界的江湖伦理在这一层面上，与两国交往的意气之争，也有一个契合点。

战争人类学的研究是富有族群文化启示性的。在欧洲的法国、瑞士等国，以枪炮为武器的机动作战方式，要求文艺复兴时代军队的文化态度有所改变，但此时也发生了文化对抗与文化冲突：

> 他们虽然已将火药技术容纳到自己的传统战法中去，但还未调整得适应它的逻辑。犹如手持刀剑败在埃及苏丹麾下黑奴所用的火器面前的马穆鲁克，他们仍被困在一种精神特质之中，那些只将武士地位赋予骑兵和准备用刃器挺身战斗的步兵。以投射物进行隔距战斗有失披甲骑士后裔的身份，此类骑士自查理曼时代往后一直主宰欧洲的战争方式。他们希望如自己的祖爷们一般从马背上战斗，并且希望陪伴他们的那类步兵承担有男子气概的风险，那就是挺身以长枪枪尖迎战敌方骑兵。如果火枪和火炮需在战场上取代他们，那就让它处于防御土堤后面，那是投射武器一向所属的地方。骑马军人不想见到的是坚实强壮的步兵降到狡猾诡诈的雇佣弩手层次；他更不想做的是下马着地，并且亲自去学丢脸的火药技艺。骑马贵族对火药革命

的抗拒有文化缘由，它们植根于久远的往昔。……①

这种面对传统的实战态度与观念，被认为激发了欧洲16世纪的“武士危机”，手枪兵看上去被认为是怯懦，“不需任何肌肉努力”，然而当时武士传记有此理所当然的疑问：当火药武器被用于战争时，骑士的武艺、体力、坚毅、风纪和荣誉渴望还有什么用？于是，东西方世界文化史上出现了惊人类似的现象：在明代中后期的，北中国甚至蔓延整个东亚地区的民俗心理之一，集中在涌现出的讴歌大刀、夸耀挥舞大刀的大力英雄的叙事，事实上这，正呈现出在外来火器代表的先进军事武器面前，坚守一种过时了的“精神特质”的无奈努力。

大刀持有者为人才的价值观念，在先进的战争工具的冲击下，变得有些令人怀疑，甚至愈益富有某种反讽意味，在清末时期变得愈加突出。张謇《书邱大刀》悲哀地慨叹：“大刀殁，不知大刀复落何处？世岂复有人能用之者乎？”这其实是一种冷兵器时代及其文化的失落。至于大力是否能表明、代表该人的整体素质，清末学者也有了更加深刻全面的反思。俞樾《茶香室丛钞》不无意味地转述徐承烈《燕居续语》的故事：

雍正时，吾浙临平之南山，出一巨人，展两臂长一丈二三尺，手大如箕，膝高于桌尺许。每出行，其肩往

① ［英］约翰·基根：《战争史》，时殷弘译，商务印书馆2010年版，第437－438页。马穆鲁克，又译马木留克、马木路克等，为阿拉伯语“奴隶”，指公元9到16世纪间服务于阿拉伯哈里发和阿尤布王朝苏丹的奴隶骑兵，战斗力很强。

往在人家屋檐上，以樵为业，每担柴三百觔。李敏达公节制浙江，招为护卫，常使握大刀于舆前行，刀巨如版门，光亮耀目。然其胆甚小，闻枪炮声辄掩耳闭目，故不敢赴边陲以立战功。后敏达移镇畿辅，其人随往，以病卒于保定。

按，余幼时居临平，犹闻有南山大人之说，惜不得其姓名。今兵乱后，故老云亡，想不可复问矣。①

这一惜叹，深层的感慨是空有大力能舞大刀，实际上是跟不上时代发展步伐的。故事叙述虽然还是基于冷兵器时代以大力挥动大刀的思维定势，然而叙事之中已经隐约意识到火器——枪炮的震撼力。大力并不能与胆量智慧成正比，而战场上威震四方的大刀，最终也终于逐渐淡出了人们的视线。

四、时代成因：外来火器下的文化应激机制

欧洲先进火器自海上东传来华，唤醒了军事技术变革的新时代，如研究者所指出的明朝时："西方火器及其技术之传入中国，对中国军事技术的提高，是个促进。当时传入中国的西方火器，有枪，还有炮。……炮有多种，主要的是来自葡萄牙的'佛郎机'和来自荷兰的'红夷炮'两种。"② 火器威力，永乐年间就已在战争实践中被发现。据《太宗实录》卷152：

---

① 俞樾：《茶香室丛钞》三钞卷六《南山巨人》，《笔记小说大观》第三十四册，江苏广陵古籍刻印社1984年（影印），第302页。

② 南炳文等：《明代文化研究》，人民出版社2006年版，第524页。

“（永乐十二年）瓦申，驻跸忽兰忽失温，是日，鲁寇答里巴、马哈木、太平、把秃孛罗等率众逆我使，见行阵整列，遂顿兵山颠不发。上驻高阜望，寇已分三路，令铁骑数人挑之。虏奋来战，上麾安远侯柳升等发神机铳炮，毙贼数百人；亲率铁骑击之。……都督朱崇、指挥吕兴等直前薄虏，连发神机铳炮，寇死者无算。”①

因此，史称嘉靖八年（1529年），右都御史汪鋐言造佛郎机炮（“大将军”）。佛郎机即今葡萄牙。正德末，其船队来广东，地方官始效法制炮，后其船至，复得巨炮，曰“红夷”。长二丈馀，重至三千斤，威力巨大。天启中，被赐“大将军”号：“号将军者自大至五。又有夺门将军大小二样、神机炮、襄阳炮、盏口炮、碗口炮、旋风炮、流星炮、虎尾炮、石榴炮、龙虎炮、毒火飞炮、连珠佛郎机炮、信炮、神炮、炮里炮、十眼铜炮、三出连珠炮、百出先锋炮、铁捧雷飞炮、火兽布地雷炮、碗口铜铁铳、手把铜铁铳、神铳、斩马铳、一窝锋神机箭铳、大中小佛郎机铜铳、佛郎机铁铳、木厢铜铳、筋缴桦皮铁铳、无敌手铳、乌嘴铳、七眼铜铳、千里铳、四眼铁枪、各号双头铁枪、夹把铁手枪、快枪以及火车、火伞、九龙筒之属，凡数十种。正德、嘉靖间造最多。又各边自造，自正统十四年（1449年）四川始。”② 因此《熹宗实录》卷73称：“（天启六年闰六月丁未）恭顺侯吴汝荫疏言：‘广东尚有红夷神器，宜

① 王玉德等编：《明实录类纂·涉外史料卷》，武汉出版社1991年版，第24页。

② 张廷玉等：《明史》卷九十二《兵四》，中华书局1974年版，第2264－2268页。

取以故京师。’得旨：‘这红夷神器广东尚有十门，著行该抚按差官勒限解进。’”①

火炮这一代表性的先进兵器，具体说是由明代对外开放的窗口澳门传入。据《熹宗实录》卷三十三载，天启三年夏四月辛未，兵部尚书董汉儒等称道“澳夷”远来：“其大炮尤称猛烈神器，若一一仿其式样精造，仍以一教十，以十教百，分列行五卒，与贼遇于原，当应手糜烂矣。今其来者夷目七人，通事一人，傔伴十六人，应仿贡夷例赐之朝见，犒之酒食，赉以相应银币，用示优厚。臣等尽试其技，制造火药择人教演，稍俟精熟，分发山海听辅臣收用。’上俱允行。”《熹宗实录》卷三十四也载，天启三年五月乙未，浙江道御史彭鲲化上言：“中国长技火炮为上，今澳夷远来，已有点放之人，宜敕当事者速如式制造，预先演熟，安置关外，庶几有备无患。”②

而葡萄牙人作为最早到达中国的欧洲殖民者，自从葡萄牙并入西班牙之后，引起荷兰、英国的敌视，因而他们对荷兰人、英国人有着政治、宗教的仇恨与贸易竞争③，虽然葡萄牙后来恢复独立（1640 年，崇祯十三年），但明朝人仍混称西班牙、葡萄牙为弗朗机。澳门 1573 年（万历元年）成为葡萄牙对明朝贸易、传教桥头堡后，天主教传教士从自身利益出发，乐于

① 王玉德等编：《明实录类纂·涉外史料卷》，武汉出版社 1991 年版，第 1094 页。

② 王玉德等编：《明实录类纂·涉外史料卷》，武汉出版社 1991 年版，第 1100－1101 页。

③ ［英］约·弗·巴德利：《俄国·蒙古·中国》，吴持哲等译，商务印书馆 1981 年版，第 168 页。

出售先进火器，以帮助明朝对付信奉加尔文教的荷兰殖民者的海上骚扰。如黄伯禄：《正教奉褒》载，那些内地的耶稣会士奉旨往澳："商请葡萄牙国水师官员，拨发炮船兵弁捕剿，葡国允之。荷兰人又侵扰澳门等处，葡师亦合力攻击，荷人遂远遁。上德葡人功，犒赏甚厚，并嘉奖教士。"因此，葡萄牙人与明朝的相互利用关系，给明朝的火炮迅猛引进提供了难得的历史机遇①

这些海外传来的远距离作战的火器，在明季辽沈战场上发挥惊世的威力。所谓"辽沈"当时称为"辽东"，有广义狭义之分：狭义指"辽东城"，明末指辽阳，当为明代人从中原视点上的称呼；广义则以今日辽宁为中心的关外之地。而实际上，当时"辽东"关键点主要指今日的辽西，在宁远——今日兴城至山海关一带。天启六年（1626 年，天命十一年）正月二十三，天命汉努尔哈赤率军进攻宁远城，袁崇焕命家人罗立等人向城北后金大营发射西洋大炮，"歼虏数百"。据统计，万历四十六年（1618 年）至天启元年（1621 年）三年间，明朝发往广宁前线的将军炮、灭虏炮、虎蹲炮、旋风炮、威远炮、佛郎机等共计 22144 位（门）；其中天启三至五年从澳门所购 26 门红夷大炮，调至山海关占其中 11 门，袁崇焕接受兵器专家茅元仪、王喇嘛等人建议，将炮车设置在宁远城墙上，外来火炮显示出巨大威力：设计优、瞄得准、射程远、威力大②。

---

① 参见康志杰：《明清之际在华耶稣会士为何抵制荷兰染指中国》，阎纯德主编《汉学研究》第五集，中华书局 2000 年版，第 315－326 页。

② 阎崇年：《明亡清兴六十年》，中华书局 2007 年版，第 159－160 页。

如此海外火炮在明末战争舞台上占据“主演”的地位，颇为具有华夏自尊心的明代叙事者心理失衡。于是，作为外来物质文化“挑战”的一个必然性的精神文化的“应战”，就借助于大刀意象，实际上是在进行一种心理上的“文化对抗”，以此叙事展开了具有时代文化特色的微妙的心理表达。

首先，本土文化同外来文化的对抗，可分为两个具体指向。一是北方，以大刀这样正统的、有本土战争文化光荣传统的兵器，对抗边缘的北地蛮夷；显示自身大汉族不可摇撼的中心地位。二是向东南和南方，对不断传来的海上外来火器威力，用力不可挡的大刀，振作与补偿冷兵器为主的常规战争中汉民族群体的某些胆怯、自卑。

其次，“大刀”叙事也是文学化了的英雄刚勇渲染，似乎沙场征战的有名有姓的如“刘大刀”一类的猛将，是不屑于运用那些“机巧”的先进火器，而偏用祖宗传下的大刀逞其英豪。本土文化同外来文化的对抗，更多的表现在精神层面的排斥与贬抑，也是一种难于遏止的遥远的温馨追忆，即对既往久远时代征战勇力骄傲的重温与坚守。

其三，明代前所未有的对大刀这样战阵常规武器的改进，也成就了一部分杰出的体能超众的将领，及其大刀运用的佳话。兵器史家介绍“明代长兵”时，指出其分为长刀、腰刀两种，长刀长六尺五寸：“均为先代所无，系仿日本大刀式，长其刃而短其杆，用两手握柄以砍劈敌人身体或其兵器者，与旧式长杆短刃之长刀大刀制恰相反。此种刀之效能较大，可用猛力砍劈，折断敌人长兵之柄，或削断砍损敌兵之刃，进而砍断敌人之身，非单手所执之刀剑，尤其是钢质不佳及体质较轻之刀剑之所能抵御也。"[1] 力度与惯性——重力加速度，是熔铸着使用者超凡大力与英勇豪迈之气，砸向敌阵的，有所向披靡之势。

其四，大刀叙事，也与清初对于大刀代表的"骑射功夫"的美好追忆有关。到了冷兵器与火器并存、双重价值标准的清代，大刀话语，标志着极为微妙的内在文化观念冲突，也是满汉民族意识交错纷争的一个小小的窗口，从而成为具有深在象征意蕴的族群文化意象。在满族，本以骑射称擅自豪的统治民族，自然不会反对弘扬大刀的威力，因为大刀也属冷兵器的一个代表性构成和标志性意象；在汉族，饱含被占领的屈辱，大刀这一传统兵器却能提神，可堪骄傲的，因为（也因此）关于大刀的民俗文艺学叙事，基本上都是在充满弦外之音地回忆重温着先前那汉民族传奇性的大刀记忆，诉说着挥舞大刀的汉族英雄——尽管英雄的族属不必加以突出。

而这一民俗文化现象的生成前提，是满族统治者对于大刀所寓含的文化象征不深究、不了解，也并不在意。

此后许奉恩《里乘》也描写寒士吴生被节度使李公幸运地招为婿，手下中伤不止，李公也渐察觉吴生确系无能，除掉又难找借口，吐蕃（外族）入侵时就不怀好意地荐举为帅。吴生也明白这是要加害，将计就计允从。到边疆阅兵他说愿献薄技，当数健儿抬一重千钧的大刀，吴生跨马持刀："下抑上扬，左荡右抉，轻如挥扇，易若折枝。舞毕下马，毫不竭力。合营罗拜，欢声雷动，贺曰：'公神威，真天人也！'"吴生随即命以大刀悬诸营门，要择日挞伐。小说补叙：

---

① 周纬：《中国兵器史稿》，百花文艺出版社2006年版，第166－167页。

> 初，生阅武时，吐蕃潜遣谍者侦之，见生舞刀，大惊。舌挢几不能下。深夜，悄就营门举之，直如蚍蜉撼树，牢不能动。谍报，吐蕃闻之相顾失色，君臣筹议，以为不早自量力，强以交绥，是螳臂当车，徒自取死。急上表谢罪，愿岁朝贡，永誓不反。①

将宣示的大刀偷梁换柱的小伎俩，让冷兵器时代那些北来胡人信以为实，吴生竟以此退兵，博得封侯，岳父李公也因所荐得人获封代国公。后李女问吴生才得知，先前所舞大刀不过是木片饰锡箔为之，预先造好同样的铁刀悬于营门，使敌方"谍者侦报，以慑其心"。显然，这里描绘的阅兵场上当众舞刀，成为带有赌技服人豪气外现气概的一种替代性仪式。作为带兵将帅的吴生，以舞刀虚拟式地与吐蕃赌试武艺，展示了自己无可抵御的"神力"。故事叙述极为类似唐人诗赋那些颇有底气的"借汉写唐"，这里又借唐写清，可以说在曲折地表达汉族文人民族情感的同时，更体现了满汉民族在外来先进战争工具面前的某种共同的文化对抗心理。

应当说，以大刀为核心意象的这类描写，现实感极强，而暗示着极力与外来先进战争工具即火器对抗的意味，同明清小说宝物崇拜描写曲折地利用宝物意象及其描写模式所反映的时

① 许奉恩：《里乘》卷一《吴生》，齐鲁书社 1988 年版，第 9－11 页。

代期盼①，艺术机杼有别，而时代背景和民俗心理焦虑、趣尚则同。

通常来说，对《聊斋志异》表现民族关系类作品的解读，论者往往注意具体篇章反映的作者民族意识、对满清统治者如何不满，《王司马》一篇却婉曲地透露出对明季御边将领的讽刺，暗示出这将领行为的无奈来自朝廷的昏庸和法令无常。若与前后其他篇章统观，方可更全面地了解蒲松龄对明亡的深在原因的思考。

五、大刀叙事在民国武侠小说中的异变

武侠叙事，对于武侠人物成长与其手中兵器的关系，往往给予特殊的关注。而这一关注，值 19 世纪“船坚炮利”的欧洲列强武装侵略、东瀛的蕞尔小国的突然崛起并凌辱天朝，有了新的时代内涵。

曾出使海外多国的薛福成，就曾经对于水雷特加关注。他记述水雷种类大致可分为三：伏雷、送雷、行雷。伏雷有“伺发之雷”、“触发之雷”、“伺触兼用之雷”；送雷有“杆雷”、“拖雷”、“鼓雷”；行雷有“怀台式鱼雷”、“黎氏箭雷”、“马克登那水炮”。对于西方水雷的介绍伴随着重要功能、可行性的强调，优先发展，莫若“水雷”的理由在于：“若夫价廉于巨炮，较之筑台造舰之费更减十倍，其功用则与炮台铁舰相若，

① 刘卫英：《明清小说宝物描写若干情节模式研究》，《山西大学学报》2010 年第 4 期。

或尚过之者。”①

借助于大刀意象，民国武侠小说渲染了比武过程中的“武德”的问题，把伪造超重大刀的表演，作为一场“西洋景”的狂欢式喜剧表演来刻画，让丑角自己拙劣的表演中当场出丑，引起全场轰然笑声，表现出对于制造骗局者的蔑视与嘲弄，进而揭示社会上骗术对比武、武技表演的浸染。说是杨展叙述，一位姓关的失心疯似地跑上演武厅，不服姓杨的箭法出色，自称“俺家传青龙偃月刀，与众不同”，条件是头号关王刀不称手，“必须俺自备祖传青龙偃月刀，才显得俺的本领”，主考官同意了，因有在场的杨展心理活动的参与，故事的喜剧色彩更加浓郁：

……便见四个大汉，抬棺材似的抬着一柄黑黝黝硕大无比的大刀，从校场角里抬了过来。虽然四个大汉抬着，八条腿写着“之”字，好像吃不住劲似的，抬着走非常吃力，可见这柄大刀重得异常。好容易抬到演武厅阶下，大家一看，齐吃一惊。这柄刀，黑黝黝的当然通体精钢铸就，足有丈馀长，刀片薄似门板，刀杆便有桌腿那么粗，比演武厅阶下躺着的一柄头号关王刀，沉了十几倍，怕不下六七百斤重量，没有千斤神力，休想舞得动它。我也瞧得奇怪，实在瞧不出姓关的居然有这样神力。

哪知道会者不难，姓关的走下台阶，哈哈一笑，右臂一伸，搭在刀杆上，单臂一起，毫不费力似的，便把这柄

① 薛福成：《出使四国记》卷四，宝海校注，社会科学文献出版社2007年版，第168－169页。

硕大无比的家传青龙偃月刀，单臂拿起，四个抬刀大汉，骤释重负，纷纷倒退，几乎跌倒，越显得姓关的神勇绝伦。他把大刀一举以后，马上一个盘旋，左三右六的开起四门来，越舞越欢，这柄大刀在他手上，真像灯草一般。我瞧他刀法并不出奇，蛮力实在大得骇人，自问把这柄刀单臂独拿，也许办得到，要像他舞得轻如无物，大约要甘拜下风了。这时厅上厅下，却被这柄大刀镇住了，连喝彩都忘记了。大家都说今年武闱出了大刀神，便是他老祖宗关二爷当年使的青龙偃月刀，未必有这样呆重，这时姓关的露足了脸，霍地收住刀法，柱着刀向厅上唱个喏。

听不清上面对他说什么，却听得台阶上高声传杨展，我吓了一跳，心想要糟，如果叫我用他这柄大刀，准得丢脸。上面既然指名传唤，不能不上去，哪知怕什么有什么，果然，廖主考定要抬举我，却说得很有分寸，他说："你箭法出色当行，压倒全场，如果把这柄大刀，也能舞动，岂不全美，我也知道武功不讲浊力，不过朝廷程式如此，总得应点。"我明白廖参政一力抬举，没法子只好应命下阶，但是这柄独一无二的大刀，没有第二柄，当然得向姓关的借用。

不料我刚向他走去，大约他留神上面吩咐的话，知道来意，不等我近前，右手拄着大刀，左手向我乱摇，大声说道："我这柄宝刀，祖传遗训，不能借人使用。"我听着一愣，姓关的好像怕我夺刀似的，已向远处大喊说："快来，把宝刀抬回家去！"他这声大喊，厅上厅下满都听清了，廖主考已派军弁下来喝道："借刀一用，不缺不折，有何妨碍，主考有令，谁敢不遵。”姓关的满头大汗，急喊道：“这名武举，我情愿不要了，还不成么？”喊罢，竟自把刀向肩上一扛，拔步便走，竟想退出场去了。这一下，真是出人意外，厅内喝一声，把这个人拿下来。立时有两个军健赶去，姓关的惊得拔脚便逃，不意臂有神力，腿却虚浮，一个不留神，脚下被石块一绊，整个身子直跌出去，手上一柄大刀又长又阔，也出了手，撞在演武厅旁边的旗杆石上，咔嚓一声，刀头竟会断折。

刀一折断，全场武生们立时看清，个个轰然大笑，笑声震天，两个追他的军健，也是哈哈一笑，一个扭住姓关的，一个提起折断大刀，居然也单臂轻提，并不费事，连刀带人，解往厅上。原来这柄家传独一无二的青龙偃月刀，刀片刀杆，全是木胎，无非外面薄薄的包着一层铁皮罢了，刀一折断，自然露出里面本胎来了，最可笑四个抬刀的大汉，大约主人许了重赏，装得活灵活现，好像抬不动似的，想不到主仆扮演的一台好戏，西洋景马上拆穿，你们想，这不是稀罕事吗！①

作假者当初其实并没有想到，这把作为道具的大刀，居然还能被别的参赛者使用，故事虽然是《聊斋志异》中的王大司马、《里乘》等相关叙事中吴生故事的一个民国翻版，却写出了传统比武所特有的公平准则，形象地抒发了对于武林风气日下的揭露针砭之义。

---

① 朱贞木：《七杀碑》第十二章《雪衣娘与女飞卫》，北方文艺出版社 1988 年版，第 188－191 页。

那么，何以明末清初就已经如火如荼地显露出来的“大刀”代表的冷兵器与火器代表的外来科技冲突，却可悲地没有引起满清统治者的警醒、思考，进而改变某些体制上、文化观念上乃至军事技术上的落后局面？这可真是带有一个文化反思意义的问题。

国外研究者认为，清代满族人军队的核心是骑兵，而且他们将蒙古人的一项技能臻于完美，“那就是使用军事力量令中国的行政管理体系为其效劳”，集权官僚机器过度膨胀，阻抑了调整适应的天才智慧：

> 在满族统治下一切变迁尝试，无论是物质的还是智识的，莫不遭到怀疑。……在日本，武士阶级最终认识到自己的未来在于拥抱西方科学和工业，可是满人及其官僚却不能起而跃入现代。我们可以聚拢多种影响因素的证据，去解释他们不能。然而说到底，这失败归咎于满人的外来性，归咎于作为出自大草原的征服者他们的起源，加上他们的军事体制的随后僵化，那作为权力象征的根基是他们避而不予改革更新的、军事史上可悲的插曲莫过于此：19世纪的满州旗人用他们无以伦比的复合弓对抗欧洲入侵者的步枪和火炮。①

那么，现实中是否明朝人一味沉浸在骄傲的大刀幻想中，没有努力急起直追？并非如此，一位法国汉学家也曾发表过类

① ［英］约翰·基根：《战争史》，时殷弘译，商务印书馆 2010 年版，第 290－291 页。

似上述的提醒，说向西方人采购武器并在中国制造由欧洲军火模拟来的武器，这一传统要上溯到16世纪：

> 明朝在反击满族新兴势力的战争中，曾为了以葡萄牙人使用过的那种更有效的大炮来代替已过时的铸炮而作出努力，但在此之后，草原上的那些习惯于骑兵战斗的满族人则似乎不大关心改进他们的大炮了。此外，18世纪的那些以山区（西藏、四川南部、云南和缅甸的边境）或西域为战场的战争，也使重炮面对往往是行踪不定的敌人变得不适用了。这些形势解释了为什么中国仅仅从英国1840—1842年发动进攻之时起才恢复铸炮。但主要是从振动一时的太平天国战争起，形势才有所变化：起义军和镇压起义的将领们都向欧洲掮客们购买了军火，努力组成一支舰队、寻求获得贷款和技术帮助以建立军火工业。①

可惜改进军事工具的努力没有持续。应当说，这一历史过程的形成，与大刀叙事代表的对于冷兵器时代的追恋几乎同时，可以说遥相呼应。“不大关心改进他们的大炮”，与大刀叙事及其对于大刀精神的弘扬，冷兵器优势、优越感的坚守，特别是农耕民族的懒惰积习等，有着密切的内在联系。

---

① ［法］谢和耐：《中国社会史》，耿昇译，江苏人民出版社1995年版，第492页。

第九章　武侠小说“被杀前获救”母题的中外渊源

金庸《三十三剑客图》曾感叹李靖的人生遭际：“历史上的名将当然总是胜多败少，但李靖一生似乎从未打过败仗，那确是古今中外极罕有的事。可是他一生之中，也遇过二次大险。第一次，他还在隋朝做小官，发觉李渊有造反的迹象，便要到江都去向隋炀帝告发，因道路不通而止。李渊取得长安后，捉住了李靖要斩。李靖大叫：‘公起义兵，本为天下除暴乱，不欲就大事而以私怨斩壮士乎？’李渊觉得他言词很有气概，李世民又代为说项，于是饶了他。这是正史上所记载李靖结识、追随李世民的开始。……”此故事的文献来源，实见于刘肃《大唐新语》卷六《举贤》：

> 高祖以唐公举义于太原，李靖与卫文昇为隋守长安，乃收皇族害之。及关中平，诛文昇等，次及靖。靖言曰：“公定关中，唯复私仇；若为天下，未得杀靖！”乃赦之。及为岐州刺史，……

这实际上属于自己在临刑前抗辩，自己救了自己。金庸的叙述不够准确，应为，同为隋朝地方官的李靖、卫文昇留守长安，捕杀起兵反隋的李渊的亲族，平定关中后李渊诛杀卫文昇等人。李靖幸运被赦免死刑后，当了刺史，仍有人迎合上意，举报他谋反，高祖派御史去审查，称如属实可法办，御史知为诬陷，要求与举报者同行，途中说丢失状子，请求再写一份，拿到后写的御史核查，与原告状不同，即日还奏，诬告者被依法处决。故事引起了北宋郑克所编《折狱龟鉴·辩诬》的注意[①]。李靖在面临死亡威胁时，临危不惧，幸运地获得存活的机会，这才有了而后来正直而不媚上的御史，为他冒险辩诬，也就是金庸先生所说的第二次大险。

“被杀前获救”，这一惊险场面，在诸多小说、戏剧中是多么令人熟悉！以至于近代小说名家李涵秋甚至有了这样的阅读经验，精辟地予以概括，并且不大满意这一陈旧套路：

> 尝笑我国旧小说中，最有一种俗例，便是书中一位重要人物，无不被人诬害，诬害的结果，必说身监法场，引颈就刑。原是故意用一种惊人之笔，希冀震骇阅者耳目，然而他又未尝布置妥帖，乃至到了无可奈何的时候，苦于没有法子，转换过来，他那一支笔，便忽然想到黎山老母，或是太白金星，半天价起了一阵狂风，硬生生便将这人摄得无形无影。再不然，也不过是英雄劫狱，好汉乔装，叫人心里快活一快活。在下著书到上一会结末，也几几乎蹈

① 北宋郑克认为辩诬之术有正有谲，而在这里：“御史知其诬也，故谲以去质。苟非尽心者，则亦岂能精耶！”参见刘俊文《折狱龟鉴译注》，上海古籍出版社 1988 年版，第 117－118 页。

了此弊。……①

这其中就注意到“重要人物”，因受诬害当然主要指正面人物，其“就刑”、临危的千钧一发关头出现的奇迹，还揭示出是针对接受主体的，是那些创作主体有意为之：“故意用一种惊人之笔，希冀震骇阅者耳目。”那么，何以小说家们会不厌其烦地如此营构？是否有一个文学传统之流本身的原因？这一书写模式生成的内驱力为何？实际上，上述谈论，并不新奇，当来自清末丁柔克《柳弧》已指出过的阅读感受：

> 小说书有最可笑、千篇一律、牢不可破者，……《西游》则妖怪捉得师父，皆不即杀，或请客，或俟徒弟走后方吃，必俟救出而后已。《水浒》则一百八人如犯罪，或刺配，或监在死囚牢里，或劫狱、劫法场，弄上山去……《说唐》、《征西》等书，必要唐王遭难，或御果园，或盖苏文，必得此将来救出。……②

我们要思考这里所说的“可笑”、“千篇一律”、“牢不可破”背后的某些偶然中的必然，叙事模式下面的深层意义。尽管，这肯定并非古代小说诸多惯常模式的全部，但不能忽视，“被杀前获救”这一母题设置，同时预设了英雄被解救、或解

---

① 李涵秋：《侠凤奇缘》第三十五回《千里姻缘扶桑联眷属，一宵救护浅草毙奸徒》，漓江出版社1987年版，第465页。

② 丁柔克：《柳弧》卷四《小说通病》，中华书局2002年版，第252-253页。

救英雄的系列重要情节，催生了接下来的作品人物命运转机、事件发展的契机，与艺术审美及主题表现联系紧密，因此值得予以全面探讨。

一、中古汉译佛经中的母题形态及早期仿作

中古汉译佛经中的母题叙事主要有如下三类型。一是，树神救度善良的国王。三国时西域粟特人传译的《六度集经》卷一《乾夷王本生》写，乾夷国王偏悦，为人仁和公正。可是邪恶之徒却想要伪道来破坏，有个婆罗门名叫逝心来称："天王尚施，求则无违。时宜应用人首为事，愿乞王首，以副望矣。"他不接受珍宝和人工造的人头，坚持索要国王偏悦的头。国王只好把头发缠在树上：

> 逝心拔刀，疾步而进。树神睹之，忿其无道，以手搏其頬，身即缭戾，面为反向，手垂刀陨。王得平康，臣民称寿，悲喜交集。……

二是观世音救度世人，使其免于横死。例如东晋天竺居士竺难提晋言法喜译《请观世音菩萨消伏毒害陀罗尼咒经》，即有诵《大吉祥六字章句救苦神咒》而在诸多救苦救难的效应之中："设有众生入阵斗战，临当被害，诵念此咒，称于大悲观世音菩萨名，如鹰隼飞，即得解脱。若有众生，受大苦恼，闭在囹圄，杻械枷锁。及诸刑罚一日乃至十日，一月乃至五月，应当净心系念一处，称观世音菩萨，归依三宝。……"

而沈约《宋书·王玄谟传》也在人物传记中有此补叙：

“初，玄谟始将见杀，梦人告曰：‘诵《观音经》千遍，则免。’既觉，诵之得千遍，明日将刑，诵之不辍，忽传呼停刑。遣代守碻磝，江夏王义恭为征讨都督，以为碻磝不可守，召令还，为魏军所追，大破之，流矢中臂。二十八年正月，还至历城，义恭与玄谟书曰：‘闻因败为成，臂上金疮，得非金印之征也。’”①

唐人撰修的史书，往往吸收了今天已经失传的先唐史料，其中文学性较强的《晋书》也载：“徐义为慕容永所获，械埋其足，将杀之。义诵《观世音经》，至夜中，土开械脱，于重禁之中若有人导之者，遂奔杨佺期，佺期以为洛阳令。”② 显然，这也属于观世音崇拜的文学化书写。

三是其他女神出面救度。古代印度月天搜集整理的民间故事集《故事海》也讲述，婆罗门们贪图王位，想要杀死布德罗伽，他们借口崇拜女神，请他先进寺庙去拜见，就在布德罗伽被一群刺客围上，刺客们声称是父亲和叔伯给了金币让干的，他机智地答应交出身上珠宝首饰，严守秘密，远走他乡，刺客们就真的放了他，谎称已杀死布德罗伽。而布德罗伽进入森林获得宝鞋宝碗和宝棍③。

季羡林先生认为有关戒日王（590—647）的三部戏剧中，较有特色的是《龙喜记》，持明国太子云乘，和密多婆罗苏在

---

①《故事海选》，黄宝生、郭良鋆、蒋忠新译，人民文学出版社2001，第13－14页。

② 沈约：《宋书》卷七十六《王玄谟传》，中华书局1974年版，第1974页。

③ 房玄龄等：《晋书》卷一百一十五《载记》，中华书局1974年版，第2945页。

海滨散步，云乘看到山峰上成堆龙骨，密多婆罗苏告诉他，为避免龙族毁灭，龙王每天送一条龙给金翅鸟吃，日久残骸成堆。恰好这天龙王太子作为牺牲品，见到龙王哀哭，心生怜悯，毅然代替太子献身（第4幕）。云乘父母及妻子摩罗耶婆悲痛欲绝，与龙太子沿路上血迹上山，已奄奄一息嘱金翅鸟应积善不杀，后者感化悔悟。即将火葬时，摩罗耶婆向高利女神呼吁，女神出现，用仙水救活云乘，同时，帝释天应金翅鸟恳求降下甘露，救活了那些死区的群龙（第五幕）①。何以偏偏就在即将献身火焰之中时，救星恰巧出现？这其中有着悲天悯人的佛教意味。主人公虽然遭遇到种种磨难，但却不会过早地、轻易地死去，正是体现佛教一贯性的救赎精神。似乎非如此不能令其"苦海无边回头是岸"，甘心情愿地皈依佛祖。

受多神崇拜与佛教影响，较早的仿作被收集在大型类书《太平广记》里，其中佛教的影响还是很明显的：

> 唐王智兴在徐州，法令甚严。有防秋官健交代归，其妹婿于家中设馔以贺，自于厨中磨刀，将就坐割羊脚。磨讫，持之疾行。妻兄自堂走入厨，仓卒相值，锋正中妻兄心，即死，所由擒以告。智兴讯问，但称："过误，本无恶意。"智兴不之信，命斩之。刀辄自刑者手中跃出，径没于地，三换皆然。智兴异之，乃不杀。②

---

① 季羡林主编：《印度古代文学史》，北京大学出版社1991年版，第289－290页。

② 李昉等编：《太平广记》卷一百六十二引《因话录》"徐州军士"，中华书局1961年版，第1170页。

误杀者情有可原，却将被处死，正在人们担心之际，行刑前却忽有奇异现象出现，似乎冥冥之中有神灵昭示：此人不该被处死，行刑者因此事故发生而领悟出“事出有因”，于是改变判断。这之中蕴含着多种因素，导致刑杀终止的神奇现象，暗示出神灵指示，而行刑者觉悟，表现出佛教救度精神的感应力量。

二、“被杀前获救”母题形态及叙事功能

明清小说中“被杀前获救”母题具有存在的普遍性，表明作家不约而同，不远放弃这一吸引读者群的“悬念”与期待。《水浒传》中的正面英雄好汉，许多人都有“被杀前获救”的惊险→有惊无险→聚义梁山共谋大业的经历，可以列入这一名单的，至少有林冲、宋江、武松、卢俊义……如林教头在野猪林遭遇薛霸暗算，偏巧鲁智深禅杖飞来隔走。武松和宋江遇到危难时，都因无意之中口出“某某死在此地……”之语，而计行凶者即刻猛醒，停止对心仪已久的江湖偶像加害。卢俊义也是在薛霸的水火棍劈将下来，偏巧后者被燕青弩弓快箭射中身亡。

最能九死一生、险中脱身的江湖上大名鼎鼎想及时雨宋江。《水浒传》第三十六回《梁山泊吴用举戴宗，揭阳岭宋江逢李俊》写宋江离开梁山，与两个公人在揭阳岭脚下酒店被蒙汗药麻翻，宋江被倒拖了，放在人肉作坊“剥人凳”上，大汉去门前找伙计来开剥，不料却等来接宋江的李俊，惊道：“这囚徒莫不是黑矮肥胖的人?”“不曾动手么?”看见人后却又不认得；

翻出公人包裹公文，才知“争些儿误了我哥哥性命。”下一回《没遮拦追赶及时雨，船火儿大闹浔阳江》写宋江给了卖艺的薛永五两银子，得罪了揭阳镇上这条大汉，大汉被那个使枪棒的教头（薛永）打翻，镇上客店都不敢收留，宋江和两个公人蒙一庄院收留，不料却是被打大汉的家，于是三人趁星月逃走，慌不择路来到浔阳江边搭上一只小船。梢公（张横）“一头搭上橹，一面听着包裹落舱，有些好响声，心里暗喜欢”。刚逃脱追杀者，那梢公却放下橹，问你三个要吃“板刀面”，还是要“吃馄饨”？宋江求告饶命，那梢公持明晃晃板刀大喝：

> 宋江和那两个公人抱做一块，恰待要跳水，只见江面上咿咿哑哑橹声响，宋江探头看时，一只快船飞也似从上水头摇将下来。船上有三个人，一条大汉手里横着托叉，立在船头上……船上那大汉道：“咄！莫不是我哥哥宋公明？”宋江听得声音厮熟，便舱里叫道：“船上好汉是谁？救宋江则个！”那大汉失惊道：“真个是我哥哥，早不做出来。”宋江钻出船上来看时，星光明亮，那立在船头上的大汉，不是别人，……正是混江龙李俊。

容与堂本李卓吾的评语，在此觉察到了草莽英雄的历险、磨难描写，并非是随意性的闲笔，对第三十六回评曰：“凡是有用人，老天毕竟要多方磨难他，只如宋公明，不过一盗魁耳，你看他经了多少磨难？此揭阳岭上其一也。……”而在三十七回又评：“宋公明每至尽头处，便有救星，的是真命强盗！”宋江在水浒故事中，何以总是作“有惊无险”的无助状，而又总是有人在最后关头及时搭救？因为他武功不高，而名气又大，得知他身份的“陌生人”总是瞬间变成了慕名已久的“圈子里人”。不论是迎接他的，还是一直想要结识他的，总之江湖好汉总是要与他“相认”，而相认过程不断推迟、总是在延缓，期间不断更换的仰慕者中不乏要“结果”他的，误会屡屡在他被杀前及时澄清，此前的“延缓叙述”则往往被真相大白的意外惊喜打断。在一波未平一波又起的延宕叙事过程中，也扩大了“被杀前获救”母题的审美张力。

第三十九回《梁山泊好汉劫法场，白龙庙英雄寻聚义》的批语中，金圣叹以其敏锐的艺术感受力，捕捉到了小说极力铺排宋江、戴宗被处斩前的事情，实际上是在延缓叙事时间：

> 写急事不得多用笔，盖多用笔则其事缓矣。独此书不然，写急事不肯少用笔，盖少用笔则其急亦遂解矣。如宋江、戴宗，谋逆之人，决不待时，虽得黄孔目捱延五日，然至第六日，已成水穷云尽之际。此时只须云：只等午时三刻，便要开刀，一句便过耳。（1）乃此偏写出早辰（晨）先着地方打扫法场，饭后点土兵刀仗刽子；巳牌时分，狱官禀请监斩，孔目呈犯由牌判“斩”字，又细细将贴犯由牌之芦席，亦都描画出来，此一段是牢外众人打扮诸事，作第一段。(2) 次又写搵扎宋江、戴宗，各将胶水刷头发，各绾作鹅梨角儿，又各插朵红绫纸花，青面大圣案前，各有长休饭、永别酒，然后六七十个狱卒，一齐推拥出来，此一段是牢里打扮宋、戴两人，作第二段。(3) 次又写押到十字路口，用枪棒团团围住，又细说一个面南

背北，一个面北背南，纳坐在地，只等监斩官来，此一段是宋、戴已到法场，只等监斩，作第三段。(4) 次又写众人看出人，为未见监斩官来，便细看两个犯由牌，先看宋江，云："犯人一名某人，如何如何，律斩。"次看戴宗，云："犯人某人，如何如何，律斩。"逡巡间，不觉知府已到，勒住马，只等午时三刻，此一段是监斩已到，只等时辰，作第四段。使读者乃自陡然见有"第六日"三字，便吃惊起，此后读一句，吓一句；读一字，吓一字，直至两三页后，只是一个惊吓。吾尝言读书之乐，第一莫乐于替人担忧，然若此篇者，亦殊恐得乐太过也。①

指出了《水浒传》在本土文学史中的带有开创性的写法。用一个宋江戴宗二人即将被斩首作为"悬念"，吊住了读者的胃口。仿佛一幅幅引人急切看到的画面，宋江戴宗即将要来的地方、已经到来的现场，移步换形，镜头有推拉摇跟，时间上步步逼近，构成了空间上的不同场景。而读者心系人物，已一步步地进入到书中，追踪着宋江、戴宗的命运。后来终归是有惊无险，读者不由自主地获得了审美愉悦。

美国学者也早就注意到早期小说中的一个套路，押解犯人的两个公差董超、薛霸，《水浒传》中就出现两次，分别押解林冲、卢俊义，白话小说《皂角林大网假形》也有同样情形，

---

① 马蹄疾编：《水浒资料汇编》，中华书局1980年版，第178－179页。

而当一发千钧之际，救星必从林中跳出来①。

套路具有多发性，《西游记》中被杀前获救最有代表性的就是唐僧，总是在被妖怪捕获之后，捆绑要清蒸或烹煮，都是危急关头获悟空及所求救星来解救，而孙悟空本人也是屡屡遭遇妖怪法宝囚拘，在法宝功能行将到期前，有时间、有机会得到自救（项后三根毫毛等）或他人（观音、太上老君、天兵天将等）救助。似乎，就是要给出手相救的英雄（神灵）们一个行使正义的机会，小说的“武侠要素”得以彰显，人物命运的遇难成祥、大起大落则引人入胜。

《封神榜》写谪仙下凡的龙吉公主用捆龙索俘获了元帅洪锦，姜太公传令把洪锦推出斩首：

> 行刑的令箭如飞到，刽子手，手提钢刀起杀星，邪行几步闯上去，鬼头刀举取人魂。眼看着要作刀头鬼，鬼使神差机会逢，也是洪锦不该死，来了个，救命恩星老道人。只见他……跑的他口中不住吁吁喘，只叫“刀下且留人”。②

原来是执掌姻缘的月下老前来牵红线，受仙翁之命使龙吉公主得配洪锦。救下了即将问斩之人。含笑进行说服工作的，恰恰是降将邓婵玉。而这种“不迟不早”救下，又被月老解释

① ［美］韩南：《〈平妖传〉著作问题之研究》，《韩南中国古典小说论集》，台北联经出版公司 1979 年版，第 209 页。

② 车王府曲本《封神榜》第二百一回《月下老为人作伐》，苏寰中、郭精锐、陈伟武校点，人民文学出版社 1998 年版，第 1665－1666 页。

为“可见前因造定”，某种必然性的因果联系，似乎为此龙吉公主又没有别的选择了。

清代李百川《绿野仙踪》第二十六回《救难裔月夜杀解役，请仙女谈笑打权奸》写连城璧在赵家涧打败了鸡泽县军役，走到了清风镇地界，明月下，猛见对面有几个人走来，他闪在大柳树后偷看。原来是两个解役要谋害所押犯人，他月光下详看那犯人，面貌是个少年斯文人，“端的不是做大罪恶的人”，而那两个解役甚是刚狠，只见那犯人连连叩头求饶：

> 只见那拿棍的解役，向带刀的解役道：“我生平为人，心上最慈良不过。你看他哭的这般哀怜，赏他个全尸首，着他上吊罢。捆行李的绳子便可用。”那带刀的解役道：“那有这许多功夫等他上吊！”说罢，便将刀抽出，向犯人面前大步走去，将刀举起却待砍下，猛听得正殿房檐上霹雳般大喝了一声，声落处，早将那拿棍解役吓的从台阶上倒撞在阶下。城璧涌身一跳，已到院中。那拿刀解役急向后退了几步。急看时，见一紫面长须大汉，站在院中……

城璧所救那犯人是忠良董传策之子，父因参奸臣严嵩父子欺君罔上之罪，遭害。论者认为这来自《水浒传》鲁智深解救林冲：“两位好汉挺身而出救人于危难之际的情景庶几相同”；“如说这种高度‘相似’的描写没有化用《水浒传》，显然不太可能。”[①] 问题在于，这种“一对一”的借鉴，并非完全不可

① 王以兴、朱仰东：《〈绿野仙踪〉素材来源补考三则》，《伊犁师范学院学报》2014 年第 1 期。

能，然而，从本文所论母题史发展的脉络来看，很可能是“一对多”的，即鲁智深大闹野猪林其实也不过是整个链条上的一个环节而已。不能断言，《绿》肯定就出自《水》，难于排除还同时也受到了其他文本的启发。

“被杀前获救”母题，在具体文本中，至少有如下几个重要的叙事功能。

首先，母题昭示出了主要正面英雄人物的身份，“不打不相识”，连接了互未谋面的陌生朋友之间的情谊。夏敬渠《野叟曝言》第四十六回写正面主人公文素臣被押至佛殿，一美少女在交椅上坐，因不肯跪，那女子怒举棍望素臣顶门直劈，却离着素臣头没有半寸而掣去，遭骂后，怒喝“取这厮心肝”，尖刀即将刺进心窝，女子又喝“且慢!”从素臣怀中扯出文书看，看了大惊，方知要杀的正是要迎接的文白，随即笑着解缚，纳头便拜赔罪。原来女即卫飞霞，正要面晤“文爷”共商大事①。解救者，正是行刑的主使者，身份昭明立刻化敌为友，非常具有喜剧性。

其次，母题还往往借助于“梦中被杀→临行前获救”昭示出正面英雄潜意识心理活动，然而，主要英雄人物的磨难还没有结束，《野叟曝言》第四十九回还写，皇帝听信了龙虎山真人张元孟的诬告，元孟还招致列仙前来震慑，在元孟挟列祖诸仙恐吓下，御旨将文素臣处斩，众官上疏均被流戍，但总督都督仍策马奔来喊“刀下留人”，当驾官赵芮被打，怒喝令护卫官军把二人拿住：“赵芮挣扎起来，放炮行刑。只听得轰天一

① 夏敬渠：《野叟曝言》第四十六回《古庙逢凶蜂螫屠龙之手，盘山遇侠狮降猛虎之威》，人民文学出版社1997年版，第575－576页。

声炮响，刽子手一刀向素臣颈中剁过，如冷水向心窝中直淋下来，那头便滚落，颈中一股热气，望上直冲，骨都都的冒出鲜血，心里便如几万支箭，攒射将来，辣痛非常！正是：‘心从长乐宫中死，魂向华胥国里来。’”此回戛然而止。而下一回的开头，则从文素臣的内心感受起始：“素臣被刑心痛，痛极一惊，忽然直醒转来，浑身冷汗，心头突突地跳个不住，身子仍在邯郸道旁吕翁祠内客房中卧榻之上。睁开眼来，只见太玄、成之二人，站在床前，素臣急坐起来。……”

原来是梦中受刑，在半醒半睡时抽刀直批，身边的太玄魂惊胆裂现出来玄狐原形，供出二女扮作小姐丫环与金相公结亲，于是引出了下一段情节。后来的总评，点出了正面主要人物，是不能轻易死去的：

> 从来稗官小说，其正传本人断无夭死之理；故凡历危险，必有绝处逢生，一若但令人担愁吃吓而已。此书至上回回末，则刀已过颈，头已落地，更从何处逢生？岂如《西游》、《封神》之颈断可连，头落可换耶？抑已有背生儿，将更属望后人耶？读至此，掩过下文，为之搜索枯肠，时升九天，忽堕九渊者弥日，绝不意其有“痛极一惊，直醒转来”之一法也。盖拍案大叫，披发狂喜者，又弥日云。……更复掣出刀来，直批下去，思其收局，真有智尽神索，摸头不着之事，此为绝世奇文。①

---

① 夏敬渠：《野叟曝言》第四十九回《想中缘文素臣再朝天子，情中景谢红豆二谒金门》，人民文学出版社1997年版，第614－625页。

这说明，创作者注意到了该母题文本存在的普遍性、内在的审美规律性，从而是有意识地在仿拟之中创新，在“梦境虚幻”与“梦外现实”审美间性的转换中，构成新奇的效果。

《青红帮演义》第七回也说潘安被刀逼住，不得已只好用麻绳挂到梁上，把头颈放到绳圈里，两手放开，双足离地。这时只听外面“砰砰砰”有人敲庄门，三人到草堂上来。第八回《英雄末路身变肥豕，仙佛下场病倒秃驴》则写那汉引着三个人到了草堂，三人抬头见一人悬在梁上，其中一个：

> 走近潘安面前一看，叫声：“苦也！这不是潘义士么？”那汉道：“什么潘义士？莫不是安庆城中的潘安？现在他去运粮了，如何会到这里？”那人急道：“他今天回来，方才和我吃酒。”一壁说，一壁解下绳索。那汉便也去将潘安抱住，放在地下。这时潘安已吊得半死，不能说话，张着两只眼睛，只顾流泪。那汉便去热了一碗姜汤出来，灌在潘安口内。隔了半个时辰，潘安便能开言，对着那人道：“徐正，莫非与你梦中相会么？”那人见他能够言语了，大喜，急忙扶他起来，放在一只靠背椅内。那汉对着潘安纳头便拜，说着：“有眼不识泰山，多多冒犯。若不是徐大哥前来，几乎丧了义士性命。”原来打门的三个，便是徐正、施骏、施骝三人。①

本回结尾写：写程远正要跟着慕兰同走，在这时候，韩小

---

① 吴虞公：《青红帮演义》第七回《翠姑娘房中媚客，黑老爷夜半追人》，上海古籍出版社 1991 年版，第 46 – 47 页。

香愤怒到了极点，霍地从床边掣出宝剑，追上前去，就向慕兰头上一剑劈去，只听“克嚓”一声，一颗血淋淋的人头滚下地来。再向地下一看时，却是程远的头颅，不知怎的杀错了。不由口里喊声“啊哟！不好了。”同时耳边听得有人高声问她，怎样不好了？睁开眼来一看，原来是一场恶梦①。恶梦虚惊，根子在现实世界里。何以总是描写梦中遭严刑？并且忘不了昭示梦醒之后的“虚惊”？应当说，这是一种古代小说难得的心理描写套路。

其三，母题引出了惊险动人的场面描写，突出了江湖兄弟的深情厚谊，侠骨情肠。小说中常出现的“劫法场”的场面，每多包含有这一危急关头冒险“刀下留人”的幸运母题。托名罗贯中的《粉妆楼全传》描写：

> 柏爷坐上公案，左右徘班已毕，只得忍泪含悲，吩咐升炮开刀。当案的孔目手执一面红旗，一马跑到法场喝一声：“开刀！”喝声未了，早听得一声呐喊，五匹马冲人重围。当先一人掣出双金锏，将刽子手打倒在地，一把提起犯人，回马就跑，众军拦挡下注，四散奔逃，康龙大惊，慌忙提刀上马，前来追赶，忽见斜刺里跳出一将，手执钢叉，大喝一声，挡住了康龙厮杀，让那使双锏的英雄抢了犯人，带了众兵，一马冲出北门去了。②

---

① 顾明道：《荒江女侠》第六十六回《代打擂台女儿显绝技，留居客地俊士结新知》，农村读物出版社1988年版，第1043－1144页。

② 罗贯中：《粉妆楼全传》第六十三回《劫法场龙标被捉，走黑路秦环归山》，黄山书社1985年版，第283页。

这颇类似梁山泊好汉的劫法场。清末《仙侠五花剑》第七回也写雷一鸣因中了暗器“蒺藜抓”而被秦应龙擒获，堂上被骂的后者怒将佩剑刺来，第八回开头才写突然飞来四五片瓦击中应龙，剑坠地，原来是侠女白素云前来解救。小说第十回开头，又开解了上回末秦应龙用竹叶镖（毒镖）来打雷一鸣的扣子，关键时云万峰显灵，一鸣求救，而这时承接下来：“话说秦应龙用竹叶镖要打一鸣，黄衫客未及破他，云万峰显灵，在半空中将拂尘一拂，毒缥落地。一鸣见了，大哭一声，伤心过甚，晕跌于地。黄衫客与众庄丁争来扶救，顾不得拿捉应龙。……万峰只把拂尘向着应龙脸上一拂，觉得一股冷气直扑面门。那面上的肉一丝一丝，顷刻间青肿起来，痛个不住，只急得在地乱滚。约有半刻馀钟始止，方敢放大着胆，睁睛四看。”① 江湖情谊在此超越了幽明之隔，但身处冥间的云万峰之灵，还是遵守武林规矩，只是略坐惩治，而把亲手复仇的机会留给伙伴。

著名的公案小说《永庆升平》，两次描写一号大侠张广太遇险获救，也偏偏都是在即将被杀之前，出手的一方却突然被杀死了，第一次写他闯福建会馆被擒：

只见群贼吩咐：“凉水淋头！急速把张广太的人心取出来。祭奠侯会总！”……那个花毛秃子手持着牛耳尖刀，

---

① 海上剑痴：《仙侠五花剑》第十回《白素云三探卧虎营，黄衫客双祭飞龙剑》，中国古代珍稀本小说5，春风文艺出版社1996年版，第495页。

> 把广太的衣服望左右一分，照定前心，刀尖儿对准了心口，后手一按劲，只听“噗哧”的一声，红光崩冒，鲜血直流。张广太倒没死，杀人的那个花毛秃子死了，把众会总唬了一跳。原来自暗中飞来了一瓦，把花毛秃子王熊给打坏了，正中后脑海，没杀成人，自己死了，……①

这里的创新点是，双重的“被杀前获救”：描写又上来一贼来刺，又被飞来一瓦干倒。下一回才交代出原来是众好汉前来搭救。第六十五回《张广太店中遇仇人，赛展雄山寨救豪杰》写张广太在清风堡被蒙汗药酒迷昏，因大寨主担心同名误杀延迟下来，证实无误，就要杀而取心，那喽兵手持牛耳尖刀：“照着广太的心中，刀尖望着那心嘴上一刺，只听得‘噗哧’一声，红光崩冒，鲜血直流。”于是小说按惯例留下了悬念：“不知广太性命如何，且听下回分解。”下一回开篇才说明，关键时后边来一支袖箭正中喽兵手腕，是大寨主谢禄所发，他刚刚得知二寨主韩虎的妹妹韩红玉，就是张广太之妻。

民国武侠小说较多地保留了传统小说母题，可以说保留了较多的说书传统。如朱贞木《虎啸龙吟》第二十三回《虎穴龙潭，老英雄侥幸脱难；慧心瘦语，俏佳人永结同心》写出了湖勇讲述眼中的惊险场面：范老英雄即将被处斩，依然面不改色，喝道：快取我那柄红毛宝刀来送老子归天。台上焦雷般大喝“开刀”，下面的叙述即特别符合说书人的也是听众们的习惯：

---

① 郭广瑞：《永庆升平·前传》第五十九回《张广太单人斗群贼，顾焕章三杰诛盗寇》，宝文堂书店1988年版，第321页。

那湖勇一口气讲到此处，略一停顿，预备换口气再讲。哪知座上瑶华、舜华啊呀一声，惊得直立起来，连甘疯子也有点忍不住气，暗想这事要糟！自己一番妙算，也要跟范老英雄的头颅一刀两段。急得破袖乱挥，指着报告的湖勇喝道：“以后怎样？快讲快讲！”那湖勇也看出众人着急的意思，急接着说道：“那时台阶上高喝一声开刀，几柄明晃晃的鬼头刀都已高举过顶，正待斩下。说时迟那时快，猛听得大堂屋上有人高声大呼道：‘太湖全体英雄在此，单小子快来纳命。’喝声起处哗喇喇砸下无数屋瓦，满天飞舞。……后来飞了一阵瓦片毫无动静，只落得一声长叹。一忽儿见台阶上跑下几个怀抱长刀的凶汉，后面押着一个高举着令箭的武官，耀武扬威闯入法场，厉声喝道：‘大人有命，快快一齐开刀，不得违误。’一声喝毕，四面标兵又是震天价一声威喝。几个长刀手登时分开代替受伤的红差，两人服侍一个，夹住小勇们，拉辫的拉辫，举刀的举刀，这时除出引颈挨刀还有何说？那知生死有命，一毫勉强不得。刀还未下，耳边又听得远远有人连喊：‘刀下留人！’这一声大喊，居然几把雪亮的大刀停在半空，小勇们不由得又睁开眼来。只见大门口围住圈子的标兵纷纷向两旁让路，拥进黑压压的一堆人来。那时天光早已大亮，旭日高升，为首的一个长脸道装的人，背负着长剑，率领着许多高高矮矮装束不一的凶汉，个个手持兵器如飞的向大堂跑去，边跑边喊刀下留人，有几个喊着：‘柳道爷回来了，待道爷见过大人再斩未迟。’那般官兵似乎对于那个长脸道士非常的敬畏，一路过去，个个向他躬身为礼，那时小勇们几条性命，活似又从鬼门关上叫回来，心里迷迷糊糊也不知怎么一回事？只见这般人进去以后，身边的长刀手把刀放下，同法场上的兵弁们交头接耳不知议论些什么。又一个个伸着脑袋，望着大堂上观看动静。这时范老英雄却又大骂起来，……"

叙述类似说书人习惯，突出表现就是扣人心弦的关键之处拖延、重复，将"千钧一发"的被杀前瞬间，放慢时间、重复叙述，用来唤起欣赏者（观众、读者）的关切，扣人心弦，引人入胜。

1949年初连载的解放区小说即孔厥、袁静颇带有武侠文学色彩的《新儿女英雄传》，第九回的回末也写张金龙把正面主人公牛大水押解到了乱坟堆，刚要举刀砍杀，忽听背后有喊声，没有下刀，第十回就由这喊声写起，原来是何世雄派人传达命令，不许杀害牛大水，以便用牛大水换回被游击队抓去的他的儿子何狗皮。

金庸则创造性地写出了当事人的梦话，居然能使其在被杀前获救。说任性的少女丁珰恼恨自己的"石郎"（其实不是石中玉而是石破天）一场大病后，变成了迂腐迟钝的呆木头，"我怎能跟他厮守一辈子？倒也不如真的依爷爷之言，一刀将他杀了，落得眼前清净。……"于是听得石破天睡熟，提起刀来正要往他头上斫落：

忽听得石破天迷迷糊糊说道："叮叮当当，你……你为什么生气？不过……不过你生起气来，模样儿很好看，是真的……真的十分好看……我就看上一百天，一千天，也决不会够，一万天……十万天，不，五千天……也是不够……”丁珰静静的听着，不由得心神荡漾，说道：“石郎，石郎，原来你在睡梦之中，也对我念念不忘。这般好听和话若是白天里跟我说了，……”眼见船舷边露水沾湿了木板，石破天衣衫单薄，心生怜惜，将舱里一张薄被扯了出来，轻轻盖在他身上，又向他痴痴的凝视半天，这才回入舱中。①

借助于这一母题，写出了丁珰爱恨交加的复杂心理活动，而这又有赖于“真假难辨”的潜在母题结构功能。如金庸1977年7月的体会：“由于两个人相貌相似，因而引起种种误会，这种古老的传奇故事，决不能成为小说的坚实结构。虽然莎士比亚也曾一再使用孪生兄弟、孪生姊妹的题材，但那些作品都不是他最好的戏剧。在《侠客行》这部小说中，我想写的，主要是石清夫妇爱怜儿子的感情，所以石破天和石中玉相貌相似，并不是重心之所在。”然而《侠客行》做到了“形象大于思想”，写出了孪生子真假难辨所可能带来的严重后果，至亲至爱之人如丁珰者，可能适应不了、接受不了她的“石郎”，甚至动了杀机，梦话导致的“被杀前获救”，使小说增强了戏剧性的效应。

凡此种种，可谓不胜枚举。

---

① 金庸：《侠客行》第八章《白痴》，生活·读书·新知三联书店1994年版，第200-202页。

三、母题的悬念结构功能及“狂欢化”审美效果

“被杀前获救”母题的生成与频繁复制，在传统文学的语境中，可以认为，与宋代以降的说书艺术有着密切的互动关系。与案头的小说类似，说书，也是一种“时间艺术”。而说书艺术又同时具有“在场性”与“表演性”。据职业说书家讲北京天桥的说书，唱大鼓的艺人得有好的“驳口”，这可是博得听众们（又称“书座”）欢迎的法宝之一，又叫“拢住黏子”，即以此吸引住听众不走：

我问过江湖人，什么叫“驳口”？他们说：“唱大鼓书的，每逢唱到要钱的时候，那末一句的词儿，行话叫驳口。”我问：“什么叫‘好驳口’呢？”

江湖人说：“譬如唱的是《杨家将》，唱到杨七郎天齐庙打擂，打死了潘豹，杨继业知道了，将七郎绑上，拔出宝剑要杀，唱到拔剑就杀当作驳口，那听书的人们都怕杨继业真杀了杨七郎，很不放心，坐在凳上不走，往外掏钱，想再听下回。能全场的座儿一个不走，那才算好驳口。有些唱大鼓书的，不会使‘驳口’，他唱到杨继业要杀杨七郎，列位要问怎么样？下一回是梆子上了殿……要几个铜子，再往下说。听书人们听他唱出来下回梆子上殿，就知道杨继业不杀他儿子了，还绑着七郎往金銮殿见皇上哪，不用听了，杨七郎不能死了。若是使这样的驳口，保管一要钱，满场的座儿能走一半，像这样就叫‘驳口不好’，使用的不洽，不能挣钱。”

> 他们挣钱能力的高低，全由会使‘驳口’与不会使‘驳口’而定。……”①

“驳口”居然成为说书职业的一个必备技艺，也可从叙述主体视角来印证其重要性。实际上，这就是一种叙事的“延宕”艺术，将必要的延宕，做得自然得体，暗合接受主体审美期待视野，是艺术创造者的共同追求。

民国北派武侠小说家也注意到说书艺术与小说情节片段营构的关系。《奇侠精忠全传》第一二〇回写杨逢春暗潜险地，忽听大叫“房上有人，快捉奸细呀!”接着觉得脑后“飕”的一声，“顿时红光崩现”。此回结束。而下一回开首就昭明这其实也是一种写书、说书人的表达艺术：

> 诸君听书至此，便笑道：“作书的段落老套又来咧，凡回目之末，定要说得鲜血淋漓的怕人，其实没事一大堆。我猜逢春定然无恙，那脑后声响，定是石姑姑哩。”哎呀，这一猜倒也近理。……诸君所猜，未免仅得其半罢了。闲话搁起，且说逢春猛惊，一回身只见一彪形苗子掣刀扑来，……②

武侠叙事者毫不避讳这也是在说书，他把读者也当说书场

① 连阔如：《江湖内幕》，贾建国、连丽如校订，中国民间文艺出版社1990年版，第571－572页。

② 赵焕亭：《奇侠精忠全传》第一二一回《赴雷门遇春荐弟，克长水杜照输诚》，新星出版社2009年版，第845页。

里的听众来看待，热情地拉着读者进入当下的故事语境之中，并且尽力地调动读者主要由听书所生成的审美经验与想象联想，以提升艺术快感。

著名的俄罗斯汉学家李福清先生，以研究小说同民间文学关系为长项，他也对扬州评话艺术有此总结，认为是对口头故事的模仿：

> 把人物行动分解为若干基本动作的手法，是散文故事文体的最典型的特色，——看来，不仅中国评话如此，也不仅一般口讲故事如此，连叙事体小说也是如此。安德烈·别雷对果戈里的早期与晚期作品进行比较时……别雷的例子和上面引述的扬州评话的描写惊人地相似。这并不是巧合。两例中同一个规律在起作用，这就是散文故事要求延缓叙说节奏的规律。①

因此，我们知道，说唱类作品中的悬念，以其具有的“剧场效应”，构成了对于听众“引人入胜”审美消费心理的更大吸引，对于书中那些人物尤其是主要人物（如“书胆”或“副书胆”）命运结局的关切与追踪：“说书艺人们心里明瞭，必须给书中人物的行动接连不断地制造障碍，才能抓牢观众。这种障碍，行话叫‘关子’。苏州评弹口诀说：关子抓得牢，听客勿会跑……说书的时候，要把书情编排得至少有几种可能的结局，使听众急于知道后事究竟如何。说书人十分清醒地认识到

① ［俄］李福清：《三国演义与民间文学传统》，尹锡康、田大畏译，上海古籍出版社1997年版，第375页。

采取这种艺术手段的必要性。”[①] 而话又说回来，这其实又是互动的，听众们的焦虑期盼的反应，那种耐着性子不走的神情，又何尝不是给即将要昭明“获救结果”的说书人一种刺激，一种审美创造的满足！尤其是在书场之中，听众们的表现还会互相感染。而且，严格说来，没有完全一模一样的说书表演，听众的反应也会刺激说书人，激发他们表演潜能，在一次次的表演中，“一遍拆洗一遍新”地把“被杀前获救”之类的细节修改加工，或拉伸延宕时间，从而打磨、重构他们的“驳口”(关子)，在“漫长”的“延宕”表演过程中，表演者与观赏者共享着命运剧变的心灵震荡，在共鸣中感受着不可知命运的被改写，从而实现大众期许的狂欢化效果。

事实上，“姗姗来迟的救援”不是中国传统文学的专利，也在中外叙事文学中，被认为是一个重要的、普遍的艺术创作手段。如同李福清院士所熟悉并成功运用的，维克托·什克洛夫斯基（Viktor shklovsky，1893—1984）的理论就特别注重作品构制中“延缓”的艺术。如研究者指出的，这一手法，是当人物遇难、甚至面临濒死的情形时，救援才会及时到达。什克洛夫斯基曾以童话为例，阐发“阻缓的动机”：

> “姗姗来迟的救援”，它在童话和冒险小说里被广泛利用。……主人公的命运似乎山穷水尽，但突然柳暗花明，时来运转。可以产生这种组结的情境则被作为母题。……有些母题因此特受青睐，如冒险小说中沉船或劫持主人公

---

① ［俄］李福清：《三国演义与民间文学传统》，尹锡康、田大畏译，上海古籍出版社1997年版，第277－278页。

> 的母题。主人公不会马上被杀害，因为还要用他来进行相认。如果想要除掉他，就把他强带到某处。这种附带种种转移、逃跑和其他徒劳无功的动作的情节常常因其中的受害者相互钟情并试图通过漫长的途径达到自己的目的而更显复杂。这些片段一个接一个，相互之间的差别不大，它们在冒险小说中所起的阻缓作用正如难题和童话模式在童话中、或排比与延缓在民歌中所起的作用一样。①

世界电影史也表明，在许多影视作品中也都包含了这一母题要素，以此理论阐发古代题材到金庸小说竟然都可以适用。像影视古装戏中的蒙冤受屈者被押往刑场，刽子手的刀即将砍下的一刹那，解救者才跃然出现，大喊一声："刀下留人！"在时装剧里，绑匪掳走富商做人质，要求其家人交出巨额赎金，人质的家人往往在无计可施时才报警求助，有所拖延，而警方也总在最危急的关头才找到贼窝，救出人质："可以说，救援愈是来得迟，经过就愈是拖得长，事件的开始与结尾亦因而愈是相隔得远，能有效地延缓叙事，使审美时间更为持久。"② 这一艺术手法，在欧洲文学史上也早已有着丰富的实践基础，诸如俄苏形式主义研究者指出的，悲剧中人物的死亡何以往往被拖延："实际上，悲剧其所以被延宕，并不是因为席勒需要研

① ［苏］维克托·什克洛夫斯基：《散文理论》，刘宗次译，百花洲文艺出版社2010年版，第49－51页。

② 廖伟康、牧梦：《〈飞狐外传〉的"叙事延缓"现象整理》，朱寿桐主编《金庸与汉语新文学》，澳门大学出版社2011年版，第262－275页。

究迟钝性格的心理，而恰恰相反，是因为华伦斯坦在拖延，是因为应当拖延悲剧，并把这一拖延本身隐蔽起来。《哈姆雷特》里的情形与此相同。”①

在电影艺术中，“最后一分钟营救”（即“平行蒙太奇”），被称作类型电影的“制胜法宝”，即把不同空间发生的两条或多条动作线按时间顺序交织在一起。一般认为，戴维·卢埃林·沃克·格里菲思（David Llewelyn Wark Griffith，1875—1948）1916年拍摄的《一个国家的诞生》的结尾，通过两场同时发生的“最后一分钟营救”营构出紧张刺激的场面：一边是女主角面临被强暴；一边是卡梅隆一家被围困，避难的小木屋即将被攻破；而营救他们的是同一支队伍，在险象环生中，不到最后一分钟，救援绝不会赶到。自此被称之为“格里菲斯的最后营救”。而他后来的《党同伐异》中，他将发生在不同地点的平行动作交替切入，摆脱实际时间的束缚，打破传统戏剧叙述原则，创造真正符合电影艺术规律的叙事时空。

“最后一分钟营救”故事是很典型的交叉蒙太奇（又称“交替蒙太奇”），源于年电影《党同伐异》包括四个片段：基督受难、圣巴戴莱姆教堂的屠杀、巴比伦的陷落、母与法。其中《母与法》写青年工人因失业流浪纽约参加了小偷集团，后在爱人帮助下想改邪归正，但团伙不放过他。一名盗匪在威胁青年的爱人时被枪杀，青年被误认为凶手，正当他被押上绞刑架，他的爱人发现了真正的凶手，但州长已离开。她乘车追赶，镜头你追我赶地交替，火车飞驰，汽车紧追，犯人被押上绞刑

① 〔俄〕埃亨巴乌姆：《悲剧与悲剧性》，《俄国形式主义文论选》，方珊等译，生活·读书·新知三联书店1988年版，第38页。

架刽子手的大刀即将砍断绞刑架上的绳索，气氛伴随镜头交替速度加快愈加紧张，然而赦免令终于在最后一分钟赶在执行前送到[①]。不可否认的是，在由文学、戏剧和说唱艺术发展而来的影视作品中，故事情节的延宕艺术的构成因素还应该加上演员们表演天才，这与叙事文本自然有所不同，令人联想起与白话小说互动演进的说书艺术。

与中国传统的“被杀前获救”母题相比，20世纪（百年）以来影视艺术中的“最后一分钟营救”，除了具有更为强烈的视觉冲击力外，人物命运的结局也有成功也有失败，所达到的艺术审美效果也远远超越“狂欢化”，而上升为无能为力与无可奈何的“悲剧感”。这使得母题具有了超越佛教的救赎精神，进入意义更加广大的普世价值。使生命主体真正意识到，个体乃至群体甚至整个地球的命运，确是有不可知因素在起掌控作用，任何神明都无法完全救赎人类，人类只有自我认知以实现自我救赎。

那么，“被杀前获救”母题与武侠文学的核心联系，在此就不言自明了。作为“成人的童话”，母题的构设聚合了众多武侠要素，情节的推移使诸要素艺术张力得以合情合理地发挥。

一者，母题暗合了武侠文学的“正义战胜邪恶”永恒主题的灵魂追求：在不完满的现实中总要受挫、正义坚持者难免受难，又不能眼睁睁地看着无辜者被害，那些“难题”的遭遇、延续解决就必然有个转折之点。而基于武侠文学的正邪之分、正义的实现之旨，正派人物有了更多的“遇难成祥”机缘幸

---

① 王乙涵：《电影的一百年与一分钟：银幕法典“最后一分钟营救”》，中国艺术研究院硕士论文，2007年。

运，如梁山好汉那样哪能那么轻易地死于小人之手？

二者，母题也从另一面暗示出“邪恶”力量构成要素的不被欢迎与往往无法有效实现。善良无辜之辈，无端蒙冤遭害，危难之刻正义力量仗义出手，常能阻止“邪恶”力量的有效扩张与悲剧的生成，也就使得社会正义伦理秩序避免被破坏。垂危时刻，正义力量仗义出手，除奸惩恶，拯救良善，这也正是“秩序重建”的开端。

三者，母题体现出生命主体对社会正义与道德价值实现的追求。曲折情节的设置、扣人心弦的场面，作为时间艺术也有着空间艺术因素的介入，结合高超的武技，奇异的法宝暗器，在最佳的时机、火候，有道是“说时迟，那时快”，在诸多武侠要素的聚合处，瞬时间创造主体与接受主体在心灵深处实现了力量碰撞与群体性审美共鸣。是武侠叙事的诸般优长之处，就瞬时间被心灵呼唤而出，而夸张放大。这样看来，“被杀前获救”母题的侠义内蕴确是值得深味。

第十章 《刘东山》“见强中手而退隐江湖”母题

《刘东山》作为一篇影响较为深远的豪侠类传奇小说，在明清以降的侠文学史上极具原型意义。从文本传承的角度来看，凌濛初《初刻拍案惊奇·刘东山夸技顺城门，十八兄奇踪村酒肆》、李渔《笠翁文集·秦淮健儿传》、蒲松龄《聊斋志异·老饕》等都称得上是追慕《刘东山》的后续性佳作[①]，而且《老饕》篇末更直言不讳：“此与刘东山事，盖仿佛焉。”[②] 所以我们有理由认为，《刘东山》必定深嵌有独特的故事美学意蕴，才对后世作家的创作产生了巨大的感召力。

一、《刘东山》中武林禁忌之源头及文化阐释

《刘东山》叙明嘉靖间三辅捕快刘东山辞职还乡，自恃箭法高妙，挟重金独行绿林出入之乡，途遇一少年，言行温谨。刘意少年可欺，语甚骄矜，颇讥绿林无能，及试臂力，少年张

① 包绍明：《论宋懋澄在中国文言小说史上的地位》，《明清小说研究》1988 年第 2 期。

② 任笃行辑校：《全校汇注集评聊斋志异》卷二，齐鲁书社 2000 年版，第 522－524 页。

弓如引带，似有神助，刘始惶惧，囊金终被少年劫去，归乡后，刘与妻卖酒为生，不敢向人言此事。三年后，有壮士十一人过酒肆，解鞍沽酒，食量甚豪，且呼店主同饮，其中一人乃向日同行少年，与刘寒暄，刘畏而下膝，少年乃执手相慰，云昔年轻薄，盖欲惩戒，今当十倍相酬，遂出千金赠刘。刘乃杀牲置酒，欲请众人留宿，少年则云，需请示十八兄，即过对门，与一未冠者道主人意。未冠者云：“醉饱熟睡，莫负殷勤，少有动静，两刀有血吃也。”至三日皆辞去，终不知十八兄为何许人。整篇行文，结构谨严，使人读之，不禁一股豪侠气跃然纸上。故事中，自号“连珠箭”的刘东山输技于“语动温谨”的少年，可少年仍需听命于年未及冠的十八兄，文中虽然没有就其武技进行展现，但少年英雄的十八兄却成为武功高深莫测的终极指向，给人留下无限的遐想空间而略显神秘色彩，颇得唐传奇神韵。

显然，文本寄寓着武侠言说一个非常重要且普遍多发的母题模式——“强中更有强中手”，而且是以弱胜强，寓强于弱。这成为其在后世被不断“追慕”仿拟的核心凝聚点，因为武侠故事的传播方式之一，即是“以前代特定的母题传闻为凝聚点，不断地前后传承、增饰或复制。”①

故事中，刘东山之所以敢挟重金独行绿林出入之乡，是由于其自诩技高，根本没有把匪盗之患放在眼里，而后被少年“途间轻薄”，亦因刘炫技自誉。可以说，是刘东山自身武德素养不高，不懂得江湖规矩，无形中触犯了少年的好勇情怀，从

① 王立：《宗教民俗文献与小说母题》，吉林人民出版社2001年版，第397页。

而招来横祸。而就少年来讲，刘东山不谙江湖世事的贸然炫技及其对绿林的讥诮，无疑是对好胜争强、好勇斗狠如少年者血勇之情的撩拨，这在某种程度上成为其造成对刘东山“非正义性侵害”的主要诱因。毋庸置疑，《刘东山》的叙事成规暗合着武林禁忌的文化阐释。德国学者卡西尔认为：

> 禁忌是人迄今为止所发现的唯一的社会约束和义务的体系，它是整个社会秩序的基石，社会体系没有哪个方面不是靠特殊的紧急来调节和管理的。①

《说文解字·示部》指出：“禁，吉凶之忌也。”无论是谁触动它，都将遭受惩罚。六朝人仙恋故事已多有“禁忌→触犯禁忌→触犯禁忌的后果”叙事模式的出现，然而，在后世江湖之上亦有很多不成文的武林禁忌，它作为武林世界一种普遍的文化规约，既是被江湖人士所认可的精神旨归，又是“为人身安全之获得并遵从的行为规范。”②

自司马迁《游侠列传》始，经由中国传统民族文化的精心酝酿，侠成为众多接受者心中理想人格的模板，他们仗义疏财、舍生取义、扶危济困……，虽然有时“其行虽不轨于正义”，难免“以武犯禁”。可是，正是基于侠的这种独特韵质，才使得他们注定要以对高超武技的追求作为笑傲江湖的资本。因此

---

① ［德］卡西尔：《人论》，甘阳译，上海译文出版社1985年版，第138页。

② 切排、刘文硕：《试论民族传统禁忌的传承与演变》，《柳州师专学报》2009年第8期。

对于武技的描写，便成为武侠小说作者绕不开的领域[①]。这必然涉及到如何施展武技？在什么情况下、为何种目的去施展武技？中国的侠向来重视武德修为，传统儒家文化也无时不在濡染着侠在达到“外王”的同时，更要兼具“内圣”的伦理品质，所以，侠之高超武技除强身健体，在关键时刻匡扶正义、“平尽天下不平之事”外，决不允许被用来恃力炫技、沽名钓誉。《论语·子路》中写子路问君子尚勇之事，孔子对曰：“君子义以为上。君子有勇而无义为乱，小人有勇而无义为盗。”《孟子·公孙丑上》亦言：“以力服人者，非心服也，力不赡（足）也；以德服人者，中心悦而诚服。”司马迁《太史公自序》认为：“游侠救人于厄，振人不赡，仁者有采；不既信，不倍（背）言，义者有取焉。”唐人李德裕《豪侠论》直云：“夫侠者，盖非常人也。虽然以诺许人，必以节义为本。义非侠不立，侠非义不成。”可以说，武德素养成为侠理想人格得以完备的必要补充，而且有些时候武德较之于武技更能达到“不战而屈人之兵”的效果。

然而，江湖之上却不乏如刘东山的侠，他们漠视武德素养的重要性，不谙武林禁忌的严肃性，处处以“技绝一时”的高超武技自傲、自炫，殊不知侠的高超武技既是其安身立命之本，更是招祸之源。

早自洪迈《夷坚志》“韩世旺弓矢”，便有侠炫技遭辱的记载，说南宋将官韩世旺精于弓矢，却不肯轻易示人借以自夸，府中幕僚王椿亦能弓矢，且每每夸耀，轻韩并在人前辱之，韩

① 龚鹏程：《武艺丛谈》，山东画报出版社2009年版，第276页。

皆不予计较。后适王调赴他任，韩提出愿与其以弓矢决一高下，结果王当众输技，羞愤交加，不终席而退。武林世界，侠名的盛衰必然取决于武技的强弱，可是，茫茫武林总有卧虎藏龙之辈，在伺机向自己发起挑衅，英雄更应铭记：天外有天，人外有人："天地间，有一物必有一制，夸不得高，恃不得强。"侠一旦暴露出自己的武功，或者是出了名，其武功卓绝的存在本身，也就具备了引人挑战、超越的目标对象作用。所以，"技绝一时"在某种程度上对侠者而言不再是一种值得炫耀的冠冕，更多的时候则是时刻威胁着侠身家性命的"烫手山芋"。《史记·游侠列传》载："是时济南瞷氏、陈周庸亦以豪闻，景帝闻之，使使尽诛此属。"① 此皆因"侠名太盛"而起。

《夷坚志》还写鼎州开元寺众多寓客看在门前看见妇人汲水。某客善幻术，戏上前阻止其取水，捣乱，以资取笑：

> 不知彼妇盖自能幻也，顾而言曰："诸君勿相戏。"客不对，有顷曰："若是，须校法乃可。"掷其担，化为小蛇，客探怀取块粉，急画地，作二十馀圈而立其中，蛇至不能入。妇人含水噀之，稍大于前，又恳言："官人莫相戏。"客固自若，蛇突入，直抵十五圈中；再噀水叱之，遂大如椽，径躐中圈。将向客，妇又相喻止，客犹不听，蛇即从其足缠绕至项，不可解。路人聚观且数百，同寺者欲走诉于官，妇笑曰："无伤也。"引手取蛇投之地，依然一担耳，笑谓客曰："汝术未尽善，何敢然？若值他人，

① 司马迁：《史记·游侠列传》，人民文学出版社2002年版，第475页。

汝必死。”客再拜悔谢，因随诣其家为弟子云。[①]

在一退再退，忍无可忍之后，身怀幻术绝技的妇女，有分寸地教训了这一好卖弄的学艺不精者。所以，武技高超的侠往往更懂得江湖险恶，也更理解他人的求胜心态，在面对别人无端的挑衅，或出手炫技的机会时，他们一般不会轻易出手，显露技艺，因为这在某种程度上不仅会激起江湖中人挑战自己的动机和战胜自己的欲望，更暴露了自身武技所难掩的缺陷，从而将自己置于危险的众矢之的。

由此可见，“强中更有强中手”母题模式不仅时时提醒着侠武功境界永无止境，更带有训诫意味地叮嘱着侠在凶险的江湖之上所时时面临的生存危机，武技高超者更应学会韬晦自保，切莫触动侠之武技使用的武林禁忌——万不可恃力炫技，正如纪昀讲述的童年时熟悉的一个武功高手的沉痛教训：

里有丁一士者，矫捷多力，兼习技击、超距之术。两三丈之高，可翩然上；两三丈之阔，可翩然越也。余幼时犹及见之，尝求睹其技。使余立一过厅中，余面向前门，则立前门外面相对；余转面后门，则立后门外面相对。如是者七八度，盖一跃即飞过屋脊耳。

后过杜林镇，遇一友，邀饮桥畔酒肆中。酒酣，共立河岸。友曰：“能越此乎？”一士应声耸身过。友招使还，应声又至。足甫及岸，不虞岸已将圮，近水陡立处开裂有

① 洪迈：《夷坚志》丁志卷八《鼎州汲妇》，中华书局 1981 年版，第 606 页。

纹。一士未见，误踏其上，岸崩二尺许。遂随之坠河，顺流而去。素不习水，但从波心踊起数尺，能直上而不能旁近岸，仍坠水中。如是数四，力尽，竟溺焉。①

作者进而体察到一个带有普遍性的道理："盖天下之患，莫大于有所恃。恃财者终以财败，恃势者终以势败，恃智者终以智败，恃力者终以力败。有所恃，则敢于蹈险故也。田侯松岩于滦阳买一劳山杖，自题诗曰：'月夕花晨伴我行，路当坦处亦防倾。敢因恃尔心无虑，便向崎岖步不平！'斯真阅历之言，可贵而佩者矣。"而采蘅子《虫鸣漫录》卷一也感叹甘凤池败因："恃术者终以术败，可不慎哉!"

二、《刘东山》"输技退隐"的价值趋向

经由文本解读，可以发现恃力炫技的刘东山，在遭遇某少年"途间轻薄"后，内心受到了极大的冲击与震撼，以至于曾因"技绝一时"而获得极大心理满足的他，竟为此而"手绝弓矢"，"夫妻卖酒于村郊"，企图以一种退隐的生命状态来重新塑造自我，从而形成对输技前"恃力炫技"这一病态武功心理的深刻反思。正如英国学者汤恩比所言："退隐可以使这个人物充分认识到他自己内部所有力量，如果他不能够暂时摆脱他的社会劳苦和障碍，他的这些力量就不能觉醒。这种退隐可能是他自愿的行为也可能是被他所无法控制的环境逼成的，但是

① 纪昀：《阅微草堂笔记》第二十二卷《滦阳续录四》，上海古籍出版社1980年版，第531页。

不管怎样，这种退隐都是一种机会，也许还是一种必要的条件，促成这个隐士（anchorite）的变容。"①

中国传统文化中向来重视出处抉择，尤以士人阶层为甚，早自《周易·系辞》便言：君子之道，或出或处，或默或语；《论语·卫灵公》亦言：邦有道，则仕；邦无道，则隐。而侠作为文人笔下的"原型意象"，虽自有其行走江湖的生存哲学，但仍不免受文人价值趋向的左右。自唐传奇出现成熟的武侠以降，侠的归宿便成为作家关注的焦点，对此，已有论者做了归纳，认为大致不出其四：一依恃官府，沦为鹰犬；二占山为王，揭竿而起；三隐于山野，独善其身；四开设镖局，充当镖客②。就中尤以第三种方式向为侠所青睐，因为这不仅保持了侠怡然自得渴慕自由的天性，更成就了其令世人歆羡企慕的盛名，但这多是就功成身退而言，仍旧无从回答刘东山输技退隐的原因。而且前代文学描述中侠的退隐，要么"遂亡其所在"、"不知所之"，如红线、聂隐娘；要么远走海外，另立功业，如虬髯客、水浒英雄，其主体行为过分崇高化，略显神秘与不切实际，留给读者的只是"高山仰止"，与《刘东山》中"夫妻卖酒于村郊"的平民化写实特质迥然而异。就中因由如下：

首先，独善其身的儒家思想影响。《孟子·尽心上》言："穷则独善其身，达则兼善天下。"此处就侠而言，"穷"专指技输力尽，这对于恃力炫技的刘东山来讲，打击无疑甚大。因为在遭遇少年"途间轻薄"前，其"技绝一时"的侠名、威

① ［英］汤因比：《历史研究》，曹未风译，上海人民出版社 1997 年版，第 275 页。

② 曹正文：《中国侠文化史》，上海文艺出版社 1994 年版，第 1 页。

名、盛名全部源于罔有对手的武技，内心得到了极大地充盈，炫技动机亦因此而更加萌动。可是，在与因炫技而招来的高手过招时，刘东山昔日遐迩的武技却变得不堪一击，身名当众受辱，而且若不是少年侠者仁心，刘东山的性命可谓堪忧。所以，如文人仕途受挫后“为了使肉体生命免受夭折”①，输技后的刘东山选择退隐无疑是明智之举。

“手绝弓矢”，“夫妻卖酒于村郊”这一迥异于前的生命状态，从某种角度来讲，未尝不意味着刘东山对自我贸然触犯武林禁忌的错误行为的更改与弃绝！《世说新语·自新》载周处年少时，凶强侠气，为乡里所患，杀虎击蛟三日三夜未归，里人谓其死，皆相庆贺，处“始知为人情所患，自有改意。”后处遂改励，终为忠臣孝子。显然，刘东山的输技退隐与周处的改过前非，在承认并改正错误的层面上有异曲同工之效，二者皆源于某种外力的影响，具有震撼性、警示性，从而使他们对先前行为的是非曲直有了更深刻的认识。恃力炫技的刘东山在与少年引弓较力败北后，乃大骇异，始惶惧，私念：“彼若不良，我与之敌，势无生理。”所以，看似偶然的输技遭辱，实则让刘东山意识到了恃力炫技的危险性及江湖较技的隐患性，更意识到了自我对付这种危险、隐患的无能与无力。于是，化为市井常人，“手绝弓矢”，“夫妻卖酒于村郊”的退隐生活不啻为刘东山独善其身的上佳选择。而《聊斋志异·老饕》“能挽强弩”的绿林豪杰邢德，也是在受到武林高手教训之后“卒为善士”，保全了自身。

---

① 王立：《文人审美心态与中国文学十大主题》，辽海出版社2003年版，第162页。

其次，尚侠崇武的“长时段”效应。从文化人类学的角度来看，尚侠崇武的意识是人类与生俱来的文化性格之一。远古恶劣的自然生存环境和优胜劣汰的生活方式，一方面培养了人类的斗争能力，另一方面也陶铸了人类尚侠崇武的文化性格①。这种心理倾向明显地源起于早期人类在面对不可预知、不可抗拒的自然“神力”时的畏惧心理，他们总是对那些能够使他们感到震撼的事物心存敬畏，远古人的图腾崇拜文化便可很好地说明问题。在非洲、亚洲的很多地区，当象征族群运气的首领出现技力衰竭时，就必须将其处死，从而把灵魂转移至身强的后继者②。然在武侠文学中，更是不乏因崇武尚侠文化性格的“作祟”而折服于高超武技之下的描写，红线、聂隐娘之所以能够制止藩镇之间的争斗，全因其让对手感到神秘莫测的武技；《三国演义》辕门射戟一节，吕布亦凭借不可思议的箭术，使袁术大将纪灵心服口服，从而顺理成章的化解了袁、刘两家恩怨。此外，西方的骑士与中国的侠纵然有多点差异，但在较技时所遵循的江湖规矩则都是“成王败寇”，这鲜明地体现在诸如赌胜试技、比武招亲等仪式表述及文化阐释中。显然，尚侠崇武的文化性格在彼此较技的过程中具有很强的约束力度，是武林中人不得不重视的伦理文化，而此所导致的江湖规矩必然是“愿赌服输”。所以，刘东山在输技后，心怀的不仅是对少年高超武技的佩服，更有对自身失败受挫的坦然诚服，其选择

① 竺洪波：《侠义小说与文化观念——关于明清侠义小说的思考》，《明清小说研究》1989 年第 4 期。

② ［英］弗雷泽：《金枝》，徐育新等译，大众文艺出版社 1998 年版，第 393 页。

退隐完全可视为在尚侠崇武文化性格支配下，技不如人、愿赌服输这一江湖规矩的墨守。而这一价值取向是带有长时段效应的、带有“向前看”的前瞻效应的。

其三，文人心态的介入。法国18世纪中叶著名的史学家及文艺批评家丹纳在《艺术哲学》中曾指出，艺术品不能独立存在，任何一部作品都必然从属于“在它周围而趣味和它一致的社会”。刘东山及其系列之作的主人公之所以在输技后选择退隐，未尝不是一种明清文人对当时社会现实的反映，况且，纪实性强原本就是贯穿宋懋承全部作品的重要特点[①]。

葛兆光先生认为，思想和文化的“连续性历史”，即是“固有的思想资源不断地被历史记忆唤起，并在新的生活环境中被重新诠释，以及在重新诠释时再度重构这样一种过程。”[②]退隐文化亦是如此。宋懋澄的生命历程主要集中于万历朝间[③]，社会商品经济空前发展，其时弃儒从商、“弃本逐末”的风气较为普遍，“重利致富”的价值观，必然导致士人用世热情的消退。而且明中叶后期朝间派系斗争激烈，当时凡非科道官建言者，世必诟之为出位，指为“好名”、“为取寻捷径”，或指为“多行不韪，计画无之，聊借以盖丑而脱计纲也。”[④] 所以，与其挺身而出，没死直谏，弗如全身远害，独善其身。于是，广大士人包括宋懋澄，纷纷背离“以道自任”的儒家传统，或

---

① 刘天振：《论宋懋澄小说的纪实性》，《齐鲁学刊》2002年第3期。

② 葛兆光：《中国思想史》第二卷，复旦大学出版社2004年版，第21页。

③ 徐朔方：《宋懋澄年谱》，《明清小说研究》1997年第1期。

④ 万明主编：《晚明社会变迁问题与研究》，商务印书馆2005年版，第493页。

厌世辞官，或不屑仕进，退隐于禅学，以至出现了"万历而后，禅风浸盛，士夫无不谈禅"的局面[①]。与此同时，阳明"心学"异军突起，它否定了程朱理学"存天理，灭人欲"的独裁专制，强调主观精神，高扬个体性灵，使久拘世事的士人阶层在禅宗与"心学"的怀抱中，体悟到一丝精神的快慰。而科场蹭蹬，七次秋试，七次铩羽的宋懋澄，更是历经母亲捐世、哥哥丧生、久无子嗣的煎熬及丧而娶、娶复丧的打击，困顿蹉跎的现实终使其勘破世道，归老禅林。关于此，在宋懋澄的诗文创作中皆有反映[②]。所以，通过对刘东山输技退隐的解读，我们完全可以就当时的文人心态窥见一斑。

其四，仙隐文化中重视个体生命价值持久保存观念的影响。这是第一点的补充。仙道隐逸文化具有悠远的传统，浪迹江湖的武侠豪客的价值观不能不受其熏陶，何况行走江湖许多就是将道观佛寺作为落脚点。佛教的忍让不争，仙道的退隐自保，都成为武侠个体成长之中不可回避的文化熏陶之源[③]。袁宏道《瓶花斋杂录》指出：

> 学道人，须是韬光敛迹，勿露锋芒，故曰"潜"曰"密"。若逞才华，求名誉，此正道之所忌。夫龙不隐鳞，凤不藏羽，网罗高张，去将安所，此才士之通患，学者尤宜痛戒。

---

① 刘春玲：《论晚明士大夫的禅悦风气》，《武汉大学学报》2009年第1期。

② 张玉玲：《论明代宋懋澄的文学创作》，山东大学2007年硕士学位论文，第15页。

③ 参见王立《侠的归宿：仙隐——隐逸文化与古代侠文学主题》，《古典文学知识》1995年第1期。

而学武尚侠本身也是广义上的学道，上述规范也自当遵守之列。因而刘东山的系列故事，实质上也是武侠修炼过程中的一个问题揭示，带有强烈的训诫讽喻意味。因此但明伦评《聊斋志异·老饕》体会得较为深切：

> ……邢未知进退，自诩连珠，以一貌不扬、手无械之僮，铁镙代弓，掷还三矢，遂乃身如坠鸟，形似缚鸡，“孟浪”一声，腰金尽失。以盗盗盗，事不足称；亦可见天下事能者甚多，未可以一己之微长俯视一切，而螳臂当车，犹其后也。“大智若愚，大勇若怯”，士君子应三复斯言。

最后，是平民精神在传播中的促进。故事文本中的刘东山无论在退隐前后，其职业、身份及社会地位都带有明显地世俗化倾向，富有平民色彩，有异于先前的类似角色。而且就刘东山的退隐方式而言，与其说是侠受挫隐退江湖，毋宁说是向平民世界的回归。从文化心理来看，平民阶层向来是侠崇拜的主体，有着普遍的接受基础，而且，伴随着晚明市民阶层的崛起及“心学”关注个体生命之风的流行，传闻载录者的传播兴趣已不再是先前那么史传式的正统传世趋向，而把笔端伸向为平民所喜见、熟悉的世俗化平民之侠身上。因为从受众的角度来讲，平民阶层更易接受的必然是贴近于自己的故事素材和人物形象①。再有，当入仕救国这条路走不通时，沉沦低位的作家

① 丁昊：《略论世俗文化与侠客形象的嬗变》，《现代语文》2008年第1期。

纷纷转投平民社会便成为必然选择，而对平民阶层的关注与反映亦成为其文学创作的主体。在上述平民审美潮流的影响之下，输技后的刘东山选择村郊卖酒，成为一种必然文学创作趋向中的看点。

三、强中自有强中手、“输技退隐”母题余脉

明初宋濂（1310—1318）曾写下《秦士传》，慨叹如邓弼这样文通经史、武艺超群的人才，没有遭逢时代机遇、未能得到施展的机会。而清初魏禧（1624—1681）的《大铁椎传》描绘了健啖、右肋夹大铁椎的民间勇士，能力诛群盗，可谓“天生异人”，却埋没草莽不为世用。林纾在感慨晚清乱世侠惩乱贼时，也叙述笔下力败三十余盗贼侠客，被潍县的王壬（王老铁）击败却并不杀死一个，这一奇迹，却未必会被后人认为是实有其事：

> ……梅儿曰：“此事大类小说。妹读魏叔子《大铁椎传》，自谓必无其事，不图今日乃在隐约中得其人矣。”古梅曰：文人好嚣张，宋濂之《秦士录》，宁有其人？叔子《大铁椎》，亦步其后尘耳。即如今日王壬之事，后来观者，亦不过视为小说之寓言。于是大笑。①

可见，这里体现出武侠故事中武技这一“武侠元素”的书

① 林纾：《京华碧血录》第十七章，“中国近代珍稀本小说”拾叁，春风文艺出版社1997年版，第552－553页。

写，很难分清实录与虚构的界限，特别是个体英雄与众多凡庸对敌，以寡胜众，可能有传奇夸张的成分，但这毕竟是冷兵器时代武侠故事中武技崇拜的一个“心理事实”。

而“刘东山”故事母题的深刻性却在于，即使有过鼎盛时期足以骄傲、夸耀的业绩，作为以体力、反应速度和技艺战胜对手的个体侠士，当真是“打遍天下无敌手”吗？就能保持自己的常胜不败纪录，让尊严和自信持续下去吗？即使用得其所，昔日的辉煌未必会再现。

明末以降，伴随着战乱灾荒频发，旧有稳定秩序的被打破，草野豪强风起云涌，北方强族入主中原，而民间以冷兵器、个人单打独斗的武侠叙事话语也增多起来。个体行走江湖，以武相较，谈论“山外青山楼上楼，英雄好汉在上头”的话题，也就屡见不鲜。如谈迁笔下这位民间隐姓埋名的盗侠，具有绝世射技：

> 沁水窦生，以父尉迁安，往候遂还，出天津值盗，剖箧见残简，薄之。生曰：“迁安尉，安能厚耶！今且何以归也？”盗感悟，引还家，贻百二十金。赠小黄帜，令道警出示之。自是畏途示帜，彼悍少曰：“自大兄所来乎？”生得返里。其兄游河南，语此事于逆旅老人。老人曰：“后辈草草，何足道。”因叩之，老人曰：“少作此伎俩，今发种种矣，无足问也。”随问：“客能射乎？”客引强弓面且赤。老人拓弓如轻绵，射飞鸟命中，客骇服。老人曰：“平平耳。”更截柳梃各二尺置树端，发铲矢必中裂。又立木寸馀，矢掸木平过，又不仆。老人投弓而叹：“休矣。

日薄西山，可奈何？客今后如道警，第述某名氏，犹及免也。”①

本来，窦生属于捕盗者之子，理应被江湖豪客所敌视，却博得了后者的同情心，得到关照；可以在技能更高的“逆旅老人”眼里，这本是微不足道的，他回忆起年轻时候的绝技，不禁有些技痒，露了一手，却引起了年轻一代的惊骇，借助于一种“楼上叠楼”的叙事安排，故事中的江湖老者给人留下了深刻的印象。

有的出奇制胜者，也被他们的“陪衬人”烘衬得不显山不露水却内怀绝技，他们的外表与内蕴往往并不相称，往往是在被动之中，不得不出手，略施小计：

金三先生者，武陵人。其拳法得乃祖石音之传。尝以授徒来邑中，一日与其徒演伎于乌将军庙。有孔六者，方壮年，自负其勇，欲试金。出不意，腾一足起。金笑曰：“勿恶作剧。”骈二指插入鞋缝中，其足即不能举。视之，鞋圈脱矣，而足不伤，盖适当其凹处也。既而出至山门外，有数雀栖于池南戏台之颠，金探囊中，出一弹丸如梧子大，置食指上，笑谓孔曰：“请为君落彼第三雀。”即以拇指拨去，此雀乃应手堕。孔乃大服。

孔言金前以保镖至山西，尝独行至山中，遇一青兕追之，疾如奔马。行里许，前横大溪，深数丈，金乃面溪而

① 谈迁：《枣林杂俎》和集《盗侠》，罗仲辉、胡明点校，中华书局2006年版，第583－584页。

立。视其及，猝踈身以双足蹬其背，兕跌入溪而死。金体干短小，不及中人，然所用一练柄铁椎，其重乃不下五十斤也。①

如果没有“自负其勇”的孔六这样自我感觉良好的陪衬人烘托，金三绝技展示的理由就显得不够充分，不够低调。

曾衍东则写出了某些残留在“绝技施加对象”上的痕迹，正是这些超时空存在于退出江湖者“活体”上的痕迹，昭示了“强中手”维持江湖“优胜劣汰”生态机制的意义。某贵公子载金途遇巨盗十馀人尾随，公子忧疑中栖野店，碰巧与一客倾肝胆共饮，对方允诺出手解忧。夜半盗依次潜入，却逐一尸横庭阶，客之留名江湖的一闪念，是借助全知叙事呈现的：

客忖曰：“殛盗何必尽灭其口，使即不留遗类，谁知吾刃之有馀？何如存一不必胜诛之人，令其试吾锋之若顿。”又一人入四顾，客但以气微嘘其顶，似切瓜一片，其人抱头跳出，自是寂然。及曙，公子起，客启户，见尸大惊。客乃告以歼之之故，且言有一后至者，但去其头而逸，想此人或未至死。继出一金盒，以指匙药弹尸上，皆化为水。公子乃知其为侠，厚赠之，不受，问其姓名亦不

① 朱梅叔：《埋忧集》卷六《金三先生》，岳麓书社 1985 年版，第109 页。

答。送之出，客跨卫拱手，遂去。[①]

后十年，公子在京师红寺与一僧友善，经常对弈，但盛暑酷热僧也坚持不脱帽，公子一次戏以扇柄挥落之，只见“平顶如劈瓠，不生毛发，惟斑疤类大莲蓬”，扭捏羞涩中僧追忆原委：“十馀年前，未尝不头角峥嵘也。缘无行为盗，夤夜入人家，不知被何冷气吹去顶皮，濒死，许久创合。至今犹不敢脱然于王公大人之前也。”公子点明某年某月雨后旅店事，以不追究来安慰这位“逃禅”的僧友，但自此僧人的棋术，却自此变得一蹶不振，他退出江湖之后持续性的心有余悸，竟然影响到了下棋时正常心智的发挥。这类故事，仿佛暗示出江湖上身怀绝技的高手，他们的武功可能是不封顶的，故事形象地勾勒出这一类蒙受教训的隐遁者，内心精神上的创伤可不像肉体上的那么易于平复。

龚鹏程兄曾论及清代笔记多揶揄武举，写其往往在真正的剑仙高手面前，相形见绌的“丛集故事”，注意到了武举“吃瘪”的类型化意义。如《萤窗异草》中的武举姜千里，被人设局陷害，受伤后得到一少女帮助；《凉棚夜话》写武举纪某门客中有个不起眼的少年，直到某日有客来访出示剑术，少年以二剑迎战，才看出高超的剑侠手段。而“武举遇盗”，也是先

① 曾衍东：《小豆棚》卷十四《平顶僧》，中州古籍出版社1989年版，第316－317页。类似故事又见同书《折铁叉》，写老翁追忆“未逢敌手”的壮年时，“半生锐气，顿挫于小女子、髭汉之手”，于是归田园自食其力；偷学过少林拳勇之技的“铁腿韩昌”，也因无理挑衅被一个少妇用洗衣棒击倒三次，“自此豪气顿淡于初云”。

前过于自矜，如宋永岳《亦复如是》的武举五人结伴上京“各以膂力自矜，谓遇盗可必胜”，遇事其实却不是那么回事；如《翼駉稗编》精拳勇的沈孝廉，入都会试被劫，刀子铁鞭都被打折，等等。进而指出：“武举遇盗跟武举遇仙一样，都是在说人外有人、天外有天，武举不可自恃武勇，否则就不免吃亏。正面讲这个道理的是《虞初支志》的《书毛大相公》。本文说长沙武生杨先和武术精湛，但‘与人交，恂恂若儒生，口不齿及拳勇。或求与角，非迫不已，不肯登场，故终其身无少挫’。把他写成一位正面的典范，要说的，无非是这类道理。”这真是身怀武技的鹏程兄的经验之谈。[①]

据薛洪勣先生考察，《萤窗异草·辽东客》与乾隆至道光间李澄《梦花杂志》卷三《志侠》“黄瘦生”故事几乎雷同[②]。《梦花杂志》写明代几个赴试少年，途中乘兴邀一老翁同饮，翁也接着《剑侠传》话题说起自己年轻时为绿林好汉事。作为“绿林之雄”他们兄弟四人跟踪一车，车只有个“黄瘦生”护卫，晚上听到护镖的告诫车夫“此地有暴客”，说明有备，四人仍追随不舍，车进了旷野荒祠，他们以为是笼中之物，但三兄、长兄、次兄先后进去，都不见出来。他小心翼翼试探进，却见一物如鹰隼来扑，堕地昏绝，天明看浑身血淋漓，头上痛不可忍：“窜入江南境，将为僧，寺无肯留者。乞食数年，为更夫又十馀年矣。”说着指着自己头顶，“形如半匏”，被削

① 龚鹏程：《武艺丛谈》，山东画报出版社 2009 年版，第 256–257 页。

② 薛洪勣、王汝梅：《稀见珍本明清传奇小说》，吉林文史出版社 2007 年版，第 465 页。

平了。

《萤窗异草》则把故事空间移到辽东。作者称伯父在沈阳做官时遇一僧，状貌奇伟，但自“额以上，肌削皮瘪，嗒焉若丧其骨”，僧回答国初（清初）曾为盗魁，在“辽东道上行劫者屡矣”。一日盯上个海上来贩珠的，暮投旅舍，他们从坑道入屋，前两个都失了头颅，他不敢躁进，刚露顶就恍若有冷雪喷到脑上，昏迷坠下：“群盗烛之，囟门以前，天庭以后，削去者三寸……”苏醒后他散尽其众，出家到寺中。作者认为这是剑仙故意留下他来传出此事：“决其二以示威，留其一以警众，仙之意深矣！”①

原本惯行江湖傲视他人的刘东山之辈，意想不到地遭遇“吃瘪”，事实上也被看成与其内在武学素质有关。外露出傲慢与过分的自负，往往即其吃亏缘由。《后湖渔人文集》载有《林诒泉先生别传》写武林高手林福源（1809—1886）曾只身与太平军数十人格斗，负伤脱身住在某客店。店主有八个大缸准备接雨水，时大雨，一虬髯老翁竟能一手托一缸，将大缸都搬到屋檐下。当晚对饮，老翁竟自叹：“象齿自焚，末技不足也。”伸出两手，竟短缺着四个指头。原来二十年前翁在江湖上未遇对手，自负得很。一次路遇一少女骑着瘦马押车，翁挥刀前掠，少女用鞭杆一格，翁手中钢刀断为两截，剧痛中慌忙逃走，后发现四个指头已断，从此狂态顿敛。因而武术史家有此总结：

① 长白浩歌子：《萤窗异草》二编卷一《辽东客》，辽宁古籍出版社1995年版，第113－114页。

> “可畏勿畏，可玩勿玩”是习武者临敌时应有的心理素质。习武者一生可能会遇到各种各样的对手，……遇到貌似弱小的对手，他的心中也不会先存下轻忽耍弄的念头。无论对手强弱，他都会以猛虎对待，这样才不致于遭受意外的挫折。①

的确，所谓“山外青山楼外楼”，江湖上也每多“强中自有强中手”。刘东山故事的武林哲理，不断启发着相关故事的内在核心意脉。

约咸丰、光绪年间邹涛《浇愁集》中公认写得最好的《老翁捕盗》，也宣示了这一意旨。说南昌孙鹏有神力，人称“小霸王”。但他却折服于韩滔神力，拜韩为师。后来他才知道韩滔本为绿林大盗，而韩在奉黑道之命劫银，又被太保打成重伤，太保同时也中了韩滔的飞锥。孙鹏出于同情用韩的独门解药解救了太保。多年后孙为人保镖，在黑水洋遭遇红巾蒙首的女盗，却被女盗笑着连接飞弹，还当面斥责跪地为之讲情的其师韩滔。但远处飞来一舟，一老叟突然出现，却令女盗返身欲逃，老翁“执而缚之如缚鸡，女俯首不言，任其提挈而去”。而孙鹏经此次教训，深知江湖上异人层出不穷，不敢再为人保镖。对此，武侠史家指出：

> 作者在篇内寓语颇深，他告诫人们不可以自负，自负就会渐渐骄傲、人不可自满，自满就会带来灾祸。在孙鹏

① 陆草：《中国武术与武林气质》，河南人民出版社1990年版，第50页。

自称小霸王，举铁鼎在人前逞雄时，他自以为是勇武绝伦之人，不料遇见了韩滔，才知韩滔是勇武绝伦之人，而不知在韩之上，还有红巾女子，更胜韩数倍，不想忽又飞来一叟，持红巾盗魁如缚鸡。天下的事，一层深一层，一人胜一人。但人的视野又不可能太宽广，以蠡测海，以管窥天，所见终是很小的，任何时候都不能夜郎自大，大吹法螺。①

广见博识的王韬也写海宁俞某有神力又习得《易筋经》，大江南北无敌手，豪侠急难的他一次在山中遇十多个西客（山西商人），哭泣说三万金被一个“短小猥琐”的暴客抢走，俞某领着他们到山麓追寻，进入暴客住处，瘦男子承认三万金就在左厢，命童子授给俞某：

俞奋然负之于肩，甫举足出门，则一大铁椎自上飞下，有如泰山压顶，俞竭生平伎俩，出腰间双棍承之，颈赤足蹲，几为所压，片时许，锤自飞去，但闻堂上男子曰：“俞君亦大好气力，今可安然归矣。”俞竦息不敢出声，负金偕西客二回。自此不复以力夸于人矣。②

对此，偏爱武侠文学并较早创作出武侠小说《傅眉史》等作品的林纾先生，也有深切的体会，他在《畏庐漫录·程拳

① 刘荫柏：《中国武侠小说史》（古代部分），花山文艺出版社 1992 年版，第 305－306 页。

② 王韬：《遁窟谰言》卷一《剧盗》，民国二年惜阴书屋石印本。

师》中从福建建宁的程村之个案，推究出江湖险恶，“强中自有强中手”，也是众多武林中人隐而不露的缘由：

> 习武技者恒相厄。技高者虽胜，卒亦为人所中。天下唯深仇宿憾为难，（仇人）最不易防。或出其不意，为人点穴而死；或伪为和悦，求释前恡（恨），深情厚貌，彼此无间，斗一举手，身首至于不完。吾已历历见之。遂之初志，以谦卑自牧（修养），可云得保身之术，而尚不免于虎之娄索。故天下以艺名者，名愈高，则忌愈集，至于防不胜防。他艺之取忌，但又飞语诽谤而已。若武技者，不为仇则已；仇深则性命之幸全，亦呼吸耳。勇夫重闭（敛闭自守），此中国语也，而英伦之勇士亦有是言，正在于防仇于不觉耳。①

“勇夫重闭”，来自于《左传·成公八年》：“勇夫重闭，况国乎?”《吕氏春秋·节丧》：“民之于利也，犯流矢，蹈白刃，涉血抽肝以求之。野人之无闻者，忍亲戚、兄弟、知交以求利。今无此之危，无此之丑，其为利甚厚，乘车食肉，泽及子孙。”难得的是，林纾在总结武林人士行为规律成因的同时，甚至还具有中外比较的眼光，找出英国勇士也有类似的断言。

刘东山的故事近现代也持续流传。许慕羲《甘凤池》写他曾转投十余师，武艺无所不晓：“且善内工（功），能运气，熊经鸟伸，导引服食之术，靡不精研。力可扛鼎，手能破坚，握

---

① 林薇选注：《林纾选集》（小说卷上），四川人民出版社1985年版，第25–27页。

铅锡辄融为水。”康熙年间被某王府延为上客后，更名声大震，有个济南的张大义自夸其技，角力时却号呼仆地。后来即墨马玉麟不服，两人比武不分胜负，甘屡次“蹈其隙”，想促使对方罢手，马却来势更急，甘只好使其“大痛仆地”，羞愧遁走。可是甘凤池仍说这是“侥幸”。他回顾自己所受教训，说在诸师“技罄”时四出游学，在山东深山遇一老农和少年，穷途中他想少年不过是个文弱书生，就把老农绊倒要抢钱，却不料被少年挟在胁下遍体酸麻，被挟着绕山越河来一大宅，少年问：“是江宁甘凤池吗？”甘羞愧应答，问何以知道，少年笑曰：“凡经吾臂一挟者，无不骨折筋断，立时毙命。素闻江宁甘凤池得易筋经真传，且善运气之工，炼成铜筋铁骨，或能禁受耳。今见若未尝受伤，故疑耳，……”于是急忙上前提手，甘即刻周身血脉流通。少年叹曰自己是郑成功部下，隐居世外，临别赠银，告知沿途尚宜保重：“切勿轻易角技。君之内工虽足，外工尚欠一乘，……”

第二次是自闽抵达浙江深山，削壁危崖的隘口处遇一小沙弥，双方互不相让，沙弥提出彼此各蹴三脚，颠仆者让道，甘用尽全力所踢两脚，沙弥竟未动分毫。只好假托小便，原路奔逃。出了隘口至一庙前，恼恨得举腿力蹴合抱粗的松树，大树连根倒地，惊动老僧出，得知原委，大惊，说沙弥是吾门徒，恐已受内伤，三日内必死，甘长跪求谅，僧说这徒不守本分也是自取，劝“从速离此”，甘道谢而行。实际上这是险胜，小沙弥成为一个悲剧性的负面形象，衬托了甘凤池的侥幸。而甘凤池经此两次遇险，深知江湖中能人甚多，从此遍访名师，精炼三年，这才未遇敌手。据说有人见过甘凤池：“谓其心性和易，恂恂退让，虽妇孺皆与狎，不知为贲、育（勇士）也。”①他被钦敬他的富商养起来，安居某地，从此“不复浪迹江湖矣”。

钱基博《邹姓》则写出了有技击之术的邹某，从魁硕的漕卒手中解救了少年，有了一些名气，但麻烦也随之而来：“然世之隆技击者，每好角技，相凌出人上。闻邹能，惎（憎恨、怨毒）之，辄有以尝焉。”有的竟登门偷袭。据说邹某之子是个秀才，名“拱之”，他曾追忆父亲的教导：“技击，搏技也。能是不足以自卫，徒贾祸。其技弥能，见嫉于人弥众，人必争与我角，角之不丧躯，必人为我戕。是两人者必丧其一，匪仁术也。”② 邹某为自己的儿子起了“拱之”名，也是富有深意的。真是“匹夫无罪，怀璧其罪”，这类乡土社会因武技名声招祸的事情，在所不少，也使得许多武技高超者，为了保全自身与家小，持有隐居低调的处世态度。

然而身怀绝技者，毕竟也难脱有血有肉的普通人的一面，有时他们也控制不住自己的“技痒”，偶尔露峥嵘。说某富商曾保镖多年，但他却“貌似良儒，有侮之者，辄敛手避去，而不知其为北派武术中能手也”。他平素里持守“大勇若怯”的律己规则，却因一次酒后狂放而打破。面临偕二友醉酒归，夜半无舟渡溪，他就“猝舒两臂”挟二人跃至彼岸，二人本来就是曾欺侮过他的，此时才知道他原来有此“绝大本领”。富商

① 吴组缃、端木蕻良、时萌主编：《中国近代文学大系》第2集·第9卷·小说集，上海书店1992年版，第896－903页。

② 冷风编：《武侠丛谈》，上海书店1989年据商务印书馆1916年版影印，第7页。

顺便谈起自己之师强于己远甚，也是甘于隐没风尘。而自知先前因保镖屡获厚赏，挺遭绿林人士憎恨的，这才"自变业为商，誓不敢暴己之长以遭祸。今醉后技痒，致露本色，殊用自危，幸二君为我终秘之"①。清末民初的文化变迁时代，也是武侠文化承先启后、反思与自我批判的时代，刘东山故事本身的反传统、"反武侠"内质，成为许多故事核心旨趣的构成。

平江不肖生《近代侠义英雄传》第四十二回也描写，吴振楚因受到陈志远的当众羞辱，立志寻名师报仇，不期一次偶遇某少年："二十多岁的读书人，生得风神飘逸，举止斯文，俨然一个王孙公子的体态。只是衣服朴素，绝无一点豪富气象。"② 可不料这少年却力大无比，居然单手举起重担行几里路。这种先抑后扬，表里反差极大的反讽，粗粗表面看来，似乎得力于文康《儿女英雄传》对貌类弱女子的侠女十三妹惊人大力的刻画，实则也当来自刘东山故事的深厚母题内蕴。少年介绍吴振楚访求瞿铁老为师，老人却推脱说收徒弟没有超过十五岁的，接着让他与十二三岁的孩子（师兄）对打试技，却处于下风；几年后他用瞿铁老的旱烟管，当众打了陈志远，挽回了面子，这才知道陈志远是自己的二师叔，而当初给自己写信介绍投师的那位大力少年，就是三师叔缪大少爷。而小说对空手戏麻雀的"借力法"等叙述，也体现了好武艺不必力大的深刻的辩证法思想，也当与刘东山故事不为无关。

---

① 杜阶平：《拳术纪闻》，冷风编：《武侠丛谈》，上海书店1989年据商务印书馆1916年版影印，第64－65页。

② 平江不肖生：《近代侠义英雄传》第四十二回《降志辱身羞居故里，求师访道遍走天涯》，岳麓书社1984年版，第380－382页。

毋庸置疑，《刘东山》所展示的武林禁忌——恃力炫技，具有深厚的传统文化底蕴，对于构建武侠世界的江湖规矩影响深远，其不检点者的行为往往成为后世武侠创作中英雄较技、门派争斗、江湖仇杀等必要情节的原始诱因。而“输技退隐”的价值趋向，则不仅对武林“赌技服人”较技规则等表现的形成垂范作用甚大，亦对侠与江湖的关系提出了严肃的思考，这鲜明地体现于后世武侠中侠“金盆洗手”这一母题模式的阐发中。从后世武侠创作的角度来看，《刘东山》作为一篇极具原型意义的武侠佳作，其对于相关人物类型书写、情节选择组构等，影响深巨。

另外，“见强中手而退隐江湖”现象，实际上与人类学中常说的一个话语“丛林法则”有联系也有区别，昭示出武林世界现实竞争的残酷性。其前提是，承认武功并非马上就能练成这样一种共识。即刻训练、出色的悟性，在此都只能是一种精神的乌托邦。应该说，金庸《倚天屠龙记》写武侠少年在前辈高人现场指导下，就迅疾地掌握了超人武功，取得立竿见影地击败对手的神话一般的奇迹，现实中其实是不可能发生的。

第十一章　平江不肖生的“师父求贤徒”母题

在武侠世界中，英雄的成长往往需要名师指点，而有作为的武林英雄也每多出自名师门下。深谙学武练武之道的平江不肖生（1889—1957）向恺然先生，对武侠小说中表现师徒关系，就显示了异乎寻常的关注。

《近代侠义英雄传》第二十二回强调：“武艺一途，最要紧的是得名师指点。没有名师，不论这人如何肯下苦功，终是费力不讨好，甚至走错了道路，一辈子也练不出什么了不得的能为来。李梓清的武艺，在江湖上是一等人物。他当少年练习的时候，花拳绣腿的师父延聘了好几个，七差八错的练习，也不知走了多少冤枉道路，家业差不多被那些花拳绣腿的师父骗光了。”① 而在他笔下，就活跃着一个“师父求贤徒”母题。

① 平江不肖生：《近代侠义英雄传》（《大刀王五霍元甲侠义英雄传》）第二十二回《三老头计议捉强盗，一铁汉乞食受揶揄》，岳麓书社1984年版（版本下同），第190页。《近代侠义英雄传》第六十七回《奇病症求治遇良医，恶挑夫欺人遭毒手》也强调了这一点：“无论学习何种艺术，若不遇着名师，尽管学的肯下苦工夫，结果也没有什么了不得，一经名师指点，便是成绩不好的也胜过寻常，成绩好的更是超出一切了。”

一、"求徒"动机及其基本层次属性

具体说从求取贤徒动机看，不肖生笔下的文学表现至少可以分为以下几种情况。

首先，求贤徒是因武师自己是"过来之人"，爱惜某一少年禀赋，也珍惜自己的独得之秘想要寻找好苗子传授。平江不肖生《近代侠义英雄传》第十七回写广慈对徒儿自述自己武艺的来源，是为报仇而学习苍鹰与花蛇相斗悟出的，由于他十分珍爱通过"仿生学"苦练"新创的武艺"，用传统"师承传授"教育方式延续绝门武功。如他对其徒弟之父介绍的："彼此有缘，才得相遇。老僧在半年前，无意中遇见令郎，觉得他这种异人的禀赋，没有人作育他，太可惜了，随即把他招到这庵里来，略略的指点他一番，曾再四叮嘱他，不许他在外和人动手，并不许拿着在此地学工夫的话，对世人说出半字。……"① 直到临终时他又念念不忘：

> ……就因苍鹰与花蛇相斗，悟出遍身的解数来。他八次有八次的斗法，我也就创出八样身法手法来，费了二十多年的心血，精益求精的，成了八个字诀，因名这种武艺为字门。所有的手法，无一不是极简捷、极妥善，他人不易提防的。字门拳既成了功，特地到陕西，寻着从前劫我镖的人，报了那番仇恨。我原不打算传授徒弟的，只因数

① 平江不肖生：《近代侠义英雄传》）第十七回《奉师命访友长沙城，落穷途卖武广州市》，第150－151页。

> 十年的心血湮没了可惜，才物色了你这个禀赋极强的徒弟，你这番受了这般重创，又听了我这武艺的来源，此后应该知道，非到万不得已、生死关头的时候，决不可轻易和人动手。你要知道，世间若没有第二个和我一般新创的武艺，便不会有人是你的对手。①

《近代侠义英雄传》第二十九回也写罗大鹤随处留心，偶见一胖子杀猪从容麻利就暗想：“这胖子的实力，怕不有七、八百斤吗？更难得他手脚，也有这么轻快，我有心想收几个好徒弟，陈广泰移交给我的，虽不能说不好，然大都不过比平常人的体格天分略高一筹，将来的造诣，看得见的没什么了不得，若能象这个胖子的资格，教练起来岂不是事半功倍吗？但不知他肯不肯从我学习？……”于是借着买肉攀谈，显示自己绝技而将其收服门下②。而该小说第四十一回《候通知霍元甲着急，比武艺高继唐显能》则写吴振楚素质很好，十五岁被六十八岁的蛇矛高手高继唐赏识，自愿不要师父钱也愿收他为徒：“因时常看见吴振楚与一般小无赖，做种种顽皮小孩的玩意，被他看出吴振楚异人的禀赋来，觉得这种天才埋没了可惜，当面教吴振楚拜他为师。”长辈爱才，见到良徒见到良徒不免技痒，赏爱不已收到门下，是向恺然较早留心和予以特殊重视的。

其次，是习武者借助于收徒来谋取衣食兼传艺，授徒过程

---

① 平江不肖生：《近代侠义英雄传》第十七回《奉师命访友长沙城，落穷途卖武广州市》，第150页。

② 平江不肖生：《近代侠义英雄传》第二十九回《送人头为友报怨，谈往事倾盖论交》，第243页。

中还可以扬名。《近代侠义英雄传》第十七回写陈广泰到了广东想收徒："一则要借此图谋衣食，二则想将自己的名声传扬出去。"卖艺两三个月无人来学，看见一个"四肢活泼"的青年不禁心想："他若肯从我学武艺，我用心教出来，必能成为一个好手。我师父当时传授我武艺的时候，也是因见我的资质好，特地用方法劝我，从他老人家学武艺。我来广东这么久了，每日在街头巷尾卖武，广东人知道我武艺好的自然很多很多，但从不见有一个人来拜我为师的。我此刻既遇着了这么一个资质好的后生，何妨也学我师父劝我的样，去劝他一番，看是怎样?"① 却不料招来了个很厉害的窃贼，为此被牵连遭拘捕，因此改变了命运。描写这种收徒方式注重第一印象"首因效应"，却往往忽略了内在品质的考察，匆促之际容易误收。不过也揭示了"师父求贤徒"所可能产生的局限性，写出了炎凉世态对有才德武师的折磨摧残，具有难得的文化史认识价值。

其三，武师得到某种恩惠，以收徒传授武艺方式向恩主实施报恩。《近代侠义英雄传》第二十二回写武师李梓清（"单刀李"）因气傲饿倒在谢家公馆门口，谢父有胸襟有气魄，收为上宾款待。李梓清心里不安："我在先生府上，无功食禄。……我看令郎的身体很弱，能从我学习些时，必然使他强健，读书的事也不至于荒废。"十四岁的谢景安从此才有了名师指点②。

其四，是用"缘分"、"夙缘"等来解释师徒幸运地遇合。

---

① 平江不肖生：《近代侠义英雄传》第十七回《奉师命访友长沙城，落穷途卖武广州市》，第151－152页。

② 平江不肖生：《近代侠义英雄传》第二十二回《三老头计议捉强盗，一铁汉乞食受揶揄》，第188－190页。

这一点与第一点密切联系，因为前提如此，才需要师父来发现这好苗子的“天缘”。《江湖奇侠传》第五十三回《熏香放火毒妇报冤仇，拔刀救人奇侠收双女》写被迫出嫁的韩采霞生下女儿钱素玉，蒋育文生了一女蒋琼姑：“蒋琼姑从小就生得玲珑可爱，最能窥伺长辈的意思。韩采霞虽因蒋育文代钱锡九出主意，怀恨刺骨，然见了蒋琼姑，却忍不住不欢喜痛爱，凡事之不可理解的，不谓之天缘，便谓之天数。……”而慧眼卓识的刘鸿采（金罗汉吕宣良的大弟子，后为邪派）假装乞丐到蒋家乞食时，恰好遇着五六岁的蒋琼姑跟几个兄弟在玩耍：“刘鸿采见面便吃了一惊，暗想这般秀外慧中、玲珑娇小的女孩，我平生未曾多见。天生这样的丽质，必有用处，绝不应该死在这劫数之中。我何不救他出来，暂时做我的义女，传他些道术，或者将来能做我修炼的帮手。”于是从韩采霞的屠刀下救出来，与钱素玉一起收为爱徒。小说似在暗示，倘若没有具备隐身法的刘鸿采恰巧来“偷窥”，蒋琼姑就不能获救，也不能随其为徒，一切似乎都在“天缘”的预期构设之中。

当然以上四种只是主要的，且多数情况下并不互相冲突，还有一定的互补性兼容性。“形而上”的授技传道、报恩精神需要，是主要的高层次的；谋衣食、传声名的较低较为具体的实用需要，往往暗含其中。两者的偏重趋向一般并不排斥，其差别不同，常常也是决定武师品位气质的重要标志。

二、收徒方式、择徒过程与偏好的表现

在平江不肖生的小说世界里，一些收徒条件和具体方式的文学表现，也是非常符合传统武林习俗的。

一者，是比武教训，使之驯服。这方面例子很多，几乎构成了一个“不打不成交”的惯常模式，尤其是每多成为进入名师之门的必要仪式表现。《近代侠义英雄传》第二十二回写少年李梓清练武拜的都是花拳绣腿之师，走了许多冤枉路，家业败光；末后才因被老尼姑点穴，解悟高师难得，决计抓住造化良机。从老尼姑笑言“能听遵是你的福分”，可知实际上老于江湖的尼姑早已心存收为徒之意。因被教训而拜师，为徒者看似被动、面子上一时间有些过不去，然而“如父子”的师徒关系一当确立，他又哪敢在师父面前讲“面子”？因“师傅”的另一种写法就是“师父”。伦理上的上位优越，也使那些不客气地出手教训气盛少年的“老尼姑”，提前进入师父（师父）的角色行为。此类事清代传闻很多，如乾嘉道光年间贵州擅长技击的胡某，蒙少林寺僧踵门造访，较技胡为所败，于是师事少林僧，僧尽所知传授，胡名盛一时①。少林僧其实就是闻名而来，以比武仪式为名前来收徒的。

名师寻贤徒的比武仪式往往虽很自然却带有喜剧性。《近代侠义英雄传》第四十九回写，秦鹤岐转述《秦氏族谱》上记载九世祖海川公学武艺，十八岁便出门寻师访友，辗转入河南少林寺。不久他察访出隔壁房里两个武艺高强的老和尚，年在八十以上，一名惠化，一名达光，同住在个房间。这夜，秦海川正关门独自练工夫，听有人轻轻弹门，开门看却是惠化、达光两法师，两人说听到隔壁练功，因近四十年没见人练拳，过来瞧瞧，抱着寻师访友志愿的秦海川自然高兴，让进房坐了。

---

① 转引自吴图南：《国术概论》，中国书店 1984 年（影印），第 97 页。

不料，法师急不可耐地提出了“寻名师”的敏感性话题：

达光法师老实不客气的说道：“我看你的资质很好，若有名师指教，不难练成一个好手。你且做一点儿给我们看看，我两人都是八十多岁的老人了，难道还笑你不成！”海川公因从来不曾遇过对手，气焰自是很高，这时口里不敢明说，心里不免暗忖道：“你这两个老和尚，不要欺我年轻，以为我的武艺平常，对我说这些大话。尽管你两人的武艺高强，只是年已八十岁了，不见得还敌得过我，我何不胡乱做几下给他们看了，使他们以为我的武艺不过如此，和我动起手来，我才显出我的真才实学，使他以后不敢藐视年轻人。”主意打定，即向两法师拱了拱手道：“全仗两位老师父指教，武艺是看不上眼的。”说罢，随意演了一趟拳架子。惠化看了，望着达光笑道：“气力倒有一点，可惜完全使不出力来。你高兴么？和他玩两下。”达光含笑不答，望着海川公说道：“你工夫是做的不少，无奈没有遇着名师，走错了道路，便再下苦工夫，也没多大的长进。”海川公听得惠化说使不出力来的话，心想：我是有意不使力，你们哪里会看工夫，只是也不动气的说道：“以前没有遇着名师，今日却遇着两位名师了，请求指引一条明路吧！”达光法师从容立起身说道：“我两人的年纪都老了，讲气力是一点儿没有，只能做个样子给你看看。我们因为年纪大了，再不把武艺传给人，眼见得就要进土了，你来与我试试看。”海川公想不到八十多岁的老和尚，竟敢这么轻易找人动手，反觉得不好意思真个下重手打这年老的人，向达光问道："老和尚打算怎生试法呢？"达光笑道："随便怎样都使得，我不过想就此看看我的眼法如何？你练成了这样的武艺，想必与人较量的次数也不少了。我本不是和你较量，但是你不妨照着和人较量的样子打来。"

海川公遂与达光交起手来，只是二、三个回合以后，分明看见左边一个达光，右边也有一个达光，拳脚打去，眼见得打着了，不知怎的却仍是落了空。又走几个回合，又加上两个达光了，一般的衣服，一般的身法。

海川公心里明白，自己决不是达光的对手，并且已觉得有些头昏目眩了，哪敢再打？真是扑翻身躯，纳头便拜，再看实只有一个达光，哪里有第二个呢？连叩了几个头说道："弟子出门寻师几年，今日才幸遇师父，弟子就在这里拜师了。"拜过了达光，又向惠化叩了几个头，两老和尚毫不谦让，从此就收海川公做了徒弟。海川公在少林寺内，足足的寄居了一十九年，还只学到两老和尚十分之七的本领。①

小说一再写年少锐进的秦海川的心理活动，以此欲扬先抑手法，突出两位武林前辈择徒的迫切，武功的高妙。他们夜半闻声而起，正是要"抢救"即将伴随人生自然规律要失传的武艺，体现出武林前辈对独门武艺的珍爱，这无疑是他们年岁接近桑榆之时，不肯放过机缘，主动择徒传艺的主要动力。深谙

① 平江不肖生：《近代侠义英雄传》第四十九回《杀强盗掌心留纪念，成绝艺肺部显伤痕》，第479－480页。

武林习俗的向恺然揭示出《秦氏族谱》之类的民俗材料，对于研究武侠文化习俗，是非常值得注意的民俗文献。

二者，当面表演，以现场震慑、吸引对象仰慕，趁便收徒。此与上述有联系，具有直观形象性与新闻性，广告传播效果既快且广。《近代侠义英雄传》第三十回写罗大鹤故意冒充自己孪生兄，当面表演手抓牛肚里心花五脏的神技，以期招为徒。黄长胜目睹后果然大为震惊：

> 目瞪口呆了好一会，才双膝往地下一跪，一连叩了四个头说道：“弟子就在这里拜师了！”罗大鹤很欢喜的收了这个得意徒弟。罗大鹤的声名，自从收了黄长胜做徒弟，又有赤手抓牛心的奇事，不到几日，就传遍了长沙城。想学武艺的，争着送贽敬，前来拜师。
>
> 罗大鹤收徒弟，不问年龄老少，不论家资贫富，他只见一面，说：“这人可教。”便是一文钱没有，又是三、四十岁的年纪，他也肯收作徒弟。若他见面摇头，说：“很难很难。”就跪在地下求他，整千的送银子给他，他也是决不肯教的。有人问他：是什么原故？他就说，原故难说。有时被人问急了，便大声说道：“我也问问你看，黄牛象马，你可以拿来当马骑么？”因此，找到罗家大屋拜师的虽多，罗大鹤高兴收了的，只有杨先绩一个。

叩头拜师，“罗大鹤很欢喜的收了这个得意徒弟”。而罗大鹤的声名，也因此传遍了长沙城：“想学武艺的，争着送贽敬，前来拜师。”

罗大鹤还有个徒弟胡鸿美也是这样。《近代侠义英雄传》第七十回写，罗大鹤过路时无意中看到正在练习射箭的胡鸿美、胡大鹏兄弟："就已看出他兄弟的体格，都是在千万人中，不容易遇着一个两个的，不知不觉的就生了爱惜之心。"就顺便讲起射箭的要领，以精湛的箭术让其钦佩得五体投地。但胡鸿美这兄弟俩本力都极大，身手又都异常灵活，动手较量，要绝不伤人而能使人屈服，是很不容易的事，遂心生一计，与两位比力："我伸直一条臂膊，你两位用双手能扳得弯转来，算是两位赢了。我再伸直一条腿踏在地下，两位能用双手抱起，只要离地半寸，也算是我输了。"大鹏、起凤听了都不相信，可是一个用尽气力推挽，这臂膊就和生铁铸成的一样，休想扳得分毫，扳得两脸通红；抱住大腿的那个，累得满身是汗也没收效，于是兄弟俩佩服不已，就磕头拜师。

三者，是把收徒作为某种交换条件，迫使对方允诺为徒才能答应做某事。《江湖奇侠传》第七十二回《访名师叹此身孤独，思往事慰长途寂寥》写罗春霖要收陆小青做徒弟，才肯替他治病。这类表现与侠的尊严有关，而武功高者多半身怀高超医术，当然可顺便调养孱弱弟子的病体。主动权掌握在师父手中，这体现出传统为师之道要求弟子绝对服从的权威性和自信性。

四者，是不由分说强行掠走，待学成之后才放回（或该徒逃回)。《近代侠义英雄传》第九回《遇奇僧帽儿山学技，惩刁叔虎头庄偷银》写赵玉堂十四岁时，被一个花白络腮胡须和尚拍花，带到石洞中学武，五年后逃回。但仅这五年的收获已称得上身怀绝技了。

此外，就是关注择徒过程，不肖生描写名师仔细挑选适合学武体质弟子，也非常富有意味。《近代侠义英雄传》第三十一回《闻大名莽夫拆厂，传噩耗壮士入川》写，陈宝亭因受欺侮想让五个儿子习武，连续几年也没访着真才实学的良师；罗大鹤却不像别人那样有钱就收徒，他从中挑出其第四子收做徒弟，出乎意料，因罗大鹤自有他的理由，不是以收徒多取胜。

首要的是这可堪为徒的材料是否能看中。作为武林中人，平江不肖生着意点明，名师“择徒”的标准，除了综合素质之外，要能不为身大力大等表面现象所遮盖，而能慧眼卓识，看得出学武者真正的潜质如何。而也正由于这样近乎苛刻的标准，也常常有着贤徒难觅的苦恼。说是两湖颇负声望的胡鸿美就有这方面的体会，当然也是作者平江不肖生自己的看法：

> 他们当拳师的人，要将自己的真实本领，尽量传授给徒弟，对于这种徒弟的选择，条件是非常苛酷的。若不具备所需要的条件，听凭如何殷勤恳求，对待师父如何诚敬，或用极多的金钱交换，在有真实本领的拳师，断不肯含糊传授，纵然传授也不过十分之二三罢了。反转来，若是遇见条件具备的，只要肯拜他为师，并用不着格外的诚敬，格外的殷勤，也不在乎钱的多少。
>
> 听说他们老拳师收体己徒弟的条件，第一是要生性欢喜武艺，却没有横暴的性情。第二要家中富有，能在壮年竭全力练习，不因生计将练习的时间荒废。第三要生成一身柔软的筋骨。人身筋骨的构造，各有各的不同，在表面上看去，似乎同一样的身腰，一样的手脚，毫无不同之处，

一练起拳脚来，这里的区别就太大了。有一种人的身体，生得腰圆背厚，壮实异常，气力也生成的比常人大得多。这种身体，仿佛于练习拳术是很相宜的，只是事实不然。每有这种身体的人，用一辈子苦功，拳脚工夫仍是练不出色。于鉴别身体有经验的老拳师，是不是练拳脚的好体格，正是胡鸿美所说的，一落眼便能知道。第四才是要天资聪颖。

这几种条件，缺一项便不能收做体己的徒弟，所以一个著名的老拳师，终身教徒弟，也有教到三、四千徒弟的，但是结果甚至一个体己的徒弟都没有，不是他不愿意教，实在是遇不着条件具备的人物。①

而正因为贤徒难觅，小说中才时时回响其师父求贤徒的声声旋律。

平江不肖生还写出了师父收徒的某些偏好，就是尽量收那些没有什么基础，一张白纸、从零出发的弟子。如《近代侠义英雄传》第三十一回还写罗大鹤不收有些武功的胡菊成，却收了“通身没有四两气力，一天拳脚都不曾学过”的杨先绩：“就是为他不曾学过一天拳脚，我重新教起来容易。……”“我看你这个伙计，一点儿病没有，他一对眼睛生得最好，使人一望使知道是个有悟性的人。他若肯真心从我学武艺，不惮劳苦，将来的成就，必在我现在几个徒弟之上。”这一观念实际上也是传统武功传授“家族式”特征的痕迹。门徒就如同儿子，血

① 平江不肖生：《近代侠义英雄传》第七十回《胡丽珠随父亲访友，张文达替徒弟报仇》，第391－392页。

统是不能乱的，是谓“师徒如父子”。似乎，收徒入门如养儿防老，血缘纯粹才能得其真传，配得上传其真招绝技。如是师徒遇合，启发了学武少年“驽钝偏能成大器”类型的生成，如金庸小说写郭靖那样。

再就是入师门前，还往往要照例进行考验。仿佛唐代学仙考验的必要程式——剑仙寻觅贤徒类似。在不肖生所生活的时代不久之前，清代这方面传闻积累很多。如《清稗类钞》载沅陵人易三少学剑，游武汉间为巨商护卫，又多次改行，偶遇一老人行乞求食，体有恶疽臭秽不可近。易三坚持每天供其饮食，收来同住。老人病痢他殷勤伺候，于是老人传其异术：

> 易三，沅陵人，少学剑，恣游武汉间，为巨商卫藏。已而自谓弗善也，改而刺船，济行者。年三十馀居常德东市，卖浆宿旅。久之，有老人行乞市中，日呼易三门，求食，体有恶疽，溃而臭秽不可近。易心哀之，日贮盂食以给之。旋求僦居，亦纳焉。老人朝出暮归，踉踉怪状。室中人皆恨且詈，易独不然。居且一年，老人病痢，粪赤白下，杂疽臭，益不可近。易殷勤候食息，无畏色。
>
> 老人夜分呼易曰：“吾有意于子久矣，子诚善也，吾术可授子。吾固不患疽，不患痢，姑试子耳。”易谛视老人，体如常人。及视所下赤白粪，皆澄清可镜，心异之。昧爽，老人呼易步东郭高冈，授法，怀中出所乞食盂，取水，祝令沸，以短刀置盂中，水不仆，戒曰：“凡吾术，可以医百病，祝水不沸，刀不竖，不可治，即治，不可受人财，又不可妄传人。”易俯首谢。老人忽不见，遥闻有

声曰："吾乃张姓也。""①

沅陵即怀化，在湖南西北部，与地处湖南东部的平江不远。相信空间区域接近的平江不肖生，在家乡这类传奇性故事也一定听到不少，且多所留意。不过他老人家笔下的武师却总有些收徒急切，大多顾不上考验，这可能暗含着他培养武术人才的迫切焦虑，而难免"择徒"不严之意；当然这也是日后施加某些"戒律"，惩罚犯禁弟子的伏笔。毕竟师父也是人，也有缺点和看走眼的时候；而有的作恶犯禁弟子也并非一开始就有问题，成长发展中出现的问题谁也不能完全避免。《江湖奇侠传》第四十五回《乌鸦山访师遭白眼，常德府无意遇奇人》就描写了戴福成因乱施道法，武功被师父收回。

然而，切莫以为师父包括名师就是完美的，平江不肖生并不讳言，师父其实也有私心。《近代侠义英雄传》第七十回就写胡鸿美在教会了大鹏兄弟三步跳、十字桩等功夫之后，下面就"执意不肯传授"了。小说深刻地揭示："这是从前当拳师的一种最坏的私心，惟恐徒弟的声名本领，高出己上。胡鸿美这时的年纪，也不过四十多岁，在南几省各处访友，不曾遇到敌手。大鹏兄弟若学会了五种功劲，再用几年苦功下去，胡鸿美便不能独步一时了。胡大鹏明知胡鸿美不肯传授是这种私念，只是没有方法能勉强学得……"

平江不肖生对于为人徒者的要求与师徒相处规则，的确有着非常深刻的、独到的见解，这一见解是基于深厚的江湖行事

---

① 徐珂：《清稗类钞》第八册《艺术类》，中华书局1986年版，第4142－4144页。

原则的。如发表于1926年的《采懒禅》就通过主人公自述，谈及他的恩师镜阳先生，就有这样一个规矩：

> 他老人家对于徒弟定的规矩，不问在哪里遇见了他，由他先向徒弟打招呼，是不许徒弟上前招呼的，误犯了就得受重大的责罚。见面不许行礼，临行不许相送。徒弟到了用得着见师父的时候，他老人家自然会来相见，不许徒弟去寻访。他老人家既是定了这么一种规矩，我自不敢因工夫没有进境，便按照危险紧急的方法将他老人家请来。①

而请恩师的方法也很特别：“如果遇着有危险或万分紧急的时候，须求他老人家前来救援，只要对空默祷一番，于无人处高呼三声他老人家的名讳，他老人家自然即刻降临。”而事实上，在拜别恩师之后，十四年当中，只照这样吩咐，见到师父一次。

三、母题的文学史先导及武林习俗来源

从中西跨文化的角度，法国学者曾注意到，中国武侠小说中一个常使西方人惊奇的特色：“是中国人的师徒关系，尤其是这种关系的重要性。”与西方小说没有“师父”一类的人物，更谈不上拜师学艺相比，中国小说里的师父是个重要人物：

---

① 中国现代文学馆编，范伯群编选：《江湖异人传》，第232－239页，华夏出版社2009第2版。原载1926年阴历3月13日《红玫瑰》第2卷第21期。

> 即使他没有完美的人格，徒弟也得对他忠心耿耿，必定跟定他一人学艺。……师父性情古怪无常，又好刁难别人，徒弟即使不明所以，也得惟命是从。这种师徒关系实由孝道而来：要事师如事父，师是父的外延。这可以说得通：我们有欠于父，因他赋予生命、供书教学；我们有欠于师，因他授以知识，使我们一生受用。
>
> 中国的儿子永远不会对父亲说他们两不相欠，说他从没说过要生下来；也不会向老师说自己从来没有叫他教导，因此不欠他教导之恩，况且老师之需要学生，正如学生之需要老师。这么特别的师徒关系来自中国传统的教学观念。而那种学了一段日子便认为自己所知已足、老师已无可教的徒弟，最后总没有好下场。①

的确，“天地君亲师”，师父徒弟，彼此就其“关系存在”来说，与父亲儿子颇多相似之处，而师父求贤徒也颇类似父之求子，试想，“求子”的殷切与得子后的欣喜，就可以理解，这获得一个能将自己“一日为师终生为父”的可心晚辈，该是怎样的由衷喜悦！

师父求贤徒母题，其文学书写最迟当溯至唐传奇。裴铏《聂隐娘》写隐娘作为贞元年间大将聂锋女儿，十岁时被一位方外神尼看中，要收为徒，聂锋不许，神尼说铁柜中也藏不住，当晚隐娘失踪，五年后才被送归。据隐娘自述，她在一处不知

① ［法］巴本努：《谈中西武侠小说》，黄白露译，刘绍铭、陈永明编《武侠小说论卷》，香港明河出版社有限公司 1998 年 5 月初版，第 224－225 页。

有多远的深山石穴中随神尼。而先前穴中已有两个能飞走的少女。由此不难想见，方外神尼具有收幼女为徒的嗜好，隐娘可能并非其精心培育的惩奸除恶的第一个女职业杀手①。

明清通俗小说，对于“师父求贤徒母题”已有不少关注，某种程度上开不肖生之先河。描写师徒如父子，较早在这一层面上开拓的，是清初钱彩《说岳全传》，写陕西周侗来到河北大名府内黄县收了王贵、张显、汤怀为徒，带其攻读诗书，可是他见了岳飞聪俊，却“意欲螟蛉为子”，主动请岳母来相商，岳母顾虑，他还诚恳相劝：“因见令郎题诗抱负，后来必成大器。但无一个名师点拔，这叫做‘玉不琢，不成器’，岂不可惜？老夫不是夸口，空有一身本事，传了两个徒弟，俱被奸臣害死。目下虽然教训着这三个小学生，不该在王员外、安人面前说，那里及得令郎这般英杰？那螟蛉之说非比过继，既不更名，又不改姓，只要权时认作父子称呼，以便老汉将平生本事，尽心传得一人。……”八拜为师之后不仅诗书，更要“能文善武”，“周侗将十八般武艺，尽传授与岳飞”，“周侗年迈，巴不得将平生一十八般武艺，尽心传授与螟蛉之子”。他还带岳飞到沥泉山拜见志明长老，得了神物“沥泉神矛”和老僧所赠兵书②。虽说师徒如父子，毕竟父子胜于师徒；小说写出了真正的师徒就要履行如同父子一般的责任。

沈起凤（1741—?）《谐铎·恶饯》则讲述书生卢生幼习武

---

① 参见王立《武侠文化通论》第三章《重读剑仙聂隐娘——互文性、道教与通俗小说题材母题》，人民出版社 2005 年版，第 24 – 36 页。

② 钱彩等：《说岳全传》第四回《麒麟村小英雄结义，沥泉洞老蛇怪献枪》，上海古籍出版社 1980 年版，第 24 – 28 页。

事，投奔族兄，而不巧族兄以迁往异地为官，他途中资财化光，只好流落在沙尼驿，权且靠着教人拳棒为活。驿前有两株合抱粗的枣树，枣子熟了，打枣者日以百计。卢生笑着袒衣抱树摇撼，枣簌簌堕地，众人奇之。而旁有一髯者，却笑曰何足为奇，也袒衣来到另一树下，以两手对抱，枝叶殊不少动，髯者告诉卢生："汝所习者，外功也，仆习内功，此树一经着手，转眼憔悴死矣！"卢生怀疑在瞎说。很快，枣树"叶黄枝脱，纷纷带枣而堕，而树本僵立，宛若千年枯木"。卢大惊，髯者说道："孺子亦属可教。"询问了其家世后，一并问了成婚与否，卢答"未遑授室"后，髯者直接开门见山表白："仆有拙女，与足下颇称良匹，未识肯俯纳否?"卢答应后，很快成婚了。①

道光刊行的通元子《玉蟾记》承此并予以推进，小说第三十五回《乌金荡洪昆访友》写洪昆到乌金荡见一老人，是盟弟童昆的义父，他看出贤侄志气不凡，就主动劝说"须要学些武艺才好"，童昆也鼓动拜家君为师。出乎意料，连亲生儿子童昆都未曾学得的"太乙通天罩门"竟传了洪昆："童老翁得了这个伶俐的弟子，心中大悦。"而童昆明知盟兄胜己也毫无妒意。故事暗示出师徒之谊，甚至强于义父子之亲。老汉病逝后小说强调："此中都是天定。若是一月之前老翁去世，这太乙通天的罩门必然失传，洪昆怎能有此武艺？可见童老翁是专等洪昆来的了。"

小说还注意将此母题扩展，仙师寻贤徒授技甚至能转手来实现。第三十八回《奇男子法传洪昆》写，洪昆在东昌府路遇

① 沈起凤：《谐铎》卷五《恶饯》，人民文学出版社1985年版，第63－65页。

一个打败六个强盗的汪大镛，其自述早就遇仙人告知十六岁时在东昌府遇洪昆，将此“落枪擒将法”的枪法传他，以擒倭王倭将。于是洪昆与其结盟兄弟，得到汪大镛转授的枪法①。

郭广瑞《永庆升平前传》第三十一回也写张广太卖艺糊口，巧遇回教正解救，说：“你小小的年岁，能有这一段志气，我收你作个徒弟。你别想不开，你大概是没有吃饭，叫跑堂的要菜。”老翁自称：“我是卫辉府回回峪的人，清真教中，我姓回，名教正。收你作个徒弟，传你点艺业，你知道了？”于是收为徒。张广太练武三载练会一身武艺，还蒙师赠短把刀一口、避血桶一只，以兵刃为记，认那十个师兄。

清代野史也有如是例证，说明“师父求贤徒”是古代信息闭塞的小农社会所必须的，求良徒之难，才诱发了文学母题的审美关注。仅举三例。

其一是在《史记·留侯世家》所载张良的仙师黄石公原型召唤下，许多求贤徒的良师，都被理解和叙述成具有仙气。俞樾《春在堂随笔》卷六载，清代咸丰时期浙江诸暨包立身，本农家子，有力善走，这在冷兵器时代，是引人注意的天才禀赋。二十岁左右时，他独立田间若有所思，忽有所闻，听到有人呼自己的名，一看是个老翁。老翁说，某年某日你才七岁时，被墙所压，不死，是我救的你，你想起来了吗？以下的内容是具有实质性的：

> 汝他日为大将，我乃汝师也。某日迟明，我待汝于绍

① “中国古代珍稀本小说”7，春风文艺出版社1996年版，第742－744页，第755－756页。

兴昌安门外石桥上，汝勿爽约。

包立身归问父母，幼年时果有被墙压不死事，于是慨然违背父母意愿，前往赴约。与老翁相会后，随之入山学刀法，又学咒语术、焚香术等法术，取得瞬时间超越数百里的神术。原来老翁是“白鲞仙人”。[①]

其二是鬼能择徒，强行给徒弟传授枪法及拳勇诸技，表现非常辛勤敬业。《秋灯丛话》说纪秋槎祖有老仆某，夜见面黑白者二人推扉而入，带他至村外旷野授以枪法及拳勇诸技，鸡鸣送还。一年多后仆能乘间刺黑面者大腿，被认为可以出师了。主人之戚将构怨于某，请求仆往助：“某见仆至，知为戚助也，蜂拥而前。仆不与较，第以手槩其臂，而臂若痿；捘其股，而股若痹。历数十辈，皆蹲踞不能动。戚家乘其惫，欲挞之，仆劝之。仍抚以手，则起立如初矣[②]。老仆后来多次凭借非凡身手教训那些为非作歹的家伙，只是将所学的一部分拳勇之术，小试锋芒而已。就连主人都来求他帮忙，而且他不杀人的高尚武德，给人印象更加鲜明。

其三，具有良好基础的青年，不由得名师不动爱才之心，想将其打造成为能传己衣钵者。青城子《志异续编》卷四写乾隆年间江阴有王朝选和左绍期两个拳勇名师。胡生因家住王之邻，十二岁就得其指点，十年后有机会见识左绍期讲拳法：

---

① 俞樾：《春在堂随笔》卷六，江苏人民出版社 1984 年版，第103－104 页。

② 王槭：《秋灯丛话》卷十二《鬼授枪法诸技》，黄河出版社 1990 年版，第 207 页。

> 谓左曰：“我年长恐不能学，请先挥数拳与先生观，不识可以受教否？”左唯唯，胡即极平生力向左扑，势如风雨。左略格数手即跃去丈馀，问曰：“且住。尔莫非王朝选弟子乎？”胡曰：“然。”曰：“可惜一副美锦未裁剪成衣也。予一生授徒不下数千，迄无一成者。今得子，吾道有传矣！”胡喜甚，拜左为师。

胡生果然没有辜负左拳师期望：“左先授以拳法，继及枪法、剑法，胡精思敏悟，一一领会入神，计在左家历三载，未尝于妻孥通问讯也。”贤徒的某些潜力未被前师发掘，却得到后来之师慧眼点醒。

无独有偶，还有的传闻，体现了冷兵器时代的价值观，事实上对“可教之徒”的评价标准还是冷兵器时代需要，与其“应用型”人才的苦练式培养模式也不无关系。《见闻琐录》说卖鸡鹜的杨遇春见到武举外出，只有诸徒弟在场子里开弓、提石、舞刀，极其艰苦，就笑着一试：

> 公笑曰：“我试为之。”有弓三，一八十斤，一百斤，一百二十斤，三弓齐开数十膀，毫不费力。石二百斤，左右手转弄如丸。刀一百斤，舞之，旋转若飞。武举归，知之，请公至，一见惊曰：“子状貌魁梧，有异表，封侯相也，他日必建大功业。予生平习兵法，精武艺，相天下士多矣，无可传授者，今当尽授于子。”遂命辍业，至其家教之。公后统军征战，勇冠一时，行兵亦能变化古法，殆

皆得之于武举耳。此亦如岳忠武学射于周同（桐）。当时无知之者，今告者不能详言武举之姓名，惜哉！①

“不能详言武举之姓名”是史笔的遗憾，却未必能影响文学母题表达的审美效果，反而激发了故事接受中的好奇与审美悬想。其中良徒的可资造就的魁梧、大力等基本素质，在后世武侠小说中趋于弱化，却总是强调如何原本显得多么驽钝，而名师却能见微知著，后来少年英雄成长的有力事实与超群拔俗，又罕有例外地与当初为师的正确判断相符，这实际上是文学母题传奇性渲染的需要，也是武侠小说文类特征所支配的。而所谓“名徒出高师”，又往往是这类故事暗含的潜在模式，意思是，借助于高徒种种作为的表现，设下内在的武林人物谱系和关系网络，补叙或烘染出名师的高深莫测。这些，在后来者那里又往往踵事增华，组合出更加富有层次的联系和参照。

四、母题的多重成因与武侠文学史意义

综上所述，武林前辈平江不肖生向恺然先生，对于上述师父求贤徒母题的建树，有着多种成因。

首先，是传统“私学”文化价值观遗存下师父主观上择徒标准的原因，不少身怀好武艺的名师择徒甚严，导致门槛过高，名师有术，而良徒难觅。如《江湖奇侠传》第七十二回写罗春霖转述父亲一生没有第二个徒弟，所有艺业仅传自己一人。而

① 欧阳昱：《见闻琐录·成都武举》，岳麓书社1987年版，第53－54页。

自己五十岁也还不曾收一徒，理由和见闻的实际情况是：

> 大凡一种绝艺传人，非得有缘的不可。每有从中年就到处物色有缘的徒弟，直到八九十岁临终才得着的，也有至死不遇有缘人的。令郎能传我的艺业，是令郎的缘分，于我并无好处。我在长沙若肯胡乱收徒弟，到此刻就没有一千，也有八百个了。我于今替令郎按摩推拿，一年半载之后，使他的身体与寻常年龄相等的人差不多了，才可渐渐传他的艺业。

这番话提高了为师的威信和诚信度，陆小青听了罗春霖的话，不待父母开口，就跪下口称师父：“既蒙师父救我的命，又传我的艺业，真是恩同再造。就教我伺候一生，也是应该的，无不情愿。”① 名师更加看重师徒关系的质量，而非收徒数量，许多身怀绝技的名师颇有怪癖，孤傲而脾气暴躁，择徒苛刻与苛责徒弟，也使晚辈望而生畏。在这一思路下如说金庸笔下的黄药师黄老邪形象受此启发，亦无不可。《射雕英雄传》第二十二回写杨康想拜欧阳锋为师，获准，完颜洪烈揖求却遭到“本门武功只是一脉单传，决无旁枝”之拒，亦然。

其次，母题昭示出传统农耕社会条件下，武林传统规约不利于师徒遇合交往，以及由此带来的困境和苦恼。许多身怀绝技的武林中人，武德高尚的表现之一就是在较为生疏的环境中深藏不露，保持低调，也就没有给慕名而求师的良徒以相遇因

---

① 平江不肖生：《江湖奇侠传》第七十二回《访名师叹此身孤独，思往事慰长途寂寥》，岳麓书社2009年版，第556页。

缘，投师机会，而良徒们则处于芸芸众生的汪洋大海，也有许多很难进入择徒者视野。相对来说，浪迹江湖的或生活在相对封闭环境中的师父，被良徒找到亦有难度；而师父寻觅良徒反倒容易操作一些。

这一点，与“士不遇”文化形态下文士阶层的困境类似，亦息息相通。行踪不定的高手宗师，更难师徒遇合。因而必要的自我推销宣传和亲友同道介绍，自然是很好的解决办法。据研究，近现代一些武馆招生，也往往借重弟子的呼朋引类和亲友介绍：

> 弟子介绍：年轻人对于新奇有趣的讯息，经常都能快速流通传递，且同侪间的说服力极大，又非广告宣传所能及。……以名气吸引：知名武师亦往往能吸引喜好武术者，慕名而来投师学艺。但是此类靠知名度招生者，限制条件较多。如武师必须有固定地址才能使慕名者有处可寻……

而亲戚朋友介绍“这种方式对传统武馆有其便利处，一是由亲友子弟关系转变为师生关系，较为容易，不像陌生的学生需要经过一段时间的相互了解。因此师生关系容易建立。再者若不需要太多弟子时，只要以此途径即可招募足够人数，省事方便。此外，亲友子弟背景较易掌握，较可信赖。”[①] 所以“师父求贤徒”文学母题，事实上也是武侠生活史、武林社会史师徒学派繁衍嗣续、生生不息生存困境的一个浓缩。

---

① 龚鹏程：《武艺丛谈》，山东画报出版社2009年版，第167页。

其三，正由于小农经济条件下人们交往空间、沟通方式有限，名师良徒主客遭逢机缘有限，文学母题还形象地显示了对此问题的思考和解决尝试。而平江不肖生，无疑把这一母题首次较自觉地引入武侠小说的。《江湖奇侠传》第七十回写方绍德见刘鸿采是武林同道，就把自己特地出来物色良徒的话说了。刘鸿采就介绍了吉安富绅卢敦甫之子卢瑞：“真是天生聪俊，不同等闲。可惜生长在富厚之家，没有真实本领的人去传授他的能耐。现在虽延聘了一个会把式的人，在家教卢瑞的武艺，无奈那个会武艺的叫胡大个子，原是一个唱戏的人，并没了不得的本领。……老哥想得好徒弟，不妨去吉安打听打听，能中选也未可知。”方绍德听了非常欢喜，很快就从卢家保镖胡大个子手中把卢瑞掠到自己门下[①]。后者不到五年就得了方绍德十分之七真传。不过，小说对难得的好苗卢瑞的犯色戒过程未能交代，给读者留下不小的遗憾。

这一描写似得自清末《仙侠五花剑》，小说写空空儿误将仙术传给采花大盗燕子飞，导致有了芙蓉剑倚仗的燕子飞，众剑仙几经周折无法收服。小说第三十回描写五花剑的炼制者公孙大娘才用霜锷丸来收服：“子飞见那穿舞衣的妇人，从口中吐出一道光来，尚还不知是剑。及见空空儿等多把仙剑收去，不晓为了何故，也想把芙蓉剑收转。岂知那白光飞近剑旁，只听得呼的一声，竟把此剑卷住。子飞大吃一惊，喊得一声：‘啊呀!’起手急忙向剑乱招。那剑不向自己飞回，只在空中旋转，子飞急得目瞪口呆，……大娘始从容起手，向霜锷丸一招，

① 平江不肖生：《江湖奇侠传》第七十回《抢徒弟镖师挨唾沫，犯戒律岳麓自焚身》，岳麓书社2009年版，第542－546页。

喝一声：'捷!'吸住了芙蓉剑，一齐飞入掌中。"可见这是多么严重的教训，对习武之道有着丰富体验的向恺然当然留意于此。

其四，是传统武功崇拜，以及此道中人包括作为习武者的平江不肖生本人之学武求师的虔诚热切，不仅非常喜欢谈论这一师徒遇合的佳话，且对师求贤徒母题叙事，总乐于给予一个较圆满理想的结局，成为内心期盼的写照，也是诸多文本这一令人喜闻乐见的模式时常重现，面目微差、大同小异而又为人们乐此不疲的深层缘由。《我研究拳脚之实地练习》一文中，不肖生曾有如此的夫子自道：

> "我十三四岁的时候就极喜欢研究拳脚。离我家五十里以内的拳教师，凡是负些儿声望的，没一个不曾指点过我三拳两脚：硬门、软门、阴劲、阳劲，杂凑了三四年：到一十七岁便专从王志群先生学习。……后来年事稍长，交游中常遇到有曾研究过拳脚的朋友，每酒酣耳热时，有要和我较量两下的，我也未尝不有些手痒痒的，想试验试验，看几年所研究的，用得着用不着。"①

是作者基于对武学传统的深湛了解，自身学武习武实践对师徒关系的深切体会，他才会非常偏爱这一母题。何况在撰写《近代侠义英雄传》、《江湖奇侠传》这两部长篇小说之前，就在长沙创办国技会，著有《拳术》一书，对于武侠精神倡扬、

① 中国现代文学馆编，范伯群编选：《江湖异人传》附录，华夏出版社2009第2版，第272－2页。

武术教育非常热衷。

其五，是某些宗教意识及其相关活动风习的浸染和互动。如佛教通常就把师徒关系看成是“圣人”与“凡人”的关系，其种种仪轨不能不向凡俗世界浸染，以至像少林寺这样具有海内领风气之先的武学渊薮，就是佛教与武林的一个融合荟萃之地，在文学世界的表现中更是难分彼此。对“为师者”的崇敬、为师者渴盼贤徒传其衣钵，武林中的理想师徒关系又往往免不了被染上一些宗教色彩。前辈学者指出：

> 在民间叙事文学中，人们不仅将这些神奇法术赋予那些仙人、道士，让他们创造出令人惊叹的种种奇迹来，还将“拜师学法”、“修炼得道”提炼成为流行的情节单元，广泛穿插于历史人物传说和传奇幻想故事中。我们在前面所讲的“学法造反”型故事就是一例。它向帝王将相和农民起义首领传说的渗透尤其值得我们注意。①

试想，如果没有师求贤徒，那么许多饱浸宗教色彩的情节关目，就难于展开。

对于传续武术过程中反映出的国民劣根性的批判，有研究者从中日对比角度作出了非常有意义的探讨。如龚鹏程先生以日本家族企业“合气道”为例，指出其一代始祖植芝盛平，二代道主植吉祥丸，目前是三代道主植芝守央：“在中国，若是家传武术，必然做不成企业。因父子相传，便只能是比植芝盛

---

① 刘守华：《道教与中国民间文学》，上海文艺出版社2008年版，第282页。

平更狭隘的秘传，例如我们都知道的那些传子不传女、传媳不传女，或掌门人单传的绝招、镇山秘技，以及教徒时要留一手等陋习。为何如此？非中国人特别狭隘不愿传授。而是门徒承教者并没有家族式忠诚，只有学会了本事后，自己去开店当老板的心情与愿望，以致教的人为了怕你学全了本领，反而去另行开铺子竞争抢生意，均想留一手。反观合气道便不然，道主是父子相传，门下士则如幕府时期的家臣，分赴各地广社道场分支，而皆仍奉道主为其领袖，此等关系与气氛，在中国人社会中要保持便难。"① 而如果我们注意到"师父求贤徒"文学母题，可以看出这一定程度上是向恺然先生试图超越传统劣根性的积极努力，是对于武术传续保守性的反拨，也是值得予以进一步探讨。

其六，当然是向恺然对于师徒关系体会的丰富感受和极端重视。据他自述：

> 吾年十七渡日本，与吾师王志群先生居密迩，湘人汤松、何陶等，慕吾师拳技，约壮健而热心研练者七八辈，赁屋于室外大久保，每于星期三六与星期日，抨击其中。吾师苦道远，车行岑寂，每强吾与偕，其时吾不喜技，且体魄荏弱，殊无研习之意，然目染既久，依样葫芦，亦能摹仿其手足之来去。吾师欣然曰："若辈意志虽强，而体魄苦限于天赋，皆不及汝敏捷也，曷从事焉！"
>
> 少年喜誉，闻师言，意稍动，课馀辄于室后小院中，

① 龚鹏程：《武艺丛谈》，山东画报出版社 2009 年版，第 179 页。

腾击少许时。一月后，渐生研习之兴味。遂于早夜专习之。又三月，兴味更浓，行旅坐卧，皆不忘研练矣。而汤松、何陶辈，早已辍练。师乃得以技一意授吾。[①]

如此师徒遇合的亲身经历，加上留学日本的学习以及对留学生涯的深入思考，使得向恺然不仅是一个深通武术的习武者，而且是一个主张正确实行武术教育的教育家，他对于师徒关系十分在意也是情理中事。

季羡林先生“积八十年之经验”，深切体会到一个人成功的条件：

我认为，一个人生在世间，如果想有所成就，必须具备三个条件：才能、勤奋、机遇。行行皆然，概莫能外。……如果我一生还能算得上有些微成就的话，主要靠机遇。机遇的内涵是十分复杂的，我只谈其中恩师一项。韩愈说：“古之学者必有师。师者所以传道、授业、解惑也。”根据老师这三项任务，老师对学生都是有恩的。然而，在我所知道的世界语言中，只有汉文把“恩”与“师”紧密地嵌在一起，成为一个不可分割的名词。这只能解释为中国人最懂得报师恩，为其他民族所望尘莫及的。[②]

---

① 向恺然：《拳术传薪录》，《国技大观·专著类》，民国十二年九月国技学会初版。

② 季羡林：《站在胡适之先生墓前》，《季羡林先生谈中国人》，中国工人出版社2009年版，第242页。

"师父求贤徒"母题的影响非常深远。其体现的多重文化内蕴，为后来的武侠小说家所关注。

如还珠楼主《云海争奇记》（1938 年）第十八回《啸侣命俦，众佳侠山中赴会；奇能绝技，诸异丐台上施威》写江南"名头高大"的侠丐邢飞鼠原名邢福，本嘉兴一富裕的农家子，自幼爱武，最喜周济乞丐。十四岁时忽得奇疾，不食不饮，忽一老年化子登门自荐救活，条件是"须随我云游，当上十年乞丐才可减消前孽"。邢家无奈答应了，果然很快救转，化子钱财衣物一概不取，只说隔三个月再来领他走。三月之期到了，父母又求老丐休将儿子带远，老丐承诺平日只在西湖为丐，每年三月必在当地父子常得相见："由此邢福随师隐迹风尘，学了一身惊人本领。与父母家人也常时相见。因他轻功特好，都称他为邢飞鼠。等十年为丐期满，奉师命回家终养，家中生活反倒不惯。……"① 传统社会医疗条件下夭折的少年很多，富家尤其担心孩子养不大，民间往往将孩子取贱名，以期避开鬼神注意，使孩子成长过程中免受伤害。而邢福为老丐上门招走学艺成材的故事，暗示出好施必有天佑；童年混迹于乞丐也不是什么令人羞辱之事，或许因祸得福；乞丐群中多异人切不可小看，等等。同时在故事文本中，富家子为丐的"身份"变化，也由此得到了有说服力的、能够正面阐扬的解说。

据顾臻兄考证，还珠楼主李寿民笃于师生情谊，他有位尊师张瑞玑，而年轻的还珠楼主有多个笔名与老师的自号有关联：

---

① 周清霖、李观鼎编校：《还珠楼主小说全集》总第二十六卷，山西人民出版社、北岳文艺出版社 1998 年版，第 888－889 页。

“如此，则还珠楼主以‘老患’为笔名，岂非有怀念老师之意?”为其师的文采风流和书生意气所感①。而从作品来看，还珠踵步平江不肖生，也没有忽视对师徒关系的留意。

老舍《断魂枪》（1935年）也被许多评论者感到“深难测底”，写出了武艺非凡的国术大师：“在经历了声名赫赫的前半生之后，默默地，同时也是毅然决然地，让自我以及一身绝技淡出人世、淡出历史的故事。”② 沙子龙这种态度，除了现代火器时代的冲击，其中也少不了他顽固的“保守”正是离不开弟子之辈不可人意的种种隐忧。如果不是沙子龙那年轻的大伙计王三胜拉场子“以武会友”，以“神枪沙子龙是我师父”向众人吹嘘，就不会引出有真功夫的孙老者，而老者在比武中小试锋芒便轻取了、教训了王三胜。即便名师再谦逊退隐，深夜中不屈地与时代及年岁抗争，勤奋地演练，仍是悲剧性地，回不到昔日的辉煌，免不了像王三胜这样的后辈打着“徒弟”旗号招摇。镖局改成客栈，经济上说是“走镖没有饭吃”所致，价值追求消亡中也有一层对晚辈的失望与无奈。徒弟自有徒弟的世界和未来，徒弟有徒弟行事的道理。即使教会了王三胜这样的徒弟，又能怎么样？以神枪打败了上门讨教的孙老者并让徒弟们瞧得起，又能怎样？将“五虎断魂枪”传授给了身怀绝技的孙老者，又能怎么样？此时的

---

①　顾臻：《青年还珠楼主师友志——还珠楼主事迹新考之四》，张元卿、顾臻编《品报学丛》第一辑，天津古籍出版社2014年版，第118－122页。

②　关继新：《满族小说与中华文化》，社会科学文献出版社2014年版，第143页。

沙子龙已消泯了年轻时的好胜心与虚荣心，他不再看重徒弟和乡里小辈的廉价奉承，多重“价值失落”带给他的生存压力已使他不再寄望于授徒授技了。

以嘲讽揭露武林社会黑幕著称的白羽，在“师父求贤徒”母题书写中，有着更为深刻的反向思维。小说写江湖朋友们欢聚，当霹雳手童冠英说要访少年英雄时，“广收桃李、大招门徒”的老英雄“九头狮子”殷怀亮，自夸前后收了二百三十四个弟子，他倡扬不应秘惜绝技，要“抱着发扬武术的意愿”，武术传世。而大侠铁莲子却笑道：“我不是藏私不肯授徒，我是没那个耐性。再说我眼看我们二师伯受了徒弟的害，我实在存了戒心。……不收徒自有不收徒的好处。”他讲述了二师伯惜爱贤徒的“职业病”导致的凄惨结局，可谓触目惊心：

> 我二师伯邵星垣为人谦退，武功虽窥堂奥，绝不以技功骄人自炫。若论起他老人家的武功，经过二十年的精修苦练，他那五行拳蜚声南北，……可是我二师伯自己虽然谦和，他收的门徒稍嫌太滥。就有的徒弟列入门墙，艺未精纯，偏好标榜，到外面乱说起来。我二师伯既然精研五行拳，对门徒们说话，自然要讲究到本派的奥妙，又免不得拿来和别家拳术比较。这本是门内师徒授受之言。内中就有的徒弟们，把这些话在外面抖露出来；说是什么五行拳乃是武林绝技，练好了能够怎样怎样。又说到这小天星的掌力打上人，却能制人死命；就是不死，也必受了内伤，成了废人。别派的功夫，某一派偏于刚了，某一派偏于柔了，唯有五行拳有刚有柔了。这也不过是些私话，就有两

三个徒弟，在外卖狂。……①

这就揭示出师徒关系作为特殊的社会关系的复杂性，“师门内”特定语境中的真诚传授，可能带来涉世未深、或性情骄狂、愚痴的弟子挟秘外泄，所谓“贤徒”实际上并非只是体现在一个武功精粗高下方面。弟子胡吹，惹出一位少林派能手不忿，慕名来访：“这来人也不过三十多岁，说话斯斯文文的，一口一个‘老前辈’、一口一个‘晚生’的称呼着；说是粗习拳技，未得深究，久闻五行神拳威名，特来请教一两处手法。”忠厚待人的二师伯自然要出乎前辈本能地以诚相待，“岂料来人竟挟诈而来”！面对千里访求的“后学”，竭力推辞不过：

误认此人当真的热心好学；然后情不可却，方才站起来。可是，神气上还是疑疑思思的，对那人说：彼此无仇无怨，不过是互相观摩；过起招来，点到为止，谁也不要动真力，免得误伤了。那来人满面笑容，连声诺诺。……我师伯若果存心与此人较量，只将这掌力一撤，来人必定当场负伤。讵料来人没容到师伯撤掌，……突然也凹腹吸胸，离开掌心。却猝然把他的双掌圈回，一个“撞掌”，照师伯两肋猛然一撮……这本是演样，他何尝提防到暗算？把个前胸两肋都卖给人家了。当下我师伯“吭”的一声，立刻倒坐在地上。

① 宫白羽：《十二金钱镖》第三十章《知己谈心衔杯论盗，缓急呼救策马访贤》，岳麓书社2014年版，第558－560页。

那人得计后狂笑，放了两句冷话，扬长而去。师伯则忍不住吐血，连起都起不来了。后来才知这是第十七个门徒在京过于招摇、又对人爽约并暗算而惹的祸。二师伯负伤后非常寒心，“嘱咐我们记着，千万不要胡乱收徒”，不久连愧带恨而死。

并非临时请教来的，可能有假，那郑重登门投师的又如何呢？

白羽还写铁莲子柳兆鸿留下了这一心理创伤，当年他为女择婿，被仇人谈九峰秘遣弟子呼延生，诈入柳门，要乘机暗算。呼延生好学，颇得柳老欢心，凶险中幸亏呼延生暗恋柳叶青，柳家父女才幸免暗算。但险些将他招赘为婿，却让“柳老所受打击很大”，真是“谈虎色变”。为此他也就担心朋友骆祥麟的类似遭遇。骆老新招弟子中，居然就有个做了大案的剧贼（擎天玉虎贺锦涛假扮），身怀精深武学却混在门下凡庸中装傻，据梁公转述：

> 当时被骆老看出疑窦之后，也不点破他。他明明有很好的武艺，却假装初学，可是一伸手，一立足，处处露出破绽。是真不能假，是假不能真，至少这祝绍熊也有七、八年的功夫；他不该自说是初入门径，引起了人们的疑心。骆老教别人，他要偷看；骆老教他，他每每的提出拳学上许多精微疑难的窍要，请骆老给他解说。有时候他问的拳经疑义，连骆老也答不出。……①

① 宫白羽：《毒砂掌》第七章《奔波儿女情》，北岳文艺出版社 1992 年版，第 135－139 页。

由此这假扮者也渐渐含怒生怨，竟私下从别的弟子口中套出底细，衔恨不辞而别，潜入骆老的家乡，他老人家的一本拳剑谱和一些外科秘药，全部被盗。此事弹指神通华凤楼也深有感慨：“收徒可不是小事，一点也大意不得。当初骆老只要小心一点，也不至于受这祝某的害。……”白羽从更深切的江湖体验，透视出别光顾着“求贤徒”的渴求，而放松“免收恶徒”的警惕：为师者及其身家性命需要自我保护，可能不求哺育良徒之功，但求别遭恶徒伤害之祸。这是多么严峻的现实问题！

金庸《倚天屠龙记》第三十一回也仿此写陈友谅执意要给宋青书“五毒失心散”，让他带上武当山去，暗中下到张真人和武当诸侠饮食之中，也是试图利用师徒的情谊。以便让丧心病狂的宋青书暗算张三丰。

江湖中人岂能将鱼龙混杂的江湖理想化？为师者的职业道德风范核心中的敬业、真诚与善良，真的就能得到应有的回报？白羽笔下二师伯的故事是含泪带血的儆世图景，透视出江湖世界中门派之争、意气之争的险恶黑暗的一面，尤其是在武侠前贤后辈聚会的语境中披露，特别具有前人未能揭示的教谕意义。

在武师来说，上述故事的警示意旨也是非常重要的。一是，应进一步严谨，非到不得已，避免犯贱，犯了“职业病”，由于老牛舐犊般地爱徒心切、择徒不严；二是，避免授艺过程中为了把话说得透彻，过于直率，有意无意地进行比较，臧否其他门派，“郢书燕说”地被初学者误会成不尊重他人，有意无意地传播，导致“武人相轻”纠葛；三是要注意授徒的阶段性，在了解徒弟之后再倾心相待，有必要时还需要加上一个

“中期淘汰”制，不能“一进师门定终身”，而应像祖师赶走孙行者那样，发现问题就断然处理；四是接触不知底细的号称“慕名请教”者，务必小心，不能敞开门户贴身交手。

在徒弟来说，要恪守谦虚、低调的原则，万不可在外面招摇吹嘘，忌讳在不知底细的人面前，在不必要的场合谈及师门情况。

而如此的江湖险恶“病毒”入侵师徒关系，给师父“授艺”的同时还要“育人”提出了挑战，构成了更高的要求。

一般认为，《穀梁传》《史记》即有的“师傅”，南宋前基本指“帝王之师”，南宋之后泛化，清代中后期称呼工商、戏剧中的授业者；而“师父”《左传》亦出现，《史记·仲尼弟子列传》有“一日为师，终身为父”，唐代后多指具有特殊技能的人，元明时期多为僧道尊称。江湖武林、武侠文学世界中的“师父”富有情感色彩，暗含崇拜意味，突出了敬师如敬父的情感[①]，尤其是师道尊严，因而多为清末到民国的武侠小说所取，金庸小说也延续下来。

在现代武侠小说的开创期，平江不肖生多层次、多侧面地进行了“师父求贤徒”母题的书写，有助于推动武侠小说的文类得以确立，众多相关的思想意蕴、审美模式得以丰富。而此后的宫白羽，则借助这一书写角度深化了武侠江湖的复杂性描写，也为国民性、武侠亚文化反思，为武术传统的扬弃批判，作出了不可磨灭的贡献。

---

① 参见徐梓《“师傅”与“师父”》，《中国教师》2007 年第 21 期；王瑜婷《“师父”与“师傅”的辨析》，《文教资料》2012 年 9 月号下旬刊。

第十二章　打出山门：民国武侠艺成出师与复归自由身仪式

武侠文学中的"打出山门"母题，往往作为正面主人公进行理性选择、脱离旧有环境，走向新生活的关键性环节，是主人公个体生命历程的一个重要关口，也是一种遇难呈祥的"成年仪式"。其小说中的描写一般可以划分为两种：1、复仇孝子学艺有成，在离开师门（武学之门）前以打出山门检验武艺；2、赘入强盗家为婿的过路青年，在妻子（强盗的女儿）帮助下，通过与女方亲戚们的打斗，成功地逃离，夫妇双双走向属于自己理想的新生活。

一、平江不肖生的改写与"文本重建"

饯行，是古代具有一定社会关系的人，在别离之时需要进行的一种送行、道别仪式。这往往是特定小团体（或家族）的不成文的规矩，是必须遵守的一种"礼"。广义上说，礼的社会功能不能小看："礼就是共同的风俗习惯，比法律更为有力。社会无礼，不能安定。"[1] 针对家族或小团体的"礼"的仪式更

① 金克木：《文化卮言》，上海文艺出版社1996年版，第25页。

是一种不能违反的规矩，置身其中的个体，是不能轻易违背的。

武侠小说作为游离于主流文化的江湖亚文化文本叙事艺术，除了必不可免地带有主流文化的印记，也离不开江湖亚文化的顽强表现。这些表现，许多就体现在武侠人物日常生活的衣食住行细节、特别是带有模式化的行为表现上。“打出山门”，体现了武侠个体摆脱旧有小团体窠臼，跃升到广阔江湖世界的初步努力，必然遇到家族势力的顽强阻挠，“小家庭”与大家族产生矛盾，并进而演变成武力较量来决定生存权利，而“打出山门”不过是一种必须履行的仪式。

平江不肖生《江湖奇侠传》第十回写的是少妇（盗女）帮助丈夫桂武逃离家门：

> 甘联珠接说道：“你既向祖母说了，明日动身；明日把守我这重房门的，必是我嫂嫂。我嫂嫂的本领，虽也了得；我们不怕她：她曾在我跟前输过半手；便没你相帮，也不难过去！把守二重的，估料是我的生母；她老人家念母女之情，必不忍认真难为我；冲却过去，也还容易。却是你万不可动手，你只看我的举动，照样行事！三重门是我的庶母；她老人家素来不大愿意我，一条枪又神出鬼没，哥哥的本领，就是她传出来的；我父亲有时尚且怕她。喜得她近来在右膀膊上，害了一个酒杯大的疮；疼痛得厉害，拈枪有些不便当；我二人拚命的招架，一两下是招架得了的；久了她手痛，便不妨事了。”“最可怕就是把守头门的祖母；她老人家那条拐杖，想起来都寒心！能冲得过去，是我二人的福气；不然，也只得认命，没有旁的法设。你

今夜早些安歇，养足精力；默祷九泉下的父母保佑，桂氏一脉的存亡，就在此一举。”

身处娘家的甘联珠踌躇的是，即使能一时勉强将桂武留住，他是一个公子哥儿出身，不知道厉害；他心里又恨的是强盗，而万一自己的父兄有了旁的念头，更是危险到没有方法解免！此时光明正大的，作辞出去，危险自是危险，然尚可望侥幸脱身。这也是宗法制社会形态下古人常说的“女心外向”：“大凡女子一嫁了丈夫，一颗心就只顾婆家，不顾娘家了！”[①] 而说到底，按规矩履行仪式，也是给娘家人一个不可少的“面子”。

本来，桂武父母双亡，无牵无挂，非常适合加入岳父家的强盗团伙，但他坚持正统价值观，知道了岳父家的身份后，不肯就此流为盗贼；而女性“出嫁从夫”的宗族制度，又使得盗女甘联珠必须用以丈夫为中心的价值观考虑问题，于是帮助丈夫打出（逃离）家门就成了“为人妻”的她必须履行的使命。为人妻的角色要求，对于这位出嫁女，胜于或取代了先前“为人子”的伦理规约。以下，小说写出了“强盗女婿”不肯入伙，不得不离开岳父家而远去的某些必然性，那就是基于不同群体的社会伦理观念下，个人生存发展的长远需要：

凡是绿林强盗的防御工程，一些儿也没有设备。他们的防御，就全在秘密，丝毫不能露出形迹，给外人知道。若外面一有了风声，他们便没命了。所以甘瘤子一家人，

① 平江不肖生：《江湖奇侠传》第十回《木枪头亲娘饯别，铁拐杖娭毑无情》，岳麓书社 2009 年版，第 70－71 页。

全是一个统系的。甘瘤子招桂武做赘婿，因见桂武年纪轻，父母都死了，没有挂碍，本领虽不见得十分高强，然年轻人，精研容易，原打算赘做女婿后，渐渐探问桂武的口气，若肯上自己这一条门路，就告知自己的行为给他听，再传给他些本领，好替甘家做个贴己的帮手。当时以为桂武年轻没把握，又为怜爱着娇妻，断没有不肯上自己这条门路之理。谁知几次用言语探问，桂武不知就里，总是说到强盗便表示恨入骨髓的样子。后来桂武渐渐看出了些甘家父子的举动，虽不大当着人表示恨强盗了，然而表同情的意思，却始终不曾露过一言半句。

甘家父子料知是不能用做自己帮手，绝口不再来探问了。甘联珠见丈夫立志不做强盗，他（她）也是一个有志趣的女子，怎么肯劝丈夫失节呢？丈夫既是不做强盗，独脚强盗家里势不能容非同道的人，久住在家里碍眼。桂武若只知道迷恋女色，贪图温饱；甘联珠知道就在甘家住一辈子，自己父兄也不会有旁的念头。无奈桂武硬说出心中害怕，决计要离开这里的话来，所以甘联珠不由得踌躇了好一会，才主张等父兄出了门，即去向祖母作辞。[①]

显然，如同有的研究者指出的，这段情节的文本渊源，较为直接地来自清代乾隆时期沈起凤《谐铎》卷五《恶饯》，其描写女儿女婿联手，打出强盗娘家的山门。而其实，咸丰年间面世的采衡子《虫鸣漫录》卷一也同样叙述了类似的母题。说

① 平江不肖生：《江湖奇侠传》第十回《木枪头亲娘饯别，铁拐杖娭毑无情》，岳麓书社2009年版，第74－75页。

某书生欲复仇入少林寺学拳，艺成出门的寺规，则必须要从大门打出："大门有四僧守之，须斗胜方出。二门则四马猿，持兵，亦能斗。二门内有巷，列木人十八，地设伏机。步入其中，机发而木人持械乱击。"他屡为马猴所败，回来后遇一女，自称是僧的甥女，彼此爱悦，私订嫁娶。女就教其用月牙铲系灰袋来迷猴目，大门有母舅可通融，如言乃出，复仇之后娶得女归。然而，平江不肖生并非全然因袭模仿，而是借助故事情节，深入探讨分析江湖世界的险恶，与作为追求个体幸福的青年男女心理流程的形成原因，于是更加近乎情理且引人入胜。他舍弃了木人机关的详尽叙述。

首先，确立小夫妻的亲情关系，是逃脱女方家族迫害的关键。过路男子误入盗窟，关键在于运用"夫为妻天"的伦理规则缔结女族中的异己者，母题特别注重两个不同出身的男女短期内如何"二人同心"的叙述。《江湖奇侠传》第五十回还再次写出了"女助男"是当事人成功逃出虎口的关键。杨继新进入"怪家庭"与新娘成婚后，两夜也接近不了这个"玉天仙"，后来还是大姨姐面授机宜："你等他今夜进房之后，冷不防将他头上的帽子抢下来掼到窗外去，再上前搂抱他（她）。他便不能走了。你和他成了夫妇以后，他自然会救你。不过你那时不可忘记了我。"① 成功之后，已为"新妇"的新娘，立场就完全站在了外来婿杨继新的一边，她成为杨家的媳妇，于是切实开始谋划如何伉俪双双脱身。原来新娘和那老头，并无父女关系，她们姐妹都是三、四岁时被这"无恶不作的恶人"刘鸿采

---

① 平江不肖生：《江湖奇侠传》第五十回《做新郎洞房受孤寂，抢软帽鱼水得和谐》，岳麓书社 2009 年版，第 400－401 页。

分别拐来的，刘被师傅驱逐后，赌气从红云老祖练了最恶毒的“百魂幡”法术，谋取一百个读书人的灵魂就可练成。几年来，用这美人计已害死了八九十个了。成为真正意义上的新娘就用红绸捆缚了一只大雄鸡，绑在竹竿上。嘱咐杨继新将这竹竿挑在肩上，向西方快跑，听到声音切忌不可反顾。约摸跑了三十里外，他听到竹竿喳喇响了一声，于是这替代物大公鸡被飞剑所杀，自身就安然躲过了这一劫[①]。

而这一叙事主体部分则脱胎于《谐铎·奇婚》。该篇写浙江武康人文登出游凤阳，遇道者指引，说求之东南十五里外可得佳妇，但他虽入了洞房却靠近不了那女子，还是妻妹颖姑动了悯惜之心，透露出他“死期已逼”的真相，并在其叩首乞援下，告知：“姊所以登床即遁者，固褥底压六甲符一通，上缠灯绿丝三十六缕。汝搜括而弃之，彼必不能脱身。苟得成其夫妇，而后以情义哀之，自能免汝于难。”生受教而行，与女欢会已成，女果然同意一起逃走，并以雄鸡挂在杖头，用来做飞符遁甲之术追杀的替代品，随后赶来的颖姑，也嫁给了文登，姊妹共同摆脱了杀人劫财为业的父母。而先前所遇道者，原来就是女父之师[②]。平江不肖生的改编本大体关目未变，而极为成功地运用了外来“九九缺一”母题[③]，强调了作恶必有极限，

① 平江不肖生：《江湖奇侠传》第五十一回《出虎穴仗雄鸡脱险，附骥尾乘大鸟凌空》，岳麓书社2009年版，第404－405页。

② 沈起凤：《谐铎》卷五《奇婚》，人民文学出版社1985年版，第65－68页。

③ 王立：《“九九缺一”：一个母题的佛经、南亚文化渊源及跨文化流变》，刘耘华主编《孙景尧先生周年祭纪念文集》，上海文艺出版社2014年版。

接近恶贯满盈必遭惩罚的规则，比原作被诱杀者“不知几千百儿郎矣”的夸大，契合实际，更为可信。

不肖生笔下母题这一变奏，突出了男女情爱在人物价值系统中的分量及其女性“从一而终”这传统理念的约束力，这促使他（她）们更为自觉地将灵与肉真正合为一体，摆脱彼此所面临的险境，开始新的属于自己小家庭的生活。而不肖生的故事书写让潜在的社会习俗更加凸显。

其次，作为对武林习俗系统的整体了解，豪侠习武的平江不肖生并没有使上述描写孤立存在，在他作品的别处也体现出对于该母题的偏爱。《近代侠义英雄传》第四十九回写秦鹤岐转述《秦氏族谱》上记载的前辈事迹：说九世祖海川公学武艺，十八岁便出门寻师访友，辗转入河南少林寺，及至到了少林寺一探问，谁知与往日听得人所谈论的，绝不相符：

> 一般人说，河南少林寺里面，有种种练习拳棍的器具，并有一条长巷，长巷两旁安设了无数的机器木人，地下竖着梅花桩。凡在少林寺学习武艺的，几年之后，自信武艺可以脱师了，就得脚踏梅花桩，双手攀动木人的机器，那木人便拳打脚踢的向这人打来，这人一路打出那条长巷，武艺就算练成功了。若武艺略差一点儿，万分招架不了，只要身上着了一下，立时跌倒梅花桩，寺里的师傅，即不许这徒弟下山，须再用若干时候的苦功，总以能打出长巷为脱师的试验。
>
> 海川公以为寺中既有这种设备，所传授武艺之高妙，是不待说的了。到少林寺之后，才知道外边所谈的，完全

是谣言，不但没有那种种的设备，少林寺的和尚，并没一个练习拳棍。①

其三，早在20世纪40年代，徐文滢先生就指出平江不肖生小说的民俗文化来源，其中首要提及的就是“打出山门”叙事的两次出现及其来源：“《江湖奇侠传》中除了飞剑道术外，据说大部分故事有着它们的来源。如清人笔记及民间的传说（杨继新及桂武二故事均采自沈起凤《谐铎》），其间浏阳平江的械斗，以及张汶祥刺马、向乐山报仇等故事，至今还有七八十岁以上的老人们津津乐道。”② 这说明，前辈已经认识到，虽然是袭用而小做改动，但沟通了故事当下描述与喜闻乐见的传统，也应被认定是可取的。

最后，故事艺术化地展现了母题构成中次要人物的心理变化。特别是“生母”与其他女性的不同心态，使江湖世界中复杂的人际关系里闪现着不同层面的人性美，第十回描写：

桂武留神看门外，只见甘胜的妻子，青巾裹头，短衣窄袖，两手举一对八棱铜锤，堵门立着。满面的杀气，使人瞧着害怕，……甘联珠并不生气，双手抱刀，拱手答道：“求嫂嫂恕妹子年轻无状，放一条生路，妹子报德有日。”甘胜的妻子那里肯听，便厉声喝道：“有了你，便没有我，

---

① 平江不肖生：《近代侠义英雄传》第四十九回《杀强盗掌心留纪念，成绝艺肺部显伤痕》，岳麓书社1984年版，第478－479页。

② 徐文滢：《民国以来的章回小说》，《万象》第1卷第6期，1941年12月1日出版。

> 毋庸饶舌，快来领死。”甘联珠仍不生气，说道：“人生何地不相逢？望嫂嫂恕妹子出于无奈。”桂武在旁，只气得紧握着那条铁棍，恨不得一下将甘胜的妻子打死。……回头看甘胜的妻子，已香汗淋漓的走了。
>
> 二人走到二重门，果是甘联珠的生母挺枪当门而立，面上也带怒容。甘联珠离开一丈远近，就双膝跪在地下，叩头哀求道：“母亲就不可怜你女儿的终身吗？”他母亲怒道：“你就不念你母亲养育之恩吗？”桂武见甘联珠跪下，也跪在后面。甘联珠跪着不起，他母亲撒手一枪，朝甘联珠前胸刺来。只听得丁当丁当一阵响，甘联珠随手将枪头一接，原来是一条银漆的木枪头，枪头上悬着一串金钱珠宝，被甘联珠一手将枪头折断，那串金钱珠宝，跟着到了手中。他母亲闪开一条去路，二人皆从断枪底下，蹿了出来。……①

不同角色的价值取向，决定了危急时刻的态度。甘联珠的嫂子是“满面的杀气”且口出恶言。生母明里质问“不念你母亲养育之恩吗?”暗里却将木枪头“悬着一串金钱珠宝”刺来。生母的恋恋不舍与嫂子的嫉恨恶毒，相映成趣，其实她们都不会不明白小夫妻如此行事对一生幸福、平安的重要。弗兰克尔的论述，或许更能解释这些女性的真实心态：“一种积极的生活将赋予人们在创造性的工作中实现价值的机会，而一种消极的享乐生活将给他带来在体验美、艺术或自然等方面的满

① 平江不肖生：《江湖奇侠传》第十回《木枪头亲娘饯别，铁拐杖嫉驰无情》，岳麓书社2009年版，第72－73页。

足。……但是，具有意义的不只是创造和享受。如果生活中确实存在着意义，那么，这一意义也必然存在于痛苦之中。痛苦是生活中不可或缺的组成部分，甚至就像生和死一样。没有痛苦和死亡，人的生命就是不完整的。……在任何地方人们都面对着命运，面对着通过痛苦获得一些东西的机会。”① 甘联珠之生母正是承受着失去女儿的欢乐与苦痛，虽苦中有甘甜和希望，她明白甘家男主人不会再给小夫妻提供生活资料，所以面冷心热，借拦截送金银，而她的嫂子则在此吐露了嫉妒煎熬的苦痛。

二、顾明道《荒江女侠》与还珠楼主《兵书峡》的扩展

冲破木人机关，打出山门，当是母题的升级版。精心构设的木人机关，作为拦截习武初学者的关卡，最大特点是体现了公平、公正，不徇私情。不足之点是容易形成套路，给闯关者留下击破的薄弱环节而无法临时变通。

顾明道（1897—1944）发表于1929年的《荒江女侠》中，也写到了“打出山门”的惊险，成为男女武侠英雄的“成人礼”。不过，机关木人在这里起到的并非全是阻拦作用，考验的机能，而更有着通风报信的职能。说著名女侠方玉琴，借助于“偷窥”，幸运地了解到了机关设置，与剑秋一起遂照着那贼秃的做法，石佛的大腹又洞然开辟。二人大喜，一齐伛偻着身子，钻将进去。……剑秋大着胆，将惊鲵宝剑向门上一点，那门便“呀”的开了。即有两个巨人跳跃而出，身穿全副盔

① ［奥］维克多·E·弗兰克尔：《追寻生命的意义》，何忠强、杨凤池译，新华出版社2003年版，第69－70页。

甲，手中各执着一柄大砍刀，照准二人头上砍下。琴、剑二人不慌不忙，举剑相迎，斗了一二合，早将二巨人砍倒。定睛一看，原来都是木偶。玉琴微微笑道："这也是机关，倒被这怪东西吓了一跳。"二人方欲走入小门内，不料木偶一倒之后，牵连在木人身上的警铃"当琅琅"大发响声，响个不住。剑秋知道这一响坏了事，内里必有防备①。本来，男女主人公计划好的双双偷偷溜走，由于机关木人的预先设置，双侠的行动性质，不得不变更为强攻硬闯。这一机关也是木人制作，使用的砍刀，更为凶险。这类机关如此功能，提示了预先了解其设置内情的重要性的认识。

赵焕亭《奇侠精忠传》第十三回《化鲤门豪饯辞师》写，白莲教女头领田红英，在茹家学艺出师时，按照规矩，要从内院一直打出大门，方才算作艺成出师。研究者正确指出："这一段情节是模仿清人沈起凤的笔记小说《谐铎》中的《恶饯》篇，但经过赵氏改造后，把'恶饯'变成了'欢饯'，不重在写武艺本身，而重在以诙谐的笔调渲染气氛，大约是作者不懂武术而采取的一种扬长避短投机取巧的方法。"②

而文公直在30年代初期，难得地关注过"铁人"机械装置的设计制造者，以及这类之作的传统与乱世中庄寨自保建造的关系。说铁匠、猎户出身的欧阳老师：

---

① 顾明道：《荒江女侠》第三十回《铁弹三飞教师丧胆，渔歌一曲侠女动心》，农村读物出版社1988年版，第390－391页。

② 陈颖：《中国英雄侠义小说通史》，江苏教育出版社1998年版，第191页。

曾经造过一个铁人，能拿刀追人砍杀，也曾设陷圈过最狡猾的白狐。两河几千里，都知他的厉害，是著名的巧手神匠。……代盖这庄子，从外面水里直到里面，安着许多消息子，埋伏许多毒阱，还有迷林。任你如何走也转不出去。据说就是从前祝家庄的遗法，变通着造的。设下陷坑窖井，比祝家庄还厉害。……①

小说揭示了铁匠、猎户等乡村能工巧匠在生产活动中积累的智慧，运用到以防守为主的“坞堡”建筑中，如王家的“小天堂”，外边人称为“陷人坑”，主要防备的是外人强行进入，类似古时的守城设置。可惜的是，小说书写展示的基本上为封闭性的小农自保的智慧，对外来的科技及其想像未能吸收，也未能应有地予以展开。

机关木人的升级版必然要趋向金属材料，这就是机关铜人。还珠楼主《兵书峡》第七回中的秘甬描写，则将“木人”置换成了“铜人”，更加坚固牢靠，不仅建造的材质大为改进，而且阵势强大了许多。同时，他还更加注意表现当事人闯关成功的必要条件，即熟悉内情者提供机关基本情况的必要。是顾全大局的黄生，忍住对方的讥刺，告知黑摩勒师徒：“实不相瞒，那十三层埋伏，前十层乃是大小三十六铜人各用兵器手足来攻。我知黑兄受过高明传授，新近黄山归来，功力大进。……黑兄学过萧隐君的乾坤八掌，当知北天山狄家七禽掌法之妙，前十

① 文公直：《女侠秦良玉演义》第十七回《鞠贼供鞠得魔窟情，同抱仇同怜弱女遇》，山东文艺出版社 1985 年版（据 1934 年上海环球公司版重新校点），第 173 页。

层埋伏，只要入门上路，必能应付过去。由十一层起，一层难似一层。尤其末了一层乃放令符的所在，必须内外功均有根底，轻功固要极好，硬功如差，仍不免于吃亏。可惜你那分金断铁的一口宝剑又不在手里，到时还望小心才好。”“那十三层埋伏，本是外六内七，今已改为前十后三，当初原为门人练功之用。只你有本事，一切随意。前半虽然可以不用兵器，中间和末了两处，简直非用刀剑暗器破它不可。功力稍差，便不免于手忙脚乱。来人所用如是宝刀宝剑，更加省力。不过用得要是地方，否则那些铜人，机关相连，稍一不对，上下四外的各种埋伏，不在铜人以内的，也一齐发动，任你天大本事也难防御。最紧急时，至多只有尺许空隙，除非来人精于缩骨锁身之法，还要心灵眼快，看准地方才能通行。一个不巧，那铜人即便被斩成数段，总弦未破，照样向人猛攻，不会停止。最厉害是牵一发而动全身，变化无穷，相生相应。”①

这一铜人机关的埋伏，似乎成了对于特定人物武功乃至综合素质的一次全面检验评估。而黄生作为知情人的警告式“泄机”，设置了强烈的叙事悬念，极大地强化了小说的审美张力。

小说下面描写搏击“铜人”的过程，非常有层次，也成为颇有动作性、视觉效应强烈的“看点”，是还珠楼主惯于把时间艺术的小说描述空间化的拿手本领。

首先，是武侠小英雄艺高胆大，毕竟人能智胜机械，他打乱了铜人设计的惯常套路：

---

① 周清霖、李观鼎编校：《还珠楼主小说全集》总第二十七卷，山西人民出版社、北岳人民出版社1998年版，第209－211页。

黑摩勒见那铜人形态高大凶恶，由相隔好几丈的前面转角冲来，行动之间又有极大响声。暗忖：铜人任多厉害也是死物，突然出现还难抵御，照此形势，还未近前，来人早有防备，如何伤人？黄生说得那么厉害，决不止此。黑摩勒平日虽然心高气傲，从不肯向人伏低，遇事却极谨细，不肯丝毫冒失。方疑铜人三十六个，有铜人的关口只有十道，至少也应三个一处。一听响声，便留了神，一面准备应付，一面留神查看。目光到处，瞥见上面灯光反映中，果有两处黑影，离身不过两尺，猛触灵机，想起一个主意，大喝："铁牛停步！"双足一点，便朝对面铜人纵去。

两下来势都急，差一点没有撞上。那铜人高达一丈五尺以上，六条长臂各持刀枪器械，上下乱舞而来。本是虚实相生，要到前面方始发难。偏巧来人心灵机警，胆大无比，动作神速，想到就做，不似常人看准来势专门防御，反倒迎上前去，无意之中，已将头道难关避开。一见铜人冲到面前，整个甬道均在刀枪刺击之下，百忙中看出所用兵器也是极好家数，更不怠慢，竟乘对方直冲乱舞、一枪刺到之际，冒着奇险，双手接住枪尖，两膀用力一按，就着铜人枪尖往上一挑之势，凌空飞起，竟到了铜人身上。跟着一路攀援翻滚，手脚并用，由刀枪丛中避开来势，踏着铜人肩膀朝上翻起，到了肩头，双脚微蹬，便由铜人身后纵落。那铜人越往前冲得越快，下身虽然不动，上面六手却是越舞越急，刀砍枪刺，棍鞭乱舞，通身上下寒光闪闪，看去十分惊人。就这转眼之间，已冲出两三丈，人也几乎被它带回原处。刚一落地，猛听身后跄琅乱响，金铁交鸣。忽又一声大震，仿佛好几个重铁东西撞在一起，馀音嗡嗡，半晌不绝，忙即回顾，不禁吓了一跳。

原来方才立处上面黑影，竟是四个铜人，但均双手各持器械，当第一铜人冲到时，突然出现，上下夹攻，来势又猛又急。同时，另一铜人又由铁牛身前地底涌起，伸出两只大手猛扑上去。第一铜人腹中的机簧，到此也恰走完，六条臂膀一齐下垂，吃前面铜人双手一抱，合在一起，沉入地底。跟着一串隆隆之声，上四铜人也自撤回，隐人暗影之中，地面立复原状。①

铜人的好处，从审美上来说是增添了悦耳的撞击声。但作者忽略了铜人所以依赖的动能来源及功效，如此沉重的金属机关，推动它们又该需要多大的能量？岂能仅仅依靠“发条”？即使自重也会降低这些机关的初速度、爆发力，这里的描写带有过多的夸张与科幻成分。

其次，在如此陌生的环境下，面对自己并不熟悉的若干铜人对手，武侠少年黑摩勒是在仿佛“无序”的现象之中，迅即地发现其“有序”的。似乎，当初铜人机关的设计，更多地考虑了对付一般的对手，并没有充分地考虑如何设置对付黑摩勒这样的高手，固有的“程序”怎能应对随机应变的超凡少年？蕴含了“变”与“不变”、“一”与“不一”辩证性的深刻哲理：

---

① 周清霖、李观鼎编校：《还珠楼主小说全集》总二十七卷，山西人民出版社、北岳文艺出版社1998年版，第216－217页。

黑摩勒见那铜人双手上下抓到，又猛又急，来得那么准法，料知脚底到处机关，忙往旁闪，朝下一看，目光到处，瞥见地上还有许多圆钉拱起，心中一动。正要往旁纵开，忽听脑后风声，方才铜人已自撤退，另一铜人又由身后一掌打来。始而还想闪避，百忙中看出铜人可进可退，又知如往侧避，必要触动机簧，又有铜人夹攻，心想试它一下。一面看准来势，下身不动，脚跟钉在地上，上身后仰，仗着人小身轻、心灵眼快，等对面双掌相继打到，由头上伸过，手快出完，再用双手将铜人的手抓住；往上一挺，再往前一推。那个铜人本来手未出完不会停止，眼看机簧发条快要走完，另一根还未接上，往回撤退，被黑摩勒用内功真力抵住，相持了一阵，渐觉铜人力气并不比自己大，一时性起，大喝一声，把全身真力运到双手之上，往前一推，再往旁一分，当胸一脚。本想将它猛推回去，试看有无别的变化，不料用力太猛，铜人竟被这两手一脚推出好几步，玱琅连声，当时拆散，洒了一地碎铁，但是机簧未断，骨架未倒，重又朝人冲来。铜人双手已断，黑摩勒无法抵御，只得往旁一闪，脚才沾地，猛听金铁乱响，杂以强力掌风，又有三个铜人手脚并用，由身后左右夹攻而来。知道厉害，忽然急中生智，身子一纵，落向坏铜人的头上。一面留神细看，见这几个铜人身并不高，发出来的拳脚手掌，无一不是极高手法，尺寸地位恰到好处。因人已纵开，空打了一阵，发条走完便各退回。来势虽凶，当中仍有尺许空隙，只要眼快心灵，看准来势，不要发慌，

并不一定被它打中，内中巧妙又明白了几分，……①

黑摩勒的原型当为“昆仑奴”，故事为宋人曾慥《类说》收入裴铏《传奇》中，《太平广记》卷一百九十四《豪侠二》亦载，明代王世贞辑录《剑侠传》（托名段成式）亦收此篇。故事写唐大历年间，高官之子崔生，与一品权贵侍妓红绡一见钟情，崔家昆仑奴磨勒为解崔生之苦，背负其越过重垣与红绡相聚，助二人逃离结亲；事泄后一品发甲兵五十人围崔生院，使擒磨勒：“磨勒遂持匕首，飞出高垣，瞥若翅翕，疾同鹰隼。攒矢如雨，莫能中之。顷刻之间，不知所向。”十余年后有人见磨勒在洛阳卖药，容颜如旧。而还珠写的这个黑摩勒，瘦而黑，更像是常在野外活动的侠，且力大身轻，武功高强，智勇双全，胜多败少，是还珠楼主非常偏爱的一个武侠人物类型，在他的不少小说中也都出现过。

据周清霖先生的《还珠楼主年表》，《兵书峡》为还珠晚期作品，1949 年至 1950 年出版于上海正气书局，未完成。但还珠对于铜人—机器人母题的新创，成绩突出，不愧是后出转精。

此外，打出山门，主打者竟然出现了女流之辈，这就更扣人心弦，更有看点。《蜀山剑侠传》第二〇九回《灵境锁烟鬟，绝世仙娃参佛女；厉声腾魅影，穷凶鬼祖遇神鸠》写，盗吃仙果“佛棕”功力大增的谢璎、谢琳二女，就遇阻于师父先前预设的横木难关：

---

① 周清霖、李观鼎编校：《还珠楼主小说全集》总二十七卷，山西人民出版社、北岳人民出版社 1998 年版，第 218－219 页。

神尼见二女情切依恋之状，似颇感动，微笑道：“痴儿，痴儿！这条门槛古往今来拦住了多少英贤豪杰，你们不到时候，跳得出么?”二女情急入内，也没细辨神尼为何把跳进说成跳出，便道：“这只是一根横木，只要师父不见怪，弟子不论上跳下穿，或是将它取下，都能过去。”神尼笑道：“休看这门里一根横木，过去却难呢。不信，你们就试试。”二女闻言，心想：“师父忒小看人。也许有什么禁法，怎看不出来？且不管它，当着师父不好跳进，且钻过去。”随同把头一低，意欲钻过，暗中又偷觑神尼双手和口角神情，看在暗中阻止没有。哪知神尼神色自如，手和口全未动，而姊妹俩身子明明钻在空处，却似有万千斤的阻力挡住，休想得进。自觉不好意思，不由犯了好胜童心，又想：“这样好好过去，大概不行。反正师父答应的，不如冷不防给它来一个硬冲。”想到这里，随驾剑气飞起，意欲由横木上飞过去。不料来软的还好，不过被潜力阻住，这一硬冲，竟被那潜力震弹出老远，因骤出不意，头都几被震晕，才知不是小可。当时又惊又愧，跑至棚前，手扶横木，望着神尼，眼泪汪汪，撒起娇来，埋怨师父不念弟子真诚，有心见拒，却不明说，只在暗中使法。①

而后面写神尼则微笑道：“这本是三教中最难过的一关，自我设此木起，便没动过它。我又何尝不愿你姊妹过来?”说

① 裴效维、李观鼎编校：《还珠楼主小说全集》总第六卷，山西人民出版社、北岳人民出版社1998年版，第2985－2986页。

时，二女泪珠点点，全都滴在横木之上，还待求说，神尼面上忽似一惊，微叹道："我本意只完前因，不再入世，只在门槛外看定你们，时至再行接引。不料世缘一起，便有许多牵累，仍是避免不得，至少又须多迟我一甲子功果。门横巨木，仍为至性至情所动，可知圣贤仙佛、英雄豪杰，都不免为这'情'字所累，情之所至，防备无用。如今门木已解，只是虚搁在两旁框子上，你二人进来吧。"

二女未见神尼有甚动作，还不甚信，只轻轻一抬，竟是随手而下。心中高兴，立即破涕为笑，抢着扑近身去，双双倒在怀里。猛想起自己并非真个年幼，这是初见面的师父，不应如此冒昧，惟恐许犯。神尼已一手一个抱紧，一边为二女拭着眼泪，叹道："乖儿，你们已历三生，怎还有如此厚的天性？致我所设大关，均为所破。我本打算见面谈上几句，传了你们退敌之法，仍即入定。既已迟劫数十年功果，索性同你们聚到明日再分手吧。"二女见师父不但没见怪，反倒搂紧抚慰，心中正在舒服，闻言忽然醒悟道："弟子等初见恩师，便似见了极亲爱的尊长一样，由不得又敬又爱，一切声音笑貌，均似极亲极熟的人，只想不起在哪里见过，恩师成道已数百年，弟于姊妹出生才只百年，听恩师这等说法，莫非弟子姊妹前三生是恩师心爱的儿女吗？"

当然，如台湾著名武侠小说评论家叶洪生先生早已体会到的，小说上述描写中的"横木情关"事实上带有一种象征性："所谓仙佛亦为这情字所累，实含有'无尽慈悲'之意。否则二女焉能'以柔克刚'而化去忍大师的'我执'！本回故事陈义甚高，殆已涉及唐代玄奘大师《成唯识论》的'我'、'法'

二执，……而还珠却能深入浅出，发挥到小说艺术极致……”①试想，如果没有应对考验的“应战”的种种故事母题如“打出山门”、击败木人等一系列铺垫，这种深入浅出，可能就未必取得应有的效果。

三、清代武侠叙事对传统工艺的重温与重铸

打出山门，其中的木人阵的设计，牵涉到古代机械工艺的问题。早在先秦时期就有“偶人”、木鸢的记载，如《韩非子·外储说左上》称墨子制作木鸢三年成，但飞一次就坏了；《礼记·檀弓》郑玄注称：“俑，偶人也，有面目机发，有似于古人。”《列子·汤问》在周穆王归途中有人献给他名叫偃师的工匠，能制作可以乱真的木制机器人，梁元帝萧绎《金楼子》卷五缩写了这一故事，说有人献给周穆王这个俳优，将木人制作得“趋走俯仰如人”，能歌善舞，甚至能对王之爱姬使眼色挑逗，王怒而欲诛，优师只好拆卸了木人，展示出内部零件，“皆附会革木所为，五脏完具”，王这才高兴起来。木人诉诸身体语言的“行为”，居然参与到了真人的情感世界里，有着外域传译来的佛经故事传播来的天才想象，对此季羡林先生《〈列子〉与佛经》一文早就有相关的探讨。

将木人与其他设备结合的，即晋人崔豹《古今注》之载：“大章车，所以识道里也，起于西京，亦曰记里车。车上为二层，皆有木人，行一里，下层击鼓；行十里，上层击钟。《尚

① 参见叶洪生：《天下第一奇书——〈蜀山剑侠传〉探秘》，学林出版社2002年版，第289页。

方故事》有作车法。”还有能够仿真的木偶人，《北史》卷八十三《文苑传》载东宫学士柳䛒字顾言，善于言辞、极为诙谐，隋炀帝即位后与他恩比友朋：“常每与嫔后对酒，时逢兴会，辄遣命之至，与同榻共席，恩比友朋。帝犹恨不能夜召，乃命匠刻木为偶人，施机关，能坐起拜伏，以像䛒。帝每月下对饮酒，辄令宫人置于座，与相酬酢，而为欢笑。”《艺文类聚》卷九十五、《白帖》等引晋人孙盛《晋阳秋》载，东晋大兴年间（318—321），衡阳欧纯“有巧思”，是个能工巧匠：

> 造朱木室，作一妇人居其中。人扣其户，妇人开户而出，当户再拜，还入户内，闭户。又作鼠市于中，四方丈馀，开四门，门有一木人。纵四五鼠于中，欲出门，木人辄以椎椎之。（原注：一作辄推木掩之。）门门如此，鼠不得出。又作指南车及木奴，令舂谷作米。中宗闻其巧，诏补尚方左校。

这种木制的机械装置，用来封闭群鼠，自然也会启发用来封闭人的功能。而有一个相对封闭的空间向外突围，似乎可以唤起人的最大的潜能，也是一种体能、反应速度等综合检验的方法。而这又与学有所成的“出山”、“下山”相符合。

运用木人来作案杀人的，在明代则多被叙事者视为妖人妖术。如王锜《寓圃杂记》卷十也有此记载，无法证明也无法否定其真实性：

> 妖人王臣，自幼为南京公侯府家人，数易主，易必易

名，惟以妖幻惑，以取人财。累为主人恶刑所加，两足皆不能良行。成化初，衒术于江阴，诸大家皆不纳，独周惟瞻稍待之。见其一箧中有二木人，长尺馀，能自相抵触，坐作进退，听其指挥。臣或手取他人之物，同弃水中，少顷，自其袖中出。凡人之物经其目者，必能暗取，否则不能。其术盖与王弼略相似，不知其杀几人也！……①

当然，也许是受到诸葛武侯“八阵图”的影响，有的将木制机关与太极阵法联系起来，如清末长篇小说《笏山记》（即《笏山王》）写雪燕向少青推荐阿容姑娘为女军师，理由是其读得懂山外异书，又尝斫木一百二十八枚，枚高二寸，广一寸三分，以意造一阵图，名“太极阵”：“每一枚当百人，以两枚为一队，合六十四队，为太极。其枚半红半黑，以法阴阳。初分两大队法两仪。忽变而为四队，而八队，而六十四队，其中有顺有逆，有正有变，忽左旋忽右旋，又名‘归藏阵’。”②

民国时的文言小说《洞灵续志》状写的“异术”，也保留了这类民俗记忆，所谓“江湖间恒以异术胜。其术类由秘传，道咸间犹未尽替”。说是这类机关木人，有时还可以从事危险性较大的探路任务。沈羹梅就叙述，先前有个武弁某，擅技勇，屡立战功，一日他单独宿某镇，在店中发现大缸下深黑无底，就守候旁边：“良久，闻缸中有声，一人跃上，亟刃之，则木

① 上海古籍出版社编：《明代笔记小说大观》，上海古籍出版社 2005 年版，第 354－355 页。

② 蔡召华：《笏山王》第二十二回《谈离合锦囊私解字，救庄乡黄石两兴师》，吉林文史出版社 1988 年版，第 110－111 页。

人也，手足机括咸备，盖以探路者。俄一女子上，其后有无数足声……"[①] 显然，用机械木人先行侦查试探，可以较大程度上减少伤亡。

清代中后期可称为是这类木制机关描写极其盛行的时代。是武侠少年个体复仇动机的执着强烈，催生了机关木人道具及其关目，进入武侠叙事，成为复仇主体的"复归自由身"必须冲过的关卡。于是，冲破束缚，重归自由身，就不仅仅是逃脱禁锢保全个体自身的问题，而有了提高复仇技能（或寻得侠侣帮手），行使复仇伦理使命、完成家族大业的更为重要的意义。而武侠叙事，也有赖此木人机关（或替代物）而表现出了个体小家庭与女方家族的关系，及其武侠青年的成长母题。

揭开这一帷幕的，当是乾隆年间沈起凤（1741—?）的《谐铎·恶饯》，小说并没有写出练武过程，只是写出了男主人公在妻子帮助下，逃出岳家的曲折艰辛。说是枝江卢生投奔族兄未成，流落他乡教拳棒为活时，因露出武艺，被一髯者招到家中为婿。妻党都是女性人士组成："有老妪跛而杖者，为女之祖母；蛮衿秃袖，颀而长者，为女之嫡母；短衣窄裤，足巨如箩者，为女之生母；野花堆鬓，而粉黛不施者，则女之寡姊也。"半年后卢生就在平素观察中有了自己的见解，见"髯者形踪诡秘，绝非善类"，就想趁其外出逃走，他说服了妻子不能"玉石俱焚"，要同归乡里，就禀报了老祖母，祖母答应此日"即当祖饯"，可是这饯行的方式，却令了解内情的妻子发愁：

① 郭则沄：《洞灵小志·续志·补志》，东方出版社2010年版，第262页。

吾家制度，与君处不同。所谓祖饯者，由房而室，而堂，而门，各持器械以守，能处处夺门而出，方许脱身归里，否则，刀剑下无骨肉情也。①

好在妻子具体介绍了各人的特点，使他有所准备。卢生与妻次日果然逐一与姊氏、嫡母交手，好在姊姊力弱，嫡母臂正生伤病，都顺利通过了。生母垂涕说："妇人从夫为正，吾不汝留。然饯行旧例，不可废也。"在枪上挑金钱数枚，明珠一挂，故意刺入女怀，这样履行了象征性的送行仪式。只是祖母所操铁拐非常沉重，女的只好"长跪请"，老妪掷拐放行。故事说明，最后一关，往往是最难通过的一关。这里的女方诸亲，发挥了机关木人的"替代物"的功能。

清末采蘅子《虫鸣漫录》卷一，写出了复仇孝子学技少林，得到女性智慧辅佐，成功地打出山门行使复仇。说是书生欲复仇进入少林寺学武，本来，他经过一番周折拳法和器械精熟，技成欲出。但寺规是："凡来学者，由别门入，出则须由大门，大门有四僧守之，须斗胜方出。二门则四马猿，持兵亦能斗。二门内有巷，列木人十八，地设伏机，步入其中，机发而木人持械乱击。"书生屡次试图出巷，皆为猴打败。幸好在园中演技遇一女，自称是僧的甥女，两人在角艺中互相爱悦，"私订嫁娶"。女乃教书生："尔与猴战，须用月牙铲，系灰袋其上，可迷猴目而出。守大门僧，有妾母舅在焉，当作书付尔，

① 沈起凤：《谐铎》卷五《恶饯》，人民文学出版社1985年版，第63－65页。

不斗可出。夫二门用猴者，正以杜情弊耳。”书生如言打出。复仇后娶此女归①。这真是知己知彼百战百胜的一次实践，在僧人外甥女有了“外心”的前提下，“女性智慧”成功地达到了“女助男”的收效，能有针对性地攻击对手弱点，从而打出山门。母题包含了一个“女性爱悦男子——助其出山——行使复仇——结为眷属”的结构，是复仇事业与爱情人生“双丰收”的一次体验，而核心关目还在于如何能打出山门。这里，运用了一个特殊的“技术”，即“用月牙铲，系灰袋其上”，以此迷住了不讲私情的四个马猿的眼睛，才得以成功。马猿，实际上起到了一种纯粹“工具性”的职能，基本上相当于机关木人（或铜人），虽无私情，但有利有弊，它们也不善变通，难于识破和击破“灰袋”迷眼的诡计。因而，马猿，实际上成为武侠复归自由身叙事中机关木人的先期替代品。

从《谐铎·恶饯》的利用私情，到《虫鸣漫录》的出现不讲私情的马猴否定私情，而利用灰袋迷眼技术侥幸取胜，这实际上是一个“斗智”技术演进过程的描写。而少林寺中的山门难闯，进来容易闯出难，具有木偶机关，似乎成为一个流传广远的武林传闻：

休宁程宗斗，弱冠，好枪棍。祖付三千金命贾，宗斗携往河南少林寺学武艺，罄其橐。少林例：“学成者，能打散众木偶，方许出寺，否则必欲去者，乃由狗窦出耳。”宗斗学既久，独能打散木偶，既出，惧祖责，不敢归。父

① 《笔记小说大观》第二十二册，江苏广陵古籍刻印社1984年（影印），第354－355页。

遣人访得之，闭诸室，不令他游。

后父挟重赀，偕之往。道遇响马贼，父惧甚，匿草间。宗斗独敌数十人，皆辟易，响马惊拜曰："神人也！"邀其父子至山，宴而后归其橐。宗斗从之，方半酣，偶闻门外喧哗，急跃起如飞鸟，掠檐间，忽不见。群盗惊甚，少顷自门外从容来曰："吾乍闻喧，将试吾拳勇，乃下人噪杂，不足辱一挥也。"盗皆色然恐，急还其行装，送其父子归。其父亦讶甚，曩亦不知其技勇若此也。后恐其将入匪类，不令出游，遂以商贾终焉。①

佚名《圣朝鼎盛万年青》（《乾隆游江南》）第十四回则写出了复仇心切的主人公胡惠乾，打出山门遭遇失败，虽然受伤，因冷静地躺在地上，未伤筋骨，无奈只得逃走。该寺的规矩据师父告诫：入门诸徒均要学满十年："打得过这一百零八度木人木马，由正门直出，方准放行，始不辱没少林寺传授声名。若被木人打倒，必须再行苦练，总以抵挡得木人为例。"可适当惠乾一步步抢进木人巷中，问题就不是那么简单了：

岂知这地下步步暗设机关，一经发动，第一步木人就是一铁棍打来，惠乾极力架过；进第二步，那第二木人又用大刀劈来，惠乾按着拳法，预先招架，始不被其打着；若一有疏漏，就被他打得筋断骨折。谁知尽着生

① 赵吉士：《寄园寄所寄》卷十《驱睡寄》引《怀秋集》。

平所练，极力抵敌，捱到第三十六度木人，被其打倒，大叫："师父救命！"至善和尚急命各徒弟将木人下面总机关扣住，然后进去救起惠乾，负至法堂，众师兄弟大家一看，已经打得颈崩额裂，鲜血淋漓。幸他负伤之后，随即睡在地上，木人脚下机关定住，所以未伤筋骨，尚不致命；若当时逃退回头，心慌意乱，踏错机关，只怕连头都要打碎，性命难保。各人见了，伸出舌缩不进去，齐道："果然利害！"

至善即吩咐将惠乾抬放药缸之内，以药水浸透受伤筋骨，一面用好药酒冲服续筋还魂丹，立刻止痛，徐徐洗净伤口污血，敷上神妙生肌散，用布包好，扶出缸来。未交一时之久，肿散瘀消，行动照常。[①]

可是遭遇挫折磨难的胡惠乾，却能愈挫愈奋，小说写出了武侠少年复仇动机的巨大催奋力量。只是他没有继续与木人阵硬拼，而是根据眼前主客观现状，从人生价值观上进行了深入思考。不过，小说也因此把木人机关设置的相关"配套设备"、预防措施等一并交代出来，具有武林习俗的丰富意义：

惠乾到自己床上睡下，翻来复去，心中十分难过。想道："人生世上，父仇不共戴天，兼且被人欺到极地，岂可奴颜婢膝，远避他方？贪生怕死，不以父冤为重，岂是

① 佚名：《圣朝鼎盛万年青》（《乾隆游江南》）第十四回《少林寺门徒私下山，锦纶堂行家公入禀》，北京师范大学出版社1993年版，第136－138页。

人类？倘果日延一日，青春不再，白发将来，纵学到老、谅难打得过这一百零八度木人，怎能有报仇之日？”

意欲私逃回广，怎奈寺中向有规例：学技诸人住房之上，盖有铁天笼子，四面墙壁，坚固非常，插翅也难飞越。除设木人之外，另有本寺僧人把守，非奉师命，不许擅自出外闲游。一来恐闯祸生事，遗累寺中；二则防工夫未曾学全，出外失手被人取笑，辱没山门，这是初入门时即行当面订明愿意，方能收留传授武艺；尚有别款规条，不暇细载，所以少林拳棒，天下闻名，此乃立规精详，有序教授也。今惠乾再三思想，无计可施。偶然想到寺中沟渠极其宽大，直通墙外，何不带了盘费包裹，逃走出外，奔回家乡，再作道理？……

打出山门，即成长过程中与“生命危机仪式”相联系的所谓“年度性仪式”考验仪式。此外，其接近还有“与获得更高的地位有关的仪式”，为此要接受各样的考验，如寒冷时期裸体整夜躺卧，持久不喝水，吃下难以下咽的食物，甚至手指之间放竹签挤压等。非常类似上述武侠小说中的母题：“这些考验不仅仅是为了教会那些男孩子忍耐、顺服，培养其男性气概。其他社会中还有众多的实例可以表明：他们有着重要的社会意义，即熬炼他们，使他们成为某种人类 Prima Material（年轻的材料，拉丁文）剥夺其特有的形态，使之沦为这样一种状况：尽管还是有社会性的，但是已经不具有任何被认可的地位形态，或是处在所有被认可的地位形态之下了。其隐含意义就是，对于一个作为个体的人来说，要想在地位阶梯上爬得更高，就必须得比其地位阶梯站得更低。”①

因此，有理由认为，“打出山门”作为习武者艺满出师的一个仪式，被文学化了而成为武侠小说的一种鲜明的“武侠要素”，实际上应当属于武侠个体成长过程中的一个进步、提高的标志，一个里程碑，也可以说，是武侠小说成长母题的一个分支。

当然，清代到民国武侠小说之中“打出山门”母题大盛，其中的木人机关设置日趋复杂，花样翻新，不仅有着前揭“木人”传统，更与域外较为复杂的机械装置的传入，刺激了人们想象有关。较早提出这一问题的，当为吴小如先生对《三侠五义》的解读：“《三侠五义》里面写白玉堂误闯铜网阵，阵内‘机关’、‘消息’颇多，这种‘消息’、‘机关’的构造颇为复杂，显然是当时社会已经有了从西洋传入的机器工业，说书人受到这种影响才说出、写出来的。”② 而很可能受此启发，下面美国学者的这段论述，也可以说强调了西方科技因素的介入带来的巨大变化，使得人们不相信还会依靠人力从复杂的机械装置中逃生：

> 铜网阵依照神秘道教原理设计，歧路密布，有如迷宫，更潜藏致命器械。甚至最为机敏的闯入者，也难逃厄运。……它是一个巨型机关，无须常人或者超人的中介作

① ［英］维克多·特纳：《仪式过程：结构与反结构》，黄剑波、柳博赟译，中国人民大学出版社2006年版，第171－172页。

② 吴小如：《古代小说漫稿》，上海古籍出版社1985年版，第148页。

> 用；它是一个自动装置，锁簧一旦上妥，便可产生致命威力。……锦毛鼠之死，不禁令人重新思考在政治机器愈发精密和自动化的时代，侠客（或者现代时期的革命战士）如何安顿自己的所思所行。①

这可以说也从侧面颠覆了“打出山门”的神话。侠之武功再高，毕竟也只是“人力”而已，岂不知人的体能终归是有局限性的，机械水平的发展是人类哪怕是近乎超人的剑侠，也不能与之抗衡。于是，母题具有了新的时代意义。

这种情形在民国时期愈加明显，如上所述，武侠小说作者如平江不肖生、还珠楼主等多生活在机器工业发达的大城市，自然感受深切，心知肚明，但他们实在太偏爱、也需要诸如此类带有夸大侠之能力的文学书写了，何况对这一传统母题也有了更多了解和展示的机会，也就依然不愿放手。

20 世纪中后期台湾著名武侠小说家卧龙生（1930—1997，原名牛鹤亭），也非常喜欢机关木人的描写，被称之为“新派武侠小说中机关方术描写的集大成者”。研究者指出：“……到了新派武侠时代，梁羽生、金庸等人基本放弃了机关方术，而卧龙生则将其发扬光大，小说中机关的精巧、神奇、玄妙是他的创造。对机关方术的重视是卧龙生小说的特色。《金笔点龙记》最具代表性，小说中五毒门、璇玑宫、造化城的精巧布局

---

① ［美］王德威：《被压抑的现代性——晚清小说新论》，宋伟杰译，北京大学出版社 2005 年版，第 163－166 页。

和构造的刻画令人拍案叫绝。"[①]

打出山门，其内在蕴含在现代的实践性价值，还被当代香港电影所延伸。据陈墨兄总结，先后有陈誌华《少林寺木人巷》（1976）、刘家良《少林寺之十六房》（1978）、《少林寺之十六房续集》（1980），郭南宏《少林寺十八铜人》（1982）等，各有千秋。他引吴昊《当传说死亡的时候——重提岭南少林旧事》所载传说，称至善禅师委派大弟子杏隐禅师（又名青草和尚）做教练，掌管少林（九莲山的"南少林"），修建了"罗汉堂"（即"木人巷"）为练功秘室，内有许多木雕神像，有活动机关装置，开动则木人会自动拳打脚踢，力量甚大，拳法有序，不宜对付，倘若打不出此仅容一人过关的此巷，就休想满师下山[②]。于是，这一母题有了更为直观形象的表现和当代艺术生命力。

"打出山门"，从一个别致的角度表现出具有七情六欲、能动性与灵活性的武侠，与不肯通融、预设程序不可更易的机械人——"人工智能"的生死较量，具有武侠传统与仙道"考验"母题的内存因子，又开启了人类与"机器人"矛盾纠葛表现的文学先声。其含蕴视觉美学之表演性效果非常突出，自然被现代综合性艺术——电影多所借用，既直观渲染了武侠人物涉险的危机，或明或暗体现出先进科技的挑战，从材质的木头到金属，展现了外来工业发展对专家科技思想的刺激。

---

① 刘全宗：《传统与现代的迷离——论卧龙生武侠小说的文化内涵》，苏州大学硕士学位论文，2004年。

② 陈墨：《刀光侠影蒙太奇——中国武侠电影论》，中国电影出版社1996年版，第447页。

第十三章　古龙小说复仇模式与侠义精神的“二律背反”结构

传统叙事文学在其历时性演进中形成了不少固化的书写形态，比如“复仇”故事模式。虽然这是各派多种武侠文本惯常的叙事套路，但因故事模式的构成要素，特别是叙事主体、故事人物以及接受主体，除了植根于本民族的历史承传和文化积淀中，也受到现代性因素的多维影响。因而，集体无意识氛围下的书写者，浸润着现代思潮的冲击，在满足复仇者“成名”的“私利”与社会期待视野“观赏热点”的“公利”的同时，也将某些现代性元素融合到复仇故事的叙事模式里。古龙（1937—1985）的武侠小说[①]虽踵武传统复仇主题，但母题书写表现出较多的反文化、反传统社会伦理精神，且又从多个维度揭示复仇关联者之间的复杂关系及行为者的复杂心理，具有较强的文化反思意义。

---

① 古龙（本名熊耀华）的出生年代有1936年说、1938年说，1937年说，这里倾向于后说，参见苏姿妃《仗剑江湖载酒行——古龙的生命历程与其创作风格之关系》，林保淳主编《傲世奇才一古龙：古龙与武侠小说国际学术研讨会论文集》，台湾学生书局2006年2月初版，第28－29页。

一、超越“仇怨”的友情：“复仇”精神的反传统性

传统的两极对立思维，决定了传统叙事文学中友情与仇怨这两股绳只能借助友情服务于复仇（如助友雪仇、代友雪仇、结友雪仇等）这种母题才能纽结在一起。我们可以看到传统文学是如此青睐这一母题：从《刺客列传》中先秦刺客为主（恩遇之友）报仇到汉代游侠借友报仇，以及唐宋传奇，至《三国演义》、《水浒传》，明清笔记小说，友情服务于仇怨的母题一遍又一遍地演绎，乐此不疲而又未免因缺少新鲜血液而显得机械和老套[①]。

进入20世纪之后旧派武侠小说的出现，给这友情与仇怨模式带来了一股新的血液。而60年代之后，作为新派武侠小说的代表之一，台湾古龙的武侠小说对这一模式尤以独特和深刻的笔触延及人类心灵的深处，用人性之笔为“友情与仇怨”模式注入新的生命。

古龙小说《英雄无泪》写朱孟是北面道上四十路绿林好汉中势力最大的“中州雄狮堂”堂主，因未参加司马超群的盟约而与之结仇。他只身闯入司马超群的地盘长安，挥笔留书以示蔑视，然而他没有想到，当他与卓东来相对而站时，卓东来的人马已快马加鞭要血洗“中州雄狮堂”了。鲜血点燃了他的仇恨，他毅然率领仅有的八十三名兄弟奔赴长安，寻司马超群及卓东来复仇，而此时的司马超群已幡然醒悟，摆脱了卓东来的

① 参见王立《中国古代复仇文学主题》，东北师范大学出版社1998年版。

控制。当司马超群站在他面前，他并不因司马超群的落魄而轻视、辱骂他，趁机将他杀死，而是极为欣赏司马超群的虽落魄却仍有傲骨，敢于好汉做事一人当的豪情，他忍不住同情、安慰他，甚至化干戈为玉帛，与他成为死生契友。在这里，人性与真情的光辉掩没了千百年来“有仇不报非君子”的伦理召唤，传统文学中依靠复仇的坚决，表现人物壮美的习惯在此被打破，因侠义互感而“有仇不报”更能凸显人性的庄严崇高。

《七种武器》之四《多情环》中主人公萧少英，是双环门掌门人的得意弟子，为报双环门灭门之仇，他靠自己超人意志和胆略混入天香堂，并取得了堂主葛亭香信任，凭借这种地位他终于摧毁了天香堂，迫使葛停香自杀，为师门和爱妻报了仇，但感人至深的，却是他与葛停香之间竟因互相了解而顿生情谊，这种不共戴天仇敌间的友情，在感情造成的强烈冲击中使人物形象变得更加深沉动人，也使故事充满了人情味，从而更加撼人心旌。

人格与真情的力量战胜了复仇的欲望，侠不再是杀人如麻的报仇机器，而是心有千千结的生命主体。《史记·赵世家》写屠岸贾对可能漏网的赵氏婴儿必要斩草除根。而在金庸《雪山飞狐》写闯王四大卫士因误会结怨，遗续到胡一刀、苗人凤身上。身负世仇的两位英雄一晤面交手，就迅即侠义互感，惺惺相惜。比武前夕胡一刀竟一夜累死五匹马，赶到三百里外杀了苗的仇人商剑鸣；而苗人凤也慨然许诺胡一旦失手，要像亲儿子般照顾他的儿子，友情在英雄眼里重于清理世仇，胡一刀当面叮嘱苗：“你若杀了我，这孩子日后必定找你报仇，你好好照顾他吧。”这该是怎样的一种信任与相知？哪里有丝毫的复仇必要“斩草除根”的阴暗影子，只有充溢着豪侠之间的渴慕挚情，友情与仇怨的份量和位置，在侠的深心中明显发生了扭转。

古龙对金庸这种超越传统的“友情与仇怨”观念可谓激赏非常，小说《楚流香传奇·血海飘香》不避相犯，出现了与上述故事如出一辙的情节：丐帮帮主任慈与日本武士天枫十四郎比武，天枫十四郎败北，惨死前他把儿子南宫灵托付给他，任慈允诺，细心将遗孤抚养大，如同己出。虽后来任慈终被南宫灵害死，但若不至此更无以彰显豪侠相惜之谊高于一切，包括仇怨乃至生命。当然故事不免掺杂“非我族类，其心必异”的思想。

可以看出，古龙小说中，服务于复仇的友情，显然没有化干戈为玉帛的仇人之间友情更有市场，这种改变一方面显示了古龙对复杂人性的理解、真实表现与关注，友并非固定永远是情投意合之友，仇也未必一生始终为势不两立之仇，这是一种基于生活真实的审美再现；另一方面，仇与友作为两个对立的极端，它们之间的情感冲突必将是激烈而富有戏剧性的，古龙对这一典型的青睐，又同时是基于艺术真实的表现。此外，就是古龙以此“友情——复仇”冲突解决的叙事，试图建构并倡扬一种较之传统意义上无以复加的复仇伦理之上的，具有更高意义的范畴——侠义伦理。

关于友情与仇怨模式，古龙除了在以上几篇写出了化仇为友之外，还尝试着写出了不肯轻易出手帮助朋友的，如《陆晓凤》中的西门吹雪与陆晓凤；面对朋友的伤害，有仇不报的，如《多情剑客无情剑》中的李寻欢与龙啸云等等，都超越了传统友情与仇怨模式的两极对立思维模式，把表现个体情感与人格价值看作是比延续前辈伦理惯性更值得去做的事。于是，旧有的复仇至上观念得到了挑战和冲击，而侠义至情得以丰富，大侠的人性深度和人格价值得以昭示和高扬。

二、突破“仇怨”的阈限：情爱主题的反世俗伦理

爱与恨是文学中永恒的话题，爱与恨的交错最能绽放出异样瑰丽的光彩，吸引着作者和读者去创作去感悟。

古龙的武侠小说对这一模式的精彩演绎突出表现在“爱恋不成则仇恨”和“仇家子女相爱”两个母题上。

在中国的传统文学中一个惯常母题，就是所谓“女性引诱不成则诬害”。六朝时《殷云小说》卷八称：“武子（王季）左右人，尝于阁中就婢取济衣服，婢欲奸之，其人云：‘不敢。’婢云：‘若不从，我当大呼。’其人终不从，婢乃呼曰：‘某甲欲奸我！’济令杀之。”类似君子小人之争，情欲未获满足的侍婢诬陷得逞，拒绝诱惑者则偏因高尚而冤死。而对这一母题关注尤多的明清时期，从《水浒传》写潘金莲构陷小叔武松，到《东周列国志》写骊姬巧杀太子申，乃至明清的公案、世情小说，母题在一个普遍性的世界文学背景下频繁反复地出现，显示出了饱满的性别文化蕴含和强韧的艺术生命力[1]。古龙的武侠小说同样饶有兴趣地继续演绎着这一母题，但难得的是他又翻空出奇有所不同。

---

① 王立：《宗教民俗文献与小说母题》第八回，吉林人民出版社2001年版，第312－332页。

首先，“女性引诱不成则诬陷”中的“引诱”两字表现了世人对勾引者的鄙薄态度。在传统文学中，勾引者往往为居于弱势群体的女性，她们或为满足一己情欲，或为达到某种政治目的，而故意进行陷害，都体现了一种对于女性“人性恶”的揭露和性别歧视倾向。

而古龙小说中情况并非如此。小说《绝代双骄》写移华宫女婢花月奴与天下第一美男子江枫在私奔途中被人劫杀，临死之际产下了双生子。移华宫两宫主因为最终爱江枫而不得，爱极生恨，设毒计分头抚育两子，企图让两子长大后互相残杀以解心头之恨。两宫主的复仇方法虽未免狠毒，但无可否认两宫主对江枫的爱毕竟刻骨铭心，不是简单地为了一时情欲或别的什么目的，而就是一种真真切切的爱，然而你爱的人不爱你，悲剧上演遂不可避免。

而在《浪子风流》中，白凤公主得知心上人另有新欢，负心于己，一气之下竟自毁容貌，然后把仇恨种子种在“儿子”傅红雪心中，要他杀“父”报仇。这里白凤公主对心上人的爱，似乎又难丁用“勾引不成则诬害”模式来涵盖。不择手段的报复与痛恨竟真切无疑地来自于刻骨铭心的真爱，这一现代化了的更为复杂的爱恨情仇，如果以传统表现模式来揣测，又有谁能解通读懂！

其次，古龙武侠小说对“勾引不成则诬陷”母题的另一突破表现在：复仇女性的“恨”绝不仅仅停留在一般性的“诬害”的层面上。女主人公为了这由爱生来的恨，复仇实施可谓苦心孤诣。《剑花烟雨江南》写小雷为使恋人纤纤逃过九幽一窝蜂的劫难而使其离开自己时，谎称另有所爱，不明真相的纤纤爱极生恨，为报复小雷的负心绝情，先是与金川虚情假意，后来又答应嫁给侯爷对小雷进行报复。然而这种以牺牲自己的幸福对“负心人”进行报复的方式，恐怕只对心里还爱你的人才会起作用，那么这个人到底是“爱人”还是“仇人”，可真正难以说清。

同样属于操纵婚恋以报情仇而做得更为过火的，要算是《多情剑客无情剑》中的林仙儿了。林仙儿自有绝代风采，钟情于李寻欢后几次自荐枕席，媚惑未遂便怀恨在心，发誓自己得不到他就要毁了他。中国人的“宁毁勿予”的国民劣根性再次发挥作用了。为报复李寻欢，林仙儿不惜牺牲了自己的人格与尊严，或许她应该明白，真正爱一个人是要让他（她）幸福，而不是占有他（她)!

上述几例，至少出现了“育仇人之子使相残以报复”、“育子杀父以报复”、“操纵婚恋以报复”、“毁容伺机以报复”等叙事模式，均体现了女性作为复仇主体时的衔恨深切，不择手段。《礼记》中有“父之仇，不共戴天”，“兄弟之仇，不反（返）兵”的规定，为血亲复仇的竭尽全力不择手段，已被儒家为主流文化的古代中原人称道、颂扬了两千多年。而在古龙的武侠小说里，爱恨情仇的交错对个体的左右至少不亚于血亲复仇。“勾引不成则诬害”母题在古龙武侠小说里已转变成“爱恋不成则仇恨”，这种看似不经意的转变，却是意义非凡的跳跃，在一定意义上是重视个体体验，超越传统伦理框架对人性束缚的一大进步，而对这种进步表现得更为突出的则是在“仇家子女相爱”母题结构中。

“仇家子女相爱”，在传统文学中基本上算是一个“缺项”

（基于《春秋公羊传》定公四年“复仇不除害”即不延及子弟亲属的原则，以及正邪华夷之辨，小说中表现有些忠良子、汉将娶奸臣之女，番邦敌国的公主女将为妻妾，当不在此例）。武侠小说却填补了这一空白，从旧派武侠小说顾明道的《荒江女侠》、王度庐《鹤惊昆仑》到新派的《萍踪侠影》、《碧血剑》都或多或少关注了“仇家子女相爱”这一母题，而古龙于此下力最大。

《湘妃剑》写金剑侠仇絮，炼成绝技假扮书生报父仇，却得到仇人之女毛文祺的爱恋，而仇絮却偏不为情所牵制，暗中复仇不止，并且也没有为毛文祺的自暴自弃而怜悯，仍与毛的师姐相爱了。毛文祺毁容自伤的悲剧不仅在于单恋，而根源于其姑姑毛冰，她被兄长使美人计去接近仇敌，却动了真情怀孕，但仍履行使命暗算了仇敌。毛冰生下来的儿子就是仇絮，事实上仇絮是在向舅舅复仇，仇絮的表妹毛文祺不过是家族内世仇的牺牲品。作品严肃地提出了这一困惑：为什么上一辈的仇怨，非要下一辈牺牲幸福去承领?

《剑上光华》则写主人公将情与仇双双放弃，飘然出走。说是桑南浦偶救杀父仇人的妻女，与仇人之女互生情愫，但确切得知父死真相后，仍大义援救仇人子女，最后在心上人再三恳求下放过仇人，弃爱远去。因为爱，消减了个体雪怨的嗜血冲动，但仇未报，爱心亦死，终究做不到与仇家之女结为伉俪。不像《剑客行》中的展白，报父仇过程中竟得五位美貌侠女垂青，全是仇家之女，她索性先复仇再结缘，胜利凯旋而又挟女而归。

而《月异星邪》中卓长卿、温瑾这一对仇人子女最终幸福的走在了一起，因为唯一知道温瑾是卓长卿杀父仇人亲生女的云中程，希望“永远不会再有人伤害她们的幸福了”，而将永远隐藏这个秘密。《楚留香传奇》第四部《蝙蝠传奇》中，仇人子女左明珠和薛斌相爱，为了克服来自家族的巨大阻碍，这对情侣竟然如同莎士比亚笔下罗蜜欧与朱丽叶那样玩起了诈死复活把戏，左明珠为了和相爱的人在一起，竟然可以装出连父亲都不认识了。

个性要求同伦理规定的矛盾从来没有如此激烈地冲撞，“仇家子女相爱”母题提出了在个体情感与群体使命的对立中，爱情这一人类最美好的感情更为珍贵，为了理念中的仇怨牺牲青年男女终身的幸福是不对的。母题向传统的复仇高于一切原则，提出了不容忽视的疑问和挑战。

青年时代受尽磨折的古龙，对于人生的阳光一面有着热切的追求，他有着试图给人以希望的美好愿景：“人性并不仅是愤怒、仇恨、悲哀、恐惧，其中包括了爱与友情，慷慨和侠义，幽默与同情的。我们为什么要特别注重其中丑恶的一面?”这一反诘，正视了人生中的明暗、美丑的不同方面，并没有否认和漠视带给人愤怒、仇恨的丑恶的一面。①

三、血缘的“恩”与“怨”：儿子们的两难选择

血亲复仇是正史传记所记载最常见的类型，而在血亲复仇中，儿子为父报仇最重要也最普遍。《春秋公羊传》定公四年

① 古龙：《说说武侠小说》，《欢乐英雄》，台北万盛出版社1989年版，第1页。

有言：“父母之仇不共戴天。”西晋皇甫谧也说：“父母之仇，不与共天地，盖男子之所为也。”可见在传统伦理的折射下，让受害者亲生儿子承领复仇使命，被认为成是最佳人选。《史记·赵世家》写赵氏孤儿、干宝《搜神记》写赤比，至唐此类故事模式定型化，像吴承恩《西游记》中唐僧幼年为“江流儿”故事即本自温庭筠《乾𦠆子》等。从中可以看出，“儿子长大后复仇”模式至少有两个特点。

首先是孝子长大后一旦知道真相，为亲复仇便升腾为之生存的最终使命，仇恨便占据个体的全部灵魂，复仇意志之坚决，纵仇家对其有恩亦不动摇。就好像明人《白罗衫》一剧中写继父把徐继祖（苏云之子）恩同己子一般抚养，徐继祖知情后仍没有放过夺母害父的仇凶（继父）。

而在古龙武侠小说中，就出现了对这种执著复仇正义性的质疑。《楚流香传奇·血海飘香》写儿子长大后进行复仇，可是出了差错。日本武士天枫十四郎在与丐帮帮主任慈的比武对决中败北而死，惨死前他把自己的儿子南宫灵托付给任慈。任慈不但答应，而且细心抚养。南宫灵后来恩将仇报，害死了任慈。在传统文学中，南宫灵的做法本也是无可厚非的孝子为父报仇，但古龙却将南宫灵设计成为一个忘恩夺权的贼子形象。

人物形象的本质改变说明作者审美心态和价值观念的改变，《月异星邪》中作者对此有进一步思考。当女主人公温瑾以为把自己抚养长大且疼爱有加的温如玉就是自己杀父杀母仇人，要与卓长卿合力复仇时，作者借一女婢之口发出这样的疑问：“生育之苦，固是为人子女者必报之恩，但养育之恩，难道就不是大恩么，难道就可以不报么？”卓长卿也不停地反思：“我既应该让她报父母之仇，却也应该让她报养育之恩呀!”“恩”与“仇”孰轻孰重？血缘对复仇主体意志的决定作用终于开始动摇，真情也可以与血缘相抗衡了。这可以说是传统文学中不曾有过的情况。

古龙对“儿子长大后复仇”模式的这一超越，也很可能借鉴了金庸《射雕英雄传》中杨康并未向援救完颜鸿烈复仇，反而出手援救的一节，继父之于养子的多年恩同已出的情分真切而自然的表露，抑或对金庸小说人性表现的有意承续，但这丝毫不影响古龙作品自身特色，正如金庸所说：

> 西洋戏剧的研究者分析，戏剧与小说的情节，基本上只有三十六种。也可以说，人生的戏剧很难越得出这三十六种变型。然而过去已有千千万万种戏剧与小说写了出来，今后仍会有千千万万种新的戏剧上演，有千千万万种小说发表。人们并不会因情节的重复而感到厌倦。因为戏剧与小说中人物的个性并不相同。当然，作者表现的方式和手法也各有不同。①

并且，如果说杨康对恩养之恩的表现尚有因其功利目的而大打折扣得一面的话，古龙作品中的人物则不折不扣地表现为一种人性内在呼唤使然。

其次，在传统“儿子长大后复仇”这一模式中，母亲往往担负着点燃、培育儿子复仇之火的任务，如《西游记》中唐僧

① 金庸：《韦小宝这小家伙》，原载《明报月刊》1981年10月号，收入《绝品》，台北远流出版事业公司1986年版。

之母殷小姐，《清史稿·孝义传二》中王恩荣之母等，母亲几乎无一例外地成为复仇过程的主导，她们或是亡夫遗命的转达者、确认者，或是儿子复仇行动的掩护者、支持者，好像母亲存在的价值只在于为夫报仇。传统汉语文学以几乎各种文体（除了赋与词）包括诗歌、史传、戏曲传奇、小说来歌颂节烈母亲的这种复仇精神，社会舆论的导向和传统行为的惯性已经不允许有任何特例出现，这无疑是男性中心话语世界的“意识形态形象”的系列文学产物。而古龙则取法金庸，与金庸一样敢做突破传统的先锋。①

古龙小说《浪子风流》写傅红雪是一个被“母亲”白凤公主用仇恨浇铸起来的复仇机器，他为了仇恨而活在世上，因为仇恨他想爱却不能爱，他痛苦着；然而命运对他更无情的作弄是：实际上它既不是白凤公主的儿子，也不是要为之复仇的“父亲”的儿子，一切不过是场误会。傅红雪被无端赋予了仇恨这一可怕的情结，而且这一心理动机的不断强化，以至于吞噬了他整个身心，扭曲了人的本性，丧失了人最美好的欲望和感情。而造成这悲剧性的一切的“母亲”未免让人痛恨。作者从对个体下一代造成的伤害的角度，重新审视母亲在复仇过程所起到的作用，注意到对于这类作用要客观求实地评价，把母亲培育儿子复仇火种的神圣性与正义性消解殆尽。

“儿子长大后复仇”母题，可以说是武侠少年“成长”母题的一个分支，两者互有交叉。同时，儿子——复仇孝子若想

---

① 王立：《武侠小说复仇模式及其对传统的超越》，台湾东吴大学主编：《纵横武林——中国武侠小说国际学术研讨会论文集》，台北学生书局1998年版，第41－60页。

具备复仇条件，几乎无不需要艰苦卓绝的努力，学艺、隐忍、等待和寻找时机等等，自是题中自有之义。也正由于这一“跨类”的特点，这一母题具有更为普遍的适用性和超越局限的优势，甚至美国的西部片都与此具有某些共同之点：

> 古典西部片所展示的是，人们获得诸如友情、尊重和尊严的方式就是超然于众人之外，然后担当孤胆英雄去解救他们……复仇的形式……表现了获得尊敬和爱的途径就是将自己与他人分隔开来，单枪匹马与许多强敌作斗争，但是同时还牢记并回归到诸如婚姻和人性等更为温和的价值观上来，因而削弱了个人与社会可以和睦共处的可能性。过渡主题预示了新的社会价值观，认为对于那些理直气壮、坚定不移地与社会愚昧和偏执进行针锋相对斗争的人来说，要得到爱和友情就必须付出被社会抛弃的代价。最后，职业化的情节……认为要想获得友情和尊敬，只有成为一名训练有素的专业人才，加入到一个职业精英分子的群体中，毫不挑剔地接受任何工作，只对自己的团体忠心耿耿，毫不理会其他任何社会或团体的价值观。①

只不过，华夏武侠少年在成长过程中学艺复仇的表层动机，略有区别，其实，尽孝又何尝不是为了得到周边、社会的尊重，

① ［美］莱特：《六响枪与社会：西部片的结构研究》，Berkeley：加利福利亚大学出版社1975年版，第186－187页。转引自［英］约翰·斯道雷《文化理论与通俗文化导论》，杨竹山等译，南京大学出版社2001年版，第108－109页。

赢得个人的尊严！上山学艺——下山复仇，年少立下功名，具有共同的博得世人尊重的特点和追求。

四、“忍”：“快意恩仇”的民族性书写

“忍辱复仇”模式在中外文学史上早有广泛表现，与中国文学有近缘的印度文学更是如此。印度史诗《摩诃婆罗多》中，黑公主称得上一个隐忍复仇的典范。她是坚战五兄弟的共同妻子，在坚战赌博失败输掉她之后，她当众受到了侮辱，她被难敌的弟弟难降揪着头发拖着走。自此她就保留着蓬乱的头发，要理清这头发就要用难降的血当头油来梳理。流放森林的十多年中，她追随丈夫们，总是抱怨坚战这人没有男子汉气概，她往往和怖军一起向坚战施加压力，要他即刻开始战斗，夺回权力，报仇雪恨。黑公主的隐忍复仇，又因其是般度五兄弟的共同妻子而焕发出影响周围人的鼓动力。黑公主以女性特有的隐忍复仇方式激励男性，其原型辐射作用是不可低估的。

与中国古代“精卫填海”执意复仇大为异趣的，是对复仇能否成功的理智判定的推重。巴利文佛本生故事说乌鸦夫妇酒醉在海边洗澡，海浪吞噬了雌鸦，被痛哭声引来的众乌鸦愤而不停地吸水吐到岸上，试图以舀干海水向大海复仇，可是它们终于认识到这复仇努力徒劳无益。故事虽旨在说明，菩萨转生的海神显形吓走乌鸦是解救它们，但昭示了不要因复仇情绪化冲动而做无谓的牺牲的意蕴①。

---

① 《佛本生故事选·乌鸦本生》，郭良鋆、黄宝生译，人民文学出版社 2001 年版，第 91 - 92 页。

与此相关的是佛经对于忍辱的推重。“羼提”是“忍辱”的音译，为佛教“六波罗蜜”（六度）之一，而“羼提波罗蜜”指的就是忍辱之行。佛经故事一再申明佛陀在调达（又译提婆达多等）以恶相待时，忍辱再三。不过全面体察，佛经也不是绝对不主张复仇，而是提倡有充分把握时再行使复仇。元魏西域僧人吉迦夜共昙曜译《杂宝藏经》卷十《乌枭报怨缘》写乌枭结怨，相斗多时无休止。有一智乌以苦肉计自任，声称被众乌拔掉羽毛啄伤其头，骗取了枭的怜悯，收养穴中，乌羽毛丰满后日衔干草枯枝来穴中以报恩。一日大雪，群枭聚穴中避寒，乌却衔来牧牛人的火烧穴，使众枭全数殄灭。国外学者将此故事归于第220B类，即：“乌鸦假装投降但其实在做密探，而最后消灭了老鹰。”①

《五卷书》此故事早期异文描写，一只名叫斯提罗耆频的乌鸦，试图为自己的族类巧计报仇，以“苦肉计”进入猫头鹰营堡中，它每天从树林里叼一块木头到窝里来。从表面上看，乌鸦是为了扩大鸟窝，一大堆木头在堡垒门口堆起，太阳升起猫头鹰什么都看不见了，斯提罗耆频赶快飞到弥伽婆哩那那里，说道：“主子呀！我已经准备好，敌人的洞穴就可以烧掉了。你带了随从来吧，每一只乌鸦都要从树林子里拣一快燃烧着的木块带了来，丢到洞穴门口我的窝上；这样一来，所有的敌人

① ［美］丁乃通：《中国民间故事类型索引》220B型［乌鸦和老鹰的战争］称：“乌鸦假装投降但其实在做密探，而最后消灭了老鹰。”但仅列举一例，即《天山》1957年11—12月号上的一则故事。见该书，郑建成等译，中国民间文艺出版社1986年版，第42页。其实该类故事数量远不止此，丁先生的统计还需要大幅度进行补充。

就都会像在军昆钵迦地狱那样，统统会给折磨死。”……如此行事，果然消灭了猫头鹰家族①。故事果报的结构中，蕴含了深刻的忍智慧与复仇哲理。印度民间故事的传入，为中国古人原有的本能的隐忍增添了自觉意识、强度、势能以及宣泄隐忍更多的方式机巧，这是毫无疑义的。

中国古代表现隐忍怀恨有个字，就是“嗛”，《史记·外戚世家》写栗姬之子刘荣被立为太子，但栗姬在妒恨长公主女时，自己也遭谗毁“挟邪媚道”，引起景帝怨恨：“帝尝体不安，心不乐，属诸子为王者于栗姬，曰：‘百岁后，善视之。’栗姬怒，不肯应，言不逊。景帝恚，心嗛之而未发也”。终于找机会废太子为临江王，“栗姬愈恚恨，不得见，以忧死”。而“嗛嗛”则是衔恨隐忍的样子，柳宗元《咏史》诗：“燕有黄金台，远致望诸（乐毅）君。嗛嗛事强怨，三岁有奇勋。……”说的是《史记·燕召公世家》写燕昭王怨齐，即位后对郭隗说：“齐因孤之国乱而袭破燕，孤极知燕小力少，不足以报。然诚得贤士以共国，以雪先王之耻，孤之愿也。”终于召贤士乐毅为将连下齐七十余城。忍辱复仇，也是古代中国复仇智慧和决心的集中表现焦点之一，越国战败，越王勾践给阖闾看坟、脱鞋，服侍其入厕，受尽嘲笑和羞辱，他顽强地忍耐着精神和肉体上的折磨，对吴王夫差表现得恭敬驯服，甚至以尝粪验病取得吴王信任得释回国，卧薪尝胆终报大仇。孙膑装疯惑庞涓、程婴托孤、豫让漆身吞炭行刺等都是家喻户晓的忍辱复仇故事。

古代中国人还十分关注周边民族隐忍的复仇智慧与决心。

---

① ［印］补哩那婆罗多：《五卷书》，季羡林译，人民文学出版社1981年版，第305页，第321页。

《史记·大宛列传》称乌孙王昆莫之父来自匈奴西边的小国，当初，“匈奴攻杀其父，而昆莫生，弃于野。乌嗛肉蜚其上，狼往乳之。单于怪以为神，而收养之。”裴骃《集解》引徐广语曰：“读‘嗛’与‘衔’同。《酷吏传》：‘义纵不治道，上忿衔之。’《史记》亦作‘嗛’字。”用嘴叼着，极为形象，引申为小心翼翼地含着某物，精心置于适当之处。“衔恨”，从字源学上就有了谨慎小心、隐忍不露而时刻伺机复仇的形象化意味。此后野史及通俗小说对此母题的演绎广泛而多样。“儿子长大后复仇”模式中就有许多表现母亲忍辱育子或辱为仇人妻妾，最后成功雪仇的故事。受孟子启发，苏轼《留侯论》评张良意味深长：“古之所谓豪杰之士，必有过人之节，人情有所不能忍者。匹夫见辱，拔剑而起，挺身而斗，此不足为勇也。”农耕民族忍辱负重、后发制人的天性使得国人对“忍辱”有着独特关注。

令人遗憾的是，“忍辱复仇”模式在民国旧派武侠小说中却发生了缺失。那些侠客们往往或一出场便具有超人的本领，战无不胜，攻无不克；或如张良遇黄石公，于谷涧、山洞绝世高人手中偶得武功秘籍，一炼成为盖世高手，承接神怪小说“上山学艺，下山无敌”模式。无论怎样，像大仲马《基督山伯爵》中的邓蒂斯那样，侠作为复仇个体在复仇过程中遇到的困难、屈辱和磨炼，往往被大大忽略了，“武功高强，侠到仇除”俨然成为“侠”字的题中自有之义。“忍辱复仇”模式在侠文学中的缺失，无疑成为侠形象脸谱化、模式化的重要原因之一。

阿拉伯民间故事集《一千零一夜》也宣扬了复仇隐忍思

想。似乎以弱胜强的巧计实施，就离不开复仇主体的深心隐忍，《狐狸和狼的故事》写久受欺压的狐狸，迫于无奈忍受狼的虐待，不得不对狼毕恭毕敬，而在心里暗自说：“残酷无情和造谣中伤，这都是作恶多端、自取灭亡的原因。古人说得好：‘强霸者毁其身，狂妄者悔无济，谨慎者保其身。’中庸、适度的行为是一种高尚的品性，礼貌是成大事立大业的秘诀。从古人的经验和教训里，我认为对狼这个暴虐作恶的歹徒，应该忍辱负重，采取佯为谄媚、奉承的态度，反正迟早它是难免是要被摔倒的。”终于找机会将狼诱入陷井中，使其被人乱棍打死①。

这些，相信对于古龙小说忍辱复仇叙事的具体营构，均不无启发。在上述中外相关母题滋哺下，古龙武侠小说较为自觉地转益多师，大量地将“忍辱复仇”模式回归到侠文学中，在作品中至少可分为以下几类：

其一、故意恋酒色惑乱仇敌耳目。如《七种武器·多情环》中的萧少英，以贪恋酒色，自甘堕落，迷惑敌人，保存了复仇的势力，最后成功复仇。《剑气满天花满楼》中的花满楼假装与华露、含兰同床共枕，以给监视自己的对手以假象，认为他不过是好色之徒不堪一虑，从而让他有机会行动。酒与色这一古龙小说中经常出现的意象，竟也成为掩护成功复仇的有效道具。

其二、忍辱为仇敌亲信伺机报仇。《白玉老虎》中大风堂为抵御来自霹雳堂和蜀中唐的攻击，上演了一场樊於期献头刺

① ［阿拉伯］《一千零一夜》第二册，纳训译，人民文学出版社 1982 年版，第 219－241 页。

秦王的故事。上官刃手提好友赵简头颅潜入唐家堡，取得唐家信任。从此他便忍受了各种试探和侮辱，蒙受卖友求荣骂名，屈受友人之子不解真相的仇怨——一切都为了瓦解仇敌，振兴大风堂。《多情环》中的萧少应同样依靠超人的意志，承领各种屈辱混入天香堂并取得堂主信任，最终摧毁天香堂，报了杀妻灭门大怨。

其三、委屈自辱以激发、强化自身的复仇信念。《圆月·弯刀》中谢小玉之母天美为报教主不爱之仇，自毁容貌，在幽谷中苦练武功绝艺，以俟报复。天美毁容以自辱，以耻辱的力量，时时提醒自己勿忘复仇目标。《浪子风流》中白凤公主亦如此。并且这种自辱以激发复仇信念的做法，不再是古代吞炭毁容的豫让这样须眉男子的禁脔，而往往成为古龙笔下复仇烈女的专利。此当来源于古代女性的“化妆复仇”，如唐传奇写谢小娥化装成男子，在仇家为佣，终为父兄报仇。

其四、经历艰苦卓绝的曲折磨难最终复仇成功。如《名剑风流》中俞佩玉为了找到杀父仇人，经历了常人难以想象的磨难。没有什么奇计怪招，他就靠得一身正气和忍辱负重的精神，在磨难中成熟，在炼狱中精进，不弃不舍，终报父仇且成大业，是“天将降大任于斯人也，必先苦其心志，劳其筋骨”的招牌注脚。同样，《血鹦鹉》中血奴本是西域一王国的公主。其父亲被恶人挟持离开京城，并以交换珠宝作为条件。公主为救父亲舍弃富贵，化名血奴，住进妓院，和国王的心腹，历尽屈辱和艰辛，终手刃仇人雪报父仇。对屈辱的忍受，让一个弱女子的不幸遭遇带给读者强烈的心灵震撼。

于是，古龙笔下的侠，不再仅仅依靠武功取胜，更靠的是人格、意志和智慧。古龙并不是一个崇尚武力的作家，他认为即使在江湖世界，武力也往往不是最重要的因素。在武力之上还有个体人格、公理道义更能够起决定性作用的因素。“忍辱复仇”模式的复归，表现为对作为复仇主体——侠经历“人情有所不能忍者”的过程的描写，这充分展示了复仇者的人格魅力，其间融会的“挫折——困辱——奋斗——成功”母题，更为复仇之举平添一层超越豪侠之气的壮美光环。

以上四种模式当然并非古龙复仇模式的全部，却足以看出古龙在自己的武侠小说创作中，对传统复仇主题进行了有意识的、卓有成效的多重超越。古龙自己并不否定自己对传统小说模式的继承，也不否认对金庸武侠小说的借鉴，但古龙同时又要求自己将古典的与现代的、中国与西方的文化精华融会贯通，创造出一种新的民族风格文学。大陆学者袁良骏批评认为中国小说陈旧、落后的小说模式本身，极大地限制了“新武侠小说”家们文学才能的发挥，“‘新武侠小说’再创新求变，也跳不出如来佛的手掌心，摆脱不了武侠小说固有的那些根本局限。”[①]。这当然是缺少根据的论断。以金庸“接班人”身份出现的古龙在这一点上表现得似比金庸更为自觉，于是在复仇描写上也时有出蓝之色，尽管这样一来可能要有些代价。

说起古龙小说“欠缺古代色彩”的不足，的确体现在一些学者的阅读经验中。一位香港学者指出，古龙笔下人物的对答不像古人口吻，文字和意念的表达十分现代化，此外就是“古龙一派的写法盛行以后，善恶正邪的界限有时不免趋于模糊”，

① 袁良骏：《武侠小说指掌图》，新华出版社 2003 年版，第 34 页。

例如《流星蝴蝶剑》中的杀手孟星魂，按惯例该是正派人物，却像杀人机器："作者其实把他作为中性处理，不是好人，也不是坏人，从而显示不出道德上的趋向。"① 不过，陈墨兄较为对古龙的的创新追求较为宽容：

……那些不喜欢古龙小说的人，习惯了这样一种思维逻辑：要讲述人间故事，就要尽量模仿人间现实的生活习俗。而古龙明目张胆地打破这一理所当然的思维逻辑和阅读习惯，偏偏要创造出楚留香这一非古非今、非中非西、非假非真的艺术形象，挑战武侠小说的"正宗"。②

古龙曾有这样的夫子自道，让我们更加理解彼时他所面临的武侠小说创作的困境，这困境逼他出新：

这十几年中，出版的武侠小说已算不出有几千几百种，有的故事简直成了老套，成为公式，老资格的读者只要一看开头，就可以猜到结局……所以武侠小说作者若想提高自己的地位，就得变；若想提高读者的兴趣，也得变。③

---

① 邝健行：《从负面因素看武侠小说和教育功能》，刘绍铭、陈永明编《武侠小说论卷》，香港明河出版社有限公司 1998 年 5 月初版，第 378 – 381 页。

② 陈墨：《楚留香研究：朋友、情人和敌手》，林保淳主编《傲世奇才一古龙：古龙与武侠小说国际学术研讨会论文集》，台湾学生书局 2006 年 2 月初版，第 246 – 247 页。

③ 古龙：《说说武侠小说》，《欢乐英雄》，珠海出版社 1995 年版，第 1 页。

于是，《风铃中的刀声》则写美妇因梦，也将丁宁误当成杀死自己丈夫的仇凶，她设计囚禁丁宁折磨他，不料在与慕容秋水等人纠葛中，又莫名其妙地对丁宁产生好感，直到真相明了，才释仇为爱。可偏偏不幸碰到了柳伴伴安设的暗器，未能享受爱情之果。古龙又在《风玲中的刀声》序中说：“作为一个作家，总是觉得自己像一条茧中的蛹，总是想要求一种突破。”古龙先生实现这种反传统突破的着眼点和关键所在，就是让“人性”真正介入武侠小说。

古龙对于人性的关注，应该说与他所受教育是分不开的，古龙虽然受中国传统文化影响较少，却受西方现代文化影响较大。大学就读于外文系的古龙读过大量西方存在主义大师的哲学著作，其思想观念倾向于“生命哲学”。他对个体人性的理解是极为深刻的：“人性并不仅是愤怒、仇恨、悲哀、恐惧，其中也包括了爱和友情，慷慨与侠义，幽默与同情。”他认为优秀的武侠小说应“多写些光明，少写些黑暗，多写些人性，少写些流血”①。古龙说到，也努力做到了，他以求新求变的自觉理念和汪洋恣肆的笔姿成为“武林”中可堪与金庸比肩的一代宗师。复杂而深刻的人性展示，让古龙武侠小说不再仅仅是刀光剑影的比武场地，而更是刻意求新的审美平台。

面对着中国式复仇的“观念之网”，古龙选择的是顺应时代思潮的演进。因而，小说中的复仇模式部分接受了传统的复仇理念，更多地则是超越与扬弃，侧重表现个体生命的存在价值。而在故事的叙述过程中，更侧重于情节的峰回路转与人物

---

① 古龙：《风铃·马蹄·刀》，《风铃中的刀声》，珠海出版社 1997 年版，第 1 页。

的幡然醒悟，这种“二律背反”的书写模式，更加体现出当代小说家高超的艺术素养与辩证的认知能力。让武侠小说的复仇叙事确有与众不同之点，也是古龙对于人类文学审美营构的历史性贡献之一。

多数古龙研究者，将古龙的宣言奉为圭臬，作为立论基础：“我们这一代的武侠小说，如果真是由平江不肖生的《江湖奇侠传》开始，至还珠楼主的《蜀山剑侠传》到达巅峰，至王度庐的《铁骑银瓶》和朱贞木的《七杀碑》为一变，至金庸的《射雕英雄传》又一变，到现在又有十几年了，现在无疑又到了应该变的时候！”[①] 于是真的如同论者所说，20世纪70年代中期古龙面对金庸难于突破，就采取“求新、求变、求突破”的创作方向[②]了吗？恐怕“形变而神不变”，古龙本身承认早期多所模仿，后来力求在句式更加灵活、怪异，人物形象加强“人性”，然而创作主体自身有了突破之愿，实际操作却难于避免如《文心雕龙·神思》的“方其搦翰，气倍辞前，暨乎篇成，半折心始”，20世纪复仇主题之于武侠小说的重要性[③]，如本章所论，古龙岂肯割舍？多半有所承袭，不论“形”如何变，神理上还在在皆是，不了解复仇主题史的读者，当然觉得是出新了。出新，也未必新到好处。

---

① 古龙：《多情剑客无情剑·序》，台北风云时代出版社1997年版，第5页。

② 刘巧云：《正言若反——论古龙小说》，林保淳主编《傲世鬼才一古龙：古龙与武侠小说国际学术研讨会论文集》，台湾学生书局2006年版，第68页。

③ 参见刘卫英《〈蜀山剑侠传〉女性因爱生恨复仇的主题史开创》，《西南大学学报》2011年第3期。

附录　陈松柏《水浒传源流考论》简评

陈松柏教授对于古典小说名著《水浒传》沉潜研究多年，近他的《水浒传源流考论》终于在人民文学出版社面世了，捧读这沉甸甸的大著，自然在拜读之余，产生一些感想。

首先，作者对于人们已经谈了千言万语的《水浒传》来源，没有知难而退。如将南宋龚开对宋江三十六人的咏赞，从以绰号字面解释的，分为伦理类、性情类、才能类；由绰号入赞带出情节的，分为形体类、性情类、才能类，追溯描述话语的来源，上挂下连，推究事理，阐发贴切。

其次，在推究《水浒传》源头时，该书运用了主题学方法，成功地抓住了主要矛盾，将宋江故事的母题化过程描述分析得相当透彻。书中有说服力地采取了故事母题研究中的母题溯源法，把宋江故事的发展分为若干阶段，如第三阶段《宣和遗事》就指出书商与说书人之于围绕宋江故事成型的动因之所以然："……最好莫过于宋江，既是贯穿全书的头号人物，具有高度的概括性，又因为它的实在性而具有雅俗共赏的效应；还因为它的直接性，让人听其名而想到宋江等三十六条好汉，有着无可比拟的广告作用。"作者举出许多旁证来说明这一点，这宋江实际上就是主题学理论中所说的"主题人物"，是系列作品中纽结重要情节和意蕴的带有惯常母题效应的人物。

其三，该书大跨度地在动态发展中把握故事流变中的内在变化，注意到故事流传中既有故事受到现时社会中类似人物命运结局影响，从而产生接受史上阶段性重大变异的现象。如在分析元代“说岳”精髓之于水浒故事的渗透时，指出：“岳飞其人其事其遭际，直接影响了元代平话《宋江》，尤其是那个悲剧的下场，彻底动摇了南宋流传的宋江故事的喜剧结局，为第四阶段《宋江》的面目一新提供了故事原型。”

作者还进一步指出：“我以为，……宋江征辽仿岳飞抗金，宋江的直捣幽州，实则也暗寓着实现岳飞直捣黄龙府的遗愿。”这一结论是得到有力的论据支撑的，功臣宋江的结局与岳飞结局悲剧性惊人类似，确有承继仿拟的极大可能。如是之论，让我们不禁对该书作者缜密的逻辑推理、实证考察而顿生深会我心之感。

该书作者没有被自己的研究对象《水浒传》所左右，而能够做到“入乎其内”又“出乎其外”，他找出了《水浒传》梁山泊反围剿的水战描写，颇为类似宋高宗建炎年间钟相、杨幺对官军的反围剿，从战争器械、战略战术等都颇相似，但小说中有一些败笔，像“海鳅船”就是名不副实的比喻，第三次围剿和一些副将被俘实际上也是为了凑数后加上的。而作者还注意到，为了凑足好汉的人数，成书过程中不免要故意安排一些有利于达到此目的的情节，从而产生了有些情节不尽合理的现象。对此，前辈学者如何心（陆澹安）先生等曾指出一些，但陈松柏教授却能够将这种疏漏欠妥的深层动因揭示出来，这也需要有历史与美学结合的眼光。

其四，该书的创获还在于，能把人物形象与情节间的有机联系进行逻辑上的精密考察，从而推究出一些人物行为不合理、形象分裂等不可人意处的成因。像鲁智深对史进的先亲密后疏淡，武松上梁山后的神韵顿失等，该书都能从成书的复杂过程中寻究根据，条分缕析，找出编书者顾此失彼的合理性成因，从而把前贤们曾关注过的名著失当现象研究，又在学理上推进一步。

最后不能不提到的，是该书非常注意学术规范，不掩前贤之长，并且在广引博传中得出己见。如在追寻南宋时期宋江三十六人故事时，就充分注意引述余嘉锡、王利器、曲家源诸位先生的相关考证贡献，在前人基础上引申发挥，显得根基深厚，论有所出，持之有据而非时下已让人屡见不鲜的那些自说自话之文。

然而该书又不局限旧说，如关于玉麒麟的绰号，就透视出隐含的叹惜人才失落的深意。又像对于浪子燕青两个绰号的考察，入情入理，使得我们不能不同意论者对于南宋水浒故事丰富生动的推论。再像受到海外学者马幼垣等启发，该书较为透彻地论述了一些相对独立的人物传奇故事在《水浒传》中如何被安排失当的问题。但该书不像有些博硕论文那样有意隐去别人的先得之见，而是实实在在地标明，诚恳而可信，遂使该书更具有学术史的价值和严谨性。

说起该书的不足，我觉得也许是限于名著源流追寻的题意，有时未能适当展开。如该书注意到某一特定类型的人物如憨直勇猛的李逵（燕青、鲁智深），特别容易受到作者喜爱，“哪怕突兀一点，甚至出现矛盾，也会让人接受下来”，这实际上已经接触到一个民族接受心理的理论问题，可惜作者未能予以深入发掘。然而，这毕竟是白璧微瑕，近乎苛责。对于如此难度的课题，该书胜意纷纷，已经足以使我们感到钦敬欣喜了。(与刘团妮合作)

(陈松柏《水浒传源流考论》，人民文学出版社 2006 年版)

陈松柏：文学博士，广东职业技术学院教授，科研处长。

(原载《辽东学院学报》2011 年第 2 期)

后　记

以某种带有贯通性质的叙事文学题材、主题，熔铸多种人文精神、有针对性地探讨多重民族文化观念、精神传统及雅俗文化联系等，是本书作者自《中国古代文学十大主题——原型与流变》前后的一个追求①，也是主题学研究由文人抒情文学向通俗文学领域延伸的学习过程。相对于古代文人抒情文学为主的“十大主题”等，武侠文学及其相关的复仇主题探讨，不仅阅读量大（如还珠楼主小说就超过1700万字），而且广涉社会学、民俗学、民族学、历史学、心理学等多学科及江湖文化、地域文化等，以其延续到清末民国乃至当代，距离当今的大众文化、民俗心理及民俗记忆，较为接近，在研究对象本身还包括其被言说方式、模式表达等制约的歧义性等，而且相关文献，不像文人抒情文学那样积累较多与“精耕细作”，难度上工作量上有差别。加以时代、社会生活的复杂多样性，民俗崇拜神秘思维等混杂其中，都对研究者提出了更大的挑战。

① 辽宁教育出版社1990年8月版，台北文史哲出版社1994年7月繁体字版（列入“比较文学丛刊”2），增补修订本《文人审美心态与中国文学十大主题》，辽海出版社2003年6月版。

本书三册一起推出，主要得力于人民出版社孙兴民编审的敏锐眼光、精心策划。

本书的雏形是《武侠文化通论》、《武侠文化通论续编》，面世后《中华读书报》、《西南师范大学学报》等发表了书评，前本还曾获中国武侠文学学会“凤凰杯”中国武侠学术奖等。此次合为三册，改动较大：

1. 体例更加统一。强调和保持了“通论”的一个“通”字，这样一来“通论”计20章，删掉其中的4章；“通论续编”计22章，删掉其中的7章。总共删掉的这10章篇幅较大，约260页，多数为讨论金庸小说的章节，这样原有的“通论”“通论续编”的42章，就只剩下31章了，但因本次增补及修改较多内容，而字数大体与旧本持平。而这两册的“后记”，也遵照出版社意见，只存留在原“通论”及续编中。

2. 前二册原有的各专题，本书作者尽所能在不同程度上做了补充改写。除了观点的修改，还努力进行相关材料扩充，以期加宽加厚。总体上的偏重点有所倾斜，即最重要的是在原有基础上，增强了清末民国武侠小说对诸多母题系统的丰富、反思与创新，甚至加进了许多带有可贵的时代创新的“泛武侠”、“反武侠”要素之探讨。如海上剑痴给采花盗也安排了解救难女的情节；宫白羽为“师父求贤徒”加进了仇家冒充初学后进前来请教，趁机暗算名师的深刻寓意；朱贞木给“比武退让”加进了新的意义：退让之后的设擂者阴谋被打破，败者继续纠缠，退让者陷入窘境，前辈解围反而遭恨，由此双方结仇更深。如此等等。

3. 第三册的13个章节，基本上为本次全新撰写的，看起来好像增加了一些新题目，其实，它们有些比前两册关注得还要早些，只因不够成熟一直没有成文。这次汇集到三册之中，也算是部分地补充了前两册某些专题探讨时延伸点上的不足。这样，全书凡44章，连同三册卷首侧重点不同的“前言”，计47个专题，试图对武侠文化的文学书写进行多角度多层面的讨论，也算是笔者一直以来主题学研究的扩展。

4. 另外，此次增补还注意到每个专题较早的研究者、特别是国外与海外武侠文学及明清小说研究者们的贡献，有的前贤和同道虽然只是提出了问题，没有展开充分论述，但开创之功亦不可没。由于武侠文学的民族文学特征突出，本书在较为宽泛的文献意义上看待这一文化生产，同时，也力图较多地关注到既有的研究成果。但由于课题涉及广泛，可能也难免有一些遗珠之憾。

本书直接、间接地得到不少宝贵的资助，除了当年在山东、吉林的省级项目外，两个有关佛经文学与古代小说母题研究的国家社科基金项目，虽不是直接，也有助于作者能将武侠文学研究深入拓展、沉淀细化。本书课题得到辽宁省社科规划办、省教育厅、省社科联支持，获批省社科规划基金项目“世界文学格局中的中国武侠小说母题研究”等项目资助，刘卫英博士、郝明博士、研究生吕堃、王惠丹、孙琳、马国星、隋正光、刘莹莹、刘畅、景秀丽、张亮等先后参加了材料搜集和初稿撰写工作，在此一并致谢。

书稿部分章节，曾摘要发表于《民族文学研究》、《明清小说研究》、《社会科学战线》、《广东社会科学》、《贵州社会科学》、《中华文化论坛》、《西南大学学报》、《东北师大学报》、

《山西大学学报》、《东南大学学报》、《大连理工大学学报》等（有的还不止一篇），此次成书，均得到较多增补修改，谨以本书为准，同时对上述刊物和编辑朋友大力扶植、鼓励和支持致谢！著名红学家和武侠小说研究专家胡文彬先生，为初版《武侠文化通论》（本书第一卷的前身）撰写了序，予以大力揄扬，为了保持历史原貌，特置于此修订增补版的三卷本之首，以示对胡先生当年扶植之情的感谢。

书稿一些内容，不仅在多校开设了选修课，也在一些高校和大连市二十四中、大连一中、大连二十高中、开发区一中、大连理工大学附中等一些重点高中举办讲座，作为辽宁省古代文学学会、大连市通俗文学研究会参与“社科普及”工作的实践，得到辽宁省社科联、大连市社科联的支持，体现了高校参与地方文化建设的努力，教学相长，通过师生互动也使得本书内容有所调整和深化，提高了武侠文化史研究与当代大众文化联系的关注度。

整部书稿也再次凝聚了勤奋敬业的孙兴民编审的心血，在此致谢，同时也感谢人民出版社一如既往的支持！

不当之处，请喜欢武侠文学的师友同道批评指正。

作者

2015 年 5 月于大连